일제강점 초기
일본어 민간신문 문예물 목록집

2

인천 편

일본학 총서 37
일제강점 초기 한반도 간행 일본어 민간신문의 문예물 연구 2

일제강점 초기 일본어 민간신문 문예물 목록집

2

인천 편

고려대학교 글로벌일본연구원
일제강점 초기 한반도 간행 일본어 민간신문의 문예물 연구 사업팀

간행사

　이 『일제강점 초기 일본어 민간신문 문예물 목록집』(전3권)은 1876년 강화도 조약 체결 이후부터 1920년 12월 31일까지 한반도에서 발행한 일본어 민간신문 중 현재 실물이 확인되는 20종의 일본어 민간신문에 게재된 문예물을 신문별로 목록화한 것이다. 이 목록집은 2016년부터 2019년까지 한국연구재단의 일반공동연구 과제의 지원을 받아 수행한 연구 성과를 담은 결과물이다.

　강화도 조약 체결 이후 수많은 일본인들이 한반도로 건너와 이주하였고 그들은 정보 교환과 자신들의 권익 주장을 목적으로 한반도 내 개항 거류지를 비롯해서 각 지역에서 일본어 민간신문을 발행하였다. 이들 민간신문은 당국의 식민정책을 위에서 아래로 전달하기 위해서 발행한 『경성일보(京城日報)』나 『매일신보(每日申報)』와 같은 통감부나 조선총독부의 기관지와는 달리 실제 조선에서 생활하던 재조일본인들이 자신들의 필요에 의해서 창간한 신문들이었다. 예를 들어 조선총독부의 온건한 식민지 정책에 만족하지 못하여 강경파 정치단체의 도움을 받아 신문 창간에 이른 경우도 있으나 대부분 실업에 종사한 재조일본인들이 자신들의 정보 교환, 권인 주장, 오락 제공 등의 필요와 이익을 위해서 신문 창간에 이르렀다. 이렇듯 자신들의 권익을 위해서 창간된 일본어 민간신문은 재조일본인들의 정치·경제·문화 활동, 생활 상황, 일본 혹은 조선에 대한 그들의 인식을 여실히 보여주고 있고 지역 신문의 성격이 강했기 때문에 일본인을 중심으로 한 그 지역 사회의 동향을 살필 수 있는 중요한 자료라 할 수 있다.

　이렇듯 일제강점기에 한반도에서 발행된 일본어 민간신문은 식민지의 실상을 파악할 수 있는 중요한 사료라 할 수 있지만 신문들이 산재해 있고 보존 상태가 열악하여 연구 축적이 많이 이루어지지 않은 것이 실상이다. 따라서 본 〈일제강점 초기 한반도 간행 일본어 민간신문의 문예물 연구〉 사업팀은 현존하는 일본어 민간신문의 조사, 발굴, 수집에 힘을 썼고, 목록집 작성을 위해서 한국교회사문헌연구원과 한국통계서적센터에서 간행한 일본어 민간신문의 영인본, 한국사데이터베이스에서 제공하고 있는 디지털 원문, 일본 국립국회도서관과 일본 도쿄대학(東京大學)의 메이지신문잡지문고(明治新聞雜誌文庫)가 소장하고 있는 마이크로필름 등을 활용하였다.

이 목록집은 1920년 이전까지의 일본어 민간신문으로 목록화 대상 시기를 한정하고 있는데 이는 제한적인 사업 기간 내에 내실 있는 연구 수행을 위한 현실적인 실현 가능성을 고려한 점도 있으나 그보다는 기존의 식민지기 일본어문학·문화 연구의 시기적 불균형 현상을 보완하기 위해서 대상 시기를 일제강점 초기로 집중하였다. 2000년대 이후 한국에서는 일제강점기 재조일본인 연구 및 재조일본인 문학, 한국인 작가의 이중언어문학 작품의 발굴과 분석 등에 관한 연구가 활발히 이루어졌는데 이들 연구는 주로 총독부가 통치정책을 문화정책으로 전환하여 조선 내 언론·문화·문학 등이 다양한 양상을 보이기 시작한 1920년대 이후, 또는 중일전쟁 이후 국민문학, 친일문학이 문학과 문화계를 점철한 1937년 이후부터 해방 이전까지의 연구들이 주를 이루고 있다. 때문에 상대적으로 강화도 조약 이후부터 1920년까지 한반도 내 일본어문학·문화에 대한 연구는 많지 않으며, 또한 일제강점기 초기의 일본어 문학·문화 연구의 경우도 단행본, 잡지 혹은 총독부 기관지 연구에 편중되어 있다. 따라서 본 목록집의 간행을 통해 현재 특정 매체와 시기에 집중되어 있는 식민지기 일본어문학·문화 연구의 불균형 현상을 해소하는데 일조할 수 있을 것이라 기대하고 있다.

이 『일제강점 초기 일본어 민간신문 문예물 목록집』은 1876년부터 1920년까지 한반도에서 발행한 일본어 민간신문의 기사 중에서도 운문, 산문, 수필, 희곡 등의 문예물에 관한 정보를 목록화 한 것이다. 이들 일본어 민간신문에 게재된 문예물들은 일본 본토에 거주하던 일본인 작가의 작품이나 기고문도 다수 있으나 대부분이 한반도에 거주하던 기자, 작가, 일반 재조일본인의 창작물들이 다수이다. 이들 신문 문예물을 통해서 일본어문학·문예의 한반도로의 유입과 그 과정에 작용하고 있는 제반 상황 등을 통해서 일본어문학·문예의 이동, 변용, 정착 등 과경(跨境) 현상을 파악할 수 있는 토대 자료가 될 것이다. 신문의 문예물이란 기본적으로 불특정 다수의 독자들에게 읽는 즐거움을 제공하여 신문 구독을 유도하고 연재소설을 통해서 신문 구독을 유지하기 위한 역할을 하고 있다. 일본어 민간신문의 독자들을 한반도에 거주한 재조일본인들이고 이들 민간신문의 문예물을 통해서 그들의 리터러시 정도와 문예에 대한 인식, 선호 등 문예물 수용자, 독자에 관한 고찰과 함께 신문 미디어의 역학이 식민지 상황에서 어떻게 작용하였는지도 파악할 수 있을 것으로 기대한다.

『일제강점 초기 일본어 민간신문 문예물 목록집』은 총 3권으로 구성하였고 지역별로 나누어 분권하였다. 제1권은 경성에서 발행한 『대한일보(大韓日報)』, 『대동신보(大東新報)』, 『경성신보(京城新報)』, 『경성약보(京城薬報)』, 『용산일지출신문(龍山日之出新聞)』, 『법정신문(法廷新聞)』, 『경성일일신문(京城日日新聞)』과 인천에서 발행한 『조선신보(朝鮮新報)』, 『조선신문(朝鮮新聞)』의 문예물 목록을, 제2권은 1권에 이어 인천에서 발행한 『조선신문』, 『조선일일신문(朝鮮日日新

聞)』의 문예물 목록을, 제3권은 부산에서 발행한『조선신보(朝鮮新報)』,『조선시보(朝鮮時報)』, 『조선일보(朝鮮日報)』,『부산일보(釜山日報)』와 대구에서 발행한『조선(朝鮮)』과 평양에서 발행한『평양신보(平壤新報)』,『평양일일신문(平壤日日新聞)』그리고 신의주에서 발행한『평안일보(平安日報)』의 문예물 목록을 수록하였다. 제3권 권말에는 각 신문에 대한 해제를 수록하였다. 이들 민간신문사들은 1941년의 '일도일지 정책(一道一紙政策)' 이전에도 열악한 재정 상태 등의 이유로 발행주가 자주 바뀌었고 그때마다 제호를 변경하는 경우도 다수 있어 해제에서 신문 제호 변경 경위와 창간 배경, 성향 등을 정리하였다.

이 목록집의 체재는 각 신문에서 발췌한 문예물들의 발행 날짜, 게재면, 게재단, 작품명, 작가 이름, 역자 이름과 같은 기본 정보를 표기하고, 장르는 대분류와 하위분류로 나누어 기재하는 방식으로 구축하였다. 작품명은 한국어역을 병기하였으나 작가나 역자 등의 인명은 대부분 필명이거나 현재 인물정보가 파악되지 않는 아마추어 작가, 기자, 일반인의 경우가 많아 정확하지 않은 음독으로 인한 오류를 회피하기 위해서 신문에 기재된 원문만 표기하였다. 또한 일제강점 초기 민간신문에는 사소한 오기, 오식, 연재물의 횟수 오류 등을 산견할 수 있는데 이러한 오류를 비고란에서 정정하였다.

이 목록집이 기존의 '한국문학·문화사', '일본문학·문화사'의 사각지대에 있던 일제강점기 일본어문학 연구의 공백을 채우고 불균형한 연구 동향을 보완해서 일제강점기 일본어문학의 전체상을 파악하기 위한 종합적이고 체계적인 연구의 초석이 될 것이라 믿는다. 또한 이 목록집이 앞으로 일본과 한반도 사이에서 일어난 사람·제도·문화의 교류 양상을 정확하게 파악하고 규명한 연구의 활성화에 기여할 수 있기를 바란다.

마지막으로 이『일제강점 초기 일본어 민간신문 문예물 목록집』이 한국에서 처음으로 간행될 수 있도록 지원해 준 한국연구재단의 일반공동연구지원사업단에 감사의 뜻을 전한다. 그리고 본 연구팀이 무사히 연구를 수행할 수 있도록 많은 편의를 봐주신 고려대학교 글로벌일본연구원의 서승원 전 원장님과 정병호 원장님께 감사의 말씀을 전한다. 그리고 한 글자 한 글자 판독하기 어려운 옛 신문을 상대로 사업기간 내내 고군분투하며 애써주신 본 연구팀의 이현희, 김보현, 이윤지, 김인아 연구교수님들, 많은 힘이 되어주시고 사업 수행을 끝까지 함께 해주신 김효순, 이승신 공동연구원 선생님들, 그리고 항상 든든한 연구보조원 소리마치 마스미 씨에게도 진심으로 감사의 뜻을 표하고 싶다. 그리고 이 목록집 간행을 맡아 주신 보고사와 꼼꼼하게 편집해주신 박현정 부장님과 황효은 과장님께도 감사의 말씀을 전하는 바이다.

2020년 4월

유재진

일러두기

1. 본 목록집은 일제강점 초기에 한반도에서 발간되었던 20종의 일본어 민간신문에 연재 및 게재된 문학작품 목록을 수록하였다. 이 중 한국어 특집호에 게재된 작품은 제외하고 일본어 작품만 정리한다.

2. 본 목록집에 수록된 신문의 배열은 발행지를 기준으로 경성, 인천, 부산 그 외의 지역 순서로 하여 제1권 〈경성·인천 편〉, 제2권 〈인천 편〉, 제3권 〈부산 및 기타지역 편〉으로 나누었다. 각 권에 수록한 신문의 순서는 발간일자 순으로 정리한다.

3. 본 목록집에 수록된 문학작품의 장르는 다음과 같으며, 대분류와 하위분류로 나누어서 표기한다.

   (1) 산문의 대분류는 소설, 수필, 고단(講談), 민속, 라쿠고(落語)이다.

   ① 소설의 하위분류는 일본소설, 고전소설, 동화, 한국고전, 번역소설 등이 있다.

   ② 수필의 하위분류는 서간, 평판기, 평론, 기행, 일상, 일기, 비평, 일반, 관찰, 기타 등이 있다.

   ③ 민속의 하위분류에는 민요(조선)가 있다.

   ④ 고단과 라쿠고의 하위분류는 없다.

   (2) 운문의 대분류는 시가(詩歌)이다.

   ① 하위분류로 단카(短歌), 교카(狂歌), 속곡(俗曲), 도도이쓰(都々逸), 신체시(新體詩), 하이쿠(俳句), 한시, 센류(川柳), 나니와부시(浪花節), 민요, 랏파부시(ラッパ節), 사노사부시(サノサ節), 하우타(端唄), 기타 등이 있다.

   (3) 광고의 대분류는 광고이다.

   ① 하위분류로 연재예고, 원고모집, 신간발매, 휴재 안내, 모임 안내 등이 있다.

4. **표기법**

   (1) 본 목록집의 한자는 원문대로 표기한다.

   (2) 원문의 오류는 그대로 표기하고, 오류임을 명기한다.

   (3) 외래어 표기는 국립국어원의 표기법에 준한다.

5. 본 목록집의 분류 항목은 다음과 같다.

    (1) 작품 목록은 날짜별로 구분하여 수록하였으며, 동일 날짜에 특별호, 지역판, 부록 등이 있는
        경우에는 별도로 나누어서 수록한다.

    (2) 신문의 발행 연월일, 요일, 호수를 상단에 기재한다.

    (3) 작품에 대한 정보는 ①지면 ②단수 ③기획 ④기사 제목 〈회수〉 [곡수] ⑤ 필자(저자/역자) ⑥분
        류 ⑦비고로 구분한다.

        ① 지면에는 작품이 수록된 신문의 지면을 표기한다.

        ② 단수에는 작품이 수록된 지면에서 작품이 위치한 단수를 표기한다.

        ③ 기획에는 작품의 수록에 있어서 신문에 표기되어 있는 특집, 장르의 명칭을 표기한다.

        ④ 기사 제목에는 작품명, 시가의 제재명 등을 기록하고, 작품의 회수와 시가의 곡수를 아라비
          아 숫자로 병기한다.

        ⑤ 필자에는 저자나 역자를 표기한다.

        ⑥ 분류에는 작품의 장르를 대분류와 하위분류로 나누어 병기한다.

        ⑦ 비고에는 연재 작품의 회수 오류, 표기 오류, 면수 오류, 한자 판독 불가 및 그 외 기타
          사항을 표기한다.

        ⑧ 신문의 연월일, 요일, 발행 호수의 오류는 상단의 신문 호수 오른쪽 끝에 표기한다.

7. 본문 내의 부호 및 기호의 표기 원칙은 다음과 같다.

    (1) 작품의 연재 회수는 〈　〉로 표기한다.

    (2) 시가의 작품 편수는 [　]로 표기한다.

    (3) 판독 불가능한 글자는 #로 표기한다. (예) 松浦#村

    (4) 장르의 대분류와 하위분류는 /로 나누어서 표기한다. (예) 시가/하이쿠

    (5) 『일제강점 초기 일본어 민간신문 문예물 번역집』(총 4권)에 수록된 작품의 경우 제목 앞에 다음
        과 같이 별도 표시를 한다.

        ① 전문이 번역 수록된 경우 ★

        ② 작품의 일부분만이 번역 수록된 경우 ☆

    (6) 그 외의 기호는 원문에 준하여 표기한다.

목차

전체 목차

인천

조선신문 1913.01.~1914.12.

지면	단수	기획	기사제목 〈회수〉 〔곡수〕	필자/저자(역자)	분류	비고
1913년 01월 01일 (수) 4182호						
1	1		大正の新正 다이쇼의 신정		수필/관찰	
1	2		癸丑元 〔88〕 계축원		시가/한시	
1913년 01월 01일 (수) 4182호 其二						
3	5	新春詩壇	山茶花散る頃 〔1〕 산다화 질 무렵	人張草	시가/자유시	
3	5	新春詩壇	煙が消える 〔1〕 연기가 사라지다	埃人	시가/자유시	
3	5	新春詩壇	冬の果 〔1〕 겨울의 끝	伊之助	시가/자유시	
3	5	新春詩壇	淡雪の春 〔1〕 얇게 눈이 깔린 봄	草野花代	시가/자유시	
3	5	新春詩壇	春一首 〔1〕 봄-일수	呂三枝	시가/자유시	
1913년 01월 01일 (수) 4182호 其三						
3	4		一月の異名と和歌 〔6〕 1월의 다른 이름과 와카		시가/단카	
1913년 01월 01일 (수) 4182호 其五						
1	1~6	落語	★牛ほめ 우시호메	三遊亭圓右喬 口演	라쿠고	
3	1~2	落語	★牛ほめ 우시호메	三遊亭圓右喬 口演	라쿠고	
3	2~4	小說	春と暗い女 〈1〉 봄과 우울한 여자	中西伊之助	소설	
1913년 01월 01일 (수) 4182호 其八						
3	5		霧の降る夜 안개가 내려앉은 밤	平南支社 中西伊之助	수필/일상	
1913년 01월 01일 (수) 4182호 其十						
1	1~6	落語	風流三人上戶 풍류 산닌조고	故三遊亭圓喬 口演	라쿠고	
3	4		俳句と牛 〔1〕 하이쿠와 소	嵐雪	시가/하이쿠	
3	4		俳句と牛 〔1〕 하이쿠와 소	浪化	시가/하이쿠	
3	4		俳句と牛 〔1〕 하이쿠와 소	可笛	시가/하이쿠	
3	4		俳句と牛 〔1〕 하이쿠와 소	馬瓢	시가/하이쿠	
3	4		俳句と牛 〔1〕 하이쿠와 소	其角	시가/하이쿠	
3	4		俳句と牛 〔1〕 하이쿠와 소	悟堂	시가/하이쿠	

지면	단수	기획	기사제목 〈회수〉〔곡수〕	필자/저자(역자)	분류	비고
3	4		俳句と牛〔1〕 하이쿠와 소	一茶	시가/하이쿠	
3	4		俳句と牛〔1〕 하이쿠와 소	桃靑	시가/하이쿠	
3	4		俳句と牛〔1〕 하이쿠와 소	何龍	시가/하이쿠	
3	4		俳句と牛〔1〕 하이쿠와 소	波#	시가/하이쿠	
3	4		俳句と牛〔1〕 하이쿠와 소	葛三	시가/하이쿠	
3	4		俳句と牛〔1〕 하이쿠와 소	麥山	시가/하이쿠	
3	4		俳句と牛〔1〕 하이쿠와 소	#更	시가/하이쿠	
3	4		俳句と牛〔1〕 하이쿠와 소	篤老	시가/하이쿠	
3	4		俳句と牛〔1〕 하이쿠와 소	麥林	시가/하이쿠	
3	4		俳句と牛〔1〕 하이쿠와 소	凡童	시가/하이쿠	
3	4		俳句と牛〔1〕 하이쿠와 소	葛三	시가/하이쿠	

1913년 01월 01일 (수) 4182호 其十二

지면	단수	기획	기사제목 〈회수〉〔곡수〕	필자/저자(역자)	분류	비고
3	1~4		讀書隨筆/蘇東坡集を讀む 독서수필/소동파집을 읽다	原生	수필/일상	

1913년 01월 01일 (수) 4182호 其十三

지면	단수	기획	기사제목 〈회수〉〔곡수〕	필자/저자(역자)	분류	비고
1	1~5		★小牛の像 〈1〉 송아지 조각상	泉鏡花	소설	
3	1~3		出世角力成田利生記 〈87〉 출세 스모 나리타 리쇼 기	寶井馬琴 口演	고단	

1913년 01월 01일 (수) 4182호 其十五

지면	단수	기획	기사제목 〈회수〉〔곡수〕	필자/저자(역자)	분류	비고
1	6		(제목없음)〔1〕	#囚	시가/하이쿠	
1	6		(제목없음)〔1〕	白雄	시가/하이쿠	
1	6		(제목없음)〔1〕	夢太	시가/하이쿠	
1	6		(제목없음)〔1〕	竹司	시가/하이쿠	
1	6		(제목없음)〔1〕	乙#	시가/하이쿠	
1	6		(제목없음)〔1〕	保吉	시가/하이쿠	
1	6		(제목없음)〔1〕	北枝	시가/하이쿠	
1	6		(제목없음)〔1〕	土鈴	시가/하이쿠	
1	6		(제목없음)〔1〕	去來	시가/하이쿠	

지면	단수	기획	기사제목 〈회수〉〔곡수〕	필자/저자(역자)	분류	비고
3	4		(제목없음) 〔1〕	春交	시가/하이쿠	
3	4		(제목없음) 〔1〕	移竹	시가/하이쿠	
3	4		(제목없음) 〔1〕	大江丸	시가/하이쿠	
3	4		(제목없음) 〔1〕	桃青	시가/하이쿠	
3	4		(제목없음) 〔1〕	附専	시가/하이쿠	
3	4		(제목없음) 〔1〕	白雄	시가/하이쿠	
3	4		(제목없음) 〔1〕	支考	시가/하이쿠	
3	4		(제목없음) 〔1〕	琴庵	시가/하이쿠	
3	4		(제목없음) 〔1〕	白雄	시가/하이쿠	
3	4		(제목없음) 〔1〕	成美	시가/하이쿠	
3	4		(제목없음) 〔1〕	不評	시가/하이쿠	
3	4		(제목없음) 〔1〕	牽牛	시가/하이쿠	
3	4		(제목없음) 〔1〕	其角	시가/하이쿠	
3	4		(제목없음) 〔1〕	桃青	시가/하이쿠	
3	4		(제목없음) 〔1〕	浪花	시가/하이쿠	

1913년 01월 01일 (수) 4182호 其十六

지면	단수	기획	기사제목 〈회수〉〔곡수〕	필자/저자(역자)	분류	비고
1	6		(제목없음) 〔1〕	臥中	시가/하이쿠	
1	6		(제목없음) 〔1〕	#十	시가/하이쿠	
1	6		(제목없음) 〔1〕	始行	시가/하이쿠	
1	6		(제목없음) 〔1〕	好雨	시가/하이쿠	
1	6		(제목없음) 〔1〕	可笛	시가/하이쿠	
3	1~3		大飛行機 羽衣號 〈94〉 큰 비행기 하고로모 호	江見水蔭	소설	

1913년 01월 01일 (수) 4182호 其十七

지면	단수	기획	기사제목 〈회수〉〔곡수〕	필자/저자(역자)	분류	비고
1	6		(제목없음) 〔4〕		시가/단카	
3	4		(제목없음) 〔1〕	廷牛	시가/하이쿠	
3	4		(제목없음) 〔1〕	青#	시가/하이쿠	

지면	단수	기획	기사제목〈회수〉〔곡수〕	필자/저자(역자)	분류	비고
3	4		(제목없음)〔1〕	正香	시가/하이쿠	
3	4		(제목없음)〔1〕	旨原	시가/하이쿠	
3	4		(제목없음)〔1〕	萬乎	시가/하이쿠	
3	4		(제목없음)〔1〕	長翠	시가/하이쿠	
3	4		(제목없음)〔1〕	音水	시가/하이쿠	
3	4		(제목없음)〔1〕	旣醉	시가/하이쿠	
3	4		(제목없음)〔1〕	召波	시가/하이쿠	
3	4		(제목없음)〔1〕	支考	시가/하이쿠	
3	4		(제목없음)〔1〕	保吉	시가/하이쿠	
3	4		(제목없음)〔1〕	近之	시가/하이쿠	
3	4		(제목없음)〔1〕	言水	시가/하이쿠	
3	4		(제목없음)〔1〕	自來	시가/하이쿠	
3	4		(제목없음)〔1〕	不有	시가/하이쿠	
3	4		(제목없음)〔1〕	凡董	시가/하이쿠	
3	4		(제목없음)〔1〕	#口	시가/하이쿠	
3	4		(제목없음)〔1〕	群長	시가/하이쿠	
3	4		(제목없음)〔1〕	嵐雪	시가/하이쿠	
3	4		(제목없음)〔1〕	鬼貫	시가/하이쿠	

1913년 01월 01일 (수) 4182호 其十八

지면	단수	기획	기사제목〈회수〉〔곡수〕	필자/저자(역자)	분류	비고
3	4		(제목없음)〔1〕	其角	시가/하이쿠	
3	4		(제목없음)〔1〕	靑#	시가/하이쿠	
3	4		(제목없음)〔1〕	鬼雀	시가/하이쿠	

1913년 01월 01일 (수) 4182호 其十九

지면	단수	기획	기사제목〈회수〉〔곡수〕	필자/저자(역자)	분류	비고
1	1~6		牛天神 우시텐진	眞流齊貞山 講演/梅 川珠葉 速記	고단	
3	1~3		牛天神 우시텐진	眞流齊貞山 講演/梅 川珠葉 速記	고단	

1913년 01월 01일 (수) 4182호 其廿一

지면	단수	기획	기사제목 〈회수〉〔곡수〕	필자/저자(역자)	분류	비고
1	1~6		牛文學 소와 관련된 문학	鷺亭金升	소설	

1913년 01월 01일 (수) 4182호 其廿二

지면	단수	기획	기사제목 〈회수〉〔곡수〕	필자/저자(역자)	분류	비고
1	1~5		★はつ春 초봄	德田秋聲	소설	
3	1~2		★はつ春 초봄	德田秋聲	소설	
3	2~4	小說	新年と豊岡君 신년과 도요오카 군	秋村晶一郎	소설	

1913년 01월 01일 (수) 4182호 其廿三

지면	단수	기획	기사제목 〈회수〉〔곡수〕	필자/저자(역자)	분류	비고
1	4		新/元日〔1〕 새로움/설날	春谷六花	시가/하이쿠	
1	4		新/初日〔1〕 새로움/새해 첫날	春谷六花	시가/하이쿠	
1	4		新/年賀〔1〕 새로움/연하	春谷六花	시가/하이쿠	
1	4		新/屠蘇〔1〕 새로움/설날에 마시는 술	春谷六花	시가/하이쿠	
1	4		新/年玉〔1〕 새로움/세뱃돈	春谷六花	시가/하이쿠	
3	4		(제목없음)〔1〕	紅綠	시가/하이쿠	
3	4		(제목없음)〔1〕	潮音	시가/하이쿠	
3	4		(제목없음)〔1〕	#方#	시가/하이쿠	
3	4		(제목없음)〔1〕	子規	시가/하이쿠	

1913년 01월 01일 (수) 4182호 其廿五

지면	단수	기획	기사제목 〈회수〉〔곡수〕	필자/저자(역자)	분류	비고
3	1~4		日本文學に現はれたる滑稽趣味 일본문학에 나타나는 골계취미	文學博士 幸田露伴 氏談	수필/비평	
3	4		(제목없음)〔6〕		시가/단카	

1913년 01월 01일 (수) 4182호 其廿七

지면	단수	기획	기사제목 〈회수〉〔곡수〕	필자/저자(역자)	분류	비고
1	3		募集俳句/佐治賣劍選/初日〔1〕 모집 하이쿠/사지 바이켄 선/새해 첫날	宇洪	시가/하이쿠	
1	3		募集俳句/佐治賣劍選/初日〔2〕 모집 하이쿠/사지 바이켄 선/새해 첫날	棹花	시가/하이쿠	
1	3		募集俳句/佐治賣劍選/初日〔1〕 모집 하이쿠/사지 바이켄 선/새해첫날	花笑	시가/하이쿠	
1	3		募集俳句/佐治賣劍選/初日〔2〕 모집 하이쿠/사지 바이켄 선/새해 첫날	兼道	시가/하이쿠	
1	3		募集俳句/佐治賣劍選/初日〔2〕 모집 하이쿠/사지 바이켄 선/새해 첫날	玖西	시가/하이쿠	
1	3		募集俳句/佐治賣劍選/初日〔1〕 모집 하이쿠/사지 바이켄 선/새해 첫날	花董	시가/하이쿠	
1	3		募集俳句/佐治賣劍選/初日〔2〕 모집 하이쿠/사지 바이켄 선/새해 첫날	孤舟	시가/하이쿠	

지면	단수	기획	기사제목 〈회수〉〔곡수〕	필자/저자(역자)	분류	비고
1	3		募集俳句/佐治賣劍選/初日〔1〕 모집 하이쿠/사지 바이켄 선/새해 첫날	人兆	시가/하이쿠	
1	3		募集俳句/佐治賣劍選/初日〔1〕 모십 하이루/사지 바이켄 선/새히 첫날	紫峰	시가/하이쿠	
1	3		募集俳句/佐治賣劍選/初日〔7〕 모집 하이쿠/사지 바이켄 선/새해 첫날	麗哉	시가/하이쿠	
1	3		募集俳句/佐治賣劍選/初日〔1〕 모집 하이쿠/사지 바이켄 선/새해 첫날	楓葉子	시가/하이쿠	
1	3		募集俳句/佐治賣劍選/初日〔1〕 모집 하이쿠/사지 바이켄 선/새해 첫날	樂哉	시가/하이쿠	
1	3		募集俳句/佐治賣劍選/初日〔3〕 모집 하이쿠/사지 바이켄 선/새해 첫날	考古	시가/하이쿠	
1	3		募集俳句/佐治賣劍選/初日〔1〕 모집 하이쿠/사지 바이켄 선/새해 첫날	迂鈍樓	시가/하이쿠	
1	3		募集俳句/佐治賣劍選/初日〔2〕 모집 하이쿠/사지 바이켄 선/새해 첫날	落葉	시가/하이쿠	
1	3		募集俳句/佐治賣劍選/初日〔1〕 모집 하이쿠/사지 바이켄 선/새해 첫날	會城	시가/하이쿠	
1	3		募集俳句/佐治賣劍選/初日〔1〕 모집 하이쿠/사지 바이켄 선/새해 첫날	鳳翠	시가/하이쿠	
1	3		募集俳句/佐治賣劍選/初日〔1〕 모집 하이쿠/사지 바이켄 선/새해 첫날	丸坊主	시가/하이쿠	
1	3		募集俳句/佐治賣劍選/初日〔1〕 모집 하이쿠/사지 바이켄 선/새해 첫날	木公	시가/하이쿠	
1	3		募集俳句/佐治賣劍選/初日〔1〕 모집 하이쿠/사지 바이켄 선/새해 첫날	買牛	시가/하이쿠	
1	3		募集俳句/佐治賣劍選/初日〔1〕 모집 하이쿠/사지 바이켄 선/새해 첫날	老人	시가/하이쿠	
1	3		募集俳句/佐治賣劍選/初日〔3〕 모집 하이쿠/사지 바이켄 선/새해 첫날	夢閑	시가/하이쿠	
1	3		募集俳句/佐治賣劍選/初日〔4〕 모집 하이쿠/사지 바이켄 선/새해 첫날	默痴生	시가/하이쿠	
1	3		募集俳句/佐治賣劍選/松の內〔1〕 모집 하이쿠/사지 바이켄 선/새해 소나무 장식 기간	宇洪	시가/하이쿠	
1	3		募集俳句/佐治賣劍選/松の內〔2〕 모집 하이쿠/사지 바이켄 선/새해 소나무 장식 기간	花笑	시가/하이쿠	
1	3		募集俳句/佐治賣劍選/松の內〔2〕 모집 하이쿠/사지 바이켄 선/새해 소나무 장식 기간	兼道	시가/하이쿠	
1	3		募集俳句/佐治賣劍選/松の內〔3〕 모집 하이쿠/사지 바이켄 선/새해 소나무 장식 기간	玖西	시가/하이쿠	
1	3		募集俳句/佐治賣劍選/松の內〔2〕 모집 하이쿠/사지 바이켄 선/새해 소나무 장식 기간	南洋	시가/하이쿠	
1	3		募集俳句/佐治賣劍選/松の內〔1〕 모집 하이쿠/사지 바이켄 선/새해 소나무 장식 기간	人兆	시가/하이쿠	
1	3		募集俳句/佐治賣劍選/松の內〔7〕 모집 하이쿠/사지 바이켄 선/새해 소나무 장식 기간	麗哉	시가/하이쿠	
1	3		募集俳句/佐治賣劍選/松の內〔1〕 모집 하이쿠/사지 바이켄 선/새해 소나무 장식 기간	樂哉	시가/하이쿠	
1	3		募集俳句/佐治賣劍選/松の內〔1〕 모집 하이쿠/사지 바이켄 선/새해 소나무 장식 기간	一六	시가/하이쿠	
1	3		募集俳句/佐治賣劍選/松の內〔4〕 모집 하이쿠/사지 바이켄 선/새해 소나무 장식 기간	默痴	시가/하이쿠	

지면	단수	기획	기사제목 〈회수〉〔곡수〕	필자/저자(역자)	분류	비고
1	3~4		募集俳句/佐治賣劍選/雜煮〔2〕 모집 하이쿠/사지 바이켄 선/떡국	宇洪	시가/하이쿠	
1	4		募集俳句/佐治賣劍選/雜煮〔3〕 모집 하이쿠/사지 바이켄 선/떡국	棹花	시가/하이쿠	
1	4		募集俳句/佐治賣劍選/雜煮〔1〕 모집 하이쿠/사지 바이켄 선/떡국	光	시가/하이쿠	
1	4		募集俳句/佐治賣劍選/雜煮〔1〕 모집 하이쿠/사지 바이켄 선/떡국	花笑	시가/하이쿠	
1	4		募集俳句/佐治賣劍選/雜煮〔1〕 모집 하이쿠/사지 바이켄 선/떡국	兼道	시가/하이쿠	
1	4		募集俳句/佐治賣劍選/雜煮〔2〕 모집 하이쿠/사지 바이켄 선/떡국	玖西	시가/하이쿠	
1	4		募集俳句/佐治賣劍選/雜煮〔2〕 모집 하이쿠/사지 바이켄 선/떡국	馬川	시가/하이쿠	
1	4		募集俳句/佐治賣劍選/雜煮〔1〕 모집 하이쿠/사지 바이켄 선/떡국	孤舟	시가/하이쿠	
1	4		募集俳句/佐治賣劍選/雜煮〔1〕 모집 하이쿠/사지 바이켄 선/떡국	人兆	시가/하이쿠	
1	4		募集俳句/佐治賣劍選/雜煮〔2〕 모집 하이쿠/사지 바이켄 선/떡국	柳子	시가/하이쿠	
1	4		募集俳句/佐治賣劍選/雜煮〔2〕 모집 하이쿠/사지 바이켄 선/떡국	考古	시가/하이쿠	
1	4		募集俳句/佐治賣劍選/雜煮〔1〕 모집 하이쿠/사지 바이켄 선/떡국	江華生	시가/하이쿠	
1	4		募集俳句/佐治賣劍選/雜煮〔1〕 모집 하이쿠/사지 바이켄 선/떡국	筑紫軒	시가/하이쿠	
1	4		募集俳句/佐治賣劍選/雜煮〔1〕 모집 하이쿠/사지 바이켄 선/떡국	古覺	시가/하이쿠	
1	4		募集俳句/佐治賣劍選/雜煮〔1〕 모집 하이쿠/사지 바이켄 선/떡국	落葉	시가/하이쿠	
1	4		募集俳句/佐治賣劍選/雜煮〔1〕 모집 하이쿠/사지 바이켄 선/떡국	知足	시가/하이쿠	
1	4		募集俳句/佐治賣劍選/雜煮〔1〕 모집 하이쿠/사지 바이켄 선/떡국	花葉	시가/하이쿠	
1	4		募集俳句/佐治賣劍選/雜煮〔4〕 모집 하이쿠/사지 바이켄 선/떡국	默痴生	시가/하이쿠	
1	4		募集俳句/佐治賣劍選/新年の牛〔1〕 모집 하이쿠/사지 바이켄 선/신년의 소	宇洪	시가/하이쿠	
1	4		募集俳句/佐治賣劍選/新年の牛〔2〕 모집 하이쿠/사지 바이켄 선/신년의 소	花笑	시가/하이쿠	
1	4		募集俳句/佐治賣劍選/新年の牛〔1〕 모집 하이쿠/사지 바이켄 선/신년의 소	玖西	시가/하이쿠	
1	4		募集俳句/佐治賣劍選/新年の牛〔2〕 모집 하이쿠/사지 바이켄 선/신년의 소	馬州	시가/하이쿠	
1	4		募集俳句/佐治賣劍選/新年の牛〔1〕 모집 하이쿠/사지 바이켄 선/신년의 소	人兆	시가/하이쿠	
1	4		募集俳句/佐治賣劍選/新年の牛〔2〕 모집 하이쿠/사지 바이켄 선/신년의 소	樂哉	시가/하이쿠	
1	4		募集俳句/佐治賣劍選/新年の牛〔1〕 모집 하이쿠/사지 바이켄 선/신년의 소	江華生	시가/하이쿠	
1	4		募集俳句/佐治賣劍選/新年の牛〔1〕 모집 하이쿠/사지 바이켄 선/신년의 소	筑紫軒	시가/하이쿠	

지면	단수	기획	기사제목 〈회수〉〔곡수〕	필자/저자(역자)	분류	비고
1	4		募集俳句/佐治賣劍選/新年の牛〔1〕 모집 하이쿠/사지 바이켄 선/신년의 소	春谷	시가/하이쿠	
1	4		募集俳句/佐治賣劍選/新年の牛〔2〕 모집 하이쿠/사지 바이켄 선/신년의 수	一六	시가/하이쿠	
1	4		募集俳句/佐治賣劍選/新年の牛〔3〕 모집 하이쿠/사지 바이켄 선/신년의 소	初心	시가/하이쿠	
1	4		募集俳句/佐治賣劍選/新年の牛〔2〕 모집 하이쿠/사지 바이켄 선/신년의 소	買牛	시가/하이쿠	
1	4		募集俳句/佐治賣劍選/新年の牛〔3〕 모집 하이쿠/사지 바이켄 선/신년의 소	默痴生	시가/하이쿠	
1	4		募集俳句/佐治賣劍選/若菜〔2〕 모집 하이쿠/사지 바이켄 선/봄나물	宇洪	시가/하이쿠	
1	4		募集俳句/佐治賣劍選/若菜〔1〕 모집 하이쿠/사지 바이켄 선/봄나물	花笑	시가/하이쿠	
1	4		募集俳句/佐治賣劍選/若菜〔1〕 모집 하이쿠/사지 바이켄 선/봄나물	兼道	시가/하이쿠	
1	4		募集俳句/佐治賣劍選/若菜〔1〕 모집 하이쿠/사지 바이켄 선/봄나물	玖西	시가/하이쿠	
1	4		募集俳句/佐治賣劍選/若菜〔1〕 모집 하이쿠/사지 바이켄 선/봄나물	人兆	시가/하이쿠	
1	4		募集俳句/佐治賣劍選/若菜〔2〕 모집 하이쿠/사지 바이켄 선/봄나물	紫蜂	시가/하이쿠	
1	4		募集俳句/佐治賣劍選/若菜〔1〕 모집 하이쿠/사지 바이켄 선/봄나물	樂哉	시가/하이쿠	
1	4		募集俳句/佐治賣劍選/若菜〔1〕 모집 하이쿠/사지 바이켄 선/봄나물	春谷	시가/하이쿠	
1	4		募集俳句/佐治賣劍選/若菜〔1〕 모집 하이쿠/사지 바이켄 선/봄나물	初心	시가/하이쿠	
1	4		募集俳句/佐治賣劍選/若菜〔2〕 모집 하이쿠/사지 바이켄 선/봄나물	鳳翠	시가/하이쿠	
1	4		募集俳句/佐治賣劍選/若菜〔1〕 모집 하이쿠/사지 바이켄 선/봄나물	木公	시가/하이쿠	
1	4		募集俳句/佐治賣劍選/若菜〔4〕 모집 하이쿠/사지 바이켄 선/봄나물	默痴生	시가/하이쿠	
1	4		募集俳句/佐治賣劍選/若菜/人〔1〕 모집 하이쿠/사지 바이켄 선/인	清州 買牛	시가/하이쿠	
1	4		募集俳句/佐治賣劍選/若菜/地〔1〕 모집 하이쿠/사지 바이켄 선/지	公州 鳳翠	시가/하이쿠	
1	4		募集俳句/佐治賣劍選/若菜/天〔1〕 모집 하이쿠/사지 바이켄 선/천	仁川 夢閑	시가/하이쿠	

1912년 01월 01일 (수) 4182호 其卄八

지면	단수	기획	기사제목 〈회수〉〔곡수〕	필자/저자(역자)	분류	비고
3	3		彈き初め 첫 연주	名古屋 中笑	수필/일상	
3	4		新年/歌かるた 신년/우타가루타	六花	수필/일상	
3	4		新年/左##〔1〕 신년/###	####	시가/하이쿠	
3	4		新年/うそ替〔1〕 신년/우소가에	####	시가/하이쿠	
3	4		新年/筆始〔1〕 신년/새해 첫 붓글씨	####	시가/하이쿠	

지면	단수	기획	기사제목 〈회수〉〔곡수〕	필자/저자(역자)	분류	비고
3	4		新年/#初〔3〕 신년/#초	####	시가/하이쿠	
3	4		新年/乘初〔1〕 신년/새해 첫 탑승	####	시가/하이쿠	
3	4		新年/##〔2〕 신년/##	####	시가/하이쿠	
3	4		新年/##〔1〕 신년/##	####	시가/하이쿠	
3	4		新年/##〔1〕 신년/##	####	시가/하이쿠	
3	4		新年/##〔1〕 신년/##	####	시가/하이쿠	

1912년 01월 01일 (수) 4182호 其卄九

지면	단수	기획	기사제목	필자/저자(역자)	분류	비고
1	4		年頭五首〔5〕 새해 첫날-오수	####	시가/단카	
3	3~4		初春の藝者日記 초봄 게이샤 일기	愛奴記	수필/일기	

1912년 01월 01일 (수) 4182호 其卅二

지면	단수	기획	기사제목	필자/저자(역자)	분류	비고
1	4		歲旦所感〔1〕 설날 아침 소감	大田 ####	시가/한시	

1913년 01월 07일 (화) 4184호

지면	단수	기획	기사제목	필자/저자(역자)	분류	비고
3	5~6		笑話 牛の人間 우스운 이야기 소 인간		수필/기타	
4	1~3		出世角力成田利生記〈86〉 출세 스모 나리타 리쇼 기	寶井馬琴 口演	고단	회수 오류
6	1~3		大飛行機 羽衣號〈93〉 큰 비행기 하고로모 호	江見水蔭	소설	회수 오류

1913년 01월 08일 (수) 4185호

지면	단수	기획	기사제목	필자/저자(역자)	분류	비고
3	4~5		今の世の中 지금의 세상	吳門守	수필/관찰	
4	1~3		出世角力成田利生記〈90〉 출세 스모 나리타 리쇼 기	寶井馬琴 口演	고단	
6	1~3		大飛行機 羽衣號〈96〉 큰 비행기 하고로모 호	江見水蔭	소설	

1913년 01월 09일 (목) 4186호

지면	단수	기획	기사제목	필자/저자(역자)	분류	비고
1	6	文苑	歲晚自慰〔8〕 세만자위	石塚北#	시가/한시	
1	6	文苑	歲晚有感走筆得古律〔20〕 세말유감주필득도율	石塚北#	시가/한시	
1	6	文苑	時事偶感〔12〕 시사우감	石塚北#	시가/한시	
4	1~3		出世角力成田利生記〈91〉 출세 스모 나리타 리쇼 기	寶井馬琴 口演	고단	
6	1~3		大飛行機 羽衣號〈97〉 큰 비행기 하고로모 호	江見水蔭	소설	

1913년 01월 10일 (금) 4187호

지면	단수	기획	기사제목 〈회수〉〔곡수〕	필자/저자(역자)	분류	비고
4	1~3		出世角力成田利生記 〈91〉 출세 스모 나리타 리쇼 기	寶井馬琴 口演	고단	회수 오류
6	1~3		大飛行機 羽衣號 〈98〉 큰 비행기 하고로모 호	江見水蔭	소설	

1913년 01월 11일 (토) 4188호

지면	단수	기획	기사제목 〈회수〉〔곡수〕	필자/저자(역자)	분류	비고
4	1~3		出世角力成田利生記 〈93〉 출세 스모 나리타 리쇼 기	寶井馬琴 口演	고단	
6	1~3		大飛行機 羽衣號 〈99〉 큰 비행기 하고로모 호	江見水蔭	소설	
7	1~2		新講談の御披露 신 고단 공개		광고/연재예 고	

1913년 01월 12일 (일) 4189호

지면	단수	기획	기사제목 〈회수〉〔곡수〕	필자/저자(역자)	분류	비고
4	1~3		出世角力成田利生記 〈94〉 출세 스모 나리타 리쇼 기	寶井馬琴 口演	고단	
6	1~3		大飛行機 羽衣號 〈100〉 큰 비행기 하고로모 호	江見水蔭	소설	

1913년 01월 13일 (월) 4190호

지면	단수	기획	기사제목 〈회수〉〔곡수〕	필자/저자(역자)	분류	비고
4	1~4		大飛行機 羽衣號 〈101〉 큰 비행기 하고로모 호	江見水蔭	소설	

1913년 01월 14일 (화) 4191호

지면	단수	기획	기사제목 〈회수〉〔곡수〕	필자/저자(역자)	분류	비고
4	1~3		出世角力成田利生記 〈95〉 출세 스모 나리타 리쇼 기	寶井馬琴 口演	고단	
6	1~3		大飛行機 羽衣號 〈102〉 큰 비행기 하고로모 호	江見水蔭	소설	

1913년 01월 15일 (수) 4192호

지면	단수	기획	기사제목 〈회수〉〔곡수〕	필자/저자(역자)	분류	비고
3	3		江景茶話 강경다화		수필/일상	
4	1~3		寶曆太平記 〈1〉 호레키 다이헤이키	寶井馬琴	고단	

1913년 01월 15일 (수) 4192호 家庭クラブ

지면	단수	기획	기사제목 〈회수〉〔곡수〕	필자/저자(역자)	분류	비고
6	2~3		和歌 〔5〕 와카		시가/단카	

1913년 01월 16일 (목) 4193호

지면	단수	기획	기사제목 〈회수〉〔곡수〕	필자/저자(역자)	분류	비고
3	1~4		近火 근처의 화재	京城 山縣正十雄	수필/일상	
4	1~3		寶曆太平記 〈2〉 호레키 다이헤이키	寶井馬琴	고단	
4	3~4		白紛の女 〈1〉 하얀 분을 바른 여자		소설	
4	4		春と雪 〔1〕 봄과 눈	井門支店 房枝	시가/도도이 쓰	
4	4		春と雪 〔1〕 봄과 눈	井門支店 勝枝	시가/도도이 쓰	
4	4		春と雪 〔1〕 봄과 눈	井門支店 若奴	시가/도도이 쓰	

지면	단수	기획	기사제목 〈회수〉〔곡수〕	필자/저자(역자)	분류	비고
4	4~5		春と雪 〔2〕 봄과 눈	井門支店 照葉	시가/도도이쓰	
4	5		春と雪 〔1〕 봄과 눈	井門支店 久枝	시가/도도이쓰	
4	5		春と雪 〔1〕 봄과 눈	井門支店 巴枝	시가/도도이쓰	
4	5		春と雪 〔1〕 봄과 눈	井門支店 江戸奴	시가/도도이쓰	
6	1~3		大飛行機 羽衣號 〈103〉 큰 비행기 하고로모 호	江見水蔭	소설	

1913년 01월 17일 (금) 4194호

지면	단수	기획	기사제목 〈회수〉〔곡수〕	필자/저자(역자)	분류	비고
4	1~3		寶曆太平記 〈3〉 호레키 다이헤이키	寶井馬琴	고단	
4	3~4		白紛の女 〈2〉 하얀 분을 바른 여자		소설	
5	1~2		京元線駈ある記 〈4〉 경원선을 달린 기록	鐵原支局 長髮郞	수필/기행	
6	1~3		大飛行機 羽衣號 〈104〉 큰 비행기 하고로모 호	江見水蔭	소설	

1913년 01월 18일 (토) 4195호

지면	단수	기획	기사제목 〈회수〉〔곡수〕	필자/저자(역자)	분류	비고
3	3		京元線駈ある記 〈5〉 경원선을 달린 기록	鐵原支局 長髮郞	수필/기행	
4	1~3		寶曆太平記 〈4〉 호레키 다이헤이키	寶井馬琴	고단	
4	3~4		白紛の女 〈3〉 하얀 분을 바른 여자		소설	
5	3~4	家庭クラブ	化粧雜談 〈2〉 화장잡담		수필/기타	회수 오류
5	4	家庭クラブ	川柳 〔9〕 센류		시가/센류	
5	4	家庭クラブ	初旅 첫 여행	うぐひす	수필/기행	
6	1~3		大飛行機 羽衣號 〈105〉 큰 비행기 하고로모 호	江見水蔭	소설	

1913년 01월 19일 (일) 4196호

지면	단수	기획	기사제목 〈회수〉〔곡수〕	필자/저자(역자)	분류	비고
4	1~3		寶曆太平記 〈5〉 호레키 다이헤이키	寶井馬琴	고단	
4	3~5		白紛の女 〈4〉 하얀 분을 바른 여자		소설/기타	
6	1~3		大飛行機 羽衣號 〈106〉 큰 비행기 하고로모 호	江見水蔭	소설	
7	2~4		おなべ化物探險記 〈1〉 오나베 화물탐험기	三個の記者	수필/기행	

1913년 01월 20일 (월) 4197호

지면	단수	기획	기사제목 〈회수〉〔곡수〕	필자/저자(역자)	분류	비고
1	2~3		漢城の風色 〈1〉 한성의 정취	有無生	수필/관찰	
4	1~3		大飛行機 羽衣號 〈107〉 큰 비행기 하고로모 호	江見水蔭	소설	

지면	단수	기획	기사제목 〈회수〉〔곡수〕	필자/저자(역자)	분류	비고
1913년 01월 21일 (화) 4198호						
1	2~4		漢城の風色 〈2〉 한성의 정취	有無生	수필/관찰	
3	6~7	家庭クラブ	巴里の友に 파리의 친구에게		수필/서간	
4	1~3		寶暦太平記 〈6〉 호레키 다이헤이키	寶井馬琴	고단	
5	2~4		おなべ化物探險記 〈3〉 오나베 화물탐험기	三個の記者	수필/기행	
6	1~3		大飛行機 羽衣號 〈108〉 큰 비행기 하고로모 호	江見水蔭	소설	
1913년 01월 22일 (수) 4199호						
1	2~4		漢城の風色 〈2〉 한성의 정취	有無生	수필/관찰	회수 오류
4	1~3		寶暦太平記 〈7〉 호레키 다이헤이키	寶井馬琴	고단	
4	3~4		白紛の女 〈5〉 하얀 분을 바른 여자		소설/기타	
6	1~3		大飛行機 羽衣號 〈109〉 큰 비행기 하고로모 호	江見水蔭	소설	
1913년 01월 23일 (목) 4200호						
1	2~4		漢城の風色 〈3〉 한성의 정취	有無生	수필/관찰	회수 오류
3	5		木浦消防組の歌 〔3〕 목포 소방조의 노래		시가/기타	
4	1~3		寶暦太平記 〈8〉 호레키 다이헤이키	寶井馬琴	고단	
5	3~5		おなべ化物探險記 〈5〉 오나베 화물탐험기		소설/기타	
6	1~3		大飛行機 羽衣號 〈110〉 큰 비행기 하고로모 호	江見水蔭	소설	
1913년 01월 24일 (금) 4201호						
1	2~4		漢城の風色 〈5〉 한성의 정취	有無生	수필/관찰	
4	1~3		寶暦太平記 〈9〉 호레키 다이헤이키	寶井馬琴	고단	
6	1~3		大飛行機 羽衣號 〈111〉 큰 비행기 하고로모 호	江見水蔭	소설	
1913년 01월 25일 (토) 4202호						
4	1~3		寶暦太平記 〈10〉 호레키 다이헤이키	寶井馬琴	고단	
6	1~3		大飛行機 羽衣號 〈112〉 큰 비행기 하고로모 호	江見水蔭	소설	
1913년 01월 26일 (일) 4203호						
4	1~3		寶暦太平記 〈11〉 호레키 다이헤이키	寶井馬琴	고단	

지면	단수	기획	기사제목 〈회수〉〔곡수〕	필자/저자(역자)	분류	비고
6	1~3		大飛行機 羽衣號 〈113〉 큰 비행기 하고로모 호	江見水蔭	소설	

1913년 01월 27일 (월) 4204호

지면	단수	기획	기사제목 〈회수〉〔곡수〕	필자/저자(역자)	분류	비고
4	1~3		大飛行機 羽衣號 〈114〉 큰 비행기 하고로모 호	江見水蔭	소설	

1913년 01월 28일 (화) 4205호

지면	단수	기획	기사제목 〈회수〉〔곡수〕	필자/저자(역자)	분류	비고
4	1~3		寶曆太平記 〈12〉 호레키 다이헤이키	寶井馬琴	고단	

1913년 01월 29일 (수) 4206호

지면	단수	기획	기사제목 〈회수〉〔곡수〕	필자/저자(역자)	분류	비고
3	5~6		天安夜ある記 천안의 어떤 밤 기록	鳥致院支局 黑法師	수필/기행	
4	1~3		寶曆太平記 〈13〉 호레키 다이헤이키	寶井馬琴	고단	
6	1~3		大飛行機 羽衣號 〈115〉 큰 비행기 하고로모 호	江見水蔭	소설	

1913년 01월 30일 (목) 4207호

지면	단수	기획	기사제목 〈회수〉〔곡수〕	필자/저자(역자)	분류	비고
4	1~4		大飛行機 羽衣號 〈116〉 큰 비행기 하고로모 호	江見水蔭	소설	
6	1~3		寶曆太平記 〈14〉 호레키 다이헤이키	寶井馬琴	고단	

1913년 01월 31일 (금) 4208호

지면	단수	기획	기사제목 〈회수〉〔곡수〕	필자/저자(역자)	분류	비고
1	3~5		京元線 〈1〉 경원선	長髮郎	수필/기행	
3	3~4		金堤雜筆 김제 잡필	平口白鷗	수필/일상	
4	1~3		寶曆太平記 〈15〉 호레키 다이헤이키	寶井馬琴	고단	
6	1~2		魂は波に迷ふ多島海 〈1〉 파도에 혼이 떠다니는 다도해		수필/기행	

1913년 02월 01일 (토) 4209호

지면	단수	기획	기사제목 〈회수〉〔곡수〕	필자/저자(역자)	분류	비고
1	3		京元線(續) 〈2〉 경원선(속)	長髮郎	수필/기행	
3	3~5	文苑	氷心雪意 〈1〉 빙심설의	飛浪人	수필/기타	
4	1~3		寶曆太平記 〈16〉 호레키 다이헤이키	寶井馬琴	고단	
6	1~2		魂は波に迷ふ多島海 〈2〉 파도에 혼이 떠다니는 다도해		수필/기행	

1913년 02월 02일 (일) 4210호

지면	단수	기획	기사제목 〈회수〉〔곡수〕	필자/저자(역자)	분류	비고
1	2~5		彼も人なり 〈1〉 그도 사람이다	有無生	수필/관찰	
4	1~3		寶曆太平記 〈17〉 호레키 다이헤이키	寶井馬琴	고단	
4	3~5	文苑	氷心雪意 〈2〉 빙심설의	飛浪人	수필/기타	

지면	단수	기획	기사제목 〈회수〉〔곡수〕	필자/저자(역자)	분류	비고
6	1~2		魂は波に迷ふ多島海 〈3〉 파도에 혼이 떠다니는 다도해		수필/기행	

1913년 02월 03일 (월) 4211호

지면	단수	기획	기사제목 〈회수〉〔곡수〕	필자/저자(역자)	분류	비고
1	2~5		彼も人なり 〈2〉 그도 사람이다	有無生	수필/관찰	
1	5~6		京元線(續) 〈3〉 경원선(속)	長髪郎	수필/기행	

1913년 02월 04일 (화) 4212호

지면	단수	기획	기사제목 〈회수〉〔곡수〕	필자/저자(역자)	분류	비고
1	5~6		京元線(續) 〈4〉 경원선(속)	長髪郎	수필/기행	
4	1~3		寶曆太平記 〈18〉 호레키 다이헤이키	寶井馬琴	고단	
4	3~6		氷心雪意 〈3〉 빙심설의	飛浪人	수필/기타	
6	1~3		隣の秘密 〈1〉 옆집의 비밀	平山蘆江	소설	

1913년 02월 05일 (수) 4213호

지면	단수	기획	기사제목 〈회수〉〔곡수〕	필자/저자(역자)	분류	비고
1	4~5		京元線(續) 〈5〉 경원선(속)	長髪郎	수필/기행	
4	1~3		寶曆太平記 〈19〉 호레키 다이헤이키	寶井馬琴	고단	
6	1~3		隣の秘密 〈2〉 옆집의 비밀	平山蘆江	소설	

1913년 02월 06일 (목) 4214호

지면	단수	기획	기사제목 〈회수〉〔곡수〕	필자/저자(역자)	분류	비고
1	6		京元線(續) 〈6〉 경원선(속)	長髪郎	수필/기행	
4	1~3		寶曆太平記 〈20〉 호레키 다이헤이키	寶井馬琴	고단	
6	1~2		隣の秘密 〈3〉 옆집의 비밀	平山蘆江	소설	

1913년 02월 07일 (금) 4215호

지면	단수	기획	기사제목 〈회수〉〔곡수〕	필자/저자(역자)	분류	비고
3	1~3		琴花小史に與ふ 〈1〉 금화소사에 주다	有無生	수필/관찰	
4	1~3		寶曆太平記 〈21〉 호레키 다이헤이키	寶井馬琴	고단	

1913년 02월 08일 (토) 4216호

지면	단수	기획	기사제목 〈회수〉〔곡수〕	필자/저자(역자)	분류	비고
4	1~3		寶曆太平記 〈22〉 호레키 다이헤이키	寶井馬琴	고단	
6	1~3		隣の秘密 〈4〉 옆집의 비밀	平山蘆江	소설	

1913년 02월 09일 (일) 4217호

지면	단수	기획	기사제목 〈회수〉〔곡수〕	필자/저자(역자)	분류	비고
3	5		十年前の仁川港 〔2〕 십 년 전 인천항		시가/단카	
4	1~2		隣の秘密 〈5〉 옆집의 비밀	平山蘆江	소설	

지면	단수	기획	기사제목 〈회수〉〔곡수〕	필자/저자(역자)	분류	비고
5	4		春の小窓より 봄의 작은 창문에서	京城 野崎小蟹	수필·시가/ 일상·하이쿠	

1913년 02월 11일 (화) 4218호

지면	단수	기획	기사제목 〈회수〉〔곡수〕	필자/저자(역자)	분류	비고
4	1~2		隣の秘密 〈6〉 옆집의 비밀	平山蘆江	소설	
6	1~3		寶曆太平記 〈23〉 호레키 다이헤이키	寶井馬琴	고단	

1913년 02월 13일 (목) 4219호

지면	단수	기획	기사제목 〈회수〉〔곡수〕	필자/저자(역자)	분류	비고
1	7	文苑	偶成 〔2〕 우성	飛浪人	시가/한시	
1	7	文苑	懷兒 〔1〕 아이를 품다	飛浪人	시가/한시	
4	1~4		寶曆太平記 〈24〉 호레키 다이헤이키	寶井馬琴	고단	
6	1~3		隣の秘密 〈7〉 옆집의 비밀	平山蘆江	소설	

1913년 02월 14일 (금) 4220호

지면	단수	기획	기사제목 〈회수〉〔곡수〕	필자/저자(역자)	분류	비고
1	2~3		北へ北へ 북으로 북으로	有無生	수필/기행	
4	1~3		寶曆太平記 〈25〉 호레키 다이헤이키	寶井馬琴	고단	

1913년 02월 15일 (토) 4221호

지면	단수	기획	기사제목 〈회수〉〔곡수〕	필자/저자(역자)	분류	비고
4	1~3		寶曆太平記 〈26〉 호레키 다이헤이키	寶井馬琴	고단	
6	1~2		隣の秘密 〈8〉 옆집의 비밀	平山蘆江	소설	

1913년 02월 16일 (일) 4222호

지면	단수	기획	기사제목 〈회수〉〔곡수〕	필자/저자(역자)	분류	비고
1	4~5		京元線 〈7〉 경원선	長髮郎	수필/기행	
4	1~3		寶曆太平記 〈27〉 호레키 다이헤이키	寶井馬琴	고단	
6	1~2		隣の秘密 〈9〉 옆집의 비밀	平山蘆江	소설	

1913년 02월 17일 (월) 4223호

지면	단수	기획	기사제목 〈회수〉〔곡수〕	필자/저자(역자)	분류	비고
1	4~6		京元線 〈8〉 경원선	長髮郎	수필/기행	
4	1~3		寶曆太平記 〈28〉 호레키 다이헤이키	寶井馬琴	고단	

1913년 02월 18일 (화) 4224호

지면	단수	기획	기사제목 〈회수〉〔곡수〕	필자/저자(역자)	분류	비고
1	4~5		京元線 〈9〉 경원선	長髮郎	수필/기행	
1	5~6		一人一講/圍碁の事ども 〔3〕 일인일강/바둑의 사항들	某氏談	수필·시가/ 기타·단카	
4	1~4		寶曆太平記 〈29〉 호레키 다이헤이키	寶井馬琴	고단	

지면	단수	기획	기사제목 〈회수〉〔곡수〕	필자/저자(역자)	분류	비고
5	3		釜山の春一信 부산의 봄 편지 한통	釜山支社より	수필/서간	
6	1~2		隣の秘密 〈10〉 옆집의 비밀	平山蘆江	소설	

1913년 02월 19일 (수) 4225호

지면	단수	기획	기사제목 〈회수〉〔곡수〕	필자/저자(역자)	분류	비고
4	1~3		寶曆太平記 〈30〉 호레키 다이헤이키	寶井馬琴	고단	
6	1~2		隣の秘密 〈11〉 옆집의 비밀	平山蘆江	소설	

1913년 02월 20일 (목) 4226호

지면	단수	기획	기사제목 〈회수〉〔곡수〕	필자/저자(역자)	분류	비고
3	4		◎ 〔14〕 ◎	飛浪人	시가/하이쿠	
4	1~2		隣の秘密 〈12〉 옆집의 비밀	平山蘆江	소설	
4	3	家庭クラブ	旅行の心得 여행의 마음가짐		수필/일상	
4	4~5	家庭クラブ	旅より歸りて 여행에서 돌아와서	CM生	수필/일상	
6	1~3		寶曆太平記 〈31〉 호레키 다이헤이키	寶井馬琴	고단	

1913년 02월 21일 (금) 4227호

지면	단수	기획	기사제목 〈회수〉〔곡수〕	필자/저자(역자)	분류	비고
1	6		きさらぎ 음력 2월	十八公	수필/관찰	
4	1~3		寶曆太平記 〈33〉 호레키 다이헤이키	寶井馬琴	고단	회수 오류
6	1~2		隣の秘密 〈13〉 옆집의 비밀	平山蘆江	소설	

1913년 02월 22일 (토) 4228호

지면	단수	기획	기사제목 〈회수〉〔곡수〕	필자/저자(역자)	분류	비고
3	1~3		寶曆太平記 〈33〉 호레키 다이헤이키	寶井馬琴	고단	
4	2~3		飛んだ間違ひの記 엉뚱한 실수의 기록	滿州支局 秋郎子	수필/일상	
4	5~6		雪とダリヤ 눈과 달리아		수필/일상	
5	1~3		隣の秘密 〈14〉 옆집의 비밀	平山蘆江	소설	

1913년 02월 23일 (일) 4229호

지면	단수	기획	기사제목 〈회수〉〔곡수〕	필자/저자(역자)	분류	비고
1	5~6		俳諧かまに〜 하이카이 되는대로	京城 野崎小蟹	수필/일상	
4	1~3		寶曆太平記 〈34〉 호레키 다이헤이키	寶井馬琴	고단	
6	1~3		隣の秘密 〈14〉 옆집의 비밀	平山蘆江	소설	

1913년 02월 25일 (화) 4231호

지면	단수	기획	기사제목 〈회수〉〔곡수〕	필자/저자(역자)	분류	비고
3	1~3		寶曆太平記 〈35〉 호레키 다이헤이키	寶井馬琴	고단	

지면	단수	기획	기사제목 〈회수〉〔곡수〕	필자/저자(역자)	분류	비고
5	1~2		隣の秘密 〈16〉 옆집의 비밀	平山蘆江	소설	
5	3		温室 온실	白雲生	수필/일상	
5	3		理想的のクラブ歯磨 이상적인 구락부 치약	白雲生	수필/일상	
5	3		髭剃る朝 턱 수염 깎은 아침	白雲生	수필/일상	
5	3		和歌〔2〕 와카	群馬 月の舍	시가/단카	
5	3		和歌〔1〕 와카	橫濱 飯塚愛威子	시가/단카	
5	3		和歌〔1〕 와카	麴町 #廼家	시가/단카	
5	3		和歌〔1〕 와카	伊勢 久夏富子	시가/단카	
5	3		和歌〔2〕 와카	鹿兒島 鮫島勇雄	시가/단카	

1913년 02월 26일 (수) 4232호

지면	단수	기획	기사제목 〈회수〉〔곡수〕	필자/저자(역자)	분류	비고
1	6	文苑	寒夜讀書〔4〕 한야독서	飛浪人	시가/한시	
1	6	文苑	病中作〔4〕 병중작	仝上	시가/한시	
1	6	文苑	偶#〔4〕 우#	仝上	시가/한시	
1	6	文苑	同〔4〕 같음	仝上	시가/한시	
4	1~3		寶曆太平記 〈36〉 호레키 다이헤이키	寶井馬琴	고단	
6	1~2		隣の秘密 〈17〉 옆집의 비밀	平山蘆江	소설	

1913년 02월 27일 (목) 4233호

지면	단수	기획	기사제목 〈회수〉〔곡수〕	필자/저자(역자)	분류	비고
1	6		募集俳句/佐治賣劍選 〈1〉〔1〕 모집 하이쿠/사지 바이켄 선	淸州 丹葉	시가/하이쿠	
1	6		募集俳句/佐治賣劍選 〈1〉〔1〕 모집 하이쿠/사지 바이켄 선	仁川 春京生	시가/하이쿠	
1	6		募集俳句/佐治賣劍選 〈1〉〔1〕 모집 하이쿠/사지 바이켄 선	仁川 花汀	시가/하이쿠	
1	6		募集俳句/佐治賣劍選 〈1〉〔1〕 모집 하이쿠/사지 바이켄 선	仁川 宇洪	시가/하이쿠	
1	6		募集俳句/佐治賣劍選 〈1〉〔1〕 모집 하이쿠/사지 바이켄 선	京城 考古	시가/하이쿠	
1	6		募集俳句/佐治賣劍選 〈1〉〔1〕 모집 하이쿠/사지 바이켄 선	仁川 正華	시가/하이쿠	
1	6		募集俳句/佐治賣劍選 〈1〉〔1〕 모집 하이쿠/사지 바이켄 선	仁川 子牛	시가/하이쿠	
1	6		募集俳句/佐治賣劍選 〈1〉〔1〕 모집 하이쿠/사지 바이켄 선	京城 晩翠	시가/하이쿠	
1	6		募集俳句/佐治賣劍選 〈1〉〔1〕 모집 하이쿠/사지 바이켄 선	仁川 拒石	시가/하이쿠	

지면	단수	기획	기사제목 〈회수〉〔곡수〕	필자/저자(역자)	분류	비고
1	6		募集俳句/佐治賣劍選 〈1〉〔1〕 모집 하이쿠/사지 바이켄 선	仁川 柳生	시가/하이쿠	
1	6		募集俳句/佐治賣劍選 〈1〉〔2〕 모집 하이쿠/시지 바이켄 선	仁川 古覺	시가/하이쿠	
1	6		募集俳句/佐治賣劍選 〈1〉〔2〕 모집 하이쿠/사지 바이켄 선	清州 買牛	시가/하이쿠	
1	6		募集俳句/佐治賣劍選 〈1〉〔1〕 모집 하이쿠/사지 바이켄 선	仁川 一茶坊	시가/하이쿠	
1	6		募集俳句/佐治賣劍選 〈1〉〔1〕 모집 하이쿠/사지 바이켄 선	京城 子稼	시가/하이쿠	
1	6		募集俳句/佐治賣劍選 〈1〉〔1〕 모집 하이쿠/사지 바이켄 선	## 霞月	시가/하이쿠	
1	6		募集俳句/佐治賣劍選 〈1〉〔2〕 모집 하이쿠/사지 바이켄 선	仁川 麗哉	시가/하이쿠	
3	4~5		廣梁灣行 광량만행	一記者	수필/기행	
4	1~3		寶曆太平記 〈37〉 호레키 다이헤이키	寶井馬琴	고단	

1913년 02월 28일 (금) 4234호

지면	단수	기획	기사제목 〈회수〉〔곡수〕	필자/저자(역자)	분류	비고
1	6	文苑	募集俳句/佐治賣劍選 〈2〉〔1〕 모집 하이쿠/사지 바이켄 선	仁川 默石	시가/하이쿠	
1	6	文苑	募集俳句/佐治賣劍選 〈2〉〔1〕 모집 하이쿠/사지 바이켄 선	仁川 柳子	시가/하이쿠	
1	6	文苑	募集俳句/佐治賣劍選 〈2〉〔1〕 모집 하이쿠/사지 바이켄 선	清州 孤葉	시가/하이쿠	
1	6	文苑	募集俳句/佐治賣劍選 〈2〉〔1〕 모집 하이쿠/사지 바이켄 선	群山 來風	시가/하이쿠	
1	6	文苑	募集俳句/佐治賣劍選 〈2〉〔1〕 모집 하이쿠/사지 바이켄 선	仁川 春水生	시가/하이쿠	
1	6	文苑	募集俳句/佐治賣劍選 〈2〉〔1〕 모집 하이쿠/사지 바이켄 선	仁川 花汀	시가/하이쿠	
1	6	文苑	募集俳句/佐治賣劍選 〈2〉〔1〕 모집 하이쿠/사지 바이켄 선	清州 泗水	시가/하이쿠	
1	6	文苑	募集俳句/佐治賣劍選 〈2〉〔2〕 모집 하이쿠/사지 바이켄 선	仁川 古覺	시가/하이쿠	
1	6	文苑	募集俳句/佐治賣劍選 〈2〉〔1〕 모집 하이쿠/사지 바이켄 선	仁川 柳生	시가/하이쿠	
1	6	文苑	募集俳句/佐治賣劍選 〈2〉〔1〕 모집 하이쿠/사지 바이켄 선	大邱 玖西	시가/하이쿠	
1	6	文苑	募集俳句/佐治賣劍選 〈2〉〔1〕 모집 하이쿠/사지 바이켄 선	仁川 子牛	시가/하이쿠	
1	6	文苑	募集俳句/佐治賣劍選 〈2〉〔1〕 모집 하이쿠/사지 바이켄 선	京城 考古	시가/하이쿠	
1	6	文苑	募集俳句/佐治賣劍選 〈2〉〔1〕 모집 하이쿠/사지 바이켄 선	仁川 正華	시가/하이쿠	
1	6	文苑	募集俳句/佐治賣劍選 〈2〉〔1〕 모집 하이쿠/사지 바이켄 선	仁川 麗哉	시가/하이쿠	
1	6	文苑	募集俳句/佐治賣劍選 〈2〉〔1〕 모집 하이쿠/사지 바이켄 선	清州 買牛	시가/하이쿠	
1	6	文苑	募集俳句/佐治賣劍選 〈2〉〔1〕 모집 하이쿠/사지 바이켄 선	京城 子稼	시가/하이쿠	

지면	단수	기획	기사제목 〈회수〉〔곡수〕	필자/저자(역자)	분류	비고
1	6	文苑	募集俳句/佐治賣劍選 〈2〉〔1〕 모집 하이쿠/사지 바이켄 선	仁川 一茶坊	시가/하이쿠	
4	1~3		寶曆太平記 〈38〉 호레키 다이헤이키	寶井馬琴	고단	
6	1~2		隣の秘密 〈18〉 옆집의 비밀	平山蘆江	소설	

1913년 03월 01일 (토) 4235호

지면	단수	기획	기사제목 〈회수〉〔곡수〕	필자/저자(역자)	분류	비고
1	4~6		病床苦吟錄 병상고음록	飛浪人	수필/일상	
1	6	文苑	募集俳句/佐治賣劍選 〈3〉〔1〕 모집 하이쿠/사지 바이켄 선	仁川 柳子	시가/하이쿠	
1	6	文苑	募集俳句/佐治賣劍選 〈3〉〔1〕 모집 하이쿠/사지 바이켄 선	仁川 宇洪	시가/하이쿠	
1	6	文苑	募集俳句/佐治賣劍選 〈3〉〔1〕 모집 하이쿠/사지 바이켄 선	大邱 一六	시가/하이쿠	
1	6	文苑	募集俳句/佐治賣劍選 〈3〉〔1〕 모집 하이쿠/사지 바이켄 선	仁川 寒河江	시가/하이쿠	
1	6	文苑	募集俳句/佐治賣劍選 〈3〉〔1〕 모집 하이쿠/사지 바이켄 선	淸州 泗水	시가/하이쿠	
1	6	文苑	募集俳句/佐治賣劍選 〈3〉〔1〕 모집 하이쿠/사지 바이켄 선	仁川 花汀	시가/하이쿠	
1	6	文苑	募集俳句/佐治賣劍選 〈3〉〔2〕 모집 하이쿠/사지 바이켄 선	仁川 古覺	시가/하이쿠	
1	6	文苑	募集俳句/佐治賣劍選 〈3〉〔1〕 모집 하이쿠/사지 바이켄 선	仁川 柳生	시가/하이쿠	
1	6	文苑	募集俳句/佐治賣劍選 〈3〉〔1〕 모집 하이쿠/사지 바이켄 선	京城 考古	시가/하이쿠	
1	6	文苑	募集俳句/佐治賣劍選 〈3〉〔2〕 모집 하이쿠/사지 바이켄 선	仁川 正華	시가/하이쿠	
1	6	文苑	募集俳句/佐治賣劍選 〈3〉〔1〕 모집 하이쿠/사지 바이켄 선	大邱 玖西	시가/하이쿠	
1	6	文苑	募集俳句/佐治賣劍選 〈3〉〔1〕 모집 하이쿠/사지 바이켄 선	仁川 孤舟	시가/하이쿠	
1	6	文苑	募集俳句/佐治賣劍選 〈3〉〔1〕 모집 하이쿠/사지 바이켄 선	淸州 買牛	시가/하이쿠	
1	6	文苑	募集俳句/佐治賣劍選 〈3〉〔1〕 모집 하이쿠/사지 바이켄 선	仁川 鋸峰	시가/하이쿠	
1	6	文苑	募集俳句/佐治賣劍選 〈3〉〔1〕 모집 하이쿠/사지 바이켄 선	仁川 子牛	시가/하이쿠	
1	6	文苑	募集俳句/佐治賣劍選 〈3〉〔1〕 모집 하이쿠/사지 바이켄 선	仁川 麗哉	시가/하이쿠	
1	6	文苑	募集俳句/佐治賣劍選 〈3〉〔1〕 모집 하이쿠/사지 바이켄 선	京城 子稼	시가/하이쿠	
4	1~3		寶曆太平記 〈39〉 호레키 다이헤이키	寶井馬琴	고단	
6	1~2		隣の秘密 〈19〉 옆집의 비밀	平山蘆江	소설	

1913년 03월 02일 (일) 4236호

지면	단수	기획	기사제목 〈회수〉〔곡수〕	필자/저자(역자)	분류	비고
1	5	文苑	募集俳句/佐治賣劍選 〈4〉〔2〕 모집 하이쿠/사지 바이켄 선	仁川 柳生	시가/하이쿠	

지면	단수	기획	기사제목 〈회수〉〔곡수〕	필자/저자(역자)	분류	비고
1	5	文苑	募集俳句/佐治賣劍選 〈4〉[1] 모집 하이쿠/사지 바이켄 선	清州 泗水	시가/하이쿠	
1	5	文苑	募集俳句/佐治賣劍選 〈4〉[1] 모집 히이쿠/사지 바이켄 선	仁川 春水生	시가/하이쿠	
1	5	文苑	募集俳句/佐治賣劍選 〈4〉[1] 모집 하이쿠/사지 바이켄 선	仁川 十九女	시가/하이쿠	
1	5	文苑	募集俳句/佐治賣劍選 〈4〉[1] 모집 하이쿠/사지 바이켄 선	大邱 玖西	시가/하이쿠	
1	5	文苑	募集俳句/佐治賣劍選 〈4〉[1] 모집 하이쿠/사지 바이켄 선	仁川 一茶坊	시가/하이쿠	
1	5	文苑	募集俳句/佐治賣劍選 〈4〉[1] 모집 하이쿠/사지 바이켄 선	清州 棹花	시가/하이쿠	
1	5	文苑	募集俳句/佐治賣劍選 〈4〉[1] 모집 하이쿠/사지 바이켄 선	仁川 柳子	시가/하이쿠	
1	5	文苑	募集俳句/佐治賣劍選 〈4〉[1] 모집 하이쿠/사지 바이켄 선	京城 ##	시가/하이쿠	
1	5	文苑	募集俳句/佐治賣劍選 〈4〉[1] 모집 하이쿠/사지 바이켄 선	仁川 花汀	시가/하이쿠	
1	5	文苑	募集俳句/佐治賣劍選 〈4〉[2] 모집 하이쿠/사지 바이켄 선	京城 考古	시가/하이쿠	
1	5	文苑	募集俳句/佐治賣劍選 〈4〉[1] 모집 하이쿠/사지 바이켄 선	##	시가/하이쿠	
1	5	文苑	募集俳句/佐治賣劍選 〈4〉[1] 모집 하이쿠/사지 바이켄 선	孤##	시가/하이쿠	
1	5	文苑	募集俳句/佐治賣劍選 〈4〉[1] 모집 하이쿠/사지 바이켄 선	清州 買牛	시가/하이쿠	
1	5	文苑	募集俳句/佐治賣劍選 〈4〉[1] 모집 하이쿠/사지 바이켄 선	##	시가/하이쿠	
1	5	文苑	募集俳句/佐治賣劍選 〈4〉[1] 모집 하이쿠/사지 바이켄 선	## 棹花	시가/하이쿠	
1	5	文苑	募集俳句/佐治賣劍選 〈4〉[2] 모집 하이쿠/사지 바이켄 선	## 靑江	시가/하이쿠	
4	1~3		寶曆太平記 〈40〉 호레키 다이헤이키	寶井馬琴	고단	
6	1~2		隣の秘密 〈21〉 옆집의 비밀	平山蘆江	소설	회수 오류

1913년 03월 02일 (월) 4237호

지면	단수	기획	기사제목 〈회수〉〔곡수〕	필자/저자(역자)	분류	비고
1	2~4		朝鮮人の食 〈1〉 조선인의 음식	大西軍醫監	수필/관찰	
1	5	文苑	募集俳句/佐治賣劍選 〈5〉[1] 모집 하이쿠/사지 바이켄 선	仁川 柳子	시가/하이쿠	
1	5	文苑	募集俳句/佐治賣劍選 〈5〉[1] 모집 하이쿠/사지 바이켄 선	仁川 春水生	시가/하이쿠	
1	5	文苑	募集俳句/佐治賣劍選 〈5〉[1] 모집 하이쿠/사지 바이켄 선	京城 晚峰	시가/하이쿠	
1	5	文苑	募集俳句/佐治賣劍選 〈5〉[1] 모집 하이쿠/사지 바이켄 선	仁川 宇洪	시가/하이쿠	
1	5	文苑	募集俳句/佐治賣劍選 〈5〉[1] 모집 하이쿠/사지 바이켄 선	仁川 一茶坊	시가/하이쿠	
1	5	文苑	募集俳句/佐治賣劍選 〈5〉[1] 모집 하이쿠/사지 바이켄 선	京城 子稼	시가/하이쿠	

지면	단수	기획	기사제목 〈회수〉 〔곡수〕	필자/저자(역자)	분류	비고
1	5	文苑	募集俳句/佐治賣劍選 〈5〉〔1〕 모집 하이쿠/사지 바이켄 선	淸州 棹花	시가/하이쿠	
1	5	文苑	募集俳句/佐治賣劍選 〈5〉〔1〕 모집 하이쿠/사지 바이켄 선	仁川 柳生	시가/하이쿠	
1	5	文苑	募集俳句/佐治賣劍選 〈5〉〔2〕 모집 하이쿠/사지 바이켄 선	仁川 古覺	시가/하이쿠	
1	5	文苑	募集俳句/佐治賣劍選 〈5〉〔1〕 모집 하이쿠/사지 바이켄 선	大邱 玖西	시가/하이쿠	
1	5	文苑	募集俳句/佐治賣劍選 〈5〉〔2〕 모집 하이쿠/사지 바이켄 선	仁川 正華	시가/하이쿠	
1	5	文苑	募集俳句/佐治賣劍選 〈5〉〔1〕 모집 하이쿠/사지 바이켄 선	仁川 十九女	시가/하이쿠	
1	5	文苑	募集俳句/佐治賣劍選 〈5〉〔1〕 모집 하이쿠/사지 바이켄 선	仁川 花汀	시가/하이쿠	
1	5	文苑	募集俳句/佐治賣劍選 〈5〉〔1〕 모집 하이쿠/사지 바이켄 선	仁川 拒石	시가/하이쿠	
1	5	文苑	募集俳句/佐治賣劍選 〈5〉〔2〕 모집 하이쿠/사지 바이켄 선	大邱 玖西	시가/하이쿠	
1	5	文苑	募集俳句/佐治賣劍選 〈5〉〔1〕 모집 하이쿠/사지 바이켄 선	仁川 麗哉	시가/하이쿠	
1	5	文苑	募集俳句/佐治賣劍選/人 〈5〉〔1〕 모집 하이쿠/사지 바이켄 선/인	仁川 古覺	시가/하이쿠	
1	5	文苑	募集俳句/佐治賣劍選/地 〈5〉〔1〕 모집 하이쿠/사지 바이켄 선/지	仁川 花汀	시가/하이쿠	
1	5	文苑	募集俳句/佐治賣劍選/天 〈5〉〔1〕 모집 하이쿠/사지 바이켄 선/천	淸州 買牛	시가/하이쿠	
4	1~2		隣の秘密 〈21〉 옆집의 비밀	平山蘆江	소설	

1913년 03월 04일 (화) 4238호

| 4 | 1~3 | | 寶曆太平記 〈41〉
호레키 다이헤이키 | 寶井馬琴 | 고단 | |
| 6 | 1~3 | | 隣の秘密 〈22〉
옆집의 비밀 | 平山蘆江 | 소설 | |

1913년 03월 05일 (수) 4239호

1	2~4		朝鮮人の食 〈2〉 조선인의 음식	大西軍醫監	수필/관찰	
3	1~2		萬籟 만뢰	琴花	수필/일상	
4	1~2		寶曆太平記 〈42〉 호레키 다이헤이키	寶井馬琴	고단	

1913년 03월 06일 (목) 4240호

1	2~5		朝鮮人の食 〈3〉 조선인의 음식	大西軍醫監	수필/관찰	
3	1		萬籟 만뢰	琴花	수필/일상	
4	1~3		寶曆太平記 〈43〉 호레키 다이헤이키	寶井馬琴	고단	
6	1~3		隣の秘密 〈23〉 옆집의 비밀	平山蘆江	소설	

지면	단수	기획	기사제목 〈회수〉〔곡수〕	필자/저자(역자)	분류	비고
1913년 03월 07일 (금) 4241호						
1	2~5		朝鮮人の食 〈4〉 조선인의 음식	大西軍醫監	수필/관찰	
4	1~3		寶曆太平記 〈44〉 호레키 다이헤이키	寶井馬琴	고단	
6	1~2		隣の秘密 〈24〉 옆집의 비밀	平山蘆江	소설	
1913년 03월 08일 (토) 4242호						
1	2~3		朝鮮人の食 〈5〉 조선인의 음식	大西軍醫監	수필/관찰	
3	1		萬籟 만뢰	琴花	수필/일상	
4	1~3		寶曆太平記 〈45〉 호레키 다이헤이키	寶井馬琴	고단	
6	1~2		隣の秘密 〈25〉 옆집의 비밀	平山蘆江	소설	
1913년 03월 09일 (일) 4243호						
1	5~6		春淺き百花園 이른 봄 백화원	平南支社 一記者	수필/일상	
3	1		萬籟 만뢰	琴花	수필/일상	
4	1~4		寶曆太平記 〈46〉 호레키 다이헤이키	寶井馬琴	고단	
6	1~2		隣の秘密 〈26〉 옆집의 비밀	平山蘆江	소설	
1913년 03월 10일 (월) 4244호						
4	1~2		隣の秘密 〈27〉 옆집의 비밀	平山蘆江	소설	
1913년 03월 11일 (화) 4245호						
3	1~2		隣の秘密 〈28〉 옆집의 비밀	平山蘆江	소설	
4	1~3		萬籟 만뢰	琴花	수필/일상	
5	1~3		寶曆太平記 〈47〉 호레키 다이헤이키	寶井馬琴	고단	
1913년 03월 13일 (목) 4246호						
1	4~6		街頭の巨人 거리의 거인	有無生	수필/관찰	
4	1~3		寶曆太平記 〈48〉 호레키 다이헤이키	寶井馬琴	고단	
1913년 03월 14일 (금) 4247호						
4	1~3		寶曆太平記 〈49〉 호레키 다이헤이키	寶井馬琴	고단	
6	1~2		隣の秘密 〈29〉 옆집의 비밀	平山蘆江	소설	

지면	단수	기획	기사제목 〈회수〉〔곡수〕	필자/저자(역자)	분류	비고
			1913년 03월 15일 (토) 4248호			
4	1~3		寶曆太平記 〈50〉 호레키 다이헤이키	寶井馬琴	고단	
6	1~2		隣の秘密 〈30〉 옆집의 비밀	平山蘆江	소설	
			1913년 03월 16일 (일) 4249호			
3	1~2		隣の秘密 〈31〉 옆집의 비밀	平山蘆江	소설	
5	1~3		寶曆太平記 〈51〉 호레키 다이헤이키	寶井馬琴	고단	
			1913년 03월 17일 (월) 4250호			
4	1~2		隣の秘密 〈32〉 옆집의 비밀	平山蘆江	소설	
			1913년 03월 18일 (화) 4251호			
4	1~3		寶曆太平記 〈52〉 호레키 다이헤이키	寶井馬琴	고단	
			1913년 03월 19일 (수) 4252호			
1	6	文苑	平讓街#詩社詠草 〔3〕 평양가#시사 영초	大小生	시가/단카	
1	6	文苑	平讓街#詩社詠草 〔2〕 평양가#시사 영초	#野愛子	시가/단카	
1	6	文苑	平讓街#詩社詠草 〔3〕 평양가#시사 영초	冬村一郎	시가/단카	
4	1~3		寶曆太平記 〈53〉 호레키 다이헤이키	寶井馬琴	고단	
4	3~6		飛行機 〈1〉 비행기		수필/관찰	
6	1~3		隣の秘密 〈33〉 옆집의 비밀	平山蘆江	소설	
			1913년 03월 20일 (목) 4253호			
3	1~2		隣の秘密 〈34〉 옆집의 비밀	平山蘆江	소설	
3	3~5		飛行機 〈2〉 비행기		수필/관찰	
5	1~3		寶曆太平記 〈54〉 호레키 다이헤이키	寶井馬琴	고단	
			1913년 03월 21일 (금) 4254호			
4	1~3		寶曆太平記 〈55〉 호레키 다이헤이키	寶井馬琴	고단	
6	1~3		隣の秘密 〈35〉 옆집의 비밀	平山蘆江	소설	
			1913년 03월 23일 (일) 4255호			
4	1~3		寶曆太平記 〈56〉 호레키 다이헤이키	寶井馬琴	고단	

지면	단수	기획	기사제목 〈회수〉 〔곡수〕	필자/저자(역자)	분류	비고
1913년 03월 24일 (월) 4256호						
4	1~4		隣の秘密 〈36〉 옆집의 비밀	平山蘆江	소설	
1913년 03월 25일 (화) 4257호						
3	1~2		隣の秘密 〈37〉 옆집의 비밀	平山蘆江	소설	
5	1~3		寶曆太平記 〈57〉 호레키 다이헤이키	寶井馬琴	고단	
1913년 03월 26일 (수) 4258호						
4	1~3		寶曆太平記 〈58〉 호레키 다이헤이키	寶井馬琴	고단	
6	1~3		隣の秘密 〈38〉 옆집의 비밀	平山蘆江	소설	
1913년 03월 27일 (목) 4259호						
3	1~3		隣の秘密 〈39〉 옆집의 비밀	平山蘆江	소설	
5	1~3		寶曆太平記 〈59〉 호레키 다이헤이키	寶井馬琴	고단	
1913년 03월 28일 (금) 4260호						
4	1~3		寶曆太平記 〈60〉 호레키 다이헤이키	寶井馬琴	고단	
6	1~3		隣の秘密 〈40〉 옆집의 비밀	平山蘆江	소설	
1913년 03월 29일 (토) 4261호						
3	1~3		隣の秘密 〈41〉 옆집의 비밀	平山蘆江	소설	
5	1~3		寶曆太平記 〈61〉 호레키 다이헤이키	寶井馬琴	고단	
1913년 03월 30일 (일) 4262호						
1	6	文苑	春 〔5〕 봄	飛浪人	시가/하이쿠	
3	1~2		隣の秘密 〈42〉 옆집의 비밀	平山蘆江	소설	
5	1~3		寶曆太平記 〈62〉 호레키 다이헤이키	寶井馬琴	고단	
1913년 03월 31일 (월) 4263호						
4	1~3		隣の秘密 〈43〉 옆집의 비밀	平山蘆江	소설	
1913년 04월 01일 (화) 4264호						
4	1~3		寶歷太平記 〈63〉 호레키 다이헤이키	寶井馬琴	고단	
6	1~2		隣の秘密 〈44〉 옆집의 비밀	平山蘆江	소설	

지면	단수	기획	기사제목 〈회수〉〔곡수〕	필자/저자(역자)	분류	비고
			1913년 04월 02일 (수) 4265호			
3	1~2		飛行機に乗りたる人の感想 비행기를 탄 사람의 감상		수필/기타	
4	1~3		寶歷太平記 〈64〉 호레키 다이헤이키	寶井馬琴	고단	
5	3		☆飛行殉職兩中尉を悼める與謝野晶子の歌/木村德田二中尉を悼みて〔15〕 비행기 사고로 순직한 두 명의 중위를 애도하는 요사노 아키코의 단카/기무라, 도쿠다 두 명의 중위를 애도하여	與謝野晶子	시가/단카	
6	1~2		隣の秘密 〈45〉 옆집의 비밀	平山蘆江	소설	
			1913년 04월 03일 (목) 4266호			
4	1~3		寶歷太平記 〈65〉 호레키 다이헤이키	寶井馬琴	고단	
6	1~2		隣の秘密 〈46〉 옆집의 비밀	平山蘆江	소설	
			1913년 04월 05일 (토) 4267호			
4	1~3		寶歷太平記 〈66〉 호레키 다이헤이키	寶井馬琴	고단	
			1913년 04월 06일 (일) 4268호			
3	1~3		春の全州から 봄의 전주에서	遊舟	수필/기타	
4	1~3		寶歷太平記 〈67〉 호레키 다이헤이키	寶井馬琴	고단	
5	1~2		隣の秘密 〈47〉 옆집의 비밀	平山蘆江	소설	
7	5		新講談 元和三勇士 신 고단 겐나 삼용사		광고/연재예고	
			1913년 04월 07일 (월) 4269호			
4	1~3		隣の秘密 〈48〉 옆집의 비밀	平山蘆江	소설	
			1913년 04월 08일 (화) 4270호			
1	6~7	文苑	觀飛行機風號之飛行有感〔6〕 비행기 풍호의 비행을 본 감상	在京城 天涯生	시가/단카	
4	1~3		寶歷太平記 〈68〉 호레키 다이헤이키	寶井馬琴	고단	
6	1~2		隣の秘密 〈49〉 옆집의 비밀	平山蘆江	소설	
			1913년 04월 09일 (수) 4271호			
3	1~3		元和三勇士 〈1〉 겐나 삼용사	柴田馨	고단	
5	4		兩中尉のサノサ節〔3〕 중위 두 명의 사노사부시		시가/사노사부시	
			1913년 04월 10일 (목) 4272호			

지면	단수	기획	기사제목 〈회수〉〔곡수〕	필자/저자(역자)	분류	비고
4	1~3		元和三勇士 〈2〉 겐나 삼용사	柴田馨	고단	
4	3~4		雛の日 히나의 날	野崎小蟹	수필/일상	
6	1~3		隣の秘密 〈50〉 옆집의 비밀	平山蘆江	소설	

1913년 04월 11일 (금) 4273호

지면	단수	기획	기사제목 〈회수〉〔곡수〕	필자/저자(역자)	분류	비고
4	1~3		元和三勇士 〈3〉 겐나 삼용사	柴田馨	고단	
6	1~2		隣の秘密 〈51〉 옆집의 비밀	平山蘆江	소설	

1913년 04월 12일 (토) 4274호

지면	단수	기획	기사제목 〈회수〉〔곡수〕	필자/저자(역자)	분류	비고
1	7		俳句募集 하이쿠 모집		광고/모집 광고	
4	1~3		元和三勇士 〈4〉 겐나 삼용사	柴田馨	고단	
6	1~2		隣の秘密 〈52〉 옆집의 비밀	平山蘆江	소설	

1913년 04월 13일 (일) 4275호

지면	단수	기획	기사제목 〈회수〉〔곡수〕	필자/저자(역자)	분류	비고
4	1~3		元和三勇士 〈5〉 겐나 삼용사	柴田馨	고단	
6	1~3		隣の秘密 〈53〉 옆집의 비밀	平山蘆江	소설	

1913년 04월 14일 (월) 4276호

지면	단수	기획	기사제목 〈회수〉〔곡수〕	필자/저자(역자)	분류	비고
1	6		俳句募集 하이쿠 모집		광고/모집 광고	
4	1~3		隣の秘密 〈54〉 옆집의 비밀	平山蘆江	소설	

1913년 04월 15일 (화) 4277호

지면	단수	기획	기사제목 〈회수〉〔곡수〕	필자/저자(역자)	분류	비고
4	1~3		元和三勇士 〈6〉 겐나 삼용사	柴田馨	고단	
6	1~2		隣の秘密 〈55〉 옆집의 비밀	平山蘆江	소설	

1913년 04월 16일 (수) 4278호

지면	단수	기획	기사제목 〈회수〉〔곡수〕	필자/저자(역자)	분류	비고
1	4~5		灯の町 마을의 등불	京城 十八公	수필/일상	
4	1~3		元和三勇士 〈7〉 겐나 삼용사	柴田馨	고단	
6	1~3		隣の秘密 〈56〉 옆집의 비밀	平山蘆江	소설	

1913년 04월 17일 (목) 4279호

지면	단수	기획	기사제목 〈회수〉〔곡수〕	필자/저자(역자)	분류	비고
3	1~3		元和三勇士 〈8〉 겐나 삼용사	柴田馨	고단	
3	3~5		飛行奇談 비행기담		수필/기타	

지면	단수	기획	기사제목 〈회수〉〔곡수〕	필자/저자(역자)	분류	비고
5	1~3		隣の秘密 〈57〉 옆집의 비밀	平山蘆江	소설	

1913년 04월 18일 (금) 4280호

지면	단수	기획	기사제목 〈회수〉〔곡수〕	필자/저자(역자)	분류	비고
3	1~2		京城より/朝鮮公論を讀む 경성에서/조선공론을 읽다	琴花	수필/비평	
4	1~3		元和三勇士 〈9〉 겐나 삼용사	柴田馨	고단	
6	1~3		隣の秘密 〈58〉 옆집의 비밀	平山蘆江	소설	

1913년 04월 19일 (토) 4281호

지면	단수	기획	기사제목 〈회수〉〔곡수〕	필자/저자(역자)	분류	비고
1	6		俳句募集 하이쿠 모집		광고/모집 광고	
2	7		滿州へ/鴨綠江の新月 〈1〉 만주로/압록강의 초승달	有無生	수필/기행	
4	1~3		元和三勇士 〈10〉 겐나 삼용사	柴田馨	고단	
6	1~3		隣の秘密 〈59〉 옆집의 비밀	平山蘆江	소설	

1913년 04월 20일 (일) 4282호

지면	단수	기획	기사제목 〈회수〉〔곡수〕	필자/저자(역자)	분류	비고
2	7~8		滿州へ 〈2〉 만주로	有無生	수필/기행	
3	1~3		隣の秘密 〈60〉 옆집의 비밀	平山蘆江	소설	
5	1~3		元和三勇士 〈11〉 겐나 삼용사	柴田馨	고단	

1913년 04월 21일 (월) 4283호

지면	단수	기획	기사제목 〈회수〉〔곡수〕	필자/저자(역자)	분류	비고
1	1		京城より/春風春水 경성에서/춘풍춘수	琴花	수필/비평	
2	6~8		滿州へ 〈3〉 만주로	有無生	수필/기행	
4	1~3		隣の秘密 〈61〉 옆집의 비밀	平山蘆江	소설	

1913년 04월 22일 (화) 4284호

지면	단수	기획	기사제목 〈회수〉〔곡수〕	필자/저자(역자)	분류	비고
1	2~4		滿州へ/滿鐵王の大威勢 〈4〉 만주로/만철왕의 대위세	有無生	수필/기행	
1	7		俳句募集 하이쿠 모집		광고/모집 광고	
3	1		京城より/春風春水 경성에서/춘풍춘수	琴花	수필/비평	
4	1~3		元和三勇士 〈13〉 겐나 삼용사	柴田馨	고단	회수 오류
6	1~3		隣の秘密 〈62〉 옆집의 비밀	平山蘆江	소설	

1913년 04월 23일 (수) 4285호

지면	단수	기획	기사제목 〈회수〉〔곡수〕	필자/저자(역자)	분류	비고
1	2~4		滿州へ/「土」の執着「砂」の洗禮 〈5〉 만주로/「흙」에 대한 집착 「모래」에 대한 선례	有無生	수필/기행	

지면	단수	기획	기사제목 〈회수〉〔곡수〕	필자/저자(역자)	분류	비고
3	1~3		隣の秘密 〈63〉 옆집의 비밀	平山蘆江	소설	
5	1~3		元和三勇士 〈13〉 겐나 삼용사	柴田馨	고단	
7	4~5		薄情な醫學士(上) 〈1〉 박정한 의학사(상)		수필/기타	

1913년 04월 24일 (목) 4286호

1	2~4		滿州へ/水際勝つお男性美 〈6〉 만주로/물가를 쟁취한 남성미	有無生	수필/기행	
4	1~3		元和三勇士 〈14〉 겐나 삼용사	柴田馨	고단	
6	1~3		隣の秘密 〈64〉 옆집의 비밀	平山蘆江	소설	

1913년 04월 25일 (금) 4287호

1	5~6		滿州へ/肉彈塹濠を埋め流血砲疊を漂はす 〈6〉 만주로/육탄참호를 뒤덮은 유혈 포루를 감돌다	有無生	수필/기행	
3	1~3		隣の秘密 〈65〉 옆집의 비밀	平山蘆江	소설	
5	1~3		元和三勇士 〈15〉 겐나 삼용사	柴田馨	고단	
7	1		薄情な醫學士(下) 〈2〉 박정한 의학사(하)		수필/기타	

1913년 04월 26일 (토) 4288호

1	2~3		滿州へ/物思はしきゝ 〈7〉 만주로/생각이 된다	有無生	수필/기행	
4	1~3		元和三勇士 〈16〉 겐나 삼용사	柴田馨	고단	
6	1~3		隣の秘密 〈66〉 옆집의 비밀	平山蘆江	소설	

1913년 04월 27일 (일) 4289호

1	2~4		滿州へ/生活の擁護官臭の打破 〈9〉 만주로/생활을 옹호하는 관리 근성 타파	有無生	수필/기행	
1	6	朝鮮俳壇	賣劍選 〔1〕 바이켄 선	花汀	시가/하이쿠	
1	6	朝鮮俳壇	賣劍選 〔1〕 바이켄 선	麗仙	시가/하이쿠	
1	6	朝鮮俳壇	賣劍選 〔2〕 바이켄 선	クセキ	시가/하이쿠	
1	6	朝鮮俳壇	賣劍選 〔2〕 바이켄 선	考古	시가/하이쿠	
3	1~3		元和三勇士 〈17〉 겐나 삼용사	柴田馨	고단	
5	1~3		隣の秘密 〈67〉 옆집의 비밀	平山蘆江	소설	

1913년 04월 28일 (월) 4290호

| 1 | 2~4 | | 滿州へ/雨聽く夜半のさすらひ
만주로/한밤중 빗소리를 들으며 정처 없이 떠돌다 | 有無生 | 수필/기행 | |

지면	단수	기획	기사제목 〈회수〉〔곡수〕	필자/저자(역자)	분류	비고
1	7	朝鮮俳壇	賣劍選 〔2〕 바이켄 선	買牛	시가/하이쿠	
1	7	朝鮮俳壇	賣劍選 〔2〕 바이켄 선	可數	시가/하이쿠	
1	7	朝鮮俳壇	賣劍選 〔2〕 바이켄 선	麗仙	시가/하이쿠	
1	7	朝鮮俳壇	賣劍選 〔1〕 바이켄 선	みどり	시가/하이쿠	
4	1~3		隣の秘密 〈68〉 옆집의 비밀	平山蘆江	소설	

1913년 04월 29일 (화) 4291호

지면	단수	기획	기사제목 〈회수〉〔곡수〕	필자/저자(역자)	분류	비고
1	6	朝鮮俳壇	賣劍選 〔2〕 바이켄 선	田園生	시가/하이쿠	
1	7	朝鮮俳壇	賣劍選 〔1〕 바이켄 선	覺哉	시가/하이쿠	
1	7	朝鮮俳壇	賣劍選 〔1〕 바이켄 선	一六	시가/하이쿠	
1	7	朝鮮俳壇	賣劍選 〔2〕 바이켄 선	正華	시가/하이쿠	
4	1~3		元和三勇士 〈18〉 겐나 삼용사	柴田馨	고단	
5	3		月尾嶋の櫻 월미도의 벚꽃		수필/일상	
6	1~3		隣の秘密 〈69〉 옆집의 비밀	平山蘆江	소설	

1913년 04월 30일 (수) 4292호

지면	단수	기획	기사제목 〈회수〉〔곡수〕	필자/저자(역자)	분류	비고
1	3~4		滿州へ/中村再造君滿州に持てず 만주로/나카무라 사이조군 만주에 버티지 못하고	有無生	수필/기행	
1	6	朝鮮俳壇	賣劍選 〔2〕 바이켄 선	覺哉	시가/하이쿠	
1	6	朝鮮俳壇	賣劍選 〔2〕 바이켄 선	玖西	시가/하이쿠	
1	6	朝鮮俳壇	賣劍選 〔1〕 바이켄 선	買牛	시가/하이쿠	
3	1~3		元和三勇士 〈19〉 겐나 삼용사	柴田馨	고단	
5	1~3		隣の秘密 〈69〉 옆집의 비밀	平山蘆江	소설	회수 오류

1913년 05월 01일 (목) 4293호

지면	단수	기획	기사제목 〈회수〉〔곡수〕	필자/저자(역자)	분류	비고
1	7	朝鮮俳壇	賣劍選 〔2〕 바이켄 선	一六	시가/하이쿠	
1	7	朝鮮俳壇	賣劍選 〔2〕 바이켄 선	白骨	시가/하이쿠	
1	7	朝鮮俳壇	賣劍選 〔2〕 바이켄 선	田園生	시가/하이쿠	
4	1~3		元和三勇士 〈20〉 겐나 삼용사	柴田馨	고단	
4	3~4		五月節句の話 5월 단오 이야기	文學博士 井上賴國	수필/관찰	

지면	단수	기획	기사제목 〈회수〉 〔곡수〕	필자/저자(역자)	분류	비고
			1913년 05월 02일 (금) 4294호			
4	1~3		元和三勇士 〈21〉 겐나 삼용사	柴田馨	고단	
4	3~4		喜劇 色男の夜晒し 희극 호색한이 밤에 내놓은 물건		수필/기타	
			1913년 05월 03일 (토) 4295호			
1	5~6		悲しき夜の歌曲 슬픈 밤의 가곡	春川 佐藤琴泉	수필/일상	
1	6	朝鮮俳壇	賣劍選/日永,春水 〔2〕 바이켄 선/긴 낮, 봄에 흐르는 물	不樂#庵	시가/하이쿠	
1	6	朝鮮俳壇	賣劍選/日永,春水 〔2〕 바이켄 선/긴 낮, 봄에 흐르는 물	麗仙	시가/하이쿠	
1	7	朝鮮俳壇	賣劍選/日永,春水 〔2〕 바이켄 선/긴 낮, 봄에 흐르는 물	覺哉	시가/하이쿠	
1	7	朝鮮俳壇	賣劍選/日永,春水 〔1〕 바이켄 선/긴 낮, 봄에 흐르는 물	悠々	시가/하이쿠	
4	1~3		元和三勇士 〈22〉 겐나 삼용사	柴田馨	고단	
			1913년 05월 04일 (일) 4296호			
1	1~2		滿州へ/日支交歡發祥の地 만주로/일지교환 발상의 땅	有無生	수필/기행	
1	6	朝鮮俳壇	賣劍選/日永,春水 〔1〕 바이켄 선/긴 낮, 봄에 흐르는 물	一六	시가/하이쿠	
1	6	朝鮮俳壇	賣劍選/日永,春水 〔2〕 바이켄 선/긴 낮, 봄에 흐르는 물	白骨	시가/하이쿠	
1	6	朝鮮俳壇	賣劍選/日永,春水 〔2〕 바이켄 선/긴 낮, 봄에 흐르는 물	古學	시가/하이쿠	
1	6	朝鮮俳壇	賣劍選/日永,春水 〔1〕 바이켄 선/긴 낮, 봄에 흐르는 물	林#	시가/하이쿠	
1	6	朝鮮俳壇	賣劍選/日永,春水 〔1〕 바이켄 선/긴 낮, 봄에 흐르는 물	榮子	시가/하이쿠	
4	1~3		元和三勇士 〈23〉 겐나 삼용사	柴田馨	고단	
			1913년 05월 05일 (월) 4297호			
1	1~2		滿州へ/イルクツクの策源地 만주로/이르쿠츠크의 근거지	有無生	수필/기행	
1	6	朝鮮俳壇	賣劍選/春水,日永 〔2〕 바이켄 선/봄에 흐르는 물, 긴 낮	買牛	시가/하이쿠	
1	6	朝鮮俳壇	賣劍選/春水,日永 〔2〕 바이켄 선/봄에 흐르는 물, 긴 낮	不樂#庵	시가/하이쿠	
1	6	朝鮮俳壇	賣劍選/春水,日永 〔3〕 바이켄 선/봄에 흐르는 물, 긴 낮	古學	시가/하이쿠	
			1913년 05월 06일 (화) 4298호			
1	1~2		滿州へ/松花江畔の一奇士 만주로/송화 강둑의 기이한 사나이	有無生	수필/기행	
1	8	朝鮮俳壇	賣劍選 〔1〕 바이켄 선	榮子	시가/하이쿠	

지면	단수	기획	기사제목 〈회수〉〔곡수〕	필자/저자(역자)	분류	비고
1	8	朝鮮俳壇	賣劍選〔1〕 바이켄 선	悠々	시가/하이쿠	
1	8	朝鮮俳壇	賣劍選〔1〕 바이켄 선	考古	시가/하이쿠	
1	8	朝鮮俳壇	賣劍選〔1〕 바이켄 선	#面	시가/하이쿠	
1	8	朝鮮俳壇	賣劍選〔2〕 바이켄 선	覺哉	시가/하이쿠	
4	1~3		元和三勇士〈24〉 겐나 삼용사	柴田馨	고단	

1913년 05월 07일 (수) 4299호

지면	단수	기획	기사제목 〈회수〉〔곡수〕	필자/저자(역자)	분류	비고
1	2~3		滿州へ/哈爾賓へ往く前の夜 만주로/하얼빈으로 가기 전날 밤	有無生	수필/기행	
1	6	朝鮮俳壇	賣劍選/日永,春水〔2〕 바이켄 선/긴 낮, 봄에 흐르는 물	玖西	시가/하이쿠	
1	6	朝鮮俳壇	賣劍選/日永,春水〔2〕 바이켄 선/긴 낮, 봄에 흐르는 물	覺哉	시가/하이쿠	
1	6	朝鮮俳壇	賣劍選/日永,春水〔2〕 바이켄 선/긴 낮, 봄에 흐르는 물	考古	시가/하이쿠	
4	1~3		元和三勇士〈25〉 겐나 삼용사	柴田馨	고단	
4	4~6		白瀬中尉の談(上)〈1〉 시라세 중위 이야기(상)		수필/일상	

1913년 05월 08일 (목) 4300호

지면	단수	기획	기사제목 〈회수〉〔곡수〕	필자/저자(역자)	분류	비고
1	6	朝鮮俳壇	賣劍選/日永,春水〔6〕 바이켄 선/긴 낮, 봄에 흐르는 물	古覺	시가/하이쿠	
4	1~3		白瀬中尉の談(中)〈2〉 시라세 중위 이야기(중)		수필/일상	
5	1~3		元和三勇士〈26〉 겐나 삼용사	柴田馨	고단	

1913년 05월 09일 (금) 4301호

지면	단수	기획	기사제목 〈회수〉〔곡수〕	필자/저자(역자)	분류	비고
1	6	朝鮮俳壇	賣劍選/春水,日永〔2〕 바이켄 선/봄에 흐르는 물, 긴 낮	白骨	시가/하이쿠	
1	6	朝鮮俳壇	賣劍選/春水,日永〔5〕 바이켄 선/봄에 흐르는 물, 긴 낮	紫山	시가/하이쿠	
4	1~3		元和三勇士〈27〉 겐나 삼용사	柴田馨	고단	
4	3~5		白瀬中尉の談(下)〈3〉 시라세 중위 이야기(하)		수필/일상	

1913년 05월 10일 (토) 4302호

지면	단수	기획	기사제목 〈회수〉〔곡수〕	필자/저자(역자)	분류	비고
1	7~8	朝鮮俳壇	賣劍選/春水〔6〕 바이켄 선/봄에 흐르는 물	杢尖公	시가/하이쿠	
3	1~2		弥生が岡(上)〈1〉 야요이가오카(상)	琴花	수필/일상	
4	1~3		元和三勇士〈28〉 겐나 삼용사	柴田馨	고단	

1913년 05월 11일 (일) 4303호

지면	단수	기획	기사제목 〈회수〉 〔곡수〕	필자/저자(역자)	분류	비고
1	2~3		新綠記 〈1〉 신록기	有無生	수필/일상	
1	6	朝鮮俳壇	賣劍選/春水 〔6〕 바이켄 선/봄에 흐르는 물	杢尖公	시가/하이쿠	
3	1~3		弥生が岡(中) 〈2〉 야요이가오카(중)	琴花	수필/일상	
5	1~3		元和三勇士 〈29〉 겐나 삼용사	柴田馨	고단	

1913년 05월 12일 (월) 4304호

지면	단수	기획	기사제목 〈회수〉 〔곡수〕	필자/저자(역자)	분류	비고
1	2~4		新綠記 〈2〉 신록기	有無生	수필/일상	
1	7	朝鮮俳壇	賣劍選/春水 〔7〕 바이켄 선/봄에 흐르는 물	杢尖公	시가/하이쿠	

1913년 05월 13일 (화) 4305호

지면	단수	기획	기사제목 〈회수〉 〔곡수〕	필자/저자(역자)	분류	비고
1	6~7		新綠記 〈3〉 신록기	有無生	수필/일상	
1	7	朝鮮俳壇	賣劍選/春水 〔6〕 바이켄 선/봄에 흐르는 물	杢尖公	시가/하이쿠	
3	1~3		弥生が岡(下) 〈3〉 야요이가오카(하)	琴花	수필/일상	
4	1~3		元和三勇士 〈30〉 겐나 삼용사	柴田馨	고단	

1913년 05월 14일 (수) 4306호

지면	단수	기획	기사제목 〈회수〉 〔곡수〕	필자/저자(역자)	분류	비고
1	2		霹靂車 벽력차		수필/기타	
4	1~3		元和三勇士 〈31〉 겐나 삼용사	柴田馨	고단	

1913년 05월 15일 (목) 4307호

지면	단수	기획	기사제목 〈회수〉 〔곡수〕	필자/저자(역자)	분류	비고
1	2~3		霹靂車 벽력차		수필/기타	
4	1~3		元和三勇士 〈32〉 겐나 삼용사	柴田馨	고단	

1913년 05월 16일 (금) 4308호

지면	단수	기획	기사제목 〈회수〉 〔곡수〕	필자/저자(역자)	분류	비고
1	2~3		霹靂車 벽력차		수필/기타	
1	6	朝鮮俳壇	賣劍選/燕,躑躅 〔1〕 바이켄 선/제비, 철쭉	田園生	시가/하이쿠	
1	6	朝鮮俳壇	賣劍選/燕,躑躅 〔1〕 바이켄 선/제비, 철쭉	買牛	시가/하이쿠	
1	6	朝鮮俳壇	賣劍選/燕,躑躅 〔1〕 바이켄 선/제비, 철쭉	大人生	시가/하이쿠	
1	6	朝鮮俳壇	賣劍選/燕,躑躅 〔3〕 바이켄 선/제비, 철쭉	クセキ	시가/하이쿠	
4	1~3		元和三勇士 〈33〉 겐나 삼용사	柴田馨	고단	
4	4~5		ぼんたと金時計 얼간이와 금시계		수필/일상	

지면	단수	기획	기사제목 〈회수〉〔곡수〕	필자/저자(역자)	분류	비고
			1913년 05월 17일 (토) 4309호			
1	2~3		霹靂車 벽력차		수필/기타	
1	7	朝鮮俳壇	賣劍選/春雜吟 〔6〕 바이켄 선/봄-잡음	杢尖公	시가/하이쿠	
2	6~7		京城より/雨夜二雷を聴く 경성에서/비 오는 밤 천둥소리를 두 번 듣다	琴花	수필/일상	
4	1~3		元和三勇士 〈34〉 겐나 삼용사	柴田馨	고단	
4	3~4		歐米の探偵術(上) 〈1〉 구미의 탐정술(상)		수필/기타	
4	4~5		若玉の物案じ 와카타마의 근심		수필/일상	
			1913년 05월 18일 (일) 4310호			
1	3		霹靂車 벽력차		수필/기타	
1	7	朝鮮俳壇	賣劍選/乙鳥、躑躅 〔1〕 바이켄 선/제비, 철쭉	花汀生	시가/하이쿠	
1	7	朝鮮俳壇	賣劍選/乙鳥、躑躅 〔1〕 바이켄 선/제비, 철쭉	麗仙	시가/하이쿠	
1	7	朝鮮俳壇	賣劍選/乙鳥、躑躅 〔1〕 바이켄 선/제비, 철쭉	玖西	시가/하이쿠	
1	7	朝鮮俳壇	賣劍選/乙鳥、躑躅 〔1〕 바이켄 선/제비, 철쭉	春花	시가/하이쿠	
1	7	朝鮮俳壇	賣劍選/乙鳥、躑躅 〔1〕 바이켄 선/제비, 철쭉	古覺	시가/하이쿠	
4	1~2		歐米の探偵術(下) 〈2〉 구미의 탐정술(하)		수필/기타	
4	2~3		腕(上) 〈1〉 실력(상)	有無生	수필/일상	
5	1~2		元和三勇士 〈35〉 겐나 삼용사	柴田馨	고단	
7	5		新小說「吹雪」 신소설「눈보라」		광고/연재예 고	
			1913년 05월 19일 (월) 4311호			
1	3~4		霹靂車 벽력차		수필/기타	
1	5~6		腕(下) 〈2〉 실력(하)	有無生	수필/일상	
1	8	朝鮮俳壇	賣劍選/春雜吟 〔8〕 바이켄 선/봄-잡음	杢尖公	시가/하이쿠	
3	5~6		新小說「吹雪」 신소설「눈보라」		광고/연재예 고	
			1913년 05월 20일 (화) 4312호			
1	6~7		霹靂車 벽력차		수필/기타	
4	1~3		元和三勇士 〈36〉 겐나 삼용사	柴田馨	고단	

지면	단수	기획	기사제목 〈회수〉〔곡수〕	필자/저자(역자)	분류	비고
			1913년 05월 21일 (수) 4313호			
1	8	朝鮮俳壇	賣劍選/春雜吟 〔7〕 바이겐 선/봄 잡음	杢尖公	시가/하이쿠	
4	1~3		元和三勇士 〈37〉 겐나 삼용사	柴田馨	고단	
6	1~3		吹雪 〈1〉 눈보라	寺澤生	소설	
			1913년 05월 22일 (목) 4314호			
1	7	朝鮮俳壇	乙鳥、躑躅 〔1〕 제비, 철쭉	買牛	시가/하이쿠	
1	7	朝鮮俳壇	賣劍選/乙鳥、躑躅 〔1〕 바이켄 선/제비, 철쭉	田園生	시가/하이쿠	
1	7	朝鮮俳壇	賣劍選/乙鳥、躑躅 〔1〕 바이켄 선/제비, 철쭉	可數	시가/하이쿠	
1	7	朝鮮俳壇	賣劍選/乙鳥、躑躅 〔1〕 바이켄 선/제비, 철쭉	#哉	시가/하이쿠	
1	7	朝鮮俳壇	賣劍選/乙鳥、躑躅 〔1〕 바이켄 선/제비, 철쭉	大人生	시가/하이쿠	
1	7	朝鮮俳壇	賣劍選/乙鳥、躑躅 〔1〕 바이켄 선/제비, 철쭉	古覺	시가/하이쿠	
4	1~3		元和三勇士 〈38〉 겐나 삼용사	柴田馨	고단	
6	1~3		吹雪 〈2〉 눈보라	寺澤生	소설	
			1913년 05월 23일 (금) 4315호 其二			
1	5		町のあけぼの 〔8〕 마을의 새벽	大田刀川	시가/단카	
			1913년 05월 23일 (금) 4315호 其四			
3	3~4		薰風錄/指輪の說 훈풍록/반지 이야기	飛浪人	수필/일상	
3	3~4		薰風錄/媚字の德 훈풍록/미자의 덕	飛浪人	수필/일상	
			1913년 05월 23일 (금) 4315호 其五			
3	4		(제목없음) 〔7〕	六花	시가/하이쿠	
			1913년 05월 23일 (금) 4315호 其六			
3	4		勝手耳 제멋대로 듣다	飛浪人	수필/일상	
3	4		(제목없음) 〔6〕		시가/하이쿠	
			1913년 05월 23일 (금) 4315호 其七			
1	4		文士の癖 문사의 버릇		수필/비평	
			1913년 05월 23일 (금) 4315호 其十			

지면	단수	기획	기사제목 〈회수〉〔곡수〕	필자/저자(역자)	분류	비고
3	3~4		綠の小窓より 녹음의 작은 창에서	野崎小蟹	수필/일상	

1913년 05월 23일 (금) 4315호 其十二

지면	단수	기획	기사제목	필자/저자	분류	비고
3	4		川柳 〔10〕 센류	久野法師庵	시가/센류	

1913년 05월 24일 (토) 4316호

지면	단수	기획	기사제목	필자/저자	분류	비고
1	3		霹靂車 벽력차		수필/기타	
5	1~3		吹雪 〈3〉 눈보라	寺澤生	소설	
7	1~3		元和三勇士 〈39〉 겐나 삼용사	柴田馨	고단	
9	1~2		句を作る人々と 하이쿠를 짓는 사람들과	杢尖坊	수필/일상	

1913년 05월 25일 (일) 4317호

지면	단수	기획	기사제목	필자/저자	분류	비고
1	3		霹靂車 벽력차		수필/기타	
5	1~3		元和三勇士 〈40〉 겐나 삼용사	柴田馨	고단	
7	1~3		吹雪 〈4〉 눈보라	寺澤生	소설	

1913년 05월 26일 (월) 4318호

지면	단수	기획	기사제목	필자/저자	분류	비고
1	7	朝鮮俳壇	賣劍選/躑躅百七十句 〔17〕 바이켄 선/철쭉-백칠십구	杢尖子	시가/하이쿠	
5	1~3		吹雪 〈5〉 눈보라	寺澤生	소설	
7	1~3		元和三勇士 〈41〉 겐나 삼용사	柴田馨	고단	

1913년 05월 27일 (화) 4319호

지면	단수	기획	기사제목	필자/저자	분류	비고
1	8	朝鮮俳壇	賣劍選/躑躅百七十句 〔26〕 바이켄 선/철쭉-백칠십구	杢尖子	시가/하이쿠	
2	3~5		極地探驗の趣味 〈1〉 극지탐험 취미	白瀬中尉	수필/기행	
5	1~3		吹雪 〈6〉 눈보라	寺澤生	소설	
7	1~3		元和三勇士 〈42〉 겐나 삼용사	柴田馨	고단	

1913년 05월 29일 (목) 4320호

지면	단수	기획	기사제목	필자/저자	분류	비고
1	6	朝鮮俳壇	賣劍選/躑躅百七十句 〔4〕 바이켄 선/철쭉-백칠십구	杢尖子	시가/하이쿠	
2	4~5		極地探驗の趣味 〈2〉 극지탐험 취미	白瀬中尉	수필/기행	
5	1~3		吹雪 〈7〉 눈보라	寺澤生	소설	
5	3		淸華亭の妓に 청화정 기생에게	旭仙	시가/신체시	

지면	단수	기획	기사제목 〈회수〉 〔곡수〕	필자/저자(역자)	분류	비고
7	1~3		元和三勇士 〈43〉 겐나 삼용사	柴田馨	고단	
11	1~3		金曜日の午後 〈1〉 금요일 오후	うの字	수필/일상	

1913년 05월 30일 (금) 4321호

지면	단수	기획	기사제목 〈회수〉 〔곡수〕	필자/저자(역자)	분류	비고
1	6~7		極地探驗の趣味 〈3〉 극지탐험 취미	白瀬中尉	수필/기행	
1	7	朝鮮俳壇	賣劍選/つゝじ百七十句 〔16〕 바이켄 선/철쭉-백칠십구	杢尖公	시가/하이쿠	
3	1~3		吹雪 〈8〉 눈보라	寺澤生	소설	
4	1~3		元和三勇士 〈44〉 겐나 삼용사	柴田馨	고단	

1913년 05월 31일 (토) 4322호

지면	단수	기획	기사제목 〈회수〉 〔곡수〕	필자/저자(역자)	분류	비고
1	2~4		極地探驗の趣味 〈4〉 극지탐험 취미	白瀬中尉	수필/기행	
3	3~4		尚州行 〈1〉 상주행	刀川	수필/기행	
3	6		金曜日の午後 〈2〉 금요일 오후	うの字	수필/일상	
4	1~3		元和三勇士 〈45〉 겐나 삼용사	柴田馨	고단	
6	1~2		吹雪 〈9〉 눈보라	寺澤生	소설	

1913년 06월 01일 (일) 4323호

지면	단수	기획	기사제목 〈회수〉 〔곡수〕	필자/저자(역자)	분류	비고
1	6~7	朝鮮俳壇	賣劍選/躑躅百七十句 〔20〕 바이켄 선/철쭉-백칠십구	杢尖公	시가/하이쿠	
3	1		金曜日の午後 〈3〉 금요일 오후	うの字	수필/일상	
3	2		尚州行 〈2〉 상주행	刀川	수필/기행	
4	1~3		元和三勇士 〈46〉 겐나 삼용사	柴田馨	고단	
6	1~3		吹雪 〈10〉 눈보라	寺澤生	소설	

1913년 06월 02일 (월) 4324호

지면	단수	기획	기사제목 〈회수〉 〔곡수〕	필자/저자(역자)	분류	비고
1	4~5		金曜日の午後 〈4〉 금요일 오후	うの字	수필/일상	
1	8	朝鮮俳壇	賣劍選/躑躅百七十句 〔10〕 바이켄 선/철쭉-백칠십구	杢尖公	시가/하이쿠	
4	1~3		吹雪 〈11〉 눈보라	寺澤生	소설	

1913년 06월 03일 (화) 4325호

지면	단수	기획	기사제목 〈회수〉 〔곡수〕	필자/저자(역자)	분류	비고
4	1~3		元和三勇士 〈47〉 겐나 삼용사	柴田馨	고단	
6	1~3		吹雪 〈12〉 눈보라	寺澤生	소설	

지면	단수	기획	기사제목 〈회수〉〔곡수〕	필자/저자(역자)	분류	비고

1913년 06월 04일 (수) 4326호

지면	단수	기획	기사제목 〈회수〉〔곡수〕	필자/저자(역자)	분류	비고
3	4~6		新しい女？魔性の女？〈1〉 새로운 여자? 마성의 여자?		수필/기타	
4	1~3		元和三勇士〈48〉 겐나 삼용사	柴田馨	고단	
6	1~3		吹雪〈13〉 눈보라	寺澤生	소설	

1913년 06월 05일 (목) 4327호

지면	단수	기획	기사제목 〈회수〉〔곡수〕	필자/저자(역자)	분류	비고
3	5~6		新しい女？魔性の女？〈2〉 새로운 여자? 마성의 여자?		수필/기타	
4	1~3		元和三勇士〈49〉 겐나 삼용사	柴田馨	고단	
4	3~4		通俗「人類學」 통속「인류학」		수필/관찰	
6	1~3		吹雪〈14〉 눈보라	寺澤生	소설	

1913년 06월 06일 (금) 4328호

지면	단수	기획	기사제목 〈회수〉〔곡수〕	필자/저자(역자)	분류	비고
1	8	朝鮮俳壇	賣劍選/躑躅百七十句〔10〕 바이켄 선/철쭉-백칠십구	杢尖公	시가/하이쿠	
3	5~6		新しい女？魔性の女？〈3〉 새로운 여자? 마성의 여자?		수필/기타	
4	1~3		元和三勇士〈50〉 겐나 삼용사	柴田馨	고단	
6	1~3		吹雪〈15〉 눈보라	寺澤生	소설	

1913년 06월 07일 (토) 4329호

지면	단수	기획	기사제목 〈회수〉〔곡수〕	필자/저자(역자)	분류	비고
1	1~2	論說	夏淸潔水 여름의 청결한 물		수필/기타	
1	7	朝鮮俳壇	賣劍選/躑躅百七十句〔10〕 바이켄 선/철쭉-백칠십구	杢尖公	시가/하이쿠	
3	5~6		新しい女？魔性の女？〈4〉 새로운 여자? 마성의 여자?		수필/기타	
4	1~3		元和三勇士〈51〉 겐나 삼용사	柴田馨	고단	
6	1~3		吹雪〈16〉 눈보라	寺澤生	소설	

1913년 06월 08일 (일) 4330호

지면	단수	기획	기사제목 〈회수〉〔곡수〕	필자/저자(역자)	분류	비고
3	5~7		新しい女？魔性の女？〈5〉 새로운 여자? 마성의 여자?		수필/기타	
4	1~3		元和三勇士〈51〉 겐나 삼용사	柴田馨	고단	회수 오류
6	1~3		吹雪〈17〉 눈보라	寺澤生	소설	

1913년 06월 09일 (월) 4331호

지면	단수	기획	기사제목 〈회수〉〔곡수〕	필자/저자(역자)	분류	비고
4	1~3		吹雪〈18〉 눈보라	寺澤生	소설	

지면	단수	기획	기사제목 〈회수〉〔곡수〕	필자/저자(역자)	분류	비고
1913년 06월 10일 (화) 4332호						
3	4~5		新しい女？魔性の女？〈6〉 새로운 여자? 마성의 여자?		수필/기타	
4	1~3		元和三勇士〈53〉 겐나 삼용사	柴田馨	고단	
6	1~3		吹雪〈19〉 눈보라	寺澤生	소설	
1913년 06월 11일 (수) 4333호						
3	3~5		新しい女？魔性の女？〈7〉 새로운 여자? 마성의 여자?		수필/기타	
4	1~3		元和三勇士〈54〉 겐나 삼용사	柴田馨	고단	
6	1~3		吹雪〈20〉 눈보라	寺澤生	소설	
1913년 06월 12일 (목) 4334호						
4	1~3		元和三勇士〈55〉 겐나 삼용사	柴田馨	고단	
6	1~3		吹雪〈21〉 눈보라	寺澤生	소설	
1913년 06월 13일 (금) 4335호						
4	1~3		元和三勇士〈56〉 겐나 삼용사	柴田馨	고단	
6	1~3		吹雪〈22〉 눈보라	寺澤生	소설	
1913년 06월 14일 (토) 4336호						
4	1~3		元和三勇士〈57〉 겐나 삼용사	柴田馨	고단	
4	3~4		御孃樣と園藝〈1〉 아가씨와 원예	石井隆一	수필/관찰	
5	1~2		呪はれたる南極探檢隊〈1〉 저주받은 남극탐험대		수필/기타	
6	1~3		吹雪〈23〉 눈보라	寺澤生	소설	
1913년 06월 15일 (일) 4337호						
1	7		俳句短歌募集 하이쿠 단카 모집		광고/모집 광고	
3	1~3		元和三勇士〈58〉 겐나 삼용사	柴田馨	고단	
3	4~5		御孃樣と園藝〈2〉 아가씨와 원예	石井隆一	수필/관찰	
5	1~3		吹雪〈24〉 눈보라	寺澤生	소설	
7	1~2		呪はれたる南極探檢隊〈2〉 저주받은 남극탐험대		수필/기타	
1913년 06월 16일 (월) 4338호						

지면	단수	기획	기사제목 〈회수〉〔곡수〕	필자/저자(역자)	분류	비고
3	1~2		呪はれたる南極探檢隊 〈3〉 저주받은 남극탐험대		수필/기타	
4	1~3		吹雪 〈25〉 눈보라	寺澤生	소설	

1913년 06월 17일 (화) 4339호

지면	단수	기획	기사제목 〈회수〉〔곡수〕	필자/저자(역자)	분류	비고
4	1~3		元和三勇士 〈59〉 겐나 삼용사	柴田馨	고단	
4	3~4		御孃樣と園藝 〈3〉 아가씨와 원예	石井隆一	수필/관찰	
5	1~2		呪はれたる南極探檢隊 〈4〉 저주받은 남극탐험대		수필/기타	

1913년 06월 18일 (수) 4340호

지면	단수	기획	기사제목 〈회수〉〔곡수〕	필자/저자(역자)	분류	비고
2	5~6		江華島行 강화도행	左氏	수필/기행	
3	1~3		元和三勇士 〈60〉 겐나 삼용사	柴田馨	고단	
7	1~2		呪はれたる南極探檢隊 〈5〉 저주받은 남극탐험대		수필/기타	
8	1~3		吹雪 〈26〉 눈보라	寺澤生	소설	

1913년 06월 19일 (목) 4341호

지면	단수	기획	기사제목 〈회수〉〔곡수〕	필자/저자(역자)	분류	비고
3	4~5		素人の道樂盡 〈1〉 초심자의 도락진	武#坊	수필/일상	
4	1~3		元和三勇士 〈61〉 겐나 삼용사	柴田馨	고단	
5	1~3		呪はれたる南極探檢隊 〈6〉 저주받은 남극탐험대		수필/기타	
6	1~3		吹雪 〈27〉 눈보라	寺澤生	소설	

1913년 06월 20일 (금) 4342호

지면	단수	기획	기사제목 〈회수〉〔곡수〕	필자/저자(역자)	분류	비고
2	6~8		江華島行 강화도행	左氏	수필/기행	
3	1~3		元和三勇士 〈62〉 겐나 삼용사	柴田馨	고단	
5	1~3		呪はれたる南極探檢隊 〈7〉 저주받은 남극탐험대		수필/기타	
5	7		讀者の聲 독자의 목소리		수필/비평	
6	1~3		吹雪 〈28〉 눈보라	寺澤生	소설	

1913년 06월 21일 (토) 4343호

지면	단수	기획	기사제목 〈회수〉〔곡수〕	필자/저자(역자)	분류	비고
1	6	朝鮮俳壇	大芸居抄/朱艷 〔2〕 다이게이쿄 초/주염	漢々	시가/하이쿠	
1	6	朝鮮俳壇	大芸居抄/朱艷 〔2〕 다이게이쿄 초/주염	碧雪郎	시가/하이쿠	
1	6	朝鮮俳壇	大芸居抄/朱艷 〔2〕 다이게이쿄 초/주염	杢尖公	시가/하이쿠	

지면	단수	기획	기사제목 〈회수〉〔곡수〕	필자/저자(역자)	분류	비고
1	6	朝鮮俳壇	大芸居抄/朱艶〔1〕 다이게이쿄 초/주염	默痴	시가/하이쿠	
1	6	朝鮮俳壇	大芸居抄/朱艶〔1〕 다이게이쿄 초/주염	愚王	시가/하이쿠	
1	6	朝鮮俳壇	大芸居抄/朱艶〔2〕 다이게이쿄 초/주염	大芸居	시가/하이쿠	
3	1~3		元和三勇士 〈63〉 겐나 삼용사	柴田馨	고단	
4	5~6	職業の裏面	活辨生活の內幕(上) 〈1〉 활변생활의 내막(상)	鐵火郎	수필/관찰	
5	1~3		吹雪 〈29〉 눈보라	寺澤生	소설	
7	1~2		呪はれたる南極探檢隊 〈8〉 저주받은 남극탐험대		수필/기타	

1913년 06월 22일 (일) 4344호

지면	단수	기획	기사제목 〈회수〉〔곡수〕	필자/저자(역자)	분류	비고
1	6	朝鮮俳壇	大芸居抄/秋田路〔3〕 다이게이쿄 초/가을 논밭 길	碧雪郎	시가/하이쿠	
1	6	朝鮮俳壇	大芸居抄/秋田路〔3〕 다이게이쿄 초/가을 논밭 길	杢尖公	시가/하이쿠	
1	6	朝鮮俳壇	大芸居抄/秋田路〔1〕 다이게이쿄 초/가을 논밭 길	漢々	시가/하이쿠	
1	6	朝鮮俳壇	大芸居抄/秋田路〔1〕 다이게이쿄 초/가을 논밭 길	可祝	시가/하이쿠	
1	6	朝鮮俳壇	大芸居抄/秋田路〔1〕 다이게이쿄 초/가을 논밭 길	愛古	시가/하이쿠	
1	6	朝鮮俳壇	大芸居抄/秋田路〔1〕 다이게이쿄 초/가을 논밭 길	臺人	시가/하이쿠	
1	6	朝鮮俳壇	大芸居抄/秋田路〔1〕 다이게이쿄 초/가을 논밭 길	愚王	시가/하이쿠	
1	6	朝鮮俳壇	大芸居抄/秋田路〔2〕 다이게이쿄 초/가을 논밭 길	大芸居	시가/하이쿠	
4	1~3		元和三勇士 〈64〉 겐나 삼용사	柴田馨	고단	
4	4~5	職業の裏面	活辨生活の內幕(下) 〈2〉 활변생활의 내막(하)	鐵火郎	수필/관찰	
5	1~3		呪はれたる南極探檢隊 〈9〉 저주받은 남극탐험대		수필/기타	
5	5~6		讀者の聲 독자의 목소리		수필/비평	

1913년 06월 23일 (월) 4345호

지면	단수	기획	기사제목 〈회수〉〔곡수〕	필자/저자(역자)	분류	비고
1	6	朝鮮俳壇	大芸居抄/初夏の頃〔4〕 다이게이쿄 초/초여름 무렵	杢尖公	시가/하이쿠	
1	6	朝鮮俳壇	大芸居抄/初夏の頃〔3〕 다이게이쿄 초/초여름 무렵	漢々	시가/하이쿠	
1	6	朝鮮俳壇	大芸居抄/初夏の頃〔1〕 다이게이쿄 초/초여름 무렵	愛古	시가/하이쿠	
1	6	朝鮮俳壇	大芸居抄/初夏の頃〔1〕 다이게이쿄 초/초여름 무렵	可祝	시가/하이쿠	
1	6	朝鮮俳壇	大芸居抄/初夏の頃〔1〕 다이게이쿄 초/초여름 무렵	愚王	시가/하이쿠	

지면	단수	기획	기사제목 〈회수〉〔곡수〕	필자/저자(역자)	분류	비고
1	6	朝鮮俳壇	大芸居抄/初夏の頃 〔2〕 다이게이쿄 초/초여름 무렵	大芸居	시가/하이쿠	
1	6		俳句短歌募集 하이쿠 단카 모집		광고/모집 광고	
3	1~2		故武田和尚の遺文 고 다케다 와상의 유서		수필/기타	
3	6		讀者の聲 독자의 목소리		수필/비평	
4	1~3		吹雪〈30〉 눈보라	寺澤生	소설	

1913년 06월 24일 (화) 4346호

지면	단수	기획	기사제목 〈회수〉〔곡수〕	필자/저자(역자)	분류	비고
1	6~7	朝鮮歌壇	短歌 〔7〕 단카	開城 黃果	시가/단카	
1	7		俳句短文募集 하이쿠 단문 모집		광고/모집 광고	
3	4~5		素人の道樂盡〈2〉 초심자의 도락진	武藤坊	수필/일상	
4	1~3		元和三勇士〈65〉 겐나 삼용사	柴田馨	고단	
4	4~6	職業の裏面	按摩生活の內幕〈3〉 안마 생활의 내막	鐵火郎	수필/관찰	
6	1~3		吹雪〈31〉 눈보라	寺澤生	소설	

1913년 06월 25일 (수) 4347호

지면	단수	기획	기사제목 〈회수〉〔곡수〕	필자/저자(역자)	분류	비고
3	1~3		吹雪〈32〉 눈보라	寺澤生	소설	
5	1~3		元和三勇士〈66〉 겐나 삼용사	柴田馨	고단	

1913년 06월 27일 (금) 4348호

지면	단수	기획	기사제목 〈회수〉〔곡수〕	필자/저자(역자)	분류	비고
3	5~6	京城花柳 總まくり	花月の小高 가게쓰의 고타카		수필/관찰	
4	1~3		元和三勇士〈67〉 겐나 삼용사	柴田馨	고단	
6	1~3		吹雪〈33〉 눈보라	寺澤生	소설	

1913년 06월 28일 (토) 4349호

지면	단수	기획	기사제목 〈회수〉〔곡수〕	필자/저자(역자)	분류	비고
3	1~3		吹雪〈34〉 눈보라	寺澤生	소설	
3	3~4	職業の裏面	賣卜者の內幕 매복자의 내막	鐵火郎	수필/관찰	
4	4~6	京城花柳 總まくり	由良家のお多福 유라야의 오타후쿠		수필/관찰	
5	1~3		元和三勇士〈68〉 겐나 삼용사	柴田馨	고단	

1913년 06월 29일 (일) 4350호

지면	단수	기획	기사제목 〈회수〉〔곡수〕	필자/저자(역자)	분류	비고
1	7	朝鮮歌壇	若楓 〔8〕 어린 단풍나무	杢尖公	시가/단카	

지면	단수	기획	기사제목 〈회수〉〔곡수〕	필자/저자(역자)	분류	비고
3	1~3		吹雪 〈35〉 눈보라	寺澤生	소설	
5	1~3		元和三勇士 〈69〉 겐나 삼용사	柴田馨	고단	

1913년 06월 30일 (월) 4351호

지면	단수	기획	기사제목 〈회수〉〔곡수〕	필자/저자(역자)	분류	비고
1	6~7	朝鮮歌壇	暑 〔17〕 더위	杢尖公	시가/단카	
3	1~3		長恨歌 〈1〉 장한가		수필/관찰	

1913년 07월 01일 (화) 4352호

지면	단수	기획	기사제목 〈회수〉〔곡수〕	필자/저자(역자)	분류	비고
1	8	朝鮮歌壇	夕立 〔6〕 소나기	杢尖公	시가/단카	
3	4~6	京城花柳 總まくり	春の家菊葉 하루노야 기쿠하		수필/관찰	
4	1~3		元和三勇士 〈70〉 겐나 삼용사	柴田馨	고단	
5	1~3		長恨歌 〈2〉 장한가		수필/관찰	
6	1~3		吹雪 〈36〉 눈보라	寺澤生	소설	

1913년 07월 02일 (수) 4353호

지면	단수	기획	기사제목 〈회수〉〔곡수〕	필자/저자(역자)	분류	비고
1	6	朝鮮歌壇	桐の花 〔13〕 오동나무꽃	杢尖公	시가/하이쿠	
3	1~3		流行の草花 ベコニア 유행하는 화초 베코니아		수필/관찰	
3	5~6	京城花柳 總まくり	花屋のお鍋 하나야의 오나베		수필/관찰	
4	1~3		元和三勇士 〈71〉 겐나 삼용사	柴田馨	고단	
5	1~2		長恨歌 〈3〉 장한가		수필/관찰	
6	1~3		吹雪 〈37〉 눈보라	寺澤生	소설	

1913년 07월 03일 (목) 4354호

지면	단수	기획	기사제목 〈회수〉〔곡수〕	필자/저자(역자)	분류	비고
1	7	朝鮮俳壇	(제목없음) 〔11〕	麗哉	시가/하이쿠	
1	7	朝鮮俳壇	(제목없음) 〔3〕	花汀	시가/하이쿠	
1	7	朝鮮俳壇	(제목없음) 〔1〕	鬼庵	시가/하이쿠	
1	7	朝鮮俳壇	(제목없음) 〔1〕	朴公	시가/하이쿠	
3	4~5	京城花柳 總まくり	井門樓おもちや 이카도로 오모차		수필/관찰	
4	1~3		元和三勇士 〈72〉 겐나 삼용사	柴田馨	고단	
5	1~2		長恨歌 〈4〉 장한가		수필/관찰	

지면	단수	기획	기사제목 〈회수〉〔곡수〕	필자/저자(역자)	분류	비고
6	1~3		吹雪 〈38〉 눈보라	寺澤生	소설	

1913년 07월 04일 (금) 4355호

지면	단수	기획	기사제목 〈회수〉〔곡수〕	필자/저자(역자)	분류	비고
3	5~6	京城花柳 總まくり	春の家照葉 하루노야 데루하		수필/관찰	
4	1~3		元和三勇士 〈73〉 겐나 삼용사	柴田馨	고단	
5	1~2		長恨歌 〈5〉 장한가		수필/관찰	
6	1~3		吹雪 〈39〉 눈보라	寺澤生	소설	

1913년 07월 05일 (토) 4356호

지면	단수	기획	기사제목 〈회수〉〔곡수〕	필자/저자(역자)	분류	비고
3	3~5	京城花柳 總まくり	清華亭の春吉 세이카테이의 하루키치		수필/관찰	
4	1~3		元和三勇士 〈74〉 겐나 삼용사	柴田馨	고단	
5	1~2		長恨歌 〈6〉 장한가		수필/관찰	
6	1~3		吹雪 〈40〉 눈보라	寺澤生	소설	

1913년 07월 06일 (일) 4357호

지면	단수	기획	기사제목 〈회수〉〔곡수〕	필자/저자(역자)	분류	비고
3	1~3	日曜文藝	三人者 삼인자	鐵火郎	수필/일상	
3	3~4	日曜文藝	南山 남산	鶴樓	수필/일상	
3	4~6	日曜文藝	午睡 낮잠	尺水	수필/일상	
3	6	日曜文藝	ノートより 노트에서	尖風	수필/일상	
4	1~3		元和三勇士 〈75〉 겐나 삼용사	柴田馨	고단	
6	1~3		吹雪 〈41〉 눈보라	寺澤生	소설	
7	1~2		長恨歌 〈7〉 장한가		수필/관찰	

1913년 07월 08일 (화) 4359호

지면	단수	기획	기사제목 〈회수〉〔곡수〕	필자/저자(역자)	분류	비고
1	2		水泳術の心得 〈1〉 수영술의 터득		수필/관찰	
3	3~5	京城花柳 總まくり	吉野家の萬龍 요시노야의 만류		수필/관찰	
4	1~3		元和三勇士 〈76〉 겐나 삼용사	柴田馨	고단	

1913년 07월 09일 (수) 4360호

지면	단수	기획	기사제목 〈회수〉〔곡수〕	필자/저자(역자)	분류	비고
1	2		水泳術の心得 〈2〉 수영술의 터득		수필/관찰	
4	1~3		元和三勇士 〈76〉 겐나 삼용사	柴田馨	고단	회수 오류

지면	단수	기획	기사제목 〈회수〉〔곡수〕	필자/저자(역자)	분류	비고
5	4~5	京城花柳 總まくり	花屋の小富 하나야의 고토미		수필/일상	
6	1~3		吹雪 〈42〉 눈보라	寺澤生	소설	

1913년 07월 10일 (목) 4361호

지면	단수	기획	기사제목 〈회수〉〔곡수〕	필자/저자(역자)	분류	비고
1	2~4		水泳術の心得 〈3〉 수영술의 터득		수필/관찰	
4	1~3		元和三勇士 〈78〉 겐나 삼용사	柴田馨	고단	
6	1~3		吹雪 〈43〉 눈보라	寺澤生	소설	

1913년 07월 11일 (금) 4362호

지면	단수	기획	기사제목 〈회수〉〔곡수〕	필자/저자(역자)	분류	비고
1	7~8		水泳術の心得 〈4〉 수영술의 터득		수필/관찰	
3	4~5		俳諧ゆつたがつた 하이카이 말하고 싶었다	野崎小蟹	수필/기타	
4	1~3		元和三勇士 〈79〉 겐나 삼용사	柴田馨	고단	
6	1~3		吹雪 〈44〉 눈보라	寺澤生	소설	

1913년 07월 12일 (토) 4363호

지면	단수	기획	기사제목 〈회수〉〔곡수〕	필자/저자(역자)	분류	비고
1	5		水泳術の心得 〈5〉 수영술의 터득		수필/관찰	
4	1~3		元和三勇士 〈80〉 겐나 삼용사	柴田馨	고단	
6	1~3		吹雪 〈45〉 눈보라	寺澤生	소설	

1913년 07월 13일 (일) 4364호

지면	단수	기획	기사제목 〈회수〉〔곡수〕	필자/저자(역자)	분류	비고
1	6~8		水泳術の心得 〈5〉 수영술의 터득		수필/관찰	
3	1~2	日曜文藝	力 〈1〉 힘	尺水	수필/일상	
3	2~5	日曜文藝	力 〈2〉 힘	尺水	수필/일상	
3	5	日曜文藝	海 바다	京城 逝水	수필/일상	
3	6	日曜文藝	旅 여행	京城 花汀	수필/일상	
3	6~7	日曜文藝	ダリヤ咲く頃 달리아 필 무렵	京城 柳々人	수필/일상	
3	7		書齋放語 서제방어	仁川 柳子	수필/일상	
4	1~3		吹雪 〈46〉 눈보라	寺澤生	소설	
6	1~3		元和三勇士 〈81〉 겐나 삼용사	柴田馨	고단	

1913년 07월 14일 (월) 4365호

지면	단수	기획	기사제목 〈회수〉 〔곡수〕	필자/저자(역자)	분류	비고
1	2~3		水泳術の心得 〈7〉 수영술의 터득		수필/관찰	
1	7	朝鮮俳壇	翡翠 〔15〕 비취	杢尖公	시가/하이쿠	
6	1~3		吹雪 〈47〉 눈보라	寺澤生	소설	

1913년 07월 15일 (화) 4366호

지면	단수	기획	기사제목 〈회수〉 〔곡수〕	필자/저자(역자)	분류	비고
1	6	朝鮮俳壇	夏山 〔11〕 여름 산	杢尖公	시가/하이쿠	
3	3~4		海雲臺(釜山) 해운대(부산)		수필/관찰	
4	1~3		元和三勇士 〈82〉 겐나 삼용사	柴田馨	고단	
6	1~3		吹雪 〈48〉 눈보라	寺澤生	소설	

1913년 07월 16일 (수) 4367호

지면	단수	기획	기사제목 〈회수〉 〔곡수〕	필자/저자(역자)	분류	비고
1	6	朝鮮歌壇	(제목없음) 〔4〕	櫻草	시가/단카	
1	6	朝鮮歌壇	(제목없음) 〔1〕	花汀	시가/단카	
1	6	朝鮮歌壇	(제목없음) 〔1〕	想仙	시가/단카	
1	6	朝鮮歌壇	(제목없음) 〔2〕	黙#光	시가/단카	
4	1~3		元和三勇士 〈83〉 겐나 삼용사	柴田馨	고단	
6	1~3		吹雪 〈49〉 눈보라	寺澤生	소설	

1913년 07월 17일 (목) 4368호

지면	단수	기획	기사제목 〈회수〉 〔곡수〕	필자/저자(역자)	분류	비고
1	7	朝鮮俳壇	有栖川宮殿下の御薨去を悼み奉りて 〔5〕 아리스가와미야 전하의 죽음을 애도하며	麗哉	시가/하이쿠	
4	1~3		元和三勇士 〈84〉 겐나 삼용사	柴田馨	고단	
6	1~2		吹雪 〈50〉 눈보라	寺澤生	소설	

1913년 07월 18일 (금) 4369호

지면	단수	기획	기사제목 〈회수〉 〔곡수〕	필자/저자(역자)	분류	비고
1	5	朝鮮歌壇	(제목없음) 〔5〕	正木花正	시가/단카	
1	5	朝鮮歌壇	(제목없음) 〔1〕	想仙	시가/단카	
1	5	朝鮮歌壇	(제목없음) 〔1〕	黙#光	시가/단카	
1	5		俳句和歌募集 하이쿠 와카 모집		광고/모집 광고	
3	1~2		女 〈1〉 여자	南部露庵氏談	수필/일상	
4	1~3		元和三勇士 〈85〉 겐나 삼용사	柴田馨	고단	

지면	단수	기획	기사제목 〈회수〉〔곡수〕	필자/저자(역자)	분류	비고
6	1~2		吹雪 〈51〉 눈보라	寺澤生	소설	

1913년 07월 19일 (토) 4370호

지면	단수	기획	기사제목 〈회수〉〔곡수〕	필자/저자(역자)	분류	비고
1	6	朝鮮俳壇	(제목없음) 〔2〕	赤川生	시가/하이쿠	
1	6	朝鮮俳壇	(제목없음) 〔3〕	玖西	시가/하이쿠	
1	6	朝鮮俳壇	(제목없음) 〔6〕	古覺	시가/하이쿠	
1	6		俳句和歌募集 하이쿠 와카 모집		광고/모집 광고	
3	2~3		女 〈2〉 여자	南部露庵氏談	수필/일상	
4	1~3		元和三勇士 〈86〉 겐나 삼용사	柴田馨	고단	
6	1~2		吹雪 〈52〉 눈보라	寺澤生	소설	

1913년 07월 20일 (일) 4371호

지면	단수	기획	기사제목 〈회수〉〔곡수〕	필자/저자(역자)	분류	비고
3	1~5	日曜文藝	空飛ぶ鳥 하늘을 나는 새	鐵火郎	수필/일상	
3	5~7	日曜文藝	尖つた男 예민한 남자	尖風	수필/일상	
3	7~8	日曜文藝	浮石鹼 떠오른 비누	水尺	수필/일상	
4	1~2		吹雪 〈53〉 눈보라	寺澤生	소설	
4	3~4		孝行者の出世譚 효도한 자의 출세담		수필/일상	
6	1~3		元和三勇士 〈87〉 겐나 삼용사	柴田馨	고단	

1913년 07월 21일 (월) 4372호

지면	단수	기획	기사제목 〈회수〉〔곡수〕	필자/저자(역자)	분류	비고
1	2~4		貨幣心理 화폐심리	水尺生	수필/관찰	
1	6	朝鮮俳壇	藁屋 〔8〕 초가지붕	麗哉	시가/하이쿠	
1	6	朝鮮俳壇	茂と蚊帳と 〔8〕 무성함과 모기장과	麗哉	시가/하이쿠	
1	6		俳句和歌募集 하이쿠 와카 모집		광고/모집 광고	
4	1~2		吹雪 〈54〉 눈보라	寺澤生	소설	

1913년 07월 22일 (화) 4373호

지면	단수	기획	기사제목 〈회수〉〔곡수〕	필자/저자(역자)	분류	비고
4	1~3		元和三勇士 〈87〉 겐나 삼용사	柴田馨	고단	회수 오류
6	1~2		吹雪 〈55〉 눈보라	寺澤生	소설	

1913년 07월 23일 (수) 4374호

지면	단수	기획	기사제목 〈회수〉〔곡수〕	필자/저자(역자)	분류	비고
1	6	朝鮮歌壇	夏の月(大田歌會) 〔1〕 여름 달(대전 가회)	霞堂	시가/단카	
1	6	朝鮮歌壇	夏の月(大田歌會) 〔1〕 여름 달(대전 가회)	水野	시가/단카	
1	6	朝鮮歌壇	夏の月(大田歌會) 〔1〕 여름 달(대전 가회)	不究	시가/단카	
1	6	朝鮮歌壇	夏の月(大田歌會) 〔1〕 여름 달(대전 가회)	探#	시가/단카	
1	6	朝鮮歌壇	夏 〔1〕 여름	露庵	시가/단카	
3	1		女 〈4〉 여자	南部露庵氏談	수필/일상	
3	5~6	京城花柳 總まくり	辰巳家の政彌 다쓰미야의 마사야		수필/관찰	
4	1~3		元和三勇士 〈89〉 겐나 삼용사	柴田馨	고단	
6	1~2		吹雪 〈59〉 눈보라	寺澤生	소설	

1913년 07월 24일 (목) 4375호

지면	단수	기획	기사제목 〈회수〉〔곡수〕	필자/저자(역자)	분류	비고
3	2~3		新安州行 신 안주행	平南支社 南潮生	수필/기행	
3	3~4		女 〈5〉 여자	南部露庵氏談	수필/일상	
3	4~5	京城花柳 總まくり	箱丁の政公 하코야의 마사코		수필/관찰	
4	1~3		元和三勇士 〈90〉 겐나 삼용사	柴田馨	고단	
6	1~2		吹雪 〈57〉 눈보라	寺澤生	소설	

1913년 07월 25일 (금) 4376호

지면	단수	기획	기사제목 〈회수〉〔곡수〕	필자/저자(역자)	분류	비고
1	5	朝鮮俳壇	(제목없음) 〔7〕	想山	시가/하이쿠	
3	2~3		女 〈6〉 여자	南部露庵氏談	수필/일상	
3	5~6	京城花柳 總まくり	駒家の力彌 고마야의 리키야		수필/관찰	
4	1~3		元和三勇士 〈91〉 겐나 삼용사	柴田馨	고단	
6	1~3		吹雪 〈58〉 눈보라	寺澤生	소설	

1913년 07월 26일 (토) 4377호

지면	단수	기획	기사제목 〈회수〉〔곡수〕	필자/저자(역자)	분류	비고
1	7	朝鮮歌壇	灰のなかより 〔5〕 잿가루 속에서	杢尖公	시가/단카	
3	4~5		女 〈7〉 여자	南部露庵氏談	수필/일상	
3	5	京城花柳 總まくり	花月の智惠子 가게쓰의 지에코		수필/관찰	
4	1~3		元和三勇士 〈92〉 겐나 삼용사	柴田馨	고단	

지면	단수	기획	기사제목 〈회수〉〔곡수〕	필자/저자(역자)	분류	비고
6	1~3		吹雪 〈59〉 눈보라	寺澤生	소설	

1913년 07월 27일 (일) 4378호

지면	단수	기획	기사제목 〈회수〉〔곡수〕	필자/저자(역자)	분류	비고
1	7	朝鮮歌壇	★夏海邊 〔1〕 여름 해변	よし丸	시가/단카	
1	7	朝鮮歌壇	蚊 〔1〕 모기	よし丸	시가/단카	
1	7	朝鮮歌壇	蚊遣火 〔1〕 모깃불	よし丸	시가/단카	
1	7	朝鮮歌壇	螢 〔1〕 반딧불이	よし丸	시가/단카	
1	7	朝鮮歌壇	蛙 〔1〕 개구리	よし丸	시가/단카	
1	7	朝鮮歌壇	★雨後夏月 〔1〕 비 온 뒤 여름 달	よし丸	시가/단카	
3	1~4	日曜文藝	熱 〈1〉 더위	鐵火郞	수필/일상	
3	4~5	日曜文藝	聲(散文詩) 소리(산문시)	仁川 柳子	시가/신체시	
3	5~6	日曜文藝	日記の一節 일기의 한 구절	京城 しらはぎ	수필/일기	
3	6~8	日曜文藝	筆陣 필진	京城 浪人	수필/일상	
3	8		俳句/夏季 〔3〕 하이쿠/하계	夢想	시가/하이쿠	
3	8		俳句/夏季 〔4〕 하이쿠/하계	玖西	시가/하이쿠	
3	8		俳句/夏季 〔3〕 하이쿠/하계	砂走	시가/하이쿠	
3	8		俳句/夏季 〔11〕 하이쿠/하계	松翠	시가/하이쿠	
4	1~3		元和三勇士 〈94〉 겐나 삼용사	柴田馨	고단	회수 오류
6	1~3		吹雪 〈60〉 눈보라	寺澤生	소설	

1913년 07월 28일 (월) 4379호

지면	단수	기획	기사제목 〈회수〉〔곡수〕	필자/저자(역자)	분류	비고
1	2~3		旅中より 〈1〉 객지에 있는 동안		수필/기행	
1	6	朝鮮俳壇	(제목없음) 〔2〕	李雨景	시가/하이쿠	
1	6	朝鮮俳壇	(제목없음) 〔1〕	花汀	시가/하이쿠	
1	6	朝鮮俳壇	(제목없음) 〔2〕	几子	시가/하이쿠	
1	6	朝鮮俳壇	(제목없음) 〔3〕	麗哉	시가/하이쿠	
4	1~3		吹雪 〈61〉 눈보라	寺澤生	소설	

1913년 07월 29일 (화) 4380호

지면	단수	기획	기사제목 〈회수〉 〔곡수〕	필자/저자(역자)	분류	비고
1	2~3		旅中より 〈2〉 객지에 있는 동안		수필/기행	
1	6	朝鮮俳壇	夏動物 〔5〕 여름 동물	玖西	시가/하이쿠	
3	1~2		女 〈8〉 여자	南部露庵氏談	수필/일상	
3	5~6	京城花柳 總まくり	花月の十郎 가게쓰의 주로		수필/관찰	
4	1~3		元和三勇士 〈94〉 겐나 삼용사	柴田馨	고단	
6	1~3		吹雪 〈62〉 눈보라	寺澤生	소설	

1913년 07월 30일 (수) 4381호

지면	단수	기획	기사제목 〈회수〉 〔곡수〕	필자/저자(역자)	분류	비고
1	1		(제목없음) 〔1〕		시가/한시	
1	7	朝鮮歌壇	七彩の紅 〔8〕 일곱 가지 빛깔의 단풍	柳子	시가/단카	
3	1~2		女 〈9〉 여자	南部露庵氏談	수필/일상	
3	4~5	京城花柳 總まくり	花月の一奴 가게쓰의 이치얏코		수필/관찰	
4	1~3		元和三勇士 〈95〉 겐나 삼용사	柴田馨	고단	
6	1~3		吹雪 〈63〉 눈보라	寺澤生	소설	

1913년 08월 01일 (금) 4382호

지면	단수	기획	기사제목 〈회수〉 〔곡수〕	필자/저자(역자)	분류	비고
3	1~2		女 〈10〉 여자	南部露庵氏談	수필/일상	
3	5~6	京城花柳 總まくり	樽屋のお筆 다루야의 오후데		수필/관찰	
4	1~3		元和三勇士 〈96〉 겐나 삼용사	柴田馨	고단	
6	1~3		吹雪 〈64〉 눈보라	寺澤生	소설	

1913년 08월 02일 (토) 4383호

지면	단수	기획	기사제목 〈회수〉 〔곡수〕	필자/저자(역자)	분류	비고
1	1~2		男性美/漢江川開煙火大會 남성미/한강천 개장 불꽃놀이 대회		수필/관찰	
1	6	朝鮮歌壇	納凉 〔5〕 납량	環	시가/단카	
3	3~4	京城花柳 總まくり	菊泰の桃太郎 기쿠야스의 모모타로		수필/관찰	
4	1~3		元和三勇士 〈97〉 겐나 삼용사	柴田馨	고단	
6	1~3		吹雪 〈65〉 눈보라	寺澤生	소설	

1913년 08월 03일 (일) 4384호

지면	단수	기획	기사제목 〈회수〉 〔곡수〕	필자/저자(역자)	분류	비고
3	1~4	日曜文藝	渦 〈1〉 소용돌이	鐵火郎	수필/일상	

지면	단수	기획	기사제목 〈회수〉 [곡수]	필자/저자(역자)	분류	비고
3	4~5	日曜文藝	幻影一瞥 환영일별	仁川 ##人	수필/일상	
3	5~6	日曜文藝	あゝ妹 아아 누이	浪月生	수필/일상	
3	6~8	日曜文藝	君よ〈1〉 님이여	尺水	수필/일상	
3	8		俳句 [3] 하이쿠	想仙	시가/하이쿠	
3	8		俳句 [3] 하이쿠	夢想	시가/하이쿠	
3	8		俳句 [1] 하이쿠	靜庵	시가/하이쿠	
3	8		俳句 [1] 하이쿠	玖西	시가/하이쿠	
4	1~3		元和三勇士〈98〉 겐나 삼용사	柴田馨	고단	
6	1~3		吹雪〈66〉 눈보라	寺澤生	소설	

1913년 08월 04일 (월) 4385호

지면	단수	기획	기사제목 〈회수〉 [곡수]	필자/저자(역자)	분류	비고
2	5		川開雜觀 강가 개장 잡관		수필/일상	
4	1~3		吹雪〈67〉 눈보라	寺澤生	소설	

1913년 08월 05일 (화) 4386호

지면	단수	기획	기사제목 〈회수〉 [곡수]	필자/저자(역자)	분류	비고
1	6		漢江の煙火 [6] 한강의 불꽃	金陵生	시가/한시	
1	6	朝鮮歌壇	(제목없음) [5]	南海	시가/단카	
1	6	朝鮮歌壇	(제목없음) [1]	松國	시가/단카	
1	6	朝鮮歌壇	(제목없음) [1]	悟堂	시가/단카	
3	7	京城花柳 總まくり	中券の靜子 나카켄의 시즈코		수필/관찰	
4	1~3		元和三勇士〈99〉 겐나 삼용사	柴田馨	고단	
6	1~3		吹雪〈68〉 눈보라	寺澤生	소설	

1913년 08월 06일 (수) 4387호

지면	단수	기획	기사제목 〈회수〉 [곡수]	필자/저자(역자)	분류	비고
3	5~6	京城花柳 總まくり	大江戸のいろは 오에도의 이로하		수필/관찰	
4	1~3		元和三勇士〈99〉 겐나 삼용사	柴田馨	고단	회수 오류
6	1~3		吹雪〈68〉 눈보라	寺澤生	소설	회수 오류

1913년 08월 07일 (목) 4388호

지면	단수	기획	기사제목 〈회수〉 [곡수]	필자/저자(역자)	분류	비고
1	6	朝鮮俳壇	(제목없음) [10]	玖西	시가/하이쿠	

지면	단수	기획	기사제목 〈회수〉〔곡수〕	필자/저자(역자)	분류	비고
4	1~3		元和三勇士 〈99〉 겐나 삼용사	柴田馨	고단	회수 오류
6	1~3		吹雪 〈70〉 눈보라	寺澤生	소설	

1913년 08월 08일 (금) 4389호

3	3		夏の日光浴 여름의 일광욕		수필/일상	
4	1~3		元和三勇士 〈102〉 겐나 삼용사	柴田馨	고단	
6	1~3		吹雪 〈71〉 눈보라	寺澤生	소설	

1913년 08월 09일 (토) 4390호

1	6	朝鮮俳壇	煙花大會〔8〕 불꽃놀이 대회	某士官	시가/하이쿠	
1	6	朝鮮俳壇	晩酌の#〔3〕 반주의 #	木寸	시가/하이쿠	
1	6	朝鮮俳壇	###花火慰勞會〔1〕 ### 불꽃놀이 위로회	木寸	시가/하이쿠	
3	4		夏の忠州 여름의 충주		수필/기행	
4	1~3		元和三勇士 〈103〉 겐나 삼용사	柴田馨	고단	
6	1~3		吹雪 〈72〉 눈보라	寺澤生	소설	

1913년 08월 10일 (일) 4391호

1	6	文苑	和歌〔3〕 와카	想仙	시가/단카	
3	1~2	日曜文藝	君よ(再び)〈2〉 님이여(다시)	尺水	수필/일상	
3	2~6	日曜文藝	氣紛れ 변덕스러움	尖風	수필/일상	
3	6~8	日曜文藝	夢 꿈	鐵火郎	수필/일상	
3	8		床しき花の#にて 우아한 꽃의 ##에서	##ぼんか	수필/일상	
3	8		自らの爲に 자신을 위해서	近水	수필/일상	
4	1~3		元和三勇士 〈104〉 겐나 삼용사	柴田馨	고단	
6	1~3		吹雪 〈72〉 눈보라	寺澤生	소설	회수 오류

1913년 08월 11일 (월) 4392호

3	1~2		色模樣(怪訝な女の素性)〈1〉 이로모요(괴아한 여성의 성품)		수필/관찰	
4	1~3		吹雪 〈73〉 눈보라	寺澤生	소설	회수 오류

1913년 08월 12일 (화) 4393호

지면	단수	기획	기사제목 〈회수〉〔곡수〕	필자/저자(역자)	분류	비고
3	1~3		雷 천둥	尺写生	수필/일상	
4	1~3		元和三勇士 〈104〉 겐나 심용사	柴田馨	고단	회수 오류
5	1~2		色模様(毒婦の本性を現す) 〈2〉 이로모요(독부의 본성을 나타내다)		수필/관찰	
6	1~3		吹雪 〈75〉 눈보라	寺澤生	소설	

1913년 08월 13일 (수) 4394호

3	5~6	京城花柳 總まくり	花月の若子 가게쓰의 와카코		수필/관찰	
4	1~3		元和三勇士 〈106〉 겐나 삼용사	柴田馨	고단	
4	5		夏の人 〔9〕 여름의 사람		수필	
5	1~2		色模様(藪蕎麦の隠し男) 〈3〉 이로모요(야부소바의 숨긴 남자)		수필/관찰	
6	1~3		吹雪 〈76〉 눈보라	寺澤生	소설	

1913년 08월 14일 (목) 4395호

3	4~6	京城花柳 總まくり	大和家の小奴 야마토야의 고얏코		수필/관찰	
4	1~3		元和三勇士 〈107〉 겐나 삼용사	柴田馨	고단	
5	1~2		色模様(今度は活辯と悶着) 〈4〉 이로모요(이번에는 활변과 말썽)		수필/관찰	
6	1~3		吹雪 〈77〉 눈보라	寺澤生	소설	

1913년 08월 15일 (금) 4396호

1	6	文苑	芋の葉五句集/三點 〈1〉 〔2〕 이모노하 오구집/삼점	花汀	시가/하이쿠	
1	6	文苑	芋の葉五句集/二點 〈1〉 〔2〕 이모노하 오구집/이점	杢尖公	시가/하이쿠	
1	6	文苑	芋の葉五句集/二點 〈1〉 〔2〕 이모노하 오구집/이점	古覺	시가/하이쿠	
1	6	文苑	芋の葉五句集/二點 〈1〉 〔2〕 이모노하 오구집/이점	乃葉	시가/하이쿠	
1	6	文苑	芋の葉五句集/二點 〈1〉 〔1〕 이모노하 오구집/이점	想仙	시가/하이쿠	
1	6	文苑	芋の葉五句集/二點 〈1〉 〔1〕 이모노하 오구집/이점	花汀	시가/하이쿠	
1	6	文苑	芋の葉五句集/二點 〈1〉 〔1〕 이모노하 오구집/이점	鬼庵	시가/하이쿠	
1	6	文苑	芋の葉五句集/二點 〈1〉 〔1〕 이모노하 오구집/이점	麗哉	시가/하이쿠	
1	6	文苑	芋の葉五句集/二點 〈1〉 〔1〕 이모노하 오구집/이점	玖西	시가/하이쿠	
3	5~6		色あるをとこ/自殺者の悴(上) 〈1〉 밝히는 남자/자살자의 아들(상)		수필/일상	

지면	단수	기획	기사제목 〈회수〉〔곡수〕	필자/저자(역자)	분류	비고
4	1~3		元和三勇士 〈108〉 겐나 삼용사	柴田馨	고단	
6	1~3		吹雪 〈78〉 눈보라	寺澤生	소설	

1913년 08월 16일 (토) 4397호

지면	단수	기획	기사제목 〈회수〉〔곡수〕	필자/저자(역자)	분류	비고
1	7	文苑	近#より〔9〕 ##에서	大芸居	시가/기타	
3	3~5		色あるをとこ/自殺者の悴(下) 〈2〉 밝히는 남자/자살자의 아들(하)		수필/일상	
3	5~6	京城花柳 總まくり	花月の光子 가게쓰의 미쓰코		수필/관찰	
4	1~3		元和三勇士 〈109〉 겐나 삼용사	柴田馨	고단	
6	1~3		吹雪 〈79〉 눈보라	寺澤生	소설	
1	6	文苑	歌〔6〕 노래	花汀	시가/단카	

1913년 08월 17일 (일) 4398호

지면	단수	기획	기사제목 〈회수〉〔곡수〕	필자/저자(역자)	분류	비고
3	1~3		元和三勇士 〈110〉 겐나 삼용사	柴田馨	고단	
8	1~3		吹雪 〈80〉 눈보라	寺澤生	소설	

1913년 08월 18일 (월) 4399호

지면	단수	기획	기사제목 〈회수〉〔곡수〕	필자/저자(역자)	분류	비고
1	6	文苑	仁川にて〔10〕 인천에서	芦上秋人	시가/단카	
4	1~3		吹雪 〈81〉 눈보라	寺澤生	소설	

1913년 08월 19일 (화) 4400호

지면	단수	기획	기사제목 〈회수〉〔곡수〕	필자/저자(역자)	분류	비고
3	4~6		色あるをとこ/(二)帳場格子(上) 〈3〉 밝히는 남자/(2)카운터의 격자(상)		수필/일상	
3	6~7	京城花柳 總まくり	春の家の大助 하루노야의 다이스케		수필/관찰	
4	1~3		元和三勇士 〈111〉 겐나 삼용사	柴田馨	고단	
6	1~3		吹雪 〈82〉 눈보라	寺澤生	소설	

1913년 08월 20일 (수) 4401호

지면	단수	기획	기사제목 〈회수〉〔곡수〕	필자/저자(역자)	분류	비고
3	2~5		色あるをとこ/(二)帳場格子(下) 〈4〉 밝히는 남자/(2)카운터의 격자(하)		수필/일상	
3	5~7	京城花柳 總まくり	ニコへのかずえ 니코니코의 가즈에		수필/관찰	
4	1~3		元和三勇士 〈112〉 겐나 삼용사	柴田馨	고단	
6	1~3		吹雪 〈83〉 눈보라	寺澤生	소설	

1913년 08월 21일 (목) 4402호

지면	단수	기획	기사제목 〈회수〉〔곡수〕	필자/저자(역자)	분류	비고
3	5~7		色あるをとこ/舞臺の裏二階(上) 〈5〉 밝히는 남자/무대 뒤 이층(상)		수필/일상	
4	1~3		元和三勇士 〈113〉 겐나 삼용사	柴田馨	고단	
4	3~5		神士の遊振り/持てる方持てぬ人 〈1〉 신사의 노는 모습/인기 있는 분, 인기 없는 사람	隱れ家 ぎん子	수필/일상	
6	1~3		吹雪 〈84〉 눈보라	寺澤生	소설	
3	5~7		神士の遊振り/持てる方持てぬ人 〈2〉 신사의 노는 모습/인기 있는 분, 인기 없는 사람	隱れ家 ぎん子	수필/일상	

1913년 08월 22일 (금) 4403호

지면	단수	기획	기사제목 〈회수〉〔곡수〕	필자/저자(역자)	분류	비고
4	1~4		元和三勇士 〈114〉 겐나 삼용사	柴田馨	고단	
6	1~3		吹雪 〈85〉 눈보라	寺澤生	소설	

1913년 08월 23일 (토) 4404호

지면	단수	기획	기사제목 〈회수〉〔곡수〕	필자/저자(역자)	분류	비고
3	4~5		色あるをとこ/舞臺の裏二階(下) 〈6〉 밝히는 남자/무대 뒤 이층(하)		수필/일상	
3	5~6		神士の遊振り/持てる方持てぬ人 〈3〉 신사의 노는 모습/인기 있는 분, 인기 없는 사람	隱れ家 ぎん子	수필/일상	
4	1~3		元和三勇士 〈115〉 겐나 삼용사	柴田馨	고단	
6	1~3		吹雪 〈86〉 눈보라	寺澤生	소설	

1913년 08월 24일 (일) 4405호

지면	단수	기획	기사제목 〈회수〉〔곡수〕	필자/저자(역자)	분류	비고
3	1~2	日曜文藝	碧蹄館……琵琶歌 〈1〉 벽제관……비파 노래	野崎小蟹	수필/일상	
3	2~3	日曜文藝	碧蹄館……琵琶歌 〈2〉 벽제관……비파 노래	野崎小蟹	수필/일상	
3	3~7		彼の女へ 그녀에게	無想生	수필/서간	
4	1~4		元和三勇士 〈116〉 겐나 삼용사	柴田馨	고단	
6	1~3		吹雪 〈87〉 눈보라	寺澤生	소설	
7	5~6		菊の仁川 〈1〉 국화의 인천	花の介	수필/일상	

1913년 08월 25일 (월) 4406호

지면	단수	기획	기사제목 〈회수〉〔곡수〕	필자/저자(역자)	분류	비고
1	6	文苑	(제목없음) 〔7〕	想仙	시가/하이쿠	
1	6	文苑	(제목없음) 〔3〕	鮮#	시가/하이쿠	
3	2~3		菊の仁川 〈2〉 국화의 인천	花の介	수필/일상	
4	1~3		吹雪 〈88〉 눈보라	寺澤生	소설	

1913년 08월 26일 (화) 4407호

지면	단수	기획	기사제목 〈회수〉〔곡수〕	필자/저자(역자)	분류	비고
2	4~7		張作霖の煩悶 〈1〉 장작림의 번민	尺水	수필/일상	
2	6~8		京仁線の虐待 〈3〉 경인선의 학대	一記者	수필/일상	
3	4~6		紳士の遊振り/持てる方持てぬ人 〈4〉 신사의 노는 모습/인기 있는 분, 인기 없는 사람	隱れ家ぎん子	수필/비평	
3	5~6		色あるをとこ/文身の痕(上) 〈7〉 색기있는 남자/문신의 흔적(상)		수필/일상	
4	1~3		元和三勇士 〈117〉 겐나 삼용사	柴田馨	고단	
6	1~3		吹雪 〈89〉 눈보라	寺澤生	소설	

1913년 08월 27일 (수) 4408호

지면	단수	기획	기사제목 〈회수〉〔곡수〕	필자/저자(역자)	분류	비고
2	6~7		京仁線の虐待 〈4〉 경인선의 학대	一記者	수필/일상	
3	5~6		紳士の遊振り/持てる方持てぬ人 〈5〉 신사의 노는 모습/인기 있는 분, 인기 없는 사람	隱れ家ぎん子	수필/비평	
4	1~3		元和三勇士 〈118〉 겐나 삼용사	柴田馨	고단	
6	1~3		吹雪 〈90〉 눈보라	寺澤生	소설	

1913년 08월 28일 (목) 4409호

지면	단수	기획	기사제목 〈회수〉〔곡수〕	필자/저자(역자)	분류	비고
3	1~4		光州水道最急論 〈1〉 광주 수도 최급론	光州支局 久保生	수필/일상	
3	5~6		紳士の遊振り/持てる方持てぬ人 〈6〉 신사의 노는 모습/인기 있는 분, 인기 없는 사람	隱れ家ぎん子	수필/비평	
4	1~3		元和三勇士 〈119〉 겐나 삼용사	柴田馨	고단	
4	3~5		朝鮮の衛生苦心談/某當局の談話 〈1〉 조선의 위생고심담/모 당국의 담화		수필/일상	
4	5~6		北京から皈人話/花柳界と鍛冶屋の繁盛 〈1〉 베이징에서 돌아온 사람의 이야기/화류계와 대장간의 번창		수필/일상	
6	1~3		吹雪 〈91〉 눈보라	寺澤生	소설	

1913년 08월 29일 (금) 4410호 其二

지면	단수	기획	기사제목 〈회수〉〔곡수〕	필자/저자(역자)	분류	비고
3	3~4		夏の庭 〈1〉 여름 정원	仁川 #浪人	수필/일상	
3	4		想出 〔1〕 추억	大田 刀川	시가/신체시	

1913년 08월 29일 (금) 4410호 其三

지면	단수	기획	기사제목 〈회수〉〔곡수〕	필자/저자(역자)	분류	비고
1	4~6		運勢吉凶の話/(占い・##の流行する朝鮮の方々へ) 〈1〉 운세 길흉 이야기/(점, ##가 유행하는 조선인들에게)	山崎源一郎	수필/일상	
2	1~6		元和三勇士 〈120〉 겐나 삼용사	柴田馨	고단	
3	1~2		太古史と日鮮關係 〈1〉 태고사와 일선 관계	大阪毎日新聞社長 本山彦一	수필/일상	
3	3~4		新しい女から 〈1〉 새로운 여자에게	刀川	수필/일상	

지면	단수	기획	기사제목 〈회수〉〔곡수〕	필자/저자(역자)	분류	비고
3	4		雨〔1〕 비	仁川 花汀生	시가/신체시	
3	4		湖畔 호반	仁川 汀舟生	수필/일상	

1913년 08월 29일 (금) 4410호 其四

지면	단수	기획	기사제목 〈회수〉〔곡수〕	필자/저자(역자)	분류	비고
2	3	文苑	併合紀念日所感〔1〕 병합 기념일 소감	金陵 大垣丈夫	시가/한시	
2	3	文苑	所感〔1〕 소감	金陵 大垣丈夫	시가/한시	
2	3	文苑	三代の偉業〔1〕 삼대의 위업	金陵 大垣丈夫	시가/한시	
3	1~4		仲直り〔1〕 화해	淸州 本多狂生	소설/일본	
3	4		(제목없음)〔15〕	六花	시가/하이쿠	

1913년 08월 29일 (금) 4410호 其五

지면	단수	기획	기사제목 〈회수〉〔곡수〕	필자/저자(역자)	분류	비고
1	4		蘇堤の傳說奇談 소제의 전설과 기담	大田支局 刀川生	수필/기행	
3	1~3		鮮人同化の現狀 조선인 동화의 현 상황	大邱支局 橋本樂水	수필/일상	
3	3~4		李朝の文學 조선의 문학	逸名氏	수필/일상	

1913년 08월 29일 (금) 4410호 其六

지면	단수	기획	기사제목 〈회수〉〔곡수〕	필자/저자(역자)	분류	비고
1	1~4		亡命者 망명자	尺水	수필/일상	
3	1~3		吹雪〈92〉 눈보라	寺澤生	소설	
3	3~4		暹羅奇談/名物の象と鰐 태국 기담/명물 코끼리와 악어		수필/일상	

1913년 08월 29일 (금) 4410호 其七

지면	단수	기획	기사제목 〈회수〉〔곡수〕	필자/저자(역자)	분류	비고
1	1~2		併合三週年紀念日と予の感想 병합 삼 주년 기념일과 나의 소감	京畿道長官 檜垣直右	수필/일상	
3	1~2		朝鮮の衛生苦心談/某當局の談話〈2〉 조선의 위생고심담/모 당국의 담화		수필/일상	

1913년 08월 30일 (토) 4411호

지면	단수	기획	기사제목 〈회수〉〔곡수〕	필자/저자(역자)	분류	비고
3	1		朝鮮と文學 조선과 문학		수필/일상	
3	1~2		溫陽から牙山まで 온양에서 아산까지	大田支局 刀川生	수필/기행	
3	3~5		吹雪〈93〉 눈보라	寺澤生	소설	
5	1~3		朝鮮の衛生苦心談/某當局の談話〈3〉 조선의 위생고심담/모 당국의 담화		수필/일상	
7	1~3		元和三勇士〈121〉 겐나 삼용사	柴田馨	고단	

1913년 08월 31일 (일) 4412호

지면	단수	기획	기사제목 〈회수〉 〔곡수〕	필자/저자(역자)	분류	비고
1	7	文苑	芋の葉吟社五句集/夕立の卷(第二回)/四點の句 〈2〉〔1〕 이모노하긴샤 오구집/소나기 권(제2회)/사점 구	從器	시가/하이쿠	
1	8	文苑	芋の葉吟社五句集/夕立の卷(第二回)/二點の句 〈2〉〔1〕 이모노하긴샤 오구집/소나기 권(제2회)/이점 구	花#	시가/하이쿠	
1	8	文苑	芋の葉吟社五句集/夕立の卷(第二回)/二點の句 〈2〉〔1〕 이모노하긴샤 오구집/소나기 권(제2회)/이점 구	##	시가/하이쿠	
1	8	文苑	芋の葉吟社五句集/夕立の卷(第二回)/二點の句 〈2〉〔1〕 이모노하긴샤 오구집/소나기 권(제2회)/이점 구	##	시가/하이쿠	
1	8	文苑	芋の葉吟社五句集/夕立の卷(第二回)/二點の句 〈2〉〔1〕 이모노하긴샤 오구집/소나기 권(제2회)/이점 구	###	시가/하이쿠	
1	8	文苑	芋の葉吟社五句集/夕立の卷(第二回)/二點の句 〈2〉〔1〕 이모노하긴샤 오구집/소나기 권(제2회)/이점 구	##	시가/하이쿠	
1	8	文苑	芋の葉吟社五句集/夕立の卷(第二回)/二點の句 〈2〉〔1〕 이모노하긴샤 오구집/소나기 권(제2회)/이점 구	几乎	시가/하이쿠	
3	1		朝鮮の衛生苦心談/某當局の談話 〈4〉 조선의 위생고심담/모 당국의 담화		수필/일상	
3	2~3		色あるをとこ/文身の痕(下) 〈8〉 밝히는 남자/문신의 흔적(하)		수필/일상	
3	3~4		紳士の遊振り/持てる方持てぬ人 〈7〉 신사의 노는 모습/인기 있는 분 인기 없는 사람	隱れ家ぎん子	수필/비평	
4	1~3		元和三勇士 〈122〉 겐나 삼용사	柴田馨	고단	
6	1~3		吹雪 〈94〉 눈보라	寺澤生	소설	
6	3~4		★口語詩「南山の晝」〔1〕 구어시「남산의 낮」	京城東洋協會 吉岡萍川	시가/자유시	
6	4		★口語詩/白百合 〔1〕 구어시/흰 백합	京城東洋協會 吉岡萍川	시가/자유시	
6	4		★口語詩/朝顔 〔1〕 구어시/나팔꽃	京城東洋協會 吉岡萍川	시가/자유시	
7	6		茶ばなし 다화		수필/일상	

1913년 09월 02일 (화) 4413호

지면	단수	기획	기사제목 〈회수〉 〔곡수〕	필자/저자(역자)	분류	비고
1	7		芋の葉吟社五句集/葉柳の卷(第三回)/四點の句 〈3〉〔1〕 이모노하긴샤 오구집/엽류 권(제3회)/사점 구	麗哉	수필/일상	
1	7		芋の葉吟社五句集/葉柳の卷(第三回)/二點の句 〈3〉〔1〕 이모노하긴샤 오구집/엽류 권(제3회)/이점 구	鳳生	시가/하이쿠	
1	7		芋の葉吟社五句集/葉柳の卷(第三回)/二點の句 〈3〉〔1〕 이모노하긴샤 오구집/엽류 권(제3회)/이점 구	花汀	시가/하이쿠	
1	7		芋の葉吟社五句集/葉柳の卷(第三回)/二點の句 〈3〉〔1〕 이모노하긴샤 오구집/엽류 권(제3회)/이점 구	大芸居	시가/하이쿠	
1	7		芋の葉吟社五句集/葉柳の卷(第三回)/二點の句 〈3〉〔1〕 이모노하긴샤 오구집/엽류 권(제3회)/이점 구	思園	시가/하이쿠	
1	7		芋の葉吟社五句集/葉柳の卷(第三回)/二點の句 〈3〉〔1〕 이모노하긴샤 오구집/엽류 권(제3회)/이점 구	丹葉	시가/하이쿠	
3	1~4		紳士の遊振り/持てる方持てぬ人〈8〉 신사의 노는 모습/인기 있는 분 인기 없는 사람	隱れ家ぎん子	수필/비평	
3	3~4		色あるをとこ/留置場の一夜(上) 〈9〉 밝히는 남자/유치장에서 하룻밤(상)		수필/일상	
4	1~3		元和三勇士 〈123〉 겐나 삼용사	柴田馨	고단	

지면	단수	기획	기사제목 〈회수〉〔곡수〕	필자/저자(역자)	분류	비고
4	3~5		朝鮮の衛生苦心談/某當局の談話 〈5〉 조선의 위생고심담/모 당국의 담화		수필/일상	
5	3		新小說豫告/女優萩江 〔1〕 신소설 예고/여배우 하기에		광고/연재예고	

1913년 09월 03일 (수) 4414호

지면	단수	기획	기사제목 〈회수〉〔곡수〕	필자/저자(역자)	분류	비고
4	1~3		元和三勇士 〈124〉 겐나 삼용사	柴田馨	고단	
4	3~4		朝鮮の衛生苦心談/某當局の談話 〈6〉 조선의 위생고심담/모 당국의 담화		수필/일상	
5	1		雪子物語/(殖民地人情の縮圖) 〈1〉 유키코 이야기/(식민지 인정의 축도)		수필/일상	
6	1~3		吹雪 〈95〉 눈보라	寺澤生	소설	

1913년 09월 04일 (목) 4415호

지면	단수	기획	기사제목 〈회수〉〔곡수〕	필자/저자(역자)	분류	비고
3	5~6		雪子物語/(殖民地人情の縮圖) 〈2〉 유키코 이야기/(식민지 인정의 축도)		수필/일상	
4	1~3		元和三勇士 〈125〉 겐나 삼용사	柴田馨	고단	
4	3~4		朝鮮の衛生苦心談/某當局の談話 〈7〉 조선의 위생고심담/모 당국의 담화		수필/일상	
4	4		新小說豫告/女優萩江 〔1〕 신소설 예고/여배우 하기에		광고/연재예고	
6	1~3		吹雪 〈96〉 눈보라	寺澤生	소설	

1913년 09월 05일 (금) 4416호

지면	단수	기획	기사제목 〈회수〉〔곡수〕	필자/저자(역자)	분류	비고
4	1~3		元和三勇士 〈126〉 겐나 삼용사	柴田馨	고단	
4	3~4		雪子物語/(殖民地人情の縮圖) 〈3〉 유키코 이야기/(식민지 인정의 축도)		수필/일상	
5	4		新小說豫告/女優萩江 〔1〕 신소설 예고/여배우 하기에		광고/연재예고	
5	5~6		朝鮮問答 〔1〕 조선 문답		기타/기타	
6	1~3		吹雪 〈97〉 눈보라	寺澤生	소설	

1913년 09월 06일 (토) 4417호

지면	단수	기획	기사제목 〈회수〉〔곡수〕	필자/저자(역자)	분류	비고
3	7		雪子物語/(殖民地人情の縮圖) 〈4〉 유키코 이야기/(식민지 인정의 축도)		수필/일상	
4	1~3		元和三勇士 〈127〉 겐나 삼용사	柴田馨	고단	
4	3~4		朝鮮の衛生苦心談/某當局の談話 〈8〉 조선의 위생고심담/모 당국의 담화		수필/일상	
5	1~2		旭町の伏魔殿(上) 아사히 마치의 복마전(상)		수필/일상	
6	1~3		吹雪 〈98〉 눈보라	寺澤生	소설	

1913년 09월 07일 (일) 4418호

지면	단수	기획	기사제목 〈회수〉〔곡수〕	필자/저자(역자)	분류	비고
3	4~6		朝鮮の衛生苦心談/某當局の談話 〈9〉 조선의 위생고심담/모 당국의 담화		수필/일상	
3	6~7		雪子物語/(殖民地人情の縮圖) 〈5〉 유키코 이야기/(식민지 인정의 축도)		수필/일상	
4	1~3		元和三勇士 〈128〉 겐나 삼용사	柴田馨	고단	
6	1~3		吹雪 〈99〉 눈보라	寺澤生	소설	
7	2~3		旭町の伏魔殿(中) 아사히 마치의 복마전(중)		수필/일상	

1913년 09월 08일 (월) 4419호

지면	단수	기획	기사제목 〈회수〉〔곡수〕	필자/저자(역자)	분류	비고
3	1~2		旭町の伏魔殿(下) 아사히 마치의 복마전(하)		수필/일상	
3	5~6		別府溫泉 벳푸 온천	四極山人	수필/기행	
3	7		茶ばなし 다화		수필/일상	
4	1~3		吹雪 〈100〉 눈보라	寺澤生	소설	

1913년 09월 09일 (화) 4420호

지면	단수	기획	기사제목 〈회수〉〔곡수〕	필자/저자(역자)	분류	비고
3	5~6		大陸主義と軍備(上) 대륙주의와 군비(상)	京城 狂雨	수필/기타	
4	1~3		元和三勇士 〈129〉 겐나 삼용사	柴田馨	고단	
4	3		雪子物語/(殖民地人情の縮圖) 〈6〉 유키코 이야기/(식민지 인정의 축도)		수필/일상	
5	4~5		南京とはドンな所?/最近南京帰客の談 난징은 어떤 곳?/최근 난징에서 돌아온 손님 이야기		수필/일상	
6	1~3		吹雪 〈101〉 눈보라	寺澤生	소설	

1913년 09월 10일 (수) 4421호

지면	단수	기획	기사제목 〈회수〉〔곡수〕	필자/저자(역자)	분류	비고
3	5~6		大陸主義と軍備(下) 대륙주의와 군비(하)	京城 狂雨	수필/기타	
4	1~3		元和三勇士 〈130〉 겐나 삼용사	柴田馨	고단	
4	3~4		雪子物語/(殖民地人情の縮圖) 〈7〉 유키코 이야기/(식민지 인정의 축도)		수필/일상	
5	5~6		張勳とはドンな男?(門番から成上る) 장훈은 어떤 남자? (문지기에서 출세하다)		수필/일상	
6	1~2	脚本	富士川/一幕物 〈1〉 후지카와/일 막짜리 연극	平山蘆江	극본/기타	

1913년 09월 11일 (목) 4422호

지면	단수	기획	기사제목 〈회수〉〔곡수〕	필자/저자(역자)	분류	비고
4	1~3		元和三勇士 〈131〉 겐나 삼용사	柴田馨	고단	
5	6		茶ばなし 다화		수필/일상	
6	1~2	脚本	富士川/一幕物 〈2〉 후지카와/일 막짜리 연극	平山蘆江	극본/기타	

지면	단수	기획	기사제목 〈회수〉〔곡수〕	필자/저자(역자)	분류	비고
			1913년 09월 12일 (금) 4423호			
1	5~6		秋の溫陽 가을 온양	若生	수필/일상	
3	4		廿年後の新聞は如何/英國新聞協會長ドナルド氏の談 20년 후의 신문은 어떻게 될 것인가/영국 신문협회 회장 도널드 씨 이야기		수필/기타	
4	1~3		元和三勇士 〈132〉 겐나 삼용사	柴田馨	고단	
4	3~5		雪子物語/(殖民地人情の縮圖) 〈8〉 유키코 이야기/(식민지 인정의 축도)		수필/일상	
6	1~2	脚本	富士川/一幕物 〈2〉 후지카와/일 막짜리 연극	平山蘆江	극본/기타	회수 오류
			1913년 09월 13일 (토) 4424호			
1	1~2		乃木大將を憶ふ 노기 장군을 추억하다		수필/일상	
1	3~5		靜子夫人と新しき女/在京城 某夫人の談 시즈코 부인과 새로운 여자/재경성 어떤 부인의 말		수필/일상	
1	6		嗚呼! 乃木夫人/(夫人の髷に對する教訓談) 아아! 노기 부인/(부인의 마게에 대한 교훈담)		수필/일상	
2	4~7		乃木將軍 노기 장군	在京城 逸名氏	수필/일상	
3	1~2	脚本	富士川/一幕物 〈4〉 후지카와/일 막짜리 연극	平山蘆江	극본/기타	
			1913년 09월 13일 (토) 4424호 乃木號			
4	1~2		大將と誠實 대장과 성실	大村琴花	수필/일상	
4	2~4		名士の追懷談/小泉第八師團長談 명사의 추회담/고이즈미 제8사단장의 이야기		수필/일상	
4	4~5		名士の追懷談/立花軍參謀長談 명사의 추회담/다치바나 군참모장의 이야기		수필/일상	
4	5~8		名士の追懷談/兒玉總務局長談 명사의 추회담/고다마 총무국장의 이야기		수필/일상	
5	1~2		名士の追懷談/兒玉總務局長談 명사의 추회담/고다마 총무국장의 이야기		수필/일상	
5	2~5		名士の追懷談/藤田軍醫總監談 명사의 추회담/후지타 군의총감의 이야기		수필/일상	
5	5~8		故乃木大將軍/山根正次氏談 고 노기 장군/야마네 마사쓰구 씨의 이야기		수필/일상	
			1913년 09월 13일 (토) 4424호			
6	1~3		元和三勇士 〈133〉 겐나 삼용사	柴田馨	고단	
			1913년 09월 14일 (일) 4425호			
1	6	文苑	仁川芋の葉吟社五句集/三點の句 〔1〕 인천 이모노하긴샤 오구집/삼점 구	丹葉	시가/하이쿠	
1	6	文苑	仁川芋の葉吟社五句集/三點の句 〔1〕 인천 이모노하긴샤 오구집/삼점 구	古覺	시가/하이쿠	
1	6	文苑	仁川芋の葉吟社五句集/二點の句 〔1〕 인천 이모노하긴샤 오구집/이점 구	几子	시가/하이쿠	

지면	단수	기획	기사제목 〈회수〉〔곡수〕	필자/저자(역자)	분류	비고
1	6	文苑	仁川芋の葉吟社五句集/二點の句〔1〕 인천 이모노하긴샤 오구집/이점 구	碧生	시가/하이쿠	
1	6	文苑	仁川芋の葉吟社五句集/二點の句〔1〕 인천 이모노하긴샤 오구집/이점 구	##	시가/하이쿠	
1	6	文苑	仁川芋の葉吟社五句集/二點の句〔1〕 인천 이모노하긴샤 오구집/이점 구	大云居	시가/하이쿠	
1	6	文苑	仁川芋の葉吟社五句集/二點の句〔1〕 인천 이모노하긴샤 오구집/이점 구	碧生	시가/하이쿠	
1	6	文苑	仁川芋の葉吟社五句集/二點の句〔1〕 인천 이모노하긴샤 오구집/이점 구	花汀	시가/하이쿠	
4	1~3		元和三勇士〈134〉 겐나 삼용사	柴田馨	고단	
6	1~2	脚本	富士川/一幕物/第六節〈6〉 후지카와/일 막짜리 연극	平山蘆江	극본/기타	회수 오류
6	2		明日より愈々御待兼の「女優萩江」を掲載す〔1〕 내일부터 드디어 「여배우 하기에」를 게재합니다		광고/연재예 고	

1913년 09월 15일 (월) 4426호

지면	단수	기획	기사제목 〈회수〉〔곡수〕	필자/저자(역자)	분류	비고
1	4~6		敗殘 패잔	怒牛	수필/일상	
1	6	文苑	一家一吟〔1〕 일가일음	花汀	시가/하이쿠	
1	6	文苑	一家一吟/#岬#俗のにはにて〔1〕 일가일음/#갑#속의 정원에서	丹葉	시가/하이쿠	
1	6	文苑	一家一吟/#岬#俗のにはにて〔1〕 일가일음/#갑#속의 정원에서	大云居	시가/하이쿠	
1	6	文苑	一家一吟/#岬#俗のにはにて〔1〕 일가일음/#갑#속의 정원에서	##	시가/하이쿠	
1	6	文苑	一家一吟/#岬#俗のにはにて〔1〕 일가일음/#갑#속의 정원에서	古覺	시가/하이쿠	
1	6	文苑	一家一吟/#岬#俗のにはにて〔1〕 일가일음/#갑#속의 정원에서	鬼庵	시가/하이쿠	
1	6	文苑	一家一吟/#岬#俗のにはにて〔1〕 일가일음/#갑#속의 정원에서	##	시가/하이쿠	
1	6	文苑	一家一吟/#岬#俗のにはにて〔1〕 일가일음/#갑#속의 정원에서	几子	시가/하이쿠	
1	6	文苑	一家一吟/#岬#俗のにはにて〔1〕 일가일음/#갑#속의 정원에서	碧生	시가/하이쿠	
4	1~3		女優萩江〈1[1]〉 여배우 하기에	平山蘆江	소설/일본	

1913년 09월 16일 (화) 4427호

지면	단수	기획	기사제목 〈회수〉〔곡수〕	필자/저자(역자)	분류	비고
1	6	文苑	駱山話別〔2〕 낙산화별	蒼史(鮮人)	시가/한시	
3	5~7		地方奇談 지방기담		수필/일상	
4	1~3		元和三勇士〈135〉 겐나 삼용사	柴田馨	고단	
5	6		茶ばなし 다화		수필/일상	
6	1~3		女優萩江〈1[2]〉 여배우 하기에	平山蘆江	소설/일본	

지면	단수	기획	기사제목 〈회수〉〔곡수〕	필자/저자(역자)	분류	비고
			1913년 09월 17일 (수) 4428호			
3	5		地方奇談/內地人兒童の美風を鮮人兒童に感化せしむ 지방기담/내지인 아동의 아름다운 행실이 조선인 아동을 감화시키다		수필/일상	
4	1~3		元和三勇士 〈136〉 겐나 삼용사	柴田馨	고단	
5	4~5		米人の戀と榮月(上) 미국인의 연애와 영월(상)		수필/일상	
6	1~3		女優萩江 〈1[3]〉 여배우 하기에	平山蘆江	소설/일본	
			1913년 09월 18일 (목) 4429호			
1	6	文苑	(제목없음) 〔1〕	翠#生	시가/한시	
1	6	文苑	京城の曉色 경성의 효색	南大門 白#	수필/일상	
4	1~3		元和三勇士 〈137〉 겐나 삼용사	柴田馨	고단	
4	3~4		地方奇談/古い#式と新しい同化/女が酒を飮んで威張る 지방기담/낡은#식과 새로운 동화/여자가 술을 마시고 뽐낸다		수필/일상	
5	2~3		米人の戀と榮月(下) 미국인의 연애와 영월(하)		수필/일상	
5	6		茶バナシ 다화		수필/일상	
6	1~3		女優萩江 〈1[4]〉 여배우 하기에	平山蘆江	소설/일본	
			1913년 09월 19일 (금) 4430호			
4	1~3		元和三勇士 〈138〉 겐나 삼용사	柴田馨	고단	
4	3~5		地方奇談/見當違ひの孔孟の學 지방기담/엉뚱한 공자와 맹자의 학문		수필/일상	
4	5		開城 〈1〉 개성	秋香生	수필/일상	
6	1~3		女優萩江 〈1[5]〉 여배우 하기에	平山蘆江	소설/일본	
			1913년 09월 20일 (토) 4431호			
5	6		茶バナシ 다화		수필/일상	
6	1~3		女優萩江 〈2[1]〉 여배우 하기에	平山蘆江	소설/일본	
			1913년 09월 21일 (일) 4432호			
4	1~3		女優萩江 여배우 하기에	平山蘆江	소설/일본	회수 판독 불가
4	3~4		開城 〈2〉 개성	秋香生	수필/일상	
6	1~3		元和三勇士 〈139〉 겐나 삼용사	柴田馨	고단	
			1913년 09월 22일 (월) 4433호			

지면	단수	기획	기사제목 〈회수〉〔곡수〕	필자/저자(역자)	분류	비고
1	6	文苑	仁川芋の葉吟社五句集/五點の句〔1〕 인천 이모노하긴샤 오구집/오점 구	丹葉	시가/하이쿠	
1	6	文苑	仁川芋の葉吟社五句集/三點の句〔1〕 인천 이모노하긴샤 오구집/삼점 구	春#	시가/하이쿠	
1	6	文苑	仁川芋の葉吟社五句集/三點の句〔1〕 인천 이모노하긴샤 오구집/삼점 구	丹葉	시가/하이쿠	
1	6	文苑	仁川芋の葉吟社五句集/三點の句〔1〕 인천 이모노하긴샤 오구집/삼점 구	樂天樓	시가/하이쿠	
1	6	文苑	仁川芋の葉吟社五句集/二點の句〔1〕 인천 이모노하긴샤 오구집/이점 구	古覺	시가/하이쿠	
1	6	文苑	仁川芋の葉吟社五句集/二點の句〔2〕 인천 이모노하긴샤 오구집/이점 구	樂天樓	시가/하이쿠	
1	6	文苑	仁川芋の葉吟社五句集/二點の句〔1〕 인천 이모노하긴샤 오구집/이점 구	花汀	시가/하이쿠	
4	1~3		女優萩江〈2[3]〉 여배우 하기에	平山蘆江	소설/일본	

1913년 09월 23일 (화) 4434호

지면	단수	기획	기사제목 〈회수〉〔곡수〕	필자/저자(역자)	분류	비고
3	4~5		地方奇談/總督閣下が貧乏に成た 지방기담/총독 각하가 가난해졌다		수필/일상	
4	1~3		元和三勇士〈140〉 겐나 삼용사	柴田馨	고단	
6	1~3		女優萩江〈2[4]〉 여배우 하기에	平山蘆江	소설/일본	

1913년 09월 24일 (수) 4435호

지면	단수	기획	기사제목 〈회수〉〔곡수〕	필자/저자(역자)	분류	비고
4	5		地方奇談/貯金より猪退治を先に 지방기담/저축보다 멧돼지 퇴치를 먼저		수필/일상	
6	1~3		元和三勇士〈141〉 겐나 삼용사	柴田馨	고단	
6	5	文苑	芋の葉吟社一人一吟/一家一吟〔1〕 이모노하긴샤 일인일음/일가일음	花汀	시가/하이쿠	
6	5	文苑	芋の葉吟社一人一吟/一家一吟〔1〕 이모노하긴샤 일인일음/일가일음	丹葉	시가/하이쿠	
6	5	文苑	芋の葉吟社一人一吟/一家一吟〔1〕 이모노하긴샤 일인일음/일가일음	太##	시가/하이쿠	
6	5	文苑	芋の葉吟社一人一吟/一家一吟〔1〕 이모노하긴샤 일인일음/일가일음	##	시가/하이쿠	
6	5	文苑	芋の葉吟社一人一吟/一家一吟〔1〕 이모노하긴샤 일인일음/일가일음	樂天樓	시가/하이쿠	
6	5	文苑	芋の葉吟社一人一吟/一家一吟〔1〕 이모노하긴샤 일인일음/일가일음	古覺	시가/하이쿠	
6	5	文苑	芋の葉吟社一人一吟/一家一吟〔1〕 이모노하긴샤 일인일음/일가일음	鬼庵	시가/하이쿠	
6	5	文苑	芋の葉吟社一人一吟/一家一吟〔1〕 이모노하긴샤 일인일음/일가일음	##	시가/하이쿠	
6	5	文苑	芋の葉吟社一人一吟/一家一吟〔1〕 이모노하긴샤 일인일음/일가일음	###	시가/하이쿠	
8	1~2		女優萩江·〈2[5]〉 여배우 하기에	平山蘆江	소설/일본	

1913년 09월 26일 (금) 4436호

지면	단수	기획	기사제목 〈회수〉〔곡수〕	필자/저자(역자)	분류	비고
3	5		山根將軍と醬油/(仁川の閣下は將軍一人) 야마네 장군과 간장/(인천의 각하는 장군 한명)		수필/일상	
3	5~6		茶ばなし 다화		수필/일상	
4	1~3		元和三勇士 〈142〉 겐나 삼용사	柴田馨	고단	
4	3~4		地方奇談/珍らしき兄弟の美談 지방기담/진기한 형제의 미담		수필/일상	
6	1~2		女優萩江 〈2(6)〉 여배우 하기에	平山蘆江	소설/일본	

1913년 09월 27일 (토) 4437호

지면	단수	기획	기사제목 〈회수〉〔곡수〕	필자/저자(역자)	분류	비고
3	1~3		三等病室 삼등 병실	鐵火	수필/일상	
4	1~3		元和三勇士 〈143〉 겐나 삼용사	柴田馨	고단	
6	1~2		女優萩江 〈2(7)〉 여배우 하기에	平山蘆江	소설/일본	

1913년 09월 28일 (일) 4438호

지면	단수	기획	기사제목 〈회수〉〔곡수〕	필자/저자(역자)	분류	비고
3	1~2	日曜文藝	世界に於ける飛行界/獨逸の飛行界 〈1〉 세계의 비행 업계/독일의 비행 업계		수필/일상	
3	3~4	日曜文藝	世界に於ける飛行界/英國の飛行界 〈2〉 세계의 비행 업계/영국의 비행 업계		수필/일상	
3	4~5	日曜文藝	世界に於ける飛行界/佛國の飛行界 〈3〉 세계의 비행 업계/프랑스의 비행 업계		수필/일상	
3	5~6	日曜文藝	世界に於ける飛行界/米國の飛行界 〈4〉 세계의 비행 업계/미국의 비행 업계		수필/일상	
4	1~3		元和三勇士 〈144〉 겐나 삼용사	柴田馨	고단	
6	1~3		女優萩江 〈2(8)〉 여배우 하기에	平山蘆江	소설/일본	
7	3		講談掲載披露 野狐三次 고단 게재 공개 노기쓰네 산지		광고/연재예고	

1913년 09월 29일 (월) 4439호

지면	단수	기획	기사제목 〈회수〉〔곡수〕	필자/저자(역자)	분류	비고
1	6	文苑	近詠十五句 〔15〕 근영 열다섯구	##聞柳子	시가/하이쿠	
4	1~3		女優萩江 〈2(9)〉 여배우 하기에	平山蘆江	소설/일본	

1913년 09월 30일 (화) 4440호

지면	단수	기획	기사제목 〈회수〉〔곡수〕	필자/저자(역자)	분류	비고
1	5~6	寄書	京日の存在を疑ふ 경일의 존재를 의심하다	####	수필/일상	
4	1~2		女優萩江 〈3(1)〉 여배우 하기에	平山蘆江	소설/일본	

1913년 10월 01일 (수) 4441호

지면	단수	기획	기사제목 〈회수〉〔곡수〕	필자/저자(역자)	분류	비고
1	5	文苑	かみなり 〔1〕 천둥	仁川 本田狂生	시가/신체시	
3	1~3		市區改正 시구 개정	町の人	수필/일상	

지면	단수	기획	기사제목 〈회수〉 〔곡수〕	필자/저자(역자)	분류	비고
4	1~3		元和三勇士 〈145〉 겐나 삼용사	柴田馨	고단	

1913년 10월 02일 (목) 4442호

지면	단수	기획	기사제목 〈회수〉 〔곡수〕	필자/저자(역자)	분류	비고
3	1~2		鮮內地自轉車旅行/黃海道視察記/苔灘より(九月二十七日) 조선내 자전거 여행/황해도 시찰기/태탄에서(9월 27일)	##視察特派員 破翁生	수필/기행	
3	2		鮮內地自轉車旅行/黃海道視察記/長淵より(九月二十八日) 조선내 자전거 여행/황해도 시찰기/장연에서(9월 28일)	##視察特派員 破翁生	수필/기행	
3	6~7		樺太土產咄し 사할린 여행담		수필/기행	
3	7		世の影/ありあけ 〔1〕 세상의 그림자/아리아케	本多狂生	시가/신체시	
3	8		町廻り 〔1〕 마을 순방		시가/신체시	
3	8		築港の堤より 축항의 둑에서	白帆	수필/일상	
4	1~3		元和三勇士 〈146〉 겐나 삼용사	柴田馨	고단	
6	1~3		女優萩江 〈3〔2〕〉 여배우 하기에	平山蘆江	소설/일본	

1913년 10월 03일 (금) 4443호

지면	단수	기획	기사제목 〈회수〉 〔곡수〕	필자/저자(역자)	분류	비고
4	1~3		元和三勇士 〈147〉 겐나 삼용사	柴田馨	고단	
4	3~4		鮮內地自轉車旅行/黃海道視察記/長淵郡 〈1〉 조선내 자전거 여행/황해도 시찰기/장연군	##視察特派員 破翁生	수필/기행	
4	4		鮮內地自轉車旅行/黃海道視察記/馬山邑 〈1〉 조선내 자전거 여행/황해도 시찰기/마산읍	##視察特派員 破翁生	수필/기행	
5	5~7		巖谷氏の講演會/大連にてなしたるお伽噺/お伽噺千匹牛 (#) 〈1〉 이와야 씨의 강연회/다롄에서 말한 동화/동화 천마리 소(#)		소설/동화	
6	1~2		女優萩江 〈3〔3〕〉 여배우 하기에	平山蘆江	소설/일본	

1913년 10월 04일 (토) 4444호

지면	단수	기획	기사제목 〈회수〉 〔곡수〕	필자/저자(역자)	분류	비고
3	5~6		インスピレーション 영감	京城 ふくろ	수필/일상	
4	1~3		元和三勇士 〈148〉 겐나 삼용사	柴田馨	고단	
4	3		新講談豫告/野狐三次 신 고단 예고/노기쓰네 산지		광고/연재예고	
5	6		巖谷氏の講演會/大連にてなしたるお伽噺/お伽噺千匹牛 (#) 〈2〉 이와야 씨의 강연회/다롄에서 말한 동화/동화 천마리 소(#)		소설/동화	
6	1~2		女優萩江 〈3〔4〕〉 여배우 하기에	平山蘆江	소설/일본	

1913년 10월 05일 (일) 4445호

지면	단수	기획	기사제목 〈회수〉 〔곡수〕	필자/저자(역자)	분류	비고
1	6	文苑	短歌 〔3〕 단카	本多狂生	시가/단카	
3	1~2	日曜文藝	南山一周記/東大門外秋已半なり 남산일주기/동대문 외각 이미 가을의 중반부가 되었다	風來山人	수필/기행	
3	2~3	日曜文藝	南山一周記/妖艶な國色 남산일주기/요염한 국색	風來山人	수필/기행	

지면	단수	기획	기사제목 〈회수〉〔곡수〕	필자/저자(역자)	분류	비고
3	3~4	日曜文藝	南山一周記/林間のナプキン 남산일주기/숲속의 냅킨	風來山人	수필/기행	
3	4~6	日曜文藝	南山一周記/詩を作るより田を作れ 남산일주기/시를 짓는 것 보다 농사를 지어라	風來山人	수필/기행	
3	6~7	日曜文藝	南山一周記/壁一重の南山 남산일주기/벽 한 겹의 남산	風來山人	수필/기행	
3	7~8	日曜文藝	南山一周記/柔櫓緩く下る 남산일주기/부드럽게 노를 저어 천천히 가다	風來山人	수필/기행	
3	8		菊#句〔16〕 국화 #구	##	시가/하이쿠	
4	1~3	講談	野狐三次〈1〉 노기쓰네 산지	神田伯山	고단	
6	1~3		女優萩江〈3[5]〉 여배우 하기에	平山蘆江	소설/일본	
7	1~2		旅のいろく/見たり聞いたりの記〈1〉 여행의 여러 가지/보거나 듣거나 한 기록	海州旅行先にて 橘破翁	수필/기행	
7	2~3		巖谷氏の講演會/大連にてなしたるお伽噺/お伽噺千匹牛(#)〈3〉 이와야 씨의 강연회/다롄에서 말한 동화/동화 천마리 소(#)		소설/동화	
7	3		流行嬉れしや節〔4〕 유행 기쁜 노래		시가/나니와부시	

1913년 10월 06일 (화) 4446호 요일 오류

지면	단수	기획	기사제목 〈회수〉〔곡수〕	필자/저자(역자)	분류	비고
3	1~2		旅のいろく/見たり聞いたりの記〈1〉 여행의 여러 가지/보거나 듣거나 한 기록	海州旅行先にて 橘破翁	수필/기행	
3	4~5		巖谷氏の講演會/大連にてなしたるお伽噺/お伽噺千匹牛(#)〈4〉 이와야 씨의 강연회/다롄에서 말한 동화/동화 천마리 소(#)		소설/동화	
4	1~2		女優萩江〈4[1]〉 여배우 하기에	平山蘆江	소설/일본	

1913년 10월 07일 (수) 4447호 요일 오류

지면	단수	기획	기사제목 〈회수〉〔곡수〕	필자/저자(역자)	분류	비고
3	4~6		朝鮮虎狩談/(所謂る虎穴に入る)〈1〉 조선 호랑이 사냥담/(소위 호랑이 굴에 들어가다)		수필/일상	
4	1~3	講談	野狐三次〈2〉 노기쓰네 산지	神田伯山	고단	
5	1~2		巖谷氏の講演會/大連にてなしたるお伽噺/お伽噺千匹牛(#)〈5〉 이와야 씨의 강연회/다롄에서 말한 동화/동화 천마리 소(#)		소설/동화	
6	1~3		女優萩江〈4[2]〉 여배우 하기에	平山蘆江	소설/일본	

1913년 10월 08일 (목) 4448호 요일 오류

지면	단수	기획	기사제목 〈회수〉〔곡수〕	필자/저자(역자)	분류	비고
1	6	文苑	仁川芋の葉吟社(秋暑し)/五點の句〔1〕 인천 이모노하긴샤 (더운 가을)/오점의 구	古覺	시가/하이쿠	
1	6	文苑	仁川芋の葉吟社(秋暑し)/四點の句〔1〕 인천 이모노하긴샤 (더운 가을)/사점의 구	丹葉	시가/하이쿠	
1	6	文苑	仁川芋の葉吟社(秋暑し)/#點の句〔1〕 인천 이모노하긴샤 (더운 가을)/#점의 구	樂天樓	시가/하이쿠	
1	6	文苑	仁川芋の葉吟社(秋暑し)/#點の句〔1〕 인천 이모노하긴샤 (더운 가을)/#점의 구	春靜	시가/하이쿠	
1	6	文苑	仁川芋の葉吟社(秋暑し)/#點の句〔1〕 인천 이모노하긴샤 (더운 가을)/#점의 구	几子	시가/하이쿠	
1	6	文苑	仁川芋の葉吟社(秋暑し)/#點の句〔1〕 인천 이모노하긴샤 (더운 가을)/#점의 구	松嶺	시가/하이쿠	

지면	단수	기획	기사제목 〈회수〉〔곡수〕	필자/저자(역자)	분류	비고
1	6	文苑	仁川芋の葉吟社(秋暑し)/#點の句 〔1〕 인천 이모노하긴샤 (더운 가을)/#점의 구	大云居	시가/하이쿠	
1	6	文苑	仁川芋の葉吟社(秋暑し)/#點の句 〔1〕 인천 이모노하긴샤 (더운 가을)/#점의 구	丹葉	시가/하이쿠	
1	6	文苑	仁川芋の葉吟社(秋暑し)/#點の句 〔1〕 인천 이모노하긴샤 (더운 가을)/#점의 구	春靜	시가/하이쿠	
1	6	文苑	仁川芋の葉吟社(秋暑し)/#點の句 〔1〕 인천 이모노하긴샤 (더운 가을)/#점의 구	華月	시가/하이쿠	
1	6	文苑	仁川芋の葉吟社(秋暑し)/#點の句 〔1〕 인천 이모노하긴샤 (더운 가을)/#점의 구	從器	시가/하이쿠	
1	6	文苑	仁川芋の葉吟社(秋暑し)/#點の句 〔1〕 인천 이모노하긴샤 (더운 가을)/#점의 구	松圓	시가/하이쿠	
4	1~3	講談	野狐三次 〈3〉 노기쓰네 산지	神田伯山	고단	
5	1~2		嚴谷氏の講演會/大連にてなしたるお伽噺/お伽噺千匹牛(#) 〈6〉 이와야 씨의 강연회/다롄에서 말한 동화/동화 천마리 소(#)		소설/동화	
6	1~2		女優萩江 〈5〔1〕〉 여배우 하기에	平山蘆江	소설/일본	

1913년 10월 09일 (목) 4449호

지면	단수	기획	기사제목 〈회수〉〔곡수〕	필자/저자(역자)	분류	비고
1	5		雉と鷄の夫婦……綿花(上)/三原模範の技師の談 〈1〉 꿩과 닭의 부부……면화(상)/미하라 모범 기사의 말		수필/일상	
1	6	文苑	芋の葉吟社/一人一吟 〔1〕 이모노하긴샤/일인일음	丹葉	시가/하이쿠	
1	6	文苑	芋の葉吟社/一人一吟 〔1〕 이모노하긴샤/일인일음	松圓	시가/하이쿠	
1	6	文苑	芋の葉吟社/一人一吟 〔1〕 이모노하긴샤/일인일음	春靜	시가/하이쿠	
1	6	文苑	芋の葉吟社/一人一吟 〔1〕 이모노하긴샤/일인일음	鬼庵	시가/하이쿠	
1	6	文苑	芋の葉吟社/一人一吟 〔1〕 이모노하긴샤/일인일음	几子	시가/하이쿠	
1	6	文苑	芋の葉吟社/一人一吟 〔1〕 이모노하긴샤/일인일음	從器	시가/하이쿠	
1	6	文苑	芋の葉吟社/一人一吟 〔1〕 이모노하긴샤/일인일음	華月	시가/하이쿠	
1	6	文苑	芋の葉吟社/一人一吟 〔1〕 이모노하긴샤/일인일음	樂天樓	시가/하이쿠	
1	6	文苑	芋の葉吟社/一人一吟 〔1〕 이모노하긴샤/일인일음	古覺	시가/하이쿠	
1	6	文苑	芋の葉吟社/一人一吟 〔1〕 이모노하긴샤/일인일음	松嶺	시가/하이쿠	
1	6	文苑	芋の葉吟社/一人一吟 〔1〕 이모노하긴샤/일인일음	大云居	시가/하이쿠	
1	6	文苑	芋の葉吟社/一人一吟 〔1〕 이모노하긴샤/일인일음	碧#圓	시가/하이쿠	
1	6	文苑	芋の葉吟社/一人一吟 〔1〕 이모노하긴샤/일인일음	花汀	시가/하이쿠	
3	1~2		朝鮮の冠婚葬祭/總督府事務官小田幹次郎氏談/男子の成人と冠禮 〈1〉 조선의 관혼상제/총독부 사무관 오다 미키지로 씨의 이야기/남자 성인과 관례		수필/관찰	
3	3~4		朝鮮虎狩談/(所謂る虎穴に入る) 〈2〉 조선 호랑이 사냥담/(소위 호랑이 굴에 들어가다)		수필/일상	

지면	단수	기획	기사제목 〈회수〉〔곡수〕	필자/저자(역자)	분류	비고
3	3		ウワサノウワサ 소문의 소문		수필/일상	
3	6		大根物語 무 이야기		수필/일상	
3	7~8		黃八幡の裔か臺灣の海賊島-南目島-(上)隱れたる秘密 〈1〉 기하치만의 후예인가 대만의 해적 섬-남목섬-(상) 숨겨진 비밀		수필/일상	
4	1~3	講談	野狐三次 〈4〉 노기쓰네 산지	神田伯山	고단	
5	1~2		巖谷氏の講演會/大連にてなしたるお伽噺/お伽噺千匹牛(#) 〈7〉 이와야 씨의 강연회/다롄에서 말한 동화/동화 천마리 소(#)		소설/동화	
6	1~3		女優萩江 〈5[2]〉 여배우 하기에	平山蘆江	소설/일본	

1913년 10월 10일 (금) 4450호

지면	단수	기획	기사제목 〈회수〉〔곡수〕	필자/저자(역자)	분류	비고
1	5~6		雉と鷄の夫婦……綿花(中)/三原模範の技師の談 〈2〉 꿩과 닭의 부부……면화(중)/미하라 모범 기사의 말		수필/일상	
3	2~4		朝鮮の冠婚葬祭/總督府事務官 小田幹次郎氏談/朝鮮の婚禮と習慣 〈2〉 조선의 관혼상제/총독부 사무관 오다 미키지로 씨의 이야기/조선의 혼례와 습관		수필/관찰	
3	3		ウワサノウワサ 소문의 소문		수필/일상	
4	1~3	講談	野狐三次 〈5〉 노기쓰네 산지	神田伯山	고단	
5	1~2		世界に於て珍しき朝鮮古畫と珍籍(上)/文學博士 內藤湖南氏談 〈1〉 세계에서 드문 조선 고화와 진적(상)/문학박사 나이토 고난 씨의 이야기		수필/비평	
6	1~2		女優萩江 〈5[3]〉 여배우 하기에	平山蘆江	소설/일본	

1913년 10월 11일 (토) 4451호

지면	단수	기획	기사제목 〈회수〉〔곡수〕	필자/저자(역자)	분류	비고
1	5~6		雉と鷄の夫婦……綿花(下)/三原模範の技師の談 〈3〉 꿩과 닭의 부부……면화(하)/미하라 모범 기사의 말		수필/일상	
3	1~3		朝鮮の冠婚葬祭/總督府事務官 小田幹次郎氏談/朝鮮人の葬式 〈3〉 조선의 관혼상제/총독부 사무관 오다 미키지로 씨의 이야기/조선인의 장례식		수필/관찰	
3	6~8		黃八幡の裔か臺灣の海賊島-南目島-(下)隱れたる秘密 〈2〉 기하치만의 후예인가 대만의 해적 섬-남목섬-(상) 숨겨진 비밀		수필/일상	
4	1~3	講談	野狐三次 〈6〉 노기쓰네 산지	神田伯山	고단	
5	1~2		世界に於て珍しき朝鮮古畫と珍籍(下)/文學博士 內藤湖南氏談 〈2〉 세계에서 드문 조선 고화와 진적(하)/문학박사 나이토 고난 씨의 이야기		수필/비평	
5	3~4		巖谷氏の講演會/大連にてなしたるお伽噺/お伽噺千匹牛(#) 〈8〉 이와야 씨의 강연회/다롄에서 말한 동화/동화 천마리 소(#)		소설/동화	
6	1~3		女優萩江 〈5[4]〉 여배우 하기에	平山蘆江	소설/일본	

1913년 10월 12일 (일) 4452호

지면	단수	기획	기사제목 〈회수〉〔곡수〕	필자/저자(역자)	분류	비고
3	1~2	日曜文藝	獨立門 독립문	風來山人	수필/일상	
3	2~3	日曜文藝	內職 부업	尖風	수필/일상	
3	3~5	日曜文藝	浪人宿 낭인 숙소	春露生	수필/일상	
3	5~6	日曜文藝	亂蛩 소란스러운 귀뚜라미	海州 武藤晩果	수필/일상	

지면	단수	기획	기사제목 〈회수〉〔곡수〕	필자/저자(역자)	분류	비고
4	1~3	講談	野狐三次 〈7〉 노기쓰네 산지	神田伯山	고단	
6	1~2		女優萩江 〈6〔1〕〉 여배우 하기에	平山蘆江	소설/일본	

1913년 10월 13일 (월) 4453호

| 2 | 6~7 | | 新聞の話
신문 이야기 | #太郎 | 수필/일상 | |
| 4 | 1~3 | 講談 | 野狐三次 〈8〉
노기쓰네 산지 | 神田伯山 | 고단 | |

1913년 10월 14일 (화) 4454호

1	6		新聞の話 신문 이야기	#太郎	수필/일상	
3	4~5		嚴谷氏の講演會/大連にてなしたるお伽噺/お伽噺千匹牛(#) 〈9〉 이와야 씨의 강연회/다롄에서 말한 동화/동화 천마리 소(#)		소설/동화	
4	1~3	講談	野狐三次 〈9〉 노기쓰네 산지	神田伯山	고단	
6	1~2		女優萩江 〈6〔2〕〉 여배우 하기에	平山蘆江	소설/일본	

1913년 10월 15일 (수) 4455호

3	5		嚴谷氏の講演會/大連にてなしたるお伽噺/お伽噺千匹牛(#) 〈9〉 이와야 씨의 강연회/다롄에서 말한 동화/동화 천마리 소(#)		소설/동화	
4	1~3	講談	野狐三次 〈9〉 노기쓰네 산지	神田伯山	고단	회수 오류
6	1~3		女優萩江 〈6〔3〕〉 여배우 하기에	平山蘆江	소설/일본	

1913년 10월 16일 (목) 4456호

1	4~5		旅中見聞錄/忠南禮山のいろく 〈1〉 여행 중의 견문 기록/충남 예산의 여러 가지	破翁生	수필/기행	
3	4~6		嗚呼桂公 아 가쓰라 공	野崎小蟹	수필/일상	
3	6		茶バナシ 다화		수필/일상	
4	1~3		野狐三次 〈11〉 노기쓰네 산지	神田伯山	고단	
6	1~2		女優萩江 〈6〔4〕〉 여배우 하기에	平山蘆江	소설/일본	

1913년 10월 17일 (금) 4457호

3	4~6		嚴谷氏の講演會/大連にてなしたるお伽噺/お伽噺千匹牛(#) 〈10〉 이와야 씨의 강연회/다롄에서 말한 동화/동화 천마리 소(#)		소설/동화	
4	1~3		野狐三次 〈12〉 노기쓰네 산지	神田伯山	고단	
6	1~3		女優萩江 〈7〔1〕〉 여배우 하기에	平山蘆江	소설/일본	
5	5		嚴谷小波氏 近什/大#四公園にて 〔1〕 이와야 사자나미 씨 최근 작/대#사공원에서	嚴谷小波	시가/하이쿠	면수 오류
5	5		嚴谷小波氏 近什/連##にて 〔2〕 이와야 사자나미 씨 최근 작/연##에서	嚴谷小波	시가/하이쿠	면수 오류

지면	단수	기획	기사제목 〈회수〉〔곡수〕	필자/저자(역자)	분류	비고
5	5		巖谷小波氏 近什/####山にて〔2〕 이와야 사자나미 씨 최근 작/####산에서	巖谷小波	시가/하이쿠	면수 오류
5	5		巖谷小波氏 近什/#######〔1〕 이와야 사자나미 씨 최근 작/#######	巖谷小波	시가/하이쿠	면수 오류
5	5		巖谷小波氏 近什/#####山にて〔1〕 이와야 사자나미 씨 최근 작/#####산에서	巖谷小波	시가/하이쿠	면수 오류
5	5		巖谷小波氏 近什/#####にて〔2〕 이와야 사자나미 씨 최근 작/#####에서	巖谷小波	시가/하이쿠	면수 오류
5	5		巖谷小波氏 近什/###成立〔1〕 이와야 사자나미 씨 최근 작/###성립	巖谷小波	시가/하이쿠	면수 오류
5	5		巖谷小波氏 近什/##由#にて〔1〕 이와야 사자나미 씨 최근 작/##유#에서	巖谷小波	시가/하이쿠	면수 오류
5	5		巖谷小波氏 近什/天津行〔1〕 이와야 사자나미 씨 최근 작/천진행	巖谷小波	시가/하이쿠	면수 오류
5	5		巖谷小波氏 近什/##にて〔1〕 이와야 사자나미 씨 최근 작/##에서	巖谷小波	시가/하이쿠	면수 오류
5	5		巖谷小波氏 近什/##にて〔2〕 이와야 사자나미 씨 최근 작/##에서	巖谷小波	시가/하이쿠	면수 오류

1913년 10월 19일 (일) 4459호

지면	단수	기획	기사제목 〈회수〉〔곡수〕	필자/저자(역자)	분류	비고
1	5~6		新聞の話 신문 이야기	#太郎	수필/일상	
4	1~3		野狐三次〈13〉 노기쓰네 산지	神田伯山	고단	
5	1~2		女優萩江〈7〔2〕〉 여배우 하기에	平山蘆江	소설/일본	
6	1~3		巖谷氏の講演會/大連にてなしたるお伽噺/お伽噺千匹牛(#)〈10〉 이와야 씨의 강연회/다롄에서 말한 동화/동화 천마리 소(#)		소설/동화	

1913년 10월 20일 (월) 4460호

지면	단수	기획	기사제목 〈회수〉〔곡수〕	필자/저자(역자)	분류	비고
1	6	文苑	(제목없음)〔8〕	六花	시가/하이쿠	
3	6		科學奇談/夢の研究 パーザンビーア氏〈1〉 과학 기담/꿈의 연구 파장비아 씨		수필/일상	
4	1~3		野狐三次〈14〉 노기쓰네 산지	神田伯山	고단	

1913년 10월 21일 (화) 4461호

지면	단수	기획	기사제목 〈회수〉〔곡수〕	필자/저자(역자)	분류	비고
4	1~3		野狐三次〈15〉 노기쓰네 산지	神田伯山	고단	
4	1~2		女優萩江〈8〔1〕〉 여배우 하기에	平山蘆江	소설/일본	면수 오류

1913년 10월 22일 (수) 4462호

지면	단수	기획	기사제목 〈회수〉〔곡수〕	필자/저자(역자)	분류	비고
1	2~3		科學奇談(英國の萬國科學大會にて發表)/人間と猿 カーベストリード博士〈2〉 과학 기담/영국의 만국 과학대회 발표/인간과 원숭이 카베스트리드 박사		수필/비평	
1	3~4		科學奇談(英國の萬國科學大會にて發表)/頤のある理由 ロビンソン博士〈2〉 과학 기담/영국의 만국 과학대회 발표/턱이 있는 이유 로빈슨 박사		수필/비평	
1	4~5		科學奇談(英國の萬國科學大會にて發表)/牝と牡 スミス孃〈2〉 과학 기담/영국의 만국 과학대회 발표/암컷과 수컷 스미스 양		수필/비평	

지면	단수	기획	기사제목 〈회수〉 〔곡수〕	필자/저자(역자)	분류	비고
1	5		科學奇談(英國の萬國科學大會にて發表)/活動寫眞 ブラウス敎授 〈2〉 과학 기담/영국의 만국 과학대회 발표/활동 사진 블라우스 교수		수필/비평	
4	1~3		野狐三次 〈16〉 노기쓰네 산지	神田伯山	고단	
6	1~2		女優萩江 〈8[2]〉 여배우 하기에	平山蘆江	소설/일본	

1913년 10월 23일 (목) 4463호

지면	단수	기획	기사제목 〈회수〉 〔곡수〕	필자/저자(역자)	분류	비고
1	6		仁川芋の葉吟社(蜻蛉)/六點の句 〔1〕 인천 이모노하긴샤(잠자리)/육점 구	竹水	시가/하이쿠	
1	6		仁川芋の葉吟社(蜻蛉)/五點の句 〔1〕 인천 이모노하긴샤(잠자리)/오점 구	碧石公	시가/하이쿠	
1	6		仁川芋の葉吟社(蜻蛉)/四點の句 〔1〕 인천 이모노하긴샤(잠자리)/사점 구	古覺	시가/하이쿠	
1	6		仁川芋の葉吟社(蜻蛉)/三點の句 〔1〕 인천 이모노하긴샤(잠자리)/삼점 구	如水	시가/하이쿠	
1	6		仁川芋の葉吟社(蜻蛉)/三點の句 〔1〕 인천 이모노하긴샤(잠자리)/삼점 구	松嶺	시가/하이쿠	
1	6		仁川芋の葉吟社(蜻蛉)/二點の句 〔2〕 인천 이모노하긴샤(잠자리)/이점 구	碧山人	시가/하이쿠	
1	6		仁川芋の葉吟社(蜻蛉)/二點の句 〔2〕 인천 이모노하긴샤(잠자리)/이점 구	大云居	시가/하이쿠	
1	6		仁川芋の葉吟社(蜻蛉)/二點の句 〔1〕 인천 이모노하긴샤(잠자리)/이점 구	如水	시가/하이쿠	
1	6		仁川芋の葉吟社(蜻蛉)/二點の句 〔1〕 인천 이모노하긴샤(잠자리)/이점 구	古覺	시가/하이쿠	
1	6		仁川芋の葉吟社(蜻蛉)/二點の句 〔1〕 인천 이모노하긴샤(잠자리)/이점 구	松圓	시가/하이쿠	
1	6		仁川芋の葉吟社(蜻蛉)/二點の句 〔1〕 인천 이모노하긴샤(잠자리)/이점 구	碧石公	시가/하이쿠	
3	4~5		蒼空を仰ぎて 창공을 우러러보고	野崎小蟹	수필/일상	
4	1~3		野狐三次 〈17〉 노기쓰네 산지	神田伯山	고단	
6	1~2		女優萩江 〈8[3]〉 여배우 하기에	平山蘆江	소설/일본	

1913년 10월 24일 (금) 4464호

지면	단수	기획	기사제목 〈회수〉 〔곡수〕	필자/저자(역자)	분류	비고
1	6	文苑	芋の葉吟社/一吟集 〔1〕 이모노하긴샤/일음집	丹葉	시가/하이쿠	
1	6	文苑	芋の葉吟社/一吟集 〔1〕 이모노하긴샤/일음집	如水	시가/하이쿠	
1	6	文苑	芋の葉吟社/一吟集 〔1〕 이모노하긴샤/일음집	大云居	시가/하이쿠	
1	6	文苑	芋の葉吟社/一吟集 〔1〕 이모노하긴샤/일음집	古覺	시가/하이쿠	
1	6	文苑	芋の葉吟社/一吟集 〔1〕 이모노하긴샤/일음집	几子	시가/하이쿠	
1	6	文苑	芋の葉吟社/一吟集 〔1〕 이모노하긴샤/일음집	鬼庵	시가/하이쿠	
1	6	文苑	芋の葉吟社/一吟集 〔1〕 이모노하긴샤/일음집	華月	시가/하이쿠	

지면	단수	기획	기사제목 〈회수〉〔곡수〕	필자/저자(역자)	분류	비고
1	6	文苑	芋の葉吟社/一吟集〔1〕 이모노하긴샤/일음집	春#	시가/하이쿠	
1	6	文苑	芋の葉吟社/一吟集〔1〕 이모노하긴샤/일음집	松嶺	시가/하이쿠	
1	6	文苑	芋の葉吟社/一吟集〔1〕 이모노하긴샤/일음집	玉雪	시가/하이쿠	
1	6	文苑	芋の葉吟社/一吟集〔1〕 이모노하긴샤/일음집	竹水	시가/하이쿠	
1	6	文苑	芋の葉吟社/一吟集〔1〕 이모노하긴샤/일음집	碧石公	시가/하이쿠	
1	6	文苑	芋の葉吟社/一吟集〔1〕 이모노하긴샤/일음집	康如	시가/하이쿠	
1	6	文苑	芋の葉吟社/一吟集〔1〕 이모노하긴샤/일음집	松圓	시가/하이쿠	
1	6	文苑	芋の葉吟社/一吟集〔1〕 이모노하긴샤/일음집	碧山人	시가/하이쿠	
3	1~2		巖谷小波氏講演/山の神〈1〉 이와야 사자나미 씨 강연/산의 신	巖谷小波	소설/동화	
4	1~3		野狐三次〈18〉 노기쓰네 산지	神田伯山	고단	
6	1~2		女優萩江〈8(4)〉 여배우 하기에	平山蘆江	소설/일본	

1913년 10월 25일 (토) 4465호

지면	단수	기획	기사제목 〈회수〉〔곡수〕	필자/저자(역자)	분류	비고
2	1~3		滿州遊記 만주 유기	老不鷺庄	수필/일상	
3	1~2		巖谷小波氏講演/山の神〈2〉 이와야 사자나미씨 강연/산의 신	巖谷小波	소설/동화	
4	1~3		野狐三次〈19〉 노기쓰네 산지	神田伯山	고단	
6	1~3		女優萩江〈8(5)〉 여배우 하기에	平山蘆江	소설/일본	

1913년 10월 26일 (일) 4466호

지면	단수	기획	기사제목 〈회수〉〔곡수〕	필자/저자(역자)	분류	비고
1	1~2		偉人を憶ふ(故伊藤公の五周忌) 위인을 추억하며(고 이토공의 오 주기)		수필/일상	
3	1~4		お蓮 오렌	健	수필/일상	
4	1~3		野狐三次〈20〉 노기쓰네 산지	神田伯山	고단	
4	3		秋/落鮎〔5〕 가을/산란을 앞두고 강 하류로 내려가는 은어	大邱 玖西人	시가/하이쿠	
4	3		秋/盆の月〔5〕 가을/추석에 뜬 달	大邱 玖西人	시가/하이쿠	
5	7~8		左の警歌は農家様方の御頭のこやしにもならまほしと思ひ廣く世間に頒つ〔39〕 왼편의 경가를 농사 짓는 분들에게 밑거름이 되게 하고자 널리 세상에 퍼트리고자 한다		시가/단카	
6	1~2		女優萩江〈8(6)〉 여배우 하기에	平山蘆江	소설/일본	

1913년 10월 27일 (월) 4467호

지면	단수	기획	기사제목 〈회수〉〔곡수〕	필자/저자(역자)	분류	비고
3	1~3		仁川の家庭講話/巖谷小波氏講演〔1〕 인천 가정 강화/이와야 사자나미 씨 강연		소설/동화	
4	1~4		野狐三次 〈21〉 노기쓰네 산지	神田伯山	고단	

1913년 10월 28일 (화) 4468호

지면	단수	기획	기사제목 〈회수〉〔곡수〕	필자/저자(역자)	분류	비고
1	1~2		滿州遊記 만주 주유기	老不鷺庄	수필/기행	
3	1~3		刹那の閃 찰나의 반짝임	町の人	수필/일상	
3	3		小波氏の近什/##樓にて〔1〕 사자나미 씨의 최근 작/##루에서	巖谷小波	시가/하이쿠	
3	3		小波氏の近什/##仲##菊###に〔1〕 사자나미 씨의 최근 작/##중##국###에	巖谷小波	시가/하이쿠	
3	3		小波氏の近什/###入り〔5〕 사자나미 씨의 최근 작/###진입	巖谷小波	시가/하이쿠	
4	1~3		野狐三次 〈22〉 노기쓰네 산지	神田伯山	고단	
5	1~4		仁川の家庭講話/巖谷小波氏講演/故伊藤公の幼時(一)〔1〕 인천 가정 강화/이와야 사자나미 씨 강연/고 이토 공의 어린 시절(1)		소설/동화	
6	1~3		女優萩江 〈9(1)〉 여배우 하기에	平山蘆江	소설/일본	

1913년 10월 29일 (수) 4469호

지면	단수	기획	기사제목 〈회수〉〔곡수〕	필자/저자(역자)	분류	비고
1	2~3		滿州遊記 만주 주유기	老不鷺庄	수필/일상	
3	1~3		仁川の家庭講話/巖谷小波氏講演/故伊藤公の幼時(#)〔1〕 인천 가정 강화/이와야 사자나미 씨 강연/고 이토 공의 어린 시절(#)		소설/동화	
4	1~3		野狐三次 〈23〉 노기쓰네 산지	神田伯山	고단	
5	1~3		お伽旅行 오토기 여행	大田にて 大村琴花	수필/기행	
6	1~3		女優萩江 〈9(2)〉 여배우 하기에	平山蘆江	소설/일본	

1913년 10월 30일 (목) 4470호

지면	단수	기획	기사제목 〈회수〉〔곡수〕	필자/저자(역자)	분류	비고
1	5~6	文苑	此頃〔8〕 요즘	新庄竹涯	시가/단카	
3	5~6		藝妓生活 〈1〉 게이샤 생활		수필/일상	
4	1~3		野狐三次 〈24〉 노기쓰네 산지	神田伯山	고단	
5	3		喜撰(替え唄)〔1〕 희찬(가에우타)		시가/기타	
5	3~4		越後獅子(替え唄)〔1〕 에치고지시(가에우타)		시가/기타	
5	4		汐くみ(替え唄)〔1〕 시오쿠미(가에우타)		시가/기타	
6	1~3		女優萩江 〈9(3)〉 여배우 하기에	平山蘆江	소설/일본	

1913년 10월 31일 (금) 4471호 其二

지면	단수	기획	기사제목 〈회수〉〔곡수〕	필자/저자(역자)	분류	비고
1	4~5		死交小觀 사교소관	竹涯生	수필/일상	

1913년 10월 31일 (금) 4471호 其三

지면	단수	기획	기사제목 〈회수〉〔곡수〕	필자/저자(역자)	분류	비고
2	4		山〔3〕 산		시가/하이쿠	
2	4		踊〔7〕 춤		시가/하이쿠	
2	4		霧〔5〕 안개		시가/하이쿠	
2	4		名月〔2〕 명월		시가/하이쿠	

1913년 10월 31일 (금) 4471호 其四

지면	단수	기획	기사제목 〈회수〉〔곡수〕	필자/저자(역자)	분류	비고
1	3~4		朝鮮の七不思議 〈1〉 조선의 일곱 가지 불가사의		수필/일상	
1	4~6	講談	祝いの和歌(淸正少時の頓智) 축하하는 와카(기요마사 유년 시절의 재치)		고단	
3	1~2		###の記 〈1〉 ###의 기록	町の人	수필/일상	
3	2~4		不思議 불가사의		수필/일상	
3	4		秋/初獵〔6〕 가을/첫 사냥	大邱 玖西	시가/하이쿠	
3	4		秋/案山子〔4〕 가을/허수아비	大邱 玖西	시가/하이쿠	
3	4		秋/歸燕〔5〕 가을/돌아가는 제비	大邱 玖西	시가/하이쿠	
3	4		秋/螳螂〔4〕 가을/사마귀	大邱 玖西	시가/하이쿠	
3	4		秋/蜻蛉〔9〕 가을/잠자리	大邱 玖西	시가/하이쿠	
3	4		秋/秋の山〔4〕 가을/가을 산	大邱 玖西	시가/하이쿠	

1913년 10월 31일 (금) 4471호 其五

지면	단수	기획	기사제목 〈회수〉〔곡수〕	필자/저자(역자)	분류	비고
1	4		(제목없음)〔10〕		시가/하이쿠	
3	4		(제목없음)〔6〕		시가/하이쿠	

1913년 10월 31일 (금) 4471호 其六

지면	단수	기획	기사제목 〈회수〉〔곡수〕	필자/저자(역자)	분류	비고
3	4		袁總統の詩/病足(二首)〔2〕 원 총통의 시/병족(두 수)		시가/한시	
3	4		袁總統の詩/春雪〔1〕 원 총통의 시/춘설		시가/한시	

1913년 10월 31일 (금) 4471호 其七

지면	단수	기획	기사제목 〈회수〉〔곡수〕	필자/저자(역자)	분류	비고
1	4		菊花節〔1〕 국화절	鬼貫	시가/하이쿠	
1	4		菊花節〔1〕 국화절	千代女	시가/하이쿠	

지면	단수	기획	기사제목 〈회수〉〔곡수〕	필자/저자(역자)	분류	비고
1	4		菊花節〔1〕 국화절	支考	시가/하이쿠	
1	4		菊花節〔1〕 국화절	丈草	시가/하이쿠	
1	4		菊花節〔1〕 국화절	召波	시가/하이쿠	
1	4		菊花節〔1〕 국화절	#良	시가/하이쿠	
1	4		菊花節〔1〕 국화절	蕪村	시가/하이쿠	
1	4		菊花節〔1〕 국화절	士郎	시가/하이쿠	
1	4		菊花節〔1〕 국화절	抱一	시가/하이쿠	
1	4		菊花節〔1〕 국화절	蒼虹	시가/하이쿠	
1	4		菊花節〔1〕 국화절	子規	시가/하이쿠	
1	4		菊花節〔1〕 국화절	鴨里	시가/하이쿠	
1	4		菊花節〔1〕 국화절	虛子	시가/하이쿠	
3	1~3		女優萩江〈10(1)〉 여배우 하기에	平山蘆江	소설/일본	
3	4		(제목없음)〔2〕	ばせを	시가/하이쿠	
3	4		(제목없음)〔10〕	蕪村	시가/하이쿠	

1913년 10월 31일 (금) 4471호 其八

지면	단수	기획	기사제목 〈회수〉〔곡수〕	필자/저자(역자)	분류	비고
1	4		(제목없음)〔8〕	芭蕉	시가/하이쿠	

1913년 10월 31일 (금) 4471호 其九

지면	단수	기획	기사제목 〈회수〉〔곡수〕	필자/저자(역자)	분류	비고
1	4		黃菊白菊(佳節に於ける名花の秀句)〔1〕 노란 국화 흰 국화(좋은 때 아름다운 꽃을 읊은 수구)	芭蕉	시가/하이쿠	
1	4		黃菊白菊(佳節に於ける名花の秀句)〔1〕 노란 국화 흰 국화(좋은 때 아름다운 꽃을 읊은 수구)	其角	시가/하이쿠	
1	4		黃菊白菊(佳節に於ける名花の秀句)〔1〕 노란 국화 흰 국화(좋은 때 아름다운 꽃을 읊은 수구)	詐六	시가/하이쿠	
1	4		黃菊白菊(佳節に於ける名花の秀句)〔1〕 노란 국화 흰 국화(좋은 때 아름다운 꽃을 읊은 수구)	嵐雪	시가/하이쿠	
1	4		黃菊白菊(佳節に於ける名花の秀句)〔1〕 노란 국화 흰 국화(좋은 때 아름다운 꽃을 읊은 수구)	巴丈	시가/하이쿠	
1	4		黃菊白菊(佳節に於ける名花の秀句)〔1〕 노란 국화 흰 국화(좋은 때 아름다운 꽃을 읊은 수구)	濁子	시가/하이쿠	
1	4		黃菊白菊(佳節に於ける名花の秀句)〔1〕 노란 국화 흰 국화(좋은 때 아름다운 꽃을 읊은 수구)	一茶	시가/하이쿠	
1	4		黃菊白菊(佳節に於ける名花の秀句)〔1〕 노란 국화 흰 국화(좋은 때 아름다운 꽃을 읊은 수구)	蓼太	시가/하이쿠	
1	4		黃菊白菊(佳節に於ける名花の秀句)〔1〕 노란 국화 흰 국화(좋은 때 아름다운 꽃을 읊은 수구)	几董	시가/하이쿠	

지면	단수	기획	기사제목 〈회수〉 [곡수]	필자/저자(역자)	분류	비고
1	4		黃菊白菊(佳節に於ける名花の秀句) [1] 노란 국화 흰 국화(좋은 때 아름다운 꽃을 읊은 수구)	國女	시가/하이쿠	
3	1~7	讀切講談	ほまれの菊水 〈1〉 영예의 기쿠스이	社員速記/松林伯知	고단	

1913년 10월 31일 (금) 4471호 其十

지면	단수	기획	기사제목 〈회수〉 [곡수]	필자/저자(역자)	분류	비고
2	1~3		蛇骨川 자코쓰가와	源北成朝臣	수필/일상	
3	1~3		野狐三次 〈25〉 노기쓰네 산지	神田伯山	고단	

1913년 10월 31일 (금) 4471호 其十一

지면	단수	기획	기사제목 〈회수〉 [곡수]	필자/저자(역자)	분류	비고
2	4		秋 [4] 가을		시가/하이쿠	
3	2~3		銃獵滑稽物語 총렵 골계이야기	南部露庵	수필/일상	
3	3~4		不可解 이해할 수 없다	草人	수필/일상	

1913년 10월 31일 (금) 4471호 其十二

지면	단수	기획	기사제목 〈회수〉 [곡수]	필자/저자(역자)	분류	비고
3	2	文苑	秋 [16] 가을	竹涯生	시가/하이쿠	

1913년 11월 02일 (일) 4472호

지면	단수	기획	기사제목 〈회수〉 [곡수]	필자/저자(역자)	분류	비고
1	4	文苑	あの瞳 [8] 저 눈동자	新庄竹涯	시가/단카	
3	1~2		北へ北へ(再) 북으로 북으로(재)	甲山	수필/일상	
3	5~6		藝妓生活 〈2〉 게이샤 생활		수필/일상	
4	1~3		野狐三次 〈26〉 노기쓰네 산지	神田伯山	고단	
5	5~6		お伽旅行 오토기 여행	大邱より 大村琴花	수필/기행	
6	1~3		女優萩江 〈10[2]〉 여배우 하기에	平山蘆江	소설/일본	

1913년 11월 03일 (월) 4473호

지면	단수	기획	기사제목 〈회수〉 [곡수]	필자/저자(역자)	분류	비고
3	1~3		お伽旅行 오토기 여행	釜山より 大村琴花	수필/기행	
4	1~3		女優萩江 〈10[2]〉 여배우 하기에	平山蘆江	소설/일본	회수 오류

1913년 11월 04일 (화) 4474호

지면	단수	기획	기사제목 〈회수〉 [곡수]	필자/저자(역자)	분류	비고
1	6		今の若さ [7] 지금의 젊음	新庄竹涯	시가/단카	
2	5~6		滿州遊記/旅順の戰跡 〈1〉 만주 주유기/뤼순의 전쟁 흔적	老不鶯	수필/기행	
4	1~3		野狐三次 〈26〉 노기쓰네 산지	神田伯山	고단	회수 오류
6	1~2		女優萩江 〈10[4]〉 여배우 하기에	平山蘆江	소설/일본	

지면	단수	기획	기사제목 〈회수〉〔곡수〕	필자/저자(역자)	분류	비고

1913년 11월 05일 (수) 4475호

지면	단수	기획	기사제목 〈회수〉〔곡수〕	필자/저자(역자)	분류	비고
1	1~2		滿州遊記/露國の眞意 〈1〉 만주 주유기/러시아의 진의	老不鷺	수필/기행	
4	1~3		野狐三次 〈26〉 노기쓰네 산지	神田伯山	고단	회수 오류
5	1~2		藝妓生活 〈3〉 게이샤 생활		수필/일상	
6	1~2		女優萩江 〈10[5]〉 여배우 하기에	平山蘆江	소설/일본	

1913년 11월 06일 (목) 4476호

지면	단수	기획	기사제목 〈회수〉〔곡수〕	필자/저자(역자)	분류	비고
3	5~6		お伽講話/大人山の山の神 〈1〉 동화/오히토야마의 산신	巖谷小波	소설/동화	
4	1~3		野狐三次 〈27〉 노기쓰네 산지	神田伯山	고단	회수 오류
5	1		藝妓生活 〈4〉 게이샤 생활		수필/일상	
6	1~2		女優萩江 〈10[6]〉 여배우 하기에	平山蘆江	소설/일본	

1913년 11월 07일 (금) 4477호

지면	단수	기획	기사제목 〈회수〉〔곡수〕	필자/저자(역자)	분류	비고
3	5~6		お伽講話/大人山の山の神 〈2〉 동화/오히토야마의 산신	巖谷小波	소설/동화	
4	1~3		野狐三次 〈30〉 노기쓰네 산지	神田伯山	고단	
5	1~2		藝妓生活 〈5〉 게이샤 생활		수필/일상	
6	1~2		女優萩江 〈10[7]〉 여배우 하기에	平山蘆江	소설/일본	

1913년 11월 08일 (토) 4478호

지면	단수	기획	기사제목 〈회수〉〔곡수〕	필자/저자(역자)	분류	비고
3	5~6		お伽講話/大人山の山の神 〈3〉 동화/오히토야마의 산신	巖谷小波	소설/동화	
4	1~3		野狐三次 〈31〉 노기쓰네 산지	神田伯山	고단	
5	2~4		五百年來蛇と共に暮せる一家/岩窟に起居せる奇々怪々の一族 〈1〉 오백년 된 뱀과 함께 사는 일가/암굴에서 기거하는 기기괴괴한 일족		수필/일상	
5	5~6		今は大銀行重役昔は一輪卒(故桂公の艶話) 지금은 대형 은행 중역 옛날에는 일수졸(고 가쓰라 공의 연애 이야기)		수필/일상	
6	1~2		女優萩江 〈10[7]〉 여배우 하기에	平山蘆江	소설/일본	회수 오류

1913년 11월 09일 (일) 4479호

지면	단수	기획	기사제목 〈회수〉〔곡수〕	필자/저자(역자)	분류	비고
4	1~3		野狐三次 〈32〉 노기쓰네 산지	神田伯山	고단	
6	1~2		女優萩江 〈10[7]〉 여배우 하기에	平山蘆江	소설/일본	회수 오류
5	2~4		五百年來蛇と共に暮せる一家/岩窟に起居せる奇々怪々の一族 〈2〉 오백년 뱀과 함께 사는 일가/암굴에서 기거하는 기기괴괴한 일족		수필/일상	
5	4~5		巖谷小波氏お伽旅行/俳句集 〔27〕 이와야 사자나미 씨의 동화여행/하이쿠집	巖谷小波	시가/하이쿠	

지면	단수	기획	기사제목 〈회수〉 〔곡수〕	필자/저자(역자)	분류	비고
1913년 11월 10일 (월) 4480호						
1	1		滿州遊記/實業大會 〈1〉 만주 주유기/실업 대회	老不鷺	수필/기행	
4	1~3		女優萩江 〈11[1]〉 여배우 하기에	平山蘆江	소설/일본	회수 오류
1913년 11월 11일 (화) 4481호						
3	5~6		お伽講話/大人山の山の神 동화/오히토야마의 산신	巖谷小波	소설/동화	
4	1~3		野狐三次 〈33〉 노기쓰네 산지	神田伯山	고단	
6	1~2		女優萩江 〈11[2]〉 여배우 하기에	平山蘆江	소설/일본	회수 오류
1913년 11월 12일 (수) 4482호						
1	5	文苑	仁川芋の葉吟社五句集/九點の句 〔1〕 인천 이모노하긴샤 오구집/구점 구	丹葉	시가/하이쿠	
1	5	文苑	仁川芋の葉吟社五句集/四點の句 〔1〕 인천 이모노하긴샤 오구집/사점 구	丹葉	시가/하이쿠	
1	5	文苑	仁川芋の葉吟社五句集/四點の句 〔1〕 인천 이모노하긴샤 오구집/사점 구	麗哉	시가/하이쿠	
1	5	文苑	仁川芋の葉吟社五句集/四點の句 〔1〕 인천 이모노하긴샤 오구집/사점 구	子牛	시가/하이쿠	
1	5	文苑	仁川芋の葉吟社五句集/三點の句 〔1〕 인천 이모노하긴샤 오구집/삼점 구	麗哉	시가/하이쿠	
1	5	文苑	仁川芋の葉吟社五句集/三點の句 〔1〕 인천 이모노하긴샤 오구집/삼점 구	松嶺	시가/하이쿠	
1	5	文苑	仁川芋の葉吟社五句集/三點の句 〔1〕 인천 이모노하긴샤 오구집/삼점 구	竹水	시가/하이쿠	
1	5	文苑	仁川芋の葉吟社五句集/三點の句 〔1〕 인천 이모노하긴샤 오구집/삼점 구	麗哉	시가/하이쿠	
1	5	文苑	仁川芋の葉吟社五句集/二點の句 〔1〕 인천 이모노하긴샤 오구집/이점 구	冷花	시가/하이쿠	
1	5	文苑	仁川芋の葉吟社五句集/二點の句 〔1〕 인천 이모노하긴샤 오구집/이점 구	康知	시가/하이쿠	
1	5	文苑	仁川芋の葉吟社五句集/二點の句 〔1〕 인천 이모노하긴샤 오구집/이점 구	麗哉	시가/하이쿠	
1	5	文苑	仁川芋の葉吟社五句集/二點の句 〔1〕 인천 이모노하긴샤 오구집/이점 구	如水	시가/하이쿠	
1	5	文苑	仁川芋の葉吟社五句集/二點の句 〔1〕 인천 이모노하긴샤 오구집/이점 구	松圓	시가/하이쿠	
1	5	文苑	仁川芋の葉吟社五句集/二點の句 〔1〕 인천 이모노하긴샤 오구집/이점 구	大云居	시가/하이쿠	
1	5	文苑	仁川芋の葉吟社五句集/二點の句 〔1〕 인천 이모노하긴샤 오구집/이점 구	鬼庵	시가/하이쿠	
1	5	文苑	仁川芋の葉吟社五句集/二點の句 〔2〕 인천 이모노하긴샤 오구집/이점 구	丹葉	시가/하이쿠	
3	4~5		お伽講話/大人山の山の神 동화/오히토야마의 산신	巖谷小波	소설/동화	
4	1~3		野狐三次 〈34〉 노기쓰네 산지	神田伯山	고단	

지면	단수	기획	기사제목 〈회수〉〔곡수〕	필자/저자(역자)	분류	비고
6	1~2		女優萩江 〈11[4]〉 여배우 하기에	平山蘆江	소설/일본	
1913년 11월 13일 (목) 4483호						
3	6		茶はなし 다화		수필/일상	
4	1~3		野狐三次 〈35〉 노기쓰네 산지	神田伯山	고단	
5	6		茶ばなし 다화		수필/일상	
6	1~2		女優萩江 〈11[5]〉 여배우 하기에	平山蘆江	소설/일본	
1913년 11월 14일 (금) 4484호						
3	5		お伽講話/大人山の山の神 동화/오히토야마의 산신	巖谷小波	소설/동화	
4	1~3		野狐三次 〈36〉 노기쓰네 산지	神田伯山	고단	
6	1~3		女優萩江 〈12[1]〉 여배우 하기에	平山蘆江	소설/일본	
1913년 11월 15일 (토) 4485호						
1	6	文苑	芋の葉吟社一吟 [1] 이모노하긴샤 일음	冷花	시가/하이쿠	
1	6	文苑	芋の葉吟社一吟 [1] 이모노하긴샤 일음	丹葉	시가/하이쿠	
1	6	文苑	芋の葉吟社一吟 [1] 이모노하긴샤 일음	松圓	시가/하이쿠	
1	6	文苑	芋の葉吟社一吟 [1] 이모노하긴샤 일음	#靜	시가/하이쿠	
1	6	文苑	芋の葉吟社一吟 [1] 이모노하긴샤 일음	几子	시가/하이쿠	
1	6	文苑	芋の葉吟社一吟 [1] 이모노하긴샤 일음	鬼庵	시가/하이쿠	
1	6	文苑	芋の葉吟社一吟 [1] 이모노하긴샤 일음	如水	시가/하이쿠	
1	6	文苑	芋の葉吟社一吟 [1] 이모노하긴샤 일음	康知	시가/하이쿠	
1	6	文苑	芋の葉吟社一吟 [1] 이모노하긴샤 일음	子牛	시가/하이쿠	
4	1~2		野狐三次 〈37〉 노기쓰네 산지	神田伯山	고단	
1913년 11월 16일 (일) 4486호						
4	1~3		女優萩江 〈12[2]〉 여배우 하기에	平山蘆江	소설/일본	
1913년 11월 17일 (월) 4487호						
4	1~3		野狐三次 〈38〉 노기쓰네 산지	神田伯山	고단	
1913년 11월 18일 (화) 4488호						

지면	단수	기획	기사제목 〈회수〉〔곡수〕	필자/저자(역자)	분류	비고
4	1~2		女優萩江 〈12(3)〉 여배우 하기에	平山蘆江	소설/일본	

1913년 11월 19일 (수) 4489호

지면	단수	기획	기사제목 〈회수〉〔곡수〕	필자/저자(역자)	분류	비고
4	1~3		野狐三次 〈38〉 노기쓰네 산지	神田伯山	고단	회수 오류
6	1~2		女優萩江 〈12(4)〉 여배우 하기에	平山蘆江	소설/일본	

1913년 11월 20일 (목) 4490호

지면	단수	기획	기사제목 〈회수〉〔곡수〕	필자/저자(역자)	분류	비고
1	6		園藝雜話 〈1〉 원예 잡담	石井隆一	수필/일상	
3	1		朝鮮の方言 조선의 방언	文學博士 金澤庄三郎	수필/일상	
3	1~2		本邦武器變遷 본방 무기 변천		수필/일상	
4	1~3		野狐三次 〈40〉 노기쓰네 산지	神田伯山	고단	
6	1~2		女優萩江 〈13(1)〉 여배우 하기에	平山蘆江	소설/일본	

1913년 11월 21일 (금) 4491호

지면	단수	기획	기사제목 〈회수〉〔곡수〕	필자/저자(역자)	분류	비고
1	5~6		園藝雜話 〈2〉 원예 잡담	石井隆一	수필/일상	
4	1~3		野狐三次 〈41〉 노기쓰네 산지	神田伯山	고단	
6	1~2		女優萩江 〈13(2)〉 여배우 하기에	平山蘆江	소설/일본	

1913년 11월 22일 (토) 4492호

지면	단수	기획	기사제목 〈회수〉〔곡수〕	필자/저자(역자)	분류	비고
1	6	文苑	落葉十句 〔10〕 낙엽 십구	四季郎	시가/하이쿠	
4	1~3		野狐三次 〈42〉 노기쓰네 산지	神田伯山	고단	
6	1~2		女優萩江 〈13(3)〉 여배우 하기에	平山蘆江	소설/일본	

1913년 11월 25일 (화) 4494호

지면	단수	기획	기사제목 〈회수〉〔곡수〕	필자/저자(역자)	분류	비고
1	8		ウワサノウワサ 소문의 소문		수필/일상	
5	1	讀者文藝	孤舟の秋/夜 〔1〕 고슈의 가을/밤	###	시가/신체시	
5	2	讀者文藝	孤舟の秋/曉 〔1〕 고슈의 가을/새벽	###	시가/신체시	
5	2	讀者文藝	孤舟の秋/朝 〔1〕 고슈의 가을/아침	###	시가/신체시	
5	2	讀者文藝	孤舟の秋/晝 〔1〕 고슈의 가을/낮	###	시가/신체시	
5	2	讀者文藝	孤舟の秋/景 〔1〕 고슈의 가을/경치	###	시가/신체시	
5	2	讀者文藝	孤舟の秋/興 〔1〕 고슈의 가을/흥취	###	시가/신체시	

지면	단수	기획	기사제목 〈회수〉〔곡수〕	필자/저자(역자)	분류	비고
5	2	讀者文藝	孤舟の秋/夕〔1〕 고슈의 가을/저녁	###	시가/신체시	
5	2	讀者文藝	秋二篇/池〔1〕 가을 두 편/연못	外##澄	시가/신체시	
5	2	讀者文藝	秋二篇/月蝕〔1〕 가을 두 편/월식	外##澄	시가/신체시	
5	2	讀者文藝	まじない〔1〕 주술	#火#生	시가/신체시	
5	2	讀者文藝	晩秋〔1〕 만추	冷花圜	시가/신체시	
5	2	讀者文藝	腰折〔2〕 요절	歌亭	시가/도도이쓰	
7	1~3		野狐三次〈44〉 노기쓰네 산지	神田伯山	고단	
9	1~4		敎育上より見たる園藝 교육으로 본 원예	園藝得業士 石井隆—	수필/일상	
11	1~2		日鮮史實談 일선사 실담	文學博士 久米邦武	수필/일상	
11	4		敎育と新聞 교육과 신문	鳥致院 池端#次郞	수필/일상	
13	4	讀者文藝	戻り路 돌아가는 길	菱花 廼舍	수필/일상	
15	1~2		女優萩江〈13(5)〉 여배우 하기에	平山蘆江	소설/일본	
15	3		夢 꿈	川口子牛	수필/일상	
15	3		紅葉〔3〕 단풍	鈴木知	시가/단카	
15	3		淡い戀 옅은 사랑	常荏鬼庵	수필/일상	
15	3		秋の野川(三字小品)〔1〕 가을의 야천(석자 소품)	丹葉	시가/신체시	

1913년 11월 26일 (수) 4495호

지면	단수	기획	기사제목	필자/저자(역자)	분류	비고
1	8	文苑	黃昏 황혼	康知	수필/일상	
3	1~3		野狐三次〈45〉 노기쓰네 산지	神田伯山	고단	
7	1~2		女優萩江〈14(1)〉 여배우 하기에	平山蘆江	소설/일본	
9	3		社會敎育と新聞 사회 교육과 신문	文學博士 遠藤隆吉	수필/일상	

1913년 11월 27일 (목) 4496호

지면	단수	기획	기사제목	필자/저자(역자)	분류	비고
4	1~3		野狐三次〈46〉 노기쓰네 산지	神田伯山	고단	
6	1~2		女優萩江〈14(2)〉 여배우 하기에	平山蘆江	소설/일본	
7	5		ウワサノウワサ 소문의 소문		수필/일상	

1913년 11월 28일 (금) 4497호

지면	단수	기획	기사제목 〈회수〉〔곡수〕	필자/저자(역자)	분류	비고
4	1~3		野狐三次 〈47〉 노기쓰네 산지	神田伯山	고단	
4	3		ウワサノウワサ 소문의 소문		수필/일상	
6	1~2		女優萩江 〈14〔3〕〉 여배우 하기에	平山蘆江	소설/일본	
7	5		仁川謠曲界の興亡 인천 요쿄쿠계의 흥망		수필/비평	

1913년 11월 29일 (토) 4498호

지면	단수	기획	기사제목 〈회수〉〔곡수〕	필자/저자(역자)	분류	비고
4	1~3		野狐三次 〈48〉 노기쓰네 산지	神田伯山	고단	
6	1~3		女優萩江 〈14〔4〕〉 여배우 하기에	平山蘆江	소설/일본	

1913년 12월 01일 (월) 4500호

지면	단수	기획	기사제목 〈회수〉〔곡수〕	필자/저자(역자)	분류	비고
4	1~2		女優萩江 〈15〔2〕〉 여배우 하기에	平山蘆江	소설/일본	
6	1~3		野狐三次 〈50〉 노기쓰네 산지	神田伯山	고단	
7	6		新小說豫告/黑き影/倉富砂邱 〈1〉 신소설 예고/검은 그림자 구라토미 사큐		광고/연재예고	

1913년 12월 02일 (화) 4501호

지면	단수	기획	기사제목 〈회수〉〔곡수〕	필자/저자(역자)	분류	비고
1	6	文苑	仁川芋の葉吟社五句集/五點の句〔2〕 인천 이모노하긴샤 오구집/오점 구	京城 松#	시가/하이쿠	
1	6	文苑	仁川芋の葉吟社五句集/四點の句〔1〕 인천 이모노하긴샤 오구집/사점 구	仁川 杢尖公	시가/하이쿠	
1	6	文苑	仁川芋の葉吟社五句集/四點の句〔2〕 인천 이모노하긴샤 오구집/사점 구	仁川 丹葉	시가/하이쿠	
1	6	文苑	仁川芋の葉吟社五句集/四點の句〔1〕 인천 이모노하긴샤 오구집/사점 구	仁川 麗哉	시가/하이쿠	
1	6	文苑	仁川芋の葉吟社五句集/三點の句〔1〕 인천 이모노하긴샤 오구집/삼점 구	仁川 杢尖公	시가/하이쿠	
1	6	文苑	仁川芋の葉吟社五句集/三點の句〔1〕 인천 이모노하긴샤 오구집/삼점 구	龍山 碧石公	시가/하이쿠	
1	6	文苑	仁川芋の葉吟社五句集/二點の句〔2〕 인천 이모노하긴샤 오구집/이점 구	仁川 春靜	시가/하이쿠	
1	6	文苑	仁川芋の葉吟社五句集/二點の句〔1〕 인천 이모노하긴샤 오구집/이점 구	仁川 竹悠	시가/하이쿠	
1	6	文苑	仁川芋の葉吟社五句集/二點の句〔3〕 인천 이모노하긴샤 오구집/이점 구	仁川 麗哉	시가/하이쿠	
1	6	文苑	仁川芋の葉吟社五句集/二點の句〔1〕 인천 이모노하긴샤 오구집/이점 구	京城 泰洲	시가/하이쿠	
1	6	文苑	仁川芋の葉吟社五句集/二點の句〔1〕 인천 이모노하긴샤 오구집/이점 구	仁川 竹水	시가/하이쿠	
1	6	文苑	仁川芋の葉吟社五句集/二點の句〔1〕 인천 이모노하긴샤 오구집/이점 구	公州 黃天紅	시가/하이쿠	
1	6	文苑	仁川芋の葉吟社五句集/二點の句〔1〕 인천 이모노하긴샤 오구집/이점 구	京城 白洋	시가/하이쿠	
1	6	文苑	仁川芋の葉吟社五句集/二點の句〔1〕 인천 이모노하긴샤 오구집/이점 구	仁川 子牛	시가/하이쿠	

지면	단수	기획	기사제목 〈회수〉〔곡수〕	필자/저자(역자)	분류	비고
4	1~3		野狐三次 〈51〉 노기쓰네 산지	神田伯山	고단	
5	6		新小說豫告/黑き影 倉富砂邱 〈1〉 신소설 예고/검은 그림자 구라토미 사큐		광고/연재예 고	
6	1~2		女優萩江 〈15〔3〕〉 여배우 하기에	平山蘆江	소설/일본	

1913년 12월 03일 (수) 4502호

지면	단수	기획	기사제목 〈회수〉〔곡수〕	필자/저자(역자)	분류	비고
1	6	文苑	仁川芋の葉吟社一吟集 〔1〕 인천 이모노하긴샤 일음집	冷香	시가/하이쿠	
1	6	文苑	仁川芋の葉吟社一吟集 〔1〕 인천 이모노하긴샤 일음집	彩#居	시가/하이쿠	
1	6	文苑	仁川芋の葉吟社一吟集 〔1〕 인천 이모노하긴샤 일음집	竹香	시가/하이쿠	
1	6	文苑	仁川芋の葉吟社一吟集 〔1〕 인천 이모노하긴샤 일음집	春靜	시가/하이쿠	
1	6	文苑	仁川芋の葉吟社一吟集 〔1〕 인천 이모노하긴샤 일음집	鬼庵	시가/하이쿠	
1	6	文苑	仁川芋の葉吟社一吟集 〔1〕 인천 이모노하긴샤 일음집	如水	시가/하이쿠	
1	6	文苑	仁川芋の葉吟社一吟集 〔1〕 인천 이모노하긴샤 일음집	康知	시가/하이쿠	
1	6	文苑	仁川芋の葉吟社一吟集 〔1〕 인천 이모노하긴샤 일음집	子牛	시가/하이쿠	
1	6	文苑	仁川芋の葉吟社一吟集 〔1〕 인천 이모노하긴샤 일음집	竹悠	시가/하이쿠	
1	6	文苑	仁川芋の葉吟社一吟集 〔1〕 인천 이모노하긴샤 일음집	杢尖公	시가/하이쿠	
1	6	文苑	仁川芋の葉吟社一吟集 〔1〕 인천 이모노하긴샤 일음집	竹水	시가/하이쿠	
1	6	文苑	仁川芋の葉吟社一吟集 〔1〕 인천 이모노하긴샤 일음집	松嶺	시가/하이쿠	
1	6	文苑	仁川芋の葉吟社一吟集 〔1〕 인천 이모노하긴샤 일음집	泰洲	시가/하이쿠	
1	6	文苑	仁川芋の葉吟社一吟集 〔1〕 인천 이모노하긴샤 일음집	碧石公	시가/하이쿠	
1	6	文苑	仁川芋の葉吟社一吟集 〔1〕 인천 이모노하긴샤 일음집	柳子	시가/하이쿠	
1	6	文苑	仁川芋の葉吟社一吟集 〔1〕 인천 이모노하긴샤 일음집	麗哉	시가/하이쿠	
4	1~3		野狐三次 〈52〉 노기쓰네 산지	神田伯山	고단	
6	1~3		女優萩江 〈15〔4〕〉 여배우 하기에	平山蘆江	소설/일본	
6	3		明日よりは黑き影 砂富倉邱 〈1〉 내일부터 검은 그림자 구라토미 사큐		광고/연재예 고	砂富倉邱 -倉富砂 邱 오기

1913년 12월 04일 (목) 4503호

지면	단수	기획	기사제목 〈회수〉〔곡수〕	필자/저자(역자)	분류	비고
3	1~2		南山の麓より 남산 산기슭에서	#### 吉岡##	수필/일상	

지면	단수	기획	기사제목 〈회수〉〔곡수〕	필자/저자(역자)	분류	비고
4	1~3		野狐三次 〈53〉 노기쓰네 산지	神田伯山	고단	
6	1~3		黒き影/山の宿 〈1〉 검은 그림자/산장	倉富砂邱	소설/일본	

1913년 12월 05일 (금) 4504호

| 4 | 1~3 | | 野狐三次 〈54〉
노기쓰네 산지 | 神田伯山 | 고단 | |
| 6 | 1~3 | | 黒き影/山の宿 〈2〉
검은 그림자/산장 | 倉富砂邱 | 소설/일본 | |

1913년 12월 06일 (토) 4505호

| 4 | 1~3 | | 野狐三次 〈55〉
노기쓰네 산지 | 神田伯山 | 고단 | |
| 6 | 1~3 | | 黒き影/山の宿 〈3〉
검은 그림자/산장 | 倉富砂邱 | 소설/일본 | |

1913년 12월 07일 (일) 4506호

4	1~3		野狐三次 〈56〉 노기쓰네 산지	神田伯山	고단	
6	1~3		黒き影/山の宿 〈4〉 검은 그림자/산장	倉富砂邱	소설/일본	
7	6		ウワサノウワサ 소문의 소문		수필/일상	

1913년 12월 08일 (월) 4507호

| 4 | 1~3 | | 黒き影/姿だけ 〈1〉
검은 그림자/모습만 | 倉富砂邱 | 소설/일본 | |

1913년 12월 09일 (화) 4508호

| 4 | 1~3 | | 野狐三次 〈57〉
노기쓰네 산지 | 神田伯山 | 고단 | |
| 6 | 1~3 | | 黒き影/姿だけ 〈2〉
검은 그림자/모습만 | 倉富砂邱 | 소설/일본 | |

1913년 12월 10일 (수) 4509호

| 4 | 1~3 | | 野狐三次 〈58〉
노기쓰네 산지 | 神田伯山 | 고단 | |
| 6 | 1~3 | | 黒き影/姿だけ 〈3〉
검은 그림자/모습만 | 倉富砂邱 | 소설/일본 | |

1913년 12월 11일 (목) 4510호

1	5	讀者文藝	近着雜誌より/凸坊の願 최근 도착한 잡지에서/도쓰보의 소원	(火芒#譯)	수필/일상	
1	5~6	讀者文藝	近着雜誌より/皮肉 최근 도착한 잡지에서/빈정거림	(火芒#譯)	수필/일상	
1	6	讀者文藝	近着雜誌より/オールド、ミス 최근 도착한 잡지에서/올드 미스	(火芒#譯)	수필/일상	
4	1~3		野狐三次 〈59〉 노기쓰네 산지	神田伯山	고단	
6	1~3		黒き影/姿だけ 〈4〉 검은 그림자/모습만	倉富砂邱	소설/일본	

지면	단수	기획	기사제목 〈회수〉〔곡수〕	필자/저자(역자)	분류	비고
			1913년 12월 12일 (금) 4511호			
1	5~6	讀者文藝	靑き生命 〔1〕 푸른 생명	工藤想仙	시가/신체시	
1	6	讀者文藝	貴社の隆運と發展を祝して〔6〕 귀사의 융운과 발전을 축하하며	全州 春亞生	시가/하이쿠	
1	6	文苑	漢陽吟社句集〔1〕 한양음사 구집	白骨	시가/하이쿠	
1	6	文苑	漢陽吟社句集〔3〕 한양음사 구집	千春	시가/하이쿠	
1	6	文苑	漢陽吟社句集〔1〕 한양음사 구집	丹葉	시가/하이쿠	
1	6	文苑	漢陽吟社句集〔1〕 한양음사 구집	光水	시가/하이쿠	
1	6	文苑	漢陽吟社句集〔1〕 한양음사 구집	散骨	시가/하이쿠	
1	6	文苑	漢陽吟社句集〔1〕 한양음사 구집	華城	시가/하이쿠	
1	6	文苑	漢陽吟社句集〔1〕 한양음사 구집	#月	시가/하이쿠	
1	6	文苑	漢陽吟社句集〔3〕 한양음사 구집	三笑	시가/하이쿠	
1	6	文苑	漢陽吟社句集〔1〕 한양음사 구집	佐南	시가/하이쿠	
1	6	文苑	漢陽吟社句集〔1〕 한양음사 구집	靑蔭	시가/하이쿠	
1	6	文苑	漢陽吟社句集〔1〕 한양음사 구집	北#	시가/하이쿠	
1	6	文苑	漢陽吟社句集〔1〕 한양음사 구집	知運	시가/하이쿠	
1	6	文苑	漢陽吟社句集〔1〕 한양음사 구집	都#女	시가/하이쿠	
1	6	文苑	漢陽吟社句集〔3〕 한양음사 구집	其月	시가/하이쿠	
1	6	文苑	漢陽吟社句集〔2〕 한양음사 구집	風來子	시가/하이쿠	
1	6	文苑	漢陽吟社句集〔1〕 한양음사 구집	四#	시가/하이쿠	
1	6	文苑	漢陽吟社句集〔1〕 한양음사 구집	蛸夢	시가/하이쿠	
1	6	文苑	漢陽吟社句集〔1〕 한양음사 구집	才涯	시가/하이쿠	
1	6	文苑	漢陽吟社句集〔2〕 한양음사 구집	華城	시가/하이쿠	
3	2~3		子供に聽す講談 어린이에게 들려주는 고단	巖谷小波	수필/일상	
4	1~3		野狐三次 〈60〉 노기쓰네 산지	神田伯山	고단	
6	1~3		黑き影/姿だけ 〈5〉 검은 그림자/모습만	倉富砂邱	소설/일본	
			1913년 12월 13일 (토) 4512호			

지면	단수	기획	기사제목 〈회수〉 [곡수]	필자/저자(역자)	분류	비고
4	1~3		野狐三次 〈61〉 노기쓰네 산지	神田伯山	고단	
6	1~3		黒き影/變わりもの 〈1〉 검은 그림자/괴짜	倉富砂邱	소설/일본	

1913년 12월 14일 (일) 4513호

지면	단수	기획	기사제목 〈회수〉 [곡수]	필자/저자(역자)	분류	비고
1	5~6	讀者文藝	伊楚子 이소코	本多狂生	수필/일상	
4	1~3		野狐三次 〈61〉 노기쓰네 산지	神田伯山	고단	회수 오류
6	1~3		黒き影/變わりもの 〈2〉 검은 그림자/괴짜	倉富砂邱	소설/일본	

1913년 12월 15일 (월) 4514호

지면	단수	기획	기사제목 〈회수〉 [곡수]	필자/저자(역자)	분류	비고
1	6	讀者文藝	泡沫の旅 [6] 물거품의 여행	佾庵	시가/단카	
1	6	文苑	漢陽吟社句集 [1] 한양음사 구집	短黑叡	시가/하이쿠	
1	6	文苑	漢陽吟社句集 [1] 한양음사 구집	蛸夢	시가/하이쿠	
1	6	文苑	漢陽吟社句集 [2] 한양음사 구집	十八公	시가/하이쿠	
1	6	文苑	漢陽吟社句集 [1] 한양음사 구집	竹庵	시가/하이쿠	
1	6	文苑	漢陽吟社句集 [1] 한양음사 구집	北嶽	시가/하이쿠	
1	6	文苑	漢陽吟社句集 [1] 한양음사 구집	春窓	시가/하이쿠	
1	6	文苑	漢陽吟社句集 [1] 한양음사 구집	北詰	시가/하이쿠	
1	6	文苑	漢陽吟社句集 [1] 한양음사 구집	鳴竹	시가/하이쿠	
1	6	文苑	漢陽吟社句集 [1] 한양음사 구집	其月	시가/하이쿠	
4	1~3		野狐三次 〈63〉 노기쓰네 산지	神田伯山	고단	

1913년 12월 16일 (화) 4515호

지면	단수	기획	기사제목 〈회수〉 [곡수]	필자/저자(역자)	분류	비고
4	1~3		野狐三次 〈64〉 노기쓰네 산지	神田伯山	고단	
6	1~3		黒き影/變わりもの 〈3〉 검은 그림자/괴짜	倉富砂邱	소설/일본	

1913년 12월 17일 (수) 4516호

지면	단수	기획	기사제목 〈회수〉 [곡수]	필자/저자(역자)	분류	비고
1	5~6	讀者文藝	小窓より街へ 작은 창에서 거리를	野崎小蟹	수필/일상	
1	6	文苑	漢陽吟社句集 [1] 한양음사 구집	華城	시가/하이쿠	
1	6	文苑	漢陽吟社句集 [1] 한양음사 구집	米水	시가/하이쿠	
1	6	文苑	漢陽吟社句集 [2] 한양음사 구집	松圓	시가/하이쿠	

지면	단수	기획	기사제목 〈회수〉〔곡수〕	필자/저자(역자)	분류	비고
1	6	文苑	漢陽吟社句集〔1〕 한양음사 구집	其月	시가/하이쿠	
1	6	文苑	漢陽吟社句集〔2〕 한양음사 구집	千春	시가/하이쿠	
1	6	文苑	漢陽吟社句集〔2〕 한양음사 구집	才涯	시가/하이쿠	
1	6	文苑	漢陽吟社句集〔2〕 한양음사 구집	雪陽	시가/하이쿠	
1	6	文苑	漢陽吟社句集〔1〕 한양음사 구집	靑#	시가/하이쿠	
1	6	文苑	漢陽吟社句集〔1〕 한양음사 구집	三笑	시가/하이쿠	
1	6	文苑	漢陽吟社句集〔1〕 한양음사 구집	#外	시가/하이쿠	
1	6	文苑	漢陽吟社句集〔1〕 한양음사 구집	千春	시가/하이쿠	
1	6	文苑	漢陽吟社句集〔1〕 한양음사 구집	春#	시가/하이쿠	
1	6	文苑	漢陽吟社句集〔1〕 한양음사 구집	蛸夢	시가/하이쿠	
1	6	文苑	漢陽吟社句集〔1〕 한양음사 구집	北嶺	시가/하이쿠	
1	6	文苑	漢陽吟社句集〔1〕 한양음사 구집	知運	시가/하이쿠	
1	6	文苑	漢陽吟社句集〔1〕 한양음사 구집	里水	시가/하이쿠	
1	6	文苑	漢陽吟社句集〔1〕 한양음사 구집	風來子	시가/하이쿠	
4	1~3		野狐三次〈65〉 노기쓰네 산지	神田伯山	고단	
6	1~3		黑き影/牡丹餅〈1〉 검은 그림자/보타모치	倉富砂邱	소설/일본	

1913년 12월 18일 (목) 4517호

지면	단수	기획	기사제목 〈회수〉〔곡수〕	필자/저자(역자)	분류	비고
3	1	文藝	測隱の心 측은한 마음	京城 ##	수필/일상	
3	1~2	文苑	漢陽吟社句集〔2〕 한양음사 구집	千春	시가/하이쿠	
3	2	文苑	漢陽吟社句集〔1〕 한양음사 구집	藪內	시가/하이쿠	
3	2	文苑	漢陽吟社句集〔2〕 한양음사 구집	春窓	시가/하이쿠	
3	2	文苑	漢陽吟社句集〔1〕 한양음사 구집	才涯	시가/하이쿠	
3	2	文苑	漢陽吟社句集〔1〕 한양음사 구집	雪陽	시가/하이쿠	
3	2	文苑	漢陽吟社句集〔1〕 한양음사 구집	半韓	시가/하이쿠	
3	2	文苑	漢陽吟社句集〔1〕 한양음사 구집	白骨	시가/하이쿠	
3	2	文苑	漢陽吟社句集/追加〔2〕 한양음사 구집/추가	十八公	시가/하이쿠	

지면	단수	기획	기사제목 〈회수〉〔곡수〕	필자/저자(역자)	분류	비고
3	2		茶ばなし 다화		수필/일상	
4	1~3		野狐三次 〈66〉 노기쓰네 산지	神田伯山	고단	
6	1~3		黑き影/牡丹餅 〈2〉 검은 그림자/보타모치	倉富砂邱	소설/일본	

1913년 12월 19일 (금) 4518호

지면	단수	기획	기사제목 〈회수〉〔곡수〕	필자/저자(역자)	분류	비고
1	5	文苑	漢陽吟社句集 〔1〕 한양음사 구집	才涯	시가/하이쿠	
1	5	文苑	漢陽吟社句集 〔1〕 한양음사 구집	華城	시가/하이쿠	
1	5	文苑	漢陽吟社句集 〔1〕 한양음사 구집	十八公	시가/하이쿠	
1	5	文苑	漢陽吟社句集 〔1〕 한양음사 구집	悟竹	시가/하이쿠	
1	6	文苑	漢陽吟社句集 〔2〕 한양음사 구집	半韓	시가/하이쿠	
1	6	文苑	漢陽吟社句集 〔2〕 한양음사 구집	北嶺	시가/하이쿠	
1	6	文苑	漢陽吟社句集 〔1〕 한양음사 구집	里水	시가/하이쿠	
1	6	文苑	漢陽吟社句集 〔1〕 한양음사 구집	白骨	시가/하이쿠	
1	6	文苑	漢陽吟社句集 〔1〕 한양음사 구집	藪內	시가/하이쿠	
1	6	文苑	漢陽吟社句集 〔1〕 한양음사 구집	米水	시가/하이쿠	
1	6	文苑	漢陽吟社句集 〔1〕 한양음사 구집	都天女	시가/하이쿠	
1	6	文苑	漢陽吟社句集 〔1〕 한양음사 구집	喜月	시가/하이쿠	
1	6	文苑	漢陽吟社句集 〔1〕 한양음사 구집	竹庵	시가/하이쿠	
4	1~3		野狐三次 〈67〉 노기쓰네 산지	神田伯山	고단	
6	1~3		黑き影/牡丹餅 〈3〉 검은 그림자/보타모치	倉富砂邱	소설/일본	

1913년 12월 20일 (토) 4519호

지면	단수	기획	기사제목 〈회수〉〔곡수〕	필자/저자(역자)	분류	비고
1	6	文苑	漢陽吟社句集 〔1〕 한양음사 구집	才涯	시가/하이쿠	
1	6	文苑	漢陽吟社句集 〔1〕 한양음사 구집	佐南	시가/하이쿠	
1	6	文苑	漢陽吟社句集 〔3〕 한양음사 구집	華城	시가/하이쿠	
1	6	文苑	漢陽吟社句集 〔1〕 한양음사 구집	半韓	시가/하이쿠	
1	6	文苑	漢陽吟社句集 〔2〕 한양음사 구집	知運	시가/하이쿠	
1	6	文苑	漢陽吟社句集 〔1〕 한양음사 구집	喜月	시가/하이쿠	

지면	단수	기획	기사제목 〈회수〉〔곡수〕	필자/저자(역자)	분류	비고
1	6	文苑	漢陽吟社句集〔1〕 한양음사 구집	雁州	시가/하이쿠	
1	6	文苑	漢陽吟社句集〔2〕 한양음사 구집	三笑	시가/하이쿠	
1	6	文苑	漢陽吟社句集〔1〕 한양음사 구집	白骨	시가/하이쿠	
1	6	文苑	漢陽吟社句集〔2〕 한양음사 구집	#外	시가/하이쿠	
1	6	文苑	漢陽吟社句集〔1〕 한양음사 구집	短風奴	시가/하이쿠	
1	6	文苑	漢陽吟社句集〔1〕 한양음사 구집	#國	시가/하이쿠	
1	6	文苑	漢陽吟社句集〔1〕 한양음사 구집	#圓	시가/하이쿠	
1	6	文苑	漢陽吟社句集〔1〕 한양음사 구집	北狼	시가/하이쿠	
1	6	文苑	漢陽吟社句集/追加〔1〕 한양음사 구집/추가	千春	시가/하이쿠	
4	1~3		野狐三次 〈68〉 노기쓰네 산지	神田伯山	고단	
5	4		寅歳と結婚の迷信 범띠와의 결혼에 대한 미신		수필/일상	
6	1~3		黒き影/お詫 〈2〉 검은 그림자/사과	倉富砂邱	소설/일본	회수 오류

1913년 12월 21일 (일) 4520호

지면	단수	기획	기사제목 〈회수〉〔곡수〕	필자/저자(역자)	분류	비고
4	1~3		野狐三次 〈69〉 노기쓰네 산지	神田伯山	고단	
6	1~3		黒き影/お詫 〈2〉 검은 그림자/사과	倉富砂邱	소설/일본	
7	1~2		女に關する面白き歐米土産/ドクトル工藤武城氏の談話/女子參政權運動の大統領バンクハースト婦人と語る 〈1〉 여자에 관한 재미있는 구미 선물/닥터 구도 다케키 씨의 담화/여자 참정권 운동의 대총통 뱅크 허스트 부인과 말하다		수필/일상	
7	4		人生學者となる勿れ 인생 학자가 되어서는 안 된다		수필/일상	

1913년 12월 22일 (월) 4521호

지면	단수	기획	기사제목 〈회수〉〔곡수〕	필자/저자(역자)	분류	비고
1	5	文苑	病院にて〔2〕 병원에서	清太郎	시가/단카	
1	5	文苑	病院にて〔1〕 병원에서	孤庵	시가/단카	
1	5	文苑	病院にて〔1〕 병원에서	清太郎	시가/단카	
1	5	文苑	病院にて〔2〕 병원에서	孤庵	시가/단카	
1	5~6	文苑	病院にて〔4〕 병원에서	清太郎	시가/단카	
1	6	文苑	病院にて〔1〕 병원에서	孤庵	시가/단카	
1	6	文苑	病院にて〔1〕 병원에서	清太郎	시가/단카	

지면	단수	기획	기사제목 〈회수〉〔곡수〕	필자/저자(역자)	분류	비고
1	6	文苑	病院にて〔3〕 병원에서	孤庵	시가/단카	
3	1~2		女に關する面白き歐米土産/ドクトル工藤武城氏の談話/女子參政權運 動の大統領バンクハースト婦人と語る〈2〉 여자에 관한 재미있는 구미 선물/닥터 구도 다케키 씨의 담화/여자 참정권 운동의 대총통 뱅크 허스트 부인과 말하다		수필/일상	
4	1~3		野狐三次〈70〉 노기쓰네 산지	神田伯山	고단	

1913년 12월 23일 (화) 4522호

지면	단수	기획	기사제목 〈회수〉〔곡수〕	필자/저자(역자)	분류	비고
1	6		冬の溫陽より 겨울 온양에서	菰生	수필/일상	
4	1~3		野狐三次〈71〉 노기쓰네 산지	神田伯山	고단	
5	2~4		女に關する面白き歐米土産/ドクトル工藤武城氏の談話/女子參政權運 動の大統領バンクハースト婦人と語る〈3〉 여자에 관한 재미있는 구미 선물/닥터 구도 다케키 씨의 담화/여자 참정권 운동의 대총통 뱅크 허스트 부인과 말하다		수필/일상	
5	5~6		日記博多節/十二月十六日(火曜日)〈1〉 일기 하카타부시/12월 16일(화요일)	川谷きよ子	수필/일기	
6	1~3		黑き影/お詫〈3〉 검은 그림자/사과	倉富砂邱	소설/일본	

1913년 12월 24일 (수) 4523호

지면	단수	기획	기사제목 〈회수〉〔곡수〕	필자/저자(역자)	분류	비고
4	1~3		野狐三次〈72〉 노기쓰네 산지	神田伯山	고단	
5	3~5		女に關する面白き歐米土産/ドクトル工藤武城氏の談話/女子參政權運 動の大統領バンクハースト婦人と語る〈4〉 여자에 관한 재미있는 구미 선물/닥터 구도 다케키 씨의 담화/여자 참정권 운동의 대총통 뱅크 허스트 부인과 말하다		수필/일상	
5	5~7		日記博多節/十二月十六日(火曜)つゞき〈2〉 일기 하카타부시/12월 16일(화요일)속	川谷淸子	수필/일기	
6	1~3		黑き影/お詫〈4〉 검은 그림자/사과	倉富砂邱	소설/일본	

1913년 12월 25일 (목) 4524호

지면	단수	기획	기사제목 〈회수〉〔곡수〕	필자/저자(역자)	분류	비고
4	1~3		野狐三次〈74〉 노기쓰네 산지	神田伯山	고단	회수 오류
5	1~2		女に關する面白き歐米土産/ドクトル工藤武城氏の談話/倫敦女權大會 〈5〉 여자에 관한 재미있는 구미 선물/닥터 구도 다케키 씨의 담화/런던 여권대회		수필/일상	
5	2		クリスマス 크리스마스		수필/일상	
5	6		日記博多節/十二月十六日(火曜)(つゞき)〈3〉 일기 하카타부시/12월 16일(화요일)(속)	川谷淸子	수필/일기	
6	1~3		黑き影/血と骨〈1〉 검은 그림자/피와 뼈	倉富砂邱	소설/일본	

1913년 12월 26일 (금) 4525호

지면	단수	기획	기사제목 〈회수〉〔곡수〕	필자/저자(역자)	분류	비고
4	1~3		野狐三次〈74〉 노기쓰네 산지	神田伯山	고단	

지면	단수	기획	기사제목 〈회수〉〔곡수〕	필자/저자(역자)	분류	비고
5	1~2		女に關する面白き歐米土産/ドクトル工藤武城氏の談話/倫敦女權大會 〈6〉 여자에 관한 재미있는 구미 선물/닥터 구도 다케키 씨의 담화/런던 여권대회		수필/일상	
5	5~6		日記博多節/十二月十六日(火曜)(つゞき) 〈4〉 일기 하카타부시/12월 16일(화요일)(속)	川谷清子	수필/일기	
6	1~3		黑き影/血と骨 〈2〉 검은 그림자/피와 뼈	倉富砂邱	소설/일본	

1913년 12월 27일 (토) 4526호

지면	단수	기획	기사제목 〈회수〉〔곡수〕	필자/저자(역자)	분류	비고
1	6	文苑	はた織選句〔1〕 하타오리 선구	##	시가/하이쿠	
1	6	文苑	はた織選句〔1〕 하타오리 선구	春#	시가/하이쿠	
1	6	文苑	はた織選句〔2〕 하타오리 선구	久守#	시가/하이쿠	
1	6	文苑	はた織選句〔2〕 하타오리 선구	沐#	시가/하이쿠	
1	6	文苑	はた織選句〔2〕 하타오리 선구	松圓	시가/하이쿠	
1	6	文苑	はた織選句〔1〕 하타오리 선구	#南	시가/하이쿠	
1	6	文苑	はた織選句〔1〕 하타오리 선구	#岳	시가/하이쿠	
1	6	文苑	はた織選句〔1〕 하타오리 선구	#風	시가/하이쿠	
1	6	文苑	はた織選句〔12〕 하타오리 선구	俊#	시가/하이쿠	
4	1~3		野狐三次 〈75〉 노기쓰네 산지	神田伯山	고단	
5	1~2		女に關する面白き歐米土産/ドクトル工藤武城氏の談話/女責に驚く赤毛布 〈6〉 여자에 관한 재미있는 구미 선물/닥터 구도 다케키 씨의 담화/여성책임에 놀란 시골뜨기		수필/일상	회수 오류
5	5~6		日記博多節/十二月十六日(火曜)(つゞき)/十二月十七日(水曜) 〈6〉 일기 하카타부시/12월 16일(화요일)(속)/12월 17일(수요일)	川谷清子	수필/일기	
6	1~3		黑き影/血と骨 〈3〉 검은 그림자/피와 뼈	倉富砂邱	소설/일본	

1913년 12월 28일 (일) 4527호

지면	단수	기획	기사제목 〈회수〉〔곡수〕	필자/저자(역자)	분류	비고
2	1		「新聞の新聞」を讀みて 〈1〉 「신문의 신문」을 읽고		수필/일상	
4	1~3		野狐三次 〈76〉 노기쓰네 산지	神田伯山	고단	
5	1~3		女に關する面白き歐米土産/ドクトル工藤武城氏の談話/女性の本能と本分 〈7〉 여자에 관한 재미있는 구미 선물/닥터 구도 다케키 씨의 담화/여성의 본능과 본분		수필/일상	
5	5~6		日記博多節/十二月十七日(水曜)(つゞき) 〈6〉 일기 하카타부시/12월 17일(수요일)(속)	川谷清子	수필/일기	
6	1~3		黑き影/血と骨 〈4〉 검은 그림자/피와 뼈	倉富砂邱	소설/일본	

1914년 01월 01일 (목) 4528호

지면	단수	기획	기사제목 〈회수〉〔곡수〕	필자/저자(역자)	분류	비고
2	7		新年〔1〕 신년	前島東浪	시가/한시	
2	7		甲寅元旦口占〔1〕 갑인원단구점	井上左兵	시가/한시	
2	7		(제목없음)〔1〕	老不鷺	시가/단카	

1914년 01월 01일 (목) 4528호 其二

지면	단수	기획	기사제목	필자/저자	분류	비고
2	1~4		和歌と新年〔5〕 와카와 새해		수필·시가/ 일상·단카	
3	1~3		戀〈1〉 사랑	凡二	소설/일본	
3	4		茶ばなし 다화		수필/일상	

1914년 01월 01일 (목) 4528호 其三

1	1~6		新羅史の新研究 신라사의 새로운 연구		수필/일상	

1914년 01월 01일 (목) 4528호 其四

1	3~4		虎の奇談 호랑이 기담	某専門家	수필/일상	

1914년 01월 01일 (목) 4528호 其五

1	1~3		春景 若夫婦(上)〈1〉 춘경 젊은 부부(상)	小栗風葉	소설/일본	
1	3~6		春景 若夫婦(下)〈2〉 춘경 젊은 부부(하)	小栗風葉	소설/일본	
3	1		甲寅史/建國の御雄圖 갑인사/건국의 수컷도		수필/일상	
3	1~2		甲寅史/皇室の領事とも 갑인사/황실의 영사와도		수필/일상	
3	2		甲寅史/甲寅と外交事件 갑인사/갑인과 외교 사건		수필/일상	

1914년 01월 01일 (목) 4528호 其六

1	1~2		朝鮮と酒 조선과 술	琴花	수필/일상	
3	1~5		喜劇 電話の混線〈1〉 희극 전화의 혼선		극본/기타	연극 대본

1914년 01월 01일 (목) 4528호 其九

1	1~4		百圓出世譚 백 엔 출세 이야기	##生	수필/일상	
2	1~3		百圓出世譚(其九の一より續く) 백 엔 출세 이야기(9-1에 이어서)	##生	수필/일상	
2	3		虎と滿鮮の迷信 호랑이와 만선의 미신		수필/일상	
3	1~3		社頭の杉 신사 앞 삼나무	江東	수필/일상	
3	3		象の鼻 코끼리 코		수필/일상	

지면	단수	기획	기사제목 〈회수〉 〔곡수〕	필자/저자(역자)	분류	비고
			1914년 01월 01일 (목) 4528호 其十			
1	1~2		虎と日本の文學 호랑이와 일본문학	螺炎 今村鞆	수필/일상	
			1914년 01월 01일 (목) 4528호 其十一			
1	1~3		半島詩人の出現 반도 시인의 출현	甲山	수필/일상	
1	3~4		死生 사생	左生	수필/일상	
			1914년 01월 01일 (목) 4528호 其十二			
1	1~2		相撲手ほどき/(一)押の手 스모 지도/(1)오시노테	飛浪里 夢想居士	수필/일상	
1	2~4		相撲手ほどき/(二)突出し 스모 지도/(2)쓰키다시	飛浪里 夢想居士	수필/일상	
3	1~3		相撲手ほどき/(二)突出し(十二の一面より續き) 스모 지도/(2)쓰키다시(12-1에 이어서)	飛浪里 夢想居士	수필/일상	
3	3~4		虎と侠客/新門展五郎の倅 호랑이와 협객/신몬 다쓰고로의 자식	瓦生	수필/일상	
			1914년 01월 01일 (목) 4528호 其十八			
2	1~2		新年の感 신년 감상	忠淸##社 河井三州	수필/일상	
3	1		新年を迎えて 신년을 맞이하며	#州支局長 萩野勝重	수필/일상	
			1914년 01월 01일 (목) 4528호 其十九			
3	1~4		寅の身代わり〈1〉 호랑이의 대역	前田翠雨	소설/일본	
3	4		虎に緣故深き加藤家の末裔/片野主計大監 호랑이와 연고가 깊은 가토 가계의 후예/가타노 주계 대감		수필/일상	
			1914년 01월 01일 (목) 4528호 二十			
1	1~4		新年畫談 신년 획담	澁谷一洲	수필/일상	
			1914년 01월 01일 (목) 4528호 其廿一			
1	1~8		社頭の杉〈1〉 신사 앞 삼나무	三遊亭圓鶴 演	라쿠고	
3	2~4		日記博多節/十二月十七日(水曜)(つゞき)〈1〉 일기 하카타부시/12월 17일(수요일)(속)	川谷淸子	수필/일기	
			1914년 01월 04일 (목) 4528호			요일/호수 오류
1	6	文苑	新春〔19〕 신춘	彩##丹葉	시가/하이쿠	
3	1		正月の奇習/但馬の尻打ち 설날의 기이한 풍습/다지마의 엉덩이를 때리기		수필/일상	
3	1		正月の奇習/やいかゞし 설날의 기이한 풍습/야이카가시		수필/일상	
3	1~2		正月の奇習/八丈島のふんくさ 설날의 기이한 풍습/하치조 섬의 훈쿠사		수필/일상	

지면	단수	기획	기사제목 〈회수〉〔곡수〕	필자/저자(역자)	분류	비고
3	2		正月の奇習/鳥取のホトへ 설날의 기이한 풍습/돗토리의 호토호토		수필/일상	
3	2~3		正月の奇習/鹿兒島の松葉投 설날의 기이한 풍습/가고시마의 솔잎 던지기		수필/일상	
3	3		正月の奇習/山形のかせ鳥 설날의 기이한 풍습/야마가타의 가세토리		수필/일상	
3	3		正月の奇習/伯耆の無言の参詣 설날의 기이한 풍습/호키의 무언의 참예		수필/일상	
3	3		正月の奇習/テンテコ舞 설날의 기이한 풍습/덴테코마이		수필/일상	
3	3~4		正月の奇習/羽前のせつげうと 설날의 기이한 풍습/우젠의 세쓰게우토		수필/일상	
3	4		正月の奇習/羽前の夢流し 설날의 기이한 풍습/우젠의 꿈을 내보내기		수필/일상	
3	4		正月の奇習/朝鮮の炬火戰 설날의 기이한 풍습/조선의 횃불 작전		수필/일상	
3	4		春の唄/新作「社頭の杉」(端唄)〔1〕 봄의 노래/신작「신사 앞 삼나무」(하우타)		시가/하우타	
3	4		春の唄/東風吹かば(都々一)〔6〕 봄의 노래/동풍이 불면(도도이쓰)		시가/도도이쓰	
3	4		#唄「寅の春」(二上り)〔1〕 #노래「호랑이의 봄」(니아가리)	おびや丹葉	시가/니아가리	
5	3~5		日記博多節/十二月十七日(水曜)(つゞき)〈7〉 일기 하카타부시/12월 17일(수요일)(속)	川谷清子	수필/일기	
6	1~3		黒き影/明治神占〈2〉 검은 그림자/메이지 신점	倉富砂邱	소설/일본	

1914년 01월 05일 (월) 4530호

지면	단수	기획	기사제목 〈회수〉〔곡수〕	필자/저자(역자)	분류	비고
4	1~3		野狐三次〈78〉 노기쓰네 산지	神田伯山	고단	
5	4~6		日記博多節/十二月十八日(木曜)〈#〉 일기 하카타부시/12월 18일(목요일)	川谷清子	수필/일기	
6	1~3		黒き影/明治神占〈3〉 검은 그림자/메이지 신점	倉富砂邱	소설/일본	

1914년 01월 07일 (수) 4531호

지면	단수	기획	기사제목 〈회수〉〔곡수〕	필자/저자(역자)	분류	비고
4	1~3		野狐三次〈78〉 노기쓰네 산지	神田伯山	고단	회수 오류
6	1~3		黒き影/明治神占〈3〉 검은 그림자/메이지 신점	倉富砂邱	소설/일본	회수 오류

1914년 01월 08일 (목) 4532호

지면	단수	기획	기사제목 〈회수〉〔곡수〕	필자/저자(역자)	분류	비고
1	6	文藝	社頭杉〔1〕 신사 앞 삼나무	水原 草春	시가/단카	
1	6	文藝	(제목없음)〔1〕	水原 芳春	시가/단카	
4	1~3		野狐三次〈80〉 노기쓰네 산지	神田伯山	고단	
5	5~6		日記博多節/十二月十八日(木曜)〈#〉 일기 하카타부시/12월 18일(목요일)	円谷清子	수필/일기	
6	1~3		黒き影/明治神占〈5〉 검은 그림자/메이지 신점	倉富砂邱	소설/일본	

지면	단수	기획	기사제목 〈회수〉〔곡수〕	필자/저자(역자)	분류	비고
			1914년 01월 09일 (금) 4533호			
1	6	文苑	甲寅元旦號〔1〕 갑인원단호	大田 加藤##	시가/한시	
1	6	文苑	(제목없음)〔1〕	大田 加藤##	시가/하이쿠	
1	6	文苑	社頭杉〔3〕 신사 앞 삼나무	釜山 鈴木作一	시가/단카	
3	1~3		黑き影/紙屑〈1〉 검은 그림자/휴지	倉富砂邱	소설/일본	
4	1~3		野狐三次〈81〉 노기쓰네 산지	神田伯山	고단	
5	1~2		褪せんとする紫の戀譚(上)/京城の女學生氣質〈1〉 퇴색되는 보라색 사랑 이야기(상)/경성 여학생 기질		수필/일상	
			1914년 01월 10일 (토) 4534호			
3	1~3		黑き影/紙屑〈2〉 검은 그림자/휴지	倉富砂邱	소설/일본	
4	1~3		野狐三次〈82〉 노기쓰네 산지	神田伯山	고단	
5	1~2		褪せんとする紫の戀譚(下)/京城の女學生の裏面〈2〉 퇴색되는 보라색 사랑 이야기(하)/경성 여학생의 이면		수필/일상	
5	2		東京新流行の東風節 도쿄의 새로운 유행인 고치부시		기타/기타	
			1914년 01월 11일 (일) 4535호			
4	1~3		野狐三次〈83〉 노기쓰네 산지	神田伯山	고단	
5	1		山縣含雪老公の詠/社頭杉〔2〕 야마가타간세쓰 노공 읊음/신사 앞 삼나무	山縣含雪老公	시가/단카	
5	4~5		日記博多節/十二月十八日(木曜) 일기 하카타부시/12월 18일(목요일)	川谷清子	수필/일기	
6	1		黑影/紙屑〈3〉 검은 그림자/휴지	倉富砂邱	소설/일본	
			1914년 01월 12일 (월) 4536호			
1	6	文苑	社頭の杉〔1〕 신사 앞 삼나무	清太郎	시가/단카	
1	6	文苑	社頭の杉〔1〕 신사 앞 삼나무	孤庵	시가/단카	
4	1~3		野狐三次〈84〉 노기쓰네 산지	神田伯山	고단	
5	1~2		虎狩實記〈1〉 호랑이 사냥 실기	破翁	수필/일상	
5	2		正月のヒメハシメ 설날의 히메하시메		수필/일상	
5	5~6		日記博多節/十二月十八日(木曜)〈1〉 일기 하카타부시/12월 18일(목요일)	川谷清子	수필/일기	
6	1~3		黑き影/屋形船〈1〉 검은 그림자/야카타부네	倉富砂邱	소설/일본	
			1914년 01월 13일 (화) 4537호			

지면	단수	기획	기사제목 〈회수〉〔곡수〕	필자/저자(역자)	분류	비고
1	6	文苑	訣別〔1〕 결별	清太郎	시가/단카	
1	6	文苑	訣別/友を送りて〔4〕 결별/친구를 보내고	清太郎	시가/단카	
1	6	文苑	訣別/別るれば〔2〕 결별/헤어지면	孤庵	시가/단카	
4	1~3		野狐三次〈84〉 노기쓰네 산지	神田伯山	고단	회수 오류
5	1~2		虎狩實記〈2〉 호랑이사냥 실기	破翁	수필/일상	
5	7		湖南線試乘前記/懷德の都より〈1〉 호남선 시승 전기/회덕에서	特派員 健郎	수필/기행	
6	1~3		黑き影/屋形船〈2〉 검은 그림자/야카타부네	倉富砂邱	소설/일본	

1914년 01월 14일 (수) 4538호

지면	단수	기획	기사제목 〈회수〉〔곡수〕	필자/저자(역자)	분류	비고
1	1~2		謎の國〈1〉 수수께끼 나라	甲山	수필/일상	
1	2~3		湖南線試乘前記/懷德の都より〈1〉 호남선 시승 전기/회덕에서	特派員 健郎	수필/기행	회수 오류
1	6	文苑	訣別〔5〕 결별	清太郎	시가/단카	
1	6	文苑	訣別/孤庵兄を送りて〔1〕 결별/고안 형님을 보내고	今白樂	시가/단카	
4	1~3		野狐三次〈86〉 노기쓰네 산지	神田伯山	고단	
5	1~2		虎狩實記〈3〉 호랑이사냥 실기	破翁	수필/일상	
6	1~3		黑き影/屋形船〈3〉 검은 그림자/야카타부네	倉富砂邱	소설/일본	

1914년 01월 15일 (목) 4539호

지면	단수	기획	기사제목 〈회수〉〔곡수〕	필자/저자(역자)	분류	비고
1	6		湖南線試乘前記/懷德の都より〈3〉 호남선 시승 전기/회덕에서	特派員 健郎	수필/기행	
4	1~3		野狐三次〈87〉 노기쓰네 산지	神田伯山	고단	
5	1		李さんと貞奴自動車譚/當つた寅の歳 이 씨와 사다얏코 자동차 이야기/같은 호랑이 나이		수필/일상	
6	1~3		黑き影/屋形船〈5〉 검은 그림자/야카타부네	倉富砂邱	소설/일본	회수 오류

1914년 01월 16일 (금) 4540호

지면	단수	기획	기사제목 〈회수〉〔곡수〕	필자/저자(역자)	분류	비고
1	4~5		鮮人宿(上)〈1〉 조선인 숙소(상)	枯庵	수필/일상	
1	6	文苑	仁川芋の葉吟社(##と##)/五點句〔1〕 인천 이모노하긴샤(##와##)/오점 구	丹葉	시가/하이쿠	
1	6	文苑	仁川芋の葉吟社(##と##)/三點句〔1〕 인천 이모노하긴샤(##와##)/삼점 구	仁川 麗哉	시가/하이쿠	
1	6	文苑	仁川芋の葉吟社(##と##)/三點句〔1〕 인천 이모노하긴샤(##와##)/삼점 구	##	시가/하이쿠	
1	6	文苑	仁川芋の葉吟社(##と##)/二點の句〔1〕 인천 이모노하긴샤(##와##)/이점 구	龍山 碧石公	시가/하이쿠	

지면	단수	기획	기사제목 〈회수〉〔곡수〕	필자/저자(역자)	분류	비고
1	6	文苑	仁川芋の葉吟社(##と##)/二點の句 〔2〕 인천 이모노하긴샤(##와##)/이점 구	京城 松嶺	시가/하이쿠	
1	6	文苑	仁川芋の葉吟社(##と##)/二點の句 〔2〕 인천 이모노하긴샤(##와##)/이점 구	仁川 冷花	시가/하이쿠	
1	6	文苑	仁川芋の葉吟社(##と##)/二點の句 〔1〕 인천 이모노하긴샤(##와##)/이점 구	仁川 如水	시가/하이쿠	
1	6	文苑	仁川芋の葉吟社(##と##)/二點の句 〔1〕 인천 이모노하긴샤(##와##)/이점 구	## 春邱	시가/하이쿠	
1	6	文苑	仁川芋の葉吟社(##と##)/二點の句 〔1〕 인천 이모노하긴샤(##와##)/이점 구	仁川 松圓	시가/하이쿠	
1	6	文苑	仁川芋の葉吟社(##と##)/二點の句 〔1〕 인천 이모노하긴샤(##와##)/이점 구	竹水	시가/하이쿠	
4	1~3		野狐三次 〈88〉 노기쓰네 산지	神田伯山	고단	
5	4~5		湖南線試乘前記/木浦より 〈4〉 호남선 시승 전기/목포에서	特派員 健郎	수필/기행	
6	1~2		黑き影/屋形船 〈5〉 검은 그림자/야카타부네	倉富砂邱	소설/일본	

1914년 01월 17일 (토) 4541호

지면	단수	기획	기사제목 〈회수〉〔곡수〕	필자/저자(역자)	분류	비고
1	5	文苑	一家一吟 〔1〕 일가일음	彩#坊	시가/하이쿠	
1	5	文苑	一家一吟 〔1〕 일가일음	松嶺	시가/하이쿠	
1	5	文苑	一家一吟/川邊先生#日社へ入りければ 〔1〕 일가일음/가와나베 선생 #일사에 들어가신다면	杢尖公	시가/하이쿠	
1	5	文苑	一家一吟/川邊先生#日社へ入りければ 〔1〕 일가일음/가와나베 선생 #일사에 들어가신다면	鬼庵	시가/하이쿠	
1	5	文苑	一家一吟/川邊先生#日社へ入りければ 〔1〕 일가일음/가와나베 선생 #일사에 들어가신다면	如水	시가/하이쿠	
1	5	文苑	一家一吟/川邊先生#日社へ入りければ 〔1〕 일가일음/가와나베 선생 #일사에 들어가신다면	子牛	시가/하이쿠	
1	5	文苑	一家一吟/川邊先生#日社へ入りければ 〔1〕 일가일음/가와나베 선생 #일사에 들어가신다면	#河	시가/하이쿠	
1	5	文苑	一家一吟/川邊先生#日社へ入りければ 〔1〕 일가일음/가와나베 선생 #일사에 들어가신다면	康知	시가/하이쿠	
1	5	文苑	一家一吟/川邊先生#日社へ入りければ 〔1〕 일가일음/가와나베 선생 #일사에 들어가신다면	竹水	시가/하이쿠	
1	5	文苑	一家一吟/川邊先生#日社へ入りければ 〔1〕 일가일음/가와나베 선생 #일사에 들어가신다면	冷香	시가/하이쿠	
1	5	文苑	一家一吟/川邊先生#日社へ入りければ 〔1〕 일가일음/가와나베 선생 #일사에 들어가신다면	碧在	시가/하이쿠	
1	6		宇佐川男爵を送る 우사가와 남작을 보내며	在京城 火#丈夫	수필/일상	
4	1~3		野狐三次 〈89〉 노기쓰네 산지	神田伯山	고단	
6	1~3		黑き影/腹癒 〈1〉 검은 그림자/화풀이	倉富砂邱	소설/일본	

1914년 01월 18일 (일) 4542호

지면	단수	기획	기사제목 〈회수〉〔곡수〕	필자/저자(역자)	분류	비고
1	6	文苑	恐怖 〔3〕 공포	###	시가/단카	

지면	단수	기획	기사제목 〈회수〉〔곡수〕	필자/저자(역자)	분류	비고
3	3		鮮人宿(中) 〈2〉 조선인 숙소(중)	枯庵	수필/일상	
6	1~3		黑き影/腹癒 〈2〉 검은 그림자/화풀이	倉富砂邱	소설/일본	

1914년 01월 19일 (월) 4543호

지면	단수	기획	기사제목 〈회수〉〔곡수〕	필자/저자(역자)	분류	비고
4	1~3		黑き影/腹癒 〈3〉 검은 그림자/화풀이	倉富砂邱	소설/일본	

1914년 01월 20일 (화) 4544호

지면	단수	기획	기사제목 〈회수〉〔곡수〕	필자/저자(역자)	분류	비고
1	3~5		海州正月日記 〈1〉 해주 정월일기	##子	수필/일기	
1	6	文藝	恐怖 〔8〕 공포	碧##	시가/단카	
2	2~3		湖南印象記 〈1〉 호남 인상기	特派員 健郎	수필/기행	
2	6~7		鹿兒島歸客談 〈1〉 가고시마 귀객담		수필/기행	
4	1~3		黑き影/腹癒 〈4〉 검은 그림자/화풀이	倉富砂邱	소설/일본	
6	1~3		野狐三次 〈91〉 노기쓰네 산지	神田伯山	고단	

1914년 01월 21일 (수) 4545호

지면	단수	기획	기사제목 〈회수〉〔곡수〕	필자/저자(역자)	분류	비고
1	2~4		湖南印象記 〈2〉 호남 인상기	特派員 健郎	수필/기행	
1	5~6	文藝	新らしき善行 새로운 선행	在大邱 コルテス人	수필/일상	
4	1~3		野狐三次 〈92〉 노기쓰네 산지	神田伯山	고단	
5	1~2		大森博士震災講和/地震と噴火との關係及び歷史的研究 〈1〉 오모리 박사 지진 강화/지진과 분화의 관계 및 역사적 연구		수필/일상	
6	1~3		黑き影/腹癒 〈5〉 검은 그림자/화풀이	倉富砂邱	소설/일본	

1914년 01월 22일 (목) 4546호

지면	단수	기획	기사제목 〈회수〉〔곡수〕	필자/저자(역자)	분류	비고
3	1~2		影(老車夫物語) 〈1〉 그림자(늙은 인력거꾼 이야기)		소설/일본	
3	2		病院にて/寂しきま〻に 〔4〕 병원에서/외로운 채로	清太郎	시가/단카	
4	1~3		野狐三次 〈93〉 노기쓰네 산지	神田伯山	고단	
5	1~2		奇中の奇談＝角のある人間/全身に角だらけ 現に京城に住む 〈1〉 진기 중의 기담=뿔 있는 사람/온몸에 뿔 투성이, 실제로 경성에 살고 있다		수필/일상	
5	5~7		大森博士震災講和/地震と噴火との關係及び歷史的研究 〈2〉 오모리 박사 지진 강화/지진과 분화의 관계 및 역사적 연구		수필/일상	
6	1~3		黑き影/夢心地 〈1〉 검은 그림자/황홀한 기분	倉富砂邱	소설/일본	

1914년 01월 23일 (금) 4547호

지면	단수	기획	기사제목 〈회수〉〔곡수〕	필자/저자(역자)	분류	비고
1	1~2		寓意 〈1〉 우의	甲山	수필/일상	

지면	단수	기획	기사제목 〈회수〉〔곡수〕	필자/저자(역자)	분류	비고
1	5~6		海州正月日記(續) 〈2〉 해주 정월일기(속)	秋耶子	수필/일기	
4	1~3		野狐三次 〈94〉 노기쓰네 산지	神田伯山	고단	
5	2~3		奇中の奇談＝角のある人間/全身に角だらけ 現に京城に住む 〈2〉 진기 중의 기담＝뿔 있는 사람/온몸에 뿔 투성이, 실제로 경성에 살고 있다		수필/일상	
6	1~3		黑き影/夢心地 〈1〉 검은 그림자/황홀한 기분	倉富砂邱	소설/일본	회수 오류

1914년 01월 24일 (토) 4548호

지면	단수	기획	기사제목 〈회수〉〔곡수〕	필자/저자(역자)	분류	비고
1	3~4		湖南印象記 〈3〉 호남 인상기	特派員 健郎	수필/기행	
3	1~2		影 〈2〉 그림자	四水	소설/일본	
4	1~3		野狐三次 〈95〉 노기쓰네 산지	神田伯山	고단	
5	2~4		奇中の奇談＝角のある人間/全身に角だらけ 現に京城に住む 〈3〉 진기 중의 기담＝뿔 있는 사람/온몸에 뿔 투성이, 실제로 경성에 살고 있다		수필/일상	
6	1~3		黑き影/夢心地 〈3〉 검은 그림자/황홀한 기분	倉富砂邱	소설/일본	

1914년 01월 25일 (일) 4549호

지면	단수	기획	기사제목 〈회수〉〔곡수〕	필자/저자(역자)	분류	비고
1	5~6	文藝	仁川卯月會句集 〔5〕 인천 우게쓰카이 구집	春靜	시가/하이쿠	
1	5~6	文藝	仁川卯月會句集 〔7〕 인천 우게쓰카이 구집	丹葉	시가/하이쿠	
1	5~6	文藝	仁川卯月會句集 〔1〕 인천 우게쓰카이 구집	海南	시가/하이쿠	
1	5~6	文藝	仁川卯月會句集 〔1〕 인천 우게쓰카이 구집	##	시가/하이쿠	
1	5~6	文藝	仁川卯月會句集 〔1〕 인천 우게쓰카이 구집	##	시가/하이쿠	
1	5~6	文藝	仁川卯月會句集 〔3〕 인천 우게쓰카이 구집	麗哉	시가/하이쿠	
1	5~6	文藝	仁川卯月會句集 〔3〕 인천 우게쓰카이 구집	冷香	시가/하이쿠	
1	5~6	文藝	仁川卯月會句集 〔1〕 인천 우게쓰카이 구집	正#	시가/하이쿠	
1	5~6	文藝	仁川卯月會句集 〔2〕 인천 우게쓰카이 구집	海州	시가/하이쿠	
4	2~3		影 〈3〉 그림자	四水	소설/일본	
5	1~3		野狐三次 〈96〉 노기쓰네 산지	神田伯山	고단	
6	3~5		湖南印象記 〈4〉 호남 인상기	特派員 健郎	수필/기행	
7	3~4		笑劇待ぼけ譚/花月樓の京子 소극 마치보케 이야기/가게쓰로의 교코		수필/일상	
8	1~3		黑き影/幽靈 〈1〉 검은 그림자/유령	倉富砂邱	소설/일본	

1914년 01월 26일 (월) 4550호

지면	단수	기획	기사제목 〈회수〉〔곡수〕	필자/저자(역자)	분류	비고
4	1~3		黑き影/幽靈 〈2〉 검은 그림자/유령	倉富砂邱	소설/일본	

1914년 01월 27일 (화) 4551호

지면	단수	기획	기사제목 〈회수〉〔곡수〕	필자/저자(역자)	분류	비고
1	2~4		古日記 옛 일기		수필/일상	
1	6	文藝	仁川卯月會句集 〔1〕 인천 우게쓰카이 구집	海南	시가/하이쿠	
1	6	文藝	仁川卯月會句集 〔3〕 인천 우게쓰카이 구집	丹葉	시가/하이쿠	
1	6	文藝	仁川卯月會句集 〔1〕 인천 우게쓰카이 구집	春葉	시가/하이쿠	
1	6	文藝	仁川卯月會句集 〔2〕 인천 우게쓰카이 구집	竹窓	시가/하이쿠	
1	6	文藝	仁川卯月會句集 〔1〕 인천 우게쓰카이 구집	丹葉	시가/하이쿠	
1	6	文藝	仁川卯月會句集 〔2〕 인천 우게쓰카이 구집	冷香	시가/하이쿠	
1	6	文藝	仁川卯月會句集 〔5〕 인천 우게쓰카이 구집	丹葉	시가/하이쿠	
1	6	文藝	仁川卯月會句集 〔2〕 인천 우게쓰카이 구집	冬香	시가/하이쿠	
1	6	文藝	仁川卯月會句集 〔2〕 인천 우게쓰카이 구집	麗哉	시가/하이쿠	
3	2~3		影 〈4〉 그림자	四水	소설/일본	
4	1~3		野狐三次 〈97〉 노기쓰네 산지	神田伯山	고단	
6	1~3		黑き影/幽靈 〈3〉 검은 그림자/유령	倉富砂邱	소설/일본	

1914년 01월 28일 (수) 4552호

지면	단수	기획	기사제목 〈회수〉〔곡수〕	필자/저자(역자)	분류	비고
3	1~2		影 〈5〉 그림자	四水	소설/일본	
4	1~3		野狐三次 〈98〉 노기쓰네 산지	神田伯山	고단	
6	1~3		黑き影/幽靈 〈4〉 검은 그림자/유령	倉富砂邱	소설/일본	

1914년 01월 29일 (목) 4553호

지면	단수	기획	기사제목 〈회수〉〔곡수〕	필자/저자(역자)	분류	비고
1	6		膝栗毛紀行/「慶州より永川へ」/「永川より大邱へ」 히자쿠리게 기행/「경주에서 영천으로」/「영천에서 대구로」	紫##	수필/기행	
3	1~2	文藝	新らしい出發點 새로운 출발점	京城 エス生	수필/일상	
4	1~3		野狐三次 〈99〉 노기쓰네 산지	神田伯山	고단	
5	2~4		後藤良介一座の「黑き影」/(今二十九日夜仁川歌舞伎座にて) 고토 료스케 극단의 「검은 그림자」/(오늘 29일 밤 인천 가부키자에서)		수필/일상	
5	6~7		後藤劇素人評/昨夜の「婦系圖」を見る 고토 연극 초심자 평/어젯밤 「부계보」를 보고	山崎生	수필/일상	
6	1~3		黑き影/幽靈 〈5〉 검은 그림자/유령	倉富砂邱	소설/일본	

지면	단수	기획	기사제목 〈회수〉〔곡수〕	필자/저자(역자)	분류	비고
			1914년 01월 30일 (금) 4554호			
1	1~2		辯論の權威 〈1〉 변론의 권위		소설/일본	
3	2~3		海州正月日記 해주 정월일기		수필/일기	
3	4~5	文藝	初祖と第二祖 초조와 제이조	京城 #	수필/일상	
4	1~3		野狐三次 〈100〉 노기쓰네 산지	神田伯山	고단	
5	4~6		後藤良介一座の「黑き影」/(今三十日も引續き夜仁川歌舞伎座に於いて) 고토 료스케 극단의 「검은 그림자」/(오늘 30일도 인천 가부키자에서)		수필/일상	
6	1~3		黑き影/大夕立 〈1〉 검은 그림자/큰 소나기	倉富砂邱	소설/일본	
			1914년 01월 31일 (토) 4555호			
2	1~3		政治道德論 정치도덕론	一記者	수필/일상	
3	2~4	文藝	悲しいヴアイオリン 슬픈 바이올린	#生	수필/일상	
3	4~5		影 〈6〉 그림자	四水	소설/일본	
4	1~3		野狐三次 〈101〉 노기쓰네 산지	神田伯山	고단	
5	3~5		百五十年前櫻島爆發古記錄/當時の大混亂と島津公の避難＝細川藩の應援 백오십 년 전 사쿠라지마 폭발 옛기록/당시의 대혼란과 시마즈 공의 피난/호소카와 번의 응원		수필/일상	
5	6	演藝界	「黑き影」を見ろ 〈1〉 「검은 그림자」를 보아라	若侍	수필/비평	
6	1~3		黑き影/大夕立 〈2〉 검은 그림자/큰 소나기	倉富砂邱	소설/일본	
			1914년 02월 01일 (일) 4556호			
4	1~3		野狐三次 〈102〉 노기쓰네 산지	神田伯山	고단	
6	1~2		預選歌を妄評す 예선 시가를 망평하다	京城 野崎小蟹	수필/비평	
6	2~3		影 〈7〉 그림자	四水	소설/일본	
8	1~2		黑き影/大夕立 〈2〉 검은 그림자/큰 소나기	倉富砂邱	소설/일본	회수 오류
			1914년 02월 02일 (월) 4557호			
3	1		さびぬ槍/老武士の自殺 〈1〉 녹슨 창/늙은 무사의 자살		수필/일상	
3	2~4		國太郎物語/珍らしい奇人 구니타로 이야기/진기한 기인		수필/일상	
3	4~5		花しぐれ 하나시구레		수필/일상	
4	1~3		黑き影/大夕立 〈4〉 검은 그림자/큰 소나기	倉富砂邱	소설/일본	

지면	단수	기획	기사제목 〈회수〉〔곡수〕	필자/저자(역자)	분류	비고
			1914년 02월 03일 (화) 4558호			
1	6	文藝	京城なづな會句集(新年#感)〔1〕 경성 나즈나카이 구집(신년#감)	如聞	시가/하이쿠	
1	6	文藝	京城なづな會句集(新年#感)〔1〕 경성 나즈나카이 구집(신년#감)	#洲	시가/하이쿠	
1	6	文藝	京城なづな會句集(新年#感)〔1〕 경성 나즈나카이 구집(신년#감)	牛#	시가/하이쿠	
1	6	文藝	京城なづな會句集(新年#感)〔1〕 경성 나즈나카이 구집(신년#감)	一#	시가/하이쿠	
4	1~3		野狐三次〈103〉 노기쓰네 산지	神田伯山	고단	
4	3~4		朝鮮女房氣質/落籍は踏み臺 조선 마누라 기질/낙적은 발판		수필/일상	
4	4~5		影〈8〉 그림자	四水	소설/일본	
5	1		さびぬ槍/老武士の自殺〈2〉 녹슨 창/늙은 무사의 자살		수필/일상	
6	1~3		黑き影/大夕立〈5〉 검은 그림자/큰 소나기	倉富砂邱	소설/일본	
			1914년 02월 04일 (수) 4559호			
1	6	文藝	(제목없음)〔1〕	半#	시가/하이쿠	
1	6	文藝	(제목없음)〔2〕	奇六	시가/하이쿠	
1	6	文藝	(제목없음)〔2〕	松嶺	시가/하이쿠	
1	6	文藝	(제목없음)〔2〕	想#	시가/하이쿠	
1	6	文藝	(제목없음)〔2〕	松嶺	시가/하이쿠	
1	6	文藝	(제목없음)〔1〕	##	시가/하이쿠	
1	6	文藝	選者吟〔1〕 선자음	丹葉	시가/하이쿠	
3	2~3		わたくしの日記 나의 일기	仁川病院にて 松井 うた子(十四歲)	수필/일기	
4	1~3		野狐三次〈104〉 노기쓰네 산지	神田伯山	고단	
6	1~2		黑き影/大夕立〈6〉 검은 그림자/큰 소나기	倉富砂邱	소설/일본	
			1914년 02월 05일 (목) 4560호			
3	2~3		手紙 편지	胡蝶	수필/일상	
3	3~4		影〈9〉 그림자	四水	소설/일본	
4	1~3		野狐三次〈105〉 노기쓰네 산지	神田伯山	고단	
6	1~3		黑き影/三千圓〈1〉 검은 그림자/삼천 엔	倉富砂邱	소설/일본	

지면	단수	기획	기사제목 〈회수〉〔곡수〕	필자/저자(역자)	분류	비고
1914년 02월 06일 (금) 4561호						
1	5	文藝	冬の雨 〔6〕 겨울 비	山根町人	시가/단카	
3	1~2		影 〈10〉 그림자	四水	소설/일본	
4	1~3		野狐三次 〈106〉 노기쓰네 산지	神田伯山	고단	
6	1~3		黑き影/三千圓 〈2〉 검은 그림자/삼천 엔	倉富砂邱	소설/일본	
1914년 02월 07일 (토) 4562호						
1	1~2		人氣論 인기론		수필/일상	
3	3		京城新春句會/小蟹 〔1〕 경성 신춘 구회/방게	##	시가/하이쿠	
3	3		京城新春句會/小蟹 〔1〕 경성 신춘 구회/방게	芙蓉	시가/하이쿠	
3	3		京城新春句會/小蟹 〔1〕 경성 신춘 구회/방게	靜軒	시가/하이쿠	
3	3		京城新春句會/小蟹 〔1〕 경성 신춘 구회/방게	黃丘	시가/하이쿠	
3	3		京城新春句會/小蟹 〔2〕 경성 신춘 구회/방게	栂子	시가/하이쿠	
3	3		京城新春句會/小蟹 〔1〕 경성 신춘 구회/방게	小蟹	시가/하이쿠	
3	3		京城新春句會/小蟹 〔1〕 경성 신춘 구회/방게	栂子	시가/하이쿠	
3	3		京城新春句會/小蟹 〔1〕 경성 신춘 구회/방게	黃丘	시가/하이쿠	
3	3		京城新春句會/小蟹 〔1〕 경성 신춘 구회/방게	#外	시가/하이쿠	
3	3		京城新春句會/小蟹 〔1〕 경성 신춘 구회/방게	靜軒	시가/하이쿠	
3	3		京城新春句會/小蟹 〔1〕 경성 신춘 구회/방게	袋人	시가/하이쿠	
3	3		京城新春句會/小蟹 〔1〕 경성 신춘 구회/방게	山猿	시가/하이쿠	
3	3		京城新春句會/小蟹 〔1〕 경성 신춘 구회/방게	小蟹	시가/하이쿠	
3	3		京城新春句會/小蟹 〔1〕 경성 신춘 구회/방게	螺炎	시가/하이쿠	
3	3		京城新春句會/小蟹 〔1〕 경성 신춘 구회/방게	瀨村	시가/하이쿠	
3	3		京城新春句會/小蟹 〔1〕 경성 신춘 구회/방게	栂子	시가/하이쿠	
3	3		京城新春句會/小蟹 〔1〕 경성 신춘 구회/방게	雄川	시가/하이쿠	
3	3		京城新春句會/小蟹 〔1〕 경성 신춘 구회/방게	不器	시가/하이쿠	
3	3		京城新春句會/小蟹 〔1〕 경성 신춘 구회/방게	山猿	시가/하이쿠	

지면	단수	기획	기사제목 〈회수〉〔곡수〕	필자/저자(역자)	분류	비고
3	3		京城新春句會/小蟹 〔1〕 경성 신춘 구회/방게	田柿	시가/하이쿠	
3	3		京城新春句會/小蟹 〔1〕 경성 신춘 구회/방게	#骨	시가/하이쿠	
3	3		京城新春句會/小蟹 〔3〕 경성 신춘 구회/방게	洋子	시가/하이쿠	
3	3		京城新春句會/小蟹 〔3〕 경성 신춘 구회/방게	小蟹	시가/하이쿠	
4	1~3		野狐三次 〈107〉 노기쓰네 산지	神田伯山	고단	
6	1~3		黑き影/三千圓 〈3〉 검은 그림자/삼천 엔	倉富砂邱	소설/일본	

1914년 02월 08일 (일) 4563호

지면	단수	기획	기사제목 〈회수〉〔곡수〕	필자/저자(역자)	분류	비고
1	1~2		矛盾論 모순론		수필/일상	
1	2~4		趣味と平凡 취미와 평범	野崎小蟹	수필/일상	
3	2~3		影 〈11〉 그림자	四水	소설/일본	
3	3		水原華城會俳句集/龍山不戲庵百戲選/#吟 〔1〕 수원 화성회 하이쿠집/용산 불희암 백희 선/#음	城	시가/하이쿠	
3	3		水原華城會俳句集/龍山不戲庵百戲選/#吟 〔1〕 수원 화성회 하이쿠집/용산 불희암 백희 선/#음	其雪	시가/하이쿠	
3	3		水原華城會俳句集/龍山不戲庵百戲選/#吟 〔1〕 수원 화성회 하이쿠집/용산 불희암 백희 선/#음	華南	시가/하이쿠	
3	3		水原華城會俳句集/龍山不戲庵百戲選/#吟 〔1〕 수원 화성회 하이쿠집/용산 불희암 백희 선/#음	知足	시가/하이쿠	
3	3		水原華城會俳句集/龍山不戲庵百戲選/#吟 〔1〕 수원 화성회 하이쿠집/용산 불희암 백희 선/#음	秋風	시가/하이쿠	
3	3		水原華城會俳句集/龍山不戲庵百戲選/#吟 〔1〕 수원 화성회 하이쿠집/용산 불희암 백희 선/#음	其雪	시가/하이쿠	
3	3		水原華城會俳句集/龍山不戲庵百戲選/#吟 〔2〕 수원 화성회 하이쿠집/용산 불희암 백희 선/#음	蕉雨	시가/하이쿠	
3	3		水原華城會俳句集/龍山不戲庵百戲選/#吟 〔2〕 수원 화성회 하이쿠집/용산 불희암 백희 선/#음	#城	시가/하이쿠	
3	3		水原華城會俳句集/龍山不戲庵百戲選/#吟 〔2〕 수원 화성회 하이쿠집/용산 불희암 백희 선/#음	其雪	시가/하이쿠	
3	3		水原華城會俳句集/龍山不戲庵百戲選/#吟 〔1〕 수원 화성회 하이쿠집/용산 불희암 백희 선/#음	懷石	시가/하이쿠	
3	3		水原華城會俳句集/龍山不戲庵百戲選/#吟 〔1〕 수원 화성회 하이쿠집/용산 불희암 백희 선/#음	#城	시가/하이쿠	
3	3		水原華城會俳句集/龍山不戲庵百戲選/#吟 〔1〕 수원 화성회 하이쿠집/용산 불희암 백희 선/#음	秋風	시가/하이쿠	
3	3		水原華城會俳句集/龍山不戲庵百戲選/五感 〔1〕 수원 화성회 하이쿠집/용산 불희암 백희 선/오감	#城	시가/하이쿠	
3	3		水原華城會俳句集/龍山不戲庵百戲選/五感 〔1〕 수원 화성회 하이쿠집/용산 불희암 백희 선/오감	知足	시가/하이쿠	
3	3		水原華城會俳句集/龍山不戲庵百戲選/五感 〔1〕 수원 화성회 하이쿠집/용산 불희암 백희 선/오감	#城	시가/하이쿠	
3	3		水原華城會俳句集/龍山不戲庵百戲選/五感 〔1〕 수원 화성회 하이쿠집/용산 불희암 백희 선/오감	竹雨	시가/하이쿠	

지면	단수	기획	기사제목 〈회수〉〔곡수〕	필자/저자(역자)	분류	비고
3	3		水原華城會俳句集/龍山不戲庵百戲選/五感 〔1〕 수원 화성회 하이쿠집/용산 불희암 백희 선/오감	蕉雨	시가/하이쿠	
3	3		水原華城會俳句集/龍山不戲庵百戲選/三光逆位 〔1〕 수원 화성회 하이쿠집/용산 불희암 백희 선/삼광역위	竹雨	시가/하이쿠	
3	3		水原華城會俳句集/龍山不戲庵百戲選/三光逆位 〔1〕 수원 화성회 하이쿠집/용산 불희암 백희 선/삼광역위	知足	시가/하이쿠	
3	3		水原華城會俳句集/龍山不戲庵百戲選/三光逆位 〔1〕 수원 화성회 하이쿠집/용산 불희암 백희 선/삼광역위	華南	시가/하이쿠	
3	3		水原華城會俳句集/龍山不戲庵百戲選/軸 〔1〕 수원 화성회 하이쿠집/용산 불희암 백희 선/축	選者	시가/하이쿠	
4	1~3		野狐三次 〈108〉 노기쓰네 산지	神田伯山	고단	
6	1~3		黒き影/三千圓 〈4〉 검은 그림자/삼천 엔	倉富砂邱	소설/일본	

1914년 02월 09일 (월) 4564호

지면	단수	기획	기사제목 〈회수〉〔곡수〕	필자/저자(역자)	분류	비고
4	1~3		野狐三次 〈109〉 노기쓰네 산지	神田伯山	고단	
6	5		十年前の日記/明治三十七年 십 년 전 일기/메이지 37년		수필/일기	
10	1~3		黒き影/三千圓 〈5〉 검은 그림자/삼천 엔	倉富砂邱	소설/일본	
11	4~6		花しぐれ 하나시구레		수필/일상	

1914년 02월 11일 (수) 4565호

지면	단수	기획	기사제목 〈회수〉〔곡수〕	필자/저자(역자)	분류	비고
1	2		紀元節 〔1〕 기원절		민속	
1	3		神武天皇の御事 〔1〕 진무천황의 어사	文學博士 萩野由之	민속	
1	4~5		紀元節と金鵄章 〔1〕 기원절과 금치장		민속	
5	1~2		紀元節と學者/我皇祖と平國劍 〔1〕 기원절과 학자/아황조와 평국검	法學博士 ###明	민속	
5	2		我特有の紀元 〔1〕 우리 특유의 기원	文學博士 黑板#美	민속	
6	1~3		野狐三次 〈110〉 노기쓰네 산지	神田伯山	고단	
8	1~3		黒き影/三千圓 〈6〉 검은 그림자/삼천 엔	倉富砂邱	소설/일본	

1914년 02월 13일 (금) 4566호

지면	단수	기획	기사제목 〈회수〉〔곡수〕	필자/저자(역자)	분류	비고
1	2~3		悠紀主基と杉(大嘗祭に奉るべき神酒の故事) 유키 주기과 삼나무(대상제에 모실 신주의 고사)		수필/일상	
3	2~3		影 〈12〉 그림자	四水	소설/일본	
4	1~3		野狐三次 〈111〉 노기쓰네 산지	神田伯山	고단	
6	1~3		黒き影/三千圓 〈7〉 검은 그림자/삼천 엔	倉富砂邱	소설/일본	

1914년 02월 14일 (토) 4567호

지면	단수	기획	기사제목 〈회수〉〔곡수〕	필자/저자(역자)	분류	비고
1	5~6		七寸の小窓より/詩趣のある甲山君へ 일곱치의 작은 창에서/시에 취미가 있는 고야마 군에게	野崎小蟹	수필/일상	
3	1~3		黑き影/三千圓 〈8〉 검은 그림자/삼천 엔	倉富砂邱	소설/일본	
4	1~3		野狐三次 〈112〉 노기쓰네 산지	神田伯山	고단	

1914년 02월 15일 (일) 4568호

지면	단수	기획	기사제목 〈회수〉〔곡수〕	필자/저자(역자)	분류	비고
4	1~3		野狐三次 〈113〉 노기쓰네 산지	神田伯山	고단	
6	2~3		影 〈13〉 그림자	四水	소설/일본	
8	1~3		黑き影/三千圓 〈9〉 검은 그림자/삼천 엔	倉富砂邱	소설/일본	

1914년 02월 16일 (월) 4569호

지면	단수	기획	기사제목 〈회수〉〔곡수〕	필자/저자(역자)	분류	비고
3	1		新小說(近日中連載)/文覺 中里介山 신소설(근일 중 연재)/몬가쿠 나카자토 가이잔		광고/연재예 고	
3	2~4		花しぐれ 하나시구레		수필/일상	
4	1~3		黑き影/物置き 〈1〉 검은 그림자/광	倉富砂邱	소설/일본	

1914년 02월 17일 (화) 4570호

지면	단수	기획	기사제목 〈회수〉〔곡수〕	필자/저자(역자)	분류	비고
3	2~3		書道敎育意見(上) 〈1〉 서예 교육 의견(상)	大坪椿山	수필/일상	
4	1~3		野狐三次 〈113〉 노기쓰네 산지	神田伯山	고단	회수 오류
6	1~3		黑き影/物置き 〈2〉 검은 그림자/광	倉富砂邱	소설/일본	

1914년 02월 18일 (수) 4571호

지면	단수	기획	기사제목 〈회수〉〔곡수〕	필자/저자(역자)	분류	비고
1	6		書道敎育意見(下) 〈2〉 서예 교육 의견(하)	大坪椿山	수필/일상	
4	1~3		野狐三次 〈115〉 노기쓰네 산지	神田伯山	고단	
6	1~3		黑き影/物置き 〈3〉 검은 그림자/광	倉富砂邱	소설/일본	

1914년 02월 19일 (목) 4572호

지면	단수	기획	기사제목 〈회수〉〔곡수〕	필자/저자(역자)	분류	비고
4	1~3		野狐三次 〈116〉 노기쓰네 산지	神田伯山	고단	
5	6		新小說(近日中連載)/文覺 中里介山 신소설(근일 중 연재)/몬가쿠 나카자토 가이잔		광고/연재예 고	
6	1~3		黑き影/物置き 〈4〉 검은 그림자/광	倉富砂邱	소설/일본	

1914년 02월 20일 (금) 4573호

지면	단수	기획	기사제목 〈회수〉〔곡수〕	필자/저자(역자)	분류	비고
1	6	文藝	仁川芋の葉吟社句集 〔1〕 인천 이모노하긴샤 구집	丹葉	시가/하이쿠	
1	6	文藝	仁川芋の葉吟社句集 〔1〕 인천 이모노하긴샤 구집	大云居	시가/하이쿠	

지면	단수	기획	기사제목 〈회수〉〔곡수〕	필자/저자(역자)	분류	비고
1	6	文藝	仁川芋の葉吟社句集〔1〕 인천 이모노하긴샤 구집	春靜	시가/하이쿠	
1	6	文藝	仁川芋の葉吟社句集〔1〕 인천 이모노하긴샤 구집	丹葉	시가/하이쿠	
1	6	文藝	仁川芋の葉吟社句集〔1〕 인천 이모노하긴샤 구집	##	시가/하이쿠	
1	6	文藝	仁川芋の葉吟社句集〔1〕 인천 이모노하긴샤 구집	##	시가/하이쿠	
1	6	文藝	仁川芋の葉吟社句集〔1〕 인천 이모노하긴샤 구집	竹水	시가/하이쿠	
1	6	文藝	仁川芋の葉吟社句集〔1〕 인천 이모노하긴샤 구집	豪洲	시가/하이쿠	
1	6	文藝	仁川芋の葉吟社句集〔1〕 인천 이모노하긴샤 구집	大云居	시가/하이쿠	
1	6	文藝	仁川芋の葉吟社句集〔2〕 인천 이모노하긴샤 구집	松嶺	시가/하이쿠	
1	6	文藝	仁川芋の葉吟社句集〔1〕 인천 이모노하긴샤 구집	#天紅	시가/하이쿠	
1	6	文藝	仁川芋の葉吟社句集〔2〕 인천 이모노하긴샤 구집	鼠#	시가/하이쿠	
4	1~2		野狐三次〈117〉 노기쓰네 산지	神田伯山	고단	

1914년 02월 21일 (토) 4574호

지면	단수	기획	기사제목 〈회수〉〔곡수〕	필자/저자(역자)	분류	비고
4	1~3		野狐三次〈118〉 노기쓰네 산지	神田伯山	고단	
6	1~3		黒き影/最後〈1〉 검은 그림자/마지막	倉富砂邱	소설/일본	

1914년 02월 22일 (일) 4575호

지면	단수	기획	기사제목 〈회수〉〔곡수〕	필자/저자(역자)	분류	비고
1	1~2		信用論/言明を奈何 신용론/언명을 어떻게 할까		수필/일상	
4	1~3		野狐三次〈119〉 노기쓰네 산지	神田伯山	고단	

1914년 02월 23일 (월) 4576호

지면	단수	기획	기사제목 〈회수〉〔곡수〕	필자/저자(역자)	분류	비고
3	2~3		新小説「文覺」愈々明日より 신소설 「몬가쿠」 드디어 내일부터		광고/연재예 고	

1914년 02월 24일 (화) 4577호

지면	단수	기획	기사제목 〈회수〉〔곡수〕	필자/저자(역자)	분류	비고
1	6	文藝	彩雲居句屑〔12〕 채운거구설	竹#	시가/하이쿠	
3	2~3		雛人形/或人のはなし 히나 인형/어떤 사람의 이야기		수필/일상	
4	1~3		野狐三次〈120〉 노기쓰네 산지	神田伯山	고단	
5	2~4		花しぐれ 하나시구레		수필/일상	
6	1~3		文覺〈1〉 몬가쿠	中里介山	소설/일본 고전	

1914년 02월 25일 (수) 4578호

지면	단수	기획	기사제목 〈회수〉 [곡수]	필자/저자(역자)	분류	비고
1	6		彩雲居句屑 [4] 채운거구설	丹葉	시가/하이쿠	
3	1~2		或る種の病を除けば人間は殆ど醫療の要なし〈1〉 인간은 어떤 병을 제외하면 대부분 치료할 필요가 없다	吉岡猛	수필/일상	
3	2~3		義經の遺骨を發見せりとの說/樺太に於いて 요시쓰네의 유골을 발견하였다는 설/사할린에서		수필/일상	
4	1~3		野狐三次〈120〉 노기쓰네 산지	神田伯山	고단	회수 오류
6	1~3		文覺〈2〉 몬가쿠	中里介山	소설/일본 고전	

1914년 02월 26일 (목) 4579호

지면	단수	기획	기사제목 〈회수〉 [곡수]	필자/저자(역자)	분류	비고
3	1~3		或る種の病を除けば人間は殆ど醫療の要なし〈2〉 인간은 어떤 병을 제외하면 대부분 치료할 필요가 없다	吉岡猛	수필/일상	
4	1~3		野狐三次〈122〉 노기쓰네 산지	神田伯山	고단	
5	5~6		陸軍記念日と朝鮮新聞 육군기념일과 조선신문		수필/일상	
6	1~3		文覺〈3〉 몬가쿠	中里介山	소설/일본 고전	

1914년 02월 27일 (금) 4580호

지면	단수	기획	기사제목 〈회수〉 [곡수]	필자/저자(역자)	분류	비고
1	6	文藝	仁川句會/南#俳人句會 [2] 인천 구회/난# 하이진 구회	#竹	시가/하이쿠	
1	6	文藝	仁川句會/南#俳人句會 [2] 인천 구회/난# 하이진 구회	#炊#	시가/하이쿠	
1	6	文藝	仁川句會/南#俳人句會 [2] 인천 구회/난# 하이진 구회	筆村	시가/하이쿠	
1	6	文藝	仁川句會/南#俳人句會 [2] 인천 구회/난# 하이진 구회	渡#	시가/하이쿠	
1	6	文藝	仁川句會/南#俳人句會 [1] 인천 구회/난# 하이진 구회	木染月	시가/하이쿠	
1	6	文藝	仁川句會/南#俳人句會 [2] 인천 구회/난# 하이진 구회	四季#	시가/하이쿠	
3	1~4		或る種の病を除けば人間は殆ど醫療の要なし〈3〉 인간은 어떤 병을 제외하면 대부분 치료할 필요가 없다	吉岡猛	수필/일상	
3	2~3		陸軍記念日と朝鮮新聞 육군기념일과 조선신문		수필/일상	
4	1~3		野狐三次〈122〉 노기쓰네 산지	神田伯山	고단	회수 오류
6	1~3		文覺〈4〉 몬가쿠	中里介山	소설/일본 고전	

1914년 02월 28일 (토) 4581호

지면	단수	기획	기사제목 〈회수〉 [곡수]	필자/저자(역자)	분류	비고
3	2~4		或る種の病を除けば人間は殆ど醫療の要なし〈4〉 인간은 어떤 병을 제외하면 대부분 치료할 필요가 없다	吉岡猛	수필/일상	
3	2~3		陸軍記念日と朝鮮新聞 육군기념일과 조선신문		수필/일상	
4	1~3		野狐三次〈124〉 노기쓰네 산지	神田伯山	고단	
6	1~3		文覺〈5〉 몬가쿠	中里介山	소설/일본 고전	

지면	단수	기획	기사제목 〈회수〉〔곡수〕	필자/저자(역자)	분류	비고
			1914년 03월 01일 (일) 4582호			
1	3~5		江藤新平/はしがき〈1〉 에토 신페이/머리말	江東	수필/일상	
4	1~3		野狐三次〈125〉 노기쓰네 산지	神田伯山	고단	
6	1~3		文覺〈6〉 몬가쿠	中里介山	소설/일본 고전	
			1914년 03월 02일 (월) 4583호			
1	5~6		江藤新平/少年詩を賦して志を述ぶ〈2〉 에토 신페이/소년시를 지어서 그 뜻을 말하다	江東	수필/일상	
3	3~5		花しぐれ 하나시구레		수필/일상	
4	1~3		文覺〈7〉 몬가쿠	中里介山	소설/일본 고전	
			1914년 03월 03일 (화) 4584호			
1	4~5		江藤新平/大學の##同門生を挫く〈3〉 에토 신페이/대학##동문생을 꺾다	江東	수필/일상	
1	6		仁川芋の葉句集(東風、欅の卷)/五點の句〔1〕 인천 이모노하 구집(동풍, 느티나무의 권)/오점 구	如水	시가/하이쿠	
1	6		仁川芋の葉句集(東風、欅の卷)/四點の句〔1〕 인천 이모노하 구집(동풍, 느티나무의 권)/사점 구	如水	시가/하이쿠	
1	6		仁川芋の葉句集(東風、欅の卷)/四點の句〔1〕 인천 이모노하 구집(동풍, 느티나무의 권)/사점 구	大云居	시가/하이쿠	
1	6		仁川芋の葉句集(東風、欅の卷)/三點の句〔2〕 인천 이모노하 구집(동풍, 느티나무의 권)/삼점 구	松嶺	시가/하이쿠	
1	6		仁川芋の葉句集(東風、欅の卷)/三點の句〔1〕 인천 이모노하 구집(동풍, 느티나무의 권)/삼점 구	子牛	시가/하이쿠	
1	6		仁川芋の葉句集(東風、欅の卷)/三點の句〔1〕 인천 이모노하 구집(동풍, 느티나무의 권)/삼점 구	丹葉	시가/하이쿠	
1	6		仁川芋の葉句集(東風、欅の卷)/三點の句〔1〕 인천 이모노하 구집(동풍, 느티나무의 권)/삼점 구	##	시가/하이쿠	
1	6		仁川芋の葉句集(東風、欅の卷)/三點の句〔1〕 인천 이모노하 구집(동풍, 느티나무의 권)/삼점 구	##	시가/하이쿠	
1	6		仁川芋の葉句集(東風、欅の卷)/二點の句〔3〕 인천 이모노하 구집(동풍, 느티나무의 권)/이점 구	花汀	시가/하이쿠	
1	6		仁川芋の葉句集(東風、欅の卷)/二點の句〔1〕 인천 이모노하 구집(동풍, 느티나무의 권)/이점 구	#洲	시가/하이쿠	
1	6		仁川芋の葉句集(東風、欅の卷)/二點の句〔1〕 인천 이모노하 구집(동풍, 느티나무의 권)/이점 구	松嶺	시가/하이쿠	
1	6		仁川芋の葉句集(東風、欅の卷)/二點の句〔2〕 인천 이모노하 구집(동풍, 느티나무의 권)/이점 구	冷香	시가/하이쿠	
1	6		仁川芋の葉句集(東風、欅の卷)/二點の句〔1〕 인천 이모노하 구집(동풍, 느티나무의 권)/이점 구	丹葉	시가/하이쿠	
1	6		仁川芋の葉句集(東風、欅の卷)/一點の句〔1〕 인천 이모노하 구집(동풍, 느티나무의 권)/일점 구	松圓	시가/하이쿠	
1	6		仁川芋の葉句集(東風、欅の卷)/一點の句〔1〕 인천 이모노하 구집(동풍, 느티나무의 권)/일점 구	大云居	시가/하이쿠	
1	6		仁川芋の葉句集(東風、欅の卷)/一點の句〔1〕 인천 이모노하 구집(동풍, 느티나무의 권)/일점 구	##	시가/하이쿠	

지면	단수	기획	기사제목 〈회수〉〔곡수〕	필자/저자(역자)	분류	비고
1	6		仁川芋の葉句集(東風、欅の巻)/一點の句 〔3〕 인천 이모노하 구집(동풍, 느티나무의 권)/일점 구	松嶺	시가/하이쿠	
1	6		仁川芋の葉句集(東風、欅の巻)/一點の句 〔2〕 인천 이모노하 구집(동풍, 느티나무의 권)/일점 구	如水	시가/하이쿠	
1	6		仁川芋の葉句集(東風、欅の巻)/一點の句 〔2〕 인천 이모노하 구집(동풍, 느티나무의 권)/일점 구	#靜	시가/하이쿠	
1	6		仁川芋の葉句集(東風、欅の巻)/一點の句 〔1〕 인천 이모노하 구집(동풍, 느티나무의 권)/일점 구	松#	시가/하이쿠	
1	6		仁川芋の葉句集(東風、欅の巻)/一點の句 〔1〕 인천 이모노하 구집(동풍, 느티나무의 권)/일점 구	#庵	시가/하이쿠	
1	6		仁川芋の葉句集(東風、欅の巻)/一點の句 〔1〕 인천 이모노하 구집(동풍, 느티나무의 권)/일점 구	牢#	시가/하이쿠	
1	6		仁川芋の葉句集(東風、欅の巻)/一點の句 〔1〕 인천 이모노하 구집(동풍, 느티나무의 권)/일점 구	竹#	시가/하이쿠	
4	1~3		野狐三次 〈126〉 노기쓰네 산지	神田伯山	고단	
6	1~3		文覺 〈8〉 몬가쿠	中里介山	소설/일본 고전	

1914년 03월 04일 (수) 4585호

지면	단수	기획	기사제목 〈회수〉〔곡수〕	필자/저자(역자)	분류	비고
1	4~6		江藤新平/弘道館時代の交友 〈4〉 에토 신페이/고도관 시절의 교우	江東	수필/일상	
3	2		物識博士 만물박사		수필/일상	
3	3		統營小言 통영 짧은 논평		수필/일상	
4	1~3		野狐三次 〈126〉 노기쓰네 산지	神田伯山	고단	회수 오류
6	1~2		文覺 〈9〉 몬가쿠	中里介山	소설/일본 고전	

1914년 03월 05일 (목) 4586호

지면	단수	기획	기사제목 〈회수〉〔곡수〕	필자/저자(역자)	분류	비고
1	5~6		江藤新平/弘道館時代の交友/算術を以て上役を驚ろかす 〈5〉 에토 신페이/고도관 시절의 교우/산술로 상사를 놀라게 하다	江東	수필/일상	
3	1~4	文藝	順子の死 준코의 죽음	定坊	소설/일본	
3	2		物識博士 만물박사		수필/일상	
4	1~3		野狐三次 〈128〉 노기쓰네 산지	神田伯山	고단	
6	1~3		文覺 〈10〉 몬가쿠	中里介山	소설/일본 고전	

1914년 03월 06일 (금) 4587호

지면	단수	기획	기사제목 〈회수〉〔곡수〕	필자/저자(역자)	분류	비고
1	4~6		生んとする力 살고자 하는 힘	野崎小蟹	수필/일상	
3	2~3	文藝	迷へる旅人から 길을 잃은 나그네로부터	戀仙	소설/일본	
3	3		物識博士 만물박사		수필/일상	
3	4		慶州小言 경주 짧은 논평		수필/일상	

지면	단수	기획	기사제목 〈회수〉〔곡수〕	필자/저자(역자)	분류	비고
4	1~3		野狐三次 〈129〉 노기쓰네 산지	神田伯山	고단	
6	1~3		文覺 〈11〉 몬가쿠	中里介山	소설/일본 고전	

1914년 03월 07일 (토) 4588호

지면	단수	기획	기사제목 〈회수〉〔곡수〕	필자/저자(역자)	분류	비고
1	5~6		江藤新平/弘道館時代の交友/算術を以て上役を驚ろかす 〈6〉 에토 신페이/고도관 시절의 교우/산술로 상사를 놀라게 하다	江東	수필/일상	
3	3		物識博士 만물박사		수필/일상	
4	1~3		野狐三次 〈130〉 노기쓰네 산지	神田伯山	고단	
6	1~3		文覺 〈12〉 몬가쿠	中里介山	소설/일본 고전	

1914년 03월 08일 (일) 4589호

지면	단수	기획	기사제목 〈회수〉〔곡수〕	필자/저자(역자)	분류	비고
1	5~6		江藤新平/尊王論と枝吉神陽 〈7〉 에토 신페이/존왕론과 에다요시 신요	江東	수필/일상	
4	1~3		野狐三次 〈131〉 노기쓰네 산지	神田伯山	고단	
5	3		物識博士 만물박사		수필/일상	
8	1~3		文覺 〈12〉 몬가쿠	中里介山	소설/일본 고전	회수 오류

1914년 03월 09일 (월) 4590호

지면	단수	기획	기사제목 〈회수〉〔곡수〕	필자/저자(역자)	분류	비고
1	4~6		江藤新平/尊王論と枝吉神陽/近世の英主 鍋島閑叟(上) 〈8〉 에토 신페이/존왕론과 에다요시 신요/근세 영주 나베시마 간소(상)	江東	수필/일상	
3	6		茶ばなし 다화		수필/일상	
4	1~3		野狐三次 〈132〉 노기쓰네 산지	神田伯山	고단	

1914년 03월 10일 (화) 4591호

지면	단수	기획	기사제목 〈회수〉〔곡수〕	필자/저자(역자)	분류	비고
1	7~8		江藤新平/尊王論と枝吉神陽/近世の英主 鍋島閑叟(中) 〈9〉 에토 신페이/존왕론과 에다요시 신요/근세 영주 나베시마 간소(중)	江東	수필/일상	
3	1~3		大會戰の跡始末と捕虜 대회전의 뒷처리와 포로	總督府醫院長 陸軍 々醫總監 藤田嗣章 氏談	수필/일상	
4	1~3		野狐三次 〈133〉 노기쓰네 산지	神田伯山	고단	
4	3~4		大會戰の回顧/從卒の忠勇譚/居睡りと勇戰 대회전 회고/종졸의 충용담/새우잠과 용기있는 전투		수필/일상	
5	2		物識博士 만물박사		수필/일상	
7	6		大會戰の逸話/紙鳶を敵陣に飛ばす 대회전 일화/적진으로 연을 날린다		수필/일상	
10	1~3		文覺 〈14〉 몬가쿠	中里介山	소설/일본 고전	
11	1~3		大會戰と精神 대회전과 정신		수필/일상	

지면	단수	기획	기사제목 〈회수〉〔곡수〕	필자/저자(역자)	분류	비고
11	3~4		陸軍記念日と時代的薫芳 육군기념일과 시대적 훈방		수필/일상	

1914년 03월 12일 (목) 4592호

지면	단수	기획	기사제목 〈회수〉〔곡수〕	필자/저자(역자)	분류	비고
1	5~6		江藤新平/近世の英主 鍋島閑叟(下) 〈10〉 에토 신페이/근세의 영주 나베시마 간소(하)	江東	수필/일상	
3	3		物識博士 만물박사		수필/일상	
4	1~3		野狐三次 〈134〉 노기쓰네 산지	神田伯山	고단	
4	4		統營粹信 통영수신	猫	수필/일상	

1914년 03월 13일 (금) 4593호

지면	단수	기획	기사제목 〈회수〉〔곡수〕	필자/저자(역자)	분류	비고
1	3~5		江藤新平/頑固極み葉隱宗 〈11〉 에토 신페이/고집 불통의 극치 하가쿠레슈	江東	수필/일상	
3	1~3		文覺 〈15〉 몬가쿠	中里介山	소설/일본 고전	
4	1~3		野狐三次 〈135〉 노기쓰네 산지	神田伯山	고단	
4	4		物識博士 만물박사		수필/일상	
5	3~5		花しぐれ/京城 하나시구레/경성		수필/일상	

1914년 03월 14일 (토) 4594호

지면	단수	기획	기사제목 〈회수〉〔곡수〕	필자/저자(역자)	분류	비고
1	4~6		江藤新平/義祭同盟 〈12〉 에토 신페이/의제 동맹	江東	수필/일상	
3	2		物識博士 만물박사		수필/일상	
4	1~3		野狐三次 〈136〉 노기쓰네 산지	神田伯山	고단	
6	1~2		文覺 〈16〉 몬가쿠	中里介山	소설/일본 고전	

1914년 03월 15일 (일) 4595호

지면	단수	기획	기사제목 〈회수〉〔곡수〕	필자/저자(역자)	분류	비고
1	3~5		江藤新平/佐賀藩と洋學 〈13〉 에토 신페이/사가 번과 양학	江東	수필/일상	
1	6		水原華城會俳句集/新龍山不戲庵百戲選 〔2〕 수원 화성회 하이쿠집/신용산 부희암 백희 선	#城	시가/하이쿠	
1	6		水原華城會俳句集/新龍山不戲庵百戲選 〔1〕 수원 화성회 하이쿠집/신용산 부희암 백희 선	#雪	시가/하이쿠	
1	6		水原華城會俳句集/新龍山不戲庵百戲選 〔2〕 수원 화성회 하이쿠집/신용산 부희암 백희 선	曲山	시가/하이쿠	
1	6		水原華城會俳句集/新龍山不戲庵百戲選 〔1〕 수원 화성회 하이쿠집/신용산 부희암 백희 선	##	시가/하이쿠	
1	6		水原華城會俳句集/新龍山不戲庵百戲選 〔1〕 수원 화성회 하이쿠집/신용산 부희암 백희 선	劍山	시가/하이쿠	
1	6		水原華城會俳句集/新龍山不戲庵百戲選 〔3〕 수원 화성회 하이쿠집/신용산 부희암 백희 선	知足	시가/하이쿠	
1	6		水原華城會俳句集/新龍山不戲庵百戲選 〔2〕 수원 화성회 하이쿠집/신용산 부희암 백희 선	#石	시가/하이쿠	

지면	단수	기획	기사제목 〈회수〉[곡수]	필자/저자(역자)	분류	비고
1	6		水原華城會俳句集/新龍山不戲庵百戲選 [2] 수원 화성회 하이쿠집/신용산 부희암 백희 선	#田	시가/하이쿠	
1	6		水原華城會俳句集/新龍山不戲庵百戲選 [1] 수원 화성회 하이쿠집/신용산 부희암 백희 선	##	시가/하이쿠	
1	6		水原華城會俳句集/新龍山不戲庵百戲選/花痕 [2] 수원 화성회 하이쿠집/신용산 부희암 백희 선/화흔	知足	시가/하이쿠	
1	6		水原華城會俳句集/新龍山不戲庵百戲選/花痕 [2] 수원 화성회 하이쿠집/신용산 부희암 백희 선/화흔	如竹	시가/하이쿠	
1	6		水原華城會俳句集/新龍山不戲庵百戲選/花痕 [1] 수원 화성회 하이쿠집/신용산 부희암 백희 선/화흔	幽山	시가/하이쿠	
1	6		水原華城會俳句集/新龍山不戲庵百戲選/#光 [1] 수원 화성회 하이쿠집/신용산 부희암 백희 선/#광	#石	시가/하이쿠	
1	6		水原華城會俳句集/新龍山不戲庵百戲選/#光 [1] 수원 화성회 하이쿠집/신용산 부희암 백희 선/#광	#城	시가/하이쿠	
1	6		水原華城會俳句集/新龍山不戲庵百戲選/#光 [1] 수원 화성회 하이쿠집/신용산 부희암 백희 선/#광	秋敏	시가/하이쿠	
1	6		水原華城會俳句集/新龍山不戲庵百戲選/追加 [1] 수원 화성회 하이쿠집/신용산 부희암 백희 선/추가	撰者	시가/하이쿠	
3	2~3		鴻山の視察記 홍산 시찰기		수필/기행	
3	3	文藝	小品三題/春が來たのに 〈1〉 소품 삼제/봄이 왔지만	骨生	소설/일본	
3	3~4	文藝	小品三題/暗い日 〈1〉 소품 삼제/어두운 날	骨生	소설/일본	
3	4	文藝	小品三題/理髮店の娘 〈1〉 소품 삼제/이발소의 딸	骨生	소설/일본	
3	4~6		服する心と反する心 따르는 마음과 반항하는 마음	大邱在 今村紫水	수필/일상	
3	5		物識博士 만물박사		수필/일상	
4	1~3		野狐三次 〈137〉 노기쓰네 산지	神田伯山	고단	
4	4		馬山小言 마산 짧은 논평		수필/비평	
6	1~2		文覺 〈16〉 몬가쿠	中里介山	소설/일본 고전	회수 오류

1914년 03월 16일 (월) 4596호

지면	단수	기획	기사제목 〈회수〉[곡수]	필자/저자(역자)	분류	비고
1	4~6		江藤新平/佐賀藩と洋學/閑叟南白の攘夷論 〈14〉 에토 신페이/사가 번과 양학/간소 난파쿠의 양이론	江東	수필/일상	
3	6		朝鮮の砧は春が相應し 조선의 다듬이질은 봄과 어울린다		수필/일상	
3	6	演藝界	溫習會を觀せられた記 온슈카이를 본 기록		수필/일상	
4	1~3		野狐三次 〈138〉 노기쓰네 산지	神田伯山	고단	

1914년 03월 17일 (화) 4597호

지면	단수	기획	기사제목 〈회수〉[곡수]	필자/저자(역자)	분류	비고
1	4~6		江藤新平/櫻田事件と佐賀尊王黨/中野副島等一行の出發 〈15〉 에토 신페이/사쿠라다 사건과 사가 존왕당/나카노 소에지마 등 일행의 출발	江東	수필/일상	
1	6	文藝	ふるさと [1] 고향	小#	시가/자유시	

지면	단수	기획	기사제목 〈회수〉〔곡수〕	필자/저자(역자)	분류	비고
3	4		物識博士 만물박사		수필/일상	
3	4~5		大正博覽會の唄/上の卷 天女の舞〔1〕 다이쇼 박람회 노래/상권 선녀 춤		시가/기타	
3	5		大正博覽會の唄/下の卷 手古舞〔1〕 다이쇼 박람회 노래/하권 데코마이		시가/기타	
4	1~3		野狐三次〈139〉 노기쓰네 산지	神田伯山	고단	
4	3~4		奇怪な海賊村/王侯の如き生活 기기한 해적 마을/왕후 같은 생활		수필/일상	
5	6		見た儘 본 그대로	赤帽子	수필/일상	
6	1~3		文覺〈17〉 몬가쿠	中里介山	소설/일본 고전	

1914년 03월 18일 (수) 4598호

지면	단수	기획	기사제목 〈회수〉〔곡수〕	필자/저자(역자)	분류	비고
1	2~5		江藤新平/中野方蔵と大橋訥庵〈16〉 에토 신페이/나카노 호조와 오하시 도쓰안	江東	수필/일상	
3	2~3		汽車博覽會/博覽會史(上)/佛蘭西が元祖〈1〉 기차 박람회/박람회사(상)/프랑스가 원조		수필/일상	
3	2		物識博士 만물박사		수필/일상	
3	3		大正博覽會の唄 다이쇼 박람회 노래		수필/일상	
3	4		茶ばなし 다화		수필/일상	
4	1~3		野狐三次〈140〉 노기쓰네 산지	神田伯山	고단	
6	1~2		文覺〈19〉 몬가쿠	中里介山	소설/일본 고전	

1914년 03월 19일 (목) 4599호

지면	단수	기획	기사제목 〈회수〉〔곡수〕	필자/저자(역자)	분류	비고
1	5~6		江藤新平/中野の捕縛〈17〉 에토 신페이/나카노의 포박	江東	수필/일상	
3	2		汽車博覽會/博覽會史(中)/歐米各國に於ける〈2〉 기차 박람회/박람회사(중)/구미 각국에서		수필/일상	
3	2~4		白洋山探檢 백양산 탐험	松汀里にて 梅溪生	수필/기행	
3	4		大正博覽會の唄〈3〉 다이쇼 박람회 노래		수필/일상	
3	4		茶ばなし 다화		수필/일상	
4	1~3		野狐三次〈141〉 노기쓰네 산지	神田伯山	고단	
4	4~5		地方と人/松浦源六君 지방과 사람/마쓰우라 겐로쿠 군		수필/일상	
4	5		地方と人/近江屋吳服店 支店主中山安蔵君 지방과 사람/오미야 오복점 지점 점주 나카야마 야스조 군		수필/일상	
5	2~3		藝者部屋寫生帳/京城の置屋〈1〉 게이샤 방 사생첩/경성의 오키야		수필/일상	
6	1~3		文覺〈20〉 몬가쿠	中里介山	소설/일본 고전	

지면	단수	기획	기사제목 〈회수〉〔곡수〕	필자/저자(역자)	분류	비고
6	3		忠南と港灣 〈1〉 충남과 항만	天洲生	소설/일본	

1914년 03월 20일 (금) 4600호

지면	단수	기획	기사제목 〈회수〉〔곡수〕	필자/저자(역자)	분류	비고
1	2~5		江藤新平/中野の憤死、江藤の奮起 〈18〉 에토 신페이/나카노의 분사, 에토의 분발	江東	수필/일상	
3	2		汽車博覽會/博覽會史(下)/汽車博覽會の濫觴 〈3〉 기차 박람회/박람회사(하)/기차 박람회의 기원		수필/일상	
3	2~4		大正博覽會の唄/常盤津「忍詣」〈4〉 다이쇼 박람회 노래/도키와즈「시노비모데」	半井桃水	수필/일상	
3	3		物識博士 만물박사		수필/일상	
3	4	文藝	みち草 〔1〕 길가의 풀	丹葉	시가/기타	
4	1~3		野狐三次 〈142〉 노기쓰네 산지	神田伯山	고단	
4	4~5		地方と人/上野爲吉君 지방과 사람/우에노 다메키치 군		수필/일상	
4	5~6		地方と人/香川謙作君 지방과 사람/가가와 겐사쿠 군		수필/일상	
5	4~6		藝者部屋寫生帳/京城の置屋/淸水席 〈2〉 게이샤 방 사생첩/경성의 오키야/시마즈세키		수필/일상	

1914년 03월 21일 (토) 4601호

지면	단수	기획	기사제목 〈회수〉〔곡수〕	필자/저자(역자)	분류	비고
1	5~6		江藤新平/愈々脫藩上京す 〈18〉 에토 신페이/드디어 번을 나와 상경하다	江東	수필/일상	회수 오류
3	3~4	文藝	俳界小言 하이쿠계 소언	芳#樓	수필/비평	
3	4~5	文藝	★鵲の歌/(新口語詩)朝鮮カラス 〔1〕 까치의 노래/(새로운 구어시)조선 까마귀	小蟹	시가/자유시	
3	5~6	文藝	渡鮮 도선	大邱 今村紫水	수필/일상	
3	6		茶ばなし 다화		수필/일상	
4	1~3		野狐三次 〈143〉 노기쓰네 산지	神田伯山	고단	
4	4		地方と人/出口武利君 지방과 사람/데구치 다케토시 군		수필/일상	
4	5		地方と人/越智宗十郞君 지방과 사람/오치 소주로 군		수필/일상	
6	1~3		文覺 〈21〉 몬가쿠	中里介山	소설/일본 고전	
7	5~6		藝者部屋寫生帳/京城の置屋/富美の家 〈3〉 게이샤 방 사생첩/경성의 오키야/후미노야		수필/일상	

1914년 03월 23일 (월) 4602호

지면	단수	기획	기사제목 〈회수〉〔곡수〕	필자/저자(역자)	분류	비고
1	2~4		江藤新平/書置きの上書 〈20〉 에토 신페이/유언장 상서	江東	수필/일상	
3	2~3		藝者部屋寫生帳/京城の置屋/花月(上) 〈4〉 게이샤 방 사생첩/경성의 오키야/가게쓰(상)		수필/일상	
4	1~3		野狐三次 〈144〉 노기쓰네 산지	神田伯山	고단	

지면	단수	기획	기사제목 〈회수〉〔곡수〕	필자/저자(역자)	분류	비고

1914년 03월 24일 (화) 4603호

지면	단수	기획	기사제목 〈회수〉〔곡수〕	필자/저자(역자)	분류	비고
1	2~4		江藤新平/周防灘の危難 〈21〉 에토 신페이/스오나다의 재난	江東	수필/일상	
1	6		物識博士 만물박사		수필/일상	
3	3		怪談「七代の祟」/行司の式守家 괴담 「7대 재앙」/스모 심판 시키모리가		수필/일상	
4	1~3		野狐三次 〈145〉 노기쓰네 산지	神田伯山	고단	
4	3~4		博覽會の唄 〈5〉 박람회 노래		수필/일상	
5	3~4		藝者部屋寫生帳/京城の置屋/花月(中) 〈5〉 게이샤 방 사생첩/경성의 오키야/가게쓰(중)		수필/일상	
6	1~3		文覺 〈22〉 몬가쿠	中里介山	소설/일본 고전	

1914년 03월 25일 (수) 4604호

지면	단수	기획	기사제목 〈회수〉〔곡수〕	필자/저자(역자)	분류	비고
1	5~6		江藤新平/京都の形成槪略 〈22〉 에토 신페이/교토 형성의 개략	江東	수필/일상	
3	2~4	文藝	平記集註 평기집주	大西秋湖	수필/일상	
4	1~2		野狐三次 〈146〉 노기쓰네 산지	神田伯山	고단	
5	2~4		藝者部屋寫生帳/京城の置屋/花月(中) 〈6〉 게이샤 방 사생첩/경성의 오키야/가게쓰(중)		수필/일상	회수 오류
6	1~2		文覺 〈23〉 몬가쿠	中里介山	소설/일본 고전	

1914년 03월 26일 (목) 4605호

지면	단수	기획	기사제목 〈회수〉〔곡수〕	필자/저자(역자)	분류	비고
1	3~5		江藤新平/桂姉小路との面會 〈22〉 에토 신페이/가쓰라 아네코지와 면회	江東	수필/일상	회수 오류
3	1~3		文覺 〈24〉 몬가쿠	中里介山	소설/일본 고전	
4	1~3		野狐三次 〈146〉 노기쓰네 산지	神田伯山	고단	회수 오류
5	2~3		藝者部屋寫生帳/京城の置屋/大江戶 〈7〉 게이샤 방 사생첩/경성의 오키야/오에도		수필/일상	

1914년 03월 27일 (금) 4606호

지면	단수	기획	기사제목 〈회수〉〔곡수〕	필자/저자(역자)	분류	비고
1	3~6		江藤新平/閣下に密奏す 〈24〉 에토 신페이/각하에게 밀주한다	江東	수필/일상	
4	1~3		野狐三次 〈148〉 노기쓰네 산지	神田伯山	고단	
5	2~3		藝者部屋寫生帳/京城の置屋/福村家(上) 〈8〉 게이샤 방 사생첩/경성의 오키야/후쿠무라야(상)		수필/일상	
5	4~6		夜の京城探檢(上)/大和町から旭町 〈1〉 경성의 밤 탐험(상)/야마토마치부터 아사히마치		수필/기행	
6	1~3		文覺 〈25〉 몬가쿠	中里介山	소설/일본 고전	

1914년 03월 28일 (토) 4607호

지면	단수	기획	기사제목 〈회수〉 [곡수]	필자/저자(역자)	분류	비고
1	2~5		江藤新平/閑叟の上洛を促す 〈25〉 에토 신페이/간소의 수도행을 촉구한다	江東	수필/일상	
2	6~7		卒業式餘談(上) 〈1〉 졸업식 여담(상)	老不#	수필/일상	
3	2~3		夜の京城探檢(中)/大和町から旭町 〈2〉 경성의 밤 탐험(중)/야마토마치부터 아사히마치		수필/기행	
3	4		茶話し 다화		수필/일상	
4	1~3		野狐三次 〈149〉 노기쓰네 산지	神田伯山	고단	
5	3~4		藝者部屋寫生帳/京城の置屋/福村家(下) 〈9〉 게이샤 방 사생첩/경성의 오키야/후쿠무라야(하)		수필/일상	
6	1~3		文覺 〈26〉 몬가쿠	中里介山	소설/일본 고전	

1914년 03월 29일 (일) 4608호

지면	단수	기획	기사제목 〈회수〉 [곡수]	필자/저자(역자)	분류	비고
1	2~5		卒業式餘談(下) 〈2〉 졸업식 여담(하)	老不賢生	수필/일상	
1	5~6		江藤新平/父と共に歸藩す 〈26〉 에토 신페이/아버지와 함께 귀번하다	江東	수필/일상	
3	1~3		夜の京城探檢(下)/大和町から旭町 〈3〉 경성의 밤 탐험(하)/야마토마치부터 아사히마치		수필/기행	
3	4		雛 [1] 히나	小蟹	시가/자유시	
4	1~3		野狐三次 〈150〉 노기쓰네 산지	神田伯山	고단	
4	4		地方と人/忠南禮山人物分布觀/申德厚君 지방과 사람/충남 예산 인물 분포관/신덕후 군		수필/일상	
4	4~5		地方と人/忠南禮山人物分布觀/金雲夏君 지방과 사람/충남 예산 인물 분포관/김운하 군		수필/일상	
6	1~3		文覺 〈27〉 몬가쿠	中里介山	소설/일본 고전	
7	3~5		花しぐれ/京城 하나시구레/경성		수필/일상	
7	4~5		藝者部屋寫生帳/京城の置屋/光昇樓(上) 〈10〉 게이샤 방 사생첩/경성의 오키야/고쇼로(상)		수필/일상	

1914년 03월 30일 (월) 4609호

지면	단수	기획	기사제목 〈회수〉 [곡수]	필자/저자(역자)	분류	비고
1	2~5		江藤新平/閑叟、南白を殺さず 〈27〉 에토 신페이/간소, 난파쿠를 죽이지 않고	江東	수필/일상	
2	8		時事吟/村田保翁 [1] 시사음/무라타 다모쓰오	芳樓#	시가/하이쿠	
2	8		時事吟/海軍歌賄問題 [2] 시사음/해군가 마련 문제	芳樓#	시가/하이쿠	
2	8		時事吟/動位## [1] 시사음/동위##	芳樓#	시가/하이쿠	
2	8		時事吟/內閣### [2] 시사음/내각###	芳樓#	시가/하이쿠	
2	8		時事吟/後#內閣行# [1] 시사음/후#내각행#	芳樓#	시가/하이쿠	
3	3~5		藝者部屋寫生帳/京城の置屋/光昇樓(中) 〈11〉 게이샤 방 사생첩/경성의 오키야/고쇼로(중)		수필/일상	

지면	단수	기획	기사제목 〈회수〉〔곡수〕	필자/저자(역자)	분류	비고
4	1~3		野狐三次 〈151〉 노기쓰네 산지	神田伯山	고단	

1914년 03월 31일 (화) 4610호

지면	단수	기획	기사제목 〈회수〉〔곡수〕	필자/저자(역자)	분류	비고
1	4~6		江藤新平/蟄居と征長 〈28〉 에토 신페이/칩거와 정벌	江東	수필/일상	
3	3~4	文藝	或る春の宵 어느 봄날 저녁	蝶子	수필/일상	
4	1~3		野狐三次 〈152〉 노기쓰네 산지	神田伯山	고단	
5	2~3		藝者部屋寫生帳/京城の置屋/光昇樓(下) 〈12〉 게이샤 방 사생첩/경성의 오키야/고쇼로(하)		수필/일상	
6	1~2		文覺 〈28〉 몬가쿠	中里介山	소설/일본 고전	

1914년 04월 01일 (수) 4611호

지면	단수	기획	기사제목 〈회수〉〔곡수〕	필자/저자(역자)	분류	비고
1	2~5		江藤新平/征長反對の建白 〈29〉 에토 신페이/정장 반대 건의	江東	수필/일상	
3	2~3		物識博士 만물박사		수필/일상	
4	1~3		野狐三次 〈153〉 노기쓰네 산지	神田伯山	고단	
4	4~5		地方と人/忠南溫陽人物分布觀/出口彌三郎君 지방과 사람/충남 예산 인물 분포관/데구치 야사부로 군		수필/일상	
4	5~6		地方と人/忠南溫陽人物分布觀/小沼六三君 지방과 사람/충남 예산 인물 분포관/고누마 로쿠조 군		수필/일상	
4	6		地方と人/忠南溫陽人物分布觀/北尻萬之助君 지방과 사람/충남 예산 인물 분포관/기타지리 만노스케 군		수필/일상	
6	1~3		文覺 〈29〉 몬가쿠	中里介山	소설/일본 고전	

1914년 04월 02일 (목) 4612호

지면	단수	기획	기사제목 〈회수〉〔곡수〕	필자/저자(역자)	분류	비고
1	2~5		江藤新平/薩藩出兵を辭す/南白の宰府訪問 〈30〉 에토 신페이/사쓰마 출병을 거절하다/난파쿠의 사이후 방문	江東	수필/일상	
3	3~4		博覽會見物/イルミ子ーション 〈1〉 박람회 구경/일루미네이션	在東京 #生	수필/기행	
4	1~3		野狐三次 〈155〉 노기쓰네 산지	神田伯山	고단	회수 오류
5	2~4		藝者部屋寫生帳/京城の置屋/辰巳家(上) 〈13〉 게이샤 방 사생첩/경성의 오키야/다쓰미야(상)		수필/일상	
6	1~3		文覺 〈30〉 몬가쿠	中里介山	소설/일본 고전	

1914년 04월 03일 (금) 4613호

지면	단수	기획	기사제목 〈회수〉〔곡수〕	필자/저자(역자)	분류	비고
1	2~5		江藤新平/征長##幕府滅亡/南白閑叟に進謁す 〈31〉 에토 신페이/정장##막부 멸망/난파쿠 간소에게 진알하다	江東	수필/일상	
3	6		茶話し 다화		수필/일상	
4	1~3		野狐三次 〈156〉 노기쓰네 산지	神田伯山	고단	회수 오류
6	1~3		文覺 〈30〉 몬가쿠	中里介山	소설/일본 고전	회수 오류

지면	단수	기획	기사제목 〈회수〉〔곡수〕	필자/저자(역자)	분류	비고
7	2~4		藝者部屋寫生帳/京城の置屋/辰巳家(下) 〈14〉 게이샤 방 사생첩/경성의 오키야/다쓰미야(하)		수필/일상	

1914년 04월 05일 (일) 4614호

지면	단수	기획	기사제목 〈회수〉〔곡수〕	필자/저자(역자)	분류	비고
1	4~6		江藤新平/藩論略ぼ決す 〈32〉 에토 신페이/번의 여론은 거의 정해졌다	江東	수필/일상	
3	2~3		春季吟/大芸居 〔6〕 춘계음/다이게이쿄	芳椿樓	수필·시가/ 비평·하이쿠	
4	1~3		野狐三次 〈156〉 노기쓰네 산지	神田伯山	고단	
5	3~5		夜の京城 〈1〉 밤의 경성		수필/기행	
6	1~3		文覺 〈31〉 몬가쿠	中里介山	소설/일본 고전	

1914년 04월 06일 (월) 4615호

지면	단수	기획	기사제목 〈회수〉〔곡수〕	필자/저자(역자)	분류	비고
1	5~6		江藤新平/鍋島家の恩人/維新の蕭何 〈33〉 에토 신페이/나베시마 일가의 은인/유신의 소하	江東	수필/일상	
3	3		夜の京城 〈2〉 밤의 경성		수필/기행	
3	5~6		私の眼に映したる村田の藝風 눈에 비친 무라타의 예풍		수필/비평	
4	1~2		文覺 〈33〉 몬가쿠	中里介山	소설/일본 고전	

1914년 04월 07일 (화) 4616호

지면	단수	기획	기사제목 〈회수〉〔곡수〕	필자/저자(역자)	분류	비고
1	4~6		江藤新平/彰義隊討伐と江藤大隈 〈34〉 에토 신페이/창의대 토벌과 에토 오쿠마	江東	수필/일상	
3	2~4		夜の京城 〈3〉 밤의 경성		수필/기행	
3	4		壽座の村田劇 〈1〉 고토부키자의 무라타 연극	胡蝶生	수필/비평	
4	1~3		野狐三次 〈156〉 노기쓰네 산지	神田伯山	고단	회수 오류
6	1~3		文覺 〈34〉 몬가쿠	中里介山	소설/일본 고전	

1914년 04월 08일 (수) 4617호

지면	단수	기획	기사제목 〈회수〉〔곡수〕	필자/저자(역자)	분류	비고
1	3~6		江藤新平/上野攻擊 〈35〉 에토 신페이/우에노 공격	江東	수필/일상	
3	2~4		夜の京城 〈4〉 밤의 경성		수필/기행	
3	4		紅紫戀の色糸/天安一樂亭の澄子 〈1〉 붉은빛과 보랏빛 사랑의 색실/천안 이치라쿠테이의 스미코		수필/일상	
4	1~3		野狐三次 〈159〉 노기쓰네 산지	神田伯山	고단	회수 오류
4	3~4		木浦から光州まで 〈2〉 목포에서 광주까지	光州支局 山口生	수필/기행	
4	4~5		壽座の村田劇 〈2〉 고토부키자의 무라타 연극	胡蝶生	수필/비평	
6	1~3		文覺 〈35〉 몬가쿠	中里介山	소설/일본 고전	

지면	단수	기획	기사제목 〈회수〉〔곡수〕	필자/저자(역자)	분류	비고
1914년 04월 09일 (목) 4618호						
1	2~5		江藤新平/上野の陷落 〈36〉 에토 신페이/우에노 함락	江東	수필/일상	
1	5~6		業間錄 업간록	石上#	수필/일상	
3	3		物識博士 만물박사		수필/일상	
3	3~5	文藝	在鮮の兄上に 弟より 재선의 형님에게 동생으로부터		수필/일상	
4	1~3		野狐三次 〈160〉 노기쓰네 산지	神田伯山	고단	회수 오류
4	3~4		木浦から光州まで 〈3〉 목포에서 광주까지	光州支局 山口生	수필/기행	
4	4~5		紅紫戀の色糸/天安―樂亭の澄子 〈2〉 붉은빛과 보랏빛 사랑의 색실/천안 이치라쿠테이의 스미코		수필/일상	
6	1~3		文覺 〈36〉 몬가쿠	中里介山	소설/일본 고전	
1914년 04월 10일 (금) 4619호						
1	2~4		黑牛白犢を生む 검은 소 흰 송아지를 낳는다		수필/일상	
1	5~6		江藤新平/遷都の發頭人 〈37〉 에토 신페이/천도의 장본인	江東	수필/일상	
3	1~2	文藝	出途 출도	大邱 紫水	수필/일상	
3	3		物識博士 만물박사		수필/일상	
4	1~3		野狐三次 〈160〉 노기쓰네 산지	神田伯山	고단	
4	3~5		紅紫戀の色糸/妖婦澄子の凄ご腕/色男同士の鉢合せ 〈3〉 붉은빛과 보랏빛 사랑의 색실/요부 스미코의 솜씨/색남끼리의 우연한 만남		수필/일상	
6	1~3		文覺 〈36〉 몬가쿠	中里介山	소설/일본 고전	회수 오류
1914년 04월 11일 (토) 4620호						
1	1		黑牛白犢を生む 검은 소가 흰 송아지를 낳다		수필/일상	
1	2~5		江藤新平/遷都の建白 〈38〉 에토 신페이/천도 건백	江東	수필/일상	
3	1		業間錄 업간록	石上仙	수필/일상	
3	4	文藝	能耕會俳句(京城) 〔3〕 노코카이 하이쿠(경성)	芳#	시가/하이쿠	
3	4	文藝	能耕會俳句(京城) 〔3〕 노코카이 하이쿠(경성)	魯伸	시가/하이쿠	
3	4	文藝	能耕會俳句(京城) 〔3〕 노코카이 하이쿠(경성)	守門	시가/하이쿠	
3	4	文藝	春季雜吟 〔16〕 춘계-잡음	大うん居	시가/하이쿠	
4	1~3		野狐三次 〈162〉 노기쓰네 산지	神田伯山	고단	회수 오류

지면	단수	기획	기사제목 〈회수〉 〔곡수〕	필자/저자(역자)	분류	비고
6	1~2		文覺 〈37〉 몬가쿠	中里介山	소설/일본 고전	

1914년 04월 12일 (일) 4621호

지면	단수	기획	기사제목 〈회수〉 〔곡수〕	필자/저자(역자)	분류	비고
1	5		皇太后陛下御歌/誠 〔1〕 황태후 폐하 노래/진심	昭憲皇太后	시가/단카	
1	5		皇太后陛下御歌/旅宿夢 〔1〕 황태후 폐하 노래/여숙에서의 꿈	昭憲皇太后	시가/단카	
1	5		皇太后陛下御歌/田#夜 〔1〕 황태후 폐하 노래/전#야	昭憲皇太后	시가/단카	
1	5		皇太后陛下御歌/#港 〔1〕 황태후 폐하 노래/#항	昭憲皇太后	시가/단카	
1	5		皇太后陛下御歌/##海 〔1〕 황태후 폐하 노래/##해	昭憲皇太后	시가/단카	
1	5		皇太后陛下御歌/新年松 〔1〕 황태후 폐하 노래/신년 소나무	昭憲皇太后	시가/단카	
1	5		皇太后陛下御歌/巖上龜 〔1〕 황태후 폐하 노래/바위 위의 거북	昭憲皇太后	시가/단카	
1	5		皇太后陛下御歌/讀書言志 〔1〕 황태후 폐하 노래/독서언지	昭憲皇太后	시가/단카	
1	5		皇太后陛下御歌/節制 〔1〕 황태후 폐하 노래/절제	昭憲皇太后	시가/단카	
1	5		皇太后陛下御歌/#人新年語 〔1〕 황태후 폐하 노래/#인 신년어	昭憲皇太后	시가/단카	
1	5~6		黑牛白犢を生む 검은 소가 흰 송아지를 낳다		수필/일상	
3	1~2		江藤新平/遷都の決行 〈39〉 에토 신페이/천도 결행	江東	수필/일상	
3	2		物識博士 만물박사		수필/일상	
3	2~4	文藝	イゴエスト 이고에스토	利枝吉	수필/일상	
3	5~6		戰友 전우	山道かせん	수필/일상	
4	1~3		野狐三次 〈163〉 노기쓰네 산지	神田伯山	고단	회수 오류
6	1~3		文覺 〈39〉 몬가쿠	中里介山	소설/일본 고전	회수 오류

1914년 04월 13일 (월) 4622호

지면	단수	기획	기사제목 〈회수〉 〔곡수〕	필자/저자(역자)	분류	비고
1	5		皇太后陛下御歌/日出山 〔1〕 황태후 폐하 노래/일출산	昭憲皇太后	시가/단카	
1	5		皇太后陛下御歌/深夜夢 〔1〕 황태후 폐하 노래/심야몽	昭憲皇太后	시가/단카	
1	5		皇太后陛下御歌/###女 〔1〕 황태후 폐하 노래/###녀	昭憲皇太后	시가/단카	
1	5		皇太后陛下御歌/溝潔 〔1〕 황태후 폐하 노래/구결	昭憲皇太后	시가/단카	
1	5		皇太后陛下御歌/海上春月 〔1〕 황태후 폐하 노래/해상춘월	昭憲皇太后	시가/단카	
1	5~6		皇太后陛下御歌/光陰如矢 〔1〕 황태후 폐하 노래/광음여시	昭憲皇太后	시가/단카	

지면	단수	기획	기사제목 〈회수〉〔곡수〕	필자/저자(역자)	분류	비고
1	6		皇太后陛下御歌/社頭新世 〔1〕 황태후 폐하 노래/사두신세	昭憲皇太后	시가/단카	
1	6		皇太后陛下御歌/北條時宗 〔1〕 황태후 폐하 노래/호조 도키무네	昭憲皇太后	시가/단카	
1	6		皇太后陛下御歌/勤勞 〔1〕 황태후 폐하 노래/근로	昭憲皇太后	시가/단카	
1	6		皇太后陛下御歌/寄山視 〔1〕 황태후 폐하 노래/기산시	昭憲皇太后	시가/단카	
1	6		皇太后陛下御歌/海邊夏月 〔1〕 황태후 폐하 노래/해변하월	昭憲皇太后	시가/단카	
1	6~7		江藤新平/東京市政と南白 〈39〉 에토 신페이/도쿄 시정과 난파쿠	江東	수필/일상	회수 오류
3	5		太后陛下御歌/春風來海上(明治二年) 〔1〕 태후 폐하 노래/춘풍래해상(메이지2년)	昭憲皇太后	시가/단카	
3	5		太后陛下御歌/春來日暖(明治三年) 〔1〕 태후 폐하 노래/춘래일난(메이지3년)	昭憲皇太后	시가/단카	
3	5		太后陛下御歌/貴賤春迎(明治四年) 〔1〕 태후 폐하 노래/귀적춘영(메이지4년)	昭憲皇太后	시가/단카	
3	5		太后陛下御歌/風光日々新(明治五年) 〔1〕 태후 폐하 노래/풍광일일신(메이지5년)	昭憲皇太后	시가/단카	
3	5		太后陛下御歌/新年祝道(明治六年) 〔1〕 태후 폐하 노래/신년축도(메이지6년)	昭憲皇太后	시가/단카	
3	5~6		太后陛下御歌/迎年言志(明治七年) 〔1〕 태후 폐하 노래/영년언지(메이지7년)	昭憲皇太后	시가/단카	
3	6		太后陛下御歌/都鄙迎年(明治八年) 〔1〕 태후 폐하 노래/도비영년(메이지8년)	昭憲皇太后	시가/단카	
3	6		太后陛下御歌/新年望山(明治九年) 〔1〕 태후 폐하 노래/신년망산(메이지9년)	昭憲皇太后	시가/단카	
3	6		太后陛下御歌/松不改色(明治十年) 〔1〕 태후 폐하 노래/송부개색(메이지10년)	昭憲皇太后	시가/단카	
3	6		太后陛下御歌/鷺人新年題(明治十一年) 〔1〕 태후 폐하 노래/로인신년제(메이지11년)	昭憲皇太后	시가/단카	
3	6		太后陛下御歌/新年親首(明治十二年) 〔1〕 태후 폐하 노래/신년친수(메이지12년)	昭憲皇太后	시가/단카	
3	6		太后陛下御歌/庭上鶴馴(明治十三年) 〔1〕 태후 폐하 노래/정상학순(메이지13년)	昭憲皇太后	시가/단카	
3	6		太后陛下御歌/竹有佳色(明治十四年) 〔1〕 태후 폐하 노래/죽유가색(메이지14년)	昭憲皇太后	시가/단카	
3	6		太后陛下御歌/川水久澄(明治十五年) 〔1〕 태후 폐하 노래/천수구징(메이지15년)	昭憲皇太后	시가/단카	
4	1~4		野狐三次 〈164〉 노기쓰네 산지	神田伯山	고단	회수 오류

1914년 04월 14일 (화) 4623호

지면	단수	기획	기사제목 〈회수〉〔곡수〕	필자/저자(역자)	분류	비고
1	2~3		黑牛白犢を生む 검은 소가 흰 송아지를 낳다		수필/일상	
1	3~5		江藤新平/東京市政と南白 〈39〉 에토 신페이/도쿄 시정과 난파쿠	江東	수필/일상	회수 오류
1	5		皇太后陛下御歌/四海清(明治十六年) 〈2〉〔1〕 황태후 폐하 노래/사해청(메이지16년)	昭憲皇太后	시가/단카	
1	5		皇太后陛下御歌/晴天鶴(明治十七年) 〈2〉〔1〕 황태후 폐하 노래/맑은 하늘의 학(메이지17년)	昭憲皇太后	시가/단카	

지면	단수	기획	기사제목 〈회수〉〔곡수〕	필자/저자(역자)	분류	비고
1	5		皇太后陛下御歌/雪中早梅(明治十八年) 〈2〉〔1〕 황태후 폐하 노래/눈 속 이른 매화(메이지18년)	昭憲皇太后	시가/단카	
1	5		皇太后陛下御歌/綠竹年久(明治十九年) 〈2〉〔1〕 황태후 폐하 노래/녹죽년구(메이지19년)	昭憲皇太后	시가/단카	
1	5		皇太后陛下御歌/池水浪靜(明治二十年) 〈2〉〔1〕 황태후 폐하 노래/지수랑정(메이지20년)	昭憲皇太后	시가/단카	
1	6		皇太后陛下御歌/雪埋松(明治二十一年) 〈2〉〔1〕 황태후 폐하 노래/눈에 묻혀있는 소나무(메이지21년)	昭憲皇太后	시가/단카	
1	6		皇太后陛下御歌/水石契久(明治廿二年) 〈2〉〔1〕 황태후 폐하 노래/수석계구(메이지22년)	昭憲皇太后	시가/단카	
1	6		皇太后陛下御歌/寄國稅(明治廿三年) 〈2〉〔1〕 황태후 폐하 노래/기국세(메이지23년)	昭憲皇太后	시가/단카	
1	6		皇太后陛下御歌/社頭新世(明治廿四年) 〈2〉〔1〕 황태후 폐하 노래/사두신세(메이지24년)	昭憲皇太后	시가/단카	
1	6		皇太后陛下御歌/日出山(明治廿五年) 〈2〉〔1〕 황태후 폐하 노래/일출산(메이지25년)	昭憲皇太后	시가/단카	
1	6		皇太后陛下御歌/巖上龜(明治廿六年) 〈2〉〔1〕 황태후 폐하 노래/바위 위의 거북(메이지26년)	昭憲皇太后	시가/단카	
1	6		皇太后陛下御歌/梅花先春(明治廿七年) 〈2〉〔1〕 황태후 폐하 노래/매화선춘(메이지27년)	昭憲皇太后	시가/단카	
1	6		皇太后陛下御歌/寄山祝(明治廿九年) 〈2〉〔1〕 황태후 폐하 노래/기산축(메이지29년)	昭憲皇太后	시가/단카	
3	1		業間錄 업간록	石上仙	수필/일상	
3	2~3		皇太后陛下の御歌/故御歌所長男爵高崎正風遺話 황태후 폐하의 노래/고어가소장남작고기정풍유화		수필/일상	
4	1~3		野狐三次 〈165〉 노기쓰네 산지	神田伯山	고단	회수 오류
4	3~4		愁雲悲風/土方伯の謹話 수운비풍/히지카타 백작의 근화		수필/일상	
6	1~3		文覺 〈40〉 몬가쿠	中里介山	소설/일본 고전	

1914년 04월 15일 (수) 4624호

지면	단수	기획	기사제목 〈회수〉〔곡수〕	필자/저자(역자)	분류	비고
1	5~6		江藤新平/虎門外の遭難 〈41〉 에토 신페이/도라노몬 외에서 조난	江東	수필/일상	
4	1~3		野狐三次 〈166〉 노기쓰네 산지	神田伯山	고단	회수 오류
6	1~3		文覺 〈41〉 몬가쿠	中里介山	소설/일본 고전	

1914년 04월 16일 (목) 4625호

지면	단수	기획	기사제목 〈회수〉〔곡수〕	필자/저자(역자)	분류	비고
1	2~3		黑牛白犢を生む 검은 소가 흰 송아지를 낳다		수필/일상	
1	3		皇太后陛下御歌/十二德御詠/節制 〈3〉〔1〕 황태후 폐하 노래/십이덕어영/절제	昭憲皇太后	시가/단카	
1	3		皇太后陛下御歌/十二德御詠/清潔 〈3〉〔1〕 황태후 폐하 노래/십이덕어영/청결	昭憲皇太后	시가/단카	
1	3		皇太后陛下御歌/十二德御詠/勤勞 〈3〉〔1〕 황태후 폐하 노래/십이덕어영/근로	昭憲皇太后	시가/단카	
1	3		皇太后陛下御歌/十二德御詠/沈默 〈3〉〔1〕 황태후 폐하 노래/십이덕어영/침묵	昭憲皇太后	시가/단카	

지면	단수	기획	기사제목 〈회수〉〔곡수〕	필자/저자(역자)	분류	비고
1	3		皇太后陛下御歌/十二德御詠/確志 〈3〉〔1〕 황태후 폐하 노래/십이덕어영/확지	昭憲皇太后	시가/단카	
1	3		皇太后陛下御歌/十二德御詠/誠實 〈3〉〔1〕 황태후 폐하 노래/십이덕어영/성실	昭憲皇太后	시가/단카	
1	3		皇太后陛下御歌/十二德御詠/溫和 〈3〉〔1〕 황태후 폐하 노래/십이덕어영/온화	昭憲皇太后	시가/단카	
1	3		皇太后陛下御歌/十二德御詠/謙遜 〈3〉〔1〕 황태후 폐하 노래/십이덕어영/겸손	昭憲皇太后	시가/단카	
1	4		皇太后陛下御歌/十二德御詠/順序 〈3〉〔1〕 황태후 폐하 노래/십이덕어영/순서	昭憲皇太后	시가/단카	
1	4		皇太后陛下御歌/十二德御詠/節儉 〈3〉〔1〕 황태후 폐하 노래/십이덕어영/절검	昭憲皇太后	시가/단카	
1	4		皇太后陛下御歌/十二德御詠/冷靜 〈3〉〔1〕 황태후 폐하 노래/십이덕어영/냉정	昭憲皇太后	시가/단카	
1	4		皇太后陛下御歌/十二德御詠/公義 〈3〉〔1〕 황태후 폐하 노래/십이덕어영/공의	昭憲皇太后	시가/단카	
1	5~6		江藤新平/中辨時代の南白 〈42〉 에토 신페이/중변시대의 난파쿠	江東	수필/일상	
3	3~5	文藝	古き手帳より 낡은 수첩에서	大邱 今村紫水	수필/일상	
3	4		物識博士 만물박사		수필/일상	
4	1~2		野狐三次 〈167〉 노기쓰네 산지	神田伯山	고단	회수 오류
6	1~3		文覺 〈42〉 몬가쿠	中里介山	소설/일본 고전	

1914년 04월 17일 (금) 4626호

지면	단수	기획	기사제목 〈회수〉〔곡수〕	필자/저자(역자)	분류	비고
3	1~2		業間錄 업간록	石上仙	수필/일상	
3	2		皇太后陛下御歌/田家煙(明治三十二年) 〈4〉〔1〕 황태후 폐하 노래/농가의 연기(메이지32년)	昭憲皇太后	시가/단카	
3	2		皇太后陛下御歌/松上鶴(明治三十三年) 〈4〉〔1〕 황태후 폐하 노래/소나무 위의 학(메이지33년)	昭憲皇太后	시가/단카	
3	2		皇太后陛下御歌/雪中竹(明治三十四年) 〈4〉〔1〕 황태후 폐하 노래/눈 속의 대나무(메이지34년)	昭憲皇太后	시가/단카	
3	2		皇太后陛下御歌/新年梅(明治卅五年) 〈4〉〔1〕 황태후 폐하 노래/신년 매화(메이지35년)	昭憲皇太后	시가/단카	
3	2		皇太后陛下御歌/新年海(明治卅六年) 〈4〉〔1〕 황태후 폐하 노래/신년 바다(메이지36년)	昭憲皇太后	시가/단카	
3	2		皇太后陛下御歌/巖上松(明治卅七年) 〈4〉〔1〕 황태후 폐하 노래/바위 위의 소나무(메이지37년)	昭憲皇太后	시가/단카	
3	2		皇太后陛下御歌/新年山(明治卅八年) 〈4〉〔1〕 황태후 폐하 노래/신년 산(메이지38년)	昭憲皇太后	시가/단카	
3	3		皇太后陛下御歌/新年河(明治卅九年) 〈4〉〔1〕 황태후 폐하 노래/신년 강(메이지39년)	昭憲皇太后	시가/단카	
3	3		皇太后陛下御歌/新年松(明治四十年) 〈4〉〔1〕 황태후 폐하 노래/신의 소나무송(메이지40년)	昭憲皇太后	시가/단카	
3	3		皇太后陛下御歌/社頭松(明治四十一年) 〈4〉〔1〕 황태후 폐하 노래/신사 앞 소나무(메이지41년)	昭憲皇太后	시가/단카	
3	3		皇太后陛下御歌/雪中松(明治四十二年) 〈4〉〔1〕 황태후 폐하 노래/눈 속의 소나무(메이지42년)	昭憲皇太后	시가/단카	

지면	단수	기획	기사제목 〈회수〉〔곡수〕	필자/저자(역자)	분류	비고
3	3		皇太后陛下御歌/新年雪(明治四十三年) 〈4〉〔1〕 황태후 폐하 노래/신년 눈(메이지43년)	昭憲皇太后	시가/단카	
3	3		皇太后陛下御歌/寒月照梅花(明治四十四年) 〈4〉〔1〕 황태후 폐하 노래/겨울 달에 비치는 매화 꽃(메이지44년)	昭憲皇太后	시가/단카	
3	3		皇太后陛下御歌/松上鶴(明治四十五年) 〈4〉〔1〕 황태후 폐하 노래/소나무 위의 학(메이지45년)	昭憲皇太后	시가/단카	
3	3		皇太后陛下御歌/社頭杉(大正三年) 〈4〉〔1〕 황태후 폐하 노래/신사 앞 삼나무(다이쇼3년)	昭憲皇太后	시가/단카	
3	3		物識博士 만물박사		수필/일상	
4	1~3		野狐三次 〈168〉 노기쓰네 산지	神田伯山	고단	회수 오류
4	4~5	文藝	古き手帳より 낡은 수첩에서	大邱 今村紫水	수필/일상	
4	5	文藝	逢へる心 〔1〕 만나는 마음	小西拙堂	시가/신체시	
4	5	文藝	やくどし 〔1〕 액년	小西拙堂	시가/신체시	
4	5	文藝	北斗 〔1〕 북두	小西拙堂	시가/신체시	
6	1~3		文覺 〈42〉 몬가쿠	中里介山	소설/일본 고전	

1914년 04월 18일 (토) 4627호

지면	단수	기획	기사제목 〈회수〉〔곡수〕	필자/저자(역자)	분류	비고
1	2~3		黑牛白犢を生む 검은 소가 흰 송아지를 낳다		수필/일상	
1	3~5		江藤新平/郡縣制度と南白(上) 〈43〉 에토 신페이/군현 제도와 난파쿠(상)	江東	수필/일상	
4	1~3		野狐三次 〈169〉 노기쓰네 산지	神田伯山	고단	회수 오류
4	3~5	文藝	鄕里の愛弟に 고향에 있는 사랑하는 동생에게	愚兄	수필/일상	

1914년 04월 19일 (일) 4628호

지면	단수	기획	기사제목 〈회수〉〔곡수〕	필자/저자(역자)	분류	비고
1	2~3		黑牛白犢を生む 검은 소가 흰 송아지를 낳다		수필/일상	
1	3~6		江藤新平/郡縣制度と南白 〈44〉 에토 신페이/군현 제도와 난파쿠	江東	수필/일상	
3	1		業間錄 업간록	石上仙	수필/일상	
3	3~4		活動寫眞 활동사진	###	수필/일상	
3	4		茶話し 다화		수필/일상	
4	1~3		野狐三次 〈170〉 노기쓰네 산지	神田伯山	고단	회수 오류
6	1~3		文覺 〈43〉 몬가쿠	中里介山	소설/일본 고전	

1914년 04월 20일 (월) 4629호

지면	단수	기획	기사제목 〈회수〉〔곡수〕	필자/저자(역자)	분류	비고
1	2~3		黑牛白犢を生む 검은 소가 흰 송아지를 낳다		수필/일상	

지면	단수	기획	기사제목 〈회수〉〔곡수〕	필자/저자(역자)	분류	비고
1	3~6		江藤新平/郡縣制度と南白 〈45〉 에토 신페이/군현 제도와 난파쿠	江東	수필/일상	
4	1~3		野狐三次 〈171〉 노기쓰네 산지	神田伯山	고단	회수 오류

1914년 04월 21일 (화) 4630호

지면	단수	기획	기사제목 〈회수〉〔곡수〕	필자/저자(역자)	분류	비고
1	2~4		黑牛白犢を生む 검은 소가 흰 송아지를 낳다		수필/일상	
1	4~6		江藤新平/文部と左院 〈46〉 에토 신페이/문부와 좌원	江東	수필/일상	
4	1~3		野狐三次 〈172〉 노기쓰네 산지	神田伯山	고단	회수 오류
4	3		月光の害毒 달빛의 해독		수필/일상	
5	4		黃州二葉會俳句 〔1〕 황주 후타바카이 하이쿠	龜	시가/하이쿠	
5	4		黃州二葉會俳句 〔1〕 황주 후타바카이 하이쿠	柳水	시가/하이쿠	
5	4		黃州二葉會俳句 〔1〕 황주 후타바카이 하이쿠	如水	시가/하이쿠	
11	3	文藝	新日語荷 エプロンの喪章の幼女よ 〔1〕 신일어하 에이프런에 상장을 단 어린 소녀야	野崎小蟹	시가/신체시	
11	3~4	文藝	友の墓前に佇んで 벗의 묘 앞에 잠시 멈춰서	大邱 今村紫水	수필/일상	
14	1~3		文覺 〈45〉 몬가쿠	中里介山	소설/일본 고전	

1914년 04월 22일 (수) 4631호

지면	단수	기획	기사제목 〈회수〉〔곡수〕	필자/저자(역자)	분류	비고
1	2~5		洮南視察談 〈1〉 타오난 시찰담	早####列館長	수필/기행	
1	5~6		江藤新平/文部と左院/自家平等の理想家 〈47〉 에토 신페이/문부와 좌원/자가 평등의 이상가	江東	수필/일상	
3	4		茶ばなし 다화		수필/일상	
4	1~3		野狐三次 〈173〉 노기쓰네 산지	神田伯山	고단	회수 오류
6	1~3		文覺 〈45〉 몬가쿠	中里介山	소설/일본 고전	회수 오류

1914년 04월 23일 (목) 4632호

지면	단수	기획	기사제목 〈회수〉〔곡수〕	필자/저자(역자)	분류	비고
1	2~3		黑牛白犢を生む 검은 소가 흰 송아지를 낳다		수필/일상	
1	3~5		江藤新平/司法制度の創定 〈48〉 에토 신페이/사법제도 창정	江東	수필/일상	
3	2		茶ばなし 다화		수필/일상	
4	1~3		野狐三次 〈174〉 노기쓰네 산지	神田伯山	고단	회수 오류
4	3~4		朝鮮の古美術 조선의 고미술	松本##郎氏談	수필/일상	
6	1~3		文覺 〈47〉 몬가쿠	中里介山	소설/일본 고전	

지면	단수	기획	기사제목 〈회수〉〔곡수〕	필자/저자(역자)	분류	비고
			1914년 04월 24일 (금) 4633호			
1	2~3		黑牛白犢を生む 검은 소가 흰 송아지를 낳다		수필/일상	
1	3~5		江藤新平/人身賣買の禁止 〈48〉 에토 신페이/인신매매 금지	江東	수필/일상	회수 오류
1	5~6		洮南視察談 〈2〉 타오난 시찰담	早####列館長	수필/기행	
3	1~2		汽車博覽會/僕の見た汽車博覽會 〈1〉 기차박람회/내가 본 기차박람회	山崎生	수필/평판기	
3	4	文藝	拙堂兄へ 〔5〕 세쓰도형에게	##二星	시가/단카	
4	1~3		野狐三次 〈175〉 노기쓰네 산지	神田伯山	고단	회수 오류
4	4		茶ばなし 다화		수필/일상	
6	1~2		文覺 〈48〉 몬가쿠	中里介山	소설/일본 고전	
			1914년 04월 25일 (토) 4634호			
1	2		黑牛白犢を生む 검은 소가 흰 송아지를 낳다		수필/일상	
1	3~5		江藤新平/文明的監獄の改良 〈48〉 에토 신페이/문명적 감옥의 개량	江東	수필/일상	회수 오류
3	1~2		業間錄 업간록	石上仙	수필/일상	
3	2~3		汽車博覽會/僕の見た汽車博覽會/軒別評判記 〈2〉 기차박람회/내가 본 기차박람회/호별 평판기	山崎生	수필/평판기	
6	1~3		文覺 〈49〉 몬가쿠	中里介山	소설/일본 고전	
			1914년 04월 26일 (일) 4635호			
1	2~3		黑牛白犢を生む 검은 소가 흰 송아지를 낳다		수필/일상	
1	3~5		江藤新平/豫算問題の大波瀾 〈50〉 에토 신페이/예산 문제의 큰 파란	江東	수필/일상	
3	1~2		汽車博覽會/僕の見た汽車博覽會/軒別評判記 〈3〉 기차박람회/내가 본 기차박람회/호별 평판기	山崎生	수필/평판기	
4	1~3		野狐三次 〈176〉 노기쓰네 산지	神田伯山	고단	회수 오류
6	1~3		文覺 〈49〉 몬가쿠	中里介山	소설/일본 고전	회수 오류
			1914년 04월 27일 (월) 4636호			
1	2~3		黑牛白犢を生む 검은 소가 흰 송아지를 낳다		수필/일상	
1	3~6		江藤新平/辭職の趣意 〈52〉 에토 신페이/사직의 취지	江東	수필/일상	회수 오류
3	4	文藝	春雜吟 〔6〕 춘-잡음	大芸居	시가/하이쿠	
4	1~3		野狐三次 〈177〉 노기쓰네 산지	神田伯山	고단	회수 오류

지면	단수	기획	기사제목 〈회수〉〔곡수〕	필자/저자(역자)	분류	비고
1914년 04월 28일 (화) 4637호						
1	2~3		黑牛白犢を生む 검은 소가 흰 송아지를 낳다		수필/일상	
1	3~5		江藤新平/南白の勝利 〈52〉 에토 신페이/난파쿠의 승리	江東	수필/일상	
3	2~4		汽車博覽會/僕の見た汽車博覽會/軒別評判記 〈4〉 기차박람회/내가 본 기차박람회/호별 평판기	山崎生	수필/평판기	
4	1~3		野狐三次 〈178〉 노기쓰네 산지	神田伯山	고단	회수 오류
5	1~2		花を訪て/牛耳洞へ 〈1〉 꽃을 찾아서/우이동으로	怒牛	수필/일상	
5	2~3		徂く春 가는 봄		수필/일상	
6	1~3		文覺 〈51〉 몬가쿠	中里介山	소설/일본 고전	
1914년 04월 29일 (수) 4638호						
1	1~2		己の立つ處を堀れ 자신 있는 곳을 파라		수필/일상	
1	2~3		黑牛白犢を生む 검은 소가 흰 송아지를 낳다		수필/일상	
1	3~5		江藤新平/山城屋騷動(上) 〈54〉 에토 신페이/야마시로야 소동(상)	江東	수필/일상	
3	1~2		列車內雜俎/鐵海より 열차 내 잡조/철해에서	##	수필/기행	
4	1~3		野狐三次 〈179〉 노기쓰네 산지	神田伯山	고단	회수 오류
4	3~5		京城と觀劇眼 〈1〉 경성과 관극안	石森胡蝶	수필/일상	
5	1		花を訪て/牛耳洞へ 〈2〉 꽃을 찾아서/우이동으로	健坊	수필/일상	
6	1~3		文覺 〈52〉 몬가쿠	中里介山	소설/일본 고전	
1914년 04월 30일 (목) 4639호						
1	2~3		黑牛白犢を生む 검은 소가 흰 송아지를 낳다		수필/일상	
1	3~6		江藤新平/山城屋騷動(中) 〈55〉 에토 신페이/야마시로야 소동(중)	江東	수필/일상	
3	1~2		汽車博覽會/僕の見たる汽車博覽會/記念繪葉書 〈4〉 기차박람회/내가 본 기차박람회/기념 그림 엽서	山崎生	수필/기타	
3	2~3		列車內雜俎/磯より 열차 내 잡조/물가에서	釜山にて #雨生	수필/기행	
4	1~3		野狐三次 〈180〉 노기쓰네 산지	神田伯山	고단	회수 오류
4	3~4		京城と觀劇眼 〈2〉 경성과 관극안	石森胡蝶	수필/일상	
5	1~2		花を訪て/牛耳洞へ 〈3〉 꽃을 찾아서/우이동으로	#風	수필/일상	
6	1~3		文覺 〈53〉 몬가쿠	中里介山	소설/일본 고전	

지면	단수	기획	기사제목 〈회수〉〔곡수〕	필자/저자(역자)	분류	비고
			1914년 05월 01일 (금) 4640호			
1	2~4		黑牛白犢を生む 검은 소가 흰 송아지를 낳다		수필/일상	
1	4~6		江藤新平/山城屋騒動(下) 〈56〉 에토 신페이/야마시로야 소동(하)	江東	수필/일상	
3	2~3		列車內雜俎 열차 내 잡조		수필/기행	
3	4	文藝	春雜吟 〈6〉 봄-잡음	##	시가/하이쿠	
3	4		茶ばなし 다화		수필/일상	
4	1~2		文覺 〈54〉 몬가쿠	中里介山	소설/일본 고전	
4	2~4	講和	幽霊の研究(上) 〈1〉 유령 연구(상)	文學博士 井上#了 氏談	수필/기타	
5	1~2		花を訪て/牛耳洞へ 〈4〉 꽃을 찾아서/우이동으로	乙末	수필/일상	
6	1~4		野狐三次 〈181〉 노기쓰네 산지	神田伯山	고단	회수 오류
			1914년 05월 02일 (토) 4641호			
1	2		黑牛白犢を生む 검은 소가 흰 송아지를 낳다		수필/일상	
1	4~6		江藤新平/尾去澤銅山事件(上) 〈57〉 에토 신페이/오사리자와 동산 사건(상)	江東	수필/일상	
3	1		列車內雜俎/倭館より 열차 내 잡조/왜관에서	特派員	수필/기행	
4	1~3		野狐三次 〈182〉 노기쓰네 산지	神田伯山	고단	회수 오류
4	3~4	講和	幽霊の研究(下) 〈2〉 유령 연구(하)	文學博士 井上#了 氏談	수필/기타	
4	4	文藝	東と西の人 〔2〕 동쪽과 서쪽의 사람	大芸居	시가/단카	
4	5	文藝	我ながら 〔5〕 스스로도	大芸居	시가/단카	
6	1~3		文覺 〈55〉 몬가쿠	中里介山	소설/일본 고전	
			1914년 05월 03일 (일) 4642호			
1	2		黑牛白犢を生む 검은 소가 흰 송아지를 낳다		수필/일상	
1	3~6		江藤新平/尾去澤銅山事件(中) 〈58〉 에토 신페이/오사리자와 동산 사건(중)	江東	수필/일상	
3	4		物識博士 만물박사		수필/일상	
4	1~3		野狐三次 〈183〉 노기쓰네 산지	神田伯山	고단	회수 오류
4	3~4		五月人形 오월 인형		수필/일상	
4	4		茶ばなし 다화		수필/일상	

지면	단수	기획	기사제목 〈회수〉〔곡수〕	필자/저자(역자)	분류	비고
6	1~3		文覺 〈56〉 몬가쿠	中里介山	소설/일본 고전	

1914년 05월 04일 (월) 4643호

지면	단수	기획	기사제목 〈회수〉〔곡수〕	필자/저자(역자)	분류	비고
1	2		黑牛白犢を生む 검은 소가 흰 송아지를 낳다		수필/일상	
1	3~5		江藤新平/尾去澤銅山事件(下) 〈59〉 에토 신페이/오사리자와 동산 사건(하)	江東	수필/일상	
1	6		汽車博笑話 기차박람회 소화		수필/일상	
3	4~5		六十日の旅/さらば大邱よ 육십일 여행/안녕 대구여	紫#郎	수필/기행	
3	5		京城西部の町名で出來た落語 경성 서부의 마을 이름으로 만들어진 라쿠고	山崎生	라쿠고	
4	1~3		野狐三次 〈184〉 노기쓰네 산지	神田伯山	고난	회수 오류

1914년 05월 05일 (화) 4644호

지면	단수	기획	기사제목 〈회수〉〔곡수〕	필자/저자(역자)	분류	비고
1	1~2		玉碎主義を發動せよ 옥쇄주의를 발동한다		수필/일상	
1	2~3		黑牛白犢を生む 검은 소가 흰 송아지를 낳다		수필/일상	
1	3~6		江藤新平/京都府知事を懲罰す 〈60〉 에토 신페이/교토부 지사를 징벌하다	江東	수필/일상	
3	1~2		列車內雜俎 열차 내 잡조		수필/일상	
3	2		物識博士 만물박사		수필/일상	
4	1~3		野狐三次 〈185〉 노기쓰네 산지	神田伯山	고단	회수 오류
5	1		端午節句由來 단오 명절 유래	文學博士 吉田東伍 氏談	수필/일상	
6	1~3		文覺 〈57〉 몬가쿠	中里介山	소설/일본 고전	

1914년 05월 06일 (수) 4645호

지면	단수	기획	기사제목 〈회수〉〔곡수〕	필자/저자(역자)	분류	비고
1	2~3		黑牛白犢を生む 검은 소가 흰 송아지를 낳다		수필/일상	
1	3~6		江藤新平/法典編纂 〈61〉 에토 신페이/법전 편찬	江東	수필/일상	
3	1		六十日の旅/輕鐵問題 육십일 여행/경철 문제	紫#郎	수필/기행	
4	1~3		野狐三次 〈186〉 노기쓰네 산지	神田伯山	고단	회수 오류
4	3~4		朝鮮女房氣質/元妓樓の女將 〈1〉 조선 마누라 기질/전 게이샤 요리집의 여주인		수필/일상	
4	4		物識博士 만물박사		수필/일상	
6	1~3		文覺 〈58〉 몬가쿠	中里介山	소설/일본 고전	

1914년 05월 07일 (목) 4646호

지면	단수	기획	기사제목 〈회수〉〔곡수〕	필자/저자(역자)	분류	비고
1	2~3		黑牛白犢を生む 검은 소가 흰 송아지를 낳다		수필/일상	
1	3~5		江藤新平/征韓論と南白〈62〉 에토 신페이/정한론과 난파쿠	江東	수필/일상	
1	5~6		六十日の旅/移民の狀態 육십일 여행/이민의 상태	紫#郎	수필/기행	
3	2		物識博士 만물박사		수필/일상	
3	3~5		朝鮮女房氣質/元妓樓の女將〈2〉 조선 마누라 기질/전 게이샤 요리집의 여주인		수필/일상	
4	1~3		野狐三次〈187〉 노기쓰네 산지	神田伯山	고단	회수 오류
5	1~2		夏の裝ひ/諒闇と流行 여름 치장/양암과 유행		수필/일상	
6	1~3		文覺〈59〉 몬가쿠	中里介山	소설/일본 고전	

1914년 05월 08일 (금) 4647호

지면	단수	기획	기사제목 〈회수〉〔곡수〕	필자/저자(역자)	분류	비고
1	2~3		黑牛白犢を生む 검은 소가 흰 송아지를 낳다		수필/일상	
1	3~5		江藤新平/征韓論と南白(甲)〈63〉 에토 신페이/정한론과 난파쿠(갑)	江東	수필/일상	
3	2		物識博士 만물박사		수필/일상	
4	1~3		野狐三次〈188〉 노기쓰네 산지	神田伯山	고단	회수 오류
6	1~3		文覺〈60〉 몬가쿠	中里介山	소설/일본 고전	

1914년 05월 09일 (토) 4648호

지면	단수	기획	기사제목 〈회수〉〔곡수〕	필자/저자(역자)	분류	비고
1	1~2		自ら譽あれ 스스로 명예 있게		수필/일상	
1	2~3		業間錄 업간록	石上仙	수필/일상	
1	3~5		江藤新平/征韓論と南白(丙)〈64〉 에토 신페이/정한론과 난파쿠(병)	江東	수필/일상	
3	1~2		列車內雜俎 열차 내 잡조		수필/일상	
3	2		物識博士 만물박사		수필/일상	
4	1~3		野狐三次〈189〉 노기쓰네 산지	神田伯山	고단	회수 오류
6	1~3		文覺〈61〉 몬가쿠	中里介山	소설/일본 고전	

1914년 05월 10일 (일) 4649호

지면	단수	기획	기사제목 〈회수〉〔곡수〕	필자/저자(역자)	분류	비고
1	2~3		黑牛白犢を生む 검은 소가 흰 송아지를 낳다		수필/일상	
1	3~5		江藤新平/征韓論と南白(丁)〈65〉 에토 신페이/정한론과 난파쿠(정)	江東	수필/일상	
1	5		仁川芋の葉吟社/四點句〔1〕 인천 이모노하긴샤/사점 구	松月	시가/하이쿠	

지면	단수	기획	기사제목 〈회수〉〔곡수〕	필자/저자(역자)	분류	비고
1	5		仁川芋の葉吟社/三點句〔2〕 인천 이모노하긴샤/삼점 구	松#	시가/하이쿠	
1	5		仁川芋の葉吟社/三點句〔1〕 인천 이모노하긴샤/삼점 구	##	시가/하이쿠	
1	5		仁川芋の葉吟社/二點句〔1〕 인천 이모노하긴샤/이점 구	#人	시가/하이쿠	
1	5		仁川芋の葉吟社/二點句〔1〕 인천 이모노하긴샤/이점 구	松嶺	시가/하이쿠	
1	6		仁川芋の葉吟社/二點句〔1〕 인천 이모노하긴샤/이점 구	風石	시가/하이쿠	
1	6		仁川芋の葉吟社/二點句〔1〕 인천 이모노하긴샤/이점 구	冷香	시가/하이쿠	
1	6		仁川芋の葉吟社/二點句〔1〕 인천 이모노하긴샤/이점 구	如才	시가/하이쿠	
1	6		仁川芋の葉吟社/二點句〔1〕 인천 이모노하긴샤/이점 구	大芸居	시가/하이쿠	
1	6		仁川芋の葉吟社/二點句〔1〕 인천 이모노하긴샤/이점 구	丹葉	시가/하이쿠	
1	6		仁川芋の葉吟社/二點句〔2〕 인천 이모노하긴샤/이점 구	#石公	시가/하이쿠	
1	6		仁川芋の葉吟社/二點句〔2〕 인천 이모노하긴샤/이점 구	#哉	시가/하이쿠	
3	2		物識博士 만물박사		수필/일상	
3	4		茶ばなし 다화		수필/일상	
4	1~3		野狐三次〈190〉 노기쓰네 산지	神田伯山	고단	회수 오류
4	3~4		汽車の食物と力 기차의 음식과 힘	汽車課長 橫井實郎 氏談	수필/일상	
4	5		春のなごり〔8〕 봄의 자취	仁川 ##	시가/하이쿠	
6	1~2		文覺〈62〉 몬가쿠	中里介山	소설/일본 고전	

1914년 05월 11일 (월) 4650호

지면	단수	기획	기사제목 〈회수〉〔곡수〕	필자/저자(역자)	분류	비고
1	2~5		江藤新平/征韓論と南白(戊)〈66〉 에토 신페이/정한론과 난파쿠(무)	江東	수필/일상	
4	1~3		野狐三次〈191〉 노기쓰네 산지	神田伯山	고단	회수 오류

1914년 05월 12일 (화) 4651호

지면	단수	기획	기사제목 〈회수〉〔곡수〕	필자/저자(역자)	분류	비고
1	2		曲肱の樂 곡현의 즐거움		수필/일상	
1	3~6		江藤新平/征韓論と南白(己)〈67〉 에토 신페이/정한론과 난파쿠(기)	江東	수필/일상	
3	2		物識博士 만물박사		수필/일상	
4	1~3		野狐三次〈192〉 노기쓰네 산지	神田伯山	고단	회수 오류
4	3~5	文藝	櫻花の散る頃 벚꽃이 질 무렵	##生	수필/일상	

지면	단수	기획	기사제목 〈회수〉〔곡수〕	필자/저자(역자)	분류	비고
6	1~3		文覺 〈63〉 몬가쿠	中里介山	소설/일본 고전	

1914년 05월 13일 (수) 4652호

지면	단수	기획	기사제목 〈회수〉〔곡수〕	필자/저자(역자)	분류	비고
1	2~3		曲肱の樂 곡현의 즐거움		수필/일상	
1	4~5		江藤新平/征韓論と南白(#) 〈68〉 에토 신페이/정한론과 난파쿠(#)	江東	수필/일상	
3	4~5		六十日の旅/閑靜な慶州 육십일 여행/한적한 경주	紫#郞	수필/기행	
4	1~3		野狐三次 〈193〉 노기쓰네 산지	神田伯山	고단	회수 오류
4	3~4		列車內雜俎 열차 내 잡조		수필/일상	
6	1~3		文覺 〈64〉 몬가쿠	中里介山	소설/일본 고전	
7	1~2		東拓視察團の觀光日記 〈1〉 동척 시찰단의 관광 일기		수필/일기	

1914년 05월 14일 (목) 4653호

지면	단수	기획	기사제목 〈회수〉〔곡수〕	필자/저자(역자)	분류	비고
1	2~3		曲肱の樂 곡현의 즐거움		수필/일상	
1	5~6		江藤新平/民選議員開設論(天) 〈69〉 에토 신페이/민선의원 개설론(천)	江東	수필/일상	
3	1~2		新羅の舊都より/東洋の羅馬 〈1〉 옛 수도 신라에서/동양의 로마	慶州に於て 遲々庵 主人	수필/일상	
3	3~4		東拓視察團の觀光日記 동척 시찰단의 관광 일기		수필/일기	
4	1~3		野狐三次 〈194〉 노기쓰네 산지	神田伯山	고단	회수 오류

1914년 05월 15일 (금) 4654호

지면	단수	기획	기사제목 〈회수〉〔곡수〕	필자/저자(역자)	분류	비고
1	1~2		依然として謎なり 여전히 수수께끼이다		수필/일상	
1	2~3		曲肱の樂 곡현의 즐거움		수필/일상	
1	3~6		江藤新平/民選議員開設論(人) 〈70〉 에토 신페이/민선의원 개설론(인)	江東	수필/일상	
3	1~2		新羅の舊都より/人口百万の舊都 〈2〉 옛 수도 신라에서/인구 백만의 옛 수도	慶州に於て 遲々庵 主人	수필/일상	
4	1~3		野狐三次 〈195〉 노기쓰네 산지	神田伯山	고단	회수 오류
4	3~4		東拓視察團の觀光日記(第二信) 동척 시찰단의 관광 일기(제2신)		수필/일기	
6	1~3		文覺 〈65〉 몬가쿠	中里介山	소설/일본 고전	

1914년 05월 16일 (토) 4655호

지면	단수	기획	기사제목 〈회수〉〔곡수〕	필자/저자(역자)	분류	비고
1	2~3		曲肱の樂 곡현의 즐거움		수필/일상	
1	5~6		江藤新平/民選議員開設論(人) 〈71〉 에토 신페이/민선의원 개설론(인)	江東	수필/일상	

지면	단수	기획	기사제목 〈회수〉〔곡수〕	필자/저자(역자)	분류	비고
3	1~2		新羅の舊都より/是我祖先墳墓の地 〈3〉 옛 수도 신라에서/시아조선분묘의 땅	慶州に於て 遲々庵 主人	수필/일상	
3	4		列車內雜俎 열차 내 잡조		수필/일상	
4	1~3		野狐三次 〈196〉 노기쓰네 산지	神田伯山	고단	회수 오류
4	3~4		東拓視察團の觀光日記(第三信) 동척 시찰단의 관광 일기(제3신)		수필/일기	

1914년 05월 17일 (일) 4656호

지면	단수	기획	기사제목 〈회수〉〔곡수〕	필자/저자(역자)	분류	비고
1	2~3		曲肱の樂 곡현의 즐거움		수필/일상	
1	3~6		江藤新平/佐賀征韓黨の行動 〈72〉 에토 신페이/사가 정한당의 행동	江東	수필/일상	
3	3		列車內雜俎 열차 내 잡조		수필/일상	
4	1~3		野狐三次 〈196〉 노기쓰네 산지	神田伯山	고단	
4	3~5		東拓視察團の觀光日記(第四信) 동척 시찰단의 관광 일기(제4신)		수필/일기	
6	1~3		文覺 〈65〉 몬가쿠	中里介山	소설/일본 고전	회수 오류
7	5~7		新羅の舊都より/佛國寺を見る 〈4〉 옛 수도 신라에서/불국사를 보다	慶州に於て 遲々庵 主人	수필/일상	

1914년 05월 18일 (월) 4657호

지면	단수	기획	기사제목 〈회수〉〔곡수〕	필자/저자(역자)	분류	비고
1	2~3		曲肱の樂 곡현의 즐거움		수필/일상	
1	4~5		江藤新平/南白の歸縣 〈73〉 에토 신페이/난파쿠의 귀현	江東	수필/일상	
4	1~3		野狐三次 〈198〉 노기쓰네 산지	神田伯山	고단	회수 오류

1914년 05월 19일 (화) 4658호

지면	단수	기획	기사제목 〈회수〉〔곡수〕	필자/저자(역자)	분류	비고
1	2~5		江藤新平 〈74〉 에토 신페이	江東	수필/일상	
3	1~2		新羅の舊都より/古蹟と遺物 〈4〉 옛 수도 신라에서/고적과 유물	慶州に於て 遲々庵 主人	수필/일상	
3	2~4		魚の多島海 다도해의 물고기	全南支社 田口生	수필/일상	
3	4		鳥致院印象記 〈1〉 조치원 인상기	忠淸#支社 一記者	수필/기행	
4	1~3		野狐三次 〈199〉 노기쓰네 산지	神田伯山	고단	회수 오류
4	3~4		東拓視察團の觀光日記(第五信) 동척 시찰단의 관광 일기(제5신)		수필/일기	
6	1~3		文覺 〈67〉 몬가쿠	中里介山	소설/일본 고전	

1914년 05월 20일 (수) 4659호

지면	단수	기획	기사제목 〈회수〉〔곡수〕	필자/저자(역자)	분류	비고
1	4~6		江藤新平/官肥兩軍戰鬪準備 〈75〉 에토 신페이/관비 양군 전투 준비	江東	수필/일상	

지면	단수	기획	기사제목 〈회수〉 〔곡수〕	필자/저자(역자)	분류	비고
3	1~2		列車内雜俎 열차 내 잡조		수필/일상	
3	2~3		鳥致院印象記 〈2〉 조치원 인상기	忠済#支社 一記者	수필/기행	
4	1~3		野狐三次 〈200〉 노기쓰네 산지	神田伯山	고단	회수 오류
4	3~4		東拓視察團の觀光日記(第五信) 동척 시찰단의 관광 일기(제5신)		수필/일기	
6	1~3		文覺 〈68〉 몬가쿠	中里介山	소설/일본 고전	

1914년 05월 21일 (목) 4660호

지면	단수	기획	기사제목 〈회수〉 〔곡수〕	필자/저자(역자)	분류	비고
1	2~4		曲肱の樂 곡현의 즐거움		수필/일상	
1	4~6		江藤新平/鎮臺兵の退却 〈76〉 에토 신페이/진대병의 퇴각	江東	수필/일상	
1	6	半島詩壇	欅觀論海日 〔1〕 거관론해일	大島奇山	시가/한시	
1	6	半島詩壇	曉起 〔1〕 효기	大島奇山	시가/한시	
1	6	半島詩壇	#肥州 〔1〕 #비주	成田普石	시가/한시	
1	6	半島詩壇	春夜宿僧院二首 〔2〕 춘야숙승원 이수	成田普石	시가/한시	
3	2~3		列車内雜俎 열차 내 잡조		수필/일상	
3	3~4		鳥致院より/鳥公道路の竣成期 조치원에서/조코 도로 준공기		수필/일상	
3	4		こぼるゝ白露か 〔1〕 흘러내리는 하얀 이슬인가	李坊生	시가/자유시	
3	4		忠兵衛もどき 〔1〕 주베에를 닮은	##坊	시가/자유시	
4	1~3		野狐三次 〈201〉 노기쓰네 산지	神田伯山	고단	회수 오류
6	1~3		文覺 〈69〉 몬가쿠	中里介山	소설/일본 고전	

1914년 05월 22일 (금) 4661호

지면	단수	기획	기사제목 〈회수〉 〔곡수〕	필자/저자(역자)	분류	비고
1	2~3		曲肱の樂 곡현의 즐거움		수필/일상	
1	3~6		江藤新平/肥軍敗北南白逃走 〈77〉 에토 신페이/피군 패배 난파쿠 도주	江東	수필/일상	
1	6	半島詩壇	#樓話別二首 〔2〕 #루화별 이수	成田普石	시가/한시	
1	6	半島詩壇	送靜學戸田先生歸鄉次# 〔1〕 송정학도다선생귀향차#	宮#雲堂	시가/한시	
1	6	半島詩壇	#皅# 〔1〕 #파#	#山牧雲	시가/한시	
1	6	半島詩壇	春夜宿僧院 〔1〕 춘야숙승원	#山牧雲	시가/한시	
3	1~4		神秘の扉 〔1〕 신비의 문	柳子	소설/일본	

지면	단수	기획	기사제목 〈회수〉〔곡수〕	필자/저자(역자)	분류	비고
3	4		朝鮮の箴言 조선의 잠언		수필/일상	
4	1~3		野狐三次 〈202〉 노기쓰네 산지	神田伯山	고단	회수 오류

1914년 05월 23일 (토) 4662호

지면	단수	기획	기사제목 〈회수〉〔곡수〕	필자/저자(역자)	분류	비고
1	2~3		新羅の舊都より/古蹟と遺物 〈5〉 옛 수도 신라에서/고적과 유물	慶州に於て 遲々庵 主人	수필/일상	
1	3~5		江藤新平/老西郷と會見す 〈78〉 에토 신페이/원로 사이고와 회견하다	江東	수필/일상	
3	1~3		文覺 〈70〉 몬가쿠	中里介山	소설/일본 고전	
3	3~4		東拓視察團の觀光日記(第六信) 동척 시찰단의 관광 일기(제6신)		수필/일기	
3	4		四人句稿/# 〔5〕 사인구고/#	#哉	시가/하이쿠	
3	4		四人句稿/# 〔3〕 사인구고/#	花汀	시가/하이쿠	
3	4		四人句稿/# 〔1〕 사인구고/#	古覺	시가/하이쿠	
3	4		四人句稿/# 〔6〕 사인구고/#	大芸居	시가/하이쿠	
3	4		四人句稿/## 〔8〕 사인구고/##	#哉	시가/하이쿠	
3	4		四人句稿/## 〔1〕 사인구고/##	花汀	시가/하이쿠	
3	4		四人句稿/## 〔3〕 사인구고/##	大芸居	시가/하이쿠	
4	1~3		野狐三次 〈203〉 노기쓰네 산지	神田伯山	고단	회수 오류
4	3~4		紅塵の裡より 속된 세상 속에서		수필/일상	
5	6		名#花柳通信 명#화류통신		수필/기타	

1914년 05월 24일 (일) 4663호

지면	단수	기획	기사제목 〈회수〉〔곡수〕	필자/저자(역자)	분류	비고
1	5~6		江藤新平/桐野小倉の義俠 〈79〉 에토 신페이/기리노 오구라의 의협	江東	수필/일상	
1	8	半島詩壇	戸田靜學者君見似桂冠詩/五草次的以半作序 호전정학자군견사계관시/오초차적이반작서	藥堂四##	시가/한시	
3	2~4		新羅の舊都より/興味深き發見 〈6〉 옛 수도 신라에서/깊은 흥미를 느끼는 발견	慶州に於て 遲々庵 主人	수필/일상	
4	1~3		野狐三次 〈204〉 노기쓰네 산지	神田伯山	고단	회수 오류
4	3~4		東拓視察團の觀光日記(第七信) 동척 시찰단의 관광 일기(제7신)		수필/일기	
6	1~3		文覺 〈71〉 몬가쿠	中里介山	소설/일본 고전	

1914년 05월 25일 (월) 4664호

지면	단수	기획	기사제목 〈회수〉〔곡수〕	필자/저자(역자)	분류	비고
1	7~8		東拓視察團の觀光日記(第七信)/小作人保護の感想 동척 시찰단의 관광 일기(제7신)/소작인 보호의 감상		수필/일기	

지면	단수	기획	기사제목 〈회수〉〔곡수〕	필자/저자(역자)	분류	비고
1	8	半島詩壇	春日山行〔1〕 춘일산행	大垣金汝	시가/한시	
1	8	半島詩壇	春夜宿僧院二首〔2〕 춘야숙승원 이수	木田芳洲	시가/한시	
1	8	半島詩壇	#肥州〔1〕 #비주	江原如水	시가/한시	
1	8	半島詩壇	江#話別〔1〕 강#화별	江原如水	시가/한시	
4	1~3		野狐三次〈204〉 노기쓰네 산지	神田伯山	고단	

1914년 05월 26일 (화) 4665호

지면	단수	기획	기사제목 〈회수〉〔곡수〕	필자/저자(역자)	분류	비고
1	6~7		曲肱の樂 곡현의 즐거움		수필/일상	
1	7~8		江藤新平/林有造の反復〈81〉 에토 신페이/하야시 유조의 반복	江東	수필/일상	
1	8	半島詩壇	#戶田靜學判事引退詩韻以寄/其一〔1〕 #도다 정각판사인퇴시운이기/그 첫 번째	#堂 勅使河原健	시가/한시	
1	8	半島詩壇	#戶田靜學判事引退詩韻以寄/其二〔1〕 #도다 정각판사인퇴시운이기/그 두 번째	#堂 勅使河原健	시가/한시	
1	8	半島詩壇	#戶田靜學判事引退詩韻以寄/其三〔1〕 #도다 정각판사인퇴시운이기/그 세 번째	#堂 勅使河原健	시가/한시	
1	8	半島詩壇	#戶田靜學判事引退詩韻以寄/其四〔1〕 #도다 정각판사인퇴시운이기/그 네 번째	#堂 勅使河原健	시가/한시	
1	8	半島詩壇	##學#宗上表#####〔1〕 ##학#종상표#####	## ####	시가/한시	
3	4~5		浦項より〈1〉 포항에서	浦項に於て 遲々庵 主人	수필/일상	
4	1~3		野狐三次〈206〉 노기쓰네 산지	神田伯山	고단	회수 오류
4	3~4		東拓視察團の觀光日記(第八信)/小作人保護の感想 동척 시찰단의 관광 일기(제8신)/소작인 보호의 감상		수필/일기	
4	4~5		公州行〈1〉 공주행	酢雨	수필/기행	
6	1~3		文覺〈72〉 몬가쿠	中里介山	소설/일본 고전	

1914년 05월 27일 (수) 4666호

지면	단수	기획	기사제목 〈회수〉〔곡수〕	필자/저자(역자)	분류	비고
1	2~4		曲肱の樂 곡현의 즐거움		수필/일상	
1	4~6		江藤新平/南白の就縛(#)〈82〉 에토 신페이/난파쿠의 포박(#)	江東	수필/일상	
1	6	半島詩壇	春夜宿僧院〔1〕 춘야숙승원	江原如水	시가/한시	
1	6	半島詩壇	#########/其一〔1〕 ##########/그 첫 번째	萩島紫水	시가/한시	
1	6	半島詩壇	##邊春####自#韻/其二〔1〕 ##########/그 두 번째	萩島紫水	시가/한시	
1	6	半島詩壇	麒麟沼〔1〕 기린소	村上石城	시가/한시	
1	6	半島詩壇	江#話別〔1〕 강#화별	村上石城	시가/한시	

지면	단수	기획	기사제목 〈회수〉〔곡수〕	필자/저자(역자)	분류	비고
3	2~4		浦項より 〈2〉 포항에서	浦項に於て 遲々庵 主人	수필/일상	
3	4~5		公州行 〈2〉 공주행	酢雨	수필/기행	
4	1~3		野狐三次 〈207〉 노기쓰네 산지	神田伯山	고단	회수 오류
4	3~4		東拓視察團の觀光日記(第八信) 동척 시찰단의 관광 일기(제8신)		수필/일기	
6	1~3		文覺 〈73〉 몬가쿠	中里介山	소설/일본 고전	

1914년 05월 28일 (목) 4667호

지면	단수	기획	기사제목 〈회수〉〔곡수〕	필자/저자(역자)	분류	비고
1	2~5		江藤新平 〈83〉 에토 신페이	江東	수필/일상	
1	5~6		曲肱の樂 곡현의 즐거움		수필/일상	
1	6	半島詩壇	戶田靜學寄乞骸詩求和即次韻以贈/其一 〔1〕 도다 정각기걸해시구화즉차운이증/그 첫 번째	#陽 不破讀#	시가/한시	
1	6	半島詩壇	戶田靜學寄乞骸詩求和即次韻以贈/其二 〔1〕 도다 정각기걸해시구화즉차운이증/그 두 번째	#陽 不破讀#	시가/한시	
1	6	半島詩壇	戶田靜學寄乞骸詩求和即次韻以贈/其三 〔1〕 도다 정각기걸해시구화즉차운이증/그 세 번째	#陽 不破讀#	시가/한시	
1	6	半島詩壇	戶田靜學寄乞骸詩求和即次韻以贈/其四 〔1〕 도다 정각기걸해시구화즉차운이증/그 네 번째	#陽 不破讀#	시가/한시	
1	6	半島詩壇	戶田靜學寄乞骸詩求和即次韻以贈/其五 〔1〕 도다 정각기걸해시구화즉차운이증/그 다섯 번째	#陽 不破讀#	시가/한시	
1	6	半島詩壇	上京##二首 상경## 이수	大垣金#	시가/한시	
1	6	半島詩壇	不道破#却有趣 부도파#각유취	大垣金#	시가/한시	
3	1~2		浦項より 〈3〉 포항에서	浦項に於て 遲々庵 主人	수필/일상	
3	2~3		公州行 〈3〉 공주행	酢雨	수필/기행	
3	3~4	文藝	溺れる迄 〈1〉 물에 빠질 때까지	石森胡蝶	소설/일본	
3	4		仁川短歌會詠草 〔2〕 인천 단카회 영초	赤松#子	시가/단카	
3	4		仁川短歌會詠草 〔1〕 인천 단카회 영초	秋山#人	시가/단카	
3	4		仁川短歌會詠草 〔1〕 인천 단카회 영초	中村#子	시가/단카	
3	4		仁川短歌會詠草 〔2〕 인천 단카회 영초	正木花汀	시가/단카	
3	4		仁川短歌會詠草 〔1〕 인천 단카회 영초	岩村茂吉	시가/단카	
4	1~3		野狐三次 〈208〉 노기쓰네 산지	神田伯山	고단	회수 오류
4	3~4		東拓視察團の觀光日記(第八信) 동척 시찰단의 관광 일기(제8신)		수필/일기	
6	1~3		文覺 〈74〉 몬가쿠	中里介山	소설/일본 고전	

지면	단수	기획	기사제목 〈회수〉〔곡수〕	필자/저자(역자)	분류	비고
7	3~4		破天荒の奇談/乃木將軍の亡靈/釜山龍頭山神社宮司談 〈1〉 파천황 기담/노기 장군의 망령/부산 용두산 신사 궁사 이야기		수필/일상	

1914년 05월 29일 (금) 4668호

지면	단수	기획	기사제목 〈회수〉〔곡수〕	필자/저자(역자)	분류	비고
1	1~2		生活樣式論 생활양식론		수필/일상	
1	2~4		江藤新平/南白の護送 〈84〉 에토 신페이/난파쿠 호송	江東	수필/일상	
1	4~5		澁澤男の談話 시부사와 단의 담화		수필/일상	
1	5	半島詩壇	次韻寄友人在安東 〔1〕 차운기우인재안동	#山牧雲	시가/한시	
1	5	半島詩壇	春# 〔1〕 춘#	木田芳洲	시가/한시	
1	5	半島詩壇	送同僚米山君轉任東京三首 〔3〕 송동료요네야마군전임동경 삼수		시가/한시	
2	4~5		外交界の一大損失 외교계의 일대 손실		수필/일상	
3	1~2		浦項より 〈5〉 포항에서	浦項に於て 遲々庵主人	수필/일상	회수 오류
3	2~3		鳥致院より 조치원에서	##	수필/일상	
3	4		東拓視察團の觀光日記(第八信#) 동척 시찰단의 관광 일기(제8신#)		수필/일기	
4	1~3		野狐三次 〈208〉 노기쓰네 산지	神田伯山	고단	
4	3~4	文藝	溺れる迄 〈2〉 물에 빠질 때까지	石森胡蝶	소설/일본	
5	1~3		矢鱈に新しがる律子艷譚 멋대로 새로운 척하는 리쓰코 윤 이야기		수필/일상	
5	5~7		破天荒の奇談/乃木將軍の亡靈/釜山龍頭山神社宮司談 〈2〉 파천황 기담/노기 장군의 망령/부산 용두산 신사 궁사 이야기		수필/일상	
6	1~3		文覺 〈75〉 몬가쿠	中里介山	소설/일본 고전	

1914년 05월 30일 (토) 4669호

지면	단수	기획	기사제목 〈회수〉〔곡수〕	필자/저자(역자)	분류	비고
1	4~6		江藤新平/野蠻なる審問 〈85〉 에토 신페이/난파쿠의 호송	江東	수필/일상	
1	6	半島詩壇	江樓話別 〔1〕 강루화별	木田芳洲	시가/한시	
1	6	半島詩壇	又 〔1〕 우	木田芳洲	시가/한시	
1	6	半島詩壇	春雨夜空 〔1〕 춘우야공	木田芳洲	시가/한시	
1	6	半島詩壇	次韻別丸山龍川 〔1〕 차운별환산룡천	#山牧雲	시가/한시	
3	2~3		初夏の溫泉里 〈1〉 초여름의 온천리	酢雨生	수필/기행	
3	4~5		東拓視察團の觀光日記(第九信) 동척 시찰단의 관광 일기(제9신)		수필/일기	
3	4~6		破天荒の奇談/乃木將軍の亡靈/釜山龍頭山神社宮司談 回数重複 〈2〉 파천황 기담/노기 장군의 망령/부산 용두산 신사 궁사 이야기		수필/일상	회수 오류

지면	단수	기획	기사제목 〈회수〉〔곡수〕	필자/저자(역자)	분류	비고
3	6		仁川短歌會詠草 〔1〕 인천 단카회 영초	###梨女	시가/단카	
3	6		仁川短歌會詠草 〔3〕 인천 단카회 영초	正木花汀	시가/단카	
3	6		仁川短歌會詠草 〔2〕 인천 단카회 영초	赤松#子	시가/단카	
3	6		仁川短歌會詠草 〔1〕 인천 단카회 영초	####	시가/단카	
3	6		仁川短歌會詠草 〔1〕 인천 단카회 영초	####	시가/단카	
4	1~2		野狐三次 〈210〉 노기쓰네 산지	神田伯山	고단	회수 오류
6	1~3		文覺 〈76〉 몬가쿠	中里介山	소설/일본 고전	

1914년 05월 31일 (일) 4670호

지면	단수	기획	기사제목 〈회수〉〔곡수〕	필자/저자(역자)	분류	비고
1	2~3		曲肱の樂 곡현의 즐거움		수필/일상	
1	3~6		江藤新平/判決と就刑 〈86〉 에토 신페이/판결과 취형	江東	수필/일상	
1	6	半島詩壇	其一 〔1〕 그 첫 번째	#川 宮澤清#	시가/한시	
1	6	半島詩壇	其二 〔1〕 그 두 번째	#川 宮澤清#	시가/한시	
1	6	半島詩壇	其三 〔1〕 그 세 번째	#川 宮澤清#	시가/한시	
1	6	半島詩壇	其四 〔1〕 그 네 번째	#川 宮澤清#	시가/한시	
1	6	半島詩壇	其五 〔1〕 그 다섯 번째	#川 宮澤清#	시가/한시	
3	1~2		初夏の溫泉里 〈2〉 초여름의 온천리	酢雨生	수필/기행	
3	3~4		慶州より 경주에서	紫#昭	수필/일상	
3	5~6		東拓視察團の觀光日記(第九信) 동척 시찰단의 관광 일기(제9신)		수필/일기	
3	5~6		破天荒の奇談/乃木將軍の亡靈/釜山龍頭山神社宮司談 〈3〉 파천황 기담/노기 장군의 망령/부산 용두산 신사 궁사 이야기		수필/일상	
4	1~3		野狐三次 〈211〉 노기쓰네 산지	神田伯山	고단	회수 오류
4	3		#州花柳通信 #주 화류통신		수필/기타	
6	1~3		文覺 〈77〉 몬가쿠	中里介山	소설/일본 고전	

1914년 06월 01일 (월) 4671호

지면	단수	기획	기사제목 〈회수〉〔곡수〕	필자/저자(역자)	분류	비고
1	2~3		曲肱の樂 곡현의 즐거움		수필/일상	
1	5	半島詩壇	江樓話別 〔1〕 강루화별	小水丹槐陰	시가/한시	
1	5	半島詩壇	春夜宿僧院 〔1〕 춘야숙승원	小水丹槐陰	시가/한시	

지면	단수	기획	기사제목 〈회수〉〔곡수〕	필자/저자(역자)	분류	비고
1	5	半島詩壇	春夜宿僧院〔1〕 춘야숙승원	#島##	시가/한시	
1	5	半島詩壇	江樓話別〔1〕 강루화별	#島##	시가/한시	
3	4~5		お伽話の様な實話/雀のお宿 동화 같은 실화/참새의 숙소		수필/일상	
3	5~6		群山自慢(上)/僅か三十錢で好きな本が〈1〉 군산 자랑(상)/불과 삼십 전으로 좋아하는 책이		수필/일상	

1914년 06월 02일 (화) 4672호

지면	단수	기획	기사제목 〈회수〉〔곡수〕	필자/저자(역자)	분류	비고
1	2~3		曲肱の樂 곡현의 즐거움		수필/일상	
1	3~6		江藤新平/南白と大久保〈86〉 에토 신페이/난파쿠와 오쿠보	江東	수필/일상	
3	1~3		文覺〈78〉 몬가쿠	中里介山	소설/일본 고전	
3	4		列車內雜俎 열차 내 잡조		수필/일상	
3	4~6		初夏の果樹園 초여름의 과수원	#致穴 枯骨生	수필/일상	
3	6		群山自慢(上)/月四圓の寄宿舍がある〈2〉 군산 자랑(상)/월 사 엔의 기숙사가 있다		수필/일상	
4	1~3		野狐三次〈212〉 노기쓰네 산지	神田伯山	고단	회수 오류
4	3	文藝	春拾潰〔8〕 춘습궤	大芸居	시가/하이쿠	
4	3	文藝	##########〔7〕 ##########	##	시가/하이쿠	
5	3~4		靑葉かげ 아오바카게		수필/일상	

1914년 06월 03일 (수) 4673호

지면	단수	기획	기사제목 〈회수〉〔곡수〕	필자/저자(역자)	분류	비고
1	2~3		曲肱の樂 곡현의 즐거움		수필/일상	
1	3~6		江藤新平/南白と大久保〈87〉 에토 신페이/난파쿠와 오쿠보	江東	수필/일상	
1	6	半島詩壇	其一〔1〕 그 첫 번째	####	시가/한시	
1	6	半島詩壇	其二〔1〕 그 두 번째	####	시가/한시	
1	6	半島詩壇	其三〔1〕 그 세 번째	####	시가/한시	
1	6	半島詩壇	其四〔1〕 그 네 번째	####	시가/한시	
3	1~2		釜山だより 부산 소식	支社#	수필/일상	
3	4		列車內雜俎 열차 내 잡조		수필/일상	
4	1~3		野狐三次〈213〉 노기쓰네 산지	神田伯山	고단	회수 오류
4	3~4		東拓視察團の觀光日記(第十信) 동척 시찰단의 관광 일기(제11신)		수필/일기	

지면	단수	기획	기사제목 〈회수〉〔곡수〕	필자/저자(역자)	분류	비고
6	1~3		文覺 〈78〉 몬가쿠	中里介山	소설/일본 고전	회수 오류

1914년 06월 04일 (목) 4674호

지면	단수	기획	기사제목 〈회수〉〔곡수〕	필자/저자(역자)	분류	비고
1	2~3		曲肱の樂 곡현의 즐거움		수필/일상	
1	3~5		江藤新平/南白に對する批評 〈87〉 에토 신페이/난파쿠에 대한 비평	江東	수필/일상	회수 오류
1	6	文藝	感想/新人 〔1〕 감상/신인	大芸居	시가/신체시	
1	6	文藝	感想/靑葉と雨 〔1〕 감상/푸른 잎과 비	大芸居	시가/신체시	
1	6	文藝	感想/狂犬 〔1〕 감상/광견	大芸居	시가/신체시	
1	6	半島詩壇	####### 〔1〕 ########	#島##	시가/한시	
1	6	半島詩壇	同得# 〔1〕 동득#	林桂#	시가/한시	
1	6	半島詩壇	同題得肴 〔1〕 동제득효	大島奇山	시가/한시	
1	6	半島詩壇	道中見燕 〔1〕 도중견연	大島奇山	시가/한시	
3	1~3		文覺 〈80〉 몬가쿠	中里介山	소설/일본 고전	
3	4~5		公州より 공주에서	愁月生	수필/일상	
4	1~3		野狐三次 〈214〉 노기쓰네 산지	神田伯山	고단	회수 오류
4	3~4		港の宵 〔1〕 항구의 저녁	花汀生	시가/신체시	
5	1~2		數百年來の傳說/雷岩の迷信談 수 백년 내려오는 전설/뇌암의 미신담		수필/일상	

1914년 06월 05일 (금) 4675호

지면	단수	기획	기사제목 〈회수〉〔곡수〕	필자/저자(역자)	분류	비고
1	2~3		曲肱の樂 곡현의 즐거움		수필/일상	
1	6	半島詩壇	春夜宿僧院二首 〔2〕 춘야숙승원 이수	高田小芥	시가/한시	
1	6	半島詩壇	藤肥州 〔1〕 등비주	高田小芥	시가/한시	
1	6	半島詩壇	## 〔1〕 ##	高田小芥	시가/한시	
3	1~3		文覺 〈81〉 몬가쿠	中里介山	소설/일본 고전	
3	4~5		赤毛布物語 시골뜨기 이야기		수필/일상	
3	5~6		東拓視察團の觀光日記(第十一信) 동척 시찰단의 관광 일기(제11신)		수필/일기	
4	1~3		野狐三次 〈215〉 노기쓰네 산지	神田伯山	고단	회수 오류
5	1~2		長春から 창춘에서	##	수필/일상	

지면	단수	기획	기사제목 〈회수〉〔곡수〕	필자/저자(역자)	분류	비고
5	5~6		藝者芝居(京城) 게이샤 연극(경성)		수필/일상	

1914년 06월 06일 (토) 4676호

지면	단수	기획	기사제목 〈회수〉〔곡수〕	필자/저자(역자)	분류	비고
1	2~5		江藤新平/表彰の建議 〈88〉 에토 신페이/표창의 건의	江東	수필/일상	
1	6	半島詩壇	春#國# 〔1〕 춘#국#	島田小#	시가/한시	
1	6	半島詩壇	春雨###### 〔1〕 춘우######	#田盤石	시가/한시	
1	6	半島詩壇	同題得# 〔1〕 동제득#	木田芳洲	시가/한시	
1	6	半島詩壇	同題得# 〔1〕 동제득#	江原如水	시가/한시	
1	6	半島詩壇	春晴## 〔1〕 춘청##	江原如水	시가/한시	
3	1~3		文覺 〈82〉 몬가쿠	中里介山	소설/일본 고전	
4	1~3		野狐三次 〈216〉 노기쓰네 산지	神田伯山	고단	회수 오류
6	2~3		東拓視察團の觀光日記(第十二信) 동척 시찰단의 관광 일기(제12신)		수필/일기	
6	3~4		天安より 천안에서		수필/일상	
7	5		藝者芝居(京城) 게이샤 연극(경성)		수필/일상	

1914년 06월 07일 (일) 4677호

지면	단수	기획	기사제목 〈회수〉〔곡수〕	필자/저자(역자)	분류	비고
1	2~3		曲肱の樂 곡현의 즐거움		수필/일상	
1	3~6		江藤新平/天下晴れての功臣 〈89〉 에토 신페이/떳떳한 공신	江東	수필/일상	
1	6	半島詩壇	初春書#三首 〔3〕 초춘서# 삼수	###	시가/한시	
1	6	半島詩壇	#肥州 〔1〕 #비주	###	시가/한시	
1	6	半島詩壇	江樓話別二首 〔2〕 강루화별 이수	#月##	시가/한시	
3	2		相撲と芝居/####氏談 스모와 연극/#### 씨담		수필/일상	
3	3		東拓視察團の觀光日記(第十二信) 동척 시찰단의 관광 일기(제12신)		수필/일기	
3	4	文藝	初夏四題/桐の花 〔4〕 초여름 4제/오동나무 꽃	大芸居	시가/하이쿠	
3	4	文藝	初夏四題/若# 〔4〕 초여름 4제/##	大芸居	시가/하이쿠	
3	4	文藝	初夏四題/いちご 〔4〕 초여름 4제/딸기	大芸居	시가/하이쿠	
3	4	文藝	初夏四題/五月雨 〔4〕 초여름 4제/음력 5월 장맛비	大芸居	시가/하이쿠	
4	1~3		野狐三次 〈217〉 노기쓰네 산지	神田伯山	고단	회수 오류

지면	단수	기획	기사제목 〈회수〉〔곡수〕	필자/저자(역자)	분류	비고
6	1~3		文覺 〈83〉 몬가쿠	中里介山	소설/일본 고전	
7	1~2		東拓の鮮人視察團/新赤毛布物語 동척 조선인 시찰단/신 시골뜨기 이야기		수필/일상	

1914년 06월 08일 (월) 4678호

1	2~3		曲肱の樂 곡현의 즐거움		수필/일상	
1	3~5		江藤新平 〈89〉 에토 신페이	江東	수필/일상	회수 오류
1	5~6		元山へ 원산으로	田內竹#	수필/일상	
3	1~2		夏から秋までの樂 〈1〉 여름부터 가을까지의 즐거움		수필/일상	
3	4~5		仁川娼況 인천 창황		수필/기타	
4	1~3		野狐三次 〈218〉 노기쓰네 산지	神田伯山	고단	회수 오류

1914년 06월 09일 (화) 4679호

1	2~3		曲肱の樂 곡현의 즐거움		수필/일상	
1	5~6		江藤新平 〈89〉 에토 신페이		수필/일상	회수 오류
1	6	半島詩壇	田###次# 〔1〕 전###차#	萩島紫水	시가/한시	
3	3~4		東拓視察團の觀光日記(第十三信) 동척 시찰단의 관광 일기(제13신)		수필/일기	
4	1~3		野狐三次 〈219〉 노기쓰네 산지	神田伯山	고단	회수 오류
5	1~2		夏から秋までの樂/流行の隨一は菊 〈2〉 여름부터 가을까지의 즐거움/유행의 제일은 국화		수필/일상	
5	5~6		列車から 열차에서		수필/일상	
6	1~3		文覺 〈84〉 몬가쿠	中里介山	소설/일본 고전	

1914년 06월 10일 (수) 4680호

1	2~3		鐵嶺より 철령에서	特派員 前田翠雲	수필/기행	
1	3~4		禮山行 〈1〉 예산행	#洲生	수필/기행	
1	6	半島詩壇	京城##二首 〔2〕 경성## 이수	大垣##	시가/한시	
1	6	半島詩壇	淸凉里 〔1〕 청량리	大垣##	시가/한시	
1	6	半島詩壇	暮春 〔1〕 모춘	深谷松濤	시가/한시	
1	6	半島詩壇	偶成 〔1〕 우성	深谷松濤	시가/한시	
3	2		可愛らしい會/鳥致院通信 귀여운 회/조치원 통신		수필/일상	

지면	단수	기획	기사제목 〈회수〉〔곡수〕	필자/저자(역자)	분류	비고
3	2~4		東拓視察團の觀光日記(第十三信) 동척 시찰단의 관광 일기(제13신)		수필/일기	
4	1~3		野狐三次 〈220〉 노기쓰네 산지	神田伯山	고단	회수 오류
5	1~2		是からの季節##/朝鮮の氷水屋 지금부터의 계절##/조선의 빙수집		수필/일상	

1914년 06월 11일 (목) 4681호

지면	단수	기획	기사제목 〈회수〉〔곡수〕	필자/저자(역자)	분류	비고
1	2~3		曲肱の樂 곡현의 즐거움		수필/일상	
1	6	半島詩壇	新夏淸畫 〔1〕 신하청화	深谷松濤	시가/한시	
1	6	半島詩壇	投#上人家 〔1〕 투#상인가		시가/한시	
1	6	半島詩壇	次戶田判事名忠正號#學引退詩韻/其一 〔1〕 차호전판사명충정호#학인퇴시운/그 첫 번째	松田##	시가/한시	
1	6	半島詩壇	次戶田判事名忠正號#學引退詩韻/其二 〔1〕 차호전판사명충정호#학인퇴시운/그 두 번째	松田##	시가/한시	
1	6	半島詩壇	次戶田判事名忠正號#學引退詩韻/其三 〔1〕 차호전판사명충정호#학인퇴시운/그 세 번째	松田##	시가/한시	
1	6	半島詩壇	次戶田判事名忠正號#學引退詩韻/其四 〔1〕 차호전판사명충정호#학인퇴시운/그 네 번째	松田##	시가/한시	
1	6	半島詩壇	次戶田判事名忠正號#學引退詩韻/其五 〔1〕 차호전판사명충정호#학인퇴시운/그 다섯 번째	松田##	시가/한시	
2	6		選擧雜觀 선거 잡관		수필/일상	
3	3~4		禮山行 〈2〉 예산행	#聞生	수필/기행	
3	4~5		東拓視察團の觀光日記(第十四信) 동척 시찰단의 관광 일기(제14신)		수필/일기	
3	5~6	文藝	怪火 〈1〉〔1〕 괴화	呑佛	시가/자유시	
3	6	文藝	友の死を悼みて 〔5〕 친구의 죽음을 애도하며	河原四水	시가/단카	
4	1~3		野狐三次 〈221〉 노기쓰네 산지	神田伯山	고단	회수 오류
6	1~3		文覺 〈85〉 몬가쿠	中里介山	소설/일본 고전	

1914년 06월 12일 (금) 4682호

지면	단수	기획	기사제목 〈회수〉〔곡수〕	필자/저자(역자)	분류	비고
1	2~3		曲肱の樂 곡현의 즐거움		수필/일상	
1	6	半島詩壇	#戶田#學###### 〔5〕 #호전#학######	#島紫郞	시가/한시	
1	6	半島詩壇	貴居 〔1〕 귀거	####	시가/한시	
1	6	半島詩壇	笑拙 〔1〕 소졸	####	시가/한시	
3	5	文藝	仁川短歌會詠草 〔3〕 인천 단카회 영초	茶々坊	시가/단카	
3	5	文藝	仁川短歌會詠草 〔3〕 인천 단카회 영초	花汀	시가/단카	

지면	단수	기획	기사제목 〈회수〉〔곡수〕	필자/저자(역자)	분류	비고
3	5	文藝	仁川短歌會詠草 [2] 인천 단카회 영초	###	시가/단카	
3	5	文藝	仁川短歌會詠草 [3] 인천 단카회 영초	大芸居	시가/단카	
4	1~3		野狐三次 〈222〉 노기쓰네 산지	神田伯山	고단	회수 오류
4	3~4		東拓視察團の觀光日記(第十五信) 동척 시찰단의 관광 일기(제15신)		수필/일기	
6	1~2		文覺 〈85〉 몬가쿠	中里介山	소설/일본 고전	회수 오류 .
7	3~4		東京相撲餘談/成績と布畦組 도쿄 스모 여담/성적과 후아제조		수필/일상	

1914년 06월 13일 (토) 4683호

지면	단수	기획	기사제목 〈회수〉〔곡수〕	필자/저자(역자)	분류	비고
1	2~3		曲肱の樂 곡현의 즐거움		수필/일상	
1	3~5		營口から 영구에서	特派員 前田翠山	수필/일상	
1	6	半島詩壇	鄭夢周 [1] 정몽주	#田#石	시가/한시	
3	1~3		大石橋より 오이시바시에서		수필/일상	
3	3~4		種苗場と傳習所 〈1〉 종묘장과 전습소	海州支局 秋郎生	수필/일상	
4	1~2		野狐三次 〈223〉 노기쓰네 산지	神田伯山	고단	회수 오류
4	3		東拓視察團の觀光日記(第十五信) 동척 시찰단의 관광 일기(제15신)		수필/일기	
4	4	文藝	旋頭歌「想ひ」 [8] 세도카 「마음」	大芸居	시가/기타	
4	4	文藝	腐草爲螢 [7] 부초위형	李尖坊	시가/기타	
4	4	文藝	仁川芋の葉吟社/五點句 [1] 인천 이모노하긴샤/오점 구	花汀	시가/하이쿠	
4	4	文藝	仁川芋の葉吟社/三點句 [2] 인천 이모노하긴샤/삼점 구	大芸居	시가/하이쿠	
4	4	文藝	仁川芋の葉吟社/三點句 [1] 인천 이모노하긴샤/삼점 구	松籟	시가/하이쿠	
4	4	文藝	仁川芋の葉吟社/三點句 [1] 인천 이모노하긴샤/삼점 구	赤洲	시가/하이쿠	
4	4	文藝	仁川芋の葉吟社/三點句 [1] 인천 이모노하긴샤/삼점 구	如水	시가/하이쿠	
4	4	文藝	仁川芋の葉吟社/三點句 [1] 인천 이모노하긴샤/삼점 구	麗哉	시가/하이쿠	
4	4	文藝	仁川芋の葉吟社/二點句 [1] 인천 이모노하긴샤/이점 구	王仙	시가/하이쿠	
4	4	文藝	仁川芋の葉吟社/二點句 [1] 인천 이모노하긴샤/이점 구	松籟	시가/하이쿠	
4	4	文藝	仁川芋の葉吟社/二點句 [1] 인천 이모노하긴샤/이점 구	冷香	시가/하이쿠	
4	4	文藝	仁川芋の葉吟社/二點句 [2] 인천 이모노하긴샤/이점 구	碧石公	시가/하이쿠	

지면	단수	기획	기사제목 〈회수〉 〔곡수〕	필자/저자(역자)	분류	비고
4	4	文藝	仁川芋の葉吟社/二點句 〔1〕 인천 이모노하긴샤/이점 구	如水	시가/하이쿠	
4	4	文藝	仁川芋の葉吟社/二點句 〔1〕 인천 이모노하긴샤/이점 구	風石	시가/하이쿠	
4	4	文藝	仁川芋の葉吟社/二點句 〔1〕 인천 이모노하긴샤/이점 구	子牛	시가/하이쿠	
6	1~2		文覺 〈87〉 몬가쿠	中里介山	소설/일본 고전	

1914년 06월 14일 (일) 4684호

지면	단수	기획	기사제목 〈회수〉 〔곡수〕	필자/저자(역자)	분류	비고
1	2~4		曲肱の樂 곡현의 즐거움		수필/일상	
1	4~5		元山誌 〈2〉 원산지	竹涯生	수필/일상	
1	5	半島詩壇	孔德里#大院君 〔1〕 공덕리#대원군	大垣金汝	시가/한시	
1	5	半島詩壇	##堂#兄湖南#草 〔1〕 ##당#형호남#초	####	시가/한시	
1	5	半島詩壇	新夏清畫 〔1〕 신하청화	成田盤石	시가/한시	
1	5	半島詩壇	授湖上人家 〔1〕 수호상인가	成田盤石	시가/한시	
1	5	半島詩壇	雪#磨 〔1〕 설#마	松田學#	시가/한시	
3	1~2		瓦房店より 와팡뎬에서	### 前田#山	수필/일상	
3	6		#州花柳## 〈1〉 #주 화류##		수필/일상	
4	1~3		野狐三次 〈224〉 노기쓰네 산지	神田伯山	고단	회수 오류
4	3~4		種苗場と傳習所 〈2〉 종묘장과 전습소	##支局 秋郎生	수필/일상	
4	4		茶ばなし 다화		수필/일상	
4	4	文藝	(제목없음) 〔3〕	馬山 ケイ生	시가/단카	
6	1~3		文覺 〈88〉 몬가쿠	中里介山	소설/일본 고전	
7	1~3		旅順の夏 뤼순의 여름	##生	수필/기행	

1914년 06월 15일 (월) 4685호

지면	단수	기획	기사제목 〈회수〉 〔곡수〕	필자/저자(역자)	분류	비고
1	2		曲肱の樂 곡현의 즐거움		수필/일상	
1	2~5		旅順の夏 뤼순의 여름	##生	수필/기행	
1	5~6		海州だより 해주 소식	秋郎生	수필/일상	
1	6	半島詩壇	題畫馬 〔1〕 제화마	###山	시가/한시	
1	6	半島詩壇	##周 〔1〕 ##주	津島繁生	시가/한시	

지면	단수	기획	기사제목 〈회수〉〔곡수〕	필자/저자(역자)	분류	비고
1	6	半島詩壇	#夏淸書 〔1〕 #하청서	##桂#	시가/한시	
1	6	半島詩壇	投#上人家 〔1〕 투#상인가	##桂#	시가/한시	
3	1~2		朝鮮と探偵犬 조선과 탐정견		수필/일상	
4	1~3		野狐三次 〈224〉 노기쓰네 산지	神田伯山	고단	

1914년 06월 16일 (화) 4686호

지면	단수	기획	기사제목 〈회수〉〔곡수〕	필자/저자(역자)	분류	비고
1	6	半島詩壇	#夢周 〔1〕 #몽주	村上石城	시가/한시	
1	6	半島詩壇	新夏淸畫二首 〔2〕 신하청화 이수	村上石城	시가/한시	
1	6	半島詩壇	欠高####古#日#詩韻三首 〔3〕 흠고####고#목#시운 삼수	松田##	시가/한시	
3	2~3		汽車博餘錄 기차박람회 여록		수필/일상	
3	3~4		公州から江景へ 공주에서 강경으로		수필/기행	
3	4	文藝	淸凉里より 〔1〕 청량리에서	のぼる	시가/신체시	
4	1~3		野狐三次 〈226〉 노기쓰네 산지	神田伯山	고단	회수 오류
5	1~3		警備船鰐丸試運轉便乘記 경비선 와니마루 시험 운전 편승기		수필/일상	
6	1~3		文覺 〈89〉 몬가쿠	中里介山	소설/일본 고전	

1914년 06월 17일 (수) 4687호

지면	단수	기획	기사제목 〈회수〉〔곡수〕	필자/저자(역자)	분류	비고
1	2~3		曲肱の樂 곡현의 즐거움		수필/일상	
1	3~5		公州と鳥致院 공주와 조치원	###支社 愁月生	수필/일상	
1	5	半島詩壇	新夏淸畫 〔1〕 신하청화	安永春雨	시가/한시	
1	5	半島詩壇	投湖上人家二首 〔2〕 투호상인가 이수	安永春雨	시가/한시	
1	5	半島詩壇	醉中吟 〔1〕 취중음	深谷松濤	시가/한시	
1	5	半島詩壇	燕 〔1〕 제비	深谷松濤	시가/한시	
3	1~3		文覺 〈90〉 몬가쿠	中里介山	소설/일본 고전	
3	4		永川より 영천에서	一記者	수필/일상	
3	4~5		元山誌 〈3〉 원산지	竹涯生	수필/일상	
4	1~3		野狐三次 〈227〉 노기쓰네 산지	神田伯山	고단	회수 오류
5	1~2		女＝朝鮮の自由## 여자＝조선의 자유##		수필/일상	

지면	단수	기획	기사제목 〈회수〉〔곡수〕	필자/저자(역자)	분류	비고
			1914년 06월 18일 (목) 4688호			
1	2~3		曲肱の樂 곡현의 즐거움		수필/일상	
1	6	半島詩壇	###〔1〕 ###	木田芳洲	시가/한시	
1	6	半島詩壇	新夏清晝二首〔2〕 신하청화 이수	木田芳洲	시가/한시	
1	6	半島詩壇	送同僚#木君#省干靑滋〔2〕 송동료#목군#성간청자	萩島紫水	시가/한시	
1	6	半島詩壇	#〔1〕 #	#月桂軒	시가/한시	
3	4		龍山より 용산에서	林生	수필/일상	
4	1~3		野狐三次〈228〉 노기쓰네 산지	神田伯山	고단	회수 오류
4	3		#山だより #산 소식		수필/일상	
6	1~2		文覺〈91〉 몬가쿠	中里介山	소설/일본 고전	
7	1~2		あをばかげ 아오바카게		수필/일상	
			1914년 06월 19일 (금) 4689호			
1	2~3		曲肱の樂 곡현의 즐거움		수필/일상	
1	3~5		大邱より 대구에서	##生	수필/일상	
3	1~2		水原より 수원에서	特派員	수필/일상	
3	2~3		忠州へ 충주로	一記者	수필/일상	
3	4		謠/仁川の謠曲界 요/인천 요곡계		수필/비평	
4	1~3		野狐三次〈229〉 노기쓰네 산지	神田伯山	고단	회수 오류
4	3~4	文藝	町の娘 마을의 아가씨		소설/일본	
6	1~3		文覺〈92〉 몬가쿠	中里介山	소설/일본 고전	
			1914년 06월 20일 (토) 4690호			
1	2~3		曲肱の樂 곡현의 즐거움		수필/일상	
1	3~4		海州より 해주에서	秋郎生	수필/일상	
1	5	半島詩壇	新夏清晝三首〔3〕 신하청화 삼수	佐藤芝峰	시가/한시	
1	5	半島詩壇	投湖上人家二首〔2〕 투호상인가 이수	佐藤芝峰	시가/한시	
1	6		女學生日記 여자 학생 일기	女學生 花子	수필/일기	

지면	단수	기획	기사제목 〈회수〉〔곡수〕	필자/저자(역자)	분류	비고
3	3~4		何れも尊き藝術(上) 〈1〉 모두 고귀한 예술(상)	京城 高山生	수필/비평	
3	4	文藝	僕の詩/紀元前 〔1〕 나의 시/기원전	###	시가/신체시	
3	4	文藝	僕の詩/此の前 〔1〕 나의 시/일전에	###	시가/신체시	
4	1~3		野狐三次 〈230〉 노기쓰네 산지	神田伯山	고단	회수 오류
4	3~4		鳥致院便り 조치원 소식		수필/일상	
6	1~3		文覺 〈93〉 몬가쿠	中里介山	소설/일본 고전	
7	4~5		女の喧嘩物語(上)/クマ(女三人)リキ(##)/擧句に警察までも騒がす 〈1〉 여자의 싸움 이야기(상)/구마(여자 세명)리키(##)/결국 경찰까지 소동이 일어 나다		수필/일상	
8	1	文藝	夜の野 〔5〕 밤 들판	池畔次郎	시가/단카	
8	1	文藝	古き泉 〔4〕 오래된 샘	池畔次郎	시가/단카	
8	1	文藝	幌醉戻り 〔4〕 거나하게 취해서 귀가	夢野小#丈	시가/단카	

1914년 06월 21일 (일) 4691호

지면	단수	기획	기사제목 〈회수〉〔곡수〕	필자/저자(역자)	분류	비고
1	2~3		曲肱の樂 곡현의 즐거움		수필/일상	
1	3~4		山座氏を憶ふ(下) 야마자 씨를 회상하며(하)	小#生	수필/일상	
1	4~5		慶州より 경주에서	特派員	수필/일상	
1	5~6		全北より 전북에서	一記者	수필/일상	
2	5		群山より 군산에서		수필/일상	
3	1~2		浦項より/興迎日郡#職員諸君 포항에서/흥영일군#직원 여러분	特派員 今井##	수필/일상	
4	1~3		野狐三次 〈231〉 노기쓰네 산지	神田伯山	고단	회수 오류
4	3~5		何れも尊き藝術(中) 〈2〉 모두 고귀한 예술(중)	京城 高山生	수필/비평	
6	1~3		文覺 〈94〉 몬가쿠	中里介山	소설/일본 고전	
7	3~4		女の喧嘩物語(下)/大家の女房と下女/仕立屋の主と女房 〈2〉 여자의 싸움 이야기(하)/부잣집의 아내와 하녀/바느질 집의 주인과 아내		수필/일상	

1914년 06월 22일 (월) 4692호

지면	단수	기획	기사제목 〈회수〉〔곡수〕	필자/저자(역자)	분류	비고
1	2~4		噴火餘燼 분화여신	杉吹	수필/일상	
1	6	半島詩壇	淸凉里郎事分韻 〔1〕 청량리랑사분운	深谷松濤	시가/한시	
1	6	半島詩壇	##堂韻句 〔1〕 ##당운구	#巳##	시가/한시	

지면	단수	기획	기사제목 〈회수〉〔곡수〕	필자/저자(역자)	분류	비고
1	6	半島詩壇	川#石湖夏日田開新## 〔1〕 천#석호하일전개신##	#松#	시가/한시	
1	6	半島詩壇	淸涼里卽事分韻 〔1〕 청량리즉사분운	#松#	시가/한시	
1	6	半島詩壇	芍藥 〔1〕 작약	矢崎兜哉	시가/한시	
2	5~6		大邱より 대구에서		시가/한시	
4	1~4		野狐三次 〈232〉 노기쓰네 산지	神田伯山	고단	회수 오류

1914년 06월 23일 (화) 4693호

지면	단수	기획	기사제목 〈회수〉〔곡수〕	필자/저자(역자)	분류	비고
1	2~4		曲肱の樂 곡현의 즐거움		수필/일상	
1	4~6		大邱より 대구에서	遲々庵主人	수필/일상	
1	6	半島詩壇	五月二十四日記咸 〔1〕 오월이십사일기함	笹島紫峰	시가/한시	
1	6	半島詩壇	夏夜 〔1〕 여름 밤	笹島紫峰	시가/한시	
1	6	半島詩壇	讀空哉詞兄城洋雜詠次韻###全同##中哉及 〔1〕 독공재사형성양잡영차운###전동##중재급	笹島紫峰	시가/한시	
1	6	半島詩壇	夏日田園#興用范石潮韻 〔1〕 하일전원#흥용범석조운	深谷松濤	시가/한시	
3	2~3		夏籠りの浦項 안거의 포항	浦項にて 紫涼郎	수필/일상	
3	3		怪虫に就て/馬山風信 괴벌레에 대해서/마산풍신		수필/일상	
3	3~5		何れも尊き藝術(下) 〈3〉 모두 고귀한 예술(하)	京城 高山生	수필/비평	
4	1~3		野狐三次 〈233〉 노기쓰네 산지	神田伯山	고단	회수 오류
6	1~2		文覺 〈95〉 몬가쿠	中里介山	소설/일본 고전	

1914년 06월 24일 (수) 4694호

지면	단수	기획	기사제목 〈회수〉〔곡수〕	필자/저자(역자)	분류	비고
1	2~3		曲肱の樂 곡현의 즐거움		수필/일상	
1	3~5		噴火餘燼 분화여신	杉吹	수필/일상	
1	5	半島詩壇	川葛右聞見日田園償#韻 〔1〕 천갈우문견일전원상#운	望月桂軒	시가/한시	
1	5	半島詩壇	淸涼里卽事分韻 〔1〕 청량리즉사분운	望月桂軒	시가/한시	
1	5	半島詩壇	##百潮田園### 〔1〕 ##백조전원###	笹島紫峰	시가/한시	
1	5	半島詩壇	淸涼里卽事分韻 〔2〕 청량리즉사분운	笹島紫峰	시가/한시	
3	1		大田から公州へ 대전에서 공주로		수필/일상	
4	1~3		野狐三次 〈233〉 노기쓰네 산지	神田伯山	고단	

지면	단수	기획	기사제목 〈회수〉〔곡수〕	필자/저자(역자)	분류	비고
4	3~4		馬山から統營へ 마산에서 통영으로	#山支店 一記者	수필/일상	
4	4		無題/###會同人〔2〕 무제/###카이 동인	杢尖坊/柳子	시가/단카	
4	4		無題/###會同人〔1〕 무제/###카이 동인	柳子/杢尖坊	시가/단카	
4	4		無題/###會同人〔1〕 무제/###카이 동인	鷺栞女/麗哉	시가/단카	
4	4		無題/###會同人〔2〕 무제/###카이 동인	麗哉/鷺栞女	시가/단카	
4	4		無題/###會同人〔3〕 무제/###카이 동인	秋子/花汀	시가/단카	
4	4		無題/###會同人〔3〕 무제/###카이 동인	花汀/秋子	시가/단카	
6	1~3		文覺〈96〉 몬가쿠	中里介山	소설/일본 고전	

1914년 06월 25일 (목) 4695호

지면	단수	기획	기사제목 〈회수〉〔곡수〕	필자/저자(역자)	분류	비고
1	2~3		噴火餘燼 분화여신	杉吹	수필/일상	
1	5	半島詩壇	#夢馬〔1〕 #몽마	佐藤芝峰	시가/한시	
1	5	半島詩壇	江攪話別〔1〕 강수화별	松田學聞	시가/한시	
3	1~2		大田から公州へ 대전에서 공주로		수필/일상	
3	2~3		忠南縱斷記〈1〉 충남 종단기	##より ##生	수필/기행	
3	4		姦通觀破術 간통 간파법		수필/일상	
4	1~3		野狐三次〈235〉 노기쓰네 산지	神田伯山	고단	회수 오류
4	4	文藝	仁川短歌會詠草〔2〕 인천 단카회 영초	白##	시가/단카	
4	4	文藝	仁川短歌會詠草〔2〕 인천 단카회 영초	茶々坊	시가/단카	
4	4	文藝	仁川短歌會詠草〔1〕 인천 단카회 영초	##	시가/단카	
4	4	文藝	仁川短歌會詠草〔2〕 인천 단카회 영초	##	시가/단카	
4	4	文藝	仁川短歌會詠草〔2〕 인천 단카회 영초	柳子	시가/단카	
4	4	文藝	仁川短歌會詠草〔2〕 인천 단카회 영초	###	시가/단카	
4	4~5	文藝	仁川短歌會詠草〔2〕 인천 단카회 영초	###	시가/단카	
4	5	文藝	仁川短歌會詠草〔1〕 인천 단카회 영초	小石	시가/단카	
4	5	文藝	仁川短歌會詠草〔1〕 인천 단카회 영초	白薗郎	시가/단카	
4	5	文藝	仁川短歌會詠草〔1〕 인천 단카회 영초	見々坊	시가/단카	

지면	단수	기획	기사제목 〈회수〉〔곡수〕	필자/저자(역자)	분류	비고
4	5	文藝	仁川短歌會詠草〔2〕 인천 단카회 영초	花汀	시가/단카	
4	5	文藝	仁川短歌會詠草〔2〕 인천 단카회 영초	大芸居	시가/단카	
5	1~2		梅ヶ谷と語る 우메가타니와의 대담	釜山支社 一記者	수필/일상	
6	1~3		文覺〈97〉 몬가쿠	中里介山	소설/일본 고전	

1914년 06월 26일 (금) 4696호

1	2~3		曲肱の樂 곡현의 즐거움		수필/일상	
1	6	半島詩壇	用道石湖#日田園##韻〔1〕 용도석호#일전원##운	成田普石	시가/한시	
1	6	半島詩壇	淸凉里###韻〔1〕 청량리###운	##	시가/한시	
1	6	半島詩壇	#夢問〔1〕 #몽문	#山牧雲	시가/한시	
1	6	半島詩壇	新夏淸畫〔1〕 신하청화	#山牧雲	시가/한시	
1	6	半島詩壇	投湖上人家〔1〕 투호상인가	#山牧雲	시가/한시	
3	1~2		元山誌〈4〉 원산지	竹涯生	수필/일상	
4	1~3		野狐三次〈235〉 노기쓰네 산지	神田伯山	고단	
6	1~3		文覺〈97〉 몬가쿠	中里介山	소설/일본 고전	회수 오류
7	1~2		常陸山と常陸坊 히타치야마와 히타치보		수필/일상	
7	6		遊牧的賣笑婦(上)〈1〉 유목적 매춘부(상)		수필/일상	

1914년 06월 27일 (토) 4697호

1	2~3		曲肱の樂 곡현의 즐거움		수필/일상	
3	4		英譯「現代文藝傑作集」 영역 「현대 문예 걸작집」		수필/비평	
4	1~3		野狐三次〈237〉 노기쓰네 산지	神田伯山	고단	회수 오류
4	3		聽き度く候 듣고 싶다		수필/일상	
5	2~3		大相撲聞き書 오즈모 채록		수필/일상	
5	6		遊牧的賣笑婦(中)/群山#の大英斷にて一掃〈2〉 유목적 매춘부(中)/군산#의 대영단으로 일소하다		수필/일상	
6	1~3		文覺〈99〉 몬가쿠	中里介山	소설/일본 고전	

1914년 06월 28일 (일) 4698호

| 1 | 2~3 | | 曲肱の樂
곡현의 즐거움 | | 수필/일상 | |

지면	단수	기획	기사제목 〈회수〉〔곡수〕	필자/저자(역자)	분류	비고
1	3~5		大邱より 대구에서	一記者	수필/일상	
1	6	半島詩壇	寄石城村上君〔1〕 기석성촌상군	笹島紫峰	시가/한시	
1	6	半島詩壇	#同#松田君之淸津###一#######〔1〕 #동#송전군지청진###일#######	笹島紫峰	시가/한시	
1	6	半島詩壇	偶咸〔1〕 우감	笹島紫峰	시가/한시	
1	6	半島詩壇	用范石湖#田園##韻〔1〕 용범석호#전원##운	#山##	시가/한시	
1	6	半島詩壇	淸凉里卽事分韻二首〔2〕 청량리즉사분운 이수	#山##	시가/한시	
3	4		机上から/新聞記者の手帳 탁상에서/신문 기자 수첩	小##一###	수필/일상	
4	1~2		野狐三次〈238〉 노기쓰네 산지	神田伯山	고단	회수 오류
6	1~3		文覺〈99〉 몬가쿠	中里介山	소설/일본 고전	회수 오류

1914년 06월 29일 (월) 4699호

지면	단수	기획	기사제목 〈회수〉〔곡수〕	필자/저자(역자)	분류	비고
1	2~3		曲肱の樂 곡현의 즐거움		수필/일상	
1	3		鳥致院より 조치원에서	#生	수필/일상	
1	4~5		浦項より 포항에서	紫#郞	수필/일상	
1	5	半島詩壇	##〔1〕 ##	木田芳洲	시가/한시	
1	5	半島詩壇	#現〔1〕 #현	木田芳洲	시가/한시	
1	5	半島詩壇	哭友人〔1〕 곡우인	木田芳洲	시가/한시	
1	5	半島詩壇	亡友一週忌辰恨然有作〔1〕 망우 일주기 진한연유작	木田芳洲	시가/한시	
4	1~3		文覺〈99〉 몬가쿠	中里介山	소설/일본 고전	회수 오류

1914년 06월 30일 (화) 4700호

지면	단수	기획	기사제목 〈회수〉〔곡수〕	필자/저자(역자)	분류	비고
1	5	半島詩壇	######日田園#興詩韻〔1〕 #####_#일전원#흥시운	木田芳洲	시가/한시	
1	5	半島詩壇	淸凉里卽事介韻得微〔2〕 청량리즉사개운득미	木田芳洲	시가/한시	
1	5	半島詩壇	漫遊途上作〔1〕 만유도상작	大垣金駿	시가/한시	
1	5	半島詩壇	##朝鮮途宿大坂訪中栃先生不在乃試此〔1〕 ##조선도숙대판방중회선생부재내시차	大垣金駿	시가/한시	
3	2~5		連中 패거리	石森##	소설/일본	
3	5~6		机上から/あさひ 탁상에서/아침 해	大#####町九##	수필/일상	
4	1~3		野狐三次〈239〉 노기쓰네 산지	神田伯山	고단	회수 오류

지면	단수	기획	기사제목 〈회수〉 〔곡수〕	필자/저자(역자)	분류	비고
6	1~3		文覺 〈102〉 몬가쿠	中里介山	소설/일본 고전	

1914년 07월 01일 (수) 4701호

지면	단수	기획	기사제목 〈회수〉 〔곡수〕	필자/저자(역자)	분류	비고
1	2~3		曲肱の樂 곡현의 즐거움		수필/일상	
1	4~5		忠南縱斷記 〈2〉 충남 종단기	##より 如洋生	수필/기행	
3	2~3		海州だより 해주 소식	海州支局 秋郞生	수필/일상	
3	3~6	寄書	憲法と朝鮮 헌법과 조선	####授	수필/일상	
4	1~3		野狐三次 〈240〉 노기쓰네 산지	神田伯山	고단	회수 오류
6	1~2		文覺 〈103〉 몬가쿠	中里介山	소설/일본 고전	

1914년 07월 02일 (목) 4702호

지면	단수	기획	기사제목 〈회수〉 〔곡수〕	필자/저자(역자)	분류	비고
1	2~3		曲肱の樂 곡현의 즐거움		수필/일상	
1	6	半島詩壇	鄭夢周 〔1〕 정몽주	安永春雨	시가/한시	
1	6	半島詩壇	# 〔1〕 #	安永春雨	시가/한시	
1	6	半島詩壇	投湖上人家二首 〔2〕 투호상인가 이수	木田芳洲	시가/한시	
1	6	半島詩壇	初夏即事 〔1〕 초하즉사	深谷松濤	시가/한시	
3	5		机上から/朝鮮俚諺 탁상에서/조선 속담		수필/일상	
3	5~6		各地##/浦項より 각지##/포항에서		수필/일상	
4	1~3		野狐三次 〈240〉 노기쓰네 산지	神田伯山	고단	
6	1~2		文覺 〈103〉 몬가쿠	中里介山	소설/일본 고전	회수 오류

1914년 07월 03일 (금) 4703호

지면	단수	기획	기사제목 〈회수〉 〔곡수〕	필자/저자(역자)	분류	비고
1	2~3		曲肱の樂 곡현의 즐거움		수필/일상	
1	4~5		盤松まで 반송까지		수필/일상	
3	5~6		茶話 다화		수필/일상	
3	6	文苑	禮山井蛙會句集 〔1〕 예산 세이아카이 구집	一水	시가/하이쿠	
3	6	文苑	禮山井蛙會句集 〔1〕 예산 세이아카이 구집	北斗	시가/하이쿠	
3	6	文苑	禮山井蛙會句集 〔3〕 예산 세이아카이 구집	可學	시가/하이쿠	
3	6	文苑	禮山井蛙會句集 〔5〕 예산 세이아카이 구집	白面郞	시가/하이쿠	

지면	단수	기획	기사제목 〈회수〉〔곡수〕	필자/저자(역자)	분류	비고
3	6	文苑	禮山井蛙會句集〔3〕 예산 세이아카이 구집	靑葦池	시가/하이쿠	
3	6	文苑	禮山井蛙會句集〔3〕 예산 세이아카이 구집	荻聲	시가/하이쿠	
3	6	文苑	禮山井蛙會句集〔2〕 예산 세이아카이 구집	三日	시가/하이쿠	
3	6	文苑	禮山井蛙會句集〔1〕 예산 세이아카이 구집	荻聲	시가/하이쿠	
3	6	文苑	禮山井蛙會句集〔1〕 예산 세이아카이 구집	一水	시가/하이쿠	
3	6	文苑	禮山井蛙會句集〔1〕 예산 세이아카이 구집	白面郎	시가/하이쿠	
3	6	文苑	禮山井蛙會句集〔1〕 예산 세이아카이 구집	三日	시가/하이쿠	
3	6	文苑	禮山井蛙會句集〔1〕 예산 세이아카이 구집	荻聲	시가/하이쿠	
3	6	文苑	禮山井蛙會句集/人〔1〕 예산 세이아카이 구집/인	白面郎	시가/하이쿠	
3	6	文苑	禮山井蛙會句集/地〔1〕 예산 세이아카이 구집/지	荻聲	시가/하이쿠	
3	6	文苑	禮山井蛙會句集/天〔1〕 예산 세이아카이 구집/천	一水	시가/하이쿠	
3	6	文苑	禮山井蛙會句集/###〔5〕 예산 세이아카이 구집/###	##	시가/하이쿠	
4	1~3		野狐三次〈242〉 노기쓰네 산지	神田伯山	고단	회수 오류
5	1~3		因果の緣(上)/古い男女の駈落〈1〉 인과의 인연(상)/오래된 남녀의 도주		수필/일상	
6	1~3		文覺〈103〉 몬가쿠	中里介山	소설/일본 고전	회수 오류

1914년 07월 04일 (토) 4704호

지면	단수	기획	기사제목 〈회수〉〔곡수〕	필자/저자(역자)	분류	비고
1	5~6		廣告の秘訣 광고의 비결		수필/기타	
1	6	半島詩壇	訪高橋秀臣席上賦似〔1〕 방고교수신석상부사	大垣金隆	시가/한시	
1	6	半島詩壇	失題〔1〕 실제	大垣金隆	시가/한시	
1	6	半島詩壇	別春田園伯#護川〔1〕 별춘전원백#호천	金##	시가/한시	
1	6	半島詩壇	我#山中友〔2〕 아#산중우	高田小芥	시가/한시	
3	1~2		夏の夜學校 여름 밤 학교		수필/일상	
3	5~6		茶話 다화		수필/일상	
4	1~2		野狐三次〈243〉 노기쓰네 산지	神田伯山	고단	회수 오류
5	3~4		因果の緣(下)/古い男女の駈落〈2〉 인과의 인연(하)/오래된 남녀의 도주		수필/일상	
6	1~2		文覺〈103〉 몬가쿠	中里介山	소설/일본 고전	회수 오류

지면	단수	기획	기사제목 〈회수〉〔곡수〕	필자/저자(역자)	분류	비고

1914년 07월 05일 (일) 4705호

지면	단수	기획	기사제목 〈회수〉〔곡수〕	필자/저자(역자)	분류	비고
1	2~5		曲肱の樂 곡현의 즐거움		수필/일상	
1	6	半島詩壇	即事 〔1〕 즉사	一###山	시가/한시	
1	6	半島詩壇	投湖上人家 〔1〕 투호상인가	一###山	시가/한시	
1	6	半島詩壇	同題 〔1〕 동제	笹島紫峰	시가/한시	
1	6	半島詩壇	新夏清畫 〔1〕 신하청화	笹島紫峰	시가/한시	
1	6	半島詩壇	鄭夢周 〔1〕 정몽주	望月桂#	시가/한시	
4	1~3		野狐三次 〈244〉 노기쓰네 산지	神田伯山	고단	회수 오류
5	1~2		近來朝鮮に流行の五目ならべ 근래 조선에 유행하는 고무쿠나라베		수필/일상	
5	4~6		龍山の後家# 용산의 후가#		수필/일상	
6	1~3		文覺 〈104〉 몬가쿠	中里介山	소설/일본 고전	

1914년 07월 06일 (월) 4706호

지면	단수	기획	기사제목 〈회수〉〔곡수〕	필자/저자(역자)	분류	비고
1	1~2		雄篇植民詩/滿鐵の植民策 웅편 식민 시/만철의 식민 정책		수필/일상	
1	5	半島詩壇	遊木海軍上二百 〔1〕 유목해군상이백	#山牧雲	시가/한시	
1	5	半島詩壇	早無著橋不府尹 〔1〕 조무저교부부윤	#山牧雲	시가/한시	
1	5	半島詩壇	自江華島至仁川舟程七重鈴比間往復數次因有此作 〔1〕 자강화도지인천주정칠중령비간왕복수차인유차작	淺野護#	시가/한시	
1	5	半島詩壇	沙器洞所見二首 〔2〕 사기동소견 이수		시가/한시	
3	2~3		生徒の拭掃除問題 학생의 걸레질 청소 문제		수필/일상	
3	6	新小說豫 告	七化八變 칠화팔변	渡邊默禪	광고/연재예 고	
4	1~3		野狐三次 〈244〉 노기쓰네 산지	神田伯山	고단	회수 오류

1914년 07월 07일 (화) 4707호

지면	단수	기획	기사제목 〈회수〉〔곡수〕	필자/저자(역자)	분류	비고
1	4~5		外字新聞から/奇妙な宗敎 외자 신문에서/기묘한 종교		수필/일상	
1	5~6		外字新聞から/新式活動機 외자 신문에서/신식 활동기기		수필/일상	
1	6	半島詩壇	芳山雜時二首 〔2〕 방산잡시 이수	木田芳洲	시가/한시	
1	6	半島詩壇	鄭夢周 〔1〕 정몽주	深谷松濤	시가/한시	
1	6	半島詩壇	投湖上人家 〔1〕 투호상인가	村上石城	시가/한시	

지면	단수	기획	기사제목 〈회수〉〔곡수〕	필자/저자(역자)	분류	비고
1	6	半島詩壇	池寫偶吟〔1〕 지사우음	矢崎兜哉	시가/한시	
1	6	半島詩壇	夏日喚起〔1〕 하일환기	矢崎兜哉	시가/한시	
2	6~7		机上から/平壤府勢要覽 탁상에서/평양부 실세 요람		수필/일상	
3	3~4		海州梅雨記 해주 장마기	海州支局 秋郎生	수필/관찰	
3	5~6		茶話 다화		수필/일상	
4	1~3		野狐三次〈244〉 노기쓰네 산지	神田伯山	고단	
5	1~2		靑葉かげ 푸른 잎 그늘		수필/일상	
5	6	新小說	七化八變 칠화팔변	渡邊默禪	광고/연재예 고	
6	1~3		文覺〈105〉 몬가쿠	中里介山	소설/일본 고전	

1914년 07월 08일 (수) 4708호

지면	단수	기획	기사제목 〈회수〉〔곡수〕	필자/저자(역자)	분류	비고
1	6	半島詩壇	初夏偶成〔1〕 초하우성	村上石城	시가/한시	
1	6	半島詩壇	聽聞〔1〕 청문	村上石城	시가/한시	
1	6	半島詩壇	開城##〔1〕 개성##	高田小芥	시가/한시	
1	6	半島詩壇	投湖上人家〔1〕 투호상인가	高田小芥	시가/한시	
3	1~2		元山誌 원산지	越竹葉生	수필/일상	
3	2	新小說	七化八變 칠화팔변	渡邊默禪	광고/연재예 고	
3	3	史談	山姥と山男 산에 산다는 마귀 할멈과 산사 나이	孝#	수필/일상	
3	4		附込帳 부입장	#太郎	수필/일상	
4	1~3		野狐三次〈247〉 노기쓰네 산지	神田伯山	고단	회수 오류
5	1~3		文覺〈106〉 몬가쿠	中里介山	소설/일본 고전	

1914년 07월 09일 (목) 4709호

지면	단수	기획	기사제목 〈회수〉〔곡수〕	필자/저자(역자)	분류	비고
1	2~4		曲肱の樂 곡현의 즐거움		수필/일상	
1	6	半島詩壇	梅雨二首〔2〕 장마 이수	村上石城	시가/한시	
1	6	半島詩壇	#我山中友〔1〕 #아산중우	村上石城	시가/한시	
1	6	半島詩壇	送鬪田兄赴任關東提督府二首〔2〕 송투전형부임관동제독부 이수	中###	시가/한시	
1	6	半島詩壇	偶成〔1〕 우성	中###	시가/한시	

지면	단수	기획	기사제목 〈회수〉〔곡수〕	필자/저자(역자)	분류	비고
1	6	半島詩壇	次左氏學兄雨後詠月之芳醇 〔1〕 차좌씨학형우후영월지방순	光英#山	시가/한시	
1	6	半島詩壇	送西村判事之古早 〔1〕 송서촌판사지고조	光英#山	시가/한시	
3	7		茶話 다화		수필/일상	
4	1~3		野狐三次 〈247〉 노기쓰네 산지	神田伯山	고단	회수 오류
5	1~2		怪しき家 〈1〉 수상한 집	覆面記者	수필/일상	
6	1~3	新小說	七化八變/驚くべき脅迫狀 〈1〉 칠화팔변/기막힌 협박장	渡邊默禪	소설/일본	

1914년 07월 10일 (금) 4710호

지면	단수	기획	기사제목 〈회수〉〔곡수〕	필자/저자(역자)	분류	비고
1	2~3		曲肱の樂 곡현의 즐거움		수필/일상	
1	6	半島詩壇	眉州三#祠 〔1〕 미주삼#사	中條#城	시가/한시	
1	6	半島詩壇	泊平#江 〔1〕 박평#강	中條#城	시가/한시	
1	6	半島詩壇	初夏淸畫二首 〔2〕 초하청화 이수	高田小芥	시가/한시	
1	6	半島詩壇	梅雨二首 〔2〕 장마 이수	高田小芥	시가/한시	
3	4		机上から/朝鮮公#と朝鮮及び滿州 탁상에서/조선공#과 조선 및 만주		수필/일상	
3	7		茶話 다화		수필/일상	
4	1~3		野狐三次 〈249〉 노기쓰네 산지	神田伯山	고단	회수 오류
5	1~2		怪しき家 〈2〉 수상한 집	覆面記者	수필/일상	
5	5~6		珍談異聞 진담이문		수필/일상	
6	1~3	新小說	七化八變/生さぬ仲 〈2〉 칠화팔변/양부모와 의붓자식 사이	渡邊默禪	소설/일본	

1914년 07월 11일 (토) 4711호

지면	단수	기획	기사제목 〈회수〉〔곡수〕	필자/저자(역자)	분류	비고
1	2~3		曲肱の樂 곡현의 즐거움		수필/일상	
1	6	半島詩壇	投湖上人家二首 〔2〕 투호상인가 이수	江原如水	시가/한시	
1	6	半島詩壇	新夏淸畫 〔1〕 신하청화	江原如水	시가/한시	
1	6	半島詩壇	鄭夢周 〔1〕 정몽주	江原如水	시가/한시	
5	3~4		裏朝鮮海 〈1〉 동해	特派員 紫瀉郎	수필/일상	
6	1~3		野狐三次 〈250〉 노기쓰네 산지	神田伯山	고단	회수 오류
9	1~2		怪しき家 〈3〉 수상한 집	覆面記者	수필/일상	

지면	단수	기획	기사제목 〈회수〉〔곡수〕	필자/저자(역자)	분류	비고
10	1~3	新小說	七化八變/艶書の火焙 〈3〉 칠화팔변/연서의 화형	渡邊默禪	소설/일본	

1914년 07월 12일 (일) 4712호

지면	단수	기획	기사제목 〈회수〉〔곡수〕	필자/저자(역자)	분류	비고
1	2~4		曲肱の樂 곡현의 즐거움		수필/일상	
1	5~6	半島詩壇	#大隈首相 〔1〕 #오쿠마 총리	安永春雨	시가/한시	
1	5~6	半島詩壇	春日陽上 〔1〕 춘일양상	松田學陽	시가/한시	
1	5~6	半島詩壇	月波亭小集分韻得友 〔1〕 월파정소집분운득우	松田學陽	시가/한시	
3	2~3		裏朝鮮海 〈2〉 동해	特派員 紫瀉郎	수필/일상	
3	4~7		雨の寫眞/平壤#學會の記 비 사진/평양#학회 기록		수필/일상	
4	1~3		野狐三次 〈251〉 노기쓰네 산지	神田伯山	고단	회수 오류
5	1~2		怪しき家 〈4〉 수상한 집	覆面記者	수필/일상	
5	2~3		公判廷の側面 공판정 측면		수필/일상	
6	1~3	新小說	七化八變/小間使いのお藤 〈4〉 칠화팔변/하녀 오후지	渡邊默禪	소설/일본	

1914년 07월 13일 (월) 4713호

지면	단수	기획	기사제목 〈회수〉〔곡수〕	필자/저자(역자)	분류	비고
1	2~4		曲肱の樂 곡현의 즐거움		수필/일상	
3	5~6		支度部屋 준비방		수필/일상	
3	6~7		怪しき家 〈4〉 수상한 집	覆面記者	수필/일상	회수 오류
4	1~3		野狐三次 〈252〉 노기쓰네 산지	神田伯山	고단	

1914년 07월 14일 (화) 4714호

지면	단수	기획	기사제목 〈회수〉〔곡수〕	필자/저자(역자)	분류	비고
1	2~4		大邱より 대구에서		수필/일상	
1	6	半島詩壇	成都謁武候詞 〔1〕 성도알무후사	中條#城	시가/한시	
1	6	半島詩壇	梅雨 〔1〕 장마	望月桂軒	시가/한시	
1	6	半島詩壇	景福宮詞二首 〔2〕 경복궁사 이수	望月桂軒	시가/한시	
1	6	半島詩壇	懷我山中友 〔1〕 회아산중우	望月桂軒	시가/한시	
3	4~7	文藝	怪鳥/黃金館 괴조/황금관	仁川 大#生	소설/일본	
3	5~7		日鮮新古 話の庫/八五#選/相撲/掛取 〈2〉 일선신고 이야기 금고/팔오#선/스모/가케토리	京城 角狂生	수필/일상	
4	1~3		野狐三次 〈253〉 노기쓰네 산지	神田伯山	고단	회수 오류

지면	단수	기획	기사제목 〈회수〉〔곡수〕	필자/저자(역자)	분류	비고
5	2~3		支度部屋 준비방		수필/일상	
6	1~3	新小說	七化八變/花の夕闇暮 〈5〉 칠화팔변/꽃이 질 저녁 무렵	渡邊默禪	소설/일본	

1914년 07월 15일 (수) 4715호

지면	단수	기획	기사제목 〈회수〉〔곡수〕	필자/저자(역자)	분류	비고
1	3~5		裏朝鮮巡遊記/淸河にて 태백산맥 동부 순유기/청하에서	特派員 紫寫郎	수필/기행	
1	6	半島詩壇	景福宮詞 〔1〕 경복궁사	一番##山	시가/한시	
1	6	半島詩壇	懷我山中友 〔1〕 회아산중우	一番##山	시가/한시	
1	6	半島詩壇	養雁 〔1〕 양안	一番##山	시가/한시	
1	6	半島詩壇	聽鶯 〔1〕 청앵	一番##山	시가/한시	
1	6	半島詩壇	示#次韻 〔1〕 시#차운	小永井##	시가/한시	
3	5~7		日鮮新古 話の庫/八五#選/相撲/唐人相撲/寒の相撲 〈3〉 일선신고 이야기 금고/팔오#선/스모/당인 스모/한의 스모	京城 角狂生	수필/일상	
4	1~4		野狐三次 〈254〉 노기쓰네 산지	神田伯山	고단	회수 오류
5	1~2		支度部屋 준비방		수필/일상	
6	1~3	新小說	七化八變/社會主義の硏究 〈6〉 칠화팔변/사회주의 연구	渡邊默禪	소설/일본	

1914년 07월 16일 (목) 4716호

지면	단수	기획	기사제목 〈회수〉〔곡수〕	필자/저자(역자)	분류	비고
1	5~6		裏朝鮮巡遊記/實#寺 태백산맥 동부 순유기/실#사	特派員 紫寫郎	수필/기행	
1	6	半島詩壇	病中紀夢 〔1〕 병중기몽	高田小芥	시가/한시	
1	6	半島詩壇	懷我山中友 〔1〕 회아산중우	成田普石	시가/한시	
1	6	半島詩壇	開城觀桃二首 〔2〕 개성관도 이수	松田學#	시가/한시	
3	1~3	新小說	七化八變/冤罪です 〈7〉 칠화팔변/누명입니다	渡邊默禪	소설/일본	
4	1~3		野狐三次 〈255〉 노기쓰네 산지	神田伯山	고단	회수 오류

1914년 07월 17일 (금) 4717호

지면	단수	기획	기사제목 〈회수〉〔곡수〕	필자/저자(역자)	분류	비고
1	2~4		曲肱の樂 곡현의 즐거움		수필/일상	
1	6	半島詩壇	喜雨 〔1〕 희우	矢崎兜哉	시가/한시	
1	6	半島詩壇	雨中播琵琶行 〔1〕 우중파비파행	矢崎兜哉	시가/한시	
1	6	半島詩壇	江樓話別 〔1〕 강루화별	大島遊山	시가/한시	
1	6	半島詩壇	新夏淸畫 〔1〕 신하청화	大島遊山	시가/한시	

지면	단수	기획	기사제목 〈회수〉〔곡수〕	필자/저자(역자)	분류	비고
1	6	半島詩壇	春山仙奕圖一〔1〕 춘산선혁도일	松田學鷗	시가/한시	
3	2~3		洗浦瞥見記 세포 별견기	#原支局 河野生	수필/일상	
3	6	文藝	仁川芋の葉吟社句集/四點の句〔1〕 인천 이모노하긴샤 구집/사점 구	散楓	시가/하이쿠	
3	6	文藝	仁川芋の葉吟社句集/四點の句〔1〕 인천 이모노하긴샤 구집/사점 구	如水	시가/하이쿠	
3	6	文藝	仁川芋の葉吟社句集/三點の句〔2〕 인천 이모노하긴샤 구집/삼점 구	大云居	시가/하이쿠	
3	6	文藝	仁川芋の葉吟社句集/三點の句〔1〕 인천 이모노하긴샤 구집/삼점 구	松籟	시가/하이쿠	
3	6	文藝	仁川芋の葉吟社句集/三點の句〔1〕 인천 이모노하긴샤 구집/삼점 구	#洲	시가/하이쿠	
3	6	文藝	仁川芋の葉吟社句集/三點の句〔1〕 인천 이모노하긴샤 구집/삼점 구	花汀	시가/하이쿠	
3	6	文藝	仁川芋の葉吟社句集/二點の句〔1〕 인천 이모노하긴샤 구집/이점 구	散楓	시가/하이쿠	
3	6	文藝	仁川芋の葉吟社句集/二點の句〔1〕 인천 이모노하긴샤 구집/이점 구		시가/하이쿠	
3	6	文藝	仁川芋の葉吟社句集/二點の句〔1〕 인천 이모노하긴샤 구집/이점 구	##	시가/하이쿠	
3	6	文藝	仁川芋の葉吟社句集/二點の句〔1〕 인천 이모노하긴샤 구집/이점 구	#洲	시가/하이쿠	
3	6	文藝	仁川芋の葉吟社句集/二點の句〔1〕 인천 이모노하긴샤 구집/이점 구	冷香	시가/하이쿠	
3	5~7		日鮮新古 話の庫/八五#選/蜀山人〈1〉 일선신고 이야기 금고/팔오#선/촉산인		수필/일상	
4	1~3		野狐三次〈256〉 노기쓰네 산지	神田伯山	고단	회수 오류
6	1~3	新小說	七化八變/平和を破ります〈8〉 칠화팔변/평화를 깨트립니다	渡邊默禪	소설/일본	

1914년 07월 18일 (토) 4718호

지면	단수	기획	기사제목 〈회수〉〔곡수〕	필자/저자(역자)	분류	비고
1	5~6		曲肱の樂 곡현의 즐거움		수필/일상	
1	6	半島詩壇	投湖上人家二首〔2〕 투호상인가 이수	小永井#院	시가/한시	
1	6	半島詩壇	景福宮詞二首〔2〕 경복궁사 이수	安永春雨	시가/한시	
1	6	半島詩壇	梅雨二首〔2〕 장마 이수	安永春雨	시가/한시	
3	5~7		日鮮新古 話の庫/八五#選/蜀山人〈2〉 일선신고 이야기 금고/팔오#선/촉산인		수필/일상	
4	1~3		野狐三次〈257〉 노기쓰네 산지	神田伯山	고단	회수 오류
6	1~3	新小說	七化八變/失敬な狂人〈9〉 칠화팔변/무례한 미치광이	渡邊默禪	소설/일본	

1914년 07월 19일 (일) 4719호

지면	단수	기획	기사제목 〈회수〉〔곡수〕	필자/저자(역자)	분류	비고
1	3~5		曲肱の樂 곡현의 즐거움		수필/일상	

지면	단수	기획	기사제목 〈회수〉〔곡수〕	필자/저자(역자)	분류	비고
1	6	半島詩壇	投湖上人家 〔1〕 투호상인가	大島奇山	시가/한시	
1	6	半島詩壇	景福宮詞 〔1〕 경복궁사	大島奇山	시가/한시	
1	6	半島詩壇	新夏淸畫 〔1〕 신하청화	隈部矢山	시가/한시	
1	6	半島詩壇	鄭夢周 〔1〕 정몽주	隈部矢山	시가/한시	
1	6	半島詩壇	田園雜興用薰百#韻 〔1〕 전원잡흥용훈백#운	松田學聞	시가/한시	
3	5~7		日鮮新古 話の庫/八五#選/落語で流罪(上) 〈1〉 일선신고 이야기 금고/팔오#선/라쿠고로 유배(상)		수필/일상	
3	6~7		淸州花柳便 청주 화류 편		수필/일상	
4	1~3		野狐三次 〈259〉 노기쓰네 산지	神田伯山	고단	회수 오류
6	1~3	新小說	七化八變/癩に障る奴 〈10〉 칠화팔변/비위에 거슬리는 녀석	渡邊默禪	소설/일본	

1914년 07월 20일 (월) 4720호

지면	단수	기획	기사제목 〈회수〉〔곡수〕	필자/저자(역자)	분류	비고
1	4~6		曲肱の樂 곡현의 즐거움		수필/일상	
1	6	半島詩壇	景福宮詞 〔1〕 경복궁사	深谷松濤	시가/한시	
1	6	半島詩壇	懷我山中友 〔1〕 회아산중우	深谷松濤	시가/한시	
1	6	半島詩壇	##功# 〔1〕 ##공#	####	시가/한시	
1	6	半島詩壇	山中## 〔1〕 산중##	####	시가/한시	
1	6	半島詩壇	投湖上人家 〔1〕 투호상인가	隈部矢山	시가/한시	
1	6	半島詩壇	景福宮詞三首 〔3〕 경복궁사 삼수	隈部矢山	시가/한시	
4	1~3		野狐三次 〈259〉 노기쓰네 산지	神田伯山	고단	회수 오류

1914년 07월 21일 (화) 4721호

지면	단수	기획	기사제목 〈회수〉〔곡수〕	필자/저자(역자)	분류	비고
1	4~5		曲肱の樂 곡현의 즐거움		수필/일상	
1	5~6		鳥致院より 조치원에서	一記者	수필/일상	
1	6	半島詩壇	傳我山中友二首 〔2〕 전아산중우 이수	隈部矢山	시가/한시	
1	6	半島詩壇	梅雨 〔1〕 장마	深谷松濤	시가/한시	
1	6	半島詩壇	夏日會山亭介錯 〔1〕 하일회산정개착	大島奇山	시가/한시	
4	1~3		野狐三次 〈261〉 노기쓰네 산지	神田伯山	고단	회수 오류
5	2~3		靑葉かげ 아오바카게		수필/일상	

지면	단수	기획	기사제목 〈회수〉 〔곡수〕	필자/저자(역자)	분류	비고
5	5~6		すゞみ臺 스즈미다이		수필/일상	

1914년 07월 22일 (수) 4722호

지면	단수	기획	기사제목 〈회수〉 〔곡수〕	필자/저자(역자)	분류	비고
1	6	半島詩壇	梅雨二首 〔2〕 장마 이수	笹島紫峰	시가/한시	
1	6	半島詩壇	懷我山中友 〔1〕 회아산중우	笹島紫峰	시가/한시	
1	6	半島詩壇	景福宮詞 〔1〕 경복궁사	笹島紫峰	시가/한시	
4	1~3		野狐三次 〈261〉 노기쓰네 산지	神田伯山	고단	회수 오류
6	1~3	新小說	七化八變/現の人に言ふ如く 〈11〉 칠화팔변/이 세상 사람에게 말하듯이	渡邊默禪	소설/일본	

1914년 07월 23일 (목) 4723호

지면	단수	기획	기사제목 〈회수〉 〔곡수〕	필자/저자(역자)	분류	비고
1	4~5		噴火餘燼 분화 여신	杉奴	수필/일상	
1	6	半島詩壇	夢醒口占 〔1〕 몽성구점	大島奇山	시가/한시	
1	6	半島詩壇	梅雨 〔1〕 장마	大島奇山	시가/한시	
1	6	半島詩壇	同題次魯石詞兄韻江原 〔1〕 동제차로석사형운강원	如水	시가/한시	
1	6	半島詩壇	梅雨 〔1〕 장마	成田普石	시가/한시	
1	6	半島詩壇	景福宮詞 〔1〕 경복궁사	成田普石	시가/한시	
3	3		井邑より 정읍에서	特派員	수필/일상	
3	3~4		凉しい顔/美術家の評定 시원한 얼굴/미술가의 평정		수필/비평	
3	4~6		殖民地氣質(上) 〈1〉 식민지 기질(상)	山城#	수필/비평	
4	1~3		野狐三次 〈263〉 노기쓰네 산지	神田伯山	고단	회수 오류
6	1~3	新小說	七化八變/蓬頭垢面の男兒 〈12〉 칠화팔변/봉두구면의 남자 아이	渡邊默禪	소설/일본	

1914년 07월 24일 (금) 4724호

지면	단수	기획	기사제목 〈회수〉 〔곡수〕	필자/저자(역자)	분류	비고
1	6	半島詩壇	諸同人次靜學戸田判事退官詩韻乎亦赦其# 〔1〕 제동인차정학호전판사퇴관시운호역사기#	高田小芥	시가/한시	
1	6	半島詩壇	淸凉#即事 〔1〕 청량#즉사	高田小芥	시가/한시	
1	6	半島詩壇	淨水 〔1〕 정수	笹島紫峰	시가/한시	
3	3~4		殖民地氣質(下) 〈2〉 식민지 기질(하)	山城#	수필/비평	
3	5~6		元山の色々 원산의 여러모습	咸鏡支社 一記者	수필/일상	
4	1~3		野狐三次 〈263〉 노기쓰네 산지	神田伯山	고단	회수 오류

지면	단수	기획	기사제목 〈회수〉〔곡수〕	필자/저자(역자)	분류	비고
6	1~3	新小說	七化八變/つながれた情緒 〈13〉 칠화팔변/이어진 정서	渡邊默禪	소설/일본	
7	2~3		京城の暗黑面 경성의 암흑면		수필/일상	

1914년 07월 25일 (토) 4725호

지면	단수	기획	기사제목 〈회수〉〔곡수〕	필자/저자(역자)	분류	비고
1	6	半島詩壇	偶成 〔1〕 우성	笹島紫峰	시가/한시	
1	6	半島詩壇	訪撫松庵席上五百# 〔1〕 방무송암석상오백#	深谷松濤	시가/한시	
1	6	半島詩壇	######三 〔1〕 ######삼	撫松	시가/한시	
4	1~3		野狐三次 〈265〉 노기쓰네 산지	神田伯山	고단	회수 오류
5	3~4		京城の暗黑面 경성의 암흑면		수필/일상	
6	1~3	新小說	七化八變/寂しい思ひ 〈14〉 칠화팔변/섭섭한 마음	渡邊默禪	소설/일본	

1914년 07월 26일 (일) 4726호

지면	단수	기획	기사제목 〈회수〉〔곡수〕	필자/저자(역자)	분류	비고
1	3~5		大邱より 대구에서	一記者	수필/일상	
1	6	半島詩壇	花#琵琶 〔1〕 화#비파	江原如水	시가/한시	
1	6	半島詩壇	懷我山中友 〔1〕 회아산중우	江原如水	시가/한시	
1	6	半島詩壇	#瓶草花 〔1〕 #병초화	木田芳洲	시가/한시	
1	6	半島詩壇	夏日會山亭分韻得# 〔1〕 하일회산정분운득#	木田芳洲	시가/한시	
1	6	半島詩壇	同題得魚韻 〔1〕 동제득어운	高井椿堂	시가/한시	
1	6	半島詩壇	郊居答客 〔1〕 교거답객	高井椿堂	시가/한시	
1	6	半島詩壇	梅雨 〔1〕 장마	高井椿堂	시가/한시	
4	1~3		野狐三次 〈265〉 노기쓰네 산지	神田伯山	고단	회수 오류
6	1~3	新小說	七化八變/煩悶の解脱法 〈15〉 칠화팔변/번민 해탈법	渡邊默禪	소설/일본	
7	1~2		京城の暗黑面 경성의 암흑면		수필/일상	
7	7~8		茶ばなし 다화		수필/일상	

1914년 07월 27일 (월) 4727호

지면	단수	기획	기사제목 〈회수〉〔곡수〕	필자/저자(역자)	분류	비고
1	6	半島詩壇	夏日會山亭分韻 〔1〕 하일회산정분운	江原如水	시가/한시	
1	6	半島詩壇	梅雨 〔1〕 장마	笹島紫峰	시가/한시	
1	6	半島詩壇	懷我山中友二首 〔2〕 회아산중우 이수	笹島紫峰	시가/한시	

지면	단수	기획	기사제목 〈회수〉〔곡수〕	필자/저자(역자)	분류	비고
3	1~2		翠の出世譚(第一樓娼妓) 〈1〉 미도리의 출세담(다이이치로 창기)		수필/기타	
3	1~2		靑葉かげ 아오바카게		수필/일상	
4	1~3		野狐三次 〈266〉 노기쓰네 산지	神田伯山	고단	회수 오류

1914년 07월 28일 (화) 4728호

지면	단수	기획	기사제목 〈회수〉〔곡수〕	필자/저자(역자)	분류	비고
1	3~5		噴火餘燼 분화여신	##	수필/일상	
1	6	半島詩壇	夏日會山亭分韻得靑 〔1〕 하일회산정분운득청	成田普石	시가/한시	
1	6	半島詩壇	同次韻 〔1〕 동차운	###	시가/한시	
1	6	半島詩壇	同題分韻得元 〔1〕 동제분운득원	###	시가/한시	
1	6	半島詩壇	同次韻 〔1〕 동차운	成田普石	시가/한시	
1	6	半島詩壇	江城#畵 〔1〕 강성#화	成田普石	시가/한시	
3	1~2		公州印象記/細井醫務部長の顔 〈1〉 공주 인상기/호소이 의무 부장의 얼굴		수필/일상	
3	2~3		裏朝鮮巡遊記 태백산맥 동부 순유기	特派員 紫瀉郞	수필/기행	
3	4~5		と云ふものあり 라는 것이 있다	元山支局 一記者	수필/일상	
3	5~6		机上から/朝鮮通信沿革小史 탁상에서/조선 통신 연혁 소사		수필/기타	
4	1~3		野狐三次 〈267〉 노기쓰네 산지	神田伯山	고단	회수 오류
5	1~2		翠出世物語 〈2〉 미도리 출세 이야기		수필/기타	
5	3~4		京城の暗黑面 경성 암흑면		수필/일상	
6	1~3	新小說	七化八變/##か自働車で 〈16〉 칠화팔변/##나 자동차로	渡邊默禪	소설/일본	

1914년 07월 29일 (수) 4729호

지면	단수	기획	기사제목 〈회수〉〔곡수〕	필자/저자(역자)	분류	비고
1	2~4		曲肱の樂 곡현의 즐거움		수필/일상	
1	6	半島詩壇	野寺晚景 〔1〕 야사만경	福出松	시가/한시	
1	6	半島詩壇	夏日會山亭分韻得靑 〔1〕 하일회산정분운득청	隈部矢山	시가/한시	
1	6	半島詩壇	舟中吹笛 〔1〕 주중취적	中西古竹	시가/한시	
1	6	半島詩壇	立花將軍 〔1〕 다치바나 장군	大垣金#	시가/한시	
1	6	半島詩壇	漢陽公園 〔1〕 한양공원	大垣金#	시가/한시	
3	1		公州印象記/夏の病院より 〈2〉 공주 인상기/여름의 병원에서		수필/일상	

지면	단수	기획	기사제목 〈회수〉〔곡수〕	필자/저자(역자)	분류	비고
4	1~3		野狐三次 〈268〉 노기쓰네 산지	神田伯山	고단	회수 오류
5	1~2		翠出世物語 〈3〉 미도리 출세 이야기		수필/기타	
6	1~3	新小說	七化八變/新橋の一龍 〈17〉 칠화팔변/신바시의 이치류	渡邊默禪	소설/일본	

1914년 07월 30일 (목) 4730호

지면	단수	기획	기사제목 〈회수〉〔곡수〕	필자/저자(역자)	분류	비고
1	2		噴火餘燼 분화여신	杉#	수필/일상	
1	6	半島詩壇	夏日會山亭分韻得先 〔1〕 하일회산정분운득선	深谷松濤	시가/한시	
1	6	半島詩壇	客舍對雨 〔1〕 객사대우	深谷松濤	시가/한시	
1	6	半島詩壇	夏日會山亭分韻得# 〔1〕 하일회산정분운득#	中西古竹	시가/한시	
1	6	半島詩壇	漢江夜# 〔1〕 한강야#	大垣金#	시가/한시	
2	6		チマタノウワサ 항간의 소문		수필/일상	
4	1~3		野狐三次 〈268〉 노기쓰네 산지	神田伯山	고단	회수 오류
6	1~3	新小說	七化八變/灰神# 〈18〉 칠화팔변/회신#	渡邊默禪	소설/일본	
7	3~5		翠出世物語 〈4〉 미도리 출세 이야기		수필/기타	
7	4~5		京城の暗黑面 경성 암흑면		수필/일상	

1914년 08월 01일 (토) 4731호

지면	단수	기획	기사제목 〈회수〉〔곡수〕	필자/저자(역자)	분류	비고
1	2~4		曲肱の樂 곡현의 즐거움		수필/일상	
1	6	半島詩壇	次南山韻 〔1〕 차남산운	金少#	시가/한시	
1	6~7	半島詩壇	次老人亭韻 〔1〕 차로인정운	金少#	시가/한시	
1	7	半島詩壇	思山中友二首 〔1〕 산중우 이수	江南##	시가/한시	
3	3~4		公州印象記/二百の健兒 〈3〉 공주 인상기/이백의 건아		수필/일상	
3	4~5		大田#信 대전#신		수필/기타	
3	5~7		朝鮮各地 花柳易斷/仁川八阪樓のぽんた 조선 각지 화류 역단/인천 야사카로의 폰타		수필/기타	
4	1~3		野狐三次 〈270〉 노기쓰네 산지	神田伯山	고단	회수 오류
5	2~3		翠出世物語 〈5〉 미도리 출세 이야기		수필/기타	
6	1~3	新小說	七化八變/睨み合 〈19〉 칠화팔변/적대시함	渡邊默禪	소설/일본	

1914년 08월 02일 (일) 4732호

지면	단수	기획	기사제목 〈회수〉〔곡수〕	필자/저자(역자)	분류	비고
1	2~4		噴火餘燼 분화여신	杉#	수필/일상	
1	6	半島詩壇	梅雨二首〔2〕 장마 이수	江南##	시가/한시	
1	6	半島詩壇	聞#二首〔1〕 문# 이수	江南##	시가/한시	
1	6	半島詩壇	鄭夢周〔1〕 정몽주	松田學#	시가/한시	
3	1		忠淸道より 충청도에서	支局 一記者	수필/일상	
3	1~2		天安より 천안에서	特派員	수필/일상	
3	5~7		朝鮮各地 花柳易斷/仁川末廣の桃太郎 조선 각지 화류 역단/인천 스에히로의 모모타로		수필/기타	
4	1~3		野狐三次〈271〉 노기쓰네 산지	神田伯山	고단	회수 오류
6	1~3	新小說	七化八變/門前のいさかい〈20〉 칠화팔변/문 앞의 다툼	渡邊默禪	소설/일본	

1914년 08월 03일 (월) 4733호

지면	단수	기획	기사제목 〈회수〉〔곡수〕	필자/저자(역자)	분류	비고
1	2~3		曲肱の樂 곡현의 즐거움		수필/일상	
1	5	半島詩壇	夏日山居三十首〔6〕 하일산거 삼십수	深谷松濤	시가/한시	
3	2~3		翠出世物語〈6〉 미도리 출세 이야기		수필/기타	
4	1~3		野狐三次〈272〉 노기쓰네 산지	神田伯山	고단	회수 오류

1914년 08월 04일 (화) 4734호

지면	단수	기획	기사제목 〈회수〉〔곡수〕	필자/저자(역자)	분류	비고
1	2~4		噴火餘燼 분화여신	杉#	수필/일상	
1	4~5		忠淸道より 충청도에서	忠淸支社 一記者	수필/일상	
1	5		溫泉の里より 온천 마을에서		수필/일상	
1	6	半島詩壇	夏日山居三十首##〔8〕 하일산거 삼십수##	深谷松濤	시가/한시	
4	1~3		野狐三次〈273〉 노기쓰네 산지	神田伯山	고단	회수 오류
5	1~2		京城業ひ調/家根屋の職人 경성 직업 조사/지붕의 장인		수필/일상	
5	7		仁川花柳界 인천 화류계		수필/기타	
6	1~3	新小說	七化八變/佐吉の獸征伐〈21〉 칠화팔변/사키치의 짐승 정벌	渡邊默禪	소설/일본	

1914년 08월 05일 (수) 4735호

지면	단수	기획	기사제목 〈회수〉〔곡수〕	필자/저자(역자)	분류	비고
1	3~4		曲肱の樂 곡현의 즐거움		수필/일상	
1	5~6	半島詩壇	夏日山居三十首#出〔8〕 하일산거 삼십수#출	深谷松濤	시가/한시	

지면	단수	기획	기사제목 〈회수〉〔곡수〕	필자/저자(역자)	분류	비고
3	5~7		朝鮮各地 花柳易斷/一富士の成太郎 조선 각지 화류 역단/이치후지의 세이타로		수필/기타	
3	6		机上から/伯林每日新聞(亞細亞號) 탁상에서/백림 매일 신문(아세아호)		수필/기타	
4	1~3		野狐三次 〈274〉 노기쓰네 산지	神田伯山	고단	회수 오류
6	1~3	新小說	七化八變/待合福祿 〈22〉 칠화팔변/마치아이 복록	渡邊默禪	소설/일본	

1914년 08월 06일 (목) 4736호

지면	단수	기획	기사제목 〈회수〉〔곡수〕	필자/저자(역자)	분류	비고
1	2~3		噴火餘燼 분화여신	杉#	수필/일상	
1	6	半島詩壇	夏日山居三十首## 〔8〕 하일산거 삼십수##	深谷松濤	시가/한시	
3	4~5		机上から/次の一戰 水野中佐著 탁상에서/다음의 일전 미즈노 중령 저작		수필/기타	
3	5~7		朝鮮各地 花柳易斷/一富士の小力 조선 각지 화류 역단/이치후지의 고리키		수필/기타	
4	1~3		野狐三次 〈276〉 노기쓰네 산지	神田伯山	고단	회수 오류
6	1~3	新小說	七化八變/約束のお金 〈23〉 칠화팔변/약속한 돈	渡邊默禪	소설/일본	

1914년 08월 07일 (금) 4737호

지면	단수	기획	기사제목 〈회수〉〔곡수〕	필자/저자(역자)	분류	비고
1	2~3		曲肱の樂 곡현의 즐거움		수필/일상	
1	5	半島詩壇	梅雨二首 〔2〕 장마 이수	木田芳洲	시가/한시	
1	6	半島詩壇	懷我山中友 〔1〕 회아산중우	木田芳洲	시가/한시	
1	6	半島詩壇	又 〔1〕 우	木田芳洲	시가/한시	
3	5	文藝	仁川芋の葉五句集/四點 〔1〕 인천 이모노하 오구집/사점	松嶺	시가/하이쿠	
3	5	文藝	仁川芋の葉五句集/四點 〔1〕 인천 이모노하 오구집/사점	冷香	시가/하이쿠	
3	5	文藝	仁川芋の葉五句集/三點 〔1〕 인천 이모노하 오구집/삼점	嘉洲	시가/하이쿠	
3	5	文藝	仁川芋の葉五句集/三點 〔1〕 인천 이모노하 오구집/삼점	松嶺	시가/하이쿠	
3	5	文藝	仁川芋の葉五句集/二點 〔1〕 인천 이모노하 오구집/이점	松嶺	시가/하이쿠	
3	5	文藝	仁川芋の葉五句集/二點 〔1〕 인천 이모노하 오구집/이점	大云居	시가/하이쿠	
3	5	文藝	仁川芋の葉五句集/二點 〔2〕 인천 이모노하 오구집/이점	子牛	시가/하이쿠	
3	5	文藝	仁川芋の葉五句集/二點 〔1〕 인천 이모노하 오구집/이점	嘉洲	시가/하이쿠	
3	5	文藝	仁川芋の葉五句集/二點 〔1〕 인천 이모노하 오구집/이점	如水	시가/하이쿠	
3	5	文藝	仁川芋の葉五句集/二點 〔2〕 인천 이모노하 오구집/이점	麗哉	시가/하이쿠	

지면	단수	기획	기사제목 〈회수〉〔곡수〕	필자/저자(역자)	분류	비고
3	5~7		朝鮮各地 花柳易斷/仁川 一富士の一六 조선 각지 화류 역단/인천 이치후지의 이치로쿠		수필/기타	
4	1~3		野狐三次 〈277〉 노기쓰네 산지	神田伯山	고단	회수 오류
5	1~2		塞耳維譚 〈1〉 세르비아 이야기		수필/기타	
6	1~3	新小說	七化八變/窓から顏 〈24〉 칠화팔변/창문으로 얼굴이	渡邊默禪	소설/일본	

1914년 08월 08일 (토) 4738호

지면	단수	기획	기사제목 〈회수〉〔곡수〕	필자/저자(역자)	분류	비고
1	2~4		曲肱の樂 곡현의 즐거움		수필/일상	
1	6	半島詩壇	述懷二首 〔2〕 술회 이수	大垣金#	시가/한시	
1	6	半島詩壇	友人#原代議士##萬國議員會###京城賄賦# 〔1〕 우인#원대의사##만국의원회###경성회부#	大垣金#	시가/한시	
1	6	半島詩壇	湯島顏見開門#韻有作二首 〔2〕 탕도안견개문#운유작 이수	矢崎兜哉	시가/한시	
1	6	半島詩壇	弔千辰#沒之士中公吉元 〔1〕 조천진#몰지사중공길원	矢崎兜哉	시가/한시	
3	1		裡里自慢 이리 자랑		수필/일상	
3	5~7		朝鮮各地 花柳易斷/京城辰巳家 政彌 조선 각지 화류 역단/경성 다쓰미야 마사야		수필/기타	
4	1~3		野狐三次 〈279〉 노기쓰네 산지	神田伯山	고단	회수 오류
6	1~3	新小說	七化八變/いやなデカダン 〈25〉 칠화팔변/좋아하지 않는 데카당	渡邊默禪	소설/일본	

1914년 08월 09일 (일) 4739호

지면	단수	기획	기사제목 〈회수〉〔곡수〕	필자/저자(역자)	분류	비고
1	2~3		曲肱の樂 곡현의 즐거움		수필/일상	
1	3~4		塞耳維譚/歷史上の光彩 〈2〉 세르비아 이야기/역사상의 광채		수필/기타	
1	6	半島詩壇	首夏水槽即事 〔1〕 수하수조즉사	矢崎兜哉	시가/한시	
1	6	半島詩壇	初夏即吟 〔1〕 초하즉음	矢崎兜哉	시가/한시	
1	6	半島詩壇	偶成 〔1〕 우성	江南#農	시가/한시	
1	6	半島詩壇	送芳洲木田詞兄轉任于元山 〔1〕 송방주목전사형전임우원산	笹島紫峰	시가/한시	
3	5		大田花柳界 대전 화류계		수필/기타	
4	1~3		野狐三次 〈279〉 노기쓰네 산지	神田伯山	고단	회수 오류
6	1~2	新小說	七化八變/戶山が原の一夜 〈26〉 칠화팔변/도야마가하라의 하룻밤	渡邊默禪	소설/일본	

1914년 08월 10일 (월) 4740호

지면	단수	기획	기사제목 〈회수〉〔곡수〕	필자/저자(역자)	분류	비고
1	4		塞耳維譚/暗愚なる塞皇儲 〈3〉 세르비아 이야기/어리석은 세르비아 황저		수필/기타	

지면	단수	기획	기사제목 〈회수〉〔곡수〕	필자/저자(역자)	분류	비고
1	6	半島詩壇	送芳洲木田仁兄轉任于元山二首〔2〕 송방주목전인형전임우원산 이수	望月桂軒	시가/한시	
1	6	半島詩壇	夏日會山亭〔1〕 하일회산정	高田小芥	시가/한시	
1	6	半島詩壇	山寺晩景〔1〕 산사만경	高田小芥	시가/한시	
1	6	半島詩壇	蓮花〔1〕 연화	高田小芥	시가/한시	
1	6	半島詩壇	送登長白山〔1〕 송등장백산	高田小芥	시가/한시	
4	1~3		野狐三次〈280〉 노기쓰네 산지	神田伯山	고단	회수 오류

1914년 08월 11일 (화) 4741호

지면	단수	기획	기사제목 〈회수〉〔곡수〕	필자/저자(역자)	분류	비고
1	6	半島詩壇	擬韻田吟六首〔6〕 의운전음 육수	深谷松濤	시가/한시	
1	6	半島詩壇	看蓮花〔1〕 간연화	安永春雨	시가/한시	
1	6	半島詩壇	詩兼#者〔1〕 시겸#자		시가/한시	
3	6		公州花柳界 공주 화류계		수필/기타	
4	1~3		野狐三次〈281〉 노기쓰네 산지	神田伯山	고단	회수 오류
6	1~3	新小說	七化八變/秘密會議〈27〉 칠화팔변/비밀 회의	渡邊默禪	소설/일본	

1914년 08월 12일 (수) 4742호

지면	단수	기획	기사제목 〈회수〉〔곡수〕	필자/저자(역자)	분류	비고
1	5	半島詩壇	松間待月〔1〕 송간대월	安永春雨	시가/한시	
1	5	半島詩壇	送登長白山〔1〕 송등장백산	安永春雨	시가/한시	
4	1~3		野狐三次〈282〉 노기쓰네 산지	神田伯山	고단	회수 오류
6	1~3	新小說	七化八變/秘密會議〈28〉 칠화팔변/비밀 회의	渡邊默禪	소설/일본	

1914년 08월 13일 (목) 4743호

지면	단수	기획	기사제목 〈회수〉〔곡수〕	필자/저자(역자)	분류	비고
1	6~8	半島詩壇	#夏雜詠二十首〔10〕 #여름-잡영 이십수	木田芳洲	시가/한시	
3	6~7		元山八面美鋒 원산팔면미봉	咸鏡支社 一記者	수필/일상	
4	1~3		野狐三次〈283〉 노기쓰네 산지	神田伯山	고단	회수 오류
6	1~3	新小說	七化八變/此の母、此の子〈29〉 칠화팔변/이 엄마, 이 아이	渡邊默禪	소설/일본	

1914년 08월 14일 (금) 4744호

지면	단수	기획	기사제목 〈회수〉〔곡수〕	필자/저자(역자)	분류	비고
1	1~2		曲肱の樂 곡현의 즐거움		수필/일상	
1	6	半島詩壇	#夏雜詠二十首〔10〕 #여름-잡영 이십수	木田芳洲	시가/한시	

지면	단수	기획	기사제목 〈회수〉〔곡수〕	필자/저자(역자)	분류	비고
3	6~7		元山八面美鋒 원산팔면미봉	咸鏡支社 一記者	수필/일상	
4	1~3		野狐三次 〈284〉 노기쓰네 산지	神田伯山	고단	회수 오류
6	1~3	新小說	七化八變/呪いの釘 〈30〉 칠화팔변/저주의 못	渡邊默禪	소설/일본	

1914년 08월 15일 (토) 4745호

지면	단수	기획	기사제목 〈회수〉〔곡수〕	필자/저자(역자)	분류	비고
1	6	半島詩壇	看蓮花 〔1〕 간연화	笹島紫峰	시가/한시	
1	6	半島詩壇	松間待月 〔1〕 송간대월	笹島紫峰	시가/한시	
1	6	半島詩壇	送登長白山 〔1〕 송등장백산	隈部矢山	시가/한시	
1	6	半島詩壇	王仁 〔1〕 왕인	安永春雨	시가/한시	
1	6	半島詩壇	加藤肥州 〔1〕 가등비주	安永春雨	시가/한시	
3	6~7		元山宿屋機微談語 〈1〉 원산 여관 기비단고	元山支社 風來坊	수필/기타	
4	1~3		野狐三次 〈285〉 노기쓰네 산지	神田伯山	고단	회수 오류
5	7		戰爭ばなし 凉み臺 전쟁 이야기 스즈미다이		수필/기타	
6	1~3	新小說	七化八變/私が證人です 〈31〉 칠화팔변/내가 증인입니다	渡邊默禪	소설/일본	

1914년 08월 16일 (일) 4746호

지면	단수	기획	기사제목 〈회수〉〔곡수〕	필자/저자(역자)	분류	비고
1	6		#夏雜吟八首 〔8〕 #여름-잡음 여덟 수	隈部矢山	시가/한시	
3	6~7		元山宿屋機微談語 〈2〉 원산 여관 기비단고	元山支社 風來坊	수필/기타	
4	1~3		野狐三次 〈286〉 노기쓰네 산지	神田伯山	고단	회수 오류
6	1~3	新小說	七化八變/水掛論 〈32〉 칠화팔변/결말이 나지 않는 논쟁	渡邊默禪	소설/일본	

1914년 08월 17일 (월) 4747호

지면	단수	기획	기사제목 〈회수〉〔곡수〕	필자/저자(역자)	분류	비고
1	6	半島詩壇	松間待月 〔1〕 송간대월	村上石城	시가/한시	
1	6	半島詩壇	山居 〔1〕 산거	村上石城	시가/한시	
1	7	半島詩壇	看蓮花二首 〔2〕 간연화 이수	望月桂軒	시가/한시	
1	7~8	半島詩壇	松間待月 〔1〕 송간대월	望月桂軒	시가/한시	
1	8	半島詩壇	送登長白山 〔1〕 송등 장백산	望月桂軒	시가/한시	
4	1~3		野狐三次 〈286〉 노기쓰네 산지	神田伯山	고단	회수 오류

1914년 08월 18일 (화) 4748호

지면	단수	기획	기사제목 〈회수〉 [곡수]	필자/저자(역자)	분류	비고
1	6	半島詩壇	看蓮花 [1] 간연화	隈部矢山	시가/한시	
1	6	半島詩壇	松間待月 [1] 송간대월	隈部矢山	시가/한시	
1	6	半島詩壇	偶成四首#二 [2] 우성 사수#이	安永春雨	시가/한시	
4	1~3		野狐三次 〈287〉 노기쓰네 산지	神田伯山	고단	회수 오류
6	1~2	新小說	七化八變/入智慧 〈33〉 칠화팔변/훈수	渡邊默禪	소설/일본	

1914년 08월 19일 (수) 4749호

지면	단수	기획	기사제목 〈회수〉 [곡수]	필자/저자(역자)	분류	비고
1	6	半島詩壇	看蓮花 [1] 간연화	高月##	시가/한시	
1	6	半島詩壇	松間待月二首 [2] 송간대월 이수	高月##	시가/한시	
1	6	半島詩壇	送登長白山二首 [2] 송등장백산 이수	深谷松濤	시가/한시	
4	1~2		野狐三次 〈288〉 노기쓰네 산지	神田伯山	고단	회수 오류
6	1~3	新小說	七化八變/絹子へ來た密書 〈34〉 칠화팔변/기누코에게 온 밀서	渡邊默禪	소설/일본	

1914년 08월 20일 (목) 4750호

지면	단수	기획	기사제목 〈회수〉 [곡수]	필자/저자(역자)	분류	비고
1	6	半島詩壇	看蓮花 [1] 간연화	深谷松濤	시가/한시	
1	6	半島詩壇	松間待月二首 [2] 송간대월 이수	深谷松濤	시가/한시	
1	6	半島詩壇	送登長白山 [1] 송등장백산	#山牧雲	시가/한시	
1	6	半島詩壇	海#曉眺 [1] 해#효조	笹島紫峰	시가/한시	
4	1~3		野狐三次 〈289〉 노기쓰네 산지	神田伯山	고단	회수 오류
6	1~3	新小說	七化八變/金庫室の人影 〈35〉 칠화팔변/금고실의 사람 그림자	渡邊默禪	소설/일본	

1914년 08월 21일 (금) 4751호

지면	단수	기획	기사제목 〈회수〉 [곡수]	필자/저자(역자)	분류	비고
1	5	半島詩壇	銷夏偶成 [1] 소하우성	笹島紫峰	시가/한시	
1	6	半島詩壇	憶我山中友 [1] 억아산중우	大島奇山	시가/한시	
1	6	半島詩壇	松間待月 [1] 송간대월	大島奇山	시가/한시	
1	6	半島詩壇	送登長白山 [1] 송등장백산	大島奇山	시가/한시	
1	6	半島詩壇	夏日開詠 [1] 하일개영	高田松坪	시가/한시	
4	1~3		野狐三次 〈290〉 노기쓰네 산지	神田伯山	고단	회수 오류
6	1~2	新小說	七化八變/監禁せい 〈36〉 칠화팔변/감금하라	渡邊默禪	소설/일본	

지면	단수	기획	기사제목 〈회수〉〔곡수〕	필자/저자(역자)	분류	비고
			1914년 08월 22일 (토) 4752호			
1	6	半島詩壇	寄原江原如水詞兄在其鄕里萩次見示久坂玄瑞先生書幅韻〔1〕 기원강원여수사형재기향리추차견시구판현서선생서폭운	笹島紫峰	시가/한시	
1	6	半島詩壇	送登長白山〔1〕 송등장백산	佐藤芝峰	시가/한시	
1	6	半島詩壇	松間待月〔1〕 송간대월	佐藤芝峰	시가/한시	
4	1~3		野狐三次〈291〉 노기쓰네 산지	神田伯山	고단	회수 오류
6	1~3	新小說	七化八變/愛宕山の夕#〈37〉 칠화팔변/아타고야마의 석#	渡邊默禪	소설/일본	
			1914년 08월 23일 (일) 4753호			
1	5~6	半島詩壇	#雨來〔1〕 #우래	#井圭	시가/한시	
1	6	半島詩壇	次韻〔1〕 차운	笹島紫峰	시가/한시	
1	6	半島詩壇	次韻〔1〕 차운	#撫松	시가/한시	
1	6	半島詩壇	觀蓮花〔1〕 관연화	佐藤芝峰	시가/한시	
1	6	半島詩壇	秋興二首〔2〕 추흥 이수	笹島紫峰	시가/한시	
4	1~3		野狐三次〈292〉 노기쓰네 산지	神田伯山	고단	회수 오류
5	7~8		戰爭ばなし 凉み臺 전쟁 이야기 스즈미다이		수필/기타	
6	1~3	新小說	七化八變/二千圓〈38〉 칠화팔변/이천 엔	渡邊默禪	소설/일본	
			1914년 08월 24일 (월) 4754호			
1	6	半島詩壇	奉送藤田秋村先生###東〔1〕 봉송등전추촌선생###동	大垣金陵	시가/한시	
1	6	半島詩壇	將赴任元山留別京城諸同人〔1〕 장부임원산류별경성제동인	木田芳洲	시가/한시	
1	6	半島詩壇	京元線汽車中所見〔1〕 경원선기차중소견		시가/한시	
1	6	半島詩壇	又得七絶二首〔2〕 우득칠절 이수		시가/한시	
4	1~3		野狐三次〈293〉 노기쓰네 산지	神田伯山	고단	회수 오류
			1914년 08월 25일 (화) 4755호			
4	1~3		野狐三次〈294〉 노기쓰네 산지	神田伯山	고단	회수 오류
6	1~3	新小說	七化八變/氣味の惡い贈物〈39〉 칠화팔변/기분 나쁜 선물	渡邊默禪	소설/일본	
			1914년 08월 26일 (수) 4756호			
1	6	半島詩壇	看蓮花三首〔3〕 간연화 삼수	木田芳洲	시가/한시	

지면	단수	기획	기사제목 〈회수〉〔곡수〕	필자/저자(역자)	분류	비고
1	6	半島詩壇	送頓入君轉任于開城 〔1〕 송돈입군전임우개성	笹島紫峰	시가/한시	
1	7	半島詩壇	白玉山 〔1〕 백옥산	深谷松濤	시가/한시	
1	7	半島詩壇	奉天 〔1〕 봉천		시가/한시	
3	6~7	文藝	爛熟と頹敗/獨逸の事ども 난숙과 퇴패/독일의 일들	小甕	수필/기타	
4	1~3		野狐三次 〈295〉 노기쓰네 산지	神田伯山	고단	회수 오류
6	1~3	新小說	七化八變/智惠を借せ 〈40〉 칠화팔변/지혜를 빌려라	渡邊默禪	소설/일본	

1914년 08월 27일 (목) 4757호

지면	단수	기획	기사제목 〈회수〉〔곡수〕	필자/저자(역자)	분류	비고
1	6	半島詩壇	山人觀酒二首 〔2〕 산인관주 이수	笹島紫峰	시가/한시	
1	6	半島詩壇	觀蓮花 〔1〕 관연화	中西古竹	시가/한시	
1	6	半島詩壇	松間待月 〔1〕 송간대월	中西古竹	시가/한시	
1	6	半島詩壇	自大連至長春途上作 〔1〕 자대련지장춘도상작	深谷松濤	시가/한시	
4	1~3		野狐三次 〈296〉 노기쓰네 산지	神田伯山	고단	회수 오류
5	7		涼み臺/鼠と蜂との合戰 스즈미다이/쥐와 벌의 합전		수필/기타	
6	1~3	新小說	七化八變/救助策 〈41〉 칠화팔변/구조책	渡邊默禪	소설/일본	

1914년 08월 28일 (금) 4758호

지면	단수	기획	기사제목 〈회수〉〔곡수〕	필자/저자(역자)	분류	비고
1	6	半島詩壇	山亭讀書 〔1〕 산정독서	笹島紫峰	시가/한시	
1	6	半島詩壇	松間待月二首 〔2〕 송간대월 이수	木田芳洲	시가/한시	
1	6	半島詩壇	送登長白山二首 〔2〕 송등장백산 이수	木田芳洲	시가/한시	
1	6	半島詩壇	過安奉耶馬溪 〔1〕 과안봉야마계	深谷松濤	시가/한시	
3	6~7	文藝	沈默より立ちて 침묵에 맞서서		수필/기타	
4	1~3		野狐三次 〈297〉 노기쓰네 산지	神田伯山	고단	회수 오류
6	1~3	新小說	七化八變/救助策 〈42〉 칠화팔변/구조책	渡邊默禪	소설/일본	

1914년 08월 29일 (토) 4759호

지면	단수	기획	기사제목 〈회수〉〔곡수〕	필자/저자(역자)	분류	비고
1	6	半島詩壇	鳳凰山/安松#三#之一 〔1〕 봉황산/안송#삼#지일	深谷松濤	시가/한시	
1	6	半島詩壇	上#江山/在安## 〔1〕 상#강산/재안##	深谷松濤	시가/한시	
1	6	半島詩壇	過沙河懷從弟戰死 〔1〕 과사하회종제전사	深谷松濤	시가/한시	

지면	단수	기획	기사제목 〈회수〉〔곡수〕	필자/저자(역자)	분류	비고
1	6	半島詩壇	哈#賓弔伊藤公〔1〕 합#빈조이등공	深谷松濤	시가/한시	
1	6	半島詩壇	上釣##/安永#三景之一〔1〕 상조##/안영#삼경지일	深谷松濤	시가/한시	
1	6	半島詩壇	少年行〔1〕 소년행	矢崎兜哉	시가/한시	
3	4~5		騎兵の軍袴は何故赤いか/各國の戰時服 기병의 군복 바지는 왜 빨간가?/각국의 전시복		수필/기타	
3	5~6		流行靑島色/オリーブ復活 유행 칭다오색/올리브 부활		수필/기타	
4	1~3		野狐三次〈298〉 노기쓰네 산지	神田伯山	고단	회수 오류
6	1~3	新小說	七化八變/靑い顔の男〈43〉 칠화팔변/파랗게 질린 얼굴의 남자	渡邊默禪	소설/일본	

1914년 08월 30일 (일) 4760호

지면	단수	기획	기사제목 〈회수〉〔곡수〕	필자/저자(역자)	분류	비고
1	5	半島詩壇	京城十二時/其一/牛耳洞##〔1〕 경성 12시/그 첫 번째/우이동##	成田普石	시가/한시	
1	5	半島詩壇	京城十二時/其二/萬里峰霞〔1〕 경성 12시/그 두 번째/만리봉하	成田普石	시가/한시	
1	5	半島詩壇	京城十二時/其三/老人亭#記綠〔1〕 경성 12시/그 세 번째/노인정#기록	成田普石	시가/한시	
1	5	半島詩壇	京城十二時/其四/南山翠風〔1〕 경성 12시/그 네 번째/남산취풍	成田普石	시가/한시	
1	5~6	半島詩壇	京城十二時/其五/##門斜#〔1〕 경성 12시/그 다섯 번째/##문사#	成田普石	시가/한시	
1	6	半島詩壇	京城十二時/其六/故宮#香〔1〕 경성 12시/그 여섯 번째/고궁#향	成田普石	시가/한시	
1	6	半島詩壇	京城十二時/其七/##準明月〔1〕 경성 12시/그 일곱 번째/##준명월	成田普石	시가/한시	
1	6	半島詩壇	京城十二時/其八/麻浦釣艇〔1〕 경성 12시/그 여덟 번째/마포조정	成田普石	시가/한시	
1	6	半島詩壇	京城十二時/其九/#城#秋明〔1〕 경성 12시/그 아홉 번째/#성#추명	成田普石	시가/한시	
1	6	半島詩壇	京城十二時/其十/秘苑##〔1〕 경성 12시/그 열 번째/비원##	成田普石	시가/한시	
1	6	半島詩壇	京城十二時/其十一/濟凉寺曉鎭〔1〕 경성 12시/그 열한 번째/제량사효진	成田普石	시가/한시	
1	6	半島詩壇	京城十二時/其十二/三峰白露〔1〕 경성 12시/그 열두 번째/삼봉백로	成田普石	시가/한시	
4	1~3		野狐三次〈299〉 노기쓰네 산지	神田伯山	고단	회수 오류
5	7~8	演藝界	カチユーシヤ可愛いや/壽座「復活」を見て 카투사 귀엽네/고토부키자 "부활"을 보고		수필/비평	
6	1~3	新小說	七化八變/怪しの家〈44〉 칠화팔변/수상한 집	渡邊默禪	소설/일본	

1914년 08월 31일 (월) 4761호

지면	단수	기획	기사제목 〈회수〉〔곡수〕	필자/저자(역자)	분류	비고
1	6	半島詩壇	訪友夜話〔1〕 방우야화	矢崎兜哉	시가/한시	
1	6	半島詩壇	山中鎖夏〔1〕 산중쇄하	矢崎兜哉	시가/한시	

지면	단수	기획	기사제목 〈회수〉〔곡수〕	필자/저자(역자)	분류	비고
1	6	半島詩壇	新秋夜坐〔1〕 신추야좌	笹島紫峰	시가/한시	
1	6	半島詩壇	尾道口占〔1〕 미도구점	水野風外	시가/한시	
1	6	半島詩壇	絲崎〔1〕 사기	水野風外	시가/한시	
1	6	半島詩壇	夜抵下#上船〔1〕 야저하#상선	水野風外	시가/한시	
4	1~3	新小說	七化八變/秘密室〈45〉 칠화팔변/비밀실	渡邊默禪	소설/일본	

1914년 09월 02일 (수) 4762호

지면	단수	기획	기사제목 〈회수〉〔곡수〕	필자/저자(역자)	분류	비고
1	6	半島詩壇	山村所見〔1〕 산촌소견	矢崎兜哉	시가/한시	
1	6	半島詩壇	江樓會友〔1〕 강루회우	矢崎兜哉	시가/한시	
1	6	半島詩壇	林下口占〔1〕 임하구점	矢崎兜哉	시가/한시	
1	6	半島詩壇	#落##〔1〕 #락##	深谷松濤	시가/한시	
1	6	半島詩壇	又〔1〕 우		시가/한시	
4	1~3		野狐三次〈300〉 노기쓰네 산지	神田伯山	고단	회수 오류
6	1~3	新小說	七化八變/秘密室〈46〉 칠화팔변/비밀실	渡邊默禪	소설/일본	

1914년 09월 03일 (목) 4763호

지면	단수	기획	기사제목 〈회수〉〔곡수〕	필자/저자(역자)	분류	비고
1	1~2		國の品性 나라의 품성		수필/기타	
1	6	半島詩壇	三#落#臺在昌城〔1〕 삼#락#대재창성	深谷松濤	시가/한시	
1	6	半島詩壇	釣翁〔1〕 조옹	矢崎兜哉	시가/한시	
1	6	半島詩壇	陰城即事〔1〕 음성즉사	矢崎兜哉	시가/한시	
4	1~3		野狐三次〈301〉 노기쓰네 산지	神田伯山	고단	회수 오류
6	1~3	新小說	七化八變/秘密室〈47〉 칠화팔변/비밀실	渡邊默禪	소설/일본	

1914년 09월 04일 (금) 4764호

지면	단수	기획	기사제목 〈회수〉〔곡수〕	필자/저자(역자)	분류	비고
1	5	半島詩壇	山寺小集〔1〕 산사소집	大垣金陵	시가/한시	
1	5~6	半島詩壇	仁川水樓即興〔1〕 인천수루즉흥	大垣金陵	시가/한시	
1	6	半島詩壇	寄笹島紫峰兄〔1〕 기세도자봉형	#井圭	시가/한시	
1	6	半島詩壇	次韻劫寄〔1〕 차운겁기	笹島紫峰	시가/한시	
1	6	半島詩壇	上統軍亭〔1〕 상통군정	深谷松濤	시가/한시	

지면	단수	기획	기사제목 〈회수〉〔곡수〕	필자/저재(역자)	분류	비고
4	1~3		野狐三次 〈302〉 노기쓰네 산지	神田伯山	고단	회수 오류
5	5~7	新講談	安政三組盃 안세이미쓰구미노사카즈키	小金井蘆洲	광고/연재예고	
6	1~2	新小說	七化八變/意外の發見 〈48〉 칠화팔변/뜻밖의 발견	渡邊默禪	소설/일본	

1914년 09월 05일 (토) 4765호

지면	단수	기획	기사제목 〈회수〉〔곡수〕	필자/저재(역자)	분류	비고
1	1~2		戰爭より得たる一大暗示 전쟁으로부터 얻는 일대 암시		수필/기타	
1	5~6		馬耳塞の歌(上)/工兵大尉の作つた國歌 〈1〉 마르세유 노래(상)/공병 대위가 만든 국가		수필/기타	
1	6	半島詩壇	#鴨綠江二首 〔2〕 #압록강 이수	深谷松濤	시가/한시	
1	6	半島詩壇	鴨綠江夜泊 〔1〕 압록강야박	深谷松濤	시가/한시	
1	6	半島詩壇	鴨綠江水源/源###部下 〔1〕 압록강수원/원###부하	深谷松濤	시가/한시	
1	6	半島詩壇	月夜#臥長白山下 〔1〕 월야#와장백산하	深谷松濤	시가/한시	
1	6	半島詩壇	探國境碑 〔1〕 탐국경비	深谷松濤	시가/한시	
4	1~3		野狐三次 〈302〉 노기쓰네 산지	神田伯山	고단	회수 오류
4	3	新講談	安政三組盃 안세이미쓰구미노사카즈키	小金井蘆洲	광고/연재예고	
6	1~3	新小說	七化八變/樓上の格鬪 〈49〉 칠화팔변/높은 건물 위에서의 격투	渡邊默禪	소설/일본	

1914년 09월 06일 (일) 4766호

지면	단수	기획	기사제목 〈회수〉〔곡수〕	필자/저재(역자)	분류	비고
1	5~6	半島詩壇	山人觀酒 〔1〕 산인관주	佐藤芝峰	시가/한시	
3	5~7		「自覺」と「同類意識」と/近代劇協會の事ども 「자각」과「동류 의식」과/근대 극협회의 일들	石森胡蝶	수필/기타	
4	1~4		安政三組盃 〈1〉 안세이미쓰구미노사카즈키	小金井蘆洲	고단	
6	1~3	新小說	七化八變/何處までも 〈50〉 칠화팔변/어디까지나	渡邊默禪	소설/일본	
7	1~2		仁川公園の風船蟲 인천 공원의 물벌레		수필/기타	

1914년 09월 07일 (월) 4767호

지면	단수	기획	기사제목 〈회수〉〔곡수〕	필자/저재(역자)	분류	비고
1	5~6		馬耳塞の歌(下)/工兵大尉の作つた國歌 〈2〉 마르세유 노래(하)/공병 대위가 만든 국가		수필/기타	
1	6	半島詩壇	龍岩浦 〔1〕 용암포	深谷松濤	시가/한시	
1	6	半島詩壇	門巖里 〔1〕 문암리	深谷松濤	시가/한시	
1	6	半島詩壇	茂山道中 〔1〕 무산도중	深谷松濤	시가/한시	
1	6	半島詩壇	韓北道中多乞#者乃得一絶 〔1〕 한북도중다걸#자내득일절		시가/한시	

지면	단수	기획	기사제목 〈회수〉〔곡수〕	필자/저자(역자)	분류	비고
1	6	半島詩壇	送秋村村田軍###致仕送京次韻音〔1〕 송추촌촌전군###치사송경차운음	#山牧雲	시가/한시	
3	1~4		戰地を當て込みに行って來た人の話(上)〈1〉 기대하고 전쟁터를 다녀온 사람 이야기(상)		수필/기타	
3	4~5		戰爭とお金 전쟁과 돈		수필/기타	
4	1~4		安政三組盃〈2〉 안세이미쓰구미노사카즈키	小金井蘆洲	고단	

1914년 09월 08일 (화) 4768호

지면	단수	기획	기사제목 〈회수〉〔곡수〕	필자/저자(역자)	분류	비고
1	5~6	半島詩壇	看蓮花二首〔2〕 간연화 이수	成田普石	시가/한시	
1	6	半島詩壇	松間待月二首〔1〕 송간대월 이수	成田普石	시가/한시	
1	6	半島詩壇	送秋村#田先生致仕#京次韻〔1〕 송추촌#전선생치사#경차운	成田普石	시가/한시	
3	6~7	文藝	お月樣 달님	筑人生	수필/기타	
4	1~3		安政三組盃〈3〉 안세이미쓰구미노사카즈키	小金井蘆洲	고단	
5	1~4		戰地を當て込みに行って來た人の話(下)〈2〉 기대하고 전쟁터를 다녀온 사람 이야기(하)		수필/기타	
6	1~3	新小說	七化八變/拾ひ物〈51〉 칠화팔변/횡재	渡邊默禪	소설/일본	

1914년 09월 09일 (수) 4769호

지면	단수	기획	기사제목 〈회수〉〔곡수〕	필자/저자(역자)	분류	비고
3	5~6		仁川の近代劇/今明兩夜開演 인천의 근대극/오늘과 내일 밤 개연		수필/기타	
4	1~3		安政三組盃〈4〉 안세이미쓰구미노사카즈키	小金井蘆洲	고단	
6	1~3	新小說	七化八變/お藤と端書〈52〉 칠화팔변/오후지와 엽서	渡邊默禪	소설/일본	

1914년 09월 10일 (목) 4770호

지면	단수	기획	기사제목 〈회수〉〔곡수〕	필자/저자(역자)	분류	비고
4	1~3		安政三組盃〈5〉 안세이미쓰구미노사카즈키	小金井蘆洲	고단	
6	1~3	新小說	七化八變/囚はれた絹子〈53〉 칠화팔변/사로잡힌 기누코	渡邊默禪	소설/일본	

1914년 09월 11일 (금) 4771호

지면	단수	기획	기사제목 〈회수〉〔곡수〕	필자/저자(역자)	분류	비고
3	2~3		初秋雜觀 초가을 잡관	愁月	수필/기타	
4	1~3		安政三組盃〈6〉 안세이미쓰구미노사카즈키	小金井蘆洲	고단	
5	7		近代劇とやらを 근대극라는 걸	八五郎	수필/비평	
6	1~3	新小說	七化八變/脫出〈54〉 칠화팔변/탈출	渡邊默禪	소설/일본	

1914년 09월 12일 (토) 4772호

지면	단수	기획	기사제목 〈회수〉〔곡수〕	필자/저자(역자)	분류	비고
4	1~3		安政三組盃〈7〉 안세이미쓰구미노사카즈키	小金井蘆洲	고단	

지면	단수	기획	기사제목 〈회수〉〔곡수〕	필자/저자(역자)	분류	비고
5	4~5		從征の看護婦から來た手紙 출정 간호사로부터 온 편지		수필/서간	
6	1~3	新小說	七化八變/小夜嵐 〈55〉 칠화팔변/밤에 부는 폭풍	渡邊默禪	소설/일본	

1914년 09월 13일 (일) 4773호

지면	단수	기획	기사제목 〈회수〉〔곡수〕	필자/저자(역자)	분류	비고
1	1~3		彼の性格を學べ 그의 성격을 배워라		수필/기타	
4	1~3		安政三組盃 〈8〉 안세이미쓰구미노사카즈키	小金井蘆洲	고단	
6	1~3	新小說	七化八變/追放 〈56〉 칠화팔변/추방	渡邊默禪	소설/일본	

1914년 09월 14일 (월) 4774호

지면	단수	기획	기사제목 〈회수〉〔곡수〕	필자/저자(역자)	분류	비고
1	6	文藝	仁川芋の葉吟社/三點句 〔1〕 인천 이모노하긴샤/삼점 구	松嶺	시가/하이쿠	
1	6	文藝	仁川芋の葉吟社/三點句 〔1〕 인천 이모노하긴샤/삼점 구	丹葉	시가/하이쿠	
1	6	文藝	仁川芋の葉吟社/三點句 〔1〕 인천 이모노하긴샤/삼점 구	##	시가/하이쿠	
1	6	文藝	仁川芋の葉吟社/二點句 〔1〕 인천 이모노하긴샤/이점 구	子牛	시가/하이쿠	
1	6	文藝	仁川芋の葉吟社/二點句 〔2〕 인천 이모노하긴샤/이점 구	#軒	시가/하이쿠	
1	6	文藝	仁川芋の葉吟社/二點句 〔1〕 인천 이모노하긴샤/이점 구	##	시가/하이쿠	
1	6	文藝	仁川芋の葉吟社/二點句 〔1〕 인천 이모노하긴샤/이점 구	秋嵐	시가/하이쿠	
1	6	文藝	仁川芋の葉吟社/二點句 〔1〕 인천 이모노하긴샤/이점 구	松嶺	시가/하이쿠	
1	6	文藝	仁川芋の葉吟社/二點句 〔1〕 인천 이모노하긴샤/이점 구	##	시가/하이쿠	
3	5~6		京城電話の不坪 경성 전화의 괘씸함		수필/기타	
4	1~3	新小說	七化八變/お留守 〈57〉 칠화팔변/부재중	渡邊默禪	소설/일본	

1914년 09월 15일 (화) 4775호

지면	단수	기획	기사제목 〈회수〉〔곡수〕	필자/저자(역자)	분류	비고
4	1~3		安政三組盃 〈9〉 안세이미쓰구미노사카즈키	小金井蘆洲	고단	
5	1~2		數字から割出した獨逸の運命 숫자로 알아낸 독일의 운명		수필/기타	
6	1~3	新小說	七化八變/津田沼へ 〈58〉 칠화팔변/쓰다누마로	渡邊默禪	소설/일본	

1914년 09월 16일 (수) 4776호

지면	단수	기획	기사제목 〈회수〉〔곡수〕	필자/저자(역자)	분류	비고
1	9	半島詩壇	星敲山木蘇先生次松田學鷗詞伯韻二首 〔2〕 성고산목소선생차송전학구사백운 이수	成田晋石	시가/한시	
1	9	半島詩壇	星敲山木蘇先生次松田學鷗詞伯韻二首 〔2〕 성고산목소선생차송전학구사백운 이수	深谷松濤	시가/한시	
5	1~3		安政三組盃 〈10〉 안세이미쓰구미노사카즈키	小金井蘆洲	고단	

지면	단수	기획	기사제목 〈회수〉〔곡수〕	필자/저자(역자)	분류	비고
7	5~6		狩獵界の動員 수렵계의 동원		수필/기타	
8	1~3	新小說	七化八變/田舍の# 〈59〉 칠화팔변/시골의 #	渡邊默禪	소설/일본	

1914년 09월 17일 (목) 4777호

지면	단수	기획	기사제목 〈회수〉〔곡수〕	필자/저자(역자)	분류	비고
1	6	半島詩壇	早岐山先生次學鷗盟韻二首 〔2〕 조기산선생차학구맹운 이수	####	시가/한시	
1	6	半島詩壇	山亭避暑 〔1〕 산정피서	佐藤芝峰	시가/한시	
1	6	半島詩壇	秋興 〔1〕 추흥	佐藤芝峰	시가/한시	
1	6	半島詩壇	次戶田靜學先生#敲叙懷韻 〔1〕 차호전정학선생#고서회운	安永春雨	시가/한시	
4	1~3		安政三組盃 〈11〉 안세이미쓰구미노사카즈키	小金井蘆洲	고단	
5	1~3		戰亂の納は如何 전란의 결말은 어떻게 될까		수필/기타	
6	1~3	新小說	七化八變/さしむかひ 〈60〉 칠화팔변/겸상	渡邊默禪	소설/일본	

1914년 09월 18일 (금) 4778호

지면	단수	기획	기사제목 〈회수〉〔곡수〕	필자/저자(역자)	분류	비고
1	6~7	半島詩壇	初秋#於林 〔1〕 초추#어림	大垣金陵	시가/한시	
1	7	半島詩壇	初秋#於林 〔1〕 초추#어림	江原如水	시가/한시	
1	7	半島詩壇	初秋#於林 〔1〕 초추#어림	#山牧雲	시가/한시	
1	7	半島詩壇	初秋#於林 〔1〕 초추#어림	高田小芥	시가/한시	
1	7	半島詩壇	初秋#於林 〔1〕 초추#어림	笹島紫峰	시가/한시	
1	7	半島詩壇	初秋#於林 〔1〕 초추#어림	松田學#	시가/한시	
4	1~3		安政三組盃 〈12〉 안세이미쓰구미노사카즈키	小金井蘆洲	고단	
6	1~3	新小說	七化八變/强意見 〈61〉 칠화팔변/강경한 의견	渡邊默禪	소설/일본	

1914년 09월 19일 (토) 4779호

지면	단수	기획	기사제목 〈회수〉〔곡수〕	필자/저자(역자)	분류	비고
1	5	半島詩壇	早岐山先生次學鷗詩家韻 〔2〕 조기산선생차학구시가운	高田小芥	시가/한시	
1	5	半島詩壇	次前韻早岐山學鷗二先生 〔2〕 차전운조기산학구이선생	#山牧雲	시가/한시	
4	1~3		安政三組盃 〈13〉 안세이미쓰구미노사카즈키	小金井蘆洲	고단	
5	2~3		出征者に送る郵便 출정자에게 보내는 우편		수필/기타	
6	1~3	新小說	七化八變/闇中の人影 〈62〉 칠화팔변/어두운 가운데 사람의 그림자	渡邊默禪	소설/일본	

1914년 09월 20일 (일) 4780호

지면	단수	기획	기사제목 〈회수〉〔곡수〕	필자/저자(역자)	분류	비고
1	1~3		軍國主義論 군국주의론		수필/기타	
3	5~7		現代の女/十四日東京にて 현대 여자/14일 도쿄에서	彌久哉	수필/기타	
4	1~3		安政三組盃 〈14〉 안세이미쓰구미노사카즈키	小金井蘆洲	고단	
5	3~4		恤兵品の心得 휼병품의 마음가짐		수필/기타	
6	1~3	新小說	七化八變/女の夜襲 〈63〉 칠화팔변/여자의 야습	渡邊默禪	소설/일본	

1914년 09월 21일 (월) 4781호

지면	단수	기획	기사제목 〈회수〉〔곡수〕	필자/저자(역자)	분류	비고
1	6	半島詩壇	送春長白山〔1〕 송춘장백산	成田普石	시가/한시	
3	5~6		大戰亂彙聞 대전란 휘문		수필/기타	
4	1~3	新小說	七化八變/長蛇を逸す 〈64〉 칠화팔변/긴 뱀을 놓치고	渡邊默禪	소설/일본	

1914년 09월 22일 (화) 4782호

지면	단수	기획	기사제목 〈회수〉〔곡수〕	필자/저자(역자)	분류	비고
1	6	半島詩壇	次笹島紫峰君見寄詩韻##〔1〕 차세도자봉군견기시운##	成田普石	시가/한시	
1	6	半島詩壇	早岐山先生二首用學鷗詞盟韻〔2〕 조기산선생 이수 용학구사맹운	笹島紫峰	시가/한시	
1	6	半島詩壇	投湖上人家〔1〕 투호상인가	松田學鷗	시가/한시	
4	1~3		安政三組盃 〈15〉 안세이미쓰구미노사카즈키	小金井蘆洲	고단	
5	3~4		戰地と大連 전지와 다롄		수필/일상	
6	1~3	新小說	七化八變/蘇生 〈65〉 칠화팔변/소생	渡邊默禪	소설/일본	

1914년 09월 23일 (수) 4783호

지면	단수	기획	기사제목 〈회수〉〔곡수〕	필자/저자(역자)	분류	비고
1	5	半島詩壇	秋興〔1〕 추흥	四山##	시가/한시	
1	6	半島詩壇	詠盆景〔2〕 영분경	高田小芥	시가/한시	
1	6	半島詩壇	秋興二首〔2〕 추흥 이수	高田小芥	시가/한시	
1	6	半島詩壇	山人觀酒〔1〕 산인관주	高田小芥	시가/한시	
3	3~6		奇勝金剛山巡り 〈1〉 기승 금강산 순례		수필/기행	
4	1~4		安政三組盃 〈16〉 안세이미쓰구미노사카즈키	小金井蘆洲	고단	
5	4~5		龍口に蜃氣樓 용구에 신기루		수필/기타	
6	1~3	新小說	七化八變/疑問 〈66〉 칠화팔변/의문	渡邊默禪	소설/일본	

1914년 09월 24일 (목) 4784호

지면	단수	기획	기사제목 〈회수〉〔곡수〕	필자/저자(역자)	분류	비고
1	6	半島詩壇	山人觀酒 〔1〕 산인관주	隈部矢山	시가/한시	
1	6	半島詩壇	看蓮花二首 〔2〕 간연화 이수	松田學鷗	시가/한시	
3	3~6		奇勝金剛山巡り 〈2〉 기승 금강산 순례		수필/기행	
4	1~3		安政三組盃 〈17〉 안세이미쓰구미노사카즈키	小金井蘆洲	고단	
5	4~5		軍國の絃歌 군국의 현가		수필/기타	
6	1~3	新小說	七化八變/疑問 〈67〉 칠화팔변/의문	渡邊默禪	소설/일본	

1914년 09월 26일 (토) 4785호

지면	단수	기획	기사제목 〈회수〉〔곡수〕	필자/저자(역자)	분류	비고
1	6	半島詩壇	早岐山木藤先生二首## 〔2〕 조기산목등선생 이수##	笹島紫峰	시가/한시	
1	6	半島詩壇	秋興二首 〔2〕 추흥 이수	成田普石	시가/한시	
3	3~5		奇勝金剛山巡り 〈3〉 기승 금강산 순례		수필/기행	
4	1~3		安政三組盃 〈18〉 안세이미쓰구미노사카즈키	小金井蘆洲	고단	
5	3~4		朝鮮美術展覽會を觀る(上) 〈1〉 조선 미술 전람회를 감상하다(상)		수필/비평	
6	1~3	新小說	七化八變/屹と擧げる 〈68〉 칠화팔변/꼭 검거한다	渡邊默禪	소설/일본	

1914년 09월 27일 (일) 4786호

지면	단수	기획	기사제목 〈회수〉〔곡수〕	필자/저자(역자)	분류	비고
1	6	半島詩壇	小芥詞兄移居余隣莊往訪賦呈 〔1〕 소개사형이거여린장왕방부정	笹島紫峰	시가/한시	
1	6	半島詩壇	前句移居西小門外偶紫峰兄來訪見示一時#次其韻却呈 〔1〕 전구이거서소문외우자봉형래방견시일시#차기운각정	高田小芥	시가/한시	
1	6	半島詩壇	小芥詞兄寓居觀#間其#考#墨次#以呈 〔1〕 소개사형우거관#간기#고#묵차#이정	笹島紫峰	시가/한시	
1	6	半島詩壇	紫峰詞兄觀先人遺墨次#先考去後巳十有七春#其#述懷 〔1〕 자봉사형관선인유묵차#선고거후사십유칠춘#기#술회	高田小芥	시가/한시	
1	6	半島詩壇	秋興 〔1〕 추흥	隈部矢山	시가/한시	
3	5~7		奇勝金剛山巡り 〈4〉 기승 금강산 순례		수필/기행	
4	1~3		安政三組盃 〈19〉 안세이미쓰구미노사카즈키	小金井蘆洲	고단	
6	1~2	新小說	七化八變/電氣工夫 〈69〉 칠화팔변/전기 연구	渡邊默禪	소설/일본	
7	2~3		朝鮮美術展覽會を觀る(中) 〈2〉 조선 미술 전람회를 감상하다(중)		수필/비평	

1914년 09월 28일 (월) 4787호

지면	단수	기획	기사제목 〈회수〉〔곡수〕	필자/저자(역자)	분류	비고
1	6	半島詩壇	秋興 〔1〕 추흥	村上石城	시가/한시	
1	6	半島詩壇	山人觀酒 〔1〕 산인관주	村上石城	시가/한시	

지면	단수	기획	기사제목 〈회수〉〔곡수〕	필자/저자(역자)	분류	비고
1	6	半島詩壇	次紫峰詞兄夏夜水亭即#韻 [1] 차자봉사형하야수정즉#운	木田芳洲	시가/한시	
1	6	半島詩壇	長山列島口占二首 [2] 장산렬도구점 이수	吉川##	시가/한시	
2	7		茶ばなし 다화		수필/일상	
3	2~3		朝鮮美術展覽會を觀る(下) 〈3〉 조선 미술 전람회를 감상하다(하)		수필/비평	
4	1~3	新小說	七化八變/密偵 〈70〉 칠화팔변/밀정	渡邊默禪	소설/일본	

1914년 09월 29일 (화) 4788호

지면	단수	기획	기사제목 〈회수〉〔곡수〕	필자/저자(역자)	분류	비고
1	6	半島詩壇	早岐山先生用學陽詞盟韻二首 [2] 조기산선생용학양사맹운 이수	福撫松	시가/한시	
1	6	半島詩壇	同僚小川君元山途上見贈驛王寺繪葉書寄謝 [1] 동료소천군원산도상견증역왕사회엽서기사	笹島紫峰	시가/한시	
1	6	半島詩壇	寄桂軒望月詞兄在布引撫 [1] 기계헌망월사형재포인무	笹島紫峰	시가/한시	
4	1~3		安政三組盃 〈19〉 안세이미쓰구미노사카즈키	小金井蘆洲	고단	회수 오류
5	2~3		戰爭と讀書界 전쟁과 독서계		수필/일상	
6	1~3	新小說	七化八變/酒店 〈71〉 칠화팔변/주점	渡邊默禪	소설/일본	

1914년 09월 30일 (수) 4789호

지면	단수	기획	기사제목 〈회수〉〔곡수〕	필자/저자(역자)	분류	비고
1	6	半島詩壇	秋夜寄#紫峰詞兄 [1] 추야기#자봉사형	木田芳洲	시가/한시	
1	6	半島詩壇	秋興 [1] 추흥	木田芳洲	시가/한시	
1	6	半島詩壇	初秋### [1] 초추###	中西古竹	시가/한시	
1	6	半島詩壇	山人觀酒 [1] 산인관주	圓山牧雲	시가/한시	
2	8~9		一日一人/江景の湖南病院 하루 한 사람/강경 호남 병원		수필/비평	
3	1~2		殖民地の女 식민지 여자		수필/기타	
4	1~3		安政三組盃 〈20〉 안세이미쓰구미노사카즈키	小金井蘆洲	고단	회수 오류
5	2~3		美術展覽會 미술 전람회		수필/기타	
6	1~3	新小說	七化八變/耳打 〈72〉 칠화팔변/귀띔	渡邊默禪	소설/일본	

1914년 10월 01일 (목) 4790호

지면	단수	기획	기사제목 〈회수〉〔곡수〕	필자/저자(역자)	분류	비고
3	1~3		奇勝金剛山巡 續/新金剛と楡站寺 기승 금강산 순례 속/신금강과 유참사		수필/기행	
4	1~3		安政三組盃 〈22〉 안세이미쓰구미노사카즈키	小金井蘆洲	고단	
6	1~3	新小說	七化八變/支那人陳 〈73〉 칠화팔변/중국인진	渡邊默禪	소설/일본	

지면	단수	기획	기사제목 〈회수〉〔곡수〕	필자/저자(역자)	분류	비고

1914년 10월 02일 (금) 4791호

지면	단수	기획	기사제목 〈회수〉〔곡수〕	필자/저자(역자)	분류	비고
1	5	半島詩壇	早岐山先生次學鷗詞盟韻二首〔2〕 조기산선생차학구사맹운 이수	笹島紫峰	시가/한시	
1	5	半島詩壇	送岐山先生抵水登浦車中〔1〕 송기산선생저수등포차중		시가/한시	
3	4~6		奇勝金剛山巡 續/白馬峰と中內院 기승 금강산 순례 속/백마봉과 중내원		수필/기행	
4	1~3		安政三組盃〈23〉 안세이미쓰구미노사카즈키	小金井蘆洲	고단	
6	1~3	新小說	七化八變/網梯子〈74〉 칠화팔변/그물 사다리	渡邊默禪	소설/일본	

1914년 10월 03일 (토) 4792호

지면	단수	기획	기사제목 〈회수〉〔곡수〕	필자/저자(역자)	분류	비고
1	5	半島詩壇	秋興〔1〕 추흥	安永春雨	시가/한시	
1	5	半島詩壇	山人觀酒〔1〕 산인관주	安永春雨	시가/한시	
1	5	半島詩壇	妓生歌舞園〔1〕 기생가무원	安永春雨	시가/한시	
1	5	半島詩壇	山人觀酒〔1〕 산인관주	深谷松濤	시가/한시	
1	5~6	半島詩壇	山人觀酒〔1〕 산인관주	松田學鷗	시가/한시	
3	1~3		安政三組盃〈24〉 안세이미쓰구미노사카즈키	小金井蘆洲	고단	
4	2~4		奇勝金剛山巡 續/思慮峰上の大觀 기승 금강산 순례 속/사려봉상의 대관		수필/기행	
4	6~7		時事吟〔13〕 시사음	在京城 はまのや	수필·시가/ 비평·하이쿠	
5	4~5		臺所の革命 부엌의 혁명		수필/일상	
6	1~3	新小說	七化八變/驚くべき裝置〈75〉 칠화팔변/놀라운 장치	渡邊默禪	소설/일본	

1914년 10월 04일 (일) 4793호

지면	단수	기획	기사제목 〈회수〉〔곡수〕	필자/저자(역자)	분류	비고
1	5	半島詩壇	新秋夜坐〔1〕 신추야좌	安永春雨	시가/한시	
1	5	半島詩壇	#薩州〔1〕 #살주	安永春雨	시가/한시	
1	5	半島詩壇	僧緋慶〔1〕 승비경	安永春雨	시가/한시	
1	5	半島詩壇	秋興二首〔2〕 추흥 이수	深谷松濤	시가/한시	
3	1~2		奇勝金剛山巡 續/萬灰庵と白雲# 기승 금강산 순례 속/만회암과 백운#		수필/기행	
4	1~3		安政三組盃〈25〉 안세이미쓰구미노사카즈키	小金井蘆洲	고단	
6	1~3	新小說	七化八變/豆の如な寫眞〈76〉 칠화팔변/충실한 사진	渡邊默禪	소설/일본	
7	4~5		佛蘭西の雜誌から/世界大戰亂##語〈1〉 프랑스 잡지에서/세계대전란###어		수필/일상	

지면	단수	기획	기사제목 〈회수〉〔곡수〕	필자/저자(역자)	분류	비고
			1914년 10월 05일 (월) 4794호			
1	6	半島詩壇	送桂軒詞兄東韻〔1〕 송계헌사형동운	木田芳洲	시가/한시	
1	6	半島詩壇	新秋雜詩七首〔7〕 신가을-잡시 칠수	木田芳洲	시가/한시	
3	4~5		佛蘭西の雜誌から/世界大戰亂##語〈2〉 프랑스 잡지에서/세계대전란###어		수필/일상	
3	8		##花柳界 ##화류계		수필/기타	
4	1~3	新小說	七化八變/#の#〈77〉 칠화팔변/#의#	渡邊默禪	소설/일본	
			1914년 10월 06일 (화) 4795호			
1	6	半島詩壇	過玄海洋〔1〕 과현해양	水野風外	시가/한시	
1	6	半島詩壇	釜山〔1〕 부산	水野風外	시가/한시	
1	6	半島詩壇	洛東江〔1〕 낙동강	水野風外	시가/한시	
1	6	半島詩壇	##山中友二首〔2〕 ##산중우 이수	松田學鷗	시가/한시	
1	6	半島詩壇	松間待月〔1〕 송간대월	松田學鷗	시가/한시	
3	2~4		奇勝金剛山巡 續/萬瀑洞 기승 금강산 순례 속/만폭동		수필/기행	
4	1~3		安政三組盃〈22〉 안세이미쓰구미노사카즈키	小金井蘆洲	고단	회수 오류
5	2~3		佛蘭西の雜誌から/世界大戰亂##語〈3〉 프랑스 잡지에서/세계대전란###어		수필/일상	
6	1~3	新小說	七化八變/寫眞の本件？〈78〉 칠화팔변/사진의 본건?	渡邊默禪	소설/일본	
			1914년 10월 07일 (수) 4796호			
1	1~3		軍國の秋 군국의 가을		수필/기타	
1	6	半島詩壇	訪松田學鷗不逢時位/君住羽衣巷放及〔1〕 방송전학구부봉시위/군주우의항방급	水野風外	시가/한시	
1	6	半島詩壇	泥峴街〔1〕 니현가	水野風外	시가/한시	
1	6	半島詩壇	飮明月梅二首〔2〕 음명월매 이수	水野風外	시가/한시	
1	6	半島詩壇	抵淸凉里途上二首〔2〕 저청량리도상 이수	水野風外	시가/한시	
3	1~3		奇勝金剛山巡 續/表訓寺と正陽寺 기승 금강산 순례 속/표훈사와 정양사		수필/기행	
4	1~3	新小說	七化八變/第二の椿事〈79〉 칠화팔변/두 번째의 춘사	渡邊默禪	소설/일본	
5	3~4		佛蘭西の雜誌から/世界大戰亂##語〈4〉 프랑스 잡지에서/세계대전란###어		수필/일상	
			1914년 10월 08일 (목) 4797호			

지면	단수	기획	기사제목 〈회수〉〔곡수〕	필자/저자(역자)	분류	비고
1	5	半島詩壇	山人觀酒〔1〕 산인관주	成田魯石	시가/한시	
1	5	半島詩壇	和庵萩野由之博士遠寄常山燒湯瓶白采佐渡金坑中朱泥以道之文有菊花一枝#室爲香牢然賦此以言謝〔1〕 화암추야유지박사원기상산소탕병백채좌도금갱중주니이도지문유국화일지#실위향뢰연부차이언사	成田魯石	시가/한시	
3	1		奇勝金剛山巡 續/長安寺と靈源庵 기승 금강산 순례 속/장안사와 영원암		수필/기행	
3	3~4		歐米詩人の戰爭文學/歌ひ初めたる/リエージユ〔1〕 구미 시인의 전쟁 문학/노래의 처음인/리에주	ステフエン・ソイリング	시가/자유시	
3	3~4		歐米詩人の戰爭文學/歌ひ初めたる/婦人に!〔1〕 구미 시인의 전쟁 문학/노래의 처음인/부인에게!	ローレンス・ピンキン	시가/자유시	
3	6~7		戰爭地史/孔明と始皇 전쟁 지사/공명과 시황		수필/기타	
4	1~3		安政三組盃〈27〉 안세이미쓰구미노사카즈키	小金井蘆洲	고단	
6	1~3	新小說	七化八變/疑問の#〈80〉 칠화팔변/의문의 #	渡邊默禪	소설/일본	

1914년 10월 09일 (금) 4798호

지면	단수	기획	기사제목 〈회수〉〔곡수〕	필자/저자(역자)	분류	비고
1	5	半島詩壇	原#古讀君〔1〕 원#고독군	大垣金陵	시가/한시	
1	5	半島詩壇	芳間詞兄芳近目次韻却呈〔1〕 방간사형방근목차운각정	笹島紫峰	시가/한시	
1	5	半島詩壇	#小次井小舟先生天放集二首〔2〕 #소차정소주선생천방집 이수	高田小芥	시가/한시	
3	4~5		奇勝金剛山巡 續/望軍臺頭偉# 기승 금강산 순례 속/망군대두위#		수필/기행	
4	1~3		安政三組盃〈28〉 안세이미쓰구미노사카즈키	小金井蘆洲	고단	
6	1~3	新小說	七化八變/訊問〈81〉 칠화팔변/심문	渡邊默禪	소설/일본	

1914년 10월 10일 (토) 4799호

지면	단수	기획	기사제목 〈회수〉〔곡수〕	필자/저자(역자)	분류	비고
1	6	半島詩壇	蠟房觀月分韻陽〔1〕 납방관월분운양	隈部矢山	시가/한시	
1	6	半島詩壇	同得處二首〔2〕 동득처 이수	佐藤芝峰	시가/한시	
1	6~7	半島詩壇	同得元〔1〕 동득원	成田魯石	시가/한시	
1	7	半島詩壇	同得微〔1〕 동득미	福撫松	시가/한시	
1	7	半島詩壇	同得先〔1〕 동득선	高田小芥	시가/한시	
1	7	半島詩壇	同得#〔1〕 동득#	深谷松濤	시가/한시	
1	7	半島詩壇	同得靑〔1〕 동득청	宮澤陶川	시가/한시	
1	7	半島詩壇	同得薰〔1〕 동득훈	笹島紫峰	시가/한시	
1	7	半島詩壇	同得#〔1〕 동득#	小永井##	시가/한시	

지면	단수	기획	기사제목 〈회수〉〔곡수〕	필자/저자(역자)	분류	비고
1	7	半島詩壇	同得友 〔1〕 동득우	圓山牧雲	시가/한시	
4	1~4		安政三組盃 〈29〉 안세이미쓰구미노사카즈키	小金井蘆洲	고단	
5	4~5		戰時瑣談 전시 쇄담		수필/기타	
6	1~3	新小說	七化八變/戀人の名 〈82〉 칠화팔변/연인의 이름	渡邊默禪	소설/일본	

1914년 10월 11일 (일) 4800호

지면	단수	기획	기사제목 〈회수〉〔곡수〕	필자/저자(역자)	분류	비고
1	5	半島詩壇	早岐山先生#學鷗詞盟韻 〔1〕 조기산선생#학구사맹운	佐藤芝峰	시가/한시	
1	5	半島詩壇	秋柳詞 〔1〕 추류사	成田魯石	시가/한시	
1	5	半島詩壇	慶州懷古二首 〔2〕 경주회고 이수	成田魯石	시가/한시	
4	1~3		安政三組盃 〈30〉 안세이미쓰구미노사카즈키	小金井蘆洲	고단	
6	1~3	新小說	七化八變/佐賀の藩士 〈83〉 칠화팔변/사가의 번사	渡邊默禪	소설/일본	

1914년 10월 12일 (월) 4801호

지면	단수	기획	기사제목 〈회수〉〔곡수〕	필자/저자(역자)	분류	비고
1	6	半島詩壇	幡省雜生 〔1〕 번성잡생	西田白陰	시가/한시	
1	6	半島詩壇	登姬路天守閣 〔1〕 등희로천수각	西田白陰	시가/한시	
1	6	半島詩壇	送宍道大佐休職歸鄕 〔1〕 송육도대좌휴직귀향	西田白陰	시가/한시	
1	6	半島詩壇	秋風嶺 〔1〕 추풍령	水野風外	시가/한시	
1	6	半島詩壇	倭城臺 〔1〕 왜성대	水野風外	시가/한시	
4	1~3		安政三組盃 〈31〉 안세이미쓰구미노사카즈키	小金井蘆洲	고단	

1914년 10월 13일 (화) 4802호

지면	단수	기획	기사제목 〈회수〉〔곡수〕	필자/저자(역자)	분류	비고
1	6	半島詩壇	謝人贈菊花 〔1〕 사인증국화	望月桂軒	시가/한시	
1	6	半島詩壇	送判官嗣學戶出詞治辭職將還于故國即和其留別韻 〔4〕 송판관사학호출사치사직장환우고국즉화기류별운	高橋空哉	시가/한시	
1	6	半島詩壇	秘苑 〔1〕 비원	水野風外	시가/한시	
4	1~3		安政三組盃 〈31〉 안세이미쓰구미노사카즈키	小金井蘆洲	고단	회수 오류
6	1~3	新小說	七化八變/骨肉 〈84〉 칠화팔변/골육	渡邊默禪	소설/일본	

1914년 10월 14일 (수) 4803호

지면	단수	기획	기사제목 〈회수〉〔곡수〕	필자/저자(역자)	분류	비고
3	1~4		南進論の無謀 남진론의 무모함	在東京 礫川山房主人	수필/기타	
4	1~4		安政三組盃 〈33〉 안세이미쓰구미노사카즈키	小金井蘆洲	고단	

지면	단수	기획	기사제목 〈회수〉〔곡수〕	필자/저자(역자)	분류	비고
5	3~5		演習雜筆 훈련 잡필	於議政府 翠雨生	수필/기타	
6	1~3	新小說	七化八變/追跡 〈85〉 칠화팔변/추적	渡邊默禪	소설/일본	

1914년 10월 15일 (목) 4804호

지면	단수	기획	기사제목 〈회수〉〔곡수〕	필자/저자(역자)	분류	비고
4	1~4		安政三組盃 〈34〉 안세이미쓰구미노사카즈키	小金井蘆洲	고단	
5	1~2		演習雜筆 훈련 잡필	於議政府 翠雨生	수필/기타	
6	1~3	新小說	七化八變/長蛇を逸す 〈86〉 칠화팔변/긴 뱀을 놓치다	渡邊默禪	소설/일본	

1914년 10월 16일 (금) 4805호

지면	단수	기획	기사제목 〈회수〉〔곡수〕	필자/저자(역자)	분류	비고
3	4~6		各地小言/群山/#議の定款改正 각지 잔소리/군산/#의 정관 개정		수필/기타	
3	4~6		机上から/遲々庵主人著 新羅古蹟 慶州案內を諸君に勸む 탁상에서/지치암 주인 저 신라 고적 경주 안내를 제군에게 권한다	八萬三#光	수필/비평	
4	1~4		安政三組盃 〈35〉 안세이미쓰구미노사카즈키	小金井蘆洲	고단	
5	5~6		近代深草譚/姓は#川名は義元 〈1〉 근대 심초담/성은#가와 명은 요시모토		수필/기타	
6	1~3	新小說	七化八變/急病患者 〈87〉 칠화팔변/응급 환자	渡邊默禪	소설/일본	

1914년 10월 17일 (토) 4806호

지면	단수	기획	기사제목 〈회수〉〔곡수〕	필자/저자(역자)	분류	비고
4	1~3		安政三組盃 〈36〉 안세이미쓰구미노사카즈키	小金井蘆洲	고단	
5	4~5		近代深草譚/###### 〈2〉 근대 심초담/######		수필/기타	
6	1~3	新小說	七化八變/お藤の母 〈88〉 칠화팔변/오후지 어머니	渡邊默禪	소설/일본	

1914년 10월 19일 (월) 4807호

지면	단수	기획	기사제목 〈회수〉〔곡수〕	필자/저자(역자)	분류	비고
1	6	半島詩壇	奧國分捂庭先生話西京丸船中用其見似韻二首 〔2〕 오국분오정선생화서경환선중용기견사운 이수	高橋空哉	시가/한시	
1	6	半島詩壇	秋柳詞 〔1〕 추류사	笹島紫峰	시가/한시	
1	6	半島詩壇	慶州懷古 〔1〕 경주회고	笹島紫峰	시가/한시	
1	6	半島詩壇	謝人贈菊花 〔1〕 사인증국화	笹島紫峰	시가/한시	
3	4~6		近代深草譚/珍らしき大色魔 〈3〉 근대 심초담/신기한 대색마		수필/기타	
3	5~6		慰問袋に何が好いか 위문대에 뭐가 좋은가		수필/기타	
4	1~3	新小說	七化八變/病床 〈89〉 칠화팔변/병상	渡邊默禪	소설/일본	

1914년 10월 20일 (화) 4808호

지면	단수	기획	기사제목 〈회수〉〔곡수〕	필자/저자(역자)	분류	비고
1	1~2		自主奮鬪せよ 자주적으로 분투하라		수필/기타	

지면	단수	기획	기사제목 〈회수〉〔곡수〕	필자/저자(역자)	분류	비고
1	6	半島詩壇	偶成二首 [2] 우성 이수	高橋空哉	시가/한시	
1	6	半島詩壇	偶成 [1] 우성	大垣金陵	시가/한시	
1	6	半島詩壇	題獨帝眞影 [1] 제독제진영	大垣金陵	시가/한시	
1	6	半島詩壇	謝人贈菊花二首 [1] 사인증국화 이수	村上石城	시가/한시	
3	1~4		軍國の出版界 군국의 출판계	在東京 礫川山房主人	수필/기타	
3	6		各地小言/沙里院/開市地域增大希望 각지 잔소리/사리원/개시지 지역 증대 희망		수필/기타	
4	1~3		安政三組盃 〈37〉 안세이미쓰구미노사카즈키	小金井蘆洲	고단	
5	2~3		慰問袋/恤兵顧問 위문대/휼병 고문		수필/기타	
5	6~7		近代深草譚/珍らしき大色魔 〈4〉 근대 심초담/신기한 대색마		수필/기타	
6	1~3	新小說	七化八變/お賴が! 〈90〉 칠화팔변/부탁이!	渡邊默禪	소설/일본	

1914년 10월 21일 (수) 4809호

지면	단수	기획	기사제목 〈회수〉〔곡수〕	필자/저자(역자)	분류	비고
1	6	半島詩壇	盆地養金魚 [1] 분지양금어	安永春雨	시가/한시	
1	6	半島詩壇	秋柳詞二首 [2] 추류사 이수	安永春雨	시가/한시	
1	6	半島詩壇	慶州懷古 [1] 경주회고	安永春雨	시가/한시	
1	6	半島詩壇	謝人贈菊花 [1] 사인증국화	安永春雨	시가/한시	
3	1~4		國産品獎勵の聲と國民 국산품 장려의 목소리와 국민	在東京 彌久哉	수필/일상	
3	7		茶ばなし 다화		수필/일상	
4	1~4		安政三組盃 〈37〉 안세이미쓰구미노사카즈키	小金井蘆洲	고단	회수 오류
5	3~4		山東史蹟 산둥 사적		수필/기타	
5	4~5		近代深草譚/珍らしき大色魔 〈5〉 근대 심초담/신기한 대색마		수필/기타	
6	1~3	新小說	七化八變/相續問題 〈91〉 칠화팔변/상속 문제	渡邊默禪	소설/일본	

1914년 10월 22일 (목) 4810호

지면	단수	기획	기사제목 〈회수〉〔곡수〕	필자/저자(역자)	분류	비고
1	6	半島詩壇	###苑三首 [3] ###원 삼수	水野風外	시가/한시	
1	6	半島詩壇	祝京元鐵道開通 [1] 축경원철도개통	笹島紫峰	시가/한시	
4	1~3		安政三組盃 〈39〉 안세이미쓰구미노사카즈키	小金井蘆洲	고단	
5	5~6		露化したる血/詩人の比喩 러시아화한 피/시인의 비유		수필/기타	

지면	단수	기획	기사제목 〈회수〉〔곡수〕	필자/저자(역자)	분류	비고
5	6~7		英詩人の歌/目醒めよ！〔1〕 영국 시인의 노래/깨어나라!	英國桂冠詩人 プロ ンギエル	시가/신체시	
6	1~3	新小說	七化八變/轍の痕〈92〉 칠화팔변/바퀴 흔적	渡邊默禪	소설/일본	

1914년 10월 23일 (금) 4811호

지면	단수	기획	기사제목 〈회수〉〔곡수〕	필자/저자(역자)	분류	비고
1	1~4		親日感情を利導せよ 친일 감정을 잘 유도해라		수필/일상	
1	6	半島詩壇	秋柳詞〔1〕 추류사	高田小芥	시가/한시	
1	6	半島詩壇	謝人贈菊花〔1〕 사인증국화	高田小芥	시가/한시	
1	6	半島詩壇	慶州懷古〔1〕 경주회고	村上石城	시가/한시	
1	6	半島詩壇	秋柳詞〔1〕 추류사	村上石城	시가/한시	
1	6	半島詩壇	書秋〔1〕 서추	村上石城	시가/한시	
3	2		物識博士 만물박사		수필/기타	
4	1~3		安政三組盃〈40〉 안세이미쓰구미노사카즈키	小金井蘆洲	고단	
6	1~3	新小說	七化八變/密偵〈93〉 칠화팔변/밀정	渡邊默禪	소설/일본	

1914년 10월 24일 (토) 4812호

지면	단수	기획	기사제목 〈회수〉〔곡수〕	필자/저자(역자)	분류	비고
1	6	半島詩壇	中秋前一夕京城忘機吟社諜#稚集賦星乞#〔1〕 중추전일석경성망기음사낙#치집부성걸#	安永春雨	시가/한시	
1	6	半島詩壇	次韻寄春雨詞兄〔1〕 차운기춘우사형	笹島紫峰	시가/한시	
1	6	半島詩壇	中秋前一夕從諸同人賞月于圓山大嶺師#房釜山安永春雨君遙寄一律 求和仍汚其韻〔1〕 중추전일석종제동인상월우원산대령사#방부산안영춘우군요기일률구화잉 오기운	高田小芥	시가/한시	
3	2~3		問題の和蘭物語(上)/現代唯一の女王陛下〈1〉 문제의 네덜란드 이야기(상)/현대의 유일한 여왕 폐하		수필/기타	
3	4		物識博士 만물박사		수필/기타	
4	1~4		安政三組盃〈41〉 안세이미쓰구미노사카즈키	小金井蘆洲	고단	
5	1~4		文展のぞき 문전 들여다보다	在東京 彌久哉	수필/비평	
6	1~3	新小說	七化八變/實の父？〈94〉 칠화팔변/진짜 아버지?	渡邊默禪	소설/일본	

1914년 10월 25일 (일) 4813호

지면	단수	기획	기사제목 〈회수〉〔곡수〕	필자/저자(역자)	분류	비고
1	6	半島詩壇	秋柳詞〔1〕 추류사	高井椿堂	시가/한시	
1	6	半島詩壇	慶州懷古二首〔2〕 경주회고 이수	高井椿堂	시가/한시	
1	6	半島詩壇	謝人贈菊花〔1〕 사인증국화	高井椿堂	시가/한시	

지면	단수	기획	기사제목 〈회수〉〔곡수〕	필자/저자(역자)	분류	비고
1	6	半島詩壇	九月十三日夜來風雨#甚得三首〔3〕 구월 십삼일 야래풍우#심득 삼수	村上石城	시가/한시	
3	2~3		問題の和蘭物語(下)/現代唯一の女王陛下〈2〉 문제의 네덜란드 이야기(상)/현대의 유일한 여왕 폐하		수필/기타	
3	4		物識博士 만물박사		수필/기타	
4	1~3		安政三組盃〈42〉 안세이미쓰구미노사카즈키	小金井蘆洲	고단	
5	2~3		南洋の日本古城趾 남양의 일본 고성지		수필/기타	
6	1~3	新小說	七化八變/蛇の道は蛇〈95〉 칠화팔변/뱀의 길은 뱀이 안다	渡邊默禪	소설/일본	

1914년 10월 26일 (월) 4814호

지면	단수	기획	기사제목 〈회수〉〔곡수〕	필자/저자(역자)	분류	비고
1	1~3		時艱にして英傑を憶ふ 시간에 영걸을 기억한다		수필/기타	
1	6	半島詩壇	十月十七日遊古袋山普光寺得七絶#句寺台楊州郡實千年之古刹面以紅葉有名/其一〔1〕 십월십칠일유고대산보광사득칠절#구사태양주군실천년지고찰면이홍엽유명/그 첫 번째	佐藤芝峰	시가/한시	
1	6	半島詩壇	十月十七日遊古袋山普光寺得七絶#句寺台楊州郡實千年之古刹面以紅葉有名/其二〔1〕 십월십칠일유고대산보광사득칠절#구사태양주군실천년지고찰면이홍엽유명/그 두 번째	松田學鷗	시가/한시	
1	6	半島詩壇	十月十七日遊古袋山普光寺得七絶#句寺台楊州郡實千年之古刹面以紅葉有名/其三〔1〕 십월십칠일유고대산보광사득칠절#구사태양주군실천년지고찰면이홍엽유명/그 세 번째	笹島紫峰	시가/한시	
1	6~7	半島詩壇	十月十七日遊古袋山普光寺得七絶#句寺台楊州郡實千年之古刹面以紅葉有名/其四〔1〕 십월십칠일유고대산보광사득칠절#구사태양주군실천년지고찰면이홍엽유명/그 네 번째	隈部矢山	시가/한시	
1	7	半島詩壇	又得五律#句其一/其一〔1〕 우득오률#구기일/그 첫 번째	學鷗	시가/한시	
1	7	半島詩壇	又得五律#句其一/其二〔1〕 우득오률#구기일/그 두 번째	矢山	시가/한시	
1	7	半島詩壇	又得五律#句其一/其三〔1〕 우득오률#구기일/그 세 번째	紫峰	시가/한시	
1	7	半島詩壇	又得五律#句其一/其四〔1〕 우득오률#구기일/그 네 번째	芝峰	시가/한시	
4	1~3	新小說	七化八變/意外の秘密〈96〉 칠화팔변/뜻밖의 비밀	渡邊默禪	소설/일본	

1914년 10월 27일 (화) 4815호

지면	단수	기획	기사제목 〈회수〉〔곡수〕	필자/저자(역자)	분류	비고
1	7	半島詩壇	謝人贈菊花二首〔2〕 사인증국화 이수	成田魯石	시가/한시	
1	7	半島詩壇	秋柳詞〔1〕 추류사	望月桂軒	시가/한시	
1	7	半島詩壇	慶州懷古〔1〕 경주회고	望月桂軒	시가/한시	
1	7	半島詩壇	和明石中將見寄瑤韻〔1〕 화명석중장견기요운	高橋空哉	시가/한시	

지면	단수	기획	기사제목 〈회수〉〔곡수〕	필자/저자(역자)	분류	비고
1	7	半島詩壇	塔洞公園〔1〕 탑동공원	水野風外	시가/한시	
3	2		物識博士 만물박사		수필/기타	
3	4~7		亡父の百日目に〈1〉 망부의 백일째에	石森胡蝶	수필/기타	
4	1~3		安政三組盃〈42〉 안세이미쓰구미노사카즈키	小金井蘆洲	고단	회수 오류
5	1~4		伊東高千穂艦長の絶筆/從兄妹の村地元山府尹夫人の談 이토 다카치호 함장의 절필/사촌인 무라치 원산부 윤 부인의 말		수필/기타	
6	1~3	新小說	七化八變/怪賊〈97〉 칠화팔변/괴도둑	渡邊默禪	소설/일본	

1914년 10월 28일 (수) 4816호

지면	단수	기획	기사제목 〈회수〉〔곡수〕	필자/저자(역자)	분류	비고
1	1~2		沈默せる一大恐怖 침묵하는 일대 공포		수필/기타	
1	6	半島詩壇	秋興〔1〕 추흥	安永春雨	시가/한시	
1	6	半島詩壇	題淵明幡去來圖〔1〕 제연명번거래도	安永春雨	시가/한시	
1	6	半島詩壇	題藤#王民行硯〔1〕 제등#왕민행연	安永春雨	시가/한시	
1	6	半島詩壇	電燈〔1〕 전등	安永春雨	시가/한시	
1	6	半島詩壇	謝人贈菊花〔1〕 사인증국화	小永井槐#	시가/한시	
3	2		物識博士 만물박사		수필/기타	
4	1~3		安政三組盃〈44〉 안세이미쓰구미노사카즈키	小金井蘆洲	고단	
5	4~5		軍國の新聞 군국의 신문		수필/기타	
6	1~3	新小說	七化八變/首領はお藤〈98〉 칠화팔변/수령은 오후지	渡邊默禪	소설/일본	

1914년 10월 29일 (목) 4817호

지면	단수	기획	기사제목 〈회수〉〔곡수〕	필자/저자(역자)	분류	비고
1	6	半島詩壇	移層於南山下書#〔1〕 이층어남산하서#	小永井槐#	시가/한시	
1	6	半島詩壇	#江##山###韻〔1〕 #강##산###운	小永井槐#	시가/한시	
1	6	半島詩壇	秋柳詞二首〔2〕 추류사 이수	隈部矢山	시가/한시	
1	6	半島詩壇	慶州懷古二首〔2〕 경주회고 이수	隈部矢山	시가/한시	
3	4		物識博士 만물박사		수필/기타	
4	1~4		安政三組盃〈45〉 안세이미쓰구미노사카즈키	小金井蘆洲	고단	
5	4~5		俘虜生活 포로 생활		수필/기타	
6	1~3	新小說	七化八變/驚異〈99〉 칠화팔변/경이	渡邊默禪	소설/일본	

지면	단수	기획	기사제목 〈회수〉〔곡수〕	필자/저자(역자)	분류	비고

1914년 10월 30일 (금) 4818호

지면	단수	기획	기사제목 〈회수〉〔곡수〕	필자/저자(역자)	분류	비고
1	3~5		南極探撿隊(上)/經過の報告書 〈1〉 남극탐험대(상)/경과 보고서		수필/기타	
1	6	半島詩壇	洲漢江 〔1〕 주한강	隈部矢山	시가/한시	
1	6	半島詩壇	洲大同江 〔1〕 주대동강	隈部矢山	시가/한시	
1	6	半島詩壇	哭猊巖先生介子次韻賦呈二首 〔2〕 곡예암선생개자차운부정 이수	笹島紫峰	시가/한시	
3	2		物識博士 만물박사		수필/기타	
3	5~6		摑合後日談/彌生遊郭內の 서로 멱살을 잡고 싸운 후일담/야요이 유곽 안의		수필/기타	
4	1~3		安政三組盃 〈46〉 안세이미쓰구미노사카즈키	小金井蘆洲	고단	
5	3~4		靑島の敵と鐵條網/某將校の談 칭다오의 적과 철조망/모 장교의 말		수필/기타	
6	1~3	新小說	七化八變/眞情 〈100〉 칠화팔변/진정	渡邊默禪	소설/일본	

1914년 10월 31일 (토) 4819호

지면	단수	기획	기사제목 〈회수〉〔곡수〕	필자/저자(역자)	분류	비고
1	6~7		南極探撿隊(下)/經過の報告書 〈2〉 남극탐험대(하)/경과 보고서		수필/기타	
1	4~5		一門の譽れ 〈1〉 일문의 명예	前田翠#	수필/기타	
1	7	半島詩壇	我軍包圍膠州灣 〔1〕 아군포위교주만	木田芳洲	시가/한시	
1	7	半島詩壇	秋夜普咸 〔1〕 추야보함	木田芳洲	시가/한시	
1	7	半島詩壇	送友人出征 〔1〕 송우인출정	木田芳洲	시가/한시	
4	1~3		安政三組盃 〈47〉 안세이미쓰구미노사카즈키	小金井蘆洲	고단	

1914년 10월 31일 (토) 4819호 其二

지면	단수	기획	기사제목 〈회수〉〔곡수〕	필자/저자(역자)	분류	비고
1	2~4		戰爭と外交 전쟁과 외교	帝大## 松岡法學博士	수필/기타	
3	1~3		隱たる南洋の情史/伊五郎,お兼渡航開拓譚 숨긴 남양의 정사/이고로, 오카네 도항 개척담		수필/기행	
4	1~3	新小說	七化八變/覺醒 〈101〉 칠화팔변/각성	渡邊默禪	소설/일본	

1914년 10월 31일 (토) 4819호 其三

지면	단수	기획	기사제목 〈회수〉〔곡수〕	필자/저자(역자)	분류	비고
1	5		物識博士 만물박사		수필/기타	
3	1~3		歐州戰爭と軍事探偵/探偵の本場丈けに中々進んでゐる 유럽 전쟁과 군사 탐정/탐정의 본고장인만큼 꽤 진행되고 있다		수필/기타	
3	3~4		南洋奇談 남양 기담		수필/기타	

1914년 10월 31일 (토) 4819호 其四

지면	단수	기획	기사제목 〈회수〉〔곡수〕	필자/저자(역자)	분류	비고
1	1~4		南洋の旭旗/世界の科學的智識に大革命/土人の奇習と無盡の富源 남양의 욱기/세계의 과학적 지식에 대혁명/토인의 기습과 무진의 부원		수필/기타	
1	2~3		御題/戰死者遺族〔2〕 어제/전사자 유족		시가/단카	
1	2~3		御題/戰利品を見て〔1〕 어제/전리품을 보고		시가/단카	
1	2~3		皇后宮御歌/#兵看護婦〔1〕 황후궁어제/#병간호부		시가/단카	
1	2~3		皇后宮御題/軍人遺族〔1〕 황후궁어제/군인유족		시가/단카	
3	1~2		大戰後の世界地圖 대전쟁 후의 세계 지도	文學博士 箕作元八	수필/기타	
3	2~3		鮮人の日語と訛 조선인의 일본어와 사투리		수필/기타	
3	4		歐米の戰詩/伊太利の心 구미의 전쟁 시/이탈리아의 마음	ヴィヴァンチ.チャドレス	시가/자유시	
3	4	文藝	鳴子〔3〕 새 쫓는 장치	長#	시가/하이쿠	
3	4	文藝	鳴子〔3〕 새 쫓는 장치	松#	시가/하이쿠	
3	4	文藝	鳴子〔3〕 새 쫓는 장치	如水	시가/하이쿠	
3	4	文藝	鳴子〔2〕 새 쫓는 장치	#窓	시가/하이쿠	

1914년 11월 02일 (월) 4820호 其四

지면	단수	기획	기사제목 〈회수〉〔곡수〕	필자/저자(역자)	분류	비고
1	1~2		對支外交の第一義 대 지나 외교의 제일의		수필/기타	
1	3~5		一門の譽れ〈2〉 일문의 명예	前田翠#	수필/기타	
3	7		敷島便り 시키시마 소식		수필/비평	

1914년 11월 03일 (화) 4821호

지면	단수	기획	기사제목 〈회수〉〔곡수〕	필자/저자(역자)	분류	비고
3	3		物識博士 만물박사		수필/기타	
3	5~6		一門の譽れ/於第一線散兵壕〈3〉 일문의 명예/제일선 산병호에서	前田翠雨	수필/기타	
4	1~3		安政三組盃〈48〉 안세이미쓰구미노사카즈키	小金井蘆洲	고단	
5	6~7		敷島便り 시키시마 소식		수필/비평	
6	1~3	新小說	七化八變/覺醒〈102〉 칠화팔변/각성	渡邊默禪	소설/일본	

1914년 11월 04일 (수) 4822호

지면	단수	기획	기사제목 〈회수〉〔곡수〕	필자/저자(역자)	분류	비고
1	1~4		滑稽なる悲劇/オツトマン帝國の末路 우스꽝스러운 비극/오토만 제국의 말로		수필/기타	
1	7	半島詩壇	秋柳詞〔1〕 추류사	宮澤陶川	시가/한시	
1	7	半島詩壇	送山本國手赴任淸州慈惠病院〔1〕 송산본국수부임청주자혜병원	笹島紫峰	시가/한시	

지면	단수	기획	기사제목 〈회수〉〔곡수〕	필자/저자(역자)	분류	비고
1	7	半島詩壇	慶州懷古 〔1〕 경주회고	圓山牧雲	시가/한시	
1	7	半島詩壇	秋柳詞二首 〔2〕 추류사 이수	圓山牧雲	시가/한시	
1	7	半島詩壇	中秋前一夕圓山老師招詩友日繹房賞月余亦興#次月賦此## 〔1〕 중추전일석원산로사초시우일천방상월여역흥#차월부차##	笹島紫峰	시가/한시	
3	3		物識博士 만물박사		수필/기타	
3	6~7		菊日和 좋은 가을 날씨	野崎小#	수필/기타	
4	1~4		安政三組盃 〈49〉 안세이미쓰구미노사카즈키	小金井蘆洲	고단	
5	3~4		京城花柳便 경성화류편		수필/기타	
6	1~3	新小說	七化八變/深夜の自動車 〈103〉 칠화팔변/심야의 자동차	渡邊默禪	소설/일본	

1914년 11월 05일 (목) 4823호

지면	단수	기획	기사제목 〈회수〉〔곡수〕	필자/저자(역자)	분류	비고
1	5~7		晚秋の東京 늦가을의 도쿄	在東京 彌久哉	수필/일상	
3	1~3		伊太利皇室(上) 〈1〉 이탈리아 왕실(상)		수필/기타	
3	4		物識博士 만물박사		수필/기타	
4	1~3		安政三組盃 〈50〉 안세이미쓰구미노사카즈키	小金井蘆洲	고단	
6	1~3	新小說	七化八變/詰責 〈104〉 칠화팔변/힐책	渡邊默禪	소설/일본	

1914년 11월 06일 (금) 4824호

지면	단수	기획	기사제목 〈회수〉〔곡수〕	필자/저자(역자)	분류	비고
1	5	半島詩壇	初秋集於休 〔1〕 초추집어휴	成田魯石	시가/한시	
1	6	半島詩壇	悼香#土居先生令夫人二首 〔2〕 도향#토거선생령부인 이수	笹島紫峰	시가/한시	
1	6	半島詩壇	慶州懷古 〔1〕 경주회고	宮澤陶川	시가/한시	
1	6	半島詩壇	謝人贈菊花 〔1〕 사인증국화	宮澤陶川	시가/한시	
3	1~3		伊太利皇室(下) 〈2〉 이탈리아 왕실(하)		수필/기타	
3	5		物識博士 만물박사		수필/기타	
4	1~3		安政三組盃 〈51〉 안세이미쓰구미노사카즈키	小金井蘆洲	고단	
6	1~3	新小說	七化八變/良心の覺醒 〈105〉 칠화팔변/양심의 각성	渡邊默禪	소설/일본	

1914년 11월 07일 (토) 4825호

지면	단수	기획	기사제목 〈회수〉〔곡수〕	필자/저자(역자)	분류	비고
1	6	半島詩壇	白頭山 〔1〕 백두산	佐藤芝峰	시가/한시	
1	6	半島詩壇	鴨綠江 〔1〕 압록강	佐藤芝峰	시가/한시	

지면	단수	기획	기사제목 〈회수〉〔곡수〕	필자/저자(역자)	분류	비고
1	6	半島詩壇	秋柳詞〔1〕 추류사	深谷松濤	시가/한시	
1	6	半島詩壇	慶州懷古〔1〕 경주회고	深谷松濤	시가/한시	
3	4		物識博士 만물박사		수필/기타	
4	1~4		安政三組盃〈52〉 안세이미쓰구미노사카즈키	小金井蘆洲	고단	
6	1~3	新小說	七化八變/ミス、レザー〈106〉 칠화팔변/미스 레자	渡邊默禪	소설/일본	

1914년 11월 08일 (일) 4826호

지면	단수	기획	기사제목 〈회수〉〔곡수〕	필자/저자(역자)	분류	비고
1	8	半島詩壇	謝人贈菊花〔1〕 사인증국화	圓山牧雲	시가/한시	
1	8	半島詩壇	秋色〔1〕 추색	成田魯石	시가/한시	
1	8	半島詩壇	秋容〔1〕 추용	宮澤陶川	시가/한시	
1	8	半島詩壇	秋江夜泊二首〔1〕 추강야박 이수	木田芳洲	시가/한시	
3	1~2		彼と帝國主義 그와 제국 주의		수필/기타	
4	1~3		安政三組盃〈53〉 안세이미쓰구미노사카즈키	小金井蘆洲	고단	
6	1~3	新小說	七化八變/驚愕〈107〉 칠화팔변/경악	渡邊默禪	소설/일본	

1914년 11월 09일 (월) 4827호

지면	단수	기획	기사제목 〈회수〉〔곡수〕	필자/저자(역자)	분류	비고
1	6	半島詩壇	★小集席上〔1〕 작은 연회 자리에서	木田芳洲	시가/한시	
1	6	半島詩壇	謝人贈菊花〔1〕 사인증국화	深谷松濤	시가/한시	
1	6	半島詩壇	秋燈〔1〕 추등	笹島紫峰	시가/한시	
1	6	半島詩壇	秋風〔1〕 추풍	福撫松	시가/한시	
1	6	半島詩壇	秋柳詞二首〔2〕 추류사 이수	佐藤芝峰	시가/한시	
4	1~4		安政三組盃〈54〉 안세이미쓰구미노사카즈키	小金井蘆洲	고단	

1914년 11월 10일 (화) 4828호

지면	단수	기획	기사제목 〈회수〉〔곡수〕	필자/저자(역자)	분류	비고
1	5	半島詩壇	京城雜詩七首〔7〕 경성잡시 칠수	水野風外	시가/한시	
3	7		物識博士 만물박사		수필/기타	
4	1~3		安政三組盃〈55〉 안세이미쓰구미노사카즈키	小金井蘆洲	고단	
6	1~3	新小說	七化八變/#の淚〈108〉 칠화팔변/#의 눈물	渡邊默禪	소설/일본	

1914년 11월 11일 (수) 4829호

지면	단수	기획	기사제목 〈회수〉〔곡수〕	필자/저자(역자)	분류	비고
1	7	半島詩壇	送藤田#伯東# 〔1〕 송등전#백동#	古城梅溪	시가/한시	
1	7	半島詩壇	晩秋登朧月臺 〔1〕 만추등롱월대	望月桂軒	시가/한시	
1	7	半島詩壇	探秋 〔1〕 탐추	望月桂軒	시가/한시	
1	7	半島詩壇	秋郊散策 〔1〕 추교산책	笹島紫峰	시가/한시	
1	7	半島詩壇	遊仁川 〔1〕 유인천	笹島紫峰	시가/한시	
4	1~4		安政三組盃 〈56〉 안세이미쓰구미노사카즈키	小金井蘆洲	고단	
6	1~3	新小說	七化八變/次の娘 〈109〉 칠화팔변/다음 딸	渡邊默禪	소설/일본	

1914년 11월 12일 (목) 4830호

지면	단수	기획	기사제목 〈회수〉〔곡수〕	필자/저자(역자)	분류	비고
1	6	半島詩壇	對月有成 〔1〕 대월유성	笹島紫峰	시가/한시	
1	6	半島詩壇	次韻 〔1〕 차운	高田小芥	시가/한시	
1	6	半島詩壇	秋郊散策 〔1〕 추교산책	高田小芥	시가/한시	
1	6	半島詩壇	初秋客懷二首 〔2〕 초추객회 이수	富澤雲堂	시가/한시	
3	2		物識博士 만물박사		수필/기타	
4	1~4		安政三組盃 〈57〉 안세이미쓰구미노사카즈키	小金井蘆洲	고단	
6	1~3	新小說	七化八變/自慢 〈110〉 칠화팔변/자랑	渡邊默禪	소설/일본	

1914년 11월 13일 (금) 4831호

지면	단수	기획	기사제목 〈회수〉〔곡수〕	필자/저자(역자)	분류	비고
1	6	半島詩壇	十##日興#某諸兄#####上自作 〔1〕 십##일흥#모제형#####상자작	富澤雲堂	시가/한시	
1	6	半島詩壇	古鏡 〔1〕 고경	高田小芥	시가/한시	
1	6	半島詩壇	長陽湖#望 〔1〕 장양호#망	佐藤芝峰	시가/한시	
1	6	半島詩壇	古鏡 〔1〕 고경	成田魯石	시가/한시	
1	6	半島詩壇	浜江煎茶 〔1〕 빈강전다	成田魯石	시가/한시	
3	1		物識博士 만물박사		수필/기타	
3	2~3	お伽ばなし	朝鮮の「瘤取」 조선의 「혹뿌리 영감」	久留島武彦	소설/동화	
4	1~3		安政三組盃 〈58〉 안세이미쓰구미노사카즈키	小金井蘆洲	고단	
6	1~3	新小說	七化八變/赤坂の一龍 〈111〉 칠화팔변/아카사카의 이치류	渡邊默禪	소설/일본	

1914년 11월 14일 (토) 4832호

지면	단수	기획	기사제목 〈회수〉 [곡수]	필자/저자(역자)	분류	비고
1	6	半島詩壇	向井橋翁###鈴題畫 [1] 향정교옹###령제화	成田魯石	시가/한시	
1	6	半島詩壇	谷田##結婚三十年#銀婚式朗詩 [1] 곡전##결혼삼십년#은혼식랑시	成田魯石	시가/한시	
1	6	半島詩壇	遊普光寺二首 [2] 유보광사 이수	佐藤芝峰	시가/한시	
2	8		本間九介 〈1〉 혼마 규스케	△△生	수필/기타	
3	3		物識博士 만물박사		수필/기타	
3	6~7	はやり唄	芳町の勝鬨踊 [1] 요시마치의 가치도키오도리		시가/사노사 부시	
3	7	はやり唄	陷落サノサ節 [1] 함락 사노사부시		시가/사노사 부시	
3	7	はやり唄	忠臣藏サノサ [1] 주신구라 사노사		시가/사노사 부시	
4	1~3		安政三組盃 〈58〉 안세이미쓰구미노사카즈키	小金井蘆洲	고단	회수 오류
6	1~3	新小說	七化八變/嬉しいお客 〈112〉 칠화팔변/반가운 손님	渡邊默禪	소설/일본	

1914년 11월 15일 (일) 4833호

지면	단수	기획	기사제목 〈회수〉 [곡수]	필자/저자(역자)	분류	비고
1	5	半島詩壇	★渦碧蹄館址 [1] 벽제관 터를 지나며	笹島紫峰	시가/한시	
1	5	半島詩壇	又 [1] 우	笹島紫峰	시가/한시	
1	5~6	半島詩壇	古鰻 [1] 고만	笹島紫峰	시가/한시	
1	6	半島詩壇	遊普光寺二首 [2] 유보광사 이수	隈部矢山	시가/한시	
3	5~7		着く迄 도착할 때까지	天山	시가/한시	
3	6		物識博士 만물박사		수필/기타	
4	1~3		安政三組盃 〈60〉 안세이미쓰구미노사카즈키	小金井蘆洲	고단	
6	1~3	新小說	七化八變/袖に雫 〈113〉 칠화팔변/소매에 물방울	渡邊默禪	소설/일본	
7	2~3		時局問答 시국 문답		수필/기타	
7	3		志士の面影/數奇の生涯！故本間九介氏/當年の天祐俠 〈1〉 지사의 모습/기구한 생애！고 혼마 규스케 씨/그 해의 덴유쿄		수필/기타	
7	3~4		志士の面影/數奇の生涯！故本間九介氏/安場男の知遇 지사의 모습/기구한 생애！고 혼마 규스케 씨/야스바단의 지우		수필/기타	
7	4		志士の面影/數奇の生涯！故本間九介氏/廣瀬中佐を撲 지사의 모습/기구한 생애！고 혼마 규스케 씨/히로세 중좌와 나		수필/기타	

1914년 11월 16일 (월) 4834호

지면	단수	기획	기사제목 〈회수〉 [곡수]	필자/저자(역자)	분류	비고
1	4	半島詩壇	#光亭 [1] #광정	隈部矢山	시가/한시	
1	4	半島詩壇	大同門樓 [1] 대동문루	隈部矢山	시가/한시	

지면	단수	기획	기사제목 〈회수〉〔곡수〕	필자/저자(역자)	분류	비고
1	5	半島詩壇	七星門〔1〕 칠성문	隈部矢山	시가/한시	
1	5	半島詩壇	龍岳寺〔1〕 용악사	隈部矢山	시가/한시	
2	7		本間九介〈2〉 혼마 규스케	△△生	수필/기타	
3	1		志士の面影/數奇の生涯を終る故本間九介氏逸話/水晶か硝子か〈2〉 지사의 모습/기구한 생애를 마친 고 혼마 규스케 씨 이야기/수정인가 유리인 가		수필/기타	
3	1~2		志士の面影/數奇の生涯を終る故本間九介氏逸話/勇氣三軍を呑 지사의 모습/기구한 생애를 마친 고 혼마 규스케 씨 이야기/용기 삼군을 제 것으로 하다		수필/기타	
3	2~3		志士の面影/數奇の生涯を終る故本間九介氏逸話/敵陣に迷込む 지사의 모습/기구한 생애를 마친 고 혼마 규스케 씨 이야기/적진에 빠지다		수필/기타	
3	3~4		花もみぢ/京城花柳便 하나모미지/경성화류편		수필/기디	
3	3~5		風吹く夕/千代木のお千代〈1〉 바람 부는 저녁/지요모쿠의 오치요		수필/기타	
4	1~4		安政三組盃〈61〉 안세이미쓰구미노사카즈키	小金井蘆洲	고단	

1914년 11월 17일 (화) 4835호

지면	단수	기획	기사제목 〈회수〉〔곡수〕	필자/저자(역자)	분류	비고
1	6	半島詩壇	慶州懷古二首〔2〕 경주회고 이수	佐藤芝峰	시가/한시	
1	6	半島詩壇	訪小野帖淡兄臥病步其見似玉礎邦星〔1〕 방소야첩담형와병보기견사옥초방성	江原如水	시가/한시	
1	6	半島詩壇	秋興〔1〕 추흥	江原如水	시가/한시	
3	3		物識博士 만물박사		수필/기타	
4	1~3		安政三組盃〈62〉 안세이미쓰구미노사카즈키	小金井蘆洲	고단	
5	1~3		先見の明ありし獨逸博士/獨逸を逃れて歸朝したる元仁川佐藤病院長 佐藤小五郎氏の談〈1〉 선견지명이 있는 독일 박사/독일을 피하여 귀조한 전 인천 사토 병원장 사토 고고로씨의 말		수필/기타	
5	3		志士の面影/數奇の生涯を終る故本間九介氏逸話/達磨と間違ふ〈3〉 지사의 모습/기구한 생애를 마친 고 혼마 규스케 씨 이야기/달마로 오인		수필/기타	
5	3~5		風吹く夕/千代木のお千代〈2〉 바람 부는 저녁/지요모쿠의 오치요		수필/기타	
6	1~3	新小說	七化八變/犧牲〈114〉 칠화팔변/희생	渡邊默禪	소설/일본	

1914년 11월 18일 (수) 4836호

지면	단수	기획	기사제목 〈회수〉〔곡수〕	필자/저자(역자)	분류	비고
1	6	半島詩壇	渦#石峴古戰場〔1〕 와#석현고전장	笹島紫峰	시가/한시	
1	6	半島詩壇	宿古#山普光寺〔1〕 숙고#산보광사	笹島紫峰	시가/한시	
1	6	半島詩壇	浜江煎茶〔1〕 빈강전다	高田小芥	시가/한시	
3	4		物識博士 만물박사		수필/기타	

지면	단수	기획	기사제목 〈회수〉〔곡수〕	필자/저자(역자)	분류	비고
4	1~4		安政三組盃 〈63〉 안세이미쓰구미노사카즈키	小金井蘆洲	고단	
5	1~2		奧のたより(長春) 내부의 소식(장춘)		수필/기타	
5	2~3		獨逸を逃れし旅日記/獨逸を逃れて歸朝したる元仁川佐藤病院長佐藤 小五郎氏の談〈2〉 독일을 떠나 여행한 일기/독일을 피하고 귀조한 전 인천 사토 병원장 사토 고고로씨의 말		수필/일기	
5	3~4		風吹く夕/千代木のお千代 〈3〉 바람 부는 저녁/지요모쿠의 오치요		수필/기타	
5	4~5		志士の面影/數奇の生涯を終る故本間九介氏逸話/金は支拂わぬ〈4〉 지사의 모습/기구한 생애를 마친 고 혼마 규스케 씨 이야기/돈은 지불하지 않는다		수필/기타	
5	4~5		志士の面影/數奇の生涯を終る故本間九介氏逸話/謠曲を改竄す〈4〉 지사의 모습/기구한 생애를 마친 고 혼마 규스케 씨 이야기/요곡을 개찬하다		수필/기타	
6	1~2	新小說	七化八變/擊退された好男子 〈115〉 칠화팔변/격퇴된 호남자	渡邊默禪	소설/일본	

1914년 11월 19일 (목) 4837호

지면	단수	기획	기사제목 〈회수〉〔곡수〕	필자/저자(역자)	분류	비고
1	6	半島詩壇	渦碧蹄館址〔1〕 와벽제관지	高田小芥	시가/한시	
1	6~7	半島詩壇	古鏡〔1〕 고경	安永春雨	시가/한시	
4	1~3		安政三組盃 〈64〉 안세이미쓰구미노사카즈키	小金井蘆洲	고단	
7	1~3		獨逸を逃れし旅日記/獨逸を逃れて歸朝したる元仁川佐藤病院長佐藤 小五郎氏の談〈3〉 독일을 떠나 여행한 일기/독일을 피하고 귀조한 전 인천 사토 병원장 사토 고고로씨의 말		수필/일기	
8	1~2	新小說	七化八變/十字商會 〈116〉 칠화팔변/십자 상회	渡邊默禪	소설/일본	

1914년 11월 20일 (금) 4838호

지면	단수	기획	기사제목 〈회수〉〔곡수〕	필자/저자(역자)	분류	비고
1	6	半島詩壇	汲江煎茶〔1〕 급강전다	安永春雨	시가/한시	
1	6	半島詩壇	觀泰有咸〔1〕 관태유함	安永春雨	시가/한시	
1	6	半島詩壇	靜姬〔1〕 정희	安永春雨	시가/한시	
1	6	半島詩壇	巴姬〔1〕 파희	安永春雨	시가/한시	
4	1~3		安政三組盃 〈65〉 안세이미쓰구미노사카즈키	小金井蘆洲	고단	
5	1~2		壯快なる獵話/虎を擊った獵客の物語 장쾌한 사냥 이야기/범을 쏜 사냥꾼의 이야기		수필/기타	
5	3~4		風吹く夕/千代木のお千代 〈5〉 바람 부는 저녁/지요모쿠의 오치요		수필/기타	
5	3~4		獨逸を逃れし旅日記/獨逸を逃れて歸朝したる元仁川佐藤病院長佐藤 小五郎氏の談〈4〉 독일을 떠나 여행한 일기/독일을 피하고 귀조한 전 인천 사토 병원장 사토 고고로씨의 말		수필/일기	
6	1~3	新小說	七化八變/紙幣の山 〈117〉 칠화팔변/지폐 더미	渡邊默禪	소설/일본	

지면	단수	기획	기사제목 〈회수〉〔곡수〕	필자/저자(역자)	분류	비고
			1914년 11월 21일 (토) 4839호			
1	3~5		全南視察記 〈1〉 전남 시찰기	全南道支社 一記者	수필/기행	
1	6	半島詩壇	贈木蘇岐山翁 〔1〕 증목소기산옹	安永春雨	시가/한시	
1	6	半島詩壇	古鏡 〔1〕 고경	圓山牧雲	시가/한시	
1	6	半島詩壇	汲江煎茶 〔1〕 급강전다	圓山牧雲	시가/한시	
1	6	半島詩壇	渦碧蹄館址 〔1〕 와벽제관지	圓山牧雲	시가/한시	
1	6	半島詩壇	寄友人 〔1〕 기우인	一番瀬碧山	시가/한시	
3	6~7		輕鐵試乘記 〈1〉 경철 시승기	全北支社 一記者	수필/기타	
4	1~3		安政三組盃 〈66〉 안세이미쓰구미노사카즈키	小金井蘆洲	고단	
5	2~3		獨逸を逃れし旅日記/獨逸を逃れて歸朝したる元仁川佐藤病院長佐藤 小五郎氏の談 〈4〉 독일을 떠나 여행한 일기/독일을 피하고 귀조한 전 인천 사토 병원장 사토 고고로씨의 말		수필/일기	
5	3~4		風吹く夕/千代木のお千代 〈5〉 바람 부는 저녁/지요모쿠의 오치요		수필/기타	
6	1~3	新小說	七化八變/前途の方針 〈118〉 칠화팔변/전도의 방침	渡邊默禪	소설/일본	
			1914년 11월 22일 (일) 4840호			
1	6	半島詩壇	##四首 〔4〕 ## 사수	一番瀬碧山	시가/한시	
1	6	半島詩壇	汲江煎茶 〔1〕 급강전다	小永井槐#	시가/한시	
1	6	半島詩壇	古鏡 〔1〕 고경	望月桂軒	시가/한시	
3	1~2		獨逸を逃れし旅日記/獨逸を逃れて歸朝したる元仁川佐藤病院長佐藤 小五郎氏の談 〈5〉 독일을 떠나 여행한 일기/독일을 떠나 귀조한 전 인천 사토 병원장 사토 고고로씨의 말		수필/일기	
3	3~4		全南視察記 〈2〉 전남 시찰기	全南道支社 一記者	수필/기행	
3	4~5		輕鐵試乘記 〈2〉 경철 시승기	全北支社 一記者	수필/기타	
6	1~3		安政三組盃 〈68〉 안세이미쓰구미노사카즈키	小金井蘆洲	고단	
7	3~4		冬牡丹/京城花柳便 겨울 모란/경성화류편		수필/기타	
8	1~3	新小說	七化八變/世界的巨賊 〈119〉 칠화팔변/세계적인 거대한 적	渡邊默禪	소설/일본	
			1914년 11월 23일 (월) 4841호			
1	3~6		全南視察記/西部地方 〈3〉 전남 시찰기/서부 지방	全南道支社 一記者	수필/기행	

지면	단수	기획	기사제목 〈회수〉〔곡수〕	필자/저자(역자)	분류	비고
1	6	半島詩壇	汲江煎茶〔1〕 급강전다	望月桂軒	시가/한시	
1	6	半島詩壇	渦碧蹄館址〔1〕 와벽제관지	望月桂軒	시가/한시	
1	6	半島詩壇	古鏡〔2〕 고경	宮澤螢堂	시가/한시	
4	1~3	新小說	七化八變/ヘアーリング〈120〉 칠화팔변/헤어링	渡邊默禪	소설/일본	

1914년 11월 25일 (수) 4842호

지면	단수	기획	기사제목 〈회수〉〔곡수〕	필자/저자(역자)	분류	비고
3	1~2		獨逸を逃れし旅日記/獨逸を逃れて歸朝したる元仁川佐藤病院長佐藤 小五郎氏の談〈7〉 독일을 떠나 여행한 일기/독일을 피하고 귀조한 전 인천 사토 병원장 사토 고고로씨의 말		수필/일기	
3	5		猫を貰ふ記(上)/角のある猫〈1〉 고양이를 받은 일기(상)/뿔 있는 고양이		수필/일상	
3	5~6		猫を貰ふ記(中)/封鎖#を破らる〈2〉 고양이를 받은 일기(중)/봉쇄#를 부수다		수필/일상	
3	6~7		猫を貰ふ記(下)/嬢ちゃんと猫〈3〉 고양이를 받은 일기(하)/아가씨와 고양이		수필/일상	
3	7		開城だより 개성 소식		수필/기타	
4	1~3		安政三組盃〈69〉 안세이미쓰구미노사카즈키	小金井蘆洲	고단	
6	1~3	新小說	七化八變/銀行家〈121〉 칠화팔변/은행가	渡邊默禪	소설/일본	

1914년 11월 26일 (목) 4843호

지면	단수	기획	기사제목 〈회수〉〔곡수〕	필자/저자(역자)	분류	비고
1	6	半島詩壇	汲江煎茶〔1〕 급강전다	富澤雲堂	시가/한시	
1	6	半島詩壇	渦碧蹄館〔1〕 와벽제관	富澤雲堂	시가/한시	
1	6	半島詩壇	星林#純先生〔1〕 성림#순선생	笹島紫峰	시가/한시	
1	6	半島詩壇	禪房觀月〔1〕 선방관월	高井椿堂	시가/한시	
4	1~3		安政三組盃〈70〉 안세이미쓰구미노사카즈키	小金井蘆洲	고단	
5	3~4		坊主を叱るの記 스님을 나무란 기록		수필/기타	
6	1~2	新小說	七變八化/百萬圓儲かる話〈122〉 칠화팔변/백만 엔을 번 이야기	渡邊默禪	소설/일본	

1914년 11월 27일 (금) 4844호

지면	단수	기획	기사제목 〈회수〉〔곡수〕	필자/저자(역자)	분류	비고
1	5	半島詩壇	寄枯淡先生養#在總督府醫院次其近#韻〔1〕 기고담선생양#재총독부의원차기근#운	笹島紫峰	시가/한시	
1	6	半島詩壇	如水盟兄招#席上#學鷗詩盟謠礎以贈〔1〕 여수맹형초#석상#학구시맹요초이증	笹島紫峰	시가/한시	
1	6	半島詩壇	石城君問余近況賦此以答〔1〕 석성군문여근황부차이답		시가/한시	
3	5		物識博士 만물박사		수필/기타	

지면	단수	기획	기사제목 〈회수〉〔곡수〕	필자/저자(역자)	분류	비고
3	6~7		戰爭と「詩」/カイゼルと神 [1] 전쟁과 「시」/카이저와 신		시가/자유시	
4	1~3		安政三組盃 〈71〉 안세이미쓰구미노사카즈키	小金井蘆洲	고단	
6	1~3	新小說	七化八變/怪美人 〈123〉 칠화팔변/괴미인	渡邊默禪	소설/일본	

1914년 11월 28일 (토) 4845호

지면	단수	기획	기사제목 〈회수〉〔곡수〕	필자/저자(역자)	분류	비고
1	6	半島詩壇	#觀秋季演習得二首 [2] #관추계연습득 이수	西田白陰	시가/한시	
1	6	半島詩壇	同書園#枯淡先生韻 [1] 동서원#고담선생운	福撫松	시가/한시	
1	6	半島詩壇	次病中雜吟韻二首 [2] 차병중잡음운 이수	福撫松	시가/한시	
4	1~2	新小說	七化八變/發見 〈124〉 칠화팔변/발견	渡邊默禪	소설/일본	

1914년 11월 29일 (일) 4846호

지면	단수	기획	기사제목 〈회수〉〔곡수〕	필자/저자(역자)	분류	비고
1	4~6		平壤雜觀/平壤 〈1〉 평양 잡관/평양	天風生	수필/기타	
4	1~3		安政三組盃 〈72〉 안세이미쓰구미노사카즈키	小金井蘆洲	고단	
6	1~3	新小說	七化八變/待合黃金屋 〈125〉 칠화팔변/대합실 고가네야	渡邊默禪	소설/일본	

1914년 11월 30일 (월) 4847호

지면	단수	기획	기사제목 〈회수〉〔곡수〕	필자/저자(역자)	분류	비고
1	4~5		平壤雜觀/平壤 〈2〉 평양 잡관/평양	天風生	수필/기타	
1	5	半島詩壇	##煎茶 [1] ##전다	笹島紫峰	시가/한시	
1	5	半島詩壇	##線#上#吟九首 [9] ##선#상#음 구수	笹島紫峰	시가/한시	
3	2~3		青島將軍吟 칭다오 장군 시가		수필·시가/ 기타·기타	
4	1~4		安政三組盃 〈73〉 안세이미쓰구미노사카즈키	小金井蘆洲	고단	

1914년 12월 01일 (화) 4848호

지면	단수	기획	기사제목 〈회수〉〔곡수〕	필자/저자(역자)	분류	비고
1	2~4		平壤雜觀/人物 〈3〉 평양 잡관/인물	平壤にて 天風生	수필/기타	
1	5	半島詩壇	##次韻 [1] ##차운	小永井槐陰	시가/한시	
1	5	半島詩壇	古鏡 [1] 고경	木田芳洲	시가/한시	
1	5	半島詩壇	病中##二首 [2] 병중## 이수	高田小芥	시가/한시	
1	5	半島詩壇	渦碧蹄館址 [1] 와벽제관지	江南#農	시가/한시	
4	1~3		安政三組盃 〈75〉 안세이미쓰구미노사카즈키	小金井蘆洲	고단	
6	1~3	新小說	七化八變/格鬪 〈126〉 칠화팔변/격투	渡邊默禪	소설/일본	

지면	단수	기획	기사제목 〈회수〉〔곡수〕	필자/저자(역자)	분류	비고
			1914년 12월 02일 (수) 4849호			
1	5	半島詩壇	古鏡〔1〕 고경	小永井槐陰	시가/한시	
1	5	半島詩壇	述懷〔1〕 술회	大垣金陵	시가/한시	
1	5~6	半島詩壇	鐘聲〔1〕 종성	木田芳洲	시가/한시	
1	6	半島詩壇	山寺即時〔1〕 산사즉시	木田芳洲	시가/한시	
1	6	半島詩壇	汲江煎茶〔1〕 급강전다	木田芳洲	시가/한시	
3	1~2		獨逸と軍事探偵/驚くべき世界の獨探數 독일과 군사 탐정/놀라운 세계 독일탐정 숫자		수필/기타	
3	6		物識博士 만물박사		수필/기타	
3	7		机上から 탁상에서		수필/비평	
3	7		東京の咄 도쿄 이야기		수필/일상	
4	1~3		安政三組盃〈76〉 안세이미쓰구미노사카즈키	小金井蘆洲	고단	
6	1~3	新小說	七化八變/格鬪〈127〉 칠화팔변/격투	渡邊默禪	소설/일본	
			1914년 12월 03일 (목) 4850호			
1	6	半島詩壇	送敎員養成所學生遊東京〔1〕 송교원양성소학생유동경	小永井槐陰	시가/한시	
1	6	半島詩壇	汲江煎茶〔1〕 급강전다	木田芳洲	시가/한시	
1	6	半島詩壇	甲寅十一月十二日臨時土地捜査局在京諸兄於若草町#洞宗僧院#故吉村局長一周年之法養山##監荒井長官其他總督府高官列の余汚末斑獨不禁追懷之##賦一詩〔1〕 갑인십일월십이일림시토지수사국재경제형어약초정#동종승원#고길촌국장일주년지법양산##감황정장관기타총독부고관렬지여오말반독부금추회지##부일시	高田小芥	시가/한시	
4	1~3		安政三組盃〈77〉 안세이미쓰구미노사카즈키	小金井蘆洲	고단	
6	1~3	新小說	七化八變/娘の行衛〈128〉 칠화팔변/딸의 행방	渡邊默禪	소설/일본	
			1914년 12월 04일 (금) 4851호			
1	6	半島詩壇	京城十二勝利魯石詞兄韻/其一 牛耳測晚雪〔1〕 경성십이승리로석사형운/그 첫 번째 우이측만설	笹島紫峰	시가/한시	
1	6	半島詩壇	京城十二勝利魯石詞兄韻/其二 萬里##〔1〕 경성십이승리로석사형운/그 두 번째 만리##	笹島紫峰	시가/한시	
1	6	半島詩壇	京城十二勝利魯石詞兄韻/其三 老人亭新#〔1〕 경성십이승리로석사형운/그 세 번째 로인정신#	笹島紫峰	시가/한시	
1	6	半島詩壇	京城十二勝利魯石詞兄韻/其四 南山#風〔1〕 경성십이승리로석사형운/그 네 번째 남산#풍	笹島紫峰	시가/한시	
1	6	半島詩壇	京城十二勝利魯石詞兄韻/其五 崇禮門##〔1〕 경성십이승리로석사형운/그 다섯 번째 숭례문##	笹島紫峰	시가/한시	

지면	단수	기획	기사제목 〈회수〉〔곡수〕	필자/저자(역자)	분류	비고
1	6	半島詩壇	京城十二勝利魯石詞兄韻/其六 故宮## 〔1〕 경성십이승리로석사형운/기륙 고궁##	笹島紫峰	시가/한시	
1	6	半島詩壇	京城十二勝利魯石詞兄韻/其七 ###明月 〔1〕 경성십이승리로석사형운/기칠 ###명월	笹島紫峰	시가/한시	
1	6	半島詩壇	京城十二勝利魯石詞兄韻/其八 ##的# 〔1〕 경성십이승리로석사형운/기팔 ##적#	笹島紫峰	시가/한시	
1	6	半島詩壇	京城十二勝利魯石詞兄韻/其九 #### 〔1〕 경성십이승리로석사형운/기구 ####	笹島紫峰	시가/한시	
1	6	半島詩壇	京城十二勝利魯石詞兄韻/其十 秘苑## 〔1〕 경성십이승리로석사형운/기십 비원##	笹島紫峰	시가/한시	
1	6	半島詩壇	京城十二勝利魯石詞兄韻/其十一 淸凉寺## 〔1〕 경성십이승리로석사형운/기십일 청량사##	笹島紫峰	시가/한시	
1	6	半島詩壇	京城十二勝利魯石詞兄韻/其十二 三峰白雲 〔1〕 경성십이승리로석사형운/기십이 삼봉백운	笹島紫峰	시가/한시	
3	3~5		淸州案內 청주 안내		수필/기타	
4	1~3		安政三組盃 〈78〉 안세이미쓰구미노사카즈키	小金井蘆洲	고단	
6	1~2	新小說	七化八變/怪船 〈129〉 칠화팔변/괴선박	渡邊默禪	소설/일본	

1914년 12월 05일 (토) 4852호

지면	단수	기획	기사제목 〈회수〉〔곡수〕	필자/저자(역자)	분류	비고
1	6	半島詩壇	京城十一勝利魯石詞兄韻/其一 牛耳測晚雪 〔1〕 경성십일승리로석사형운/그 두 번째 우이측만설	高田小芥	시가/한시	
1	6	半島詩壇	京城十一勝利魯石詞兄韻/其二 萬里峰家 〔1〕 경성십일승리로석사형운/그 두 번째 만리봉가	高田小芥	시가/한시	
1	6	半島詩壇	京城十一勝利魯石詞兄韻/其三 老人亭新# 〔1〕 경성십일승리로석사형운/그 세 번째 로인정신#	高田小芥	시가/한시	
1	6	半島詩壇	京城十一勝利魯石詞兄韻/其四 南山#風 〔1〕 경성십일승리로석사형운/그 네 번째 남산#풍	高田小芥	시가/한시	
1	6	半島詩壇	京城十一勝利魯石詞兄韻/其五 崇禮門## 〔1〕 경성십일승리로석사형운/그 다섯 번째 숭례문##	高田小芥	시가/한시	
1	6	半島詩壇	京城十一勝利魯石詞兄韻/其六 ####月 〔1〕 경성십일승리로석사형운/기륙 ####월	高田小芥	시가/한시	
1	6	半島詩壇	京城十一勝利魯石詞兄韻/其七 #### 〔1〕 경성십일승리로석사형운/기칠 ####	高田小芥	시가/한시	
1	6	半島詩壇	京城十一勝利魯石詞兄韻/其八 #城### 〔1〕 경성십일승리로석사형운/기팔 #성###	高田小芥	시가/한시	
1	6	半島詩壇	京城十一勝利魯石詞兄韻/其九 #### 〔1〕 경성십일승리로석사형운/기구 ####	高田小芥	시가/한시	
1	6	半島詩壇	京城十一勝利魯石詞兄韻/其十 淸凉寺晚# 〔1〕 경성십일승리로석사형운/기십 청량사만#	高田小芥	시가/한시	
1	6	半島詩壇	京城十一勝利魯石詞兄韻/其十一 三峰白雲 〔1〕 경성십일승리로석사형운/기십일 삼봉백운	高田小芥	시가/한시	
3	7		茶ばなし 다화		수필/일상	
4	1~3		安政三組盃 〈79〉 안세이미쓰구미노사카즈키	小金井蘆洲	고단	
6	1~2	新小說	七化八變/活きた貨物 〈130〉 칠화팔변/살아 있는 화물	渡邊默禪	소설/일본	

1914년 12월 06일 (일) 4853호

지면	단수	기획	기사제목 〈회수〉 〔곡수〕	필자/저자(역자)	분류	비고
1	6	半島詩壇	秋柳詞二首 〔2〕 추류사 이수	江南蝦農	시가/한시	
1	6	半島詩壇	遊釋王寺 〔1〕 유석왕사	笹島紫峰	시가/한시	
1	6	半島詩壇	李舜臣二首 〔2〕 이순신 이수	望月桂軒	시가/한시	
4	1~3		安政三組盃 〈80〉 안세이미쓰구미노사카즈키	小金井蘆洲	고단	
5	1~2		破滅の時(上)/土岐さんと光菊 〈1〉 파멸의 시기(상)/도키 씨와 미쓰기쿠		수필/기타	
5	7		京城見た儘 경성 본대로	熊五郎	수필/일상	
6	1~3	新小說	七化八變/賣値は五萬圓 〈131〉 칠화팔변/파는 가격은 오만 엔	渡邊默禪	소설/일본	

1914년 12월 07일 (월) 4854호

지면	단수	기획	기사제목 〈회수〉 〔곡수〕	필자/저자(역자)	분류	비고
1	1~3		資本優遇論 자본 우대론		수필/기타	
1	5	半島詩壇	落日馬上 〔1〕 낙일마상	望月桂軒	시가/한시	
1	5	半島詩壇	傳舊遊書成 〔1〕 전구유서성	望月桂軒	시가/한시	
1	5	半島詩壇	讀空哉盟兄和松坪先生高韻詩余亦次韻寄呈 〔1〕 독공재맹형화송평선생고운시여역차운기정	笹島紫峰	시가/한시	
3	1~3		破滅の時(下)/土岐さんと光菊 〈2〉 파멸의 시기(하)/도키 씨와 미쓰기쿠		수필/기타	
4	1~3		安政三組盃 〈81〉 안세이미쓰구미노사카즈키	小金井蘆洲	고단	

1914년 12월 08일 (화) 4855호

지면	단수	기획	기사제목 〈회수〉 〔곡수〕	필자/저자(역자)	분류	비고
1	2~5		追憶の新橋驛 추억의 신바시역	在東京 彌久哉	수필/일상	
1	5	半島詩壇	秋###四首 〔4〕 추### 사수	村上石城	시가/한시	
1	5	半島詩壇	秋夜 〔1〕 추야	村上石城	시가/한시	
1	5	半島詩壇	次松坪先生見寄瑤韻却呈二首 〔2〕 차송평선생견기요운각정 이수	笹島紫峰	시가/한시	
4	1~3		安政三組盃 〈82〉 안세이미쓰구미노사카즈키	小金井蘆洲	고단	
6	1~3	新小說	七化八變/警官の## 〈132〉 칠화팔변/경관의##	渡邊默禪	소설/일본	

1914년 12월 09일 (수) 4856호

지면	단수	기획	기사제목 〈회수〉 〔곡수〕	필자/저자(역자)	분류	비고
1	5	半島詩壇	李舜臣二首 〔2〕 이순신 이수	江南蝦農	시가/한시	
1	6	半島詩壇	落日馬上 〔1〕 낙일마상	江南蝦農	시가/한시	
1	6	半島詩壇	懷#遊書成 〔1〕 회#유서성	笹島紫峰	시가/한시	
4	1~3		安政三組盃 〈83〉 안세이미쓰구미노사카즈키	小金井蘆洲	고단	

지면	단수	기획	기사제목 〈회수〉〔곡수〕	필자/저자(역자)	분류	비고
불명	1~3	新小說	七化八變/大活劇 〈133〉 칠화팔변/대활극	渡邊默禪	소설/일본	

1914년 12월 10일 (목) 4857호

지면	단수	기획	기사제목 〈회수〉〔곡수〕	필자/저자(역자)	분류	비고
1	6	半島詩壇	甲寅晚秋官僚##山一夕興西田竹堂安永春雨橫川天風等詩#會##上賦此示諸友〔1〕 갑인만추관료##산일석흥서전죽당안영춘우횡천천풍등시#회##상부차시제우	江原如水	시가/한시	
1	6	半島詩壇	懷萬遊有咸〔1〕 회만유유함	江南蝦農	시가/한시	
1	6	半島詩壇	李舜臣〔1〕 이순신	笹島紫峰	시가/한시	
1	6	半島詩壇	馬上落日二首〔2〕 마상낙일 이수	笹島紫峰	시가/한시	
1	6	半島詩壇	松都懷古〔1〕 송도회고	佐藤芝峰	시가/한시	
3	3~5		道#とたぬき(江原道) 도#와 너구리(강원도)		수필/기타	
4	1~3		安政三組盃 〈84〉 안세이미쓰구미노사카즈키	小金井蘆洲	고단	
5	5	新講談	祐天吉松 유텐 기치마쓰		광고/연재예고	
6	1~3	新小說	七化八變/お父樣にお願〈134〉 칠화팔변/아버지께 부탁	渡邊默禪	소설/일본	

1914년 12월 11일 (금) 4858호

지면	단수	기획	기사제목 〈회수〉〔곡수〕	필자/저자(역자)	분류	비고
1	5	半島詩壇	落日馬上〔1〕 낙일마상	永井鳥石	시가/한시	
1	5	半島詩壇	又〔1〕 또	永井鳥石	시가/한시	
1	5	半島詩壇	懷萬遊書咸〔1〕 회만유서함	永井鳥石	시가/한시	
1	5	半島詩壇	李舜臣〔1〕 이순신	永井鳥石	시가/한시	
1	5~6	半島詩壇	渦碧蹄館址〔1〕 와벽제관지	佐藤芝峰	시가/한시	
1	6		話の種 이야깃거리		수필/일상	
4	1~3		安政三組盃 〈84〉 안세이미쓰구미노사카즈키	小金井蘆洲	고단	회수 오류
6	1~3	新小說	七化八變/淚の譽〈135〉 칠화팔변/눈물의 명예	渡邊默禪	소설/일본	

1914년 12월 12일 (토) 4859호

지면	단수	기획	기사제목 〈회수〉〔곡수〕	필자/저자(역자)	분류	비고
1	3	半島詩壇	和高橋松郞翁寄###兄韻二首〔2〕 화고교송랑옹기###형운 이수	高田小芥	시가/한시	
1	3	半島詩壇	落日馬上〔1〕 낙일마상	高田小芥	시가/한시	
1	3~4	半島詩壇	宣陵〔1〕 선릉	佐藤芝峰	시가/한시	
1	4	半島詩壇	寒溪月夜〔1〕 한계월야	木田芳洲	시가/한시	

지면	단수	기획	기사제목 〈회수〉〔곡수〕	필자/저자(역자)	분류	비고
3	5	新講談	祐天吉松 유텐 기치마쓰		광고/연재예 고	
4	1~3		安政三組盃 〈86〉 안세이미쓰구미노사카즈키	小金井蘆洲	고단	
6	1~3	新小說	七化八變/再會 〈136〉 칠화팔변/상봉	渡邊默禪	소설/일본	

1914년 12월 13일 (일) 4860호

지면	단수	기획	기사제목 〈회수〉〔곡수〕	필자/저자(역자)	분류	비고
1	6	半島詩壇	落日馬上 〔1〕 낙일마상	村上石城	시가/한시	
1	6	半島詩壇	懷萬遊書咸 〔1〕 회만유서함	村上石城	시가/한시	
1	6	半島詩壇	靖陵 〔1〕 정릉	佐藤芝峰	시가/한시	
1	6	半島詩壇	祝靑島陷落 〔1〕 축청도함락	木田芳洲	시가/한시	
1	6	半島詩壇	寒山月夜 〔1〕 한산월야	木田芳洲	시가/한시	
2	7~8		茶ばなし 다화		수필/일상	
4	1~3		安政三組盃 〈87〉 안세이미쓰구미노사카즈키	小金井蘆洲	고단	
6	1~3	新小說	七化八變/訣別 〈134〉 칠화팔변/결별	渡邊默禪	소설/일본	회수 오류
5	1		靑嶋行/靑島への渡航者 칭다오 행/칭다오로 건너간 사람	特派員 遲々庵主人	수필/기행	면수 오류
5	1~2		靑嶋行/觕賃一圓五十錢 칭다오 행/뱃삯 일원 오십엔	特派員 遲々庵主人	수필/기행	면수 오류
5	3		靑嶋行/思ひくの乘客 칭다오 행/제각각의 승객	特派員 遲々庵主人	수필/기행	면수 오류

1914년 12월 14일 (월) 4861호

지면	단수	기획	기사제목 〈회수〉〔곡수〕	필자/저자(역자)	분류	비고
1	3~5		靑島視察 〈1〉 칭다오 시찰	船中にて天籟生	수필/관찰	
1	5	半島詩壇	憶魚遊書咸二首 〔2〕 억어유서함 이수	高田小芥	시가/한시	
1	5	半島詩壇	冬夕 〔1〕 동석	江原如水	시가/한시	
1	5	半島詩壇	冬晝 〔1〕 동화	笹島紫峰	시가/한시	
1	5~6		話の種 이야깃거리		수필/일상	
4	1~3		祐天吉松 〈1〉 유텐 기치마쓰	神田伯山	고단	

1914년 12월 15일 (화) 4862호

지면	단수	기획	기사제목 〈회수〉〔곡수〕	필자/저자(역자)	분류	비고
1	4~6		靑島視察 〈2〉 칭다오 시찰	特派員 天籟生	수필/관찰	
1	6	半島詩壇	#陵/在楊州##實#王之二十五年秀吉#征## 〔1〕 #릉/재양주##실#왕지이십오년수길#정##	佐藤芝峰	시가/한시	
1	6	半島詩壇	落日馬上 〔1〕 낙일마상	富澤雲堂	시가/한시	

지면	단수	기획	기사제목 〈회수〉〔곡수〕	필자/저자(역자)	분류	비고
1	6	半島詩壇	懷萬遊書咸 〔2〕 회만유서함	富澤雲堂	시가/한시	
4	1~3		祐天吉松 〈2〉 유텐 기치마쓰	神田伯山	고단	
3	1~2		南洋奇談/吉嶋薩摩艦長談 남양 기담/요시지마 사쓰마 함장담		수필/기타	면수 오류
6	1~3	新小說	七化八變/別莊 〈138〉 칠화팔변/별장	渡邊默禪	소설/일본	

1914년 12월 16일 (수) 4863호

지면	단수	기획	기사제목 〈회수〉〔곡수〕	필자/저자(역자)	분류	비고
1	4	半島詩壇	月夜鄕憶 〔1〕 월야향억	笹島紫峰	시가/한시	
1	4	半島詩壇	贈芳洲詩兄以明年課題賦此代東 〔1〕 증방주시형이명년과제부차대동	笹島紫峰	시가/한시	
1	5	半島詩壇	聞靑島陷落記臺 〔1〕 문청도함락기대	安永春雨	시가/한시	
1	5	半島詩壇	赴全州途上所見 〔1〕 부전주도상소견	古城梅溪	시가/한시	
1	5~6		話の種 이야깃거리		수필/일상	
3	3		物識博士 만물박사		수필/기타	
3	3~4		忠州瞥見 〈1〉 충주 별견	忠州にて 酒井三洲	수필/기타	
3	4~5		東京の話 도쿄 이야기		수필/기타	
4	1~3		祐天吉松 〈3〉 유텐 기치마쓰	神田伯山	고단	

1914년 12월 17일 (목) 4864호

지면	단수	기획	기사제목 〈회수〉〔곡수〕	필자/저자(역자)	분류	비고
1	5	半島詩壇	李舜臣 〔1〕 이순신	安永春雨	시가/한시	
1	5	半島詩壇	汲江煎茶 〔1〕 급강전다	古城梅溪	시가/한시	
1	5~6		話の種 이야깃거리		수필/일상	
3	4		忠州瞥見 〈2〉 충주 별견	忠州にて 酒井三洲	수필/기타	
4	1~3		祐天吉松 〈4〉 유텐 기치마쓰	神田伯山	고단	
6	1~3	新小說	七化八變/悔悟 〈139〉 칠화팔변/회오	渡邊默禪	소설/일본	
6	3	新小說	女相塲師 여자 투기업자	米光關月	광고/연재예 고	

1914년 12월 18일 (금) 4865호

지면	단수	기획	기사제목 〈회수〉〔곡수〕	필자/저자(역자)	분류	비고
1	2~4		簡易生活 간이 생활	在東京 番外記者	수필/일상	
3	1~2		忠州瞥見 〈3〉 충주 별견	忠州にて 酒井三洲	수필/기타	
4	1~3		祐天吉松 〈5〉 유텐 기치마쓰	神田伯山	고단	

지면	단수	기획	기사제목 〈회수〉〔곡수〕	필자/저자(역자)	분류	비고
6	1~2	新小說	七化八變/結局 〈140〉 칠화팔변/결국	渡邊默禪	소설/일본	
6	3	新小說	女相場師 여자 투기업자	米光關月	광고/연재예고	

1914년 12월 19일 (토) 4866호

지면	단수	기획	기사제목 〈회수〉〔곡수〕	필자/저자(역자)	분류	비고
1	6	半島詩壇	接家大人病危篤之電報〔1〕 접가대인병위독지전보	望月桂軒	시가/한시	
1	6	半島詩壇	哭家大人〔1〕 곡가대인	望月桂軒	시가/한시	
1	6	半島詩壇	冬菊〔1〕 동국	圓山牧雲	시가/한시	
1	6	半島詩壇	題#三首〔3〕 제# 삼수	宮澤陶川	시가/한시	
3	1~3		家庭瑣談/油蟲は貧乏蟲 가정의 사소한 이야기/진딧물은 가난 벌레		수필/일상	
3	1~3		家庭瑣談/凍傷に煙草# 가정의 사소한 이야기/동상에 담배#		수필/일상	
3	1~4		濟州見聞記 〈1〉 제주 견문기	全南道支社 一記者	수필/기행	
3	5		##だより ##소식		수필/기타	
4	1~3		祐天吉松 〈6〉 유텐 기치마쓰	神田伯山	고단	
5	3~4		卯歳の俳優 묘년의 배우		수필/기타	
6	1~3	新小說	女相場師 〈1〉 여자 투기 업자	米光關月	소설/일본	

1914년 12월 20일 (일) 4867호

지면	단수	기획	기사제목 〈회수〉〔곡수〕	필자/저자(역자)	분류	비고
1	5	半島詩壇	懷萬遊書咸〔1〕 회만유서함	成田魯石	시가/한시	
1	5	半島詩壇	汲江煎茶〔1〕 급강전다	隈部矢山	시가/한시	
1	5	半島詩壇	李舜臣〔1〕 이순신	高田小芥	시가/한시	
1	5	半島詩壇	湖南線途上五首〔5〕 호남선도상 오수	笹島紫峰	시가/한시	
3	1~3		濟州見聞記 〈2〉 제주 견문기	全南道支社 一記者	수필/기행	
3	4~5		机上から/今村鞆氏著朝鮮風俗集を讀む 탁상에서/이마무라 도모씨가 지은 조선 풍속집을 읽다		수필/비평	
3	5		水原華城會句集〔2〕 수원 화성회 구집	松濤	시가/하이쿠	
3	5		水原華城會句集〔5〕 수원 화성회 구집	玉桃	시가/하이쿠	
3	5		水原華城會句集〔1〕 수원 화성회 구집	其雪	시가/하이쿠	
3	5		水原華城會句集〔4〕 수원 화성회 구집	知足	시가/하이쿠	
3	5		水原華城會句集〔2〕 수원 화성회 구집	曲山	시가/하이쿠	

지면	단수	기획	기사제목 〈회수〉〔곡수〕	필자/저자(역자)	분류	비고
3	5		水原華城會句集〔1〕 수원 화성회 구집	五陸	시가/하이쿠	
3	5		水原華城會句集〔2〕 수원 화성회 구집	維城	시가/하이쿠	
3	5		水原華城會句集/五客〔1〕 수원 화성회 구집/오객	秋風	시가/하이쿠	
3	5		水原華城會句集/五客〔1〕 수원 화성회 구집/오객	松濤	시가/하이쿠	
3	5		水原華城會句集/五客〔1〕 수원 화성회 구집/오객	五陸	시가/하이쿠	
3	5		水原華城會句集/五客〔1〕 수원 화성회 구집/오객	知足	시가/하이쿠	
3	5		水原華城會句集/五客〔1〕 수원 화성회 구집/오객	曲山	시가/하이쿠	
3	5		水原華城會句集/三光〔1〕 수원 화성회 구집/삼광	其雪	시가/하이쿠	
3	5		水原華城會句集/三光〔1〕 수원 화성회 구집/삼광	五陸	시가/하이쿠	
3	5		水原華城會句集/三光〔1〕 수원 화성회 구집/삼광	松濤	시가/하이쿠	
3	5		水原華城會句集/##〔1〕 수원 화성회 구집/##		시가/하이쿠	
4	1~3		祐天吉松〈7〉 유텐 기치마쓰	神田伯山	고단	
6	1~3	新小說	女相場師〈2〉 여자 투기 업자	米光關月	소설/일본	
7	1~2		跡を尾けて〈1〉 뒤를 밟고	新參記者	수필/기타	

1914년 12월 21일 (월) 4868호

지면	단수	기획	기사제목 〈회수〉〔곡수〕	필자/저자(역자)	분류	비고
1	2~4	寄書	增師急要論 증사 급요론	全北 木村東次郎	수필/비평	
1	5	半島詩壇	冬曉〔1〕 동효	宮澤陶川	시가/한시	
1	5	半島詩壇	渦碧蹄館址〔1〕 와벽제관지	成田魯石	시가/한시	
1	5	半島詩壇	冬郊〔1〕 동교	望月桂軒	시가/한시	
1	5	半島詩壇	李舜臣〔1〕 이순신	隈部矢山	시가/한시	
1	5	半島詩壇	#從軍行〔1〕 #종군행	永井鳥石	시가/한시	
1	5	半島詩壇	題金剛山#〔1〕 제금강산#	永井鳥石	시가/한시	
3	1~3		跡を尾けて〈2〉 뒤를 밟고	新參記者	수필/기타	
4	1~3		祐天吉松〈8〉 유텐 기치마쓰	神田伯山	고단	

1914년 12월 22일 (화) 4869호

지면	단수	기획	기사제목 〈회수〉〔곡수〕	필자/저자(역자)	분류	비고
1	4	半島詩壇	冬雨〔1〕 동우	成田魯石	시가/한시	

지면	단수	기획	기사제목 〈회수〉〔곡수〕	필자/저자(역자)	분류	비고
1	4	半島詩壇	馬上落日二首〔2〕 마상낙일 이수	圓山牧雲	시가/한시	
1	4	半島詩壇	古鏡〔1〕 고경	隈部矢山	시가/한시	
1	4	半島詩壇	#從軍行〔1〕 #종군행	永井鳥石	시가/한시	
1	4~5		話の種 이야깃거리		수필/일상	
3	1~3		濟州見聞記〈3〉 제주 견문기	全南道支社 一記者	수필/기행	
3	3~5		女こども/獨り占 아녀자/스스로 점침		수필/기타	
4	1~3		祐天吉松〈9〉 유텐 기치마쓰	神田伯山	고단	
5	1~3		跡を尾けて〈3〉 뒤를 밟고	新參記者	수필/기타	
6	1~3	新小說	女相塲師〈3〉 여자 투기 업자	米光關月	소설/일본	

1914년 12월 23일 (수) 4870호

지면	단수	기획	기사제목 〈회수〉〔곡수〕	필자/저자(역자)	분류	비고
1	6	半島詩壇	落日馬上〔1〕 낙일마상	成田魯石	시가/한시	
1	6	半島詩壇	渦碧蹄館址〔1〕 와벽제관지	隈部矢山	시가/한시	
1	6	半島詩壇	題竹#三首〔3〕 제죽# 삼수	宮澤陶川	시가/한시	
1	6	半島詩壇	游五龍背溫泉〔1〕 유오룡배온천	笹島紫峰	시가/한시	
1	6		茶ばなし 다화		수필/일상	
4	1~3		祐天吉松〈10〉 유텐 기치마쓰	神田伯山	고단	
5	1~3		跡を尾けて〈4〉 뒤를 밟고	新參記者	수필/기타	
5	2~3		冬牡丹/京城花柳便 겨울 모란/경성화류편		수필/관찰	
5	6~7		仁川花柳界 인천 화류계		수필/관찰	
6	1~3	新小說	女相塲師〈4〉 여자 투기 업자	米光關月	소설/일본	

1914년 12월 24일 (목) 4871호

지면	단수	기획	기사제목 〈회수〉〔곡수〕	필자/저자(역자)	분류	비고
1	6	半島詩壇	冬嶺〔1〕 동령	古城梅溪	시가/한시	
1	6	半島詩壇	冬夜〔1〕 동야	高田小芥	시가/한시	
1	6	半島詩壇	題春#山水〔1〕 제춘#산수	宮澤陶川	시가/한시	
1	6	半島詩壇	題金剛山圖〔1〕 제금강산원	木田芳洲	시가/한시	
1	6	半島詩壇	京義線途上雜詠〔6〕 경의선도상잡영	笹島紫峰	시가/한시	

지면	단수	기획	기사제목 〈회수〉〔곡수〕	필자/저자(역자)	분류	비고
4	1~3		祐天吉松 〈11〉 유텐 기치마쓰	神田伯山	고단	
5	1~3		跡を尾けて 〈5〉 뒤를 밟고	新參記者	수필/기타	
6	1~3	新小說	女相場師 〈5〉 여자 투기 업자	米光關月	소설/일본	

1914년 12월 25일 (금) 4872호

지면	단수	기획	기사제목 〈회수〉〔곡수〕	필자/저자(역자)	분류	비고
3	3~5		女八面觀 〈1〉 여자 팔면관	角田##(寄)	수필/기타	
3	5~7	新小說	女相場師 〈6〉 여자 투기 업자	米光關月	소설/일본	
4	1~3		祐天吉松 〈12〉 유텐 기치마쓰	神田伯山	고단	
5	1~2		跡を尾けて 〈6〉 뒤를 밟고	新參記者	수필/기타	

1914년 12월 26일 (토) 4873호

지면	단수	기획	기사제목 〈회수〉〔곡수〕	필자/저자(역자)	분류	비고
3	1~4		女八面觀 〈2〉 여자 팔면관	角田##(기)	수필/기타	
4	1~3		祐天吉松 〈13〉 유텐 기치마쓰	神田伯山	고단	
5	1		跡を尾けて 〈7〉 뒤를 밟고	新參記者	수필/기타	
6	1~3	新小說	女相場師 〈7〉 여자 투기 업자	米光關月	소설/일본	

1914년 12월 27일 (일) 4874호

지면	단수	기획	기사제목 〈회수〉〔곡수〕	필자/저자(역자)	분류	비고
3	1~3		女八面觀 〈3〉 여자 팔면관	角田##(기)	수필/기타	
4	1~3		祐天吉松 〈14〉 유텐 기치마쓰	神田伯山	고단	
5	1~3		跡を尾けて 〈8〉 뒤를 밟고	新參記者	수필/기타	
6	1~3	新小說	女相場師 〈8〉 여자 투기 업자	米光關月	소설/일본	

1914년 12월 28일 (월) 4875호

지면	단수	기획	기사제목 〈회수〉〔곡수〕	필자/저자(역자)	분류	비고
3	1~4		跡を尾けて 〈9〉 뒤를 밟고	新參記者	수필/기타	
4	1~3	新小說	女相場師 〈9〉 여자 투기 업자	米光關月	소설/일본	

조선신문 1915.01.~1916.12.

지면	단수	기획	기사제목 〈회수〉〔곡수〕	필자/저자(역자)	분류	비고

1915년 01월 01일 (금) 4876호

지면	단수	기획	기사제목 〈회수〉〔곡수〕	필자/저자(역자)	분류	비고
2	7		春の芙江より 봄의 부강에서	##### ##日	수필/기행	

지면	단수	기획	기사제목 〈회수〉〔곡수〕	필자/저자(역자)	분류	비고
			1915년 01월 01일 (금) 4876호 其二			
1	8~9		新年と予の新しき希望 신년과 나의 새로운 희망	朝鮮總督府囑托 ド クトル 山根正次	수필/일상	
3	1~3		祐天吉松 〈15〉 유텐 기치마쓰	神田伯山	고단	
			1915년 01월 01일 (금) 4876호 其三			
1	1~6		兎の手柄話＝お伽ばなし＝ 토끼의 수훈담＝동화＝	巌谷小波	소설/동화	
1	6		乙卯元日 을묘 원일	田中芳春	시가/한시	
1	6		(제목없음)		시가/단카	
1	6		(제목없음)		시가/단카	
1	6		(제목없음)	撫阿	시가/하이쿠	
3	1~9		福稲荷 후쿠이나리	三遊亭圓助 口演	라쿠고	
			1915년 01월 01일 (금) 4876호 其四			
3	4		水源華城會句集/兎 〔3〕 수원 화성회 구집/토끼	遅々坊	시가/하이쿠	
3	4		水源華城會句集/兎 〔3〕 수원 화성회 구집/토끼	其雪	시가/하이쿠	
3	4		水源華城會句集/兎 〔2〕 수원 화성회 구집/토끼	松壽	시가/하이쿠	
3	4		水源華城會句集/兎 〔3〕 수원 화성회 구집/토끼	知足	시가/하이쿠	
3	4		水源華城會句集/兎 〔3〕 수원 화성회 구집/토끼	憶石	시가/하이쿠	
3	4		水源華城會句集/福壽草 〔3〕 수원 화성회 구집/복수초	遅々坊	시가/하이쿠	
3	4		水源華城會句集/福壽草 〔3〕 수원 화성회 구집/복수초	其雪	시가/하이쿠	
3	4		水源華城會句集/福壽草 〔3〕 수원 화성회 구집/복수초	松壽	시가/하이쿠	
3	4		水源華城會句集/福壽草 〔3〕 수원 화성회 구집/복수초	知足	시가/하이쿠	
3	4		水源華城會句集/福壽草 〔3〕 수원 화성회 구집/복수초	憶石	시가/하이쿠	
			1915년 01월 01일 (금) 4876호 其五			
3	1~4	小說	戰勝の春 전승의 봄	無名氏	소설	
3	5		春 〔32〕 봄	#####	시가/단카	
			1915년 01월 01일 (금) 4876호 其六			
3	1~4		春の魁 봄의 선두	女左氏	수필/일상	

지면	단수	기획	기사제목 〈회수〉〔곡수〕	필자/저자(역자)	분류	비고
3	4		新春雜詠 〔1〕 신춘-잡영	金# 大垣丈夫	시가/한시	

1915년 01월 01일 (금) 4876호 其七

지면	단수	기획	기사제목 〈회수〉〔곡수〕	필자/저자(역자)	분류	비고
1	1~7		おりもの史 직물사	本社の一室にて し らかた生	수필/일상	
1	7		新年所感 신년 소감	古城菅堂	수필/일상	
3	4		(제목없음) 〔1〕	##	시가/단카	
3	4		新年#作 〔1〕 신년 #작	###	시가/한시	

1915년 01월 01일 (금) 4876호 其八

지면	단수	기획	기사제목 〈회수〉〔곡수〕	필자/저자(역자)	분류	비고
1	5		◎ 〔1〕 ◎	芬月	시가/하이쿠	
1	5		◎ 〔1〕 ◎	灰高	시가/하이쿠	

1915년 01월 01일 (금) 4876호 其九

지면	단수	기획	기사제목 〈회수〉〔곡수〕	필자/저자(역자)	분류	비고
1	4~5		奇なる牛車/北鮮の一名物 진기한 달구지/북선의 명물	勿堂	수필/일상	
3	4	彈きぞめ	新年の曲「かをる青柳」〔1〕 신년의 곡「향기로운 푸른 버들 잎」	#元梅吉曲 若柳燕 堂##	시가/기타	
3	4	彈きぞめ	新年の曲「もゆる若草」〔1〕 신년의 곡「불타오르는 어린 풀잎」	#元梅吉曲 若柳燕 堂##	시가/기타	

1915년 01월 01일 (금) 4876호 其十

지면	단수	기획	기사제목 〈회수〉〔곡수〕	필자/저자(역자)	분류	비고
1	3~4		戰 전쟁	南涯	수필/일상	
1	5		冬季新年吟 〔9〕 동계 신년음	芳#樓	시가/하이쿠	
1	5		川柳二十句 〔20〕 센류 이십구		시가/센류	
3	4	彈きぞめ	黄金の花春の賑 황금의 꽃 봄의 활기참	#演開外の新曲	시가/기타	

1915년 01월 01일 (금) 4876호 其十一

지면	단수	기획	기사제목 〈회수〉〔곡수〕	필자/저자(역자)	분류	비고
3	1~5		彼と彼女 그와 그녀	それがし	수필/기타	

1915년 01월 01일 (금) 4876호 其十二

지면	단수	기획	기사제목 〈회수〉〔곡수〕	필자/저자(역자)	분류	비고
1	4~5		因幡の兎 이나바의 토끼	予寸坊	소설/동화	

1915년 01월 01일 (금) 4876호 其十四

지면	단수	기획	기사제목 〈회수〉〔곡수〕	필자/저자(역자)	분류	비고
1	5		(제목없음) 〔5〕		시가/하이쿠	

1915년 01월 01일 (금) 4876호 其十七

지면	단수	기획	기사제목 〈회수〉〔곡수〕	필자/저자(역자)	분류	비고
1	1~4		露子と別れて 〔1〕 쓰유코와 헤어지고	#庄零雨	수필·시가/ 일상·단카	

지면	단수	기획	기사제목 〈회수〉〔곡수〕	필자/저자(역자)	분류	비고
			1915년 01월 01일 (금) 4876호 其十八			
1	4~8	小說	戰場の兎 〈1〉 전쟁터의 토끼	江見水蔭	소설	
1	9		乙卯新年二首 〔2〕 을묘 신년 이수	古柳梅樓	시가/한시	
1	9		新年書感 〔1〕 신년 서감	大#金#	시가/한시	
1	9		乙卯新年 〔1〕 을묘 신년	水田芳涯	시가/한시	
1	9		又得絶句二首 〔2〕 우득절구 이수	水田芳涯	시가/한시	
1	9		乙卯新年 〔1〕 을묘 신년	成田管石	시가/한시	
1	9		乙卯元旦二首 〔2〕 을묘 원단 이수	富田小春	시가/한시	
1	9		乙卯新年 〔1〕 을묘 신년	#島##	시가/한시	
1	9		乙卯元旦二首 〔1〕 을묘원단 이수	高橋空#	시가/한시	
3	1~5		兎將軍 토끼 장군	伊藤薰尾	소설/기타	
			1915년 01월 01일 (금) 4876호 其十九			
1	1~3	新小說	女相場師 〈10〉 여자 투기업자	米光關月	소설	
			1915년 01월 04일 (월) 4877호			
1	5		俳話 〔2〕 하이카이에 관한 이야기	芳#樓	수필·시가/ 비평·하이쿠	
1	5~6	半島詩壇	穆陵 〔1〕 목릉	隅部矢山	시가/한시	
1	6	半島詩壇	出遊#句五首 〔1〕 출유#구 오수	松田學鷗	시가/한시	
2	6		募集文藝 모집 문예		광고/모집 광고	
2	6		句/落月居迂人選 〔1〕 구/락게쓰쿄 가즈히로 선	敷村	시가/하이쿠	
2	6		句/落月居迂人選 〔1〕 구/락게쓰쿄 가즈히로 선	牛草	시가/하이쿠	
2	6		句/落月居迂人選 〔1〕 구/락게쓰쿄 가즈히로 선	##公	시가/하이쿠	
2	6		句/落月居迂人選 〔1〕 구/락게쓰쿄 가즈히로 선	無雨	시가/하이쿠	
2	6		句/落月居迂人選 〔1〕 구/락게쓰쿄 가즈히로 선	松#	시가/하이쿠	
2	6		句/落月居迂人選 〔1〕 구/락게쓰쿄 가즈히로 선	知是	시가/하이쿠	
2	6		句/落月居迂人選 〔1〕 구/락게쓰쿄 가즈히로 선	自由	시가/하이쿠	
2	6		句/落月居迂人選 〔2〕 구/락게쓰쿄 가즈히로 선	#在	시가/하이쿠	

지면	단수	기획	기사제목 〈회수〉〔곡수〕	필자/저자(역자)	분류	비고
2	6		句/落月居迂人選〔1〕 구/락게쓰쿄 가즈히로 선	#柳	시가/하이쿠	
2	6		句/落月居迂人選〔1〕 구/락게쓰쿄 가즈히로 선	光#	시가/하이쿠	
2	6		句/落月居迂人選〔1〕 구/락게쓰쿄 가즈히로 선	##	시가/하이쿠	
2	6		句/落月居迂人選〔1〕 구/락게쓰쿄 가즈히로 선	#古	시가/하이쿠	
2	6		句/落月居迂人選〔1〕 구/락게쓰쿄 가즈히로 선	素耕	시가/하이쿠	
2	6		句/落月居迂人選〔1〕 구/락게쓰쿄 가즈히로 선	五#	시가/하이쿠	
2	6		句/落月居迂人選〔1〕 구/락게쓰쿄 가즈히로 선	曉村	시가/하이쿠	
2	6		句/落月居迂人選〔2〕 구/락게쓰쿄 가즈히로 선	##	시가/하이쿠	
2	6		句/落月居迂人選〔2〕 구/락게쓰쿄 가즈히로 선	##	시가/하이쿠	
2	6		句/落月居迂人選〔1〕 구/락게쓰쿄 가즈히로 선	萩月	시가/하이쿠	
2	6		句/落月居迂人選〔1〕 구/락게쓰쿄 가즈히로 선	福田富	시가/하이쿠	
2	6		句/落月居迂人選〔2〕 구/락게쓰쿄 가즈히로 선	買牛	시가/하이쿠	
2	6		句/落月居迂人選〔1〕 구/락게쓰쿄 가즈히로 선	春聲	시가/하이쿠	
2	6		句/落月居迂人選〔5〕 구/락게쓰쿄 가즈히로 선	##	시가/하이쿠	판독 불가
2	6		句/落月居迂人選〔6〕 구/락게쓰쿄 가즈히로 선	##	시가/하이쿠	판독 불가
2	6		句/落月居迂人選〔4〕 구/락게쓰쿄 가즈히로 선	##	시가/하이쿠	판독 불가
2	6		句/落月居迂人選〔3〕 구/락게쓰쿄 가즈히로 선	##	시가/하이쿠	판독 불가
2	6		句/落月居迂人選〔10〕 구/락게쓰쿄 가즈히로 선	##	시가/하이쿠	판독 불가
2	6		句/落月居迂人選〔7〕 구/락게쓰쿄 가즈히로 선	##	시가/하이쿠	판독 불가
2	6		句/落月居迂人選〔11〕 구/락게쓰쿄 가즈히로 선	##	시가/하이쿠	판독 불가
2	6		句/落月居迂人選〔8〕 구/락게쓰쿄 가즈히로 선	花#	시가/하이쿠	판독 불가
2	6		句/落月居迂人選/人〔1〕 구/락게쓰쿄 가즈히로 선/인	##	시가/하이쿠	판독 불가
2	6		句/落月居迂人選/地〔1〕 구/락게쓰쿄 가즈히로 선/지	##	시가/하이쿠	판독 불가
2	6		句/落月居迂人選/天〔1〕 구/락게쓰쿄 가즈히로 선/천	##	시가/하이쿠	판독 불가
3	6~8		箏曲史 쇼쿄쿠 역사	中菅道雄	수필/비평	
3	6~8	新小說	女相塲師 〈10〉 여자 투기업자	米光關月	소설	회수 오류

지면	단수	기획	기사제목 〈회수〉〔곡수〕	필자/저자(역자)	분류	비고
4	1~3		祐天吉松 〈16〉 유텐 기치마쓰	神田伯山	고단	

1915년 01월 05일 (화) 4878호

지면	단수	기획	기사제목 〈회수〉〔곡수〕	필자/저자(역자)	분류	비고
1	5	半島詩壇	憶#遊#咸 〔1〕 억#유#함	隅部矢山	시가/한시	
1	5	半島詩壇	援從軍行 〔1〕 원종군행	高田小芥	시가/한시	
1	5	半島詩壇	#光寺觀紅葉#宿 〔1〕 #광사관홍엽#숙	松田學鷗	시가/한시	
3	6~7		只一人の母へ 혼자 계신 어머니께	石光胡#	수필/일상	
4	1~3		祐天吉松 〈17〉 유텐 기치마쓰	神田伯山	고단	
6	1~3	新小說	女相塲師 〈13〉 여자 투기업자	米光關月	소설	회수 오류

1915년 01월 07일 (목) 4879호

지면	단수	기획	기사제목 〈회수〉〔곡수〕	필자/저자(역자)	분류	비고
1	6	半島詩壇	甲寅除夕 〔1〕 갑인제야	古城梅渓	시가/한시	
1	6	半島詩壇	除夕 〔1〕 제야	永井鳥石	시가/한시	
1	6	半島詩壇	除夕 〔1〕 제야	成田魯石	시가/한시	
1	6	半島詩壇	除夕二首 〔2〕 제야 이수	村上石坡	시가/한시	
3	5~7	新小說	女相塲師 〈14〉 여자 투기업자	米光關月	소설	회수 오류
4	1~3		祐天吉松 〈18〉 유텐 기치마쓰	神田伯山	고단	

1915년 01월 08일 (금) 4880호

지면	단수	기획	기사제목 〈회수〉〔곡수〕	필자/저자(역자)	분류	비고
1	5	半島詩壇	除夕 〔1〕 제야	高田小芥	시가/한시	
1	5	半島詩壇	歲晚書咸三首 〔3〕 세만서함 삼수	高橋空齊	시가/한시	
1	5	半島詩壇	除夕 〔1〕 제야	水田芳洲	시가/한시	
1	5	半島詩壇	除夕 〔1〕 제야	安永春雨	시가/한시	
1	5	半島詩壇	除夕 〔1〕 제야	笹島索峰	시가/한시	
4	1~3		祐天吉松 〈19〉 유텐 기치마쓰	神田伯山	고단	
6	1~3	新小說	女相塲師 〈14〉 여자 투기업자	米光關月	소설	

1915년 01월 09일 (토) 4881호

지면	단수	기획	기사제목 〈회수〉〔곡수〕	필자/저자(역자)	분류	비고
1	5	半島詩壇	送天草神來#伯之東京分韻得倣 〔1〕 송천초신래#백지동경분운득방	江原如水	시가/한시	
1	5	半島詩壇	送天草神來#伯之東京分韻得先 〔1〕 송천초신래#백지동경분운득선	笹島索峰	시가/한시	

지면	단수	기획	기사제목 〈회수〉〔곡수〕	필자/저자(역자)	분류	비고
1	5	半島詩壇	送天草神來#伯之東京分韻得文 〔1〕 송천초신래#백지동경분운득문	圓山枚雲	시가/한시	
1	5	半島詩壇	送天草神來#伯之東京分韻得陽 〔1〕 송천초신래#백지동경분운득양	成田魯石	시가/한시	
1	5	半島詩壇	送天草神來#伯之東京分韻得寒 〔1〕 송천초신래#백지동경분운득한	宮澤陶川	시가/한시	
1	5	半島詩壇	送天草神來#伯之東京分韻得友 〔1〕 송천초신래#백지동경분운득우	望月桂軒	시가/한시	
1	5	半島詩壇	送天草神來#伯之東京分韻得侵 〔1〕 송천초신래#백지동경분운득침	福撫松	시가/한시	
1	5	半島詩壇	送天草神來#伯之東京分韻得薺 〔1〕 송천초신래#백지동경분운득제	古城梅渓	시가/한시	
1	5	半島詩壇	送天草神來#伯之東京分韻得庚 〔1〕 송천초신래#백지동경분운득경	永井鳥石	시가/한시	
1	5	半島詩壇	送天草神來#伯之東京分韻得秋 〔1〕 송천초신래#백지동경분운득추	高田小芥	시기/힌시	
1	6	半島詩壇	送天草神來#伯之東京二首 〔2〕 송천초신래#백지동경 이수	水田芳洲	시가/한시	
1	6	半島詩壇	送天草神來#伯之東京同好吟社開別宴遙寄# 〔1〕 송천초신래#백지동경동호음사개별연요기#	安永春雨	시가/한시	
3	1~2		青島より 칭다오 근처	天賴生	수필/기행	
3	4~6	新小說	女相塲師 〈15〉 여자 투기업자	米光關月	소설	
4	1~3		祐天吉松 〈20〉 유텐 기치마쓰	神田伯山	고단	

1915년 01월 10일 (일) 4882호

지면	단수	기획	기사제목 〈회수〉〔곡수〕	필자/저자(역자)	분류	비고
4	1~3		祐天吉松 〈21〉 유텐 기치마쓰	神田伯山	고단	
6	1~3	新小說	女相塲師 〈16〉 여자 투기업자	米光關月	소설	

1915년 01월 11일 (월) 4883호

지면	단수	기획	기사제목 〈회수〉〔곡수〕	필자/저자(역자)	분류	비고
3	4~6		村田正雄の女相塲師 무라다 마사오의 여자 투기업자		수필/비평	
3	6~7		横から見た「女相塲師」劇 옆에서 본 「여자 투기업자」극		수필/비평	
4	1~3		祐天吉松 〈22〉 유텐 기치마쓰	神田伯山	고단	

1915년 01월 12일 (화) 4884호

지면	단수	기획	기사제목 〈회수〉〔곡수〕	필자/저자(역자)	분류	비고
4	1~3		祐天吉松 〈23〉 유텐 기치마쓰	神田伯山	고단	
6	1~3	新小說	女相塲師 〈17〉 여자 투기업자	米光關月	소설	
7	3~7		村田正雄の女相塲師(續) 무라다 마사오의 여자 투기업자(속)		수필/비평	

1915년 01월 13일 (수) 4885호

지면	단수	기획	기사제목 〈회수〉〔곡수〕	필자/저자(역자)	분류	비고
3	2~5		黄州から海州まで 〈1〉 황주에서 해주까지	天楓生	수필/기행	

지면	단수	기획	기사제목 〈회수〉〔곡수〕	필자/저자(역자)	분류	비고
4	1~3		祐天吉松 〈24〉 유텐 기치마쓰	神田伯山	고단	
6	1~3	新小說	女相場師 〈18〉 여자 투기업자	米光關月	소설	

1915년 01월 14일 (목) 4886호

지면	단수	기획	기사제목 〈회수〉〔곡수〕	필자/저자(역자)	분류	비고
3	1~3		黃州から海州まで 〈2〉 황주에서 해주까지	天楓生	수필/기행	
4	1~3		祐天吉松 〈24〉 유텐 기치마쓰	神田伯山	고단	회수 오류
6	1~3	新小說	女相場師 〈18〉 여자 투기업자	米光關月	소설	회수 오류

1915년 01월 15일 (금) 4887호

지면	단수	기획	기사제목 〈회수〉〔곡수〕	필자/저자(역자)	분류	비고
3	3~5		黃州から海州まで 〈3〉 황주에서 해주까지	天楓生	수필/기행	판독 불가
4	1~3		祐天吉松 〈26〉 유텐 기치마쓰	神田伯山	고단	
6	1~3	新小說	女相場師 〈20〉 여자 투기업자	米光關月	소설	

1915년 01월 16일 (토) 4888호

지면	단수	기획	기사제목 〈회수〉〔곡수〕	필자/저자(역자)	분류	비고
4	1~3		祐天吉松 〈27〉 유텐 기치마쓰	神田伯山	고단	
6	1~3	新小說	女相場師 〈20〉 여자 투기업자	米光關月	소설	회수 오류

1915년 01월 17일 (일) 4889호

지면	단수	기획	기사제목 〈회수〉〔곡수〕	필자/저자(역자)	분류	비고
3	5~7		黃州から海州まで/沙里院附近 〈3〉 황주에서 해주까지/사리원 부근	天楓生	수필/기행	회수 오류
4	1~3		祐天吉松 〈28〉 유텐 기치마쓰	神田伯山	고단	
6	1~3	新小說	女相場師 〈22〉 여자 투기업자	米光關月	소설	

1915년 01월 18일 (월) 4890호

지면	단수	기획	기사제목 〈회수〉〔곡수〕	필자/저자(역자)	분류	비고
4	1~3	新小說	女相場師 〈23〉 여자 투기업자	米光關月	소설	

1915년 01월 19일 (화) 4891호

지면	단수	기획	기사제목 〈회수〉〔곡수〕	필자/저자(역자)	분류	비고
3	2~3		黃州から海州まで 〈4〉 황주에서 해주까지	天楓生	수필/기행	회수 오류
4	1~3		祐天吉松 〈29〉 유텐 기치마쓰	神田伯山	고단	
6	1~3	新小說	女相場師 〈24〉 여자 투기업자	米光關月	소설	

1915년 01월 20일 (수) 4892호

지면	단수	기획	기사제목 〈회수〉〔곡수〕	필자/저자(역자)	분류	비고
2	8		不親切なる府當局者 〈1〉 불친절한 부당국자		수필/관찰	
3	3~5		黃州から海州まで/海州附近 〈5〉 황주에서 해주까지/해주 부근	天楓生	수필/기행	회수 오류

지면	단수	기획	기사제목 〈회수〉〔곡수〕	필자/저자(역자)	분류	비고
4	1~3		祐天吉松 〈30〉 유텐 기치마쓰	神田伯山	고단	
6	1~3	新小說	女相場師 〈25〉 여자 투기업자	米光關月	소설	

1915년 01월 21일 (목) 4893호

지면	단수	기획	기사제목 〈회수〉〔곡수〕	필자/저자(역자)	분류	비고
3	4~5		不親切なる府當局者 〈2〉 불친절한 부당국자		수필/관찰	
4	1~3		祐天吉松 〈32〉 유텐 기치마쓰	神田伯山	고단	회수 오류
6	1~3	新小說	女相場師 〈25〉 여자 투기업자	米光關月	소설	회수 오류

1915년 01월 22일 (금) 4894호

지면	단수	기획	기사제목 〈회수〉〔곡수〕	필자/저자(역자)	분류	비고
1	6		靑島の將來(上) 〈1〉 칭다오의 장래(상)		수필/관찰	
3	3		不親切なる府當局者 〈3〉 불친절한 부당국자		수필/관찰	
4	1~3		祐天吉松 〈32〉 유텐 기치마쓰	神田伯山	고단	
5	1~3		水色の戀 하늘색 사랑		수필/일상	
6	1~3	新小說	女相場師 〈27〉 여자 투기업자	米光關月	소설	

1915년 01월 23일 (토) 4895호

지면	단수	기획	기사제목 〈회수〉〔곡수〕	필자/저자(역자)	분류	비고
3	1~3		不親切なる府當局者 〈4〉 불친절한 부당국자		수필/관찰	
4	1~3		祐天吉松 〈33〉 유텐 기치마쓰	神田伯山	고단	
6	1~3	新小說	女相場師 〈28〉 여자 투기업자	米光關月	소설	

1915년 01월 24일 (일) 4896호

지면	단수	기획	기사제목 〈회수〉〔곡수〕	필자/저자(역자)	분류	비고
3	3~4		芙江より 부강에서	一記者	수필/기행	
4	1~3		祐天吉松 〈34〉 유텐 기치마쓰	神田伯山	고단	
6	1~3	新小說	女相場師 〈29〉 여자 투기업자	米光關月	소설	

1915년 01월 25일 (월) 4897호

지면	단수	기획	기사제목 〈회수〉〔곡수〕	필자/저자(역자)	분류	비고
3	1~2		問題となりたる水色の戀 〈1〉 문제가 될 수 있는 하늘색 사랑	物好きな通信記者	수필/일상	
4	1~3		祐天吉松 〈35〉 유텐 기치마쓰	神田伯山	고단	

1915년 01월 26일 (화) 4898호

지면	단수	기획	기사제목 〈회수〉〔곡수〕	필자/저자(역자)	분류	비고
4	1~3		祐天吉松 〈36〉 유텐 기치마쓰	神田伯山	고단	
5	1~2		問題となりたる水色の戀 〈2〉 문제가 될 수 있는 하늘색 사랑	物好きな通信記者	수필/일상	

지면	단수	기획	기사제목 〈회수〉〔곡수〕	필자/저자(역자)	분류	비고
6	1~3	新小說	女相場師 〈30〉 여자 투기업자	米光關月	소설	

1915년 01월 27일 (수) 4899호

지면	단수	기획	기사제목 〈회수〉〔곡수〕	필자/저자(역자)	분류	비고
4	1~3		祐天吉松 〈37〉 유텐 기치마쓰	神田伯山	고단	
5	1~2		問題となりたる水色の戀 〈3〉 문제가 될 수 있는 하늘색 사랑	物好きな通信記者	수필/일상	
6	1~3	新小說	女相場師 〈31〉 여자 투기업자	米光關月	소설	

1915년 01월 28일 (목) 4900호

지면	단수	기획	기사제목 〈회수〉〔곡수〕	필자/저자(역자)	분류	비고
4	1~3		祐天吉松 〈38〉 유텐 기치마쓰	神田伯山	고단	
5	1~2		問題となりたる水色の戀 〈4〉 문제가 될 수 있는 하늘색 사랑	物好きな通信記者	수필/일상	
6	1~3	新小說	女相場師 〈32〉 여자 투기업자	米光關月	소설	

1915년 01월 29일 (금) 4901호

지면	단수	기획	기사제목 〈회수〉〔곡수〕	필자/저자(역자)	분류	비고
4	1~3		祐天吉松 〈39〉 유텐 기치마쓰	神田伯山	고단	
5	1~2		問題となりたる水色の戀 〈5〉 문제가 될 수 있는 하늘색 사랑	物好きな通信記者	수필/일상	
6	1~3	新小說	女相場師 〈33〉 여자 투기업자	米光關月	소설	

1915년 01월 30일 (토) 4902호

지면	단수	기획	기사제목 〈회수〉〔곡수〕	필자/저자(역자)	분류	비고
3	2~4		歐洲戰爭と豪傑物語 구주 전쟁과 호걸 이야기		수필/기타	
3	5~7		圓右を聞いて 산유테이 엔우를 듣고	東京にて くの字	수필/일상	
4	1~3		祐天吉松 〈40〉 유텐 기치마쓰	神田伯山	고단	
6	1~3	新小說	女相場師 〈33〉 여자 투기업자	米光關月	소설	회수 오류

1915년 01월 31일 (일) 4903호

지면	단수	기획	기사제목 〈회수〉〔곡수〕	필자/저자(역자)	분류	비고
4	1~3		祐天吉松 〈41〉 유텐 기치마쓰	神田伯山	고단	
6	1~3	新小說	女相場師 〈34〉 여자 투기업자	米光關月	소설	회수 오류

1915년 02월 01일 (월) 4904호

지면	단수	기획	기사제목 〈회수〉〔곡수〕	필자/저자(역자)	분류	비고
1	6		◎ 〔4〕 ◎	##	시가/단카	
4	1~3		祐天吉松 〈42〉 유텐 기치마쓰	神田伯山	고단	

1915년 02월 02일 (화) 4905호

지면	단수	기획	기사제목 〈회수〉〔곡수〕	필자/저자(역자)	분류	비고
4	1~3		祐天吉松 〈43〉 유텐 기치마쓰	神田伯山	고단	

지면	단수	기획	기사제목 〈회수〉 [곡수]	필자/저자(역자)	분류	비고
6	1~3	新小說	女相塲師 〈36〉 여자 투기업자	米光關月	소설	

1915년 02월 03일 (수) 4906호

지면	단수	기획	기사제목 〈회수〉 [곡수]	필자/저자(역자)	분류	비고
4	1~3		祐天吉松 〈44〉 유텐 기치마쓰	神田伯山	고단	
6	1~3	新小說	女相塲師 〈37〉 여자 투기업자	米光關月	소설	

1915년 02월 04일 (목) 4907호

지면	단수	기획	기사제목 〈회수〉 [곡수]	필자/저자(역자)	분류	비고
4	1~3		祐天吉松 〈45〉 유텐 기치마쓰	神田伯山	고단	
6	1~3	新小說	女相塲師 〈38〉 여자 투기업자	米光關月	소설	

1915년 02월 05일 (금) 4908호

지면	단수	기획	기사제목 〈회수〉 [곡수]	필자/저자(역자)	분류	비고
4	1~3		祐天吉松 〈46〉 유텐 기치마쓰	神田伯山	고단	
5	1~2		防寒帽 〈1〉 방한모		수필/일상	
6	1~3	新小說	女相塲師 〈39〉 여자 투기업자	米光關月	소설	

1915년 02월 06일 (토) 4910호

지면	단수	기획	기사제목 〈회수〉 [곡수]	필자/저자(역자)	분류	비고
4	1~3		祐天吉松 〈47〉 유텐 기치마쓰	神田伯山	고단	
5	1~2		防寒帽 〈2〉 방한모		수필/일상	
6	1~3	新小說	女相塲師 〈40〉 여자 투기업자	米光關月	소설	

1915년 02월 07일 (일) 4911호

지면	단수	기획	기사제목 〈회수〉 [곡수]	필자/저자(역자)	분류	비고
1	2~3		豆滿江 〈1〉 두만강	雲霓巨人	수필/기행	
4	1~3		祐天吉松 〈48〉 유텐 기치마쓰	神田伯山	고단	
5	1~2		防寒帽 〈3〉 방한모		수필/일상	
6	1~3	新小說	女相塲師 〈41〉 여자 투기업자	米光關月	소설	

1915년 02월 08일 (월) 4912호

지면	단수	기획	기사제목 〈회수〉 [곡수]	필자/저자(역자)	분류	비고
1	2~4		豆滿江 〈2〉 두만강	雲霓巨人	수필/기행	
1	5		木浦の問題 〈1〉 목포의 문제		수필/기행	
3	1~2		防寒帽 〈4〉 방한모		수필/일상	
3	3~4		靑島まで 칭다오까지	天賴生	수필/기행	
4	1~3		祐天吉松 〈49〉 유텐 기치마쓰	神田伯山	고단	

지면	단수	기획	기사제목 〈회수〉〔곡수〕	필자/저자(역자)	분류	비고
			1915년 02월 09일 (화) 4913호			
1	7~9		豆滿江 〈3〉 두만강	雲霓巨人	수필/기행	
3	7~8		木浦の問題 〈2〉 목포의 문제		수필/기행	
3	8		水原華城會俳句集 〔3〕 수원 화성 하이쿠집	其雪	시가/하이쿠	
3	8		水原華城會俳句集 〔1〕 수원 화성 하이쿠집	知足	시가/하이쿠	
3	8		水原華城會俳句集 〔1〕 수원 화성 하이쿠집	蕉雨	시가/하이쿠	
3	8		水原華城會俳句集 〔1〕 수원 화성 하이쿠집	知足	시가/하이쿠	
3	8		水原華城會俳句集 〔1〕 수원 화성 하이쿠집	#石	시가/하이쿠	
3	8		水原華城會俳句集 〔1〕 수원 화성 하이쿠집	其雪	시가/하이쿠	
3	8		水原華城會俳句集 〔1〕 수원 화성 하이쿠집	蕉雨	시가/하이쿠	
3	8		水原華城會俳句集 〔2〕 수원 화성 하이쿠집	其雪	시가/하이쿠	
3	8		水原華城會俳句集/人 〔1〕 수원 화성 하이쿠집/인	五曉	시가/하이쿠	
3	8		水原華城會俳句集/地 〔1〕 수원 화성 하이쿠집/지	其雪	시가/하이쿠	
3	8		水原華城會俳句集/天 〔1〕 수원 화성 하이쿠집/천	五曉	시가/하이쿠	
4	1~3		祐天吉松 〈50〉 유텐 기치마쓰	神田伯山	고단	
5	3~5		道中吟(上) 〈1〉 길을 가다가 읊다(상)	武堂小洽	수필/기행	
7	2~3		靑島まで 〈2〉 칭다오까지	天賴生	수필/기행	
8	1~3	新小說	女相塲師 〈42〉 여자 투기업자	米光關月	소설	
			1915년 02월 11일 (목) 4914호			
1	2~3		紀元節 기원절		수필/일상	
1	4~6		豆滿江 〈4〉 두만강	雲霓巨人	수필/기행	
3	2~3	新聞の活動寫眞	儚なき姉弟 〈1〉 덧없는 남매	四水生	수필/일상	
4	1~3		祐天吉松 〈51〉 유텐 기치마쓰	神田伯山	고단	
6	1~3	新小說	女相塲師 〈43〉 여자 투기업자	米光關月	소설	
			1915년 02월 13일 (토) 4915호			
1	2~5		豆滿江 〈5〉 두만강	雲霓巨人	수필/기행	

지면	단수	기획	기사제목 〈회수〉〔곡수〕	필자/저자(역자)	분류	비고
3	5		ずうく辯の青葉會 도호쿠 사투리의 아오바카이	胡葉	수필/일상	
3	5~6		道中吟 길을 가다가 읊다	武堂小洽	수필/기행	
3	7		水原華城會俳句集/# 〔3〕 수원 화성회 하이쿠집/#	其雪	시가/하이쿠	
3	7		水原華城會俳句集/# 〔1〕 수원 화성회 하이쿠집/#	#三	시가/하이쿠	
3	7		水原華城會俳句集/# 〔2〕 수원 화성회 하이쿠집/#	眠峯	시가/하이쿠	
3	7		水原華城會俳句集/# 〔1〕 수원 화성회 하이쿠집/#	白精	시가/하이쿠	
3	7		水原華城會俳句集/# 〔3〕 수원 화성회 하이쿠집/#	朝心	시가/하이쿠	
3	7		水原華城會俳句集/# 〔1〕 수원 화성회 하이쿠집/#	尺城	시가/하이쿠	
3	7		水原華城會俳句集/# 〔2〕 수원 화성회 하이쿠집/#	破笠	시가/하이쿠	
3	7		水原華城會俳句集/# 〔1〕 수원 화성회 하이쿠집/#	夕南	시가/하이쿠	
3	7		水原華城會俳句集/# 〔1〕 수원 화성회 하이쿠집/#	龍威子	시가/하이쿠	
3	7		水原華城會俳句集/# 〔2〕 수원 화성회 하이쿠집/#	帝汀	시가/하이쿠	
3	7		水原華城會俳句集/# 〔1〕 수원 화성회 하이쿠집/#	秋風	시가/하이쿠	
3	7		水原華城會俳句集/# 〔1〕 수원 화성회 하이쿠집/#	白揚	시가/하이쿠	
3	7		水原華城會俳句集/# 〔1〕 수원 화성회 하이쿠집/#	朝心	시가/하이쿠	
3	7		水原華城會俳句集/# 〔1〕 수원 화성회 하이쿠집/#	栄陽	시가/하이쿠	
3	7		水原華城會俳句集/# 〔1〕 수원 화성회 하이쿠집/#	破笠	시가/하이쿠	
3	7		水原華城會俳句集/# 〔1〕 수원 화성회 하이쿠집/#	破笠	시가/하이쿠	
3	7		水原華城會俳句集/# 〔1〕 수원 화성회 하이쿠집/#	千足	시가/하이쿠	
3	7		水原華城會俳句集/# 〔1〕 수원 화성회 하이쿠집/#	八四五	시가/하이쿠	
3	7		水原華城會俳句集/# 〔1〕 수원 화성회 하이쿠집/#	千足	시가/하이쿠	
3	7		水原華城會俳句集/# 〔2〕 수원 화성회 하이쿠집/#	白揚	시가/하이쿠	
3	7		水原華城會俳句集/# 〔1〕 수원 화성회 하이쿠집/#	旭軒	시가/하이쿠	
3	7		水原華城會俳句集/# 〔1〕 수원 화성회 하이쿠집/#	龍威子	시가/하이쿠	
3	7		水原華城會俳句集/# 〔1〕 수원 화성회 하이쿠집/#	千足	시가/하이쿠	
3	7		水原華城會俳句集/# 〔1〕 수원 화성회 하이쿠집/#	龍威子	시가/하이쿠	

지면	단수	기획	기사제목 〈회수〉 〔곡수〕	필자/저자(역자)	분류	비고
3	7		水原華城會俳句集/# 〔1〕 수원 화성회 하이쿠집/#	#華#	시가/하이쿠	
3	7		水原華城會俳句集/# 〔1〕 수원 화성회 하이쿠집/#	旭軒	시가/하이쿠	
4	1~3		祐天吉松 〈52〉 유텐 기치마쓰	神田伯山	고단	

1915년 02월 14일 (일) 4916호

지면	단수	기획	기사제목 〈회수〉 〔곡수〕	필자/저자(역자)	분류	비고
1	2~5		豆滿江 〈6〉 두만강	雲霓巨人	수필/기행	
3	4~5	新聞の活動寫眞	儚なき姉弟 〈2〉 덧없는 남매	四水生	수필/일상	
4	1~3		祐天吉松 〈53〉 유텐 기치마쓰	神田伯山	고단	
6	1~3	新小說	女相塲師 〈44〉 여자 투기업자	米光關月	소설	

1915년 02월 15일 (월) 4917호

지면	단수	기획	기사제목 〈회수〉 〔곡수〕	필자/저자(역자)	분류	비고
1	2~4		豆滿江 〈7〉 두만강	雲霓巨人	수필/기행	
1	5~6		青年と活動 청년과 활동		수필/일상	
4	1~3	新小說	女相塲師 〈45〉 여자 투기업자	米光關月	소설	

1915년 02월 16일 (화) 4918호

지면	단수	기획	기사제목 〈회수〉 〔곡수〕	필자/저자(역자)	분류	비고
1	2~5		豆滿江 〈8〉 두만강	雲霓巨人	수필/기행	
3	5~6	新聞の活動寫眞	儚なき姉弟 〈3〉 덧없는 남매	四水生	수필/일상	
4	1~3		祐天吉松 〈54〉 유텐 기치마쓰	神田伯山	고단	
6	1~3	新小說	女相塲師 〈46〉 여자 투기업자	米光關月	소설	

1915년 02월 17일 (수) 4919호

지면	단수	기획	기사제목 〈회수〉 〔곡수〕	필자/저자(역자)	분류	비고
1	2~5		豆滿江 〈9〉 두만강	雲霓巨人	수필/기행	
3	6		仁川時雨會俳句集 〔3〕 인천 시구레카이 하이쿠집	居岳	시가/하이쿠	
3	6		仁川時雨會俳句集 〔1〕 인천 시구레카이 하이쿠집	夢瓢	시가/하이쿠	
3	6		仁川時雨會俳句集 〔1〕 인천 시구레카이 하이쿠집	#子	시가/하이쿠	
3	6		仁川時雨會俳句集 〔1〕 인천 시구레카이 하이쿠집	眞砂子	시가/하이쿠	
3	6		仁川時雨會俳句集 〔2〕 인천 시구레카이 하이쿠집	#彦公	시가/하이쿠	
3	6		仁川時雨會俳句集 〔5〕 인천 시구레카이 하이쿠집	雨風	시가/하이쿠	
3	6		仁川時雨會俳句集 〔4〕 인천 시구레카이 하이쿠집	香花	시가/하이쿠	

지면	단수	기획	기사제목 〈회수〉〔곡수〕	필자/저자(역자)	분류	비고
3	6		仁川時雨會俳句集 [6] 인천 시구레카이 하이쿠집	小浴	시가/하이쿠	
3	6		仁川時雨會俳句集 [1] 인천 시구레카이 하이쿠집	積山	시가/하이쿠	
3	6		仁川時雨會俳句集 [2] 인천 시구레카이 하이쿠집	兩華	시가/하이쿠	
3	6		仁川時雨會俳句集 〔2〕 인천 시구레카이 하이쿠집	靑芦	시가/하이쿠	
3	6		仁川時雨會俳句集 〔2〕 인천 시구레카이 하이쿠집	唐知	시가/하이쿠	
3	6		仁川時雨會俳句集 〔1〕 인천 시구레카이 하이쿠집	句碑守	시가/하이쿠	
3	6		仁川時雨會俳句集 〔2〕 인천 시구레카이 하이쿠집	月子	시가/하이쿠	
3	6		仁川時雨會俳句集 〔1〕 인천 시구레카이 하이쿠집	梢月	시가/하이쿠	
3	6		仁川時雨會俳句集 〔7〕 인천 시구레카이 하이쿠집	靑扇	시가/하이쿠	
4	1~3		祐天吉松 〈55〉 유텐 기치마쓰	神田伯山	고단	
6	1~3	新小說	女相塲師 〈47〉 여자 투기업자	米光關月	소설	

1915년 02월 18일 (목) 4920호

지면	단수	기획	기사제목 〈회수〉〔곡수〕	필자/저자(역자)	분류	비고
1	2~5		豆滿江 〈10〉 두만강	雲霓巨人	수필/기행	
3	1~4	新聞の活 動寫眞	儚なき姉弟 〈4〉 덧없는 남매	四水生	수필/일상	
4	1~3		祐天吉松 〈56〉 유텐 기치마쓰	神田伯山	고단	
6	1~3	新小說	女相塲師 〈48〉 여자 투기업자	米光關月	소설	

1915년 02월 19일 (금) 4921호

지면	단수	기획	기사제목 〈회수〉〔곡수〕	필자/저자(역자)	분류	비고
1	2~5		豆滿江 〈10〉 두만강	雲霓巨人	수필/기행	회수 오류
3	5~7	新聞の活 動寫眞	儚なき姉弟 〈4〉 덧없는 남매	四水生	수필/일상	회수 오류
4	1~3		祐天吉松 〈57〉 유텐 기치마쓰	神田伯山	고단	
6	1~3	新小說	女相塲師 〈49〉 여자 투기업자	米光關月	소설	

1915년 02월 20일 (토) 4922호

지면	단수	기획	기사제목 〈회수〉〔곡수〕	필자/저자(역자)	분류	비고
1	3~6		豆滿江 〈12〉 두만강	雲霓巨人	수필/기행	
3	6~7	新聞の活 動寫眞	儚なき姉弟 〈5〉 덧없는 남매	四水生	수필/일상	회수 오류
4	1~3		祐天吉松 〈58〉 유텐 기치마쓰	神田伯山	고단	
5	1~3		紅い淚 붉은 눈물		수필/기타	

지면	단수	기획	기사제목 〈회수〉〔곡수〕	필자/저자(역자)	분류	비고
6	1~3	新小說	女相塲師 〈50〉 여자 투기업자	米光關月	소설	

1915년 02월 21일 (일) 4923호

지면	단수	기획	기사제목 〈회수〉〔곡수〕	필자/저자(역자)	분류	비고
1	2~6		豆滿江 〈13〉 두만강	雲霓巨人	수필/기행	
3	6~7	新聞の活 動寫眞	儚なき姉弟 〈7〉 덧없는 남매	四水生	수필/일상	
4	1~3		祐天吉松 〈59〉 유텐 기치마쓰	神田伯山	고단	
6	1~3	新小說	女相塲師 〈51〉 여자 투기업자	米光關月	소설	

1915년 02월 22일 (월) 4924호

지면	단수	기획	기사제목 〈회수〉〔곡수〕	필자/저자(역자)	분류	비고
1	2~6		豆滿江 〈14〉 두만강	雲霓巨人	수필/기행	
4	1~3		祐天吉松 〈61〉 유텐 기치마쓰	神田伯山	고단	회수 오류

1915년 02월 23일 (화) 4925호

지면	단수	기획	기사제목 〈회수〉〔곡수〕	필자/저자(역자)	분류	비고
1	2~5		豆滿江 〈15〉 두만강	雲霓巨人	수필/기행	
3	5~6	新聞の活 動寫眞	儚なき姉弟 〈8〉 덧없는 남매	四水生	수필/일상	
4	1~3		祐天吉松 〈61〉 유텐 기치마쓰	神田伯山	고단	
6	1~3	新小說	女相塲師 〈52〉 여자 투기업자	米光關月	소설	

1915년 02월 24일 (수) 4926호

지면	단수	기획	기사제목 〈회수〉〔곡수〕	필자/저자(역자)	분류	비고
1	7~9		豆滿江 〈16〉 두만강	雲霓巨人	수필/기행	
6	1~3		祐天吉松 〈62〉 유텐 기치마쓰	神田伯山	고단	

1915년 02월 25일 (목) 4927호

지면	단수	기획	기사제목 〈회수〉〔곡수〕	필자/저자(역자)	분류	비고
1	2~5		豆滿江 〈17〉 두만강	雲霓巨人	수필/기행	
1	5~6		都會 〈1〉 도회지	閑根白念	수필/일상	
3	4~7	新聞の活 動寫眞	儚なき姉弟 〈9〉 덧없는 남매	四水生	수필/일상	
4	1~3		祐天吉松 〈63〉 유텐 기치마쓰	神田伯山	고단	
5	2~3		靑島の生活 〈1〉 칭다오의 생활		수필/기행	
6	1~3	新小說	女相塲師 〈53〉 여자 투기업자	米光關月	소설	

1915년 02월 26일 (금) 4928호

지면	단수	기획	기사제목 〈회수〉〔곡수〕	필자/저자(역자)	분류	비고
1	2~5		豆滿江 〈18〉 두만강	雲霓巨人	수필/기행	

지면	단수	기획	기사제목 〈회수〉〔곡수〕	필자/저자(역자)	분류	비고
1	5~6		都會 〈2〉 도회지	閑根白念	수필/일상	
3	4~5	新聞の活 動寫眞	儚なき姉弟 〈10〉 덧없는 남매	四水生	수필/일상	
4	1~3		祐天吉松 〈64〉 유텐 기치마쓰	神田伯山	고단	
5	2~3		靑島の生活 〈2〉 칭다오의 생활		수필/기행	
6	1~3	新小說	女相塲師 〈54〉 여자 투기업자	米光關月	소설	

1915년 02월 27일 (토) 4929호

지면	단수	기획	기사제목 〈회수〉〔곡수〕	필자/저자(역자)	분류	비고
1	3~5		豆滿江 〈19〉 두만강	雲霓巨人	수필/기행	
1	5~7		都會 〈3〉 도회지	閑根白念	수필/일상	
3	5~7	新聞の活 動寫眞	儚なき姉弟 〈11〉 덧없는 남매	四水生	수필/일상	
4	1~3		祐天吉松 〈65〉 유텐 기치마쓰	神田伯山	고단	
5	3		雪の窓より 눈이 온 창가에서		수필/일상	
6	1~3	新小說	女相塲師 〈55〉 여자 투기업자	米光關月	소설	

1915년 02월 28일 (일) 4930호

지면	단수	기획	기사제목 〈회수〉〔곡수〕	필자/저자(역자)	분류	비고
1	2~4		豆滿江 〈20〉 두만강	雲霓巨人	수필/기행	
1	4		都會 〈4〉 도회지	閑根白念	수필/일상	
3	4~6	新聞の活 動寫眞	儚なき姉弟 〈12〉 덧없는 남매	四水生	수필/일상	
3	5	露國の軍 歌	出征 〔1〕 출정		시가/군가	
3	5~6	露國の軍 歌	祖國の爲 〔1〕 조국을 위하여		시가/군가	
3	6~7	露國の軍 歌	平和の民 〔1〕 평화의 백성		시가/군가	
3	7	露國の軍 歌	聖なる露西亞よ 〔1〕 거룩한 러시아여		시가/군가	
4	1~3		祐天吉松 〈66〉 유텐 기치마쓰	神田伯山	고단	
6	1~3	新小說	女相塲師 〈56〉 여자 투기업자	米光關月	소설	

1915년 03월 01일 (월) 4931호

지면	단수	기획	기사제목 〈회수〉〔곡수〕	필자/저자(역자)	분류	비고
1	2~3		豆滿江 〈21〉 두만강	雲霓巨人	수필/기행	
1	3~6		都會 〈5〉 도회지	閑根白念	수필/일상	
1	6		京城短歌會詠草 〔2〕 경성 단카회 영초	石丸蘇川	시가/단카	

지면	단수	기획	기사제목 〈회수〉〔곡수〕	필자/저자(역자)	분류	비고
1	6		京城短歌會詠草 〔1〕 경성 단카회 영초	市桔櫻	시가/단카	
1	6		京城短歌會詠草 〔1〕 경성 단카회 영초	太田貞杉	시가/단카	
1	6		京城短歌會詠草 〔1〕 경성 단카회 영초	宮崎#花	시가/단카	
1	6		京城短歌會詠草 〔1〕 경성 단카회 영초	一##	시가/단카	
1	6		京城短歌會詠草 〔2〕 경성 단카회 영초	#野秋光	시가/단카	
1	6		京城短歌會詠草 〔1〕 경성 단카회 영초	美川竹舟	시가/단카	
1	6		京城短歌會詠草 〔2〕 경성 단카회 영초	香水朱鳥	시가/단카	
1	6		京城短歌會詠草 〔2〕 경성 단카회 영초	佐田玉村	시가/단카	
1	6		京城短歌會詠草 〔2〕 경성 단카회 영초	伊春##	시가/단카	
4	1~3		祐天吉松 〈67〉 유텐 기치마쓰	神田伯山	고단	

1915년 03월 02일 (화) 4932호

지면	단수	기획	기사제목 〈회수〉〔곡수〕	필자/저자(역자)	분류	비고
1	2~5		都會 〈6〉 도회지	閑根白念	수필/일상	
4	1~3		祐天吉松 〈68〉 유텐 기치마쓰	神田伯山	고단	
6	1~3	新小說	女相場師 〈57〉 여자 투기업자	米光關月	소설	

1915년 03월 03일 (수) 4933호

지면	단수	기획	기사제목 〈회수〉〔곡수〕	필자/저자(역자)	분류	비고
1	2~4		豆滿江 〈22〉 두만강	雲霓巨人	수필/기행	
1	5~8		都會 〈7〉 도회지	閑根白念	수필/일상	
3	5~7	新聞の活 動寫眞	儚なき姉弟 〈13〉 덧없는 남매	四水生	수필/일상	
4	1~3		祐天吉松 〈69〉 유텐 기치마쓰	神田伯山	고단	
5	1		雛の節句 〔2〕 3월 3일 여자 아이를 위한 명절		시가/단카	
5	1~3		雛と桃 병아리와 복숭아		수필/일상	
6	1~3	新小說	女相場師 〈58〉 여자 투기업자	米光關月	소설	

1915년 03월 04일 (목) 4934호

지면	단수	기획	기사제목 〈회수〉〔곡수〕	필자/저자(역자)	분류	비고
1	2~5		豆滿江 〈23〉 두만강	雲霓巨人	수필/기행	
1	5~7		都會 〈8〉 도회지	閑根白念	수필/일상	
3	5~7	新聞の活 動寫眞	儚なき姉弟 〈14〉 덧없는 남매	四水生	수필/일상	

지면	단수	기획	기사제목 〈회수〉〔곡수〕	필자/저자(역자)	분류	비고
4	1~3		祐天吉松 〈70〉 유텐 기치마쓰	神田伯山	고단	
6	1~3	新小說	女相塲師 〈59〉 여자 투기업자	米光關月	소설	

1915년 03월 05일 (금) 4935호

지면	단수	기획	기사제목 〈회수〉〔곡수〕	필자/저자(역자)	분류	비고
1	2~5		都會 〈9〉 도회지	閑根白念	수필/일상	
1	7		京城短歌會詠草 〔1〕 경성 단카회 영초	市##	시가/단카	
1	7		京城短歌會詠草 〔1〕 경성 단카회 영초	大田貞杉	시가/단카	
1	7		京城短歌會詠草 〔1〕 경성 단카회 영초	一##	시가/단카	
1	7		京城短歌會詠草 〔1〕 경성 단카회 영초	宮崎#花	시가/단카	
1	7		京城短歌會詠草 〔1〕 경성 단카회 영초	此###二	시가/단카	
1	7		京城短歌會詠草 〔1〕 경성 단카회 영초	美川竹舟	시가/단카	
1	7		京城短歌會詠草 〔3〕 경성 단카회 영초	高木朱良	시가/단카	
1	7		京城短歌會詠草 〔1〕 경성 단카회 영초	淸野秋元	시가/단카	
1	7		京城短歌會詠草 〔2〕 경성 단카회 영초	佐田玉村	시가/단카	
1	7		京城短歌會詠草 〔2〕 경성 단카회 영초	松山小松吉	시가/단카	
3	4~6	新聞の活 動寫眞	儚なき姉弟 〈15〉 덧없는 남매	四水生	수필/일상	
4	1~3		祐天吉松 〈71〉 유텐 기치마쓰	神田伯山	고단	
6	1~3	新小說	女相塲師 〈60〉 여자 투기업자	米光關月	소설	

1915년 03월 06일 (토) 4936호

지면	단수	기획	기사제목 〈회수〉〔곡수〕	필자/저자(역자)	분류	비고
1	2~5		豆滿江 〈24〉 두만강	雲霓巨人	수필/기행	
1	5~7		都會 〈10〉 도회지	閑根白念	수필/일상	
3	5~7	新聞の活 動寫眞	儚なき姉弟 〈16〉 덧없는 남매	四水生	수필/일상	
4	1~3		祐天吉松 〈71〉 유텐 기치마쓰	神田伯山	고단	회수 오류
5	4~5		風吹く日 바람 부는 날	尖風生	수필/일상	
6	1~3	新小說	女相塲師 〈61〉 여자 투기업자	米光關月	소설	

1915년 03월 07일 (일) 4937호

지면	단수	기획	기사제목 〈회수〉〔곡수〕	필자/저자(역자)	분류	비고
1	3~5		豆滿江 〈25〉 두만강	雲霓巨人	수필/기행	

지면	단수	기획	기사제목 〈회수〉〔곡수〕	필자/저자(역자)	분류	비고
3	5~7	新聞の活動寫眞	儚なき姉弟 〈17〉 덧없는 남매	四水生	수필/일상	
4	1~3		祐天吉松 〈73〉 유텐 기치마쓰	神田伯山	고단	
6	1~3	新小說	女相場師 〈62〉 여자 투기업자	米光關月	소설	

1915년 03월 08일 (월) 4938호

지면	단수	기획	기사제목 〈회수〉〔곡수〕	필자/저자(역자)	분류	비고
1	3~5		豆滿江 〈27〉 두만강	雲霓巨人	수필/기행	회수 오류
1	5~7		都會 〈11〉 도회지	閑根白念	수필/일상	
1	7	文苑	支那雜感 〔4〕 지나 유감	漢堂	시가/단카	
3	2~3		清らかな宴 청명한 날의 연회		수필/일상	
4	1~3		祐天吉松 〈74〉 유텐 기치마쓰	神田伯山	고단	

1915년 03월 09일 (화) 4939호

지면	단수	기획	기사제목 〈회수〉〔곡수〕	필자/저자(역자)	분류	비고
1	2~5		豆滿江 〈28〉 두만강	雲霓巨人	수필/기행	회수 오류
1	5~6		都會 〈12〉 도회지	閑根白念	수필/일상	
1	6	文苑	歐洲戰爭雜感 〔4〕 구주 전쟁 잡감	漢堂	시가/단카	
3	5~7	新聞の活動寫眞	儚なき姉弟 〈18〉 덧없는 남매	四水生	수필/일상	
4	1~3		祐天吉松 〈75〉 유텐 기치마쓰	神田伯山	고단	
6	1~3	新小說	女相場師 〈63〉 여자 투기업자	米光關月	소설	

1915년 03월 10일 (수) 4940호

지면	단수	기획	기사제목 〈회수〉〔곡수〕	필자/저자(역자)	분류	비고
1	6~9		豆滿江 〈29〉 두만강	雲霓巨人	수필/기행	회수 오류
1	9	文苑	◎ 〔4〕 ◎	漢堂	시가/단카	
1	9	文苑	芋の葉吟社句集/冴へ返る 〔1〕 이모노하긴샤 구집/다시 추워지다	##	시가/하이쿠	
1	9	文苑	芋の葉吟社句集/冴へ返る 〔1〕 이모노하긴샤 구집/다시 추워지다	丹葉	시가/하이쿠	
1	9	文苑	芋の葉吟社句集/冴へ返る 〔1〕 이모노하긴샤 구집/다시 추워지다	小#	시가/하이쿠	
1	9	文苑	芋の葉吟社句集/冴へ返る 〔1〕 이모노하긴샤 구집/다시 추워지다	竹窓	시가/하이쿠	
1	9	文苑	芋の葉吟社句集/冴へ返る 〔2〕 이모노하긴샤 구집/다시 추워지다	松園	시가/하이쿠	
1	9	文苑	芋の葉吟社句集/冴へ返る 〔1〕 이모노하긴샤 구집/다시 추워지다	#枚	시가/하이쿠	
1	9	文苑	芋の葉吟社句集/冴へ返る 〔1〕 이모노하긴샤 구집/다시 추워지다	松園	시가/하이쿠	

지면	단수	기획	기사제목 〈회수〉〔곡수〕	필자/저자(역자)	분류	비고
1	9	文苑	芋の葉吟社句集/冴へ返る 〔1〕 이모노하긴샤 구집/다시 추워지다	如水	시가/하이쿠	
1	9	文苑	芋の葉吟社句集/椿 〔1〕 이모노하긴샤 구집/동백	峯牛	시가/하이쿠	
1	9	文苑	芋の葉吟社句集/椿 〔4〕 이모노하긴샤 구집/동백	花灯	시가/하이쿠	
1	9	文苑	芋の葉吟社句集/椿 〔1〕 이모노하긴샤 구집/동백	小槑	시가/하이쿠	
1	9	文苑	芋の葉吟社句集/椿 〔1〕 이모노하긴샤 구집/동백	嵐哉	시가/하이쿠	
1	9	文苑	芋の葉吟社句集/椿 〔2〕 이모노하긴샤 구집/동백	峯牛	시가/하이쿠	
1	9	文苑	芋の葉吟社句集/椿 〔1〕 이모노하긴샤 구집/동백	岳城	시가/하이쿠	
1	9	文苑	芋の葉吟社句集/椿 〔1〕 이모노하긴샤 구집/동백	松園	시가/하이쿠	
1	9	文苑	芋の葉吟社句集/椿 〔1〕 이모노하긴샤 구집/동백	靑楓	시가/하이쿠	
1	9	文苑	芋の葉吟社句集/椿 〔2〕 이모노하긴샤 구집/동백	冷音	시가/하이쿠	
3	5~7	新聞の活動寫眞	儚なき姉弟 〈19〉 덧없는 남매	四水生	수필/일상	
4	1~3		祐天吉松 〈76〉 유텐 기치마쓰	神田伯山	고단	
6	1~3	新小說	女相塲師 〈64〉 여자 투기업자	米光關月	소설	

1915년 03월 12일 (금) 4941호

지면	단수	기획	기사제목 〈회수〉〔곡수〕	필자/저자(역자)	분류	비고
1	2~4		豆滿江 〈30〉 두만강	雲霓巨人	수필/기행	회수 오류
1	4~6		都會 〈13〉 도회지	閑根白念	수필/일상	
1	9	文苑	◎ 〔4〕 ◎	漢堂	시가/단카	
3	5~7	新聞の活動寫眞	儚なき姉弟 〈20〉 덧없는 남매	四水生	수필/일상	
4	1~3		祐天吉松 〈77〉 유텐 기치마쓰	神田伯山	고단	
6	1~3	新小說	女相塲師 〈65〉 여자 투기업자	米光關月	소설	

1915년 03월 13일 (토) 4942호

지면	단수	기획	기사제목 〈회수〉〔곡수〕	필자/저자(역자)	분류	비고
1	2		都會 〈14〉 도회지	閑根白念	수필/일상	
1	7	文苑	吾 〔4〕 나	漢堂	시가/단카	
3	4~5		水源鶯峯俳句集/京城靑山#軒氏選 〔1〕 수원 앵봉 하이쿠집/경성 아오키 #겐씨 선	##	시가/하이쿠	판독 불가
3	4~5		水源鶯峯俳句集/京城靑山#軒氏選 〔1〕 수원 앵봉 하이쿠집/경성 아오키 #겐씨 선	一骨	시가/하이쿠	판독 불가
3	4~5		水源鶯峯俳句集/京城靑山#軒氏選 〔1〕 수원 앵봉 하이쿠집/경성 아오키 #겐씨 선	##子	시가/하이쿠	판독 불가

지면	단수	기획	기사제목 〈회수〉〔곡수〕	필자/저자(역자)	분류	비고
3	4~5		水源鶯峯俳句集/京城靑山#軒氏選〔1〕 수원 앵봉 하이쿠집/경성 아오키 #겐씨 선	###	시가/하이쿠	판독 불가
3	4~5		水源鶯峯俳句集/京城靑山#軒氏選〔1〕 수원 앵봉 하이쿠집/경성 아오키 #겐씨 선	華水	시가/하이쿠	판독 불가
3	4~5		水源鶯峯俳句集/京城靑山#軒氏選〔1〕 수원 앵봉 하이쿠집/경성 아오키 #겐씨 선	##	시가/하이쿠	판독 불가
3	4~5		水源鶯峯俳句集/京城靑山#軒氏選〔1〕 수원 앵봉 하이쿠집/경성 아오키 #겐씨 선	##	시가/하이쿠	판독 불가
3	4~5		水源鶯峯俳句集/京城靑山#軒氏選〔1〕 수원 앵봉 하이쿠집/경성 아오키 #겐씨 선	水泉	시가/하이쿠	판독 불가
3	4~5		水源鶯峯俳句集/京城靑山#軒氏選〔1〕 수원 앵봉 하이쿠집/경성 아오키 #겐씨 선	##	시가/하이쿠	판독 불가
3	4~5		水源鶯峯俳句集/京城靑山#軒氏選〔1〕 수원 앵봉 하이쿠집/경성 아오키 #겐씨 선	##	시가/하이쿠	판독 불가
3	5		淸州此の華會句集/香##耕#宗匠撰〔1〕 청주 고노하나카이 구집/향##경### 종장 찬	朱琴	시가/하이쿠	판독 불가
3	5		淸州此の華會句集/香##耕#宗匠撰〔1〕 청주 고노하나카이 구집/향##경### 종장 찬	一宗	시가/하이쿠	판독 불가
3	5		淸州此の華會句集/香##耕#宗匠撰〔1〕 청주 고노하나카이 구집/향##경### 종장 찬	峯漢	시가/하이쿠	판독 불가
3	5		淸州此の華會句集/香##耕#宗匠撰〔2〕 청주 고노하나카이 구집/향##경### 종장 찬	菊#	시가/하이쿠	판독 불가
3	5		淸州此の華會句集/香##耕#宗匠撰〔1〕 청주 고노하나카이 구집/향##경### 종장 찬	大通	시가/하이쿠	판독 불가
3	5		淸州此の華會句集/香##耕#宗匠撰/人〔1〕 청주 고노하나카이 구집/향##경### 종장 찬/인	大通	시가/하이쿠	판독 불가
3	5		淸州此の華會句集/香##耕#宗匠撰/地〔1〕 청주 고노하나카이 구집/향##경### 종장 찬/지	##	시가/하이쿠	판독 불가
3	5		淸州此の華會句集/香##耕#宗匠撰/天〔1〕 청주 고노하나카이 구집/향##경### 종장 찬/천	##	시가/하이쿠	판독 불가
3	5~7	新聞の活 動寫眞	儚なき姉弟〈21〉 덧없는 남매	四水生	수필/일상	
4	1~3		祐天吉松〈78〉 유텐 기치마쓰	神田伯山	고단	
5	1~2		★南大門 남대문		수필/기행	
6	1~3	新小說	女相場師〈66〉 여자 투기업자	米光關月	소설	

1915년 03월 14일 (일) 4943호

1	2~5		豆滿江〈31〉 두만강	雲霓巨人	수필/기행	회수 오류
1	5	文苑	◎〔4〕 ◎	漢堂	시가/단카	판독 불가
1	5	文苑	仁川時雨會俳句集〔1〕 인천 시구레카이 하이쿠집	#逸	시가/하이쿠	판독 불가
1	5	文苑	仁川時雨會俳句集〔1〕 인천 시구레카이 하이쿠집	句碑守	시가/하이쿠	판독 불가
1	5	文苑	仁川時雨會俳句集〔2〕 인천 시구레카이 하이쿠집	眞佐志	시가/하이쿠	판독 불가
1	5	文苑	仁川時雨會俳句集〔1〕 인천 시구레카이 하이쿠집	##	시가/하이쿠	판독 불가

지면	단수	기획	기사제목 〈회수〉〔곡수〕	필자/저자(역자)	분류	비고
1	6	文苑	仁川時雨會俳句集〔1〕 인천 시구레카이 하이쿠집	靑花	시가/하이쿠	판독 불가
1	6	文苑	仁川時雨會俳句集〔1〕 인천 시구레카이 하이쿠집	水#	시가/하이쿠	판독 불가
1	6	文苑	仁川時雨會俳句集〔1〕 인천 시구레카이 하이쿠집	雲風	시가/하이쿠	판독 불가
1	6	文苑	仁川時雨會俳句集〔2〕 인천 시구레카이 하이쿠집	##	시가/하이쿠	판독 불가
1	6	文苑	仁川時雨會俳句集〔1〕 인천 시구레카이 하이쿠집	##	시가/하이쿠	판독 불가
1	6	文苑	仁川時雨會俳句集〔2〕 인천 시구레카이 하이쿠집	西風	시가/하이쿠	판독 불가
1	6	文苑	仁川時雨會俳句集〔1〕 인천 시구레카이 하이쿠집	##	시가/하이쿠	판독 불가
1	6	文苑	仁川時雨會俳句集〔2〕 인천 시구레카이 하이쿠집	#彦公	시가/하이쿠	판독 불가
1	6	文苑	仁川時雨會俳句集〔1〕 인천 시구레카이 하이쿠집	##	시가/하이쿠	판독 불가
1	6	文苑	仁川時雨會俳句集〔2〕 인천 시구레카이 하이쿠집	##	시가/하이쿠	판독 불가
1	6	文苑	仁川時雨會俳句集〔4〕 인천 시구레카이 하이쿠집	##	시가/하이쿠	판독 불가
1	6	文苑	仁川時雨會俳句集〔4〕 인천 시구레카이 하이쿠집	小#	시가/하이쿠	판독 불가
3	5		淸州此華會詠草〔1〕 청주 고노하나카이 영초	可紅	시가/하이쿠	
3	5		淸州此華會詠草〔2〕 청주 고노하나카이 영초	溫心	시가/하이쿠	
3	5		淸州此華會詠草〔1〕 청주 고노하나카이 영초	南窓	시가/하이쿠	
3	5		淸州此華會詠草〔1〕 청주 고노하나카이 영초	#心	시가/하이쿠	
3	5		淸州此華會詠草/人〔1〕 청주 고노하나카이 영초/인	#心	시가/하이쿠	
3	5		淸州此華會詠草/地〔1〕 청주 고노하나카이 영초/지	南窓	시가/하이쿠	
3	5		淸州此華會詠草/天〔1〕 청주 고노하나카이 영초/천	翠漢	시가/하이쿠	
3	5		淸州此華會詠草/軸〔1〕 청주 고노하나카이 영초/축	宇貫	시가/하이쿠	
3	5~7	新聞の活 動寫眞	儚なき姉弟〈22〉 덧없는 남매	四水生	수필/일상	
4	1~3		祐天吉松〈79〉 유텐 기치마쓰	神田伯山	고단	
5	1~2		★崇禮門 숭례문		수필/기행	
6	1~3	新小說	女相場師〈67〉 여자 투기업자	米光關月	소설	

1915년 03월 15일 (월) 4944호

지면	단수	기획	기사제목 〈회수〉〔곡수〕	필자/저자(역자)	분류	비고
1	3~5		都會〈15〉 도회지	閑根白念	수필/일상	

지면	단수	기획	기사제목 〈회수〉〔곡수〕	필자/저자(역자)	분류	비고
4	1~3		祐天吉松 〈80〉 유텐 기치마쓰	神田伯山	고단	

1915년 03월 16일 (화) 4945호

지면	단수	기획	기사제목 〈회수〉〔곡수〕	필자/저자(역자)	분류	비고
1	5	文苑	◎ 〔8〕 ◎	漢堂	시가/단카	
3	5		清州此華會詠草/日本 一#非#外宗匠撰 〔1〕 청주 고노하나카이 영초/일본 一#히#가이 종장 찬	初心	시가/하이쿠	
3	5		清州此華會詠草/日本 一#非#外宗匠撰 〔1〕 청주 고노하나카이 영초/일본 一#히#가이 종장 찬	耕園	시가/하이쿠	
3	5		清州此華會詠草/日本 一#非#外宗匠撰 〔2〕 청주 고노하나카이 영초/일본 一#히#가이 종장 찬	初心	시가/하이쿠	
3	5		清州此華會詠草/日本 一#非#外宗匠撰 〔1〕 청주 고노하나카이 영초/일본 一#히#가이 종장 찬	一流	시가/하이쿠	
3	5		清州此華會詠草/日本 一#非#外宗匠撰/人 〔1〕 청주 고노하나카이 영초/일본 一#히#가이 종장 찬/인	買牛	시가/하이쿠	
3	5		清州此華會詠草/日本 一#非#外宗匠撰/地 〔1〕 청주 고노하나카이 영초/일본 一#히#가이 종장 찬/지	紫琴	시가/하이쿠	
3	5		清州此華會詠草/日本 一#非#外宗匠撰/天 〔1〕 청주 고노하나카이 영초/일본 一#히#가이 종장 찬/천	左通	시가/하이쿠	
3	5		清州此華會詠草/日本 一#非#外宗匠撰/軸 〔1〕 청주 고노하나카이 영초/일본 一#히#가이 종장 찬/축	峯外	시가/하이쿠	
3	5~7	新聞の活動寫眞	儚なき姉弟 〈23〉 덧없는 남매	四水生	수필/일상	
4	1~3		祐天吉松 〈81〉 유텐 기치마쓰	神田伯山	고단	
6	1~3	新小說	女相場師 〈68〉 여자 투기업자	米光關月	소설	

1915년 03월 17일 (수) 4946호

지면	단수	기획	기사제목 〈회수〉〔곡수〕	필자/저자(역자)	분류	비고
1	5~6	文苑	◎ 〔5〕 ◎	漢堂	시가/단카	
3	4	歌ぶくろ	博多踊 하카타오도리	中券連	수필/기타	
3	5~7	新聞の活動寫眞	儚なき姉弟 〈24〉 덧없는 남매	四水生	수필/일상	
4	1~3		祐天吉松 〈82〉 유텐 기치마쓰	神田伯山	고단	
5	1~2		そゞろあるき パコタ公園 산책 파고다 공원		수필/기행	
6	1~3	新小說	女相場師 〈69〉 여자 투기업자	米光關月	소설	

1915년 03월 18일 (목) 4947호

지면	단수	기획	기사제목 〈회수〉〔곡수〕	필자/저자(역자)	분류	비고
1	2~4		清會線 〈1〉 청회선	雲霓巨人	수필/관찰	
4	1~3		祐天吉松 〈83〉 유텐 기치마쓰	神田伯山	고단	
4	3		清州此華會詠草/京城 花###葉宗匠選 〔1〕 청주 고노하나카이 영초/경성 하나###요 종장 선	鬼石堂	시가/하이쿠	
4	3		清州此華會詠草/京城 花###葉宗匠選 〔1〕 청주 고노하나카이 영초/경성 하나###요 종장 선	左通	시가/하이쿠	

지면	단수	기획	기사제목 〈회수〉〔곡수〕	필자/저자(역자)	분류	비고
4	3		清州此華會詠草/京城 花###葉宗匠選〔1〕 청주 고노하나카이 영초/경성 하나###요 종장 선	味翁	시가/하이쿠	
4	3		清州此華會詠草/京城 花###葉宗匠選〔1〕 청주 고노하나카이 영초/경성 하나###요 종장 선	買牛	시가/하이쿠	
4	3		清州此華會詠草/京城 花###葉宗匠選〔1〕 청주 고노하나카이 영초/경성 하나###요 종장 선	左通	시가/하이쿠	
4	3		清州此華會詠草/京城 花###葉宗匠選/人〔1〕 청주 고노하나카이 영초/경성 하나###요 종장 선/인	琴溪	시가/하이쿠	
4	3		清州此華會詠草/京城 花###葉宗匠選/地〔1〕 청주 고노하나카이 영초/경성 하나###요 종장 선/지	悟竹	시가/하이쿠	
4	3		清州此華會詠草/京城 花###葉宗匠選/天〔1〕 청주 고노하나카이 영초/경성 하나###요 종장 선/천	猶心	시가/하이쿠	
4	3		清州此華會詠草/京城 花###葉宗匠選/軸〔1〕 청주 고노하나카이 영초/경성 하나###요 종장 선/축		시가/하이쿠	
5	1~2		南山と漢陽公園 남산과 한양 공원		수필/기행	
6	1~3	新小說	女相塲師 〈70〉 여자 투기업자	米光關月	소설	

1915년 03월 19일 (금) 4948호

지면	단수	기획	기사제목 〈회수〉〔곡수〕	필자/저자(역자)	분류	비고
1	2~3		清會線 〈2〉 청회선	雲霓巨人	수필/관찰	
1	6~7	文苑	◎〔4〕 ◎	漢堂	시가/단카	
1	6~7	文苑	◎〔3〕 ◎	四水生	시가/단카	
3	5	歌ぶくろ	博多万歳 하카타 만세		수필/일상	
3	5~7	新聞の活 動寫眞	儚なき姉弟 〈25〉 덧없는 남매	四水生	수필/일상	
4	1~3		祐天吉松 〈84〉 유텐 기치마쓰	神田伯山	고단	
5	5		新小說 弘法大治郎 신소설 고보 다이지로		광고/연재예 고	
6	1~3	新小說	女相塲師 〈71〉 여자 투기업자	米光關月	소설	

1915년 03월 20일 (토) 4949호

지면	단수	기획	기사제목 〈회수〉〔곡수〕	필자/저자(역자)	분류	비고
1	2~4		清會線 〈3〉 청회선	雲霓巨人	수필/관찰	
1	6~7	文苑	◎〔4〕 ◎	漢堂	시가/단카	
3	4~5	歌ぶくろ	筑紫踊 쓰쿠시오도리	相生連	수필/일상	
3	5~7	新聞の活 動寫眞	儚なき姉弟 〈26〉 덧없는 남매	四水生	수필/일상	
4	1~3		祐天吉松 〈85〉 유텐 기치마쓰	神田伯山	고단	
5	5~6		新小說 弘法大治郎 신소설 고보 다이지로		광고/연재예 고	
6	1~3	新小說	女相塲師 〈72〉 여자 투기업자	米光關月	소설	

지면	단수	기획	기사제목 〈회수〉〔곡수〕	필자/저자(역자)	분류	비고
1915년 03월 21일 (일) 4950호						
1	2~3		淸會線 〈4〉 청회선	雲霓巨人	수필/관찰	
3	5~7	新聞の活 動寫眞	儚なき姉弟 〈27〉 덧없는 남매	四水生	수필/일상	
4	1~3		祐天吉松 〈86〉 유텐 기치마쓰	神田伯山	고단	
6	1~3	新小說	女相塲師 〈73〉 여자 투기업자	米光關月	소설	
7	1~2		獨立門 독립문		수필/기행	
7	3~4		新小說 弘法大治郎 신소설 고보 다이지로		광고/연재예 고	
1915년 03월 22일 (월) 4951호						
1	3~5		淸會線 〈5〉 청회선	雲霓巨人	수필/관찰	
3	1		★西大門 서대문		수필/기행	
3	2~4		濁り江の花 흐린 강의 꽃		수필/관찰	
3	6~7		龍山新名所 용산의 새 명소		수필/기행	
4	1~3		祐天吉松 〈87〉 유텐 기치마쓰	神田伯山	고단	
1915년 03월 24일 (수) 4952호						
1	2~3		淸會線 〈7〉 청회선	雲霓巨人	수필/관찰	
3	7	文苑	水原華城會句集/龍山不戲庵百戲選 〔1〕 수원 화성회 구집/용산 부희암 백희 선	蕉雨	시가/하이쿠	
3	7	文苑	水原華城會句集/龍山不戲庵百戲選 〔1〕 수원 화성회 구집/용산 부희암 백희 선	知足	시가/하이쿠	
3	7	文苑	水原華城會句集/龍山不戲庵百戲選 〔1〕 수원 화성회 구집/용산 부희암 백희 선	素醉	시가/하이쿠	
3	7	文苑	水原華城會句集/龍山不戲庵百戲選 〔3〕 수원 화성회 구집/용산 부희암 백희 선	知足	시가/하이쿠	
3	7	文苑	水原華城會句集/龍山不戲庵百戲選 〔1〕 수원 화성회 구집/용산 부희암 백희 선	進柳	시가/하이쿠	
3	7	文苑	水原華城會句集/龍山不戲庵百戲選 〔1〕 수원 화성회 구집/용산 부희암 백희 선	龍成子	시가/하이쿠	
3	7	文苑	水原華城會句集/龍山不戲庵百戲選 〔1〕 수원 화성회 구집/용산 부희암 백희 선	憶石	시가/하이쿠	
3	7	文苑	水原華城會句集/龍山不戲庵百戲選 〔1〕 수원 화성회 구집/용산 부희암 백희 선	無雨	시가/하이쿠	
3	7	文苑	水原華城會句集/龍山不戲庵百戲選/五感 〔1〕 수원 화성회 구집/용산 부희암 백희 선/오감	松峰	시가/하이쿠	
3	7	文苑	水原華城會句集/龍山不戲庵百戲選/五感 〔1〕 수원 화성회 구집/용산 부희암 백희 선/오감	知足	시가/하이쿠	
3	7	文苑	水原華城會句集/龍山不戲庵百戲選/五感 〔1〕 수원 화성회 구집/용산 부희암 백희 선/오감	龍成子	시가/하이쿠	

지면	단수	기획	기사제목 〈회수〉〔곡수〕	필자/저자(역자)	분류	비고
3	7	文苑	水原華城會句集/龍山不戱庵百戱選/五感〔1〕 수원 화성회 구집/용산 부희암 백희 선/오감	進柳	시가/하이쿠	
3	7	文苑	水原華城會句集/龍山不戱庵百戱選/五感〔1〕 수원 화성회 구집/용산 부희암 백희 선/오감	控石	시가/하이쿠	
3	7	文苑	水原華城會句集/龍山不戱庵百戱選/三光/人〔1〕 수원 화성회 구집/용산 부희암 백희 선/삼광/인	蕉雨	시가/하이쿠	
3	7	文苑	水原華城會句集/龍山不戱庵百戱選/三光/地〔1〕 수원 화성회 구집/용산 부희암 백희 선/삼광/지	幽山	시가/하이쿠	
3	7	文苑	水原華城會句集/龍山不戱庵百戱選/三光/天〔1〕 수원 화성회 구집/용산 부희암 백희 선/삼광/천	蕉雨	시가/하이쿠	
3	7	文苑	水原華城會句集/龍山不戱庵百戱選/三光/軸〔1〕 수원 화성회 구집/용산 부희암 백희 선/삼광/축		시가/하이쿠	
4	1~3		祐天吉松〈88〉 유텐 기치마쓰	神田伯山	고단	
5	1~2		駱駝山 낙타산		수필/기행	
6	1~3	小說	弘法大治郎〈1〉 고보 다이지로	竹の島人	소설/일본 고전	

1915년 03월 25일 (목) 4953호

지면	단수	기획	기사제목 〈회수〉〔곡수〕	필자/저자(역자)	분류	비고
1	2~4		淸會線〈8〉 청회선	雲霓巨人	수필/관찰	
3	4~5	歌ぶくろ	平壤踊の地唄 평양오도리의 지우타		수필/기타	
3	5~7	新聞の活 動寫眞	儚なき姉弟〈28〉 덧없는 남매	四水生	수필/일상	
4	1~3		祐天吉松〈89〉 유텐 기치마쓰	神田伯山	고단	
6	1~3	小說	弘法大治郎〈2〉 고보 다이지로	竹の島人	소설/일본 고전	

1915년 03월 26일 (금) 4954호

지면	단수	기획	기사제목 〈회수〉〔곡수〕	필자/저자(역자)	분류	비고
1	1~3		淸會線〈9〉 청회선	雲霓巨人	수필/관찰	
3	5~7	新聞の活 動寫眞	儚なき姉弟〈29〉 덧없는 남매	四水生	수필/일상	
4	1~3		祐天吉松〈90〉 유텐 기치마쓰	神田伯山	고단	
5	1~4		漢江と京城〈1〉 한강과 경성		수필/기행	
6	1~3	小說	弘法大治郎〈3〉 고보 다이지로	竹の島人	소설/일본 고전	

1915년 03월 27일 (토) 4955호

지면	단수	기획	기사제목 〈회수〉〔곡수〕	필자/저자(역자)	분류	비고
1	2~4		淸會線〈10〉 청회선	雲霓巨人	수필/관찰	
4	1~3		祐天吉松〈91〉 유텐 기치마쓰	神田伯山	고단	
5	1~2		漢江と京城〈2〉 한강과 경성		수필/기행	
6	1~4	小說	弘法大治郎〈4〉 고보 다이지로	竹の島人	소설/일본 고전	

지면	단수	기획	기사제목 〈회수〉〔곡수〕	필자/저자(역자)	분류	비고
			1915년 03월 28일 (일) 4956호			
1	3~5		淸會線 〈11〉 청회선	雲霓巨人	수필/관찰	
3	5~7	新聞の活 動寫眞	儚なき姉弟 〈30〉 덧없는 남매	四水生	수필/일상	
4	1~3		祐天吉松 〈92〉 유텐 기치마쓰	神田伯山	고단	
5	1~2		龍山繁榮策 용산 번영책	白愁生	수필/관찰	
5	6		俳句募集 하이쿠 모집		광고/모집 광고	
6	1~3	小說	弘法大治郎 〈5〉 고보 다이지로	竹の島人	소설/일본 고전	
			1915년 03월 29일 (월) 4957호			
1	6	文苑	水源鶯峯俳句集 〔1〕 수원 앵봉 하이쿠집	龍成子	시가/하이쿠	
1	6	文苑	水源鶯峯俳句集 〔1〕 수원 앵봉 하이쿠집	旭石	시가/하이쿠	
1	6	文苑	水源鶯峯俳句集 〔1〕 수원 앵봉 하이쿠집	白陽	시가/하이쿠	
1	6	文苑	水源鶯峯俳句集 〔1〕 수원 앵봉 하이쿠집	孤鳥	시가/하이쿠	
1	6	文苑	水源鶯峯俳句集 〔2〕 수원 앵봉 하이쿠집	峰陽	시가/하이쿠	
1	6	文苑	水源鶯峯俳句集 〔1〕 수원 앵봉 하이쿠집	硏堂	시가/하이쿠	
3	1~2		龍山繁榮策 용산 번영책	白愁生	수필/관찰	
4	1~3		祐天吉松 〈93〉 유텐 기치마쓰	神田伯山	고단	
			1915년 03월 30일 (화) 4958호			
1	2~4		淸會線 〈12〉 청회선	雲霓巨人	수필/관찰	
1	6	文苑	◎ 〔5〕 ◎	四水生	시가/단카	
3	5~7	新聞の活 動寫眞	儚なき姉弟 〈31〉 덧없는 남매	四水生	수필/일상	
4	1~3		祐天吉松 〈94〉 유텐 기치마쓰	神田伯山	고단	
6	1~3	小說	弘法大治郎 〈6〉 고보 다이지로	竹の島人	소설/일본 고전	
			1915년 03월 31일 (수) 4959호			
1	5	文苑	#里のケイ# 〔8〕 #리의 케이#	今共ゆめぞ	시가/단카	
3	5~7	新聞の活 動寫眞	儚なき姉弟 〈32〉 덧없는 남매	四水生	수필/일상	
4	1~3		祐天吉松 〈95〉 유텐 기치마쓰	神田伯山	고단	

지면	단수	기획	기사제목 〈회수〉〔곡수〕	필자/저자(역자)	분류	비고
6	1~3	小說	弘法大治郎 〈7〉 고보 다이지로	竹の島人	소설/일본 고전	

1915년 04월 01일 (목) 4960호

지면	단수	기획	기사제목 〈회수〉〔곡수〕	필자/저자(역자)	분류	비고
3	4		俳句募集 하이쿠 모집		광고/모집 광고	
3	5~7		新聞の活動寫眞 〈33〉 덧없는 남매	四水生	수필/일상	
4	1~3		祐天吉松 〈96〉 유텐 기치마쓰	神田伯山	고단	
6	1~3	小說	弘法大治郎 〈8〉 고보 다이지로	竹の島人	소설/일본 고전	

1915년 04월 02일 (금) 4961호

지면	단수	기획	기사제목 〈회수〉〔곡수〕	필자/저자(역자)	분류	비고
1	7	文苑	◎ 〔6〕 ◎	白愁生	시가/단카	
3	4~5		京城短歌會詠草 〔2〕 경성 단카회 영초	#方砂丘#	시가/단카	
3	4~5		京城短歌會詠草 〔1〕 경성 단카회 영초	增田元治	시가/단카	
3	4~5		京城短歌會詠草 〔2〕 경성 단카회 영초	川岡巴池紫	시가/단카	
3	4~5		京城短歌會詠草 〔2〕 경성 단카회 영초	####	시가/단카	
3	4~5		京城短歌會詠草 〔2〕 경성 단카회 영초	大平紫花	시가/단카	
3	4~5		京城短歌會詠草 〔1〕 경성 단카회 영초	大田貞杉	시가/단카	
3	4~5		京城短歌會詠草 〔1〕 경성 단카회 영초	石丸紅川	시가/단카	
3	4~5		京城短歌會詠草 〔2〕 경성 단카회 영초	守持葉子	시가/단카	
3	4~5		京城短歌會詠草 〔2〕 경성 단카회 영초	木島北星	시가/단카	
3	4~5		京城短歌會詠草 〔2〕 경성 단카회 영초	佐田玉村	시가/단카	
3	4~5		京城短歌會詠草 〔1〕 경성 단카회 영초	松中小波	시가/단카	
3	5~7	新聞の活 動寫眞	儚なき姉弟 〈34〉 덧없는 남매	四水生	수필/일상	
4	1~3		祐天吉松 〈97〉 유텐 기치마쓰	神田伯山	고단	
6	1~3	小說	弘法大治郎 〈9〉 고보 다이지로	竹の島人	소설/일본 고전	

1915년 04월 03일 (토) 4962호

지면	단수	기획	기사제목 〈회수〉〔곡수〕	필자/저자(역자)	분류	비고
1	6	文苑	醜草集 〔4〕 추초집	漢堂	시가/단카	
1	6	文苑	春二# 〔7〕 춘이#	芳#樓	시가/하이쿠	
3	2~4		我が生活より 나의 생활에서	仁川にて 白愁人	수필/일상	

지면	단수	기획	기사제목 〈회수〉〔곡수〕	필자/저자(역자)	분류	비고
3	5~7	新聞の活動寫眞	儚なき姉弟 〈35〉 덧없는 남매	四水生	수필/일상	
3	6		俳句募集 하이쿠 모집		광고/모집 광고	
4	1~3		祐天吉松 〈98〉 유텐 기치마쓰	神田伯山	고단	
6	1~3	小說	弘法大治郎 〈10〉 고보 다이지로	竹の島人	소설/일본 고전	

1915년 04월 05일 (월) 4963호

지면	단수	기획	기사제목 〈회수〉〔곡수〕	필자/저자(역자)	분류	비고
1	7	文苑	醜草集 〔4〕 추초집	漢堂	시가/단카	
4	1~3		祐天吉松 〈99〉 유텐 기치마쓰	神田伯山	고단	

1915년 04월 06일 (화) 4964호

지면	단수	기획	기사제목 〈회수〉〔곡수〕	필자/저자(역자)	분류	비고
1	6	文苑	醜草集 〔5〕 추초집	漢堂	시가/단카	
1	6	文苑	仁川時雨會句集 〔2〕 인천 시구레카이 구집	##	시가/하이쿠	
1	6	文苑	仁川時雨會句集 〔1〕 인천 시구레카이 구집	眞佐志	시가/하이쿠	
1	6	文苑	仁川時雨會句集 〔1〕 인천 시구레카이 구집	春花	시가/하이쿠	
1	6	文苑	仁川時雨會句集 〔2〕 인천 시구레카이 구집	葉嵐	시가/하이쿠	
1	6	文苑	仁川時雨會句集 〔1〕 인천 시구레카이 구집	字彦公	시가/하이쿠	
1	6	文苑	仁川時雨會句集 〔2〕 인천 시구레카이 구집	句碑守	시가/하이쿠	
1	6	文苑	仁川時雨會句集 〔3〕 인천 시구레카이 구집	月子	시가/하이쿠	
1	6	文苑	仁川時雨會句集 〔1〕 인천 시구레카이 구집	松園	시가/하이쿠	
3	5~7	新聞の活動寫眞	儚なき姉弟 〈37〉 덧없는 남매	四水生	수필/일상	
4	1~3		祐天吉松 〈100〉 유텐 기치마쓰	神田伯山	고단	
5	2~3		樂しき日 즐거운 날		수필/일상	
6	1~3	小說	弘法大治郎 〈11〉 고보 다이지로	竹の島人	소설/일본 고전	
6	3		淸州此華會句集 〔1〕 청주 고노하나카이 구집	右通	시가/하이쿠	
6	3		淸州此華會句集 〔1〕 청주 고노하나카이 구집	菊坡	시가/하이쿠	
6	3		淸州此華會句集 〔1〕 청주 고노하나카이 구집	應心	시가/하이쿠	
6	3		淸州此華會句集 〔1〕 청주 고노하나카이 구집	桃園	시가/하이쿠	
6	3		淸州此華會句集 〔2〕 청주 고노하나카이 구집	菊坡	시가/하이쿠	

지면	단수	기획	기사제목 〈회수〉 〔곡수〕	필자/저자(역자)	분류	비고
6	3		清州此華會句集 〔1〕 청주 고노하나카이 구집	初心	시가/하이쿠	
6	3		清州此華會句集 〔1〕 청주 고노하나카이 구집	桃園	시가/하이쿠	
6	3		清州此華會句集 〔1〕 청주 고노하나카이 구집	世迁人	시가/하이쿠	
6	3		清州此華會句集 〔1〕 청주 고노하나카이 구집	桃園	시가/하이쿠	
6	3		清州此華會句集 〔1〕 청주 고노하나카이 구집	可紅	시가/하이쿠	
6	3		清州此華會句集 〔3〕 청주 고노하나카이 구집	右通	시가/하이쿠	
6	3		清州此華會句集 〔1〕 청주 고노하나카이 구집	桃園	시가/하이쿠	
6	3		清州此華會句集 〔1〕 청주 고노하나카이 구집	右通	시가/하이쿠	

1915년 04월 07일 (수) 4965호

지면	단수	기획	기사제목 〈회수〉 〔곡수〕	필자/저자(역자)	분류	비고
1	6	文苑	醜草集 〔4〕 추초집	漢堂	시가/단카	
1	6	文苑	醉後 〔6〕 술취한 뒤	今井#可	시가/단카	
1	6	文苑	仁川時雨會句集 〔2〕 인천 시구레카이 구집	夢#	시가/하이쿠	
1	6	文苑	仁川時雨會句集 〔3〕 인천 시구레카이 구집	康知	시가/하이쿠	
1	6	文苑	仁川時雨會句集 〔2〕 인천 시구레카이 구집	丹葉	시가/하이쿠	
1	6	文苑	仁川時雨會句集 〔3〕 인천 시구레카이 구집	雨風	시가/하이쿠	
3	5~7	新聞の活 動寫眞	儚なき姉弟 〈38〉 덧없는 남매	四水生	수필/일상	
4	1~3		祐天吉松 〈101〉 유텐 기치마쓰	神田伯山	고단	
6	1~3	小說	弘法大治郎 〈12〉 고보 다이지로	竹の島人	소설/일본 고전	
6	3		清州此華會吟集 〔1〕 청주 고노하나카이음집	一流	시가/하이쿠	
6	3		清州此華會吟集 〔1〕 청주 고노하나카이음집	左通	시가/하이쿠	
6	3		清州此華會吟集 〔1〕 청주 고노하나카이음집	一宗	시가/하이쿠	
6	3		清州此華會吟集 〔1〕 청주 고노하나카이음집	紫琴	시가/하이쿠	
6	3		清州此華會吟集 〔1〕 청주 고노하나카이음집	一流	시가/하이쿠	
6	3		清州此華會吟集 〔1〕 청주 고노하나카이음집	紫琴	시가/하이쿠	
6	3		清州此華會吟集 〔1〕 청주 고노하나카이음집	悟竹	시가/하이쿠	
6	3		清州此華會吟集 〔1〕 청주 고노하나카이음집	初心	시가/하이쿠	

지면	단수	기획	기사제목 〈회수〉〔곡수〕	필자/저자(역자)	분류	비고
6	3		淸州此華會吟集 〔1〕 청주 고노하나카이음집	桃園	시가/하이쿠	
6	3		淸州此華會吟集 〔1〕 청주 고노하나카이음집	左通	시가/하이쿠	
6	3		淸州此華會吟集 〔1〕 청주 고노하나카이음집	桃園	시가/하이쿠	
6	3		淸州此華會吟集 〔1〕 청주 고노하나카이음집	菊坡	시가/하이쿠	
6	3		淸州此華會吟集 〔1〕 청주 고노하나카이음집	桃園	시가/하이쿠	
6	3		淸州此華會吟集 〔1〕 청주 고노하나카이음집	南窓	시가/하이쿠	
6	3		淸州此華會吟集 〔1〕 청주 고노하나카이음집	##	시가/하이쿠	

1915년 04월 08일 (목) 4966호

지면	단수	기획	기사제목 〈회수〉〔곡수〕	필자/저자(역자)	분류	비고
1	5	文苑	○ 〔4〕 ○	漢堂	시가/단카	
1	6		仁川時雨會句集 〔3〕 인천 시구레카이 구집	靑扇	시가/하이쿠	
1	6		仁川時雨會句集 〔4〕 인천 시구레카이 구집	#岳	시가/하이쿠	
1	6		仁川時雨會句集 〔4〕 인천 시구레카이 구집	小汀	시가/하이쿠	
3	5		淸州此華會吟集 〔1〕 청주 고노하나카이음집	一涉	시가/하이쿠	
3	5		淸州此華會吟集 〔1〕 청주 고노하나카이음집	#翁	시가/하이쿠	
3	5		淸州此華會吟集 〔1〕 청주 고노하나카이음집	初心	시가/하이쿠	
3	5		淸州此華會吟集 〔1〕 청주 고노하나카이음집	悟竹	시가/하이쿠	
3	5		淸州此華會吟集 〔1〕 청주 고노하나카이음집	左通	시가/하이쿠	
3	5		淸州此華會吟集 〔1〕 청주 고노하나카이음집	一流	시가/하이쿠	
3	5		淸州此華會吟集 〔1〕 청주 고노하나카이음집	#心	시가/하이쿠	
3	5		淸州此華會吟集 〔1〕 청주 고노하나카이음집	一流	시가/하이쿠	
3	5		淸州此華會吟集 〔1〕 청주 고노하나카이음집	左通	시가/하이쿠	
3	5		淸州此華會吟集 〔1〕 청주 고노하나카이음집	可紅	시가/하이쿠	
3	5		淸州此華會吟集 〔1〕 청주 고노하나카이음집	鬼石	시가/하이쿠	
3	5		淸州此華會吟集 〔1〕 청주 고노하나카이음집	悟竹	시가/하이쿠	
3	5		淸州此華會吟集 〔1〕 청주 고노하나카이음집	悟竹	시가/하이쿠	
3	5		淸州此華會吟集 〔1〕 청주 고노하나카이음집	紫琴	시가/하이쿠	

지면	단수	기획	기사제목 〈회수〉〔곡수〕	필자/저자(역자)	분류	비고
3	5		淸州此華會吟集 〔1〕 청주 고노하나카이음집	字甘	시가/하이쿠	
3	5~7	新聞の活 動寫眞	儚なき姉弟 〈39〉 덧없는 남매	四水生	수필/일상	
4	1~3		祐天吉松 〈102〉 유텐 기치마쓰	神田伯山	고단	
6	1~3	小說	弘法大治郎 〈13〉 고보 다이지로	竹の島人	소설/일본 고전	

1915년 04월 09일 (금) 4968호

지면	단수	기획	기사제목 〈회수〉〔곡수〕	필자/저자(역자)	분류	비고
1	5		醜草集 〔4〕 추초집	漢堂	시가/단카	
1	6		仁川芋の葉吟社句集/鳥交る 〔1〕 인천 이모노하긴샤 구집/새의 교미	架鳴子	시가/하이쿠	
1	6		仁川芋の葉吟社句集/鳥交る 〔1〕 인천 이모노하긴샤 구집/새의 교미	紅子	시가/하이쿠	
1	6		仁川芋の葉吟社句集/鳥交る 〔2〕 인천 이모노하긴샤 구집/새의 교미	翠鳴子	시가/하이쿠	
1	6		仁川芋の葉吟社句集/鳥交る 〔1〕 인천 이모노하긴샤 구집/새의 교미	涼南	시가/하이쿠	
1	6		仁川芋の葉吟社句集/鳥交る 〔1〕 인천 이모노하긴샤 구집/새의 교미	千牛	시가/하이쿠	
1	6		仁川芋の葉吟社句集/鳥交る 〔1〕 인천 이모노하긴샤 구집/새의 교미	巴坡	시가/하이쿠	
1	6		仁川芋の葉吟社句集/木の芽 〔1〕 인천 이모노하긴샤 구집/나무의 싹	尻哉	시가/하이쿠	
1	6		仁川芋の葉吟社句集/木の芽 〔2〕 인천 이모노하긴샤 구집/나무의 싹	花汀	시가/하이쿠	
1	6		仁川芋の葉吟社句集/木の芽 〔1〕 인천 이모노하긴샤 구집/나무의 싹	丹葉	시가/하이쿠	
1	6		仁川芋の葉吟社句集/木の芽 〔1〕 인천 이모노하긴샤 구집/나무의 싹	尻哉	시가/하이쿠	
1	6		仁川芋の葉吟社句集/木の芽 〔1〕 인천 이모노하긴샤 구집/나무의 싹	松架	시가/하이쿠	
1	6		仁川芋の葉吟社句集/木の芽 〔1〕 인천 이모노하긴샤 구집/나무의 싹	芳洲	시가/하이쿠	
1	6		仁川芋の葉吟社句集/木の芽 〔1〕 인천 이모노하긴샤 구집/나무의 싹	丹葉	시가/하이쿠	
1	6		仁川芋の葉吟社句集/木の芽 〔1〕 인천 이모노하긴샤 구집/나무의 싹	紅子	시가/하이쿠	
1	6		仁川芋の葉吟社句集/木の芽 〔1〕 인천 이모노하긴샤 구집/나무의 싹	翠鳴子	시가/하이쿠	
1	6		仁川芋の葉吟社句集/木の芽 〔1〕 인천 이모노하긴샤 구집/나무의 싹	竹窓	시가/하이쿠	
1	6		仁川芋の葉吟社句集/木の芽 〔1〕 인천 이모노하긴샤 구집/나무의 싹	巴坡	시가/하이쿠	
1	6		仁川芋の葉吟社句集/木の芽 〔1〕 인천 이모노하긴샤 구집/나무의 싹	丹葉	시가/하이쿠	
3	5~7	新聞の活 動寫眞	儚なき姉弟 〈40〉 덧없는 남매	四水生	수필/일상	
4	1~3		祐天吉松 〈103〉 유텐 기치마쓰	神田伯山	고단	

지면	단수	기획	기사제목 〈회수〉〔곡수〕	필자/저재(역자)	분류	비고
6	1~3	小說	弘法大治郎 〈14〉 고보 다이지로	竹の島人	소설/일본 고전	

1915년 04월 10일 (토) 4969호

지면	단수	기획	기사제목 〈회수〉〔곡수〕	필자/저재(역자)	분류	비고
1	5	文苑	醜草集 〔4〕 추초집	漢堂	시가/단카	
1	5~6	文苑	水源鶯峯會句集 〔9〕 누이가 경성에 온다면	白愁生	수필/일상	
1	6	文苑	水源鶯峯會句集 〔1〕 수원 앵봉회 구집	龍成子	시가/하이쿠	
1	6	文苑	水源鶯峯會句集 〔1〕 수원 앵봉회 구집	棕櫚	시가/하이쿠	
1	6	文苑	水源鶯峯會句集 〔1〕 수원 앵봉회 구집	旭軒	시가/하이쿠	
1	6	文苑	水源鶯峯會句集 〔1〕 수원 앵봉회 구집	孤島	시가/하이쿠	
1	6	文苑	水源鶯峯會句集 〔1〕 수원 앵봉회 구집	龍成子	시가/하이쿠	
1	6	文苑	水源鶯峯會句集 〔1〕 수원 앵봉회 구집	旭軒	시가/하이쿠	
1	6	文苑	水源鶯峯會句集 〔1〕 수원 앵봉회 구집	研堂	시가/하이쿠	
3	5~7	新聞の活 動寫眞	儚なき姉弟 〈41〉 덧없는 남매	四水生	수필/일상	
4	1~3		祐天吉松 〈104〉 유텐 기치마쓰	神田伯山	고단	
6	1~4	小說	弘法大治郎 〈15〉 고보 다이지로	竹の島人	소설/일본 고전	

1915년 04월 11일 (일) 4970호

지면	단수	기획	기사제목 〈회수〉〔곡수〕	필자/저재(역자)	분류	비고
3	2~4		官史生活を讀みて/免官の詩 〔9〕 관사 생활을 읽고/면관의 시	血淚生	시가/자유시	
3	5~7		藝者部屋 〈1〉 게이샤의 방		수필/일상	
4	1~3		祐天吉松 〈105〉 유텐 기치마쓰	神田伯山	고단	
6	1~3	小說	弘法大治郎 〈16〉 고보 다이지로	竹の島人	소설/일본 고전	

1915년 04월 12일 (월) 4971호

지면	단수	기획	기사제목 〈회수〉〔곡수〕	필자/저재(역자)	분류	비고
1	6	文苑	水源鶯峯會句集 〔1〕 수원 앵봉 하이쿠집	龍成子	시가/하이쿠	
1	6	文苑	水源鶯峯會句集 〔1〕 수원 앵봉 하이쿠집	華水	시가/하이쿠	
1	6	文苑	水源鶯峯會句集 〔1〕 수원 앵봉 하이쿠집	梵三	시가/하이쿠	
1	6	文苑	水源鶯峯會句集 〔1〕 수원 앵봉 하이쿠집	孤島	시가/하이쿠	
1	6	文苑	水源鶯峯會句集 〔1〕 수원 앵봉 하이쿠집	華水	시가/하이쿠	
1	6	文苑	水源鶯峯會句集 〔1〕 수원 앵봉 하이쿠집	旭軒	시가/하이쿠	

지면	단수	기획	기사제목 〈회수〉〔곡수〕	필자/저자(역자)	분류	비고
1	6	文苑	水源鶯峯會句集〔1〕 수원 앵봉 하이쿠집	千足	시가/하이쿠	
1	6	文苑	水源鶯峯會句集〔1〕 수원 앵봉 하이쿠집	龍成子	시가/하이쿠	
1	6	文苑	水源鶯峯會句集〔2〕 수원 앵봉 하이쿠집	旭軒	시가/하이쿠	
3	1~2		春漫々/櫻の下より 봄이 펼쳐지다/벚꽃나무 아래에서		수필/일상	
4	1~3		祐天吉松〈106〉 유텐 기치마쓰	神田伯山	고단	

1915년 04월 13일 (화) 4972호

지면	단수	기획	기사제목 〈회수〉〔곡수〕	필자/저자(역자)	분류	비고
3	5~7		藝者部屋〈2〉 게이샤의 방		수필/일상	
4	1~3		祐天吉松〈107〉 유텐 기치마쓰	神田伯山	고단	
5	1~2		春漫々/南山町から 봄이 펼쳐지다/남산정에서		수필/일상	
5	6~7		仁川の春/名國公園 인천의 봄/각국의 공원		수필/일상	
6	1~3	小說	弘法大治郎〈17〉 고보 다이지로	竹の島人	소설/일본 고전	

1915년 04월 14일 (수) 4973호

지면	단수	기획	기사제목 〈회수〉〔곡수〕	필자/저자(역자)	분류	비고
1	7	文苑	バガボンドと春の宵〔5〕 바보와 봄날 밤	今川生	시가/단카	
3	5~7		藝者部屋〈3〉 게이샤의 방		수필/일상	
4	1~3		祐天吉松〈108〉 유텐 기치마쓰	神田伯山	고단	
5	1~2		春漫々/春雨の書齊 봄이 펼쳐지다/봄비내리는 서재		수필/일상	
5	2~3		仁川の春/雨の仲町 인천의 봄/비오는 중정		수필/일상	
5	4		俳句募集 하이쿠 모집		광고/모집 광고	
6	1~3	小說	弘法大治郎〈18〉 고보 다이지로	竹の島人	소설/일본 고전	

1915년 04월 15일 (목) 4974호

지면	단수	기획	기사제목 〈회수〉〔곡수〕	필자/저자(역자)	분류	비고
3	3~4	募集俳句	暖〔2〕 따뜻함	##	시가/하이쿠	판독 불가
3	3~4	募集俳句	暖〔2〕 따뜻함	小橋	시가/하이쿠	판독 불가
3	3~4	募集俳句	暖〔1〕 따뜻함	一里	시가/하이쿠	판독 불가
3	3~4	募集俳句	暖〔2〕 따뜻함	捏造	시가/하이쿠	판독 불가
3	3~4	募集俳句	暖〔1〕 따뜻함	雀子	시가/하이쿠	판독 불가
3	3~4	募集俳句	暖〔1〕 따뜻함	會#	시가/하이쿠	판독 불가

지면	단수	기획	기사제목 〈회수〉〔곡수〕	필자/저자(역자)	분류	비고
3	3~4	募集俳句	暖〔1〕 따뜻함	窓星	시가/하이쿠	판독 불가
3	3~4	募集俳句	暖〔2〕 따뜻함	##	시가/하이쿠	판독 불가
3	3~4	募集俳句	暖〔1〕 따뜻함	向空	시가/하이쿠	판독 불가
3	3~4	募集俳句	暖〔2〕 따뜻함	東足	시가/하이쿠	판독 불가
3	3~4	募集俳句	暖〔1〕 따뜻함	竹窓	시가/하이쿠	판독 불가
3	3~4	募集俳句	暖〔1〕 따뜻함	##	시가/하이쿠	판독 불가
3	3~4	募集俳句	暖〔2〕 따뜻함	##	시가/하이쿠	판독 불가
3	3~4	募集俳句	暖〔1〕 따뜻함	谷間	시가/하이쿠	판독 불가
3	3~4	募集俳句	暖〔2〕 따뜻함	##	시가/하이쿠	판독 불가
3	3~4	募集俳句	暖〔2〕 따뜻함	夢村	시가/하이쿠	판독 불가
3	3~4	募集俳句	下萌〔1〕 싹이 틈	賣豆	시가/하이쿠	판독 불가
3	3~4	募集俳句	下萌〔1〕 싹이 틈	##	시가/하이쿠	판독 불가
3	3~4	募集俳句	下萌〔1〕 싹이 틈	##	시가/하이쿠	판독 불가
3	3~4	募集俳句	下萌〔1〕 싹이 틈	##	시가/하이쿠	판독 불가
3	3~4	募集俳句	下萌〔2〕 싹이 틈	##	시가/하이쿠	판독 불가
3	3~4	募集俳句	下萌〔1〕 싹이 틈	黃葉	시가/하이쿠	판독 불가
3	3~4	募集俳句	下萌〔1〕 싹이 틈	東足	시가/하이쿠	판독 불가
3	3~4	募集俳句	下萌〔1〕 싹이 틈	#果	시가/하이쿠	판독 불가
3	3~4	募集俳句	下萌〔1〕 싹이 틈	雲月	시가/하이쿠	판독 불가
3	3~4	募集俳句	下萌〔2〕 싹이 틈	葉堂	시가/하이쿠	판독 불가
3	3~4	募集俳句	下萌〔1〕 싹이 틈	##	시가/하이쿠	판독 불가
3	3~4	募集俳句	下萌〔1〕 싹이 틈	##	시가/하이쿠	판독 불가
3	3~4	募集俳句	下萌〔1〕 싹이 틈	##	시가/하이쿠	판독 불가
3	3~4	募集俳句	下萌〔1〕 싹이 틈	##	시가/하이쿠	판독 불가
3	3~4	募集俳句	下萌〔1〕 싹이 틈	##	시가/하이쿠	판독 불가
3	3~4	募集俳句	下萌〔1〕 싹이 틈	##	시가/하이쿠	판독 불가

지면	단수	기획	기사제목 〈회수〉〔곡수〕	필자/저자(역자)	분류	비고
3	3~4	募集俳句	下萌〔1〕 싹이 틈	##	시가/하이쿠	판독 불가
3	3~4	募集俳句	下萌〔1〕 싹이 틈	##	시가/하이쿠	판독 불가
3	3~4	募集俳句	下萌/人〔1〕 싹이 틈/인	##	시가/하이쿠	판독 불가
3	3~4	募集俳句	下萌/地〔1〕 싹이 틈/지	##	시가/하이쿠	판독 불가
3	3~4	募集俳句	下萌/天〔1〕 싹이 틈/천	##	시가/하이쿠	판독 불가
3	4~6		藝者部屋〈4〉 게이샤의 방		수필/일상	
4	1~3		祐天吉松〈108〉 유텐 기치마쓰	神田伯山	고단	회수 오류
5	1~3		春漫々/巡査の春 봄이 펼쳐지다/순사의 봄		수필/일상	
5	3~4		仁川の春/日本公園 인천의 봄/일본 공원		수필/일상	
6	1~3	小說	弘法大治郞〈18〉 고보 다이지로	竹の島人	소설/일본 고전	회수 오류

1915년 04월 16일 (금) 4975호

지면	단수	기획	기사제목 〈회수〉〔곡수〕	필자/저자(역자)	분류	비고
3	4	文苑	雛〔5〕 병아리	水源 龍成子	시가/하이쿠	
4	1~3		祐天吉松〈110〉 유텐 기치마쓰	神田伯山	고단	
5	1~2		春漫々/停車場の春 봄기운이 만연하다/정차장의 봄		수필/일상	
5	2~3		仁川の春 인천의 봄		수필/일상	
6	1~3	小說	弘法大治郞〈20〉 고보 다이지로	竹の島人	소설/일본 고전	

1915년 04월 17일 (토) 4976호

지면	단수	기획	기사제목 〈회수〉〔곡수〕	필자/저자(역자)	분류	비고
3	7	文苑	春雜吟〔11〕 봄-잡음	芳浦想	시가/하이쿠	
4	1~3		祐天吉松〈111〉 유텐 기치마쓰	神田伯山	고단	
5	1~2		春漫々/東京より 봄이 펼쳐지다/도쿄에서		수필/일상	
5	5		俳句募集 하이쿠 모집		광고/모집 광고	
6	1~3	小說	弘法大治郞〈21〉 고보 다이지로	竹の島人	소설/일본 고전	

1915년 04월 18일 (일) 4977호

지면	단수	기획	기사제목 〈회수〉〔곡수〕	필자/저자(역자)	분류	비고
1	4~5		單純生活〈1〉 단순 생활	閑根白念	수필/일상	
3	3		俳句募集 하이쿠 모집		광고/모집 광고	
3	5		仁川時雨會例會〔1〕 인천 시구레카이 예회	##	시가/하이쿠	판독 불가

지면	단수	기획	기사제목 〈회수〉〔곡수〕	필자/저자(역자)	분류	비고
3	5		仁川時雨會例會 〔1〕 인천 시구레카이 예회	眞佐志	시가/하이쿠	판독 불가
3	5		仁川時雨會例會 〔1〕 인천 시구레카이 예회	##	시가/하이쿠	판독 불가
3	5		仁川時雨會例會 〔2〕 인천 시구레카이 예회	##	시가/하이쿠	판독 불가
3	5		仁川時雨會例會 〔1〕 인천 시구레카이 예회	#彦公	시가/하이쿠	판독 불가
3	5		仁川時雨會例會 〔1〕 인천 시구레카이 예회	幽朶	시가/하이쿠	판독 불가
3	5		仁川時雨會例會 〔1〕 인천 시구레카이 예회	#碑守	시가/하이쿠	판독 불가
3	5		仁川時雨會例會 〔1〕 인천 시구레카이 예회	竹流	시가/하이쿠	판독 불가
3	5		仁川時雨會例會 〔1〕 인천 시구레카이 예회	月子	시가/하이쿠	판독 불가
3	5		仁川時雨會例會 〔1〕 인천 시구레카이 예회	松園	시가/하이쿠	판독 불가
3	5		仁川時雨會例會 〔2〕 인천 시구레카이 예회	浦子	시가/하이쿠	판독 불가
3	5		仁川時雨會例會 〔2〕 인천 시구레카이 예회	筑人	시가/하이쿠	판독 불가
3	5		仁川時雨會例會 〔2〕 인천 시구레카이 예회	春#	시가/하이쿠	판독 불가
3	5		仁川時雨會例會 〔2〕 인천 시구레카이 예회	南窓	시가/하이쿠	판독 불가
3	5		仁川時雨會例會 〔3〕 인천 시구레카이 예회	雨風	시가/하이쿠	판독 불가
3	5		仁川時雨會例會 〔3〕 인천 시구레카이 예회	##	시가/하이쿠	판독 불가
3	5		仁川時雨會例會 〔5〕 인천 시구레카이 예회	小#	시가/하이쿠	판독 불가
3	5		仁川時雨會例會 〔1〕 인천 시구레카이 예회	點##	시가/하이쿠	판독 불가
3	5		仁川時雨會例會 〔1〕 인천 시구레카이 예회	士六點	시가/하이쿠	판독 불가
3	5~7		遊廓の女 〈1〉 유곽의 여자		수필	
4	1~3		祐天吉松 〈112〉 유텐 기치마쓰	神田伯山	고단	
5	1~2		春漫々/東京より 봄이 펼쳐지다/도쿄에서	閑根白念	수필/일상	
5	2~4		仁川の春 인천의 봄		수필/일상	
6	1~3	小說	弘法大治郎 〈22〉 고보 다이지로	竹の島人	소설/일본 고전	

1915년 04월 19일 (월) 4978호

| 1 | 4~5 | | 單純生活 〈2〉
단순 생활 | 閑根白念 | 수필/일상 | |
| 1 | 7 | 俳句 | 下萌、暖 〔1〕
싹이 틈, 따뜻함 | 巨#堂 | 시가/하이쿠 | |

지면	단수	기획	기사제목 〈회수〉〔곡수〕	필자/저자(역자)	분류	비고
1	7	俳句	下萌、暖 [1] 싹이 틈, 따뜻함	奇骨	시가/하이쿠	
1	7	俳句	下萌、暖 [3] 싹이 틈, 따뜻함	狼々	시가/하이쿠	
1	7	俳句	下萌、暖 [2] 싹이 틈, 따뜻함	曉峰	시가/하이쿠	
1	7	俳句	下萌、暖 [3] 싹이 틈, 따뜻함	紅葉	시가/하이쿠	
1	7	俳句	下萌、暖 [7] 싹이 틈, 따뜻함	活太江	시가/하이쿠	
3	1~2		春漫々/墓地の春 봄이 펼쳐지다/묘지의 봄		수필/일상	
3	2~4		仁川の春/春の野球界 인천의 봄/봄의 야구계		수필/일상	
3	7		俳句募集 하이쿠 모집		광고/모집 광고	
4	1~3	小說	弘法大治郎 〈23〉 고보 다이지로	竹の島人	소설/일본 고전	

1915년 04월 20일 (화) 4979호

지면	단수	기획	기사제목 〈회수〉〔곡수〕	필자/저자(역자)	분류	비고
1	5~6		單純生活 〈3〉 단순 생활	閑根白念	수필/일상	
3	6~7		遊廓の女 〈2〉 유곽의 여자		수필	
4	1~3		祐天吉松 〈113〉 유텐 기치마쓰	神田伯山	고단	
6	1~3	小說	弘法大治郎 〈24〉 고보 다이지로	竹の島人	소설/일본 고전	

1915년 04월 21일 (수) 4980호

지면	단수	기획	기사제목 〈회수〉〔곡수〕	필자/저자(역자)	분류	비고
1	2~6		單純生活 〈4〉 단순 생활	閑根白念	수필/일상	
3	5	文苑	ある日 어느 날	照子	수필/일상	
3	5~6		遊廓の女 〈3〉 유곽의 여자		수필	
4	1~3		祐天吉松 〈114〉 유텐 기치마쓰	神田伯山	고단	
6	1~3	小說	弘法大治郎 〈25〉 고보 다이지로	竹の島人	소설/일본 고전	

1915년 04월 22일 (목) 4981호

지면	단수	기획	기사제목 〈회수〉〔곡수〕	필자/저자(역자)	분류	비고
3	1~2		青島見物/櫻花が咲いた 칭다오 구경/벚꽃이 피었다		수필/기행	
3	6~7		遊廓の女 〈4〉 유곽의 여자		수필	
4	1~3		祐天吉松 〈115〉 유텐 기치마쓰	神田伯山	고단	
5	3~4		春が来た 봄이 왔다		수필/관찰	
6	1~3	小說	弘法大治郎 〈26〉 고보 다이지로	竹の島人	소설/일본 고전	

지면	단수	기획	기사제목 〈회수〉〔곡수〕	필자/저재(역자)	분류	비고
1915년 04월 23일 (금) 4982호						
1	3~6		單純生活 〈5〉 단순 생활	閑根白念	수필/일상	
3	1~4		靑島見物 칭다오 구경		수필/기행	
3	6	文苑	春 봄	照子	수필/일상	
3	6~7		遊廓の女 〈5〉 유곽의 여자		수필	
4	1~3		祐天吉松 〈116〉 유텐 기치마쓰	神田伯山	고단	
6	1~3	小說	弘法大治郎 〈27〉 고보 다이지로	竹の島人	소설/일본 고전	
1915년 04월 24일 (토) 4983호						
1	2~5		單純生活 〈6〉 단순 생활	閑根白念	수필/일상	
3	1~2		靑島見物 칭다오 구경		수필/기행	
3	4~5		そのころの春 〈1〉 그 때의 봄	石森胡#	수필/일상	
3	6~7		遊廓の女 〈6〉 유곽의 여자		수필	
3	6		俳句募集 하이쿠 모집		광고/모집 광고	
4	1~3		祐天吉松 〈117〉 유텐 기치마쓰	神田伯山	고단	
6	1~3	小説	弘法大治郎 〈28〉 고보 다이지로	竹の島人	소설/일본 고전	
1915년 04월 25일 (일) 4984호						
3	4~5		そのころの春 〈2〉 그 때의 봄	石森胡#	수필/일상	
3	6~7		遊廓の女 〈7〉 유곽의 여자		수필	
4	1~3		祐天吉松 〈118〉 유텐 기치마쓰	神田伯山	고단	
5	2~3		今日の龍山 오늘의 용산		수필/기행	
6	1~3	小説	弘法大治郎 〈29〉 고보 다이지로	竹の島人	소설/일본 고전	
1915년 04월 26일 (월) 4985호						
3	6~7		春の各地催し 봄의 각 지역 행사		수필/기행	
3	6~7		姥櫻にも春の色 우바자쿠라에도 봄 빛		수필/관찰	
4	1~3		祐天吉松 〈119〉 유텐 기치마쓰	神田伯山	고단	
1915년 04월 27일 (화) 4986호						

지면	단수	기획	기사제목 〈회수〉〔곡수〕	필자/저자(역자)	분류	비고
1	6		夢の華 〔7〕 꿈의 꽃	白愁生	시가/단카	
3	6~7		遊廓の女 〈8〉 유곽의 여자		수필	
4	1~3		祐天吉松 〈120〉 유텐 기치마쓰	神田伯山	고단	
6	1~3	小說	弘法大治郎 〈30〉 고보 다이지로	竹の島人	소설/일본 고전	

1915년 04월 28일 (수) 4987호

1	2~4		單純生活 〈7〉 단순 생활	閑根白念	수필/일상	
4	1~3		祐天吉松 〈121〉 유텐 기치마쓰	神田伯山	고단	
6	1~3	小說	弘法大治郎 〈31〉 고보 다이지로	竹の島人	소설/일본 고전	

1915년 04월 29일 (목) 4988호

| 4 | 1~3 | | 祐天吉松 〈122〉
유텐 기치마쓰 | 神田伯山 | 고단 | |
| 6 | 1~3 | 小說 | 弘法大治郎 〈32〉
고보 다이지로 | 竹の島人 | 소설/일본
고전 | |

1915년 04월 30일 (금) 4989호

1	2~5		單純生活 〈8〉 단순 생활	閑根白念	수필/일상	
3	4~6		春と鐵道 봄과 철도		수필/관찰	
3	6~7		溫泉の春 온천의 봄		수필/기행	
4	1~3		祐天吉松 〈123〉 유텐 기치마쓰	神田伯山	고단	
5	5~6		湖南の春 호남의 봄		수필/기행	
6	1~3	小說	弘法大治郎 〈33〉 고보 다이지로	竹の島人	소설/일본 고전	

1915년 05월 01일 (토) 4990호

1	2~3		春の滿洲 봄의 만주	笹谷生	수필/기행	
3	7	文苑	櫻 〔2〕 벚꽃	尚古	시가/단카	
4	1~3		祐天吉松 〈124〉 유텐 기치마쓰	神田伯山	고단	
5	2~3		春濃 짙은 봄	かなり	수필/일상	
6	1~3	小說	弘法大治郎 〈34〉 고보 다이지로	竹の島人	소설/일본 고전	

1915년 05월 02일 (일) 4991호

| 1 | 7 | 文苑 | 手帳より 〔9〕
수첩에서 | 白愁生 | 시가/단카 | |

지면	단수	기획	기사제목 〈회수〉〔곡수〕	필자/저자(역자)	분류	비고
3	6~7		仲居氣質 〈1〉 종업원 기질		수필/일상	
4	1~3		祐天吉松 〈125〉 유텐 기치마쓰	神田伯山	고단	
6	1~3	小說	弘法大治郎 〈35〉 고보 다이지로	竹の島人	소설/일본 고전	

1915년 05월 03일 (월) 4992호

지면	단수	기획	기사제목 〈회수〉〔곡수〕	필자/저자(역자)	분류	비고
3	3~5		春酣なる日曜日の行樂 봄이 한창인 일요일의 행락		수필/일상	
3	5~6		とらと蔦古 호랑이와 겨우살이		수필/관찰	
4	1~3		祐天吉松 〈126〉 유텐 기치마쓰	神田伯山	고단	

1915년 05월 04일 (화) 4993호

지면	단수	기획	기사제목 〈회수〉〔곡수〕	필자/저자(역자)	분류	비고
3	6~7		仲居氣質 〈2〉 종업원 기질		수필/일상	
4	1~3		祐天吉松 〈127〉 유텐 기치마쓰	神田伯山	고단	
5	5~6		水鄕の春 수향의 봄		수필/일상	
6	1~3	小說	弘法大治郎 〈36〉 고보 다이지로	竹の島人	소설/일본 고전	

1915년 05월 05일 (수) 4994호

지면	단수	기획	기사제목 〈회수〉〔곡수〕	필자/저자(역자)	분류	비고
3	6~7		仲居氣質 〈3〉 종업원 기질		수필/일상	
4	1~3		祐天吉松 〈128〉 유텐 기치마쓰	神田伯山	고단	
6	1~3	小說	弘法大治郎 〈37〉 고보 다이지로	竹の島人	소설/일본 고전	

1915년 05월 06일 (목) 4995호

지면	단수	기획	기사제목 〈회수〉〔곡수〕	필자/저자(역자)	분류	비고
1	6		醜草集/憶沃溝會居 〔8〕 추초집/억옥구회거	漢堂	시가/단카	
3	4~6		東京演劇界最近の傾向 도쿄 연극계 최근의 경향	凡二生	수필/비평	
3	6~7		仲居氣質 〈4〉 종업원 기질		수필/일상	
4	1~3		祐天吉松 〈129〉 유텐 기치마쓰	神田伯山	고단	
6	1~3	小說	弘法大治郎 〈39〉 고보 다이지로	竹の島人	소설/일본 고전	회수 오류

1915년 05월 07일 (금) 4996호

지면	단수	기획	기사제목 〈회수〉〔곡수〕	필자/저자(역자)	분류	비고
1	6	文苑	醜草集 〔4〕 추초집	漢堂	시가/단카	
3	6~7		仲居氣質 〈5〉 종업원 기질		수필/일상	
4	1~3		祐天吉松 〈130〉 유텐 기치마쓰	神田伯山	고단	

지면	단수	기획	기사제목 〈회수〉〔곡수〕	필자/저자(역자)	분류	비고
6	1~3	小說	弘法大治郎 〈39〉 고보 다이지로	竹の島人	소설/일본 고전	

1915년 05월 08일 (토) 4997호

지면	단수	기획	기사제목	필자/저자(역자)	분류	비고
1	6		醜草集/續袁世凱傳 〔4〕 추초집/속 원세개부	漢堂	시가/단카	
3	5~6		罪の深い女 죄 많은 여자		수필/일상	
4	1~3		祐天吉松 〈131〉 유텐 기치마쓰	神田伯山	고단	
6	1~4	小說	弘法大治郎 〈40〉 고보 다이지로	竹の島人	소설/일본 고전	

1915년 05월 09일 (일) 4998호

지면	단수	기획	기사제목	필자/저자(역자)	분류	비고
1	6		醜草集 〔4〕 추초집	漢堂	시가/단카	
3	6~7		仲居氣質 〈6〉 종업원 기질		수필/일상	
4	1~3		祐天吉松 〈132〉 유텐 기치마쓰	神田伯山	고단	
6	1~3	小說	弘法大治郎 〈41〉 고보 다이지로	竹の島人	소설/일본 고전	

1915년 05월 10일 (월) 4999호

지면	단수	기획	기사제목	필자/저자(역자)	분류	비고
1	6	文苑	逝く春 〔6〕 가는 봄	白愁生	시가/단카	
3	4~7		夜の仁川 밤의 인천		수필/일상	
4	1~3		祐天吉松 〈133〉 유텐 기치마쓰	神田伯山	고단	

1915년 05월 11일 (화) 5000호

지면	단수	기획	기사제목	필자/저자(역자)	분류	비고
2	8		五千號 〔1〕 오천호	梅下 崔氷年	시가/한시	
3	1~2		桃花の雨 복숭아꽃 비		수필/일상	

1915년 05월 11일 (화) 5000호 其二

지면	단수	기획	기사제목	필자/저자(역자)	분류	비고
1	5		夢のような二十年前 꿈 같은 20년 전	山口太兵衛	수필/일상	

1915년 05월 11일 (화) 5000호 其三

지면	단수	기획	기사제목	필자/저자(역자)	분류	비고
3	1~2		祐天吉松 〈134〉 유텐 기치마쓰	神田伯山	고단	

1915년 05월 11일 (화) 5000호 其四

지면	단수	기획	기사제목	필자/저자(역자)	분류	비고
3	3~4		妓生の風俗 기생의 풍속	黑頭巾	수필	

1915년 05월 11일 (화) 5000호 其七

지면	단수	기획	기사제목	필자/저자(역자)	분류	비고
1	1~3		十年間の所感 10년간의 소감	小松綠	수필/일상	

지면	단수	기획	기사제목 〈회수〉 〔곡수〕	필자/저자(역자)	분류	비고
			1915년 05월 11일 (화) 5000호 其九			
1	4	俳句	(제목없음) 〔1〕	甲石	시가/하이쿠	
1	4	俳句	(제목없음) 〔1〕	喜月	시가/하이쿠	
1	4	俳句	(제목없음) 〔1〕	巴之助	시가/하이쿠	
1	4	俳句	(제목없음) 〔1〕	阿豊	시가/하이쿠	
1	4	俳句	(제목없음) 〔1〕	#水	시가/하이쿠	
1	4	俳句	(제목없음) 〔1〕	木山	시가/하이쿠	
1	4	俳句	(제목없음) 〔1〕	老泉	시가/하이쿠	
1	4	俳句	(제목없음) 〔1〕	鶴童	시가/하이쿠	
1	4	俳句	(제목없음) 〔1〕	禾拾	시가/하이쿠	
1	4	俳句	(제목없음) 〔1〕	曉水	시가/하이쿠	
1	4	俳句	(제목없음) 〔1〕	環州	시가/하이쿠	
1	4	俳句	(제목없음) 〔1〕	忙九坊	시가/하이쿠	
1	4	俳句	(제목없음) 〔1〕	鶴城	시가/하이쿠	
2	1~2		力士の生活 스모 선수의 생활		수필/일상	
			1915년 05월 11일 (화) 5000호 其十一			
1	5		(제목없음) 〔1〕	欽山	시가/하이쿠	
1	5		(제목없음) 〔1〕	伏佛	시가/하이쿠	
1	5		(제목없음) 〔1〕	嵐雨	시가/하이쿠	
1	5		(제목없음) 〔1〕	稲村	시가/하이쿠	
1	5		(제목없음) 〔1〕	一厚	시가/하이쿠	
			1915년 05월 11일 (화) 5000호 其十二			
1	1~3		漢詩の形容は誇張に非ず/漢詩の寫實と其例證 한시의 형용은 과장이 아니다/한시의 사실과 그 예증	地上仙	수필/비평	
3	1~5		新聞記者より巡査に 신문기자가 순사에게	白愁生	수필/서간	
			1915년 05월 11일 (화) 5000호 其十三			
1	4~5		俳話一筆 〔8〕 하이쿠 이야기에 관한 짧은 글	龍山 烈井如堂	수필·시가/ 일상·하이쿠	

지면	단수	기획	기사제목 〈회수〉〔곡수〕	필자/저자(역자)	분류	비고
1915년 05월 11일 (화) 5000호 其十五						
1	3~5		##浪花節 戸田の局 ##나니와부시 도다의 국	法經堂	시가/나니와 부시	
3	1~3	小說	弘法大治郎 〈42〉 고보 다이지로	竹の島人	소설/일본 고전	
1915년 05월 11일 (화) 5000호 其十六						
1	5		(제목없음)〔1〕	眉岳	시가/하이쿠	
1	5		(제목없음)〔4〕	小莎	시가/하이쿠	
1915년 05월 11일 (화) 5000호 其十七						
1	5		仁川時雨會句集〔1〕 인천 시구레카이 구집	春靜	시가/하이쿠	
1	5		仁川時雨會句集〔1〕 인천 시구레카이 구집	松園	시가/하이쿠	
1	5		仁川時雨會句集〔1〕 인천 시구레카이 구집	句碑守	시가/하이쿠	
1	5		仁川時雨會句集〔1〕 인천 시구레카이 구집	幽翠	시가/하이쿠	
1	5		仁川時雨會句集〔1〕 인천 시구레카이 구집	水溪	시가/하이쿠	
1	5		仁川時雨會句集〔1〕 인천 시구레카이 구집	數逸	시가/하이쿠	
1	5		仁川時雨會句集〔2〕 인천 시구레카이 구집	康知	시가/하이쿠	
1	5		仁川時雨會句集〔2〕 인천 시구레카이 구집	#風	시가/하이쿠	
1	5		仁川時雨會句集〔3〕 인천 시구레카이 구집	浦子	시가/하이쿠	
1	5		仁川時雨會句集〔3〕 인천 시구레카이 구집	雨顯	시가/하이쿠	
1	5		仁川時雨會句集〔1〕 인천 시구레카이 구집	月子	시가/하이쿠	
1	5		仁川時雨會句集〔3〕 인천 시구레카이 구집	荷扇	시가/하이쿠	
1	5		仁川時雨會句集〔2〕 인천 시구레카이 구집	眉岳	시가/하이쿠	
1915년 05월 13일 (목) 5001호						
1	7		醜草集〔4〕 추초집	漢堂	시가/단카	
3	3~5		初袷 첫 겹옷	久子	수필/일상	
3	6~7		仲居氣質 〈8〉 종업원 기질		수필/일상	
4	1~3		祐天吉松 〈134〉 유텐 기치마쓰	神田伯山	고단	회수 오류
6	1~3	小說	弘法大治郎 〈43〉 고보 다이지로	竹の島人	소설/일본 고전	

지면	단수	기획	기사제목 〈회수〉 [곡수]	필자/저자(역자)	분류	비고
1915년 05월 14일 (금) 5002호						
1	7	文苑	もしほぐさ 모시호구사	白愁生	수필/일상	
4	1~3		祐天吉松 〈136〉 유텐 기치마쓰	神田伯山	고단	
6	1~3	小說	弘法大治郎 〈44〉 고보 다이지로	竹の島人	소설/일본 고전	
7	6~7		開城より 개성에서		수필/기행	
7	7		懸賞正解者 〈1〉 현상 정답자		기타	
1915년 05월 15일 (토) 5003호						
3	5~7		仲居氣質 〈9〉 종업원 기질		수필/일상	
3	7		懸賞正解者 〈2〉 현상 정답자		기타	
4	1~3		祐天吉松 〈137〉 유텐 기치마쓰	神田伯山	고단	
6	1~3	小說	弘法大治郎 〈45〉 고보 다이지로	竹の島人	소설/일본 고전	
1915년 05월 16일 (일) 5004호						
3	2~4		芙江より 부강에서	一記者	수필/기행	
3	5		懸賞正解者 〈3〉 현상 정답자		기타	
4	1~3		祐天吉松 〈138〉 유텐 기치마쓰	神田伯山	고단	
5	1~2		木浦より 목포에서		수필/기행	
6	1~3	小說	弘法大治郎 〈46〉 고보 다이지로	竹の島人	소설/일본 고전	
7	3~4		今日の仁川 오늘의 인천		수필/기행	
1915년 05월 17일 (월) 5005호						
3	7	文苑	十句の春 [10] 십구의 봄	仁川 大花居	시가/하이쿠	
3	9		懸賞正解者 〈4〉 현상 정답자		기타	
4	1~3		祐天吉松 〈139〉 유텐 기치마쓰	神田伯山	고단	
6	1~3	小說	弘法大治郎 〈47〉 고보 다이지로	竹の島人	소설/일본 고전	
1915년 05월 18일 (화) 5006호						
4	1~3		祐天吉松 〈140〉 유텐 기치마쓰	神田伯山	고단	
5	1~3		連翹(上) 〈1〉 개나리(상)	武當小浮	수필/관찰	

지면	단수	기획	기사제목 〈회수〉〔곡수〕	필자/저자(역자)	분류	비고
6	1~3	小說	弘法大治郎 〈48〉 고보 다이지로	竹の島人	소설/일본 고전	
7	7		俳句募集 하이쿠 모집		광고/모집 광고	

1915년 05월 19일 (수) 5007호

지면	단수	기획	기사제목 〈회수〉〔곡수〕	필자/저자(역자)	분류	비고
3	1~2		木浦より 목포에서		수필/기행	
3	3~5		連翹(下) 〈2〉 개나리(하)	武當小浮	수필/관찰	
3	5		懸賞正解者 〈5〉 현상 정답자		기타	
4	1~3		祐天吉松 〈141〉 유텐 기치마쓰	神田伯山	고단	
6	1~3	小說	弘法大治郎 〈49〉 고보 다이지로	竹の島人	소설/일본 고전	

1915년 05월 20일 (목) 5008호

지면	단수	기획	기사제목 〈회수〉〔곡수〕	필자/저자(역자)	분류	비고
1	6		醜草集 〔4〕 추초집	漢堂	시가/단카	
3	1~3		論山まで 논산까지	牛骨生	수필/기행	
3	3		俳句募集 하이쿠 모집		광고/모집 광고	
3	5		懸賞正解者 〈5〉 현상 정답자		기타	회수 오류
4	1~3		祐天吉松 〈142〉 유텐 기치마쓰	神田伯山	고단	
5	1~2		延平島 〈1〉 연평도	黃海支局 池秋郎	수필/기행	
6	1~3	小說	弘法大治郎 〈50〉 고보 다이지로	竹の島人	소설/일본 고전	

1915년 05월 21일 (금) 5009호

지면	단수	기획	기사제목 〈회수〉〔곡수〕	필자/저자(역자)	분류	비고
1	3~6		新聞の歷史 〈1〉 신문의 역사	趙重應	수필/비평	
1	6		醜草集 〔4〕 추초집	漢堂	시가/단카	
3	1~2		北鮮遊記 〈1〉 북선 유기	勿堂	수필/관찰	
3	4		俳句募集 하이쿠 모집		광고/모집 광고	
3	4~6		延平島 〈2〉 연평도	黃海支局 池秋郎	수필/기행	
3	7		懸賞正解者 〈5〉 현상 정답자		기타	회수 오류
4	1~3		祐天吉松 〈143〉 유텐 기치마쓰	神田伯山	고단	
6	1~3	小說	弘法大治郎 〈51〉 고보 다이지로	竹の島人	소설/일본 고전	

1915년 05월 22일 (토) 5010호

지면	단수	기획	기사제목 〈회수〉 〔곡수〕	필자/저자(역자)	분류	비고
1	2~5		新聞の歷史 〈2〉 신문의 역사	趙重應	수필/비평	
1	5~6		延平島 〈3〉 연평도	黃海支社 池秋郎	수필/기행	
1	6	文苑	もしほぐさ 〔6〕 모시호구사	白愁生	시가/단카	
1	6		醜草集 〔4〕 추초집	漢堂	시가/단카	
3	1~2		北鮮遊記 〈2〉 북선 유기	勿堂	수필/관찰	
3	4~5		懸賞正解者 〈6〉 현상 정답자		기타	회수 오류
4	1~3		祐天吉松 〈144〉 유텐 기치마쓰	神田伯山	고단	
6	1~3	小說	弘法大治郎 〈52〉 고보 다이지로	竹の島人	소설/일본 고전	

1915년 05월 23일 (일) 5011호

지면	단수	기획	기사제목 〈회수〉 〔곡수〕	필자/저자(역자)	분류	비고
1	6		醜草集 〔4〕 추초집	漢堂	시가/단카	
3	1~2		北鮮遊記 〈3〉 북선 유기	勿堂	수필/관찰	
3	4~5		延平雜記 〈1〉 연평 잡기	黃海支社 岐城生	수필/기행	
3	5		俳句募集 하이쿠 모집		광고/모집 광고	
3	6~7		懸賞正解者 〈7〉 현상 정답자		기타	회수 오류
4	1~3		祐天吉松 〈145〉 유텐 기치마쓰	神田伯山	고단	
6	1~3	小說	弘法大治郎 〈53〉 고보 다이지로	竹の島人	소설/일본 고전	

1915년 05월 24일 (월) 5012호

지면	단수	기획	기사제목 〈회수〉 〔곡수〕	필자/저자(역자)	분류	비고
1	4~6		木浦より 목포에서		수필/기행	
1	6	文苑	醜草集 〔4〕 추초집	漢堂	시가/단카	
3	2~4		花奴物語/千代本の廊下 〈1〉 하나얏코 이야기/지요모토의 복도		수필/일상	
4	1~3	小說	弘法大治郎 〈54〉 고보 다이지로	竹の島人	소설/일본 고전	

1915년 05월 25일 (화) 5013호

지면	단수	기획	기사제목 〈회수〉 〔곡수〕	필자/저자(역자)	분류	비고
1	6	文苑	初夏と旅愁 〔9〕 초여름과 여수	石井龍史	시가/단카	
3	1~2		北鮮遊記 〈4〉 북선유기	勿堂	수필/관찰	
3	2~3		延平雜記 〈2〉 연평 잡기	黃海支社 岐城生	수필/기행	
3	5		ある日の夕 어느 날 저녁	四亦生	수필/일상	

지면	단수	기획	기사제목 〈회수〉〔곡수〕	필자/저자(역자)	분류	비고
3	6		懸賞正解者 〈8〉 현상 정답자		기타	회수 오류
4	1~3		祐天吉松 〈146〉 유텐 기치마쓰	神田伯山	고단	
5	1~3		花奴物語/憎らしい雛菊 〈2〉 하나얏코 이야기/얄미운 데이지		수필/일상	
6	1~3	小說	弘法大治郎 〈55〉 고보 다이지로	竹の島人	소설/일본 고전	

1915년 05월 26일 (수) 5014호

지면	단수	기획	기사제목 〈회수〉〔곡수〕	필자/저자(역자)	분류	비고
1	7	文苑	初夏と旅愁 〔9〕 초여름과 여수	石井龍史	시가/단카	
3	5		俳句募集 하이쿠 모집		광고/모집 광고	
4	1~3		祐天吉松 〈147〉 유텐 기치마쓰	神田伯山	고단	
6	1~3	小說	弘法大治郎 〈56〉 고보 다이지로	竹の島人	소설/일본 고전	

1915년 05월 27일 (목) 5015호

지면	단수	기획	기사제목 〈회수〉〔곡수〕	필자/저자(역자)	분류	비고
3	2~3		花奴物語/冷やか笑ひ 〈3〉 하나얏코 이야기/쌀쌀맞게 웃기		수필/일상	
4	1~3		祐天吉松 〈148〉 유텐 기치마쓰	神田伯山	고단	
6	1~3	小說	弘法大治郎 〈57〉 고보 다이지로	竹の島人	소설/일본 고전	

1915년 05월 28일 (금) 5016호

지면	단수	기획	기사제목 〈회수〉〔곡수〕	필자/저자(역자)	분류	비고
4	1~3		祐天吉松 〈149〉 유텐 기치마쓰	神田伯山	고단	
6	1~3	小說	弘法大治郎 〈58〉 고보 다이지로	竹の島人	소설/일본 고전	

1915년 05월 29일 (토) 5017호

지면	단수	기획	기사제목 〈회수〉〔곡수〕	필자/저자(역자)	분류	비고
3	6		病に囚われて 병에 얽매여	四亦生	수필/일상	
4	1~3		祐天吉松 〈150〉 유텐 기치마쓰	神田伯山	고단	
6	1~3	小說	弘法大治郎 〈59〉 고보 다이지로	竹の島人	소설/일본 고전	

1915년 05월 30일 (일) 5018호

지면	단수	기획	기사제목 〈회수〉〔곡수〕	필자/저자(역자)	분류	비고
3	4~6		薄らぐ旅愁 〈1〉 희미해지는 여수	いしい りうし	수필/일상	
4	1~3		祐天吉松 〈151〉 유텐 기치마쓰	神田伯山	고단	
6	1~3	小說	弘法大治郎 〈60〉 고보 다이지로	竹の島人	소설/일본 고전	

1915년 05월 31일 (월) 5019호

지면	단수	기획	기사제목 〈회수〉〔곡수〕	필자/저자(역자)	분류	비고
4	1~3	小說	弘法大治郎 〈61〉 고보 다이지로	竹の島人	소설/일본 고전	

지면	단수	기획	기사제목 〈회수〉〔곡수〕	필자/저자(역자)	분류	비고
			1915년 06월 01일 (화) 5020호			
1	6		鳳鳴句集 〔12〕 호메이 구집	黑井想堂	시가/하이쿠	
3	5~6		薄らぐ旅愁 〈2〉 희미해지는 여수	いしい りうし	수필/일상	
4	1~3		祐天吉松 〈152〉 유텐 기치마쓰	神田伯山	고단	
6	1~3	小說	弘法大治郎 〈62〉 고보 다이지로	竹の島人	소설/일본 고전	
			1915년 06월 02일 (수) 5021호			
3	4~6		薄らぐ旅愁 〈3〉 희미해지는 여수	いしい りうし	수필/일상	
4	1~3		祐天吉松 〈153〉 유텐 기치마쓰	神田伯山	고단	
5	6~7		夏が来た 여름이 왔다		수필/일상	
6	1~3	小說	弘法大治郎 〈63〉 고보 다이지로	竹の島人	소설/일본 고전	
			1915년 06월 03일 (목) 5022호			
1	6		夏雜吟 〔21〕 여름-잡음	小#	시가/하이쿠	
4	1~3		祐天吉松 〈154〉 유텐 기치마쓰	神田伯山	고단	
6	1~3	小說	弘法大治郎 〈64〉 고보 다이지로	竹の島人	소설/일본 고전	
			1915년 06월 04일 (금) 5023호			
3	5		痛める記 三十日 〈1〉 투병 기록 30일	かわはら生	수필/관찰	
4	1~3		祐天吉松 〈155〉 유텐 기치마쓰	神田伯山	고단	
6	1~3	小說	弘法大治郎 〈65〉 고보 다이지로	竹の島人	소설/일본 고전	
			1915년 06월 05일 (토) 5024호			
4	1~3		祐天吉松 〈156〉 유텐 기치마쓰	神田伯山	고단	
6	1~3	小說	弘法大治郎 〈66〉 고보 다이지로	竹の島人	소설/일본 고전	
			1915년 06월 06일 (일) 5025호			
3	7	小說	夏は光れり 〔13〕 여름은 빛나리	いしい りうし	시가/단카	
4	1~3		祐天吉松 〈157〉 유텐 기치마쓰	神田伯山	고단	
5	2~3		鈴木鼓村氏の藝界談(上) 〈1〉 스즈키 고손 씨의 예능계 이야기(상)		수필/일상	
6	1~3	小說	弘法大治郎 〈67〉 고보 다이지로	竹の島人	소설/일본 고전	

지면	단수	기획	기사제목 〈회수〉〔곡수〕	필자/저자(역자)	분류	비고
1915년 06월 07일 (월) 5026호						
1	6	文苑	勞動者の歌 〔8〕 노동자의 노래	白榮生	시가/단카	
3	3~4		鈴木鼓村氏の藝界談(下) 〈1〉 스즈키 고손 씨의 예능계 이야기(하)		수필/일상	
4	1~3	小說	弘法大治郎 〈68〉 고보 다이지로	竹の島人	소설/일본 고전	
1915년 06월 08일 (화) 5027호						
1	6	文苑	鳴鳳句集 〔11〕 메이호 구집	黑井恕堂	시가/하이쿠	
1	6	文苑	思ひ出づる日 〔6〕 생각이 나는 날	原田#宇	시가/단카	
4	1~3		祐天吉松 〈158〉 유텐 기치마쓰	神田伯山	고단	
6	1~3	小說	弘法大治郎 〈69〉 고보 다이지로	竹の島人	소설/일본 고전	
1915년 06월 09일 (수) 5028호						
1	6	募集俳句	薰風、#、牡丹 〔3〕 훈풍, #, 모란	#風	시가/하이쿠	
1	6	募集俳句	薰風、#、牡丹 〔1〕 훈풍, #, 모란	裸跣	시가/하이쿠	
1	6	募集俳句	薰風、#、牡丹 〔4〕 훈풍, #, 모란	花灯	시가/하이쿠	
1	6	募集俳句	薰風、#、牡丹 〔2〕 훈풍, #, 모란	紫琴	시가/하이쿠	
1	6	募集俳句	薰風、#、牡丹 〔1〕 훈풍, #, 모란	#香	시가/하이쿠	
1	6	募集俳句	薰風、#、牡丹 〔1〕 훈풍, #, 모란	裸跣	시가/하이쿠	
1	6	募集俳句	薰風、#、牡丹 〔1〕 훈풍, #, 모란	吳樂	시가/하이쿠	
1	6	募集俳句	薰風、#、牡丹 〔5〕 훈풍, #, 모란	靑藍	시가/하이쿠	
1	6	募集俳句	薰風、#、牡丹 〔4〕 훈풍, #, 모란	孤山	시가/하이쿠	
1	6	募集俳句	薰風、#、牡丹 〔1〕 훈풍, #, 모란	空天	시가/하이쿠	
1	6	募集俳句	薰風、#、牡丹 〔4〕 훈풍, #, 모란	童紫	시가/하이쿠	
1	6	募集俳句	薰風、#、牡丹 〔3〕 훈풍, #, 모란	文干	시가/하이쿠	
1	6	募集俳句	薰風、#、牡丹 〔6〕 훈풍, #, 모란	容堂	시가/하이쿠	
1	6	募集俳句	薰風、#、牡丹 〔2〕 훈풍, #, 모란	奇骨	시가/하이쿠	
1	6	募集俳句	薰風、#、牡丹 〔4〕 훈풍, #, 모란	白山	시가/하이쿠	
1	6	募集俳句	薰風、#、牡丹 〔1〕 훈풍, #, 모란	幽峰	시가/하이쿠	

지면	단수	기획	기사제목 〈회수〉〔곡수〕	필자/저자(역자)	분류	비고
1	6	募集俳句	薰風、#、牡丹/人〔1〕 훈풍, #, 모란/인	靑藍	시가/하이쿠	
1	6	募集俳句	薰風、#、牡丹/地〔1〕 훈풍, #, 모란/지	##	시가/하이쿠	
1	6	募集俳句	薰風、#、牡丹/天〔1〕 훈풍, #, 모란/천	文干	시가/하이쿠	
1	6	募集俳句	薰風、#、牡丹/選者吟〔1〕 훈풍, #, 모란/선자음	##	시가/하이쿠	
3	5		病める記 六月三日 〈2〉 투병 기록 6월 3일	かわはら生	수필/관찰	
4	1~3		祐天吉松 〈159〉 유텐 기치마쓰	神田伯山	고단	
6	1~3	小說	弘法大治郎 〈70〉 고보 다이지로	竹の島人	소설/일본 고전	

1915년 06월 10일 (목) 5029호

지면	단수	기획	기사제목 〈회수〉〔곡수〕	필자/저자(역자)	분류	비고
1	6~7		初夏の俤〔6〕 초여름의 모습	久子	시가/단카	
3	3~4		列車中の共同生活 〈1〉 열차 안에서의 공동 생활	鐵道院運送局長 木 下淑夫	수필/관찰	
3	5~7		病める記 六月四日 〈3〉 투병 기록 6월 4일	かわはら生	수필/관찰	
4	1~3		祐天吉松 〈160〉 유텐 기치마쓰	神田伯山	고단	
6	1~3	小說	弘法大治郎 〈71〉 고보 다이지로	竹の島人	소설/일본 고전	

1915년 06월 11일 (금) 5030호

지면	단수	기획	기사제목 〈회수〉〔곡수〕	필자/저자(역자)	분류	비고
3	4		警官の俱樂部 경관의 구락부		수필·시가/ 일상·신체시	
3	5		列車中の共同生活 〈2〉 열차 안에서의 공동 생활	鐵道院運送局長 木 下淑夫	수필/관찰	
4	1~3		祐天吉松 〈161〉 유텐 기치마쓰	神田伯山	고단	
6	1~3	小說	弘法大治郎 〈72〉 고보 다이지로	竹の島人	소설/일본 고전	

1915년 06월 12일 (토) 5031호

지면	단수	기획	기사제목 〈회수〉〔곡수〕	필자/저자(역자)	분류	비고
3	6		列車中の共同生活 〈3〉 열차 안에서의 공동 생활	鐵道院運送局長 木 下淑夫	수필/관찰	
3	7	文苑	鳴鳳會句集〔1〕 메이호카이 구집	同	시가/하이쿠	
3	7	文苑	鳴鳳會句集〔2〕 메이호카이 구집	うつま	시가/하이쿠	
3	7	文苑	鳴鳳會句集〔2〕 메이호카이 구집	天龍	시가/하이쿠	
3	7	文苑	鳴鳳會句集〔2〕 메이호카이 구집	#骨	시가/하이쿠	
3	7	文苑	淚〔5〕 눈물	四木生	시가/자유시	
4	1~3		祐天吉松 〈162〉 유텐 기치마쓰	神田伯山	고단	

지면	단수	기획	기사제목 〈회수〉 [곡수]	필자/저자(역자)	분류	비고
6	1~3	小說	弘法大治郎 〈73〉 고보 다이지로	竹の島人	소설/일본 고전	

1915년 06월 13일 (일) 5032호

지면	단수	기획	기사제목 〈회수〉 [곡수]	필자/저자(역자)	분류	비고
3	3~4		列車中の共同生活 〈4〉 열차 안에서의 공동 생활	鐵道院運送局長 木 下淑夫	수필/관찰	
3	7		十風會句集 [2] 주후카이 구집	三笑	시가/하이쿠	
3	7		十風會句集 [2] 주후카이 구집	拾人	시가/하이쿠	
3	7		十風會句集 [2] 주후카이 구집	靜湖	시가/하이쿠	
4	1~3		祐天吉松 〈163〉 유텐 기치마쓰	神田伯山	고단	
6	1~3	小說	弘法大治郎 〈74〉 고보 다이지로	竹の島人	소설/일본 고전	

1915년 06월 14일 (월) 5033호

지면	단수	기획	기사제목 〈회수〉 [곡수]	필자/저자(역자)	분류	비고
4	1~3	小說	弘法大治郎 〈75〉 고보 다이지로	竹の島人	소설/일본 고전	

1915년 06월 15일 (화) 5034호

지면	단수	기획	기사제목 〈회수〉 [곡수]	필자/저자(역자)	분류	비고
1	4~5		列車中の共同生活 〈4〉 열차 안에서의 공동 생활	鐵道院運送局長 木 下淑夫	수필/관찰	
4	1~3		祐天吉松 〈164〉 유텐 기치마쓰	神田伯山	고단	
5	3~4		三百名遊覽團/密陽川の鮎狩 삼백 명 유람단/밀양천의 메기잡이		수필·시가/ 일상·한시	
5	4~5		吾社の新しき試み讀者より提供を受くべき面白き讀物何で新しいか 본사의 새로운 시도/독자로부터 제공을 받아야 할 재미있는 읽을거리무엇이 새로운가?		수필/비평	
5	7		短篇小說を募る 단편소설 모집		광고/모집 광고	
6	1~3	小說	弘法大治郎 〈76〉 고보 다이지로	竹の島人	소설/일본 고전	

1915년 06월 16일 (수) 5035호

지면	단수	기획	기사제목 〈회수〉 [곡수]	필자/저자(역자)	분류	비고
3	4~5		列車中の共同生活 〈5〉 열차 안에서의 공동 생활	鐵道院運送局長 木 下淑夫	수필/관찰	
3	7	文苑	アカシアの花 [14] 아카시아 꽃	いしい りうし	시가/단카	
4	1~3		祐天吉松 〈165〉 유텐 기치마쓰	神田伯山	고단	
5	5		短篇小說を募る 단편소설 모집		광고/모집 광고	
6	1~3	小說	弘法大治郎 〈77〉 고보 다이지로	竹の島人	소설/일본 고전	

1915년 06월 17일 (목) 5036호

지면	단수	기획	기사제목 〈회수〉 [곡수]	필자/저자(역자)	분류	비고
1	7		鳴鳳句集 [12] 메이호 구집	想堂	시가/하이쿠	

지면	단수	기획	기사제목 〈회수〉〔곡수〕	필자/저자(역자)	분류	비고
3	3		短篇小說募集 단편소설 모집		광고/모집 광고	
3	4~5		列車中の共同生活 〈6〉 열차 안에서의 공동 생활	鐵道院運送局長 木 下淑夫	수필/관찰	
3	6	文苑	イシキ社短歌會/町 〔1〕 이시키샤 단카회/마을	魔梨	시가/단카	
3	6	文苑	イシキ社短歌會/町 〔1〕 이시키샤 단카회/마을	もきち	시가/단카	
3	6~7	文苑	イシキ社短歌會/町 〔3〕 이시키샤 단카회/마을	秀子	시가/단카	
3	7	文苑	イシキ社短歌會/町 〔4〕 이시키샤 단카회/마을	秋人	시가/단카	
3	7	文苑	イシキ社短歌會/町 〔6〕 이시키샤 단카회/마을	龍史	시가/단카	
3	7	文苑	イシキ社短歌會/町 〔9〕 이시키샤 단카회/마을	大云居	시가/단카	
4	1~3	小說	弘法大治郎 〈78〉 고보 다이지로	竹の島人	소설/일본 고전	
5	6~7		捨てられる迄(上) 〈1〉 버려지기까지(상)		수필/일상	

1915년 06월 18일 (금) 5037호

지면	단수	기획	기사제목 〈회수〉〔곡수〕	필자/저자(역자)	분류	비고
3	6		俳句募集 하이쿠 모집		광고/모집 광고	
3	6	文苑	イシキ社短歌會/空,雲 〔1〕 이시키샤 단카회/하늘, 구름	秋千	시가/단카	
3	7	文苑	イシキ社短歌會/空,雲 〔2〕 이시키샤 단카회/하늘, 구름	もきち	시가/단카	
3	7	文苑	イシキ社短歌會/空,雲 〔2〕 이시키샤 단카회/하늘, 구름	秀子	시가/단카	
3	7	文苑	イシキ社短歌會/空,雲 〔2〕 이시키샤 단카회/하늘, 구름	魔梨	시가/단카	
3	7	文苑	イシキ社短歌會/空,雲 〔1〕 이시키샤 단카회/하늘, 구름	秋人	시가/단카	
3	7	文苑	イシキ社短歌會/空,雲 〔8〕 이시키샤 단카회/하늘, 구름	大云居	시가/단카	
3	7	文苑	イシキ社短歌會/空,雲 〔10〕 이시키샤 단카회/하늘, 구름	龍史	시가/단카	
4	1~3		祐天吉松 〈166〉 유텐 기치마쓰	神田伯山	고단	
5	7~8		捨てられる迄(下) 〈2〉 버려지기까지(하)		수필/일상	
6	1~3	小說	弘法大治郎 〈79〉 고보 다이지로	竹の島人	소설/일본 고전	

1915년 06월 19일 (토) 5038호

지면	단수	기획	기사제목 〈회수〉〔곡수〕	필자/저자(역자)	분류	비고
3	3		短篇小說募集 단편소설 모집		광고/모집 광고	
4	1~3		祐天吉松 〈167〉 유텐 기치마쓰	神田伯山	고단	
6	1~3	小說	弘法大治郎 〈79〉 고보 다이지로	竹の島人	소설/일본 고전	회수 오류

지면	단수	기획	기사제목 〈회수〉〔곡수〕	필자/저자(역자)	분류	비고
			1915년 06월 20일 (일) 5039호			
3	4		俳句募集 하이쿠 모집		광고/모집 광고	
3	7		句/故鄕を出でて〔1〕 구/고향을 떠나서	南風	시가/하이쿠	
3	7		句/#られし第と別れて〔1〕 구/###아우와 헤어지고	南風	시가/하이쿠	
3	7		句/車上より##白鳳城#〔1〕 구/차에서 ## 하쿠호#	南風	시가/하이쿠	
3	7		句/鄕里をはなるるにつれて日頃を#しどもを思ひ思ひつ〔3〕 구/고향을 떠나게 되어 하루 종일 ###것을 생각고하고 생각하며	南風	시가/하이쿠	
3	7		句/####氏###に訪ふて〔1〕 구/###씨###에 방문하여	南風	시가/하이쿠	
3	7		句/汽笛一聲ああ我が身は己に列車の人となりて胸のどよめき、#のなやみ云ひ#れぬ感情###に湧き出る〔1〕 구/기적 소리 아아 내 몸은 열차 안에 있는 사람이 되어 마음이 동요하고, #의 고민, ##할 수 없는 감정###이 끌어 오른다	南風	시가/하이쿠	
3	7		句/#################〔1〕 구/################	南風	시가/하이쿠	
3	7		句/########〔1〕 구/########	南風	시가/하이쿠	
3	7		句/################〔1〕 구/################	南風	시가/하이쿠	
3	7		句/船中にて〔1〕 구/배 안에서	南風	시가/하이쿠	
3	7		句/釜山上#〔3〕 구/부산상#	南風	시가/하이쿠	
4	1~3		祐天吉松〈168〉 유텐 기치마쓰	神田伯山	고단	
6	1~3	小說	弘法大治郞〈80〉 고보 다이지로	竹の島人	소설/일본 고전	회수 오류
			1915년 06월 21일 (월) 5040호			
3	7~8		夢に溶けて(上)〈1〉 꿈에 취해서(상)		수필/일상	
6	1~3	小說	弘法大治郞〈83〉 고보 다이지로	竹の島人	소설/일본 고전	회수 오류
			1915년 06월 22일 (화) 5041호			
3	3		短篇小說募集 단편소설 모집		광고/모집 광고	
3	5~6		公州まで 공주까지	一記者	수필/기행	
4	1~3		祐天吉松〈169〉 유텐 기치마쓰	神田伯山	고단	
5	6~7		夢に溶けて(下)〈2〉 꿈에 취해서(하)		수필/일상	
6	1~3	小說	弘法大治郞〈84〉 고보 다이지로	竹の島人	소설/일본 고전	
			1915년 06월 23일 (수) 5042호			

지면	단수	기획	기사제목 〈회수〉〔곡수〕	필자/저자(역자)	분류	비고
3	4		短篇小說募集 단편소설 모집		광고/모집 광고	
3	4~5		公州まで 공주까지	一記者	수필/기행	
4	1~3		祐天吉松 〈170〉 유텐 기치마쓰	神田伯山	고단	
5	1~2	夏いろいろ	夕涼み 선선한 저녁		수필/일상	
6	1~3	小說	弘法大治郎 〈84〉 고보 다이지로	竹の島人	소설/일본 고전	

1915년 06월 24일 (목) 5043호

지면	단수	기획	기사제목 〈회수〉〔곡수〕	필자/저자(역자)	분류	비고
3	4~5		公州まで 공주까지	一記者	수필/기행	
3	5		俳句募集 하이쿠 모집		광고/모집 광고	
4	1~3	小說	弘法大治郎 〈85〉 고보 다이지로	竹の島人	소설/일본 고전	
5	5~7		血と肉と涙(上) 〈1〉 피와 살과 눈물(상)		수필/일상	

1915년 06월 25일 (금) 5044호

지면	단수	기획	기사제목 〈회수〉〔곡수〕	필자/저자(역자)	분류	비고
3	4		俳句募集 하이쿠 모집		광고/모집 광고	
3	5~6		鳥致院より 조치원에서		수필/기행	
4	1~3		祐天吉松 〈171〉 유텐 기치마쓰	神田伯山	고단	
5	5~7		血と肉と涙(下) 〈2〉 피와 살과 눈물(하)		수필/일상	
6	1~3	小說	弘法大治郎 〈86〉 고보 다이지로	竹の島人	소설/일본 고전	

1915년 06월 26일 (토) 5045호

지면	단수	기획	기사제목 〈회수〉〔곡수〕	필자/저자(역자)	분류	비고
3	2~3		みどり葉に降る雨の情調/哈爾濱の夜 〈1〉 푸른 잎에 떨어지는 비의 정조/하얼빈의 밤		수필/일상	
4	1~3		祐天吉松 〈172〉 유텐 기치마쓰	神田伯山	고단	
5	1~2	夏いろいろ	漢江の夕 한강의 저녁		수필/일상	
5	3~4		淸浦子爵の息子を舁く 〈1〉 기요라 자작의 아들을 속이고		수필/일상	
6	1~3	小說	弘法大治郎 〈87〉 고보 다이지로	竹の島人	소설/일본 고전	

1915년 06월 27일 (일) 5046호

지면	단수	기획	기사제목 〈회수〉〔곡수〕	필자/저자(역자)	분류	비고
1	3~4		哈爾賓行(上) 〈1〉 하얼빈 행(상)		수필/기행	
3	1~3		龍山瞥見 용산 별견		수필/기행	
3	3		俳句募集 하이쿠 모집		광고/모집 광고	

지면	단수	기획	기사제목 〈회수〉〔곡수〕	필자/저자(역자)	분류	비고
3	4~5		みどり葉に降る雨の情調/房子 〈2〉 푸른 잎에 떨어지는 비의 정조/방자		수필/일상	
4	1~3		祐天吉松 〈173〉 유텐 기치마쓰	神田伯山	고단	
5	1~2		五月雨窓 〈1〉 오월우창		수필/일상	
5	6~7		清浦子爵の息子を舁く 〈2〉 기요라 자작의 아들을 속이고		수필/일상	
6	1~3	小說	弘法大治郎 〈88〉 고보 다이지로	竹の島人	소설/일본 고전	

1915년 06월 28일 (월) 5047호

지면	단수	기획	기사제목 〈회수〉〔곡수〕	필자/저자(역자)	분류	비고
1	5~6		哈爾賓行(下) 〈2〉 하얼빈 행(하)		수필/기행	
3	6~7		五月雨窓 〈2〉 오월우창		수필/일상	
4	1~4		祐天吉松 〈174〉 유텐 기치마쓰	神田伯山	고단	

1915년 06월 29일 (화) 5048호

지면	단수	기획	기사제목 〈회수〉〔곡수〕	필자/저자(역자)	분류	비고
3	3		俳句募集 하이쿠 모집		광고/모집 광고	
4	1~3	小說	弘法大治郎 〈89〉 고보 다이지로	竹の島人	소설/일본 고전	
5	1~3	夏いろいろ	蟲賣 벌레 파는 상인		수필/일상	
5	3~4		清浦子爵の息子を舁く 〈3〉 기요라 자작의 아들을 속이고		수필/일상	

1915년 06월 30일 (수) 5049호

지면	단수	기획	기사제목 〈회수〉〔곡수〕	필자/저자(역자)	분류	비고
1	2~5		黃鳥山に遊ぶ 황조산에서 놀다	黑井恕堂	수필/기행	
3	2~4		日本公園 일본 공원		수필/관찰	
3	3		俳句募集 하이쿠 모집		광고/모집 광고	
3	4		仁川短歌會詠草/雨、蔭 〔2〕 인천 단카회 영초/비, 그늘	白梨	시가/단카	
3	4		仁川短歌會詠草/雨、蔭 〔2〕 인천 단카회 영초/비, 그늘	秋人	시가/단카	
3	4~5		仁川短歌會詠草/雨、蔭 〔7〕 인천 단카회 영초/비, 그늘	龍史	시가/단카	
3	5~6		仁川短歌會詠草/雨、蔭 〔9〕 인천 단카회 영초/비, 그늘	大云居	시가/단카	
4	1~3		祐天吉松 〈175〉 유텐 기치마쓰	神田伯山	고단	
5	4~5		清浦子爵の息子を舁く 〈4〉 기요라 자작의 아들을 속이고		수필/일상	
6	1~3	小說	弘法大治郎 〈90〉 고보 다이지로	竹の島人	소설/일본 고전	

1915년 07월 01일 (목) 5050호

지면	단수	기획	기사제목 〈회수〉〔곡수〕	필자/저자(역자)	분류	비고
1	6~7		清津瞥見記 청진 별견기	咸鏡道支社 特派員	수필/기행	
3	2~4		畫寢の宿 화침의 숙소		수필/일상	
3	4		仁川短歌會詠草/海,夜〈1〉〔3〕 인천 단카회 영초/바다, 밤	秋千	시가/단카	
3	4		仁川短歌會詠草/海、夜〈1〉〔4〕 인천 단카회 영초/바다, 밤	龍史	시가/단카	
3	4~6		仁川短歌會詠草/海、夜〈1〉〔6〕 인천 단카회 영초/바다, 밤	秋人	시가/단카	
4	1~3		祐天吉松〈176〉 유텐 기치마쓰	神田伯山	고단	
5	5~6		清浦子爵の息子を舁く〈5〉 기요라 자작의 아들을 속이고		수필/일상	
6	1~3	小說	弘法大治郎〈91〉 고보 다이지로	竹の島人	소설/일본 고전	

1915년 07월 02일 (금) 5051호

지면	단수	기획	기사제목 〈회수〉〔곡수〕	필자/저자(역자)	분류	비고
3	2~3		清津瞥見記〈2〉 청진 별견기	咸鏡道支社 特派員	수필/기행	
3	2~4		海岸の畫 해안 그림		수필/관찰	
4	1~3		祐天吉松〈177〉 유텐 기치마쓰	神田伯山	고단	
5	3~5		大同江 川開き 대동강 불꽃놀이		수필/일상	
6	1~3	小說	弘法大治郎〈92〉 고보 다이지로	竹の島人	소설/일본 고전	

1915년 07월 03일 (토) 5052호

지면	단수	기획	기사제목 〈회수〉〔곡수〕	필자/저자(역자)	분류	비고
1	4~5		清津瞥見記〈3〉 청진 별견기	咸鏡道支社 特派員	수필/기행	
4	1~3		祐天吉松〈178〉 유텐 기치마쓰	神田伯山	고단	
5	7		仁川短歌會詠草/海、夜〈2〉〔6〕 인천 단카회 영초/바다, 밤	大云居	시가/단카	
5	7		仁川短歌會詠草/海、夜〈2〉〔7〕 인천 단카회 영초/바다, 밤	白梨	시가/단카	
6	1~3	小說	弘法大治郎〈93〉 고보 다이지로	竹の島人	소설/일본 고전	

1915년 07월 04일 (일) 5053호

지면	단수	기획	기사제목 〈회수〉〔곡수〕	필자/저자(역자)	분류	비고
1	2~4		病院の窓から 병원 창문에서	海州 小僧	수필/일상	
3	3~4		みどり葉に降る雨の情調/星あかり〈3〉 푸른 잎이 떨어지는 비의 정조/별빛		수필/일상	
4	1~3		祐天吉松〈178〉 유텐 기치마쓰	神田伯山	고단	회수 오류
5	5~7		夢を趁ふて 꿈을 쫓아서		수필/일상	
6	1~3	小說	弘法大治郎〈93〉 고보 다이지로	竹の島人	소설/일본 고전	회수 오류

지면	단수	기획	기사제목 〈회수〉 〔곡수〕	필자/저자(역자)	분류	비고

1915년 07월 05일 (월) 5054호

지면	단수	기획	기사제목 〈회수〉 〔곡수〕	필자/저자(역자)	분류	비고
4	1~3	小說	弘法大治郎 〈94〉 고보 다이지로	竹の島人	소설/일본 고전	회수 오류

1915년 07월 06일 (화) 5055호

지면	단수	기획	기사제목 〈회수〉 〔곡수〕	필자/저자(역자)	분류	비고
1	2~4	少年講話	天智天皇 錦江軍記 〈1〉 덴치 천황 금강군기	八萬三騎生	수필/기타	
3	2~3		みどり葉に降る雨の情調/歡喜の小唄(上) 〈4〉 푸른 잎이 떨어지는 비의 정조/환희의 고우타(상)		수필/일상	
4	1~3		祐天吉松 〈179〉 유텐 기치마쓰	神田伯山	고단	회수 오류
6	1~3	小說	弘法大治郎 〈95〉 고보 다이지로	竹の島人	소설/일본 고전	회수 오류

1915년 07월 07일 (수) 5056호

지면	단수	기획	기사제목 〈회수〉 〔곡수〕	필자/저자(역자)	분류	비고
1	6~7	少年講話	天智天皇 錦江軍記 〈2〉 덴치 천황 금강군기	八萬三騎生	수필/기타	
3	2		みどり葉に降る雨の情調/歡喜の小唄(上) 〈4〉 푸른 잎이 떨어지는 비의 정조/환희의 고우타(상)		수필/일상	회수 오류
3	5		初夏の情調 〔6〕 초여름의 정조	松生	시가/단카	
4	1~3		祐天吉松 〈181〉 유텐 기치마쓰	神田伯山	고단	
5	1~3		星祭り 칠석제		수필/관찰	
5	4~5		高尚な樂み 고상한 즐거움		수필/일상	
6	1~3	小說	弘法大治郎 〈97〉 고보 다이지로	竹の島人	소설/일본 고전	

1915년 07월 08일 (목) 5057호

지면	단수	기획	기사제목 〈회수〉 〔곡수〕	필자/저자(역자)	분류	비고
1	6~7	少年講話	天智天皇 錦江軍記 〈3〉 덴치 천황 금강군기	八萬三騎生	수필/기타	
3	2~3		みどり葉に降る雨の情調/戀の美酒 〈6〉 푸른 잎이 떨어지는 비의 정조/사랑의 미주		수필/일상	
4	1~3		祐天吉松 〈182〉 유텐 기치마쓰	神田伯山	고단	
5	3~4		新講談の御披露＝夏向の面白き讀物 菅野俠勇傳 神田伯山口演 신 고단 피로＝여름철 재미있는 이야기 스가노쿄유덴 간다 하쿠잔 구연		광고/연재예 고	
6	1~3	小說	弘法大治郎 〈98〉 고보 다이지로	竹の島人	소설/일본 고전	

1915년 07월 09일 (금) 5058호

지면	단수	기획	기사제목 〈회수〉 〔곡수〕	필자/저자(역자)	분류	비고
1	6~7	少年講話	天智天皇 錦江軍記 〈4〉 덴치 천황 금강군기	八萬三騎生	수필/기타	
1	6~7		新講談の御披露＝夏向の面白き讀物 菅野俠勇傳 神田伯山口演 신 고단 피로＝여름철 재미있는 이야기 스가노쿄유덴 간다 하쿠잔 구연		광고/연재예 고	
3	2~3		みどり葉に降る雨の情調/國境の春 〈7〉 푸른 잎이 떨어지는 비의 정조/국경의 봄		수필/일상	
4	1~3		祐天吉松 〈183〉 유텐 기치마쓰	神田伯山	고단	

지면	단수	기획	기사제목 〈회수〉〔곡수〕	필자/저자(역자)	분류	비고
6	1~3	小說	弘法大治郎 〈99〉 고보 다이지로	竹の島人	소설/일본 고전	
6	3		仁川短歌會例會/痛み、鄕土 〔3〕 인천 단카회 예회/아픔, 향토	秋人	시가/단카	
6	3~4		仁川短歌會例會/痛み、鄕土 〔6〕 인천 단카회 예회/아픔, 향토	尙子	시가/단카	
6	4		仁川短歌會例會/痛み、鄕土 〔8〕 인천 단카회 예회/아픔, 향토	大云居	시가/단카	
6	4		仁川短歌會例會/痛み、鄕土 〔11〕 인천 단카회 예회/아픔, 향토	龍史	시가/단카	

1915년 07월 10일 (토) 5059호

지면	단수	기획	기사제목 〈회수〉〔곡수〕	필자/저자(역자)	분류	비고
1	5~6	少年講話	天智天皇 錦江軍記 〈4〉 덴치 천황 금강군기	八萬三騎生	수필/기타	회수 오류
3	1~2		みどり葉に降る雨の情調/國境の春 〈8〉 푸른 잎이 떨어지는 비의 정조/국경의 봄		수필/일상	
4	1~3		祐天吉松 〈184〉 유텐 기치마쓰	神田伯山	고단	
6	1~3	小說	弘法大治郎 〈100〉 고보 다이지로	竹の島人	소설/일본 고전	
6	3		仁川短歌會例會/色彩、悲哀 〔2〕 인천 단카회 예회/색채, 비애	###	시가/단카	
6	3		仁川短歌會例會/色彩、悲哀 〔10〕 인천 단카회 예회/색채, 비애	尙子	시가/단카	
6	3~4		仁川短歌會例會/色彩、悲哀 〔6〕 인천 단카회 예회/색채, 비애	秋人	시가/단카	
6	4		仁川短歌會例會/色彩、悲哀 〔8〕 인천 단카회 예회/색채, 비애	龍史	시가/단카	
6	4		仁川短歌會例會/色彩、悲哀 〔12〕 인천 단카회 예회/색채, 비애	大云居	시가/단카	

1915년 07월 11일 (일) 5060호

지면	단수	기획	기사제목 〈회수〉〔곡수〕	필자/저자(역자)	분류	비고
1	4~5	少年講話	天智天皇 錦江軍記 〈6〉 덴치 천황 금강군기	八萬三騎生	수필/기타	
1	5		仁川短歌會詠草/島の朝 〔3〕 인천 단카회 영초/섬의 아침	大云居	시가/단카	
1	5~6		仁川短歌會詠草/島の朝 〔5〕 인천 단카회 영초/섬의 아침	大云居	시가/단카	
3	1~2		みどり葉に降る雨の情調/拳銃の響 〈9〉 푸른 잎이 떨어지는 비의 정조/권총 소리		수필/일상	
4	1~3		祐天吉松 〈184〉 유텐 기치마쓰	神田伯山	고단	회수 오류
5	1~3		夏の東京 여름의 도쿄	在京 番外記者	수필/일상	
6	1~3	小說	弘法大治郎 〈100〉 고보 다이지로	竹の島人	소설/일본 고전	회수 오류

1915년 07월 12일 (월) 5061호

지면	단수	기획	기사제목 〈회수〉〔곡수〕	필자/저자(역자)	분류	비고
1	4~5	少年講話	天智天皇 錦江軍記 〈7〉 덴치 천황 금강군기	八萬三騎生	수필/기타	
1	6		仁川短歌會詠草/舟中波調 〔6〕 인천 단카회 영초/배 안에서의 파조	大云居	시가/단카	

지면	단수	기획	기사제목 〈회수〉 [곡수]	필자/저자(역자)	분류	비고
4	1~3	小說	弘法大治郎 〈102〉 고보 다이지로	竹の島人	소설/일본 고전	

1915년 07월 13일 (화) 5062호

지면	단수	기획	기사제목 〈회수〉 [곡수]	필자/저자(역자)	분류	비고
3	1~3		みどり葉に降る雨の情調/拳銃の響 〈9〉 푸른 잎이 떨어지는 비의 정조/권총 소리		수필/일상	회수 오류
4	1~3		祐天吉松 〈185〉 유텐 기치마쓰	神田伯山	고단	회수 오류
6	1~3	小說	弘法大治郎 〈103〉 고보 다이지로	竹の島人	소설/일본 고전	

1915년 07월 14일 (수) 5063호

지면	단수	기획	기사제목 〈회수〉 [곡수]	필자/저자(역자)	분류	비고
1	5~6	少年講話	天智天皇 錦江軍記 〈8〉 덴치 천황 금강군기	八萬三騎生	수필/기타	
4	1~3		菅野俠勇傳 〈1〉 스가노 협용전	神田伯山	고단	
6	1~3	小說	弘法大治郎 〈104〉 고보 다이지로	竹の島人	소설/일본 고전	

1915년 07월 15일 (목) 5064호

지면	단수	기획	기사제목 〈회수〉 [곡수]	필자/저자(역자)	분류	비고
1	6	少年講話	天智天皇 錦江軍記 〈9〉 덴치 천황 금강군기	八萬三騎生	수필/기타	
4	1~3		菅野俠勇傳 〈2〉 스가노 협용전	神田伯山	고단	
5	1~2		御卽位御大典祝 奉祝歌 어즉위 어대전 봉축가		수필/관찰	
6	1~3	小說	弘法大治郎 〈105〉 고보 다이지로	竹の島人	소설/일본 고전	

1915년 07월 16일 (금) 5065호

지면	단수	기획	기사제목 〈회수〉 [곡수]	필자/저자(역자)	분류	비고
1	1~2	論壇	夏 여름		수필/일상	
1	4~5		碧蹄舘行 〈1〉 벽제관행	我羊	수필/일상	
1	5~7	懸賞小說	(選外佳作)惡病 〈1〉 (선외가작)악병	匿名子	소설	
1	7	文苑	旭町にて [13] 아사히마치에서	じよう、たけうち	시가/단카	
4	1~3		菅野俠勇傳 〈3〉 스가노 협용전	神田伯山	고단	
6	1~3	小說	弘法大治郎 〈106〉 고보 다이지로	竹の島人	소설/일본 고전	

1915년 07월 17일 (토) 5066호

지면	단수	기획	기사제목 〈회수〉 [곡수]	필자/저자(역자)	분류	비고
1	4~5	少年講話	天智天皇 錦江軍記 〈10〉 덴치 천황 금강군기	八萬三騎生	수필/기타	
1	6~7	懸賞小說	(選外佳作)惡病 〈2〉 (선외가작)악병	匿名子	소설	
4	1~3		菅野俠勇傳 〈4〉 스가노 협용전	神田伯山	고단	
6	1~3	小說	弘法大治郎 〈107〉 고보 다이지로	竹の島人	소설/일본 고전	

지면	단수	기획	기사제목 〈회수〉〔곡수〕	필자/저자(역자)	분류	비고
1915년 07월 18일 (일) 5067호						
1	4~6	少年講話	天智天皇 錦江軍記 〈11〉 덴치 천황 금강군기	八萬三騎生	수필/기타	
1	6~8	懸賞小說	(選外佳作)惡病 〈3〉 (선외가작)악병	匿名子	소설	
3	1~2		碧蹄館行 〈2〉 벽제관행	我羊	수필/일상	
3	4~5	募集俳句	涼 〔1〕 서늘함	菜子	시가/하이쿠	
3	4~5	募集俳句	涼 〔1〕 서늘함	聽雨	시가/하이쿠	
3	4~5	募集俳句	涼 〔4〕 서늘함	靑風	시가/하이쿠	
3	4~5	募集俳句	涼 〔1〕 서늘함	水溪	시가/하이쿠	
3	4~5	募集俳句	涼 〔3〕 서늘함	花灯	시가/하이쿠	
3	4~5	募集俳句	涼 〔1〕 서늘함	泉水庵	시가/하이쿠	
3	4~5	募集俳句	涼 〔2〕 서늘함	億家	시가/하이쿠	
3	4~5	募集俳句	涼 〔2〕 서늘함	南風	시가/하이쿠	
3	4~5	募集俳句	涼 〔3〕 서늘함	奇骨	시가/하이쿠	
3	4~5	募集俳句	涼 〔3〕 서늘함	李卯子	시가/하이쿠	
3	4~5	募集俳句	涼 〔2〕 서늘함	巴城	시가/하이쿠	
3	4~5	募集俳句	涼 〔1〕 서늘함	二葉	시가/하이쿠	
3	4~5	募集俳句	涼 〔1〕 서늘함	阿山	시가/하이쿠	
3	4~5	募集俳句	涼 〔1〕 서늘함	雨角	시가/하이쿠	
3	4~5	募集俳句	涼 〔1〕 서늘함	琅々	시가/하이쿠	
3	4~5	募集俳句	靑田 〔1〕 푸른 논	聽雨	시가/하이쿠	
3	4~5	募集俳句	靑田 〔2〕 푸른 논	吐人	시가/하이쿠	
3	4~5	募集俳句	靑田 〔3〕 푸른 논	菜子	시가/하이쿠	
3	4~5	募集俳句	靑田 〔1〕 푸른 논	松峰	시가/하이쿠	
3	4~5	募集俳句	靑田 〔3〕 푸른 논	花灯	시가/하이쿠	
3	4~5	募集俳句	靑田 〔3〕 푸른 논	李卯子	시가/하이쿠	
3	4~5	募集俳句	靑田 〔1〕 푸른 논	曉村	시가/하이쿠	

지면	단수	기획	기사제목 〈회수〉〔곡수〕	필자/저자(역자)	분류	비고
3	4~5	募集俳句	靑田〔1〕 푸른 논	巴城	시가/하이쿠	
3	4~5	募集俳句	靑田〔3〕 푸른 논	南風	시가/하이쿠	
4	1~3		菅野俠勇傳〈5〉 스가노 협용전	神田伯山	고단	
5	2		仁川短歌會例會/雜詠〔1〕 인천 단카회 예회/잡영	小#	시가/단카	
5	2		仁川短歌會例會/雜詠〔2〕 인천 단카회 예회/잡영	香子	시가/단카	
5	2		仁川短歌會例會/雜詠〔1〕 인천 단카회 예회/잡영	朴公	시가/단카	
5	2		仁川短歌會例會/雜詠〔3〕 인천 단카회 예회/잡영	紅東	시가/단카	
6	1~3	小說	弘法大治郎〈108〉 고보 다이지로	竹の島人	소설/일본 고전	

1915년 07월 19일 (월) 5068호

지면	단수	기획	기사제목 〈회수〉〔곡수〕	필자/저자(역자)	분류	비고
1	4~5	少年講話	天智天皇 錦江軍記〈12〉 덴치 천황 금강군기	八萬三騎生	수필/기타	
1	5~7	懸賞小說	(選外佳作)惡病〈4〉 (선외가작)악병	匿名子	소설	
1	7	募集俳句	若竹〔1〕 그 해에 새로 난 대나무	巴城	시가/하이쿠	
1	7	募集俳句	若竹〔2〕 그 해에 새로 난 대나무	句碑守	시가/하이쿠	
1	7	募集俳句	若竹〔1〕 그 해에 새로 난 대나무	阿山	시가/하이쿠	
1	7	募集俳句	若竹〔1〕 그 해에 새로 난 대나무	聽雨	시가/하이쿠	
1	7	募集俳句	若竹〔2〕 그 해에 새로 난 대나무	矢八坊	시가/하이쿠	
1	7	募集俳句	若竹〔2〕 그 해에 새로 난 대나무	菜子	시가/하이쿠	
1	7	募集俳句	若竹〔2〕 그 해에 새로 난 대나무	花灯	시가/하이쿠	
1	7	募集俳句	若竹〔1〕 그 해에 새로 난 대나무	水漢	시가/하이쿠	
1	7	募集俳句	若竹〔2〕 그 해에 새로 난 대나무	吐人	시가/하이쿠	
1	7	募集俳句	若竹〔2〕 그 해에 새로 난 대나무	曉村	시가/하이쿠	
1	7	募集俳句	若竹〔2〕 그 해에 새로 난 대나무	南風	시가/하이쿠	
1	7	募集俳句	若竹〔1〕 그 해에 새로 난 대나무	琅々	시가/하이쿠	
3	1~3		綠髮艶話/懋のお孝(藝妓) 녹발염화/사랑의 오코(예기)		수필/일상	
3	3		金剛山の夏 금강산의 여름		수필/기행	
4	1~3		菅野俠勇傳〈6〉 스가노 협용전	神田伯山	고단	

지면	단수	기획	기사제목 〈회수〉〔곡수〕	필자/저자(역자)	분류	비고
			1915년 07월 20일 (화) 5069호			
1	6~7	懸賞小說	(選外佳作)惡病 〈5〉 (선외가작)악병	匿名子	소설	
3	1~2		碧蹄館行 〈3〉 벽제관행	我羊	수필/일상	
3	3	募集俳句	金魚 〔1〕 금붕어	白雪	시가/하이쿠	
3	3	募集俳句	金魚 〔2〕 금붕어	李卯子	시가/하이쿠	
3	3	募集俳句	金魚 〔1〕 금붕어	巴城	시가/하이쿠	
3	3	募集俳句	金魚 〔1〕 금붕어	菜子	시가/하이쿠	
3	3	募集俳句	金魚 〔3〕 금붕어	花灯	시가/하이쿠	
3	3	募集俳句	金魚 〔2〕 금붕어	靑風	시가/하이쿠	
3	3	募集俳句	金魚 〔1〕 금붕어	空天	시가/하이쿠	
3	3	募集俳句	金魚 〔1〕 금붕어	聽雨	시가/하이쿠	
3	3	募集俳句	金魚 〔6〕 금붕어	靑風	시가/하이쿠	
3	3	募集俳句	金魚 〔1〕 금붕어	句碑守	시가/하이쿠	
3	3	募集俳句	金魚 〔3〕 금붕어	文子	시가/하이쿠	
3	3	募集俳句	金魚 〔2〕 금붕어	露風	시가/하이쿠	
3	3	募集俳句	金魚 〔1〕 금붕어	柳華	시가/하이쿠	
3	3	募集俳句	金魚 〔2〕 금붕어	阿山	시가/하이쿠	
3	3	募集俳句	金魚 〔3〕 금붕어	南風	시가/하이쿠	
3	3		仁川短歌會例會/雜詠 〈2〉〔2〕 인천 단카회 예회/잡영	秋人	시가/단카	
3	3~4		仁川短歌會例會/雜詠 〈2〉〔6〕 인천 단카회 예회/잡영	龍史	시가/단카	
3	4~5		仁川短歌會例會/雜詠 〈2〉〔8〕 인천 단카회 예회/잡영	大云居	시가/단카	
3	4		俳句募集 하이쿠 모집		광고/모집	광고
4	1~3		菅野俠勇傳 〈7〉 스가노 협용전	神田伯山	고단	
5	1~2		綠髮艶話/戀のお孝(藝妓) 〈2〉 녹발염화/사랑의 오코(예기)		수필/일상	
5	2~3		金剛山の夏 〈2〉 금강산의 여름		수필/기행	
6	1~3	小說	弘法大治郎 〈109〉 고보 다이지로	竹の島人	소설/일본 고전	

지면	단수	기획	기사제목 〈회수〉〔곡수〕	필자/저자(역자)	분류	비고
			1915년 07월 21일 (수) 5070호			
1	6~7	懸賞小說	(選外佳作)惡病 〈6〉 (선외가작)악병	匿名子	소설	
1	7		俳句募集 하이쿠 모집		광고/모집 광고	
3	1~2		碧蹄舘行 〈5〉 벽제관행	我羊	수필/일상	회수 오류
3	4	募集俳句	夏帽子 〔1〕 여름 모자	容堂	시가/하이쿠	
3	4	募集俳句	夏帽子 〔1〕 여름 모자	松峰	시가/하이쿠	
3	4	募集俳句	夏帽子 〔2〕 여름 모자	無名	시가/하이쿠	
3	4	募集俳句	夏帽子 〔1〕 여름 모자	巴城	시가/하이쿠	
3	4~5	募集俳句	夏帽子 〔1〕 여름 모자	鳩子	시가/하이쿠	
3	5	募集俳句	夏帽子 〔2〕 여름 모자	孤山	시가/하이쿠	
3	5	募集俳句	夏帽子 〔1〕 여름 모자	泉水庵	시가/하이쿠	
3	5	募集俳句	夏帽子 〔2〕 여름 모자	南風	시가/하이쿠	
3	5	募集俳句	夏帽子 〔1〕 여름 모자	北星	시가/하이쿠	
3	5	募集俳句	夏帽子 〔1〕 여름 모자	阿山	시가/하이쿠	
3	5	募集俳句	夏帽子 〔1〕 여름 모자	志月	시가/하이쿠	
3	5	募集俳句	夏帽子 〔2〕 여름 모자	琅々	시가/하이쿠	
3	5	募集俳句	夏帽子 〔3〕 여름 모자	花灯	시가/하이쿠	
3	5	募集俳句	夏帽子/人 〔1〕 여름 모자/인	靑嵐	시가/하이쿠	
3	5	募集俳句	夏帽子/地 〔1〕 여름 모자/지	鳩子	시가/하이쿠	
3	5	募集俳句	夏帽子/天 〔1〕 여름 모자/천	南風	시가/하이쿠	
4	1~3		菅野俠勇傳 〈8〉 스가노 협용전	神田伯山	고단	
5	1~3		綠髮艶話/戀のお孝(藝妓) 〈3〉 녹발염화/사랑의 오코(예기)		수필/일상	
5	6~7		金剛山の夏 〈3〉 금강산의 여름		수필/기행	
6	1~3	小說	弘法大治郎 〈109〉 고보 다이지로	竹の島人	소설/일본 고전	회수 오류
			1915년 07월 22일 (목) 5071호			
1	6~7	懸賞小說	(選外佳作)惡病 〈7〉 (선외가작)악병	匿名子	소설	

지면	단수	기획	기사제목 〈회수〉〔곡수〕	필자/저자(역자)	분류	비고
3	1~2		碧蹄館行 〈6〉 벽제관행	我羊	수필/일상	회수 오류
4	1~3		菅野俠勇傳 〈9〉 스가노 협용전	神田伯山	고단	
5	1~2		人眼忍んで(上) 〈1〉 사람 눈을 피해서(상)		수필/일상	
5	2~3		金剛山の夏 〈4〉 금강산의 여름		수필/기행	
5	5~6		綠髮艶話/戀のお孝(藝妓) 〈4〉 녹발염화/사랑의 오코(예기)		수필/일상	
6	1~3	小說	弘法大治郎 〈110〉 고보 다이지로	竹の島人	소설/일본 고전	회수 오류

1915년 07월 23일 (금) 5072호

지면	단수	기획	기사제목 〈회수〉〔곡수〕	필자/저자(역자)	분류	비고
3	3		俳句募集 하이쿠 모집		광고/모집 광고	
3	3~5		忠南行脚 〈1〉 충남 행각	荻野牛骨	수필/기행	
4	1~3		菅野俠勇傳 〈10〉 스가노 협용전	神田伯山	고단	
6	1~3	小說	弘法大治郎 〈112〉 고보 다이지로	竹の島人	소설/일본 고전	
6	3		仁川短歌會例會/音〔1〕 인천 단카회 예회/소리	高峰	시가/단카	
6	3		仁川短歌會例會/音〔1〕 인천 단카회 예회/소리	尙子	시가/단카	
6	3		仁川短歌會例會/音〔1〕 인천 단카회 예회/소리	龍史	시가/단카	
6	3		仁川短歌會例會/音〔2〕 인천 단카회 예회/소리	秋人	시가/단카	
6	3		仁川短歌會例會/音〔2〕 인천 단카회 예회/소리	大云居	시가/단카	
7	1~2		人眼忍んで(中) 〈2〉 사람 눈을 피해서(중)		수필/일상	

1915년 07월 24일 (토) 5073호

지면	단수	기획	기사제목 〈회수〉〔곡수〕	필자/저자(역자)	분류	비고
1	6		鳴鳳句集〔12〕 메이호 구집	黑井恕堂	시가/하이쿠	
1	6~7	懸賞小說	(選外佳作)初産 〈1〉 (선외가작)초산	鳳心	소설	
3	3		仁川短歌會詠草/假母器の雛〔5〕 인천 단카회 영초/부화기 병아리	秋人	시가/단카	
3	3		仁川短歌會詠草/假母器の雛〔4〕 인천 단카회 영초/부화기 병아리	紅果	시가/단카	
4	1~3		菅野俠勇傳 〈11〉 스가노 협용전	神田伯山	고단	
5	1~2		人眼忍んで(下) 〈3〉 사람 눈을 피해서(하)		수필/일상	
6	1~3	小說	弘法大治郎 〈113〉 고보 다이지로	竹の島人	소설/일본 고전	

1915년 07월 25일 (일) 5074호

지면	단수	기획	기사제목 〈회수〉〔곡수〕	필자/저자(역자)	분류	비고
1	6~8	懸賞小說	(選外佳作)初產 〈3〉 (선외가작)초산	鳳心	소설	회수 오류
3	2		俳句募集 하이쿠 모집		광고/모집 광고	
3	3		落選の歌〔10〕 낙선의 노래	いしい、りうし	시가/단카	
4	1~3		菅野俠勇傳 〈12〉 스가노 협용전	神田伯山	고단	
6	1~3	小說	弘法大治郎 〈114〉 고보 다이지로	竹の島人	소설/일본 고전	

1915년 07월 26일 (월) 5075호

지면	단수	기획	기사제목 〈회수〉〔곡수〕	필자/저자(역자)	분류	비고
1	6	釜山俳壇	夏の夜/左衛門選〔1〕 여름 밤/사에몬 선	春浦	시가/하이쿠	
1	6	釜山俳壇	夏の夜/左衛門選〔1〕 여름 밤/사에몬 선	秀峰	시가/하이쿠	
1	6	釜山俳壇	夏の夜/左衛門選〔1〕 여름 밤/사에몬 선	櫻亭	시가/하이쿠	
1	6	釜山俳壇	夏の夜/左衛門選〔1〕 여름 밤/사에몬 선	選者	시가/하이쿠	
1	6	釜山俳壇	#亂/左衛門選〔1〕 ##/사에몬 선	春浦	시가/하이쿠	
1	6	釜山俳壇	#亂/左衛門選〔1〕 ##/사에몬 선	可秀	시가/하이쿠	
1	6	釜山俳壇	#亂/左衛門選〔1〕 ##/사에몬 선	選者	시가/하이쿠	
1	6	釜山俳壇	河骨/左衛門選〔1〕 개연꽃/사에몬 선	秀峰	시가/하이쿠	
1	6	釜山俳壇	河骨/左衛門選〔1〕 개연꽃/사에몬 선	不及	시가/하이쿠	
1	6	釜山俳壇	河骨/左衛門選〔1〕 개연꽃/사에몬 선	選者	시가/하이쿠	
1	6~7	懸賞小說	(選外佳作)初產 〈3〉 (선외가작)초산	鳳心	소설	
4	1~3		菅野俠勇傳 〈13〉 스가노 협용전	神田伯山	고단	

1915년 07월 27일 (화) 5076호

지면	단수	기획	기사제목 〈회수〉〔곡수〕	필자/저자(역자)	분류	비고
1	2~4		涼しさうな話 湖と海 〈1〉 으스스한 이야기 호수와 바다	田中阿歌麿子	수필/일상	
1	6~7	懸賞小說	(選外佳作)初產 〈4〉 (선외가작)초산	鳳心	소설	
3	1~3		芝居觀たまま/切られお富(上) 연극을 본 대로/잘린 오토미(상)	東京 猿太郎	수필/비평	
3	3		時雨會の後に 〈1〉〔1〕 시구레카이 후에	句硯守	시가/단카	
3	3		時雨會の後に 〈1〉〔1〕 시구레카이 후에	眉岳	시가/단카	
3	3		時雨會の後に 〈1〉〔1〕 시구레카이 후에	康知	시가/단카	
3	3		時雨會の後に 〈1〉〔2〕 시구레카이 후에	小澪	시가/단카	

지면	단수	기획	기사제목 〈회수〉〔곡수〕	필자/저자(역자)	분류	비고
3	3		時雨會の後に 〈1〉〔2〕 시구레카이 후에	龍史	시가/단카	
3	3		時雨會の後に 〈1〉〔3〕 시구레카이 후에	大云居	시가/단카	
4	1~3		菅野俠勇傳 〈14〉 스가노 협용전	神田伯山	고단	
6	1~3	小說	弘法大治郎 〈115〉 고보 다이지로	竹の島人	소설/일본 고전	

1915년 07월 28일 (수) 5077호

지면	단수	기획	기사제목 〈회수〉〔곡수〕	필자/저자(역자)	분류	비고
1	2~5		凉しさうな話 湖と海 〈2〉 으스스한 이야기 호수와 바다	田中阿歌麿子	수필/일상	
1	6~7	懸賞小說	(選外佳作)初產 〈5〉 (선외가작)초산	鳳心	소설	
3	1~3		芝居觀たまま/切られお富(中) 연극을 본 대로/잘린 오토미(중)	東京 猿太郎	수필/비평	
3	2		俳句募集 하이쿠 모집		광고/모집 광고	
3	3		時雨會の後に 〈2〉〔1〕 시구레카이 후에	眉岳	시가/단카	
3	3		時雨會の後に 〈2〉〔1〕 시구레카이 후에	小澪	시가/단카	
3	3		時雨會の後に 〈2〉〔1〕 시구레카이 후에	沛子	시가/단카	
3	3		時雨會の後に 〈2〉〔1〕 시구레카이 후에	康知	시가/단카	
3	3		時雨會の後に 〈2〉〔2〕 시구레카이 후에	龍史	시가/단카	
3	3		時雨會の後に 〈2〉〔3〕 시구레카이 후에	大云居	시가/단카	
4	1~3		菅野俠勇傳 〈15〉 스가노 협용전	神田伯山	고단	
6	1~3	小說	弘法大治郎 〈116〉 고보 다이지로	竹の島人	소설/일본 고전	

1915년 07월 29일 (목) 5078호

지면	단수	기획	기사제목 〈회수〉〔곡수〕	필자/저자(역자)	분류	비고
1	2~3		凉しさうな話 湖と海 〈3〉 으스스한 이야기 호수와 바다	田中阿歌麿子	수필/일상	
1	5~6	懸賞小說	(選外佳作)初產 〈6〉 (선외가작)초산	鳳心	소설	
3	1~2		芝居觀たまま/切られお富(下) 연극을 본 대로/잘린 오토미(하)	東京 猿太郎	수필/비평	
3	3~4		仁川短歌會詠草/傷心秘錄 〔7〕 인천 단카회 영초/상심비록	大云居	시가/단카	
4	1~3		菅野俠勇傳 〈16〉 스가노 협용전	神田伯山	고단	
6	1~3	小說	弘法大治郎 〈117〉 고보 다이지로	竹の島人	소설/일본 고전	

1915년 07월 30일 (금) 5079호

지면	단수	기획	기사제목 〈회수〉〔곡수〕	필자/저자(역자)	분류	비고
1	3~5		凉しさうな話 湖と海 〈4〉 으스스한 이야기 호수와 바다	田中阿歌麿子	수필/일상	

지면	단수	기획	기사제목 〈회수〉 〔곡수〕	필자/저자(역자)	분류	비고
1	5~6		忠南行脚 〈2〉 충남 행각	荻野牛骨	수필/기행	
1	6~7	懸賞小說	(選外佳作)初產 〈7〉 (선외가작)초산	鳳心	소설	
1	7		仁川短歌會詠草/何でもない事 〔6〕 인천 단카회 영초/아무것도 아닌 일	大云居	시가/단카	
4	1~3		菅野俠勇傳 〈17〉 스가노 협용전	神田伯山	고단	
6	1~3	小說	弘法大治郎 〈118〉 고보 다이지로	竹の島人	소설/일본 고전	

1915년 08월 01일 (일) 5080호

지면	단수	기획	기사제목 〈회수〉 〔곡수〕	필자/저자(역자)	분류	비고
1	5~6		涼しさうな話 湖と海 〈5〉 으스스한 이야기 호수와 바다	田中阿歌麿子	수필/일상	
1	6~7	懸賞小說	(選外佳作)初產 〈8〉 (선외가작)초산	鳳心	소설	
3	3		忠南行脚 〈3〉 충남 행각	荻野牛骨	수필/기행	
3	3		俳句募集 하이쿠 모집		광고/모집 광고	
4	1~3		菅野俠勇傳 〈18〉 스가노 협용전	神田伯山	고단	
6	1~3	小說	弘法大治郎 〈119〉 고보 다이지로	竹の島人	소설/일본 고전	

1915년 08월 02일 (월) 5081호

지면	단수	기획	기사제목 〈회수〉 〔곡수〕	필자/저자(역자)	분류	비고
1	4~6		涼しさうな話 湖と海 〈6〉 으스스한 이야기 호수와 바다	田中阿歌麿子	수필/일상	
1	6~7	懸賞小說	(選外佳作)初產 〈9〉 (선외가작)초산	鳳心	소설	
4	1~3		菅野俠勇傳 〈19〉 스가노 협용전	神田伯山	고단	

1915년 08월 03일 (화) 5082호

지면	단수	기획	기사제목 〈회수〉 〔곡수〕	필자/저자(역자)	분류	비고
3	2~4		忠南行脚 〈2〉 충남 행각	荻野牛骨	수필/기행	회수 오류
4	1~3		菅野俠勇傳 〈20〉 스가노 협용전	神田伯山	고단	
5	1~2		青葉の頃 〈1〉 푸른 잎 시절		수필/일상	
5	4~5		夏の女 여름의 여자		수필/일상	
6	1~3	小說	弘法大治郎 〈120〉 고보 다이지로	竹の島人	소설/일본 고전	

1915년 08월 04일 (수) 5083호

지면	단수	기획	기사제목 〈회수〉 〔곡수〕	필자/저자(역자)	분류	비고
1	5~6		仁川短歌會例會/雜詠 〈1〉〔1〕 인천 단카회 예회/잡영	眉岳	시가/단카	
1	6		仁川短歌會例會/雜詠 〈1〉〔1〕 인천 단카회 예회/잡영	康知	시가/단카	
1	6		仁川短歌會例會/雜詠 〈1〉〔2〕 인천 단카회 예회/잡영	龍史	시가/단카	

지면	단수	기획	기사제목 〈회수〉〔곡수〕	필자/저자(역자)	분류	비고
1	6		仁川短歌會例會/雜詠 〈1〉〔2〕 인천 단카회 예회/잡영	眉岳	시가/단카	
1	6		仁川短歌會例會/雜詠 〈1〉〔4〕 인천 단카회 예회/잡영	大云居	시가/단카	
1	6		仁川短歌會例會/雜詠 〈1〉〔1〕 인천 단카회 예회/잡영	紅果	시가/단카	
1	6		仁川短歌會例會/雜詠 〈1〉〔2〕 인천 단카회 예회/잡영	白面郎	시가/단카	
1	7	小說	少女白菊/はしがき 〈1〉 소녀 시라기쿠/머리말	(我羊譯)	소설/번역소설	
4	1~3		菅野俠勇傳 〈21〉 스가노 협용전	神田伯山	고단	
5	1~3		靑葉の頃 〈2〉 푸른 잎 시절		수필/일상	
6	1~3	小說	弘法大治郎 〈121〉 고보 다이지로	竹の島人	소설/일본 고전	

1915년 08월 05일 (목) 5084호

지면	단수	기획	기사제목 〈회수〉〔곡수〕	필자/저자(역자)	분류	비고
1	7	小說	少女白菊/はしがき 〈2〉 소녀 시라기쿠/머리말	(我羊譯)	소설/번역소설	
3	1~2		芝居觀たまま/戀と刃(上) 〈1〉 연극을 본 대로/사랑과 칼날(상)	東京 猿太郎	수필/비평	
3	2~3		忠南行脚 〈3〉 충남 행각	荻野牛骨	수필/기행	회수 오류
3	3~4		仁川短歌會詠草/雜詠 〈2〉〔1〕 인천 단카회 영초/잡영	紅果	시가/단카	
3	4		仁川短歌會詠草/雜詠 〈2〉〔4〕 인천 단카회 영초/잡영	白面郎	시가/단카	
3	4		仁川短歌會詠草/雜詠 〈2〉〔2〕 인천 단카회 영초/잡영	眉岳	시가/단카	
3	4		仁川短歌會詠草/雜詠 〈2〉〔2〕 인천 단카회 영초/잡영	秋人	시가/단카	
3	4		仁川短歌會詠草/雜詠 〈2〉〔1〕 인천 단카회 영초/잡영	壁南	시가/단카	
3	4		仁川短歌會詠草/雜詠 〈2〉〔2〕 인천 단카회 영초/잡영	小濘	시가/단카	
4	1~3		菅野俠勇傳 〈22〉 스가노 협용전	神田伯山	고단	
5	1~2		中年の戀 중년의 사랑		수필/일상	
6	1~3	小說	弘法大治郎 〈122〉 고보 다이지로	竹の島人	소설/일본 고전	

1915년 08월 06일 (금) 5085호

지면	단수	기획	기사제목 〈회수〉〔곡수〕	필자/저자(역자)	분류	비고
1	6~7		凉しさうな話 湖と海 〈6〉 으스스한 이야기 호수와 바다	田中阿歌麿子	수필/일상	회수 오류
1	7	小說	少女白菊/はしがき 〈3〉 소녀 시라기쿠/머리말	(我羊譯)	소설/번역소설	
3	1~2		芝居觀たまま/戀と刃 〈2〉 연극을 본 대로/사랑과 칼날(중)	東京 猿太郎	수필/일상	
4	1~3		菅野俠勇傳 〈23〉 스가노 협용전	神田伯山	고단	

지면	단수	기획	기사제목 〈회수〉〔곡수〕	필자/저자(역자)	분류	비고
5	1~2		中年の戀 중년의 사랑		수필/관찰	
6	1~3	小說	弘法大治郞 〈123〉 고보 다이지로	竹の島人	소설/일본 고전	

1915년 08월 07일 (토) 5086호

지면	단수	기획	기사제목 〈회수〉〔곡수〕	필자/저자(역자)	분류	비고
1	2~3		凉しさうな話 湖と海 〈7〉 으스스한 이야기 호수와 바다	田中阿歌麿子	수필/일상	
1	6		仁川短歌會例會/雜詠 〈3〉〔4〕 인천 단카회 예회/잡영	大云居	시가/단카	
1	6		仁川短歌會例會/雜詠 〈3〉〔2〕 인천 단카회 예회/잡영	康知	시가/단카	
1	6		仁川短歌會例會/雜詠 〈3〉〔2〕 인천 단카회 예회/잡영	龍史	시가/단카	
1	6		仁川短歌會例會/雜詠 〈3〉〔1〕 인천 단카회 예회/잡영	白面郞	시가/단카	
1	6~7	小說	少女白菊 〈1〉 소녀 시라기쿠	(我羊譯)	소설/번역소 설	
3	1		芝居觀たまま/戀と刃 연극을 본 대로/사랑과 칼날(하)	東京 猿太郞	수필/일상	
3	2~3		忠南行脚 〈4〉 충남 행각	荻野牛骨	수필/기행	회수 오류
4	1~3		菅野俠勇傳 〈24〉 스가노 협용전	神田伯山	고단	
6	1~3	小說	弘法大治郞 〈124〉 고보 다이지로	竹の島人	소설/일본 고전	

1915년 08월 08일 (일) 5087호

지면	단수	기획	기사제목 〈회수〉〔곡수〕	필자/저자(역자)	분류	비고
1	5		仁川短歌會詠草/天華雨の如し 〔8〕 인천 단카회 영초/천화의 비 처럼	土の子	시가/단카	
1	6~7	小說	少女白菊 〈2〉 소녀 시라기쿠	(我羊譯)	소설/번역소 설	
3	1~2		芝居觀たまま/戀と刃 연극을 본 대로/사랑과 칼날	東京 猿太郞	수필/일상	
4	1~3		菅野俠勇傳 〈25〉 스가노 협용전	神田伯山	고단	
6	1~3	小說	弘法大治郞 〈125〉 고보 다이지로	竹の島人	소설/일본 고전	

1915년 08월 09일 (월) 5088호

지면	단수	기획	기사제목 〈회수〉〔곡수〕	필자/저자(역자)	분류	비고
1	5		仁川短歌會詠草/#う##ふ銀# 〔10〕 인천 단카회 영초/##	土の子	시가/단카	
1	6	小說	少女白菊 〈3〉 소녀 시라기쿠	(我羊譯)	소설/번역소 설	
3	1~2		戀無情 〈1〉 연무정		소설	
4	1~3		菅野俠勇傳 〈26〉 스가노 협용전	神田伯山	고단	

1915년 08월 10일 (화) 5089호

지면	단수	기획	기사제목 〈회수〉〔곡수〕	필자/저자(역자)	분류	비고
1	6~7	小說	少女白菊 〈4〉 소녀 시라기쿠	(我羊譯)	소설/번역소 설	

지면	단수	기획	기사제목 〈회수〉〔곡수〕	필자/저자(역자)	분류	비고
4	1~3		菅野俠勇傳 〈27〉 스가노 협용전	神田伯山	고단	
5	1~2		戀無情 〈2〉 연무정		소설	
6	1~2	小說	弘法大治郎 〈126〉 고보 다이지로	竹の島人	소설/일본 고전	

1915년 08월 11일 (수) 5090호

지면	단수	기획	기사제목 〈회수〉〔곡수〕	필자/저자(역자)	분류	비고
1	6~7	小說	少女白菊 〈5〉 소녀 시라기쿠	(我羊譯)	소설/번역소 설	
3	1~2		忠南行脚 〈7〉 충남 행각	荻野牛骨	수필/기행	
3	2~3	文苑	## 〔12〕 ##	土の子	시가/단카	
4	1~3		菅野俠勇傳 〈28〉 스가노 협용전	神田伯山	고단	
5	1~2		戀無情 〈3〉 연무정		소설/일상	
6	1~3	小說	弘法大治郎 〈127〉 고보 다이지로	竹の島人	소설/일본 고전	

1915년 08월 12일 (목) 5091호

지면	단수	기획	기사제목 〈회수〉〔곡수〕	필자/저자(역자)	분류	비고
1	5		仁川短歌會詠草 〔4〕 인천 단카회 영초	#うし	시가/단카	
1	5		仁川短歌會詠草 〔4〕 인천 단카회 영초	紅果生	시가/단카	
1	6~7	小說	少女白菊 〈6〉 소녀 시라기쿠	(我羊譯)	소설/번역소 설	
4	1~3		菅野俠勇傳 〈29〉 스가노 협용전	神田伯山	고단	
5	1~3		戀無情 〈4〉 연무정		소설	
6	1~3	小說	弘法大治郎 〈128〉 고보 다이지로	竹の島人	소설/일본 고전	

1915년 08월 13일 (금) 5092호

지면	단수	기획	기사제목 〈회수〉〔곡수〕	필자/저자(역자)	분류	비고
1	6~7	小說	少女白菊 〈7〉 소녀 시라기쿠	(我羊譯)	소설/번역소 설	
3	7		仁川短歌會詠草 〔2〕 인천 단카회 영초	靑霧	시가/단카	
3	7		仁川短歌會詠草 〔7〕 인천 단카회 영초	紅果	시가/단카	
3	7		仁川短歌會詠草 〔2〕 인천 단카회 영초	尙子	시가/단카	
4	1~3		菅野俠勇傳 〈30〉 스가노 협용전	神田伯山	고단	

1915년 08월 14일 (토) 5093호

지면	단수	기획	기사제목 〈회수〉〔곡수〕	필자/저자(역자)	분류	비고
1	6	文苑	彼女を悼む 〔15〕 그녀를 애도하며	鹿	시가/자유시	
1	6		ビンデ一句會吟/淸水 〔1〕 빈데구회음/청수	如雪	시가/하이쿠	

지면	단수	기획	기사제목 〈회수〉〔곡수〕	필자/저자(역자)	분류	비고
1	6		ビンデ一句會吟/淸水 [1] 빈데구회음/청수	多摩子	시가/하이쿠	
1	6		ビンデ一句會吟/淸水 [1] 빈데구회음/청수	雨村	시가/하이쿠	
1	6		ビンデ一句會吟/淸水 [2] 빈데구회음/청수	石春	시가/하이쿠	
1	6		ビンデ一句會吟/淸水 [2] 빈데구회음/청수	鳥重	시가/하이쿠	
1	6		ビンデ一句會吟/淸水 [2] 빈데구회음/청수	華堂	시가/하이쿠	
1	6		ビンデ一句會吟/夏の月 [1] 빈데구회음/여름의 달	秀峯	시가/하이쿠	
1	6		ビンデ一句會吟/夏の月 [1] 빈데구회음/여름의 달	山王	시가/하이쿠	
1	6		ビンデ一句會吟/夏の月 [2] 빈데구회음/여름의 달	雨村	시가/하이쿠	
1	6		ビンデ一句會吟/夏の月 [1] 빈데구회음/여름의 달	如雪	시가/하이쿠	
1	6		ビンデ一句會吟/夏の月 [2] 빈데구회음/여름의 달	石春	시가/하이쿠	
1	6		ビンデ一句會吟/夏の月 [2] 빈데구회음/여름의 달	華堂	시가/하이쿠	
1	6		ビンデ一句會吟/夏の月 [2] 빈데구회음/여름의 달	鳥重	시가/하이쿠	
1	6		ビンデ一句會吟/浴衣 [1] 빈데구회음/유카타	神骨	시가/하이쿠	
1	6		ビンデ一句會吟/浴衣 [1] 빈데구회음/유카타	如雪	시가/하이쿠	
1	6		ビンデ一句會吟/浴衣 [2] 빈데구회음/유카타	雨村	시가/하이쿠	
1	6		ビンデ一句會吟/浴衣 [2] 빈데구회음/유카타	石春	시가/하이쿠	
1	6		ビンデ一句會吟/浴衣 [2] 빈데구회음/유카타	鳥重	시가/하이쿠	
1	6		ビンデ一句會吟/浴衣 [1] 빈데구회음/유카타	華堂	시가/하이쿠	
1	7	小說	少女白菊 〈8〉 소녀 시라기쿠	(我羊譯)	소설/번역소설	
3	7		仁川短歌會詠草 [2] 인천 단카회 영초	尙子	시가/단카	
3	7		仁川短歌會詠草 [4] 인천 단카회 영초	松人	시가/단카	
4	1~3		菅野俠勇傳 〈31〉 스가노 협용전	神田伯山	고단	
6	1~3	小說	弘法大治郞 〈129〉 고보 다이지로	竹の島人	소설/일본 고전	

1915년 08월 15일 (일) 5094호

지면	단수	기획	기사제목 〈회수〉〔곡수〕	필자/저자(역자)	분류	비고
1	5~6		仁川短歌會詠草 [10] 인천 단카회 영초	龍史	시가/단카	
1	6		仁川短歌會詠草 [10] 인천 단카회 영초	大云居	시가/단카	

지면	단수	기획	기사제목 〈회수〉〔곡수〕	필자/저자(역자)	분류	비고
1	6~7	小說	少女白菊 〈9〉 소녀 시라기쿠	(我羊譯)	소설/번역소설	
3	7	文苑	■ 〔2〕 ■	元山 源太郎	시가/단카	
3	7	文苑	■ 〔5〕 ■	仁川 #子	시가/단카	
4	1~3		菅野俠勇傳 〈32〉 스가노 협용전	神田伯山	고단	
6	1~3	小說	弘法大治郎 〈130〉 고보 다이지로	竹の島人	소설/일본고전	

1915년 08월 16일 (월) 5095호

지면	단수	기획	기사제목 〈회수〉〔곡수〕	필자/저자(역자)	분류	비고
1	5	募集俳句	夏草 〈1〉 〔1〕 여름 풀	梁星	시가/하이쿠	
1	5	募集俳句	夏草 〈1〉 〔1〕 여름 풀	悟竹	시가/하이쿠	
1	5	募集俳句	夏草 〈1〉 〔1〕 여름 풀	鳥石	시가/하이쿠	
1	5	募集俳句	夏草 〈1〉 〔1〕 여름 풀	曉村	시가/하이쿠	
1	5	募集俳句	夏草 〈1〉 〔3〕 여름 풀	北星	시가/하이쿠	
1	5	募集俳句	夏草 〈1〉 〔1〕 여름 풀	奇骨	시가/하이쿠	
1	5	募集俳句	夏草 〈1〉 〔1〕 여름 풀	輝連子	시가/하이쿠	
1	5	募集俳句	夏草 〈1〉 〔1〕 여름 풀	綠竹	시가/하이쿠	
1	5	募集俳句	夏草 〈1〉 〔1〕 여름 풀	樂天	시가/하이쿠	
1	5	募集俳句	夏草 〈1〉 〔1〕 여름 풀	鈴子	시가/하이쿠	
1	5	募集俳句	夏草 〈1〉 〔1〕 여름 풀	李卯子	시가/하이쿠	
1	5	募集俳句	夏草 〈1〉 〔2〕 여름 풀	巴城	시가/하이쿠	
1	5	募集俳句	夏草 〈1〉 〔3〕 여름 풀	鳩子	시가/하이쿠	
1	5	募集俳句	夏草 〈1〉 〔2〕 여름 풀	花灯	시가/하이쿠	
1	6	募集俳句	夏草 〈1〉 〔3〕 여름 풀	文子	시가/하이쿠	
1	6~7	小說	少女白菊 〈10〉 소녀 시라기쿠	(我羊譯)	소설/번역소설	

1915년 08월 17일 (화) 5096호

지면	단수	기획	기사제목 〈회수〉〔곡수〕	필자/저자(역자)	분류	비고
1	5	募集俳句	淸水 〈2〉 〔1〕 청수	空天	시가/하이쿠	
1	6	募集俳句	淸水 〈2〉 〔1〕 청수	北星	시가/하이쿠	
1	6	募集俳句	淸水 〈2〉 〔2〕 청수	奇骨	시가/하이쿠	

지면	단수	기획	기사제목 〈회수〉〔곡수〕	필자/저자(역자)	분류	비고
1	6	募集俳句	清水 〈2〉〔2〕 청수	場村	시가/하이쿠	
1	6	募集俳句	清水 〈2〉〔1〕 청수	輝連子	시가/하이쿠	
1	6	募集俳句	清水 〈2〉〔1〕 청수	句碑守	시가/하이쿠	
1	6	募集俳句	清水 〈2〉〔1〕 청수	樂天	시가/하이쿠	
1	6	募集俳句	清水 〈2〉〔1〕 청수	素耕	시가/하이쿠	
1	6	募集俳句	清水 〈2〉〔2〕 청수	鈴子	시가/하이쿠	
1	6	募集俳句	清水 〈2〉〔3〕 청수	李卯子	시가/하이쿠	
1	6	募集俳句	清水 〈7〉〔3〕 청수	巴城	시가/하이쿠	
1	6	募集俳句	清水 〈2〉〔1〕 청수	鳩子	시가/하이쿠	
1	6	募集俳句	清水 〈2〉〔3〕 청수	秋月	시가/하이쿠	
1	6	募集俳句	清水 〈2〉〔3〕 청수	花灯	시가/하이쿠	
1	6	募集俳句	清水 〈2〉〔4〕 청수	文子	시가/하이쿠	
1	6~7	小說	少女白菊 〈11〉 소녀 시라기쿠	(我羊譯)	소설/번역소설	
3	1~2		芝居觀たまま/髮結新三 〈1〉 연극을 본 대로/가미유이신자	東京 猿太郎	수필/일상	
3	6		俳句募集 하이쿠 모집		광고/모집 광고	
4	1~3		菅野俠勇傳 〈33〉 스가노 협용전	神田伯山	고단	

1915년 08월 18일 (수) 5097호

지면	단수	기획	기사제목 〈회수〉〔곡수〕	필자/저자(역자)	분류	비고
1	4	募集俳句	避暑 〈3〉〔1〕 피서	無名	시가/하이쿠	
1	4	募集俳句	避暑 〈3〉〔1〕 피서	時枝	시가/하이쿠	
1	4	募集俳句	避暑 〈3〉〔1〕 피서	雨角	시가/하이쿠	
1	4	募集俳句	避暑 〈3〉〔1〕 피서	水渓	시가/하이쿠	
1	4	募集俳句	避暑 〈3〉〔1〕 피서	曉竹	시가/하이쿠	
1	4	募集俳句	避暑 〈3〉〔1〕 피서	小舟	시가/하이쿠	
1	4	募集俳句	避暑 〈3〉〔1〕 피서	場村	시가/하이쿠	
1	4	募集俳句	避暑 〈3〉〔1〕 피서	句碑守	시가/하이쿠	
1	4	募集俳句	避暑 〈3〉〔1〕 피서	春州	시가/하이쿠	

지면	단수	기획	기사제목 〈회수〉〔곡수〕	필자/저자(역자)	분류	비고
1	4	募集俳句	避暑 〈3〉〔1〕 피서	素耕	시가/하이쿠	
1	4	募集俳句	避暑 〈3〉〔1〕 피서	鈴子	시가/하이쿠	
1	4	募集俳句	避暑 〈3〉〔3〕 피서	李卯子	시가/하이쿠	
1	4	募集俳句	避暑 〈3〉〔4〕 피서	花灯	시가/하이쿠	
1	4	募集俳句	避暑 〈3〉〔3〕 피서	文子	시가/하이쿠	
1	4	募集俳句	避暑/人 〈3〉〔1〕 피서/인	光州 北市文子	시가/하이쿠	
1	4	募集俳句	避暑/地 〈3〉〔1〕 피서/지	仁川 石井李卯子	시가/하이쿠	
1	4	募集俳句	避暑/天 〈3〉〔1〕 피서/천	光州 北市文子	시가/하이쿠	
1	4	募集俳句	避暑/選者吟 〔1〕 피서/선자음	賣劍	시가/하이쿠	
1	5~6	小說	少女白菊 〈12〉 소녀 시라기쿠	(我羊譯)	소설/번역소 설	
3	1~4		芝居觀たまま/髮結新三 〈2〉 연극을 본 대로/가미유이신자	東京 猿太郎	수필/일상	
4	1~3		菅野俠勇傳 〈34〉 스가노 협용전	神田伯山	고단	
6	1~3	小說	弘法大治郎 〈131〉 고보 다이지로	竹の島人	소설/일본 고전	

1915년 08월 19일 (목) 5098호

지면	단수	기획	기사제목 〈회수〉〔곡수〕	필자/저자(역자)	분류	비고
1	5~6		鳴鳳句集 〔12〕 메이호 구집	黑井恕堂	시가/하이쿠	
1	6~7	小說	少女白菊 〈13〉 소녀 시라기쿠	(我羊譯)	소설/번역소 설	
3	1~2		遺骨を抱きて 〈1〉 유골을 안고	山峰白愁	수필/일상	
3	6		蚊帳の色 〔5〕 모기장의 색	京城 夢人	시가/단카	
3	6		心のすさみ 〔7〕 지친 마음	龍山 島の石	시가/단카	
4	1~3		菅野俠勇傳 〈35〉 스가노 협용전	神田伯山	고단	
6	1~3	小說	弘法大治郎 〈132〉 고보 다이지로	竹の島人	소설/일본 고전	

1915년 08월 20일 (금) 5099호

지면	단수	기획	기사제목 〈회수〉〔곡수〕	필자/저자(역자)	분류	비고
1	6~7	小說	少女白菊 〈14〉 소녀 시라기쿠	(我羊譯)	소설/번역소 설	
3	6~7		遺骨を抱きて 〈2〉 유골을 안고	山峰白愁	수필/일상	
3	7	文苑	半島の夏 〔10〕 반도의 여름	大邱 香西無聲	시가/단카	
4	1~3		菅野俠勇傳 〈36〉 스가노 협용전	神田伯山	고단	

지면	단수	기획	기사제목 〈회수〉〔곡수〕	필자/저자(역자)	분류	비고
6	1~3	小說	弘法大治郎 〈133〉 고보 다이지로	竹の島人	소설/일본 고전	

1915년 08월 21일 (토) 5100호

지면	단수	기획	기사제목 〈회수〉〔곡수〕	필자/저자(역자)	분류	비고
1	6	小說	少女白菊 〈15〉 소녀 시라기쿠	(我羊譯)	소설/번역소 설	
3	5~6		遺骨を抱きて 〈3〉 유골을 안고	山峰白愁	수필/일상	
3	6		俳句募集 하이쿠 모집		광고/모집 광고	
4	1~3		菅野俠勇傳 〈37〉 스가노 협용전	神田伯山	고단	
6	1~3	小說	弘法大治郎 〈134〉 고보 다이지로	竹の島人	소설/일본 고전	

1915년 08월 22일 (일) 5101호

지면	단수	기획	기사제목 〈회수〉〔곡수〕	필자/저자(역자)	분류	비고
1	6~8	小說	少女白菊 〈16〉 소녀 시라기쿠	(我羊譯)	소설/번역소 설	
3	5~6		遺骨を抱きて 〈4〉 유골을 안고	山峰白愁	수필/일상	
3	6		俳句募集 하이쿠 모집		광고/모집 광고	
3	7		奉天よりL兄へ 〔7〕 봉천에서 L형에게	孤庵生	시가/단카	
4	1~3		菅野俠勇傳 〈38〉 스가노 협용전	神田伯山	고단	
6	1~3	小說	弘法大治郎 〈135〉 고보 다이지로	竹の島人	소설/일본 고전	

1915년 08월 23일 (월) 5102호

지면	단수	기획	기사제목 〈회수〉〔곡수〕	필자/저자(역자)	분류	비고
1	6~8	小說	少女白菊 〈17〉 소녀 시라기쿠	(我羊譯)	소설/번역소 설	
4	1~3	小說	弘法大治郎 〈136〉 고보 다이지로	竹の島人	소설/일본 고전	

1915년 08월 24일 (화) 5103호

지면	단수	기획	기사제목 〈회수〉〔곡수〕	필자/저자(역자)	분류	비고
1	6		扶餘忌句會吟 부여기 구회 음		기타/모임안 내	
1	6		扶餘忌句會吟/九龍坪落雁 〔1〕 부여기 구회 음/구룡평 낙안	南村	시가/하이쿠	
1	6		扶餘忌句會吟/九龍坪落雁 〔1〕 부여기 구회 음/구룡평 낙안	鳥兎	시가/하이쿠	
1	6		扶餘忌句會吟/扶蘇山暮雨 〔1〕 부여기 구회 음/부소산 저녁 무렵 비	鳥兎	시가/하이쿠	
1	6		扶餘忌句會吟/平濟塔夕照 〔1〕 부여기 구회 음/평제탑 석조	石香	시가/하이쿠	
1	6		扶餘忌句會吟/白馬江沈月 〔1〕 부여기 구회 음/백마강 지는 달	鳥兎	시가/하이쿠	
1	6		扶餘忌句會吟/白馬江沈月 〔1〕 부여기 구회 음/백마강 지는 달	石香	시가/하이쿠	
1	6		扶餘忌句會吟/落花庵宿鵑 〔1〕 부여기 구회 음/낙화암 숙견	南村	시가/하이쿠	

지면	단수	기획	기사제목 〈회수〉〔곡수〕	필자/저자(역자)	분류	비고
1	6		扶餘忌句會吟/落花庵宿鵑 〔1〕 부여기 구회 음/낙화암 숙견	石香	시가/하이쿠	
1	6		扶餘忌句會吟/皐蘭寺曉磬 〔1〕 부여기 구회 음/고란사 새벽종	石香	시가/하이쿠	
1	6		扶餘忌句會吟/皐蘭寺曉磬 〔1〕 부여기 구회 음/고란사 새벽종	雪窓	시가/하이쿠	
1	6		扶餘忌句會吟/皐蘭寺曉磬 〔1〕 부여기 구회 음/고란사 새벽종	鳥兎	시가/하이쿠	
1	6		扶餘忌句會吟/皐蘭寺曉磬 〔1〕 부여기 구회 음/고란사 새벽종	山王	시가/하이쿠	
1	6		扶餘忌句會吟/窺岩津歸帆 〔1〕 부여기 구회 음/규암진 귀범	石香	시가/하이쿠	
1	6		扶餘忌句會吟/窺岩津歸帆 〔1〕 부여기 구회 음/규암진 귀범	鳥兎	시가/하이쿠	
1	6		扶餘忌句會吟/水北亭晴嵐 〔1〕 부여기 구회 음/수북정 청람	秀峯	시가/하이쿠	
1	6		扶餘忌句會吟/雜 〔1〕 부여기 구회 음/잡	鳥兎	시가/하이쿠	
1	6		扶餘忌句會吟/雜 〔1〕 부여기 구회 음/잡	鳥兎	시가/하이쿠	
1	6~7	小說	少女白菊 〈17〉 소녀 시라기쿠	(我羊譯)	소설/번역소 설	회수 오류
3	6		俳句募集 하이쿠 모집		광고/모집 광고	
3	7	挽歌	■ 〔4〕 ■	紅果	시가/단카	
3	7	挽歌	■ 〔3〕 ■	龍史	시가/단카	
3	7	挽歌	■ 〔2〕 ■	大云居	시가/단카	
3	7	挽歌	■ 〔4〕 ■	秋人	시가/단카	
3	7	文苑	星のわらべ 〔4〕 별의 아이	不美泉生	시가/신체시	
4	1~3		菅野俠勇傳 〈39〉 스가노 협용전	神田伯山	고단	

1915년 08월 25일 (수) 5104호

지면	단수	기획	기사제목 〈회수〉〔곡수〕	필자/저자(역자)	분류	비고
1	6~7	小說	少女白菊 〈18〉 소녀 시라기쿠	(我羊譯)	소설/번역소 설	회수 오류
4	1~3	小說	弘法大治郎 〈138〉 고보 다이지로	竹の島人	소설/일본 고전	

1915년 08월 26일 (목) 5105호

지면	단수	기획	기사제목 〈회수〉〔곡수〕	필자/저자(역자)	분류	비고
1	6~8	小說	少女白菊 〈20〉 소녀 시라기쿠	(我羊譯)	소설/번역소 설	
3	7	文苑	お始り 시작	不美泉生	시가/기타	
4	1~3		菅野俠勇傳 〈40〉 스가노 협용전	神田伯山	고단	
6	1~3	小說	弘法大治郎 〈139〉 고보 다이지로	竹の島人	소설/일본 고전	

지면	단수	기획	기사제목 〈회수〉〔곡수〕	필자/저자(역자)	분류	비고
1915년 08월 27일 (금) 5106호						
1	6	小說	少女白菊 〈21〉 소녀 시라기쿠	(我羊譯)	소설/번역소설	
4	1~3		菅野俠勇傳 〈41〉 스가노 협용전	神田伯山	고단	
6	1~3	小說	弘法大治郎 〈140〉 고보 다이지로	竹の島人	소설/일본 고전	
1915년 08월 28일 (토) 5107호						
1	7	小說	少女白菊 〈22〉 소녀 시라기쿠	(我羊譯)	소설/번역소설	
4	1~3		菅野俠勇傳 〈42〉 스가노 협용전	神田伯山	고단	
6	1~3	小說	弘法大治郎 〈140〉 고보 다이지로	竹の島人	소설/일본 고전	회수 오류
1915년 08월 29일 (일) 5108호						
1	5~6	文苑	酒薰歌 〈1〉〔15〕 주훈가	堤川 #津良 賢	시가/단카	
1	6~7	小說	少女白菊 〈23〉 소녀 시라기쿠	(我羊譯)	소설/번역소설	
4	1~3		菅野俠勇傳 〈43〉 스가노 협용전	神田伯山	고단	
5	7		謠曲『仁川港』 요쿄쿠『인천항』	加#榮太郎	요쿄쿠	
6	1~3	小說	弘法大治郎 〈141〉 고보 다이지로	竹の島人	소설/일본 고전	회수 오류
1915년 08월 30일 (월) 5109호						
1	6~7	文苑	酒薰歌 〈2〉〔6〕 주훈가	堤川 #津良 賢	시가/단카	
1	7	小說	少女白菊 〈24〉 소녀 시라기쿠	(我羊譯)	소설/번역소설	
3	5~6		御大典奉祝歌 어대전 봉축가		시가/기타	
4	1~3		菅野俠勇傳 〈44〉 스가노 협용전	神田伯山	고단	
1915년 08월 31일 (화) 5110호						
1	9	小說	少女白菊 〈25〉 소녀 시라기쿠	(我羊譯)	소설/번역소설	
3	6		仁川短歌會詠草 〔1〕 인천 단카회 영초	居岳	시가/단카	
3	6		仁川短歌會詠草 〔1〕 인천 단카회 영초	天葩	시가/단카	
3	6		仁川短歌會詠草 〔1〕 인천 단카회 영초	靑霧	시가/단카	
3	6~7		仁川短歌會詠草 〔2〕 인천 단카회 영초	紅果	시가/단카	
3	7		仁川短歌會詠草 〔3〕 인천 단카회 영초	龍史	시가/단카	

지면	단수	기획	기사제목 〈회수〉〔곡수〕	필자/저자(역자)	분류	비고
3	7		仁川短歌會詠草〔5〕 인천 단카회 영초	康知	시가/단카	
4	1~3		菅野俠勇傳〈45〉 스가노 협용전	神田伯山	고단	
6	1~3	小說	弘法大治郎〈142〉 고보 다이지로	竹の島人	소설/일본 고전	회수 오류

1916년 01월 01일 (토) 5223호 其一

지면	단수	기획	기사제목 〈회수〉〔곡수〕	필자/저자(역자)	분류	비고
3	5		ねこの皮〈10〉 고양이 가죽		수필/관찰	

1916년 01월 01일 (토) 5223호 其二

지면	단수	기획	기사제목 〈회수〉〔곡수〕	필자/저자(역자)	분류	비고
1	1	縣賞募集 新年文藝	漢詩/編輯局選〔1〕 한시/편집국 선	京城 布川#之輔	시가/한시	
1	1	縣賞募集 新年文藝	漢詩/編輯局選〔1〕 한시/편집국 선	名古屋 福田#策	시가/한시	
1	1	縣賞募集 新年文藝	漢詩/編輯局選〔1〕 한시/편집국 선	平南 朴鎭	시가/한시	
1	1	縣賞募集 新年文藝	漢詩/編輯局選〔1〕 한시/편집국 선	京城 古武貞世	시가/한시	
1	1	縣賞募集 新年文藝	漢詩/編輯局選〔4〕 한시/편집국 선	仁川 天涯	시가/한시	
1	1	縣賞募集 新年文藝	漢詩/辰年の名流/正五位 大谷嘉兵衛〔1〕 한시/진년의 명사/정5위 오타니 가헤베	京城 久保田良行	시가/한시	
1	1	縣賞募集 新年文藝	漢詩/辰年の名流/正五位 大谷嘉兵衛〔1〕 한시/진년의 명사/정6위 오타니 가헤베	開城 崔在蔗	시가/한시	
1	1	縣賞募集 新年文藝	漢詩/辰年の名流/正五位 大谷嘉兵衛〔1〕 한시/진년의 명사/정7위 오타니 가헤베	京城 賀屋由雄	시가/한시	
1	1	縣賞募集 新年文藝	漢詩/人〔1〕 인	京城本町 古城梅渓	시가/한시	
1	1	縣賞募集 新年文藝	漢詩/地〔1〕 지	忠南江景 新庄理美	시가/한시	
1	1	縣賞募集 新年文藝	漢詩/天〔1〕 천	名古屋市中區南鍛 治町五丁目一番地 福田忠作	시가/한시	
1	1	縣賞募集 新年文藝	★和歌/編輯局選〔1〕 와카/편집국 선	京城 有吉梅月	시가/단카	
1	1~2	縣賞募集 新年文藝	★和歌/編輯局選〔1〕 와카/편집국 선	平壤 成田#光	시가/단카	
1	2	縣賞募集 新年文藝	★和歌/編輯局選〔1〕 와카/편집국 선	京城 井上剛哉	시가/단카	
1	2	縣賞募集 新年文藝	和歌/辰年の名流/貴族院議員 山本達雄〔1〕 와카/진년의 명사/귀족원 의원 야마모토 다쓰오	京城 賀屋由雄	시가/단카	
1	2	縣賞募集 新年文藝	和歌/辰年の名流/貴族院議員 山本達雄〔1〕 와카/진년의 명사/귀족원 의원 야마모토 다쓰오	京城 #洲	시가/단카	
1	2	縣賞募集 新年文藝	和歌/辰年の名流/貴族院議員 山本達雄〔1〕 와카/진년의 명사/귀족원 의원 야마모토 다쓰오	京城 黑岩まさ子	시가/단카	
1	2	縣賞募集 新年文藝	和歌/辰年の名流/貴族院議員 山本達雄〔1〕 와카/진년의 명사/귀족원 의원 야마모토 다쓰오	名古屋 福田#作	시가/단카	
1	2	縣賞募集 新年文藝	和歌/辰年の名流/貴族院議員 山本達雄〔1〕 와카/진년의 명사/귀족원 의원 야마모토 다쓰오	龍山 兵本鳥石	시가/단카	

지면	단수	기획	기사제목 〈회수〉〔곡수〕	필자/저자(역자)	분류	비고
1	2	縣賞募集 新年文藝	和歌/辰年の名流/貴族院議員 山本達雄〔1〕 와카/진년의 명사/귀족원 의원 야마모토 다쓰오	忠南 活泉子	시가/단카	
1	2	縣賞募集 新年文藝	和歌/辰年の名流/貴族院議員 山本達雄〔1〕 와카/진년의 명사/귀족원 의원 야마모토 다쓰오	忠北 高橋卓	시가/단카	
1	2	縣賞募集 新年文藝	和歌/辰年の名流/司法大臣 尾崎行雄〔1〕 와카/진년의 명사/사법대신 오자키 유키오	京城 京須賀虎夫	시가/단카	
1	2	縣賞募集 新年文藝	和歌/辰年の名流/司法大臣 尾崎行雄〔1〕 와카/진년의 명사/사법대신 오자키 유키오	全北 #津浪賢	시가/단카	
1	2	縣賞募集 新年文藝	和歌/辰年の名流/司法大臣 尾崎行雄〔1〕 와카/진년의 명사/사법대신 오자키 유키오	仁川 荒井香月	시가/단카	
1	2	縣賞募集 新年文藝	和歌/辰年の名流/司法大臣 尾崎行雄〔1〕 와카/진년의 명사/사법대신 오자키 유키오	京城 高本朱鳥	시가/단카	
1	2	縣賞募集 新年文藝	和歌/辰年の名流/司法大臣 尾崎行雄〔1〕 와카/진년의 명사/사법대신 오자키 유키오	京城 柏村城南	시가/단카	
1	2	縣賞募集 新年文藝	和歌/辰年の名流/司法大臣 尾崎行雄〔1〕 와카/진년의 명사/사법대신 오자키 유키오	京城 高本朱鳥	시가/단카	
1	3	縣賞募集 新年文藝	和歌/辰年の名流/大迫尚敏〔1〕 와카/진년의 명사/오사코 나오하루	仁川 美枝子	시가/단카	
1	3	縣賞募集 新年文藝	和歌/辰年の名流/大迫尚敏〔1〕 와카/진년의 명사/오사코 나오하루	京城 長谷川謹次郎	시가/단카	
1	3	縣賞募集 新年文藝	★和歌/辰年の名流/大迫尚敏〔1〕 와카/진년의 명사/오사코 나오하루	龍山 山本沖窓	시가/단카	
1	3	縣賞募集 新年文藝	★和歌/辰年の名流/大迫尚敏〔1〕 와카/진년의 명사/오사코 나오하루	西大門 羽室白星	시가/단카	
1	3	縣賞募集 新年文藝	和歌/辰年の名流/陸軍大將 上原勇作〔1〕 와카/진년의 명사/육군대장 우에하라 유사쿠	京城 佐田八郎	시가/단카	
1	3	縣賞募集 新年文藝	和歌/辰年の名流/陸軍大將 上原勇作〔1〕 와카/진년의 명사/육군대장 우에하라 유사쿠	釜山 門脇小風	시가/단카	
1	3	縣賞募集 新年文藝	和歌/辰年の名流/陸軍大將 上原勇作〔1〕 와카/진년의 명사/육군대장 우에하라 유사쿠	越後 小の坂流星	시가/단카	
1	3	縣賞募集 新年文藝	和歌/辰年の名流/陸軍大將 上原勇作〔1〕 와카/진년의 명사/육군대장 우에하라 유사쿠	京城 吉武貞世	시가/단카	
1	3	縣賞募集 新年文藝	和歌/辰年の名流/陸軍大將 黑木爲楨〔1〕 와카/진년의 명사/육군대장 구로키 다메모토	龍山 船越秋子	시가/단카	
1	3	縣賞募集 新年文藝	和歌/辰年の名流/陸軍大將 黑木爲楨〔1〕 와카/진년의 명사/육군대장 구로키 다메모토	群山 #永鐵幹	시가/단카	
1	3	縣賞募集 新年文藝	和歌/辰年の名流/陸軍大將 黑木爲楨〔1〕 와카/진년의 명사/육군대장 구로키 다메모토	江景 竹涯生	시가/단카	
1	4	縣賞募集 新年文藝	和歌/辰年の名流/陸軍大將 黑木爲楨〔1〕 와카/진년의 명사/육군대장 구로키 다메모토	群山 小川#山	시가/단카	
1	4	縣賞募集 新年文藝	和歌/辰年の名流/陸軍大將 黑木爲楨〔1〕 와카/진년의 명사/육군대장 구로키 다메모토	京城 岡本鳥石	시가/단카	
1	4	縣賞募集 新年文藝	和歌/辰年の名流/陸軍大將 黑木爲楨〔1〕 와카/진년의 명사/육군대장 구로키 다메모토	仁川 天涯	시가/단카	
1	4	縣賞募集 新年文藝	和歌/辰年の名流/陸軍大將 黑木爲楨〔1〕 와카/진년의 명사/육군대장 구로키 다메모토	京城 岡村武治	시가/단카	
1	4	縣賞募集 新年文藝	和歌/辰年の名流/陸軍大將 黑木爲楨〔1〕 와카/진년의 명사/육군대장 구로키 다메모토	京城 大石赤城	시가/단카	
1	4	縣賞募集 新年文藝	和歌/辰年の名流/陸軍大將 黑木爲楨〔1〕 와카/진년의 명사/육군대장 구로키 다메모토	仁川 天涯	시가/단카	
1	4	縣賞募集 新年文藝	和歌/辰年の名流/陸軍大將 黑木爲楨〔1〕 와카/진년의 명사/육군대장 구로키 다메모토	京城 有吉梅月	시가/단카	

지면	단수	기획	기사제목 〈회수〉〔곡수〕	필자/저자(역자)	분류	비고
1	4	縣賞募集 新年文藝	和歌/辰年の名流/辯護士 大岡育造/人〔1〕 와카/진년의 명사/변호사 오오카 이쿠조/인	京城##町六四##方 香坂兼夫	시가/단카	
1	4	縣賞募集 新年文藝	和歌/辰年の名流/辯護士 大岡育造/天〔1〕 와카/진년의 명사/변호사 오오카 이쿠조/천	京城初#町130 武笠 貞幹	시가/단카	
1	4	縣賞募集 新年文藝	和歌/辰年の名流/辯護士 大岡育造/地〔1〕 와카/진년의 명사/변호사 오오카 이쿠조/지	京城初#町130 武笠 貞幹	시가/단카	
1	4	縣賞募集 新年文藝	俳句/編輯局選〔3〕 하이쿠/편집국선	雅公	시가/하이쿠	
1	4	縣賞募集 新年文藝	俳句/編輯局選〔1〕 하이쿠/편집국선	東山	시가/하이쿠	
1	4	縣賞募集 新年文藝	俳句/編輯局選〔1〕 하이쿠/편집국선	青眼	시가/하이쿠	
1	4	縣賞募集 新年文藝	俳句/辰年の名流/法學博士 花井卓〔1〕 하이쿠/진년의 명사/법학박사 하나이 다쿠조	巴城	시가/하이쿠	
1	4	縣賞募集 新年文藝	俳句/辰年の名流/法學博士 花井卓蔵〔1〕 하이쿠/진년의 명사/법학박사 하나이 다쿠조	蓋川	시가/하이쿠	
1	4	縣賞募集 新年文藝	俳句/辰年の名流/法學博士 花井卓蔵〔1〕 하이쿠/진년의 명사/법학박사 하나이 다쿠조	靜日女	시가/하이쿠	
1	4	縣賞募集 新年文藝	俳句/辰年の名流/法學博士 花井卓蔵〔1〕 하이쿠/진년의 명사/법학박사 하나이 다쿠조	一水	시가/하이쿠	
1	4	縣賞募集 新年文藝	俳句/辰年の名流/法學博士 花井卓蔵〔1〕 하이쿠/진년의 명사/법학박사 하나이 다쿠조	錦月	시가/하이쿠	
1	4	縣賞募集 新年文藝	俳句/辰年の名流/法學博士 花井卓蔵〔1〕 하이쿠/진년의 명사/법학박사 하나이 다쿠조	奇骨	시가/하이쿠	
1	4	縣賞募集 新年文藝	俳句/辰年の名流/法學博士 花井卓蔵〔1〕 하이쿠/진년의 명사/법학박사 하나이 다쿠조	赤城	시가/하이쿠	
1	4	縣賞募集 新年文藝	俳句/辰年の名流/法學博士 花井卓蔵〔1〕 하이쿠/진년의 명사/법학박사 하나이 다쿠조	瑞汀	시가/하이쿠	
1	4	縣賞募集 新年文藝	俳句/辰年の名流/法學博士 花井卓蔵〔1〕 하이쿠/진년의 명사/법학박사 하나이 다쿠조	二葉	시가/하이쿠	
1	4	縣賞募集 新年文藝	俳句/辰年の名流/法學博士 花井卓蔵〔1〕 하이쿠/진년의 명사/법학박사 하나이 다쿠조	鳥石	시가/하이쿠	
1	4	縣賞募集 新年文藝	俳句/辰年の名流/法學博士 花井卓蔵〔1〕 하이쿠/진년의 명사/법학박사 하나이 다쿠조	弓山	시가/하이쿠	
1	4	縣賞募集 新年文藝	俳句/辰年の名流/法學博士 花井卓蔵〔1〕 하이쿠/진년의 명사/법학박사 하나이 다쿠조	曙海	시가/하이쿠	
1	4	縣賞募集 新年文藝	俳句/辰年の名流/法學博士 花井卓蔵〔1〕 하이쿠/진년의 명사/법학박사 하나이 다쿠조	東山	시가/하이쿠	
1	4	縣賞募集 新年文藝	俳句/辰年の名流/法學博士 花井卓蔵〔1〕 하이쿠/진년의 명사/법학박사 하나이 다쿠조	牛草	시가/하이쿠	
1	4	縣賞募集 新年文藝	俳句/辰年の名流/法學博士 花井卓蔵〔1〕 하이쿠/진년의 명사/법학박사 하나이 다쿠조	#風	시가/하이쿠	
1	4	縣賞募集 新年文藝	俳句/辰年の名流/法學博士 花井卓蔵〔1〕 하이쿠/진년의 명사/법학박사 하나이 다쿠조	虎夫	시가/하이쿠	
1	4	縣賞募集 新年文藝	俳句/辰年の名流/法學博士 花井卓蔵〔1〕 하이쿠/진년의 명사/법학박사 하나이 다쿠조	笹隅	시가/하이쿠	
1	4	縣賞募集 新年文藝	俳句/辰年の名流/法學博士 花井卓蔵〔1〕 하이쿠/진년의 명사/법학박사 하나이 다쿠조	茂木	시가/하이쿠	
1	5	縣賞募集 新年文藝	俳句/辰年の名流/法學博士 花井卓蔵〔2〕 하이쿠/진년의 명사/법학박사 하나이 다쿠조	雅公	시가/하이쿠	
1	5	縣賞募集 新年文藝	俳句/辰年の名流/法學博士 花井卓蔵〔1〕 하이쿠/진년의 명사/법학박사 하나이 다쿠조	錦月	시가/하이쿠	

지면	단수	기획	기사제목 〈회수〉〔곡수〕	필자/저자(역자)	분류	비고
1	5	縣賞募集 新年文藝	俳句/辰年の名流/法學博士 花井卓蔵〔1〕 하이쿠/진년의 명사/법학박사 하나이 다쿠조	蓋川	시가/하이쿠	
1	5	縣賞募集 新年文藝	俳句/辰年の名流/法學博士 花井卓蔵〔1〕 하이쿠/진년의 명사/법학박사 하나이 다쿠조	靜日女	시가/하이쿠	
1	5	縣賞募集 新年文藝	俳句/辰年の名流/法學博士 花井卓蔵〔1〕 하이쿠/진년의 명사/법학박사 하나이 다쿠조	想仙	시가/하이쿠	
1	5	縣賞募集 新年文藝	俳句/辰年の名流/法學博士 花井卓蔵〔1〕 하이쿠/진년의 명사/법학박사 하나이 다쿠조	奇骨	시가/하이쿠	
1	5	縣賞募集 新年文藝	俳句/辰年の名流/法學博士 花井卓蔵〔1〕 하이쿠/진년의 명사/법학박사 하나이 다쿠조	泰州	시가/하이쿠	
1	5	縣賞募集 新年文藝	俳句/辰年の名流/法學博士 花井卓蔵〔1〕 하이쿠/진년의 명사/법학박사 하나이 다쿠조	泰耕	시가/하이쿠	
1	5	縣賞募集 新年文藝	俳句/辰年の名流/法學博士 花井卓蔵〔1〕 하이쿠/진년의 명사/법학박사 하나이 다쿠조	逸月	시가/하이쿠	
1	5	縣賞募集 新年文藝	俳句/辰年の名流/法學博士 花井卓蔵〔1〕 하이쿠/진년의 명사/법학박사 하나이 다쿠조	一水	시가/하이쿠	
1	5	縣賞募集 新年文藝	俳句/辰年の名流/特命全權大史 松井慶四郎〔1〕 하이쿠/진년의 명사/특명전권대사 마쓰이 게이시로	淸子	시가/하이쿠	
1	5	縣賞募集 新年文藝	俳句/辰年の名流/特命全權大史 松井慶四郎〔1〕 하이쿠/진년의 명사/특명전권대사 마쓰이 게이시로	泰州	시가/하이쿠	
1	5	縣賞募集 新年文藝	俳句/辰年の名流/特命全權大史 松井慶四郎〔1〕 하이쿠/진년의 명사/특명전권대사 마쓰이 게이시로	よしと	시가/하이쿠	
1	5	縣賞募集 新年文藝	俳句/辰年の名流/特命全權大史 松井慶四郎〔1〕 하이쿠/진년의 명사/특명전권대사 마쓰이 게이시로	靑蓋	시가/하이쿠	
1	5	縣賞募集 新年文藝	俳句/辰年の名流/特命全權大史 松井慶四郎〔1〕 하이쿠/진년의 명사/특명전권대사 마쓰이 게이시로	島村	시가/하이쿠	
1	5	縣賞募集 新年文藝	俳句/辰年の名流/特命全權大史 松井慶四郎〔1〕 하이쿠/진년의 명사/특명전권대사 마쓰이 게이시로	靑眼	시가/하이쿠	
1	5	縣賞募集 新年文藝	俳句/辰年の名流/特命全權大史 松井慶四郎〔1〕 하이쿠/진년의 명사/특명전권대사 마쓰이 게이시로	巴城	시가/하이쿠	
1	5	縣賞募集 新年文藝	俳句/辰年の名流/特命全權大史 松井慶四郎〔1〕 하이쿠/진년의 명사/특명전권대사 마쓰이 게이시로	富美女	시가/하이쿠	
1	5	縣賞募集 新年文藝	俳句/辰年の名流/特命全權大史 松井慶四郎〔1〕 하이쿠/진년의 명사/특명전권대사 마쓰이 게이시로	竹涯	시가/하이쿠	
1	5	縣賞募集 新年文藝	俳句/辰年の名流/特命全權大史 松井慶四郎〔1〕 하이쿠/진년의 명사/특명전권대사 마쓰이 게이시로	銳光	시가/하이쿠	
1	5	縣賞募集 新年文藝	俳句/辰年の名流/特命全權大史 松井慶四郎〔1〕 하이쿠/진년의 명사/특명전권대사 마쓰이 게이시로	蓋川	시가/하이쿠	
1	5	縣賞募集 新年文藝	俳句/辰年の名流/特命全權大史 松井慶四郎〔1〕 하이쿠/진년의 명사/특명전권대사 마쓰이 게이시로	城南	시가/하이쿠	
1	5	縣賞募集 新年文藝	俳句/辰年の名流/特命全權大史 松井慶四郎〔1〕 하이쿠/진년의 명사/특명전권대사 마쓰이 게이시로	獨褸	시가/하이쿠	
1	5	縣賞募集 新年文藝	俳句/辰年の名流/特命全權大史 松井慶四郎〔1〕 하이쿠/진년의 명사/특명전권대사 마쓰이 게이시로	小菊	시가/하이쿠	
1	5	縣賞募集 新年文藝	俳句/辰年の名流/政友會總裁 原敬〔1〕 하이쿠/진년의 명사/정우회 총재 하라 다카시	五鈴	시가/하이쿠	
1	5	縣賞募集 新年文藝	俳句/辰年の名流/政友會總裁 原敬〔1〕 하이쿠/진년의 명사/정우회 총재 하라 다카시	巴翠	시가/하이쿠	
1	5	縣賞募集 新年文藝	俳句/辰年の名流/政友會總裁 原敬〔1〕 하이쿠/진년의 명사/정우회 총재 하라 다카시	愚柳	시가/하이쿠	
1	5	縣賞募集 新年文藝	俳句/辰年の名流/政友會總裁 原敬〔1〕 하이쿠/진년의 명사/정우회 총재 하라 다카시	笛陽	시가/하이쿠	

지면	단수	기획	기사제목 〈회수〉〔곡수〕	필자/저자(역자)	분류	비고
1	5	縣賞募集 新年文藝	俳句/辰年の名流/政友會總裁 原敬〔1〕 하이쿠/진년의 명사/정우회 총재 하라 다카시	邱聲	시가/하이쿠	
1	5	縣賞募集 新年文藝	俳句/辰年の名流/政友會總裁 原敬〔1〕 하이쿠/진년의 명사/정우회 총재 하라 다카시	邱聲	시가/하이쿠	
1	5	縣賞募集 新年文藝	俳句/辰年の名流/政友會總裁 原敬〔1〕 하이쿠/진년의 명사/정우회 총재 하라 다카시	茂木	시가/하이쿠	
1	5	縣賞募集 新年文藝	俳句/辰年の名流/政友會總裁 原敬〔1〕 하이쿠/진년의 명사/정우회 총재 하라 다카시	雅公	시가/하이쿠	
1	5	縣賞募集 新年文藝	俳句/辰年の名流/政友會總裁 原敬〔1〕 하이쿠/진년의 명사/정우회 총재 하라 다카시	鳥石	시가/하이쿠	
1	5	縣賞募集 新年文藝	俳句/辰年の名流/政友會總裁 原敬〔1〕 하이쿠/진년의 명사/정우회 총재 하라 다카시	虎夫	시가/하이쿠	
1	5	縣賞募集 新年文藝	俳句/辰年の名流/政友會總裁 原敬〔1〕 하이쿠/진년의 명사/정우회 총재 하라 다카시	邱聲	시가/하이쿠	
1	5	縣賞募集 新年文藝	俳句/辰年の名流/政友會總裁 原敬〔1〕 하이쿠/진년의 명사/정우회 총재 하라 다카시	茂木	시가/하이쿠	
1	5	縣賞募集 新年文藝	俳句/辰年の名流/政友會總裁 原敬〔1〕 하이쿠/진년의 명사/정우회 총재 하라 다카시	雅公	시가/하이쿠	
1	5	縣賞募集 新年文藝	俳句/辰年の名流/政友會總裁 原敬〔1〕 하이쿠/진년의 명사/정우회 총재 하라 다카시	牛草	시가/하이쿠	
1	5	縣賞募集 新年文藝	俳句/辰年の名流/政友會總裁 原敬〔1〕 하이쿠/진년의 명사/정우회 총재 하라 다카시	蓋川	시가/하이쿠	
1	5	縣賞募集 新年文藝	俳句/辰年の名流/政友會總裁 原敬〔1〕 하이쿠/진년의 명사/정우회 총재 하라 다카시	靑眼	시가/하이쿠	
1	5	縣賞募集 新年文藝	俳句/辰年の名流/政友會總裁 原敬〔1〕 하이쿠/진년의 명사/정우회 총재 하라 다카시	泉水庵	시가/하이쿠	
1	5	縣賞募集 新年文藝	俳句/辰年の名流/政友會總裁 原敬〔1〕 하이쿠/진년의 명사/정우회 총재 하라 다카시	竹涯	시가/하이쿠	
1	5	縣賞募集 新年文藝	俳句/辰年の名流/貴族院議員 犬塚勝太郎〔1〕 하이쿠/진년의 명사/귀족원 의원 이누즈카 가쓰타로	たかし	시가/하이쿠	
1	5	縣賞募集 新年文藝	俳句/辰年の名流/貴族院議員 犬塚勝太郎〔1〕 하이쿠/진년의 명사/귀족원 의원 이누즈카 가쓰타로	牛草	시가/하이쿠	
1	5	縣賞募集 新年文藝	俳句/辰年の名流/貴族院議員 犬塚勝太郎〔1〕 하이쿠/진년의 명사/귀족원 의원 이누즈카 가쓰타로	島村	시가/하이쿠	
1	5	縣賞募集 新年文藝	俳句/辰年の名流/貴族院議員 犬塚勝太郎〔1〕 하이쿠/진년의 명사/귀족원 의원 이누즈카 가쓰타로	邱聲	시가/하이쿠	
1	5	縣賞募集 新年文藝	俳句/辰年の名流/貴族院議員 犬塚勝太郎〔1〕 하이쿠/진년의 명사/귀족원 의원 이누즈카 가쓰타로	茂木	시가/하이쿠	
1	5	縣賞募集 新年文藝	俳句/辰年の名流/貴族院議員 犬塚勝太郎〔1〕 하이쿠/진년의 명사/귀족원 의원 이누즈카 가쓰타로	葉堂	시가/하이쿠	
1	5	縣賞募集 新年文藝	俳句/辰年の名流/貴族院議員 犬塚勝太郎〔1〕 하이쿠/진년의 명사/귀족원 의원 이누즈카 가쓰타로	鳥石	시가/하이쿠	
1	5	縣賞募集 新年文藝	俳句/辰年の名流/貴族院議員 犬塚勝太郎〔1〕 하이쿠/진년의 명사/귀족원 의원 이누즈카 가쓰타로	戸塚	시가/하이쿠	
1	5	縣賞募集 新年文藝	俳句/辰年の名流/貴族院議員 犬塚勝太郎〔1〕 하이쿠/진년의 명사/귀족원 의원 이누즈카 가쓰타로	優風	시가/하이쿠	
1	5	縣賞募集 新年文藝	俳句/辰年の名流/貴族院議員 犬塚勝太郎〔1〕 하이쿠/진년의 명사/귀족원 의원 이누즈카 가쓰타로	雅公	시가/하이쿠	
1	6	縣賞募集 新年文藝	俳句/辰年の名流/貴族院議員 犬塚勝太郎〔1〕 하이쿠/진년의 명사/귀족원 의원 이누즈카 가쓰타로	拘水	시가/하이쿠	
1	6	縣賞募集 新年文藝	俳句/辰年の名流/貴族院議員 犬塚勝太郎〔1〕 하이쿠/진년의 명사/귀족원 의원 이누즈카 가쓰타로	右門	시가/하이쿠	

지면	단수	기획	기사제목 〈회수〉〔곡수〕	필자/저자(역자)	분류	비고
1	6	縣賞募集 新年文藝	俳句/辰年の名流/貴族院議員 犬塚勝太郎〔1〕 하이쿠/진년의 명사/귀족원 의원 이누즈카 가쓰타로	一水	시가/하이쿠	
1	6	縣賞募集 新年文藝	俳句/辰年の名流/貴族院議員 犬塚勝太郎〔1〕 하이쿠/진년의 명사/귀족원 의원 이누즈카 가쓰타로	五鈴	시가/하이쿠	
1	6	縣賞募集 新年文藝	俳句/辰年の名流/貴族院議員 犬塚勝太郎〔1〕 하이쿠/진년의 명사/귀족원 의원 이누즈카 가쓰타로	逸月	시가/하이쿠	
1	6	縣賞募集 新年文藝	俳句/辰年の名流/貴族院議員 犬塚勝太郎〔1〕 하이쿠/진년의 명사/귀족원 의원 이누즈카 가쓰타로	泰州	시가/하이쿠	
1	6	縣賞募集 新年文藝	俳句/辰年の名流/貴族院議員 犬塚勝太郎〔1〕 하이쿠/진년의 명사/귀족원 의원 이누즈카 가쓰타로	靑蓋	시가/하이쿠	
1	6	縣賞募集 新年文藝	俳句/辰年の名流/貴族院議員 犬塚勝太郎〔1〕 하이쿠/진년의 명사/귀족원 의원 이누즈카 가쓰타로	紅陽	시가/하이쿠	
1	6	縣賞募集 新年文藝	俳句/辰年の名流/貴族院議員 犬塚勝太郎〔1〕 하이쿠/진년의 명사/귀족원 의원 이누즈카 가쓰타로	翠村	시가/하이쿠	
1	6	縣賞募集 新年文藝	俳句/辰年の名流/貴族院議員 犬塚勝太郎〔1〕 하이쿠/진년의 명사/귀족원 의원 이누즈카 가쓰타로	瑞汀	시가/하이쿠	
1	6	縣賞募集 新年文藝	俳句/辰年の名流/貴族院議員 犬塚勝太郎/秀逸〔1〕 하이쿠/진년의 명사/귀족원 의원 이누즈카 가쓰타로/수일	泉水庵	시가/하이쿠	
1	6	縣賞募集 新年文藝	俳句/辰年の名流/貴族院議員 犬塚勝太郎/秀逸〔1〕 하이쿠/진년의 명사/귀족원 의원 이누즈카 가쓰타로/수일	白人	시가/하이쿠	
1	6	縣賞募集 新年文藝	俳句/辰年の名流/貴族院議員 犬塚勝太郎/秀逸〔1〕 하이쿠/진년의 명사/귀족원 의원 이누즈카 가쓰타로/수일	五鈴	시가/하이쿠	
1	6	縣賞募集 新年文藝	俳句/辰年の名流/貴族院議員 犬塚勝太郎/秀逸〔1〕 하이쿠/진년의 명사/귀족원 의원 이누즈카 가쓰타로/수일	雅公	시가/하이쿠	
1	6	縣賞募集 新年文藝	俳句/辰年の名流/貴族院議員 犬塚勝太郎/秀逸〔1〕 하이쿠/진년의 명사/귀족원 의원 이누즈카 가쓰타로/수일	巴城	시가/하이쿠	
1	6	縣賞募集 新年文藝	俳句/辰年の名流/貴族院議員 犬塚勝太郎/秀逸〔1〕 하이쿠/진년의 명사/귀족원 의원 이누즈카 가쓰타로/수일	#焦	시가/하이쿠	
1	6	縣賞募集 新年文藝	俳句/辰年の名流/貴族院議員 犬塚勝太郎/秀逸〔1〕 하이쿠/진년의 명사/귀족원 의원 이누즈카 가쓰타로/수일	鳥石	시가/하이쿠	
1	6	縣賞募集 新年文藝	俳句/辰年の名流/貴族院議員 犬塚勝太郎/秀逸〔1〕 하이쿠/진년의 명사/귀족원 의원 이누즈카 가쓰타로/수일	雅公	시가/하이쿠	
1	6	縣賞募集 新年文藝	俳句/辰年の名流/貴族院議員 犬塚勝太郎/秀逸〔1〕 하이쿠/진년의 명사/귀족원 의원 이누즈카 가쓰타로/수일	よしと	시가/하이쿠	
1	6	縣賞募集 新年文藝	俳句/辰年の名流/貴族院議員 犬塚勝太郎/秀逸〔1〕 하이쿠/진년의 명사/귀족원 의원 이누즈카 가쓰타로/수일	牛草	시가/하이쿠	
1	6	縣賞募集 新年文藝	俳句/辰年の名流/貴族院議員 犬塚勝太郎/秀逸〔1〕 하이쿠/진년의 명사/귀족원 의원 이누즈카 가쓰타로/수일	櫻水	시가/하이쿠	
1	6	縣賞募集 新年文藝	俳句/辰年の名流/貴族院議員 犬塚勝太郎/秀逸〔1〕 하이쿠/진년의 명사/귀족원 의원 이누즈카 가쓰타로/수일	瑞汀	시가/하이쿠	
1	6	縣賞募集 新年文藝	俳句/辰年の名流/貴族院議員 犬塚勝太郎/秀逸〔1〕 하이쿠/진년의 명사/귀족원 의원 이누즈카 가쓰타로/수일	抱月	시가/하이쿠	
1	6	縣賞募集 新年文藝	俳句/辰年の名流/實踐女學校長 下田歌子〔1〕 하이쿠/진년의 명사/실천여학교 교장 시모다 우타코	雅公	시가/하이쿠	
1	6	縣賞募集 新年文藝	俳句/辰年の名流/實踐女學校長 下田歌子〔1〕 하이쿠/진년의 명사/실천여학교 교장 시모다 우타코	竹涯	시가/하이쿠	
1	6	縣賞募集 新年文藝	俳句/辰年の名流/實踐女學校長 下田歌子〔1〕 하이쿠/진년의 명사/실천여학교 교장 시모다 우타코	靜日女	시가/하이쿠	
1	6	縣賞募集 新年文藝	俳句/辰年の名流/實踐女學校長 下田歌子〔1〕 하이쿠/진년의 명사/실천여학교 교장 시모다 우타코	靑眼	시가/하이쿠	
1	6	縣賞募集 新年文藝	俳句/辰年の名流/實踐女學校長 下田歌子/人〔1〕 하이쿠/진년의 명사/실천여학교 교장 시모다 우타코/인	京元線平# 大島靑蓋	시가/하이쿠	

지면	단수	기획	기사제목 〈회수〉 〔곡수〕	필자/저자(역자)	분류	비고
1	6	縣賞募集 新年文藝	俳句/辰年の名流/實踐女學校長 下田歌子/地 〔1〕 하이쿠/진년의 명사/실천여학교 교장 시모다 우타코/지	忠清南道江景 新庄 竹涯	시가/하이쿠	
1	6	縣賞募集 新年文藝	俳句/辰年の名流/實踐女學校長 下田歌子/天 〔1〕 하이쿠/진년의 명사/실천여학교 교장 시모다 우타코/천	下#馬開新聞社 小 笠原雅	시가/하이쿠	
3	1~4		京城の謠曲界 경성의 요쿄쿠계		수필/비평	
3	4		新年 〔2〕 신년	#山##生	시가/하이쿠	

1916년 01월 01일 (토) 5223호 其三

지면	단수	기획	기사제목 〈회수〉 〔곡수〕	필자/저자(역자)	분류	비고
1	1~6		勅題 寄國祝 칙제 기국축		소설	

1916년 01월 01일 (토) 5223호 其四

지면	단수	기획	기사제목 〈회수〉 〔곡수〕	필자/저자(역자)	분류	비고
1	1~7		#の衣 #의 옷	嚴谷小波	소설/동화	

1916년 01월 01일 (토) 5223호 其五

지면	단수	기획	기사제목 〈회수〉 〔곡수〕	필자/저자(역자)	분류	비고
1	1~3		日蓮上人 辰の口御難(上) 〈1〉 니치렌 쇼닌 다쓰노구치의 고난(상)	眞龍齋一鶴	고단	
1	3~6		日蓮上人 辰の口御難(下) 〈2〉 니치렌 쇼닌 다쓰노구치의 고난(하)	眞龍齋一鶴	고단	
1	7		新春 〔4〕 신춘	夏の會	시가/단카	
3	1~2		亂れ髮 〈94〉 흐트러진 머리	島川七石	소설/일본	

1916년 01월 01일 (토) 5223호 其六

지면	단수	기획	기사제목 〈회수〉 〔곡수〕	필자/저자(역자)	분류	비고
3	1~5		お辰さん 오타쓰 씨	工藤忠輔	수필/일상	
3	5		新年の歌 〔6〕 신년의 노래	酒#夜庵	시가/단카	

1916년 01월 01일 (토) 5223호 其七

지면	단수	기획	기사제목 〈회수〉 〔곡수〕	필자/저자(역자)	분류	비고
1	1~6		乘合飛行船 승합 비행선	三遊亭福助 口演	라쿠고	
3	4		新年 〔4〕 신년	流星	시가/단카	

1916년 01월 01일 (토) 5223호 其八

지면	단수	기획	기사제목 〈회수〉 〔곡수〕	필자/저자(역자)	분류	비고
1	1~9		奇傑阪本龍馬 = 附妻お龍 = 호걸 사타모토 료마 = 언쟁하는 부인 오료=	大西我羊	소설	

1916년 01월 01일 (토) 5223호 其九

지면	단수	기획	기사제목 〈회수〉 〔곡수〕	필자/저자(역자)	분류	비고
1	1~7		轍 행적	佐田幽星	소설	

1916년 01월 01일 (토) 5223호 其十

지면	단수	기획	기사제목 〈회수〉 〔곡수〕	필자/저자(역자)	분류	비고
1	1~7		支那革命動亂 妻の勳 지나 혁명 동란 아내의 공로	水原素月	극본	
3	4		新年俚謠 〔3〕 신년 이요	江景 牛草魚人	시가/도도이 쓰	

지면	단수	기획	기사제목 〈회수〉〔곡수〕	필자/저자(역자)	분류	비고
			1916년 01월 01일 (토) 5223호 其十一			
1	5~7		めでた白首夷歌〔100〕 사랑스러운 백수 에비스우타	四方赤良	시가/교카	
3	4		年始〔1〕 연초	京城 霓舟	시가/단카	
			1916년 01월 01일 (토) 5223호 其十二			
1	1~7		白狐の盃 흰 여우의 잔	かやう	소설/동화	
3	4		辰の春の詩〔1〕 진년 봄의 시	野崎小蟹	시가/자유시	
			1916년 01월 01일 (토) 5223호 其十三			
1	1~5		落語 初商ひ 라쿠고 첫 장사	柳家七次郎 講演/社 員 速記	라쿠고	
1	5~7		龍がしら 黃金の兜 용의 머리 황금 투구	坊太郎	소설	
			1916년 01월 01일 (토) 5223호 其十五			
1	1~7		昇天の路連れ 승천의 길동무	靑水生	소설/동화	
			1916년 01월 04일 (화) 5224호			
1	5~6		復讐〈86〉 복수	(大西我羊)	소설/번역소 설	
3	3~4		龍と朝鮮 용과 조선		수필/관찰	
3	4~6		新胡蝶物語/除夜の夢野久作/生命の引延ばし 신 호접 이야기/제야의 유메노 규사쿠/생명의 지연	群山 小莊周#	수필	
4	1~3		亂れ髮〈95〉 흐트러진 머리	島川七石	소설/일본	
6	1~3		堀部安兵衛〈31〉 호리베 야스베에	神田伯山	고단	
			1916년 01월 05일 (수) 5225호			
1	6~7		復讐〈87〉 복수	(大西我羊)	소설/번역소 설	
3	1~7		ハイカラ自動車 하이칼라 자동차	三遊小圓次 口演	라쿠고	
4	1~3		亂れ髮〈96〉 흐트러진 머리	島川七石	소설/일본	
5	1~2		亂れ髮のモデル 흐트러진 머리의 모델		수필/비평	
			1916년 01월 07일 (금) 5226호			
1	6~7		復讐〈88〉 복수	(大西我羊)	소설/번역소 설	
3	4~5		ニーチエを憶ふ〈1〉 니체를 추억하며	竹內尉	수필/관찰	
3	5		少年時代のニーチエ 소년시대의 니체		수필/관찰	

지면	단수	기획	기사제목 〈회수〉〔곡수〕	필자/저자(역자)	분류	비고
6	1~3		堀部安兵衛 〈32〉 호리베 야스베에	神田伯山	고단	
7	5~6		藝妓の戀 〈1〉 게이샤의 사랑		수필/일상	
8	1~3		亂れ髪 〈97〉 흐트러진 머리	島川七石	소설/일본	

1916년 01월 08일 (토) 5227호

지면	단수	기획	기사제목 〈회수〉〔곡수〕	필자/저자(역자)	분류	비고
1	6~7		復讐 〈88〉 복수	(大西我羊)	소설/번역소설	회수 오류
3	1~2		ニーチエを憶ふ 〈3〉 니체를 추억하며	竹內尉	수필/관찰	회수 오류
3	6~7		忠南遊紀 〈1〉 충남 유기	八禹三駒生	수필/기행	
3	7		冬 〔4〕 겨울	抱夢	시가/단카	
3	7		若き日 〔1〕 젊은 날	流星	시가/단카	
4	1~3		堀部安兵衛 〈33〉 호리베 야스베에	神田伯山	고단	
5	2~3		藝妓の戀 〈2〉 게이샤의 사랑		수필/일상	
6	1~6		亂れ髪 〈98〉 흐트러진 머리	島川七石	소설/일본	

1916년 01월 09일 (일) 5228호

지면	단수	기획	기사제목 〈회수〉〔곡수〕	필자/저자(역자)	분류	비고
1	5~6		復讐 〈89〉 복수	(大西我羊)	소설/번역소설	회수 오류
3	2~3		一万二千里 일만 이천리	志賀重昻	수필/기행	
3	3~4		ニーチエを憶ふ 〈3〉 니체를 추억하며	竹內尉	수필/관찰	
3	5~7		忠南遊紀 〈2〉 충남 유기	八禹三駒生	수필/기행	
4	1~3		亂れ髪 〈99〉 흐트러진 머리	島川七石	소설/일본	
5	4~5		藝妓の戀 〈3〉 게이샤의 사랑		수필/일상	

1916년 01월 10일 (월) 5229호

지면	단수	기획	기사제목 〈회수〉〔곡수〕	필자/저자(역자)	분류	비고
1	6		新年 〔3〕 신년	のり子	시가/단카	
1	6		雪 〔2〕 눈	雨村	시가/하이쿠	
1	6		雪 〔1〕 눈	鳥兎	시가/하이쿠	
1	6		雪 〔1〕 눈	石香	시가/하이쿠	
1	6		雪 〔2〕 눈	靜軒	시가/하이쿠	
1	6~7		復讐 〈90〉 복수	(大西我羊)	소설/번역소설	회수 오류

지면	단수	기획	기사제목 〈회수〉 〔곡수〕	필자/저자(역자)	분류	비고
3	6~7		藝妓の戀 〈4〉 게이샤의 사랑		수필/일상	
4	1~3		堀部安兵衛 〈35〉 호리베 야스베에	神田伯山	고단	회수 오류

1916년 01월 11일 (화) 5230호

지면	단수	기획	기사제목 〈회수〉 〔곡수〕	필자/저자(역자)	분류	비고
3	1~2		ニーチエを憶ふ/學生時代のニーチエ 〈4〉 니체를 추억하며/학생시절 니체	竹內尉	수필/관찰	
3	6~7		忠南遊紀 〈3〉 충남 유기	八禹三駒生	수필/기행	
4	1~4		堀部安兵衛 〈35〉 호리베 야스베에	神田伯山	고단	
6	1~3		亂れ髪 〈100〉 흐트러진 머리	島川七石	소설/일본	

1916년 01월 12일 (수) 5231호

지면	단수	기획	기사제목 〈회수〉 〔곡수〕	필자/저자(역자)	분류	비고
3	1~3		ニーチエを憶ふ/學生時代のニーチエ 〈5〉 니체를 추억하며/학생시절 니체	竹內尉	수필/관찰	
3	5~7		木兎會新年俳句 보쿠토카이 신년 하이쿠		수필·시가/ 비평·하이쿠	
3	6		木兎會新年俳句/採選句/兼題#人 〔3〕 보쿠토카이 신년 하이쿠/채선구/겸제 #인	霜聲	시가/하이쿠	
3	6		木兎會新年俳句/採選句/兼題#人 〔2〕 보쿠토카이 신년 하이쿠/채선구/겸제 #인	##	시가/하이쿠	
3	6		木兎會新年俳句/採選句/兼題#人 〔2〕 보쿠토카이 신년 하이쿠/채선구/겸제 #인	月波	시가/하이쿠	
3	6		木兎會新年俳句/採選句/兼題#人 〔1〕 보쿠토카이 신년 하이쿠/채선구/겸제 #인	竹涯	시가/하이쿠	
3	6		木兎會新年俳句/採選句/兼題#人 〔1〕 보쿠토카이 신년 하이쿠/채선구/겸제 #인	洋六	시가/하이쿠	
3	6		木兎會新年俳句/採選句/兼題#人 〔1〕 보쿠토카이 신년 하이쿠/채선구/겸제 #인	邑達	시가/하이쿠	
3	6		木兎會新年俳句/採選句/兼題#人 〔1〕 보쿠토카이 신년 하이쿠/채선구/겸제 #인	漂浪	시가/하이쿠	
3	6		木兎會新年俳句/採選句/兼題#人 〔1〕 보쿠토카이 신년 하이쿠/채선구/겸제 #인	黃大紅	시가/하이쿠	
3	6		木兎會新年俳句/門松 〔2〕 보쿠토카이 신년 하이쿠/가도마쓰	竹涯	시가/하이쿠	
3	6		木兎會新年俳句/門松 〔1〕 보쿠토카이 신년 하이쿠/가도마쓰	敬亭	시가/하이쿠	
3	6		木兎會新年俳句/門松 〔2〕 보쿠토카이 신년 하이쿠/가도마쓰	蝶炎	시가/하이쿠	
3	6		木兎會新年俳句/門松 〔1〕 보쿠토카이 신년 하이쿠/가도마쓰	霜聲	시가/하이쿠	
3	6		木兎會新年俳句/門松 〔1〕 보쿠토카이 신년 하이쿠/가도마쓰	邑達	시가/하이쿠	
3	6		木兎會新年俳句/門松 〔1〕 보쿠토카이 신년 하이쿠/가도마쓰	洋六	시가/하이쿠	
3	6		木兎會新年俳句/門松 〔1〕 보쿠토카이 신년 하이쿠/가도마쓰	月波	시가/하이쿠	
3	6		木兎會新年俳句/門松 〔2〕 보쿠토카이 신년 하이쿠/가도마쓰	黃大紅	시가/하이쿠	

지면	단수	기획	기사제목 〈회수〉〔곡수〕	필자/저자(역자)	분류	비고
3	6		木兎會新年俳句/雜煮〔2〕 보쿠토카이 신년 하이쿠/조니	月波	시가/하이쿠	
3	6		木兎會新年俳句/雜煮〔1〕 보쿠토카이 신년 하이쿠/조니	邑達	시가/하이쿠	
3	6		木兎會新年俳句/雜煮〔2〕 보쿠토카이 신년 하이쿠/조니	霜聲	시가/하이쿠	
3	6		木兎會新年俳句/雜煮〔1〕 보쿠토카이 신년 하이쿠/조니	蝶炎	시가/하이쿠	
3	6		木兎會新年俳句/雜煮〔1〕 보쿠토카이 신년 하이쿠/조니	竹涯	시가/하이쿠	
3	6		木兎會新年俳句/雜煮〔1〕 보쿠토카이 신년 하이쿠/조니	##亭	시가/하이쿠	
3	6		木兎會新年俳句/雜煮〔1〕 보쿠토카이 신년 하이쿠/조니	醒堂	시가/하이쿠	
3	6		木兎會新年俳句/雜煮〔1〕 보쿠토카이 신년 하이쿠/조니	宇外	시가/하이쿠	
3	6~7		木兎會新年俳句/雜煮〔2〕 보쿠토카이 신년 하이쿠/조니	黃大紅	시가/하이쿠	
3	7		忠南遊紀〈4〉 충남 유기	八禹三駒生	수필/기행	
4	1~3		堀部安兵衛〈36〉 호리베 야스베에	神田伯山	고단	
6	1~3		亂れ髮〈101〉 흐트러진 머리	島川七石	소설/일본	

1916년 01월 13일 (목) 5232호

지면	단수	기획	기사제목 〈회수〉〔곡수〕	필자/저자(역자)	분류	비고
3	1~3		ニーチエを憶ふ/學生時代のニーチエ〈6〉 니체를 추억하며/학생시절 니체	竹內尉	수필/관찰	
3	5		木兎會新年俳句/枯柳〔2〕 보쿠토카이 신년 하이쿠/마른 버들	敬堂	시가/하이쿠	
3	5		木兎會新年俳句/枯柳〔2〕 보쿠토카이 신년 하이쿠/마른 버들	月波	시가/하이쿠	
3	5		木兎會新年俳句/枯柳〔2〕 보쿠토카이 신년 하이쿠/마른 버들	竹涯	시가/하이쿠	
3	5		木兎會新年俳句/枯柳〔2〕 보쿠토카이 신년 하이쿠/마른 버들	霜聲	시가/하이쿠	
3	5		木兎會新年俳句/枯柳〔1〕 보쿠토카이 신년 하이쿠/마른 버들	醒堂	시가/하이쿠	
3	5		木兎會新年俳句/枯柳〔1〕 보쿠토카이 신년 하이쿠/마른 버들	邑達	시가/하이쿠	
3	5		木兎會新年俳句/枯柳〔1〕 보쿠토카이 신년 하이쿠/마른 버들	宇外	시가/하이쿠	
3	5		木兎會新年俳句/枯柳〔1〕 보쿠토카이 신년 하이쿠/마른 버들	漂浪	시가/하이쿠	
3	5		木兎會新年俳句/枯柳〔2〕 보쿠토카이 신년 하이쿠/마른 버들	黃天紅	시가/하이쿠	
3	5		木兎會新年俳句/寒行〔1〕 보쿠토카이 신년 하이쿠/한행	霜聲	시가/하이쿠	
3	5		木兎會新年俳句/寒行〔2〕 보쿠토카이 신년 하이쿠/한행	邑達	시가/하이쿠	
3	5~6		木兎會新年俳句/寒行〔2〕 보쿠토카이 신년 하이쿠/한행	月波	시가/하이쿠	

지면	단수	기획	기사제목 〈회수〉〔곡수〕	필자/저자(역자)	분류	비고
3	6		木兎會新年俳句/寒行〔2〕 보쿠토카이 신년 하이쿠/한행	竹涯	시가/하이쿠	
3	6		木兎會新年俳句/寒行〔2〕 보쿠토카이 신년 하이쿠/한행	醒堂	시가/하이쿠	
3	6		木兎會新年俳句/寒行〔2〕 보쿠토카이 신년 하이쿠/한행	敬亭	시가/하이쿠	
3	6		木兎會新年俳句/寒行〔2〕 보쿠토카이 신년 하이쿠/한행	宇外	시가/하이쿠	
3	6		木兎會新年俳句/鐘冴ゆる〔2〕 보쿠토카이 신년 하이쿠/겨울 한기의 종소리	醒堂	시가/하이쿠	
3	6		木兎會新年俳句/鐘冴ゆる〔1〕 보쿠토카이 신년 하이쿠/겨울 한기의 종소리	竹涯	시가/하이쿠	
3	6		木兎會新年俳句/鐘冴ゆる〔1〕 보쿠토카이 신년 하이쿠/겨울 한기의 종소리	宇外	시가/하이쿠	
3	6		木兎會新年俳句/鐘冴ゆる〔2〕 보쿠토카이 신년 하이쿠/겨울 한기의 종소리	邑達	시가/하이쿠	
3	6		木兎會新年俳句/鐘冴ゆる〔2〕 보쿠토카이 신년 하이쿠/겨울 한기의 종소리	霜聲	시가/하이쿠	
3	6		木兎會新年俳句/鐘冴ゆる〔2〕 보쿠토카이 신년 하이쿠/겨울 한기의 종소리	敬亭	시가/하이쿠	
3	6		木兎會新年俳句/鐘冴ゆる〔1〕 보쿠토카이 신년 하이쿠/겨울 한기의 종소리	月波	시가/하이쿠	
3	6		木兎會新年俳句/鐘冴ゆる〔1〕 보쿠토카이 신년 하이쿠/겨울 한기의 종소리	黃天紅	시가/하이쿠	
3	6		忠南遊紀〈5〉 충남 유기	八禹三駒生	수필/기행	
4	1~3		堀部安兵衛〈37〉 호리베 야스베에	神田伯山	고단	
6	1~3		亂れ髪〈102〉 흐트러진 머리	島川七石	소설/일본	

1916년 01월 14일 (금) 5233호

지면	단수	기획	기사제목 〈회수〉〔곡수〕	필자/저자(역자)	분류	비고
3	1~3		ニーチエを憶ふ/學生時代のニーチエ〈7〉 니체를 추억하며/학생시절 니체	竹內尉	수필/관찰	
3	6		仁川短歌會詠草〔4〕 인천 단카회 영초	#光	시가/단카	
3	6		仁川短歌會詠草〔4〕 인천 단카회 영초	秋人	시가/단카	
3	6		仁川短歌會詠草〔6〕 인천 단카회 영초	龍史	시가/단카	
3	6~7		仁川短歌會詠草〔8〕 인천 단카회 영초	大芸居	시가/단카	
4	1~3		堀部安兵衛〈38〉 호리베 야스베에	神田伯山	고단	
5	1~3		父の罪〈1〉 아버지의 죄		수필/관찰	
6	1~3		亂れ髪〈103〉 흐트러진 머리	島川七石	소설/일본	

1916년 01월 15일 (토) 5234호

지면	단수	기획	기사제목 〈회수〉〔곡수〕	필자/저자(역자)	분류	비고
1	6		☆朝鮮の色彩〔5〕 조선의 색채	#星	시가/단카	

지면	단수	기획	기사제목 〈회수〉〔곡수〕	필자/저자(역자)	분류	비고
1	6~7		復讐 〈91〉 복수	(大西我羊)	소설/번역소설	회수 오류
3	2~4		ニーチエを憶ふ/學生時代のニーチエ 〈8〉 니체를 추억하며/학생 시절 니체	竹內尉	수필/관찰	
3	6		新しく眞面目に而して深く 〈1〉 새로운 진면목으로 그리고 깊은	玉村生	수필/관찰	
4	1~3		堀部安兵衛 〈39〉 호리베 야스베에	神田伯山	고단	
5	2~4		父の罪 〈2〉 아버지의 죄		수필/관찰	
6	1~4		亂れ髮 〈104〉 흐트러진 머리	島川七石	소설/일본	

1916년 01월 16일 (일) 5235호

지면	단수	기획	기사제목 〈회수〉〔곡수〕	필자/저자(역자)	분류	비고
1	6~7		復讐 〈92〉 복수	(大西我羊)	소설/번역소설	회수 오류
3	3~4		俳句同好會 하이쿠 동호회		수필/비평	
3	4		俳句同好會 〔1〕 하이쿠 동호회	鳥堂	시가/하이쿠	
3	4		俳句同好會 〔1〕 하이쿠 동호회	崖城	시가/하이쿠	
3	4		俳句同好會 〔1〕 하이쿠 동호회	虎耳	시가/하이쿠	
3	4		俳句同好會 〔1〕 하이쿠 동호회	大魂	시가/하이쿠	
3	4		俳句同好會 〔1〕 하이쿠 동호회	泉天	시가/하이쿠	
3	4		俳句同好會 〔1〕 하이쿠 동호회	無佛	시가/하이쿠	
3	4		俳句同好會 〔1〕 하이쿠 동호회	靜軒	시가/하이쿠	
3	4		俳句同好會 〔1〕 하이쿠 동호회	一々庵九分	시가/하이쿠	
3	4		俳句同好會 〔1〕 하이쿠 동호회	句平	시가/하이쿠	
3	4		俳句同好會 〔1〕 하이쿠 동호회	雄川	시가/하이쿠	
3	4		俳句同好會 〔1〕 하이쿠 동호회	黃丘	시가/하이쿠	
3	4		俳句同好會 〔1〕 하이쿠 동호회	我羊	시가/하이쿠	
3	4		俳句同好會 〔1〕 하이쿠 동호회	田柿	시가/하이쿠	
3	4		俳句同好會 〔1〕 하이쿠 동호회	魚骨	시가/하이쿠	
3	6~7		忠南遊紀 〈6〉 충남유기	八禹三駒生	수필/기행	
4	1~3		堀部安兵衛 〈40〉 호리베 야스베에	神田伯山	고단	
6	1~3		亂れ髮 〈105〉 흐트러진 머리	島川七石	소설/일본	

지면	단수	기획	기사제목 〈회수〉〔곡수〕	필자/저자(역자)	분류	비고

1916년 01월 17일 (월) 5236호

지면	단수	기획	기사제목 〈회수〉〔곡수〕	필자/저자(역자)	분류	비고
1	6~7		復讐 〈93〉 복수	(大西我羊)	소설/번역소설	회수 오류
4	1~3		亂れ髪 〈106〉 흐트러진 머리	島川七石	소설/일본	

1916년 01월 18일 (화) 5237호

지면	단수	기획	기사제목 〈회수〉〔곡수〕	필자/저자(역자)	분류	비고
1	6~7		復讐 〈94〉 복수	(大西我羊)	소설/번역소설	회수 오류
3	4~5		新しく眞面目に而して深く 〈2〉 새로운 진면목으로 그리고 깊은	玉村生	수필/관찰	
3	5~7		忠南遊紀 〈7〉 충남유기	八禹三駒生	수필/기행	
4	1~3		堀部安兵衛 〈41〉 호리베 야스베에	神田伯山	고단	

1916년 01월 19일 (수) 5238호

지면	단수	기획	기사제목 〈회수〉〔곡수〕	필자/저자(역자)	분류	비고
1	6~7		復讐 〈95〉 복수	(大西我羊)	소설/번역소설	회수 오류
3	6~7		新しく眞面目に而して深く 〈3〉 새로운 진면목으로 그리고 깊은	玉村生	수필/관찰	
4	1~3		堀部安兵衛 〈42〉 호리베 야스베에	神田伯山	고단	
6	1~4		亂れ髪 〈107〉 흐트러진 머리	島川七石	소설/일본	

1916년 01월 20일 (목) 5239호

지면	단수	기획	기사제목 〈회수〉〔곡수〕	필자/저자(역자)	분류	비고
1	6~7		復讐 〈96〉 복수	(大西我羊)	소설/번역소설	회수 오류
3	7		新しく眞面目に而して深く 〈4〉 새로운 진면목으로 그리고 깊은	玉村生	수필/관찰	
4	1~3		堀部安兵衛 〈43〉 호리베 야스베에	神田伯山	고단	
6	1~3		亂れ髪 〈108〉 흐트러진 머리	島川七石	소설/일본	

1916년 01월 21일 (금) 5240호

지면	단수	기획	기사제목 〈회수〉〔곡수〕	필자/저자(역자)	분류	비고
1	5~6		復讐 〈97〉 복수	(大西我羊)	소설/번역소설	회수 오류
4	1~3		堀部安兵衛 〈44〉 호리베 야스베에	神田伯山	고단	
6	1~3		亂れ髪 〈109〉 흐트러진 머리	島川七石	소설/일본	

1916년 01월 22일 (토) 5241호

지면	단수	기획	기사제목 〈회수〉〔곡수〕	필자/저자(역자)	분류	비고
1	6		冬のこころ 〔4〕 겨울의 마음	京城 幻花	시가/단카	
1	6~7		復讐 〈98〉 복수	(大西我羊)	소설/번역소설	회수 오류
3	6		ソーウル短歌會詠草 〔5〕 서울 단카회 영초	幻花	시가/단카	

지면	단수	기획	기사제목 〈회수〉 [곡수]	필자/저자(역자)	분류	비고
3	6		ソーウル短歌會詠草 [5] 서울 단카회 영초	のぼる	시가/단카	
3	6		ソーウル短歌會詠草 [4] 서울 단카회 영초	朝##人	시가/단카	
3	6		ソーウル短歌會詠草 [5] 서울 단카회 영초	南花	시가/단카	
3	6		ソーウル短歌會詠草 [5] 서울 단카회 영초	靑丘	시가/단카	
3	7		ソーウル短歌會詠草 [5] 서울 단카회 영초	北星	시가/단카	
3	7		ソーウル短歌會詠草 [5] 서울 단카회 영초	方義	시가/단카	
3	7		ソーウル短歌會詠草 [5] 서울 단카회 영초	富士冬	시가/단카	
4	1~3		堀部安兵衛 〈45〉 호리베 야스베에	神田伯山	고단	
6	1~3		亂れ髮 〈110〉 흐트러진 머리	島川七石	소설/일본	

1916년 01월 23일 (일) 5242호

지면	단수	기획	기사제목 〈회수〉 [곡수]	필자/저자(역자)	분류	비고
1	6~7		復讐 〈99〉 복수	(大西我羊)	소설/번역소 설	회수 오류
3	1~2	日曜文壇	貧(上) 〈1〉 빈곤(상)	關根白念	수필	
3	4~5	日曜文壇	美人來 [1] 미인이 오다	白合子	시가/신체시	
4	1~3		堀部安兵衛 〈46〉 호리베 야스베에	神田伯山	고단	
6	1~3		亂れ髮 〈111〉 흐트러진 머리	島川七石	소설/일본	

1916년 01월 24일 (월) 5243호

지면	단수	기획	기사제목 〈회수〉 [곡수]	필자/저자(역자)	분류	비고
1	6~8		復讐 〈100〉 복수	(大西我羊)	소설/번역소 설	회수 오류
3	3		都々逸 [3] 도도이쓰	撫子	시가/도도이 쓰	
6	1~3		亂れ髮 〈112〉 흐트러진 머리	島川七石	소설/일본	

1916년 01월 25일 (화) 5244호

지면	단수	기획	기사제목 〈회수〉 [곡수]	필자/저자(역자)	분류	비고
1	6~7		復讐 〈101〉 복수	(大西我羊)	소설/번역소 설	회수 오류
3	2~3		溫泉里を經て禮山まで 〈1〉 온천리를 지나 예산까지	忠淸道支社 一記者	수필/기행	
3	6~7		半島文壇の恥辱 〈1〉 반도문단의 치욕	天鼓生	수필/비평	
4	1~3		堀部安兵衛 〈47〉 호리베 야스베에	神田伯山	고단	
6	1~3		亂れ髮 〈113〉 흐트러진 머리	島川七石	소설/일본	

1916년 01월 26일 (수) 5245호

지면	단수	기획	기사제목 〈회수〉〔곡수〕	필자/저자(역자)	분류	비고
1	7~8		復讐 〈102〉 복수	(大西我羊)	소설/번역소 설	회수 오류
3	3		溫泉里を經て禮山まで 〈2〉 온천리를 지나 예산까지	忠淸道支社 一記者	수필/기행	
3	6		僞らざる告白 〔10〕 거짓 없는 고백	酒井夜潮	시가/단카	
3	6~7		半島文壇の恥辱 〈2〉 반도문단의 치욕	天鼓生	수필/비평	
4	1~3		堀部安兵衛 〈48〉 호리베 야스베에	神田伯山	고단	
6	1~3		亂れ髪 〈114〉 흐트러진 머리	島川七石	소설/일본	

1916년 01월 27일 (목) 5246호

지면	단수	기획	기사제목 〈회수〉〔곡수〕	필자/저자(역자)	분류	비고
1	6~7		復讐 〈103〉 복수	(大西我羊)	소설/번역소 설	회수 오류
3	1		溫泉里を經て禮山まで 〈3〉 온천리를 지나 예산까지	忠淸道支社 一記者	수필/기행	
4	1~3		堀部安兵衛 〈49〉 호리베 야스베에	神田伯山	고단	
5	3		新作都々逸 〔1〕 신작 도도이쓰	## 福丸	시가/도도이 쓰	
5	3		新作都々逸 〔1〕 신작 도도이쓰	## 流勇	시가/도도이 쓰	
5	3~4		新作都々逸 〔1〕 신작 도도이쓰	## 千代丸	시가/도도이 쓰	
6	1~3		亂れ髪 〈115〉 흐트러진 머리	島川七石	소설/일본	

1916년 01월 28일 (금) 5247호

지면	단수	기획	기사제목 〈회수〉〔곡수〕	필자/저자(역자)	분류	비고
1	6~7		復讐 〈104〉 복수	(大西我羊)	소설/번역소 설	회수 오류
4	1~3		亂れ髪 〈116〉 흐트러진 머리	島川七石	소설/일본	

1916년 01월 29일 (토) 5248호

지면	단수	기획	기사제목 〈회수〉〔곡수〕	필자/저자(역자)	분류	비고
1	6		仁川短歌會詠草 〔4〕 인천 단카회 영초	龍史	시가/단카	
1	6		仁川短歌會詠草 〔5〕 인천 단카회 영초	葆光	시가/단카	
1	6~8		復讐 〈107〉 복수	(大西我羊)	소설/번역소 설	회수 오류
4	1~3		堀部安兵衛 〈50〉 호리베 야스베에	神田伯山	고단	
5	2		新作都々逸 〔4〕 신작 도도이쓰	京城 撫子	시가/도도이 쓰	
5	2		新作都々逸 〔3〕 신작 도도이쓰	仁川 どん栗	시가/도도이 쓰	
6	1~3		亂れ髪 〈117〉 흐트러진 머리	島川七石	소설/일본	

1916년 01월 30일 (일) 5249호

지면	단수	기획	기사제목 〈회수〉〔곡수〕	필자/저자(역자)	분류	비고
1	5		仁川短歌會詠草〔5〕 인천 단카회 영초	秋人	시가/단카	
1	5		仁川短歌會詠草〔8〕 인천 단카회 영초	大芸居	시가/단카	
1	5~7		復讐〈108〉 복수	(大西我羊)	소설/번역소 설	회수 오류
3	5~7	日曜文壇	貧(下)〈2〉 빈곤(하)	關根白念	수필	
4	1~3		堀部安兵衛〈51〉 호리베 야스베에	神田伯山	고단	
5	1~3		放浪人物語(上) 방랑인 이야기(상)		수필	
6	1~3		亂れ髮〈118〉 흐트러진 머리	島川七石	소설/일본	

1916년 01월 31일 (월) 5250호

지면	단수	기획	기사제목 〈회수〉〔곡수〕	필자/저자(역자)	분류	비고
1	6	文苑	ももわれ〔5〕 모모와레	京城 靑丘	시가/단카	
1	6	文苑	寒月〔7〕 추운 겨울의 달	京城 中田雪魄	시가/단카	
1	6~7		復讐〈109〉 복수	(大西我羊)	소설/번역소 설	회수 오류
3	3		新作都々逸〔4〕 신작 도도이쓰	#山 京子	시가/도도이 쓰	
4	1~3		堀部安兵衛〈52〉 호리베 야스베에	神田伯山	고단	

1916년 02월 01일 (화) 5251호

지면	단수	기획	기사제목 〈회수〉〔곡수〕	필자/저자(역자)	분류	비고
1	6~7		復讐〈110〉 복수	(大西我羊)	소설/번역소 설	회수 오류
4	1~3		堀部安兵衛〈53〉 호리베 야스베에	神田伯山	고단	
5	2		新作都々逸〔3〕 신작 도도이쓰	#山 京子	시가/도도이 쓰	
5	2		新作都々逸〔2〕 신작 도도이쓰	京城 撫子	시가/도도이 쓰	
6	1~3		亂れ髮〈119〉 흐트러진 머리	島川七石	소설/일본	

1916년 02월 02일 (수) 5252호

지면	단수	기획	기사제목 〈회수〉〔곡수〕	필자/저자(역자)	분류	비고
1	6		ニコライ塔下にて〔7〕 니콜라이 탑 밑에서	吉岡富士東	시가/단카	
1	6~7		復讐〈111〉 복수	(大西我羊)	소설/번역소 설	회수 오류
3	4		和歌俳句募集 와카 하이쿠 모집		광고/모집 광고	
4	1~3		堀部安兵衛〈54〉 호리베 야스베에	神田伯山	고단	
5	1~3		放浪人物語(下) 방랑인 이야기(하)		수필	
5	6		新作都々逸〔3〕 신작 도도이쓰	仁川 どん栗	시가/도도이 쓰	

지면	단수	기획	기사제목 〈회수〉〔곡수〕	필자/저자(역자)	분류	비고
5	6		新作都々逸 〔3〕 신작 도도이쓰	江景 浮世亭	시가/도도이쓰	
5	6		新作都々逸 〔3〕 신작 도도이쓰	京城 撫子	시가/도도이쓰	
5	6		新作都々逸 〔3〕 신작 도도이쓰	#山 京子	시가/도도이쓰	
6	1~3		亂れ髪 〈130〉 흐트러진 머리	島川七石	소설/일본	회수 오류

1916년 02월 03일 (목) 5253호

지면	단수	기획	기사제목 〈회수〉〔곡수〕	필자/저자(역자)	분류	비고
1	5		狂亂の夜 〔1〕 광란의 밤	佐治幽星	시가/신체시	
1	5		おくつき 〔1〕 무덤	あざみ	시가/신체시	
1	5~6		復讐 〈112〉 복수	(大西我羊)	소설/번역소설	회수 오류
3	1~3		★半島藝術界と批評家 〈1〉 반도 예술계와 비평가	在京城 白愁生	수필/비평	
4	1~3		堀部安兵衛 〈55〉 호리베 야스베에	神田伯山	고단	
5	1~2		二藝と遊三 두 가지 재주와 세 가지 놀이		수필/관찰	
5	5		新作都々逸 〔4〕 신작 도도이쓰	京城 喜美子	시가/도도이쓰	
6	1~3		亂れ髪 〈121〉 흐트러진 머리	島川七石	소설/일본	

1916년 02월 04일 (금) 5254호

지면	단수	기획	기사제목 〈회수〉〔곡수〕	필자/저자(역자)	분류	비고
1	6~7		復讐 〈113〉 복수	(大西我羊)	소설/번역소설	회수 오류
3	1~2		★半島藝術界と批評家 〈2〉 반도 예술계와 비평가	在京城 白愁生	수필/비평	
3	6		和歌俳句募集 와카 하이쿠 모집		광고/모집 광고	
4	1~5		堀部安兵衛 〈56〉 호리베 야스베에	神田伯山	고단	
5	1~2		洋妾情話 〈1〉 서양인의 첩이 된 일본 여자의 정담		수필/일상	
5	5		俚謠 〔4〕 이요	#江泊 夢の人	시가/도도이쓰	
5	5		俚謠 〔2〕 이요	仁川 どん栗	시가/도도이쓰	
5	6		新作都々逸 〔1〕 신작 도도이쓰	江景 浮世亭	시가/도도이쓰	
5	6		新作都々逸 〔1〕 신작 도도이쓰	仁川 どん栗	시가/도도이쓰	
5	6		新作都々逸 〔1〕 신작 도도이쓰	京城 撫子	시가/도도이쓰	
5	6		新作都々逸 〔1〕 신작 도도이쓰	京城 あづま	시가/도도이쓰	
6	1~3		亂れ髪 〈122〉 흐트러진 머리	島川七石	소설/일본	

지면	단수	기획	기사제목 〈회수〉 〔곡수〕	필자/저자(역자)	분류	비고

1916년 02월 05일 (토) 5255호

지면	단수	기획	기사제목 〈회수〉 〔곡수〕	필자/저자(역자)	분류	비고
1	6~7		復讐 〈114〉 복수	(大西我羊)	소설/번역소 설	회수 오류
3	6		和歌俳句募集 와카 하이쿠 모집		광고/모집 광고	
3	6~7		★半島藝術界と批評家 〈3〉 반도 예술계와 비평가	在京城 白愁生	수필/비평	
4	1~3		堀部安兵衛 〈57〉 호리베 야스베에	神田伯山	고단	
5	2		俚謠 〔1〕 이요	京城 撫子	시가/도도이 쓰	
5	2		俚謠 〔1〕 이요	#江泊 夢の人	시가/도도이 쓰	
5	3~4		洋妾情話 〈2〉 서양인의 첩이 된 일본 여자의 정담		수필/일상	
5	6		新作都々逸 〔1〕 신작 도도이쓰	龍山元 三村秋月	시가/도도이 쓰	
5	6		新作都々逸 〔1〕 신작 도도이쓰	#江泊 夢の人	시가/도도이 쓰	
5	6		新作都々逸 〔1〕 신작 도도이쓰	京城 あづま	시가/도도이 쓰	
5	6		新作都々逸 〔1〕 신작 도도이쓰	京城 尾#生	시가/도도이 쓰	
5	6		新作都々逸 〔1〕 신작 도도이쓰	江景 浮世亭	시가/도도이 쓰	
5	6		新作都々逸 〔1〕 신작 도도이쓰	京城 南山#	시가/도도이 쓰	
6	1~3		亂れ髮 〈123〉 흐트러진 머리	島川七石	소설/일본	

1916년 02월 06일 (일) 5256호

지면	단수	기획	기사제목 〈회수〉 〔곡수〕	필자/저자(역자)	분류	비고
1	6~7		復讐 〈115〉 복수	(大西我羊)	소설/번역소 설	회수 오류
3	4~5		★半島藝術界と批評家 〈4〉 반도 예술계와 비평가	在京城 白愁生	수필/비평	
3	6~7		新富士より 신 후지에서	東京 小野賢一郎	수필/서간	
4	1~3		堀部安兵衛 〈58〉 호리베 야스베에	神田伯山	고단	
5	4		新作都々逸 〔1〕 신작 도도이쓰	京城 浪廼家	시가/도도이 쓰	
5	4		新作都々逸 〔1〕 신작 도도이쓰	京城 あづま	시가/도도이 쓰	
5	4		新作都々逸 〔1〕 신작 도도이쓰	江景 よし子	시가/도도이 쓰	
5	4		新作都々逸 〔1〕 신작 도도이쓰	京城 雄峰生	시가/도도이 쓰	
5	4		新作都々逸 〔1〕 신작 도도이쓰	龍山 三村秋月	시가/도도이 쓰	
5	4		新作都々逸 〔1〕 신작 도도이쓰	龍山 鳥の石	시가/도도이 쓰	

지면	단수	기획	기사제목 〈회수〉〔곡수〕	필자/저자(역자)	분류	비고
5	4		新作都々逸 〔1〕 신작 도도이쓰	仁川 どん栗	시가/도도이쓰	
6	1~3		亂れ髪 〈124〉 흐트러진 머리	島川七石	소설/일본	

1916년 02월 07일 (월) 5257호

지면	단수	기획	기사제목 〈회수〉〔곡수〕	필자/저자(역자)	분류	비고
1	5~6		復讐 〈116〉 복수	(大西我羊)	소설/번역소설	회수 오류
3	2~3		洋妾情話 〈3〉 서양인의 첩이 된 일본 여자의 정담		수필/일상	
3	3~5		夜の仁川 〈1〉 밤의 인천	△△生	수필/기행	
3	5		俚謠 〔1〕 이요	平壤 永井しげる	시가/도도이쓰	
3	5		俚謠 〔1〕 이요	龍山 鳥の石	시가/도도이쓰	
3	5		俚謠 〔1〕 이요	京城 撫子	시가/도도이쓰	
3	5		俚謠 〔1〕 이요	仁川 土井	시가/도도이쓰	
3	5		俚謠 〔1〕 이요	仁川 どん栗	시가/도도이쓰	
3	6		新作都々逸 〔1〕 신작 도도이쓰	仁川 どん栗	시가/도도이쓰	
3	6		新作都々逸 〔1〕 신작 도도이쓰	京城 浪迺家	시가/도도이쓰	
3	6		新作都々逸 〔1〕 신작 도도이쓰	京城 あづま	시가/도도이쓰	
3	6		新作都々逸 〔1〕 신작 도도이쓰	龍山 鳥の石	시가/도도이쓰	
3	6		新作都々逸 〔1〕 신작 도도이쓰	京城 喜美子	시가/도도이쓰	
3	6		新作都々逸 〔1〕 신작 도도이쓰	江景 浮世亭	시가/도도이쓰	
3	6		新作都々逸 〔1〕 신작 도도이쓰	仁川 紀の路	시가/도도이쓰	
4	1~3		堀部安兵衛 〈59〉 호리베 야스베에	神田伯山	고단	

1916년 02월 08일 (화) 5258호

지면	단수	기획	기사제목 〈회수〉〔곡수〕	필자/저자(역자)	분류	비고
1	6~7		復讐 〈117〉 복수	(大西我羊)	소설/번역소설	회수 오류
3	6		和歌俳句募集 와카 하이쿠 모집		광고/모집광고	
3	6		春五題集/カササギ社/立春 〔1〕 봄 오제집/가사사기샤/입춘	木堂	시가/하이쿠	
3	6		春五題集/カササギ社/立春 〔1〕 봄 오제집/가사사기샤/입춘	神童	시가/하이쿠	
3	6		春五題集/カササギ社/立春 〔1〕 봄 오제집/가사사기샤/입춘	洋女	시가/하이쿠	
3	6		春五題集/カササギ社/立春 〔1〕 봄 오제집/가사사기샤/입춘	白水	시가/하이쿠	

지면	단수	기획	기사제목 〈회수〉〔곡수〕	필자/저자(역자)	분류	비고
3	6		春五題集/カササギ社/立春〔1〕 봄 오제집/가사사기샤/입춘	小聲	시가/하이쿠	
3	6		春五題集/カササギ社/梅〔1〕 봄 오제집/가사사기샤/매화	半山	시가/하이쿠	
3	6		春五題集/カササギ社/梅〔1〕 봄 오제집/가사사기샤/매화	朱葉	시가/하이쿠	
3	6		春五題集/カササギ社/梅〔1〕 봄 오제집/가사사기샤/매화	靑水	시가/하이쿠	
3	6		春五題集/カササギ社/梅〔2〕 봄 오제집/가사사기샤/매화	小聲	시가/하이쿠	
3	6		春五題集/カササギ社/豆打〔1〕 봄 오제집/가사사기샤/콩 타작	神童	시가/하이쿠	
3	6		春五題集/カササギ社/豆打〔1〕 봄 오제집/가사사기샤/콩 타작	白水	시가/하이쿠	
3	6		春五題集/カササギ社/豆打〔1〕 봄 오제집/가사사기샤/콩 타작	朱葉	시가/하이쿠	
3	6		春五題集/カササギ社/豆打〔1〕 봄 오제집/가사사기샤/콩 타작	木堂	시가/하이쿠	
3	6		春五題集/カササギ社/豆打〔1〕 봄 오제집/가사사기샤/콩 타작	半山	시가/하이쿠	
3	6		春五題集/カササギ社/柳〔1〕 봄 오제집/가사사기샤/버들	天民	시가/하이쿠	
3	6		春五題集/カササギ社/柳〔1〕 봄 오제집/가사사기샤/버들	半山	시가/하이쿠	
3	6		春五題集/カササギ社/柳〔1〕 봄 오제집/가사사기샤/버들	東川	시가/하이쿠	
3	6		春五題集/カササギ社/柳〔1〕 봄 오제집/가사사기샤/버들	去水	시가/하이쿠	
3	6		春五題集/カササギ社/柳〔1〕 봄 오제집/가사사기샤/버들	小聲	시가/하이쿠	
3	6		春五題集/カササギ社/雉子〔1〕 봄 오제집/가사사기샤/꿩	朱葉	시가/하이쿠	
3	7		春五題集/カササギ社/雉子〔1〕 봄 오제집/가사사기샤/꿩	半山	시가/하이쿠	
3	7		春五題集/カササギ社/雉子〔1〕 봄 오제집/가사사기샤/꿩	神童	시가/하이쿠	
3	7		春五題集/カササギ社/雉子〔1〕 봄 오제집/가사사기샤/꿩	小聲	시가/하이쿠	
4	1~3		堀部安兵衛〈60〉 호리베 야스베에	神田伯山	고단	
5	1~2		洋妾情話〈3〉 서양인의 첩이 된 일본 여자의 정담		수필/일상	
5	2		俚謠〔1〕 이요	京城 雄峰生	시가/도도이쓰	
5	2		俚謠〔1〕 이요	京城 窓月	시가/도도이쓰	
5	2		俚謠〔1〕 이요	平壤 しげる	시가/도도이쓰	
5	4		新作都々逸〔1〕 신작 도도이쓰	龍山 鳥の石	시가/도도이쓰	
5	4		新作都々逸〔1〕 신작 도도이쓰	京城 福島鳴海	시가/도도이쓰	

지면	단수	기획	기사제목 〈회수〉〔곡수〕	필자/저자(역자)	분류	비고
5	4		新作都々逸 [1] 신작 도도이쓰	水源 金時	시가/도도이쓰	
5	4		新作都々逸 [1] 신작 도도이쓰	江景 浮世亭	시가/도도이쓰	
5	4		新作都々逸 [1] 신작 도도이쓰	仁川 紀の路	시가/도도이쓰	
5	4		新作都々逸 [1] 신작 도도이쓰	仁川 どん栗	시가/도도이쓰	
5	4		新作都々逸 [1] 신작 도도이쓰	京城 雄翠生	시가/도도이쓰	
5	5~6		夜の仁川 〈2〉 밤의 인천	△△生	수필/기행	
6	1~3		亂れ髪 〈125〉 흐트러진 머리	島川七石	소설/일본	

1916년 02월 09일 (수) 5259호

지면	단수	기획	기사제목 〈회수〉〔곡수〕	필자/저자(역자)	분류	비고
5	2~6		新婚旅行 신혼여행	花井梅子	수필/기행	
7	3		俚謠 [1] 이요	京城 浪廼家	시가/도도이쓰	
7	3		俚謠 [1] 이요	京城 あづま	시가/도도이쓰	
7	3		俚謠 [1] 이요	京城 喜美子	시가/도도이쓰	
7	3		俚謠 [1] 이요	水源 金時	시가/도도이쓰	
7	3		俚謠 [1] 이요	京城 福島鳴海	시가/도도이쓰	
7	3		俚謠 [1] 이요	京城 雄峰生	시가/도도이쓰	
7	3		俚謠 [1] 이요	龍山 鳥の石	시가/도도이쓰	
7	4		新作都々逸 [1] 신작 도도이쓰	京城 あづま	시가/도도이쓰	
7	4		新作都々逸 [1] 신작 도도이쓰	京城 梅雪居窓月	시가/도도이쓰	
7	4		新作都々逸 [1] 신작 도도이쓰	平壤 永井しげる	시가/도도이쓰	
7	4		新作都々逸 [1] 신작 도도이쓰	龍山 三村秋月	시가/도도이쓰	
7	5~7		花柳艶話 〈1〉 화류염화		수필/일상	
8	1~3		亂れ髪 〈126〉 흐트러진 머리	島川七石	소설/일본	

1916년 02월 10일 (목) 5260호

지면	단수	기획	기사제목 〈회수〉〔곡수〕	필자/저자(역자)	분류	비고
1	6~7		復讐 〈118〉 복수	(大西我羊)	소설/번역소설	회수 오류
4	1~3		堀部安兵衛 〈61〉 호리베 야스베에	神田伯山	고단	
5	4		俚謠 [1] 이요	江景 浮世亭	시가/도도이쓰	

지면	단수	기획	기사제목 〈회수〉〔곡수〕	필자/저자(역자)	분류	비고
5	4		俚謠〔1〕 이요	龍山 三村秋月	시가/도도이 쓰	
5	4		俚謠〔1〕 이요	京城 あづま	시가/도도이 쓰	
5	4		俚謠〔1〕 이요	京城 雄峰生	시가/도도이 쓰	
5	5		新作都々逸〔1〕 신작 도도이쓰	京城 あづま	시가/도도이 쓰	
5	5		新作都々逸〔1〕 신작 도도이쓰	京城 福丸	시가/도도이 쓰	
5	5		新作都々逸〔1〕 신작 도도이쓰	龍山 鳥の石	시가/도도이 쓰	
5	5		新作都々逸〔1〕 신작 도도이쓰	京城 夢の人	시가/도도이 쓰	
5	5		新作都々逸〔1〕 신작 도도이쓰	江景 浮世亭	시가/도도이 쓰	
5	5		新作都々逸〔1〕 신작 도도이쓰	仁川 紀の路	시가/도도이 쓰	
5	5		新作都々逸〔1〕 신작 도도이쓰	仁川 どん栗	시가/도도이 쓰	
5	6~7		花柳艶話〈2〉 화류염화		수필/일상	
6	1~3		亂れ髪〈127〉 흐트러진 머리	島川七石	소설/일본	

1916년 02월 11일 (금) 5261호

지면	단수	기획	기사제목 〈회수〉〔곡수〕	필자/저자(역자)	분류	비고
1	7~8		復讐〈119〉 복수	(大西我羊)	소설/번역소 설	회수 오류
3	6		和歌俳句募集 와카 하이쿠 모집		광고/모집 광고	
4	1~3		堀部安兵衛〈62〉 호리베 야스베에	神田伯山	고단	
6	1~3		亂れ髪〈128〉 흐트러진 머리	島川七石	소설/일본	
7	2		俚謠〔1〕 이요	京城 雄峰生	시가/도도이 쓰	
7	2		俚謠〔1〕 이요	京城 梅雪庵	시가/도도이 쓰	
7	2		俚謠〔1〕 이요	龍山 三村秋月	시가/도도이 쓰	
7	2		俚謠〔1〕 이요	平壤 永井しげる	시가/도도이 쓰	
7	2		俚謠〔1〕 이요	京城 あづま	시가/도도이 쓰	
7	3~4		花柳艶話〈3〉 화류염화		수필	
7	4		新作都々逸〔1〕 신작 도도이쓰	龍山 鳥の石	시가/도도이 쓰	
7	4		新作都々逸〔1〕 신작 도도이쓰	京城 佐旧鶴	시가/도도이 쓰	
7	4		新作都々逸〔1〕 신작 도도이쓰	京城 雪の峰	시가/도도이 쓰	

지면	단수	기획	기사제목 〈회수〉〔곡수〕	필자/저자(역자)	분류	비고
7	4		新作都々逸 〔1〕 신작 도도이쓰	龍山 夢の人	시가/도도이쓰	
7	4		新作都々逸 〔1〕 신작 도도이쓰	水源 ぼん太	시가/도도이쓰	
7	4		新作都々逸 〔1〕 신작 도도이쓰	京城 福丸	시가/도도이쓰	
7	5	新小說豫告	情界哀史 男ごゝろ 정계애사 남자의 마음		광고/연재예고	

1916년 02월 14일 (월) 5263호

지면	단수	기획	기사제목 〈회수〉〔곡수〕	필자/저자(역자)	분류	비고
1	6		仁川短歌會詠草 〔7〕 인천 단카회 영초	大芸居	시가/단카	
1	6		仁川短歌會詠草 〔7〕 인천 단카회 영초	龍史 (龍史)	시가/단카	
1	6~7		復讐 〈121〉 복수	(大西我羊)	소설/번역소설	
3	3		俚謠 〔1〕 이요	利川 ふの字	시가/도도이쓰	
3	3		俚謠 〔1〕 이요	龍山 三村秋月	시가/도도이쓰	
3	3		俚謠 〔1〕 이요	京城 雄峰生	시가/도도이쓰	
3	3		俚謠 〔1〕 이요	京城 あづま	시가/도도이쓰	
3	6		新作都々逸 〔1〕 신작 도도이쓰	京城 雪の峰	시가/도도이쓰	
3	6		新作都々逸 〔1〕 신작 도도이쓰	江景 浮世亭	시가/도도이쓰	
3	6		新作都々逸 〔1〕 신작 도도이쓰	龍山 鳥の石	시가/도도이쓰	
3	6		新作都々逸 〔1〕 신작 도도이쓰	平壤 永井しげる	시가/도도이쓰	
3	6		新作都々逸 〔1〕 신작 도도이쓰	開城 愛菊	시가/도도이쓰	
3	6		新作都々逸 〔1〕 신작 도도이쓰	京城 夢の人	시가/도도이쓰	
4	1~3		亂れ髮 〈130〉 흐트러진 머리	島川七石	소설/일본	

1916년 02월 15일 (화) 5264호

지면	단수	기획	기사제목 〈회수〉〔곡수〕	필자/저자(역자)	분류	비고
1	5~6		復讐 〈122〉 복수	(大西我羊)	소설/번역소설	
3	6~7		仁川短歌會詠草 〔2〕 인천 단카회 영초	丸山	시가/단카	
3	7		仁川短歌會詠草 〔7〕 인천 단카회 영초	秋人	시가/단카	
3	7		仁川短歌會詠草 〔5〕 인천 단카회 영초	高峰	시가/단카	
4	1~3		堀部安兵衛 〈64〉 호리베 야스베에	神田伯山	고단	
3	3		俚謠 〔1〕 이요	江景 魚人	시가/도도이쓰	

지면	단수	기획	기사제목 〈회수〉 〔곡수〕	필자/저자(역자)	분류	비고
3	3		俚謠 〔1〕 이요	龍山 秋月	시가/도도이쓰	
3	3		俚謠 〔1〕 이요	京城 撫子	시가/도도이쓰	
3	3		俚謠 〔1〕 이요	開城 愛菊	시가/도도이쓰	
3	5		新作都々逸 〔1〕 신작 도도이쓰	京城 梅雪庵	시가/도도이쓰	
3	5		新作都々逸 〔1〕 신작 도도이쓰	利川 ふの字	시가/도도이쓰	
3	5		新作都々逸 〔1〕 신작 도도이쓰	京城 雄峰生	시가/도도이쓰	
3	5		新作都々逸 〔1〕 신작 도도이쓰	龍山 鳥の石	시가/도도이쓰	
3	5		新作都々逸 〔1〕 신작 도도이쓰	京城 雪の峰	시가/도도이쓰	
4	1~3		情界哀史 男ごゝろ 〈1〉 정계애사 남자의 마음	島川七石	소설/일본	

1916년 02월 16일 (수) 5265호

지면	단수	기획	기사제목 〈회수〉 〔곡수〕	필자/저자(역자)	분류	비고
4	1~3		堀部安兵衛 〈65〉 호리베 야스베에	神田伯山	고단	
5	3		新作都々逸 〔1〕 신작 도도이쓰	京城 あづま	시가/도도이쓰	
5	3		新作都々逸 〔1〕 신작 도도이쓰	仁川 どん栗	시가/도도이쓰	
5	3		新作都々逸 〔1〕 신작 도도이쓰	京城 梅雪庵	시가/도도이쓰	
5	3		新作都々逸 〔1〕 신작 도도이쓰	京城 猫の足	시가/도도이쓰	
5	3		新作都々逸 〔1〕 신작 도도이쓰	京城 雄峰生	시가/도도이쓰	
6	1~3		情界哀史 男ごゝろ 〈2〉 정계애사 남자의 마음	島川七石	소설/일본	

1916년 02월 17일 (목) 5266호

지면	단수	기획	기사제목 〈회수〉 〔곡수〕	필자/저자(역자)	분류	비고
1	6~7		復讐 〈123〉 복수	(大西我羊)	소설/번역소설	
4	1~3		堀部安兵衛 〈66〉 호리베 야스베에	神田伯山	고단	
5	6		俚謠 〔1〕 이요	江景 魚人	시가/도도이쓰	
5	6		俚謠 〔1〕 이요	龍山 秋月	시가/도도이쓰	
5	6		俚謠 〔1〕 이요	仁川 即興詩人	시가/도도이쓰	
5	6		俚謠 〔1〕 이요	京城 梅雪庵	시가/도도이쓰	
6	1~3		情界哀史 男ごゝろ 〈3〉 정계애사 남자의 마음	島川七石	소설/일본	

1916년 02월 18일 (금) 5267호

지면	단수	기획	기사제목 〈회수〉 [곡수]	필자/저자(역자)	분류	비고
1	6~7		復讐 〈124〉 복수	(大西我羊)	소설/번역소설	
4	1~3		堀部安兵衛 〈67〉 호리베 야스베에	神田伯山	고단	
5	6		新作都々逸 [1] 신작 도도이쓰	京城 猫の足	시가/도도이쓰	
5	6		新作都々逸 [1] 신작 도도이쓰	大田 琴糸	시가/도도이쓰	
5	6		新作都々逸 [1] 신작 도도이쓰	京城 梅雪庵	시가/도도이쓰	
5	6		新作都々逸 [1] 신작 도도이쓰	仁川 茂里男	시가/도도이쓰	
5	6		新作都々逸 [1] 신작 도도이쓰	平壤 永井しげる	시가/도도이쓰	
5	6		新作都々逸 [1] 신작 도도이쓰	京城 撫子	시가/도도이쓰	
6	1~3		情界哀史 男ごゝろ 〈4〉 정계애사 남자의 마음	島川七石	소설/일본	

1916년 02월 19일 (토) 5268호

지면	단수	기획	기사제목 〈회수〉 [곡수]	필자/저자(역자)	분류	비고
1	6		仁川短歌會詠草 [5] 인천 단카회 영초	葆光	시가/단카	
1	6		仁川短歌會詠草 [6] 인천 단카회 영초	白踏	시가/단카	
1	6		仁川短歌會詠草 [7] 인천 단카회 영초	花汀	시가/단카	
1	6~7		復讐 〈125〉 복수	(大西我羊)	소설/번역소설	
4	1~3		堀部安兵衛 〈68〉 호리베 야스베에	神田伯山	고단	
5	6		俚謠 [1] 이요	仁川 即興詩人	시가/도도이쓰	
5	6		俚謠 [1] 이요	平壤 永井しげる	시가/도도이쓰	
5	6		俚謠 [1] 이요	利川 ふの字	시가/도도이쓰	
5	6		俚謠 [1] 이요	京城 雪の峰	시가/도도이쓰	
6	1~3		情界哀史 男ごゝろ 〈5〉 정계애사 남자의 마음	島川七石	소설/일본	

1916년 02월 20일 (일) 5269호

지면	단수	기획	기사제목 〈회수〉 [곡수]	필자/저자(역자)	분류	비고
1	5		ソール詩社詠草 〈1〉 [3] 서울 시사영초	高山のぼる	시가/단카	
1	5~6		ソール詩社詠草 〈1〉 [3] 서울 시사영초	藤村幻花	시가/단카	
1	6		ソール詩社詠草 〈1〉 [3] 서울 시사영초	水野北星	시가/단카	
1	6		ソール詩社詠草 〈1〉 [3] 서울 시사영초	田上南花	시가/단카	
1	6		ソール詩社詠草 〈1〉 [3] 서울 시사영초	大石赤城	시가/단카	

지면	단수	기획	기사제목 〈회수〉〔곡수〕	필자/저자(역자)	분류	비고
1	6		ソール詩社詠草 〈1〉〔3〕 서울 시사영초	古岡富士東	시가/단카	
1	6~9		復讐 〈126〉 복수	(大西我羊)	소설/번역소설	
4	1~3		堀部安兵衛 〈69〉 호리베 야스베에	神田伯山	고단	
5	6		新作都々逸 〔1〕 신작 도도이쓰	龍山 鳥の石	시가/도도이쓰	
5	6		新作都々逸 〔1〕 신작 도도이쓰	仁川 即興詩人	시가/도도이쓰	
5	6		新作都々逸 〔1〕 신작 도도이쓰	京城 雪の峰	시가/도도이쓰	
5	6		新作都々逸 〔1〕 신작 도도이쓰	京城 梅雪庵	시가/도도이쓰	
5	6		新作都々逸 〔1〕 신작 도도이쓰	京城 あづま	시가/도도이쓰	
5	6		新作都々逸 〔1〕 신작 도도이쓰	福渓 人事庵	시가/도도이쓰	
5	6		新作都々逸 〔1〕 신작 도도이쓰	大田 山野如洋	시가/도도이쓰	
5	6		新作都々逸 〔1〕 신작 도도이쓰	龍山 三村秋月	시가/도도이쓰	
6	1~3		情界哀史 男ごゝろ 〈6〉 정계애사 남자의 마음	島川七石	소설/일본	

1916년 02월 21일 (월) 5270호

지면	단수	기획	기사제목 〈회수〉〔곡수〕	필자/저자(역자)	분류	비고
1	5~6		復讐 〈127〉 복수	(大西我羊)	소설/번역소설	
3	3		俚謡 〔1〕 이요	仁川 即興詩人	시가/도도이쓰	
3	3		俚謡 〔1〕 이요	京城 よね子	시가/도도이쓰	
3	3		俚謡 〔1〕 이요	平壤 永井しげる	시가/도도이쓰	
3	3		俚謡 〔1〕 이요	利川 ふの字	시가/도도이쓰	
3	3		俚謡 〔1〕 이요	江景 浮世亭	시가/도도이쓰	
3	3		俚謡 〔1〕 이요	江景 魚人	시가/도도이쓰	
4	1~3		情界哀史 男ごゝろ 〈7〉 정계애사 남자의 마음	島川七石	소설/일본	

1916년 02월 22일 (화) 5271호

지면	단수	기획	기사제목 〈회수〉〔곡수〕	필자/저자(역자)	분류	비고
1	6		ソール詩社詠草 〈2〉〔3〕 서울 시사영초	寺師方義	시가/단카	
1	6		ソール詩社詠草 〈2〉〔3〕 서울 시사영초	高橋葉子	시가/단카	
1	6		ソール詩社詠草 〈2〉〔3〕 서울 시사영초	佐田天村	시가/단카	
1	6		ソール詩社詠草 〈2〉〔3〕 서울 시사영초	吉田ちどり	시가/단카	

지면	단수	기획	기사제목 〈회수〉〔곡수〕	필자/저자(역자)	분류	비고
1	6		ソール詩社詠草 〈2〉〔3〕 서울 시사영초	坂埼靑丘	시가/단카	
1	6~7		復讐 〈128〉 복수	(大西我羊)	소설/번역소설	
4	1~3		堀部安兵衛 〈70〉 호리베 야스베에	神田伯山	고단	
5	5~6		恐しいお雇探偵(上) 무서운 탐정 고용인(하)		수필	
5	5		新作都々逸 〔1〕 신작 도도이쓰	龍山 岡本鳥石	시가/도도이쓰	
5	5		新作都々逸 〔1〕 신작 도도이쓰	京城 猫の足	시가/도도이쓰	
5	5		新作都々逸 〔1〕 신작 도도이쓰	仁川 重春坊	시가/도도이쓰	
5	5		新作都々逸 〔1〕 신작 도도이쓰	大田 間野琴糸	시가/도도이쓰	
5	5		新作都々逸 〔1〕 신작 도도이쓰	京城 雪の峰	시가/도도이쓰	
5	5		新作都々逸 〔1〕 신작 도도이쓰	京城 雄峰生	시가/도도이쓰	
5	5		新作都々逸 〔1〕 신작 도도이쓰	京城 撫子	시가/도도이쓰	
5	5		新作都々逸 〔1〕 신작 도도이쓰	於靑島 吐笑	시가/도도이쓰	
6	1~6		情界哀史 男ごゝろ 〈8〉 정계애사 남자의 마음	島川七石	소설/일본	

1916년 02월 23일 (수) 5272호

지면	단수	기획	기사제목 〈회수〉〔곡수〕	필자/저자(역자)	분류	비고
1	6~7		復讐 〈129〉 복수	(大西我羊)	소설/번역소설	
3	5		(제목없음) 〔2〕	大塊	시가/하이쿠	
3	5		(제목없음) 〔3〕	不仰	시가/하이쿠	
3	5		春題『和蘭渡』 봄 주제『네덜란드 박래품』	野崎小聲	수필	
3	6		春題『和蘭渡』〔1〕 봄 주제『네덜란드 박래품』	白牛	시가/하이쿠	
3	6		春題『和蘭渡』〔1〕 봄 주제『네덜란드 박래품』	来葉	시가/하이쿠	
3	6		春題『和蘭渡』〔1〕 봄 주제『네덜란드 박래품』	半山	시가/하이쿠	
3	6		春題『和蘭渡』〔1〕 봄 주제『네덜란드 박래품』	靑水	시가/하이쿠	
3	6		春題『和蘭渡』〔1〕 봄 주제『네덜란드 박래품』	木堂	시가/하이쿠	
3	6		春題『和蘭渡』〔1〕 봄 주제『네덜란드 박래품』	神童	시가/하이쿠	
3	6		春題『和蘭渡』〔1〕 봄 주제『네덜란드 박래품』	紅丘	시가/하이쿠	
3	6		春題『和蘭渡』〔1〕 봄 주제『네덜란드 박래품』	東川	시가/하이쿠	

지면	단수	기획	기사제목 〈회수〉〔곡수〕	필자/저자(역자)	분류	비고
3	6		春題『和蘭渡』〔1〕 봄 주제 『네덜란드 박래품』	小聲	시가/하이쿠	
3	6		春題『和蘭渡』/軸〔1〕 봄 주제 『네덜란드 박래품』/축	小聲	시가/하이쿠	
4	1~3		情界哀史 男ごゝろ 〈9〉 정계애사 남자의 마음	島川七石	소설/일본	
5	3		俚謠〔1〕 이요	仁川 即興詩人	시가/도도이 쓰	
5	3		俚謠〔1〕 이요	大田 山野如洋	시가/도도이 쓰	
5	3		俚謠〔1〕 이요	京城 猫の足	시가/도도이 쓰	
5	3		俚謠〔1〕 이요	利川 ふの字	시가/도도이 쓰	
5	3		俚謠〔1〕 이요	京城 夢の人	시가/도도이 쓰	
5	5~6		恐しいお雇探偵(下) 무서운 탐정 고용인(하)		수필	

1916년 02월 24일 (목) 5273호

지면	단수	기획	기사제목 〈회수〉〔곡수〕	필자/저자(역자)	분류	비고
1	5		和城臺短詩會詠草〔1〕 화성대 단시회 영초	日丘	시가/단카	
1	5		和城臺短詩會詠草〔1〕 화성대 단시회 영초	古#	시가/단카	
1	5		和城臺短詩會詠草〔1〕 화성대 단시회 영초	##	시가/단카	
1	5		和城臺短詩會詠草〔1〕 화성대 단시회 영초	##	시가/단카	
1	6~7		復讐 〈130〉 복수	(大西我羊)	소설/번역소 설	
4	1~4		堀部安兵衛 〈71〉 호리베 야스베에	神田伯山	고단	
5	5~6		恐しいお雇探偵(下) 무서운 탐정 고용인(하)		수필	
5	7		新作都々逸〔1〕 신작 도도이쓰	仁川 即興詩人	시가/도도이 쓰	
5	7		新作都々逸〔1〕 신작 도도이쓰	靑島 吐笑	시가/도도이 쓰	
5	7		新作都々逸〔1〕 신작 도도이쓰	福溪 人事庵	시가/도도이 쓰	
5	7		新作都々逸〔1〕 신작 도도이쓰	大田 間野琴糸	시가/도도이 쓰	
5	7		新作都々逸〔1〕 신작 도도이쓰	京城 撫子	시가/도도이 쓰	
5	7		新作都々逸〔1〕 신작 도도이쓰	京城 日八生	시가/도도이 쓰	
5	7		新作都々逸〔1〕 신작 도도이쓰	京城 雪の峰	시가/도도이 쓰	
6	1~3		情界哀史 男ごゝろ 〈10〉 정계애사 남자의 마음	島川七石	소설/일본	

1916년 02월 25일 (금) 5274호

지면	단수	기획	기사제목 〈회수〉〔곡수〕	필자/저자(역자)	분류	비고
1	5		應募和歌 〈1〉〔2〕 응모 와카	仁川 市山雄風	시가/단카	
1	5		應募和歌 〈1〉〔2〕 응모 와카	龍山 岡本鳥石	시가/단카	
1	5		應募和歌 〈1〉〔3〕 응모 와카	仁川 和歌子	시가/단카	
1	5		應募和歌 〈1〉〔1〕 응모 와카	群山 訪村	시가/단카	
1	5		應募和歌 〈1〉〔1〕 응모 와카	仁川 岸田青骨	시가/단카	
1	5		應募和歌 〈1〉〔2〕 응모 와카	龍山 山田篠葉	시가/단카	
1	5		應募和歌 〈1〉〔1〕 응모 와카	京城 武笠貞韓	시가/단카	
1	5		應募和歌 〈1〉〔1〕 응모 와카	永登浦 安進捧一郎	시가/단카	
1	5		應募和歌 〈1〉〔2〕 응모 와카	### のり子	시가/단카	
1	5		應募和歌 〈1〉〔2〕 응모 와카	京城 高須賀桐雄立	시가/단카	
1	5		應募和歌 〈1〉〔1〕 응모 와카	江景 堅田いさむ	시가/단카	
1	6~7		復讐 〈131〉 복수	(大西我羊)	소설/번역소설	회수 오류
2	9	時事十吟	############## 〔1〕 ###############	白羽	시가/하이쿠	
2	9	時事十吟	衆議院(與#金盛) 〔1〕 중의원(여#금성)	白羽	시가/하이쿠	
2	9	時事十吟	貴族院(###) 〔1〕 귀족원(###)	白羽	시가/하이쿠	
2	9	時事十吟	小口保険 社會政# 〔1〕 고구치보험 사회정#	白羽	시가/하이쿠	
2	9	時事十吟	お土産##### 〔1〕 토산품#####	白羽	시가/하이쿠	
2	9	時事十吟	######### 〔1〕 #########	白羽	시가/하이쿠	
2	9	時事十吟	######### 〔1〕 #########	白羽	시가/하이쿠	
2	9	時事十吟	######### 〔1〕 #########	白羽	시가/하이쿠	
2	9	時事十吟	######### 〔1〕 #########	白羽	시가/하이쿠	
2	9	時事十吟	######### 〔1〕 #########	白羽	시가/하이쿠	
3	6		現時の日本文學 현시의 일본문학	水島北星	수필/비평	
4	1~3		堀部安兵衛 〈72〉 호리베 야스베에	神田伯山	고단	
5	6		俚謠 〔1〕 이요	京城 撫子	시가/도도이 쓰	
5	6		俚謠 〔1〕 이요	利川 ふの字	시가/도도이 쓰	

지면	단수	기획	기사제목 〈회수〉〔곡수〕	필자/저자(역자)	분류	비고
5	6		俚謠 〔1〕 이요	京城 梅雪庵	시가/도도이쓰	
5	6		俚謠 〔1〕 이요	江景 魚人	시가	
5	6		俚謠 〔1〕 이요	福溪 人事庵	시가	
6	1~3		情界哀史 男ごゝろ 〈11〉 정계애사 남자의 마음	島川七石	소설/일본	

1916년 02월 26일 (토) 5275호

지면	단수	기획	기사제목 〈회수〉〔곡수〕	필자/저자(역자)	분류	비고
1	5		應募和歌 〈2〉〔1〕 응모 와카	平壤 永井しげる	시가/단카	
1	5		應募和歌 〈2〉〔1〕 응모 와카	京城 岩谷柳子	시가/단카	
1	5		應募和歌 〈2〉〔1〕 응모 와카	淸州 高橋草	시가/단카	
1	5		應募和歌 〈2〉〔1〕 응모 와카	金堤邑 辻紅雀	시가/단카	
1	5		應募和歌 〈2〉〔2〕 응모 와카	仁川 天涯生	시가/단카	
1	5		應募和歌 〈2〉〔1〕 응모 와카	京城 撫子	시가/단카	
1	5~6		應募和歌 〈2〉〔2〕 응모 와카	龍山 水島なほ子	시가/단카	
1	6		應募和歌 〈2〉〔1〕 응모 와카	仁川 郊外生	시가/단카	
1	6		應募和歌 〈2〉〔1〕 응모 와카	京城 原賀晩翠	시가/단카	
1	6		應募和歌 〈2〉〔1〕 응모 와카	仁川 市來宵夫	시가/단카	
1	6		★應募和歌/人 〈2〉〔1〕 응모 와카/인	仁川 市山雄風	시가/단카	
1	6		★應募和歌/地 〈2〉〔1〕 응모 와카/지	金堤邑 辻紅雀	시가/단카	
1	6		應募和歌/天 〈2〉〔1〕 응모 와카/천	靑木霞風	시가/단카	
1	6~9		朝鮮唄 〈1〉 조선의 노래	武內尉	소설	
4	1~3		堀部安兵衛 〈73〉 호리베 야스베에	神田伯山	고단	
5	6		新作都々逸 〔1〕 신작 도도이쓰	大田 山野如洋	시가/도도이쓰	
5	6		新作都々逸 〔1〕 신작 도도이쓰	仁川 卽興詩人	시가/도도이쓰	
5	6		新作都々逸 〔1〕 신작 도도이쓰	龍山 鳥の石	시가/도도이쓰	
5	6		新作都々逸 〔1〕 신작 도도이쓰	京城 夢の人	시가/도도이쓰	
5	6		新作都々逸 〔1〕 신작 도도이쓰	大田 間野琴糸	시가/도도이쓰	
5	6		新作都々逸 〔1〕 신작 도도이쓰	江景 影雲居士	시가/도도이쓰	

지면	단수	기획	기사제목 〈회수〉 〔곡수〕	필자/저자(역자)	분류	비고
5	6		新作都々逸 [1] 신작 도도이쓰	浮世亭	시가/도도이 쓰	
6	1~3		情界哀史 男ごゝろ 〈12〉 정계애사 남자의 마음	島川七石	소설/일본	

1916년 02월 27일 (일) 5276호

지면	단수	기획	기사제목 〈회수〉 〔곡수〕	필자/저자(역자)	분류	비고
1	3		應募俳句/歸雁 〈1〉 [1] 응모 하이쿠/귀안	鳥石	시가/하이쿠	
1	4		應募俳句/歸雁 〈1〉 [1] 응모 하이쿠/귀안	一楓	시가/하이쿠	
1	4		應募俳句/歸雁 〈1〉 [1] 응모 하이쿠/귀안	白風	시가/하이쿠	
1	4		應募俳句/歸雁 〈1〉 [1] 응모 하이쿠/귀안	奇骨	시가/하이쿠	
1	4		應募俳句/歸雁 〈1〉 [1] 응모 하이쿠/귀안	無爲亭	시가/하이쿠	
1	4		應募俳句/歸雁 〈1〉 [3] 응모 하이쿠/귀안	巴城	시가/하이쿠	
1	4		應募俳句/歸雁 〈1〉 [1] 응모 하이쿠/귀안	濟風	시가/하이쿠	
1	4		應募俳句/歸雁 〈1〉 [1] 응모 하이쿠/귀안	龍史	시가/하이쿠	
1	4		應募俳句/歸雁 〈1〉 [2] 응모 하이쿠/귀안	奇漂	시가/하이쿠	
1	4		應募俳句/歸雁 〈1〉 [1] 응모 하이쿠/귀안	淸里	시가/하이쿠	
1	4		應募俳句/歸雁 〈1〉 [1] 응모 하이쿠/귀안	孤山	시가/하이쿠	
1	4		應募俳句/歸雁 〈1〉 [1] 응모 하이쿠/귀안	想仙	시가/하이쿠	
1	4		應募俳句/歸雁 〈1〉 [2] 응모 하이쿠/귀안	大仙	시가/하이쿠	
1	4		應募俳句/歸雁 〈1〉 [1] 응모 하이쿠/귀안	梅公	시가/하이쿠	
1	4		應募俳句/歸雁 〈1〉 [2] 응모 하이쿠/귀안	邱聲	시가/하이쿠	
1	4		應募俳句/歸雁 〈1〉 [3] 응모 하이쿠/귀안	濟風	시가/하이쿠	
1	4		應募俳句/歸雁 〈1〉 [1] 응모 하이쿠/귀안	#蕉	시가/하이쿠	
1	4		應募俳句/歸雁 〈1〉 [3] 응모 하이쿠/귀안	正夫	시가/하이쿠	
1	4		應募俳句/歸雁 〈1〉 [1] 응모 하이쿠/귀안	龜城	시가/하이쿠	
1	4		應募俳句/歸雁 〈1〉 [1] 응모 하이쿠/귀안	扇城	시가/하이쿠	
1	4		應募俳句/歸雁 〈1〉 [1] 응모 하이쿠/귀안	老古	시가/하이쿠	
1	4		應募俳句/歸雁 〈1〉 [2] 응모 하이쿠/귀안	李雨景	시가/하이쿠	
1	4		應募俳句/春夜 〈1〉 [1] 응모 하이쿠/봄의 밤	紅雀	시가/하이쿠	

지면	단수	기획	기사제목 〈회수〉〔곡수〕	필자/저자(역자)	분류	비고
1	4		應募俳句/春夜 〈1〉〔2〕 응모 하이쿠/봄의 밤	鳥石	시가/하이쿠	
1	4		應募俳句/春夜 〈1〉〔1〕 응모 하이쿠/봄의 밤	旭潤	시가/하이쿠	
1	4		應募俳句/春夜 〈1〉〔1〕 응모 하이쿠/봄의 밤	一楓	시가/하이쿠	
1	4		應募俳句/春夜 〈1〉〔1〕 응모 하이쿠/봄의 밤	桐架丘	시가/하이쿠	
1	4		應募俳句/春夜 〈1〉〔1〕 응모 하이쿠/봄의 밤	奇骨	시가/하이쿠	
1	4		應募俳句/春夜 〈1〉〔1〕 응모 하이쿠/봄의 밤	扇城	시가/하이쿠	
1	4		應募俳句/春夜 〈1〉〔1〕 응모 하이쿠/봄의 밤	湖東	시가/하이쿠	
1	4		應募俳句/春夜 〈1〉〔1〕 응모 하이쿠/봄의 밤	天涯	시가/하이쿠	
1	4		應募俳句/春夜 〈1〉〔1〕 응모 하이쿠/봄의 밤	雄風	시가/하이쿠	
1	4		應募俳句/春夜 〈1〉〔3〕 응모 하이쿠/봄의 밤	大仙	시가/하이쿠	
1	4		應募俳句/春夜 〈1〉〔1〕 응모 하이쿠/봄의 밤	邱聲	시가/하이쿠	
1	4		應募俳句/春夜 〈1〉〔1〕 응모 하이쿠/봄의 밤	#蕉	시가/하이쿠	
1	4		應募俳句/春夜 〈1〉〔2〕 응모 하이쿠/봄의 밤	龜城	시가/하이쿠	
1	4		應募俳句/春夜 〈1〉〔2〕 응모 하이쿠/봄의 밤	老古	시가/하이쿠	
1	4		應募俳句/春夜 〈1〉〔1〕 응모 하이쿠/봄의 밤	扇城	시가/하이쿠	
1	4		應募俳句/春夜 〈1〉〔2〕 응모 하이쿠/봄의 밤	孤山	시가/하이쿠	
1	4		應募俳句/春夜 〈1〉〔1〕 응모 하이쿠/봄의 밤	寒海子	시가/하이쿠	
1	5		應募俳句/春夜 〈1〉〔1〕 응모 하이쿠/봄의 밤	霜風	시가/하이쿠	
1	5		應募俳句/春夜 〈1〉〔6〕 응모 하이쿠/봄의 밤	李雨景	시가/하이쿠	
1	5		應募俳句/春夜 〈1〉〔7〕 응모 하이쿠/봄의 밤	秋月茂	시가/하이쿠	
1	6~7		朝鮮唄 〈2〉 조선의 노래	武內尉	소설	
3	4		(제목없음) 〔3〕	大魂	시가/하이쿠	
3	4		(제목없음) 〔2〕	進石	시가/하이쿠	
3	4		(제목없음) 〔1〕	南涯	시가/하이쿠	
4	1~3		堀部安兵衛 〈74〉 호리베 야스베에	神田伯山	고단	
5	7		俚謠 〔1〕 이요	京城 村山雄峯	시가/도도이쓰	

지면	단수	기획	기사제목 〈회수〉〔곡수〕	필자/저자(역자)	분류	비고
5	7		俚謠 〔1〕 이요	平壤 永井しげる	시가/도도이 쓰	
5	7		俚謠 〔1〕 이요	京城 撫子	시가/도도이 쓰	
5	7		俚謠 〔1〕 이요	福溪 人事庵	시가/도도이 쓰	
5	7		俚謠 〔1〕 이요	仁川 山梅樓主人	시가/도도이 쓰	
5	7		俚謠 〔1〕 이요	京城 一木生	시가/도도이 쓰	
6	1~3		情界哀史 男ごゝろ 〈13〉 정계애사 남자의 마음	島川七石	소설/일본	

1916년 02월 28일 (월) 5277호

지면	단수	기획	기사제목 〈회수〉〔곡수〕	필자/저자(역자)	분류	비고
1	5		應募俳句/東風 〈2〉〔1〕 응모 하이쿠/동풍	白風	시가/하이쿠	
1	5		應募俳句/東風 〈2〉〔2〕 응모 하이쿠/동풍	一楓	시가/하이쿠	
1	5		應募俳句/東風 〈2〉〔2〕 응모 하이쿠/동풍	鳥石	시가/하이쿠	
1	5		應募俳句/東風 〈2〉〔1〕 응모 하이쿠/동풍	想仙	시가/하이쿠	
1	5		應募俳句/東風 〈2〉〔1〕 응모 하이쿠/동풍	五無齊	시가/하이쿠	
1	5		應募俳句/東風 〈2〉〔2〕 응모 하이쿠/동풍	赤條條	시가/하이쿠	
1	5		應募俳句/東風 〈2〉〔4〕 응모 하이쿠/동풍	桐裸丘	시가/하이쿠	
1	5		應募俳句/東風 〈2〉〔1〕 응모 하이쿠/동풍	臥龍	시가/하이쿠	
1	5		應募俳句/東風 〈2〉〔2〕 응모 하이쿠/동풍	天涯	시가/하이쿠	
1	5		應募俳句/東風 〈2〉〔2〕 응모 하이쿠/동풍	草之助	시가/하이쿠	
1	5		應募俳句/東風 〈2〉〔2〕 응모 하이쿠/동풍	巴城	시가/하이쿠	
1	5		應募俳句/東風 〈2〉〔3〕 응모 하이쿠/동풍	大仙	시가/하이쿠	
1	6		應募俳句/東風 〈2〉〔4〕 응모 하이쿠/동풍	邱聲	시가/하이쿠	
1	6		應募俳句/東風 〈2〉〔1〕 응모 하이쿠/동풍	老古	시가/하이쿠	
1	6		應募俳句/東風 〈2〉〔2〕 응모 하이쿠/동풍	龍史	시가/하이쿠	
1	6		應募俳句/東風 〈2〉〔2〕 응모 하이쿠/동풍	扇城	시가/하이쿠	
1	6		應募俳句/東風 〈2〉〔1〕 응모 하이쿠/동풍	清里	시가/하이쿠	
1	6		應募俳句/東風 〈2〉〔2〕 응모 하이쿠/동풍	霜風	시가/하이쿠	
1	6		應募俳句/東風 〈2〉〔3〕 응모 하이쿠/동풍	扇城	시가/하이쿠	

지면	단수	기획	기사제목 〈회수〉〔곡수〕	필자/저자(역자)	분류	비고
1	6		應募俳句/東風 〈2〉〔1〕 응모 하이쿠/동풍	孤山	시가/하이쿠	
1	6		應募俳句/東風 〈2〉〔3〕 응모 하이쿠/동풍	想仙	시가/하이쿠	
1	6		應募俳句/東風 〈2〉〔1〕 응모 하이쿠/동풍	いきむ	시가/하이쿠	
1	6		應募俳句/椿 〈2〉〔1〕 응모 하이쿠/동백나무	一楓	시가/하이쿠	
1	6		應募俳句/椿 〈2〉〔1〕 응모 하이쿠/동백나무	達風	시가/하이쿠	
1	6		應募俳句/椿 〈2〉〔1〕 응모 하이쿠/동백나무	漁舟	시가/하이쿠	
1	6		應募俳句/椿 〈2〉〔1〕 응모 하이쿠/동백나무	年甫	시가/하이쿠	
1	6		應募俳句/椿 〈2〉〔1〕 응모 하이쿠/동백나무	鳥石	시가/하이쿠	
1	6		應募俳句/椿 〈2〉〔1〕 응모 하이쿠/동백나무	無爲亭	시가/하이쿠	
1	6		應募俳句/椿 〈2〉〔1〕 응모 하이쿠/동백나무	大仙	시가/하이쿠	
1	6		應募俳句/椿 〈2〉〔1〕 응모 하이쿠/동백나무	秋房	시가/하이쿠	
1	6		應募俳句/椿 〈2〉〔1〕 응모 하이쿠/동백나무	天涯	시가/하이쿠	
1	6		應募俳句/椿 〈2〉〔1〕 응모 하이쿠/동백나무	梅公	시가/하이쿠	
1	6		應募俳句/椿 〈2〉〔1〕 응모 하이쿠/동백나무	赤條條	시가/하이쿠	
1	6		應募俳句/椿 〈2〉〔2〕 응모 하이쿠/동백나무	草之助	시가/하이쿠	
1	6		應募俳句/椿 〈2〉〔2〕 응모 하이쿠/동백나무	ちく窓	시가/하이쿠	
1	6		應募俳句/椿 〈2〉〔3〕 응모 하이쿠/동백나무	巴城	시가/하이쿠	
1	6		應募俳句/椿 〈2〉〔1〕 응모 하이쿠/동백나무	大仙	시가/하이쿠	
1	6		應募俳句/椿 〈2〉〔1〕 응모 하이쿠/동백나무	琴浪	시가/하이쿠	
1	6~7		朝鮮唄 〈3〉 조선의 노래	武內尉	소설	
3	6		新作都々逸 〔1〕 신작 도도이쓰	龍山 三村秋月	시가/도도이쓰	
3	6		新作都々逸 〔1〕 신작 도도이쓰	利川 ふの字	시가/도도이쓰	
3	6		新作都々逸 〔1〕 신작 도도이쓰	京城 猫の足	시가/도도이쓰	
3	6		新作都々逸 〔1〕 신작 도도이쓰	京城 あづま	시가/도도이쓰	
3	6		新作都々逸 〔1〕 신작 도도이쓰	江景 浮世亭	시가/도도이쓰	
3	6		新作都々逸 〔1〕 신작 도도이쓰	仁川 即興詩人	시가/도도이쓰	

지면	단수	기획	기사제목 〈회수〉〔곡수〕	필자/저자(역자)	분류	비고
3	6		新作都々逸 〔1〕 신작 도도이쓰	京城 夢の人	시가/도도이 쓰	
3	6		新作都々逸 〔1〕 신작 도도이쓰	京城 来子	시가/도도이 쓰	
4	1~3		堀部安兵衛 〈75〉 호리베 야스베에	神田伯山	고단	

1916년 02월 29일 (화) 5278호

지면	단수	기획	기사제목 〈회수〉〔곡수〕	필자/저자(역자)	분류	비고
1	6		應募俳句/椿 〈3〉〔1〕 응모 하이쿠/동백나무	鷹城	시가/하이쿠	
1	6		應募俳句/椿 〈3〉〔2〕 응모 하이쿠/동백나무	邱聲	시가/하이쿠	
1	6		應募俳句/椿 〈3〉〔1〕 응모 하이쿠/동백나무	龍史	시가/하이쿠	
1	6		應募俳句/椿 〈3〉〔1〕 응모 하이쿠/동백나무	湖東	시가/하이쿠	
1	6		應募俳句/椿 〈3〉〔2〕 응모 하이쿠/동백나무	龜城	시가/하이쿠	
1	6		應募俳句/椿 〈3〉〔1〕 응모 하이쿠/동백나무	楓堂	시가/하이쿠	
1	6		應募俳句/椿 〈3〉〔1〕 응모 하이쿠/동백나무	鷹城	시가/하이쿠	
1	6		應募俳句/椿 〈3〉〔1〕 응모 하이쿠/동백나무	奇#	시가/하이쿠	
1	6		應募俳句/椿 〈3〉〔1〕 응모 하이쿠/동백나무	孤山	시가/하이쿠	
1	6		應募俳句/椿 〈3〉〔2〕 응모 하이쿠/동백나무	霜風	시가/하이쿠	
1	6		應募俳句/椿 〈3〉〔2〕 응모 하이쿠/동백나무	鷹城	시가/하이쿠	
1	6		應募俳句/椿 〈3〉〔5〕 응모 하이쿠/동백나무	李雨景	시가/하이쿠	
1	6		應募俳句/椿 〈3〉〔6〕 응모 하이쿠/동백나무	五夫	시가/하이쿠	
1	6		應募俳句/野山煙 〈3〉〔1〕 응모 하이쿠/야산의 연기	旭澗	시가/하이쿠	
1	6		應募俳句/野山煙 〈3〉〔1〕 응모 하이쿠/야산의 연기	寒海子	시가/하이쿠	
1	6		應募俳句/野山煙 〈3〉〔1〕 응모 하이쿠/야산의 연기	草之助	시가/하이쿠	
1	6		應募俳句/野山煙 〈3〉〔2〕 응모 하이쿠/야산의 연기	鳥石	시가/하이쿠	
1	6		應募俳句/野山煙 〈3〉〔1〕 응모 하이쿠/야산의 연기	一楓	시가/하이쿠	
1	6		應募俳句/野山煙 〈3〉〔1〕 응모 하이쿠/야산의 연기	望月	시가/하이쿠	
1	6		應募俳句/野山煙 〈3〉〔1〕 응모 하이쿠/야산의 연기	無爲亭	시가/하이쿠	
1	6		應募俳句/野山煙 〈3〉〔1〕 응모 하이쿠/야산의 연기	箱子	시가/하이쿠	
1	6		應募俳句/野山煙 〈3〉〔1〕 응모 하이쿠/야산의 연기	孤山	시가/하이쿠	

지면	단수	기획	기사제목 〈회수〉〔곡수〕	필자/저자(역자)	분류	비고
1	6		應募俳句/野山煙 〈3〉〔1〕 응모 하이쿠/야산의 연기	恐詳	시가/하이쿠	
1	6		應募俳句/野山煙 〈3〉〔1〕 응모 하이쿠/야산의 연기	巴城	시가/하이쿠	
1	6		應募俳句/野山煙 〈3〉〔2〕 응모 하이쿠/야산의 연기	大仙	시가/하이쿠	
1	6		應募俳句/野山煙 〈3〉〔2〕 응모 하이쿠/야산의 연기	龍史	시가/하이쿠	
1	7		應募俳句/野山煙 〈3〉〔2〕 응모 하이쿠/야산의 연기	霜風	시가/하이쿠	
1	7		應募俳句/野山煙/人 〈3〉〔1〕 응모 하이쿠/야산의 연기/인	秋月	시가/하이쿠	
1	7		應募俳句/野山煙/地 〈3〉〔1〕 응모 하이쿠/야산의 연기/지	李雨景	시가/하이쿠	
1	7		應募俳句/野山煙/天 〈3〉〔1〕 응모 하이쿠/야산의 연기/천	正夫	시가/하이쿠	
1	7~8		朝鮮唄 〈4〉 조선의 노래	武内尉	소설	
4	1~3		堀部安兵衛 〈76〉 호리베 야스베에	神田伯山	고단	
5	4		俚謠 〔1〕 이요	龍山 鳥の石	시가/도도이 쓰	
5	4		俚謠 〔1〕 이요	仁川 即興詩人	시가/도도이 쓰	
5	4		俚謠 〔1〕 이요	京城 雄峰生	시가/도도이 쓰	
5	4		俚謠 〔1〕 이요	京城 撫子	시가/도도이 쓰	
5	4		俚謠 〔1〕 이요	福溪 人事庵	시가/도도이 쓰	
5	4		俚謠 〔1〕 이요	利川 ふの字	시가/도도이 쓰	
6	1~3		情界哀史 男ごゝろ 〈14〉 정계애사 남자의 마음	島川七石	소설/일본	

1916년 03월 01일 (수) 5279호

지면	단수	기획	기사제목	필자/저자	분류	비고
1	5~6		仁川短歌會詠草 〔5〕 인천 단카회 영초	藤上秋人	시가/단카	
1	6		仁川短歌會詠草 〔3〕 인천 단카회 영초	吉岡富士東	시가/단카	
1	6		仁川短歌會詠草 〔4〕 인천 단카회 영초	石井龍史	시가/단카	
1	6		仁川短歌會詠草 〔7〕 인천 단카회 영초	樹邨大云居	시가/단카	
1	6~7		朝鮮唄 〈5〉 조선의 노래	武内尉	소설	
4	1~3		堀部安兵衛 〈77〉 호리베 야스베에	神田伯山	고단	
5	7		俚謠 〔1〕 이요	京城 夢の人	시가/도도이 쓰	
5	7		俚謠 〔1〕 이요	江景 彩雲居士	시가/도도이 쓰	

지면	단수	기획	기사제목 〈회수〉 〔곡수〕	필자/저자(역자)	분류	비고
5	7		俚謠 〔1〕 이요	大田 山野如洋	시가/도도이 쓰	
5	7		俚謠 〔1〕 이요	京城 猫の足	시가/도도이 쓰	
5	7		俚謠 〔1〕 이요	仁川 有水生	시가/도도이 쓰	
5	7		俚謠 〔1〕 이요	利川 ふの字	시가/도도이 쓰	
5	7		俚謠 〔1〕 이요	仁川 茂里男	시가/도도이 쓰	
5	7		俚謠 〔1〕 이요	龍山 鳥の石	시가/도도이 쓰	
6	1~6		情界哀史 男ごゝろ 〈15〉 정계애사 남자의 마음	島川七石	소설/일본	

1916년 03월 02일 (목) 5280호

지면	단수	기획	기사제목 〈회수〉 〔곡수〕	필자/저자(역자)	분류	비고
1	6~7		朝鮮唄 〈6〉 조선의 노래	武內尉	소설	
4	1~3		堀部安兵衛 〈78〉 호리베 야스베에	神田伯山	고단	
5	4		俚謠 〔1〕 이요	利川 ふの字	시가/도도이 쓰	
5	4		俚謠 〔1〕 이요	京城 撫子	시가/도도이 쓰	
5	4		俚謠 〔1〕 이요	仁川 即興詩人	시가/도도이 쓰	
5	4		俚謠 〔1〕 이요	京城 あづま	시가/도도이 쓰	
5	4		俚謠 〔1〕 이요	龍山 三村秋月	시가/도도이 쓰	
5	4		俚謠 〔1〕 이요	江景 魚人	시가/도도이 쓰	
6	1~3		情界哀史 男ごゝろ 〈16〉 정계애사 남자의 마음	島川七石	소설/일본	

1916년 03월 04일 (토) 5282호

지면	단수	기획	기사제목 〈회수〉 〔곡수〕	필자/저자(역자)	분류	비고
1	6		やすみ日 〔6〕 휴일 날	玉津もりを	시가/단카	
1	6~7		朝鮮唄 〈8〉 조선의 노래	武內尉	소설	
4	1~3		堀部安兵衛 〈80〉 호리베 야스베에	神田伯山	고단	
5	3		俚謠 〔1〕 이요	仁川 即興詩人	시가/도도이 쓰	
5	3		俚謠 〔1〕 이요	京城 大吉	시가/도도이 쓰	
5	3		俚謠 〔1〕 이요	江景 魚人	시가/도도이 쓰	
5	3		俚謠 〔1〕 이요	京城 撫子	시가/도도이 쓰	
5	3		俚謠 〔1〕 이요	京城 梅雪庵	시가/도도이 쓰	

지면	단수	기획	기사제목 〈회수〉〔곡수〕	필자/저자(역자)	분류	비고
5	3		俚謠〔1〕 이요	京城 雄峰	시가/도도이쓰	
6	1~3		情界哀史 男ごゝろ〈18〉 정계애사 남자의 마음	島川七石	소설/일본	

1916년 03월 05일 (일) 5283호

지면	단수	기획	기사제목 〈회수〉〔곡수〕	필자/저자(역자)	분류	비고
1	6~7		朝鮮唄〈9〉 조선의 노래	武內尉	소설	
3	6~7		「文藝會」設立に就て 「문예회」설립에 관하여	一記者	수필/비평	
4	1~3		堀部安兵衛〈81〉 호리베 야스베에	神田伯山	고단	
5	5		新作都々逸〔1〕 신작 도도이쓰	仁川 即興詩人	시가/도도이쓰	
5	5		新作都々逸〔1〕 신작 도도이쓰	京城 雄峰	시가/도도이쓰	
5	5		新作都々逸〔1〕 신작 도도이쓰	龍山 鳥の石	시가/도도이쓰	
5	5		新作都々逸〔1〕 신작 도도이쓰	仁川 有水生	시가/도도이쓰	
5	5		新作都々逸〔1〕 신작 도도이쓰	利川 ふの字	시가/도도이쓰	
5	5		新作都々逸〔1〕 신작 도도이쓰	仁川 梅雪庵	시가/도도이쓰	
6	1~3		情界哀史 男ごゝろ〈19〉 정계애사 남자의 마음	島川七石	소설/일본	

1916년 03월 06일 (월) 5284호

지면	단수	기획	기사제목 〈회수〉〔곡수〕	필자/저자(역자)	분류	비고
1	6~7		朝鮮唄〈10〉 조선의 노래	武內尉	소설	
3	6		俚謠〔1〕 이요	京城 あづま	시가/도도이쓰	
3	6		俚謠〔1〕 이요	京城 大吉	시가/도도이쓰	
3	6		俚謠〔1〕 이요	仁川 即興詩人	시가/도도이쓰	
3	6		俚謠〔1〕 이요	福溪 人事庵	시가/도도이쓰	
3	6		俚謠〔1〕 이요	仁川 隱懋坊	시가/도도이쓰	
3	6		俚謠〔1〕 이요	京城 猫の足	시가/도도이쓰	
4	1~3		情界哀史 男ごゝろ〈20〉 정계애사 남자의 마음	島川七石	소설/일본	

1916년 03월 07일 (화) 5285호

지면	단수	기획	기사제목 〈회수〉〔곡수〕	필자/저자(역자)	분류	비고
1	5~6		朝鮮唄〈11〉 조선의 노래	武內尉	소설	
3	5~7		藝術か死か〈1〉 예술인가 죽음인가	在京城 白愁生	수필/비평	
4	1~3		堀部安兵衛〈82〉 호리베 야스베에	神田伯山	고단	

지면	단수	기획	기사제목 〈회수〉 [곡수]	필자/저자(역자)	분류	비고
5	6		新作都々逸 [1] 신작 도도이쓰	龍山 鳥の石	시가/도도이 쓰	
5	6		新作都々逸 [1] 신작 도도이쓰	利川 ふの字	시가/도도이 쓰	
5	6		新作都々逸 [1] 신작 도도이쓰	仁川 即興詩人	시가/도도이 쓰	
5	6		新作都々逸 [1] 신작 도도이쓰	京城 秋峰	시가/도도이 쓰	
5	6		新作都々逸 [1] 신작 도도이쓰	京城 猫の足	시가/도도이 쓰	
5	6		新作都々逸 [1] 신작 도도이쓰	京城 あづま	시가/도도이 쓰	
5	6		新作都々逸 [1] 신작 도도이쓰	京城 雪の峰	시가/도도이 쓰	
6	1~3		情界哀史 男ごゝろ 〈21〉 정계애사 남자의 마음	島川七石	소설/일본	

1916년 03월 08일 (수) 5286호

지면	단수	기획	기사제목 〈회수〉 [곡수]	필자/저자(역자)	분류	비고
1	6~7		朝鮮唄 〈11〉 조선의 노래	武内尉	소설	회수 오류
3	5~7		藝術か死か 〈2〉 예술인가 죽음인가	在京城 白愁生	수필/비평	
4	1~3		堀部安兵衛 〈83〉 호리베 야스베에	神田伯山	고단	
5	6		俚謡 [1] 이요	京城 雄峰生	시가/도도이 쓰	
5	6		俚謡 [1] 이요	京城 撫子	시가/도도이 쓰	
5	6		俚謡 [1] 이요	福溪 人事庵	시가/도도이 쓰	
5	6		俚謡 [1] 이요	仁川 隠戀坊	시가/도도이 쓰	
5	6		俚謡 [1] 이요	京城 雪の峰	시가/도도이 쓰	
5	6		俚謡 [1] 이요	江景 浮世亭	시가/도도이 쓰	
6	1~3		情界哀史 男ごゝろ 〈22〉 정계애사 남자의 마음	島川七石	소설/일본	

1916년 03월 09일 (목) 5287호

지면	단수	기획	기사제목 〈회수〉 [곡수]	필자/저자(역자)	분류	비고
1	7~8		朝鮮唄 〈12〉 조선의 노래	武内尉	소설	회수 오류
3	5		「文藝會」設立方案 「문예회」설립 방안	#男	수필/비평	
4	1~3		堀部安兵衛 〈84〉 호리베 야스베에	神田伯山	고단	
5	3		陸軍記念日と新設師團 [3] 육군 기념일과 신설 사단	きく子	시가/신체시	
5	5		新作都々逸 [1] 신작 도도이쓰	仁川 梅雪庵	시가/도도이 쓰	
5	5		新作都々逸 [1] 신작 도도이쓰	京城 雪の峰	시가/도도이 쓰	

지면	단수	기획	기사제목 〈회수〉〔곡수〕	필자/저자(역자)	분류	비고
5	5		新作都々逸 [1] 신작 도도이쓰	江景 彩雲居士	시가/도도이쓰	
5	5		新作都々逸 [1] 신작 도도이쓰	龍山 鳥の石	시가/도도이쓰	
5	5		新作都々逸 [1] 신작 도도이쓰	龍山 秋月	시가/도도이쓰	
5	5		新作都々逸 [1] 신작 도도이쓰	忠州 露骨生	시가/도도이쓰	
5	5		新作都々逸 [1] 신작 도도이쓰	仁川 即興詩人	시가/도도이쓰	
6	1~3		情界哀史 男ごゝろ 〈23〉 정계애사 남자의 마음	島川七石	소설/일본	

1916년 03월 10일 (금) 5288호

지면	단수	기획	기사제목 〈회수〉〔곡수〕	필자/저자(역자)	분류	비고
1	8~9		朝鮮唄 〈13〉 조선의 노래	武內尉	소설	회수 오류
6	1~3		堀部安兵衛 〈85〉 호리베 야스베에	神田伯山	고단	
7	5		俚謠 [1] 이요	京城 雪の峰	시가/도도이쓰	
7	5		俚謠 [1] 이요	京城 雄峰生	시가/도도이쓰	
7	5		俚謠 [1] 이요	京城 あづま	시가/도도이쓰	
7	5		俚謠 [1] 이요	江景 魚人	시가/도도이쓰	
7	5		俚謠 [1] 이요	江景 浮世亭	시가/도도이쓰	
8	1~3		情界哀史 男ごゝろ 〈24〉 정계애사 남자의 마음	島川七石	소설/일본	

1916년 03월 12일 (일) 5289호

지면	단수	기획	기사제목 〈회수〉〔곡수〕	필자/저자(역자)	분류	비고
1	5~6		★ひとり者 〈1〉 독신자	流水子	소설/일상	
3	4~5		「文藝會」設立立案 「문예회」설립 입안	不有生	수필/비평	
3	6~7		女學生日記 〈1〉 여학생 일기		수필/일기	
4	1~3		堀部安兵衛 〈86〉 호리베 야스베에	神田伯山	고단	
6	1~4		情界哀史 男ごゝろ 〈25〉 정계애사 남자의 마음	島川七石	소설/일본	

1916년 03월 13일 (월) 5290호

지면	단수	기획	기사제목 〈회수〉〔곡수〕	필자/저자(역자)	분류	비고
1	5~6		★ひとり者 〈2〉 독신자	龜岡天川	소설/일상	작가명 변경
3	4		新作都々逸 [1] 신작 도도이쓰	江景 浮世亭	시가/도도이쓰	
3	4		新作都々逸 [1] 신작 도도이쓰	京城 撫子	시가/도도이쓰	
3	4		新作都々逸 [1] 신작 도도이쓰	水源 五曉子	시가/도도이쓰	

지면	단수	기획	기사제목 〈회수〉〔곡수〕	필자/저자(역자)	분류	비고
3	4		新作都々逸 [1] 신작 도도이쓰	京城 珠江	시가/도도이쓰	
3	4		新作都々逸 [1] 신작 도도이쓰	大田 琴糸	시가/도도이쓰	
3	4		新作都々逸 [1] 신작 도도이쓰	仁川 即興詩人	시가/도도이쓰	
3	4		新作都々逸 [1] 신작 도도이쓰	京城 米子	시가/도도이쓰	
4	1~3		情界哀史 男ごゝろ 〈26〉 정계애사 남자의 마음	島川七石	소설/일본	

1916년 03월 14일 (화) 5291호

지면	단수	기획	기사제목 〈회수〉〔곡수〕	필자/저자(역자)	분류	비고
1	5		歌はばや [5] 노래하고 싶구나	空野銀河	시가/단카	
1	5~6		★ひとり者 〈3〉 독신자	龜岡天川	소설/일본	
3	6~7		女學生日記 〈2〉 여학생 일기		수필/일상	
4	1~3		堀部安兵衛 〈87〉 호리베 야스베에	神田伯山	고단	
5	4		俚謠 [1] 이요	江景 魚人	시가/도도이쓰	
5	4		俚謠 [1] 이요	開城 愛菊	시가/도도이쓰	
5	4		俚謠 [1] 이요	京城 あづま	시가/도도이쓰	
5	4		俚謠 [1] 이요	忠州 春郎	시가/도도이쓰	
5	4		俚謠 [1] 이요	京城 雄峰	시가/도도이쓰	
5	4		俚謠 [1] 이요	京城 珠江	시가/도도이쓰	
5	5~7		花柳三人男 〈1〉 화류계 세명의 남자		수필/관찰	
6	1~3		情界哀史 男ごゝろ 〈27〉 정계애사 남자의 마음	島川七石	소설/일본	

1916년 03월 15일 (수) 5292호

지면	단수	기획	기사제목 〈회수〉〔곡수〕	필자/저자(역자)	분류	비고
1	6		仁川短歌會詠草 [6] 인천 단카회 영초	一木葆光	시가/단카	
1	6		仁川短歌會詠草 [6] 인천 단카회 영초	吉川高峰	시가/단카	
1	6		仁川短歌會詠草 [3] 인천 단카회 영초	美野よし子	시가/단카	
1	6~8		★ひとり者 〈4〉 독신자	龜岡天川	소설/일본	
3	6~7		一個の注文 주문 하나	山手町人	수필/일상	
4	1~3		堀部安兵衛 〈88〉 호리베 야스베에	神田伯山	고단	
5	4		新作都々逸 [1] 신작 도도이쓰	京城 雄峰	시가/도도이쓰	

지면	단수	기획	기사제목 〈회수〉 〔곡수〕	필자/저자(역자)	분류	비고
5	4		新作都々逸 〔1〕 신작 도도이쓰	京城 雪の峰	시가/도도이 쓰	
5	4		新作都々逸 〔1〕 신작 도도이쓰	開城 愛菊	시가/도도이 쓰	
5	4		新作都々逸 〔1〕 신작 도도이쓰	江景 彩雲居士	시가/도도이 쓰	
5	4		新作都々逸 〔1〕 신작 도도이쓰	大田 琴糸	시가/도도이 쓰	
5	4		新作都々逸 〔1〕 신작 도도이쓰	龍山 鳥の石	시가/도도이 쓰	
5	4		新作都々逸 〔1〕 신작 도도이쓰	仁川 即興詩人	시가/도도이 쓰	
5	6~8		花柳三人男 〈2〉 화류계 세명의 남자		수필/관찰	
6	1~3		情界哀史 男ごゝろ 〈28〉 정계애사 남자의 마음	島川七石	소설/일본	

1916년 03월 16일 (목) 5293호

지면	단수	기획	기사제목 〈회수〉 〔곡수〕	필자/저자(역자)	분류	비고
1	6		仁川短歌會詠草 〔5〕 인천 단카회 영초	#上秋人	시가/단카	
1	6		仁川短歌會詠草 〔7〕 인천 단카회 영초	伊奈田紅路	시가/단카	
1	6		仁川短歌會詠草 〔6〕 인천 단카회 영초	三家大芸居	시가/단카	
1	6~7		★ひとり者 〈5〉 독신자	龜岡天川	소설/일본	
3	6~7		看板文學 〈1〉 간판 문학	野花生	수필/비평	
4	1~3		堀部安兵衛 〈89〉 호리베 야스베에	神田伯山	고단	
5	3		俚謠 〔1〕 이요	江景 魚人	시가/도도이 쓰	
5	3		俚謠 〔1〕 이요	忠州 春郎	시가/도도이 쓰	
5	3		俚謠 〔1〕 이요	京城 珠江	시가/도도이 쓰	
5	3		俚謠 〔1〕 이요	仁川 外郎	시가/도도이 쓰	
5	3		俚謠 〔1〕 이요	京城 雪の峰	시가/도도이 쓰	
5	5~7		花柳三人男 〈3〉 화류계 세명의 남자		수필/관찰	
6	1~3		情界哀史 男ごゝろ 〈29〉 정계애사 남자의 마음	島川七石	소설/일본	

1916년 03월 17일 (금) 5294호

지면	단수	기획	기사제목 〈회수〉 〔곡수〕	필자/저자(역자)	분류	비고
3	5~7		看板文學 〈2〉 간판 문학	野花生	수필/비평	
4	1~3		堀部安兵衛 〈90〉 호리베 야스베에	神田伯山	고단	
5	6		新作都々逸 〔1〕 신작 도도이쓰	江景 魚人	시가/도도이 쓰	

지면	단수	기획	기사제목 〈회수〉〔곡수〕	필자/저자(역자)	분류	비고
5	6		新作都々逸 [1] 신작 도도이쓰	仁川 めだま	시가/도도이쓰	
5	6		新作都々逸 [1] 신작 도도이쓰	京城 撫子	시가/도도이쓰	
5	6		新作都々逸 [1] 신작 도도이쓰	京城 雄峰	시가/도도이쓰	
5	6		新作都々逸 [1] 신작 도도이쓰	龍山 鳥の石	시가/도도이쓰	
5	6		新作都々逸 [1] 신작 도도이쓰	京城 雪の峰	시가/도도이쓰	
5	6		新作都々逸 [1] 신작 도도이쓰	開城 安#	시가/도도이쓰	
6	1~3		情界哀史 男ごゝろ 〈30〉 정계애사 남자의 마음	島川七石	소설/일본	

1916년 03월 18일 (토) 5295호

지면	단수	기획	기사제목 〈회수〉〔곡수〕	필자/저자(역자)	분류	비고
1	5		仁川短歌會詠草 〔10〕 인천 단카회 영초	石井龍史	시가/단카	
1	5		仁川短歌會詠草 〔11〕 인천 단카회 영초	笹樹廣梨	시가/단카	
1	6		★病青年 〈1〉 병청년	佐田剛步	소설/일본	
4	1~3		堀部安兵衛 〈91〉 호리베 야스베에	神田伯山	고단	
5	3		新作都々逸 [1] 신작 도도이쓰	京城 雪の峰	시가/도도이쓰	
5	3		新作都々逸 [1] 신작 도도이쓰	於青島 吐笑生	시가/도도이쓰	
5	3		新作都々逸 [1] 신작 도도이쓰	忠州 露骨	시가/도도이쓰	
5	3		新作都々逸 [1] 신작 도도이쓰	京城 猫の足	시가/도도이쓰	
5	3		新作都々逸 [1] 신작 도도이쓰	京城 梅雪庵	시가/도도이쓰	
5	3		新作都々逸 [1] 신작 도도이쓰	龍山 鳥の石	시가/도도이쓰	
5	3		新作都々逸 [1] 신작 도도이쓰	江景 魚人	시가/도도이쓰	
6	1~3		情界哀史 男ごゝろ 〈31〉 정계애사 남자의 마음	島川七石	소설/일본	

1916년 03월 19일 (일) 5296호

지면	단수	기획	기사제목 〈회수〉〔곡수〕	필자/저자(역자)	분류	비고
1	5		懷しき仁川 그리운 인천	藤村幻花	수필/기타	
1	5~9		★病青年 〈2〉 병청년	佐田剛步	소설/일본	
4	1~3		堀部安兵衛 〈92〉 호리베 야스베에	神田伯山	고단	
5	6		新作都々逸 [1] 신작 도도이쓰	大田 山野如洋	시가/도도이쓰	
5	6		新作都々逸 [1] 신작 도도이쓰	京城 撫子	시가/도도이쓰	

지면	단수	기획	기사제목 〈회수〉〔곡수〕	필자/저자(역자)	분류	비고
5	6		新作都々逸 〔1〕 신작 도도이쓰	江景 魚人	시가/도도이쓰	
5	6		新作都々逸 〔1〕 신작 도도이쓰	京城 雪の峰	시가/도도이쓰	
5	6		新作都々逸 〔1〕 신작 도도이쓰	仁川 めだま	시가/도도이쓰	
5	6		新作都々逸 〔1〕 신작 도도이쓰	忠州 閑人	시가/도도이쓰	
5	6		新作都々逸 〔1〕 신작 도도이쓰	開城 安#	시가/도도이쓰	
6	1~3		情界哀史 男ごゝろ 〈32〉 정계애사 남자의 마음	島川七石	소설/일본	

1916년 03월 20일 (월) 5297호

지면	단수	기획	기사제목 〈회수〉〔곡수〕	필자/저자(역자)	분류	비고
1	5~6		★病青年 〈3〉 병청년	佐田剛歩	소설/일본	
3	6		俚謠 〔1〕 이요	龍山 鳥の石	시가/도도이쓰	
3	6		俚謠 〔1〕 이요	京城 猫の足	시가/도도이쓰	
3	6		俚謠 〔1〕 이요	江景 魚人	시가/도도이쓰	
3	6		俚謠 〔1〕 이요	於青道 吐笑生	시가/도도이쓰	
3	6		俚謠 〔1〕 이요	京城 珠江	시가/도도이쓰	
3	6		俚謠 〔1〕 이요	京城 撫子	시가/도도이쓰	
4	1~3		堀部安兵衛 〈93〉 호리베 야스베에	神田伯山	고단	

1916년 03월 21일 (화) 5298호

지면	단수	기획	기사제목 〈회수〉〔곡수〕	필자/저자(역자)	분류	비고
1	5		仁川短歌會詠草 〔4〕 인천 단카회 영초	汐美青霧	시가/단카	
1	5		仁川短歌會詠草 〔4〕 인천 단카회 영초	井村異海	시가/단카	
1	5		仁川短歌會詠草 〔6〕 인천 단카회 영초	一木葆光	시가/단카	
1	5		仁川短歌會詠草 〔6〕 인천 단카회 영초	本兼あいし	시가/단카	
1	5~6		★病青年 〈4〉 병청년	佐田剛歩	소설/일본	
4	1~4		情界哀史 男ごゝろ 〈33〉 정계애사 남자의 마음	島川七石	소설/일본	
5	4		新作都々逸 〔1〕 신작 도도이쓰	江景 浮世亭	시가/도도이쓰	
5	4		新作都々逸 〔1〕 신작 도도이쓰	開城 秀丸	시가/도도이쓰	
5	4		新作都々逸 〔1〕 신작 도도이쓰	京城 雪の峰	시가/도도이쓰	
5	4		新作都々逸 〔1〕 신작 도도이쓰	龍山 ふの字	시가/도도이쓰	

지면	단수	기획	기사제목 〈회수〉〔곡수〕	필자/저자(역자)	분류	비고
5	4		新作都々逸 〔1〕 신작 도도이쓰	龍山 不二郎	시가/도도이쓰	
5	4		新作都々逸 〔1〕 신작 도도이쓰	仁川 めだま	시가/도도이쓰	
5	4		新作都々逸 〔1〕 신작 도도이쓰	大田 如洋	시가/도도이쓰	

1916년 03월 23일 (목) 5299호

지면	단수	기획	기사제목 〈회수〉〔곡수〕	필자/저자(역자)	분류	비고
1	6		仁川短歌會詠草 〔7〕 인천 단카회 영초	石井龍史	시가/단카	
1	6~7		★病青年 〈5〉 병청년	佐田剛步	소설/일본	
4	1~3		堀部安兵衛 〈94〉 호리베 야스베에	神田伯山	고단	
5	4		俚謠 〔1〕 이요	龍山 三村秋月	시가/도도이쓰	
5	4		俚謠 〔1〕 이요	江景 浮世亭	시가/도도이쓰	
5	4		俚謠 〔1〕 이요	龍山 鳥の石	시가/도도이쓰	
5	4		俚謠 〔1〕 이요	江景 魚人	시가/도도이쓰	
5	4		俚謠 〔1〕 이요	忠州 春郎	시가/도도이쓰	
5	4		俚謠 〔1〕 이요	於青道 吐笑生	시가/도도이쓰	
5	4		俚謠 〔1〕 이요	京城 撫子	시가/도도이쓰	
6	1~3		情界哀史 男ごゝろ 〈34〉 정계애사 남자의 마음	島川七石	소설/일본	

1916년 03월 24일 (금) 5300호

지면	단수	기획	기사제목 〈회수〉〔곡수〕	필자/저자(역자)	분류	비고
1	5~6		★病青年 〈6〉 병청년	佐田剛步	소설/일본	
4	1~3		堀部安兵衛 〈95〉 호리베 야스베에	神田伯山	고단	
5	4		新作都々逸 〔1〕 신작 도도이쓰	大田 山野如洋	시가/도도이쓰	
5	4		新作都々逸 〔1〕 신작 도도이쓰	京城 千代志	시가/도도이쓰	
5	4		新作都々逸 〔1〕 신작 도도이쓰	江景 浮世亭	시가/도도이쓰	
5	4		新作都々逸 〔1〕 신작 도도이쓰	江景 魚人	시가/도도이쓰	
5	4		新作都々逸 〔1〕 신작 도도이쓰	群山 不二郎	시가/도도이쓰	
5	4		新作都々逸 〔1〕 신작 도도이쓰	開城 つる	시가/도도이쓰	
6	1~3		情界哀史 男ごゝろ 〈35〉 정계애사 남자의 마음	島川七石	소설/일본	

1916년 03월 25일 (토) 5301호

지면	단수	기획	기사제목 〈회수〉〔곡수〕	필자/저자(역자)	분류	비고
1	1		英雄出現 〈1〉 영웅출현		수필/관찰	
3	6~7		仁川短歌會詠草 〔5〕 인천 단카회 영초	吉井俊子	시가/단카	
3	7		仁川短歌會詠草 〔8〕 인천 단카회 영초	大塚大云居	시가/단카	
3	7		仁川短歌會詠草 〔6〕 인천 단카회 영초	#上秋#	시가/단카	
4	1~3		堀部安兵衛 〈96〉 호리베 야스베에	神田伯山	고단	
5	6		俚謠 〔1〕 이요	江景 浮世亭	시가/도도이 쓰	
5	6		俚謠 〔1〕 이요	江景 魚人	시가/도도이 쓰	
5	6		俚謠 〔1〕 이요	忠州 春郎	시가/도도이 쓰	
5	6		俚謠 〔1〕 이요	京城 猫の足	시가/도도이 쓰	
5	6		俚謠 〔1〕 이요	群山 不二郎	시가/도도이 쓰	
6	1~3		情界哀史 男ごゝろ 〈36〉 정계애사 남자의 마음	島川七石	소설/일본	

1916년 03월 26일 (일) 5302호

지면	단수	기획	기사제목 〈회수〉〔곡수〕	필자/저자(역자)	분류	비고
1	1	論壇	英雄出現 〈2〉 영웅 출현		수필/기타	
1	4~6		尋春行 〈1〉 심춘행	白念生	수필/기행	
1	6		ニコライ塔下にて 〔6〕 니콜라이 탑 아래에서	吉岡富士登	시가/단카	
1	6		春 〔4〕 봄	金尾露骨	시가/단카	
3	5~6		青い壺 푸른 항아리	佐田 剛步	수필/기타	
4	1~3		堀部安兵衛 〈97〉 호리베 야스베에	神田伯山	고단	
5	4		新作都々逸 〔1〕 신작 도도이쓰	浮世亭	시가/도도이 쓰	
5	4		新作都々逸 〔1〕 신작 도도이쓰	錦月	시가/도도이 쓰	
5	4		新作都々逸 〔1〕 신작 도도이쓰	夢の人	시가/도도이 쓰	
5	4		新作都々逸 〔1〕 신작 도도이쓰	めだま	시가/도도이 쓰	
5	4		新作都々逸 〔1〕 신작 도도이쓰	如洋	시가/도도이 쓰	
5	4		新作都々逸 〔1〕 신작 도도이쓰	鳥の石	시가/도도이 쓰	
5	4		新作都々逸 〔1〕 신작 도도이쓰	雪の峰	시가/도도이 쓰	
6	1~3		情界哀史 男ごゝろ 〈37〉 정계애사 남자의 마음	島川七石	소설/일본	

지면	단수	기획	기사제목 〈회수〉〔곡수〕	필자/저자(역자)	분류	비고
			1916년 03월 27일 (월) 5303호			
1	1~2		英雄出現 〈3〉 영웅 출현		수필/기타	
3	4		俚謠 〔1〕 이요	群山 不二郎	시가/도도이 쓰	
3	4		俚謠 〔1〕 이요	忠州 夢の家	시가/도도이 쓰	
3	4		俚謠 〔1〕 이요	江景 魚人	시가/도도이 쓰	
3	4		俚謠 〔1〕 이요	京城 猫の足	시가/도도이 쓰	
3	4		俚謠 〔1〕 이요	江景 藤暉	시가/도도이 쓰	
3	4		俚謠 〔1〕 이요	忠州 春郞	시가	
4	1~5		堀部安兵衞 〈98〉 호리베 야스베에	神田伯山	고단	
			1916년 03월 28일 (화) 5304호			
1	1~2		英雄出現 〈4〉 영웅 출현		수필/기타	
1	5~6		尋春行 〈2〉 심춘행	白念生	수필/기행	
4	1~3		堀部安兵衞 〈99〉 호리베 야스베에	神田伯山	고단	
5	6		新作都々逸 〔1〕 신작 도도이쓰	江景 魚人	시가/도도이 쓰	
5	6		新作都々逸 〔1〕 신작 도도이쓰	大田 如洋	시가/도도이 쓰	
5	6		新作都々逸 〔1〕 신작 도도이쓰	京城 撫子	시가/도도이 쓰	
5	6		新作都々逸 〔1〕 신작 도도이쓰	京城 雪の峰	시가/도도이 쓰	
5	6		新作都々逸 〔1〕 신작 도도이쓰	開城 ふさえ	시가/도도이 쓰	
5	6		新作都々逸 〔1〕 신작 도도이쓰	京城 よね子	시가/도도이 쓰	
6	1~3		情界哀史 男ごゝろ 〈38〉 정계애사 남자의 마음	島川七石	소설/일본	
			1916년 03월 29일 (수) 5305호			
1	1~2		英雄出現 〈5〉 영웅 출현		수필/기타	
4	1~3		堀部安兵衞 〈100〉 호리베 야스베에	神田伯山	고단	
5	7		俚謠 〔1〕 이요	江景 浮世亭	시가/도도이 쓰	
5	7		俚謠 〔1〕 이요	群山 不二郎	시가/도도이 쓰	
5	7		俚謠 〔1〕 이요	江景 魚人	시가/도도이 쓰	

지면	단수	기획	기사제목 〈회수〉 〔곡수〕	필자/저자(역자)	분류	비고
5	7		俚謠 [1] 이요	忠州 夢の家	시가/도도이쓰	
5	7		俚謠 [1] 이요	京城 雪の峰	시가/도도이쓰	
5	7		俚謠 [1] 이요	忠州 春郎	시가/도도이쓰	
6	1~3		情界哀史 男ごゝろ 〈39〉 정계애사 남자의 마음	島川七石	소설/일본	

1916년 03월 30일 (목) 5306호

지면	단수	기획	기사제목 〈회수〉 〔곡수〕	필자/저자(역자)	분류	비고
1	5~6		尋春行 〈3〉 심춘행	白念生	수필/기행	
4	1~3		堀部安兵衛 〈101〉 호리베 야스베에	神田伯山	고단	
5	5		新作都々逸 [1] 신작 도도이쓰	江景 秋籟生	시가/도도이쓰	
5	5		新作都々逸 [1] 신작 도도이쓰	京城 雪の峰	시가/도도이쓰	
5	5		新作都々逸 [1] 신작 도도이쓰	木浦 夢三	시가/도도이쓰	
5	5		新作都々逸 [1] 신작 도도이쓰	仁川 めだま	시가/도도이쓰	
5	5		新作都々逸 [1] 신작 도도이쓰	江景 藤暉	시가/도도이쓰	
5	5		新作都々逸 [1] 신작 도도이쓰	京城 撫子	시가/도도이쓰	
5	7		花がすみ 꽃 안개		수필/평판기	
6	1~3		情界哀史 男ごゝろ 〈40〉 정계애사 남자의 마음	島川七石	소설/일본	

1916년 03월 31일 (금) 5307호

지면	단수	기획	기사제목 〈회수〉 〔곡수〕	필자/저자(역자)	분류	비고
1	5		人の命 [1] 사람의 목숨	清水明	시가/신체시	
4	1~3		堀部安兵衛 〈102〉 호리베 야스베에	神田伯山	고단	
5	6		俚謠 [1] 이요	江景 浮世亭	시가/도도이쓰	
5	6		俚謠 [1] 이요	京城 撫子	시가/도도이쓰	
5	6		俚謠 [1] 이요	江景 魚人	시가/도도이쓰	
5	6		俚謠 [1] 이요	群山 不二郎	시가/도도이쓰	
5	6		俚謠 [1] 이요	江景 風骨	시가/도도이쓰	
5	6		俚謠 [1] 이요	京城 雪の峯	시가/도도이쓰	
6	1~3		情界哀史 男ごゝろ 〈41〉 정계애사 남자의 마음	島川七石	소설/일본	

1916년 04월 01일 (토) 5308호

지면	단수	기획	기사제목 〈회수〉〔곡수〕	필자/저자(역자)	분류	비고
1	5~6		☆井邑に旅して〔8〕 정읍에서 여행하고	吉岡富士東	시가/단카	
3	5~6		青い壺 푸른 항아리	佐田 剛步	수필/기타	
4	1~3		堀部安兵衛 〈103〉 호리베 야스베에	神田伯山	고단	
5	8		新作都々逸〔1〕 신작 도도이쓰	江景 秋籟生	시가/도도이쓰	
5	8		新作都々逸〔1〕 신작 도도이쓰	龍山 鳥の石	시가/도도이쓰	
5	8		新作都々逸〔1〕 신작 도도이쓰	木浦 夢三	시가/도도이쓰	
5	8		新作都々逸〔1〕 신작 도도이쓰	仁川 めだま	시가/도도이쓰	
5	8		新作都々逸〔1〕 신작 도도이쓰	京城 猫の足	시가/도도이쓰	
5	8		新作都々逸〔1〕 신작 도도이쓰	群山 不二郎	시가/도도이쓰	
6	1~3		情界哀史 男ごゝろ 〈42〉 정계애사 남자의 마음	島川七石	소설/일본	

1916년 04월 02일 (일) 5309호

지면	단수	기획	기사제목 〈회수〉〔곡수〕	필자/저자(역자)	분류	비고
3	7		春愁三篇〔4〕 춘수 세편	京城 青い丘の人	시가/신체시	
4	1~3		堀部安兵衛 〈104〉 호리베 야스베에	神田伯山	고단	
5	7		俚謠〔1〕 이요	京城 猫の足	시가/도도이쓰	
5	7		俚謠〔1〕 이요	群山 不二郎	시가/도도이쓰	
5	7		俚謠〔1〕 이요	江景 浮世亭	시가/도도이쓰	
5	7		俚謠〔1〕 이요	龍山 鳥の石	시가/도도이쓰	
5	7		俚謠〔1〕 이요	江景 秋籟	시가/도도이쓰	
5	7		俚謠〔1〕 이요	京城 撫子	시가/도도이쓰	
6	1~3		情界哀史 男ごゝろ 〈44〉 정계애사 남자의 마음	島川七石	소설/일본	회수 오류

1916년 04월 03일 (월) 5310호 其一

지면	단수	기획	기사제목 〈회수〉〔곡수〕	필자/저자(역자)	분류	비고
3	4		新作都々逸〔1〕 신작 도도이쓰	仁川 めだま	시가/도도이쓰	
3	4		新作都々逸〔1〕 신작 도도이쓰	群山 不二郎	시가/도도이쓰	
3	4		新作都々逸〔1〕 신작 도도이쓰	仁川 柳子	시가/도도이쓰	
3	4		新作都々逸〔1〕 신작 도도이쓰	忠州 夢の家	시가/도도이쓰	
3	4		新作都々逸〔1〕 신작 도도이쓰	京城 雪の峰	시가/도도이쓰	

지면	단수	기획	기사제목 〈회수〉〔곡수〕	필자/저자(역자)	분류	비고
3	4		新作都々逸〔1〕 신작 도도이쓰	江景 魚人	시가/도도이쓰	

1916년 04월 03일 (월) 5310호 其五

지면	단수	기획	기사제목 〈회수〉〔곡수〕	필자/저자(역자)	분류	비고
3	1~5	其五	喜劇 持參金 희극 지참금	青水生	극본	

1916년 04월 05일 (수) 5311호

지면	단수	기획	기사제목 〈회수〉〔곡수〕	필자/저자(역자)	분류	비고
1	5		ももわれ〔7〕 모모와레	京城 青い丘の人	시가/단카	
1	5~6		尋春行 〈4〉 심춘행	白念生	수필/기행	
4	1~3		情界哀史 男ごゝろ 〈45〉 정계애사 남자의 마음	島川七石	소설/일본	회수 오류
5	2		俚謠〔3〕 이요	江景 浮世亭	시가/도도이쓰	
5	2		俚謠〔1〕 이요	京城 撫子	시가/도도이쓰	
5	2		俚謠〔1〕 이요	元山 竹泉	시가/도도이쓰	
5	2		俚謠〔1〕 이요	京城 よし子	시가/도도이쓰	
5	2		俚謠〔1〕 이요	江景 藤暉	시가/도도이쓰	

1916년 04월 06일 (목) 5312호

지면	단수	기획	기사제목 〈회수〉〔곡수〕	필자/저자(역자)	분류	비고
1	5		淋しき夜〔1〕 아쉬운 밤	清水明	시가/신체시	
1	5		夕榮〔1〕 석영	清水明	시가/신체시	
1	5~6		尋春行 〈5〉 심춘행	白念生	수필/기행	
4	1~3		堀部安兵衛 〈105〉 호리베 야스베에	神田伯山	고단	
5	4		新作都々逸〔1〕 신작 도도이쓰	群山 不二郎	시가/도도이쓰	
5	4		新作都々逸〔1〕 신작 도도이쓰	仁川 喜怒團子	시가/도도이쓰	
5	4		新作都々逸〔1〕 신작 도도이쓰	木浦 夢三	시가/도도이쓰	
5	4		新作都々逸〔1〕 신작 도도이쓰	平壤 しげる	시가/도도이쓰	
5	4		新作都々逸〔1〕 신작 도도이쓰	仁川 柳子	시가/도도이쓰	
5	4		新作都々逸〔1〕 신작 도도이쓰	京城 雪の峰	시가/도도이쓰	
5	6		花がすみ 꽃 안개		수필/평판기	
6	1~3		情界哀史 男ごゝろ 〈46〉 정계애사 남자의 마음	島川七石	소설/일본	회수 오류

1916년 04월 07일 (금) 5313호

지면	단수	기획	기사제목 〈회수〉〔곡수〕	필자/저자(역자)	분류	비고
1	5		春の雨〔9〕 봄비	龍山 岡本鳥石	시가/단카	
3	4~6		朝鮮歌壇の現在及將來 〈1〉 조선 가단의 현재 및 장래	藤村可廣	수필/비평	
3	6		靑蛙會句集〔2〕 청와회 구집	鹽川柳洲	시가/하이쿠	
3	6		靑蛙會句集〔2〕 청와회 구집	金尾露骨	시가/하이쿠	
3	6		靑蛙會句集〔2〕 청와회 구집	酒井維石	시가/하이쿠	
3	6		靑蛙會句集〔1〕 청와회 구집	弓削春風	시가/하이쿠	
3	6		靑蛙會句集〔3〕 청와회 구집	河野南涯	시가/하이쿠	
3	6		靑蛙會句集〔1〕 청와회 구집	木藤骨峰	시가/하이쿠	
3	6		靑蛙會句集〔2〕 청와회 구집	淸水泉舟	시가/하이쿠	
3	6		靑蛙會句集〔1〕 청와회 구집	加藤貞子	시가/하이쿠	
3	6		靑蛙會句集〔1〕 청와회 구집	河野南涯	시가/하이쿠	
4	1~3		堀部安兵衛 〈106〉 호리베 야스베에	神田伯山	고단	
5	6		俚謠〔1〕 이요	江景 藤暉	시가/도도이 쓰	
5	6		俚謠〔1〕 이요	平壤 しげる	시가/도도이 쓰	
5	6		俚謠〔1〕 이요	元山 竹泉	시가/도도이 쓰	
5	6		俚謠〔1〕 이요	龍山 鳥の石	시가/도도이 쓰	
5	6		俚謠〔1〕 이요	群山 不二郎	시가/도도이 쓰	
5	6		俚謠〔1〕 이요	江景 浮世亭	시가/도도이 쓰	
6	1~3		情界哀史 男ごゝろ 〈47〉 정계애사 남자의 마음	島川七石	소설/일본	회수 오류

1916년 04월 08일 (토) 5314호

지면	단수	기획	기사제목 〈회수〉〔곡수〕	필자/저자(역자)	분류	비고
3	5~6		朝鮮歌壇の現在及將來 〈2〉 조선 가단의 현재 및 장래	藤村可廣	수필/비평	
4	1~3		堀部安兵衛 〈107〉 호리베 야스베에	神田伯山	고단	
5	5		新作都々逸〔1〕 신작 도도이쓰	釜山 靜の人	시가/도도이 쓰	
5	5		新作都々逸〔1〕 신작 도도이쓰	元山 仙公	시가/도도이 쓰	
5	5		新作都々逸〔1〕 신작 도도이쓰	京城 吉野	시가/도도이 쓰	
5	5		新作都々逸〔1〕 신작 도도이쓰	仁川 柳子	시가/도도이 쓰	

지면	단수	기획	기사제목 〈회수〉〔곡수〕	필자/저자(역자)	분류	비고
5	5		新作都々逸 〔1〕 신작 도도이쓰	木浦 夢三	시가/도도이 쓰	
5	5		新作都々逸 〔1〕 신작 도도이쓰	京城 米子	시가/도도이 쓰	
6	1~3		情界哀史 男ごゝろ 〈48〉 정계애사 남자의 마음	島川七石	소설/일본	회수 오류

1916년 04월 09일 (일) 5315호

지면	단수	기획	기사제목 〈회수〉〔곡수〕	필자/저자(역자)	분류	비고
1	5~6		謹誄 古愚先生二十三忌辰 〔1〕 근뢰 김옥균 선생님 이십삼 기일		시가/한시	
1	6		仁川短歌會詠草 〔2〕 인천 단카회 영초	吉井とし子	시가/단카	
1	6		仁川短歌會詠草 〔10〕 인천 단카회 영초	石井 龍史	시가/단카	
1	6		仁川短歌會詠草 〔1〕 인천 단카회 영초	一木 葆光	시가/단카	
3	7		朝鮮歌壇の現在及將來 〈3〉 조선 가단의 현재 및 장래	藤村可廣	수필/비평	
4	1~3		堀部安兵衛 〈108〉 호리베 야스베에	神田伯山	고단	
6	1~3		情界哀史 男ごゝろ 〈48〉 정계애사 남자의 마음	島川七石	소설/일본	
7	5~8		漂浪女(上) 〈1〉 떠돌이 여자(상)		수필·시가/ 일상·하이쿠	
7	6		俚謠 〔1〕 이요	元山 竹泉	시가/도도이 쓰	
7	6		俚謠 〔1〕 이요	京城 撫子	시가/도도이 쓰	
7	6		俚謠 〔1〕 이요	江景 浮世亭	시가/도도이 쓰	
7	6		俚謠 〔1〕 이요	江景 藤暉	시가/도도이 쓰	
7	6		俚謠 〔1〕 이요	平壤 しげる	시가/도도이 쓰	
7	6		俚謠 〔1〕 이요	江景 秋籟生	시가/도도이 쓰	

1916년 04월 10일 (월) 5316호

지면	단수	기획	기사제목 〈회수〉〔곡수〕	필자/저자(역자)	분류	비고
3	5		新作都々逸 〔1〕 신작 도도이쓰	大田 如洋	시가/도도이 쓰	
3	5		新作都々逸 〔1〕 신작 도도이쓰	木浦 夢三	시가/도도이 쓰	
3	5		新作都々逸 〔1〕 신작 도도이쓰	群山 不二郎	시가/도도이 쓰	
3	5		新作都々逸 〔1〕 신작 도도이쓰	元山 仙公	시가/도도이 쓰	
3	5		新作都々逸 〔1〕 신작 도도이쓰	京城 雪の峰	시가/도도이 쓰	
3	5		新作都々逸 〔1〕 신작 도도이쓰	仁川 柳子	시가/도도이 쓰	
3	6~8		漂浪女(中) 〈2〉 떠돌이 여자(중)		수필·시가/ 일상·하이쿠	

지면	단수	기획	기사제목 〈회수〉〔곡수〕	필자/저자(역자)	분류	비고
4	1~3		情界哀史 男ごゝろ 〈49〉 정계애사 남자의 마음	島川七石	소설/일본	

1916년 04월 11일 (화) 5317호

지면	단수	기획	기사제목 〈회수〉〔곡수〕	필자/저자(역자)	분류	비고
3	4~5		土曜吟社創立句會 토요음사 창립 구회		시가/모임안내	
3	5		土曜吟社創立句會/六點 〔1〕 토요음사 창립 구회/육점	芳涯	시가/하이쿠	
3	5		土曜吟社創立句會/五點 〔1〕 토요음사 창립 구회/오점	買牛	시가/하이쿠	
3	5		土曜吟社創立句會/四點 〔1〕 토요음사 창립 구회/사점	買牛	시가/하이쿠	
3	5		土曜吟社創立句會/四點 〔1〕 토요음사 창립 구회/사점	駒女	시가/하이구	
3	5		土曜吟社創立句會/四點 〔1〕 토요음사 창립 구회/사점	笠峯	시가/하이쿠	
3	5		土曜吟社創立句會/四點 〔1〕 토요음사 창립 구회/사점	悟竹	시가/하이쿠	
3	5		土曜吟社創立句會/四點 〔1〕 토요음사 창립 구회/사점	芳涯	시가/하이쿠	
3	5		土曜吟社創立句會/四點 〔1〕 토요음사 창립 구회/사점	靑湖	시가/하이쿠	
3	5		土曜吟社創立句會/四點 〔1〕 토요음사 창립 구회/사점	玄道	시가/하이쿠	
3	5		土曜吟社創立句會/三點 〔1〕 토요음사 창립 구회/삼점	玄道	시가/하이쿠	
3	5		土曜吟社創立句會/三點 〔1〕 토요음사 창립 구회/삼점	一宗	시가/하이쿠	
3	5		土曜吟社創立句會/三點 〔1〕 토요음사 창립 구회/삼점	悟竹	시가/하이쿠	
3	5		土曜吟社創立句會/三點 〔1〕 토요음사 창립 구회/삼점	買牛	시가/하이쿠	
3	5		土曜吟社創立句會/三點 〔1〕 토요음사 창립 구회/삼점	買牛	시가/하이쿠	
3	5		土曜吟社創立句會/三點 〔1〕 토요음사 창립 구회/삼점	玄道	시가/하이쿠	
3	5		土曜吟社創立句會/三點 〔1〕 토요음사 창립 구회/삼점	可紅	시가/하이쿠	
3	5		土曜吟社創立句會/三點 〔1〕 토요음사 창립 구회/삼점	一宗	시가/하이쿠	
3	5		土曜吟社創立句會/三點 〔1〕 토요음사 창립 구회/삼점	石泉	시가/하이쿠	
3	5		土曜吟社創立句會/三點 〔1〕 토요음사 창립 구회/삼점	悟竹	시가/하이쿠	
3	5~7		朝鮮歌壇の現在及將來 〈4〉 조선 가단의 현재 및 장래	藤村可廣	수필/기타	
4	1~3		堀部安兵衛 〈109〉 호리베 야스베에	神田伯山	고단	
5	2~4		漂浪女(下) 〈3〉 떠돌이 여자(하)		수필·시가/ 일상·하이쿠	
5	6		俚謠 〔1〕 이요	元山 竹泉	시가/도도이쓰	

지면	단수	기획	기사제목 〈회수〉〔곡수〕	필자/저자(역자)	분류	비고
5	6		俚謠 〔1〕 이요	平壤 しげる	시가/도도이쓰	
5	6		俚謠 〔1〕 이요	江景 魚人	시가/도도이쓰	
5	6		俚謠 〔1〕 이요	釜山 赤帽子	시가/도도이쓰	
5	6		俚謠 〔1〕 이요	群山 不二郎	시가/도도이쓰	
5	6		俚謠 〔1〕 이요	江景 藤暉	시가/도도이쓰	
6	1~3		情界哀史 男ごゝろ 〈50〉 정계애사 남자의 마음	島川七石	소설/일본	

1916년 04월 12일 (수) 5318호

지면	단수	기획	기사제목 〈회수〉〔곡수〕	필자/저자(역자)	분류	비고
1	6		仁川短歌會詠草 〔6〕 인천 단카회 영초	葩村白路	시가/단카	
1	6		仁川短歌會詠草 〔9〕 인천 단카회 영초	眞崎花汀	시가/단카	
3	5~7		朝鮮歌壇の現在及將來 〈5〉 조선 가단의 현재 및 장래	藤村可廣	수필/기타	
4	1~3		堀部安兵衛 〈110〉 호리베 야스베에	神田伯山	고단	
5	7~8		花がすみ 꽃 안개		수필/평판기	
6	1~3		情界哀史 男ごゝろ 〈51〉 정계애사 남자의 마음	島川七石	소설/일본	

1916년 04월 13일 (목) 5319호

지면	단수	기획	기사제목 〈회수〉〔곡수〕	필자/저자(역자)	분류	비고
4	1~3		堀部安兵衛 〈111〉 호리베 야스베에	神田伯山	고단	
5	5		新作都々逸 〔1〕 신작 도도이쓰	群山 不二郎	시가/도도이쓰	
5	5		新作都々逸 〔1〕 신작 도도이쓰	江景 浮世亭	시가/도도이쓰	
5	5		新作都々逸 〔1〕 신작 도도이쓰	木浦 夢三	시가/도도이쓰	
5	5		新作都々逸 〔1〕 신작 도도이쓰	忠州 露月	시가/도도이쓰	
5	5		新作都々逸 〔1〕 신작 도도이쓰	開城 ふぢえ	시가/도도이쓰	
5	5		新作都々逸 〔1〕 신작 도도이쓰	江景 藤暉	시가/도도이쓰	
6	1~3		情界哀史 男ごゝろ 〈52〉 정계애사 남자의 마음	島川七石	소설/일본	

1916년 04월 14일 (금) 5320호

지면	단수	기획	기사제목 〈회수〉〔곡수〕	필자/저자(역자)	분류	비고
1	5		仁川短歌會詠草 〔9〕 인천 단카회 영초	樹叢大芸居	시가/단카	
1	5		仁川短歌會詠草 〔4〕 인천 단카회 영초	#上秋人	시가/단카	
1	5		仁川短歌會詠草 〔1〕 인천 단카회 영초	尚子	시가/단카	

지면	단수	기획	기사제목 〈회수〉〔곡수〕	필자/저자(역자)	분류	비고
4	1~3		堀部安兵衛 〈112〉 호리베 야스베에	神田伯山	고단	
5	6		俚謠 〔1〕 이요	江景 浮世亭	시가/도도이쓰	
5	6		俚謠 〔1〕 이요	元山 竹泉	시가/도도이쓰	
5	6		俚謠 〔1〕 이요	群山 不二郎	시가/도도이쓰	
5	6		俚謠 〔1〕 이요	江景 風骨	시가/도도이쓰	
5	6		俚謠 〔1〕 이요	群山 吐虹	시가/도도이쓰	
5	6		俚謠 〔1〕 이요	江景 藤暉	시가/도도이쓰	
6	1~3		情界哀史 男ごゝろ 〈53〉 정계애사 남자의 마음	島川七石	소설/일본	

1916년 04월 15일 (토) 5321호

지면	단수	기획	기사제목 〈회수〉〔곡수〕	필자/저자(역자)	분류	비고
4	1~3		堀部安兵衛 〈113〉 호리베 야스베에	神田伯山	고단	
5	6		新作都々逸 〔1〕 신작 도도이쓰	京城 よし野	시가/도도이쓰	
5	6		新作都々逸 〔1〕 신작 도도이쓰	木浦 夢三	시가/도도이쓰	
5	6		新作都々逸 〔1〕 신작 도도이쓰	元山 古里	시가/도도이쓰	
5	6		新作都々逸 〔1〕 신작 도도이쓰	平壤よし子	시가/도도이쓰	
5	6		新作都々逸 〔1〕 신작 도도이쓰	群山 不二郎	시가/도도이쓰	
5	6		新作都々逸 〔1〕 신작 도도이쓰	仁川 柳子	시가/도도이쓰	
6	1~3		情界哀史 男ごゝろ 〈54〉 정계애사 남자의 마음	島川七石	소설/일본	

1916년 04월 16일 (일) 5322호

지면	단수	기획	기사제목 〈회수〉〔곡수〕	필자/저자(역자)	분류	비고
1	6		春の心 〔1〕 봄의 마음	工藤	시가/신체시	
3	7		二葉會七回俳句/無二庵帝史宗匠撰/接木、汐干、日永、白魚、春の海 〔3〕 후타바카이 7회 하이쿠/무니안 데이지 종장 선/접목, 간조, 긴 낮, 뱅어, 봄바다	屑々	시가/하이쿠	
3	7		二葉會七回俳句/無二庵帝史宗匠撰/接木、汐干、日永、白魚、春の海 〔1〕 후타바카이 7회 하이쿠/무니안 데이지 종장 선/접목, 간조, 긴 낮, 뱅어, 봄바다	豊山	시가/하이쿠	
3	7		二葉會七回俳句/無二庵帝史宗匠撰/接木、汐干、日永、白魚、春の海 〔2〕 후타바카이 7회 하이쿠/무니안 데이지 종장 선/접목, 간조, 긴 낮, 뱅어, 봄바다	柯山	시가/하이쿠	
3	7		二葉會七回俳句/無二庵帝史宗匠撰/接木、汐干、日永、白魚、春の海 〔2〕 후타바카이 7회 하이쿠/무니안 데이지 종장 선/접목, 간조, 긴 낮, 뱅어, 봄바다	龍峯	시가/하이쿠	
3	7		二葉會七回俳句/無二庵帝史宗匠撰/接木、汐干、日永、白魚、春の海 〔1〕 후타바카이 7회 하이쿠/무니안 데이지 종장 선/접목, 간조, 긴 낮, 뱅어, 봄바다	京廼屋	시가/하이쿠	

지면	단수	기획	기사제목 〈회수〉〔곡수〕	필자/저자(역자)	분류	비고
3	7		二葉會七回俳句/無二庵帝史宗匠撰/接木、汐干、日永、白魚、春の海〔1〕 후타바카이 7회 하이쿠/무니안 데이지 종장 선/접목, 간조, 긴 낮, 뱅어, 봄바다	葦堂	시가/하이쿠	
3	7		二葉會七回俳句/無二庵帝史宗匠撰/接木、汐干、日永、白魚、春の海〔1〕 후타바카이 7회 하이쿠/무니안 데이지 종장 선/접목, 간조, 긴 낮, 뱅어, 봄바다	懿蕉	시가/하이쿠	
3	7		二葉會七回俳句/無二庵帝史宗匠撰/接木、汐干、日永、白魚、春の海〔1〕 후타바카이 7회 하이쿠/무니안 데이지 종장 선/접목, 간조, 긴 낮, 뱅어, 봄바다	午民	시가/하이쿠	
3	7		二葉會七回俳句/無二庵帝史宗匠撰/接木、汐干、日永、白魚、春の海〔1〕 후타바카이 7회 하이쿠/무니안 데이지 종장 선/접목, 간조, 긴 낮, 뱅어, 봄바다	豊山	시가/하이쿠	
3	7		二葉會七回俳句/無二庵帝史宗匠撰/接木、汐干、日永、白魚、春の海〔1〕 후타바카이 7회 하이쿠/무니안 데이지 종장 선/접목, 간조, 긴 낮, 뱅어, 봄바다	京廼屋	시가/하이쿠	
3	7		二葉會七回俳句/無二庵帝史宗匠撰/接木、汐干、日永、白魚、春の海〔1〕 후타바카이 7회 하이쿠/무니안 데이지 종장 선/접목, 간조, 긴 낮, 뱅어, 봄바다	葦堂	시가/하이쿠	
3	7		二葉會七回俳句/無二庵帝史宗匠撰/接木、汐干、日永、白魚、春の海〔1〕 후타바카이 7회 하이쿠/무니안 데이지 종장 선/접목, 간조, 긴 낮, 뱅어, 봄바다	懿蕉	시가/하이쿠	
3	7		二葉會七回俳句/無二庵帝史宗匠撰/接木、汐干、日永、白魚、春の海〔1〕 후타바카이 7회 하이쿠/무니안 데이지 종장 선/접목, 간조, 긴 낮, 뱅어, 봄바다	龍崎	시가/하이쿠	
3	7		二葉會七回俳句/無二庵帝史宗匠撰/接木、汐干、日永、白魚、春の海〔1〕 후타바카이 7회 하이쿠/무니안 데이지 종장 선/접목, 간조, 긴 낮, 뱅어, 봄바다	笹嶽	시가/하이쿠	
3	7		二葉會七回俳句/無二庵帝史宗匠撰/接木、汐干、日永、白魚、春の海〔1〕 후타바카이 7회 하이쿠/무니안 데이지 종장 선/접목, 간조, 긴 낮, 뱅어, 봄바다	龍峰	시가/하이쿠	
3	7		二葉會七回俳句/無二庵帝史宗匠撰/接木、汐干、日永、白魚、春の海〔1〕 후타바카이 7회 하이쿠/무니안 데이지 종장 선/접목, 간조, 긴 낮, 뱅어, 봄바다	懿蕉	시가/하이쿠	
3	7		二葉會七回俳句/無二庵帝史宗匠撰/接木、汐干、日永、白魚、春の海〔1〕 후타바카이 7회 하이쿠/무니안 데이지 종장 선/접목, 간조, 긴 낮, 뱅어, 봄바다	京廼屋	시가/하이쿠	
3	7		二葉會七回俳句/無二庵帝史宗匠撰/接木、汐干、日永、白魚、春の海〔1〕 후타바카이 7회 하이쿠/무니안 데이지 종장 선/접목, 간조, 긴 낮, 뱅어, 봄바다	豊山	시가/하이쿠	
3	7		二葉會七回俳句/無二庵帝史宗匠撰/接木、汐干、日永、白魚、春の海〔1〕 후타바카이 7회 하이쿠/무니안 데이지 종장 선/접목, 간조, 긴 낮, 뱅어, 봄바다	京廼屋	시가/하이쿠	
3	7		二葉會七回俳句/無二庵帝史宗匠撰/接木、汐干、日永、白魚、春の海〔1〕 후타바카이 7회 하이쿠/무니안 데이지 종장 선/접목, 간조, 긴 낮, 뱅어, 봄바다	懿蕉	시가/하이쿠	
3	7		二葉會七回俳句/無二庵帝史宗匠撰/接木、汐干、日永、白魚、春の海〔1〕 후타바카이 7회 하이쿠/무니안 데이지 종장 선/접목, 간조, 긴 낮, 뱅어, 봄바다	柯山	시가/하이쿠	
3	7		二葉會七回俳句/無二庵帝史宗匠撰/接木、汐干、日永、白魚、春の海〔1〕 후타바카이 7회 하이쿠/무니안 데이지 종장 선/접목, 간조, 긴 낮, 뱅어, 봄바다	龍峰	시가/하이쿠	
3	7		二葉會七回俳句/無二庵帝史宗匠撰/接木、汐干、日永、白魚、春の海〔1〕 후타바카이 7회 하이쿠/무니안 데이지 종장 선/접목, 간조, 긴 낮, 뱅어, 봄바다	笹嶽	시가/하이쿠	

지면	단수	기획	기사제목 〈회수〉〔곡수〕	필자/저자(역자)	분류	비고
3	7		二葉會七回俳句/無二庵帝史宗匠撰/接木、汐干、日永、白魚、春の海/三光/人〔1〕 후타바카이 7회 하이쿠/무니안 데이지 종장 선/접목, 간조, 긴 낮, 뱅어, 봄바다/삼광/인	午民	시가/하이쿠	
3	7		二葉會七回俳句/無二庵帝史宗匠撰/接木、汐干、日永、白魚、春の海/三光/地〔1〕 후타바카이 7회 하이쿠/무니안 데이지 종장 선/접목, 간조, 긴 낮, 뱅어, 봄바다/삼광/지	東朗	시가/하이쿠	
3	7		二葉會七回俳句/無二庵帝史宗匠撰/接木、汐干、日永、白魚、春の海/三光/天〔1〕 후타바카이 7회 하이쿠/무니안 데이지 종장 선/접목, 간조, 긴 낮, 뱅어, 봄바다/삼광/천	午民	시가/하이쿠	
3	7		二葉會七回俳句/無二庵帝史宗匠撰/接木、汐干、日永、白魚、春の海/加〔1〕 후타바카이 7회 하이쿠/무니안 데이지 종장 선/접목, 간조, 긴 낮, 뱅어, 봄바다/가	帝史	시가/하이쿠	
4	1~3		堀部安兵衛〈114〉 호리베 야스베에	神田伯山	고단	
5	5		俚謠〔1〕 이요	江景 浮世亭	시가/도도이쓰	
5	5		俚謠〔1〕 이요	平壤 しげる	시가/도도이쓰	
5	5		俚謠〔1〕 이요	利川 ふの字	시가/도도이쓰	
5	5		俚謠〔1〕 이요	元山 竹泉	시가/도도이쓰	
5	5		俚謠〔1〕 이요	忠州 やさい	시가/도도이쓰	
5	5		俚謠〔1〕 이요	群山 吐虹	시가/도도이쓰	
6	1~3		情界哀史 男ごゝろ〈55〉 정계애사 남자의 마음	島川七石	소설/일본	

1916년 04월 17일 (월) 5323호

지면	단수	기획	기사제목 〈회수〉〔곡수〕	필자/저자(역자)	분류	비고
3	6		新作都々逸〔1〕 신작 도도이쓰	元山 古狸	시가/도도이쓰	
3	6		新作都々逸〔1〕 신작 도도이쓰	木浦 夢三	시가/도도이쓰	
3	6		新作都々逸〔1〕 신작 도도이쓰	利川 ふの字	시가/도도이쓰	
3	6		新作都々逸〔1〕 신작 도도이쓰	元山 仙公	시가/도도이쓰	
3	6		新作都々逸〔1〕 신작 도도이쓰	仁川 柳子	시가/도도이쓰	
3	6		新作都々逸〔1〕 신작 도도이쓰	江景 浮世亭	시가/도도이쓰	
4	1~3		堀部安兵衛〈115〉 호리베 야스베에	神田伯山	고단	

1916년 04월 18일 (화) 5324호

지면	단수	기획	기사제목 〈회수〉〔곡수〕	필자/저자(역자)	분류	비고
1	5~6		仁川短歌會詠草〔9〕 인천 단카회 영초	樹叢大芸居	시가/단카	
1	6		仁川短歌會詠草〔2〕 인천 단카회 영초	葩村紅路	시가/단카	

지면	단수	기획	기사제목 〈회수〉〔곡수〕	필자/저자(역자)	분류	비고
4	1~3		堀部安兵衛 〈116〉 호리베 야스베에	神田伯山	고단	
5	5		俚謠 〔1〕 이요	江景 浮世亭	시가/도도이 쓰	
5	5		俚謠 〔1〕 이요	風骨	시가/도도이 쓰	
5	5		俚謠 〔1〕 이요	仁川 慾の皮	시가/도도이 쓰	
5	5		俚謠 〔1〕 이요	群山 吐虹	시가/도도이 쓰	
5	5		俚謠 〔1〕 이요	江景 藤暉	시가/도도이 쓰	
5	5		俚謠 〔1〕 이요	元山 古狸	시가/도도이 쓰	
6	1~4		情界哀史 男ごゝろ 〈56〉 정계애사 남자의 마음	島川七石	소설/일본	

1916년 04월 19일 (수) 5325호

지면	단수	기획	기사제목 〈회수〉〔곡수〕	필자/저자(역자)	분류	비고
4	1~3		堀部安兵衛 〈117〉 호리베 야스베에	神田伯山	고단	
5	6		新作都々逸 〔1〕 신작 도도이쓰	江景 浮世亭	시가/도도이 쓰	
5	6		新作都々逸 〔1〕 신작 도도이쓰	木浦 夢三	시가/도도이 쓰	
5	6		新作都々逸 〔1〕 신작 도도이쓰	群山 不二郎	시가/도도이 쓰	
5	6		新作都々逸 〔1〕 신작 도도이쓰	利川 ふの字	시가/도도이 쓰	
5	6		新作都々逸 〔1〕 신작 도도이쓰	仁川 梅雪庵	시가/도도이 쓰	
5	6		新作都々逸 〔1〕 신작 도도이쓰	仁川 柳子	시가/도도이 쓰	
6	1~3		情界哀史 男ごゝろ 〈57〉 정계애사 남자의 마음	島川七石	소설/일본	

1916년 04월 20일 (목) 5326호

지면	단수	기획	기사제목 〈회수〉〔곡수〕	필자/저자(역자)	분류	비고
4	1~3		堀部安兵衛 〈118〉 호리베 야스베에	神田伯山	고단	
5	7		俚謠 〔1〕 이요	江景 魚人	시가/도도이 쓰	
5	7		俚謠 〔1〕 이요	元山 仙公	시가/도도이 쓰	
5	7		俚謠 〔1〕 이요	群山 吐虹	시가/도도이 쓰	
5	7		俚謠 〔1〕 이요	江景 浮世亭	시가/도도이 쓰	
5	7		俚謠 〔1〕 이요	群山 不二郎	시가/도도이 쓰	
5	7		俚謠 〔1〕 이요	京城 猫の足	시가/도도이 쓰	
6	1~4		情界哀史 男ごゝろ 〈58〉 정계애사 남자의 마음	島川七石	소설/일본	

지면	단수	기획	기사제목 〈회수〉〔곡수〕	필자/저자(역자)	분류	비고
			1916년 04월 21일 (금) 5327호			
3	6		仁川短歌會詠草 [3] 인천 단카회 영초	天涯生	시가/단카	
3	6		仁川短歌會詠草 [3] 인천 단카회 영초	汐美靑霧	시가/단카	
3	6		仁川短歌會詠草 [5] 인천 단카회 영초	笹樹魔梨	시가/단카	
3	6		仁川短歌會詠草 [5] 인천 단카회 영초	高橋葉子	시가/단카	
3	6		仁川短歌會詠草 [2] 인천 단카회 영초	#上秋人	시가/단카	
4	1~3		堀部安兵衛 〈119〉 호리베 야스베에	神田伯山	고단	
5	5		新作都々逸 [1] 신작 도도이쓰	江景 浮世亭	시가/도도이 쓰	
5	5		新作都々逸 [1] 신작 도도이쓰	利川 ふの字	시가/도도이 쓰	
5	5		新作都々逸 [1] 신작 도도이쓰	元山 仙公	시가/도도이 쓰	
5	5		新作都々逸 [1] 신작 도도이쓰	群山 不二郞	시가/도도이 쓰	
5	5		新作都々逸 [1] 신작 도도이쓰	仁川 柳子	시가/도도이 쓰	
5	7		花がすみ 꽃 안개		수필/평판기	
6	1~3		情界哀史 男ごゝろ 〈59〉 정계애사 남자의 마음	島川七石	소설/일본	
			1916년 04월 22일 (토) 5328호			
3	6		仁川短歌會詠草 [1] 인천 단카회 영초	一本 葆光	시가/단카	
3	6		仁川短歌會詠草 [7] 인천 단카회 영초	石井 龍史	시가/단카	
3	6		仁川短歌會詠草 [3] 인천 단카회 영초	吉井とし子	시가/단카	
4	1~3		堀部安兵衛 〈120〉 호리베 야스베에	神田伯山	고단	
5	5		俚謠 [1] 이요	群山 吐虹	시가/도도이 쓰	
5	5		俚謠 [1] 이요	江景 浮世亭	시가/도도이 쓰	
5	5		俚謠 [1] 이요	京城 三宅生	시가/도도이 쓰	
5	5		俚謠 [1] 이요	利川 ふの字	시가/도도이 쓰	
5	5		俚謠 [1] 이요	江景 藤暉	시가/도도이 쓰	
5	5		俚謠 [1] 이요	元山 仙公	시가/도도이 쓰	
6	1~3		情界哀史 男ごゝろ 〈60〉 정계애사 남자의 마음	島川七石	소설/일본	

지면	단수	기획	기사제목 〈회수〉〔곡수〕	필자/저자(역자)	분류	비고
			1916년 04월 23일 (일) 5329호			
1	6		湖畔の夕〔1〕 호수의 저녁	仙子	시가/신체시	
5	5		新作都々逸〔1〕 신작 도도이쓰	群山 不二郎	시가/도도이 쓰	
5	5		新作都々逸〔1〕 신작 도도이쓰	京城 撫子	시가/도도이 쓰	
5	5		新作都々逸〔1〕 신작 도도이쓰	京城 浪花	시가/도도이 쓰	
5	5		新作都々逸〔1〕 신작 도도이쓰	開城 光喜久	시가/도도이 쓰	
5	5		新作都々逸〔1〕 신작 도도이쓰	利川 ふの字	시가/도도이 쓰	
5	5		新作都々逸〔1〕 신작 도도이쓰	木浦 夢三	시가/도도이 쓰	
6	1~3		情界哀史 男ごゝろ〈61〉 정계애사 남자의 마음	島川七石	소설/일본	
			1916년 04월 24일 (월) 5330호			
3	5		俚謠〔1〕 이요	大邱 旅の人	시가/도도이 쓰	
3	5		俚謠〔1〕 이요	元山 竹泉	시가/도도이 쓰	
3	5		俚謠〔1〕 이요	江景 藤暉	시가/도도이 쓰	
3	5		俚謠〔1〕 이요	京城 三宅生	시가/도도이 쓰	
3	5		俚謠〔1〕 이요	江景 浮世亭	시가/도도이 쓰	
3	5		俚謠〔1〕 이요	群山 不二郎	시가/도도이 쓰	
3	7		花がすみ 꽃 안개		수필/평판기	
4	1~3		情界哀史 男ごゝろ〈62〉 정계애사 남자의 마음	島川七石	소설/일본	
			1916년 04월 25일 (화) 5331호			
4	1~3		堀部安兵衞〈122〉 호리베 야스베에	神田伯山	고단	
5	7		新作都々逸〔1〕 신작 도도이쓰	龍山 鐵橋生	시가/도도이 쓰	
5	7		新作都々逸〔1〕 신작 도도이쓰	利川 ふの字	시가/도도이 쓰	
5	7		新作都々逸〔1〕 신작 도도이쓰	京城 雪の峰	시가/도도이 쓰	
5	7		新作都々逸〔1〕 신작 도도이쓰	木浦 夢三生	시가/도도이 쓰	
5	7		新作都々逸〔1〕 신작 도도이쓰	木浦 夢三	시가/도도이 쓰	
5	7		新作都々逸〔1〕 신작 도도이쓰	仁川 柳子	시가/도도이 쓰	

지면	단수	기획	기사제목 〈회수〉〔곡수〕	필자/저자(역자)	분류	비고
6	1~3		情界哀史 男ごゝろ 〈63〉 정계애사 남자의 마음	島川七石	소설/일본	

1916년 04월 26일 (수) 5332호

지면	단수	기획	기사제목 〈회수〉〔곡수〕	필자/저자(역자)	분류	비고
4	1~3		堀部安兵衛 〈123〉 호리베 야스베에	神田伯山	고단	
5	5		俚謠 〔1〕 이요	京城 紫岳	시가/도도이 쓰	
5	5		俚謠 〔1〕 이요	江景 藤暉	시가/도도이 쓰	
5	5		俚謠 〔1〕 이요	江景 魚人	시가/도도이 쓰	
5	5		俚謠 〔1〕 이요	元山 仙公	시가/도도이 쓰	
5	5		俚謠 〔1〕 이요	大邱 旅の人	시가/도도이 쓰	
5	5		俚謠 〔1〕 이요	群山 吐虹	시가/도도이 쓰	
5	7		花がすみ 꽃 안개		수필/평판기	
6	1~3		情界哀史 男ごゝろ 〈64〉 정계애사 남자의 마음	島川七石	소설/일본	

1916년 04월 27일 (목) 5333호

지면	단수	기획	기사제목 〈회수〉〔곡수〕	필자/저자(역자)	분류	비고
4	1~3		堀部安兵衛 〈124〉 호리베 야스베에	神田伯山	고단	
5	5		新作都々逸 〔1〕 신작 도도이쓰	京城 撫子	시가/도도이 쓰	
5	5		新作都々逸 〔1〕 신작 도도이쓰	龍山 春山	시가/도도이 쓰	
5	5		新作都々逸 〔1〕 신작 도도이쓰	群山 俊なみ	시가/도도이 쓰	
5	5		新作都々逸 〔1〕 신작 도도이쓰	利川 ふの字	시가/도도이 쓰	
5	5		新作都々逸 〔1〕 신작 도도이쓰	元山 仙公	시가/도도이 쓰	
5	5		新作都々逸 〔1〕 신작 도도이쓰	京城 雪の峰	시가/도도이 쓰	
5	7		花がすみ 꽃 안개		수필/평판기	
6	1~3		情界哀史 男ごゝろ 〈65〉 정계애사 남자의 마음	島川七石	소설/일본	

1916년 04월 28일 (금) 5334호

지면	단수	기획	기사제목 〈회수〉〔곡수〕	필자/저자(역자)	분류	비고
1	5		二葉會選句/夏の月、浴衣 〔1〕 후타바카이 선구/여름 달, 유카타	東朗	시가/하이쿠	
1	5		二葉會選句/夏の月、浴衣 〔1〕 후타바카이 선구/여름 달, 유카타	怡樂	시가/하이쿠	
1	5		二葉會選句/夏の月、浴衣 〔1〕 후타바카이 선구/여름 달, 유카타	柯山	시가/하이쿠	
1	5		二葉會選句/夏の月、浴衣 〔1〕 후타바카이 선구/여름 달, 유카타	#蕉	시가/하이쿠	

지면	단수	기획	기사제목 〈회수〉〔곡수〕	필자/저자(역자)	분류	비고
1	5		二葉會選句/夏の月、浴衣〔1〕 후타바카이 선구/여름 달, 유카타	京﨟屋	시가/하이쿠	
1	5		二葉會選句/夏の月、浴衣〔1〕 후타바카이 선구/여름 달, 유카타	午民	시가/하이쿠	
1	5		二葉會選句/夏の月、浴衣〔1〕 후타바카이 선구/여름 달, 유카타	龍峰	시가/하이쿠	
1	5		二葉會選句/夏の月、浴衣〔1〕 후타바카이 선구/여름 달, 유카타	東朗	시가/하이쿠	
1	5		二葉會選句/夏の月、浴衣〔1〕 후타바카이 선구/여름 달, 유카타	龍峰	시가/하이쿠	
1	5		二葉會選句/夏の月、浴衣〔1〕 후타바카이 선구/여름 달, 유카타	怡樂	시가/하이쿠	
1	5		二葉會選句/夏の月、浴衣〔1〕 후타바카이 선구/여름 달, 유카타	京﨟屋	시가/하이쿠	
1	5		二葉會選句/夏の月、浴衣〔1〕 후타바카이 선구/여름 달, 유카타	柯山	시가/하이쿠	
1	5		二葉會選句/夏の月、浴衣〔1〕 후타바카이 선구/여름 달, 유카타	笹嶽	시가/하이쿠	
1	5		二葉會選句/夏の月、浴衣〔1〕 후타바카이 선구/여름 달, 유카타	東朗	시가/하이쿠	
1	5		二葉會選句/夏の月、浴衣〔1〕 후타바카이 선구/여름 달, 유카타	京﨟屋	시가/하이쿠	
1	5		二葉會選句/夏の月、浴衣〔2〕 후타바카이 선구/여름 달, 유카타	笹嶽	시가/하이쿠	
1	5		二葉會選句/夏の月、浴衣〔1〕 후타바카이 선구/여름 달, 유카타	#蕉	시가/하이쿠	
1	5		二葉會選句/蟬、日傘〔1〕 후타바카이 선구/매미, 양산	柯山	시가/하이쿠	
1	5		二葉會選句/蟬、日傘〔1〕 후타바카이 선구/매미, 양산	##	시가/하이쿠	
1	6		二葉會選句/蟬、日傘/人〔1〕 후타바카이 선구/매미, 양산/인	豊山	시가/하이쿠	
1	6		二葉會選句/蟬、日傘/地〔1〕 후타바카이 선구/매미, 양산/지	笹嶽	시가/하이쿠	
1	6		二葉會選句/蟬、日傘/天〔2〕 후타바카이 선구/매미, 양산/천	午民	시가/하이쿠	
1	6		二葉會選句/蟬、日傘/加〔1〕 후타바카이 선구/매미, 양산/가	帝史	시가/하이쿠	
4	1~3		堀部安兵衛〈125〉 호리베 야스베에	神田伯山	고단	
5	6		俚謠〔1〕 이요	京城 紫岳	시가/도도이쓰	
5	6		俚謠〔1〕 이요	利川 ふの字	시가/도도이쓰	
5	6		俚謠〔1〕 이요	元山 竹泉	시가/도도이쓰	
5	6		俚謠〔1〕 이요	江景 浮世亭	시가/도도이쓰	
5	6		俚謠〔1〕 이요	群山 吐虹	시가/도도이쓰	
5	6		俚謠〔1〕 이요	京城 浪花	시가/도도이쓰	

지면	단수	기획	기사제목 〈회수〉 〔곡수〕	필자/저자(역자)	분류	비고
6	1~3		情界哀史 男ごゝろ 〈66〉 정계애사 남자의 마음	島川七石	소설/일본	

1916년 04월 29일 (토) 5335호

지면	단수	기획	기사제목 〈회수〉 〔곡수〕	필자/저자(역자)	분류	비고
1	7		春季吟 〔8〕 춘계음	芽村	시가/하이쿠	
1	7		採鑛熱 〔1〕 채광열	芽村	시가/하이쿠	
3	6~7		俳界一瞥 하이쿠계를 슬쩍 보다	芳樽樓	수필/기타	
4	1~3		堀部安兵衛 〈125〉 호리베 야스베에	神田伯山	고단	회수 오류
5	5		新作都々逸 〔1〕 신작 도도이쓰	京城 雪の峰	시가/도도이쓰	
5	5		新作都々逸 〔1〕 신작 도도이쓰	利川 ふの字	시가/도도이쓰	
5	5		新作都々逸 〔1〕 신작 도도이쓰	群山 不二郎	시가/도도이쓰	
5	5		新作都々逸 〔1〕 신작 도도이쓰	龍山 茶々六	시가/도도이쓰	
5	5		新作都々逸 〔1〕 신작 도도이쓰	元山 仙公	시가/도도이쓰	
5	5		新作都々逸 〔1〕 신작 도도이쓰	仁川 柳子	시가/도도이쓰	
5	7		柳さくら 버드나무 벚꽃		수필/기타	
6	1~4		情界哀史 男ごゝろ 〈67〉 정계애사 남자의 마음	島川七石	소설/일본	

1916년 04월 30일 (일) 5336호

지면	단수	기획	기사제목 〈회수〉 〔곡수〕	필자/저자(역자)	분류	비고
3	1~3		堀部安兵衛 〈127〉 호리베 야스베에	神田伯山	고단	
4	1		花と文學 꽃과 문학	キノジ	수필/기타	
4	1~3		花と音樂 꽃과 음악	二木生	수필/기타	
6	1~3		情界哀史 男ごゝろ 〈68〉 정계애사 남자의 마음	島川七石	소설/일본	
7	7		俚謠 〔1〕 이요	群山 笑太郎	시가/도도이쓰	
7	7		俚謠 〔1〕 이요	京城 浪花	시가/도도이쓰	
7	7		俚謠 〔1〕 이요	江景 藤暉	시가/도도이쓰	
7	7		俚謠 〔1〕 이요	元山 竹泉	시가/도도이쓰	
7	7		俚謠 〔1〕 이요	木浦 夢三	시가/도도이쓰	
7	7		俚謠 〔1〕 이요	大邱 旅人	시가/도도이쓰	

1916년 05월 01일 (월) 5337호

지면	단수	기획	기사제목 〈회수〉〔곡수〕	필자/저자(역자)	분류	비고
1	6		二葉會俳句(上)/牡丹、四月、時鳥、新茶、袷 〈1〉〔1〕 후타바카이 하이쿠(상)/모란, 4월, 두견, 신차, 겹옷	京廼屋	시가/하이쿠	
1	6		二葉會俳句(上)/牡丹、四月、時鳥、新茶、袷 〈1〉〔1〕 후타바카이 하이쿠(상)/모란, 4월, 두견, 신차, 겹옷	恰樂	시가/하이쿠	
1	6		二葉會俳句(上)/牡丹、四月、時鳥、新茶、袷 〈1〉〔1〕 후타바카이 하이쿠(상)/모란, 4월, 두견, 신차, 겹옷	征#	시가/하이쿠	
1	6		二葉會俳句(上)/牡丹、四月、時鳥、新茶、袷 〈1〉〔1〕 후타바카이 하이쿠(상)/모란, 4월, 두견, 신차, 겹옷	午民	시가/하이쿠	
1	6		二葉會俳句(上)/牡丹、四月、時鳥、新茶、袷 〈1〉〔1〕 후타바카이 하이쿠(상)/모란, 4월, 두견, 신차, 겹옷	龍峰	시가/하이쿠	
1	6		二葉會俳句(上)/牡丹、四月、時鳥、新茶、袷 〈1〉〔1〕 후타바카이 하이쿠(상)/모란, 4월, 두견, 신차, 겹옷	葦堂	시가/하이쿠	
1	6		二葉會俳句(上)/牡丹、四月、時鳥、新茶、袷 〈1〉〔1〕 후타바카이 하이쿠(상)/모란, 4월, 두견, 신차, 겹옷	笹嶽	시가/하이쿠	
1	6		二葉會俳句(上)/牡丹、四月、時鳥、新茶、袷 〈1〉〔1〕 후타바카이 하이쿠(상)/모란, 4월, 두견, 신차, 겹옷	豊山	시가/하이쿠	
1	6		二葉會俳句(上)/牡丹、四月、時鳥、新茶、袷 〈1〉〔1〕 후타바카이 하이쿠(상)/모란, 4월, 두견, 신차, 겹옷	恰樂	시가/하이쿠	
1	6		二葉會俳句(上)/牡丹、四月、時鳥、新茶、袷 〈1〉〔1〕 후타바카이 하이쿠(상)/모란, 4월, 두견, 신차, 겹옷	東朗	시가/하이쿠	
1	6		二葉會俳句(上)/牡丹、四月、時鳥、新茶、袷 〈1〉〔1〕 후타바카이 하이쿠(상)/모란, 4월, 두견, 신차, 겹옷	笹嶽	시가/하이쿠	
1	6		二葉會俳句(上)/牡丹、四月、時鳥、新茶、袷 〈1〉〔1〕 후타바카이 하이쿠(상)/모란, 4월, 두견, 신차, 겹옷	恰樂	시가/하이쿠	
1	6		二葉會俳句(上)/牡丹、四月、時鳥、新茶、袷 〈1〉〔1〕 후타바카이 하이쿠(상)/모란, 4월, 두견, 신차, 겹옷	龍峰	시가/하이쿠	
1	6		二葉會俳句(上)/牡丹、四月、時鳥、新茶、袷 〈1〉〔1〕 후타바카이 하이쿠(상)/모란, 4월, 두견, 신차, 겹옷	葦堂	시가/하이쿠	
1	6		二葉會俳句(上)/牡丹、四月、時鳥、新茶、袷 〈1〉〔2〕 후타바카이 하이쿠(상)/모란, 4월, 두견, 신차, 겹옷	柯山	시가/하이쿠	
1	6		二葉會俳句(上)/牡丹、四月、時鳥、新茶、袷 〈1〉〔1〕 후타바카이 하이쿠(상)/모란, 4월, 두견, 신차, 겹옷	東朗	시가/하이쿠	
1	6		二葉會俳句(上)/牡丹、四月、時鳥、新茶、袷 〈1〉〔1〕 후타바카이 하이쿠(상)/모란, 4월, 두견, 신차, 겹옷	龍峰	시가/하이쿠	
1	6		二葉會俳句(上)/牡丹、四月、時鳥、新茶、袷 〈1〉〔1〕 후타바카이 하이쿠(상)/모란, 4월, 두견, 신차, 겹옷	#蕉	시가/하이쿠	
3	5~7		櫻花と武士道/日本の國民性に合致 벚꽃과 무사도/일본의 국민성에 부합		수필/기타	
3	6		新作都々逸〔1〕 신작 도도이쓰	江景 彩雲居士	시가/도도이쓰	
3	6		新作都々逸〔1〕 신작 도도이쓰	群山 俊なみ	시가/도도이쓰	
3	6		新作都々逸〔1〕 신작 도도이쓰	龍山 中野春山	시가/도도이쓰	
3	6		新作都々逸〔1〕 신작 도도이쓰	利川 ふの字	시가/도도이쓰	
3	6		新作都々逸〔1〕 신작 도도이쓰	京城 浪花	시가/도도이쓰	
3	6		新作都々逸〔1〕 신작 도도이쓰	群山 不二郎	시가/도도이쓰	
4	1~3		情界哀史 男ごゝろ 〈69〉 정계애사 남자의 마음	島川七石	소설/일본	

지면	단수	기획	기사제목 〈회수〉 [곡수]	필자/저자(역자)	분류	비고
			1916년 05월 02일 (화) 5338호			
1	5		二葉會俳句(下)/牡丹、四月、時鳥、新茶、袷 〈2〉[1] 후타바카이 하이쿠(하)/모란, 4월, 두견, 신차, 겹옷	村山	시가/하이쿠	
1	5		二葉會俳句(下)/牡丹、四月、時鳥、新茶、袷 〈2〉[1] 후타바카이 하이쿠(하)/모란, 4월, 두견, 신차, 겹옷	午民	시가/하이쿠	
1	5		二葉會俳句(下)/牡丹、四月、時鳥、新茶、袷 〈2〉[2] 후타바카이 하이쿠(하)/모란, 4월, 두견, 신차, 겹옷	恰樂	시가/하이쿠	
1	5		二葉會俳句(下)/牡丹、四月、時鳥、新茶、袷 〈2〉[1] 후타바카이 하이쿠(하)/모란, 4월, 두견, 신차, 겹옷	#蕉	시가/하이쿠	
1	5		二葉會俳句(下)/牡丹、四月、時鳥、新茶、袷 〈2〉[1] 후타바카이 하이쿠(하)/모란, 4월, 두견, 신차, 겹옷	葦堂	시가/하이쿠	
1	5		二葉會俳句(下)/牡丹、四月、時鳥、新茶、袷 〈2〉[1] 후타바카이 하이쿠(하)/모란, 4월, 두견, 신차, 겹옷	笹獄	시가/하이구	
1	5		二葉會俳句(下)/牡丹、四月、時鳥、新茶、袷 〈2〉[1] 후타바카이 하이쿠(하)/모란, 4월, 두견, 신차, 겹옷	東朗	시가/하이쿠	
1	5		二葉會俳句(下)/牡丹、四月、時鳥、新茶、袷 〈2〉[1] 후타바카이 하이쿠(하)/모란, 4월, 두견, 신차, 겹옷	豊山	시가/하이쿠	
1	5		二葉會俳句(下)/牡丹、四月、時鳥、新茶、袷 〈2〉[1] 후타바카이 하이쿠(하)/모란, 4월, 두견, 신차, 겹옷	恰樂	시가/하이쿠	
1	5		二葉會俳句(下)/牡丹、四月、時鳥、新茶、袷 〈2〉[2] 후타바카이 하이쿠(하)/모란, 4월, 두견, 신차, 겹옷	村山	시가/하이쿠	
1	5		二葉會俳句(下)/牡丹、四月、時鳥、新茶、袷 〈2〉[1] 후타바카이 하이쿠(하)/모란, 4월, 두견, 신차, 겹옷	東廟	시가/하이쿠	
1	5		二葉會俳句(下)/牡丹、四月、時鳥、新茶、袷 〈2〉[1] 후타바카이 하이쿠(하)/모란, 4월, 두견, 신차, 겹옷	葦堂	시가/하이쿠	
1	5		二葉會俳句(下)/牡丹、四月、時鳥、新茶、袷 〈2〉[1] 후타바카이 하이쿠(하)/모란, 4월, 두견, 신차, 겹옷	午民	시가/하이쿠	
1	5		二葉會俳句(下)/牡丹、四月、時鳥、新茶、袷 〈2〉[1] 후타바카이 하이쿠(하)/모란, 4월, 두견, 신차, 겹옷	笹獄	시가/하이쿠	
1	5		二葉會俳句(下)/牡丹、四月、時鳥、新茶、袷 〈2〉[1] 후타바카이 하이쿠(하)/모란, 4월, 두견, 신차, 겹옷	豊山	시가/하이쿠	
1	5		二葉會俳句(下)/牡丹、四月、時鳥、新茶、袷/人 〈2〉[1] 후타바카이 하이쿠(하)/모란, 4월, 두견, 신차, 겹옷/인	午民	시가/하이쿠	
1	5		二葉會俳句(下)/牡丹、四月、時鳥、新茶、袷/地 〈2〉[1] 후타바카이 하이쿠(하)/모란, 4월, 두견, 신차, 겹옷/지	#蕉	시가/하이쿠	
1	5		二葉會俳句(下)/牡丹、四月、時鳥、新茶、袷/天 〈2〉[1] 후타바카이 하이쿠(하)/모란, 4월, 두견, 신차, 겹옷/천	葦堂	시가/하이쿠	
1	5		二葉會俳句(下)/牡丹、四月、時鳥、新茶、袷/加 〈2〉[1] 후타바카이 하이쿠(하)/모란, 4월, 두견, 신차, 겹옷/가	帝史	시가/하이쿠	
3	6~7		歌を作るには(上)/何ういふ心得を要するか 〈1〉 노래를 만들려면(상)/어떤 마음가짐을 요하는가	大芸居主人	수필/기타	
4	1~3		堀部安兵衛 〈128〉 호리베 야스베에	神田伯山	고단	
5	4~6		春宵夜話/紅い酒、青い酒、そして三人のカフェーの女 춘소 야화/붉은 술, 푸른 술, 그리고 세명의 카페 여자		수필/일상	
5	6		俚謡 [1] 이요	江景 浮世亭	시가/도도이 쓰	
5	6		俚謡 [1] 이요	群山 笑太郎	시가/도도이 쓰	
5	6		俚謡 [1] 이요	龍山 茶々六	시가/도도이 쓰	

지면	단수	기획	기사제목 〈회수〉〔곡수〕	필자/저자(역자)	분류	비고
5	6		俚謠 [1] 이요	木浦 夢三	시가/도도이 쓰	
5	6		俚謠 [1] 이요	平壤 しげる	시가/도도이 쓰	
5	6		俚謠 [1] 이요	京城 よね子	시가/도도이 쓰	
6	1~3		情界哀史 男ごゝろ 〈70〉 정계애사 남자의 마음	島川七石	소설/일본	

1916년 05월 03일 (수) 5339호

지면	단수	기획	기사제목 〈회수〉〔곡수〕	필자/저자(역자)	분류	비고
1	6		眸をとぢて [7] 눈을 감다	龍山 岡本小草	시가/단카	
3	6~7		歌を作るには(中)/何ういふ心得を要するか 〈2〉 노래를 만들려면(중)/어떤 마음가짐을 요하는가?	大芸居主人	수필/기타	
4	1~3		堀部安兵衛 〈129〉 호리베 야스베에	神田伯山	고단	
5	7		新作都々逸 [1] 신작 도도이쓰	京城 撫子	시가/도도이 쓰	
5	7		新作都々逸 [1] 신작 도도이쓰	利川 ふの字	시가/도도이 쓰	
5	7		新作都々逸 [1] 신작 도도이쓰	江景 魚人	시가/도도이 쓰	
5	7		新作都々逸 [1] 신작 도도이쓰	元山 仙公	시가/도도이 쓰	
5	7		新作都々逸 [1] 신작 도도이쓰	開城 菊枝	시가/도도이 쓰	
5	7		新作都々逸 [1] 신작 도도이쓰	龍山 秋月	시가/도도이 쓰	
6	1~3		情界哀史 男ごゝろ 〈71〉 정계애사 남자의 마음	島川七石	소설/일본	

1916년 05월 04일 (목) 5340호

지면	단수	기획	기사제목 〈회수〉〔곡수〕	필자/저자(역자)	분류	비고
3	5~7		歌を作るには(下)/何ういふ心得を要するか 〈3〉 노래를 만들려면(하)/어떤 마음가짐을 요하는가	大芸居主人	수필/기타	
4	1~3		情界哀史 男ごゝろ 〈72〉 정계애사 남자의 마음	島川七石	소설/일본	

1916년 05월 05일 (금) 5341호

지면	단수	기획	기사제목 〈회수〉〔곡수〕	필자/저자(역자)	분류	비고
4	1~3		堀部安兵衛 〈130〉 호리베 야스베에	神田伯山	고단	
5	5		俚謠 [1] 이요	群山 不二郎	시가/도도이 쓰	
5	5		俚謠 [1] 이요	龍山 茶々六	시가/도도이 쓰	
5	5		俚謠 [1] 이요	元山 竹泉	시가/도도이 쓰	
5	5		俚謠 [1] 이요	京城 米子	시가/도도이 쓰	
5	5		俚謠 [1] 이요	龍山 吐虹	시가/도도이 쓰	
5	5		俚謠 [1] 이요	平壤 しげる	시가/도도이 쓰	

지면	단수	기획	기사제목 〈회수〉〔곡수〕	필자/저자(역자)	분류	비고
5	5		俚謠〔1〕 이요	江景 藤暉	시가/도도이쓰	
6	1~5		情界哀史 男ごゝろ〈73〉 정계애사 남자의 마음	島川七石	소설/일본	

1916년 05월 06일 (토) 5342호

지면	단수	기획	기사제목 〈회수〉〔곡수〕	필자/저자(역자)	분류	비고
1	6~7		★群山の春〔1〕 군산의 봄	俊なみ	시가/신체시	
4	1~3		堀部安兵衛〈131〉 호리베 야스베에	神田伯山	고단	
5	5		新作都々逸〔1〕 신작 도도이쓰	京城 撫子	시가/도도이쓰	
5	5		新作都々逸〔1〕 신작 도도이쓰	江景 彩雲居士	시가/도도이쓰	
5	5		新作都々逸〔1〕 신작 도도이쓰	利川 ふの字	시가/도도이쓰	
5	5		新作都々逸〔1〕 신작 도도이쓰	江景 牛の助	시가/도도이쓰	
5	5		新作都々逸〔1〕 신작 도도이쓰	木浦 夢三	시가/도도이쓰	
5	5		新作都々逸〔1〕 신작 도도이쓰	京城 雪の峰	시가/도도이쓰	
6	1~3		情界哀史 男ごゝろ〈74〉 정계애사 남자의 마음	島川七石	소설/일본	

1916년 05월 07일 (일) 5343호

지면	단수	기획	기사제목 〈회수〉〔곡수〕	필자/저자(역자)	분류	비고
3	1~3		情界哀史 男ごゝろ〈75〉 정계애사 남자의 마음	島川七石	소설/일본	
3	5		春宵夜話/二人男と公園の女の群との會話 춘소 야화/두 남자와 공원의 여자 무리와의 이야기		수필/일상	
7	6		花がすみ 꽃 안개		수필/평판기	
8	1~3		堀部安兵衛〈132〉 호리베 야스베에	神田伯山	고단	

1916년 05월 08일 (월) 5344호

지면	단수	기획	기사제목 〈회수〉〔곡수〕	필자/저자(역자)	분류	비고
1	4~6		松花江の汀に佇んで〈1〉 송화강 물가에 멈춰서서	遠藤囚花	수필/기행	
3	6		俚謠〔1〕 이요	龍山 茶々六	시가/도도이쓰	
3	6		俚謠〔1〕 이요	元山 竹泉	시가/도도이쓰	
3	6		俚謠〔1〕 이요	群山 不二郎	시가/도도이쓰	
3	6		俚謠〔1〕 이요	龍山 中野春山	시가/도도이쓰	
3	6		俚謠〔1〕 이요	江景 浮世亭	시가/도도이쓰	
3	6		俚謠〔1〕 이요	京城 三宅	시가/도도이쓰	
4	1~3		堀部安兵衛〈133〉 호리베 야스베에	神田伯山	고단	

지면	단수	기획	기사제목 〈회수〉〔곡수〕	필자/저자(역자)	분류	비고
			1916년 05월 09일 (화) 5345호			
3	6~7		松花江の汀に佇んで 〈2〉 송화강 물가에 멈춰서서	遠藤囚花	수필/기행	
4	1~3		堀部安兵衛 〈134〉 호리베 야스베에	神田伯山	고단	
5	3		新作都々逸〔1〕 신작 도도이쓰	木浦 夢三	시가/도도이 쓰	
5	3		新作都々逸〔1〕 신작 도도이쓰	江景 彩雲居士	시가/도도이 쓰	
5	3		新作都々逸〔1〕 신작 도도이쓰	利川 ふの字	시가/도도이 쓰	
5	3		新作都々逸〔1〕 신작 도도이쓰	龍山 三村秋月	시가/도도이 쓰	
5	3		新作都々逸〔1〕 신작 도도이쓰	京城 雪の峯	시가/도도이 쓰	
5	3		新作都々逸〔1〕 신작 도도이쓰	江景 吉之助	시가/도도이 쓰	
5	6		春宵刻 춘소각		수필/기타	
6	1~3		情界哀史 男ごゝろ 〈76〉 정계애사 남자의 마음	島川七石	소설/일본	
			1916년 05월 10일 (수) 5346호			
3	7		龍窟の探檢 〈1〉 용굴 탐검	楊子江より 南陽丸 の黑坊	수필/기행	
4	1~3		堀部安兵衛 〈135〉 호리베 야스베에	神田伯山	고단	
5	6		俚謠〔1〕 이요	龍山 茶々六	시가/도도이 쓰	
5	6		俚謠〔1〕 이요	江景 藤暉	시가/도도이 쓰	
5	6		俚謠〔1〕 이요	江景 浮世亭	시가/도도이 쓰	
5	6		俚謠〔1〕 이요	大邱 きみ子	시가/도도이 쓰	
5	6		俚謠〔1〕 이요	龍山 中野春山	시가/도도이 쓰	
5	6		俚謠〔1〕 이요	元山 竹泉	시가/도도이 쓰	
6	1~4		情界哀史 男ごゝろ 〈77〉 정계애사 남자의 마음	島川七石	소설/일본	
			1916년 05월 11일 (목) 5347호			
1	5		春なれば〔9〕 봄이라면	龍山 岡本小草	시가/단카	
3	6~7		龍窟の探檢 〈2〉 용굴 탐검	楊子江より 南陽丸 の黑坊	수필/기행	
4	1~3		堀部安兵衛 〈136〉 호리베 야스베에	神田伯山	고단	
5	7		新作都々逸〔1〕 신작 도도이쓰	龍山 白井夏月	시가/도도이 쓰	

지면	단수	기획	기사제목 〈회수〉 〔곡수〕	필자/저자(역자)	분류	비고
5	7		新作都々逸 〔1〕 신작 도도이쓰	江景 東武	시가/도도이쓰	
5	7		新作都々逸 〔1〕 신작 도도이쓰	群山 笑太郎	시가/도도이쓰	
5	7		新作都々逸 〔1〕 신작 도도이쓰	江景 彩雲居士	시가/도도이쓰	
5	7		新作都々逸 〔1〕 신작 도도이쓰	利川 ふの字	시가/도도이쓰	
5	7		新作都々逸 〔1〕 신작 도도이쓰	京城 雪の峰	시가/도도이쓰	
6	1~3		情界哀史 男ごゝろ 〈78〉 정계애사 남자의 마음	島川七石	소설/일본	

1916년 05월 12일 (금) 5348호

지면	단수	기획	기사제목 〈회수〉 〔곡수〕	필자/저자(역자)	분류	비고
4	1~3		堀部安兵衛 〈137〉 호리베 야스베에	神田伯山	고단	
6	1~3		情界哀史 男ごゝろ 〈79〉 정계애사 남자의 마음	島川七石	소설/일본	

1916년 05월 13일 (토) 5349호

지면	단수	기획	기사제목 〈회수〉 〔곡수〕	필자/저자(역자)	분류	비고
1	5		仁川短歌會詠草 〔2〕 인천 단카회 영초	一木 葆光	시가/단카	
1	5		仁川短歌會詠草 〔8〕 인천 단카회 영초	石井 龍史	시가/단카	
4	1~3		堀部安兵衛 〈138〉 호리베 야스베에	神田伯山	고단	
5	7		俚謠 〔1〕 이요	群山 笑太郎	시가/도도이쓰	
5	7		俚謠 〔1〕 이요	龍山 茶々六	시가/도도이쓰	
5	7		俚謠 〔1〕 이요	江景 浮世亭	시가/도도이쓰	
5	7		俚謠 〔1〕 이요	平壤 永井しげる	시가/도도이쓰	
5	7		俚謠 〔1〕 이요	利川 ふの字	시가/도도이쓰	
5	7		俚謠 〔1〕 이요	龍山 吐虹	시가/도도이쓰	
6	1~3		情界哀史 男ごゝろ 〈80〉 정계애사 남자의 마음	島川七石	소설/일본	

1916년 05월 14일 (일) 5350호

지면	단수	기획	기사제목 〈회수〉 〔곡수〕	필자/저자(역자)	분류	비고
1	6		仁川短歌會詠草 〔6〕 인천 단카회 영초	眞崎花汀	시가/단카	
1	6~7		仁川短歌會詠草 〔6〕 인천 단카회 영초	高橋葉子	시가/단카	
1	7		仁川短歌會詠草 〔4〕 인천 단카회 영초	光石尚子	시가/단카	
4	1~3		堀部安兵衛 〈139〉 호리베 야스베에	神田伯山	고단	
5	4~5		二十年前の戀(上)/許嫁を棄てゝ 〈1〉 20년 전의 사랑(상)/약혼자를 버리고		수필/일상	

지면	단수	기획	기사제목 〈회수〉〔곡수〕	필자/저자(역자)	분류	비고
6	1~3		情界哀史 男ごゝろ 〈81〉 정계애사 남자의 마음	島川七石	소설/일본	

1916년 05월 15일 (월) 5351호

지면	단수	기획	기사제목 〈회수〉〔곡수〕	필자/저자(역자)	분류	비고
1	5		仁川短歌會詠草 〔7〕 인천 단카회 영초	樹叢大芸居	시가/단카	
3	5		新作都々逸 〔1〕 신작 도도이쓰	內里 柳子	시가/도도이쓰	
3	7		靑葉若葉 푸른 잎 새잎		수필/평판기	
4	1~3		情界哀史 男ごゝろ 〈82〉 정계애사 남자의 마음	島川七石	소설/일본	

1916년 05월 16일 (화) 5352호

지면	단수	기획	기사제목 〈회수〉〔곡수〕	필자/저자(역자)	분류	비고
4	1~3		堀部安兵衛 〈140〉 호리베 야스베에	神田伯山	고단	
5	7		俚謠 〔1〕 이요	群山 吐虹	시가/도도이쓰	
5	7		俚謠 〔1〕 이요	江景 浮世亭	시가/도도이쓰	
5	7		俚謠 〔1〕 이요	平壤 しげる	시가/도도이쓰	
5	7		俚謠 〔1〕 이요	群山 不二郎	시가/도도이쓰	
5	7		俚謠 〔1〕 이요	龍山 夏月	시가/도도이쓰	
5	7		俚謠 〔1〕 이요	元山 竹泉	시가/도도이쓰	
6	1~3		情界哀史 男ごゝろ 〈83〉 정계애사 남자의 마음	島川七石	소설/일본	

1916년 05월 17일 (수) 5353호

지면	단수	기획	기사제목 〈회수〉〔곡수〕	필자/저자(역자)	분류	비고
1	5		仁川短歌會詠草 〔2〕 인천 단카회 영초	本莊あいし	시가/단카	
1	5		仁川短歌會詠草 〔9〕 인천 단카회 영초	薗村紅路	시가/단카	
1	5		仁川短歌會詠草 〔2〕 인천 단카회 영초	吉川高峰	시가/단카	
1	5		仁川短歌會詠草 〔1〕 인천 단카회 영초	蔵上秋人	시가/단카	
4	1~3		堀部安兵衛 〈141〉 호리베 야스베에	神田伯山	고단	
5	6		新作都々逸 〔1〕 신작 도도이쓰	龍山 白井夏月	시가/도도이쓰	
5	6		新作都々逸 〔1〕 신작 도도이쓰	元山 竹泉	시가/도도이쓰	
5	6		新作都々逸 〔1〕 신작 도도이쓰	江景 魚人	시가/도도이쓰	
5	6		新作都々逸 〔1〕 신작 도도이쓰	開城 菊枝	시가/도도이쓰	
5	6		新作都々逸 〔1〕 신작 도도이쓰	京城 雪の峰	시가/도도이쓰	

지면	단수	기획	기사제목 〈회수〉〔곡수〕	필자/저자(역자)	분류	비고
5	6		新作都々逸 〔1〕 신작 도도이쓰	江景 藤暉	시가/도도이 쓰	
6	1~2		情界哀史 男ごゝろ 〈84〉 정계애사 남자의 마음	島川七石	소설/일본	

1916년 05월 19일 (금) 5355호

지면	단수	기획	기사제목 〈회수〉〔곡수〕	필자/저자(역자)	분류	비고
3	5~6		清州土曜吟集 청주 토요음집		기타/모임안 내	
3	6		清州土曜吟集/夏帽子 〔1〕 청주 토요음집/여름 모자	可紅	시가/하이쿠	
3	6		清州土曜吟集/夏帽子 〔1〕 청주 토요음집/여름 모자	菊坡	시가/하이쿠	
3	6		清州土曜吟集/夏帽子 〔1〕 청주 토요음집/여름 모자	一舟	시가/하이쿠	
3	6		清州土曜吟集/夏帽子 〔1〕 청주 토요음집/여름 모자	菊坡	시가/하이쿠	
3	6		清州土曜吟集/夏帽子 〔1〕 청주 토요음집/여름 모자	一宗	시가/하이쿠	
3	6		清州土曜吟集/夏帽子 〔1〕 청주 토요음집/여름 모자	一流	시가/하이쿠	
3	6		清州土曜吟集/夏帽子 〔1〕 청주 토요음집/여름 모자	芳涯	시가/하이쿠	
3	6		清州土曜吟集/夏帽子 〔1〕 청주 토요음집/여름 모자	雨滴	시가/하이쿠	
3	6		清州土曜吟集/夏帽子 〔1〕 청주 토요음집/여름 모자	買牛	시가/하이쿠	
3	6		清州土曜吟集/若葉 〔1〕 청주 토요음집/새잎	雨滴	시가/하이쿠	
3	6		清州土曜吟集/若葉 〔1〕 청주 토요음집/새잎	左通	시가/하이쿠	
3	6		清州土曜吟集/若葉 〔1〕 청주 토요음집/새잎	一流	시가/하이쿠	
3	6		清州土曜吟集/若葉 〔1〕 청주 토요음집/새잎	笠峰	시가/하이쿠	
3	6		清州土曜吟集/若葉 〔1〕 청주 토요음집/새잎	左通	시가/하이쿠	
3	6		清州土曜吟集/若葉 〔1〕 청주 토요음집/새잎	夕峯	시가/하이쿠	
3	6		清州土曜吟集/若葉 〔1〕 청주 토요음집/새잎	菊坡	시가/하이쿠	
3	6		清州土曜吟集/若葉 〔2〕 청주 토요음집/새잎	芳涯	시가/하이쿠	
3	6		清州土曜吟集/若葉 〔1〕 청주 토요음집/새잎	菊坡	시가/하이쿠	
3	6		清州土曜吟集/若葉 〔1〕 청주 토요음집/새잎	買牛	시가/하이쿠	
3	6		紅はがき(沙里院) 붉은 엽서(사리원)		수필/평판기	
4	1~3		堀部安兵衛 〈143〉 호리베 야스베에	神田伯山	고단	
5	3		青葉若葉 푸른 잎 새잎		수필/평판기	

지면	단수	기획	기사제목 〈회수〉〔곡수〕	필자/저자(역자)	분류	비고
5	6		新作都々逸 [1] 신작 도도이쓰	群山 不二郞	시가/도도이 쓰	
5	6		新作都々逸 [1] 신작 도도이쓰	木浦 夢三	시가/도도이 쓰	
5	6		新作都々逸 [1] 신작 도도이쓰	龍山 夢の人	시가/도도이 쓰	
5	6		新作都々逸 [1] 신작 도도이쓰	大邱 あき子	시가/도도이 쓰	
5	6		新作都々逸 [1] 신작 도도이쓰	京城 #綠#	시가/도도이 쓰	
5	6		新作都々逸 [1] 신작 도도이쓰	京城 雪の峰	시가/도도이 쓰	
6	1~3		情界哀史 男ごゝろ 〈86〉 정계애사 남자의 마음	島川七石	소설/일본	

1916년 05월 20일 (토) 5356호

지면	단수	기획	기사제목 〈회수〉〔곡수〕	필자/저자(역자)	분류	비고
1	5		黎明の光 〔8〕 여명의 빛	京城 高須賀裸丘	시가/단카	
4	1~3		堀部安兵衛 〈144〉 호리베 야스베에	神田伯山	고단	
5	5		俚謠 [1] 이요	群山 笑太郞	시가/도도이 쓰	
5	5		俚謠 [1] 이요	江景 浮世亭	시가/도도이 쓰	
5	5		俚謠 [1] 이요	平壤 しげる	시가/도도이 쓰	
5	5		俚謠 [1] 이요	江景 淵村生	시가/도도이 쓰	
5	5		俚謠 [1] 이요	利川 ふの字	시가/도도이 쓰	
5	5		俚謠 [1] 이요	龍山 白井夏月	시가/도도이 쓰	
5	6		靑葉若葉 푸른 잎 새잎		수필/평판기	
6	1~3		情界哀史 男ごゝろ 〈87〉 정계애사 남자의 마음	島川七石	소설/일본	

1916년 05월 21일 (일) 5357호

지면	단수	기획	기사제목 〈회수〉〔곡수〕	필자/저자(역자)	분류	비고
4	1~3		堀部安兵衛 〈145〉 호리베 야스베에	神田伯山	고단	
5	4~6		夜の街上(上) 〈1〉 밤 길거리(상)	四のじ	수필/기타	
5	6		新作都々逸 [1] 신작 도도이쓰	江景 浮世亭	시가/도도이 쓰	
5	6		新作都々逸 [1] 신작 도도이쓰	龍山 夢の人	시가/도도이 쓰	
5	6		新作都々逸 [1] 신작 도도이쓰	龍山 白井夏月	시가/도도이 쓰	
5	6		新作都々逸 [1] 신작 도도이쓰	龍山 茶々六	시가/도도이 쓰	
5	6		新作都々逸 [1] 신작 도도이쓰	群山 不二郞	시가/도도이 쓰	

지면	단수	기획	기사제목 〈회수〉 〔곡수〕	필자/저자(역자)	분류	비고
5	6		新作都々逸 [1] 신작 도도이쓰	京城 雪の峰	시가/도도이쓰	
6	1~3		情界哀史 男ごゝろ 〈88〉 정계애사 남자의 마음	島川七石	소설/일본	

1916년 05월 22일 (월) 5358호

지면	단수	기획	기사제목 〈회수〉 〔곡수〕	필자/저자(역자)	분류	비고
3	4~6		夜の街上(中) 〈2〉 밤 길거리(중)	四のじ	수필/기타	
3	6		俚謡 [1] 이요	江景 淵村生	시가/도도이쓰	
3	6		俚謡 [1] 이요	群山 不二郎	시가/도도이쓰	
3	6		俚謡 [1] 이요	龍山 茶々六	시가/도도이쓰	
3	6		俚謡 [1] 이요	江景 浮世亭	시가/도도이쓰	
3	6		俚謡 [1] 이요	龍山 夢の人	시가/도도이쓰	
3	6		俚謡 [1] 이요	平壤 しげる	시가/도도이쓰	
4	1~3		情界哀史 男ごゝろ 〈89〉 정계애사 남자의 마음	島川七石	소설/일본	

1916년 05월 23일 (화) 5359호

지면	단수	기획	기사제목 〈회수〉 〔곡수〕	필자/저자(역자)	분류	비고
1	5		われひとり [1] 나 혼자	原田桃水	시가/신체시	
4	1~3		堀部安兵衛 〈146〉 호리베 야스베에	神田伯山	고단	
5	4~7		夜の街上(下) 〈3〉 밤 길거리(하)	四のじ	수필/기타	
6	1~3		情界哀史 男ごゝろ 〈90〉 정계애사 남자의 마음	島川七石	소설/일본	

1916년 05월 24일 (수) 5360호

지면	단수	기획	기사제목 〈회수〉 〔곡수〕	필자/저자(역자)	분류	비고
1	5		仁川短歌會詠草 [14] 인천 단카회 영초	樹叢大芸居	시가/단카	
4	1~3		堀部安兵衛 〈147〉 호리베 야스베에	神田伯山	고단	
4	3~4	新講談	村井長庵 무라이 조안	神田松鯉	광고/연재예고	
5	1~2		藝術と妻(上) 〈1〉 예술과 아내(상)		수필/기타	
6	1~3		情界哀史 男ごゝろ 〈91〉 정계애사 남자의 마음	島川七石	소설/일본	

1916년 05월 25일 (목) 5361호

지면	단수	기획	기사제목 〈회수〉 〔곡수〕	필자/저자(역자)	분류	비고
1	5		仁川短歌會詠草 [4] 인천 단카회 영초	蒞村 紅路	시가/단카	
1	5		仁川短歌會詠草 [7] 인천 단카회 영초	石井 龍史	시가/단카	
1	5		仁川短歌會詠草 [2] 인천 단카회 영초	長谷村鄰川子	시가/단카	

지면	단수	기획	기사제목 〈회수〉〔곡수〕	필자/저자(역자)	분류	비고
3	5~6		短歌短評 단카 단평	大芸居士	수필/비평	
3	7		平壤燒栗會/暮春/一點〔2〕 평양 야키구리카이/만춘/일점	渴山	시가/하이쿠	
3	7		平壤燒栗會/暮春/一點〔2〕 평양 야키구리카이/만춘/일점	秋湖	시가/하이쿠	
3	7		平壤燒栗會/暮春/一點〔1〕 평양 야키구리카이/만춘/일점	秋湖	시가/하이쿠	
3	7		平壤燒栗會/暮春/一點〔3〕 평양 야키구리카이/만춘/일점	勇鄕	시가/하이쿠	
3	7		平壤燒栗會/暮春/一點〔1〕 평양 야키구리카이/만춘/일점	紅鳥	시가/하이쿠	
3	7		平壤燒栗會/暮春/一點〔1〕 평양 야키구리카이/만춘/일점	露光	시가/하이쿠	
3	7		平壤燒栗會/暮春/一點〔1〕 평양 야키구리카이/만춘/일점	草樂	시가/하이쿠	
3	7		平壤燒栗會/暮春/二點〔1〕 평양 야키구리카이/만춘/이점	紅鳥	시가/하이쿠	
3	7		平壤燒栗會/暮春/二點〔1〕 평양 야키구리카이/만춘/이점	草樂	시가/하이쿠	
3	7		平壤燒栗會/暮春/二點〔3〕 평양 야키구리카이/만춘/이점	淡水	시가/하이쿠	
3	7		平壤燒栗會/暮春/二點〔1〕 평양 야키구리카이/만춘/이점	露光	시가/하이쿠	
3	7		平壤燒栗會/暮春/二點〔2〕 평양 야키구리카이/만춘/이점	秋湖	시가/하이쿠	
3	7		平壤燒栗會/暮春/二點〔1〕 평양 야키구리카이/만춘/이점	樂天境	시가/하이쿠	
3	7		平壤燒栗會/暮春/二點〔1〕 평양 야키구리카이/만춘/이점	汀人	시가/하이쿠	
3	7		平壤燒栗會/暮春/三點〔1〕 평양 야키구리카이/만춘/삼점	未成老	시가/하이쿠	
3	7		平壤燒栗會/暮春/四點〔1〕 평양 야키구리카이/만춘/사점	汀人	시가/하이쿠	
3	7		平壤燒栗會/暮春/四點〔1〕 평양 야키구리카이/만춘/사점	未成老	시가/하이쿠	
4	1~3		堀部安兵衛〈148〉 호리베 야스베에	神田伯山	고단	
5	1~2		藝術と妻(中)〈2〉 예술과 아내(중)		수필/기타	
5	7		俚謠〔1〕 이요	江景 魚人	시가/도도이 쓰	
5	7		俚謠〔1〕 이요	龍山 茶々六	시가/도도이 쓰	
5	7		俚謠〔1〕 이요	平壤 しげる	시가/도도이 쓰	
5	7		俚謠〔1〕 이요	大田 山野如洋	시가/도도이 쓰	
5	7		俚謠〔1〕 이요	群山 笑太郎	시가/도도이 쓰	
5	7		俚謠〔1〕 이요	龍山 白井夏月	시가/도도이 쓰	

지면	단수	기획	기사제목 〈회수〉〔곡수〕	필자/저자(역자)	분류	비고
6	1~3		情界哀史 男ごゝろ 〈92〉 정계애사 남자의 마음	島川七石	소설/일본	
1916년 05월 26일 (금) 5361호						
1	8		仁川短歌會詠草〔2〕 인천 단카회 영초	無名子	시가/단카	
1	8		仁川短歌會詠草〔3〕 인천 단카회 영초	汐美靑霧	시가/단카	
1	8		仁川短歌會詠草〔3〕 인천 단카회 영초	鳳上秋人	시가/단카	
1	8~9		仁川短歌會詠草〔4〕 인천 단카회 영초	一木葆光	시가/단카	
3	7		平壤燒栗會/橋〔1〕 평양 야키구리카이/다리	草樂	시가/하이쿠	
3	7		平壤燒栗會/橋〔1〕 평양 야키구리카이/다리	樂天境	시가/하이쿠	
3	7		平壤燒栗會/橋〔1〕 평양 야키구리카이/다리	汀人	시가/하이쿠	
3	7		平壤燒栗會/橋〔1〕 평양 야키구리카이/다리	溪水	시가/하이쿠	
3	7		平壤燒栗會/橋〔1〕 평양 야키구리카이/다리	洪山	시가/하이쿠	
3	7		平壤燒栗會/橋〔2〕 평양 야키구리카이/다리	久米二	시가/하이쿠	
3	7		平壤燒栗會/橋〔1〕 평양 야키구리카이/다리	碧水	시가/하이쿠	
3	7		平壤燒栗會/橋〔1〕 평양 야키구리카이/다리	碧水	시가/하이쿠	
3	7		平壤燒栗會/橋〔2〕 평양 야키구리카이/다리	未成老	시가/하이쿠	
3	7		平壤燒栗會/橋〔2〕 평양 야키구리카이/다리	南涯	시가/하이쿠	
3	7		平壤燒栗會/橋〔3〕 평양 야키구리카이/다리	淡水	시가/하이쿠	
3	7		平壤燒栗會/橋〔2〕 평양 야키구리카이/다리	露光	시가/하이쿠	
3	7		平壤燒栗會/橋〔2〕 평양 야키구리카이/다리	露光	시가/하이쿠	
3	7		平壤燒栗會/橋〔3〕 평양 야키구리카이/다리	秋湖	시가/하이쿠	
4	1~3		村井長庵 〈1〉 무라이 조안	神田松鯉	고단	
5	1~2		藝術と妻(下) 〈3〉 예술과 아내(하)		수필/기타	
5	7		新作都々逸〔1〕 신작 도도이쓰	江景 #村生	시가/도도이 쓰	
5	7		新作都々逸〔1〕 신작 도도이쓰	龍山 白井夏月	시가/도도이 쓰	
5	7		新作都々逸〔1〕 신작 도도이쓰	龍山 茶々六	시가/도도이 쓰	
5	7		新作都々逸〔1〕 신작 도도이쓰	群山 笑太郎	시가/도도이 쓰	

지면	단수	기획	기사제목 〈회수〉〔곡수〕	필자/저자(역자)	분류	비고
5	7		新作都々逸〔1〕 신작 도도이쓰	龍山 夢の人	시가/도도이쓰	
5	7		新作都々逸〔1〕 신작 도도이쓰	京城 雪の峯	시가/도도이쓰	
6	1~3		情界哀史 男ごゝろ〈93〉 정계애사 남자의 마음	島川七石	소설/일본	

1916년 05월 27일 (토) 5363호

지면	단수	기획	기사제목 〈회수〉〔곡수〕	필자/저자(역자)	분류	비고
4	1~3		大岡政談 村井長庵〈2〉 오오카 정담 무라이 조안	神田松鯉	고단	
5	4		岩つゝじ 바위 철쭉		수필/평판기	
6	1~3		情界哀史 男ごゝろ〈94〉 정계애사 남자의 마음	島川七石	소설/일본	

1916년 05월 29일 (월) 5364호

지면	단수	기획	기사제목 〈회수〉〔곡수〕	필자/저자(역자)	분류	비고
1	6		初夏低吟鈔〔13〕 초하 저음초	いしゐ、りうし	시가/단카	
1	6~7		裾野の雨/箱根の巻(一)〈1〉 산기슭의 비/하코네의 권(1)	平井晩村	소설/일본	
3	7		俚謠〔1〕 이요	平壤 しげる	시가/도도이쓰	
3	7		俚謠〔1〕 이요	龍山 夢の人	시가/도도이쓰	
3	7		俚謠〔1〕 이요	江景 魚人	시가/도도이쓰	
3	7		俚謠〔1〕 이요	龍山 つゞみ	시가/도도이쓰	
3	7		俚謠〔1〕 이요	江景 浮世亭	시가/도도이쓰	
4	1~3		情界哀史 男ごゝろ〈95〉 정계애사 남자의 마음	島川七石	소설/일본	

1916년 05월 30일 (화) 5365호

지면	단수	기획	기사제목 〈회수〉〔곡수〕	필자/저자(역자)	분류	비고
1	7		二葉會十回俳句/無二庵帝史撰/蝙蝠、苔の花、短夜、青田、土用干〔1〕 후타바카이 10회 하이쿠/무니안 데이지 선/박쥐, 이끼꽃, 짧은 밤, 푸른 논, 거풍	豊山	시가/하이쿠	
1	7		二葉會十回俳句/無二庵帝史撰/蝙蝠、苔の花、短夜、青田、土用干〔1〕 후타바카이 10회 하이쿠/무니안 데이지 선/박쥐, 이끼꽃, 짧은 밤, 푸른 논, 거풍	笹嶽	시가/하이쿠	
1	7		二葉會十回俳句/無二庵帝史撰/蝙蝠、苔の花、短夜、青田、土用干〔1〕 후타바카이 10회 하이쿠/무니안 데이지 선/박쥐, 이끼꽃, 짧은 밤, 푸른 논, 거풍	肘々	시가/하이쿠	
1	7		二葉會十回俳句/無二庵帝史撰/蝙蝠、苔の花、短夜、青田、土用干〔1〕 후타바카이 10회 하이쿠/무니안 데이지 선/박쥐, 이끼꽃, 짧은 밤, 푸른 논, 거풍	東朗	시가/하이쿠	
1	7		二葉會十回俳句/無二庵帝史撰/蝙蝠、苔の花、短夜、青田、土用干〔1〕 후타바카이 10회 하이쿠/무니안 데이지 선/박쥐, 이끼꽃, 짧은 밤, 푸른 논, 거풍	龍畔	시가/하이쿠	

지면	단수	기획	기사제목 〈회수〉 [곡수]	필자/저자(역자)	분류	비고
1	7		二葉會十回俳句/無二庵帝史撰/蝙蝠、苔の花、短夜、青田、土用干 [1] 후타바카이 10회 하이쿠/무니안 데이지 선/박쥐, 이끼꽃, 짧은 밤, 푸른 논, 거풍	笹嶽	시가/하이쿠	
1	7		二葉會十回俳句/無二庵帝史撰/蝙蝠、苔の花、短夜、青田、土用干 [1] 후타바카이 10회 하이쿠/무니안 데이지 선/박쥐, 이끼꽃, 짧은 밤, 푸른 논, 거풍	東朗	시가/하이쿠	
1	7		二葉會十回俳句/無二庵帝史撰/蝙蝠、苔の花、短夜、青田、土用干 [1] 후타바카이 10회 하이쿠/무니안 데이지 선/박쥐, 이끼꽃, 짧은 밤, 푸른 논, 거풍	##	시가/하이쿠	
1	7		二葉會十回俳句/無二庵帝史撰/蝙蝠、苔の花、短夜、青田、土用干 [1] 후타바카이 10회 하이쿠/무니안 데이지 선/박쥐, 이끼꽃, 짧은 밤, 푸른 논, 거풍	東朗	시가/하이쿠	
1	7		二葉會十回俳句/無二庵帝史撰/蝙蝠、苔の花、短夜、青田、土用干 [1] 후타바카이 10회 하이쿠/무니안 데이지 선/박쥐, 이끼꽃, 짧은 밤, 푸른 논, 거풍	肘々	시가/하이쿠	
1	7		二葉會十回俳句/無二庵帝史撰/蝙蝠、苔の花、短夜、青田、土用干 [1] 후타바카이 10회 하이쿠/무니안 데이지 선/박쥐, 이끼꽃, 짧은 밤, 푸른 논, 거풍	水日	시가/하이쿠	
1	7		二葉會十回俳句/無二庵帝史撰/蝙蝠、苔の花、短夜、青田、土用干 [1] 후타바카이 10회 하이쿠/무니안 데이지 선/박쥐, 이끼꽃, 짧은 밤, 푸른 논, 거풍	龍峯	시가/하이쿠	
1	7		二葉會十回俳句/無二庵帝史撰/蝙蝠、苔の花、短夜、青田、土用干 [1] 후타바카이 10회 하이쿠/무니안 데이지 선/박쥐, 이끼꽃, 짧은 밤, 푸른 논, 거풍	怡#	시가/하이쿠	
1	7		二葉會十回俳句/無二庵帝史撰/蝙蝠、苔の花、短夜、青田、土用干 [1] 후타바카이 10회 하이쿠/무니안 데이지 선/박쥐, 이끼꽃, 짧은 밤, 푸른 논, 거풍	##	시가/하이쿠	
1	7		二葉會十回俳句/無二庵帝史撰/蝙蝠、苔の花、短夜、青田、土用干 [1] 후타바카이 10회 하이쿠/무니안 데이지 선/박쥐, 이끼꽃, 짧은 밤, 푸른 논, 거풍	龍峯	시가/하이쿠	
1	7		二葉會十回俳句/無二庵帝史撰/蝙蝠、苔の花、短夜、青田、土用干 [1] 후타바카이 10회 하이쿠/무니안 데이지 선/박쥐, 이끼꽃, 짧은 밤, 푸른 논, 거풍	##	시가/하이쿠	
1	7		二葉會十回俳句/無二庵帝史撰/蝙蝠、苔の花、短夜、青田、土用干 [1] 후타바카이 10회 하이쿠/무니안 데이지 선/박쥐, 이끼꽃, 짧은 밤, 푸른 논, 거풍	笹嶽	시가/하이쿠	
1	7		二葉會十回俳句/無二庵帝史撰/蝙蝠、苔の花、短夜、青田、土用干/秀逸 [1] 후타바카이 10회 하이쿠/무니안 데이지 선/박쥐, 이끼꽃, 짧은 밤, 푸른 논, 거풍/수일	##	시가/하이쿠	
1	7		二葉會十回俳句/無二庵帝史撰/蝙蝠、苔の花、短夜、青田、土用干/秀逸 [2] 후타바카이 10회 하이쿠/무니안 데이지 선/박쥐, 이끼꽃, 짧은 밤, 푸른 논, 거풍/수일	京廼屋	시가/하이쿠	

지면	단수	기획	기사제목 〈회수〉〔곡수〕	필자/저자(역자)	분류	비고
1	7		二葉會十回俳句/無二庵帝史撰/蝙蝠、苔の花、短夜、青田、土用干/秀逸〔1〕 후타바카이 10회 하이쿠/무니안 데이지 선/박쥐, 이끼꽃, 짧은 밤, 푸른 논, 거풍/수일	#々	시가/하이쿠	
1	7		二葉會十回俳句/無二庵帝史撰/蝙蝠、苔の花、短夜、青田、土用干/秀逸〔1〕 후타바카이 10회 하이쿠/무니안 데이지 선/박쥐, 이끼꽃, 짧은 밤, 푸른 논, 거풍/수일	笹嶽	시가/하이쿠	
1	7		二葉會十回俳句/無二庵帝史撰/蝙蝠、苔の花、短夜、青田、土用干/秀逸〔1〕 후타바카이 10회 하이쿠/무니안 데이지 선/박쥐, 이끼꽃, 짧은 밤, 푸른 논, 거풍/수일	龍堂	시가/하이쿠	
1	7		二葉會十回俳句/無二庵帝史撰/蝙蝠、苔の花、短夜、青田、土用干/秀逸〔1〕 후타바카이 10회 하이쿠/무니안 데이지 선/박쥐, 이끼꽃, 짧은 밤, 푸른 논, 거풍/수일	##	시가/하이쿠	
1	7		二葉會十回俳句/無二庵帝史撰/蝙蝠、苔の花、短夜、青田、土用干/秀逸〔2〕 후타바카이 10회 하이쿠/무니안 데이지 선/박쥐, 이끼꽃, 짧은 밤, 푸른 논, 거풍/수일	##	시가/하이쿠	
1	7		二葉會十回俳句/無二庵帝史撰/蝙蝠、苔の花、短夜、青田、土用干/秀逸〔1〕 후타바카이 10회 하이쿠/무니안 데이지 선/박쥐, 이끼꽃, 짧은 밤, 푸른 논, 거풍/수일	午民	시가/하이쿠	
1	7		二葉會十回俳句/無二庵帝史撰/蝙蝠、苔の花、短夜、青田、土用干/三光/人〔1〕 후타바카이 10회 하이쿠/무니안 데이지 선/박쥐, 이끼꽃, 짧은 밤, 푸른 논, 거풍/수일/삼광/인	層々	시가/하이쿠	
1	7		二葉會十回俳句/無二庵帝史撰/蝙蝠、苔の花、短夜、青田、土用干/三光/地〔1〕 후타바카이 10회 하이쿠/무니안 데이지 선/박쥐, 이끼꽃, 짧은 밤, 푸른 논, 거풍/수일/삼광/지	午民	시가/하이쿠	
1	7		二葉會十回俳句/無二庵帝史撰/蝙蝠、苔の花、短夜、青田、土用干/三光/人/天〔1〕 후타바카이 10회 하이쿠/무니안 데이지 선/박쥐, 이끼꽃, 짧은 밤, 푸른 논, 거풍/수일/삼광/천	柯山	시가/하이쿠	
1	7		二葉會十回俳句/蝙蝠、苔の花、短夜、青田、土用干/加〔1〕 후타바카이 10회 하이쿠/박쥐, 이끼꽃, 짧은 밤, 푸른 논, 거풍/가	帝史	시가/하이쿠	
1	7~8		裾野の雨/箱根の巻(二)〈2〉 산기슭의 비/하코네의 권(2)	平井晩村	소설/일본	
4	1~3		大岡政談 村井長庵〈3〉 오오카 정담 무라이 조안	神田松鯉	고단	
5	7		新作都々逸〔1〕 신작 도도이쓰	江景 魚人	시가/도도이쓰	
5	7		新作都々逸〔1〕 신작 도도이쓰	龍山 夢の人	시가/도도이쓰	
5	7		新作都々逸〔1〕 신작 도도이쓰	龍山 白井夏月	시가/도도이쓰	
5	7		新作都々逸〔1〕 신작 도도이쓰	京城 雪の峯	시가/도도이쓰	
5	7		新作都々逸〔1〕 신작 도도이쓰	群山 笑太郎	시가/도도이쓰	
6	1~3		情界哀史 男ごゝろ〈96〉 정계애사 남자의 마음	島川七石	소설/일본	

1916년 05월 31일 (수) 5366호

지면	단수	기획	기사제목 〈회수〉〔곡수〕	필자/저자(역자)	분류	비고
1	6		一握詩社短歌會詠草/燕〔1〕 이치아쿠시사 단카회 영초/제비	よしを	시가/단카	
1	6		一握詩社短歌會詠草/燕〔3〕 이치아쿠시사 단카회 영초/제비	たかし	시가/단카	
1	6		一握詩社短歌會詠草/燕〔2〕 이치아쿠시사 단카회 영초/제비	双果	시가/단카	
1	6		一握詩社短歌會詠草/燕〔3〕 이치아쿠시사 단카회 영초/제비	小果	시가/단카	
1	6		一握詩社短歌會詠草/燕〔4〕 이치아쿠시사 단카회 영초/제비	青紅	시가/단카	
1	6		一握詩社短歌會詠草/桃〔3〕 이치아쿠시사 단카회 영초/복숭아	双果	시가/단카	
1	7		一握詩社短歌會詠草/桃〔2〕 이치아쿠시사 단카회 영초/복숭아	小果	시가/단카	
1	7		一握詩社短歌會詠草/桃〔5〕 이치아쿠시사 단카회 영초/복숭아	よしを	시가/단카	
1	7		一握詩社短歌會詠草/桃〔4〕 이치아쿠시사 단카회 영초/복숭아	青紅	시가/단카	
1	7~8		裾野の雨/箱根の卷(三)〈3〉 산기슭의 비/하코네의 권(3)	平井晩村	소설/일본	
3	5		開城 蛙鳴會俳句/平折(ハナノ)〔1〕 개성 와명회 하이쿠/평절(꽃의)	一勢	시가/하이쿠	
3	5		開城 蛙鳴會俳句/平折(ハナノ)〔1〕 개성 와명회 하이쿠/평절(꽃의)	不動	시가/하이쿠	
3	5		開城 蛙鳴會俳句/平折(ハナノ)〔1〕 개성 와명회 하이쿠/평절(꽃의)	苔石	시가/하이쿠	
3	5		開城 蛙鳴會俳句/平折(ハナノ)〔1〕 개성 와명회 하이쿠/평절(꽃의)	心聲	시가/하이쿠	
3	5		開城 蛙鳴會俳句/平折(ハナノ)〔1〕 개성 와명회 하이쿠/평절(꽃의)	一勢	시가/하이쿠	
3	5		開城 蛙鳴會俳句/平折(ハナノ)/人〔1〕 개성 와명회 하이쿠/평절(꽃의)/인	城原	시가/하이쿠	
3	5		開城 蛙鳴會俳句/平折(ハナノ)/地〔1〕 개성 와명회 하이쿠/평절(꽃의)/지	不動	시가/하이쿠	
3	5		開城 蛙鳴會俳句/平折(ハナノ)/天〔1〕 개성 와명회 하이쿠/평절(꽃의)/천	風竹	시가/하이쿠	
3	5		開城 蛙鳴會俳句/春雨(即吟)〔1〕 개성 와명회 하이쿠/봄비(즉음)	孤雁	시가/하이쿠	
3	5		開城 蛙鳴會俳句/春雨(即吟)〔1〕 개성 와명회 하이쿠/봄비(즉음)	心聲	시가/하이쿠	
3	5		開城 蛙鳴會俳句/春雨(即吟)〔1〕 개성 와명회 하이쿠/봄비(즉음)	呑宙	시가/하이쿠	
3	5		開城 蛙鳴會俳句/春雨(即吟)〔2〕 개성 와명회 하이쿠/봄비(즉음)	心聲	시가/하이쿠	
3	5		開城 蛙鳴會俳句/春雨(即吟)/人〔1〕 개성 와명회 하이쿠/봄비(즉음)/인	心聲	시가/하이쿠	
3	5		開城 蛙鳴會俳句/春雨(即吟)/地〔1〕 개성 와명회 하이쿠/봄비(즉음)/지	青山	시가/하이쿠	
3	5		開城 蛙鳴會俳句/春雨(即吟)/天〔1〕 개성 와명회 하이쿠/봄비(즉음)/천	抜天	시가/하이쿠	
4	1~3		大岡政談 村井長庵〈4〉 오오카 정담 무라이 조안	神田松鯉	고단	

지면	단수	기획	기사제목 〈회수〉〔곡수〕	필자/저자(역자)	분류	비고
6	1~3		情界哀史 男ごゝろ 〈97〉 정계애사 남자의 마음	島川七石	소설/일본	

1916년 06월 01일 (목) 5367호

지면	단수	기획	기사제목 〈회수〉〔곡수〕	필자/저자(역자)	분류	비고
1	5		胸に覺えのある人に 〔12〕 마음에 기억이 있는 사람에게	末家開二郎	시가/단카	
1	6		裾野の雨/箱根の卷(四) 〈4〉 산기슭의 비/하코네의 권(4)	平井晩村	소설/일본	
4	1~3		大岡政談 村井長庵 〈5〉 오오카 정담 무라이 조안	神田松鯉	고단	
5	3		花あやめ 붓꽃		수필/평판기	
6	1~3		情界哀史 男ごゝろ 〈98〉 정계애사 남자의 마음	島川七石	소설/일본	

1916년 06월 02일 (금) 5368호

지면	단수	기획	기사제목 〈회수〉〔곡수〕	필자/저자(역자)	분류	비고
1	5		☆孝昌園にて 〔6〕 효창원에서	龍山 岡本小草	시가/단카	
1	6		裾野の雨/箱根の卷(五) 〈5〉 산기슭의 비/하코네의 권(5)	平井晩村	소설/일본	
4	1~3		大岡政談 村井長庵 〈6〉 오오카 정담 무라이 조안	神田松鯉	고단	
5	3		花あやめ 붓꽃		수필/평판기	
6	1~3		情界哀史 男ごゝろ 〈99〉 정계애사 남자의 마음	島川七石	소설/일본	

1916년 06월 03일 (토) 5369호

지면	단수	기획	기사제목 〈회수〉〔곡수〕	필자/저자(역자)	분류	비고
1	5		生 〔1〕 생	よしを	시가/단카	
1	5		生 〔1〕 생	小果	시가/단카	
1	5		生 〔4〕 생	青紅	시가/단카	
1	5~6		裾野の雨/箱根の卷(六) 〈6〉 산기슭의 비/하코네의 권(6)	平井晩村	소설/일본	
4	1~3		大岡政談 村井長庵 〈7〉 오오카 정담 무라이 조안	神田松鯉	고단	
6	1~3		情界哀史 男ごゝろ 〈100〉 정계애사 남자의 마음	島川七石	소설/일본	

1916년 06월 04일 (일) 5370호

지면	단수	기획	기사제목 〈회수〉〔곡수〕	필자/저자(역자)	분류	비고
1	5~6		裾野の雨/箱根の卷(六) 〈6〉 산기슭의 비/하코네의 권(6)	平井晩村	소설/일본	회수 오류
3	5		平壤燒栗會句/蚊帳 〔1〕 평양 야키구리카이 구/모기장	露光	시가/하이쿠	
3	5		平壤燒栗會句/蚊帳 〔3〕 평양 야키구리카이 구/모기장	鷗四水	시가/하이쿠	
3	5		平壤燒栗會句/蚊帳 〔4〕 평양 야키구리카이 구/모기장	汀人	시가/하이쿠	
3	5		平壤燒栗會句/蚊帳 〔4〕 평양 야키구리카이 구/모기장	未成老	시가/하이쿠	

지면	단수	기획	기사제목 〈회수〉〔곡수〕	필자/저자(역자)	분류	비고
3	5		平壤燒栗會句/蚊帳〔4〕 평양 야키구리카이 구/모기장	南涯	시가/하이쿠	
3	5		平壤燒栗會句/蚊帳〔2〕 평양 야키구리카이 구/모기장	淡水	시가/하이쿠	
3	5		平壤燒栗會句/蚊帳〔3〕 평양 야키구리카이 구/모기장	淡水	시가/하이쿠	
3	5		平壤燒栗會句/蚊帳〔4〕 평양 야키구리카이 구/모기장	草樂	시가/하이쿠	
3	5		平壤燒栗會句/蚊帳〔4〕 평양 야키구리카이 구/모기장	秋湖	시가/하이쿠	
4	1~3		大岡政談 村井長庵〈8〉 오오카 정담 무라이 조안	神田松鯉	고단	
6	1~3		情界哀史 男ごゝろ〈101〉 정계애사 남자의 마음	島川七石	소설/일본	

1916년 06월 05일 (월) 5371호

지면	단수	기획	기사제목 〈회수〉〔곡수〕	필자/저자(역자)	분류	비고
1	5~6		裾野の雨/箱根の巻(八)〈8〉 산기슭의 비/하코네의 권(8)	平井晩村	소설/일본	
4	1~3		情界哀史 男ごゝろ〈102〉 정계애사 남자의 마음	島川七石	소설/일본	

1916년 06월 06일 (화) 5372호

지면	단수	기획	기사제목 〈회수〉〔곡수〕	필자/저자(역자)	분류	비고
1	5~6		裾野の雨/箱根の巻(九)〈9〉 산기슭의 비/하코네의 권(9)	平井晩村	소설/일본	
3	6		平壤燒栗會句/蝙蝠〔2〕 평양 야키구리카이 구/박쥐	鷗四水	시가/하이쿠	
3	6		平壤燒栗會句/蝙蝠〔2〕 평양 야키구리카이 구/박쥐	一雨	시가/하이쿠	
3	6		平壤燒栗會句/蝙蝠〔2〕 평양 야키구리카이 구/박쥐	汀人	시가/하이쿠	
3	6		平壤燒栗會句/蝙蝠〔4〕 평양 야키구리카이 구/박쥐	未成老	시가/하이쿠	
3	6		平壤燒栗會句/蝙蝠〔6〕 평양 야키구리카이 구/박쥐	馬郷	시가/하이쿠	
3	6		平壤燒栗會句/蝙蝠〔6〕 평양 야키구리카이 구/박쥐	淡水	시가/하이쿠	
3	6		平壤燒栗會句/蝙蝠〔5〕 평양 야키구리카이 구/박쥐	南涯	시가/하이쿠	
3	6		平壤燒栗會句/蝙蝠〔4〕 평양 야키구리카이 구/박쥐	秋湖	시가/하이쿠	
4	1~3		大岡政談 村井長庵〈9〉 오오카 정담 무라이 조안	神田松鯉	고단	
6	1~3		情界哀史 男ごゝろ〈103〉 정계애사 남자의 마음	島川七石	소설/일본	

1916년 06월 07일 (수) 5373호

지면	단수	기획	기사제목 〈회수〉〔곡수〕	필자/저자(역자)	분류	비고
1	5		君はいま〔4〕 너는 지금	龍山 深澤林風	시가/단카	
1	5		病床雜觀〔4〕 병상잡관	京城 森のこきん	시가/단카	
1	6		裾野の雨/元服の巻(一)〈10〉 산기슭의 비/성년식의 권(1)	平井晩村	소설/일본	

지면	단수	기획	기사제목 〈회수〉 [곡수]	필자/저자(역자)	분류	비고
4	1~3		大岡政談 村井長庵 〈10〉 오오카 정담 무라이 조안	神田松鯉	고단	
6	1~3		情界哀史 男ごゝろ 〈104〉 정계애사 남자의 마음	島川七石	소설/일본	

1916년 06월 08일 (목) 5374호

지면	단수	기획	기사제목 〈회수〉 [곡수]	필자/저자(역자)	분류	비고
1	5~6		裾野の雨/元服の巻(二) 〈11〉 산기슭의 비/성년식의 권(2)	平井晩村	소설/일본	
3	6		平壤燒栗會句/雷/六點 [1] 평양 야키구리카이 구/천둥/육점	未成老	시가/하이쿠	
3	6		平壤燒栗會句/雷/五点 [2] 평양 야키구리카이 구/천둥/오점	未成老	시가/하이쿠	
3	6		平壤燒栗會句/雷/五點 [1] 평양 야키구리카이 구/천둥/오점	鷗四水	시가/하이쿠	
3	6		平壤燒栗會句/雷/四點 [1] 평양 야키구리카이 구/천둥/사점	南涯	시가/하이쿠	
3	6		平壤燒栗會句/雷/四點 [1] 평양 야키구리카이 구/천둥/사점	淡水	시가/하이쿠	
3	6		平壤燒栗會句/雷/四點 [1] 평양 야키구리카이 구/천둥/사점	露光	시가/하이쿠	
3	6		平壤燒栗會句/雷/三點 [2] 평양 야키구리카이 구/천둥/삼점	未成老	시가/하이쿠	
3	6		平壤燒栗會句/雷/三點 [1] 평양 야키구리카이 구/천둥/삼점	南涯	시가/하이쿠	
3	6		平壤燒栗會句/雷/三點 [2] 평양 야키구리카이 구/천둥/삼점	空迷樓	시가/하이쿠	
3	6		平壤燒栗會句/雷/三點 [1] 평양 야키구리카이 구/천둥/삼점	一雨	시가/하이쿠	
3	6		平壤燒栗會句/雷/三點 [1] 평양 야키구리카이 구/천둥/삼점	鷗四水	시가/하이쿠	
3	6		平壤燒栗會句/雷/三點 [1] 평양 야키구리카이 구/천둥/삼점	草樂	시가/하이쿠	
3	6		平壤燒栗會句/雷/三點 [1] 평양 야키구리카이 구/천둥/삼점	淡水	시가/하이쿠	
3	6		平壤燒栗會句/雷/三點 [1] 평양 야키구리카이 구/천둥/삼점	秋湖	시가/하이쿠	
3	6		平壤燒栗會句/雷/二點 [9] 평양 야키구리카이 구/천둥/이점	秋湖	시가/하이쿠	
3	6		平壤燒栗會句/雷/二點 [3] 평양 야키구리카이 구/천둥/이점	南涯	시가/하이쿠	
3	6		平壤燒栗會句/雷/二點 [2] 평양 야키구리카이 구/천둥/이점	空迷樓	시가/하이쿠	
3	6		平壤燒栗會句/雷/二點 [2] 평양 야키구리카이 구/천둥/이점	樂天境	시가/하이쿠	
3	6		平壤燒栗會句/雷/二點 [1] 평양 야키구리카이 구/천둥/이점	一雨	시가/하이쿠	
3	6		平壤燒栗會句/雷/二點 [1] 평양 야키구리카이 구/천둥/이점	汀人	시가/하이쿠	
3	6		平壤燒栗會句/雷/二點 [1] 평양 야키구리카이 구/천둥/이점	淡水	시가/하이쿠	
3	6		平壤燒栗會句/雷/二點 [1] 평양 야키구리카이 구/천둥/이점	洪山	시가/하이쿠	

지면	단수	기획	기사제목 〈회수〉〔곡수〕	필자/저자(역자)	분류	비고
3	6		平壤燒栗會句/雷/二點〔1〕 평양 야키구리카이 구/천둥/이점	露光	시가/하이쿠	
3	6		平壤燒栗會句/雷/二點〔1〕 평양 야키구리카이 구/천둥/이점	溪水	시가/하이쿠	
4	1~3		大岡政談 村井長庵 〈11〉 오오카 정담 무라이 조안	神田松鯉	고단	
6	1~3		情界哀史 男ごゝろ 〈105〉 정계애사 남자의 마음	島川七石	소설/일본	

1916년 06월 09일 (금) 5375호

지면	단수	기획	기사제목 〈회수〉〔곡수〕	필자/저자(역자)	분류	비고
1	5		憐袁項城 〔1〕 연원항성	黑田鹿水	시가/한시	
1	5~6		裾野の雨/元服の卷(三) 〈13〉 산기슭의 비/성인식의 권(3)	平井晩村	소설/일본	회수 오류
3	7		若芽 〔2〕 새싹	靜波	시가/단카	
3	7		若芽 〔2〕 새싹	よしを	시가/단카	
3	7		若芽 〔2〕 새싹	双果	시가/단카	
3	7		若芽 〔2〕 새싹	たかし	시가/단카	
3	7		若芽 〔2〕 새싹	小果	시가/단카	
3	7		若芽 〔2〕 새싹	青紅	시가/단카	
4	1~3		大岡政談 村井長庵 〈12〉 오오카 정담 무라이 조안	神田松鯉	고단	
6	1~3		情界哀史 男ごゝろ 〈106〉 정계애사 남자의 마음	島川七石	소설/일본	

1916년 06월 10일 (토) 5376호

지면	단수	기획	기사제목 〈회수〉〔곡수〕	필자/저자(역자)	분류	비고
1	5		春の鳥 〔2〕 봄의 새	靜波	시가/단카	
1	5		春の鳥 〔2〕 봄의 새	よしを	시가/단카	
1	5		春の鳥 〔2〕 봄의 새	双果	시가/단카	
1	5		春の鳥 〔2〕 봄의 새	たかし	시가/단카	
1	5		春の鳥 〔2〕 봄의 새	小果	시가/단카	
1	5		春の鳥 〔2〕 봄의 새	青紅	시가/단카	
1	5~6		裾野の雨/元服の卷(三) 〈13〉 산기슭의 비/성인식의 권(3)	平井晩村	소설/일본	
4	1~3		情界哀史 男ごゝろ 〈107〉 정계애사 남자의 마음	島川七石	소설/일본	

1916년 06월 11일 (일) 5377호

지면	단수	기획	기사제목 〈회수〉〔곡수〕	필자/저자(역자)	분류	비고
1	6~7		裾野の雨/大磯の卷(一) 〈14〉 산기슭의 비/오이소의 권(1)	平井晩村	소설/일본	

지면	단수	기획	기사제목 〈회수〉〔곡수〕	필자/저자(역자)	분류	비고
4	1~3		大岡政談 村井長庵 〈13〉 오오카 정담 무라이 조안	神田松鯉	고단	
6	1~3		情界哀史 男ごゝろ 〈108〉 정계애사 남자의 마음	島川七石	소설/일본	

1916년 06월 12일 (월) 5378호

지면	단수	기획	기사제목 〈회수〉〔곡수〕	필자/저자(역자)	분류	비고
1	5~6		裾野の雨/大磯の巻(二) 〈15〉 산기슭의 비/오이소의 권(2)	平井晩村	소설/일본	
3	6		花あやめ 붓꽃		수필/평판기	
4	1~3		情界哀史 男ごゝろ 〈109〉 정계애사 남자의 마음	島川七石	소설/일본	

1916년 06월 13일 (화) 5379호

지면	단수	기획	기사제목 〈회수〉〔곡수〕	필자/저자(역자)	분류	비고
1	5		一握詩社短歌會詠草/春の海 〔2〕 이치아쿠시사 단카회 영초/봄 바다	靜波	시가/단카	
1	5		一握詩社短歌會詠草/春の海 〔2〕 이치아쿠시사 단카회 영초/봄 바다	よしを	시가/단카	
1	5		一握詩社短歌會詠草/春の海 〔2〕 이치아쿠시사 단카회 영초/봄 바다	双果	시가/단카	
1	5		一握詩社短歌會詠草/春の海 〔2〕 이치아쿠시사 단카회 영초/봄 바다	たかし	시가/단카	
1	5		一握詩社短歌會詠草/春の海 〔2〕 이치아쿠시사 단카회 영초/봄 바다	小果	시가/단카	
1	5		一握詩社短歌會詠草/春の海 〔2〕 이치아쿠시사 단카회 영초/봄 바다	靑丘	시가/단카	
1	5~6		裾野の雨/大磯の巻(三) 〈16〉 산기슭의 비/오이소의 권(3)	平井晩村	소설/일본	
3	6		春より夏へ 〔9〕 봄에서 여름으로	龍山 岡本をぐさ	시가/단카	
3	6		春より夏へ 〔5〕 봄에서 여름으로	海岸の村 杉山あか つき	시가/단카	
4	1~3		大岡政談 村井長庵 〈14〉 오오카 정담 무라이 조안	神田松鯉	고단	
6	1~3		情界哀史 男ごゝろ 〈110〉 정계애사 남자의 마음	島川七石	소설/일본	

1916년 06월 14일 (수) 5380호

지면	단수	기획	기사제목 〈회수〉〔곡수〕	필자/저자(역자)	분류	비고
1	5		仁川短歌會詠草 〔5〕 인천 단카회 영초	吉井篁子	시가/단카	
1	5		仁川短歌會詠草 〔3〕 인천 단카회 영초	汐美靑霧	시가/단카	
1	5~6		仁川短歌會詠草 〔8〕 인천 단카회 영초	美野とし子	시가/단카	
1	6~7		裾野の雨/大磯の巻(四) 〈17〉 산기슭의 비/오이소의 권(4)	平井晩村	소설/일본	
4	1~3		大岡政談 村井長庵 〈15〉 오오카 정담 무라이 조안	神田松鯉	고단	
6	1~3		情界哀史 男ごゝろ 〈111〉 정계애사 남자의 마음	島川七石	소설/일본	

1916년 06월 15일 (목) 5381호

지면	단수	기획	기사제목 〈회수〉〔곡수〕	필자/저자(역자)	분류	비고
1	5		仁川短歌會詠草 〔4〕 인천 단카회 영초	茆村紅路	시가/단카	
1	5		仁川短歌會詠草 〔9〕 인천 단카회 영초	蘐上秋人	시가/단카	
1	5		仁川短歌會詠草 〔3〕 인천 단카회 영초	一木葆光	시가/단카	
1	5~6		裾野の雨/大磯の卷(五) 〈18〉 산기슭의 비/오이소의 권(5)	平井晩村	소설/일본	
3	4~5		忠州行 〈1〉 충주행	華村生	수필/기행	
3	5		京城子子會選句/鯉幟、水鷄、芥子、若葉 〔2〕 경성 보후라카이 선구/고이노보리, 수계, 겨자, 새잎	##	시가/하이쿠	
3	5		京城子子會選句/鯉幟、水鷄、芥子、若葉 〔1〕 경성 보후라카이 선구/고이노보리, 수계, 겨자, 새잎	柯山	시가/하이쿠	
3	5		京城子子會選句/鯉幟、水鷄、芥子、若葉 〔1〕 경성 보후라카이 선구/고이노보리, 수계, 겨자, 새잎	雪峯	시가/하이쿠	
3	5		京城子子會選句/鯉幟、水鷄、芥子、若葉 〔1〕 경성 보후라카이 선구/고이노보리, 수계, 겨자, 새잎	#蕉	시가/하이쿠	
3	5		京城子子會選句/鯉幟、水鷄、芥子、若葉 〔1〕 경성 보후라카이 선구/고이노보리, 수계, 겨자, 새잎	柯山	시가/하이쿠	
3	5		京城子子會選句/鯉幟、水鷄、芥子、若葉 〔1〕 경성 보후라카이 선구/고이노보리, 수계, 겨자, 새잎	#蕉	시가/하이쿠	
3	5		京城子子會選句/鯉幟、水鷄、芥子、若葉 〔1〕 경성 보후라카이 선구/고이노보리, 수계, 겨자, 새잎	雪峯	시가/하이쿠	
3	5		京城子子會選句/鯉幟、水鷄、芥子、若葉 〔1〕 경성 보후라카이 선구/고이노보리, 수계, 겨자, 새잎	#蕉	시가/하이쿠	
3	5		京城子子會選句/鯉幟、水鷄、芥子、若葉/人 〔1〕 경성 보후라카이 선구/고이노보리, 수계, 겨자, 새잎/인	河#	시가/하이쿠	
3	5		京城子子會選句/鯉幟、水鷄、芥子、若葉/地 〔1〕 경성 보후라카이 선구/고이노보리, 수계, 겨자, 새잎/지	#蕉	시가/하이쿠	
3	5		京城子子會選句/鯉幟、水鷄、芥子、若葉/天 〔1〕 경성 보후라카이 선구/고이노보리, 수계, 겨자, 새잎/천	柯山	시가/하이쿠	
3	5		京城子子會選句/鯉幟、水鷄、芥子、若葉/追加 경성 보후라카이 선구/고이노보리, 수계, 겨자, 새잎/추가		시가/하이쿠	
3	5~7		腹を立た權兵衛ドンへ(上) 〈1〉 짜증을 낸 곤베에동에게(상)	大芸居	수필/기타	
4	1~3		大岡政談 村井長庵 〈16〉 오오카 정담 무라이 조안	神田松鯉	고단	
6	1~3		情界哀史 男ごゝろ 〈112〉 정계애사 남자의 마음	島川七石	소설/일본	

1916년 06월 16일 (금) 5382호

지면	단수	기획	기사제목 〈회수〉〔곡수〕	필자/저자(역자)	분류	비고
1	5~6		裾野の雨/大磯の卷(六) 〈19〉 산기슭의 비/오이소의 권(6)	平井晩村	소설/일본	
3	2~3		忠州行 〈2〉 충주행	華村生	수필/기행	
3	6~7		腹を立た權兵衛ドンへ(中) 〈2〉 짜증을 낸 곤베에동에게(중)	大芸居	수필/기타	
4	1~3		大岡政談 村井長庵 〈17〉 오오카 정담 무라이 조안	神田松鯉	고단	
6	1~3		情界哀史 男ごゝろ 〈113〉 정계애사 남자의 마음	島川七石	소설/일본	

지면	단수	기획	기사제목 〈회수〉 〔곡수〕	필자/저자(역자)	분류	비고

1916년 06월 17일 (토) 5383호

지면	단수	기획	기사제목 〈회수〉 〔곡수〕	필자/저자(역자)	분류	비고
1	5		仁川短歌會詠草 〔5〕 인천 단카회 영초	石井龍史	시가/단카	
1	5		仁川短歌會詠草 〔10〕 인천 단카회 영초	眞佐岐花汀	시가/단카	
1	5~6		裾野の雨/大磯の巻(七) 〈20〉 산기슭의 비/오이소의 권(7)	平井晩村	소설/일본	
3	2~4		忠州行 〈3〉 충주행	華村生	수필/기행	
3	5~7		腹を立た權兵衛ドンヘ(下) 〈3〉 짜증을 낸 곤베에동에게(하)	大芸居	수필/기타	
4	1~3		大岡政談 村井長庵 〈18〉 오오카 정담 무라이 조안	神田松鯉	고단	
6	1~3		情界哀史 男ごゝろ 〈114〉 정계애사 남자의 마음	島川七石	소설/일본	

1916년 06월 18일 (일) 5384호

지면	단수	기획	기사제목 〈회수〉 〔곡수〕	필자/저자(역자)	분류	비고
1	7~8		裾野の雨/大磯の巻(八) 〈20〉 산기슭의 비/오이소의 권(8)	平井晩村	소설/일본	회수 오류
4	1~3		大岡政談 村井長庵 〈19〉 오오카 정담 무라이 조안	神田松鯉	고단	
6	1~3		情界哀史 男ごゝろ 〈115〉 정계애사 남자의 마음	島川七石	소설/일본	

1916년 06월 19일 (월) 5385호

지면	단수	기획	기사제목 〈회수〉 〔곡수〕	필자/저자(역자)	분류	비고
1	7~8		裾野の雨/大磯の巻(九) 〈22〉 산기슭의 비/오이소의 권(9)	平井晩村	소설/일본	
4	1~3		情界哀史 男ごゝろ 〈116〉 정계애사 남자의 마음	島川七石	소설/일본	

1916년 06월 20일 (화) 5386호

지면	단수	기획	기사제목 〈회수〉 〔곡수〕	필자/저자(역자)	분류	비고
1	5		仁川短歌會詠草 〔3〕 인천 단카회 영초	紫都子	시가/단카	
1	5		仁川短歌會詠草 〔14〕 인천 단카회 영초	樹叢大芸居	시가/단카	
1	6		裾野の雨/大磯の巻(十) 〈23〉 산기슭의 비/오이소의 권(10)	平井晩村	소설/일본	
4	1~3		大岡政談 村井長庵 〈20〉 오오카 정담 무라이 조안	神田松鯉	고단	
6	1~3		情界哀史 男ごゝろ 〈117〉 정계애사 남자의 마음	島川七石	소설/일본	

1916년 06월 21일 (수) 5387호

지면	단수	기획	기사제목 〈회수〉 〔곡수〕	필자/저자(역자)	분류	비고
1	5		京城子子會選句/落日居主人選/靑梅、香水、ハンモック、日盛 〔1〕 경성 보후라카이 선구/라쿠지쓰쿄 주인 선/청매, 향수, 해먹, 한낮	河陰	시가/하이쿠	
1	5		京城子子會選句/落日居主人選/靑梅、香水、ハンモック、日盛 〔1〕 경성 보후라카이 선구/라쿠지쓰쿄 주인 선/청매, 향수, 해먹, 한낮	鼓蕉	시가/하이쿠	
1	5		京城子子會選句/落日居主人選/靑梅、香水、ハンモック、日盛 〔2〕 경성 보후라카이 선구/라쿠지쓰쿄 주인 선/청매, 향수, 해먹, 한낮	河陰	시가/하이쿠	
1	5		京城子子會選句/落日居主人選/靑梅、香水、ハンモック、日盛 〔2〕 경성 보후라카이 선구/라쿠지쓰쿄 주인 선/청매, 향수, 해먹, 한낮	鼓蕉	시가/하이쿠	

지면	단수	기획	기사제목 〈회수〉〔곡수〕	필자/저자(역자)	분류	비고
1	5		京城子子會選句/落日居主人選/青梅、香水、ハンモック、日盛〔1〕 경성 보후라카이 선구/라쿠지쓰쿄 주인 선/청매, 향수, 해먹, 한낮	河陰	시가/하이쿠	
1	5		京城子子會選句/落日居主人選/青梅、香水、ハンモック、日盛〔1〕 경성 보후라카이 선구/라쿠지쓰쿄 주인 선/청매, 향수, 해먹, 한낮	沖舟	시가/하이쿠	
1	5		京城子子會選句/落日居主人選/青梅、香水、ハンモック、日盛〔1〕 경성 보후라카이 선구/라쿠지쓰쿄 주인 선/청매, 향수, 해먹, 한낮	柯山	시가/하이쿠	
1	5		京城子子會選句/落日居主人選/青梅、香水、ハンモック、日盛/人〔1〕 경성 보후라카이 선구/라쿠지쓰쿄 주인 선/청매, 향수, 해먹, 한낮/인	雪峯	시가/하이쿠	
1	5		京城子子會選句/落日居主人選/青梅、香水、ハンモック、日盛/地〔1〕 경성 보후라카이 선구/라쿠지쓰쿄 주인 선/청매, 향수, 해먹, 한낮/지	鼓蕉	시가/하이쿠	
1	5		京城子子會選句/落日居主人選/青梅、香水、ハンモック、日盛/天〔1〕 경성 보후라카이 선구/라쿠지쓰쿄 주인 선/청매, 향수, 해먹, 한낮/천	柯山	시가/하이쿠	
1	5		京城子子會選句/落日居主人選/子子、夏山、若竹、浴衣、茂り〔2〕 경성 보후라카이 선구/라쿠지쓰쿄 주인 선/장구벌레, 여름 산, 죽순, 유카타, 우거지다	柯山	시가/하이쿠	
1	5		京城子子會選句/落日居主人選/子子、夏山、若竹、浴衣、茂り〔1〕 경성 보후라카이 선구/라쿠지쓰쿄 주인 선/장구벌레, 여름 산, 죽순, 유카타, 우거지다	河陰	시가/하이쿠	
1	5		京城子子會選句/落日居主人選/子子、夏山、若竹、浴衣、茂り〔1〕 경성 보후라카이 선구/라쿠지쓰쿄 주인 선/장구벌레, 여름 산, 죽순, 유카타, 우거지다	雪峯	시가/하이쿠	
1	5		京城子子會選句/落日居主人選/子子、夏山、若竹、浴衣、茂り〔5〕 경성 보후라카이 선구/라쿠지쓰쿄 주인 선/장구벌레, 여름 산, 죽순, 유카타, 우거지다	柯山	시가/하이쿠	
1	5		京城子子會選句/落日居主人選/子子、夏山、若竹、浴衣、茂り/人〔1〕 경성 보후라카이 선구/라쿠지쓰쿄 주인 선/장구벌레, 여름 산, 죽순, 유카타, 우거지다/인	雲峰	시가/하이쿠	
1	5		京城子子會選句/落日居主人選/子子、夏山、若竹、浴衣、茂り/地〔1〕 경성 보후라카이 선구/라쿠지쓰쿄 주인 선/장구벌레, 여름 산, 죽순, 유카타, 우거지다/지	柯山	시가/하이쿠	
1	5		京城子子會選句/落日居主人選/子子、夏山、若竹、浴衣、茂り/天〔1〕 경성 보후라카이 선구/라쿠지쓰쿄 주인 선/장구벌레, 여름 산, 죽순, 유카타, 우거지다/천	鼓蕉	시가/하이쿠	
1	5		京城子子會選句/落日居主人選/子子、夏山、若竹、浴衣、茂り/追加〔1〕 경성 보후라카이 선구/라쿠지쓰쿄 주인 선/장구벌레, 여름 산, 죽순, 유카타, 우거지다/추가		시가/하이쿠	
1	5~6		裾野の雨/大磯の巻(十一)〈24〉 산기슭의 비/오이소의 권(11)	平井晩村	소설/일본	
4	1~3		大岡政談 村井長庵〈21〉 오오카 정담 무라이 조안	神田松鯉	고단	
6	1~3		情界哀史 男ごゝろ〈118〉 정계애사 남자의 마음	島川七石	소설/일본	

1916년 06월 22일 (목) 5388호

지면	단수	기획	기사제목 〈회수〉〔곡수〕	필자/저자(역자)	분류	비고
1	6~7		裾野の雨/大磯の巻(十二)〈25〉 산기슭의 비/오이소의 권(12)	平井晩村	소설/일본	
3	5~6		仁川短歌會詠草〔10〕 인천 단카회 영초	葩村紅路	시가/단카	
3	6~7		第二短歌短評〔11〕 제2 단카 단평	大芸居	수필·시가/ 비평·단카	

지면	단수	기획	기사제목 〈회수〉〔곡수〕	필자/저자(역자)	분류	비고
4	1~3		大岡政談 村井長庵 〈22〉 오오카 정담 무라이 조안	神田松鯉	고단	
6	1~3		情界哀史 男ごゝろ 〈119〉 정계애사 남자의 마음	島川七石	소설/일본	

1916년 06월 23일 (금) 5389호

지면	단수	기획	기사제목 〈회수〉〔곡수〕	필자/저자(역자)	분류	비고
1	5		仁川短歌會詠草 〔2〕 인천 단카회 영초	三木幹夫	시가/단카	
1	5		仁川短歌會詠草 〔3〕 인천 단카회 영초	河副長郎	시가/단카	
1	5		仁川短歌會詠草 〔5〕 인천 단카회 영초	一木葆光	시가/단카	
1	5		仁川短歌會詠草 〔6〕 인천 단카회 영초	吉川高峰	시가/단카	
1	5~6		裾野の雨/大磯の卷(十三) 〈26〉 산기슭의 비/오이소의 권(13)	平井晩村	소설/일본	
4	1~3		大岡政談 村井長庵 〈23〉 오오카 정담 무라이 조안	神田松鯉	고단	
6	1~3		情界哀史 男ごゝろ 〈120〉 정계애사 남자의 마음	島川七石	소설/일본	

1916년 06월 24일 (토) 5390호

지면	단수	기획	기사제목 〈회수〉〔곡수〕	필자/저자(역자)	분류	비고
1	6		裾野の雨/大磯の卷(十四) 〈27〉 산기슭의 비/오이소의 권(14)	平井晩村	소설/일본	
3	5~6		斷橋集曲 〔1〕 단고집곡	猛郎	시가/자유시	
4	1~3		大岡政談 村井長庵 〈24〉 오오카 정담 무라이 조안	神田松鯉	고단	
6	1~3		情界哀史 男ごゝろ 〈121〉 정계애사 남자의 마음	島川七石	소설/일본	

1916년 06월 25일 (일) 5391호

지면	단수	기획	기사제목 〈회수〉〔곡수〕	필자/저자(역자)	분류	비고
1	6~7		裾野の雨/名殘の卷(一) 〈28〉 산기슭의 비/자취의 권(1)	平井晩村	소설/일본	
4	1~3		大岡政談 村井長庵 〈25〉 오오카 정담 무라이 조안	神田松鯉	고단	
6	1~3		情界哀史 男ごゝろ 〈122〉 정계애사 남자의 마음	島川七石	소설/일본	

1916년 06월 26일 (월) 5392호

지면	단수	기획	기사제목 〈회수〉〔곡수〕	필자/저자(역자)	분류	비고
1	5~6		仁川短歌會詠草 〔10〕 인천 단카회 영초	樹叢大芸居	시가/단카	
1	6		裾野の雨/名殘の卷(二) 〈29〉 산기슭의 비/자취의 권(2)	平井晩村	소설/일본	
4	1~3		情界哀史 男ごゝろ 〈123〉 정계애사 남자의 마음	島川七石	소설/일본	

1916년 06월 27일 (화) 5393호

지면	단수	기획	기사제목 〈회수〉〔곡수〕	필자/저자(역자)	분류	비고
1	5		仁川短歌會詠草 〔2〕 인천 단카회 영초	吉井篁子	시가/단카	
1	5		仁川短歌會詠草 〔2〕 인천 단카회 영초	蘆上秋人	시가/단카	

지면	단수	기획	기사제목 〈회수〉〔곡수〕	필자/저자(역자)	분류	비고
1	5		仁川短歌會詠草 〔6〕 인천 단카회 영초	汐見靑霧	시가/단카	
1	5		仁川短歌會詠草 〔9〕 인천 단카회 영초	石井龍史	시가/단카	
1	6		裾野の雨/名殘の卷(三) 〈30〉 산기슭의 비/자취의 권(3)	平井晚村	소설/일본	
3	5		仁川俳句會句集 〈1〉〔1〕 인천 하이쿠회 구집	四水	기타/모임안 내	
3	6		仁川俳句會句集/課題/祭、茄子、金魚、夏の雨、麥の秋/得點數/六點 〈1〉〔1〕 인천 하이쿠회 구집/과제/축제, 가지, 금붕어, 여름비, 가을보리/득점수/육점	四水	시가/하이쿠	
3	6		仁川俳句會句集/課題/祭、茄子、金魚、夏の雨、麥の秋/得點數/五點 〈1〉〔1〕 인천 하이쿠회 구집/과제/축제, 가지, 금붕어, 여름비, 가을보리/득점수/오점	沛子	시가/하이쿠	
3	6		仁川俳句會句集/課題/祭、茄子、金魚、夏の雨、麥の秋/得點數/四點 〈1〉〔1〕 인천 하이쿠회 구집/과제/축제, 가지, 금붕어, 여름비, 가을보리/득점수/사점	四水	시가/하이쿠	
3	6		仁川俳句會句集/課題/祭、茄子、金魚、夏の雨、麥の秋/得點數/四點 〈1〉〔1〕 인천 하이쿠회 구집/과제/축제, 가지, 금붕어, 여름비, 가을보리/득점수/사점	沛子	시가/하이쿠	
3	6		仁川俳句會句集/課題/祭、茄子、金魚、夏の雨、麥の秋/得點數/四點 〈1〉〔1〕 인천 하이쿠회 구집/과제/축제, 가지, 금붕어, 여름비, 가을보리/득점수/사점	猛郎	시가/하이쿠	
3	6		仁川俳句會句集/課題/祭、茄子、金魚、夏の雨、麥の秋/得點數/四點 〈1〉〔1〕 인천 하이쿠회 구집/과제/축제, 가지, 금붕어, 여름비, 가을보리/득점수/사점	竹窓	시가/하이쿠	
3	6		仁川俳句會句集/課題/祭、茄子、金魚、夏の雨、麥の秋/得點數/三點 〈1〉〔1〕 인천 하이쿠회 구집/과제/축제, 가지, 금붕어, 여름비, 가을보리/득점수/삼점	四水	시가/하이쿠	
3	6		仁川俳句會句集/課題/祭、茄子、金魚、夏の雨、麥の秋/得點數/三點 〈1〉〔1〕 인천 하이쿠회 구집/과제/축제, 가지, 금붕어, 여름비, 가을보리/득점수/삼점	沛子	시가/하이쿠	
3	6		仁川俳句會句集/課題/祭、茄子、金魚、夏の雨、麥の秋/得點數/三點 〈1〉〔1〕 인천 하이쿠회 구집/과제/축제, 가지, 금붕어, 여름비, 가을보리/득점수/삼점	竹窓	시가/하이쿠	
3	6		仁川俳句會句集/課題/祭、茄子、金魚、夏の雨、麥の秋/得點數/三點 〈1〉〔2〕 인천 하이쿠회 구집/과제/축제, 가지, 금붕어, 여름비, 가을보리/득점수/삼점	夜潮	시가/하이쿠	
3	6		仁川俳句會句集/課題/祭、茄子、金魚、夏の雨、麥の秋/得點數/三點 〈1〉〔2〕 인천 하이쿠회 구집/과제/축제, 가지, 금붕어, 여름비, 가을보리/득점수/삼점	丹葉	시가/하이쿠	
3	6		仁川俳句會句集/課題/祭、茄子、金魚、夏の雨、麥の秋/得點數/三點 〈1〉〔1〕 인천 하이쿠회 구집/과제/축제, 가지, 금붕어, 여름비, 가을보리/득점수/삼점	松園	시가/하이쿠	
3	6		仁川俳句會句集/課題/祭、茄子、金魚、夏の雨、麥の秋/得點數/三點 〈1〉〔1〕 인천 하이쿠회 구집/과제/축제, 가지, 금붕어, 여름비, 가을보리/득점수/삼점	想仙	시가/하이쿠	
3	6		仁川俳句會句集/課題/祭、茄子、金魚、夏の雨、麥の秋/得點數/三點 〈1〉〔1〕 인천 하이쿠회 구집/과제/축제, 가지, 금붕어, 여름비, 가을보리/득점수/삼점	一白	시가/하이쿠	
4	1~3		大岡政談 村井長庵 〈26〉 오오카 정담 무라이 조안	神田松鯉	고단	
6	1~3		情界哀史 男ごゝろ 〈124〉 정계애사 남자의 마음	島川七石	소설/일본	

지면	단수	기획	기사제목 〈회수〉〔곡수〕	필자/저자(역자)	분류	비고
			1916년 06월 28일 (수) 5394호			
1	7		夏十二句〔12〕 여름-십이구	如堂山人	시가/하이쿠	
1	7		裾野の雨/名殘の巻(四) 〈31〉 산기슭의 비/자취의 권(4)	平井晩村	소설/일본	
4	1~3		大岡政談 村井長庵 〈27〉 오오카 정담 무라이 조안	神田松鯉	고단	
5	1~2		お伽話 御前講演 옛날이야기 어전공연		수필/기타	
6	1~3		情界哀史 男ごゝろ 〈125〉 정계애사 남자의 마음	島川七石	소설/일본	
			1916년 06월 29일 (목) 5395호			
1	7~8		裾野の雨/名殘の巻(五) 〈32〉 산기슭의 비/자취의 권(5)	平井晩村	소설/일본	
3	5		仁川俳句會句集/二點 〈2〉〔2〕 인천 하이쿠회 구집/이점	沛子	시가/하이쿠	
3	5		仁川俳句會句集/二點 〈2〉〔1〕 인천 하이쿠회 구집/이점	丹葉	시가/하이쿠	
3	5		仁川俳句會句集/二點 〈2〉〔1〕 인천 하이쿠회 구집/이점	句碑守	시가/하이쿠	
3	5		仁川俳句會句集/二點 〈2〉〔1〕 인천 하이쿠회 구집/이점	想仙	시가/하이쿠	
3	5		仁川俳句會句集/二點 〈2〉〔1〕 인천 하이쿠회 구집/이점	松園	시가/하이쿠	
3	5		仁川俳句會句集/二點 〈2〉〔1〕 인천 하이쿠회 구집/이점	一白	시가/하이쿠	
3	5		仁川俳句會句集/二點 〈2〉〔3〕 인천 하이쿠회 구집/이점	沛子	시가/하이쿠	
3	5		仁川俳句會句集/二點 〈2〉〔2〕 인천 하이쿠회 구집/이점	丹葉	시가/하이쿠	
3	5		仁川俳句會句集/二點 〈2〉〔1〕 인천 하이쿠회 구집/이점	四水	시가/하이쿠	
3	5		仁川俳句會句集/二點 〈2〉〔1〕 인천 하이쿠회 구집/이점	#月	시가/하이쿠	
3	5		仁川俳句會句集/二點 〈2〉〔1〕 인천 하이쿠회 구집/이점	四水	시가/하이쿠	
3	5		仁川俳句會句集/二點 〈2〉〔1〕 인천 하이쿠회 구집/이점	松園	시가/하이쿠	
3	5		仁川俳句會句集/二點 〈2〉〔1〕 인천 하이쿠회 구집/이점	##	시가/하이쿠	
3	5		仁川俳句會句集/二點 〈2〉〔1〕 인천 하이쿠회 구집/이점	#月	시가/하이쿠	
3	5		仁川俳句會句集/二點 〈2〉〔1〕 인천 하이쿠회 구집/이점	猛郎	시가/하이쿠	
3	6		仁川俳句會句集/二點 〈2〉〔1〕 인천 하이쿠회 구집/이점	夜潮	시가/하이쿠	
3	6		仁川俳句會句集/二點 〈2〉〔2〕 인천 하이쿠회 구집/이점	想仙	시가/하이쿠	
3	6		仁川俳句會句集/二點 〈2〉〔1〕 인천 하이쿠회 구집/이점	一白	시가/하이쿠	

지면	단수	기획	기사제목 〈회수〉〔곡수〕	필자/저자(역자)	분류	비고
4	1~3		大岡政談 村井長庵 〈28〉 오오카 정담 무라이 조안	神田松鯉	고단	
6	1~3		情界哀史 男ごゝろ 〈126〉 정계애사 남자의 마음	島川七石	소설/일본	

1916년 06월 30일 (금) 5396호

지면	단수	기획	기사제목 〈회수〉〔곡수〕	필자/저자(역자)	분류	비고
1	6		情炎 〔8〕 정염	大阪 藤村花囚	시가/단카	
1	6~8		裾野の雨/名殘の巻(六) 〈33〉 산기슭의 비/자취의 권(6)	平井晩村	소설/일본	
3	6		公州迂疎會吟 〔1〕 공주 우소카이음	紫虹	시가/하이쿠	
3	6		公州迂疎會吟 〔1〕 공주 우소카이음	清香	시가/하이쿠	
3	6		公州迂疎會吟 〔1〕 공주 우소카이음	如雪	시가/하이쿠	
3	6		公州迂疎會吟 〔1〕 공주 우소카이음	奇石	시가/하이쿠	
3	6		公州迂疎會吟 〔1〕 공주 우소카이음	黃村	시가/하이쿠	
3	6		公州迂疎會吟 〔1〕 공주 우소카이음	可舟	시가/하이쿠	
3	6		公州迂疎會吟 〔3〕 공주 우소카이음	空堂	시가/하이쿠	
3	6		公州迂疎會吟 〔3〕 공주 우소카이음	雨村	시가/하이쿠	
3	6		公州迂疎會吟 〔2〕 공주 우소카이음	如風	시가/하이쿠	
3	6		公州迂疎會吟 〔2〕 공주 우소카이음	石香	시가/하이쿠	
3	6		公州迂疎會吟 〔4〕 공주 우소카이음	鳥兎	시가/하이쿠	
3	6~7		讀者より見たる俳句の精神(上) 〈1〉 독자가 본 하이쿠의 정신(상)	工藤吳山子	수필/비평	
4	1~3		大岡政談 村井長庵 〈29〉 오오카 정담 무라이 조안	神田松鯉	고단	
6	1~3		情界哀史 男ごゝろ 〈127〉 정계애사 남자의 마음	島川七石	소설/일본	

1916년 07월 01일 (토) 5397호

지면	단수	기획	기사제목 〈회수〉〔곡수〕	필자/저자(역자)	분류	비고
1	8~9		裾野の雨/名殘の巻(七) 〈34〉 산기슭의 비/자취의 권(7)	平井晩村	소설/일본	
3	6~7		讀者より見たる俳句の精神(中) 〈2〉 독자가 본 하이쿠의 정신(중)	工藤吳山子	수필/비평	
4	1~3		大岡政談 村井長庵 〈30〉 오오카 정담 무라이 조안	神田松鯉	고단	
6	1~3		情界哀史 男ごゝろ 〈128〉 정계애사 남자의 마음	島川七石	소설/일본	

1916년 07월 02일 (일) 5398호

지면	단수	기획	기사제목 〈회수〉〔곡수〕	필자/저자(역자)	분류	비고
1	6~9		裾野の雨/名殘の巻(八) 〈35〉 산기슭의 비/자취의 권(8)	平井晩村	소설/일본	

지면	단수	기획	기사제목 〈회수〉〔곡수〕	필자/저자(역자)	분류	비고
3	6		讀者より見たる俳句の精神(下) 〈3〉 독자가 본 하이쿠의 정신(하)	工藤吳山子	수필/비평	
3	6~7		窓に凭れて 〈1〉 창가에 기대어 서서	龜岡天川	수필/일상	
4	1~3		大岡政談 村井長庵 〈31〉 오오카 정담 무라이 조안	神田松鯉	고단	
6	1~3		情界哀史 男ごゝろ 〈129〉 정계애사 남자의 마음	島川七石	소설/일본	

1916년 07월 03일 (월) 5399호

1	6		あかるみへ 〔6〕 밝은 곳으로	井上葉吉	시가/단카	
1	6~7		裾野の雨/名殘の卷(九) 〈36〉 산기슭의 비/자취의 권(9)	平井晩村	소설/일본	
4	1~3		情界哀史 男ごゝろ 〈130〉 정계애사 남자의 마음	島川七石	소설/일본	

1916년 07월 04일 (화) 5400호

1	5		仁川短歌會詠草 〔2〕 인천 단카회 영초	河副長郎	시가/단카	
1	5		仁川短歌會詠草 〔4〕 인천 단카회 영초	仁志河紫都子	시가/단카	
1	5		仁川短歌會詠草 〔2〕 인천 단카회 영초	一水葆光	시가/단카	
1	5~6		仁川短歌會詠草 〔6〕 인천 단카회 영초	九田生	시가/단카	
1	6~7		裾野の雨/名殘の卷(十) 〈37〉 산기슭의 비/자취의 권(10)	平井晩村	소설/일본	
3	5~6		窓に凭れて 〈2〉 창가에 기대어 서서	龜岡天川	수필/일상	
4	1~3		大岡政談 村井長庵 〈32〉 오오카 정담 무라이 조안	神田松鯉	고단	
6	1~3		情界哀史 男ごゝろ 〈131〉 정계애사 남자의 마음	島川七石	소설/일본	

1916년 07월 05일 (수) 5401호

1	6		仁川短歌會詠草 〔3〕 인천 단카회 영초	吉井篁子	시가/단카	
1	6		仁川短歌會詠草 〔3〕 인천 단카회 영초	竹內 猛郎	시가/단카	
1	6		仁川短歌會詠草 〔4〕 인천 단카회 영초	茁村紅路	시가/단카	
1	6		仁川短歌會詠草 〔8〕 인천 단카회 영초	石井龍史	시가/단카	
1	6~7		裾野の雨/名殘の卷(十一) 〈38〉 산기슭의 비/자취의 권(11)	平井晩村	소설/일본	
3	6~7		窓に凭れて 〈3〉 창가에 기대어 서서	龜岡天川	수필/일상	
6	1~3		情界哀史 男ごゝろ 〈132〉 정계애사 남자의 마음	島川七石	소설/일본	

1916년 07월 06일 (목) 5402호

지면	단수	기획	기사제목 〈회수〉〔곡수〕	필자/저자(역자)	분류	비고
1	6~7		裾野の雨/名殘の巻(十二) 〈39〉 산기슭의 비/자취의 권(12)	平井晩村	소설/일본	
4	1~3		大岡政談 村井長庵 〈33〉 오오카 정담 무라이 조안	神田松鯉	고단	
6	1~3		情界哀史 男ごゝろ 〈133〉 정계애사 남자의 마음	島川七石	소설/일본	

1916년 07월 07일 (금) 5403호

지면	단수	기획	기사제목 〈회수〉〔곡수〕	필자/저자(역자)	분류	비고
1	7		裾野の雨/狩場の巻(一) 〈40〉 산기슭의 비/사냥터의 권(1)	平井晩村	소설/일본	
4	1~3		情界哀史 男ごゝろ 〈134〉 정계애사 남자의 마음	島川七石	소설/일본	

1916년 07월 08일 (토) 5404호

지면	단수	기획	기사제목 〈회수〉〔곡수〕	필자/저자(역자)	분류	비고
1	5		仁川短歌會詠草 〔1〕 인천 단카회 영초	坂本 龍南	시가/단카	
1	5		仁川短歌會詠草 〔2〕 인천 단카회 영초	蘆上秋人	시가/단카	
1	5		仁川短歌會詠草 〔9〕 인천 단카회 영초	樹叢大芸居	시가/단카	
1	5~6		裾野の雨/狩場の巻(二) 〈41〉 산기슭의 비/사냥터의 권(2)	平井晩村	소설/일본	
4	1~3		大岡政談 村井長庵 〈34〉 오오카 정담 무라이 조안	神田松鯉	고단	
6	1~3		情界哀史 男ごゝろ 〈135〉 정계애사 남자의 마음	島川七石	소설/일본	

1916년 07월 09일 (일) 5405호

지면	단수	기획	기사제목 〈회수〉〔곡수〕	필자/저자(역자)	분류	비고
1	5~6		裾野の雨/狩場の巻(三) 〈42〉 산기슭의 비/사냥터의 권(3)	平井晩村	소설/일본	
4	1~3		大岡政談 村井長庵 〈35〉 오오카 정담 무라이 조안	神田松鯉	고단	
6	1~3		情界哀史 男ごゝろ 〈136〉 정계애사 남자의 마음	島川七石	소설/일본	

1916년 07월 10일 (월) 5406호

지면	단수	기획	기사제목 〈회수〉〔곡수〕	필자/저자(역자)	분류	비고
1	5		仁川俳句會選句(上)/日傘、暑さ、浴衣、蟬時雨、桑の實/六點 〈1〉〔1〕 인천 하이쿠회 선구(상)/양산, 더위, 유카타, 요란한 매미 소리, 오디/육점	眉岳	시가/하이쿠	
1	5		仁川俳句會選句(上)/日傘、暑さ、浴衣、蟬時雨、桑の實/五點 〈1〉〔1〕 인천 하이쿠회 선구(상)/양산, 더위, 유카타, 요란한 매미 소리, 오디/오점	想仙	시가/하이쿠	
1	5		仁川俳句會選句(上)/日傘、暑さ、浴衣、蟬時雨、桑の實/四點 〈1〉〔1〕 인천 하이쿠회 선구(상)/양산, 더위, 유카타, 요란한 매미 소리, 오디/사점	丹心	시가/하이쿠	
1	5		仁川俳句會選句(上)/日傘、暑さ、浴衣、蟬時雨、桑の實/四點 〈1〉〔1〕 인천 하이쿠회 선구(상)/양산, 더위, 유카타, 요란한 매미 소리, 오디/사점	四水	시가/하이쿠	
1	5		仁川俳句會選句(上)/日傘、暑さ、浴衣、蟬時雨、桑の實/四點 〈1〉〔1〕 인천 하이쿠회 선구(상)/양산, 더위, 유카타, 요란한 매미 소리, 오디/사점	想仙	시가/하이쿠	
1	5		仁川俳句會選句(上)/日傘、暑さ、浴衣、蟬時雨、桑の實/四點 〈1〉〔1〕 인천 하이쿠회 선구(상)/양산, 더위, 유카타, 요란한 매미 소리, 오디/사점	丹心	시가/하이쿠	
1	5		仁川俳句會選句(上)/日傘、暑さ、浴衣、蟬時雨、桑の實/四點 〈1〉〔1〕 인천 하이쿠회 선구(상)/양산, 더위, 유카타, 요란한 매미 소리, 오디/사점	想仙	시가/하이쿠	
1	5		仁川俳句會選句(上)/日傘、暑さ、浴衣、蟬時雨、桑の實/四點 〈1〉〔1〕 인천 하이쿠회 선구(상)/양산, 더위, 유카타, 요란한 매미 소리, 오디/사점	李雨史	시가/하이쿠	

지면	단수	기획	기사제목 〈회수〉〔곡수〕	필자/저자(역자)	분류	비고
1	5		仁川俳句會選句(上)/日傘、暑さ、浴衣、蟬時雨、桑の實/四點 〈1〉〔1〕 인천 하이쿠회 선구(상)/양산, 더위, 유카타, 요란한 매미 소리, 오디/사점	寄靜	시가/하이쿠	
1	5		仁川俳句會選句(上)/日傘、暑さ、浴衣、蟬時雨、桑の實/四點 〈1〉〔1〕 인천 하이쿠회 선구(상)/양산, 더위, 유카타, 요란한 매미 소리, 오디/사점	丹心	시가/하이쿠	
1	5		仁川俳句會選句(上)/日傘、暑さ、浴衣、蟬時雨、桑の實/四點 〈1〉〔1〕 인천 하이쿠회 선구(상)/양산, 더위, 유카타, 요란한 매미 소리, 오디/사점	沛子	시가/하이쿠	
1	5		仁川俳句會選句(上)/日傘、暑さ、浴衣、蟬時雨、桑の實/四點 〈1〉〔1〕 인천 하이쿠회 선구(상)/양산, 더위, 유카타, 요란한 매미 소리, 오디/사점	##	시가/하이쿠	
1	5		仁川俳句會選句(上)/日傘、暑さ、浴衣、蟬時雨、桑の實/四點 〈1〉〔1〕 인천 하이쿠회 선구(상)/양산, 더위, 유카타, 요란한 매미 소리, 오디/사점	眉岳	시가/하이쿠	
1	5		仁川俳句會選句(上)/日傘、暑さ、浴衣、蟬時雨、桑の實/四點 〈1〉〔1〕 인천 하이쿠회 선구(상)/양산, 더위, 유카타, 요란한 매미 소리, 오디/사점	庵知	시가/하이쿠	
1	5		仁川俳句會選句(上)/日傘、暑さ、浴衣、蟬時雨、桑の實/四點 〈1〉〔1〕 인천 하이쿠회 선구(상)/양산, 더위, 유카타, 요란한 매미 소리, 오디/사점	#風	시가/하이쿠	
1	5		仁川俳句會選句(上)/日傘、暑さ、浴衣、蟬時雨、桑の實/四點 〈1〉〔1〕 인천 하이쿠회 선구(상)/양산, 더위, 유카타, 요란한 매미 소리, 오디/사점	李雨史	시가/하이쿠	
1	6		裾野の雨/狩場の卷(四) 〈43〉 산기슭의 비/사냥터의 권(4)	平井晩村	소설/일본	
4	1~3		大岡政談 村井長庵 〈36〉 오오카 정담 무라이 조안	神田松鯉	고단	

1916년 07월 11일 (화) 5407호

지면	단수	기획	기사제목 〈회수〉〔곡수〕	필자/저자(역자)	분류	비고
1	6		裾野の雨/狩場の卷(五) 〈44〉 산기슭의 비/사냥터의 권(5)	平井晩村	소설/일본	
4	1~3		大岡政談 村井長庵 〈37〉 오오카 정담 무라이 조안	神田松鯉	고단	
6	1~3		情界哀史 男ごゝろ 〈137〉 정계애사 남자의 마음	島川七石	소설/일본	

1916년 07월 12일 (수) 5408호

지면	단수	기획	기사제목 〈회수〉〔곡수〕	필자/저자(역자)	분류	비고
1	7		裾野の雨/狩場の卷(六) 〈45〉 산기슭의 비/사냥터의 권(6)	平井晩村	소설/일본	
3	6		夏〔6〕 여름	如堂山人	시가/하이쿠	
5	6		群山我蛙々々會/燒酎〔3〕 군산 와레와와카이/소주	黑龍坊	시가/하이쿠	
5	6		群山我蛙々々會/燒酎〔3〕 군산 와레와와카이/소주	大呵	시가/하이쿠	
5	6		群山我蛙々々會/燒酎〔2〕 군산 와레와와카이/소주	九香	시가/하이쿠	
5	6		群山我蛙々々會/燒酎〔1〕 군산 와레와와카이/소주	對山居	시가/하이쿠	
5	6		群山我蛙々々會/涼風〔3〕 군산 와레와와카이/시원한 바람	黑龍坊	시가/하이쿠	
5	6		群山我蛙々々會/涼風〔2〕 군산 와레와와카이/시원한 바람	大呵	시가/하이쿠	
5	6		群山我蛙々々會/涼風〔3〕 군산 와레와와카이/시원한 바람	九香	시가/하이쿠	
5	6		群山我蛙々々會/涼風〔3〕 군산 와레와와카이/시원한 바람	對山居	시가/하이쿠	
5	6		群山我蛙々々會/蟬〔3〕 군산 와레와와카이/매미	大呵	시가/하이쿠	

지면	단수	기획	기사제목 〈회수〉〔곡수〕	필자/저자(역자)	분류	비고
5	6		群山我蛙々々會/蟬 〔3〕 군산 와레와와카이/매미	九香	시가/하이쿠	
5	6		群山我蛙々々會/蟬 〔2〕 군산 와레와와카이/매미	黑龍坊	시가/하이쿠	
5	6		群山我蛙々々會/蟬 〔3〕 군산 와레와와카이/매미	對山居	시가/하이쿠	
6	1~3		情界哀史 男ごゝろ 〈137〉 정계애사 남자의 마음	島川七石	소설/일본	회수 오류
9	1~3		大岡政談 村井長庵 〈38〉 오오카 정담 무라이 조안	神田松鯉	고단	

1916년 07월 13일 (목) 5409호

지면	단수	기획	기사제목 〈회수〉〔곡수〕	필자/저자(역자)	분류	비고
1	5		仁川俳句會選句(中)/三點 〈2〉〔1〕 인천 하이쿠회 선구(중)/삼점	春靜	시가/하이쿠	
1	5		仁川俳句會選句(中)/三點 〈2〉〔1〕 인천 하이쿠회 선구(중)/삼점	沛子	시가/하이쿠	
1	5		仁川俳句會選句(中)/三點 〈2〉〔1〕 인천 하이쿠회 선구(중)/삼점	幸月	시가/하이쿠	
1	5		仁川俳句會選句(中)/三點 〈2〉〔1〕 인천 하이쿠회 선구(중)/삼점	沛子	시가/하이쿠	
1	5		仁川俳句會選句(中)/三點 〈2〉〔1〕 인천 하이쿠회 선구(중)/삼점	松園	시가/하이쿠	
1	5		仁川俳句會選句(中)/三點 〈2〉〔1〕 인천 하이쿠회 선구(중)/삼점	李雨史	시가/하이쿠	
1	5		仁川俳句會選句(中)/三點 〈2〉〔1〕 인천 하이쿠회 선구(중)/삼점	一白	시가/하이쿠	
1	5		仁川俳句會選句(中)/三點 〈2〉〔1〕 인천 하이쿠회 선구(중)/삼점	丹心	시가/하이쿠	
1	5		仁川俳句會選句(中)/三點 〈2〉〔1〕 인천 하이쿠회 선구(중)/삼점	同	시가/하이쿠	
1	5		仁川俳句會選句(中)/三點 〈2〉〔1〕 인천 하이쿠회 선구(중)/삼점	庵知	시가/하이쿠	
1	5		仁川俳句會選句(中)/三點 〈2〉〔1〕 인천 하이쿠회 선구(중)/삼점	円缶	시가/하이쿠	
1	5		仁川俳句會選句(中)/三點 〈2〉〔1〕 인천 하이쿠회 선구(중)/삼점	春季	시가/하이쿠	
1	5		仁川俳句會選句(中)/三點 〈2〉〔1〕 인천 하이쿠회 선구(중)/삼점	想仙	시가/하이쿠	
1	5		仁川俳句會選句(中)/三點 〈2〉〔1〕 인천 하이쿠회 선구(중)/삼점	沛子	시가/하이쿠	
1	5		仁川俳句會選句(中)/三點 〈2〉〔1〕 인천 하이쿠회 선구(중)/삼점	丹心	시가/하이쿠	
1	5		仁川俳句會選句(中)/三點 〈2〉〔1〕 인천 하이쿠회 선구(중)/삼점	李雨史	시가/하이쿠	
1	5		仁川俳句會選句(中)/三點 〈2〉〔1〕 인천 하이쿠회 선구(중)/삼점	松園	시가/하이쿠	
1	5		仁川俳句會選句(中)/三點 〈2〉〔1〕 인천 하이쿠회 선구(중)/삼점	李雨史	시가/하이쿠	
1	5		仁川俳句會選句(中)/三點 〈2〉〔1〕 인천 하이쿠회 선구(중)/삼점	丹心	시가/하이쿠	
1	5		仁川俳句會選句(中)/三點 〈2〉〔1〕 인천 하이쿠회 선구(중)/삼점	春季	시가/하이쿠	

지면	단수	기획	기사제목 〈회수〉〔곡수〕	필자/저자(역자)	분류	비고
1	5		仁川俳句會選句(中)/三點 〈2〉〔1〕 인천 하이쿠회 선구(중)/삼점	一白	시가/하이쿠	
1	5		仁川俳句會選句(中)/三點 〈2〉〔1〕 인천 하이쿠회 선구(중)/삼점	四水	시가/하이쿠	
1	5		仁川俳句會選句(中)/三點 〈2〉〔1〕 인천 하이쿠회 선구(중)/삼점	李雨史	시가/하이쿠	
1	5		仁川俳句會選句(中)/三點 〈2〉〔1〕 인천 하이쿠회 선구(중)/삼점	想仙	시가/하이쿠	
1	5		仁川俳句會選句(中)/三點 〈2〉〔1〕 인천 하이쿠회 선구(중)/삼점	四水	시가/하이쿠	
1	6		裾野の雨/狩場の卷(七) 〈46〉 산기슭의 비/사냥터의 권(7)	平井晩村	소설/일본	
3	5		二葉會俳句/暑さ、蝸牛、團扇、夕立、杜若〔1〕 후타바카이 하이쿠/더위, 달팽이, 부채, 소나기, 제비 붓꽃	磐梯	시가/하이쿠	
3	5		二葉會俳句/暑さ、蝸牛、團扇、夕立、杜若〔2〕 후타바카이 하이쿠/더위, 달팽이, 부채, 소나기, 제비 붓꽃	午民	시가/하이쿠	
3	5		二葉會俳句/暑さ、蝸牛、團扇、夕立、杜若〔1〕 후타바카이 하이쿠/더위, 달팽이, 부채, 소나기, 제비 붓꽃	鼓蕉	시가/하이쿠	
3	5		二葉會俳句/暑さ、蝸牛、團扇、夕立、杜若〔1〕 후타바카이 하이쿠/더위, 달팽이, 부채, 소나기, 제비 붓꽃	柯山	시가/하이쿠	
3	5		二葉會俳句/暑さ、蝸牛、團扇、夕立、杜若〔2〕 후타바카이 하이쿠/더위, 달팽이, 부채, 소나기, 제비 붓꽃	恰樂	시가/하이쿠	
3	5		二葉會俳句/暑さ、蝸牛、團扇、夕立、杜若〔1〕 후타바카이 하이쿠/더위, 달팽이, 부채, 소나기, 제비 붓꽃	京廼屋	시가/하이쿠	
3	5		二葉會俳句/暑さ、蝸牛、團扇、夕立、杜若〔1〕 후타바카이 하이쿠/더위, 달팽이, 부채, 소나기, 제비 붓꽃	恰樂	시가/하이쿠	
3	5		二葉會俳句/暑さ、蝸牛、團扇、夕立、杜若〔1〕 후타바카이 하이쿠/더위, 달팽이, 부채, 소나기, 제비 붓꽃	京廼屋	시가/하이쿠	
3	5		二葉會俳句/暑さ、蝸牛、團扇、夕立、杜若〔1〕 후타바카이 하이쿠/더위, 달팽이, 부채, 소나기, 제비 붓꽃	午民	시가/하이쿠	
3	5		二葉會俳句/暑さ、蝸牛、團扇、夕立、杜若〔1〕 후타바카이 하이쿠/더위, 달팽이, 부채, 소나기, 제비 붓꽃	龍峯	시가/하이쿠	
3	5		二葉會俳句/暑さ、蝸牛、團扇、夕立、杜若〔1〕 후타바카이 하이쿠/더위, 달팽이, 부채, 소나기, 제비 붓꽃	水月	시가/하이쿠	
3	5		二葉會俳句/暑さ、蝸牛、團扇、夕立、杜若〔1〕 후타바카이 하이쿠/더위, 달팽이, 부채, 소나기, 제비 붓꽃	鼓蕉	시가/하이쿠	
3	5		二葉會俳句/暑さ、蝸牛、團扇、夕立、杜若〔1〕 후타바카이 하이쿠/더위, 달팽이, 부채, 소나기, 제비 붓꽃	恰樂	시가/하이쿠	
3	5		二葉會俳句/暑さ、蝸牛、團扇、夕立、杜若〔1〕 후타바카이 하이쿠/더위, 달팽이, 부채, 소나기, 제비 붓꽃	鼓蕉	시가/하이쿠	
3	5		二葉會俳句/暑さ、蝸牛、團扇、夕立、杜若〔1〕 후타바카이 하이쿠/더위, 달팽이, 부채, 소나기, 제비 붓꽃	碧瞳	시가/하이쿠	
3	5		二葉會俳句/暑さ、蝸牛、團扇、夕立、杜若〔1〕 후타바카이 하이쿠/더위, 달팽이, 부채, 소나기, 제비 붓꽃	葦堂	시가/하이쿠	
3	5		二葉會俳句/暑さ、蝸牛、團扇、夕立、杜若〔1〕 후타바카이 하이쿠/더위, 달팽이, 부채, 소나기, 제비 붓꽃	碧瞳	시가/하이쿠	
3	5		二葉會俳句/暑さ、蝸牛、團扇、夕立、杜若〔1〕 후타바카이 하이쿠/더위, 달팽이, 부채, 소나기, 제비 붓꽃	恰樂	시가/하이쿠	
3	5		二葉會俳句/暑さ、蝸牛、團扇、夕立、杜若〔1〕 후타바카이 하이쿠/더위, 달팽이, 부채, 소나기, 제비 붓꽃	屑々	시가/하이쿠	
3	5		二葉會俳句/暑さ、蝸牛、團扇、夕立、杜若〔1〕 후타바카이 하이쿠/더위, 달팽이, 부채, 소나기, 제비 붓꽃	碧瞳	시가/하이쿠	

지면	단수	기획	기사제목 〈회수〉〔곡수〕	필자/저자(역자)	분류	비고
3	5		二葉會俳句/暑さ、蝸牛、團扇、夕立、杜若〔1〕 후타바카이 하이쿠/더위, 달팽이, 부채, 소나기, 제비 붓꽃	葦堂	시가/하이쿠	
3	5		二葉會俳句/暑さ、蝸牛、團扇、夕立、杜若〔1〕 후타바카이 하이쿠/더위, 달팽이, 부채, 소나기, 제비 붓꽃	屑々	시가/하이쿠	
3	5		二葉會俳句/暑さ、蝸牛、團扇、夕立、杜若〔1〕 후타바카이 하이쿠/더위, 달팽이, 부채, 소나기, 제비 붓꽃	水月	시가/하이쿠	
3	5		二葉會俳句/暑さ、蝸牛、團扇、夕立、杜若〔1〕 후타바카이 하이쿠/더위, 달팽이, 부채, 소나기, 제비 붓꽃	龍峯	시가/하이쿠	
3	5		二葉會俳句/暑さ、蝸牛、團扇、夕立、杜若〔1〕 후타바카이 하이쿠/더위, 달팽이, 부채, 소나기, 제비 붓꽃	午民	시가/하이쿠	
3	5		二葉會俳句/暑さ、蝸牛、團扇、夕立、杜若/人〔1〕 후타바카이 하이쿠/더위, 달팽이, 부채, 소나기, 제비 붓꽃/인	午民	시가/하이쿠	
3	5		二葉會俳句/暑さ、蝸牛、團扇、夕立、杜若/地〔1〕 후타바카이 하이쿠/더위, 달팽이, 부채, 소나기, 제비 붓꽃/지	龍峯	시가/하이쿠	
3	5		二葉會俳句/暑さ、蝸牛、團扇、夕立、杜若/天〔1〕 후타바카이 하이쿠/더위, 달팽이, 부채, 소나기, 제비 붓꽃/천	葦堂	시가/하이쿠	
3	5		二葉會俳句/暑さ、蝸牛、團扇、夕立、杜若/加〔1〕 후타바카이 하이쿠/더위, 달팽이, 부채, 소나기, 제비 붓꽃/가	帝史	시가/하이쿠	
4	1~3		大岡政談 村井長庵〈39〉 오오카 정담 무라이 조안	神田松鯉	고단	
6	1~3		情界哀史 男ごゝろ〈138〉 정계애사 남자의 마음	島川七石	소설/일본	회수 오류

1916년 07월 14일 (금) 5410호

지면	단수	기획	기사제목 〈회수〉〔곡수〕	필자/저자(역자)	분류	비고
1	6		仁川俳句會選句(下)/二點〈3〉〔1〕 인천 하이쿠회 선구(하)/이점	一白	시가/하이쿠	
1	6		仁川俳句會選句(下)/二點〈3〉〔1〕 인천 하이쿠회 선구(하)/이점	李雨史	시가/하이쿠	
1	6		仁川俳句會選句(下)/二點〈3〉〔2〕 인천 하이쿠회 선구(하)/이점	想仙	시가/하이쿠	
1	6		仁川俳句會選句(下)/二點〈3〉〔1〕 인천 하이쿠회 선구(하)/이점	丹心	시가/하이쿠	
1	6		仁川俳句會選句(下)/二點〈3〉〔1〕 인천 하이쿠회 선구(하)/이점	沛子	시가/하이쿠	
1	6		仁川俳句會選句(下)/二點〈3〉〔1〕 인천 하이쿠회 선구(하)/이점	露風	시가/하이쿠	
1	6		仁川俳句會選句(下)/二點〈3〉〔1〕 인천 하이쿠회 선구(하)/이점	丹心	시가/하이쿠	
1	6		仁川俳句會選句(下)/二點〈3〉〔1〕 인천 하이쿠회 선구(하)/이점	松園	시가/하이쿠	
1	6		仁川俳句會選句(下)/二點〈3〉〔1〕 인천 하이쿠회 선구(하)/이점	四水	시가/하이쿠	
1	6		仁川俳句會選句(下)/二點〈3〉〔1〕 인천 하이쿠회 선구(하)/이점	庵知	시가/하이쿠	
1	6		仁川俳句會選句(下)/二點〈3〉〔1〕 인천 하이쿠회 선구(하)/이점	眉岳	시가/하이쿠	
1	6		仁川俳句會選句(下)/二點〈3〉〔1〕 인천 하이쿠회 선구(하)/이점	露風	시가/하이쿠	
1	6		仁川俳句會選句(下)/二點〈3〉〔1〕 인천 하이쿠회 선구(하)/이점	松園	시가/하이쿠	
1	6		仁川俳句會選句(下)/二點〈3〉〔1〕 인천 하이쿠회 선구(하)/이점	沛子	시가/하이쿠	

지면	단수	기획	기사제목 〈회수〉〔곡수〕	필자/저자(역자)	분류	비고
1	6		仁川俳句會選句(下)/二點 〈3〉〔2〕 인천 하이쿠회 선구(하)/이점	四水	시가/하이쿠	
1	6		仁川俳句會選句(下)/二點 〈3〉〔1〕 인천 하이쿠회 선구(하)/이점	露風	시가/하이쿠	
1	6		仁川俳句會選句(下)/二點 〈3〉〔1〕 인천 하이쿠회 선구(하)/이점	李雨史	시가/하이쿠	
1	6		仁川俳句會選句(下)/二點 〈3〉〔1〕 인천 하이쿠회 선구(하)/이점	露風	시가/하이쿠	
1	6		仁川俳句會選句(下)/二點 〈3〉〔2〕 인천 하이쿠회 선구(하)/이점	丹心	시가/하이쿠	
1	6		仁川俳句會選句(下)/二點 〈3〉〔1〕 인천 하이쿠회 선구(하)/이점	沛子	시가/하이쿠	
1	6		仁川俳句會選句(下)/二點 〈3〉〔1〕 인천 하이쿠회 선구(하)/이점	一白	시가/하이쿠	
1	6		仁川俳句會選句(下)/二點 〈3〉〔1〕 인천 하이쿠회 선구(하)/이점	李雨史	시가/하이쿠	
1	6		仁川俳句會選句(下)/二點 〈3〉〔1〕 인천 하이쿠회 선구(하)/이점	春郎	시가/하이쿠	
1	6		仁川俳句會選句(下)/二點 〈3〉〔1〕 인천 하이쿠회 선구(하)/이점	想仙	시가/하이쿠	
1	6		仁川俳句會選句(下)/二點 〈3〉〔1〕 인천 하이쿠회 선구(하)/이점	丹心	시가/하이쿠	
1	6		仁川俳句會選句(下)/二點 〈3〉〔1〕 인천 하이쿠회 선구(하)/이점	一白	시가/하이쿠	
1	6		仁川俳句會選句(下)/二點 〈3〉〔1〕 인천 하이쿠회 선구(하)/이점	李雨史	시가/하이쿠	
1	6		仁川俳句會選句(下)/二點 〈3〉〔1〕 인천 하이쿠회 선구(하)/이점	松園	시가/하이쿠	
1	6		仁川俳句會選句(下)/二點 〈3〉〔1〕 인천 하이쿠회 선구(하)/이점	丹心	시가/하이쿠	
1	6		仁川俳句會選句(下)/二點 〈3〉〔1〕 인천 하이쿠회 선구(하)/이점	靜春	시가/하이쿠	
1	7		裾野の雨/狩場の巻(八) 〈47〉 산기슭의 비/사냥터의 권(8)	平井晩村	소설/일본	
4	1~3		大岡政談 村井長庵 〈40〉 오오카 정담 무라이 조안	神田松鯉	고단	
6	1~3		情界哀史 男ごゝろ 〈139〉 정계애사 남자의 마음	島川七石	소설/일본	회수 오류

1916년 07월 15일 (토) 5411호

지면	단수	기획	기사제목 〈회수〉〔곡수〕	필자/저자(역자)	분류	비고
1	5~6		裾野の雨/狩場の巻(九) 〈48〉 산기슭의 비/사냥터의 권(9)	平井晩村	소설/일본	
1	6		淸州土曜吟社句 〔1〕 청주 토요음사 구	雨#	시가/하이쿠	
1	6		淸州土曜吟社句 〔1〕 청주 토요음사 구	笠琴	시가/하이쿠	
1	6		淸州土曜吟社句 〔1〕 청주 토요음사 구	可紅	시가/하이쿠	
1	6		淸州土曜吟社句 〔1〕 청주 토요음사 구	靑湖	시가/하이쿠	
1	6		淸州土曜吟社句 〔1〕 청주 토요음사 구	想仙	시가/하이쿠	

지면	단수	기획	기사제목 〈회수〉〔곡수〕	필자/저자(역자)	분류	비고
1	6		淸州土曜吟社句 [1] 청주 토요음사 구	初心	시가/하이쿠	
1	6		淸州土曜吟社句 [2] 청주 토요음사 구	芳涯	시가/하이쿠	
1	6		淸州土曜吟社句 [1] 청주 토요음사 구	一#	시가/하이쿠	
1	6		淸州土曜吟社句 [1] 청주 토요음사 구	矢名	시가/하이쿠	
1	6		淸州土曜吟社句 [1] 청주 토요음사 구	酒竹	시가/하이쿠	
1	6		淸州土曜吟社句 [1] 청주 토요음사 구	二#	시가/하이쿠	
1	6		淸州土曜吟社句 [1] 청주 토요음사 구	矢名	시가/하이쿠	
1	6		淸州土曜吟社句 [1] 청주 토요음사 구	一#	시가/하이쿠	
1	6		淸州土曜吟社句 [1] 청주 토요음사 구	芳涯	시가/하이쿠	
1	6		淸州土曜吟社句 [1] 청주 토요음사 구	白#	시가/하이쿠	
1	6		淸州土曜吟社句 [1] 청주 토요음사 구	菊#	시가/하이쿠	
1	6		淸州土曜吟社句 [1] 청주 토요음사 구	矢名	시가/하이쿠	
1	6		淸州土曜吟社句 [1] 청주 토요음사 구	可紅	시가/하이쿠	
1	6		淸州土曜吟社句 [1] 청주 토요음사 구	雨#	시가/하이쿠	
1	6		淸州土曜吟社句 [1] 청주 토요음사 구	##	시가/하이쿠	
4	1~3		大岡政談 村井長庵 〈41〉 오오카 정담 무라이 조안	神田松鯉	고단	
6	1~3		情界哀史 男ごゝろ 〈140〉 정계애사 남자의 마음	島川七石	소설/일본	회수 오류

1916년 07월 16일 (일) 5412호

지면	단수	기획	기사제목 〈회수〉〔곡수〕	필자/저자(역자)	분류	비고
1	6~7		裾野の雨/狩場の巻(一〇) 〈49〉 산기슭의 비/사냥터의 권(10)	平井晩村	소설/일본	
4	1~3		大岡政談 村井長庵 〈42〉 오오카 정담 무라이 조안	神田松鯉	고단	
6	1~3		情界哀史 男ごゝろ 〈141〉 정계애사 남자의 마음	島川七石	소설/일본	회수 오류

1916년 07월 17일 (월) 5412호

지면	단수	기획	기사제목 〈회수〉〔곡수〕	필자/저자(역자)	분류	비고
1	5~6		一握詩社詠草(上)/初夏の夜 〈1〉 [4] 이치아쿠시샤 영초(상)/초여름 밤	紅花	시가/단카	
1	6		一握詩社詠草(上)/初夏の夜 〈1〉 [3] 이치아쿠시샤 영초(상)/초여름 밤	靜波	시가/단카	
1	6		一握詩社詠草(上)/初夏の夜 〈1〉 [4] 이치아쿠시샤 영초(상)/초여름 밤	双果	시가/단카	
1	6		一握詩社詠草(上)/初夏の夜 〈1〉 [3] 이치아쿠시샤 영초(상)/초여름 밤	よしを	시가/단카	

지면	단수	기획	기사제목 〈회수〉 〔곡수〕	필자/저자(역자)	분류	비고
1	6~7		裾野の雨/思ひ寢の卷(一) 〈49〉 산기슭의 비/생각하다 잠들다(1)	平井晩村	소설/일본	회수 오류
4	1~3		大岡政談 村井長庵 〈42〉 오오카 정담 무라이 조안	神田松鯉	고단	
6	1~3		情界哀史 男ごゝろ 〈142〉 정계애사 남자의 마음	島川七石	소설/일본	회수 오류

´1916년 07월 18일 (화) 5413호

지면	단수	기획	기사제목 〈회수〉 〔곡수〕	필자/저자(역자)	분류	비고
1	5		一握詩社詠草(下)/初夏の夜 〈2〉 〔5〕 이치아쿠시샤 영초(하)/초여름 밤	たかし	시가/단카	
1	5		一握詩社詠草(下)/初夏の夜 〈2〉 〔1〕 이치아쿠시샤 영초(하)/초여름 밤	逝水	시가/단카	
1	5		一握詩社詠草(下)/初夏の夜 〈2〉 〔4〕 이치아쿠시샤 영초(하)/초여름 밤	靑紅	시가/단카	
1	6		裾野の雨/思ひ寢の卷(二) 〈49〉 산기슭의 비/생각하다 잠들다(2)	平井晩村	소설/일본	회수 오류
4	1~3		大岡政談 村井長庵 〈43〉 오오카 정담 무라이 조안	神田松鯉	고단	
6	1~3		情界哀史 男ごゝろ 〈143〉 정계애사 남자의 마음	島川七石	소설/일본	회수 오류

1916년 07월 19일 (수) 5415호

지면	단수	기획	기사제목 〈회수〉 〔곡수〕	필자/저자(역자)	분류	비고
1	5		仁川短歌會詠草 〔1〕 인천 단카회 영초	安積#塘	시가/단카	
1	5		仁川短歌會詠草 〔3〕 인천 단카회 영초	河副長郎	시가/단카	
1	5		仁川短歌會詠草 〔4〕 인천 단카회 영초	丸田生	시가/단카	
1	5		仁川短歌會詠草 〔4〕 인천 단카회 영초	汐美靑霧	시가/단카	
1	5~6		裾野の雨/思ひ寢の卷(三) 〈51〉 산기슭의 비/생각하다 잠들다(3)	平井晩村	소설/일본	회수 오류
3	6~7		滿洲より/紅い夕陽に照らされて 만주에서/붉은 저녁놀이 물들 때	竹內生	수필/기행	
4	1~3		大岡政談 村井長庵 〈45〉 오오카 정담 무라이 조안	神田松鯉	고단	
6	1~3		情界哀史 男ごゝろ 〈144〉 정계애사 남자의 마음	島川七石	소설/일본	회수 오류

1916년 07월 20일 (목) 5416호

지면	단수	기획	기사제목 〈회수〉 〔곡수〕	필자/저자(역자)	분류	비고
1	5		仁川短歌會詠草 〔3〕 인천 단카회 영초	葩村紅路	시가/단카	
1	5		仁川短歌會詠草 〔8〕 인천 단카회 영초	樹叢大芸居	시가/단카	
1	5		仁川短歌會詠草 〔3〕 인천 단카회 영초	蘆上秋人	시가/단카	
1	6		裾野の雨/思ひ寢の卷(四) 〈52〉 산기슭의 비/생각하다 잠들다(4)	平井晩村	소설/일본	회수 오류
3	5		淸州淸風會句 〔5〕 청주 청풍회 구	神鄕	시가/하이쿠	
3	5		淸州淸風會句 〔4〕 청주 청풍회 구	雨村	시가/하이쿠	

지면	단수	기획	기사제목 〈회수〉〔곡수〕	필자/저자(역자)	분류	비고
3	5~6		清州清風會句 〔3〕 청주 청풍회 구	松子	시가/하이쿠	
3	6		清州清風會句 〔5〕 청주 청풍회 구	神郷	시가/하이쿠	
3	6		清州清風會句 〔5〕 청주 청풍회 구	雨村	시가/하이쿠	
4	1~3		大岡政談 村井長庵 〈46〉 오오카 정담 무라이 조안	神田松鯉	고단	
6	1~3		情界哀史 男ごゝろ 〈146〉 정계애사 남자의 마음	島川七石	소설/일본	

1916년 07월 21일 (금) 5417호

지면	단수	기획	기사제목 〈회수〉〔곡수〕	필자/저자(역자)	분류	비고
1	5		仁川短歌會詠草 〔2〕 인천 단카회 영초	一木葆光	시가/단카	
1	5		仁川短歌會詠草 〔5〕 인천 단카회 영초	仁志河紫都子	시가/단카	
1	5~6		仁川短歌會詠草 〔7〕 인천 단카회 영초	石井龍史	시가/단카	
1	6		裾野の雨/思ひ寢の巻(五) 〈53〉 산기슭의 비/생각하다 잠들다(5)	平井晩村	소설/일본	회수 오류
4	1~3		大岡政談 村井長庵 〈47〉 오오카 정담 무라이 조안	神田松鯉	고단	
6	1~3		情界哀史 男ごゝろ 〈147〉 정계애사 남자의 마음	島川七石	소설/일본	

1916년 07월 22일 (토) 5418호

지면	단수	기획	기사제목 〈회수〉〔곡수〕	필자/저자(역자)	분류	비고
1	6~7		裾野の雨/思ひ寢の巻(六) 〈54〉 산기슭의 비/생각하다 잠들다(6)	平井晩村	소설/일본	회수 오류
3	6~7		滿洲便り/紅い夕陽に照らされて 만주 소식/붉은 저녁놀이 물들 때	竹內生	수필/기행	
4	1~3		大岡政談 村井長庵 〈48〉 오오카 정담 무라이 조안	神田松鯉	고단	
6	1~3		情界哀史 男ごゝろ 〈148〉 정계애사 남자의 마음	島川七石	소설/일본	

1916년 07월 23일 (일) 5419호

지면	단수	기획	기사제목 〈회수〉〔곡수〕	필자/저자(역자)	분류	비고
1	6~7		裾野の雨/思ひ寢の巻(七) 〈55〉 산기슭의 비/생각하다 잠들다(7)	平井晩村	소설/일본	회수 오류
4	1~3		大岡政談 村井長庵 〈49〉 오오카 정담 무라이 조안	神田松鯉	고단	
6	1~3		情界哀史 男ごゝろ 〈149〉 정계애사 남자의 마음	島川七石	소설/일본	

1916년 07월 24일 (월) 5420호

지면	단수	기획	기사제목 〈회수〉〔곡수〕	필자/저자(역자)	분류	비고
1	6		裾野の雨/思ひ寢の巻(八) 〈56〉 산기슭의 비/생각하다 잠들다(8)	平井晩村	소설/일본	회수 오류
3	5~6		一握詩社詠草(上)/壁 〈1〉〔4〕 이치아쿠시샤 영초(상)/벽	靑紅	시가/단카	
3	6		一握詩社詠草(上)/壁 〈1〉〔1〕 이치아쿠시샤 영초(상)/벽	逝水	시가/단카	
3	6		一握詩社詠草(上)/壁 〈1〉〔3〕 이치아쿠시샤 영초(상)/벽	たかし	시가/단카	

지면	단수	기획	기사제목 〈회수〉〔곡수〕	필자/저자(역자)	분류	비고
3	6		一握詩社詠草(上)/壁 〈1〉〔5〕 이치아쿠시샤 영초(상)/벽	よしを	시가/단카	
4	1~3		大岡政談 村井長庵 〈50〉 오오카 정담 무라이 조안	神田松鯉	고단	
6	1~3		情界哀史 男ごゝろ 〈150〉 정계애사 남자의 마음	島川七石	소설/일본	

1916년 07월 25일 (화) 5421호

지면	단수	기획	기사제목 〈회수〉〔곡수〕	필자/저자(역자)	분류	비고
1	6~7		裾野の雨/思ひ寝の巻(九) 〈57〉 산기슭의 비/생각하다 잠들다(9)	平井晩村	소설/일본	회수 오류
3	7		一握詩社詠草(下)/壁 〈2〉〔4〕 이치아쿠시샤 영초(하)/벽	双果	시가/단카	
3	7		一握詩社詠草(下)/壁 〈2〉〔4〕 이치아쿠시샤 영초(하)/벽	靜波	시가/단카	
3	7		一握詩社詠草(下)/壁 〈2〉〔5〕 이치아쿠시샤 영초(하)/벽	紅花	시가/단카	
4	1~3		大岡政談 村井長庵 〈51〉 오오카 정담 무라이 조안	神田松鯉	고단	
6	1~3		情界哀史 男ごゝろ 〈151〉 정계애사 남자의 마음	島川七石	소설/일본	

1916년 07월 26일 (수) 5422호

지면	단수	기획	기사제목 〈회수〉〔곡수〕	필자/저자(역자)	분류	비고
1	6		雜 〔6〕 잡	石花鳥たかし	시가/단카	
1	6~7		裾野の雨/思ひ寝の巻(一〇) 〈58〉 산기슭의 비/생각하다 잠들다(10)	平井晩村	소설/일본	회수 오류
4	1~3		大岡政談 村井長庵 〈52〉 오오카 정담 무라이 조안	神田松鯉	고단	
6	1~3		情界哀史 男ごゝろ 〈152〉 정계애사 남자의 마음	島川七石	소설/일본	

1916년 07월 27일 (목) 5423호

지면	단수	기획	기사제목 〈회수〉〔곡수〕	필자/저자(역자)	분류	비고
1	6		夏十二句 〔12〕 여름-십이구	如堂山人	시가/하이쿠	
1	6~7		裾野の雨/思ひ寝の巻(一一) 〈59〉 산기슭의 비/생각하다 잠들다(11)	平井晩村	소설/일본	회수 오류
4	1~3		大岡政談 村井長庵 〈53〉 오오카 정담 무라이 조안	神田松鯉	고단	

1916년 07월 28일 (금) 5424호

지면	단수	기획	기사제목 〈회수〉〔곡수〕	필자/저자(역자)	분류	비고
1	6		もろき命 〔15〕 여린 목숨	高須賀虎夫	시가/단카	
1	7		裾野の雨/思ひ寝の巻(一二) 〈60〉 산기슭의 비/생각하다 잠들다(12)	平井晩村	소설/일본	회수 오류
4	1~3		大岡政談 村井長庵 〈54〉 오오카 정담 무라이 조안	神田松鯉	고단	
5	1~2		お俠傳/千代木のお千代(##) 〈1〉 오칸 전/지요키의 오치요(##)		수필/평판기	
6	1~3		情界哀史 男ごゝろ 〈153〉 정계애사 남자의 마음	島川七石	소설/일본	

1916년 07월 29일 (토) 5425호

지면	단수	기획	기사제목 〈회수〉〔곡수〕	필자/저자(역자)	분류	비고
1	5		星ヶ浦にて〔1〕 호시가우라에서	奉天 緒方砂丘秋	시가/신체시	
1	5~6		裾野の雨/思ひ寝の巻(一三)〈61〉 산기슭의 비/생각하다 잠들다(13)	平井晩村	소설/일본	회수 오류
4	1~3		大岡政談 村井長庵〈55〉 오오카 정담 무라이 조안	神田松鯉	고단	
5	1~2		お侠傳/梅家の大助(京城)〈2〉 오캰 전/우메야의 다이스케(경성)		수필/평판기	
6	1~3		情界哀史 男ごゝろ〈154〉 정계애사 남자의 마음	島川七石	소설/일본	

1916년 07월 30일 (일) 5426호

지면	단수	기획	기사제목 〈회수〉〔곡수〕	필자/저자(역자)	분류	비고
1	6~7		裾野の雨/思ひ寝の巻(一四)〈62〉 산기슭의 비/생각하다 잠들다(14)	平井晩村	소설/일본	회수 오류
4	1~3		大岡政談 村井長庵〈56〉 오오카 정담 무라이 조안	神田松鯉	고단	
5	1~2		お侠傳/大江戸のお高(京城)〈3〉 오캰 전/오에도의 오타카(경성)		수필/평판기	
6	1~3		情界哀史 男ごゝろ〈155〉 정계애사 남자의 마음	島川七石	소설/일본	

1916년 08월 01일 (화) 5427호

지면	단수	기획	기사제목 〈회수〉〔곡수〕	필자/저자(역자)	분류	비고
1	5		情炎〔6〕 정염	藤村花囚	시가/단카	
1	5~6		裾野の雨/討入の巻(一)〈63〉 산기슭의 비/습격의 권(1)	平井晩村	소설/일본	회수 오류
4	1~3		大岡政談 村井長庵〈58〉 오오카 정담 무라이 조안	神田松鯉	고단	회수 오류
5	2~3		お侠傳/眞面目がつた光菊(京城)〈4〉 오캰 전/성실한 미쓰기쿠(경성)		수필/평판기	
5	3~4		お侠傳/跳ッ返りの三筋(京城)〈4〉 오캰 전/말괄량이 미스지(경성)		수필/평판기	
6	1~3		情界哀史 男ごゝろ〈157〉 정계애사 남자의 마음	島川七石	소설/일본	회수 오류

1916년 08월 02일 (수) 5428호

지면	단수	기획	기사제목 〈회수〉〔곡수〕	필자/저자(역자)	분류	비고
1	5~6		森のうた〔13〕 숲의 노래	藤村幻花	시가/단카	회수 오류
1	6		裾野の雨/討入の巻(二)〈64〉 산기슭의 비/습격의 권(2)	平井晩村	소설/일본	
3	6		海州淸風會句/蚊帳〔1〕 해주 청풍회 구/모기장	裸骨	시가/하이쿠	
3	6		海州淸風會句/蚊帳〔1〕 해주 청풍회 구/모기장	神#	시가/하이쿠	
3	6		海州淸風會句/蚊帳〔1〕 해주 청풍회 구/모기장	甑山	시가/하이쿠	
3	6		海州淸風會句/蚊帳〔1〕 해주 청풍회 구/모기장	一夫	시가/하이쿠	
3	6		海州淸風會句/蚊帳〔1〕 해주 청풍회 구/모기장	元#苫	시가/하이쿠	
3	6		海州淸風會句/蚊帳〔1〕 해주 청풍회 구/모기장	雨村	시가/하이쿠	

지면	단수	기획	기사제목 〈회수〉〔곡수〕	필자/저자(역자)	분류	비고
3	6		海州淸風會句/夕立〔2〕 해주 청풍회 구/소나기	裸骨	시가/하이쿠	
3	6		海州淸風會句/夕立〔3〕 해주 청풍회 구/소나기	神#	시가/하이쿠	
3	6		海州淸風會句/夕立〔1〕 해주 청풍회 구/소나기	元#苦	시가/하이쿠	
3	6		海州淸風會句/夕立〔1〕 해주 청풍회 구/소나기	蓜山	시가/하이쿠	
3	6		海州淸風會句/夕立〔1〕 해주 청풍회 구/소나기	雨村	시가/하이쿠	
3	6		海州淸風會句/夕立〔1〕 해주 청풍회 구/소나기	松岳	시가/하이쿠	
3	6		海州淸風會句/夕立〔1〕 해주 청풍회 구/소나기	一夫	시가/하이쿠	
4	1~3		情界哀史 男ごゝろ〈157〉 정계애사 남자의 마음	島川七石	소설/일본	
5	3~4		お俠傳/八坂の政彌(仁川)〈5〉 오캰 전/야사카의 마사야(인천)		수필/평판기	
6	1~3		大岡政談 村井長庵〈58〉 오오카 정담 무라이 조안	神田松鯉	고단	

1916년 08월 03일 (목) 5429호

지면	단수	기획	기사제목 〈회수〉〔곡수〕	필자/저자(역자)	분류	비고
1	5~6		裾野の雨/討入の卷(三)〈65〉 산기슭의 비/습격의 권(3)	平井晩村	소설/일본	회수 오류
4	1~3		大岡政談 村井長庵〈59〉 오오카 정담 무라이 조안	神田松鯉	고단	
5	4		お俠傳/〆太郎と辰龍(京城)〈6〉 오캰 전/시메타로와 다쓰류(경성)		수필/평판기	
6	1~5		情界哀史 男ごゝろ〈158〉 정계애사 남자의 마음	島川七石	소설/일본	

1916년 08월 04일 (금) 5430호

지면	단수	기획	기사제목 〈회수〉〔곡수〕	필자/저자(역자)	분류	비고
1	5~6		若きが故に〔1〕 젊기 때문에	龜岡天川	시가/신체시	
1	6~7		裾野の雨/討入の卷(四)〈66〉 산기슭의 비/습격의 권(4)	平井晩村	소설/일본	회수 오류
3	5		我蛙々々會小集/即吟〔1〕 와레와와카이 소모임/즉음	大呵	시가/하이쿠	
3	5		我蛙々々會小集/即吟〔1〕 와레와와카이 소모임/즉음	華堂	시가/하이쿠	
3	5		我蛙々々會小集/即吟〔1〕 와레와와카이 소모임/즉음	大呵	시가/하이쿠	
3	5		我蛙々々會小集/即吟〔1〕 와레와와카이 소모임/즉음	九香	시가/하이쿠	
3	5		我蛙々々會小集/即吟〔1〕 와레와와카이 소모임/즉음	九香	시가/하이쿠	
3	5		我蛙々々會小集/即吟〔1〕 와레와와카이 소모임/즉음	對山居	시가/하이쿠	
3	5		我蛙々々會小集/即吟〔1〕 와레와와카이 소모임/즉음	九香	시가/하이쿠	
3	6		我蛙々々會小集/即吟〔1〕 와레와와카이 소모임/즉음	對山居	시가/하이쿠	

지면	단수	기획	기사제목 〈회수〉〔곡수〕	필자/저자(역자)	분류	비고
3	6		我蛙々々會小集/即吟〔1〕 와레와와카이 소모임/즉음	大呵	시가/하이쿠	
3	6		我蛙々々會小集/即吟〔1〕 와레와와카이 소모임/즉음	九香	시가/하이쿠	
3	6		我蛙々々會小集/即吟〔1〕 와레와와카이 소모임/즉음	九香	시가/하이쿠	
3	6		我蛙々々會小集/即吟〔1〕 와레와와카이 소모임/즉음	大呵	시가/하이쿠	
3	6		我蛙々々會小集/即吟〔1〕 와레와와카이 소모임/즉음	華堂	시가/하이쿠	
3	6		我蛙々々會小集/即吟〔1〕 와레와와카이 소모임/즉음	華堂	시가/하이쿠	
3	6		我蛙々々會小集/即吟〔1〕 와레와와카이 소모임/즉음	大呵	시가/하이쿠	
3	6		我蛙々々會小集/即吟〔1〕 와레와와카이 소모임/즉음	九香	시기/하이쿠	
3	6		我蛙々々會小集/即吟〔1〕 와레와와카이 소모임/즉음	對山居	시가/하이쿠	
3	6		我蛙々々會小集/即吟〔1〕 와레와와카이 소모임/즉음	大呵	시가/하이쿠	
3	6		我蛙々々會小集/即吟〔1〕 와레와와카이 소모임/즉음	九香	시가/하이쿠	
3	6		我蛙々々會小集/即吟〔1〕 와레와와카이 소모임/즉음	對山居	시가/하이쿠	
3	6		我蛙々々會小集/即吟〔1〕 와레와와카이 소모임/즉음	九香	시가/하이쿠	
3	6		我蛙々々會小集/即吟〔1〕 와레와와카이 소모임/즉음	對水	시가/하이쿠	
3	6		我蛙々々會小集/即吟〔1〕 와레와와카이 소모임/즉음	對山居	시가/하이쿠	
3	6		我蛙々々會小集/即吟〔1〕 와레와와카이 소모임/즉음	大呵	시가/하이쿠	
3	6		我蛙々々會小集/即吟〔1〕 와레와와카이 소모임/즉음	九香	시가/하이쿠	
4	1~3		大岡政談 村井長庵〈60〉 오오카 정담 무라이 조안	神田松鯉	고단	
5	6~7		お俠傳/淸華亭の三太(京城)〈7〉 오캰 전/세이카테이의 산타(경성)		수필/평판기	
6	1~3		情界哀史 男ごゝろ〈159〉 정계애사 남자의 마음	島川七石	소설/일본	

1916년 08월 05일 (토) 5431호

지면	단수	기획	기사제목 〈회수〉〔곡수〕	필자/저자(역자)	분류	비고
1	6~7		裾野の雨/討入の巻(五)〈67〉 산기슭의 비/습격의 권(5)	平井晩村	소설/일본	회수 오류
3	4		大田 湖南吟社小集/蓮〔3〕 대전 호남음사 소모임/연꽃	淡水	시가/하이쿠	
3	4		大田 湖南吟社小集/蓮〔1〕 대전 호남음사 소모임/연꽃	靑峯	시가/하이쿠	
3	4		大田 湖南吟社小集/蓮〔1〕 대전 호남음사 소모임/연꽃	待宵	시가/하이쿠	
3	4		大田 湖南吟社小集/蓮〔1〕 대전 호남음사 소모임/연꽃	中京	시가/하이쿠	

지면	단수	기획	기사제목 〈회수〉 〔곡수〕	필자/저자(역자)	분류	비고
3	4		大田 湖南吟社小集/蓮 〔2〕 대전 호남음사 소모임/연꽃	可祝	시가/하이쿠	
3	4		大田 湖南吟社小集/蓮 〔2〕 대전 호남음사 소모임/연꽃	桃雨	시가/하이쿠	
3	5		大田 湖南吟社小集/蓮 〔2〕 대전 호남음사 소모임/연꽃	松年	시가/하이쿠	
3	5		大田 湖南吟社小集/蓮 〔1〕 대전 호남음사 소모임/연꽃	いかり	시가/하이쿠	
3	5		大田 湖南吟社小集/蓮 〔1〕 대전 호남음사 소모임/연꽃	有明	시가/하이쿠	
3	5		大田 湖南吟社小集/蓮 〔1〕 대전 호남음사 소모임/연꽃	千車	시가/하이쿠	
3	5		大田 湖南吟社小集/蓮 〔1〕 대전 호남음사 소모임/연꽃	紅風	시가/하이쿠	
3	5		大田 湖南吟社小集/蓮 〔2〕 대전 호남음사 소모임/연꽃	風骨	시가/하이쿠	
4	1~3		大岡政談 村井長庵 〈61〉 오오카 정담 무라이 조안	神田松鯉	고단	
6	1~3		情界哀史 男ごゝろ 〈160〉 정계애사 남자의 마음	島川七石	소설/일본	

1916년 08월 06일 (일) 5432호

지면	단수	기획	기사제목 〈회수〉 〔곡수〕	필자/저자(역자)	분류	비고
1	5~6		裾野の雨/討入の巻(六) 〈68〉 산기슭의 비/습격의 권(6)	平井晩村	소설/일본	회수 오류
4	1~3		大岡政談 村井長庵 〈62〉 오오카 정담 무라이 조안	神田松鯉	고단	
5	4~6		お俠傳/蔦家の吉彌(京城) 〈8〉 오캰 전/쓰타야의 기치야(경성)		수필/평판기	
6	1~6		情界哀史 男ごゝろ 〈161〉 정계애사 남자의 마음	島川七石	소설/일본	

1916년 08월 07일 (월) 5433호

지면	단수	기획	기사제목 〈회수〉 〔곡수〕	필자/저자(역자)	분류	비고
1	6		裾野の雨/討入の巻(七) 〈69〉 산기슭의 비/습격의 권(7)	平井晩村	소설/일본	회수 오류
4	1~3		大岡政談 村井長庵 〈63〉 오오카 정담 무라이 조안	神田松鯉	고단	

1916년 08월 08일 (화) 5434호

지면	단수	기획	기사제목 〈회수〉 〔곡수〕	필자/저자(역자)	분류	비고
1	6		裾野の雨/討入の巻(八) 〈70〉 산기슭의 비/습격의 권(8)	平井晩村	소설/일본	회수 오류
4	1~3		大岡政談 村井長庵 〈64〉 오오카 정담 무라이 조안	神田松鯉	고단	
6	1~3		情界哀史 男ごゝろ 〈162〉 정계애사 남자의 마음	島川七石	소설/일본	

1916년 08월 09일 (수) 5435호

지면	단수	기획	기사제목 〈회수〉 〔곡수〕	필자/저자(역자)	분류	비고
1	6		裾野の雨/討入の巻(九) 〈71〉 산기슭의 비/습격의 권(9)	平井晩村	소설/일본	회수 오류
3	7		大田 湖南吟社小集/百合の花、富士詣 〔2〕 대전 호남음사 소모임/백합꽃, 후지산 참배	淡水	시가/하이쿠	
3	7		大田 湖南吟社小集/百合の花、富士詣 〔1〕 대전 호남음사 소모임/백합꽃, 후지산 참배	待宵	시가/하이쿠	

지면	단수	기획	기사제목 〈회수〉〔곡수〕	필자/저자(역자)	분류	비고
3	7		大田 湖南吟社小集/百合の花、富士詣〔2〕 대전 호남음사 소모임/백합꽃, 후지산 참배	中京	시가/하이쿠	
3	7		大田 湖南吟社小集/百合の花、富士詣〔1〕 대전 호남음사 소모임/백합꽃, 후지산 참배	##	시가/하이쿠	
3	7		大田 湖南吟社小集/百合の花、富士詣〔1〕 대전 호남음사 소모임/백합꽃, 후지산 참배	##	시가/하이쿠	
3	7		大田 湖南吟社小集/百合の花、富士詣〔2〕 대전 호남음사 소모임/백합꽃, 후지산 참배	松年	시가/하이쿠	
3	7		大田 湖南吟社小集/百合の花、富士詣〔2〕 대전 호남음사 소모임/백합꽃, 후지산 참배	西水	시가/하이쿠	
3	7		大田 湖南吟社小集/百合の花、富士詣〔2〕 대전 호남음사 소모임/백합꽃, 후지산 참배	いかり	시가/하이쿠	
3	7		大田 湖南吟社小集/百合の花、富士詣〔2〕 대전 호남음사 소모임/백합꽃, 후지산 참배	大呵	시가/하이쿠	
3	7		大田 湖南吟社小集/百合の花、富士詣〔1〕 대전 호남음사 소모임/백합꽃, 후지산 참배	千車	시가/하이쿠	
3	7		大田 湖南吟社小集/百合の花、富士詣〔1〕 대전 호남음사 소모임/백합꽃, 후지산 참배	紅星	시가/하이쿠	
3	7		大田 湖南吟社小集/百合の花、富士詣〔3〕 대전 호남음사 소모임/백합꽃, 후지산 참배	鳳#	시가/하이쿠	
4	1~3		大岡政談 村井長庵〈65〉 오오카 정담 무라이 조안	神田松鯉	고단	
6	1~3		情界哀史 男ごゝろ〈163〉 정계애사 남자의 마음	島川七石	소설/일본	

1916년 08월 10일 (목) 5436호

지면	단수	기획	기사제목 〈회수〉〔곡수〕	필자/저자(역자)	분류	비고
1	5		仁川短歌會詠草〔1〕 인천 단카회 영초	酒井夜潮	시가/단카	
1	5		仁川短歌會詠草〔3〕 인천 단카회 영초	苪村紅路	시가/단카	
1	5		仁川短歌會詠草〔6〕 인천 단카회 영초	樹叢大芸居	시가/단카	
1	5		仁川短歌會詠草〔2〕 인천 단카회 영초	蘆上秋人	시가/단카	
1	5~6		裾野の雨/討入の巻(十)〈72〉 산기슭의 비/습격의 권(10)	平井晩村	소설/일본	회수 오류
4	1~3		情界哀史 男ごゝろ〈164〉 정계애사 남자의 마음	島川七石	소설/일본	

1916년 08월 11일 (금) 5437호

지면	단수	기획	기사제목 〈회수〉〔곡수〕	필자/저자(역자)	분류	비고
1	5		仁川短歌會詠草〔12〕 인천 단카회 영초	石井龍史	시가/단카	
1	5~6		裾野の雨/討入の巻(十一)〈73〉 산기슭의 비/습격의 권(11)	平井晩村	소설/일본	회수 오류
4	1~3		大岡政談 村井長庵〈66〉 오오카 정담 무라이 조안	神田松鯉	고단	
6	1~3		情界哀史 男ごゝろ〈165〉 정계애사 남자의 마음	島川七石	소설/일본	

1916년 08월 12일 (토) 5438호

지면	단수	기획	기사제목 〈회수〉〔곡수〕	필자/저자(역자)	분류	비고
1	1~3		夏より秋まで 여름에서 가을까지		수필/일상	

지면	단수	기획	기사제목 〈회수〉〔곡수〕	필자/저자(역자)	분류	비고
1	6		裾野の雨/討入の巻(十二) 〈74〉 산기슭의 비/습격의 권(12)	平井晩村	소설/일본	회수 오류
3	6~7		大芸居氏對僕の論爭附記(上) 〈1〉 다이운쿄 씨와 나의 논쟁 부기(상)	於山亭里 剛步生	수필/비평	
4	1~3		大岡政談 村井長庵 〈67〉 오오카 정담 무라이 조안	神田松鯉	고단	
6	1~3		情界哀史 男ごゝろ 〈166〉 정계애사 남자의 마음	島川七石	소설/일본	

1916년 08월 13일 (일) 5439호

지면	단수	기획	기사제목 〈회수〉〔곡수〕	필자/저자(역자)	분류	비고
1	5~6		裾野の雨/白洲の巻(一) 〈75〉 산기슭의 비/시라스의 권(1)	平井晩村	소설/일본	회수 오류
3	5~6		大芸居氏對僕の論爭附記(中) 〈2〉 다이운쿄 씨와 나의 논쟁 부기(중)	於山亭里 剛步生	수필/비평	
4	1~3		大岡政談 村井長庵 〈68〉 오오카 정담 무라이 조안	神田松鯉	고단	
6	1~4		情界哀史 男ごゝろ 〈167〉 정계애사 남자의 마음	島川七石	소설/일본	

1916년 08월 14일 (월) 5440호

지면	단수	기획	기사제목 〈회수〉〔곡수〕	필자/저자(역자)	분류	비고
1	6		裾野の雨/白洲の巻(二) 〈76〉 산기슭의 비/시라스의 권(2)	平井晩村	소설/일본	회수 오류
4	1~6		情界哀史 男ごゝろ 〈168〉 정계애사 남자의 마음	島川七石	소설/일본	

1916년 08월 15일 (화) 5441호

지면	단수	기획	기사제목 〈회수〉〔곡수〕	필자/저자(역자)	분류	비고
1	6		裾野の雨/白洲の巻(三) 〈77〉 산기슭의 비/시라스의 권(3)	平井晩村	소설/일본	회수 오류
3	6~7		大芸居氏對僕の論爭附記(下) 〈3〉 다이운쿄 씨와 나의 논쟁 부기(하)	於山亭里 剛步生	수필/비평	
4	1~3		大岡政談 村井長庵 〈69〉 오오카 정담 무라이 조안	神田松鯉	고단	
6	1~3		情界哀史 男ごゝろ 〈169〉 정계애사 남자의 마음	島川七石	소설/일본	

1916년 08월 16일 (수) 5442호

지면	단수	기획	기사제목 〈회수〉〔곡수〕	필자/저자(역자)	분류	비고
1	5		仁川短歌會詠草 〔1〕 인천 단카회 영초	#木慘慅島	시가/단카	
1	5		仁川短歌會詠草 〔1〕 인천 단카회 영초	一木葆光	시가/단카	
1	5		仁川短歌會詠草 〔1〕 인천 단카회 영초	汐美靑霧	시가/단카	
1	5		仁川短歌會詠草 〔4〕 인천 단카회 영초	眞崎花汀	시가/단카	
1	5		仁川短歌會詠草 〔4〕 인천 단카회 영초	壁畫生	시가/단카	
1	5		仁川短歌會詠草 〔1〕 인천 단카회 영초	九田生	시가/단카	
1	5~7		裾野の雨/白洲の巻(四) 〈78〉 산기슭의 비/시라스의 권(4)	平井晩村	소설/일본	회수 오류
4	1~3		大岡政談 村井長庵 〈70〉 오오카 정담 무라이 조안	神田松鯉	고단	

지면	단수	기획	기사제목 〈회수〉 [곡수]	필자/저자(역자)	분류	비고
6	1~3		情界哀史 男ごゝろ〈170〉 정계애사 남자의 마음	島川七石	소설/일본	

1916년 08월 17일 (목) 5443호

지면	단수	기획	기사제목 〈회수〉 [곡수]	필자/저자(역자)	분류	비고
1	5		一握詩社詠草/月見草(上)〈1〉[6] 이치아쿠시사 영초/달맞이꽃(상)	靑紅	시가/단카	
1	5~6		一握詩社詠草/月見草(上)〈1〉[4] 이치아쿠시사 영초/달맞이꽃(상)	たかし	시가/단카	
1	6		裾野の雨/白洲の巻(五)〈79〉 산기슭의 비/시라스의 권(5)	平井晩村	소설/일본	회수 오류
3	3		大田 湖南吟社小集/行々子、井戸浚 [1] 대전 호남음사 소모임/개개비, 우물치기	淡水	시가/하이쿠	
3	3		大田 湖南吟社小集/行々子、井戸浚 [1] 대전 호남음사 소모임/개개비, 우물치기	靑峯	시가/하이쿠	
3	3		大田 湖南吟社小集/行々子、井戸浚 [2] 대전 호남음사 소모임/개개비, 우물치기	待宵	시가/하이쿠	
3	3		大田 湖南吟社小集/行々子、井戸浚 [2] 대전 호남음사 소모임/개개비, 우물치기	中京	시가/하이쿠	
3	3		大田 湖南吟社小集/行々子、井戸浚 [1] 대전 호남음사 소모임/개개비, 우물치기	可祝	시가/하이쿠	
3	3		大田 湖南吟社小集/行々子、井戸浚 [4] 대전 호남음사 소모임/개개비, 우물치기	桃雨	시가/하이쿠	
3	3		大田 湖南吟社小集/行々子、井戸浚 [1] 대전 호남음사 소모임/개개비, 우물치기	##	시가/하이쿠	
3	3		大田 湖南吟社小集/行々子、井戸浚 [1] 대전 호남음사 소모임/개개비, 우물치기	松年	시가/하이쿠	
3	3		大田 湖南吟社小集/行々子、井戸浚 [3] 대전 호남음사 소모임/개개비, 우물치기	四水	시가/하이쿠	
3	3		大田 湖南吟社小集/行々子、井戸浚 [1] 대전 호남음사 소모임/개개비, 우물치기	いかり	시가/하이쿠	
3	3		大田 湖南吟社小集/行々子、井戸浚 [1] 대전 호남음사 소모임/개개비, 우물치기	有明	시가/하이쿠	
3	3		大田 湖南吟社小集/行々子、井戸浚 [1] 대전 호남음사 소모임/개개비, 우물치기	千里	시가/하이쿠	
3	3		大田 湖南吟社小集/行々子、井戸浚 [3] 대전 호남음사 소모임/개개비, 우물치기	風骨	시가/하이쿠	
4	1~3		情界哀史 男ごゝろ〈171〉 정계애사 남자의 마음	島川七石	소설/일본	
5	4~7		妖艶錄/可憐な玉龍の戀〈1〉 요염록/가련한 다마류의 사랑		수필/기타	

1916년 08월 18일 (금) 5444호

지면	단수	기획	기사제목 〈회수〉 [곡수]	필자/저자(역자)	분류	비고
1	5		一握詩社詠草/月見草(下)〈2〉[3] 이치아쿠시샤 영초/달맞이꽃(하)	靜波	시가/단카	
1	5		一握詩社詠草/月見草(下)〈2〉[4] 이치아쿠시샤 영초/달맞이꽃(하)	小果	시가/단카	
1	5~6		一握詩社詠草/月見草(下)〈2〉[4] 이치아쿠시샤 영초/달맞이꽃(하)	#水	시가/단카	
1	6		裾野の雨/白洲の巻(六)〈80〉 산기슭의 비/시라스의 권(6)	平井晩村	소설/일본	회수 오류
4	1~3		大岡政談 村井長庵〈71〉 오오카 정담 무라이 조안	神田松鯉	고단	

지면	단수	기획	기사제목 〈회수〉〔곡수〕	필자/저자(역자)	분류	비고
5	6~7		妖艶錄/色褪せた花奴 〈2〉 요염록/시들어버린 하나얏코		수필/기타	
6	1~3		情界哀史 男ごゝろ 〈172〉 정계애사 남자의 마음	島川七石	소설/일본	

1916년 08월 19일 (토) 5445호

지면	단수	기획	기사제목 〈회수〉〔곡수〕	필자/저자(역자)	분류	비고
1	5~6		向日葵と太陽 〔9〕 해바라기와 태양	藤村幻花	시가/단카	
1	6		裾野の雨/白洲の巻(七) 〈81〉 산기슭의 비/시라스의 권(7)	平井晩村	소설/일본	회수 오류
3	5~6		山の手閑語 〈1〉〔4〕 야마노테 한담	大芸居	시가·수필/ 단카·일상	
4	1~3		大岡政談 村井長庵 〈72〉 오오카 정담 무라이 조안	神田松鯉	고단	
5	5~7		妖艶錄/端さんと辰龍 〈3〉 요염록/단 씨와 다쓰류		수필/기타	
6	1~3		情界哀史 男ごゝろ 〈173〉 정계애사 남자의 마음	島川七石	소설/일본	

1916년 08월 20일 (일) 5446호

지면	단수	기획	기사제목 〈회수〉〔곡수〕	필자/저자(역자)	분류	비고
1	5~6		裾野の雨/白洲の巻(八) 〈82〉 산기슭의 비/시라스의 권(8)	平井晩村	소설/일본	회수 오류
3	6~7		山の手閑語 〈2〉 야마노테 한담	大芸居	수필/일상	
4	1~3		大岡政談 村井長庵 〈73〉 오오카 정담 무라이 조안	神田松鯉	고단	
6	1~3		情界哀史 男ごゝろ 〈174〉 정계애사 남자의 마음	島川七石	소설/일본	
7	3~4		妖艶錄/小牡丹の戀 〈4〉 요염록/고보탄의 사랑		수필/기타	

1916년 08월 21일 (월) 5447호

지면	단수	기획	기사제목 〈회수〉〔곡수〕	필자/저자(역자)	분류	비고
1	5		蘇生 〔4〕 소생	與の美	시가/단카	
1	6		裾野の雨/白洲の巻(九) 〈83〉 산기슭의 비/시라스의 권(9)	平井晩村	소설/일본	회수 오류
3	4~7		妖艶錄/かほるの戀 〈5〉 요염록/가오루의 사랑		수필/기타	
4	1~3		情界哀史 男ごゝろ 〈175〉 정계애사 남자의 마음	島川七石	소설/일본	

1916년 08월 22일 (화) 5448호

지면	단수	기획	기사제목 〈회수〉〔곡수〕	필자/저자(역자)	분류	비고
1	6		裾野の雨/追善の巻(一) 〈84〉 산기슭의 비/추선의 권(1)	平井晩村	소설/일본	회수 오류
3	5~7		山の手閑語 〈3〉 야마노테 한담	大芸居	수필/일상	
4	1~3		大岡政談 村井長庵 〈75〉 오오카 정담 무라이 조안	神田松鯉	고단	회수 오류
5	1~3		妖艶錄/寂しい林子 〈6〉 요염록/외로운 린코		수필/기타	
6	1~3		情界哀史 男ごゝろ 〈176〉 정계애사 남자의 마음	島川七石	소설/일본	

지면	단수	기획	기사제목 〈회수〉〔곡수〕	필자/저자(역자)	분류	비고
			1916년 08월 23일 (수) 5449호			
1	6		裾野の雨/追善の巻(二) 〈85〉 산기슭의 비/추선의 권(2)	平井晩村	소설/일본	회수 오류
3	6		大田 湖南吟社小集/天の川 〈1〉〔3〕 대전 호남음사 소모임/은하수	#省	시가/하이쿠	
3	6		大田 湖南吟社小集/天の川 〈1〉〔2〕 대전 호남음사 소모임/은하수	三舟	시가/하이쿠	
3	6		大田 湖南吟社小集/天の川 〈1〉〔3〕 대전 호남음사 소모임/은하수	牛雨	시가/하이쿠	
3	6		大田 湖南吟社小集/天の川 〈1〉〔3〕 대전 호남음사 소모임/은하수	#大	시가/하이쿠	
3	6		大田 湖南吟社小集/天の川 〈1〉〔3〕 대전 호남음사 소모임/은하수	可說	시가/하이쿠	
3	6		大田 湖南吟社小集/天の川 〈1〉〔2〕 대전 호남음사 소모임/은하수	春二女	시가/하이쿠	
3	6		大田 湖南吟社小集/天の川 〈1〉〔2〕 대전 호남음사 소모임/은하수	車京	시가/하이쿠	
3	6~7		山の手閑語 〈4〉 야마노테 한담	大芸居	수필/일상	
4	1~3		大岡政談 村井長庵 〈76〉 오오카 정담 무라이 조안	神田松鯉	고단	회수 오류
5	5~7		妖艶錄/若梅と世帯 〈7〉 요염록/와카우메와 가구		수필/기타	
6	1~3		情界哀史 男ごゝろ 〈177〉 정계애사 남자의 마음	島川七石	소설/일본	
			1916년 08월 24일 (목) 5450호			
1	6		裾野の雨/追善の巻(三) 〈86〉 산기슭의 비/추선의 권(3)	平井晩村	소설/일본	회수 오류
3	6		大田 湖南吟社小集/天の川 〈2〉〔3〕 대전 호남음사 소모임/은하수	狸月	시가/하이쿠	
3	6		大田 湖南吟社小集/天の川 〈2〉〔1〕 대전 호남음사 소모임/은하수	秋骨	시가/하이쿠	
3	6		大田 湖南吟社小集/天の川 〈2〉〔1〕 대전 호남음사 소모임/은하수	淡水	시가/하이쿠	
3	6		大田 湖南吟社小集/天の川 〈2〉〔1〕 대전 호남음사 소모임/은하수	笑冷	시가/하이쿠	
3	6		大田 湖南吟社小集/天の川 〈2〉〔2〕 대전 호남음사 소모임/은하수	松郞	시가/하이쿠	
3	6		大田 湖南吟社小集/天の川 〈2〉〔2〕 대전 호남음사 소모임/은하수	千里	시가/하이쿠	
3	6		大田 湖南吟社小集/天の川 〈2〉〔2〕 대전 호남음사 소모임/은하수	句笑	시가/하이쿠	
3	6		大田 湖南吟社小集/天の川 〈2〉〔3〕 대전 호남음사 소모임/은하수	靑峯	시가/하이쿠	
3	6		大田 湖南吟社小集/天の川 〈2〉〔1〕 대전 호남음사 소모임/은하수	雅#	시가/하이쿠	
3	6		大田 湖南吟社小集/天の川 〈2〉〔2〕 대전 호남음사 소모임/은하수	月波	시가/하이쿠	
3	6		大田 湖南吟社小集/天の川 〈2〉〔2〕 대전 호남음사 소모임/은하수	紅星	시가/하이쿠	

지면	단수	기획	기사제목 〈회수〉〔곡수〕	필자/저자(역자)	분류	비고
3	6		大田 湖南吟社小集/天の川 〈2〉〔2〕 대전 호남음사 소모임/은하수	桃雨	시가/하이쿠	
3	6		大田 湖南吟社小集/天の川 〈2〉〔3〕 대전 호남음사 소모임/은하수	風骨	시가/하이쿠	
3	6~7		山の手閑語 〈5〉 야마노테 한담	大芸居	수필/일상	
4	1~3		大岡政談 村井長庵 〈77〉 오오카 정담 무라이 조안	神田松鯉	고단	회수 오류
5	1~2		妖艶録/〆太郎の夢 〈8〉 요염록/시메타로의 꿈		수필/기타	
6	1~3		情界哀史 男ごゝろ 〈178〉 정계애사 남자의 마음	島川七石	소설/일본	

1916년 08월 25일 (금) 5451호

지면	단수	기획	기사제목 〈회수〉〔곡수〕	필자/저자(역자)	분류	비고
1	6		裾野の雨/追善の巻(三) 〈86〉 산기슭의 비/추선의 권(3)	平井晩村	소설/일본	회수 오류
3	6		大田 湖南吟社小集/秋の蚊 〈1〉〔1〕 대전 호남음사 소모임/가을 모기	四水	시가/하이쿠	
3	6		大田 湖南吟社小集/秋の蚊 〈1〉〔1〕 대전 호남음사 소모임/가을 모기	千川	시가/하이쿠	
3	6		大田 湖南吟社小集/秋の蚊 〈1〉〔1〕 대전 호남음사 소모임/가을 모기	いかり	시가/하이쿠	
3	6		大田 湖南吟社小集/秋の蚊 〈1〉〔1〕 대전 호남음사 소모임/가을 모기	青峯	시가/하이쿠	
3	6		大田 湖南吟社小集/秋の蚊 〈1〉〔1〕 대전 호남음사 소모임/가을 모기	##	시가/하이쿠	
3	6		大田 湖南吟社小集/秋の蚊 〈1〉〔1〕 대전 호남음사 소모임/가을 모기	桐翠	시가/하이쿠	
3	6		大田 湖南吟社小集/秋の蚊 〈1〉〔2〕 대전 호남음사 소모임/가을 모기	松郎	시가/하이쿠	
3	6		大田 湖南吟社小集/秋の蚊 〈1〉〔1〕 대전 호남음사 소모임/가을 모기	淡水	시가/하이쿠	
3	6		大田 湖南吟社小集/秋の蚊 〈1〉〔2〕 대전 호남음사 소모임/가을 모기	桃雨	시가/하이쿠	
3	7		大田 湖南吟社小集/秋の蚊 〈1〉〔2〕 대전 호남음사 소모임/가을 모기	雨#	시가/하이쿠	
3	7		大田 湖南吟社小集/秋の蚊 〈1〉〔1〕 대전 호남음사 소모임/가을 모기	可#	시가/하이쿠	
3	7		大田 湖南吟社小集/秋の蚊 〈1〉〔1〕 대전 호남음사 소모임/가을 모기	月波	시가/하이쿠	
3	7		大田 湖南吟社小集/秋の蚊 〈1〉〔2〕 대전 호남음사 소모임/가을 모기	狸月	시가/하이쿠	
3	7		大田 湖南吟社小集/秋の蚊 〈1〉〔1〕 대전 호남음사 소모임/가을 모기	精#	시가/하이쿠	
3	7		大田 湖南吟社小集/秋の蚊 〈1〉〔2〕 대전 호남음사 소모임/가을 모기	雅#	시가/하이쿠	
3	7		大田 湖南吟社小集/秋の蚊 〈1〉〔1〕 대전 호남음사 소모임/가을 모기	中京	시가/하이쿠	
3	7		大田 湖南吟社小集/秋の蚊 〈1〉〔1〕 대전 호남음사 소모임/가을 모기	風骨	시가/하이쿠	
4	1~3		大岡政談 村井長庵 〈77〉 오오카 정담 무라이 조안	神田松鯉	고단	

지면	단수	기획	기사제목 〈회수〉〔곡수〕	필자/저자(역자)	분류	비고
5	6~7		妖艶錄/丸子との浮名 〈9〉 요염록/마루코와 염문		수필/기타	
6	1~3		情界哀史 男ごゝろ 〈179〉 정계애사 남자의 마음	島川七石	소설/일본	

1916년 08월 26일 (토) 5452호

지면	단수	기획	기사제목 〈회수〉〔곡수〕	필자/저자(역자)	분류	비고
1	6		裾野の雨/追善の卷(五) 〈88〉 산기슭의 비/추선의 권(3)	平井晩村	소설/일본	회수 오류
3	7		虫の聲 〔6〕 벌레 소리	三村秋月	시가/단카	
3	7		子子會選句集/落日居主人選/夏休、暖夏、氷、夕顔 〈10〉〔2〕 보후라카이 선구집/라쿠지쓰쿄 주인 선/여름휴가, 따뜻한 여름, 얼음, 박꽃	雪峯	시가/하이쿠	
3	7		子子會選句集/落日居主人選/夏休、暖夏、氷、夕顔 〈10〉〔1〕 보후라카이 선구집/라쿠지쓰쿄 주인 선/여름휴가, 따뜻한 여름, 얼음, 박꽃	河#	시가/하이쿠	
3	7		子子會選句集/落日居主人選/夏休、暖夏、氷、夕顔 〈10〉〔3〕 보후라카이 선구집/라쿠지쓰쿄 주인 선/여름휴가, 따뜻한 여름, 얼음, 박꽃	柯山	시가/하이쿠	
3	7		子子會選句集/落日居主人選/夏休、暖夏、氷、夕顔 〈10〉〔1〕 보후라카이 선구집/라쿠지쓰쿄 주인 선/여름휴가, 따뜻한 여름, 얼음, 박꽃	雪峯	시가/하이쿠	
3	7		子子會選句集/落日居主人選/夏休、暖夏、氷、夕顔 〈10〉〔2〕 보후라카이 선구집/라쿠지쓰쿄 주인 선/여름휴가, 따뜻한 여름, 얼음, 박꽃	柯山	시가/하이쿠	
3	7		子子會選句集/落日居主人選/夏休、暖夏、氷、夕顔 〈10〉〔1〕 보후라카이 선구집/라쿠지쓰쿄 주인 선/여름휴가, 따뜻한 여름, 얼음, 박꽃	雪峯	시가/하이쿠	
3	7		子子會選句集/落日居主人選/夏休、暖夏、氷、夕顔/人 〈10〉〔1〕 보후라카이 선구집/라쿠지쓰쿄 주인 선/여름휴가, 따뜻한 여름, 얼음, 박꽃/인	柯山	시가/하이쿠	
3	7		子子會選句集/落日居主人選/夏休、暖夏、氷、夕顔/地 〈10〉〔1〕 보후라카이 선구집/라쿠지쓰쿄 주인 선/여름휴가, 따뜻한 여름, 얼음, 박꽃/지	柯山	시가/하이쿠	
3	7		子子會選句集/落日居主人選/夏休、暖夏、氷、夕顔/天 〈10〉〔1〕 보후라카이 선구집/라쿠지쓰쿄 주인 선/여름휴가, 따뜻한 여름, 얼음, 박꽃/천	柯山	시가/하이쿠	
3	7		子子會選句集/落日居主人選/夏休、暖夏、氷、夕顔/追加 〈10〉〔1〕 보후라카이 선구집/라쿠지쓰쿄 주인 선/여름휴가, 따뜻한 여름, 얼음, 박꽃/추가	道々吟	시가/하이쿠	
4	1~3		大岡政談 村井長庵 〈78〉 오오카 정담 무라이 조안	神田松鯉	고단	
5	1~2		妖艶錄/喜代香の戀 〈10〉 요염록/기요카의 사랑		수필/기타	
6	1~3		情界哀史 男ごゝろ 〈180〉 정계애사 남자의 마음	島川七石	소설/일본	

1916년 08월 27일 (일) 5453호

지면	단수	기획	기사제목 〈회수〉〔곡수〕	필자/저자(역자)	분류	비고
1	6~7		裾野の雨/追善の卷(六) 〈89〉 산기슭의 비/추선의 권(6)	平井晩村	소설/일본	회수 오류
3	6		みゝずの歌 〔9〕 지렁이의 노래	清水明	시가/자유시	
3	6		二葉會俳句集 〔1〕 후타바카이 하이쿠집	水月	시가/하이쿠	
3	6		二葉會俳句集 〔1〕 후타바카이 하이쿠집	葦堂	시가/하이쿠	
3	6		二葉會俳句集 〔2〕 후타바카이 하이쿠집	皆#	시가/하이쿠	
3	6		二葉會俳句集 〔1〕 후타바카이 하이쿠집	豊山	시가/하이쿠	
3	6		二葉會俳句集 〔1〕 후타바카이 하이쿠집	柯山	시가/하이쿠	

지면	단수	기획	기사제목 〈회수〉〔곡수〕	필자/저자(역자)	분류	비고
3	6		二葉會俳句集 〔1〕 후타바카이 하이쿠집	#蕉	시가/하이쿠	
3	6		二葉會俳句集 〔1〕 후타바카이 하이쿠집	葦堂	시가/하이쿠	
3	6		二葉會俳句集 〔1〕 후타바카이 하이쿠집	京廼屋	시가/하이쿠	
3	6		二葉會俳句集 〔1〕 후타바카이 하이쿠집	葦堂	시가/하이쿠	
3	6		二葉會俳句集 〔1〕 후타바카이 하이쿠집	笹嶽	시가/하이쿠	
3	6		二葉會俳句集 〔1〕 후타바카이 하이쿠집	##	시가/하이쿠	
3	6		二葉會俳句集 〔1〕 후타바카이 하이쿠집	笹嶽	시가/하이쿠	
3	6		二葉會俳句集 〔1〕 후타바카이 하이쿠집	京廼屋	시가/하이쿠	
3	6		二葉會俳句集 〔1〕 후타바카이 하이쿠집	葦堂	시가/하이쿠	
3	6		二葉會俳句集 〔1〕 후타바카이 하이쿠집	豊山	시가/하이쿠	
3	6		二葉會俳句集 〔1〕 후타바카이 하이쿠집	京廼屋	시가/하이쿠	
3	6		二葉會俳句集 〔1〕 후타바카이 하이쿠집	柯山	시가/하이쿠	
3	6		二葉會俳句集 〔1〕 후타바카이 하이쿠집	豊山	시가/하이쿠	
3	6		二葉會俳句集 〔1〕 후타바카이 하이쿠집	鼓蕉	시가/하이쿠	
3	6		二葉會俳句集 〔1〕 후타바카이 하이쿠집	柯山	시가/하이쿠	
3	6		二葉會俳句集 〔1〕 후타바카이 하이쿠집	水月	시가/하이쿠	
4	1~3		大岡政談 村井長庵 〈79〉 오오카 정담 무라이 조안	神田松鯉	고단	
6	1~3		情界哀史 男ごゝろ 〈181〉 정계애사 남자의 마음	島川七石	소설/일본	

1916년 08월 28일 (월) 5454호

지면	단수	기획	기사제목 〈회수〉〔곡수〕	필자/저자(역자)	분류	비고
1	6~7		蟻 〔10〕 개미	藤村幻花	시가/단카	
1	7~8		裾野の雨/虎が雨の巻(一) 〈90〉 산기슭의 비/음력 5월 28일에 내리는 비(1)	平井晩村	소설/일본	회수 오류
4	1~3		情界哀史 男ごゝろ 〈182〉 정계애사 남자의 마음	島川七石	소설/일본	

1916년 08월 29일 (화) 5455호

지면	단수	기획	기사제목 〈회수〉〔곡수〕	필자/저자(역자)	분류	비고
1	6		裾野の雨/虎が雨の巻(二)" 〈91〉 산기슭의 비/음력 5월 28일에 내리는 비(2)	平井晩村	소설/일본	회수 오류
4	1~3		大岡政談 村井長庵 〈80〉 오오카 정담 무라이 조안	神田松鯉	고단	
6	1~3		情界哀史 男ごゝろ 〈183〉 정계애사 남자의 마음	島川七石	소설/일본	

지면	단수	기획	기사제목 〈회수〉〔곡수〕	필자/저자(역자)	분류	비고
			1916년 08월 30일 (수) 5456호			
1	5		仁川短歌會詠草 [1] 인천 단카회 영초	仲田磯子	시가/단카	
1	5		仁川短歌會詠草 [6] 인천 단카회 영초	蘆上秋人	시가/단카	
1	5~6		仁川短歌會詠草 [7] 인천 단카회 영초	石井龍史	시가/단카	
1	6		裾野の雨/虎が雨の巻(三) 〈92〉 산기슭의 비/음력 5월 28일에 내리는 비(3)	平井晩村	소설/일본	회수 오류
3	5~7		虫の聲 〈1〉 〔5〕 벌레 소리		수필·시가/ 일상·단카	
4	1~3		大岡政談 村井長庵 〈81〉 오오카 정담 무라이 조안	神田松鯉	고단	
6	1~3		情界哀史 男ごゝろ 〈184〉 정계애사 남자의 마음	島川七石	소설/일본	
			1916년 08월 31일 (목) 5457호			
1	8~9		裾野の雨/虎が雨の巻(四) 〈93〉 산기슭의 비/음력 5월 28일에 내리는 비(4)	平井晩村	소설/일본	회수 오류
3	4~7		虫の聲 〈2〉 〔5〕 벌레 소리		수필·시가/ 일상·단카	
3	7		仁川短歌會詠草 [2] 인천 단카회 영초	汐見靑霧	시가/단카	
3	7		仁川短歌會詠草 [1] 인천 단카회 영초	仁志河紫都子	시가/단카	
3	7		仁川短歌會詠草 [7] 인천 단카회 영초	樹叢大芸居	시가/단카	
3	7		仁川短歌會詠草 [1] 인천 단카회 영초	是々坊	시가/단카	
6	1~3		大岡政談 村井長庵 〈82〉 오오카 정담 무라이 조안	神田松鯉	고단	
8	1~3		情界哀史 男ごゝろ 〈185〉 정계애사 남자의 마음	島川七石	소설/일본	
			1916년 09월 02일 (토) 5458호			
1	5~6		裾野の雨/虎が雨の巻(五) 〈94〉 산기슭의 비/음력 5월 28일에 내리는 비(5)	平井晩村	소설/일본	회수 오류
3	4~7		虫の聲 〈3〉 벌레 소리		수필/일상	
4	1~3		大岡政談 村井長庵 〈83〉 오오카 정담 무라이 조안	神田松鯉	고단	
6	1~3		情界哀史 男ごゝろ 〈186〉 정계애사 남자의 마음	島川七石	소설/일본	
			1916년 09월 03일 (일) 5459호			
1	6		仁川短歌會詠草 [2] 인천 단카회 영초	一木葆光	시가/단카	
1	6		仁川短歌會詠草 [6] 인천 단카회 영초	葩村紅路	시가/단카	
1	7		裾野の雨/虎が雨の巻(六) 〈95〉 산기슭의 비/음력 5월 28일에 내리는 비(6)	平井晩村	소설/일본	회수 오류

지면	단수	기획	기사제목 〈회수〉〔곡수〕	필자/저자(역자)	분류	비고
3	2~4		夜の公園から(上) 〈1〉 밤의 공원에서(상)	哈爾濱 囚花	수필/일상	
3	4		回春雅宴の句 〔4〕 회춘 아연의 구	台水	시가/하이쿠	
3	4		回春雅宴の句 〔3〕 회춘 아연의 구	大城	시가/하이쿠	
3	4		回春雅宴の句 〔2〕 회춘 아연의 구	一魚	시가/하이쿠	
3	4		回春雅宴の句 〔2〕 회춘 아연의 구	崖城	시가/하이쿠	
3	4		回春雅宴の句 〔2〕 회춘 아연의 구	島堂	시가/하이쿠	
3	4		回春雅宴の句 〔2〕 회춘 아연의 구	虎耳	시가/하이쿠	
3	4		回春雅宴の句 〔1〕 회춘 아연의 구	洪#	시가/하이쿠	
3	4		回春雅宴の句 〔2〕 회춘 아연의 구	大#	시가/하이쿠	
3	4		回春雅宴の句 〔2〕 회춘 아연의 구	##	시가/하이쿠	
3	4		回春雅宴の句 〔3〕 회춘 아연의 구	都軒	시가/하이쿠	
3	4		回春雅宴の句 〔2〕 회춘 아연의 구	皐天	시가/하이쿠	
3	4		回春雅宴の句 〔2〕 회춘 아연의 구	我羊	시가/하이쿠	
4	1~3		大岡政談 村井長庵 〈84〉 오오카 정담 무라이 조안	神田松鯉	고단	
6	1~3		情界哀史 男ごゝろ 〈187〉 정계애사 남자의 마음	島川七石	소설/일본	

1916년 09월 04일 (월) 5460호

지면	단수	기획	기사제목 〈회수〉〔곡수〕	필자/저자(역자)	분류	비고
1	7		裾野の雨/虎が雨の巻(七) 〈96〉 산기슭의 비/음력 5월 28일에 내리는 비(7)	平井晩村	소설/일본	회수 오류
4	1~3		大岡政談 村井長庵 〈85〉 오오카 정담 무라이 조안	神田松鯉	고단	
4	3~4		新講談 佐野鹿十郎 신 고단 사노 시카주로	神田伯山	광고/연재예고	

1916년 09월 05일 (화) 5461호

지면	단수	기획	기사제목 〈회수〉〔곡수〕	필자/저자(역자)	분류	비고
1	5~6		裾野の雨/虎が雨の巻(八) 〈97〉 산기슭의 비/음력 5월 28일에 내리는 비(8)	平井晩村	소설/일본	회수 오류
3	5~7		夜の公園から(中) 〈2〉 밤의 공원에서(중)	哈爾濱 囚花	수필/일상	
4	1~3		大岡政談 村井長庵 〈86〉 오오카 정담 무라이 조안	神田松鯉	고단	
6	1~3		情界哀史 男ごゝろ 〈188〉 정계애사 남자의 마음	島川七石	소설/일본	

1916년 09월 06일 (수) 5462호

지면	단수	기획	기사제목 〈회수〉〔곡수〕	필자/저자(역자)	분류	비고
1	6		裾野の雨/虎が雨の巻(九) 〈98〉 산기슭의 비/음력 5월 28일에 내리는 비(9)	平井晩村	소설/일본	회수 오류

지면	단수	기획	기사제목 〈회수〉〔곡수〕	필자/저자(역자)	분류	비고
3	6~7		夜の公園から〈下〉〈3〉 밤의 공원에서(하)	哈爾濱 囚花	수필/일상	
4	1~3		大岡政談 村井長庵〈87〉 오오카 정담 무라이 조안	神田松鯉	고단	
6	1~3		情界哀史 男ごゝろ〈189〉 정계애사 남자의 마음	島川七石	소설/일본	

1916년 09월 07일 (목) 5463호

지면	단수	기획	기사제목 〈회수〉〔곡수〕	필자/저자(역자)	분류	비고
1	5		山路〔4〕 산길	石花島たかし	시가/단카	
1	5		水原華城會句/秀逸〔1〕 수원 화성회 구/수일	#石	시가/하이쿠	
1	5		水原華城會句/秀逸〔1〕 수원 화성회 구/수일	其雪	시가/하이쿠	
1	5		水原華城會句/秀逸〔1〕 수원 화성회 구/수일	松#	시가/하이쿠	
1	5		水原華城會句/秀逸〔1〕 수원 화성회 구/수일	一休	시가/하이쿠	
1	5		水原華城會句/秀逸〔1〕 수원 화성회 구/수일	#石	시가/하이쿠	
1	5		水原華城會句/秀逸〔1〕 수원 화성회 구/수일	五#	시가/하이쿠	
1	5		水原華城會句/秀逸〔1〕 수원 화성회 구/수일	其雪	시가/하이쿠	
1	5		水原華城會句/三光〔1〕 수원 화성회 구/삼광	#石	시가/하이쿠	
1	5		水原華城會句/三光〔1〕 수원 화성회 구/삼광	##	시가/하이쿠	
1	5		水原華城會句/三光〔1〕 수원 화성회 구/삼광	##	시가/하이쿠	
1	5		水原華城會句/軸〔1〕 수원 화성회 구/축	##	시가/하이쿠	
1	5~6		裾野の雨/虎が雨の巻〈十〉〈99〉 산기슭의 비/음력 5월 28일에 내리는 비(10)	平井晩村	소설/일본	회수 오류
4	1~3		大岡政談 村井長庵〈88〉 오오카 정담 무라이 조안	神田松鯉	고단	
6	1~3		情界哀史 男ごゝろ〈190〉 정계애사 남자의 마음	島川七石	소설/일본	

1916년 09월 08일 (금) 5464호

지면	단수	기획	기사제목 〈회수〉〔곡수〕	필자/저자(역자)	분류	비고
1	6~7		裾野の雨/虎が雨の巻〈十一〉〈100〉 산기슭의 비/음력 5월 28일에 내리는 비(11)	平井晩村	소설/일본	회수 오류
4	1~3		佐野鹿十郎〈1〉 사노 시카주로	神田伯山 講演/今村 次郎 速記	고단	
6	1~3		情界哀史 男ごゝろ〈191〉 정계애사 남자의 마음	島川七石	소설/일본	

1916년 09월 09일 (토) 5465호

지면	단수	기획	기사제목 〈회수〉〔곡수〕	필자/저자(역자)	분류	비고
1	6~7		沙也可の親友/降虜將軍/はしがき〈上〉〈1〉 사야카의 친구/항로 장군/머리말(상)	伊藤韓堂	소설/일본	
4	1~3		佐野鹿十郎〈2〉 사노 시카주로	神田伯山 講演/今村 次郎 速記	고단	

지면	단수	기획	기사제목 〈회수〉〔곡수〕	필자/저자(역자)	분류	비고
6	1~3		情界哀史 男ごゝろ 〈192〉 정계애사 남자의 마음	島川七石	소설/일본	

1916년 09월 10일 (일) 5466호

지면	단수	기획	기사제목 〈회수〉〔곡수〕	필자/저자(역자)	분류	비고
1	6~7		沙也可の親友/降虜將軍/はしがき(下) 〈2〉 사야카의 친구/항로 장군/머리말(하)	伊藤韓堂	소설/일본	
3	3~7	お伽ばなし	骨の歌 뼈의 노래	諸星綠遊	소설/동화	
4	1~3		佐野鹿十郎 〈3〉 사노 시카주로	神田伯山 講演/今村次郎 速記	고단	
6	1~3		情界哀史 男ごゝろ 〈193〉 정계애사 남자의 마음	島川七石	소설/일본	

1916년 09월 11일 (월) 5467호

지면	단수	기획	기사제목 〈회수〉〔곡수〕	필자/저자(역자)	분류	비고
1	5		仁川短歌會詠草 〔2〕 인천 단카회 영초	仁志河紫都	시가/단카	
1	5~6		仁川短歌會詠草 〔6〕 인천 단카회 영초	一木葆光	시가/단카	
1	6		仁川短歌會詠草 〔6〕 인천 단카회 영초	石井龍史	시가/단카	
1	6~7		沙也可の親友/降虜將軍/所謂三大事 〈3〉 사야카의 친구/항로 장군/이른바 큰일이다	伊藤韓堂	소설/일본	
4	1~3		佐野鹿十郎 〈4〉 사노 시카주로	神田伯山 講演/今村次郎 速記	고단	

1916년 09월 12일 (화) 5468호

지면	단수	기획	기사제목 〈회수〉〔곡수〕	필자/저자(역자)	분류	비고
4	1~3		佐野鹿十郎 〈5〉 사노 시카주로	神田伯山 講演/今村次郎 速記	고단	
6	1~3		情界哀史 男ごゝろ 〈194〉 정계애사 남자의 마음	島川七石	소설/일본	

1916년 09월 13일 (수) 5469호

지면	단수	기획	기사제목 〈회수〉〔곡수〕	필자/저자(역자)	분류	비고
1	5~6		沙也可の親友/降虜將軍/小西飛の暗殺 〈4〉 사야카의 친구/항로 장군/고니시비 암살	伊藤韓堂	소설/일본	
4	1~3		佐野鹿十郎 〈6〉 사노 시카주로	神田伯山 講演/今村次郎 速記	고단	
6	1~3		情界哀史 男ごゝろ 〈195〉 정계애사 남자의 마음	島川七石	소설/일본	

1916년 09월 14일 (목) 5470호

지면	단수	기획	기사제목 〈회수〉〔곡수〕	필자/저자(역자)	분류	비고
1	5~6		仁川短歌會詠草 〔14〕 인천 단카회 영초	樹叢大芸居	시가/단카	
1	6		仁川短歌會詠草 〔1〕 인천 단카회 영초	高峰淸子	시가/단카	
1	6~7		沙也可の親友/降虜將軍/小西飛の暗殺 〈5〉 사야카의 친구/항로 장군/고니시비 암살	伊藤韓堂	소설	
4	1~3		佐野鹿十郎 〈7〉 사노 시카주로	神田伯山 講演/今村次郎 速記	고단	
6	1~3		情界哀史 男ごゝろ 〈196〉 정계애사 남자의 마음	島川七石	소설/일본	

1916년 09월 15일 (금) 5471호

지면	단수	기획	기사제목 〈회수〉〔곡수〕	필자/저자(역자)	분류	비고
1	5~7		沙也可の親友/降虜將軍 〈6〉 사야카의 친구/항로 장군	伊藤韓堂	소설/일본	
3	6		迎秋歌抄〔12〕 영추가초	いしゐりうし	시가/단카	
4	1~3		佐野鹿十郎 〈8〉 사노 시카주로	神田伯山 講演/今村 次郎 速記	고단	
6	1~6		情界哀史 男ごゝろ 〈197〉 정계애사 남자의 마음	島川七石	소설/일본	

1916년 09월 16일 (토) 5472호

지면	단수	기획	기사제목 〈회수〉〔곡수〕	필자/저자(역자)	분류	비고
1	5~6		沙也可の親友/降虜將軍/小西飛の暗殺 〈7〉 사야카의 친구/항로 장군/고니시비 암살	伊藤韓堂	소설/일본	
4	1~3		佐野鹿十郎 〈9〉 사노 시카주로	神田伯山 講演/今村 次郎 速記	고단	
6	1~3		情界哀史 男ごゝろ 〈198〉 정계애사 남자의 마음	島川七石	소설/일본	

1916년 09월 17일 (일) 5473호

지면	단수	기획	기사제목 〈회수〉〔곡수〕	필자/저자(역자)	분류	비고
1	5~6		沙也可の親友/降虜將軍/咸安谷峴の會 〈8〉 사야카의 친구/항로 장군/함안곡현 회	伊藤韓堂	소설/일본	
3	5		群山我蛙々會句集/靑田〔1〕 군산 와레와와카이 구집/푸른 논	黑龍坊	시가/하이쿠	
3	5		群山我蛙々會句集/靑田〔2〕 군산 와레와와카이 구집/푸른 논	無果	시가/하이쿠	
3	5		群山我蛙々會句集/靑田〔1〕 군산 와레와와카이 구집/푸른 논	雷公	시가/하이쿠	
3	5		群山我蛙々會句集/靑田〔1〕 군산 와레와와카이 구집/푸른 논	黑龍坊	시가/하이쿠	
3	5		群山我蛙々會句集/靑田〔1〕 군산 와레와와카이 구집/푸른 논	雷公	시가/하이쿠	
3	5		群山我蛙々會句集/靑田〔1〕 군산 와레와와카이 구집/푸른 논	大呵	시가/하이쿠	
3	5		群山我蛙々會句集/靑田〔1〕 군산 와레와와카이 구집/푸른 논	黑龍坊	시가/하이쿠	
3	5		群山我蛙々會句集/靑田〔1〕 군산 와레와와카이 구집/푸른 논	淺女	시가/하이쿠	
3	5		群山我蛙々會句集/靑田〔2〕 군산 와레와와카이 구집/푸른 논	大呵	시가/하이쿠	
3	5		群山我蛙々會句集/靑田〔1〕 군산 와레와와카이 구집/푸른 논	九香	시가/하이쿠	
3	5		群山我蛙々會句集/靑田〔3〕 군산 와레와와카이 구집/푸른 논	鬼竹	시가/하이쿠	
3	5		群山我蛙々會句集/靑田〔2〕 군산 와레와와카이 구집/푸른 논	九香	시가/하이쿠	
3	5		群山我蛙々會句集/靑田〔1〕 군산 와레와와카이 구집/푸른 논	默翁	시가/하이쿠	
3	5		群山我蛙々會句集/靑田〔3〕 군산 와레와와카이 구집/푸른 논	對山居	시가/하이쿠	
3	5		群山我蛙々會句集/靑田〔1〕 군산 와레와와카이 구집/푸른 논	大呵	시가/하이쿠	
3	5		群山我蛙々會句集/靑田〔1〕 군산 와레와와카이 구집/푸른 논	雷公	시가/하이쿠	

지면	단수	기획	기사제목 〈회수〉〔곡수〕	필자/저자(역자)	분류	비고
3	5		群山我蛙々會句集/青田〔1〕 군산 와레와와카이 구집/푸른 논	大呵	시가/하이쿠	
3	5		群山我蛙々會句集/青田〔1〕 군산 와레와와카이 구집/푸른 논	默翁	시가/하이쿠	
3	5		群山我蛙々會句集/青田〔2〕 군산 와레와와카이 구집/푸른 논	華堂	시가/하이쿠	
3	5		群山我蛙々會句集/青田〔1〕 군산 와레와와카이 구집/푸른 논	鬼竹	시가/하이쿠	
3	5~7	お伽ばなし	餅と兎 떡과 토끼	原田紫山	소설/동화	
4	1~3		佐野鹿十郎〈10〉 사노 시카주로	神田伯山 講演/今村 次郎 速記	고단	
6	1~3		情界哀史 男ごゝろ〈199〉 정계애사 남자의 마음	島川七石	소설/일본	

1916년 09월 18일 (월) 5474호

지면	단수	기획	기사제목 〈회수〉〔곡수〕	필자/저자(역자)	분류	비고
1	5~6		沙也可の親友/降虜將軍/咸安谷峴の會〈9〉 사야카의 친구/항로 장군/함안곡현 회	伊藤韓堂	소설/일본	
3	6		敷島すゞめ 시키시마 참새		수필/평판기	
4	1~3		情界哀史 男ごゝろ〈200〉 정계애사 남자의 마음	島川七石	소설/일본	

1916년 09월 19일 (수) 5475호 요일 오류

지면	단수	기획	기사제목 〈회수〉〔곡수〕	필자/저자(역자)	분류	비고
1	6		沙也可の親友/降虜將軍/咸安谷峴の會〈10〉 사야카의 친구/항로 장군/함안곡현 회	伊藤韓堂	소설/일본	
4	1~3		佐野鹿十郎〈11〉 사노 시카주로	神田伯山 講演/今村 次郎 速記	고단	
6	1~3		情界哀史 男ごゝろ〈201〉 정계애사 남자의 마음	島川七石	소설/일본	

1916년 09월 20일 (목) 5476호 요일 오류

지면	단수	기획	기사제목 〈회수〉〔곡수〕	필자/저자(역자)	분류	비고
1	5~6		沙也可の親友/降虜將軍/咸安谷峴の會〈11〉 사야카의 친구/항로 장군/함안곡현 회	伊藤韓堂	소설/일본	
4	1~3		佐野鹿十郎〈12〉 사노 시카주로	神田伯山 講演/今村 次郎 速記	고단	
6	1~3		情界哀史 男ごゝろ〈202〉 정계애사 남자의 마음	島川七石	소설/일본	

1916년 09월 21일 (금) 5477호 요일 오류

지면	단수	기획	기사제목 〈회수〉〔곡수〕	필자/저자(역자)	분류	비고
1	5		仁川短歌會詠草〔1〕 인천 단카회 영초	安積#塘	시가/단카	
1	5		仁川短歌會詠草〔1〕 인천 단카회 영초	茜村紅路	시가/단카	
1	5		仁川短歌會詠草〔2〕 인천 단카회 영초	仁志河紫都	시가/단카	
1	5~6		沙也可の親友/降虜將軍/咸安谷峴の會〈12〉 사야카의 친구/항로 장군/함안곡현 회	伊藤韓堂	소설/일본	
3	5		群山我蛙々會句集/秋暑し〔1〕 군산 와레와와카이 구집/가을 더위	無果	시가/하이쿠	
3	5		群山我蛙々會句集/秋暑し〔2〕 군산 와레와와카이 구집/가을 더위	大呵	시가/하이쿠	

지면	단수	기획	기사제목 〈회수〉〔곡수〕	필자/저자(역자)	분류	비고
3	5		群山我蛙々會句集/秋暑し〔1〕 군산 와레와와카이 구집/가을 더위	無果	시가/하이쿠	
3	5		群山我蛙々會句集/秋暑し〔1〕 군산 와레와와카이 구집/가을 더위	雷公	시가/하이쿠	
3	5		群山我蛙々會句集/秋暑し〔1〕 군산 와레와와카이 구집/가을 더위	黑龍坊	시가/하이쿠	
3	5		群山我蛙々會句集/秋暑し〔1〕 군산 와레와와카이 구집/가을 더위	淺女	시가/하이쿠	
3	5		群山我蛙々會句集/秋暑し〔1〕 군산 와레와와카이 구집/가을 더위	雷公	시가/하이쿠	
3	5		群山我蛙々會句集/秋暑し〔1〕 군산 와레와와카이 구집/가을 더위	鬼竹	시가/하이쿠	
3	5		群山我蛙々會句集/秋暑し〔1〕 군산 와레와와카이 구집/가을 더위	九香	시가/하이쿠	
3	5		群山我蛙々會句集/秋暑し〔1〕 군산 와레와와카이 구집/가을 더위	大呵	시가/하이쿠	
3	5		群山我蛙々會句集/秋暑し〔2〕 군산 와레와와카이 구집/가을 더위	鬼竹	시가/하이쿠	
3	5		群山我蛙々會句集/秋暑し〔1〕 군산 와레와와카이 구집/가을 더위	大呵	시가/하이쿠	
3	5		群山我蛙々會句集/秋暑し〔1〕 군산 와레와와카이 구집/가을 더위	黑龍坊	시가/하이쿠	
3	5		群山我蛙々會句集/秋暑し〔1〕 군산 와레와와카이 구집/가을 더위	默翁	시가/하이쿠	
3	5		群山我蛙々會句集/秋暑し〔1〕 군산 와레와와카이 구집/가을 더위	大呵	시가/하이쿠	
3	5		群山我蛙々會句集/秋暑し〔2〕 군산 와레와와카이 구집/가을 더위	雷公	시가/하이쿠	
3	5		群山我蛙々會句集/秋暑し〔1〕 군산 와레와와카이 구집/가을 더위	黑龍坊	시가/하이쿠	
3	5		群山我蛙々會句集/秋暑し〔1〕 군산 와레와와카이 구집/가을 더위	九香	시가/하이쿠	
3	5		群山我蛙々會句集/秋暑し〔1〕 군산 와레와와카이 구집/가을 더위	黑龍坊	시가/하이쿠	
3	5		群山我蛙々會句集/秋暑し〔1〕 군산 와레와와카이 구집/가을 더위	鬼竹	시가/하이쿠	
3	5		群山我蛙々會句集/秋暑し〔2〕 군산 와레와와카이 구집/가을 더위	對山居	시가/하이쿠	
4	1~3		佐野鹿十郎〈13〉 사노 시카주로	神田伯山 講演/今村 次郎 速記	고단	
6	1~3		情界哀史 男ごゝろ〈203〉 정계애사 남자의 마음	島川七石	소설/일본	

1916년 09월 21일 (금) 5478호 날짜 오류

지면	단수	기획	기사제목 〈회수〉〔곡수〕	필자/저자(역자)	분류	비고
1	6		沙也可の親友/降虜將軍/咸安谷峴の會〈13〉 사야카의 친구/항로 장군/함안곡현 회	伊藤韓堂	소설/일본	
3	6		仁川短歌會詠草〔2〕 인천 단카회 영초	一木葆光	시가/단카	
3	6		仁川短歌會詠草〔6〕 인천 단카회 영초	樹叢大芸居	시가/단카	
3	6		仁川短歌會詠草〔5〕 인천 단카회 영초	光石尙子	시가/단카	

지면	단수	기획	기사제목 〈회수〉〔곡수〕	필자/저자(역자)	분류	비고
4	1~3		佐野鹿十郎 〈14〉 사노 시카주로	神田伯山 講演/今村 次郎 速記	고단	
6	1~3		情界哀史 男ごゝろ 〈204〉 정계애사 남자의 마음	島川七石	소설/일본	

1916년 09월 23일 (토) 5479호

지면	단수	기획	기사제목 〈회수〉〔곡수〕	필자/저자(역자)	분류	비고
1	5~6		沙也可の親友/降虜將軍 〈14〉 사야카의 친구/항로 장군	伊藤韓堂	소설/일본	
3	2~6	お伽ばな し	田舍の糸毬 시골의 이토마리	小野小峽	소설/동화	
3	5		仁川短歌會詠草 〔6〕 인천 단카회 영초	石井龍史	시가/단카	
4	1~3		佐野鹿十郎 〈15〉 사노 시카주로	神田伯山 講演/今村 次郎 速記	고단	
6	1~3		情界哀史 男ごゝろ 〈205〉 정계애사 남자의 마음	島川七石	소설/일본	

1916년 09월 25일 (월) 5480호

지면	단수	기획	기사제목 〈회수〉〔곡수〕	필자/저자(역자)	분류	비고
4	1~3		情界哀史 男ごゝろ 〈206〉 정계애사 남자의 마음	島川七石	소설/일본	

1916년 09월 26일 (화) 5481호

지면	단수	기획	기사제목 〈회수〉〔곡수〕	필자/저자(역자)	분류	비고
1	5		朝露抄 〔3〕 조로초	仁志河紫都	시가/단카	
1	5		朝露抄 〔3〕 조로초	樹叢大芸居	시가/단카	
1	5		朝露抄 〔9〕 조로초	石井龍史	시가/단카	
1	6		沙也可の親友/降虜將軍/金應瑞と降倭 〈15〉 사야카의 친구/항로 장군/김응서와 항왜	伊藤韓堂	소설/일본	
4	1~3		佐野鹿十郎 〈16〉 사노 시카주로	神田伯山 講演/今村 次郎 速記	고단	
6	1~3		情界哀史 男ごゝろ 〈207〉 정계애사 남자의 마음	島川七石	소설/일본	

1916년 09월 27일 (수) 5482호

지면	단수	기획	기사제목 〈회수〉〔곡수〕	필자/저자(역자)	분류	비고
1	6		沙也可の親友/降虜將軍/慕夏堂集と金囊毅遺事續篇 〈16〉 사야카의 친구/항로 장군/모하당집과 김낭의 유사속편	伊藤韓堂	소설/일본	
3	7		仁川短歌會詠草/大野ケ原へ(上)/出發-宿營-海みゆ 〈1〉 〔8〕 인천 단카회 영초/오노가하라로(상)/출발-숙영-바다를 보다	佐賀にて 赤瀨水夜	시가/단카	
4	1~3		佐野鹿十郎 〈17〉 사노 시카주로	神田伯山 講演/今村 次郎 速記	고단	
6	1~3		情界哀史 男ごゝろ 〈208〉 정계애사 남자의 마음	島川七石	소설/일본	
6	3~4		次回の新小說/父と子 차회 신소설/아버지와 자식	寺澤琴風 作/井川洗 崖 畫	광고/연재예 고	

1916년 10월 01일 (일) 5486호

지면	단수	기획	기사제목 〈회수〉〔곡수〕	필자/저자(역자)	분류	비고
3	4~7	お伽ばな し	銅像と烏 동상과 까마귀	藤川淡水	소설/동화	
4	1~3		佐野鹿十郎 〈20〉 사노 시카주로	神田伯山 講演/今村 次郎 速記	고단	

지면	단수	기획	기사제목 〈회수〉〔곡수〕	필자/저자(역자)	분류	비고
6	1~3	家庭小說	父と子〈2〉 아버지와 아들	寺澤琴風	소설/일본	

1916년 10월 02일 (월) 5487호

지면	단수	기획	기사제목 〈회수〉〔곡수〕	필자/저자(역자)	분류	비고
1	4~6		旅の空から〔7〕 객지에서	哈爾濱 囚花	시가/단카	
4	1~3	家庭小說	父と子〈3〉 아버지와 아들	寺澤琴風	소설/일본	

1916년 10월 03일 (화) 5488호

지면	단수	기획	기사제목 〈회수〉〔곡수〕	필자/저자(역자)	분류	비고
3	6	俳句	貴社の落成を祝す〔13〕 귀사의 준공을 축하한다	想仙	시가/하이쿠	
4	1~3		佐野鹿十郎〈21〉 사노 시카주로	神田伯山 講演/今村 次郎 速記	고단	

1916년 10월 04일 (수) 5489호

지면	단수	기획	기사제목 〈회수〉〔곡수〕	필자/저자(역자)	분류	비고
3	7	短歌	我れの力〔4〕 우리의 힘	龍山 岡本小草	시가/단카	
4	1~3		佐野鹿十郎〈22〉 사노 시카주로	神田伯山 講演/今村 次郎 速記	고단	
5	7		初紅葉 첫 단풍		수필	
6	1~3	家庭小說	父と子〈4〉 아버지와 아들	寺澤琴風	소설/일본	

1916년 10월 05일 (목) 5490호

지면	단수	기획	기사제목 〈회수〉〔곡수〕	필자/저자(역자)	분류	비고
1	5	俳句	眉岳氏送別句〔1〕 비가쿠 씨 송별구	雨鳳	시가/하이쿠	
1	5	俳句	眉岳氏送別句〔1〕 비가쿠 씨 송별구	丹葉	시가/하이쿠	
1	5	俳句	眉岳氏送別句〔1〕 비가쿠 씨 송별구	想#	시가/하이쿠	
1	5	俳句	眉岳氏送別句〔1〕 비가쿠 씨 송별구	四水	시가/하이쿠	
1	5	俳句	眉岳氏送別句〔1〕 비가쿠 씨 송별구	沛子	시가/하이쿠	
1	5	俳句	眉岳氏送別句〔1〕 비가쿠 씨 송별구	露#	시가/하이쿠	
1	5	俳句	眉岳氏送別句〔1〕 비가쿠 씨 송별구	李雨史	시가/하이쿠	
1	5	俳句	眉岳氏送別句〔1〕 비가쿠 씨 송별구	##	시가/하이쿠	
1	5	俳句	眉岳氏送別句〔1〕 비가쿠 씨 송별구	康知	시가/하이쿠	
1	5	俳句	眉岳氏送別句〔1〕 비가쿠 씨 송별구	#靜	시가/하이쿠	
1	5	俳句	眉岳氏送別句〔1〕 비가쿠 씨 송별구	句碑守	시가/하이쿠	
3	5~6		送別句集 송별 구집	四水	수필/기타	
3	6		送別句集/夜寒〔1〕 송별 구집/밤 추위	四水	시가/하이쿠	

지면	단수	기획	기사제목 〈회수〉〔곡수〕	필자/저자(역자)	분류	비고
3	6		送別句集/夜寒〔1〕 송별 구집/밤 추위	想仙	시가/하이쿠	
3	6		送別句集/夜寒〔1〕 송별 구집/밤 추위	沛子	시가/하이쿠	
3	6		送別句集/夜寒〔2〕 송별 구집/밤 추위	康知	시가/하이쿠	
3	6		送別句集/夜寒〔1〕 송별 구집/밤 추위	春靜	시가/하이쿠	
3	6		送別句集/夜寒〔1〕 송별 구집/밤 추위	李雨史	시가/하이쿠	
3	6		送別句集/夜寒〔1〕 송별 구집/밤 추위	沛子	시가/하이쿠	
3	6		送別句集/夜寒〔1〕 송별 구집/밤 추위	丹葉	시가/하이쿠	
3	6		送別句集/夜寒〔1〕 송별 구집/밤 추위	雨鳳	시가/하이쿠	
3	6		送別句集/夜寒〔1〕 송별 구집/밤 추위	李雨史	시가/하이쿠	
3	6		送別句集/夜寒〔1〕 송별 구집/밤 추위	眉岳	시가/하이쿠	
3	6		送別句集/夜寒〔1〕 송별 구집/밤 추위	露風	시가/하이쿠	
3	6		送別句集/芒〔1〕 송별 구집/까끄라기	句碑守	시가/하이쿠	
3	6		送別句集/芒〔1〕 송별 구집/까끄라기	想仙	시가/하이쿠	
3	6		送別句集/芒〔1〕 송별 구집/까끄라기	沛子	시가/하이쿠	
3	6		送別句集/芒〔1〕 송별 구집/까끄라기	眉岳	시가/하이쿠	
3	6		送別句集/芒〔1〕 송별 구집/까끄라기	李雨史	시가/하이쿠	
3	6		送別句集/芒〔1〕 송별 구집/까끄라기	露風	시가/하이쿠	
3	6		送別句集/芒〔1〕 송별 구집/까끄라기	##	시가/하이쿠	
3	6		送別句集/芒〔1〕 송별 구집/까끄라기	春靜	시가/하이쿠	
3	6		送別句集/芒〔1〕 송별 구집/까끄라기	康知	시가/하이쿠	
3	6		送別句集/芒〔1〕 송별 구집/까끄라기	雨鳳	시가/하이쿠	
4	1~3		佐野鹿十郎 〈23〉 사노 시카주로	神田伯山 講演/今村 次郎 速記	고단	
6	1~3	家庭小說	父と子 〈5〉 아버지와 아들	寺澤琴風	소설/일본	

1916년 10월 06일 (금) 5491호

지면	단수	기획	기사제목 〈회수〉〔곡수〕	필자/저자(역자)	분류	비고
3	6~7		遊蕩文學尚ほ衰へず 유탕문학 아직도 약해지지 않고		수필/비평	
4	1~3		佐野鹿十郎 〈24〉 사노 시카주로	神田伯山 講演/今村 次郎 速記	고단	

지면	단수	기획	기사제목 〈회수〉〔곡수〕	필자/저자(역자)	분류	비고
6	1~3	家庭小說	父と子 〈6〉 아버지와 아들	寺澤琴風	소설/일본	

1916년 10월 07일 (토) 5492호

지면	단수	기획	기사제목 〈회수〉〔곡수〕	필자/저자(역자)	분류	비고
1	5~7	短歌	洗腸一百吟 〔18〕 세장 일백음	京城 水の人	시가/단카	
1	7	短歌	日城詞兄へ 〔1〕 일성사형에게	京城 水の人	시가/단카	
4	1~3		佐野鹿十郎 〈25〉 사노 시카주로	神田伯山 講演/今村 次郎 速記	고단	
6	1~3	家庭小說	父と子 〈7〉 아버지와 아들	寺澤琴風	소설/일본	

1916년 10월 08일 (일) 5493호

지면	단수	기획	기사제목 〈회수〉〔곡수〕	필자/저자(역자)	분류	비고
3	4~7	お伽ばな し	天狗山(上) 〈1〉 덴구산(상)	藤川淡水	소설/동화	
3	7	短歌	秋風の頃 〔7〕 가을 바람이 불 무렵	藤村幻花	시가/단카	
3	7		水原華城會俳句/秀逸 〔1〕 수원 화성회 하이쿠/수일	昇仙	시가/하이쿠	
3	7		水原華城會俳句/秀逸 〔1〕 수원 화성회 하이쿠/수일	蕉雨	시가/하이쿠	
3	7		水原華城會俳句/秀逸 〔1〕 수원 화성회 하이쿠/수일	五曉	시가/하이쿠	
3	7		水原華城會俳句/三光/人 〔1〕 수원 화성회 하이쿠/삼광/인	玉水	시가/하이쿠	
3	7		水原華城會俳句/三光/地 〔1〕 수원 화성회 하이쿠/삼광/지	#石	시가/하이쿠	
3	7		水原華城會俳句/三光/天 〔1〕 수원 화성회 하이쿠/삼광/천	華川	시가/하이쿠	
3	7		水原華城會俳句/加奉 〔1〕 수원 화성회 하이쿠/가봉	選者	시가/하이쿠	
4	1~3		佐野鹿十郎 〈26〉 사노 시카주로	神田伯山 講演/今村 次郎 速記	고단	
6	1~3	家庭小說	父と子 〈8〉 아버지와 아들	寺澤琴風	소설/일본	

1916년 10월 09일 (월) 5494호

지면	단수	기획	기사제목 〈회수〉〔곡수〕	필자/저자(역자)	분류	비고
4	1~3	家庭小說	父と子 〈9〉 아버지와 아들	寺澤琴風	소설/일본	

1916년 10월 10일 (화) 5495호

지면	단수	기획	기사제목 〈회수〉〔곡수〕	필자/저자(역자)	분류	비고
4	1~3		佐野鹿十郎 〈27〉 사노 시카주로	神田伯山 講演/今村 次郎 速記	고단	

1916년 10월 11일 (수) 5496호

지면	단수	기획	기사제목 〈회수〉〔곡수〕	필자/저자(역자)	분류	비고
4	1~3		佐野鹿十郎 〈28〉 사노 시카주로	神田伯山 講演/今村 次郎 速記	고단	
6	1~3	家庭小說	父と子 〈10〉 아버지와 아들	寺澤琴風	소설/일본	

1916년 10월 12일 (목) 5497호

지면	단수	기획	기사제목 〈회수〉〔곡수〕	필자/저자(역자)	분류	비고
1	5~6		仁川短歌會詠草 〔8〕 인천 단카회 영초	茆村紅路	시가/단카	
1	6		仁川短歌會詠草 〔7〕 인천 단카회 영초	樹叢大芸居	시가/단카	
4	1~3		佐野鹿十郎 〈29〉 사노 시카주로	神田伯山 講演/今村 次郎 速記	고단	

1916년 10월 13일 (금) 5498호

지면	단수	기획	기사제목 〈회수〉〔곡수〕	필자/저자(역자)	분류	비고
1	5~6		昔の龍山 옛 용산	竹林園主人	수필/기타	
4	1~3		佐野鹿十郎 〈30〉 사노 시카주로	神田伯山 講演/今村 次郎 速記	고단	
6	1~3	家庭小說	父と子 〈11〉 아버지와 아들	寺澤琴風	소설/일본	

1916년 10월 14일 (토) 5499호

지면	단수	기획	기사제목 〈회수〉〔곡수〕	필자/저자(역자)	분류	비고
1	5		仁川短歌會詠草 〔3〕 인천 단카회 영초	仁志河紫都	시가/단카	
1	5		仁川短歌會詠草 〔2〕 인천 단카회 영초	安積#塘	시가/단카	
1	5		仁川短歌會詠草 〔10〕 인천 단카회 영초	石井龍史	시가/단카	
4	1~3		佐野鹿十郎 〈31〉 사노 시카주로	神田伯山 講演/今村 次郎 速記	고단	
6	1~3	家庭小說	父と子 〈12〉 아버지와 아들	寺澤琴風	소설/일본	

1916년 10월 15일 (일) 5500호

지면	단수	기획	기사제목 〈회수〉〔곡수〕	필자/저자(역자)	분류	비고
1	6		仁川短歌會詠草 〔7〕 인천 단카회 영초	蘆上秋人	시가/단카	
3	3~6	お伽ばな し	天狗山(下) 〈2〉 덴구산(하)	藤川淡水	소설/동화	
4	1~3		佐野鹿十郎 〈32〉 사노 시카주로	神田伯山 講演/今村 次郎 速記	고단	
6	1~3	家庭小說	父と子 〈13〉 아버지와 아들	寺澤琴風	소설/일본	

1916년 10월 16일 (월) 5501호

지면	단수	기획	기사제목 〈회수〉〔곡수〕	필자/저자(역자)	분류	비고
1	5		仁川短歌會詠草 〔1〕 인천 단카회 영초	蘆上秋人	시가/단카	
1	5~6		仁川短歌會詠草 〔7〕 인천 단카회 영초	樹叢大芸居	시가/단카	
4	1~3	家庭小說	父と子 〈14〉 아버지와 아들	寺澤琴風	소설/일본	

1916년 10월 17일 (화) 5502호

지면	단수	기획	기사제목 〈회수〉〔곡수〕	필자/저자(역자)	분류	비고
1	5	短歌	靴底の土を落しつゝ 〔9〕 구두의 흙을 털면서	京城 本間素月	시가/단카	
4	1~3		佐野鹿十郎 〈33〉 사노 시카주로	神田伯山 講演/今村 次郎 速記	고단	
6	1~3	家庭小說	父と子 〈15〉 아버지와 아들	寺澤琴風	소설/일본	

지면	단수	기획	기사제목 〈회수〉 [곡수]	필자/저자(역자)	분류	비고
			1916년 10월 19일 (목) 5503호			
3	4		秋雜吟 [15] 가을-잡음	小谷丹葉	시가/하이쿠	
4	1~3		佐野鹿十郎 〈34〉 사노 시카주로	神田伯山 講演/今村 次郎 速記	고단	
6	1~3	家庭小說	父と子 〈16〉 아버지와 아들	寺澤琴風	소설/일본	
			1916년 10월 20일 (금) 5504호			
3	7		俳句募集 하이쿠 모집		광고/모집 광고	
4	1~3		佐野鹿十郎 〈35〉 사노 시카주로	神田伯山 講演/今村 次郎 速記	고단	
6	1~3	家庭小說	父と子 〈17〉 아버지와 아들	寺澤琴風	소설/일본	
			1916년 10월 21일 (토) 5505호			
1	2~3	東京通信	雨霽れの日(上) 〈1〉 비 개인 날(상)	耕雨	수필/일상	
3	4		大田湖南吟社會/題、芋、初獵、秋の海 [2] 대전 호남음사회/주제, 고구마, 첫 사냥, 가을 바다	待宵	시가/하이쿠	
3	4		大田湖南吟社會/題、芋、初獵、秋の海 [1] 대전 호남음사회/주제, 고구마, 첫 사냥, 가을 바다	秋骨	시가/하이쿠	
3	4		大田湖南吟社會/題、芋、初獵、秋の海 [1] 대전 호남음사회/주제, 고구마, 첫 사냥, 가을 바다	中京	시가/하이쿠	
3	4		大田湖南吟社會/題、芋、初獵、秋の海 [1] 대전 호남음사회/주제, 고구마, 첫 사냥, 가을 바다	淡水	시가/하이쿠	
3	4		大田湖南吟社會/題、芋、初獵、秋の海 [1] 대전 호남음사회/주제, 고구마, 첫 사냥, 가을 바다	雅溪	시가/하이쿠	
3	4		大田湖南吟社會/題、芋、初獵、秋の海 [1] 대전 호남음사회/주제, 고구마, 첫 사냥, 가을 바다	松年	시가/하이쿠	
3	4		大田湖南吟社會/題、芋、初獵、秋の海 [1] 대전 호남음사회/주제, 고구마, 첫 사냥, 가을 바다	風骨	시가/하이쿠	
3	4		大田湖南吟社會/題、芋、初獵、秋の海 [2] 대전 호남음사회/주제, 고구마, 첫 사냥, 가을 바다	月波	시가/하이쿠	
3	4		大田湖南吟社會/題、芋、初獵、秋の海 [1] 대전 호남음사회/주제, 고구마, 첫 사냥, 가을 바다	秋骨	시가/하이쿠	
3	4		大田湖南吟社會/題、芋、初獵、秋の海 [2] 대전 호남음사회/주제, 고구마, 첫 사냥, 가을 바다	いかり	시가/하이쿠	
3	4		大田湖南吟社會/題、芋、初獵、秋の海 [1] 대전 호남음사회/주제, 고구마, 첫 사냥, 가을 바다	待宵	시가/하이쿠	
3	4		大田湖南吟社會/題、芋、初獵、秋の海 [2] 대전 호남음사회/주제, 고구마, 첫 사냥, 가을 바다	千里	시가/하이쿠	
3	4		大田湖南吟社會/題、芋、初獵、秋の海 [1] 대전 호남음사회/주제, 고구마, 첫 사냥, 가을 바다	松年	시가/하이쿠	
3	4		大田湖南吟社會/題、芋、初獵、秋の海 [2] 대전 호남음사회/주제, 고구마, 첫 사냥, 가을 바다	雅溪	시가/하이쿠	
3	4		大田湖南吟社會/題、芋、初獵、秋の海 [1] 대전 호남음사회/주제, 고구마, 첫 사냥, 가을 바다	春三女	시가/하이쿠	
3	4		大田湖南吟社會/題、芋、初獵、秋の海 [1] 대전 호남음사회/주제, 고구마, 첫 사냥, 가을 바다	靑峰	시가/하이쿠	

지면	단수	기획	기사제목 〈회수〉〔곡수〕	필자/저자(역자)	분류	비고
3	4		大田湖南吟社會/題、芋、初獵、秋の海〔1〕 대전 호남음사회/주제, 고구마, 첫 사냥, 가을 바다	淡水	시가/하이쿠	
3	4		大田湖南吟社會/題、芋、初獵、秋の海〔2〕 대전 호남음사회/주제, 고구마, 첫 사냥, 가을 바다	風骨	시가/하이쿠	
3	4		大田湖南吟社會/題、芋、初獵、秋の海〔3〕 대전 호남음사회/주제, 고구마, 첫 사냥, 가을 바다	月波	시가/하이쿠	
3	4		大田湖南吟社會/題、芋、初獵、秋の海〔1〕 대전 호남음사회/주제, 고구마, 첫 사냥, 가을 바다	いかり	시가/하이쿠	
3	4		大田湖南吟社會/題、芋、初獵、秋の海〔2〕 대전 호남음사회/주제, 고구마, 첫 사냥, 가을 바다	待宵	시가/하이쿠	
3	4		大田湖南吟社會/題、芋、初獵、秋の海〔1〕 대전 호남음사회/주제, 고구마, 첫 사냥, 가을 바다	中京	시가/하이쿠	
3	4		大田湖南吟社會/題、芋、初獵、秋の海〔1〕 대전 호남음사회/주제, 고구마, 첫 사냥, 가을 바다	秋骨	시가/하이쿠	
3	4		大田湖南吟社會/題、芋、初獵、秋の海〔2〕 대전 호남음사회/주제, 고구마, 첫 사냥, 가을 바다	雅溪	시가/하이쿠	
3	4		大田湖南吟社會/題、芋、初獵、秋の海〔1〕 대전 호남음사회/주제, 고구마, 첫 사냥, 가을 바다	西水	시가/하이쿠	
3	4		大田湖南吟社會/題、芋、初獵、秋の海〔1〕 대전 호남음사회/주제, 고구마, 첫 사냥, 가을 바다	淡水	시가/하이쿠	
3	4		大田湖南吟社會/題、芋、初獵、秋の海〔2〕 대전 호남음사회/주제, 고구마, 첫 사냥, 가을 바다	千里	시가/하이쿠	
3	4		大田湖南吟社會/題、芋、初獵、秋の海〔1〕 대전 호남음사회/주제, 고구마, 첫 사냥, 가을 바다	松年	시가/하이쿠	
3	4		大田湖南吟社會/題、芋、初獵、秋の海〔1〕 대전 호남음사회/주제, 고구마, 첫 사냥, 가을 바다	青峰	시가/하이쿠	
3	4		大田湖南吟社會/題、芋、初獵、秋の海〔1〕 대전 호남음사회/주제, 고구마, 첫 사냥, 가을 바다	可祝	시가/하이쿠	
3	4		大田湖南吟社會/題、芋、初獵、秋の海〔2〕 대전 호남음사회/주제, 고구마, 첫 사냥, 가을 바다	風骨	시가/하이쿠	
3	4		日誌の中より〔6〕 일지의 안에서	龍山 三村秋月	시가/단카	
4	1~3		佐野鹿十郎〈36〉 사노 시카주로	神田伯山 講演/今村 次郎 速記	고단	
6	1~3	家庭小說	父と子〈18〉 아버지와 아들	寺澤琴風	소설/일본	

1916년 10월 22일 (일) 5506호

지면	단수	기획	기사제목 〈회수〉〔곡수〕	필자/저자(역자)	분류	비고
1	2~3	東京通信	雨霽れの日(下)〈2〉 비 개인 날(하)	耕雨	수필/일상	
1	6		或時の事ども/別るゝ高山君に〔10〕 어느 때의 일들/헤어진 다카야마 군에게	藤村幻花	시가/단카	
3	2~6	お伽ばな し	紅葉の繪具 단풍의 화구	竹貫佳水	소설/동화	
3	5~7		白頭山登り〈1〉 백두산 등산		수필/기행	
4	1~3		佐野鹿十郎〈37〉 사노 시카주로	神田伯山 講演/今村 次郎 速記	고단	

1916년 10월 23일 (월) 5507호

지면	단수	기획	기사제목 〈회수〉〔곡수〕	필자/저자(역자)	분류	비고
4	1~3	家庭小說	父と子〈19〉 아버지와 아들	寺澤琴風	소설/일본	

지면	단수	기획	기사제목 〈회수〉〔곡수〕	필자/저자(역자)	분류	비고

1916년 10월 24일 (화) 5508호

지면	단수	기획	기사제목 〈회수〉〔곡수〕	필자/저자(역자)	분류	비고
1	5~6		白頭山登り 〈2〉 백두산 등산		수필/기행	
4	1~3		佐野鹿十郎 〈38〉 사노 시카주로	神田伯山 講演/今村 次郎 速記	고단	
6	1~3	家庭小說	父と子 〈20〉 아버지와 아들	寺澤琴風	소설/일본	

1916년 10월 25일 (수) 5509호

지면	단수	기획	기사제목 〈회수〉〔곡수〕	필자/저자(역자)	분류	비고
3	4		江景の奉祝歌 〔1〕 강경의 봉축가		시가/신체시	
3	6~7		白頭山登り 〈3〉 백두산 등산		수필/기행	
4	1~3		佐野鹿十郎 〈39〉 사노 시카주로	神田伯山 講演/今村 次郎 速記	고단	
5	7		黃菊 白菊 노란 국화 흰 국화		수필/평판기	
6	1~3	家庭小說	父と子 〈21〉 아버지와 아들	寺澤琴風	소설/일본	

1916년 10월 26일 (목) 5510호

지면	단수	기획	기사제목 〈회수〉〔곡수〕	필자/저자(역자)	분류	비고
1	5		仁川短歌會詠草 〔1〕 인천 단카회 영초	一木葆光	시가/단카	
1	5		仁川短歌會詠草 〔4〕 인천 단카회 영초	仁志河紫都	시가/단카	
1	5		仁川短歌會詠草 〔4〕 인천 단카회 영초	石井龍史	시가/단카	
3	5~6		白頭山登り 〈4〉 백두산 등산		수필/기행	
4	1~3		佐野鹿十郎 〈40〉 사노 시카주로	神田伯山 講演/今村 次郎 速記	고단	
6	1~3	家庭小說	父と子 〈22〉 아버지와 아들	寺澤琴風	소설/일본	

1916년 10월 27일 (금) 5511호

지면	단수	기획	기사제목 〈회수〉〔곡수〕	필자/저자(역자)	분류	비고
1	5		仁川短歌會詠草 〔3〕 인천 단카회 영초	山城義視	시가/단카	
1	5~6		仁川短歌會詠草 〔14〕 인천 단카회 영초	樹叢大芸居	시가/단카	
3	5~6		白頭山登り 〈4〉 백두산 등산		수필/기행	회수 오류
4	1~3		佐野鹿十郎 〈41〉 사노 시카주로	神田伯山 講演/今村 次郎 速記	고단	
6	1~3	家庭小說	父と子 〈23〉 아버지와 아들	寺澤琴風	소설/일본	

1916년 10월 28일 (토) 5512호

지면	단수	기획	기사제목 〈회수〉〔곡수〕	필자/저자(역자)	분류	비고
3	3		仁川短歌會詠草 〔2〕 인천 단카회 영초	安積#塘	시가/단카	
3	3~4		仁川短歌會詠草 〔11〕 인천 단카회 영초	石井龍史	시가/단카	

지면	단수	기획	기사제목 〈회수〉〔곡수〕	필자/저자(역자)	분류	비고
3	4~5		白頭山登り 〈7〉 백두산 등산		수필/기행	회수 오류
3	5~7		赤毛布の記 〈1〉 시골뜨기의 기록	龜岡天川	수필/기타	
4	1~3		佐野鹿十郎 〈42〉 사노 시카주로	神田伯山 講演/今村 次郎 速記	고단	
6	1~3	家庭小說	父と子 〈24〉 아버지와 아들	寺澤琴風	소설/일본	

1916년 10월 29일 (일) 5513호

지면	단수	기획	기사제목 〈회수〉〔곡수〕	필자/저자(역자)	분류	비고
3	3~5		赤毛布の記 〈2〉 시골뜨기의 기록	龜岡天川	수필/기타	
3	6		大田湖南吟社會/秋の夕 〔1〕 대전 호남음사회/가을 저녁	淡水	시가/하이쿠	
3	6		大田湖南吟社會/秋の夕 〔1〕 대전 호남음사회/가을 저녁	雅溪	시가/하이쿠	
3	6		大田湖南吟社會/秋の夕 〔1〕 대전 호남음사회/가을 저녁	青峯	시가/하이쿠	
3	6		大田湖南吟社會/秋の夕 〔1〕 대전 호남음사회/가을 저녁	春三女	시가/하이쿠	
3	6		大田湖南吟社會/秋の夕 〔1〕 대전 호남음사회/가을 저녁	松年	시가/하이쿠	
3	6		大田湖南吟社會/秋の夕 〔1〕 대전 호남음사회/가을 저녁	風骨	시가/하이쿠	
3	6		大田湖南吟社會/鳥瓜 〔1〕 대전 호남음사회/쥐참외	春三女	시가/하이쿠	
3	6		大田湖南吟社會/鳥瓜 〔2〕 대전 호남음사회/쥐참외	雅溪	시가/하이쿠	
3	6		大田湖南吟社會/鳥瓜 〔1〕 대전 호남음사회/쥐참외	淡水	시가/하이쿠	
3	6		大田湖南吟社會/鳥瓜 〔1〕 대전 호남음사회/쥐참외	松年	시가/하이쿠	
3	6		大田湖南吟社會/鳥瓜 〔1〕 대전 호남음사회/쥐참외	風骨	시가/하이쿠	
3	6~7	お伽ばな し	お猿と鐘 원숭이와 종	蘆谷蘆村	소설/동화	
4	1~3		佐野鹿十郎 〈43〉 사노 시카주로	神田伯山 講演/今村 次郎 速記	고단	
6	1~3	家庭小說	父と子 〈25〉 아버지와 아들	寺澤琴風	소설/일본	

1916년 10월 30일 (월) 5514호

지면	단수	기획	기사제목 〈회수〉〔곡수〕	필자/저자(역자)	분류	비고
1	5~7		白頭山登り 〈7〉 백두산 등산		수필/기행	
4	1~3	家庭小說	父と子 〈26〉 아버지와 아들	寺澤琴風	소설/일본	

1916년 10월 31일 (화) 5515호

지면	단수	기획	기사제목 〈회수〉〔곡수〕	필자/저자(역자)	분류	비고
3	4		俳句募集 하이쿠 모집		광고/모집 광고	
3	5		大田湖南吟社會/蛇穴に入る 〔2〕 대전 호남음사회/뱀이 동면에 들어가다	雅溪	시가/하이쿠	

지면	단수	기획	기사제목 〈회수〉〔곡수〕	필자/저자(역자)	분류	비고
3	5		大田湖南吟社會/蛇穴に入る〔2〕 대전 호남음사회/뱀이 동면에 들어가다	待宵	시가/하이쿠	
3	5		大田湖南吟社會/蛇穴に入る〔2〕 대전 호남음사회/뱀이 동면에 들어가다	月波	시가/하이쿠	
3	5		大田湖南吟社會/蛇穴に入る〔1〕 대전 호남음사회/뱀이 동면에 들어가다	秋骨	시가/하이쿠	
3	5		大田湖南吟社會/蛇穴に入る〔1〕 대전 호남음사회/뱀이 동면에 들어가다	松年	시가/하이쿠	
3	5		大田湖南吟社會/蛇穴に入る〔2〕 대전 호남음사회/뱀이 동면에 들어가다	風骨	시가/하이쿠	
3	5		大田湖南吟社會/落穗〔1〕 대전 호남음사회/떨어진 이삭	いかり	시가/하이쿠	
3	5		大田湖南吟社會/落穗〔1〕 대전 호남음사회/떨어진 이삭	靑峯	시가/하이쿠	
3	5		大田湖南吟社會/落穗〔1〕 대전 호남음사회/떨어진 이삭	月波	시가/하이쿠	
3	5		大田湖南吟社會/落穗〔1〕 대전 호남음사회/떨어진 이삭	秋骨	시가/하이쿠	
3	5		大田湖南吟社會/落穗〔1〕 대전 호남음사회/떨어진 이삭	待宵	시가/하이쿠	
3	5		大田湖南吟社會/落穗〔1〕 대전 호남음사회/떨어진 이삭	淡水	시가/하이쿠	
3	5		大田湖南吟社會/落穗〔1〕 대전 호남음사회/떨어진 이삭	松年	시가/하이쿠	
3	5		大田湖南吟社會/落穗〔2〕 대전 호남음사회/떨어진 이삭	雅溪	시가/하이쿠	
3	5		大田湖南吟社會/落穗〔2〕 대전 호남음사회/떨어진 이삭	風骨	시가/하이쿠	
3	5~7		赤毛布の記〈3〉 시골뜨기의 기록	龜岡天川	수필/기타	
4	1~4		佐野鹿十郎〈44〉 사노 시카주로	神田伯山 講演/今村 次郎 速記	고단	
6	1~2	家庭小說	父と子〈27〉 아버지와 아들	寺澤琴風	소설/일본	

1916년 11월 02일 (목) 5516호

지면	단수	기획	기사제목 〈회수〉〔곡수〕	필자/저자(역자)	분류	비고
3	6~7		赤毛布の記〈4〉 시골뜨기의 기록	龜岡天川	수필/기타	
4	1~3		佐野鹿十郎〈45〉 사노 시카주로	神田伯山 講演/今村 次郎 速記	고단	
6	1~3	家庭小說	父と子〈28〉 아버지와 아들	寺澤琴風	소설/일본	

1916년 11월 03일 (금) 5517호

지면	단수	기획	기사제목 〈회수〉〔곡수〕	필자/저자(역자)	분류	비고
1	9		晴天鶴〔1〕 청천학	吉武貞世	시가/단카	

1916년 11월 03일 (금) 5517호 其三

지면	단수	기획	기사제목 〈회수〉〔곡수〕	필자/저자(역자)	분류	비고
3	1~3	家庭小說	父と子〈29〉 아버지와 아들	寺澤琴風	소설/일본	

1916년 11월 03일 (금) 5517호 其四

지면	단수	기획	기사제목 〈회수〉〔곡수〕	필자/저자(역자)	분류	비고
1	5~7	お伽ばなし	今日の龍宮 오늘의 용궁	藤川淡水	소설/동화	
1	7		夢〔1〕 꿈	とし子	시가/신체시	

1916년 11월 05일 (일) 5518호

지면	단수	기획	기사제목 〈회수〉〔곡수〕	필자/저자(역자)	분류	비고
3	4~7	お伽ばなし	魔法先生 마법선생	諸星絲遊	소설/동화	
4	1~3		佐野鹿十郎 〈46〉 사노 시카주로	神田伯山 講演/今村 次郎 速記	고단	
6	1~3	家庭小說	父と子 〈30〉 아버지와 아들	寺澤琴風	소설/일본	

1916년 11월 07일 (화) 5520호

지면	단수	기획	기사제목 〈회수〉〔곡수〕	필자/저자(역자)	분류	비고
4	1~3		佐野鹿十郎 〈48〉 사노 시카주로	神田伯山 講演/今村 次郎 速記	고단	
6	1~3	家庭小說	父と子 〈31〉 아버지와 아들	寺澤琴風	소설/일본	

1916년 11월 09일 (목) 5522호

지면	단수	기획	기사제목 〈회수〉〔곡수〕	필자/저자(역자)	분류	비고
4	1~3		佐野鹿十郎 〈49〉 사노 시카주로	神田伯山 講演/今村 次郎 速記	고단	
6	1~3	家庭小說	父と子 〈32〉 아버지와 아들	寺澤琴風	소설/일본	

1916년 11월 10일 (금) 5523호

지면	단수	기획	기사제목 〈회수〉〔곡수〕	필자/저자(역자)	분류	비고
3	6~7		赤毛布の記 〈5〉 시골뜨기의 기록	#岡天川	수필/기타	
4	1~3	家庭小說	父と子 〈33〉 아버지와 아들	寺澤琴風	소설/일본	
5	7		雁の聲 기러기의 목소리		수필/평판기	
6	1~3		佐野鹿十郎 〈50〉 사노 시카주로	神田伯山 講演/今村 次郎 速記	고단	

1916년 11월 11일 (토) 5524호

지면	단수	기획	기사제목 〈회수〉〔곡수〕	필자/저자(역자)	분류	비고
1	5~6	俳句	秋雜吟/賣劍選〔7〕 가을-잡음/바이켄 선	花翁	시가/하이쿠	
3	6~7		落葉樹の下で 〈1〉 낙엽수 아래에서	河原四水	수필/일상	
4	1~3		佐野鹿十郎 〈51〉 사노 시카주로	神田伯山 講演/今村 次郎 速記	고단	
6	1~5	家庭小說	父と子 〈34〉 아버지와 아들	寺澤琴風	소설/일본	

1916년 11월 12일 (일) 5525호

지면	단수	기획	기사제목 〈회수〉〔곡수〕	필자/저자(역자)	분류	비고
3	4~7	お伽ばなし	喉から金貨 목에서 금화가	松田雨城	소설/동화	
3	7		俳句募集 하이쿠 모집		광고/모집 광고	
4	1~3		佐野鹿十郎 〈52〉 사노 시카주로	神田伯山 講演/今村 次郎 速記	고단	

지면	단수	기획	기사제목 〈회수〉 〔곡수〕	필자/저자(역자)	분류	비고
6	1~3	家庭小說	父と子 〈35〉 아버지와 아들	寺澤琴風	소설/일본	

1916년 11월 13일 (월) 5526호

지면	단수	기획	기사제목 〈회수〉 〔곡수〕	필자/저자(역자)	분류	비고
1	5~6	俳句	秋雜吟/賣劍選 〔6〕 가을 잡음/바이켄 선	花翁	시가/하이쿠	
1	6	俳句	秋雜吟/賣劍選 〔1〕 가을 잡음/바이켄 선	#星	시가/하이쿠	
1	6	俳句	秋雜吟/賣劍選 〔1〕 가을 잡음/바이켄 선	丁字	시가/하이쿠	

1916년 11월 14일 (화) 5527호

지면	단수	기획	기사제목 〈회수〉 〔곡수〕	필자/저자(역자)	분류	비고
1	4	俳句	京城子子會第十四回選/題、紅葉、踊、冬近 〔1〕 경성 보후라카이 제14회 선/주제, 단풍, 춤, 늦가을	雨芒	시가/하이쿠	
1	4	俳句	京城子子會第十四回選/題、紅葉、踊、冬近 〔1〕 경성 보후라카이 제14회 선/주제, 단풍, 춤, 늦가을	雪峰	시가/하이쿠	
1	4	俳句	京城子子會第十四回選/題、紅葉、踊、冬近 〔1〕 경성 보후라카이 제14회 선/주제, 단풍, 춤, 늦가을	雨芒	시가/하이쿠	
1	4	俳句	京城子子會第十四回選/題、紅葉、踊、冬近 〔1〕 경성 보후라카이 제14회 선/주제, 단풍, 춤, 늦가을	河陰	시가/하이쿠	
1	4	俳句	京城子子會第十四回選/題、紅葉、踊、冬近 〔1〕 경성 보후라카이 제14회 선/주제, 단풍, 춤, 늦가을	村子	시가/하이쿠	
1	4	俳句	京城子子會第十四回選/題、紅葉、踊、冬近 〔2〕 경성 보후라카이 제14회 선/주제, 단풍, 춤, 늦가을	華虹	시가/하이쿠	
1	4	俳句	京城子子會第十四回選/題、紅葉、踊、冬近 〔3〕 경성 보후라카이 제14회 선/주제, 단풍, 춤, 늦가을	雪峰	시가/하이쿠	
1	4	俳句	京城子子會第十四回選/題、紅葉、踊、冬近 〔3〕 경성 보후라카이 제14회 선/주제, 단풍, 춤, 늦가을	華虹	시가/하이쿠	
1	4	俳句	京城子子會第十四回選/題、紅葉、踊、冬近 〔1〕 경성 보후라카이 제14회 선/주제, 단풍, 춤, 늦가을	河陰	시가/하이쿠	
1	4	俳句	京城子子會第十四回選/題、紅葉、踊、冬近 〔1〕 경성 보후라카이 제14회 선/주제, 단풍, 춤, 늦가을	雨芒	시가/하이쿠	
1	4	俳句	京城子子會第十四回選/題、紅葉、踊、冬近 〔1〕 경성 보후라카이 제14회 선/주제, 단풍, 춤, 늦가을	華虹	시가/하이쿠	
1	4	俳句	京城子子會第十四回選/題、紅葉、踊、冬近 〔1〕 경성 보후라카이 제14회 선/주제, 단풍, 춤, 늦가을	葉#	시가/하이쿠	
1	4	俳句	京城子子會第十四回選/題、紅葉、踊、冬近 〔2〕 경성 보후라카이 제14회 선/주제, 단풍, 춤, 늦가을	華虹	시가/하이쿠	
1	4	俳句	京城子子會第十四回選/題、紅葉、踊、冬近 〔1〕 경성 보후라카이 제14회 선/주제, 단풍, 춤, 늦가을	雨芒	시가/하이쿠	
1	4	俳句	京城子子會第十四回選/題、紅葉、踊、冬近/人 〔1〕 경성 보후라카이 제14회 선/주제, 단풍, 춤, 늦가을/인	村子	시가/하이쿠	
1	4	俳句	京城子子會第十四回選/題、紅葉、踊、冬近/地 〔1〕 경성 보후라카이 제14회 선/주제, 단풍, 춤, 늦가을/지	雨芒	시가/하이쿠	
1	4	俳句	京城子子會第十四回選/題、紅葉、踊、冬近/天 〔1〕 경성 보후라카이 제14회 선/주제, 단풍, 춤, 늦가을/천	雨芒	시가/하이쿠	
1	4	俳句	京城子子會第十四回選/題、紅葉、踊、冬近/追加 〔1〕 경성 보후라카이 제14회 선/주제, 단풍, 춤, 늦가을/추가	#劍	시가/하이쿠	
4	1~3		佐野鹿十郎 〈53〉 사노 시카주로	神田伯山 講演/今村 次郎 速記	고단	
6	1~3	家庭小說	父と子 〈36〉 아버지와 아들	寺澤琴風	소설/일본	

지면	단수	기획	기사제목 〈회수〉〔곡수〕	필자/저자(역자)	분류	비고
			1916년 11월 15일 (수) 5528호			
3	6		大田湖南吟社會/## 〔2〕 대전 호남음사회/##	可#	시가/하이쿠	
3	6		大田湖南吟社會/## 〔1〕 대전 호남음사회/##	靑峯	시가/하이쿠	
3	6		大田湖南吟社會/## 〔2〕 대전 호남음사회/##	いかり	시가/하이쿠	
3	6		大田湖南吟社會/## 〔1〕 대전 호남음사회/##	松年	시가/하이쿠	
3	6		大田湖南吟社會/## 〔1〕 대전 호남음사회/##	桐翠	시가/하이쿠	
3	6		大田湖南吟社會/## 〔1〕 대전 호남음사회/##	月波	시가/하이쿠	
3	6		大田湖南吟社會/## 〔1〕 대전 호남음사회/##	十亭	시가/하이쿠	
3	6		大田湖南吟社會/## 〔1〕 대전 호남음사회/##	淡水	시가/하이쿠	
3	6		大田湖南吟社會/## 〔1〕 대전 호남음사회/##	靑峯	시가/하이쿠	
3	6		大田湖南吟社會/## 〔2〕 대전 호남음사회/##	秋骨	시가/하이쿠	
3	6		大田湖南吟社會/放屁蟲 〔1〕 대전 호남음사회/방비충	可#	시가/하이쿠	
3	6		大田湖南吟社會/放屁蟲 〔2〕 대전 호남음사회/방비충	##	시가/하이쿠	
3	6		大田湖南吟社會/放屁蟲 〔1〕 대전 호남음사회/방비충	##	시가/하이쿠	
3	6		大田湖南吟社會/放屁蟲 〔2〕 대전 호남음사회/방비충	酉水	시가/하이쿠	
3	6		大田湖南吟社會/放屁蟲 〔1〕 대전 호남음사회/방비충	#坊	시가/하이쿠	
3	6		大田湖南吟社會/放屁蟲 〔1〕 대전 호남음사회/방비충	桐翠	시가/하이쿠	
3	6		大田湖南吟社會/放屁蟲 〔2〕 대전 호남음사회/방비충	##	시가/하이쿠	
3	6		大田湖南吟社會/放屁蟲 〔1〕 대전 호남음사회/방비충	十亭	시가/하이쿠	
3	6		大田湖南吟社會/放屁蟲 〔2〕 대전 호남음사회/방비충	雅溪	시가/하이쿠	
3	6		大田湖南吟社會/放屁蟲 〔1〕 대전 호남음사회/방비충	不醉	시가/하이쿠	
3	6		大田湖南吟社會/放屁蟲 〔1〕 대전 호남음사회/방비충	月波	시가/하이쿠	
3	6		大田湖南吟社會/放屁蟲 〔1〕 대전 호남음사회/방비충	秋骨	시가/하이쿠	
3	6		大田湖南吟社會/放屁蟲 〔1〕 대전 호남음사회/방비충	待宵	시가/하이쿠	
3	6		大田湖南吟社會/放屁蟲 〔1〕 대전 호남음사회/방비충	酉水	시가/하이쿠	
3	6		大田湖南吟社會/放屁蟲 〔2〕 대전 호남음사회/방비충	風骨	시가/하이쿠	

지면	단수	기획	기사제목 〈회수〉〔곡수〕	필자/저자(역자)	분류	비고
3	6~7		落葉樹の下で 〈2〉 낙엽수 아래에서	河原四水	수필/기타	
4	1~3		佐野鹿十郎 〈54〉 사노 시카주로	神田伯山 講演/今村 次郎 速記	고단	
6	1~3	家庭小說	父と子 〈38〉 아버지와 아들	寺澤琴風	소설/일본	회수 오류

1916년 11월 16일 (목) 5529호

지면	단수	기획	기사제목 〈회수〉〔곡수〕	필자/저자(역자)	분류	비고
4	1~3		佐野鹿十郎 〈55〉 사노 시카주로	神田伯山 講演/今村 次郎 速記	고단	
6	1~3	家庭小說	父と子 〈39〉 아버지와 아들	寺澤琴風	소설/일본	회수 오류

1916년 11월 17일 (금) 5530호

지면	단수	기획	기사제목 〈회수〉〔곡수〕	필자/저자(역자)	분류	비고
3	6~7		落葉樹の下で 〈3〉 낙엽수 아래에서	河原四水	수필/기타	
4	1~3		佐野鹿十郎 〈56〉 사노 시카주로	神田伯山 講演/今村 次郎 速記	고단	
6	1~3	家庭小說	父と子 〈39〉 아버지와 아들	寺澤琴風	소설/일본	

1916년 11월 18일 (토) 5531호

지면	단수	기획	기사제목 〈회수〉〔곡수〕	필자/저자(역자)	분류	비고
3	6~7		落葉樹の下で 〈4〉 낙엽수 아래에서	河原四水	수필/기타	
4	1~3		佐野鹿十郎 〈57〉 사노 시카주로	神田伯山 講演/今村 次郎 速記	고단	
6	1~3	家庭小說	父と子 〈40〉 아버지와 아들	寺澤琴風	소설/일본	

1916년 11월 19일 (일) 5532호

지면	단수	기획	기사제목 〈회수〉〔곡수〕	필자/저자(역자)	분류	비고
3	2~5	お伽ばな し	玩具のお馬 장난감 말	小川春彦	소설/동화	
3	7		俳句募集 하이쿠 모집		광고/모집 광고	
4	1~3		佐野鹿十郎 〈58〉 사노 시카주로	神田伯山 講演/今村 次郎 速記	고단	
6	1~3	家庭小說	父と子 〈41〉 아버지와 아들	寺澤琴風	소설/일본	

1916년 11월 20일 (월) 5533호

지면	단수	기획	기사제목 〈회수〉〔곡수〕	필자/저자(역자)	분류	비고
1	5~6	俳句	賣劍選 〔3〕 바이켄 선	白風	시가/하이쿠	
1	6	俳句	賣劍選 〔1〕 바이켄 선	素平	시가/하이쿠	
1	6	俳句	賣劍選 〔4〕 바이켄 선	ひさし	시가/하이쿠	
4	1~3	家庭小說	父と子 〈42〉 아버지와 아들	寺澤琴風	소설/일본	

1916년 11월 21일 (화) 5534호

지면	단수	기획	기사제목 〈회수〉〔곡수〕	필자/저자(역자)	분류	비고
1	4		仁川短歌會詠草 〔2〕 인천 단카회 영초	正木花汀	시가/단카	

지면	단수	기획	기사제목 〈회수〉 〔곡수〕	필자/저자(역자)	분류	비고
1	4		仁川短歌會詠草 〔3〕 인천 단카회 영초	葩村紅路	시가/단카	
1	4		仁川短歌會詠草 〔8〕 인천 단카회 영초	樹叢大芸居	시가/단카	
1	4~5	俳句	賣劍選 〔2〕 바이켄 선	ひさし	시가/하이쿠	
1	5	俳句	賣劍選 〔6〕 바이켄 선	天葩	시가/하이쿠	
4	1~3		佐野鹿十郎 〈59〉 사노 시카주로	神田伯山 講演/今村 次郎 速記	고단	
6	1~3	家庭小說	父と子 〈43〉 아버지와 아들	寺澤琴風	소설/일본	

1916년 11월 22일 (수) 5535호

지면	단수	기획	기사제목	필자/저자(역자)	분류	비고
1	5		仁川短歌會詠草 〔3〕 인천 단카회 영초	山城義視	시가/단카	
1	5		仁川短歌會詠草 〔7〕 인천 단카회 영초	石井龍史	시가/단카	
1	5		仁川短歌會詠草 〔3〕 인천 단카회 영초	長崎保	시가/단카	
3	6~7		落葉樹の下で 〈5〉 낙엽수 아래에서	河原四水	수필/기타	
4	1~3		佐野鹿十郎 〈60〉 사노 시카주로	神田伯山 講演/今村 次郎 速記	고단	

1916년 11월 23일 (목) 5536호

지면	단수	기획	기사제목	필자/저자(역자)	분류	비고
4	1~3	家庭小說	父と子 〈44〉 아버지와 아들	寺澤琴風	소설/일본	

1916년 11월 25일 (토) 5537호

지면	단수	기획	기사제목	필자/저자(역자)	분류	비고
1	5	俳句	賣劍選 〔4〕 바이켄 선	天葩	시가/하이쿠	
1	5	俳句	賣劍選 〔4〕 바이켄 선	草之助	시가/하이쿠	
3	4		俳句募集 하이쿠 모집		광고/모집	광고
4	1~3		佐野鹿十郎 〈61〉 사노 시카주로	神田伯山 講演/今村 次郎 速記	고단	
5	5		敷島すゞめ 시키시마 참새		수필/평판기	
6	1~3	家庭小說	父と子 〈45〉 아버지와 아들	寺澤琴風	소설/일본	

1916년 11월 26일 (일) 5538호

지면	단수	기획	기사제목	필자/저자(역자)	분류	비고
3	4~7	お伽ばなし	大男と小男 거인과 소년	竹貫佳水	소설/동화	
4	1~3		佐野鹿十郎 〈62〉 사노 시카주로	神田伯山 講演/今村 次郎 速記	고단	
6	1~3	家庭小說	父と子 〈46〉 아버지와 아들	寺澤琴風	소설/일본	

1916년 11월 27일 (월) 5539호

지면	단수	기획	기사제목 〈회수〉 [곡수]	필자/저자(역자)	분류	비고
1	6		仁川短歌會詠草 [5] 인천 단카회 영초	山城義視	시가/단카	
1	6		仁川短歌會詠草 [5] 인천 단카회 영초	石井龍史	시가/단카	
4	1~3	家庭小說	父と子 〈47〉 아버지와 아들	寺澤琴風	소설/일본	

1916년 11월 28일 (화) 5540호

지면	단수	기획	기사제목 〈회수〉 [곡수]	필자/저자(역자)	분류	비고
1	4		仁川短歌會詠草 [2] 인천 단카회 영초	樹叢大芸居	시가/단카	
1	4~5		仁川短歌會詠草 [5] 인천 단카회 영초	茄村紅路	시가/단카	
1	5		仁川短歌會詠草 [6] 인천 단카회 영초	蘆上秋人	시가/단카	
1	5	俳句	賣劍選 [10] 바이켄 선	ぐせき	시가/하이쿠	
4	1~3		佐野鹿十郎 〈63〉 사노 시카주로	神田伯山 講演/今村 次郎 速記	고단	
6	1~3	家庭小說	父と子 〈48〉 아버지와 아들	寺澤琴風	소설/일본	

1916년 11월 29일 (수) 5541호

지면	단수	기획	기사제목 〈회수〉 [곡수]	필자/저자(역자)	분류	비고
1	5	俳句	京城子子會小集 [2] 경성 보후라카이 소모임	雪峯	시가/하이쿠	
1	5	俳句	京城子子會小集 [2] 경성 보후라카이 소모임	村子	시가/하이쿠	
1	5	俳句	京城子子會小集 [2] 경성 보후라카이 소모임	鼓蕉	시가/하이쿠	
1	5	俳句	京城子子會小集 [2] 경성 보후라카이 소모임	三巴	시가/하이쿠	
1	5	俳句	京城子子會小集 [2] 경성 보후라카이 소모임	葉人	시가/하이쿠	
1	5	俳句	京城子子會小集 [2] 경성 보후라카이 소모임	華虹	시가/하이쿠	
1	5	俳句	京城子子會小集 [2] 경성 보후라카이 소모임	河陰	시가/하이쿠	
1	5	俳句	京城子子會小集 [2] 경성 보후라카이 소모임	雨芒	시가/하이쿠	
4	1~3		佐野鹿十郎 〈64〉 사노 시카주로	神田伯山 講演/今村 次郎 速記	고단	
6	1~3	家庭小說	父と子 〈49〉 아버지와 아들	寺澤琴風	소설/일본	

1916년 11월 30일 (목) 5542호

지면	단수	기획	기사제목 〈회수〉 [곡수]	필자/저자(역자)	분류	비고
1	5		京城二葉會句 [1] 경성 후타바카이 구	恰樂	시가/하이쿠	
1	5		京城二葉會句 [1] 경성 후타바카이 구	京廼屋	시가/하이쿠	
1	5		京城二葉會句 [1] 경성 후타바카이 구	午民	시가/하이쿠	
1	5		京城二葉會句 [1] 경성 후타바카이 구	京廼屋	시가/하이쿠	

지면	단수	기획	기사제목 〈회수〉〔곡수〕	필자/저자(역자)	분류	비고
1	5		京城二葉會句〔1〕 경성 후타바카이 구	水月	시가/하이쿠	
1	5		京城二葉會句〔1〕 경성 후타바카이 구	京廼屋	시가/하이쿠	
1	5		京城二葉會句〔1〕 경성 후타바카이 구	水月	시가/하이쿠	
1	5		京城二葉會句〔1〕 경성 후타바카이 구	鼓蕉	시가/하이쿠	
1	5		京城二葉會句〔1〕 경성 후타바카이 구	午民	시가/하이쿠	
1	5		京城二葉會句〔2〕 경성 후타바카이 구	恰樂	시가/하이쿠	
1	5		京城二葉會句〔3〕 경성 후타바카이 구	不滅	시가/하이쿠	
1	5		京城二葉會句〔1〕 경성 후타바카이 구	##	시가/하이쿠	
1	5		京城二葉會句〔1〕 경성 후타바카이 구	京廼屋	시가/하이쿠	
1	5		京城二葉會句〔1〕 경성 후타바카이 구	水月	시가/하이쿠	
1	5		京城二葉會句〔1〕 경성 후타바카이 구	鼓蕉	시가/하이쿠	
1	5		京城二葉會句〔1〕 경성 후타바카이 구	恰樂	시가/하이쿠	
1	5		京城二葉會句〔1〕 경성 후타바카이 구	不滅	시가/하이쿠	
1	5		京城二葉會句〔1〕 경성 후타바카이 구	水月	시가/하이쿠	
1	5		京城二葉會句〔1〕 경성 후타바카이 구	不滅	시가/하이쿠	
1	5		京城二葉會句〔1〕 경성 후타바카이 구	京廼屋	시가/하이쿠	
1	5		京城二葉會句〔1〕 경성 후타바카이 구	不滅	시가/하이쿠	
1	5		京城二葉會句〔1〕 경성 후타바카이 구	水月	시가/하이쿠	
1	5		京城二葉會句〔1〕 경성 후타바카이 구	不滅	시가/하이쿠	
1	5		京城二葉會句〔1〕 경성 후타바카이 구	鼓蕉	시가/하이쿠	
1	5		京城二葉會句/人〔1〕 경성 후타바카이 구/인	京廼屋	시가/하이쿠	
1	5		京城二葉會句/地〔1〕 경성 후타바카이 구/지	不滅	시가/하이쿠	
1	5		京城二葉會句/天〔1〕 경성 후타바카이 구/천	鼓蕉	시가/하이쿠	
1	5		京城二葉會句/加〔1〕 경성 후타바카이 구/추가	帝吏	시가/하이쿠	
4	1~3		佐野鹿十郎〈65〉 사노 시카주로	神田伯山 講演/今村 次郎 速記	고단	
6	1~3	家庭小說	父と子〈50〉 아버지와 아들	寺澤琴風	소설/일본	

지면	단수	기획	기사제목 〈회수〉〔곡수〕	필자/저자(역자)	분류	비고
1916년 12월 01일 (금) 5543호						
4	1~3		佐野鹿十郎 〈66〉 사노 시카주로	神田伯山 講演/今村 次郎 速記	고단	
5	3		勅題「遠山雪」に因て「長白山」/絃曲本調子〔6〕 칙제「원산설」에 따라서「장백산」/겐코쿠혼초시	大槻如電	시가/기타	
6	1~3	家庭小說	父と子 〈51〉 아버지와 아들	寺澤琴風	소설/일본	
1916년 12월 02일 (토) 5544호						
4	1~3		佐野鹿十郎 〈67〉 사노 시카주로	神田伯山 講演/今村 次郎 速記	고단	
5	4		新年文藝募集 신년 문예 모집		광고/모집 광고	
6	1~3	家庭小說	父と子 〈52〉 아버지와 아들	寺澤琴風	소설/일본	
1916년 12월 03일 (일) 5545호						
1	5	俳句	(제목없음)〔2〕	#村	시가/하이쿠	
1	5	俳句	(제목없음)〔1〕	愛坊	시가/하이쿠	
1	5	俳句	(제목없음)〔4〕	花崖	시가/하이쿠	
1	5~6		露國より歸りて 〈1〉 러시아에서 돌아와서	大西義夫	수필/기행	
3	4~7	お伽ばな し	鵝鳥の行列 거위의 행렬	小野小峽	소설/동화	
4	1~4		佐野鹿十郎 〈68〉 사노 시카주로	神田伯山 講演/今村 次郎 速記	고단	
6	1~3	家庭小說	父と子 〈53〉 아버지와 아들	寺澤琴風	소설/일본	
1916년 12월 04일 (월) 5546호						
1	5	俳句	劍賣選〔2〕 겐바이 선	矢川	시가/하이쿠	
1	5	俳句	劍賣選〔2〕 겐바이 선	花崖	시가/하이쿠	
1	5	俳句	劍賣選〔2〕 겐바이 선	愛坊	시가/하이쿠	
1	5	俳句	劍賣選〔3〕 겐바이 선	草之助	시가/하이쿠	
1	5~6		露國より歸りて 〈2〉 러시아에서 돌아와서	大西義夫	수필/기행	
6	1~3	家庭小說	父と子 〈54〉 아버지와 아들	寺澤琴風	소설/일본	
1916년 12월 05일 (화) 5547호						
1	6		露國より歸りて 〈3〉 러시아에서 돌아와서	大西義夫	수필/기행	
3	6	俳句	劍賣選〔9〕 겐바이 선	草之助	시가/하이쿠	

지면	단수	기획	기사제목 〈회수〉〔곡수〕	필자/저자(역자)	분류	비고
4	1~3		佐野鹿十郎 〈69〉 사노 시카주로	神田伯山 講演/今村 次郎 速記	고단	
6	1~3	家庭小說	父と子 〈55〉 아버지와 아들	寺澤琴風	소설/일본	

1916년 12월 06일 (수) 5548호

지면	단수	기획	기사제목 〈회수〉〔곡수〕	필자/저자(역자)	분류	비고
1	5~6		露國より歸りて 〈4〉 러시아에서 돌아와서	大西義夫	수필/기행	
3	7		大田湖南吟社句/芭蕉 〔1〕 대전 호남음사 구/파초	中京	시가/하이쿠	
3	7		大田湖南吟社句/芭蕉 〔1〕 대전 호남음사 구/파초	いかり	시가/하이쿠	
3	7		大田湖南吟社句/芭蕉 〔1〕 대전 호남음사 구/파초	松年	시가/하이쿠	
3	7		大田湖南吟社句/芭蕉 〔1〕 대전 호남음사 구/파초	待宵	시가/하이쿠	
3	7		大田湖南吟社句/芭蕉 〔2〕 대전 호남음사 구/파초	靑峯	시가/하이쿠	
3	7		大田湖南吟社句/芭蕉 〔1〕 대전 호남음사 구/파초	月波	시가/하이쿠	
3	7		大田湖南吟社句/芭蕉 〔1〕 대전 호남음사 구/파초	春三女	시가/하이쿠	
3	7		大田湖南吟社句/芭蕉 〔2〕 대전 호남음사 구/파초	淡水	시가/하이쿠	
3	7		大田湖南吟社句/芭蕉 〔1〕 대전 호남음사 구/파초	雅溪	시가/하이쿠	
3	7		大田湖南吟社句/芭蕉 〔2〕 대전 호남음사 구/파초	風骨	시가/하이쿠	
4	1~3		佐野鹿十郎 〈70〉 사노 시카주로	神田伯山 講演/今村 次郎 速記	고단	
5	4		新年文藝募集 신년 문예 모집		광고/모집 광고	
6	1~3	家庭小說	父と子 〈56〉 아버지와 아들	寺澤琴風	소설/일본	

1916년 12월 07일 (목) 5549호

지면	단수	기획	기사제목 〈회수〉〔곡수〕	필자/저자(역자)	분류	비고
1	6		蜿々たる火光 완연한 불빛	大西我羊	수필/기타	
4	1~3		佐野鹿十郎 〈71〉 사노 시카주로	神田伯山 講演/今村 次郎 速記	고단	
5	5		新年文藝募集 신년 문예 모집		광고/모집 광고	
6	1~3	家庭小說	父と子 〈57〉 아버지와 아들	寺澤琴風	소설/일본	

1916년 12월 08일 (금) 5550호

지면	단수	기획	기사제목 〈회수〉〔곡수〕	필자/저자(역자)	분류	비고
1	5	俳句	劍賣選/冬季雜吟 〔7〕 겐바이 선/동계-잡음	鐵蝸	시가/하이쿠	
1	5~7		露國より歸りて 〈5〉 러시아에서 돌아와서	大西義夫	수필/기행	
3	3		新年文藝募集 신년 문예 모집		광고/모집 광고	

지면	단수	기획	기사제목 〈회수〉〔곡수〕	필자/저자(역자)	분류	비고
4	1~3		佐野鹿十郎 〈72〉 사노 시카주로	神田伯山 講演/今村 次郎 速記	고단	
6	1~3	家庭小說	父と子 〈58〉 아버지와 아들	寺澤琴風	소설/일본	

1916년 12월 09일 (토) 5551호

지면	단수	기획	기사제목 〈회수〉〔곡수〕	필자/저자(역자)	분류	비고
4	1~3		佐野鹿十郎 〈73〉 사노 시카주로	神田伯山 講演/今村 次郎 速記	고단	
6	1~3	家庭小說	父と子 〈59〉 아버지와 아들	寺澤琴風	소설/일본	

1916년 12월 10일 (일) 5552호

지면	단수	기획	기사제목 〈회수〉〔곡수〕	필자/저자(역자)	분류	비고
1	7	俳句	賣劍選/冬季雜吟〔2〕 바이켄 선/동계-잡음	愛坊	시가/하이쿠	
1	7	俳句	賣劍選/冬季雜吟〔3〕 바이켄 선/동계-잡음	##	시가/하이쿠	
1	7	俳句	賣劍選/冬季雜吟〔1〕 바이켄 선/동계-잡음	##	시가/하이쿠	
1	7	俳句	賣劍選/冬季雜吟〔2〕 바이켄 선/동계-잡음	##	시가/하이쿠	
1	7	俳句	賣劍選/冬季雜吟〔1〕 바이켄 선/동계-잡음	馬骨	시가/하이쿠	
1	7	俳句	賣劍選/冬季雜吟〔1〕 바이켄 선/동계-잡음	白風	시가/하이쿠	
1	7	俳句	賣劍選/冬季雜吟〔1〕 바이켄 선/동계-잡음	草之助	시가/하이쿠	
1	7	俳句	賣劍選/冬季雜吟〔8〕 바이켄 선/동계-잡음	くせ#	시가/하이쿠	
1	7	俳句	賣劍選/冬季雜吟〔2〕 바이켄 선/동계-잡음	#石	시가/하이쿠	
5	4~5		象胥雜話 상서 잡화	十地面坊振人	수필/기타	
8	1~3	家庭小說	父と子 〈59〉 아버지와 아들	寺澤琴風	소설/일본	회수 오류

1916년 12월 11일 (월) 5553호

지면	단수	기획	기사제목 〈회수〉〔곡수〕	필자/저자(역자)	분류	비고
4	1~3		佐野鹿十郎 〈74〉 사노 시카주로	神田伯山 講演/今村 次郎 速記	고단	

1916년 12월 12일 (화) 5554호

지면	단수	기획	기사제목 〈회수〉〔곡수〕	필자/저자(역자)	분류	비고
1	5~6	俳句	賣劍選/秋雜吟〔3〕 바이켄 선/가을-잡음	馬骨	시가/하이쿠	
1	6	俳句	賣劍選/秋雜吟〔3〕 바이켄 선/가을-잡음	即馳	시가/하이쿠	
1	6	俳句	賣劍選/秋雜吟〔2〕 바이켄 선/가을-잡음	天葩	시가/하이쿠	
1	7		露國より歸りて 〈7〉 러시아에서 돌아와서	大西義夫	수필/기행	
4	1~3		佐野鹿十郎 〈75〉 사노 시카주로	神田伯山 講演/今村 次郎 速記	고단	
6	1~3	家庭小說	父と子 〈61〉 아버지와 아들	寺澤琴風	소설/일본	

지면	단수	기획	기사제목 〈회수〉〔곡수〕	필자/저자(역자)	분류	비고
			1916년 12월 13일 (수) 5555호			
1	5~6		露國より歸りて〈8〉 러시아에서 돌아와서	大西義夫	수필/기행	
4	1~3		佐野鹿十郎〈76〉 사노 시카주로	神田伯山 講演/今村 次郎 速記	고단	
6	1~3	家庭小說	父と子〈62〉 아버지와 아들	寺澤琴風	소설/일본	
			1916년 12월 14일 (목) 5556호			
1	6		露國より歸りて〈9〉 러시아에서 돌아와서	大西義夫	수필/기행	
4	1~3		佐野鹿十郎〈77〉 사노 시카주로	神田伯山 講演/今村 次郎 速記	고단	
5	2		文藝募集 문예 모집		광고/모집 광고	
6	1~3	家庭小說	父と子〈63〉 아버지와 아들	寺澤琴風	소설/일본	
			1916년 12월 15일 (금) 5557호			
1	6	俳句	賣劍選/秋雜吟〔3〕 바이켄 선/가을-잡음	即馳	시가/하이쿠	
1	6	俳句	賣劍選/秋雜吟〔1〕 바이켄 선/가을-잡음	馬骨	시가/하이쿠	
1	6	俳句	賣劍選/秋雜吟〔2〕 바이켄 선/가을-잡음	白風	시가/하이쿠	
1	6	俳句	賣劍選/秋雜吟〔2〕 바이켄 선/가을-잡음	#蝸	시가/하이쿠	
1	6		露國より歸りて〈10〉 러시아에서 돌아와서	大西義夫	수필/기행	
4	1~3		佐野鹿十郎〈78〉 사노 시카주로	神田伯山 講演/今村 次郎 速記	고단	
5	3		文藝募集 문예 모집		광고/모집 광고	
5	4		★クリスマスの奇抜な贈物 크리스마스의 기발한 선물	미상	수필/일상	
6	1~3	家庭小說	父と子〈64〉 아버지와 아들	寺澤琴風	소설/일본	
			1916년 12월 16일 (토) 5558호			
1	5~7		露國より歸りて〈11〉 러시아에서 돌아와서	大西義夫	수필/기행	
3	7	俳句	賣劍選/冬季雜吟〔7〕 바이켄 선/동계-잡음	白風	시가/하이쿠	
4	1~3		佐野鹿十郎〈79〉 사노 시카주로	神田伯山 講演/今村 次郎 速記	고단	
5	3		文藝募集 문예 모집		광고/모집 광고	
6	1~3	家庭小說	父と子〈65〉 아버지와 아들	寺澤琴風	소설/일본	
			1916년 12월 17일 (일) 5559호			

지면	단수	기획	기사제목 〈회수〉〔곡수〕	필자/저자(역자)	분류	비고
1	5	俳句	賣劍選/冬季雜吟 〔7〕 바이켄 선/동계-잡음	白風	시가/하이쿠	
1	5~6		露國より歸りて 〈12〉 러시아에서 돌아와서	大西義夫	수필/기행	
4	1~3		佐野鹿十郎 〈80〉 사노 시카주로	神田伯山 講演/今村 次郎 速記	고단	
6	1~3	家庭小說	父と子 〈66〉 아버지와 아들	寺澤琴風	소설/일본	

1916년 12월 18일 (월) 5560호

지면	단수	기획	기사제목 〈회수〉〔곡수〕	필자/저자(역자)	분류	비고
1	5		仁川短歌會詠草 〔9〕 인천 단카회 영초	叢大芸居	시가/단카	
1	5		仁川短歌會詠草 〔4〕 인천 단카회 영초	山城義視	시가/단카	
1	5		仁川短歌會詠草 〔1〕 인천 단카회 영초	白倉壁畫	시가/단카	
1	5~6		露國より歸りて 〈13〉 러시아에서 돌아와서	大西義夫	수필/기행	

1916년 12월 19일 (화) 5561호

지면	단수	기획	기사제목 〈회수〉〔곡수〕	필자/저자(역자)	분류	비고
1	5		仁川短歌會詠草 〔9〕 인천 단카회 영초	苽村紅路	시가/단카	
1	5		仁川短歌會詠草 〔3〕 인천 단카회 영초	長崎保	시가/단카	
1	5		仁川短歌會詠草 〔3〕 인천 단카회 영초	九田生	시가/단카	
1	5~6		露國より歸りて 〈14〉 러시아에서 돌아와서	大西義夫	수필/기행	
4	1~3		佐野鹿十郎 〈81〉 사노 시카주로	神田伯山 講演/今村 次郎 速記	고단	
6	1~5	家庭小說	父と子 〈68〉 아버지와 아들	寺澤琴風	소설/일본	

1916년 12월 20일 (수) 5562호

지면	단수	기획	기사제목 〈회수〉〔곡수〕	필자/저자(역자)	분류	비고
1	5~6		露國より歸りて 〈15〉 러시아에서 돌아와서	大西義夫	수필/기행	
4	1~3		佐野鹿十郎 〈82〉 사노 시카주로	神田伯山 講演/今村 次郎 速記	고단	
5	3		文藝募集 문예 모집		광고/모집	광고
6	1~3	家庭小說	父と子 〈69〉 아버지와 아들	寺澤琴風	소설/일본	

1916년 12월 21일 (목) 5563호

지면	단수	기획	기사제목 〈회수〉〔곡수〕	필자/저자(역자)	분류	비고
1	5		仁川短歌會詠草 〔5〕 인천 단카회 영초	光石尙子	시가/단카	
1	5		仁川短歌會詠草 〔6〕 인천 단카회 영초	蘆上秋人	시가/단카	
4	1~3		佐野鹿十郎 〈83〉 사노 시카주로	神田伯山 講演/今村 次郎 速記	고단	
6	1~5	家庭小說	父と子 〈70〉 아버지와 아들	寺澤琴風	소설/일본	

지면	단수	기획	기사제목 〈회수〉〔곡수〕	필자/저자(역자)	분류	비고
1916년 12월 22일 (금) 5564호						
1	6		露國より歸りて〈16〉 러시아에서 돌아와서	大西義夫	수필/기행	
4	1~3		佐野鹿十郎〈84〉 사노 시카주로	神田伯山 講演/今村 次郎 速記	고단	
6	1~3	家庭小說	父と子〈71〉 아버지와 아들	寺澤琴風	소설/일본	
1916년 12월 23일 (토) 5565호						
1	5		仁川短歌會詠草〔10〕 인천 단카회 영초	石井龍史	시가/단카	
1	6		露國より歸りて〈17〉 러시아에서 돌아와서	大西義夫	수필/기행	
4	1~3		佐野鹿十郎〈85〉 사노 시카주로	神田伯山 講演/今村 次郎 速記	고단	
6	1~3	家庭小說	父と子〈72〉 아버지와 아들	寺澤琴風	소설/일본	
1916년 12월 24일 (일) 5566호						
1	5	俳句	劍#選/冬季雜吟〔6〕 검#선/동계-잡음	起郎	시가/하이쿠	
1	5~6		露國より歸りて〈18〉 러시아에서 돌아와서	大西義夫	수필/기행	
4	1~3		佐野鹿十郎〈86〉 사노 시카주로	神田伯山 講演/今村 次郎 速記	고단	
6	1~3	家庭小說	父と子〈73〉 아버지와 아들	寺澤琴風	소설/일본	
1916년 12월 25일 (월) 5567호						
1	4~5		露國より歸りて〈19〉 러시아에서 돌아와서	大西義夫	수필/기행	
4	1~3		佐野鹿十郎〈87〉 사노 시카주로	神田伯山 講演/今村 次郎 速記	고단	
1916년 12월 26일 (화) 5568호						
1	5~6		仁川短歌會詠草〔10〕 인천 단카회 영초	石井龍史	시가/단카	
4	1~3		佐野鹿十郎〈88〉 사노 시카주로	神田伯山 講演/今村 次郎 速記	고단	
6	1~3	家庭小說	父と子〈74〉 아버지와 아들	寺澤琴風	소설/일본	
1916년 12월 27일 (수) 5569호						
1	6		露國より歸りて〈20〉 러시아에서 돌아와서	大西義夫	수필/기행	
3	5~7		冬の哈爾濱 겨울 하얼빈에서	一記者	수필/일상	
4	1~3		佐野鹿十郎〈89〉 사노 시카주로	神田伯山 講演/今村 次郎 速記	고단	
6	1~3	家庭小說	父と子〈75〉 아버지와 아들	寺澤琴風	소설/일본	

지면	단수	기획	기사제목 〈회수〉〔곡수〕	필자/저자(역자)	분류	비고
			1916년 12월 28일 (목) 5570호			
3	6		井蛙吟社例會句/煤掃 〔1〕 세이아긴샤 예회구/새해 대청소	如石	시가/하이쿠	
3	6		井蛙吟社例會句/煤掃 〔2〕 세이아긴샤 예회구/새해 대청소	樂水	시가/하이쿠	
3	6		井蛙吟社例會句/煤掃 〔2〕 세이아긴샤 예회구/새해 대청소	舜雨	시가/하이쿠	
3	6		井蛙吟社例會句/煤掃 〔3〕 세이아긴샤 예회구/새해 대청소	浩舟	시가/하이쿠	
3	6		井蛙吟社例會句/煤掃 〔1〕 세이아긴샤 예회구/새해 대청소	樂我	시가/하이쿠	
3	6		井蛙吟社例會句/煤掃 〔3〕 세이아긴샤 예회구/새해 대청소	太刀吉	시가/하이쿠	
4	1~3		佐野鹿十郎 〈90〉 사노 시카주로	神田伯山 講演/今村 次郎 速記	고단	
6	1~3	家庭小說	父と子 〈76〉 아버지와 아들	寺澤琴風	소설/일본	

조선신문 1917.01.~1919.12.

지면	단수	기획	기사제목 〈회수〉〔곡수〕	필자/저자(역자)	분류	비고
			1917년 01월 01일 (월) 5571호 其七			
1	1~7		#便り #소식	泉鏡花	소설/일본	
			1917년 01월 01일 (월) 5571호 其十			
1	1~7		別れた女へ 헤어진 여자에게	河原四水	소설/일본	
			1917년 01월 01일 (월) 5571호 其十一			
1	1~6		文學に現はれたる蛇 문학에 나타나는 뱀	文學博士 芳賀矢一	수필/기타	
			1917년 01월 01일 (월) 5571호 其十四			
1	1~7		新作落語 福引藝妓 신작 라쿠고 제비뽑기 게이샤	柳亭左遊	라쿠고	
1	7		春 〔8〕 봄	是立白明	시가/단카	
3	1~3		佐野鹿十郎 〈91〉 사노 시카주로	神田伯山 講演/今村 次郎 速記	고단	
			1917년 01월 01일 (월) 5571호 其十五			
1	1~5		#めの一念 #의 일념	三遊亭遊學	라쿠고	
2	2		勅題「遠山雪」 〔2〕 칙제「먼산의 눈」	永同 井上默石	시가/하이쿠	
2	2		勅題「遠山雪」 〔2〕 칙제「먼산의 눈」	永同 肥塚南江	시가/하이쿠	

지면	단수	기획	기사제목 〈회수〉〔곡수〕	필자/저자(역자)	분류	비고
2	2~3		勅題「遠山雪」〔2〕 칙제「먼산의 눈」	永同 江#之#	시가/하이쿠	
2	3		勅題「遠山雪」〔2〕 칙제「먼산의 눈」	永同 渡邊雁水	시가/하이쿠	
2	3		勅題「遠山雪」〔2〕 칙제「먼산의 눈」	永同 岡村華水	시가/하이쿠	
3	1~5		若夫婦 젊은 부부	龜岡天川	수필/기타	

1917년 01월 01일 (월) 5571호 其十九

지면	단수	기획	기사제목 〈회수〉〔곡수〕	필자/저자(역자)	분류	비고
3	2		新年十句 〔10〕 신년-십구	賣#生	시가/하이쿠	
3	2		海州淸風會句集/寒月 〔3〕 해주 청풍회 구집/한월	雨村	시가/하이쿠	
3	2		海州淸風會句集/寒月 〔3〕 해주 청풍회 구집/한월	起郎	시가/하이쿠	
3	2		海州淸風會句集/寒月 〔3〕 해주 청풍회 구집/한월	稻村	시가/하이쿠	

1917년 01월 05일 (금) 5573호

지면	단수	기획	기사제목 〈회수〉〔곡수〕	필자/저자(역자)	분류	비고
1	5	詞藻	歲晩類壁 〔1〕 세만류벽	安東#雲	시가/한시	
1	5	詞藻	又 〔1〕 우	安東#雲	시가/한시	
1	5	詞藻	新年口號 〔1〕 신년구호	安東#雲	시가/한시	
1	5	詞藻	又 〔1〕 우	安東#雲	시가/한시	
1	5	詞藻	歲晩 〔2〕 세만	安東#雲	시가/하이쿠	
1	5	詞藻	遠山雪 〔12〕 원산설	安東#雲	시가/하이쿠	
3	7		雜詠 〔1〕 잡영	何#	시가/하이쿠	
3	7		雜詠 〔1〕 잡영	照華	시가/하이쿠	
3	7		雜詠 〔1〕 잡영	源藏	시가/하이쿠	
3	7		雜詠 〔1〕 잡영	きよみ	시가/하이쿠	
3	7		雜詠 〔1〕 잡영	勝治	시가/하이쿠	
3	7		雜詠 〔1〕 잡영	正男	시가/하이쿠	
3	7		雜詠 〔1〕 잡영	無#	시가/하이쿠	
3	7		雜詠 〔2〕 잡영	凡#	시가/하이쿠	
3	7		雜詠 〔1〕 잡영	白合	시가/하이쿠	
3	7		雜詠 〔1〕 잡영	鐵#	시가/하이쿠	

지면	단수	기획	기사제목 〈회수〉〔곡수〕	필자/저자(역자)	분류	비고
3	7		雜詠〔1〕 잡영	草#	시가/하이쿠	
3	7		雜詠〔1〕 잡영	宵水	시가/하이쿠	
3	7		雜詠〔1〕 잡영	一句	시가/하이쿠	
3	7		雜詠〔1〕 잡영	木熊	시가/하이쿠	
3	7		雜詠〔1〕 잡영	路#	시가/하이쿠	
3	7		雜詠〔1〕 잡영	陸#	시가/하이쿠	
3	7		雜詠〔1〕 잡영	村#	시가/하이쿠	
3	7		雜詠〔1〕 잡영	茂雄	시가/하이쿠	
4	1~3		佐野鹿十郎〈92〉 사노 시카주로	神田伯山 講演/今村 次郎 速記	고단	
5	3~6		お正月物語 설날 이야기	嚴谷小波	수필/일상	
5	7		福壽草 복수초		수필/평판기	

1917년 01월 07일 (일) 5574호

지면	단수	기획	기사제목 〈회수〉〔곡수〕	필자/저자(역자)	분류	비고
1	5~6	詞藻	夢富嶽〔2〕 몽부악	安東 #雲	시가/한시	
1	6	詞藻	雪曉〔1〕 설효	安東 #雲	시가/한시	
1	6	詞藻	編兒島高德傳有感〔1〕 편아도고덕전유감	安東 #雲	시가/한시	
4	1~3		佐野鹿十郎〈93〉 사노 시카주로	神田伯山 講演/今村 次郎 速記	고단	
6	1~6	家庭小說	父と子〈79〉 아버지와 아들	寺澤琴風	소설/일본	

1917년 01월 08일 (월) 5575호

지면	단수	기획	기사제목 〈회수〉〔곡수〕	필자/저자(역자)	분류	비고
4	1~3	家庭小說	父と子〈80〉 아버지와 아들	寺澤琴風	소설/일본	

1917년 01월 09일 (화) 5576호

지면	단수	기획	기사제목 〈회수〉〔곡수〕	필자/저자(역자)	분류	비고
3	2		僕は正月三日を斯うして暮らしました〈1〉 저는 정월 3일을 이렇게 보냈습니다	京城日出公立尋常 小學校 第五學年 永 井忠雄	수필/일상	
4	1~3		佐野鹿十郎〈94〉 사노 시카주로	神田伯山 講演/今村 次郎 速記	고단	
6	1~3	家庭小說	父と子〈81〉 아버지와 아들	寺澤琴風	소설/일본	

1917년 01월 10일 (수) 5577호

지면	단수	기획	기사제목 〈회수〉〔곡수〕	필자/저자(역자)	분류	비고
3	4		僕は正月三日を斯うして暮らしました〈2〉 저는 정월 3일을 이렇게 보냈습니다	京城四大門小學校 尋常科第四學年 西 田稔	수필/일상	

지면	단수	기획	기사제목 〈회수〉〔곡수〕	필자/저자(역자)	분류	비고
3	6		海州淸風會句集/梟 〔4〕 해주 청풍회 구집/올빼미	裸骨	시가/하이쿠	
3	6		海州淸風會句集/梟 〔3〕 해주 청풍회 구집/올빼미	一夫	시가/하이쿠	
3	6		海州淸風會句集/梟 〔3〕 해주 청풍회 구집/올빼미	神鄕	시가/하이쿠	
3	6		海州淸風會句集/梟 〔3〕 해주 청풍회 구집/올빼미	起郎	시가/하이쿠	
3	6		海州淸風會句集/梟 〔3〕 해주 청풍회 구집/올빼미	雨村	시가/하이쿠	
3	6		海州淸風會句集/梟 〔3〕 해주 청풍회 구집/올빼미	其丈	시가/하이쿠	
3	6		海州淸風會句集/梟 〔1〕 해주 청풍회 구집/올빼미	稻村	시가/하이쿠	
4	1~3		佐野鹿十郎 〈95〉 사노 시카주로	神田伯山 講演/今村 次郎 速記	고단	
5	4~6	傳說	蛇と人と 〈1〉 뱀과 사람과		소설/기타	
5	7		藪黃鳥 수황조		수필/평판기	
6	1~3	家庭小說	父と子 〈82〉 아버지와 아들	寺澤琴風	소설/일본	

1917년 01월 11일 (목) 5578호

지면	단수	기획	기사제목 〈회수〉〔곡수〕	필자/저자(역자)	분류	비고
3	6		僕は正月三日を斯うして暮らしました 〈3〉 저는 정월 3일을 이렇게 보냈습니다	京城四大門小學校 尋常科第五學年 田 中降平	수필/일상	
4	1~3		佐野鹿十郎 〈96〉 사노 시카주로	神田伯山 講演/今村 次郎 速記	고단	
6	1~3	家庭小說	父と子 〈83〉 아버지와 아들	寺澤琴風	소설/일본	

1917년 01월 12일 (금) 5579호

지면	단수	기획	기사제목 〈회수〉〔곡수〕	필자/저자(역자)	분류	비고
1	6	詞藻	元旦 〔8〕 설날	唐##	시가/한시	
3	1		歌々詞募集 노래의 가사 모집		광고/모집	광고
3	3		僕は正月三日を斯うして暮らしました 〈4〉 저는 정월 3일을 이렇게 보냈습니다	京城四大門小學校 尋常科第六學年 六 笠都生男	수필/일상	
3	7		海州淸風會句集/寒月 〔3〕 해주 청풍회 구집/한월	其丈	시가/하이쿠	
3	7		海州淸風會句集/寒月 〔2〕 해주 청풍회 구집/한월	醉竹女	시가/하이쿠	
3	7		海州淸風會句集/寒月 〔3〕 해주 청풍회 구집/한월	信女	시가/하이쿠	
3	7		海州淸風會句集/寒月 〔3〕 해주 청풍회 구집/한월	靑#	시가/하이쿠	
3	7		海州淸風會句集/寒月 〔3〕 해주 청풍회 구집/한월	一夫	시가/하이쿠	
3	7		海州淸風會句集/寒月 〔4〕 해주 청풍회 구집/한월	裸骨	시가/하이쿠	

지면	단수	기획	기사제목 〈회수〉〔곡수〕	필자/저자(역자)	분류	비고
3	7		海州清風會句集/寒月〔3〕 해주 청풍회 구집/한월	神鄕	시가/하이쿠	
4	1~3		佐野鹿十郎 〈97〉 사노 시카주로	神田伯山 講演/今村 次郎 速記	고단	
6	1~3	家庭小說	父と子 〈84〉 아버지와 아들	寺澤琴風	소설/일본	

1917년 01월 13일 (토) 5580호

지면	단수	기획	기사제목 〈회수〉〔곡수〕	필자/저자(역자)	분류	비고
3	3		僕は正月三日を斯うして暮らしました 〈5〉 저는 정월 3일을 이렇게 보냈습니다	京城鐘路小學校 尋 常科四學年 山口#子	수필/일상	
3	6		海州清風會句集/雪/千鳥/榾〔2〕 해주 청풍회 구집/눈/물떼새/장작	一夫	시가/하이쿠	
3	6		海州清風會句集/雪/千鳥/榾〔1〕 해주 청풍회 구집/눈/물떼새/장작	神鄕	시가/하이쿠	
3	6		海州清風會句集/雪/千鳥/榾〔3〕 해주 청풍회 구집/눈/물떼새/장작	裸骨	시가/하이쿠	
3	6		海州清風會句集/雪/千鳥/榾〔1〕 해주 청풍회 구집/눈/물떼새/장작	起郎	시가/하이쿠	
3	6		海州清風會句集/雪/千鳥/榾〔3〕 해주 청풍회 구집/눈/물떼새/장작	一夫	시가/하이쿠	
3	6		海州清風會句集/雪/千鳥/榾〔1〕 해주 청풍회 구집/눈/물떼새/장작	神鄕	시가/하이쿠	
3	6		海州清風會句集/雪/千鳥/榾〔3〕 해주 청풍회 구집/눈/물떼새/장작	裸竹	시가/하이쿠	
3	6		海州清風會句集/雪/千鳥/榾〔1〕 해주 청풍회 구집/눈/물떼새/장작	起郎	시가/하이쿠	
3	6		海州清風會句集/雪/千鳥/榾〔3〕 해주 청풍회 구집/눈/물떼새/장작	後州	시가/하이쿠	
3	6		海州清風會句集/雪/千鳥/榾〔2〕 해주 청풍회 구집/눈/물떼새/장작	一夫	시가/하이쿠	
3	6		海州清風會句集/雪/千鳥/榾〔1〕 해주 청풍회 구집/눈/물떼새/장작	神鄕	시가/하이쿠	
3	6		海州清風會句集/雪/千鳥/榾〔3〕 해주 청풍회 구집/눈/물떼새/장작	裸骨	시가/하이쿠	
3	6		海州清風會句集/雪/千鳥/榾〔1〕 해주 청풍회 구집/눈/물떼새/장작	起郎	시가/하이쿠	
3	6		冬の句を募る 겨울의 구를 모집하다	一記者	광고/모집 광고	
3	6~7		初春の孤兒院を訪ふ 초봄 고아원을 방문하다		수필/일상	
3	7	新講談	大阪軍記 오사카 군기	旭堂南陵	광고/연재예 고	
4	1~3		佐野鹿十郎 〈98〉 사노 시카주로	神田伯山 講演/今村 次郎 速記	고단	
5	6~8	傳說	蛇と人と/お花七の丞(一) 〈2〉 뱀과 사람과/오하나시치노조(1)		수필/기타	
6	1~3	家庭小說	父と子 〈85〉 아버지와 아들	寺澤琴風	소설/일본	

1917년 01월 14일 (일) 5581호

지면	단수	기획	기사제목 〈회수〉〔곡수〕	필자/저자(역자)	분류	비고
3	2		僕は正月三日を斯うして暮らしました 〈6〉 저는 정월 3일을 이렇게 보냈습니다	京城日出公立尋常 小學校 第五學年 福 田武	수필/일상	
4	1~4		大阪軍記/後藤基次(一) 〈1〉 오사카 군기/고토 모토쓰구(1)	旭堂南陵	고단	
5	6~8	傳說	蛇と人と/お花七の丞(二) 〈3〉 뱀과 사람과/오하나시치노조(2)		수필/기타	
6	1~3	家庭小說	父と子 〈86〉 아버지와 아들	寺澤琴風	소설/일본	

1917년 01월 15일 (월) 5582호

지면	단수	기획	기사제목 〈회수〉〔곡수〕	필자/저자(역자)	분류	비고
4	1~4		大阪軍記/後藤基次(二) 〈2〉 오사카 군기/고토 모토쓰구(2)	旭堂南陵	고단	

1917년 01월 16일 (화) 5583호

지면	단수	기획	기사제목 〈회수〉〔곡수〕	필자/저자(역자)	분류	비고
1	5		仁川短歌會詠草 〔2〕 인천 단카회 영초	東はつ子	시가/단카	
1	5		仁川短歌會詠草 〔1〕 인천 단카회 영초	長崎保	시가/단카	
1	5		仁川短歌會詠草 〔9〕 인천 단카회 영초	叢大芸居	시가/단카	
1	5~6		仁川短歌會詠草 〔3〕 인천 단카회 영초	蘆上秋人	시가/단카	
1	6	傳說	蛇と人と/蛇の橋(上) 〈4〉 뱀과 사람과/뱀의 다리(상)		수필/기타	
3	2		僕は正月三日を斯うして暮らしました 〈7〉 저는 정월 3일을 이렇게 보냈습니다	京城日の出小學校 第五學年一組 松永 武章	수필/일상	
3	4~6		京城の一年間/汽車と軍車 〈1〉 경성에서의 1년간/기차와 군차		수필/일상	
4	1~4		大阪軍記/後藤基次(三) 〈3〉 오사카 군기/고토 모토쓰구(3)	旭堂南陵	고단	
6	1~5	家庭小說	父と子 〈87〉 아버지와 아들	寺澤琴風	소설/일본	

1917년 01월 17일 (수) 5584호

지면	단수	기획	기사제목 〈회수〉〔곡수〕	필자/저자(역자)	분류	비고
1	5~6	傳說	蛇と人と/蛇の橋(下) 〈5〉 뱀과 사람과/뱀의 다리(하)		수필/기타	
3	2		僕は正月三日を斯うして暮らしました 〈8〉 저는 정월 3일을 이렇게 보냈습니다	龍山小學校 第五學 年 小林寬	수필/일상	
3	4~6		京城の一年間/出生と死亡 〈2〉 경성에서의 1년간/출생과 사망		수필/일상	
3	6~7		海州淸風會句集 〔26〕 해주 청풍회 구집		시가/하이쿠	
3	7		冬の句を募る 겨울의 구를 모집하다		광고/모집 광고	
4	1~3		大阪軍記/後藤基次(四) 〈4〉 오사카 군기/고토 모토쓰구(4)	旭堂南陵	고단	
6	1~3	家庭小說	父と子 〈88〉 아버지와 아들	寺澤琴風	소설/일본	

1917년 01월 18일 (목) 5585호

지면	단수	기획	기사제목 〈회수〉〔곡수〕	필자/저자(역자)	분류	비고
1	6		仁川短歌會詠草 〔1〕 인천 단카회 영초	園池蝶子	시가/단카	
1	6		仁川短歌會詠草 〔3〕 인천 단카회 영초	安積#塘	시가/단카	
1	6		仁川短歌會詠草 〔6〕 인천 단카회 영초	光石尙子	시가/단카	
1	6		仁川短歌會詠草 〔6〕 인천 단카회 영초	菕村紅路	시가/단카	
1	6~7	傳說	蛇と人と/惡婦おとく(上) 〈6〉 뱀과 사람과/악녀 오토쿠(상)		수필/기타	
3	4		僕は正月三日を斯うして暮らしました 〈9〉 저는 정월 3일을 이렇게 보냈습니다	京城日の出小學校 第四學年三組 市岡 文子	수필/일상	
3	4~6		京城の一年間/罪を犯した人 〈3〉 경성에서의 1년간죄를 지은 사람		수필/일상	
3	7		淮陽井蛙吟社句稿/初#/若水/悉達多 〔8〕 회양 세이아긴샤 구고/초#/약수/싯다르타	樂我	시가/하이쿠	
3	7		淮陽井蛙吟社句稿/初#/若水/悉達多 〔7〕 회양 세이아긴샤 구고/초#/약수/싯다르타	如石	시가/하이쿠	
3	7		淮陽井蛙吟社句稿/初#/若水/悉達多 〔10〕 회양 세이아긴샤 구고/초#/약수/싯다르타	太刀吉	시가/하이쿠	
4	1~3		大阪軍記/後藤基次(五) 〈5〉 오사카 군기/고토 모토쓰구(5)	旭堂南陵	고단	
6	1~3	家庭小說	父と子 〈89〉 아버지와 아들	寺澤琴風	소설/일본	

1917년 01월 19일 (금) 5586호

1	6		新年雜詠 〔3〕 신년-잡영	京城 多田孤舟	시가/단카	
1	6		新年雜詠 〔2〕 신년-잡영	京城 汀園生	시가/단카	
1	6		新年雜詠 〔1〕 신년-잡영	仁川 秀美	시가/단카	
1	6	傳說	蛇と人と/惡婦おとく(中) 〈7〉 뱀과 사람과/악녀 오토쿠(중)		수필/기타	
3	4~6		京城の一年間/通信 〈4〉 경성에서의 1년간/통신		수필/일상	
4	1~3		大阪軍記/後藤基次(六) 〈6〉 오사카 군기/고토 모토쓰구(6)	旭堂南陵	고단	
6	1~3	家庭小說	父と子 〈90〉 아버지와 아들	寺澤琴風	소설/일본	

1917년 01월 20일 (토) 5587호

1	6	傳說	蛇と人と/惡婦おとく(下) 〈8〉 뱀과 사람과/악녀 오토쿠(하)		수필/기타	
4	1~4		大阪軍記/後藤基次(七) 〈7〉 오사카 군기/고토 모토쓰구(7)	旭堂南陵	고단	
6	1~3	家庭小說	父と子 〈90〉 아버지와 아들	寺澤琴風	소설/일본	회수 오류

1917년 01월 21일 (일) 5588호

지면	단수	기획	기사제목 〈회수〉〔곡수〕	필자/저자(역자)	분류	비고
4	1~3		大阪軍記/後藤基次と塙團右衛門(一) 〈8〉 오사카 군기/고토 모토쓰구와 반 단에몬(1)	旭堂南陵	고단	
6	1~3	家庭小說	父と子 〈92〉 아버지와 아들	寺澤琴風	소설/일본	

1917년 01월 22일 (월) 5589호

지면	단수	기획	기사제목 〈회수〉〔곡수〕	필자/저자(역자)	분류	비고
1	5	詞林	得窓偶成 〔1〕 득창우성	安東拏雲	시가/한시	
1	5~6	詞林	###錄 〔1〕 ###록		시가/한시	
1	6	詞林	有咸五首#三 〔1〕 유함 오수#삼		시가/한시	
4	1~3	家庭小說	父と子 〈93〉 아버지와 아들	寺澤琴風	소설/일본	

1917년 01월 23일 (화) 5590호

지면	단수	기획	기사제목 〈회수〉〔곡수〕	필자/저자(역자)	분류	비고
1	5~6	詞林	釜山途上 〔1〕 부산 도상	安東拏雲	시가/한시	
1	6	詞林	漢城雜詠之一 〔1〕 한성 잡영 지일	安東拏雲	시가/한시	
1	6		新年雜詠 〔2〕 신년-잡영	全南長興 奧野千種	시가/단카	
1	6		新年雜詠 〔2〕 신년-잡영	龍山元町 岡本小草子	시가/단카	
1	6		新年雜詠 〔1〕 신년-잡영	全北江景 坂四行	시가/단카	
3	6		僕は正月三日を斯うして暮らしました 〈10〉 저는 정월 3일을 이렇게 보냈습니다	京城日出公立小學校 第五學年 會我徹	수필/일상	
4	1~3		大阪軍記/後藤基次と塙團右衛門(二) 〈9〉 오사카 군기/고토 모토쓰구와 반 단에몬(2)	旭堂南陵	고단	
6	1~3	家庭小說	父と子 〈94〉 아버지와 아들	寺澤琴風	소설/일본	

1917년 01월 24일 (수) 5591호

지면	단수	기획	기사제목 〈회수〉〔곡수〕	필자/저자(역자)	분류	비고
1	6	詞林	春寒 〔1〕 봄추위	安東拏雲	시가/한시	
1	6	詞林	閑居 〔1〕 한거		시가/한시	
1	6	詞林	寄波多野日東君在大阪 〔1〕 기파다야일동군재대판		시가/한시	
1	6	詞林	寄安東拏雲次其韻 〔1〕 기안동나운차기운		시가/한시	
3	6		淮陽井蛙吟社句集 〔6〕 회양 세이아긴샤 구집	梧舟	시가/하이쿠	
3	6		淮陽井蛙吟社句集 〔8〕 회양 세이아긴샤 구집	#雨	시가/하이쿠	
3	6		淮陽井蛙吟社句集 〔10〕 회양 세이아긴샤 구집	#々	시가/하이쿠	
3	6		淮陽井蛙吟社句集 〔3〕 회양 세이아긴샤 구집	樂水	시가/하이쿠	
3	6		冬の句を募る 겨울의 하이쿠를 모집하다		광고/모집 광고	

지면	단수	기획	기사제목 〈회수〉〔곡수〕	필자/저자(역자)	분류	비고
3	6~7		江景紅雀 강경홍작		수필/평판기	
4	1~3		大阪軍記/後藤基次と塙團右衛門(三) 〈10〉 오사카 군기/고토 모토쓰구와 반 단에몬(3)	旭堂南陵	고단	
6	1~3	家庭小說	父と子 〈95〉 아버지와 아들	寺澤琴風	소설/일본	

1917년 01월 25일 (목) 5592호

지면	단수	기획	기사제목 〈회수〉〔곡수〕	필자/저자(역자)	분류	비고
1	5		冬雜吟/賣劍選 〔10〕 겨울-잡음/바이켄 선	山柴房	시가/하이쿠	
1	5		句を募る 구를 모집하다		광고/모집 광고	
4	1~3		大阪軍記/後藤基次と塙團右衛門(四) 〈11〉 오사카 군기/고토 모토쓰구와 반 단에몬(4)	旭堂南陵	고단	
6	1~3	家庭小說	父と子 〈96〉 아버지와 아들	寺澤琴風	소설/일본	

1917년 01월 26일 (금) 5593호

지면	단수	기획	기사제목 〈회수〉〔곡수〕	필자/저자(역자)	분류	비고
1	5	詞林	村上義光 〔1〕 촌상의광	安東拏雲	시가/한시	
1	5	詞林	又 〔1〕 다시		시가/한시	
1	5	詞林	又 〔1〕 다시		시가/한시	
1	5	詞林	#太平記 〔1〕 #태평기		시가/한시	
1	5~6		冬雜吟 〔11〕 겨울-잡음	山柴房	시가/하이쿠	
4	1~3		大阪軍記/後藤基次と塙團右衛門(五) 〈12〉 오사카 군기/고토 모토쓰구와 반 단에몬(5)	旭堂南陵	고단	
6	1~3	家庭小說	父と子 〈97〉 아버지와 아들	寺澤琴風	소설/일본	

1917년 01월 27일 (토) 5594호

지면	단수	기획	기사제목 〈회수〉〔곡수〕	필자/저자(역자)	분류	비고
4	1~3		大阪軍記/後藤基次と塙團右衛門(六) 〈13〉 오사카 군기/고토 모토쓰구와 반 단에몬(6)	旭堂南陵	고단	
6	1~3	家庭小說	父と子 〈98〉 아버지와 아들	寺澤琴風	소설/일본	

1917년 01월 28일 (일) 5595호

지면	단수	기획	기사제목 〈회수〉〔곡수〕	필자/저자(역자)	분류	비고
4	1~5		大阪軍記/後藤基次と塙團右衛門(七) 〈14〉 오사카 군기/고토 모토쓰구와 반 단에몬(7)	旭堂南陵	고단	
6	1~3	家庭小說	父と子 〈99〉 아버지와 아들	寺澤琴風	소설/일본	

1917년 01월 29일 (월) 5596호

지면	단수	기획	기사제목 〈회수〉〔곡수〕	필자/저자(역자)	분류	비고
1	6	詞林	口古 〔1〕 구고	林#宇	시가/한시	
1	6	詞林	筑後川懷古 〔1〕 축후천회고	安東拏雲	시가/한시	
1	6	詞林	又 〔1〕 다시		시가/한시	

지면	단수	기획	기사제목 〈회수〉[곡수]	필자/저자(역자)	분류	비고
1	6	詞林	新田左中將 [1] 신전좌중장		시가/한시	
1	6		冬雜吟 [10] 겨울-잡음	山紫#	시가/하이쿠	
1	6		句を募る 구를 모집하다		광고/모집 광고	
1	6~7		★鐵道旅行/(上)各種割引乘車券 〈1〉 철도여행/(상)각종 할인 승차권		수필/기행	
4	1~3		大阪軍記/後藤基次の入城(二) 〈15〉 오사카 군기/고토 모토쓰구의 입성(2)	旭堂南陵	고단	

1917년 01월 30일 (화) 5597호

지면	단수	기획	기사제목 〈회수〉[곡수]	필자/저자(역자)	분류	비고
1	6	詞林	歡迎松田學鷗先生 [1] 환영송전학구선생	安東拏雲	시가/한시	
1	6	詞林	初冬畫懷 [1] 초동화회		시가/한시	
1	6	詞林	秋山訪# [1] 추산방#		시가/한시	
1	6	詞林	訪#不遇 [1] 방#불우		시가/한시	
1	6	俳句	葱/賣劍選 [3] 파/#검 선	浩舟	시가/하이쿠	
1	6	俳句	葱/賣劍選 [1] 파/#검 선	舜雨	시가/하이쿠	
1	6	俳句	葱/賣劍選 [2] 파/#검 선	玖#	시가/하이쿠	
1	6	俳句	葱/賣劍選 [2] 파/바이켄 선	下令	시가/하이쿠	
1	6	俳句	葱/賣劍選 [2] 파/바이켄 선	如石	시가/하이쿠	
1	6	俳句	葱/賣劍選 [1] 파/바이켄 선	野水	시가/하이쿠	
1	6	俳句	葱/賣劍選 [3] 파/바이켄 선	太刀吉	시가/하이쿠	
1	6	俳句	句を募る 구를 모집하다		광고/모집 광고	
1	6~7		★鐵道旅行/(中)乘車券引換證 鐵道ホテル 〈2〉 철도여행/(중)승차권 영수증 철도 호텔		수필/기행	
4	1~3		大阪軍記/後藤基次の入城(三) 〈16〉 오사카 군기/고토 모토쓰구의 입성(3)	旭堂南陵	고단	
6	1~3	家庭小說	父と子 〈100〉 아버지와 아들	寺澤琴風	소설/일본	

1917년 01월 31일 (수) 5598호

지면	단수	기획	기사제목 〈회수〉[곡수]	필자/저자(역자)	분류	비고
1	5		仁川短歌會詠草 [2] 인천 단카회 영초	里見靑霧	시가/단카	
1	5		仁川短歌會詠草 [7] 인천 단카회 영초	山城義視	시가/단카	
1	5		仁川短歌會詠草 [2] 인천 단카회 영초	柚子	시가/단카	
1	5	俳句	冬季雜吟(妬女) [1] 동계-잡음(질투하는 여자)	太刀吉	시가/하이쿠	

지면	단수	기획	기사제목 〈회수〉 〔곡수〕	필자/저자(역자)	분류	비고
1	5	俳句	冬季雑吟(妬女) 〔3〕 동계-잡음(질투하는 여자)	舜雨	시가/하이쿠	
1	5	俳句	冬季雑吟(妬女) 〔2〕 동계-잡음(질투하는 여자)	浩舟	시가/하이쿠	
1	5	俳句	冬季雑吟(妬女) 〔1〕 동계-잡음(질투하는 여자)	若翁	시가/하이쿠	
1	5	俳句	冬季雑吟(妬女) 〔3〕 동계-잡음(질투하는 여자)	下令	시가/하이쿠	
1	5	俳句	冬季雑吟(繼子) 〔1〕 동계-잡음(의붓자식)	舜雨	시가/하이쿠	
1	5	俳句	冬季雑吟(繼子) 〔1〕 동계-잡음(의붓자식)	若翁	시가/하이쿠	
1	5	俳句	冬季雑吟(繼子) 〔2〕 동계-잡음(의붓자식)	浩舟	시가/하이쿠	
1	5	俳句	冬季雑吟(繼子) 〔2〕 동계-잡음(의붓자식)	下令	시가/하이쿠	
1	5	俳句	句を募る 구를 모집하다		광고/모집 광고	
1	5~8		★鐵道旅行/(下)鐵道小荷物 〈3〉 철도여행/(중)철도 소화물		수필/기행	
4	1~3		大阪軍記/後藤基次の入城(四) 〈17〉 오사카 군기/고토 모토쓰구의 입성(4)	旭堂南陵	고단	
6	1~3	家庭小說	父と子 〈101〉 아버지와 아들	寺澤琴風	소설/일본	

1917년 02월 02일 (금) 5600호

지면	단수	기획	기사제목 〈회수〉 〔곡수〕	필자/저자(역자)	분류	비고
1	5~6		落魄 〈2〉 넋을 잃음	河原四水	소설/일본	
4	1~3		大阪軍記/後藤基次の入城(六) 〈19〉 오사카 군기/고토 모토쓰구의 입성(6)	旭堂南陵	고단	
6	1~4	家庭小說	父と子 〈103〉 아버지와 아들	寺澤琴風	소설/일본	

1917년 02월 03일 (토) 5601호

지면	단수	기획	기사제목 〈회수〉 〔곡수〕	필자/저자(역자)	분류	비고
1	6~7		落魄 〈3〉 넋을 잃음	河原四水	소설/일본	
4	1~3		大阪軍記/關東、關西破談の原因(一) 〈20〉 오사카 군기/간토와 간사이 파국의 원인(1)	旭堂南陵	고단	
6	1~3	家庭小說	父と子 〈104〉 아버지와 아들	寺澤琴風	소설/일본	

1917년 02월 04일 (일) 5602호

지면	단수	기획	기사제목 〈회수〉 〔곡수〕	필자/저자(역자)	분류	비고
1	6~7		落魄 〈4〉 넋을 잃음	河原四水	소설/일본	
4	1~3		大阪軍記/關東、關西破談の原因(二) 〈21〉 오사카 군기/간토와 간사이 파국의 원인(2)	旭堂南陵	고단	
6	1~3	家庭小說	父と子 〈105〉 아버지와 아들	寺澤琴風	소설/일본	

1917년 02월 06일 (화) 5604호

지면	단수	기획	기사제목 〈회수〉 〔곡수〕	필자/저자(역자)	분류	비고
1	6		仁川短歌會詠草 〔3〕 인천 단카회 영초	赤瀬水夜	시가/단카	

지면	단수	기획	기사제목 〈회수〉〔곡수〕	필자/저자(역자)	분류	비고
1	6		仁川短歌會詠草〔1〕 인천 단카회 영초	霧萬石洞	시가/단카	
1	6		仁川短歌會詠草〔3〕 인천 단카회 영초	石井龍史	시가/단카	
1	6		仁川短歌會詠草〔4〕 인천 단카회 영초	叢大芸居	시가/단카	
4	1~3		大阪軍記/關東、關西破談の原因(三)〈22〉 오사카 군기/간토와 간사이 파국의 원인(3)	旭堂南陵	고단	
6	1~3	家庭小說	父と子〈107〉 아버지와 아들	寺澤琴風	소설/일본	

1917년 02월 07일 (수) 5605호

지면	단수	기획	기사제목 〈회수〉〔곡수〕	필자/저자(역자)	분류	비고
1	6	詞林	#史有#〔1〕 #사유#	安東筇雲	시가/한시	
1	6	詞林	#曉〔1〕 #효		시가/한시	
1	6	詞林	春江漁父〔1〕 춘강어부		시가/한시	
1	6		足袋/賣劍選〔1〕 일본식 버선/바이켄 선	若翁	시가/하이쿠	
1	6		足袋/賣劍選〔1〕 일본식 버선/바이켄 선	舜雨	시가/하이쿠	
1	6		足袋/賣劍選〔2〕 일본식 버선/바이켄 선	浩舟	시가/하이쿠	
1	6		足袋/賣劍選〔1〕 일본식 버선/바이켄 선	太刀吉	시가/하이쿠	
1	6		足袋/賣劍選〔1〕 일본식 버선/바이켄 선	下令	시가/하이쿠	
1	6		足袋/賣劍選〔2〕 일본식 버선/바이켄 선	玖溟	시가/하이쿠	
1	6		句を募る 구를 모집하다		광고/모집 광고	
1	6~8		落魄〈6〉 넋을 잃음	河原四水	소설/일본	
3	6~7		光州紅雀 광주 단풍새		수필/관찰	
4	1~3		大阪軍記/關東、關西破談の原因(四)〈23〉 오사카 군기/간토와 간사이 파국의 원인(4)	旭堂南陵	고단	
6	1~3	家庭小說	父と子〈108〉 아버지와 아들	寺澤琴風	소설/일본	

1917년 02월 08일 (목) 5606호

지면	단수	기획	기사제목 〈회수〉〔곡수〕	필자/저자(역자)	분류	비고
1	6	俳句	賣劍選/鯨〔2〕 바이켄 선/고래	都治郎	시가/하이쿠	
1	6	俳句	賣劍選/鯨〔2〕 바이켄 선/고래	神鄉	시가/하이쿠	
1	6	俳句	賣劍選/鯨〔3〕 바이켄 선/고래	裸骨	시가/하이쿠	
1	6	俳句	賣劍選/鯨〔2〕 바이켄 선/고래	不二郎	시가/하이쿠	
1	6	俳句	賣劍選/鯨〔1〕 바이켄 선/고래	紫山	시가/하이쿠	

지면	단수	기획	기사제목 〈회수〉〔곡수〕	필자/저자(역자)	분류	비고
1	6	俳句	春の句を募る 봄의 구를 모집하다		광고/모집 광고	
1	6~7		落魄 〈7〉 넋을 잃음	河原四水	소설/일본	
4	1~3		大阪軍記/關東、關西破談の原因(五) 〈24〉 오사카 군기/간토와 간사이 파국의 원인(5)	旭堂南陵	고단	
6	1~3	家庭小說	父と子 〈109〉 아버지와 아들	寺澤琴風	소설/일본	

1917년 02월 09일 (금) 5607호

지면	단수	기획	기사제목 〈회수〉〔곡수〕	필자/저자(역자)	분류	비고
1	6	俳句	賣劍選/冬雜吟 〔8〕 바이켄 선/겨울-잡음	花翁	시가/하이쿠	
1	6	俳句	春の句を募る 봄의 구를 모집하다		광고/모집 광고	
1	6~7		落魄 〈8〉 넋을 잃음	河原四水	소설/일본	
4	1~3		大阪軍記/關東、關西破談の原因(六) 〈25〉 오사카 군기/간토와 간사이 파국의 원인(6)	旭堂南陵	고단	
8	1~3	家庭小說	父と子 〈110〉 아버지와 아들	寺澤琴風	소설/일본	

1917년 02월 11일 (일) 5609호

지면	단수	기획	기사제목 〈회수〉〔곡수〕	필자/저자(역자)	분류	비고
1	6	詞苑	弱冠述懷 〔2〕 약관 술회	荊山	시가/한시	
1	6	詞苑	北漢山を望む 〔1〕 북한산을 바라보다	安東拏雲	시가/하이쿠	
1	6	詞苑	書窓 〔1〕 서창		시가/하이쿠	
1	6	詞苑	南朝史を讀みて 〔3〕 남조선 역사를 읽고		시가/하이쿠	
4	1~5		大阪軍記/關東、關西破談の原因(八) 〈27〉 오사카 군기/간토와 간사이 파국의 원인(8)	旭堂南陵	고단	
6	1~4	家庭小說	父と子 〈112〉 아버지와 아들	寺澤琴風	소설/일본	

1917년 02월 13일 (화) 5610호

지면	단수	기획	기사제목 〈회수〉〔곡수〕	필자/저자(역자)	분류	비고
1	5	俳句	賣劍選/冬雜吟 〔3〕 바이켄 선/겨울-잡음	花翁	시가/하이쿠	
1	5	俳句	賣劍選/冬雜吟 〔1〕 바이켄 선/겨울-잡음	如石	시가/하이쿠	
1	5	俳句	賣劍選/冬雜吟 〔1〕 바이켄 선/겨울-잡음	野水	시가/하이쿠	
1	5	俳句	賣劍選/冬雜吟 〔1〕 바이켄 선/겨울-잡음	我樂	시가/하이쿠	
1	5	俳句	賣劍選/冬雜吟 〔1〕 바이켄 선/겨울-잡음	下令	시가/하이쿠	
1	5	俳句	賣劍選/冬雜吟 〔2〕 바이켄 선/겨울-잡음	若翁	시가/하이쿠	
1	5	俳句	春の句を募る 봄의 구를 모집하다		광고/모집 광고	
1	5~6		落魄 〈9〉 넋을 잃음	河原四水	소설/일본	회수 오류

지면	단수	기획	기사제목 〈회수〉〔곡수〕	필자/저자(역자)	분류	비고
4	1~3		大阪軍記/關東、關西破談の原因(九) 〈28〉 오사카 군기/간토와 간사이 파국의 원인(9)	旭堂南陵	고단	
6	1~3	家庭小說	父と子 〈113〉 아버지와 아들	寺澤琴風	소설/일본	

1917년 02월 14일 (수) 5611호

지면	단수	기획	기사제목	필자/저자(역자)	분류	비고
1	5~6		落魄 〈11〉 넋을 잃음	河原四水	소설/일본	
4	1~3		大阪軍記/關東、關西破談の原因(十) 〈29〉 오사카 군기/간토와 간사이 파국의 원인(10)	旭堂南陵	고단	
6	1~3	家庭小說	父と子 〈114〉 아버지와 아들	寺澤琴風	소설/일본	

1917년 02월 15일 (목) 5612호

지면	단수	기획	기사제목	필자/저자(역자)	분류	비고
1	5	詞苑	雜詠 〔5〕 잡영	京城 多田孤舟	시가/단카	
1	5~6		落魄 〈12〉 넋을 잃음	河原四水	소설/일본	
4	1~4		大阪軍記/關東、關西破談の原因(十一) 〈30〉 오사카 군기/간토와 간사이 파국의 원인(11)	旭堂南陵	고단	
6	1~3	家庭小說	父と子 〈115〉 아버지와 아들	寺澤琴風	소설/일본	

1917년 02월 16일 (금) 5613호

지면	단수	기획	기사제목	필자/저자(역자)	분류	비고
1	5	俳句	賣劍選/冬雜吟 〔10〕 바이켄 선/겨울-잡음	骨堂	시가/하이쿠	
1	5	俳句	春の句を募る 봄의 구를 모집하다		광고/모집 광고	
1	5~6		落魄 〈13〉 넋을 잃음	河原四水	소설/일본	
4	1~3		大阪軍記/關東、關西破談の原因(十二) 〈31〉 오사카 군기/간토와 간사이 파국의 원인(12)	旭堂南陵	고단	
6	1~3	家庭小說	父と子 〈116〉 아버지와 아들	寺澤琴風	소설/일본	

1917년 02월 17일 (토) 5614호

지면	단수	기획	기사제목	필자/저자(역자)	분류	비고
1	5~6		落魄 〈14〉 넋을 잃음	河原四水	소설/일본	
4	1~3		大阪軍記/關東、關西破談の原因(十三) 〈32〉 오사카 군기/간토와 간사이 파국의 원인(13)	旭堂南陵	고단	
6	1~3	家庭小說	父と子 〈117〉 아버지와 아들	寺澤琴風	소설/일본	

1917년 02월 18일 (일) 5615호

지면	단수	기획	기사제목	필자/저자(역자)	분류	비고
1	4~5	詞苑	氷のながれ 〔9〕 얼음의 흐름	葩村紅路	시가/단카	
1	5~6		落魄 〈15〉 넋을 잃음	河原四水	소설/일본	
4	1~4		大阪軍記/關東、關西破談の原因(十四) 〈33〉 오사카 군기/간토와 간사이 파국의 원인(14)	旭堂南陵	고단	
6	1~3	家庭小說	父と子 〈118〉 아버지와 아들	寺澤琴風	소설/일본	

지면	단수	기획	기사제목 〈회수〉〔곡수〕	필자/저자(역자)	분류	비고
			1917년 02월 19일 (월) 5616호			
4	1~4		大阪軍記/關東、關西破談の原因(十五) 〈34〉 오사카 군기/간토와 간사이 파국의 원인(15)	旭堂南陵	고단	
			1917년 02월 20일 (화) 5617호			
1	5~6		落魄 〈16〉 넋을 잃음	河原四水	소설/일본	
6	1~3	家庭小說	父と子 〈119〉 아버지와 아들	寺澤琴風	소설/일본	
			1917년 02월 21일 (수) 5618호			
1	5	俳句	賣劍選/火事/氷 〔2〕 바이켄 선/화재/얼음	神鄕	시가/하이쿠	
1	5	俳句	賣劍選/火事/氷 〔1〕 바이켄 선/화재/얼음	不二郞	시가/하이쿠	
1	5	俳句	賣劍選/火事/氷 〔3〕 바이켄 선/화재/얼음	裸骨	시가/하이쿠	
1	5	俳句	賣劍選/火事/氷 〔2〕 바이켄 선/화재/얼음	紫山	시가/하이쿠	
1	5	俳句	賣劍選/火事/氷 〔2〕 바이켄 선/화재/얼음	骨堂	시가/하이쿠	
1	5	俳句	賣劍選/火事/氷 〔2〕 바이켄 선/화재/얼음	都治郞	시가/하이쿠	
1	5	俳句	春の句を募る 봄의 구를 모집하다		광고/모집 광고	
1	5~6		落魄 〈17〉 넋을 잃음	河原四水	소설/일본	
3	6		逸鹿追善句會/大田湖南吟社 이쓰로쿠 추선 구회/대전 호남음사	大田湖南吟社	기타/모임안 내	
3	6		逸鹿追善句會/大田湖南吟社 〔1〕 이쓰로쿠 추선 구회/대전 호남음사	風骨	시가/하이쿠	
3	6		逸鹿追善句會/大田湖南吟社 〔1〕 이쓰로쿠 추선 구회/대전 호남음사	錨	시가/하이쿠	
3	6		逸鹿追善句會/大田湖南吟社 〔1〕 이쓰로쿠 추선 구회/대전 호남음사	靑葉	시가/하이쿠	
3	6		逸鹿追善句會/大田湖南吟社 〔1〕 이쓰로쿠 추선 구회/대전 호남음사	不倒	시가/하이쿠	
3	6		逸鹿追善句會/大田湖南吟社 〔1〕 이쓰로쿠 추선 구회/대전 호남음사	月波	시가/하이쿠	
3	6		逸鹿追善句會/大田湖南吟社 〔1〕 이쓰로쿠 추선 구회/대전 호남음사	東天	시가/하이쿠	
3	6		逸鹿追善句會/大田湖南吟社 〔1〕 이쓰로쿠 추선 구회/대전 호남음사	中京	시가/하이쿠	
3	6		逸鹿追善句會/大田湖南吟社 〔1〕 이쓰로쿠 추선 구회/대전 호남음사	烈溪	시가/하이쿠	
3	6		逸鹿追善句會/大田湖南吟社 〔1〕 이쓰로쿠 추선 구회/대전 호남음사	待宵	시가/하이쿠	
3	6		逸鹿追善句會/大田湖南吟社 〔1〕 이쓰로쿠 추선 구회/대전 호남음사	桃雨	시가/하이쿠	
3	6		逸鹿追善句會/大田湖南吟社 〔1〕 이쓰로쿠 추선 구회/대전 호남음사	十甫	시가/하이쿠	

지면	단수	기획	기사제목 〈회수〉〔곡수〕	필자/저자(역자)	분류	비고
3	6		逸鹿追善句會/大田湖南吟社 〔1〕 이쓰로쿠 추선 구회/대전 호남음사	松年	시가/하이쿠	
3	6		逸鹿追善句會/大田湖南吟社 〔1〕 이쓰로쿠 추선 구회/대전 호남음사	紅星	시가/하이쿠	
3	6		逸鹿追善句會/大田湖南吟社 〔1〕 이쓰로쿠 추선 구회/대전 호남음사	庵水	시가/하이쿠	
4	1~6		大阪軍記/關東、關西破談の原因(十六) 〈35〉 오사카 군기/간토와 간사이 파국의 원인(16)	旭堂南陵	고단	
6	1~3	家庭小說	父と子 〈120〉 아버지와 아들	寺澤琴風	소설/일본	

1917년 02월 22일 (목) 5619호

지면	단수	기획	기사제목 〈회수〉〔곡수〕	필자/저자(역자)	분류	비고
1	5		仁川短歌會詠草 〔6〕 인천 단카회 영초	赤瀬水夜	시가/단카	
1	5~6		仁川短歌會詠草 〔10〕 인천 단카회 영초	蘆上秋人	시가/단카	
1	6	創作	落魄 〈18〉 넋을 잃음	河原四水	소설/일본	
4	1~4		大阪軍記/關東、關西破談の原因(十七) 〈36〉 오사카 군기/간토와 간사이 파국의 원인(17)	旭堂南陵	고단	
6	1~3	家庭小說	父と子 〈회수 불명〉 아버지와 아들	寺澤琴風	소설/일본	

1917년 02월 23일 (금) 5620호

지면	단수	기획	기사제목 〈회수〉〔곡수〕	필자/저자(역자)	분류	비고
1	5~6	創作	落魄 〈19〉 넋을 잃음	河原四水	소설/일본	
4	1~4		大阪軍記/續後藤基次入城(一) 〈37〉 오사카 군기/속 고토 모토쓰구 입성(1)	旭堂南陵	고단	
6	1~3	家庭小說	父と子 〈122〉 아버지와 아들	寺澤琴風	소설/일본	

1917년 02월 24일 (토) 5621호

지면	단수	기획	기사제목 〈회수〉〔곡수〕	필자/저자(역자)	분류	비고
1	5	俳句	賣劍選/冬雜吟 〔5〕 바이켄 선/겨울-잡음	鶴六	시가/하이쿠	
1	5	俳句	賣劍選/冬雜吟 〔4〕 바이켄 선/겨울-잡음	草綠	시가/하이쿠	
1	5	俳句	春の句を募る 봄의 구를 모집하다		광고/모집 광고	
1	5~7	創作	落魄 〈20〉 넋을 잃음	河原四水	소설/일본	
4	1~3		大阪軍記/續後藤基次入城(二) 〈38〉 오사카 군기/속 고토 모토쓰구 입성(2)	旭堂南陵	고단	
6	1~3	家庭小說	父と子 〈123〉 아버지와 아들	寺澤琴風	소설/일본	

1917년 02월 25일 (일) 5622호

지면	단수	기획	기사제목 〈회수〉〔곡수〕	필자/저자(역자)	분류	비고
1	5~6	創作	落魄 〈21〉 넋을 잃음	河原四水	소설/일본	
4	1~3		大阪軍記/續後藤基次入城(三) 〈39〉 오사카 군기/속 고토 모토쓰구 입성(3)	旭堂南陵	고단	
6	1~3	家庭小說	父と子 〈124〉 아버지와 아들	寺澤琴風	소설/일본	

지면	단수	기획	기사제목 〈회수〉〔곡수〕	필자/저자(역자)	분류	비고
			1917년 02월 26일 (월) 5623호			
1	5		仁川短歌會詠草 〔2〕 인천 단카회 영초	安積#塘	시가/단카	
1	5		仁川短歌會詠草 〔6〕 인천 단카회 영초	山城義視	시가/단카	
1	5		仁川短歌會詠草 〔7〕 인천 단카회 영초	石井龍史	시가/단카	
4	1~3	家庭小說	父と子 〈125〉 아버지와 아들	寺澤琴風	소설/일본	
			1917년 02월 27일 (화) 5624호			
1	4	詞苑	送仙石博士還日本 〔1〕 송선석박사선일본	本城玄海	시가/한시	
1	4	詞苑	賣劍選/冬雜吟 〔4〕 바이켄 선/겨울-잡음	起郎	시기/하이쿠	
1	4~5	詞苑	賣劍選/冬雜吟 〔2〕 바이켄 선/겨울-잡음	太刀吉	시가/하이쿠	
1	5	詞苑	賣劍選/冬雜吟 〔2〕 바이켄 선/겨울-잡음	花翁	시가/하이쿠	
1	5	詞苑	春の句を募る 봄의 구를 모집하다		광고/모집	광고
1	5		仁川短歌會詠草 〔3〕 인천 단카회 영초	光石尙子	시가/단카	
1	5		仁川短歌會詠草 〔10〕 인천 단카회 영초	叢大芸居	시가/단카	
1	5~7	創作	落魄 〈22〉 넋을 잃음	河原四水	소설/일본	
4	1~3		大阪軍記/續後藤基次入城(四) 〈40〉 오사카 군기/속 고토 모토쓰구 입성(4)	旭堂南陵	고단	
6	1~3	家庭小說	父と子 〈126〉 아버지와 아들	寺澤琴風	소설/일본	
			1917년 02월 28일 (수) 5625호			
1	6	俳句	賣劍選/冬雜吟 〔8〕 바이켄 선/겨울-잡음	花翁	시가/하이쿠	
1	6	俳句	春の句を募る 봄의 구를 모집하다		광고/모집	광고
1	6~8	創作	落魄 〈23〉 넋을 잃음	河原四水	소설/일본	
3	6		海州紅雀 해주 단풍새		수필/평판기	
4	1~4		大阪軍記/續後藤基次入城(五) 〈41〉 오사카 군기/속 고토 모토쓰구 입성(5)	旭堂南陵	고단	
6	1~3	家庭小說	父と子 〈127〉 아버지와 아들	寺澤琴風	소설/일본	
			1917년 03월 01일 (목) 5626호			
1	6~8	創作	落魄 〈24〉 넋을 잃음	河原四水	소설/일본	
3	5		仁川春季創作會/朧(二點以上) 〔1〕 인천 춘계 하이쿠회/어슴푸레함(이점 이상)	沛子	시가/하이쿠	

지면	단수	기획	기사제목 〈회수〉〔곡수〕	필자/저자(역자)	분류	비고
3	5		仁川春季創作會/朧(二點以上)〔1〕 인천 춘계 하이쿠회/어슴푸레함(이점 이상)	想仙	시가/하이쿠	
3	5		仁川春季創作會/朧(二點以上)〔1〕 인천 춘계 하이쿠회/어슴푸레함(이점 이상)	#回	시가/하이쿠	
3	5		仁川春季創作會/朧(二點以上)〔1〕 인천 춘계 하이쿠회/어슴푸레함(이점 이상)	#郎	시가/하이쿠	
3	5		仁川春季創作會/朧(二點以上)〔2〕 인천 춘계 하이쿠회/어슴푸레함(이점 이상)	丹葉	시가/하이쿠	
3	5		仁川春季創作會/朧(二點以上)〔1〕 인천 춘계 하이쿠회/어슴푸레함(이점 이상)	#郎	시가/하이쿠	
3	5		仁川春季創作會/朧(二點以上)〔1〕 인천 춘계 하이쿠회/어슴푸레함(이점 이상)	四水	시가/하이쿠	
3	5		仁川春季創作會/朧(二點以上)〔1〕 인천 춘계 하이쿠회/어슴푸레함(이점 이상)	李雨子	시가/하이쿠	
3	5		仁川春季創作會/朧(二點以上)〔1〕 인천 춘계 하이쿠회/어슴푸레함(이점 이상)	一滴	시가/하이쿠	
3	5		仁川春季創作會/朧(二點以上)〔1〕 인천 춘계 하이쿠회/어슴푸레함(이점 이상)	#鳳	시가/하이쿠	
3	5		仁川春季創作會/朧(二點以上)〔1〕 인천 춘계 하이쿠회/어슴푸레함(이점 이상)	想仙	시가/하이쿠	
3	5		仁川春季創作會/朧(二點以上)〔1〕 인천 춘계 하이쿠회/어슴푸레함(이점 이상)	##	시가/하이쿠	
3	5		仁川春季創作會/朧(二點以上)〔1〕 인천 춘계 하이쿠회/어슴푸레함(이점 이상)	沛子	시가/하이쿠	
3	5		仁川春季創作會/朧(二點以上)〔1〕 인천 춘계 하이쿠회/어슴푸레함(이점 이상)	たもつ	시가/하이쿠	
4	1~3		大阪軍記/續後藤基次入城(六)〈42〉 오사카 군기/속 고토 모토쓰구 입성(6)	旭堂南陵	고단	
6	1~3	家庭小說	父と子〈128〉 아버지와 아들	寺澤琴風	소설/일본	

1917년 03월 02일 (금) 5627호

지면	단수	기획	기사제목 〈회수〉〔곡수〕	필자/저자(역자)	분류	비고
1	6~7	創作	落魄〈25〉 넋을 잃음	河原四水	소설/일본	
3	7		仁川俳句會句稿/梅〈2〉〔2〕 인천 하이쿠회 구고/매화	松園	시가/하이쿠	
3	7		仁川俳句會句稿/梅〈2〉〔1〕 인천 하이쿠회 구고/매화	李雨史	시가/하이쿠	
3	7		仁川俳句會句稿/梅〈2〉〔1〕 인천 하이쿠회 구고/매화	想仙	시가/하이쿠	
3	7		仁川俳句會句稿/梅〈2〉〔1〕 인천 하이쿠회 구고/매화	露風	시가/하이쿠	
3	7		仁川俳句會句稿/梅〈2〉〔1〕 인천 하이쿠회 구고/매화	丹葉	시가/하이쿠	
3	7		仁川俳句會句稿/梅〈2〉〔1〕 인천 하이쿠회 구고/매화	雁郎	시가/하이쿠	
3	7		仁川俳句會句稿/梅〈2〉〔1〕 인천 하이쿠회 구고/매화	露風	시가/하이쿠	
3	7		仁川俳句會句稿/梅〈2〉〔1〕 인천 하이쿠회 구고/매화	たもつ	시가/하이쿠	
3	7		仁川俳句會句稿/梅〈2〉〔1〕 인천 하이쿠회 구고/매화	丹葉	시가/하이쿠	

지면	단수	기획	기사제목 〈회수〉〔곡수〕	필자/저자(역자)	분류	비고
3	7		仁川俳句會句稿/梅 〈2〉〔1〕 인천 하이쿠회 구고/매화	四水	시가/하이쿠	
3	7		仁川俳句會句稿/梅 〈2〉〔1〕 인천 하이쿠회 구고/매화	たもつ	시가/하이쿠	
3	7		仁川俳句會句稿/梅 〈2〉〔1〕 인천 하이쿠회 구고/매화	四水	시가/하이쿠	
3	7		仁川俳句會句稿/梅 〈2〉〔1〕 인천 하이쿠회 구고/매화	沛子	시가/하이쿠	
4	1~3		大阪軍記/眞田幸村の入城(一) 〈43〉 오사카 군기/사나다 유키무라의 입성(1)	旭堂南陵	고단	
6	1~3	家庭小說	父と子 〈129〉 아버지와 아들	寺澤琴風	소설/일본	

1917년 03월 03일 (토) 5628호

지면	단수	기획	기사제목 〈회수〉〔곡수〕	필자/저자(역자)	분류	비고
1	5		☆仁川短歌會詠草/枯木のかさゝぎ〔14〕 인천 단카회 영초/고목의 까치	石井龍史	시가/단카	
1	5	俳句	賣劍選/氷滑〔1〕 바이켄 선/스케이트	舜雨	시가/하이쿠	
1	5	俳句	賣劍選/氷滑〔1〕 바이켄 선/스케이트	浩舟	시가/하이쿠	
1	5	俳句	賣劍選/氷滑〔1〕 바이켄 선/스케이트	下令	시가/하이쿠	
1	5	俳句	賣劍選/氷滑〔1〕 바이켄 선/스케이트	樂水	시가/하이쿠	
1	5	俳句	賣劍選/氷滑〔1〕 바이켄 선/스케이트	下令	시가/하이쿠	
1	5	俳句	賣劍選/氷滑〔3〕 바이켄 선/스케이트	立吉	시가/하이쿠	
1	5	俳句	春の句を募る 봄의 구를 모집		광고/모집	광고
1	5~6	創作	落魄 〈26〉 넋을 잃음	河原四水	소설/일본	
4	1~3		大阪軍記/眞田幸村の入城(二) 〈44〉 오사카 군기/사나다 유키무라의 입성(2)	旭堂南陵	고단	
6	1~3	家庭小說	父と子 〈130〉 아버지와 아들	寺澤琴風	소설/일본	

1917년 03월 04일 (일) 5629호

지면	단수	기획	기사제목 〈회수〉〔곡수〕	필자/저자(역자)	분류	비고
1	6~7	創作	落魄 〈27〉 넋을 잃음	河原四水	소설/일본	
3	6		仁川俳句會句稿/猫の戀〔1〕 인천 하이쿠회 구고/교미기의 고양이	李雨史	시가/하이쿠	
3	7		仁川俳句會句稿/猫の戀〔1〕 인천 하이쿠회 구고/교미기의 고양이	たもつ	시가/하이쿠	
3	7		仁川俳句會句稿/猫の戀〔1〕 인천 하이쿠회 구고/교미기의 고양이	一滴	시가/하이쿠	
3	7		仁川俳句會句稿/猫の戀〔1〕 인천 하이쿠회 구고/교미기의 고양이	松圍	시가/하이쿠	
3	7		仁川俳句會句稿/猫の戀〔1〕 인천 하이쿠회 구고/교미기의 고양이	一滴	시가/하이쿠	
3	7		仁川俳句會句稿/猫の戀〔1〕 인천 하이쿠회 구고/교미기의 고양이	露風	시가/하이쿠	

지면	단수	기획	기사제목 〈회수〉〔곡수〕	필자/저자(역자)	분류	비고
3	7		仁川俳句會句稿/猫の戀 〔1〕 인천 하이쿠회 구고/교미기의 고양이	李雨史	시가/하이쿠	
3	7		仁川俳句會句稿/猫の戀 〔1〕 인천 하이쿠회 구고/교미기의 고양이	沛子	시가/하이쿠	
3	7		仁川俳句會句稿/猫の戀 〔1〕 인천 하이쿠회 구고/교미기의 고양이	松圓	시가/하이쿠	
3	7		仁川俳句會句稿/猫の戀 〔1〕 인천 하이쿠회 구고/교미기의 고양이	想仙	시가/하이쿠	
3	7		仁川俳句會句稿/猫の戀 〔1〕 인천 하이쿠회 구고/교미기의 고양이	四水	시가/하이쿠	
3	7		仁川俳句會句稿/猫の戀 〔1〕 인천 하이쿠회 구고/교미기의 고양이	想仙	시가/하이쿠	
3	7		仁川俳句會句稿/猫の戀 〔1〕 인천 하이쿠회 구고/교미기의 고양이	ゝ禾	시가/하이쿠	
3	7		仁川俳句會句稿/猫の戀 〔1〕 인천 하이쿠회 구고/교미기의 고양이	雁郎	시가/하이쿠	
3	7		仁川俳句會句稿/猫の戀 〔1〕 인천 하이쿠회 구고/교미기의 고양이	四水	시가/하이쿠	
3	7		春雜吟 〔5〕 봄-잡음	社內 春汀	시가/하이쿠	
4	1~4		大阪軍記/眞田幸村の入城(三) 〈45〉 오사카 군기/사나다 유키무라의 입성(3)	旭堂南陵	고단	
6	1~3	家庭小說	父と子 〈131〉 아버지와 아들	寺澤琴風	소설/일본	

1917년 03월 06일 (화) 5631호

지면	단수	기획	기사제목 〈회수〉〔곡수〕	필자/저자(역자)	분류	비고
1	6~7	創作	落魄 〈29〉 넋을 잃음	河原四水	소설/일본	
4	7		狐と狼(上)/(中) 여우와 늑대(상)/(중)	かやう	소설/동화	
4	1~4		大阪軍記/眞田幸村の入城(五) 〈47〉 오사카 군기/사나다 유키무라의 입성(5)	旭堂南陵	고단	

1917년 03월 07일 (수) 5632호

지면	단수	기획	기사제목 〈회수〉〔곡수〕	필자/저자(역자)	분류	비고
1	6~7	創作	落魄 〈30〉 넋을 잃음	河原四水	소설/일본	
4	1~3		大阪軍記/眞田幸村の入城(六) 〈48〉 오사카 군기/사나다 유키무라의 입성(6)	旭堂南陵	고단	
6	1~3	家庭小說	父と子 〈132〉 아버지와 아들	寺澤琴風	소설/일본	

1917년 03월 08일 (목) 5633호

지면	단수	기획	기사제목 〈회수〉〔곡수〕	필자/저자(역자)	분류	비고
1	5	俳句	賣劍選/春雜吟 〔1〕 바이켄 선/봄-잡음	天洞	시가/하이쿠	
1	5	俳句	賣劍選/春雜吟 〔2〕 바이켄 선/봄-잡음	星花	시가/하이쿠	
1	5	俳句	賣劍選/春雜吟 〔5〕 바이켄 선/봄-잡음	凡公	시가/하이쿠	
1	5	俳句	春の句を募る 봄의 구를 모집하다		광고/모집	광고
1	5~6	創作	落魄 〈31〉 넋을 잃음	河原四水	소설/일본	

지면	단수	기획	기사제목 〈회수〉 〔곡수〕	필자/저자(역자)	분류	비고
4	1~3		大阪軍記/眞田幸村の入城(七) 〈49〉 오사카 군기/사나다 유키무라의 입성(7)	旭堂南陵	고단	
6	1~3	家庭小說	父と子 〈133〉 아버지와 아들	寺澤琴風	소설/일본	

1917년 03월 09일 (금) 5634호

지면	단수	기획	기사제목 〈회수〉 〔곡수〕	필자/저자(역자)	분류	비고
1	6		仁川短歌會詠草 〔1〕 인천 단카회 영초	白倉#畫	시가/단카	
1	6		仁川短歌會詠草 〔1〕 인천 단카회 영초	工藤想仙	시가/단카	
1	6		仁川短歌會詠草 〔1〕 인천 단카회 영초	叢大芸居	시가/단카	
1	6		仁川短歌會詠草 〔3〕 인천 단카회 영초	佐々木柚子	시가/단카	
1	6		仁川短歌會詠草 〔6〕 인천 단카회 영초	蔰村紅路	시가/단카	
1	6	俳句	賣劍選/春雜吟 〔3〕 바이켄 선/봄-잡음	裸骨	시가/하이쿠	
1	6	俳句	賣劍選/春雜吟 〔4〕 바이켄 선/봄-잡음	神鄕	시가/하이쿠	
1	6	俳句	賣劍選/春雜吟 〔2〕 바이켄 선/봄-잡음	骨堂	시가/하이쿠	
1	6	俳句	春の句を募る 봄의 구를 모집하다		광고/모집 광고	
1	6~7	創作	落魄 〈32〉 넋을 잃음	河原四水	소설/일본	
4	1~3		大阪軍記/眞田幸村の入城(八) 〈50〉 오사카 군기/사나다 유키무라의 입성(8)	旭堂南陵	고단	
6	1~3	家庭小說	父と子 〈134〉 아버지와 아들	寺澤琴風	소설/일본	

1917년 03월 10일 (토) 5635호

지면	단수	기획	기사제목 〈회수〉 〔곡수〕	필자/저자(역자)	분류	비고
4	1~3	家庭小說	父と子 〈135〉 아버지와 아들	寺澤琴風	소설/일본	

1917년 03월 11일 (일) 5636호

지면	단수	기획	기사제목 〈회수〉 〔곡수〕	필자/저자(역자)	분류	비고
1	6		仁川短歌會詠草/若き軍醫 〔5〕 인천 단카회 영초/젊은 군의	赤瀬水夜	시가/단카	
4	1~3	家庭小說	父と子 〈136〉 아버지와 아들	寺澤琴風	소설/일본	

1917년 03월 12일 (월) 5637호

지면	단수	기획	기사제목 〈회수〉 〔곡수〕	필자/저자(역자)	분류	비고
1	5~6	創作	落魄 〈33〉 넋을 잃음	河原四水	소설/일본	
4	1~3	家庭小說	父と子 〈137〉 아버지와 아들	寺澤琴風	소설/일본	

1917년 03월 13일 (화) 5638호

지면	단수	기획	기사제목 〈회수〉 〔곡수〕	필자/저자(역자)	분류	비고
4	1~4		大阪軍記/眞田幸村の入城(九) 〈51〉 오사카 군기/사나다 유키무라의 입성(9)	旭堂南陵	고단	
6	1~3	家庭小說	父と子 〈138〉 아버지와 아들	寺澤琴風	소설/일본	

지면	단수	기획	기사제목 〈회수〉〔곡수〕	필자/저자(역자)	분류	비고
1917년 03월 14일 (수) 5639호						
1	4~6	創作	落魄 〈34〉 넋을 잃음	河原四水	소설/일본	
4	1~3		大阪軍記/眞田幸村の入城(十) 〈52〉 오사카 군기/사나다 유키무라의 입성(10)	旭堂南陵	고단	
6	1~3	家庭小說	父と子 〈139〉 아버지와 아들	寺澤琴風	소설/일본	
1917년 03월 15일 (목) 5640호						
4	1~3		大阪軍記/眞田幸村の入城(十一) 〈53〉 오사카 군기/사나다 유키무라의 입성(11)	旭堂南陵	고단	
6	1~3	家庭小說	父と子 〈140〉 아버지와 아들	寺澤琴風	소설/일본	
1917년 03월 16일 (금) 5641호						
1	6	詞苑	迎春 〔4〕 영춘	羅辰	시가/한시	
1	6	詞苑	春雜吟 〔1〕 봄-잡음	不二男	시가/하이쿠	
1	6	詞苑	春雜吟 〔2〕 봄-잡음	大山朗	시가/하이쿠	
1	6	詞苑	春雜吟 〔2〕 봄-잡음	稻村	시가/하이쿠	
1	6	詞苑	春雜吟 〔2〕 봄-잡음	雨村	시가/하이쿠	
4	1~3		大阪軍記/眞田幸村の入城(十二) 〈54〉 오사카 군기/사나다 유키무라의 입성(12)	旭堂南陵	고단	
6	1~3	家庭小說	父と子 〈141〉 아버지와 아들	寺澤琴風	소설/일본	
1917년 03월 17일 (토) 5642호						
5	1~3		大阪軍記/眞田幸村の入城(十三) 〈55〉 오사카 군기/사나다 유키무라의 입성(13)	旭堂南陵	고단	
8	1~3	家庭小說	父と子 〈142〉 아버지와 아들	寺澤琴風	소설/일본	
1917년 03월 18일 (일) 5643호						
1	5~6	創作	落魄 〈35〉 넋을 잃음	河原四水	소설/일본	
4	1~3		大阪軍記/眞田幸村の入城(十四) 〈56〉 오사카 군기/사나다 유키무라의 입성(14)	旭堂南陵	고단	
6	1~3	家庭小說	父と子 〈143〉 아버지와 아들	寺澤琴風	소설/일본	
1917년 03월 19일 (월) 5644호						
1	5		仁川短歌會詠草/大江の雪 〔7〕 인천 단카회 영초/큰 강의 눈	山城義視	시가/단카	
1	6	俳句	賣劍選/春雜吟 〔2〕 바이켄 선/봄-잡음	浩舟	시가/하이쿠	
1	6	俳句	賣劍選/春雜吟 〔2〕 바이켄 선/봄-잡음	骨雨	시가/하이쿠	

지면	단수	기획	기사제목 〈회수〉〔곡수〕	필자/저자(역자)	분류	비고
1	6	俳句	賣劍選/春雜吟 [1] 바이켄 선/봄-잡음	樂我	시가/하이쿠	
1	6	俳句	賣劍選/春雜吟 [2] 바이켄 선/봄-잡음	下令	시가/하이쿠	
1	6	俳句	賣劍選/春雜吟 [2] 바이켄 선/봄-잡음	太刀吉	시가/하이쿠	
1	6	俳句	賣劍選/春雜吟 [1] 바이켄 선/봄-잡음	樂水	시가/하이쿠	
1	6	俳句	夏の句を募る 여름의 구를 모집하다		광고/모집 광고	
4	1~3	家庭小說	父と子 〈144〉 아버지와 아들	寺澤琴風	소설/일본	

1917년 03월 20일 (화) 5645호

지면	단수	기획	기사제목 〈회수〉〔곡수〕	필자/저자(역자)	분류	비고
4	1~3		大阪軍記/長曾我部盛親の入城(一) 〈57〉 오사카 군기/조소카베 모리치카의 입성(1)	旭堂南陵	고딘	
5	6		かげらふ 아지랑이		수필/평판기	
6	1~3	家庭小說	父と子 〈145〉 아버지와 아들	寺澤琴風	소설/일본	

1917년 03월 21일 (수) 5646호

지면	단수	기획	기사제목 〈회수〉〔곡수〕	필자/저자(역자)	분류	비고
4	1~3		大阪軍記/長曾我部盛親の入城(二) 〈58〉 오사카 군기/조소카베 모리치카의 입성(2)	旭堂南陵	고단	
6	1~3	家庭小說	父と子 〈146〉 아버지와 아들	寺澤琴風	소설/일본	

1917년 03월 23일 (금) 5647호

지면	단수	기획	기사제목 〈회수〉〔곡수〕	필자/저자(역자)	분류	비고
1	4		仁川短歌會詠草 [2] 인천 단카회 영초	長崎保	시가/단카	
1	4		仁川短歌會詠草 [2] 인천 단카회 영초	石井龍史	시가/단카	
1	4		仁川短歌會詠草 [3] 인천 단카회 영초	雄佐武	시가/단카	
4	1~4		大阪軍記/長曾我部盛親の入城(三) 〈59〉 오사카 군기/조소카베 모리치카의 입성(3)	旭堂南陵	고단	

1917년 03월 24일 (토) 5648호

지면	단수	기획	기사제목 〈회수〉〔곡수〕	필자/저자(역자)	분류	비고
1	5		仁川短歌會詠草 [7] 인천 단카회 영초	赤瀬水夜	시가/단카	
3	7		兼二浦紅雀 겸이포 단풍새		수필/평판기	
4	1~3		大阪軍記/長曾我部盛親の入城(四) 〈60〉 오사카 군기/조소카베 모리치카의 입성(4)	旭堂南陵	고단	
6	1~3	家庭小說	父と子 〈147〉 아버지와 아들	寺澤琴風	소설/일본	

1917년 03월 25일 (일) 5649호

지면	단수	기획	기사제목 〈회수〉〔곡수〕	필자/저자(역자)	분류	비고
4	1~3		大阪軍記/眞田幸村城內巡檢(一) 〈61〉 오사카 군기/사나다 유키무라 성내 순찰(1)	旭堂南陵	고단	
6	1~3	家庭小說	父と子 〈148〉 아버지와 아들	寺澤琴風	소설/일본	

지면	단수	기획	기사제목 〈회수〉〔곡수〕	필자/저자(역자)	분류	비고
			1917년 03월 26일 (월) 5650호			
4	1~4		大阪軍記/眞田幸村城內巡檢(二) 〈62〉 오사카 군기/사나다 유키무라 성내 순찰(2)	旭堂南陵	고단	
			1917년 03월 27일 (화) 5651호			
1	4		仁川短歌會詠草/叔母の死〔4〕 인천 단카회 영초/고모의 죽음	茁村紅路	시가/단카	
1	4		仁川短歌會詠草/船乘の唄〔7〕 인천 단카회 영초/뱃사공 노래	叢大芸居	시가/단카	
1	4		仁川短歌會詠草/野燒の火〔3〕 인천 단카회 영초/봄논두렁 태우기의 불	長崎保	시가/단카	
1	5	俳句	賣劍選/春の川〔3〕 바이켄 선/봄의 강	神鄕	시가/하이쿠	
1	5	俳句	賣劍選/春の川〔1〕 바이켄 선/봄의 강	のぶ女	시가/하이쿠	
1	5	俳句	賣劍選/春の川〔1〕 바이켄 선/봄의 강	一夫	시가/하이쿠	
1	5	俳句	賣劍選/春の川〔1〕 바이켄 선/봄의 강	不二郎	시가/하이쿠	
1	5	俳句	賣劍選/春の川〔1〕 바이켄 선/봄의 강	六子	시가/하이쿠	
1	5	俳句	賣劍選/春の川〔1〕 바이켄 선/봄의 강	紫山	시가/하이쿠	
1	5	俳句	賣劍選/春の川〔1〕 바이켄 선/봄의 강	信堂	시가/하이쿠	
1	5	俳句	賣劍選/春の川〔2〕 바이켄 선/봄의 강	骨堂	시가/하이쿠	
6	1~3	家庭小說	父と子 〈149〉 아버지와 아들	寺澤琴風	소설/일본	
6	3~4	新小說豫告	家庭悲劇/遺言狀 가정 비극/유언장	島川七石	광고/연재예고	
			1917년 03월 28일 (수) 5652호			
3	7		仁川俳句會句稿 〈1〉〔1〕 인천 하이쿠회 구고	松園	시가/하이쿠	
3	7		仁川俳句會句稿 〈1〉〔1〕 인천 하이쿠회 구고	#子	시가/하이쿠	
3	7		仁川俳句會句稿 〈1〉〔3〕 인천 하이쿠회 구고	康知	시가/하이쿠	
3	7		仁川俳句會句稿 〈1〉〔2〕 인천 하이쿠회 구고	ゝ禾	시가/하이쿠	
3	7		仁川俳句會句稿 〈1〉〔1〕 인천 하이쿠회 구고	李雨史	시가/하이쿠	
3	7		仁川俳句會句稿 〈1〉〔1〕 인천 하이쿠회 구고	雨風	시가/하이쿠	
3	7		仁川俳句會句稿 〈1〉〔1〕 인천 하이쿠회 구고	山巴	시가/하이쿠	
3	7		仁川俳句會句稿 〈1〉〔1〕 인천 하이쿠회 구고	四水	시가/하이쿠	
3	7		仁川俳句會句稿 〈1〉〔1〕 인천 하이쿠회 구고	句碑守	시가/하이쿠	

지면	단수	기획	기사제목 〈회수〉 〔곡수〕	필자/저자(역자)	분류	비고
3	7		仁川俳句會句稿 〈1〉 [1] 인천 하이쿠회 구고	想仙	시가/하이쿠	
4	1~3		大阪軍記/眞田幸村城內巡檢(三) 〈63〉 오사카 군기/사나다 유키무라 성내 순찰(3)	旭堂南陵	고단	
6	1~4	家庭小說	父と子 〈150〉 아버지와 아들	寺澤琴風	소설/일본	
6	4	新小說豫 告	家庭悲劇/遺言狀 가정 비극/유언장	島川七石	광고/연재예 고	

1917년 03월 29일 (목) 5653호

지면	단수	기획	기사제목 〈회수〉 〔곡수〕	필자/저자(역자)	분류	비고
1	4~5		仁川短歌會詠草/豊前訛り [9] 인천 단카회 영초/부젠 사투리	蘆上秋人	시가/단카	
1	5		仁川短歌會詠草/兵器檢査 [5] 인천 단카회 영초/무기 검사	赤瀬水夜	시가/단카	
3	7		仁川俳句會句稿/燕 〈2〉 [2] 인천 하이쿠회 구고/제비	沛子	시가/하이쿠	
3	7		仁川俳句會句稿/燕 〈2〉 [1] 인천 하이쿠회 구고/제비	松園	시가/하이쿠	
3	7		仁川俳句會句稿/燕 〈2〉 [2] 인천 하이쿠회 구고/제비	康知	시가/하이쿠	
3	7		仁川俳句會句稿/燕 〈2〉 [2] 인천 하이쿠회 구고/제비	想仙	시가/하이쿠	
3	7		仁川俳句會句稿/燕 〈2〉 [1] 인천 하이쿠회 구고/제비	竹窓	시가/하이쿠	
3	7		仁川俳句會句稿/燕 〈2〉 [1] 인천 하이쿠회 구고/제비	#逸	시가/하이쿠	
4	1~3		大阪軍記/眞田幸村城內巡檢(四) 〈64〉 오사카 군기/사나다 유키무라 성내 순찰(4)	旭堂南陵	고단	
6	1~3		家庭悲劇/遺言狀 〈1〉 가정 비극/유언장	島川七石	소설/일본	

1917년 03월 30일 (금) 5654호

지면	단수	기획	기사제목 〈회수〉 〔곡수〕	필자/저자(역자)	분류	비고
4	1~4		大阪軍記/眞田大助駿府刺客(一) 〈65〉 오사카 군기/사나다 다이스케 슨푸 자객(1)	旭堂南陵	고단	
6	1~3		家庭悲劇/遺言狀 〈2〉 가정 비극/유언장	島川七石	소설/일본	

1917년 04월 01일 (일) 5656호

지면	단수	기획	기사제목 〈회수〉 〔곡수〕	필자/저자(역자)	분류	비고
1	6~7	創作	落魄 〈36〉 넋을 잃음	河原四水	소설/일본	
3	7		仁川俳句會句稿/花 [1] 인천 하이쿠회 구고/꽃	句碑守	시가/하이쿠	
3	7		仁川俳句會句稿/花 [2] 인천 하이쿠회 구고/꽃	竹窓	시가/하이쿠	
3	7		仁川俳句會句稿/花 [1] 인천 하이쿠회 구고/꽃	ゝ禾	시가/하이쿠	
3	7		仁川俳句會句稿/花 [1] 인천 하이쿠회 구고/꽃	想仙	시가/하이쿠	
3	7		仁川俳句會句稿/花 [9] 인천 하이쿠회 구고/꽃	李雨史	시가/하이쿠	
3	7		仁川俳句會句稿/花 [1] 인천 하이쿠회 구고/꽃	四水	시가/하이쿠	

지면	단수	기획	기사제목 〈회수〉〔곡수〕	필자/저자(역자)	분류	비고
4	1~4		大阪軍記/眞田大助駿府刺客(二) 〈66〉 오사카 군기/사나다 다이스케 슨푸 자객(2)	旭堂南陵	고단	
6	1~4		家庭悲劇/遺言狀 〈4〉 가정 비극/유언장	島川七石	소설/일본	

1917년 04월 03일 (화) 5658호

지면	단수	기획	기사제목 〈회수〉〔곡수〕	필자/저자(역자)	분류	비고
1	3~4		仁川短歌會詠草/啼かぬ鳥 〔14〕 인천 단카회 영초/울지 않는 새	石井龍史	시가/단카	
1	4	俳句	賣劍選/春雜題 〔1〕 바이켄 선/봄-잡제	霞中	시가/하이쿠	
1	4	俳句	賣劍選/春雜題 〔4〕 바이켄 선/봄-잡제	藏大	시가/하이쿠	
1	4	俳句	賣劍選/春雜題 〔5〕 바이켄 선/봄-잡제	霞中	시가/하이쿠	
1	4	俳句	賣劍選/春雜題 〔1〕 바이켄 선/봄-잡제	矢川	시가/하이쿠	
1	4	俳句	春の句を募る 봄의 하이쿠를 모집하다		광고/모집 광고	
1	4~6	創作	落魄 〈37〉 넋을 잃음	河原四水	소설/일본	
4	1~3		大阪軍記/眞田大助駿府刺客(四) 〈68〉 오사카 군기/사나다 다이스케 슨푸 자객(4)	旭堂南陵	고단	
6	1~3		家庭悲劇/遺言狀 〈5〉 가정 비극/유언장	島川七石	소설/일본	

1917년 04월 05일 (목) 5659호

지면	단수	기획	기사제목 〈회수〉〔곡수〕	필자/저자(역자)	분류	비고
1	5	俳句	賣劍選/春雜吟 〔3〕 바이켄 선/봄-잡음	乙雨	시가/하이쿠	
1	5	俳句	賣劍選/春雜吟 〔4〕 바이켄 선/봄-잡음	霞中	시가/하이쿠	
1	5	俳句	賣劍選/春雜吟 〔1〕 바이켄 선/봄-잡음	三湖	시가/하이쿠	
1	5	俳句	賣劍選/春雜吟 〔1〕 바이켄 선/봄-잡음	矢川	시가/하이쿠	
1	5	俳句	春の句を募る 봄의 하이쿠를 모집하다		광고/모집 광고	
1	5~6	創作	落魄 〈38〉 넋을 잃음	河原四水	소설/일본	
4	1~3		大阪軍記/眞田大助駿府刺客(五) 〈69〉 오사카 군기/사나다 다이스케 슨푸 자객(5)	旭堂南陵	고단	
6	1~3		家庭悲劇/遺言狀 〈6〉 가정 비극/유언장	島川七石	소설/일본	

1917년 04월 06일 (금) 5660호

지면	단수	기획	기사제목 〈회수〉〔곡수〕	필자/저자(역자)	분류	비고
1	4~6	創作	落魄 〈39〉 넋을 잃음	河原四水	소설/일본	
4	1~4		大阪軍記/眞田大助駿府刺客(六) 〈70〉 오사카 군기/사나다 다이스케 슨푸 자객(6)	旭堂南陵	고단	
6	1~3		家庭悲劇/遺言狀 〈7〉 가정 비극/유언장	島川七石	소설/일본	

1917년 04월 07일 (토) 5661호

지면	단수	기획	기사제목 〈회수〉〔곡수〕	필자/저자(역자)	분류	비고
1	5~6	創作	落魄 〈40〉 넋을 잃음	河原四水	소설/일본	
4	1~3		大阪軍記/眞田大助駿府刺客(七) 〈71〉 오사카 군기/사나다 다이스케 슌푸 자객(7)	旭堂南陵	고단	
6	1~3		家庭小說/遺言狀 〈8〉 가정 소설/유언장	島川七石	소설/일본	

1917년 04월 08일 (일) 5662호

지면	단수	기획	기사제목 〈회수〉〔곡수〕	필자/저자(역자)	분류	비고
1	3		風塵日記 풍진일기	永樂町人	수필/일기	
1	5	俳句	賣劍選/雛 〔2〕 바이켄 선/히나	神鄉	시가/하이쿠	
1	5	俳句	賣劍選/雛 〔2〕 바이켄 선/히나	のぶ女	시가/하이쿠	
1	5	俳句	賣劍選/雛 〔1〕 바이켄 선/히나	都治郎	시가/하이구	
1	5	俳句	賣劍選/雛 〔2〕 바이켄 선/히나	一夫	시가/하이쿠	
1	5	俳句	賣劍選/雛 〔1〕 바이켄 선/히나	裸骨	시가/하이쿠	
1	5~6	創作	落魄 〈41〉 넋을 잃음	河原四水	소설/일본	
4	1~3		大阪軍記/眞田大助初陣(一) 〈72〉 오사카 군기/사나다 다이스케 첫 출전(1)	旭堂南陵	고단	
6	1~3	讀者への懸 賞付小說	家庭小說/遺言狀 〈9〉 가정 소설/유언장	島川七石	소설/일본	

1917년 04월 09일 (월) 5663호

지면	단수	기획	기사제목 〈회수〉〔곡수〕	필자/저자(역자)	분류	비고
1	4~5		風塵日記 풍진일기	永樂町人	수필/일기	
1	5~6	創作	落魄 〈42〉 넋을 잃음	河原四水	소설/일본	
4	1~3		大阪軍記/眞田大助初陣(二) 〈73〉 오사카 군기/사나다 다이스케 첫 출전(2)	旭堂南陵	고단	

1917년 04월 10일 (화) 5664호

지면	단수	기획	기사제목 〈회수〉〔곡수〕	필자/저자(역자)	분류	비고
10	1~4		大阪軍記/眞田大助初陣(三) 〈74〉 오사카 군기/사나다 다이스케 첫 출전(3)	旭堂南陵	고단	
14	1	短篇小說	花筏 꽃 뗏목	山田曉波	소설/일본	
14	1		雜詠 〔4〕 잡영	熊本城生	시가/단카	
16	1~3	讀者への懸 賞付小說	家庭悲劇/遺言狀 〈10〉 가정 비극/유언장	島川七石	소설/일본	

1917년 04월 11일 (수) 5664호

지면	단수	기획	기사제목 〈회수〉〔곡수〕	필자/저자(역자)	분류	비고
1	3~4		風塵日記 풍진 일기	永樂町人	수필/일기	
4	1~3		大阪軍記/眞田大助初陣(四) 〈75〉 오사카 군기/사나다 다이스케 첫 출전(4)	旭堂南陵	고단	
6	1~3	讀者への懸 賞付小說	家庭悲劇/遺言狀 〈11〉 가정 비극/유언장	島川七石	소설/일본	

지면	단수	기획	기사제목 〈회수〉〔곡수〕	필자/저자(역자)	분류	비고
			1917년 04월 12일 (목) 5665호			
1	3~4		風塵日記 풍진 일기	永樂町人	수필/일기	
1	5	俳句	賣劍選/春雜吟〔2〕 바이켄 선/봄-잡음	矢川	시가/하이쿠	
1	5	俳句	賣劍選/春雜吟〔6〕 바이켄 선/봄-잡음	花翁	시가/하이쿠	
1	5	俳句	句を募る 구를 모집하다		광고/모집 광고	
1	5~6		仁川短歌會詠草/沼のさゞなみ/此一篇を湖南の妹へ〔15〕 인천 단카회 영초/늪의 물결/이 한편을 호남에 있는 동생에게	石井龍史	시가/단카	
3	6		仁川俳句會句稿/茶摘/三點〔1〕 인천 하이쿠회 구고/찻잎 따기/삼점	丹葉	시가/하이쿠	
3	6		仁川俳句會句稿/茶摘/三點〔1〕 인천 하이쿠회 구고/찻잎 따기/삼점	李雨史	시가/하이쿠	
3	6		仁川俳句會句稿/茶摘/三點〔1〕 인천 하이쿠회 구고/찻잎 따기/삼점	春靜	시가/하이쿠	
3	6		仁川俳句會句稿/茶摘/三點〔1〕 인천 하이쿠회 구고/찻잎 따기/삼점	沛子	시가/하이쿠	
3	6		仁川俳句會句稿/茶摘/二點〔1〕 인천 하이쿠회 구고/찻잎 따기/이점	李雨史	시가/하이쿠	
3	6		仁川俳句會句稿/茶摘/二點〔1〕 인천 하이쿠회 구고/찻잎 따기/이점	想仙	시가/하이쿠	
3	6		仁川俳句會句稿/茶摘/二點〔1〕 인천 하이쿠회 구고/찻잎 따기/이점	句碑守	시가/하이쿠	
3	6		仁川俳句會句稿/茶摘/二點〔1〕 인천 하이쿠회 구고/찻잎 따기/이점	沛子	시가/하이쿠	
3	6		仁川俳句會句稿/茶摘/二點〔1〕 인천 하이쿠회 구고/찻잎 따기/이점	春靜	시가/하이쿠	
3	6		仁川俳句會句稿/茶摘/二點〔1〕 인천 하이쿠회 구고/찻잎 따기/이점	丹葉	시가/하이쿠	
3	6		仁川俳句會句稿/茶摘/一點〔1〕 인천 하이쿠회 구고/찻잎 따기/일점	ゝ禾	시가/하이쿠	
3	6		仁川俳句會句稿/茶摘/一點〔1〕 인천 하이쿠회 구고/찻잎 따기/일점	康知	시가/하이쿠	
3	6		仁川俳句會句稿/茶摘/一點〔1〕 인천 하이쿠회 구고/찻잎 따기/일점	丹葉	시가/하이쿠	
3	6		仁川俳句會句稿/茶摘/一點〔1〕 인천 하이쿠회 구고/찻잎 따기/일점	竹窓	시가/하이쿠	
4	1~3		大阪軍記/眞田大助初陣(五)〈76〉 오사카 군기/사나다 다이스케 첫 출전(5)	旭堂南陵	고단	
6	1~3	讀者への懸 賞付小說	家庭悲劇/遺言狀〈12〉 가정 비극/유언장	島川七石	소설/일본	
			1917년 04월 13일 (금) 5667호			
1	4		仁川短歌會詠草〔3〕 인천 단카회 영초	田中雁郎	시가/단카	
1	4		仁川短歌會詠草〔2〕 인천 단카회 영초	岡島鄕子	시가/단카	
1	4~5		仁川短歌會詠草〔3〕 인천 단카회 영초	工藤想仙	시가/단카	

지면	단수	기획	기사제목 〈회수〉〔곡수〕	필자/저자(역자)	분류	비고
1	5	俳句	賣劍選/春雜吟 〔9〕 바이켄 선/봄-잡음	花翁	시가/하이쿠	
1	5	俳句	句を募る 구를 모집하다		광고/모집 광고	
4	1~3		大阪軍記/眞田大助初陣(六)〈77〉 오사카 군기/사나다 다이스케 첫 출전(6)	旭堂南陵	고단	
6	1~3	讀者への懸 賞付小說	家庭悲劇/遺言狀〈13〉 가정 비극/유언장	島川七石	소설/일본	

1917년 04월 14일 (토) 5668호

지면	단수	기획	기사제목 〈회수〉〔곡수〕	필자/저자(역자)	분류	비고
1	2~3		櫻花錄 앵화록	永樂町人	수필/일상	
1	5		仁川短歌會詠草〔4〕 인천 단카회 영초	長崎保	시가/단카	
1	5		仁川短歌會詠草〔6〕 인천 단카회 영초	叢大芸居	시가/단카	
1	5~6	創作	落魄〈43〉 넋을 잃음	河原四水	소설/일본	
5	6		#山# #산#		수필/평판기	
6	1~3	讀者への懸 賞付小說	家庭悲劇/遺言狀〈14〉 가정 비극/유언장	島川七石	소설/일본	

1917년 04월 15일 (일) 5669호

지면	단수	기획	기사제목 〈회수〉〔곡수〕	필자/저자(역자)	분류	비고
1	5~6	創作	落魄〈44〉 넋을 잃음	河原四水	소설/일본	
5	1~3		大阪軍記/眞田大助初陣(七)〈78〉 오사카 군기/사나다 다이스케 첫 출전(7)	旭堂南陵	고단	
8	1~3	讀者への懸 賞付小說	家庭悲劇/遺言狀〈15〉 가정 비극/유언장	島川七石	소설/일본	

1917년 04월 16일 (월) 5670호

지면	단수	기획	기사제목 〈회수〉〔곡수〕	필자/저자(역자)	분류	비고
1	7		仁川俳句會句集/春風〔1〕 인천 하이쿠회 구집/봄바람	想仙	시가/하이쿠	
1	7		仁川俳句會句集/春風〔1〕 인천 하이쿠회 구집/봄바람	沛子	시가/하이쿠	
1	7		仁川俳句會句集/春風〔1〕 인천 하이쿠회 구집/봄바람	李雨史	시가/하이쿠	
1	7		仁川俳句會句集/春風〔1〕 인천 하이쿠회 구집/봄바람	#	시가/하이쿠	
1	7		仁川俳句會句集/春風〔1〕 인천 하이쿠회 구집/봄바람	#	시가/하이쿠	
1	7		仁川俳句會句集/春風〔3〕 인천 하이쿠회 구집/봄바람	李雨史	시가/하이쿠	
1	7		仁川俳句會句集/春風〔1〕 인천 하이쿠회 구집/봄바람	竹窓	시가/하이쿠	
1	7		仁川俳句會句集/春風〔1〕 인천 하이쿠회 구집/봄바람	句碑守	시가/하이쿠	
1	7		仁川俳句會句集/春風〔1〕 인천 하이쿠회 구집/봄바람	##	시가/하이쿠	
4	1~3		大阪軍記/藤堂源助と八內(二)〈79〉 오사카 군기/도도 겐스케와 야나이(2)	旭堂南陵	고단	

지면	단수	기획	기사제목 〈회수〉〔곡수〕	필자/저자(역자)	분류	비고
			1917년 04월 17일 (화) 5671호			
1	1~2		老人閉門論 노인 폐문론	永樂町人	수필/비평	
4	1~3		大阪軍記/藤堂源助と八內(三) 〈80〉 오사카 군기/도도 겐스케와 야나이(3)	旭堂南陵	고단	
6	1~3	讀者への懸 賞付小說	家庭悲劇/遺言狀 〈16〉 가정 비극/유언장	島川七石	소설/일본	
			1917년 04월 18일 (수) 5672호			
4	1~3		大阪軍記/藤堂源助と八內(三) 〈81〉 오사카 군기/도도 겐스케와 야나이(3)	旭堂南陵	고단	
6	1~3	讀者への懸 賞付小說	家庭悲劇/遺言狀 〈17〉 가정 비극/유언장	島川七石	소설/일본	
			1917년 04월 19일 (목) 5673호			
1	5~6	創作	落魄 〈45〉 넋을 잃음	河原四水	소설/일본	
4	1~3		大阪軍記/藤堂源助と八內(四) 〈82〉 오사카 군기/도도 겐스케와 야나이(4)	旭堂南陵	고단	
6	1~3	讀者への懸 賞付小說	家庭悲劇/遺言狀 〈18〉 가정 비극/유언장	島川七石	소설/일본	
			1917년 04월 20일 (금) 5674호			
1	4		仁川俳句會句集/蝶 〔3〕 인천 하이쿠회 구집/나비	句碑守	시가/하이쿠	
1	4		仁川俳句會句集/蝶 〔2〕 인천 하이쿠회 구집/나비	李雨史	시가/하이쿠	
1	4		仁川俳句會句集/蝶 〔1〕 인천 하이쿠회 구집/나비	ゝ禾	시가/하이쿠	
1	4		仁川俳句會句集/蝶 〔2〕 인천 하이쿠회 구집/나비	想仙	시가/하이쿠	
1	4		仁川俳句會句集/蝶 〔2〕 인천 하이쿠회 구집/나비	丹葉	시가/하이쿠	
1	4		仁川俳句會句集/蝶 〔1〕 인천 하이쿠회 구집/나비	竹窓	시가/하이쿠	
1	4		仁川俳句會句集/蝶 〔1〕 인천 하이쿠회 구집/나비	春靜	시가/하이쿠	
1	4		仁川俳句會句集/蝶 〔1〕 인천 하이쿠회 구집/나비	康知	시가/하이쿠	
5	1~3		大阪軍記/藤堂源助と八內(五) 〈83〉 오사카 군기/도도 겐스케와 야나이(5)	旭堂南陵	고단	
8	1~3	讀者への懸 賞付小說	家庭悲劇/遺言狀 〈19〉 가정 비극/유언장	島川七石	소설/일본	
			1917년 04월 21일 (토) 5675호			
4	1~3		大阪軍記/藤堂源助と八內(六) 〈84〉 오사카 군기/도도 겐스케와 야나이(6)	旭堂南陵	고단	
6	1~3	讀者への懸 賞付小說	家庭悲劇/遺言狀 〈20〉 가정 비극/유언장	島川七石	소설/일본	
			1917년 04월 22일 (일) 5676호			

지면	단수	기획	기사제목 〈회수〉〔곡수〕	필자/저자(역자)	분류	비고
4	1~3	花見號	盛春雜記 성춘 잡기	永樂町人	수필/일상	
6	1~4		大阪軍記/續大助初陣(一) 〈85〉 오사카 군기/속 다이스케 첫 출전(1)	旭堂南陵	고단	
8	1~3	讀者への懸 賞付小說	家庭悲劇/遺言狀 〈21〉 가정 비극/유언장	島川七石	소설/일본	

1917년 04월 23일 (월) 5677호

지면	단수	기획	기사제목 〈회수〉〔곡수〕	필자/저자(역자)	분류	비고
4	1~3	讀者への懸 賞付小說	家庭悲劇/遺言狀 〈22〉 가정 비극/유언장	島川七石	소설/일본	

1917년 04월 24일 (화) 5678호

지면	단수	기획	기사제목 〈회수〉〔곡수〕	필자/저자(역자)	분류	비고
1	2~5		富士山 후지산	永樂町人	수필/비평	
3	7	詞壇	春寒 〔1〕 춘한	海州 堀內後凋	시가/한시	
3	7	詞壇	春初出郊 〔1〕 춘초출교	海州 堀內後凋	시가/한시	
3	7	詞壇	其 〔1〕 기	海州 堀內後凋	시가/한시	
3	7	詞壇	孟春感懷 〔1〕 맹춘감회	海州 堀內後凋	시가/한시	
3	7	詞壇	出門口占 〔1〕 출문구점	海州 堀內後凋	시가/한시	
4	1~3		大阪軍記/續大助初陣(二) 〈86〉 오사카 군기/속 다이스케 첫 출전(2)	旭堂南陵	고단	
6	1~3	讀者への懸 賞付小說	家庭悲劇/遺言狀 〈23〉 가정 비극/유언장	島川七石	소설/일본	

1917년 04월 25일 (수) 5679호

지면	단수	기획	기사제목 〈회수〉〔곡수〕	필자/저자(역자)	분류	비고
1	2~3		未法錄(上) 〈1〉 미법록(상)	永樂町人	수필/일상	
1	5		仁川短歌會詠草 〔2〕 인천 단카회 영초	藤村碑子	시가/단카	
1	5~6		仁川短歌會詠草 〔3〕 인천 단카회 영초	雄佐武	시가/단카	
1	6		仁川短歌會詠草 〔3〕 인천 단카회 영초	葩村紅路	시가/단카	
4	1~3		大阪軍記/續大助初陣(三) 〈87〉 오사카 군기/속 다이스케 첫 출전(3)	旭堂南陵	고단	
6	1~3	讀者への懸 賞付小說	家庭悲劇/遺言狀 〈24〉 가정 비극/유언장	島川七石	소설/일본	

1917년 04월 26일 (목) 5680호

지면	단수	기획	기사제목 〈회수〉〔곡수〕	필자/저자(역자)	분류	비고
1	2~3		未法錄(下) 〈2〉 미법록(하)	永樂町人	수필/일상	
1	5~6		仁川短歌會詠草 〔6〕 인천 단카회 영초	安積#塘	시가/단카	
4	1~3		大阪軍記/小幡勘兵衛(一) 〈88〉 오사카 군기/오바타 간베에(1)	旭堂南陵	고단	
6	1~3	讀者への懸 賞付小說	家庭悲劇/遺言狀 〈25〉 가정 비극/유언장	島川七石	소설/일본	

지면	단수	기획	기사제목 〈회수〉 [곡수]	필자/저자(역자)	분류	비고
			1917년 04월 27일 (금) 5681호			
5	3		敷島雀 시키시마 참새		수필/평판기	
5	4~6		大阪軍記/小幡勘兵衛(二) 〈89〉 오사카 군기/오바타 간베에(2)	旭堂南陵	고단	
8	1~3	讀者への懸 賞付小說	家庭悲劇/遺言狀 〈26〉 가정 비극/유언장	島川七石	소설/일본	
			1917년 04월 28일 (토) 5682호			
1	2~3		忠孝論 충효론		수필/비평	
3	1~5		南金剛探勝記 〈1〉 남금강 탐승기	林田生	수필/관찰	
6	1~3	讀者への懸 賞付小說	家庭悲劇/遺言狀 〈27〉 가정 비극/유언장	島川七石	소설/일본	
			1917년 04월 29일 (일) 5683호			
1	2~3		電氣論 전기론	永樂町人	수필/일상	
1	4~6		仁川短歌會詠草 [6] 인천 단카회 영초	長崎保	시가/단카	
3	1~4		南金剛探勝記 〈2〉 남금강 탐승기	林田生	수필/관찰	
4	1~3		大阪軍記/小幡勘兵衛(三) 〈90〉 오사카 군기/오바타 간베에(3)	旭堂南陵	고단	
5	4		句佛上人歡迎俳句會詠草 [6] 구부쓰 쇼닌 환영 하이쿠회 영초	一龍	시가/하이쿠	
5	4		句佛上人歡迎俳句會詠草 [1] 구부쓰 쇼닌 환영 하이쿠회 영초	沛子	시가/하이쿠	
5	4		句佛上人歡迎俳句會詠草 [4] 구부쓰 쇼닌 환영 하이쿠회 영초	賣劍	시가/하이쿠	
5	4		句佛上人歡迎俳句會詠草 [2] 구부쓰 쇼닌 환영 하이쿠회 영초	二柳	시가/하이쿠	
5	4		句佛上人歡迎俳句會詠草 [3] 구부쓰 쇼닌 환영 하이쿠회 영초	竹窓	시가/하이쿠	
5	4		句佛上人歡迎俳句會詠草 [4] 구부쓰 쇼닌 환영 하이쿠회 영초	李雨史	시가/하이쿠	
5	4		句佛上人歡迎俳句會詠草 [6] 구부쓰 쇼닌 환영 하이쿠회 영초	想仙	시가/하이쿠	
5	4		句佛上人歡迎俳句會詠草 [1] 구부쓰 쇼닌 환영 하이쿠회 영초	雨風	시가/하이쿠	
5	4		句佛上人歡迎俳句會詠草 [3] 구부쓰 쇼닌 환영 하이쿠회 영초	康知	시가/하이쿠	
5	4		句佛上人歡迎俳句會詠草 [2] 구부쓰 쇼닌 환영 하이쿠회 영초	句碑守	시가/하이쿠	
5	4		句佛上人歡迎俳句會詠草 [1] 구부쓰 쇼닌 환영 하이쿠회 영초	山巴	시가/하이쿠	
5	4		句佛上人歡迎俳句會詠草 [1] 구부쓰 쇼닌 환영 하이쿠회 영초	玉朝	시가/하이쿠	
5	4		句佛上人歡迎俳句會詠草 [4] 구부쓰 쇼닌 환영 하이쿠회 영초	春靜	시가/하이쿠	

지면	단수	기획	기사제목 〈회수〉〔곡수〕	필자/저자(역자)	분류	비고
5	4		句佛上人歡迎俳句會詠草〔1〕 구부쓰 쇼닌 환영 하이쿠회 영초	四水	시가/하이쿠	
5	4		句佛上人歡迎俳句會詠草〔4〕 구부쓰 쇼닌 환영 하이쿠회 영초	松園	시가/하이쿠	
5	4		句佛上人歡迎俳句會詠草〔7〕 구부쓰 쇼닌 환영 하이쿠회 영초	丹葉	시가/하이쿠	
8	1~3	讀者への懸 賞付小說	家庭悲劇/遺言狀〈28〉 가정 비극/유언장	島川七石	소설/일본	

1917년 04월 30일 (월) 5684호

지면	단수	기획	기사제목 〈회수〉〔곡수〕	필자/저자(역자)	분류	비고
1	5		仁川短歌會詠草〔2〕 인천 단카회 영초	蘆上秋人	시가/단카	
1	5		仁川短歌會詠草〔8〕 인천 단카회 영초	石井龍史	시가/단카	
4	1~3		大阪軍記/德川家康の出陣(一)〈91〉 오사카 군기/도쿠가와 이에야스의 출진(1)	旭堂南陵	고단	

1917년 05월 01일 (화) 5685호

지면	단수	기획	기사제목 〈회수〉〔곡수〕	필자/저자(역자)	분류	비고
1	2~4		君臣水魚 군신수어	永樂町人	수필/비평	
1	6	俳句	賣劍選/春雨〔13〕 바이켄 선/봄비	淮陽 白江	시가/하이쿠	
1	6	俳句	句を募る 구를 모집하다		광고/모집	광고
3	1~2		南金剛探勝記〈3〉 남금강 탐승기	林田生	수필/관찰	
3	7		兼二浦紅雀 겸이포 단풍새		수필/평판기	
4	1~3		大阪軍記/德川家康の出陣(二)〈92〉 오사카 군기/도쿠가와 이에야스의 출진(2)	旭堂南陵	고단	
6	1~3	讀者への懸 賞付小說	家庭悲劇/遺言狀〈29〉 가정 비극/유언장	島川七石	소설/일본	

1917년 05월 02일 (수) 5686호

지면	단수	기획	기사제목 〈회수〉〔곡수〕	필자/저자(역자)	분류	비고
3	1~2		南金剛探勝記〈4〉 남금강 탐승기	林田生	수필/관찰	
4	1~4		大阪軍記/德川家康の出陣(三)〈93〉 오사카 군기/도쿠가와 이에야스의 출진(3)	旭堂南陵	고단	
6	1~3	讀者への懸 賞付小說	家庭悲劇/遺言狀〈30〉 가정 비극/유언장	島川七石	소설/일본	

1917년 05월 03일 (목) 5687호

지면	단수	기획	기사제목 〈회수〉〔곡수〕	필자/저자(역자)	분류	비고
1	3~4		排日論 배일론	永樂町人	수필/비평	
4	1~4		大阪軍記/將軍秀忠淀川緣遭難(一)〈94〉 오사카 군기/쇼군 히데타다 요도가와 부근 조난(1)	旭堂南陵	고단	
5	3		尋蟻送別句會〔1〕 진기 송별 구회	靑眼子	시가/하이쿠	
5	3		尋蟻送別句會〔1〕 진기 송별 구회	松濤	시가/하이쿠	
5	3		尋蟻送別句會〔1〕 진기 송별 구회	夢柳	시가/하이쿠	

지면	단수	기획	기사제목 〈회수〉〔곡수〕	필자/저자(역자)	분류	비고
5	3		尋蟻送別句會 [1] 진기 송별 구회	竹林	시가/하이쿠	
5	3		尋蟻送別句會 [1] 진기 송별 구회	春浦	시가/하이쿠	
5	3		尋蟻送別句會 [1] 진기 송별 구회	竹亭	시가/하이쿠	
5	3		尋蟻送別句會 [1] 진기 송별 구회	夢柳	시가/하이쿠	
5	3		尋蟻送別句會 [1] 진기 송별 구회	古仙	시가/하이쿠	
5	3		尋蟻送別句會 [1] 진기 송별 구회	秋汀	시가/하이쿠	
5	3		尋蟻送別句會 [1] 진기 송별 구회	香洲	시가/하이쿠	
5	3		尋蟻送別句會 [1] 진기 송별 구회	可秀	시가/하이쿠	
5	3		尋蟻送別句會 [1] 진기 송별 구회	美村	시가/하이쿠	
5	3		尋蟻送別句會 [1] 진기 송별 구회	雨意	시가/하이쿠	
5	3		尋蟻送別句會 [1] 진기 송별 구회	茶游	시가/하이쿠	
5	3		尋蟻送別句會 [1] 진기 송별 구회	綠骨	시가/하이쿠	
5	3		尋蟻送別句會 [1] 진기 송별 구회	利水	시가/하이쿠	
5	3		尋蟻送別句會 [1] 진기 송별 구회	東陽	시가/하이쿠	
5	3		尋蟻送別句會 [1] 진기 송별 구회	汝山	시가/하이쿠	
5	3		尋蟻送別句會 [1] 진기 송별 구회	天風	시가/하이쿠	
5	3		尋蟻送別句會 [1] 진기 송별 구회	醉骨	시가/하이쿠	
5	3		尋蟻送別句會/#別 [1] 진기 송별 구회/#별	尋蟻	시가/하이쿠	
8	1~3	讀者への懸 賞付小說	家庭悲劇/遺言狀 〈31〉 가정 비극/유언장	島川七石	소설/일본	

1917년 05월 04일 (금) 5688호

지면	단수	기획	기사제목 〈회수〉〔곡수〕	필자/저자(역자)	분류	비고
1	3~5		雲の上 구름 위	永樂町人	수필/기행	
3	1~2		南金剛探勝記 〈5〉 남금강 탐승기	林田生	수필/관찰	
4	1~4		大阪軍記/將軍秀忠淀川緣遭難(二) 〈95〉 오사카 군기/쇼군 히데타다 요도가와 부근 조난(2)	旭堂南陵	고단	
6	1~3	讀者への懸 賞付小說	家庭悲劇/遺言狀 〈32〉 가정 비극/유언장	島川七石	소설/일본	

1917년 05월 05일 (토) 5689호

지면	단수	기획	기사제목 〈회수〉〔곡수〕	필자/저자(역자)	분류	비고
1	5	俳句	賣劍選 [4] 바이켄 선	冷香	시가/하이쿠	

지면	단수	기획	기사제목 〈회수〉〔곡수〕	필자/저자(역자)	분류	비고
1	5	俳句	賣劍選〔4〕 바이켄 선	さくら	시가/하이쿠	
1	5	俳句	賣劍選〔5〕 바이켄 선	霞中	시가/하이쿠	
1	5	俳句	句を募る 구를 모집하다		광고/모집 광고	
1	5~6		噫歐州 아, 유럽	永樂町人	수필/비평	
3	6~7		敷島雀 유곽 참새		수필/평판기	
4	1~4		大阪軍記/將軍秀忠淀川緣遭難(三)〈96〉 오사카 군기/쇼군 히데타다 요도가와 부근 조난(3)	旭堂南陵	고단	
6	1~3	讀者への懸 賞付小說	家庭悲劇/遺言狀〈33〉 가정 비극/유언장	島川七石	소설/일본	

1917년 05월 06일 (일) 5690호

지면	단수	기획	기사제목 〈회수〉〔곡수〕	필자/저자(역자)	분류	비고
1	2~3		花の山 꽃의 산	永樂町人	수필/비평	
1	5	俳句	賣劍選/春雜吟〔4〕 바이켄 선/봄 잡음	矢川	시가/하이쿠	
1	5	俳句	賣劍選/春雜吟〔1〕 바이켄 선/봄 잡음	##	시가/하이쿠	
1	5	俳句	賣劍選/春雜吟〔1〕 바이켄 선/봄 잡음	江潮	시가/하이쿠	
1	5	俳句	賣劍選/春雜吟〔4〕 바이켄 선/봄 잡음	#岳樓	시가/하이쿠	
1	5	俳句	賣劍選/春雜吟〔3〕 바이켄 선/봄 잡음	古中	시가/하이쿠	
1	5	俳句	夏の句を募る 여름의 구를 모집하다		광고/모집 광고	
6	1~3		大阪軍記/將軍秀忠淀川緣遭難(四)〈97〉 오사카 군기/쇼군 히데타다 요도가와 부근 조난(4)	旭堂南陵	고단	
8	1~3	讀者への懸 賞付小說	家庭悲劇/遺言狀〈34〉 가정 비극/유언장	島川七石	소설/일본	

1917년 05월 07일 (월) 5691호

지면	단수	기획	기사제목 〈회수〉〔곡수〕	필자/저자(역자)	분류	비고
1	1~2		西洋崇拜 서양 숭배	永樂町人	수필/비평	
4	1~4		大阪軍記/將軍秀忠淀川緣遭難(五)〈98〉 오사카 군기/쇼군 히데타다 요도가와 부근 조난(5)	旭堂南陵	고단	

1917년 05월 08일 (화) 5692호

지면	단수	기획	기사제목 〈회수〉〔곡수〕	필자/저자(역자)	분류	비고
4	1~4		大阪軍記/將軍秀忠淀川緣遭難(五)〈98〉 오사카 군기/쇼군 히데타다 요도가와 부근 조난(5)	旭堂南陵	고단	회수 오류
8	1~3	讀者への懸 賞付小說	家庭悲劇/遺言狀〈35〉 가정 비극/유언장	島川七石	소설/일본	

1917년 05월 09일 (수) 5693호

지면	단수	기획	기사제목 〈회수〉〔곡수〕	필자/저자(역자)	분류	비고
1	5		仁川短歌會詠草〔1〕 인천 단카회 영초	實田京子	시가/단카	
1	5		仁川短歌會詠草〔2〕 인천 단카회 영초	尾佐武生	시가/단카	

지면	단수	기획	기사제목 〈회수〉〔곡수〕	필자/저자(역자)	분류	비고
1	5		仁川短歌會詠草〔4〕 인천 단카회 영초	渚の海盤車	시가/단카	
1	5		仁川短歌會詠草〔5〕 인천 단카회 영초	長崎保	시가/단카	
1	5~6		經濟 경제	永樂町人	수필/비평	
3	1~3		南金剛探勝記 남금강 탐승기	林田生	수필/관찰	
4	1~4		大阪軍記/將軍秀忠淀川緣遭難(六)〈99〉 오사카 군기/쇼군 히데타다 요도가와 부근 조난(6)	旭堂南陵	고단	
6	1~3	讀者への懸 賞付小說	家庭悲劇/遺言狀〈36〉 가정 비극/유언장	島川七石	소설/일본	

1917년 05월 10일 (목) 5694호

지면	단수	기획	기사제목 〈회수〉〔곡수〕	필자/저자(역자)	분류	비고
1	5		仁川短歌會詠草〔1〕 인천 단카회 영초	雄佐武	시가/단카	
1	5		仁川短歌會詠草〔8〕 인천 단카회 영초	叢大芸居	시가/단카	
1	5		京城二葉會俳句〔3〕 경성 후타바카이 하이쿠	##	시가/하이쿠	
1	5		京城二葉會俳句〔5〕 경성 후타바카이 하이쿠	不滅	시가/하이쿠	
1	5		京城二葉會俳句〔1〕 경성 후타바카이 하이쿠	鼓蕉	시가/하이쿠	
1	5		京城二葉會俳句〔1〕 경성 후타바카이 하이쿠	不城	시가/하이쿠	
1	5		京城二葉會俳句〔4〕 경성 후타바카이 하이쿠	京廼家	시가/하이쿠	
1	5		京城二葉會俳句〔1〕 경성 후타바카이 하이쿠	文紅	시가/하이쿠	
1	5		京城二葉會俳句〔1〕 경성 후타바카이 하이쿠	怡颯	시가/하이쿠	
1	5		京城二葉會俳句〔1〕 경성 후타바카이 하이쿠	鼓蕉	시가/하이쿠	
1	5		京城二葉會俳句〔1〕 경성 후타바카이 하이쿠	怡樂	시가/하이쿠	
1	5		京城二葉會俳句〔2〕 경성 후타바카이 하이쿠	不滅	시가/하이쿠	
1	6		ユダヤ人 유대인	永樂町人	수필/비평	
3	2~4		南金剛探勝記 남금강 탐승기	林田生	수필/관찰	
4	1~4		大阪軍記/家康南都の危難(一)〈100〉 오사카 군기/이에야스 난토의 위난(1)	旭堂南陵	고단	
6	1~3	讀者への懸 賞付小說	家庭悲劇/遺言狀〈37〉 가정 비극/유언장	島川七石	소설/일본	

1917년 05월 11일 (금) 5695호

지면	단수	기획	기사제목 〈회수〉〔곡수〕	필자/저자(역자)	분류	비고
1	2~5		孤弱日本 외롭고 연약한 일본	永樂町人	수필/비평	
1	6		仁川短歌會詠草〔7〕 인천 단카회 영초	茆村紅路	시가/단카	

지면	단수	기획	기사제목 〈회수〉〔곡수〕	필자/저자(역자)	분류	비고
3	3~6		南金剛探勝記 〈11〉 남금강 탐승기	林田生	수필/관찰	
3	7		兼二浦紅雀 겸이포 단풍새		수필/평판기	
4	1~4		大阪軍記/家康南都の危難(二) 〈101〉 오사카 군기/이에야스 난토의 위난(2)	旭堂南陵	고단	
6	1~3	讀者への懸 賞付小說	家庭悲劇/遺言狀 〈38〉 가정 비극/유언장	島川七石	소설/일본	

1917년 05월 12일 (토) 5696호

지면	단수	기획	기사제목 〈회수〉〔곡수〕	필자/저자(역자)	분류	비고
1	6		仁川短歌會詠草 〔3〕 인천 단카회 영초	芦上秋人	시가/단카	
1	6		仁川短歌會詠草 〔4〕 인천 단카회 영초	本間素月	시가/단카	
1	6	俳壇	五魔の俳(於風骨庵)/藥玉,虎ケ雨,矢數,新茶, 林檎 〔3〕 고마의 하이쿠(후코쓰암에서)/창포 주머니, 호랑이 비, 과녁에 맞은 화살 수, 신차, 사과	十甫	시가/하이쿠	
1	6	俳壇	五魔の俳(於風骨庵)/藥玉,虎ケ雨,矢數,新茶, 林檎 〔3〕 고마의 하이쿠(후코쓰암에서)/창포 주머니, 호랑이 비, 과녁에 맞은 화살 수, 신차, 사과	待宵	시가/하이쿠	
1	6	俳壇	五魔の俳(於風骨庵)/藥玉,虎ケ雨,矢數,新茶, 林檎 〔3〕 고마의 하이쿠(후코쓰암에서)/창포 주머니, 호랑이 비, 과녁에 맞은 화살 수, 신차, 사과	春三女	시가/하이쿠	
1	6	俳壇	五魔の俳(於風骨庵)/藥玉,虎ケ雨,矢數,新茶, 林檎 〔3〕 고마의 하이쿠(후코쓰암에서)/창포 주머니, 호랑이 비, 과녁에 맞은 화살 수, 신차, 사과	十亭	시가/하이쿠	
1	6	俳壇	五魔の俳(於風骨庵)/藥玉,虎ケ雨,矢數,新茶, 林檎 〔3〕 고마의 하이쿠(후코쓰암에서)/창포 주머니, 호랑이 비, 과녁에 맞은 화살 수, 신차, 사과	風骨	시가/하이쿠	
3	4~5		南金剛探勝記 〈12〉 남금강 탐승기	林田生	수필/관찰	
3	7		敷島雀 유곽 참새		수필/평판기	
4	1~4		大阪軍記/家康南都の危難(三) 〈102〉 오사카 군기/이에야스 난토의 위난(3)	旭堂南陵	고단	
5	7		花柳たより 화류 소식		수필/일상	
6	1~3	讀者への懸 賞付小說	家庭悲劇/遺言狀 〈39〉 가정 비극/유언장	島川七石	소설/일본	

1917년 05월 13일 (일) 5697호

지면	단수	기획	기사제목 〈회수〉〔곡수〕	필자/저자(역자)	분류	비고
1	5		仁川短歌會詠草 〔9〕 인천 단카회 영초	石井龍史	시가/단카	
1	5		仁川俳句會句集/虻 〔1〕 인천 하이쿠회 구집/등에	玉洲	시가/하이쿠	
1	5		仁川俳句會句集/虻 〔2〕 인천 하이쿠회 구집/등에	康知	시가/하이쿠	
1	5		仁川俳句會句集/虻 〔1〕 인천 하이쿠회 구집/등에	沛子	시가/하이쿠	
1	5		仁川俳句會句集/虻 〔1〕 인천 하이쿠회 구집/등에	李雨史	시가/하이쿠	
1	5		仁川俳句會句集/虻 〔2〕 인천 하이쿠회 구집/등에	大露	시가/하이쿠	

지면	단수	기획	기사제목 〈회수〉〔곡수〕	필자/저자(역자)	분류	비고
1	5		仁川俳句會句集/虻 〔1〕 인천 하이쿠회 구집/등에	想仙	시가/하이쿠	
1	5		仁川俳句會句集/虻 〔2〕 인천 하이쿠회 구집/등에	ゝ禾	시가/하이쿠	
1	5		仁川俳句會句集/虻 〔1〕 인천 하이쿠회 구집/등에	句碑守	시가/하이쿠	
1	5		仁川俳句會句集/虻 〔1〕 인천 하이쿠회 구집/등에	山巴	시가/하이쿠	
1	5		仁川俳句會句集/虻/三 〔1〕 인천 하이쿠회 구집/등에/삼	玉洲	시가/하이쿠	
1	5		仁川俳句會句集/虻/四 〔1〕 인천 하이쿠회 구집/등에/사	李雨史	시가/하이쿠	
1	5		仁川俳句會句集/虻/五 〔1〕 인천 하이쿠회 구집/등에/오	沛子	시가/하이쿠	
4	1~4		大阪軍記/家康南都の危難(四) 〈103〉 오사카 군기/이에야스 난토의 위난(4)	旭堂南陵	고단	
6	1~3	讀者への懸 賞付小說	家庭悲劇/遺言狀 〈40〉 가정 비극/유언장	島川七石	소설/일본	

1917년 05월 14일 (월) 5698호

지면	단수	기획	기사제목 〈회수〉〔곡수〕	필자/저자(역자)	분류	비고
1	4		敎育 교육	永樂町人	수필/비평	
1	5		仁川短歌會詠草 〔3〕 인천 단카회 영초	藤村幻花	시가/단카	
1	5		仁川短歌會詠草 〔10〕 인천 단카회 영초	叢大芸居	시가/단카	
4	1~4		大阪軍記/家康南都の危難(五) 〈104〉 오사카 군기/이에야스 난토의 위난(5)	旭堂南陵	고단	

1917년 05월 15일 (화) 5699호

지면	단수	기획	기사제목 〈회수〉〔곡수〕	필자/저자(역자)	분류	비고
4	1~3		大阪軍記/德川家康戰備(一) 〈105〉 오사카 군기/도쿠가와 이에야스 전쟁 준비(1)	旭堂南陵	고단	
5	3		敷島雀 유곽 참새		수필/평판기	
8	1~3	讀者への懸 賞付小說	家庭悲劇/遺言狀 〈41〉 가정 비극/유언장	島川七石	소설/일본	

1917년 05월 16일 (수) 5700호

지면	단수	기획	기사제목 〈회수〉〔곡수〕	필자/저자(역자)	분류	비고
1	2~3		友人關係 친구관계	永樂町人	수필/비평	
3	2~3		南金剛探勝記 〈14〉 남금강 탐승기	林田生	수필/관찰	
4	1~4		大阪軍記/德川家康戰備(二) 〈106〉 오사카 군기/도쿠가와 이에야스 전쟁 준비(2)	旭堂南陵	고단	
6	1~3	讀者への懸 賞付小說	家庭悲劇/遺言狀 〈42〉 가정 비극/유언장	島川七石	소설/일본	

1917년 05월 17일 (목) 5701호

지면	단수	기획	기사제목 〈회수〉〔곡수〕	필자/저자(역자)	분류	비고
1	5		京城二葉會句集/佐治賣劍選 〔3〕 경성 후타바카이 구집/사지 바이켄 선	辰司	시가/하이쿠	
1	5~6		京城二葉會句集/佐治賣劍選 〔5〕 경성 후타바카이 구집/사지 바이켄 선	不滅	시가/하이쿠	

지면	단수	기획	기사제목 〈회수〉〔곡수〕	필자/저자(역자)	분류	비고
1	6		京城二葉會句集/佐治賣劍選 〔4〕 경성 후타바카이 구집/사지 바이켄 선	鼓蕉	시가/하이쿠	
1	6		京城二葉會句集/佐治賣劍選 〔3〕 경성 후타바카이 구집/사지 바이켄 선	十八公	시가/하이쿠	
1	6		京城二葉會句集/佐治賣劍選 〔2〕 경성 후타바카이 구집/사지 바이켄 선	洗耳	시가/하이쿠	
1	6		京城二葉會句集/佐治賣劍選/人 〔1〕 경성 후타바카이 구집/사지 바이켄 선/인	辰司	시가/하이쿠	
1	6		京城二葉會句集/佐治賣劍選/地 〔1〕 경성 후타바카이 구집/사지 바이켄 선/지	不滅	시가/하이쿠	
1	6		京城二葉會句集/佐治賣劍選/天 〔1〕 경성 후타바카이 구집/사지 바이켄 선/천	鼓蕉	시가/하이쿠	
1	6		京城二葉會句集/佐治賣劍選 〔1〕 경성 후타바카이 구집/사지 바이켄 선	賣劍	시가/하이쿠	
4	1~3		大阪軍記/德川家康戰備(三) 〈107〉 오사카 군기/도쿠가와 이에야스 전쟁 준비(3)	旭堂南陵	고단	
5	6		花あやめ 붓꽃		수필/평판기	
6	1~3	讀者への懸 賞付小說	家庭悲劇/遺言狀 〈43〉 가정 비극/유언장	島川七石	소설/일본	

1917년 05월 18일 (금) 5702호

지면	단수	기획	기사제목 〈회수〉〔곡수〕	필자/저자(역자)	분류	비고
1	1~2		試驗主義 시험 주의	永樂町人	수필/비평	
3	7		敷島雀 유곽 참새		수필/평판기	
4	1~4		大阪軍記/德川家康戰備(四) 〈108〉 오사카 군기/도쿠가와 이에야스 전쟁 준비(4)	旭堂南陵	고단	
6	1~3	讀者への懸 賞付小說	家庭悲劇/遺言狀 〈44〉 가정 비극/유언장	島川七石	소설/일본	

1917년 05월 19일 (토) 5703호

지면	단수	기획	기사제목 〈회수〉〔곡수〕	필자/저자(역자)	분류	비고
1	1~2		死處論 사처론	永樂町人	수필/비평	
3	3~4		南金剛探勝記 〈15〉 남금강 탐승기	林田生	수필/관찰	
4	1~3		大阪軍記/德川家康戰備(五) 〈109〉 오사카 군기/도쿠가와 이에야스 전쟁 준비(5)	旭堂南陵	고단	
6	1~3	讀者への懸 賞付小說	家庭悲劇/遺言狀 〈45〉 가정 비극/유언장	島川七石	소설/일본	

1917년 05월 20일 (일) 5704호

지면	단수	기획	기사제목 〈회수〉〔곡수〕	필자/저자(역자)	분류	비고
1	2~4		活動寫眞 활동 사진	永樂町人	수필/비평	
4	1~3		大阪軍記/德川家康戰備(六) 〈110〉 오사카 군기/도쿠가와 이에야스 전쟁 준비(6)	旭堂南陵	고단	
5	3		大邱紅筆 대구 홍필		수필/평판기	
8	1~3	讀者への懸 賞付小說	家庭悲劇/遺言狀 〈46〉 가정 비극/유언장	島川七石	소설/일본	

1917년 05월 21일 (월) 5705호

지면	단수	기획	기사제목 〈회수〉〔곡수〕	필자/저재(역자)	분류	비고
1	2~4		京城風俗 경성 풍속	永樂町人	수필/관찰	
1	6		仁川俳句會句集〔2〕 인천 하이쿠회 구집	大路	시가/하이쿠	
1	6		仁川俳句會句集〔1〕 인천 하이쿠회 구집	ゝ禾	시가/하이쿠	
1	6		仁川俳句會句集〔3〕 인천 하이쿠회 구집	李雨史	시가/하이쿠	
1	6		仁川俳句會句集〔2〕 인천 하이쿠회 구집	沛子	시가/하이쿠	
1	6		仁川俳句會句集〔1〕 인천 하이쿠회 구집	想仙	시가/하이쿠	
1	6		仁川俳句會句集〔2〕 인천 하이쿠회 구집	松園	시가/하이쿠	
1	6		仁川俳句會句集/三點〔1〕 인천 하이쿠회 구집/삼점	松園	시가/하이쿠	
1	6		仁川俳句會句集/三點〔2〕 인천 하이쿠회 구집/삼점	康知	시가/하이쿠	
1	6		仁川俳句會句集/三點〔1〕 인천 하이쿠회 구집/삼점	大路	시가/하이쿠	
4	1~3	讀者への懸 賞付小說	家庭悲劇/遺言狀 〈47〉 가정 비극/유언장	島川七石	소설/일본	

1917년 05월 22일 (화) 5706호

지면	단수	기획	기사제목 〈회수〉〔곡수〕	필자/저재(역자)	분류	비고
1	1~2		淸弊國 청폐국	永樂町人	수필/비평	
1	6		仁川短歌會詠草〔2〕 인천 단카회 영초	志摩秋水	시가/단카	
1	6		仁川短歌會詠草〔2〕 인천 단카회 영초	葉留野草三	시가/단카	
1	6		仁川短歌會詠草〔2〕 인천 단카회 영초	野の人	시가/단카	
1	6		仁川短歌會詠草〔3〕 인천 단카회 영초	國廣川萩	시가/단카	
4	1~3		大阪軍記/德川家康戰備(七) 〈111〉 오사카 군기/도쿠가와 이에야스 전쟁 준비(7)	旭堂南陵	고단	
6	1~3	讀者への懸 賞付小說	家庭悲劇/遺言狀 〈48〉 가정 비극/유언장	島川七石	소설/일본	

1917년 05월 23일 (수) 5707호

지면	단수	기획	기사제목 〈회수〉〔곡수〕	필자/저재(역자)	분류	비고
1	3~4		華族 회족	永樂町人	수필/비평	
1	5		仁川短歌會詠草〔4〕 인천 단카회 영초	深山葉蕗	시가/단카	
1	5	俳壇	京城蕉風會四月の卷/#仙居一稚宗匠選〔1〕 경성 쇼후카이 4월의 권/# 센쿄 잇치 종장 선	其#	시가/하이쿠	
1	5	俳壇	京城蕉風會四月の卷/#仙居一稚宗匠選〔1〕 경성 쇼후카이 4월의 권/# 센쿄 잇치 종장 선	旭山	시가/하이쿠	
1	5	俳壇	京城蕉風會四月の卷/#仙居一稚宗匠選〔1〕 경성 쇼후카이 4월의 권/# 센쿄 잇치 종장 선	不滅	시가/하이쿠	
1	5	俳壇	京城蕉風會四月の卷/#仙居一稚宗匠選〔1〕 경성 쇼후카이 4월의 권/# 센쿄 잇치 종장 선	松葉	시가/하이쿠	

지면	단수	기획	기사제목 〈회수〉〔곡수〕	필자/저자(역자)	분류	비고
1	5	俳壇	京城蕉風會四月の巻/#仙居一稚宗匠選〔1〕 경성 쇼후카이 4월의 권/# 센쿄 잇치 종장 선	溪舟	시가/하이쿠	
1	5	俳壇	京城蕉風會四月の巻/#仙居一稚宗匠選〔1〕 경성 쇼후카이 4월의 권/# 센쿄 잇치 종장 선	不滅	시가/하이쿠	
1	5	俳壇	京城蕉風會四月の巻/#仙居一稚宗匠選〔1〕 경성 쇼후카이 4월의 권/# 센쿄 잇치 종장 선	孤舟	시가/하이쿠	
1	5	俳壇	京城蕉風會四月の巻/#仙居一稚宗匠選〔1〕 경성 쇼후카이 4월의 권/# 센쿄 잇치 종장 선	洗耳	시가/하이쿠	
1	5	俳壇	京城蕉風會四月の巻/#仙居一稚宗匠選〔1〕 경성 쇼후카이 4월의 권/# 센쿄 잇치 종장 선	園花	시가/하이쿠	
1	5	俳壇	京城蕉風會四月の巻/#仙居一稚宗匠選〔1〕 경성 쇼후카이 4월의 권/# 센쿄 잇치 종장 선	箕山	시가/하이쿠	
1	5	俳壇	京城蕉風會四月の巻/#仙居一稚宗匠選〔1〕 경성 쇼후카이 4월의 권/# 센쿄 잇치 종장 선	霜流	시가/하이쿠	
1	5	俳壇	京城蕉風會四月の巻/#仙居一稚宗匠選〔2〕 경성 쇼후카이 4월의 권/# 센쿄 잇치 종장 선	不滅	시가/하이쿠	
1	5	俳壇	京城蕉風會四月の巻/#仙居一稚宗匠選〔1〕 경성 쇼후카이 4월의 권/# 센쿄 잇치 종장 선	洗耳	시가/하이쿠	
1	5	俳壇	京城蕉風會四月の巻/#仙居一稚宗匠選〔1〕 경성 쇼후카이 4월의 권/# 센쿄 잇치 종장 선	旭山	시가/하이쿠	
1	5	俳壇	京城蕉風會四月の巻/#仙居一稚宗匠選〔1〕 경성 쇼후카이 4월의 권/# 센쿄 잇치 종장 선	其#	시가/하이쿠	
1	5	俳壇	京城蕉風會四月の巻/#仙居一稚宗匠選/三光/人〔1〕 경성 쇼후카이 4월의 권/# 센쿄 잇치 종장 선/인	溪舟	시가/하이쿠	
1	5	俳壇	京城蕉風會四月の巻/#仙居一稚宗匠選/三光/地〔1〕 경성 쇼후카이 4월의 권/# 센쿄 잇치 종장 선/지	箕山	시가/하이쿠	
1	5	俳壇	京城蕉風會四月の巻/#仙居一稚宗匠選/三光/天〔1〕 경성 쇼후카이 4월의 권/# 센쿄 잇치 종장 선/천	不滅	시가/하이쿠	
1	5	俳壇	京城蕉風會四月の巻/#仙居一稚宗匠選/追加〔1〕 경성 쇼후카이 4월의 권/# 센쿄 잇치 종장 선/추가	一稚	시가/하이쿠	
3	7		敷島雀 유곽 참새		수필/평판기	
4	1~3		大阪軍記/平松金次郎(一)〈112〉 오사카 군기/히라마쓰 긴지로(1)	旭堂南陵	고단	
6	1~3	讀者への懸 賞付小說	家庭悲劇/遺言狀〈49〉 가정 비극/유언장	島川七石	소설/일본	

1917년 05월 24일 (목) 5708호

지면	단수	기획	기사제목 〈회수〉〔곡수〕	필자/저자(역자)	분류	비고
1	3~4		人文日本 인문 일본	永樂町人	수필/비평	
4	1~3		大阪軍記/平松金次郎(二)〈113〉 오사카 군기/히라마쓰 긴지로(2)	旭堂南陵	고단	
6	1~3	讀者への懸 賞付小說	家庭悲劇/遺言狀〈50〉 가정 비극/유언장	島川七石	소설/일본	

1917년 05월 25일 (금) 5709호

지면	단수	기획	기사제목 〈회수〉〔곡수〕	필자/저자(역자)	분류	비고
1	2~3		文明生活 문명 생활	永樂町人	수필/비평	
1	6		仁川短歌會詠草〔2〕 인천 단카회 영초	渚の海盤車	시가/단카	
1	6		仁川短歌會詠草〔2〕 인천 단카회 영초	芦上秋人	시가/단카	

지면	단수	기획	기사제목 〈회수〉 [곡수]	필자/저자(역자)	분류	비고
1	6		仁川短歌會詠草 [3] 인천 단카회 영초	光石尚子	시가/단카	
1	6		仁川短歌會詠草 [5] 인천 단카회 영초	石井龍史	시가/단카	
3	7		仁川紅筆 인천 홍필		수필/평판기	
4	1~3		大阪軍記/平松金次郎(三) 〈114〉 오사카 군기/히라마쓰 긴지로(3)	旭堂南陵	고단	
6	1~3	讀者への懸 賞付小說	家庭悲劇/遺言狀 〈51〉 가정 비극/유언장	島川七石	소설/일본	

1917년 05월 26일 (토) 5710호

지면	단수	기획	기사제목 〈회수〉 [곡수]	필자/저자(역자)	분류	비고
1	2~3		物我一樂 물아일락	永樂町人	수필/비평	
1	4		仁川短歌會詠草 [14] 인천 단카회 영초	叢大芸居	시가/단카	
3	5~7	喜劇	婦人記者 〈1〉 여성 기자		극본/기타	
4	1~3		大阪軍記/平松金次郎(四) 〈115〉 오사카 군기/히라마쓰 긴지로(4)	旭堂南陵	고단	
6	1~3	讀者への懸 賞付小說	家庭悲劇/遺言狀 〈52〉 가정 비극/유언장	島川七石	소설/일본	

1917년 05월 27일 (일) 5711호

지면	단수	기획	기사제목 〈회수〉 [곡수]	필자/저자(역자)	분류	비고
1	2~3		議會病 의회병	永樂町人	수필/비평	
3	5~7	喜劇	婦人記者 〈2〉 여성 기자		극본/기타	
3	7		花あやめ 붓꽃		수필/평판기	
4	1~3		大阪軍記/續德川家康戰備(一) 〈116〉 오사카 군기/속 도쿠가와 이에야스 전쟁 준비(1)	旭堂南陵	고단	

1917년 05월 28일 (월) 5712호

지면	단수	기획	기사제목 〈회수〉 [곡수]	필자/저자(역자)	분류	비고
1	2~4		辯護士 변호사	永樂町人	수필/비평	
4	1~3	讀者への懸 賞付小說	家庭悲劇/遺言狀 〈53〉 가정 비극/유언장	島川七石	소설/일본	

1917년 05월 29일 (화) 5713호

지면	단수	기획	기사제목 〈회수〉 [곡수]	필자/저자(역자)	분류	비고
1	2~3		生殖論 생식론	永樂町人	수필/비평	
1	5~6	俳壇	春夏雜吟 [13] 춘하 잡음	淮陽 白江	시가/하이쿠	
1	6	俳壇	夏の句を募る 여름의 구를 모집하다		광고/모집 광고	
4	1~4		大阪軍記/續德川家康戰備(二) 〈117〉 오사카 군기/속 도쿠가와 이에야스 전쟁 준비(2)	旭堂南陵	고단	
5	7		花あやめ 붓꽃		수필/평판기	
6	1~3	讀者への懸 賞付小說	家庭悲劇/遺言狀 〈54〉 가정 비극/유언장	島川七石	소설/일본	

지면	단수	기획	기사제목 〈회수〉〔곡수〕	필자/저자(역자)	분류	비고
			1917년 05월 30일 (수) 5714호			
1	2~3		賣春論 매춘론	永樂町人	수필/비평	
4	1~3		大阪軍記/惠田ケ島砦征(一) 〈118〉 오사카 군기/에다가시마 성채 공략(1)	旭堂南陵	고단	
6	1~3	讀者への懸 賞付小說	家庭悲劇/遺言狀 〈55〉 가정 비극/유언장	島川七石	소설/일본	
			1917년 05월 31일 (목) 5715호			
1	2~4		活花論 활화론	永樂町人	수필/비평	
1	5	俳壇	木浦蛙鳴會四月句集/雛、春雨、櫻 〔1〕 목포 와명회 4월 구집/히나, 봄비, 벚꽃	一#	시가/하이쿠	
1	5	俳壇	木浦蛙鳴會四月句集/雛、春雨、櫻 〔1〕 목포 와명회 4월 구집/히나, 봄비, 벚꽃	餘慶	시가/하이쿠	
1	5	俳壇	木浦蛙鳴會四月句集/雛、春雨、櫻 〔1〕 목포 와명회 4월 구집/히나, 봄비, 벚꽃	一鳥	시가/하이쿠	
1	5	俳壇	木浦蛙鳴會四月句集/雛、春雨、櫻 〔1〕 목포 와명회 4월 구집/히나, 봄비, 벚꽃	默響	시가/하이쿠	
1	5	俳壇	木浦蛙鳴會四月句集/雛、春雨、櫻 〔1〕 목포 와명회 4월 구집/히나, 봄비, 벚꽃	餘慶	시가/하이쿠	
1	5	俳壇	木浦蛙鳴會四月句集/雛、春雨、櫻 〔1〕 목포 와명회 4월 구집/히나, 봄비, 벚꽃	默保	시가/하이쿠	
1	5	俳壇	木浦蛙鳴會四月句集/雛、春雨、櫻 〔2〕 목포 와명회 4월 구집/히나, 봄비, 벚꽃	默響	시가/하이쿠	
1	5	俳壇	木浦蛙鳴會四月句集/雛、春雨、櫻 〔1〕 목포 와명회 4월 구집/히나, 봄비, 벚꽃	曉鐘	시가/하이쿠	
1	5	俳壇	木浦蛙鳴會四月句集/雛、春雨、櫻 〔1〕 목포 와명회 4월 구집/히나, 봄비, 벚꽃	餘慶	시가/하이쿠	
1	5	俳壇	木浦蛙鳴會四月句集/雛、春雨、櫻 〔1〕 목포 와명회 4월 구집/히나, 봄비, 벚꽃	默響	시가/하이쿠	
1	5	俳壇	木浦蛙鳴會四月句集/雛、春雨、櫻 〔1〕 목포 와명회 4월 구집/히나, 봄비, 벚꽃	可笑	시가/하이쿠	
1	5	俳壇	木浦蛙鳴會四月句集/雛、春雨、櫻 〔1〕 목포 와명회 4월 구집/히나, 봄비, 벚꽃	曉鐘	시가/하이쿠	
1	5	俳壇	木浦蛙鳴會四月句集/雛、春雨、櫻 〔1〕 목포 와명회 4월 구집/히나, 봄비, 벚꽃	默保	시가/하이쿠	
1	5	俳壇	木浦蛙鳴會四月句集/雛、春雨、櫻 〔1〕 목포 와명회 4월 구집/히나, 봄비, 벚꽃	夢笑	시가/하이쿠	
1	5	俳壇	木浦蛙鳴會四月句集/雛、春雨、櫻 〔1〕 목포 와명회 4월 구집/히나, 봄비, 벚꽃	默保	시가/하이쿠	
1	5	俳壇	木浦蛙鳴會四月句集/雛、春雨、櫻 〔1〕 목포 와명회 4월 구집/히나, 봄비, 벚꽃	一#	시가/하이쿠	
1	5	俳壇	木浦蛙鳴會四月句集/雛、春雨、櫻 〔1〕 목포 와명회 4월 구집/히나, 봄비, 벚꽃	默保	시가/하이쿠	
1	5	俳壇	木浦蛙鳴會四月句集/雛、春雨、櫻 〔1〕 목포 와명회 4월 구집/히나, 봄비, 벚꽃	默響	시가/하이쿠	
1	5	俳壇	木浦蛙鳴會四月句集/雛、春雨、櫻 〔1〕 목포 와명회 4월 구집/히나, 봄비, 벚꽃	一#	시가/하이쿠	
1	5	俳壇	木浦蛙鳴會四月句集/雛、春雨、櫻 〔1〕 목포 와명회 4월 구집/히나, 봄비, 벚꽃	餘慶	시가/하이쿠	

지면	단수	기획	기사제목 〈회수〉〔곡수〕	필자/저자(역자)	분류	비고
1	5	俳壇	木浦蛙鳴會四月句集/雛、春雨、櫻/三光/人〔1〕 목포 와명회 4월 구집/히나, 봄비, 벚꽃/삼광/인	默保	시가/하이쿠	
1	5	俳壇	木浦蛙鳴會四月句集/雛、春雨、櫻/三光/地〔1〕 목포 와명회 4월 구집/히나, 봄비, 벚꽃/삼광/지	可笑	시가/하이쿠	
1	5	俳壇	木浦蛙鳴會四月句集/雛、春雨、櫻/三光/天〔1〕 목포 와명회 4월 구집/히나, 봄비, 벚꽃/삼광/천	默保	시가/하이쿠	
1	5	俳壇	木浦蛙鳴會四月句集/雛、春雨、櫻〔1〕 목포 와명회 4월 구집/히나, 봄비, 벚꽃	賣劍	시가/하이쿠	
4	1~3		大阪軍記/惠田ケ島砦征(二)〈119〉 오사카 군기/에다가시마 성채 공략(2)	旭堂南陵	고단	
6	1~3	讀者への懸 賞付小説	家庭悲劇/遺言狀〈56〉 가정 비극/유언장	島川七石	소설/일본	
6	3~4		仁川短歌會詠草/庭のぶらんこ〔15〕 인천 단카회 영초/정원의 그네	石井龍史	시가/단카	

1917년 06월 01일 (금) 5716호

지면	단수	기획	기사제목 〈회수〉〔곡수〕	필자/저자(역자)	분류	비고
1	2~4		近代英雄 근대 영웅	永樂町人	수필/비평	
4	1~3		大阪軍記/惠田ケ島砦征(三)〈120〉 오사카 군기/에다가시마 성채 공략(3)	旭堂南陵	고단	
6	1~3	讀者への懸 賞付小説	家庭悲劇/遺言狀〈57〉 가정 비극/유언장	島川七石	소설/일본	

1917년 06월 02일 (토) 5717호

지면	단수	기획	기사제목 〈회수〉〔곡수〕	필자/저자(역자)	분류	비고
1	2~3		政黨論 정당론	永樂町人	수필/관찰	
1	6		仁川短歌會詠草/はつ夏〔8〕 인천 단카회 영초/초여름	渚の海盤車	시가/단카	
4	1~3		大阪軍記/惠田ケ島砦征(四)〈121〉 오사카 군기/에다가시마 성채 공략(4)	旭堂南陵	고단	
6	1~3	讀者への懸 賞付小説	家庭悲劇/遺言狀〈58〉 가정 비극/유언장	島川七石	소설/일본	

1917년 06월 03일 (일) 5718호

지면	단수	기획	기사제목 〈회수〉〔곡수〕	필자/저자(역자)	분류	비고
1	2~3		一本線 일본선	永樂町人	수필/비평	
1	6	俳壇	行餘句錄〔4〕 행여구록	沛子	시가/하이쿠	
1	6	俳壇	行餘句錄〔4〕 행여구록	想仙	시가/하이쿠	
1	6	俳壇	行餘句錄〔5〕 행여구록	丹葉	시가/하이쿠	
4	1~3		大阪軍記/惠田ケ島砦征(五)〈122〉 오사카 군기/에다가시마 성채 공략(5)	旭堂南陵	고단	
6	1~3	讀者への懸 賞付小説	家庭悲劇/遺言狀〈59〉 가정 비극/유언장	島川七石	소설/일본	

1917년 06월 04일 (월) 5719호

지면	단수	기획	기사제목 〈회수〉〔곡수〕	필자/저자(역자)	분류	비고
1	2~3		役人論 역인론	永樂町人	수필/비평	
1	5	詩壇	江原道雜首/登程〔4〕 강원도 잡수/등정	蟻生十郎	시가/한시	

지면	단수	기획	기사제목 〈회수〉〔곡수〕	필자/저자(역자)	분류	비고
1	5	詩壇	江原道雜首/汽車過揚州 〔4〕 강원도 잡수/기차과양주	蟻生十郎	시가/한시	
1	5	詩壇	江原道雜首/鐵原 〔4〕 강원도 잡수/철원	蟻生十郎	시가/한시	
1	5	詩壇	江原道雜首/自平康驛抵金城途上 〔8〕 강원도 잡수/자평강역지금성도상	蟻生十郎	시가/한시	
1	5	詩壇	江原道雜首/栗沙里山中 〔4〕 강원도 잡수/률사리산중	蟻生十郎	시가/한시	
1	5	詩壇	江原道雜首/楡店客舍 〔20〕 강원도 잡수/유점객사	蟻生十郎	시가/한시	
1	5	詩壇	江原道雜首/龍#山 〔4〕 강원도 잡수/용#산	蟻生十郎	시가/한시	
1	5	詩壇	江原道雜首/防長洲寺 〔4〕 강원도 잡수/방장주사	蟻生十郎	시가/한시	
4	1~3		大阪軍記/惠田ケ島砦征(六) 〈123〉 오사카 군기/에다가시마 성채 공략(6)	旭堂南陵	고단	
6	1~3	讀者への懸 賞付小說	家庭悲劇/遺言狀 〈60〉 가정 비극/유언장	島川七石	소설/일본	

1917년 06월 04일 (화) 5720호

지면	단수	기획	기사제목 〈회수〉〔곡수〕	필자/저자(역자)	분류	비고
1	2~3		評議員 평의원	永樂町人	수필/비평	
1	6	俳壇	春夏雜吟 〔3〕 춘하-잡음	望岳樓	시가/하이쿠	
1	6	俳壇	春夏雜吟 〔3〕 춘하-잡음	蛙鳴	시가/하이쿠	
1	6	俳壇	春夏雜吟 〔3〕 춘하-잡음	矢川	시가/하이쿠	
1	6	俳壇	春夏雜吟 〔4〕 춘하-잡음	四行	시가/하이쿠	
1	6	俳壇	春夏雜吟 〔2〕 춘하-잡음	望岳樓	시가/하이쿠	
1	6	俳壇	春夏雜吟 〔4〕 춘하-잡음	五桃子	시가/하이쿠	
4	1~3		大阪軍記/惠田ケ島砦征(七) 〈124〉 오사카 군기/에다가시마 성채 공략(7)	旭堂南陵	고단	
6	1~3	讀者への懸 賞付小說	家庭悲劇/遺言狀 〈61〉 가정 비극/유언장	島川七石	소설/일본	

1917년 06월 06일 (수) 5721호

지면	단수	기획	기사제목 〈회수〉〔곡수〕	필자/저자(역자)	분류	비고
1	2~3		永遠 영원	永樂町人	수필/관찰	
1	6		仁川短歌會詠草 〔1〕 인천 단카회 영초	夢之助	시가/단카	
1	6		仁川短歌會詠草 〔2〕 인천 단카회 영초	淸家壁蟲	시가/단카	
1	6		仁川短歌會詠草 〔3〕 인천 단카회 영초	葉留野草三	시가/단카	
1	6		仁川短歌會詠草 〔8〕 인천 단카회 영초	村田比呂夢	시가/단카	
4	1~3		大阪軍記/惠田ケ島砦征(八) 〈125〉 오사카 군기/에다가시마 성채 공략(8)	旭堂南陵	고단	

지면	단수	기획	기사제목 〈회수〉〔곡수〕	필자/저자(역자)	분류	비고
6	1~3	讀者への懸賞付小說	家庭悲劇/遺言狀 〈62〉 가정 비극/유언장	島川七石	소설/일본	

1917년 06월 07일 (목) 5722호

지면	단수	기획	기사제목 〈회수〉〔곡수〕	필자/저자(역자)	분류	비고
1	2~3		黎元洪 리위안훙	永樂町人	수필/비평	
3	5~6		平澤九十會俳句 평택 구십회 하이쿠		시가/모임안내	
3	6		平澤九十會俳句〔1〕 평택 구십회 하이쿠	香雪	시가/하이쿠	
3	6		平澤九十會俳句〔2〕 평택 구십회 하이쿠	奇山	시가/하이쿠	
3	6		平澤九十會俳句〔1〕 평택 구십회 하이쿠	家羔女	시가/하이쿠	
3	6		平澤九十會俳句〔1〕 평택 구십회 하이쿠	浪浦	시가/하이쿠	
3	6		平澤九十會俳句〔1〕 평택 구십회 하이쿠	牧友	시가/하이쿠	
3	6		平澤九十會俳句〔1〕 평택 구십회 하이쿠	桂舟	시가/하이쿠	
3	6		平澤九十會俳句〔1〕 평택 구십회 하이쿠	浪浦	시가/하이쿠	
3	6		平澤九十會俳句〔1〕 평택 구십회 하이쿠	家羔女	시가/하이쿠	
3	6		平澤九十會俳句〔1〕 평택 구십회 하이쿠	不岐	시가/하이쿠	
3	6		平澤九十會俳句〔1〕 평택 구십회 하이쿠	香雪	시가/하이쿠	
3	6		平澤九十會俳句〔1〕 평택 구십회 하이쿠	松籟	시가/하이쿠	
3	6		平澤九十會俳句〔1〕 평택 구십회 하이쿠	不岐	시가/하이쿠	
3	6		平澤九十會俳句〔1〕 평택 구십회 하이쿠	牧友	시가/하이쿠	
3	6		平澤九十會俳句〔1〕 평택 구십회 하이쿠	保久	시가/하이쿠	
3	6		平澤九十會俳句〔2〕 평택 구십회 하이쿠	桂舟	시가/하이쿠	
3	6		平澤九十會俳句〔1〕 평택 구십회 하이쿠	香雪	시가/하이쿠	
3	6		平澤九十會俳句〔2〕 평택 구십회 하이쿠	松籟	시가/하이쿠	
3	6		平澤九十會俳句〔2〕 평택 구십회 하이쿠	牧友	시가/하이쿠	
3	6		平澤九十會俳句/三才〔1〕 평택 구십회 하이쿠/삼재	不岐	시가/하이쿠	
3	6		平澤九十會俳句/三才〔1〕 평택 구십회 하이쿠/삼재	松籟	시가/하이쿠	
3	6		平澤九十會俳句/三才〔1〕 평택 구십회 하이쿠/삼재	不岐	시가/하이쿠	
4	1~3		大阪軍記/惠田ケ島砦征(九)〈126〉 오사카 군기/에다가시마 성채 공략(9)	旭堂南陵	고단	

지면	단수	기획	기사제목 〈회수〉〔곡수〕	필자/저자(역자)	분류	비고
6	1~3	讀者への懸賞付小說	家庭悲劇/遺言狀 〈63〉 가정 비극/유언장	島川七石	소설/일본	

1917년 06월 08일 (금) 5723호

지면	단수	기획	기사제목 〈회수〉〔곡수〕	필자/저자(역자)	분류	비고
1	2~3		反對論 반대론	永樂町人	수필/비평	
1	6		仁川短歌會詠草〔2〕 인천 단카회 영초	長崎保	시가/단카	
1	6		仁川短歌會詠草〔3〕 인천 단카회 영초	工藤想仙	시가/단카	
1	6		仁川短歌會詠草〔8〕 인천 단카회 영초	渚の海盤車	시가/단카	
4	1~3		大阪軍記/惠田ケ島砦征(十)〈127〉 오사카 군기/에다가시마 성채 공략(10)	旭堂南陵	고단	
8	1~3	讀者への懸賞付小說	家庭悲劇/遺言狀 〈64〉 가정 비극/유언장	島川七石	소설/일본	

1917년 06월 09일 (토) 5724호

지면	단수	기획	기사제목 〈회수〉〔곡수〕	필자/저자(역자)	분류	비고
1	1~2		生活 생활	永樂町人	수필/비평	
1	5		仁川短歌會詠草〔4〕 인천 단카회 영초	國廣蓑濱子	시가/단카	
1	5		仁川短歌會詠草〔4〕 인천 단카회 영초	沼上文泉	시가/단카	
1	5		仁川短歌會詠草〔4〕 인천 단카회 영초	菴村紅路	시가/단카	
6	1~3		大阪軍記/惠田ケ島砦征(十一)〈128〉 오사카 군기/에다가시마 성채 공략(11)	旭堂南陵	고단	

1917년 06월 10일 (일) 5725호

지면	단수	기획	기사제목 〈회수〉〔곡수〕	필자/저자(역자)	분류	비고
1	2~3		外交機關 외교 기관	永樂町人	수필/비평	
1	6		仁川短歌會詠草〔5〕 인천 단카회 영초	叢大芸居	시가/단카	
1	6		仁川短歌會詠草〔7〕 인천 단카회 영초	石井龍史	시가/단카	
4	1~3		大阪軍記/鵯野今福の戰(一)〈129〉 오사카 군기/시기노·이마후쿠 전투(1)	旭堂南陵	고단	
6	1~3	讀者への懸賞付小說	家庭悲劇/遺言狀 〈65〉 가정 비극/유언장	島川七石	소설/일본	

1917년 06월 11일 (월) 5726호

지면	단수	기획	기사제목 〈회수〉〔곡수〕	필자/저자(역자)	분류	비고
1	1~2		煙草 담배	永樂町人	수필/일상	
1	5	文苑	#の幼き歌を〔7〕 #의 어린 노래를	葉留野草三	시가/단카	
1	5	文苑	######/春夏雜吟〔11〕 ######/봄,여름-잡음	## ##	시가/하이쿠	
1	5	文苑	夏の句を募る 여름의 구를 모집하다		광고/모집	광고
3	6		平澤九十會俳句/東京其角堂機一宗匠選〔1〕 평택 구십회 하이쿠/도쿄 기카쿠도 기이치 종장 선	奇山	시가/하이쿠	

지면	단수	기획	기사제목 〈회수〉〔곡수〕	필자/저자(역자)	분류	비고
3	6		平澤九十會俳句/東京其角堂機一宗匠選〔1〕 평택 구십회 하이쿠/도쿄 기카쿠도 기이치 종장 선	松籟	시가/하이쿠	
3	6		平澤九十會俳句/東京其角堂機一宗匠選〔1〕 평택 구십회 하이쿠/도쿄 기카쿠도 기이치 종장 선	浪浦	시가/하이쿠	
3	6		平澤九十會俳句/東京其角堂機一宗匠選〔1〕 평택 구십회 하이쿠/도쿄 기카쿠도 기이치 종장 선	奇山	시가/하이쿠	
3	6		平澤九十會俳句/東京其角堂機一宗匠選〔1〕 평택 구십회 하이쿠/도쿄 기카쿠도 기이치 종장 선	浪浦	시가/하이쿠	
3	6		平澤九十會俳句/東京其角堂機一宗匠選〔1〕 평택 구십회 하이쿠/도쿄 기카쿠도 기이치 종장 선	逸郎	시가/하이쿠	
3	6		平澤九十會俳句/東京其角堂機一宗匠選〔1〕 평택 구십회 하이쿠/도쿄 기카쿠도 기이치 종장 선	浪浦	시가/하이쿠	
3	6		平澤九十會俳句/東京其角堂機一宗匠選〔1〕 평택 구십회 하이쿠/도쿄 기카쿠도 기이치 종장 선	保々	시가/하이쿠	
3	6		平澤九十會俳句/東京其角堂機一宗匠選〔1〕 평택 구십회 하이쿠/도쿄 기카쿠도 기이치 종장 선	#月	시가/하이쿠	
3	6		平澤九十會俳句/東京其角堂機一宗匠選〔1〕 평택 구십회 하이쿠/도쿄 기카쿠도 기이치 종장 선	逸郎	시가/하이쿠	
3	6		平澤九十會俳句/東京其角堂機一宗匠選/三光〔1〕 평택 구십회 하이쿠/도쿄 기카쿠도 기이치 종장 선/삼광	不岐	시가/하이쿠	
3	6		平澤九十會俳句/東京其角堂機一宗匠選/三光〔1〕 평택 구십회 하이쿠/도쿄 기카쿠도 기이치 종장 선/삼광	桂舟	시가/하이쿠	
3	6		平澤九十會俳句/東京其角堂機一宗匠選/三光〔1〕 평택 구십회 하이쿠/도쿄 기카쿠도 기이치 종장 선/삼광	松籟	시가/하이쿠	
3	6		平澤九十會俳句/軸〔1〕 평택 구십회 하이쿠/축	評者 機一	시가/하이쿠	
3	6		平澤九十會俳句/長門 通仙庵梅雪宗匠選〔1〕 평택 구십회 하이쿠/장문 쓰센안 바이세쓰 종장 선	保々	시가/하이쿠	
3	6		平澤九十會俳句/長門 通仙庵梅雪宗匠選〔1〕 평택 구십회 하이쿠/장문 쓰센안 바이세쓰 종장 선	不岐	시가/하이쿠	
3	6		平澤九十會俳句/長門 通仙庵梅雪宗匠選〔1〕 평택 구십회 하이쿠/장문 쓰센안 바이세쓰 종장 선	松籟	시가/하이쿠	
3	6		平澤九十會俳句/長門 通仙庵梅雪宗匠選〔1〕 평택 구십회 하이쿠/장문 쓰센안 바이세쓰 종장 선	不岐	시가/하이쿠	
3	6		平澤九十會俳句/長門 通仙庵梅雪宗匠選〔1〕 평택 구십회 하이쿠/장문 쓰센안 바이세쓰 종장 선	細月	시가/하이쿠	
3	6		平澤九十會俳句/長門 通仙庵梅雪宗匠選〔2〕 평택 구십회 하이쿠/장문 쓰센안 바이세쓰 종장 선	不岐	시가/하이쿠	
3	6		平澤九十會俳句/長門 通仙庵梅雪宗匠選〔1〕 평택 구십회 하이쿠/장문 쓰센안 바이세쓰 종장 선	家#女	시가/하이쿠	
3	6		平澤九十會俳句/長門 通仙庵梅雪宗匠選〔1〕 평택 구십회 하이쿠/장문 쓰센안 바이세쓰 종장 선	松籟	시가/하이쿠	
3	6		平澤九十會俳句/長門 通仙庵梅雪宗匠選〔1〕 평택 구십회 하이쿠/장문 쓰센안 바이세쓰 종장 선	細月	시가/하이쿠	
3	6		平澤九十會俳句/長門 通仙庵梅雪宗匠選〔1〕 평택 구십회 하이쿠/장문 쓰센안 바이세쓰 종장 선	奇山	시가/하이쿠	
3	6		平澤九十會俳句/長門 通仙庵梅雪宗匠選〔1〕 평택 구십회 하이쿠/장문 쓰센안 바이세쓰 종장 선	##	시가/하이쿠	
3	6		平澤九十會俳句/長門 通仙庵梅雪宗匠選〔1〕 평택 구십회 하이쿠/장문 쓰센안 바이세쓰 종장 선	牧友	시가/하이쿠	
3	6		平澤九十會俳句/長門 通仙庵梅雪宗匠選〔1〕 평택 구십회 하이쿠/장문 쓰센안 바이세쓰 종장 선	逸郎	시가/하이쿠	

지면	단수	기획	기사제목 〈회수〉〔곡수〕	필자/저자(역자)	분류	비고
3	6		平澤九十會俳句/長門 通仙庵梅雪宗匠選〔1〕 평택 구십회 하이쿠/장문 쓰센안 바이세쓰 종장 선	不岐	시가/하이쿠	
3	6		平澤九十會俳句/長門 通仙庵梅雪宗匠選〔1〕 평택 구십회 하이쿠/장문 쓰센안 바이세쓰 종장 선	牧友	시가/하이쿠	
3	6		平澤九十會俳句/長門 通仙庵梅雪宗匠選〔1〕 평택 구십회 하이쿠/장문 쓰센안 바이세쓰 종장 선	奇山	시가/하이쿠	
3	6		平澤九十會俳句/長門 通仙庵梅雪宗匠選〔1〕 평택 구십회 하이쿠/장문 쓰센안 바이세쓰 종장 선	保々	시가/하이쿠	
3	6		平澤九十會俳句/長門 通仙庵梅雪宗匠選〔1〕 평택 구십회 하이쿠/장문 쓰센안 바이세쓰 종장 선	逸郎	시가/하이쿠	
3	6		平澤九十會俳句/長門 通仙庵梅雪宗匠選〔1〕 평택 구십회 하이쿠/장문 쓰센안 바이세쓰 종장 선	松籟	시가/하이쿠	
3	6		平澤九十會俳句/長門 通仙庵梅雪宗匠選〔1〕 평택 구십회 하이쿠/장문 쓰센안 바이세쓰 종장 선	逸郎	시가/하이쿠	
3	6		平澤九十會俳句/長門 通仙庵梅雪宗匠選〔1〕 평택 구십회 하이쿠/장문 쓰센안 바이세쓰 종장 선	奇山	시가/하이쿠	
3	6		平澤九十會俳句/長門 通仙庵梅雪宗匠選〔1〕 평택 구십회 하이쿠/장문 쓰센안 바이세쓰 종장 선	松籟	시가/하이쿠	
3	6		平澤九十會俳句/長門 通仙庵梅雪宗匠選〔1〕 평택 구십회 하이쿠/장문 쓰센안 바이세쓰 종장 선	香雪	시가/하이쿠	
3	6		平澤九十會俳句/長門 通仙庵梅雪宗匠選〔1〕 평택 구십회 하이쿠/장문 쓰센안 바이세쓰 종장 선	奇山	시가/하이쿠	
3	6		平澤九十會俳句/長門 通仙庵梅雪宗匠選〔1〕 평택 구십회 하이쿠/장문 쓰센안 바이세쓰 종장 선	松籟	시가/하이쿠	
3	6		平澤九十會俳句/長門 通仙庵梅雪宗匠選〔1〕 평택 구십회 하이쿠/장문 쓰센안 바이세쓰 종장 선	逸郎	시가/하이쿠	
3	6		平澤九十會俳句/長門 通仙庵梅雪宗匠選〔1〕 평택 구십회 하이쿠/장문 쓰센안 바이세쓰 종장 선	桂舟	시가/하이쿠	
3	6		平澤九十會俳句/長門 通仙庵梅雪宗匠選〔1〕 평택 구십회 하이쿠/장문 쓰센안 바이세쓰 종장 선	香雪	시가/하이쿠	
3	6		平澤九十會俳句/長門 通仙庵梅雪宗匠選/三光〔1〕 평택 구십회 하이쿠/장문 쓰센안 바이세쓰 종장 선/삼광	松籟	시가/하이쿠	
3	6		平澤九十會俳句/長門 通仙庵梅雪宗匠選/三光〔1〕 평택 구십회 하이쿠/장문 쓰센안 바이세쓰 종장 선/삼광	保々	시가/하이쿠	
3	6		平澤九十會俳句/長門 通仙庵梅雪宗匠選/三光〔1〕 평택 구십회 하이쿠/장문 쓰센안 바이세쓰 종장 선/삼광	牧友	시가/하이쿠	
3	6		平澤九十會俳句/軸〔1〕 평택 구십회 하이쿠/축	評者 梅雪	시가/하이쿠	
4	1~3		大阪軍記/鴫野今福の戰(二)〈130〉 오사카 군기/시기노·이마후쿠 전투(2)	旭堂南陵	고단	
6	1~3	讀者へ懸 賞小說	家庭悲劇/遺言狀〈66〉 가정 비극/유언장	島川七石	소설/일본	

1917년 06월 12일 (화) 5727호

지면	단수	기획	기사제목 〈회수〉〔곡수〕	필자/저자(역자)	분류	비고
1	1~2		人間論 인간론	永樂町人	수필/관찰	
3	6~7		海州紅筆たより 해주 홍필 소식		수필/평판기	
4	1~3		大阪軍記/鴫野今福の戰(三)〈131〉 오사카 군기/시기노·이마후쿠 전투(3)	旭堂南陵	고단	
5	7		花かつみ 꽃 가쓰미		수필/평판기	

지면	단수	기획	기사제목 〈회수〉〔곡수〕	필자/저자(역자)	분류	비고
6	1~3	讀者へ懸賞小說	家庭悲劇/遺言狀 〈67〉 가정 비극/유언장	島川七石	소설/일본	

1917년 06월 13일 (수) 5728호

지면	단수	기획	기사제목 〈회수〉〔곡수〕	필자/저자(역자)	분류	비고
1	2~4		犬養論 이누카이론	永樂町人	수필/관찰	
3	5~7		魔?人?/京城キネマ界のバチルス 〈1〉 마?인?/경성 영화계의 기생충		수필/기타	
3	6~7		夏の俗離山登山記(上) 여름 속리산 등산기	淸州支局 市川生	수필/일상	
3	7		京城二葉會句集/第二十四回句集總句數百十八吟中入選句(一)/無二庵帝史宗匠選〔1〕 경성 후타바카이 구집/제24회구집 총구수백십팔음중 입선구(일)/무니안 데이지 종장 선	松華	시가/하이쿠	
3	7		京城二葉會句集/第二十四回句集總句數百十八吟中入選句(一)/無二庵帝史宗匠選〔1〕 경성 후타바카이 구집/제24회구집 총구수백십팔음중 입선구(일)/무니안 데이지 종장 선	十八公	시가/하이쿠	
3	7		京城二葉會句集/第二十四回句集總句數百十八吟中入選句(一)/無二庵帝史宗匠選〔1〕 경성 후타바카이 구집/제24회구집 총구수백십팔음중 입선구(일)/무니안 데이지 종장 선	松華	시가/하이쿠	
3	7		京城二葉會句集/第二十四回句集總句數百十八吟中入選句(一)/無二庵帝史宗匠選〔1〕 경성 후타바카이 구집/제24회구집 총구수백십팔음중 입선구(일)/무니안 데이지 종장 선	孤舟	시가/하이쿠	
3	7		京城二葉會句集/第二十四回句集總句數百十八吟中入選句(一)/無二庵帝史宗匠選〔2〕 경성 후타바카이 구집/제24회구집 총구수백십팔음중 입선구(일)/무니안 데이지 종장 선	水月	시가/하이쿠	
3	7		京城二葉會句集/第二十四回句集總句數百十八吟中入選句(一)/無二庵帝史宗匠選〔1〕 경성 후타바카이 구집/제24회구집 총구수백십팔음중 입선구(일)/무니안 데이지 종장 선	國化	시가/하이쿠	
3	7		京城二葉會句集/第二十四回句集總句數百十八吟中入選句(一)/無二庵帝史宗匠選〔1〕 경성 후타바카이 구집/제24회구집 총구수백십팔음중 입선구(일)/무니안 데이지 종장 선	松華	시가/하이쿠	
3	7		京城二葉會句集/第二十四回句集總句數百十八吟中入選句(一)/無二庵帝史宗匠選〔1〕 경성 후타바카이 구집/제24회구집 총구수백십팔음중 입선구(일)/무니안 데이지 종장 선	水月	시가/하이쿠	
3	7		京城二葉會句集/第二十四回句集總句數百十八吟中入選句(一)/無二庵帝史宗匠選〔2〕 경성 후타바카이 구집/제24회구집 총구수백십팔음중 입선구(일)/무니안 데이지 종장 선	俳骸	시가/하이쿠	
3	7		京城二葉會句集/第二十四回句集總句數百十八吟中入選句(一)/無二庵帝史宗匠選〔1〕 경성 후타바카이 구집/제24회구집 총구수백십팔음중 입선구(일)/무니안 데이지 종장 선	十八公	시가/하이쿠	
3	7		京城二葉會句集/第二十四回句集總句數百十八吟中入選句(一)/無二庵帝史宗匠選〔1〕 경성 후타바카이 구집/제24회구집 총구수백십팔음중 입선구(일)/무니안 데이지 종장 선	孤舟	시가/하이쿠	

지면	단수	기획	기사제목 〈회수〉〔곡수〕	필자/저자(역자)	분류	비고
3	7		京城二葉會句集/第二十四回句集總句數百十八吟中入選句(一)/無二庵帝史宗匠選〔1〕 경성 후타바카이 구집/제24회구집 총구수백팔십팔음중 입선구(일)/무니안 데이지 종장 선	##	시가/하이쿠	
3	7		京城二葉會句集/第二十四回句集總句數百十八吟中入選句(一)/無二庵帝史宗匠選〔1〕 경성 후타바카이 구집/제24회구집 총구수백팔십팔음중 입선구(일)/무니안 데이지 종장 선	##	시가/하이쿠	
4	1~3		大阪軍記/鳴野今福の戰(四)〈132〉 오사카 군기/시기노 이마후쿠 전투(4)	旭堂南陵	고단	
6	1~3	讀者へ懸賞小說	家庭悲劇/遺言狀〈68〉 가정 비극/유언장	島川七石	소설/일본	

1917년 06월 14일 (목) 5729호

지면	단수	기획	기사제목 〈회수〉〔곡수〕	필자/저자(역자)	분류	비고
1	1~3		一雨論 일우론	永樂町人	수필/관찰	
1	5	俳句	木浦蛙鳴會五月句集/落暉莊寶劍選/#,靑田,夏めく〔1〕 목포 와명회 5월 구집/라쿠키소 바이켄 선/#,푸른 논,여름이 깊어지다	夢笑	시가/하이쿠	
1	5	俳句	木浦蛙鳴會五月句集/落暉莊寶劍選/#,靑田,夏めく〔1〕 목포 와명회 5월 구집/라쿠키소 바이켄 선/#,푸른 논,여름이 깊어지다	窓月	시가/하이쿠	
1	5	俳句	木浦蛙鳴會五月句集/落暉莊寶劍選/#,靑田,夏めく〔1〕 목포 와명회 5월 구집/라쿠키소 바이켄 선/#,푸른 논,여름다워지다	默#	시가/하이쿠	
1	5	俳句	木浦蛙鳴會五月句集/落暉莊寶劍選/#,靑田,夏めく〔1〕 목포 와명회 5월 구집/라쿠키소 바이켄 선/#,푸른 논,여름다워지다	太吾作	시가/하이쿠	
1	5	俳句	木浦蛙鳴會五月句集/落暉莊寶劍選/#,靑田,夏めく〔2〕 목포 와명회 5월 구집/라쿠키소 바이켄 선/#,푸른 논,여름다워지다	默#	시가/하이쿠	
1	5	俳句	木浦蛙鳴會五月句集/落暉莊寶劍選/#,靑田,夏めく〔1〕 목포 와명회 5월 구집/라쿠키소 바이켄 선/#,푸른 논,여름다워지다	一鳥	시가/하이쿠	
1	5	俳句	木浦蛙鳴會五月句集/落暉莊寶劍選/#,靑田,夏めく〔1〕 목포 와명회 5월 구집/라쿠키소 바이켄 선/#,푸른 논,여름다워지다	默#	시가/하이쿠	
1	5	俳句	木浦蛙鳴會五月句集/落暉莊寶劍選/#,靑田,夏めく〔1〕 목포 와명회 5월 구집/라쿠키소 바이켄 선/#,푸른 논,여름다워지다	一鳥	시가/하이쿠	
1	5	俳句	木浦蛙鳴會五月句集/落暉莊寶劍選/#,靑田,夏めく〔1〕 목포 와명회 5월 구집/라쿠키소 바이켄 선/#,푸른 논,여름다워지다	四時美	시가/하이쿠	
1	5	俳句	木浦蛙鳴會五月句集/落暉莊寶劍選/#,靑田,夏めく〔1〕 목포 와명회 5월 구집/라쿠키소 바이켄 선/#,푸른 논,여름다워지다	一鳥	시가/하이쿠	
1	5	俳句	木浦蛙鳴會五月句集/落暉莊寶劍選/#,靑田,夏めく〔1〕 목포 와명회 5월 구집/라쿠키소 바이켄 선/#,푸른 논,여름다워지다	曉鍾	시가/하이쿠	
1	5	俳句	木浦蛙鳴會五月句集/落暉莊寶劍選/#,靑田,夏めく〔2〕 목포 와명회 5월 구집/라쿠키소 바이켄 선/#,푸른 논,여름다워지다	默保	시가/하이쿠	
1	5	俳句	木浦蛙鳴會五月句集/落暉莊寶劍選/#,靑田,夏めく〔2〕 목포 와명회 5월 구집/라쿠키소 바이켄 선/#,푸른 논,여름다워지다	曉鍾	시가/하이쿠	
1	5	俳句	木浦蛙鳴會五月句集/落暉莊寶劍選/#,靑田,夏めく〔1〕 목포 와명회 5월 구집/라쿠키소 바이켄 선/#,푸른 논,여름다워지다	默保	시가/하이쿠	
1	5	俳句	木浦蛙鳴會五月句集/落暉莊寶劍選/#,靑田,夏めく/人〔1〕 목포 와명회 5월 구집/라쿠키소 바이켄 선/#,푸른 논,여름다워지다/인	一鳥	시가/하이쿠	
1	5	俳句	木浦蛙鳴會五月句集/落暉莊寶劍選/#,靑田,夏めく/地〔1〕 목포 와명회 5월 구집/라쿠키소 바이켄 선/#,푸른 논,여름다워지다/지	默#	시가/하이쿠	
1	5	俳句	木浦蛙鳴會五月句集/落暉莊寶劍選/#,靑田,夏めく/天〔1〕 목포 와명회 5월 구집/라쿠키소 바이켄 선/#,푸른 논,여름다워지다/천	四時美	시가/하이쿠	
1	5	俳句	木浦蛙鳴會五月句集/落暉莊寶劍選/#,靑田,夏めく/軸〔1〕 목포 와명회 5월 구집/라쿠키소 바이켄 선/#,푸른 논,여름다워지다/축	寶劍	시가/하이쿠	

지면	단수	기획	기사제목 〈회수〉〔곡수〕	필자/저자(역자)	분류	비고
1	5	俳句	夏の句を募る 여름의 구를 모집하다		광고/모집 광고	
3	5~7		魔?人?/京城キネマ界のバチルス 〈2〉 마?인?/경성 영화계의 기생충		수필/기타	
3	7		京城二葉會句集/第二十四回句集總句數百十八吟中入選句(一)/十內〔1〕 경성 후타바카이 구집/제24회구집 총구수백십팔음중 입선구(일)/십내	鼓蕉	시가/하이쿠	
3	7		京城二葉會句集/第二十四回句集總句數百十八吟中入選句(一)/十內〔1〕 경성 후타바카이 구집/제24회구집 총구수백십팔음중 입선구(일)/십내	俳骸	시가/하이쿠	
3	7		京城二葉會句集/第二十四回句集總句數百十八吟中入選句(一)/十內〔1〕 경성 후타바카이 구집/제24회구집 총구수백십팔음중 입선구(일)/십내	怡樂	시가/하이쿠	
3	7		京城二葉會句集/第二十四回句集總句數百十八吟中入選句(一)/十內〔1〕 경성 후타바카이 구집/제24회구집 총구수백십팔음중 입선구(일)/십내	鼓蕉	시가/하이쿠	
3	7		京城二葉會句集/第二十四回句集總句數百十八吟中入選句(一)/十內〔1〕 경성 후타바카이 구집/제24회구집 총구수백십팔음중 입선구(일)/십내	奇山	시가/하이쿠	
3	7		京城二葉會句集/第二十四回句集總句數百十八吟中入選句(一)/十內〔1〕 경성 후타바카이 구집/제24회구집 총구수백십팔음중 입선구(일)/십내	十八公	시가/하이쿠	
3	7		京城二葉會句集/第二十四回句集總句數百十八吟中入選句(一)/十內〔1〕 경성 후타바카이 구집/제24회구집 총구수백십팔음중 입선구(일)/십내	俳骸	시가/하이쿠	
3	7		京城二葉會句集/第二十四回句集總句數百十八吟中入選句(一)/人〔1〕 경성 후타바카이 구집/제24회구집 총구수백십팔음중 입선구(일)/인	水月	시가/하이쿠	
3	7		京城二葉會句集/第二十四回句集總句數百十八吟中入選句(一)/地〔1〕 경성 후타바카이 구집/제24회구집 총구수백십팔음중 입선구(일)/지	鼓蕉	시가/하이쿠	
3	7		京城二葉會句集/第二十四回句集總句數百十八吟中入選句(一)/天〔1〕 경성 후타바카이 구집/제24회구집 총구수백십팔음중 입선구(일)/천	京廼家	시가/하이쿠	
3	7		京城二葉會句集/第二十四回句集總句數百十八吟中入選句(一)/加〔1〕 경성 후타바카이 구집/제24회구집 총구수백십팔음중 입선구(일)/가	帝史	시가/하이쿠	
3	7		大邱紅筆 대구 홍필		수필/평판기	
4	1~3		大阪軍記/鴫野今福の戰(五) 〈133〉 오사카 군기/시기노·이마후쿠 전투(5)	旭堂南陵	고단	
6	1~3	讀者へ懸 賞小說	家庭悲劇/遺言狀 〈69〉 가정 비극/유언장	島川七石	소설/일본	

1917년 06월 15일 (금) 5730호

지면	단수	기획	기사제목 〈회수〉〔곡수〕	필자/저자(역자)	분류	비고
1	2~3		佛頂面 불정면	永樂町人	수필/관찰	
4	1~3	讀者へ懸 賞小說	家庭悲劇/遺言狀 〈70〉 가정 비극/유언장	島川七石	소설/일본	
5	3		全南より一筆 전남에서 일필	一社友	수필/일상	
5	5~7		魔?人?/京城キネマ界のバチルス 〈3〉 마?인?/경성 영화계의 기생충		수필/기타	
5	6~7		夏の俗離山登山記(下) 여름 속리산 등산기(하)	淸州支局 市川生	수필/일상	
6	1~3		大阪軍記/鴫野今福の戰(六)/木村重成の忍耐(一) 〈134〉 오사카 군기/시기노·이마후쿠 전투(6)/기무라 시게나리의 인내(1)	旭堂南陵	고단	

지면	단수	기획	기사제목 〈회수〉〔곡수〕	필자/저자(역자)	분류	비고

1917년 06월 16일 (토) 5731호

지면	단수	기획	기사제목 〈회수〉〔곡수〕	필자/저자(역자)	분류	비고
1	1		美人論 미인론	永樂町人	수필/관찰	
3	6~7		魔?人?/京城キネマ界のバチルス 〈5〉 마?인?/경성 영화계의 기생충		수필/기타	회수 오류
3	7		京城二葉會句集/落暉莊寶劍先生選(上)〔1〕 경성 후타바카이 구집/라쿠키소 바이켄 선생 선(상)	十八公	시가/하이쿠	
3	7		京城二葉會句集/落暉莊寶劍先生選(上)〔1〕 경성 후타바카이 구집/라쿠키소 바이켄 선생 선(상)	京廼家	시가/하이쿠	
3	7		京城二葉會句集/落暉莊寶劍先生選(上)〔1〕 경성 후타바카이 구집/라쿠키소 바이켄 선생 선(상)	水月	시가/하이쿠	
3	7		京城二葉會句集/落暉莊寶劍先生選(上)〔3〕 경성 후타바카이 구집/라쿠키소 바이켄 선생 선(상)	國化	시가/하이쿠	
3	7		京城二葉會句集/落暉莊寶劍先生選(上)〔2〕 경성 후타바카이 구집/라쿠키소 바이켄 선생 선(상)	春山	시가/하이쿠	
3	7		京城二葉會句集/落暉莊寶劍先生選(上)〔1〕 경성 후타바카이 구집/라쿠키소 바이켄 선생 선(상)	水月	시가/하이쿠	
3	7		京城二葉會句集/落暉莊寶劍先生選(上)〔1〕 경성 후타바카이 구집/라쿠키소 바이켄 선생 선(상)	十八公	시가/하이쿠	
3	7		京城二葉會句集/落暉莊寶劍先生選(上)〔1〕 경성 후타바카이 구집/라쿠키소 바이켄 선생 선(상)	鼓蕉	시가/하이쿠	
3	7		京城二葉會句集/落暉莊寶劍先生選(上)〔1〕 경성 후타바카이 구집/라쿠키소 바이켄 선생 선(상)	怡樂	시가/하이쿠	
3	7		京城二葉會句集/落暉莊寶劍先生選(上)〔1〕 경성 후타바카이 구집/라쿠키소 바이켄 선생 선(상)	鼓蕉	시가/하이쿠	
3	7		京城二葉會句集/落暉莊寶劍先生選(上)〔1〕 경성 후타바카이 구집/라쿠키소 바이켄 선생 선(상)	十八公	시가/하이쿠	
3	7		京城二葉會句集落暉莊寶劍先生選(上)/二十座〔1〕 경성 후타바카이 구집/라쿠키소 바이켄 선생 선(상)/이십좌	鼓蕉	시가/하이쿠	
3	7		京城二葉會句集落暉莊寶劍先生選(上)/二十座〔1〕 경성 후타바카이 구집/라쿠키소 바이켄 선생 선(상)/이십좌	俳骸	시가/하이쿠	
3	7		京城二葉會句集落暉莊寶劍先生選(上)/二十座〔1〕 경성 후타바카이 구집/라쿠키소 바이켄 선생 선(상)/이십좌	十八公	시가/하이쿠	
3	7		京城二葉會句集落暉莊寶劍先生選(上)/二十座〔1〕 경성 후타바카이 구집/라쿠키소 바이켄 선생 선(상)/이십좌	鼓蕉	시가/하이쿠	
3	7		京城二葉會句集落暉莊寶劍先生選(上)/二十座〔1〕 경성 후타바카이 구집/라쿠키소 바이켄 선생 선(상)/이십좌	京廼家	시가/하이쿠	
3	7		京城二葉會句集落暉莊寶劍先生選(上)/二十座〔1〕 경성 후타바카이 구집/라쿠키소 바이켄 선생 선(상)/이십좌	鼓蕉	시가/하이쿠	
4	1~3		大阪軍記/木村重成の忍耐(二)〈135〉 오사카 군기/기무라 시게나리의 인내(2)	旭堂南陵	고단	
6	1~4	讀者へ懸賞小說	家庭悲劇/遺言狀 〈71〉 가정 비극/유언장	島川七石	소설/일본	

1917년 06월 17일 (일) 5732호

지면	단수	기획	기사제목 〈회수〉〔곡수〕	필자/저자(역자)	분류	비고
1	2~3		飛行機 비행기	永樂町人	수필/관찰	
1	5	文苑	共に疲れし友へ〔6〕 함께 피곤한 친구에게	葉留野草三	시가/단카	
3	6		京城二葉會句集/落暉莊寶劍先生選(二)/二十座〔1〕 경성 후타바카이 구집/라쿠키소 바이켄 선생 선(이)/이십좌	國化	시가/하이쿠	

지면	단수	기획	기사제목 〈회수〉〔곡수〕	필자/저자(역자)	분류	비고
3	6		京城二葉會句集/落暉莊寶劍先生選(二)/二十座〔1〕 경성 후타바카이 구집/라쿠키소 바이켄 선생 선(이)/이십좌	俳骸	시가/하이쿠	
3	6		京城二葉會句集/落暉莊寶劍先生選(二)/二十座〔1〕 경성 후타바카이 구집/라쿠키소 바이켄 선생 선(이)/이십좌	奇山	시가/하이쿠	
3	6		京城二葉會句集/落暉莊寶劍先生選(二)/二十座〔1〕 경성 후타바카이 구집/라쿠키소 바이켄 선생 선(이)/이십좌	鼓蕉	시가/하이쿠	
3	6		京城二葉會句集/落暉莊寶劍先生選(二)/十座〔1〕 경성 후타바카이 구집/라쿠키소 바이켄 선생 선(이)/십좌	奇山	시가/하이쿠	
3	6		京城二葉會句集/落暉莊寶劍先生選(二)/十座〔1〕 경성 후타바카이 구집/라쿠키소 바이켄 선생 선(이)/십좌	十八公	시가/하이쿠	
3	6		京城二葉會句集/落暉莊寶劍先生選(二)/十座〔1〕 경성 후타바카이 구집/라쿠키소 바이켄 선생 선(이)/십좌	俳骸	시가/하이쿠	
3	6		京城二葉會句集/落暉莊寶劍先生選(二)/十座〔1〕 경성 후타바카이 구집/라쿠키소 바이켄 선생 선(이)/십좌	孤舟	시가/하이쿠	
3	6		京城二葉會句集/落暉莊寶劍先生選(二)/十座〔1〕 경성 후타바카이 구집/라쿠키소 바이켄 선생 선(이)/십좌	松華	시가/하이쿠	
3	6		京城二葉會句集/落暉莊寶劍先生選(二)/十座〔1〕 경성 후타바카이 구집/라쿠키소 바이켄 선생 선(이)/십좌	孤舟	시가/하이쿠	
3	6		京城二葉會句集/落暉莊寶劍先生選(二)/十座〔1〕 경성 후타바카이 구집/라쿠키소 바이켄 선생 선(이)/십좌	鼓蕉	시가/하이쿠	
3	6		京城二葉會句集/落暉莊寶劍先生選(二)/人〔1〕 경성 후타바카이 구집/라쿠키소 바이켄 선생 선(이)/인	鼓蕉	시가/하이쿠	
3	6		京城二葉會句集/落暉莊寶劍先生選(二)/地〔1〕 경성 후타바카이 구집/라쿠키소 바이켄 선생 선(이)/지	水月	시가/하이쿠	
3	6		京城二葉會句集/落暉莊寶劍先生選(二)/天〔1〕 경성 후타바카이 구집/라쿠키소 바이켄 선생 선(이)/천	十八公	시가/하이쿠	
3	6		京城二葉會句集/選者吟〔1〕 경성 후타바카이 구집/선자 음	賣劍	시가/하이쿠	
3	6~7		魔?人?/京城キネマ界のバチルス〈6〉 마?인?/경성 영화계의 기생충		수필/기타	회수 오류
4	1~3		大阪軍記/木村重成の忍耐(三)〈136〉 오사카 군기/기무라 시게나리의 인내(3)	旭堂南陵	고단	
5	6		花かつみ 꽃 가쓰미		수필/평판기	
6	1~3	讀者へ懸 賞小說	家庭悲劇/遺言狀〈72〉 가정 비극/유언장	島川七石	소설/일본	

1917년 06월 18일 (월) 5733호

지면	단수	기획	기사제목 〈회수〉〔곡수〕	필자/저자(역자)	분류	비고
3	7		魔?人?/京城キネマ界のバチルス〈7〉 마?인?/경성 영화계의 기생충		수필/기타	회수 오류
6	1~3		大阪軍記/木村重成の忍耐(四)〈137〉 오사카 군기/기무라 시게나리의 인내(4)	旭堂南陵	고단	
8	1~3	讀者へ懸 賞小說	家庭悲劇/遺言狀〈73〉 가정 비극/유언장	島川七石	소설/일본	

1917년 06월 19일 (화) 5734호

지면	단수	기획	기사제목 〈회수〉〔곡수〕	필자/저자(역자)	분류	비고
1	2~3		相撲 스모	永樂町人	수필/관찰	
4	1~3		大阪軍記/木村重成の忍耐(六)〈138〉 오사카 군기/기무라 시게나리의 인내(6)	旭堂南陵	고단	
6	1~3	讀者へ懸 賞小說	家庭悲劇/遺言狀〈74〉 가정 비극/유언장	島川七石	소설/일본	

지면	단수	기획	기사제목 〈회수〉〔곡수〕	필자/저자(역자)	분류	비고
1917년 06월 20일 (수) 5735호						
1	2~4		夏日雜筆 여름 잡필	永樂町人	수필/일상	
3	4~6		南鮮を視て 남선을 보고		수필/관찰	
6	1~3		大阪軍記/木村重成の忍耐(七) 〈139〉 오사카 군기/기무라 시게나리의 인내(7)	旭堂南陵	고단	
8	1~3	讀者へ懸 賞小說	家庭悲劇/遺言狀 〈74〉 가정 비극/유언장	島川七石	소설/일본	회수 오류
1917년 06월 21일 (목) 5736호						
1	5		仁川短歌會詠草 〔1〕 인천 단카회 영초	吳藤宗三	시가/단카	
1	5		仁川短歌會詠草 〔2〕 인천 단카회 영초	沼上文泉	시가/단카	
1	5~6		仁川短歌會詠草 〔4〕 인천 단카회 영초	淸家壁畫	시가/단카	
1	5~6		仁川短歌會詠草 〔6〕 인천 단카회 영초	深山露子	시가/단카	
4	1~3		大阪軍記/木村重成の忍耐(八) 〈140〉 오사카 군기/기무라 시게나리의 인내(8)	旭堂南陵	고단	
6	1~3	讀者へ懸 賞小說	家庭悲劇/遺言狀 〈75〉 가정 비극/유언장	島川七石	소설/일본	회수 오류
1917년 06월 22일 (금) 5737호						
1	5		仁川短歌會詠草 〔10〕 인천 단카회 영초	葹村紅路	시가/단카	
1	5		仁川短歌會詠草 〔5〕 인천 단카회 영초	叢大芸居	시가/단카	
6	1~3		大阪軍記/木村重成の忍耐(九) 〈141〉 오사카 군기/기무라 시게나리의 인내(9)	旭堂南陵	고단	
8	1~3	讀者へ懸 賞小說	家庭悲劇/遺言狀 〈76〉 가정 비극/유언장	島川七石	소설/일본	
1917년 06월 23일 (토) 5738호						
1	5		仁川短歌會詠草 〔2〕 인천 단카회 영초	我善坊	시가/단카	
1	5		仁川短歌會詠草 〔5〕 인천 단카회 영초	國廣蓑濱子	시가/단카	
1	5		仁川短歌會詠草 〔4〕 인천 단카회 영초	雄佐武	시가/단카	
3	6~7		魔?人?/京城キネマ界のバチルス 〈8〉 마?인?/경성 영화계의 기생충		수필/기타	회수 오류
4	1~3		大阪軍記/木村重成の忍耐(十) 〈142〉 오사카 군기/기무라 시게나리의 인내(10)	旭堂南陵	고단	
6	1~3	讀者へ懸 賞小說	家庭悲劇/遺言狀 〈77〉 가정 비극/유언장	島川七石	소설/일본	회수 오류
1917년 06월 24일 (일) 5739호						
1	4		仁川短歌會詠草 〔2〕 인천 단카회 영초	上月佳子	시가/단카	

지면	단수	기획	기사제목 〈회수〉〔곡수〕	필자/저자(역자)	분류	비고
1	4~5		仁川短歌會詠草 〔4〕 인천 단카회 영초	葉留野草三	시가/단카	
1	4~5		仁川短歌會詠草 〔9〕 인천 단카회 영초	石井龍史	시가/단카	
1	5	俳句	寶劍選/夏雜吟 〔8〕 바이켄 선/여름-잡음	#雨	시가/하이쿠	
1	5	俳句	寶劍選/夏雜吟 〔3〕 바이켄 선/여름-잡음	三洲	시가/하이쿠	
1	5	俳句	寶劍選/夏雜吟 〔1〕 바이켄 선/여름-잡음	#美	시가/하이쿠	
1	5	俳句	寶劍選/夏雜吟 〔1〕 바이켄 선/여름-잡음	曉鐘	시가/하이쿠	
1	5	俳句	句を募る 구를 모집하다		광고/모집 광고	
3	7		江景紅雀 강경 단풍새		수필/평판기	
4	1~3		大阪軍記/續鳴野今福の戰 〈143〉 오사카 군기/속 시기노·이마후쿠 전투	旭堂南陵	고단	
6	1~3	讀者へ懸 賞小說	家庭悲劇/遺言狀 〈78〉 가정 비극/유언장	島川七石	소설/일본	회수 오류

1917년 06월 25일 (월) 5740호

지면	단수	기획	기사제목 〈회수〉〔곡수〕	필자/저자(역자)	분류	비고
3	6~7		平原道中記 〈1〉 평원 도중기	元山 白浦	수필/기행	
4	1~3		大阪軍記/續鳴野今福の戰(二) 〈144〉 오사카 군기/속 시기노·이마후쿠 전투(2)	旭堂南陵	고단	
5	6		花かつみ 꽃 가쓰미		수필/평판기	
6	1~3	讀者へ懸 賞小說	家庭悲劇/遺言狀 〈79〉 가정 비극/유언장	島川七石	소설/일본	회수 오류

1917년 06월 26일 (화) 5741호

지면	단수	기획	기사제목 〈회수〉〔곡수〕	필자/저자(역자)	분류	비고
1	4	俳句	寶劍選/木浦蛙鳴會第十一回句集/藤の花,五月雨,凉 〔1〕 바이켄 선/목포 와명회 제십일회 구집/등나무 꽃, 음력 오월 장맛비, 서늘함	一鶯	시가/하이쿠	
1	4	俳句	寶劍選/木浦蛙鳴會第十一回句集/藤の花,五月雨,凉 〔1〕 바이켄 선/목포 와명회 제11회 구집/등나무 꽃, 음력 오월 장맛비, 서늘함	默保	시가/하이쿠	
1	4	俳句	寶劍選/木浦蛙鳴會第十一回句集/藤の花,五月雨,凉 〔1〕 바이켄 선/목포 와명회 제11회 구집/등나무 꽃, 음력 오월 장맛비, 서늘함	四時美	시가/하이쿠	
1	4	俳句	寶劍選/木浦蛙鳴會第十一回句集/藤の花,五月雨,凉 〔1〕 바이켄 선/목포 와명회 제11회 구집/등나무 꽃, 음력 오월 장맛비, 서늘함	窓月	시가/하이쿠	
1	4	俳句	寶劍選/木浦蛙鳴會第十一回句集/藤の花,五月雨,凉 〔1〕 바이켄 선/목포 와명회 제11회 구집/등나무 꽃, 음력 오월 장맛비, 서늘함	一島	시가/하이쿠	
1	4	俳句	寶劍選/木浦蛙鳴會第十一回句集/藤の花,五月雨,凉 〔1〕 바이켄 선/목포 와명회 제11회 구집/등나무 꽃, 음력 오월 장맛비, 서늘함	曉鐘	시가/하이쿠	
1	4	俳句	寶劍選/木浦蛙鳴會第十一回句集/藤の花,五月雨,凉 〔1〕 바이켄 선/목포 와명회 제11회 구집/등나무 꽃, 음력 오월 장맛비, 서늘함	默響	시가/하이쿠	
1	4	俳句	寶劍選/木浦蛙鳴會第十一回句集/藤の花,五月雨,凉 〔1〕 바이켄 선/목포 와명회 제11회 구집/등나무 꽃, 음력 오월 장맛비, 서늘함	大晋作	시가/하이쿠	
1	4	俳句	寶劍選/木浦蛙鳴會第十一回句集/藤の花,五月雨,凉 〔1〕 바이켄 선/목포 와명회 제11회 구집/등나무 꽃, 음력 오월 장맛비, 서늘함	一島	시가/하이쿠	
1	4	俳句	寶劍選/木浦蛙鳴會第十一回句集/藤の花,五月雨,凉 〔1〕 바이켄 선/목포 와명회 제11회 구집/등나무 꽃, 음력 오월 장맛비, 서늘함	窓月	시가/하이쿠	

지면	단수	기획	기사제목 〈회수〉 〔곡수〕	필자/저자(역자)	분류	비고
1	4	俳句	寶劍選/木浦蛙鳴會第十一回句集/藤の花,五月雨,凉 〔1〕 바이켄 선/목포 와명회 제11회 구집/등나무 꽃, 음력 오월 장맛비, 서늘함	可笑	시가/하이쿠	
1	4	俳句	寶劍選/木浦蛙鳴會第十一回句集/藤の花,五月雨,凉 〔1〕 바이켄 선/목포 와명회 제11회 구집/등나무 꽃, 음력 오월 장맛비, 서늘함	默保	시가/하이쿠	
1	4	俳句	寶劍選/木浦蛙鳴會第十一回句集/藤の花,五月雨,凉 〔1〕 바이켄 선/목포 와명회 제11회 구집/등나무 꽃, 음력 오월 장맛비, 서늘함	窓月	시가/하이쿠	
1	4	俳句	寶劍選/木浦蛙鳴會第十一回句集/藤の花,五月雨,凉 〔1〕 바이켄 선/목포 와명회 제11회 구집/등나무 꽃, 음력 오월 장맛비, 서늘함	一島	시가/하이쿠	
1	4	俳句	寶劍選/木浦蛙鳴會第十一回句集/藤の花,五月雨,凉 〔1〕 바이켄 선/목포 와명회 제11회 구집/등나무 꽃, 음력 오월 장맛비, 서늘함	四時美	시가/하이쿠	
1	4	俳句	寶劍選/木浦蛙鳴會第十一回句集/藤の花,五月雨,凉 〔1〕 바이켄 선/목포 와명회 제11회 구집/등나무 꽃, 음력 오월 장맛비, 서늘함	默響	시가/하이쿠	
1	5	俳句	寶劍選/木浦蛙鳴會第十一回句集/藤の花,五月雨,凉 〔1〕 바이켄 선/목포 와명회 제11회 구집/등나무 꽃, 음력 오월 장맛비, 서늘함	可笑	시가/하이쿠	
1	5	俳句	寶劍選/木浦蛙鳴會第十一回句集/藤の花,五月雨,凉 〔1〕 바이켄 선/목포 와명회 제11회 구집/등나무 꽃, 음력 오월 장맛비, 서늘함	窓月	시가/하이쿠	
1	5	俳句	寶劍選/木浦蛙鳴會第十一回句集/藤の花,五月雨,凉 〔1〕 바이켄 선/목포 와명회 제11회 구집/등나무 꽃, 음력 오월 장맛비, 서늘함	一鶯	시가/하이쿠	
1	5	俳句	寶劍選/木浦蛙鳴會第十一回句集/藤の花,五月雨,凉/三光/人 〔1〕 바이켄 선/목포 와명회 제11회 구집/등나무 꽃, 음력 오월 장맛비, 서늘함/인	一島	시가/하이쿠	
1	5	俳句	寶劍選/木浦蛙鳴會第十一回句集/藤の花,五月雨,凉/三光/地 〔1〕 바이켄 선/목포 와명회 제11회 구집/등나무 꽃, 음력 오월 장맛비, 서늘함/지	窓月	시가/하이쿠	
1	5	俳句	寶劍選/木浦蛙鳴會第十一回句集/藤の花,五月雨,凉/三光/天 〔1〕 바이켄 선/목포 와명회 제11회 구집/등나무 꽃, 음력 오월 장맛비, 서늘함/삼광/천	可笑	시가/하이쿠	
1	5	俳句	寶劍選/木浦蛙鳴會第十一回句集/藤の花,五月雨,凉 〔1〕 바이켄 선/목포 와명회 제11회 구집/등나무 꽃, 음력 오월 장맛비, 서늘함/천	寶劍	시가/하이쿠	
1	5	俳句	句を募る 구를 모집하다		광고/모집 광고	
4	1~3		大阪軍記/續鴫野今福の戰(三) 〈145〉 오사카 군기/속 시기노·이마후쿠 전투(3)	旭堂南陵	고단	
6	1~3	讀者へ懸 賞小說	家庭悲劇/遺言狀 〈80〉 가정 비극/유언장	島川七石	소설/일본	회수 오류

1917년 06월 27일 (수) 5742호

지면	단수	기획	기사제목 〈회수〉 〔곡수〕	필자/저자(역자)	분류	비고
3	4~7		平原道中記/坦々砥の如き道 〈2〉 평원 도중기/평평한 숫돌 같은 길	元山 白浦	수필/기행	
3	6	大田俳壇	湖南吟社句集/夏の山 〔1〕 호남음사 구집/여름 산	待宵	시가/하이쿠	
3	6	大田俳壇	湖南吟社句集/夏の山 〔1〕 호남음사 구집/여름 산	中京	시가/하이쿠	
3	6	大田俳壇	湖南吟社句集/夏の山 〔1〕 호남음사 구집/여름 산	#堂	시가/하이쿠	
3	6	大田俳壇	湖南吟社句集/夏の山 〔1〕 호남음사 구집/여름 산	淡水	시가/하이쿠	
3	6	大田俳壇	湖南吟社句集/夏の山 〔1〕 호남음사 구집/여름 산	花曉	시가/하이쿠	
3	6	大田俳壇	湖南吟社句集/夏の山 〔1〕 호남음사 구집/여름 산	松年	시가/하이쿠	
3	6	大田俳壇	湖南吟社句集/夏の山 〔1〕 호남음사 구집/여름 산	風骨	시가/하이쿠	

지면	단수	기획	기사제목 〈회수〉〔곡수〕	필자/저자(역자)	분류	비고
3	6	大田俳壇	湖南吟社句集/百合〔1〕 호남음사 구집/백합	十亭	시가/하이쿠	
3	6	大田俳壇	湖南吟社句集/百合〔1〕 호남음사 구집/백합	中京	시가/하이쿠	
3	6	大田俳壇	湖南吟社句集/百合〔1〕 호남음사 구집/백합	待宵	시가/하이쿠	
3	6	大田俳壇	湖南吟社句集/百合〔1〕 호남음사 구집/백합	松年	시가/하이쿠	
3	7	大田俳壇	湖南吟社句集/百合〔1〕 호남음사 구집/백합	千里	시가/하이쿠	
3	7	大田俳壇	湖南吟社句集/百合〔1〕 호남음사 구집/백합	春三女	시가/하이쿠	
3	7	大田俳壇	湖南吟社句集/百合〔1〕 호남음사 구집/백합	淡水	시가/하이쿠	
3	7	大田俳壇	湖南吟社句集/百合〔1〕 호남음사 구집/백합	風骨	시가/하이쿠	
4	1~3		大阪軍記/續鳴野今福の戰(四)〈146〉 오사카 군기/속 시기노·이마후쿠 전투(4)	旭堂南陵	고단	
5	7		花かつみ 꽃 가쓰미		수필/평판기	
6	1~3	讀者へ懸 賞小說	家庭悲劇/遺言狀〈81〉 가정 비극/유언장	島川七石	소설/일본	회수 오류

1917년 06월 29일 (금) 5744호

지면	단수	기획	기사제목 〈회수〉〔곡수〕	필자/저자(역자)	분류	비고
1	5	俳句	寶劍選/夏句曆〔10〕 바이켄 선/여름 구의 역	想仙	시가/하이쿠	
1	5	俳句	句を募る 구를 모집하다		광고/모집 광고	
6	1~3		大阪軍記/續鳴野今福の戰(五)〈147〉 오사카 군기/속 시기노·이마후쿠 전투(5)	旭堂南陵	고단	
8	1~3	讀者へ懸 賞小說	家庭悲劇/遺言狀〈83〉 가정 비극/유언장	島川七石	소설/일본	

1917년 06월 30일 (토) 5745호

지면	단수	기획	기사제목 〈회수〉〔곡수〕	필자/저자(역자)	분류	비고
1	5	俳句	寶劍選/夏句曆〔10〕 바이켄 선/여름 구의 역	想仙	시가/하이쿠	
1	5	俳句	句を募る 구를 모집하다		광고/모집 광고	
3	4~6		平原道中記/榮枯盛衰......同化〈3〉 평원 도중기/영고성쇠......동화	元山 白浦	수필/기행	
6	1~3		大阪軍記/續鳴野今福の戰(六)〈148〉 오사카 군기/속 시기노·이마후쿠 전투(6)	旭堂南陵	고단	

1917년 07월 01일 (일) 5746호

지면	단수	기획	기사제목 〈회수〉〔곡수〕	필자/저자(역자)	분류	비고
1	2~3		李太白(上)〈1〉 이태백(상)	永樂町人	수필/비평	
1	5	俳句	寶劍選/夏句曆〔10〕 바이켄 선/여름 구의 역	想仙	시가/하이쿠	
3	4~6		平原道中記/馬息嶺登山〈4〉 평원 도중기/마식령 등산	元山 白浦	수필/기행	
4	1~3		大阪軍記/續鳴野今福の戰(七)〈149〉 오사카 군기/속 시기노·이마후쿠 전투(7)	旭堂南陵	고단	

지면	단수	기획	기사제목 〈회수〉〔곡수〕	필자/저자(역자)	분류	비고
5	7		五月雨 오월비		수필/평판기	
6	1~3	讀者へ懸 賞小說	家庭悲劇/遺言狀 〈84〉 가정 비극/유언장	島川七石	소설/일본	

1917년 07월 02일 (월) 5747호

지면	단수	기획	기사제목 〈회수〉〔곡수〕	필자/저자(역자)	분류	비고
1	2~4		李太白(下) 〈2〉 이태백(하)	永樂町人	수필/비평	
1	6	文苑	デツスの前に 〔10〕 데쓰스 앞에서	肥の國 春汀	시가/단카	
3	5~7		平原道中記/馬息嶺登山 〈5〉 평원 도중기/마식령 등산	元山 白浦	수필/기행	
3	6		驟雨 소나기		수필/일상	
3	6		海州紅筆 해주 홍필		수필/평판기	
4	1~3		大阪軍記/續鷗野今福の戰(八) 〈150〉 오사카 군기/속 시기노·이마후쿠 전투(8)	旭堂南陵	고단	
6	1~3	讀者へ懸 賞小說	家庭悲劇/遺言狀 〈85〉 가정 비극/유언장	島川七石	소설/일본	

1917년 07월 03일 (화) 5748호

지면	단수	기획	기사제목 〈회수〉〔곡수〕	필자/저자(역자)	분류	비고
3	4		驟雨 소나기		수필/일상	
3	4~5		兼二浦 紅雀 겸이포 단풍새		수필/평판기	
3	5~7		平原道中記/馬息嶺 〈7〉 평원 도중기/마식령	元山 白浦	수필/기행	회수 오류
6	1~3		大阪軍記/續鷗野今福の戰(九) 〈151〉 오사카 군기/속 시기노·이마후쿠 전투(9)	旭堂南陵	고단	
8	1~3	讀者へ懸 賞小說	家庭悲劇/遺言狀 〈86〉 가정 비극/유언장	島川七石	소설/일본	

1917년 07월 04일 (수) 5749호

지면	단수	기획	기사제목 〈회수〉〔곡수〕	필자/저자(역자)	분류	비고
1	2~3		死道德 죽은 도덕	永樂町人	수필/기타	
3	3~5		平原道中記/人力車,烽燧臺 〈7〉 평원 도중기/인력거, 봉수대	元山 白浦	수필/기행	
3	7		奉納俳句 〔1〕 봉납 하이쿠	水月	시가/하이쿠	
3	7		奉納俳句 〔1〕 봉납 하이쿠	春都	시가/하이쿠	
3	7		奉納俳句 〔1〕 봉납 하이쿠	巴城	시가/하이쿠	
3	7		奉納俳句 〔1〕 봉납 하이쿠	#山	시가/하이쿠	
3	7		奉納俳句 〔1〕 봉납 하이쿠	#水	시가/하이쿠	
3	7		奉納俳句 〔1〕 봉납 하이쿠	瓢木	시가/하이쿠	
3	7		奉納俳句 〔1〕 봉납 하이쿠	一夢	시가/하이쿠	

지면	단수	기획	기사제목 〈회수〉〔곡수〕	필자/저자(역자)	분류	비고
3	7		奉納俳句 〔1〕 봉납 하이쿠	箕山	시가/하이쿠	
3	7		奉納俳句 〔3〕 봉납 하이쿠	庭月	시가/하이쿠	
3	7		奉納俳句 〔1〕 봉납 하이쿠	玄對	시가/하이쿠	
3	7		奉納俳句 〔1〕 봉납 하이쿠	梅香	시가/하이쿠	
3	7		奉納俳句 〔1〕 봉납 하이쿠	庭月	시가/하이쿠	
3	7		奉納俳句 〔1〕 봉납 하이쿠	古#	시가/하이쿠	
3	7		奉納俳句 〔1〕 봉납 하이쿠	庭月	시가/하이쿠	
4	1~3		大阪軍記/續鴫野今福の戰(十) 〈152〉 오사카 군기/속 시기노·이마후쿠 전투(10)	旭堂南陵	고단	
5	7		五月雨 오월비		수필/평판기	
6	1~3	讀者へ懸 賞小說	家庭悲劇/遺言狀 〈87〉 가정 비극/유언장	島川七石	소설/일본	

1917년 07월 05일 (목) 5750호

지면	단수	기획	기사제목 〈회수〉〔곡수〕	필자/저자(역자)	분류	비고
3	4~7		平原道中記/浪漫的旅行山林令 〈8〉 평원 도중기/낭만적인 여행 산림령	元山 白浦	수필/기행	
4	1~3		大阪軍記/續鴫野今福の戰(十一) 〈153〉 오사카 군기/속 시기노·이마후쿠 전투(11)	旭堂南陵	고단	
6	1~3	讀者へ懸 賞小說	家庭悲劇/遺言狀 〈88〉 가정 비극/유언장	島川七石	소설/일본	

1917년 07월 06일 (금) 5751호

지면	단수	기획	기사제목 〈회수〉〔곡수〕	필자/저자(역자)	분류	비고
1	6	俳句	寶劍選/夏雜吟 〔3〕 바이켄 선/여름-잡음	東京 ##	시가/하이쿠	
1	6	俳句	寶劍選/夏雜吟 〔3〕 바이켄 선/여름-잡음	天安 三#	시가/하이쿠	
1	6	俳句	寶劍選/夏雜吟 〔3〕 바이켄 선/여름-잡음	仁川 想仙	시가/하이쿠	
1	6	俳句	寶劍選/夏雜吟 〔2〕 바이켄 선/여름-잡음	寶劍	시가/하이쿠	
1	6	俳句	句を募る 구를 모집하다		광고/모집 광고	
3	6~7		平原道中記/陽德の山中で演說 〈9〉 평원 도중기/양덕 산 속에서의 연설	元山 白浦	수필/기행	
4	1~3		大阪軍記/中の島砦攻め 〈154〉 오사카 군기/나카노시마 성채 공격	旭堂南陵	고단	
6	1~3	讀者へ懸 賞小說	家庭悲劇/遺言狀 〈89〉 가정 비극/유언장	島川七石	소설/일본	

1917년 07월 07일 (토) 5752호

지면	단수	기획	기사제목 〈회수〉〔곡수〕	필자/저자(역자)	분류	비고
1	4	俳句	寶劍選/夏句屑 〔10〕 바이켄 선/여름 구 나머지	想仙#	시가/하이쿠	
1	4	俳句	夏の句を募る 여름의 구를 모집하다		광고/모집 광고	

지면	단수	기획	기사제목 〈회수〉〔곡수〕	필자/저자(역자)	분류	비고
3	6~7		平原道中記/養蚕と鎮山 〈10〉 평원 도중기/양잠과 진산	元山 白浦	수필/기행	
5	1~3		大阪軍記/花房助兵衛 〈155〉 오사카 군기/하나부사 스케노효에	旭堂南陵	고단	
8	1~3	讀者へ懸 賞小說	家庭悲劇/遺言狀 〈90〉 가정 비극/유언장	島川七石	소설/일본	

1917년 07월 08일 (일) 5753호

지면	단수	기획	기사제목 〈회수〉〔곡수〕	필자/저자(역자)	분류	비고
1	6	俳句	寶劍選/夏雜吟 〔5〕 바이켄 선/여름-잡음	仁川 #雨	시가/하이쿠	
1	6	俳句	寶劍選/夏雜吟 〔3〕 바이켄 선/여름-잡음	淮陽 太刀郎	시가/하이쿠	
1	6	俳句	寶劍選/夏雜吟 〔2〕 바이켄 선/여름-잡음	木浦 默保	시가/하이쿠	
1	6	俳句	寶劍選/夏雜吟 〔2〕 바이켄 선/여름-잡음	寶劍	시가/하이쿠	
1	6	俳句	句を募る 구를 모집하다		광고/모집 광고	
3	3~6		平原道中記 〈11〉 평원 도중기	元山 白浦	수필/기행	
3	7		「文壽」の死 〈1〉 「몬주」의 죽음		수필/기타	
4	1~4		大阪軍記/續中の島伯樂淵砦攻(一) 〈156〉 오사카 군기/속 나카노시마 하쿠라쿠부치 성채 공격(1)	旭堂南陵	고단	
6	1~3	讀者へ懸 賞小說	家庭悲劇/遺言狀 〈91〉 가정 비극/유언장	島川七石	소설/일본	

1917년 07월 09일 (월) 5754호

지면	단수	기획	기사제목 〈회수〉〔곡수〕	필자/저자(역자)	분류	비고
3	5		湖南めぐり 〈2〉 호남 순례	久保生	수필/기행	
3	7		「文壽」の死 〈2〉 「몬주」의 죽음		수필/기타	
4	1~4		大阪軍記/續中の島伯樂淵砦攻(二) 〈157〉 오사카 군기/속 나카노시마 하쿠라쿠부치 성채 공격(2)	旭堂南陵	고단	
6	1~3	讀者へ懸 賞小說	家庭悲劇/遺言狀 〈92〉 가정 비극/유언장	島川七石	소설/일본	

1917년 07월 10일 (화) 5755호

지면	단수	기획	기사제목 〈회수〉〔곡수〕	필자/저자(역자)	분류	비고
1	3~5	社告	朝鮮俳壇新設/渡邊水巴氏選 조선 하이단 신설/와타나베 스이하 씨 선		광고/연재예 고	
3	3		湖南めぐり 〈3〉 호남 순례	久保生	수필/기행	
4	1~3		大阪軍記/續中の島伯樂淵砦攻(三) 〈158〉 오사카 군기/속 나카노시마 하쿠라쿠부치 성채 공격(3)	旭堂南陵	고단	
5	7		風鈴 풍경		수필/평판기	
6	1~3	讀者へ懸 賞小說	家庭悲劇/遺言狀 〈93〉 가정 비극/유언장	島川七石	소설/일본	

1917년 07월 11일 (수) 5756호

지면	단수	기획	기사제목 〈회수〉〔곡수〕	필자/저자(역자)	분류	비고
1	5	俳句	寶劍選/日傘 〔10〕 바이켄 선/양산	#雨	시가/하이쿠	

지면	단수	기획	기사제목 〈회수〉〔곡수〕	필자/저자(역자)	분류	비고
1	5	俳句	寶劍選/日傘 〔2〕 바이켄 선/양산	寶劍	시가/하이쿠	
1	5	俳句	句を募る 구를 모집하다		광고/모집 광고	
1	6	朝鮮俳壇	水巴選 스이하 선		광고/모집 광고	
3	7		江景花柳界 강경 화류계		수필/평판기	
3	3		湖南めぐり 〈4〉 호남 순례	久保生	수필/기행	
4	1~4		大阪軍記/續中の島伯樂淵砦攻(四) 〈158〉 오사카 군기/속 나카노시마 하쿠라쿠부치 성채 공격(4)	旭堂南陵	고단	회수 오류
6	1~3	讀者へ懸 賞小說	家庭悲劇/遺言狀 〈94〉 가정 비극/유언장	島川七石	소설/일본	

1917년 07월 12일 (목) 5757호

지면	단수	기획	기사제목 〈회수〉〔곡수〕	필자/저자(역자)	분류	비고
1	2~4	社告	朝鮮俳壇新設/渡邊水巴氏選 조선 하이단 신설/와타나베 스이하 씨 선		광고/연재예 고	
3	4		湖南めぐり 〈5〉 호남 순례	久保生	수필/기행	
3	6~7		平原道中記/小石壁……安い宿 〈12〉 평원 도중기/쇼세키벽……싼 숙소	元山 白浦	수필/기행	
4	1~3		大阪軍記/續中の島伯樂淵砦攻(五) 〈160〉 오사카 군기/속 나카노시마 하쿠라쿠부치 성채 공격(5)	旭堂南陵	고단	
5	7		風鈴 풍경		수필/평판기	
6	1~3	讀者へ懸 賞小說	家庭悲劇/遺言狀 〈95〉 가정 비극/유언장	島川七石	소설/일본	

1917년 07월 13일 (금) 5758호

지면	단수	기획	기사제목 〈회수〉〔곡수〕	필자/저자(역자)	분류	비고
1	5		仁川短歌會詠草 〔1〕 인천 단카회 영초	姬百合	시가/단카	
1	5		仁川短歌會詠草 〔3〕 인천 단카회 영초	中坂愛子	시가/단카	
1	5		仁川短歌會詠草 〔2〕 인천 단카회 영초	澪子	시가/단카	
1	5		仁川短歌會詠草 〔6〕 인천 단카회 영초	深山露子	시가/단카	
1	6	朝鮮俳壇	渡邊水巴選 와타나베 스이하 선		광고/모집 광고	
3	4		湖南めぐり 〈6〉 호남 순례	久保生	수필/기행	
6	1~3	讀者へ懸 賞小說	家庭悲劇/遺言狀 〈96〉 가정 비극/유언장	島川七石	소설/일본	

1917년 07월 14일 (토) 5759호

지면	단수	기획	기사제목 〈회수〉〔곡수〕	필자/저자(역자)	분류	비고
1	4		仁川短歌會詠草 〔1〕 인천 단카회 영초	沼上文泉	시가/단카	
1	4~5		仁川短歌會詠草 〔2〕 인천 단카회 영초	夢之助	시가/단카	
1	5		仁川短歌會詠草 〔3〕 인천 단카회 영초	春野草三	시가/단카	

지면	단수	기획	기사제목 〈회수〉〔곡수〕	필자/저자(역자)	분류	비고
1	5		仁川短歌會詠草〔6〕 인천 단카회 영초	叢大芸居	시가/단카	
1	5	俳句	寶劍選/夏雜吟〔10〕 바이켄 선/여름-잡음	淮陽 太刀郎	시가/하이쿠	
1	5~6	小說	一ツ家の老人 〈1〉 한 집의 노인	ダンダス大人 (我羊生)	소설/기타	
1	6	朝鮮俳壇	渡邊水巴選 와타나베 스이하 선		광고/모집 광고	
3	4		湖南めぐり 〈7〉 호남 순례	久保生	수필/기행	
3	6~7		平原道中記/好個の避暑地……#語の白百合 〈12〉 평원 도중기/최적의 피서지…##의 흰 백합	元山 白浦	수필/기행	회수 오류
6	1~3		大阪軍記/續中の島伯樂淵砦攻(六) 〈161〉 오사카 군기/속 나카노시마 하쿠라쿠부치 성채 공격(6)	旭堂南陵	고단	
8	1~3	讀者へ懸 賞小說	家庭悲劇/遺言狀 〈97〉 가정 비극/유언장	島川七石	소설/일본	

1917년 07월 15일 (일) 5760호

지면	단수	기획	기사제목 〈회수〉〔곡수〕	필자/저자(역자)	분류	비고
1	6~7	小說	一ツ家の老人 〈2〉 한 집의 노인	ダンダス大人 (我羊生)	소설/기타	
3	6		湖南めぐり 〈8〉 호남 순례	久保生	수필/기행	
3	7		平澤雀 평택 참새		수필/평판기	
5	1~4		大阪軍記/續中の島伯樂淵砦攻(七) 〈162〉 오사카 군기/속 나카노시마 하쿠라쿠부치 성채 공격(7)	旭堂南陵	고단	
7	6		風鈴 풍경		수필/평판기	
8	1~3	讀者へ懸 賞小說	家庭悲劇/遺言狀 〈98〉 가정 비극/유언장	島川七石	소설/일본	

1917년 07월 16일 (월) 5761호

지면	단수	기획	기사제목 〈회수〉〔곡수〕	필자/저자(역자)	분류	비고
1	6	朝鮮俳壇	渡邊水巴選 와타나베 스이하 선		광고/모집 광고	
4	1~3		大阪軍記/眞田出丸總攻擊(二) 〈163〉 오사카 군기/사나다 외성 총공격(2)	旭堂南陵	고단	
6	1~3	讀者へ懸 賞小說	家庭悲劇/遺言狀 〈99〉 가정 비극/유언장	島川七石	소설/일본	

1917년 07월 17일 (화) 5762호

지면	단수	기획	기사제목 〈회수〉〔곡수〕	필자/저자(역자)	분류	비고
1	5		仁川短歌會詠草〔3〕 인천 단카회 영초	安積#塘	시가/단카	
1	5		仁川短歌會詠草〔4〕 인천 단카회 영초	耶#洲蹴男	시가/단카	
1	5		仁川短歌會詠草〔5〕 인천 단카회 영초	國廣蓑濱子	시가/단카	
1	5~6	小說	一ツ家の老人 〈3〉 한 집의 노인	ダンダス大人 (我羊生)	소설/기타	
3	1~2		「文壽」の死 〈3〉 「몬주」의 죽음		수필/기타	
4	1~3		大阪軍記/眞田出丸總攻擊(三) 〈164〉 오사카 군기/사나다 외성 총공격(3)	旭堂南陵	고단	

지면	단수	기획	기사제목 〈회수〉〔곡수〕	필자/저자(역자)	분류	비고
5	7		風鈴 풍경		수필/평판기	
6	1~3	讀者へ懸 賞小說	家庭悲劇/遺言狀 〈100〉 가정 비극/유언장	島川七石	소설/일본	

1917년 07월 18일 (수) 5763호

지면	단수	기획	기사제목 〈회수〉〔곡수〕	필자/저자(역자)	분류	비고
1	4	朝鮮俳壇	渡邊水巴選 와타나베 스이하 선		광고/모집 광고	
1	5	俳句	寶劍選/木浦蛙鳴會第十二回句集/#,雨乞,青梅〔1〕 바이켄 선/목포 와명회 제12회구집/#, 우걸, 청매	默響	시가/하이쿠	
1	5	俳句	寶劍選/木浦蛙鳴會第十二回句集/#,雨乞,青梅〔1〕 바이켄 선/목포 와명회 제12회구집/#, 우걸, 청매	一鳥	시가/하이쿠	
1	5	俳句	寶劍選/木浦蛙鳴會第十二回句集/#,雨乞,青梅〔1〕 바이켄 선/목포 와명회 제12회구집/#, 우걸, 청매	丹水	시가/하이쿠	
1	5	俳句	寶劍選/木浦蛙鳴會第十二回句集/#,雨乞,青梅〔1〕 바이켄 선/목포 와명회 제12회구집/#, 우걸, 청매	窓月	시가/하이쿠	
1	5	俳句	寶劍選/木浦蛙鳴會第十二回句集/#,雨乞,青梅〔1〕 바이켄 선/목포 와명회 제12회구집/#, 우걸, 청매	可笑	시가/하이쿠	
1	5	俳句	寶劍選/木浦蛙鳴會第十二回句集/#,雨乞,青梅〔1〕 바이켄 선/목포 와명회 제12회구집/#, 우걸, 청매	默響	시가/하이쿠	
1	5	俳句	寶劍選/木浦蛙鳴會第十二回句集/#,雨乞,青梅〔1〕 바이켄 선/목포 와명회 제십이회구집/#, 우걸, 청매	默保	시가/하이쿠	
1	5	俳句	寶劍選/木浦蛙鳴會第十二回句集/#,雨乞,青梅〔1〕 바이켄 선/목포 와명회 제12회구집/#, 우걸, 청매	曉鍾	시가/하이쿠	
1	5	俳句	寶劍選/木浦蛙鳴會第十二回句集/#,雨乞,青梅〔1〕 바이켄 선/목포 와명회 제12회구집/#, 우걸, 청매	默響	시가/하이쿠	
1	5	俳句	寶劍選/木浦蛙鳴會第十二回句集/#,雨乞,青梅〔1〕 바이켄 선/목포 와명회 제12회구집/#, 우걸, 청매	默保	시가/하이쿠	
1	5	俳句	寶劍選/木浦蛙鳴會第十二回句集/#,雨乞,青梅〔1〕 바이켄 선/목포 와명회 제12회구집/#, 우걸, 청매	默響	시가/하이쿠	
1	5	俳句	寶劍選/木浦蛙鳴會第十二回句集/#,雨乞,青梅〔2〕 바이켄 선/목포 와명회 제12회구집/#, 우걸, 청매	窓月	시가/하이쿠	
1	5	俳句	寶劍選/木浦蛙鳴會第十二回句集/#,雨乞,青梅/人〔1〕 바이켄 선/목포 와명회 제12회구집/#, 우걸, 청매/인	窓月	시가/하이쿠	
1	5	俳句	寶劍選/木浦蛙鳴會第十二回句集/#,雨乞,青梅/地〔1〕 바이켄 선/목포 와명회 제12회구집/#, 우걸, 청매/지	丹水	시가/하이쿠	
1	5	俳句	寶劍選/木浦蛙鳴會第十二回句集/#,雨乞,青梅/天〔1〕 바이켄 선/목포 와명회 제12회구집/#, 우걸, 청매/천	默響	시가/하이쿠	
1	5	俳句	寶劍選/木浦蛙鳴會第十二回句集/#,雨乞,青梅〔1〕 바이켄 선/목포 와명회 제12회구집/#, 우걸, 청매	寶劍	시가/하이쿠	
1	5~6	小說	一ツ家の老人 〈4〉 한 집의 노인	ダンダス大人 (我羊生)	소설/기타	
6	1~3		大阪軍記/眞田出丸總攻擊(四) 〈165〉 오사카 군기/사나다 외성 총공격(4)	旭堂南陵	고단	
8	1~3	讀者へ懸 賞小說	家庭悲劇/遺言狀 〈101〉 가정 비극/유언장	島川七石	소설/일본	

1917년 07월 19일 (목) 5764호

지면	단수	기획	기사제목 〈회수〉〔곡수〕	필자/저자(역자)	분류	비고
1	2~3		日本人 일본인	永樂町人	수필/비평	
1	4		仁川短歌會詠草〔2〕 인천 단카회 영초	長崎保	시가/단카	

지면	단수	기획	기사제목 〈회수〉〔곡수〕	필자/저자(역자)	분류	비고
1	4~5		仁川短歌會詠草 [13] 인천 단카회 영초	石井龍史	시가/단카	
1	5	朝鮮俳壇	渡邊水巴選 와타나베 스이하 선		광고/모집 광고	
1	5	俳句	寶劍選/夏雜吟 [5] 바이켄 선/여름-잡음	木浦 默保	시가/하이쿠	
1	5	俳句	寶劍選/夏雜吟 [2] 바이켄 선/여름-잡음	京城 矢川	시가/하이쿠	
1	5	俳句	寶劍選/夏雜吟 [2] 바이켄 선/여름-잡음	木浦 一美	시가/하이쿠	
1	5	俳句	寶劍選/夏雜吟 [3] 바이켄 선/여름-잡음	寶劍	시가/하이쿠	
1	5~6	小說	一ツ家の老人 〈5〉 한 집의 노인	ダンダス大人 (我羊生)	소설/기타	
3	6~7		「文壽」の死 〈4〉 「몬주」의 죽음		수필/기타	
4	1~3		大阪軍記/眞田出丸總攻擊(五) 〈166〉 오사카 군기/사나다 외성 총공격(5)	旭堂南陵	고단	
5	6		風鈴 풍경		수필/평판기	
6	1~3	讀者へ懸 賞小說	家庭悲劇/遺言狀 〈102〉 가정 비극/유언장	島川七石	소설/일본	

1917년 07월 20일 (금) 5765호

지면	단수	기획	기사제목 〈회수〉〔곡수〕	필자/저자(역자)	분류	비고
1	2~4		支那人 중국인	永樂町人	수필/비평	
1	5	朝鮮俳壇	渡邊水巴選 와타나베 스이하 선		광고/모집 광고	
1	5~6	小說	一ツ家の老人 〈6〉 한 집의 노인	ダンダス大人 (我羊生)	소설/기타	
4	1~3		大阪軍記/眞田出丸總攻擊(六) 〈167〉 오사카 군기/사나다 외성 총공격(6)	旭堂南陵	고단	
6	1~3	讀者へ懸 賞小說	家庭悲劇/遺言狀 〈103〉 가정 비극/유언장	島川七石	소설/일본	

1917년 07월 21일 (토) 5766호

지면	단수	기획	기사제목 〈회수〉〔곡수〕	필자/저자(역자)	분류	비고
1	2~4		今古一 고금일	永樂町人	수필/비평	
1	5	朝鮮俳壇	渡邊水巴選 와타나베 스이하 선		광고/모집 광고	
1	5~6	小說	一ツ家の老人 〈7〉 한 집의 노인	ダンダス大人 (我羊生)	소설/기타	
4	1~3		大阪軍記/眞田出丸總攻擊(七) 〈168〉 오사카 군기/사나다 외성 총공격(7)	旭堂南陵	고단	
5	4	朝鮮俳壇	俳句大會 하이쿠 대회		광고/모집 광고	
5	6		風鈴 풍경		수필/평판기	
6	1~3	讀者へ懸 賞小說	家庭悲劇/遺言狀 〈104〉 가정 비극/유언장	島川七石	소설/일본	

1917년 07월 22일 (일) 5767호

지면	단수	기획	기사제목 〈회수〉〔곡수〕	필자/저자(역자)	분류	비고
1	2~3		笊碁論 조기론	永樂町人	수필/비평	
1	4	朝鮮俳壇	渡邊水巴選 와타나베 스이하 선		광고/모집 광고	
1	5	俳句	寶劍選/木浦蛙鳴會第十三回句集/風鈴,瓜〔1〕 바이켄 선/목포 와명회 제13회 구집/풍경, 참외	一鷺	시가/하이쿠	
1	5	俳句	寶劍選/木浦蛙鳴會第十三回句集/風鈴,瓜〔1〕 바이켄 선/목포 와명회 제13회 구집/풍경, 참외	默響	시가/하이쿠	
1	5	俳句	寶劍選/木浦蛙鳴會第十三回句集/風鈴,瓜〔1〕 바이켄 선/목포 와명회 제13회 구집/풍경, 참외	四時美	시가/하이쿠	
1	5	俳句	寶劍選/木浦蛙鳴會第十三回句集/風鈴,瓜〔1〕 바이켄 선/목포 와명회 제13회 구집/풍경, 참외	默保	시가/하이쿠	
1	5	俳句	寶劍選/木浦蛙鳴會第十三回句集/風鈴,瓜〔1〕 바이켄 선/목포 와명회 제13회 구집/풍경, 참외	一島	시가/하이쿠	
1	5	俳句	寶劍選/木浦蛙鳴會第十三回句集/風鈴,瓜〔2〕 바이켄 선/목포 와명회 제13회 구집/풍경, 참외	默保	시가/하이쿠	
1	5	俳句	寶劍選/木浦蛙鳴會第十三回句集/風鈴,瓜〔1〕 바이켄 선/목포 와명회 제13회 구집/풍경, 참외	一島	시가/하이쿠	
1	5	俳句	寶劍選/木浦蛙鳴會第十三回句集/風鈴,瓜〔1〕 바이켄 선/목포 와명회 제13회 구집/풍경, 참외	柳央	시가/하이쿠	
1	5	俳句	寶劍選/木浦蛙鳴會第十三回句集/風鈴,瓜〔1〕 바이켄 선/목포 와명회 제13회 구집/풍경, 참외	一島	시가/하이쿠	
1	5	俳句	寶劍選/木浦蛙鳴會第十三回句集/風鈴,瓜〔1〕 바이켄 선/목포 와명회 제13회 구집/풍경, 참외	可笑	시가/하이쿠	
1	5	俳句	寶劍選/木浦蛙鳴會第十三回句集/風鈴,瓜〔2〕 바이켄 선/목포 와명회 제13회구집/풍경, 참외	默響	시가/하이쿠	
1	5	俳句	寶劍選/木浦蛙鳴會第十三回句集/風鈴,瓜/人〔1〕 바이켄 선/목포 와명회 제13회구집/풍경, 참외/인	可笑	시가/하이쿠	
1	5	俳句	寶劍選/木浦蛙鳴會第十三回句集/風鈴,瓜/地〔1〕 바이켄 선/목포 와명회 제13회구집/풍경, 참외/지	四時美	시가/하이쿠	
1	5	俳句	寶劍選/木浦蛙鳴會第十三回句集/風鈴,瓜/天〔1〕 바이켄 선/목포 와명회 제13회구집/풍경, 참외/천	可笑	시가/하이쿠	
1	5	俳句	寶劍選/木浦蛙鳴會第十三回句集/風鈴,瓜〔1〕 바이켄 선/목포 와명회 제13회구집/풍경, 참외	寶劍	시가/하이쿠	
1	5~6	小說	一ツ家の老人 〈8〉 한 집의 노인	ダンダス大人 (我羊生)	소설/기타	
3	4~5		沙里院の離緣騷 〈1〉 사리원의 이혼 소동		수필/기타	
3	6~7		平原道中記/論理が合ぬ……女中に笑る 〈15〉 평원 도중기/논리가 맞지 않는다……하녀에게 웃음을 산다	元山 白浦	수필/기행	회수 오류
4	1~3	讀者へ懸 賞小說	家庭悲劇/遺言狀 〈105〉 가정 비극/유언장	島川七石	소설/일본	
5	4	朝鮮俳壇	俳句大會 하이쿠 대회		광고/모집 광고	

1917년 07월 23일 (월) 5768호

지면	단수	기획	기사제목 〈회수〉〔곡수〕	필자/저자(역자)	분류	비고
3	6~7		沙里院の離緣騷 〈2〉 사리원의 이혼 소동		수필/기타	
4	1~3		大阪軍記/眞田出丸總攻擊(八) 〈169〉 오사카 군기/사나다 외성 총공격(8)	旭堂南陵	고단	
6	1~3	讀者へ懸 賞小說	家庭悲劇/遺言狀 〈105〉 가정 비극/유언장	島川七石	소설/일본	회수 오류

지면	단수	기획	기사제목 〈회수〉 [곡수]	필자/저자(역자)	분류	비고
			1917년 07월 24일 (화) 5769호			
1	2	朝鮮俳壇	渡邊水巴選 와타나베 스이하 선		광고/모집 광고	
1	2~3		木ノ謙 나무의 겸손	永樂町人	수필/비평	
1	3	俳句	寶劍選/夏雜吟 [4] 바이켄 선/여름-잡음	若天涯	시가/하이쿠	
1	3	俳句	寶劍選/夏雜吟 [11] 바이켄 선/여름-잡음	想仙	시가/하이쿠	
1	3	俳句	寶劍選/夏雜吟 [2] 바이켄 선/여름-잡음	寶劍	시가/하이쿠	
3	6~7		沙里院の離緣騷 〈3〉 사리원의 이혼 소동		수필/기타	
4	1~3		大阪軍記/眞田出丸總攻擊(九) 〈170〉 오사카 군기/사나다 외성 총공격(9)	旭堂南陵	고단	
5	7		風鈴 풍경		수필/평판기	
6	1~3	讀者へ懸 賞小說	家庭悲劇/遺言狀 〈107〉 가정 비극/유언장	島川七石	소설/일본	
			1917년 07월 25일 (수) 5770호			
1	2~4		道樂論 도락론	永樂町人	수필/비평	
1	5		仁川短歌會詠草 [1] 인천 단카회 영초	螢水生	시가/하이쿠	
1	5		仁川短歌會詠草 [1] 인천 단카회 영초	佐久子	시가/하이쿠	
1	5		仁川短歌會詠草 [1] 인천 단카회 영초	佐治かつみ	시가/하이쿠	
1	5		仁川短歌會詠草 [2] 인천 단카회 영초	淸家壁畫	시가/하이쿠	
1	5		仁川短歌會詠草 [2] 인천 단카회 영초	國廣蓑濱子	시가/하이쿠	
1	5		仁川短歌會詠草 [3] 인천 단카회 영초	春野草三	시가/하이쿠	
1	6	朝鮮俳壇	渡邊水巴選 와타나베 스이하 선		광고/모집 광고	
3	6~7		沙里院の離緣騷 〈4〉 사리원의 이혼 소동		수필/기타	
4	1~3		大阪軍記/眞田出丸總攻擊(十) 〈171〉 오사카 군기/사나다 외성 총공격(10)	旭堂南陵	고단	
6	1~3	讀者へ懸 賞小說	家庭悲劇/遺言狀 〈108〉 가정 비극/유언장	島川七石	소설/일본	
			1917년 07월 26일 (목) 5771호			
1	2~4		愛犬記 애견기	永樂町人	수필/일상	
1	3	朝鮮俳壇	渡邊水巴選/夏雜 [3] 와타나베 스이하 선/여름-잡	よしを	시가/하이쿠	
1	3	朝鮮俳壇	渡邊水巴選/夏雜 [3] 와타나베 스이하 선/여름-잡	長頸子	시가/하이쿠	

지면	단수	기획	기사제목 〈회수〉〔곡수〕	필자/저자(역자)	분류	비고
1	3	朝鮮俳壇	渡邊水巴選/夏雜 〔2〕 와타나베 스이하 선/여름-잡	牛郎	시가/하이쿠	
1	3~4	朝鮮俳壇	渡邊水巴選/夏雜 〔2〕 와타나베 스이하 선/여름-잡	靑眼子	시가/하이쿠	
1	4	朝鮮俳壇	渡邊水巴選/夏雜 〔2〕 와타나베 스이하 선/여름-잡	靑丘	시가/하이쿠	
1	4	朝鮮俳壇	渡邊水巴選/夏雜 〔2〕 와타나베 스이하 선/여름-잡	耕伯	시가/하이쿠	
1	4	朝鮮俳壇	渡邊水巴選/夏雜 〔1〕 와타나베 스이하 선/여름-잡	比企	시가/하이쿠	
1	4	朝鮮俳壇	募集句課題 모집 구 과제		광고/모집 광고	
3	6~7		沙里院の離緣騷 〈4〉 사리원의 이혼 소동		수필/기타	회수 오류
4	1~3		大阪軍記/眞田出丸總攻擊(十一) 〈172〉 오사카 군기/사나다 외성 총공격(11)	旭堂南陵	고단	
6	1~3	讀者へ懸 賞小說	家庭悲劇/遺言狀 〈109〉 가정 비극/유언장	島川七石	소설/일본	
7	6		風鈴 풍경		수필/평판기	

1917년 07월 27일 (금) 5772호

지면	단수	기획	기사제목 〈회수〉〔곡수〕	필자/저자(역자)	분류	비고
1	2~3		殺生戒 살생계	永樂町人	수필/일상	
1	4	朝鮮俳壇	渡邊水巴選 와타나베 스이하 선		광고/모집 광고	
1	5	朝鮮俳壇	渡邊水巴選/夏雜 〔5〕 와타나베 스이하 선/여름-잡	樹人	시가/하이쿠	
1	5	朝鮮俳壇	渡邊水巴選/夏雜 〔5〕 와타나베 스이하 선/여름-잡	亞石	시가/하이쿠	
1	5	朝鮮俳壇	渡邊水巴選/夏雜 〔3〕 와타나베 스이하 선/여름-잡	苔雨	시가/하이쿠	
1	5	朝鮮俳壇	渡邊水巴選/夏雜 〔2〕 와타나베 스이하 선/여름-잡	花醉	시가/하이쿠	
3	6~7		沙里院の離緣騷 〈6〉 사리원의 이혼 소동		수필/기타	
6	1~3		大阪軍記/眞田出丸總攻擊(十二) 〈173〉 오사카 군기/사나다 외성 총공격(12)	旭堂南陵	고단	
8	1~3	讀者へ懸 賞小說	家庭悲劇/遺言狀 〈110〉 가정 비극/유언장	島川七石	소설/일본	

1917년 07월 28일 (토) 5773호

지면	단수	기획	기사제목 〈회수〉〔곡수〕	필자/저자(역자)	분류	비고
1	2~4		呑氣國 탄기국	永樂町人	수필/비평	
1	4	朝鮮俳壇	渡邊水巴選/夏雜 〔4〕 와타나베 스이하 선/여름-잡	よしを	시가/하이쿠	
1	4	朝鮮俳壇	渡邊水巴選/夏雜 〔2〕 와타나베 스이하 선/여름-잡	樹人	시가/하이쿠	
1	4	朝鮮俳壇	渡邊水巴選/夏雜 〔2〕 와타나베 스이하 선/여름-잡	隈山	시가/하이쿠	
1	4	朝鮮俳壇	渡邊水巴選/夏雜 〔1〕 와타나베 스이하 선/여름-잡	長頸子	시가/하이쿠	

지면	단수	기획	기사제목 〈회수〉〔곡수〕	필자/저자(역자)	분류	비고
1	4	朝鮮俳壇	渡邊水巴選/夏雜 〔1〕 와타나베 스이하 선/여름-잡	義朗	시가/하이쿠	
1	4	朝鮮俳壇	渡邊水巴選/夏雜 〔1〕 와타나베 스이하 선/여름-잡	#苗子	시가/하이쿠	
1	4	朝鮮俳壇	渡邊水巴選/夏雜 〔1〕 와타나베 스이하 선/여름-잡	非水	시가/하이쿠	
1	4	朝鮮俳壇	渡邊水巴選/夏雜 〔1〕 와타나베 스이하 선/여름-잡	笛川	시가/하이쿠	
1	4	朝鮮俳壇	渡邊水巴選/夏雜 〔1〕 와타나베 스이하 선/여름-잡	芸窓	시가/하이쿠	
1	4	朝鮮俳壇	渡邊水巴選/夏雜 〔1〕 와타나베 스이하 선/여름-잡	小嵐山	시가/하이쿠	
1	5	小說	一ツ家の老人 〈9〉 한 집의 노인	ダンダス大人 (我羊生)	소설/기타	
3	6~7		沙里院の離緣騷 〈7〉 사리원의 이혼 소동		수필/기타	
4	1~3		大阪軍記/片桐且元の苦忠(一) 〈174〉 오사카 군기/가타기리 가쓰모토의 고충(1)	旭堂南陵	고단	
5	1~2		平原道中記/大同江の水(一) 〈16〉 평원 도중기/대동강 물(1)	元山 白浦	수필/기행	회수 오류
4	1~3	讀者へ懸 賞小說	家庭悲劇/遺言狀 〈111〉 가정 비극/유언장	島川七石	소설/일본	면수 오류
7	7		風鈴 풍경		수필/평판기	

1917년 07월 29일 (일) 5774호

지면	단수	기획	기사제목 〈회수〉〔곡수〕	필자/저자(역자)	분류	비고
1	2~4		變節論 변절론	永樂町人	수필/비평	
1	3	朝鮮俳壇	渡邊水巴選/夏雜 〔5〕 와타나베 스이하 선/여름-잡	雨月	시가/하이쿠	
1	3	朝鮮俳壇	渡邊水巴選/夏雜/やもめとなりたる友へ 〔1〕 와타나베 스이하 선/여름-잡/홀아비가 된 친구에게	雨月	시가/하이쿠	
1	3	朝鮮俳壇	渡邊水巴選/夏雜 〔4〕 와타나베 스이하 선/여름-잡	杏鍋子	시가/하이쿠	
1	3	朝鮮俳壇	渡邊水巴選/夏雜 〔1〕 와타나베 스이하 선/여름-잡	左衛門	시가/하이쿠	
1	3	朝鮮俳壇	渡邊水巴選/夏雜 〔1〕 와타나베 스이하 선/여름-잡	木三	시가/하이쿠	
1	3	朝鮮俳壇	渡邊水巴選/夏雜 〔1〕 와타나베 스이하 선/여름-잡	梅柳	시가/하이쿠	
1	3	朝鮮俳壇	渡邊水巴選/夏雜 〔1〕 와타나베 스이하 선/여름-잡	春聲	시가/하이쿠	
1	3	朝鮮俳壇	募集句課題 모집 구 과제		광고/모집 광고	
1	4~5		仁川短歌會詠草 〔11〕 인천 단카회 영초	叢大芸居	시가/단카	
1	5~6	小說	一ツ家の老人 〈10〉 한 집의 노인	ダンダス大人 (我羊生)	소설/기타	
8	1~3	讀者へ懸 賞小說	家庭悲劇/遺言狀 〈112〉 가정 비극/유언장	島川七石	소설/일본	

1917년 07월 30일 (월) 5775호

지면	단수	기획	기사제목 〈회수〉〔곡수〕	필자/저자(역자)	분류	비고
1	3~4		一對照 일대조	永樂町人	수필/비평	
1	6		仁川短歌會詠草〔2〕 인천 단카회 영초	芦上秋人	시가/단카	
1	6		仁川短歌會詠草〔6〕 인천 단카회 영초	石井龍史	시가/단카	
1	6~7	小說	一ツ家の老人 〈11〉 한 집의 노인	ダンダス大人 (我羊生)	소설/기타	
1	6	朝鮮俳壇	渡邊水巴選/夏雜〔3〕 와타나베 스이하 선/여름-잡	苔雨	시가/하이쿠	
1	6	朝鮮俳壇	渡邊水巴選/夏雜〔3〕 와타나베 스이하 선/여름-잡	亞石	시가/하이쿠	
1	6	朝鮮俳壇	渡邊水巴選/夏雜〔2〕 와타나베 스이하 선/여름-잡	六轉	시가/하이쿠	
1	6	朝鮮俳壇	渡邊水巴選/夏雜〔1〕 와타나베 스이하 선/여름-잡	大槐	시가/하이쿠	
1	6	朝鮮俳壇	渡邊水巴選/夏雜〔1〕 와타나베 스이하 선/여름-잡	北星	시가/하이쿠	
1	6	朝鮮俳壇	渡邊水巴選/夏雜〔1〕 와타나베 스이하 선/여름-잡	星羽	시가/하이쿠	
1	6	朝鮮俳壇	渡邊水巴選/夏雜〔1〕 와타나베 스이하 선/여름-잡	非城	시가/하이쿠	
1	6	朝鮮俳壇	渡邊水巴選/夏雜〔1〕 와타나베 스이하 선/여름-잡	俚人	시가/하이쿠	
1	6	朝鮮俳壇	渡邊水巴選/夏雜〔1〕 와타나베 스이하 선/여름-잡	秋汀	시가/하이쿠	
1	6	朝鮮俳壇	渡邊水巴選/夏雜〔1〕 와타나베 스이하 선/여름-잡	田打夫	시가/하이쿠	
4	1~3		大阪軍記/片桐且元の苦忠(二) 〈175〉 오사카 군기/가타기리 가쓰모토의 고충(이)	旭堂南陵	고단	
6	1~3	讀者へ懸 賞小說	家庭悲劇/遺言狀 〈113〉 가정 비극/유언장	島川七石	소설/일본	

1917년 08월 01일 (수) 5776호

지면	단수	기획	기사제목	필자/저자(역자)	분류	비고
3	5~7		接木論 접목론	永樂町人	수필/비평	
6	1~3	讀者へ懸 賞小說	家庭悲劇/遺言狀 〈114〉 가정 비극/유언장	島川七石	소설/일본	
7	6		風鈴 풍경		수필/평판기	
8	1~3		大阪軍記/片桐且元の苦忠(三) 〈176〉 오사카 군기/가타기리 가쓰모토의 고충(3)	旭堂南陵	고단	

1917년 08월 02일 (목) 5777호

지면	단수	기획	기사제목	필자/저자(역자)	분류	비고
1	1~2		成金論 성금론	永樂町人	수필/비평	
1	5	朝鮮俳壇	渡邊水巴選/夏雜〔3〕 와타나베 스이하 선/여름-잡	菊坡	시가/하이쿠	
1	5	朝鮮俳壇	渡邊水巴選/夏雜〔3〕 와타나베 스이하 선/여름-잡	よしを	시가/하이쿠	
1	5	朝鮮俳壇	渡邊水巴選/夏雜〔1〕 와타나베 스이하 선/여름-잡	長頸子	시가/하이쿠	

지면	단수	기획	기사제목 〈회수〉〔곡수〕	필자/저자(역자)	분류	비고
1	5	朝鮮俳壇	渡邊水巴選/夏雜〔2〕 와타나베 스이하 선/여름-잡	苔雨	시가/하이쿠	
1	5	朝鮮俳壇	渡邊水巴選/夏雜〔2〕 와타나베 스이하 선/여름-잡	春聲	시가/하이쿠	
1	5	朝鮮俳壇	渡邊水巴選/夏雜〔2〕 와타나베 스이하 선/여름-잡	小琴子	시가/하이쿠	
1	5	朝鮮俳壇	渡邊水巴選/夏雜〔1〕 와타나베 스이하 선/여름-잡	涉川	시가/하이쿠	
1	6	小說	一ツ家の老人〈12〉 한 집의 노인	ダンダス大人 (我羊生)	소설/기타	
4	1~3		大阪軍記/片桐且元の苦忠(四)〈177〉 오사카 군기/가타기리 가쓰모토의 고충(4)	旭堂南陵	고단	
5	6		風鈴 풍경		수필/평판기	
6	1~3	讀者へ懸 賞小說	家庭悲劇/遺言狀〈115〉 가정 비극/유언장	島川七石	소설/일본	

1917년 08월 03일 (금) 5778호

지면	단수	기획	기사제목 〈회수〉〔곡수〕	필자/저자(역자)	분류	비고
1	1~2		女傑論 여걸론	永樂町人	수필/비평	
1	5~6	小說	一ツ家の老人〈13〉 한 집의 노인	ダンダス大人 (我羊生)	소설/기타	
1	5	朝鮮俳壇	渡邊水巴選/時鳥〔5〕 와타나베 스이하 선/두견	友萍	시가/하이쿠	
1	5	朝鮮俳壇	渡邊水巴選/時鳥〔2〕 와타나베 스이하 선/두견	李雨史	시가/하이쿠	
1	5	朝鮮俳壇	渡邊水巴選/時鳥〔1〕 와타나베 스이하 선/두견	水戶坊	시가/하이쿠	
1	5	朝鮮俳壇	渡邊水巴選/時鳥〔1〕 와타나베 스이하 선/두견	よしを	시가/하이쿠	
1	5	朝鮮俳壇	渡邊水巴選/時鳥〔2〕 와타나베 스이하 선/두견	水巴	시가/하이쿠	
1	5	朝鮮俳壇	渡邊水巴選/蚊遣〔1〕 와타나베 스이하 선/모깃불	六轉	시가/하이쿠	
1	5	朝鮮俳壇	渡邊水巴選/蚊遣〔1〕 와타나베 스이하 선/모깃불	水戶坊	시가/하이쿠	
1	5	朝鮮俳壇	渡邊水巴選/蚊遣〔1〕 와타나베 스이하 선/모깃불	田打夫	시가/하이쿠	
1	5	朝鮮俳壇	渡邊水巴選/蚊遣〔2〕 와타나베 스이하 선/모깃불	水巴	시가/하이쿠	
4	1~3		大阪軍記/片桐且元の苦忠(五)〈178〉 오사카 군기/가타기리 가쓰모토의 고충(5)	旭堂南陵	고단	
6	1~3	讀者へ懸 賞小說	家庭悲劇/遺言狀〈115〉 가정 비극/유언장	島川七石	소설/일본	회수 오류

1917년 08월 04일 (토) 5779호

지면	단수	기획	기사제목 〈회수〉〔곡수〕	필자/저자(역자)	분류	비고
1	2~4		登山論 등산론	永樂町人	수필/비평	
1	5	朝鮮俳壇	渡邊水巴選/日盛〔3〕 와타나베 스이하 선/한낮	友萍	시가/하이쿠	
1	5	朝鮮俳壇	渡邊水巴選/日盛〔3〕 와타나베 스이하 선/한낮	花醉	시가/하이쿠	

지면	단수	기획	기사제목 〈회수〉〔곡수〕	필자/저자(역자)	분류	비고
1	5	朝鮮俳壇	渡邊水巴選/日盛〔2〕 와타나베 스이하 선/한낮	蕪子	시가/하이쿠	
1	5	朝鮮俳壇	渡邊水巴選/日盛〔2〕 와타나베 스이하 선/한낮	小琴子	시가/하이쿠	
1	5	朝鮮俳壇	渡邊水巴選/日盛〔1〕 와타나베 스이하 선/한낮	北星	시가/하이쿠	
1	5	朝鮮俳壇	渡邊水巴選/日盛〔1〕 와타나베 스이하 선/한낮	靑眼子	시가/하이쿠	
1	5	朝鮮俳壇	渡邊水巴選/日盛〔1〕 와타나베 스이하 선/한낮	李雨史	시가/하이쿠	
1	5	朝鮮俳壇	渡邊水巴選/日盛〔1〕 와타나베 스이하 선/한낮	桂楚雨	시가/하이쿠	
1	5	朝鮮俳壇	渡邊水巴選/日盛〔1〕 와타나베 스이하 선/한낮	よしを	시가/하이쿠	
1	5	朝鮮俳壇	渡邊水巴選/日盛〔1〕 와타나베 스이하 선/한낮	水巴	시가/하이쿠	
1	6	朝鮮俳壇	渡邊水巴選 와타나베 스이하 선		광고/모집 광고	
3	3~6		吉野氏より〈2〉 요시노 씨로부터		수필/서간	
4	1~3		大阪軍記/幸村苦肉の計(一)〈179〉 오사카 군기/유키무라 고육계(1)	旭堂南陵	고단	
6	1~3	讀者へ懸 賞小說	家庭悲劇/遺言狀〈117〉 가정 비극/유언장	島川七石	소설/일본	

1917년 08월 05일 (일) 5780호

1	2~4		早稻田 와세다	永樂町人	수필/비평	
3	7		吉野氏より〈2〉 요시노 씨로부터		수필/서간	
4	1~3		大阪軍記/幸村苦肉の計(二)〈180〉 오사카 군기/유키무라 고육계(2)	旭堂南陵	고단	
6	1~3	讀者へ懸 賞小說	家庭悲劇/遺言狀〈118〉 가정 비극/유언장	島川七石	소설/일본	
7	7		風鈴 풍경		수필/평판기	

1917년 08월 06일 (월) 5781호

1	2~4		避暑論 피서론	永樂町人	수필/비평	
1	5	朝鮮俳壇	渡邊水巴選/夕立〔4〕 와타나베 스이하 선/소나기	蕪子	시가/하이쿠	
1	5	朝鮮俳壇	渡邊水巴選/夕立〔3〕 와타나베 스이하 선/소나기	友萍	시가/하이쿠	
1	5	朝鮮俳壇	渡邊水巴選/夕立〔2〕 와타나베 스이하 선/소나기	花醉	시가/하이쿠	
1	5	朝鮮俳壇	渡邊水巴選/夕立〔2〕 와타나베 스이하 선/소나기	小琴子	시가/하이쿠	
1	5	朝鮮俳壇	渡邊水巴選/夕立〔1〕 와타나베 스이하 선/소나기	田打夫	시가/하이쿠	
1	5	朝鮮俳壇	渡邊水巴選/夕立〔1〕 와타나베 스이하 선/소나기	李雨史	시가/하이쿠	

지면	단수	기획	기사제목 〈회수〉〔곡수〕	필자/저자(역자)	분류	비고
1	5	朝鮮俳壇	渡邊水巴選/夕立 [1] 와타나베 스이하 선/소나기	水戶坊	시가/하이쿠	
1	5	朝鮮俳壇	渡邊水巴選/夕立 [1] 와타나베 스이하 선/소나기	隈山	시가/하이쿠	
1	5	朝鮮俳壇	渡邊水巴選/夕立 [1] 와타나베 스이하 선/소나기	水巴	시가/하이쿠	
1	6	朝鮮俳壇	渡邊水巴選 와타나베 스이하 선		광고/모집 광고	
4	1~3		大阪軍記/幸村苦肉の計(3) 〈181〉 오사카 군기/유키무라 고육계(삼)	旭堂南陵	고단	
6	1~3	讀者へ懸 賞小說	家庭悲劇/遺言狀 〈119〉 가정 비극/유언장	島川七石	소설/일본	

1917년 08월 07일 (화) 5782호

지면	단수	기획	기사제목 〈회수〉〔곡수〕	필자/저자(역자)	분류	비고
1	2~4		新愛國 신애국	永樂町人	수필/비평	
1	5	朝鮮俳壇	渡邊水巴選/夏野 [3] 와타나베 스이하 선/여름 들판	水戶坊	시가/하이쿠	
1	5	朝鮮俳壇	渡邊水巴選/夏野 [2] 와타나베 스이하 선/여름 들판	花醉	시가/하이쿠	
1	5	朝鮮俳壇	渡邊水巴選/夏野 [2] 와타나베 스이하 선/여름 들판	李雨史	시가/하이쿠	
1	5	朝鮮俳壇	渡邊水巴選/夏野 [2] 와타나베 스이하 선/여름 들판	友萍	시가/하이쿠	
1	5	朝鮮俳壇	渡邊水巴選/夏野 [2] 와타나베 스이하 선/여름 들판	北星	시가/하이쿠	
1	5	朝鮮俳壇	渡邊水巴選/夏野 [1] 와타나베 스이하 선/여름 들판	失名	시가/하이쿠	
1	5	朝鮮俳壇	渡邊水巴選/夏野 [1] 와타나베 스이하 선/여름 들판	隈山	시가/하이쿠	
1	5	朝鮮俳壇	渡邊水巴選/夏野 [1] 와타나베 스이하 선/여름 들판	崎嶇	시가/하이쿠	
1	6	朝鮮俳壇	渡邊水巴選/夏野 [2] 와타나베 스이하 선/여름 들판	水巴	시가/하이쿠	
3	6~7		活動寫眞に對する吾人の感想 〈1〉 활동사진에 대한 나의 감상		수필/비평	
4	1~3		大阪軍記/幸村苦肉の計(四) 〈182〉 오사카 군기/유키무라 고육계(사)	旭堂南陵	고단	
6	1~3	讀者へ懸 賞小說	家庭悲劇/遺言狀 〈120〉 가정 비극/유언장	島川七石	소설/일본	

1917년 08월 08일 (수) 5783호

지면	단수	기획	기사제목 〈회수〉〔곡수〕	필자/저자(역자)	분류	비고
1	1~2		鉛天神 연천신	永樂町人	수필/비평	
1	5	朝鮮俳壇	渡邊水巴選/凉し [2] 와타나베 스이하 선/시원함	花醉	시가/하이쿠	
1	5	朝鮮俳壇	渡邊水巴選/凉し [1] 와타나베 스이하 선/시원함	友萍	시가/하이쿠	
1	5	朝鮮俳壇	渡邊水巴選/凉し [1] 와타나베 스이하 선/시원함	小琴子	시가/하이쿠	
1	5	朝鮮俳壇	渡邊水巴選/凉し [1] 와타나베 스이하 선/시원함	よしみ	시가/하이쿠	

지면	단수	기획	기사제목 〈회수〉〔곡수〕	필자/저자(역자)	분류	비고
1	5	朝鮮俳壇	渡邊水巴選/凉し〔1〕 와타나베 스이하 선/시원함	田打夫	시가/하이쿠	
1	5	朝鮮俳壇	渡邊水巴選/凉し〔1〕 와타나베 스이하 선/시원함	李雨史	시가/하이쿠	
1	5	朝鮮俳壇	渡邊水巴選/凉し〔1〕 와타나베 스이하 선/시원함	龍泉	시가/하이쿠	
1	5	朝鮮俳壇	渡邊水巴選/凉し〔1〕 와타나베 스이하 선/시원함	九香	시가/하이쿠	
1	5	朝鮮俳壇	渡邊水巴選/凉し〔1〕 와타나베 스이하 선/시원함	水巴	시가/하이쿠	
1	5	朝鮮俳壇	渡邊水巴選/夏の月〔1〕 와타나베 스이하 선/여름 달	花醉	시가/하이쿠	
1	5	朝鮮俳壇	渡邊水巴選/夏の月〔1〕 와타나베 스이하 선/여름 달	靑眼子	시가/하이쿠	
1	5	朝鮮俳壇	渡邊水巴選/夏の月〔1〕 와타나베 스이하 선/여름 달	木風	시가/하이쿠	
1	5	朝鮮俳壇	渡邊水巴選/夏の月〔1〕 와타나베 스이하 선/여름 달	田打夫	시가/하이쿠	
1	5	朝鮮俳壇	渡邊水巴選/夏の月〔1〕 와타나베 스이하 선/여름 달	よしを	시가/하이쿠	
1	5	朝鮮俳壇	渡邊水巴選/夏の月〔2〕 와타나베 스이하 선/여름 달	水巴	시가/하이쿠	
1	5		仁川短歌會詠草〔1〕 인천 단카회 영초	港草男	시가/단카	
1	5		仁川短歌會詠草〔1〕 인천 단카회 영초	國廣蓑濱子	시가/단카	
1	5		仁川短歌會詠草〔2〕 인천 단카회 영초	本莊あいし	시가/단카	
1	5		仁川短歌會詠草〔3〕 인천 단카회 영초	光石尙子	시가/단카	
3	5		活動寫眞に對する吾人の感想 〈2〉 활동사진에 대한 나의 감상		수필/비평	
4	1~3		大阪軍記/幸村苦肉の計(五) 〈183〉 오사카 군기/유키무라 고육계(5)	旭堂南陵	고단	
6	1~6	讀者へ懸 賞小說	家庭悲劇/遺言狀 〈121〉 가정 비극/유언장	島川七石	소설/일본	

1917년 08월 09일 (목) 5784호

지면	단수	기획	기사제목 〈회수〉〔곡수〕	필자/저자(역자)	분류	비고
1	2~4		南山論 남산론	永樂町人	수필/비평	
1	5	朝鮮俳壇	渡邊水巴選/金魚〔3〕 와타나베 스이하 선/금붕어	よしを	시가/하이쿠	
1	5	朝鮮俳壇	渡邊水巴選/金魚〔3〕 와타나베 스이하 선/금붕어	靑眼子	시가/하이쿠	
1	5	朝鮮俳壇	渡邊水巴選/金魚〔2〕 와타나베 스이하 선/금붕어	よしみ	시가/하이쿠	
1	5	朝鮮俳壇	渡邊水巴選/金魚〔1〕 와타나베 스이하 선/금붕어	花醉	시가/하이쿠	
1	5	朝鮮俳壇	渡邊水巴選/金魚〔1〕 와타나베 스이하 선/금붕어	水戶坊	시가/하이쿠	
1	5	朝鮮俳壇	渡邊水巴選/金魚〔1〕 와타나베 스이하 선/금붕어	北星	시가/하이쿠	

지면	단수	기획	기사제목 〈회수〉〔곡수〕	필자/저자(역자)	분류	비고
1	5	朝鮮俳壇	渡邊水巴選/金魚 [1] 와타나베 스이하 선/금붕어	燕子	시가/하이쿠	
1	5	朝鮮俳壇	渡邊水巴選/金魚 [1] 와타나베 스이하 선/금붕어	俳骸	시가/하이쿠	
1	5	朝鮮俳壇	渡邊水巴選/金魚 [1] 와타나베 스이하 선/금붕어	小子	시가/하이쿠	
1	5	朝鮮俳壇	渡邊水巴選/金魚 〔2〕 와타나베 스이하 선/금붕어	水巴	시가/하이쿠	
1	5		仁川短歌會詠草 〔4〕 인천 단카회 영초	長崎保	시가/단카	
1	5		仁川短歌會詠草 〔5〕 인천 단카회 영초	廣安つねを	시가/단카	
4	1~3		大阪軍記/幸村苦肉の計(六) 〈184〉 오사카 군기/유키무라 고육계(6)	旭堂南陵	고단	
6	1~3	讀者へ懸 賞小說	家庭悲劇/遺言狀 〈122〉 가정 비극/유언장	島川七石	소설/일본	

1917년 08월 10일 (금) 5785호

지면	단수	기획	기사제목 〈회수〉〔곡수〕	필자/저자(역자)	분류	비고
1	2~4		圓滿病 원만병	永樂町人	수필/비평	
1	6	朝鮮俳壇	渡邊水巴選/避暑 〔3〕 와타나베 스이하 선/피서	田打夫	시가/하이쿠	
1	6	朝鮮俳壇	渡邊水巴選/避暑 〔2〕 와타나베 스이하 선/피서	花醉	시가/하이쿠	
1	6	朝鮮俳壇	渡邊水巴選/避暑 〔1〕 와타나베 스이하 선/피서	小琴子	시가/하이쿠	
1	6	朝鮮俳壇	渡邊水巴選/避暑 〔1〕 와타나베 스이하 선/피서	水巴	시가/하이쿠	
1	6	朝鮮俳壇	渡邊水巴選/團扇 〔2〕 와타나베 스이하 선/부채	燕子	시가/하이쿠	
1	6	朝鮮俳壇	渡邊水巴選/團扇 〔2〕 와타나베 스이하 선/부채	田打夫	시가/하이쿠	
1	6	朝鮮俳壇	渡邊水巴選/團扇 〔1〕 와타나베 스이하 선/부채	俳骸	시가/하이쿠	
1	6	朝鮮俳壇	渡邊水巴選/團扇 〔1〕 와타나베 스이하 선/부채	桂楚雨	시가/하이쿠	
1	6	朝鮮俳壇	渡邊水巴選/團扇 〔1〕 와타나베 스이하 선/부채	芸窓	시가/하이쿠	
1	6	朝鮮俳壇	渡邊水巴選/團扇 〔2〕 와타나베 스이하 선/부채	水巴	시가/하이쿠	
1	6	朝鮮俳壇	渡邊水巴選 와타나베 스이하 선		광고/모집 광고	
1	6		仁川短歌會詠草 〔10〕 인천 단카회 영초	石井龍史	시가/단카	
3	5~6		活動寫眞に對する吾人の感想 〈3〉 활동사진에 대한 나의 감상		수필/비평	
4	1~3		大阪軍記/幸村苦肉の計(七) 〈185〉 오사카 군기/유키무라 고육계(7)	旭堂南陵	고단	
6	1~3	讀者へ懸 賞小說	家庭悲劇/遺言狀 〈123〉 가정 비극/유언장	島川七石	소설/일본	

1917년 08월 11일 (토) 5786호

지면	단수	기획	기사제목 〈회수〉〔곡수〕	필자/저자(역자)	분류	비고
1	2~4		送友記 친구를 떠나보낸 기록	永樂町人	수필/일상	
1	6	朝鮮俳壇	渡邊水巴選/夏雜〔7〕 와타나베 스이하 선/여름-잡	靑眼子	시가/하이쿠	
1	6	朝鮮俳壇	渡邊水巴選/夏雜〔3〕 와타나베 스이하 선/여름-잡	木風	시가/하이쿠	
1	6	朝鮮俳壇	渡邊水巴選/夏雜〔3〕 와타나베 스이하 선/여름-잡	山民	시가/하이쿠	
1	6	朝鮮俳壇	渡邊水巴選/夏雜〔3〕 와타나베 스이하 선/여름-잡	花醉	시가/하이쿠	
1	6	朝鮮俳壇	渡邊水巴選/夏雜〔1〕 와타나베 스이하 선/여름-잡	東村	시가/하이쿠	
1	6	朝鮮俳壇	渡邊水巴選/夏雜〔1〕 와타나베 스이하 선/여름-잡	秋汀	시가/하이쿠	
1	6	朝鮮俳壇	渡邊水巴選/夏雜〔1〕 와타나베 스이하 선/여름-잡	淸香	시가/하이쿠	
1	6	朝鮮俳壇	渡邊水巴選/夏雜〔1〕 와타나베 스이하 선/여름-잡	六轉	시가/하이쿠	
1	6	朝鮮俳壇	渡邊水巴選/夏雜〔1〕 와타나베 스이하 선/여름-잡	白天	시가/하이쿠	
3	4~5		活動寫眞に對する吾人の感想〈4〉 활동사진에 대한 나의 감상		수필/비평	
4	1~3		大阪軍記/幸村苦肉の計(八)〈186〉 오사카 군기/유키무라 고육계(8)	旭堂南陵	고단	
5	5~7		南山の朝露を踏みて 남산의 아침 이슬을 밟고서		수필/일상	
6	1~3	讀者へ懸 賞小說	家庭悲劇/遺言狀〈124〉 가정 비극/유언장	島川七石	소설/일본	

1917년 08월 12일 (일) 5787호

지면	단수	기획	기사제목 〈회수〉〔곡수〕	필자/저자(역자)	분류	비고
1	4	朝鮮俳壇	渡邊水巴選 와타나베 스이하 선		광고/모집 광고	
1	5	朝鮮俳壇	渡邊水巴選/若葉〔2〕 와타나베 스이하 선/새잎	秋汀	시가/하이쿠	
1	5	朝鮮俳壇	渡邊水巴選/若葉〔2〕 와타나베 스이하 선/새잎	花醉	시가/하이쿠	
1	5	朝鮮俳壇	渡邊水巴選/若葉〔2〕 와타나베 스이하 선/새잎	伽南	시가/하이쿠	
1	5	朝鮮俳壇	渡邊水巴選/若葉〔1〕 와타나베 스이하 선/새잎	春圃	시가/하이쿠	
1	5	朝鮮俳壇	渡邊水巴選/若葉〔1〕 와타나베 스이하 선/새잎	六轉	시가/하이쿠	
1	5	朝鮮俳壇	渡邊水巴選/若葉〔1〕 와타나베 스이하 선/새잎	隅山	시가/하이쿠	
1	5	朝鮮俳壇	渡邊水巴選/若葉〔1〕 와타나베 스이하 선/새잎	芝窓	시가/하이쿠	
1	5	朝鮮俳壇	渡邊水巴選/若葉〔1〕 와타나베 스이하 선/새잎	葉堂	시가/하이쿠	
1	5	朝鮮俳壇	渡邊水巴選/若葉〔1〕 와타나베 스이하 선/새잎	花翁	시가/하이쿠	
1	5	朝鮮俳壇	渡邊水巴選/若葉〔1〕 와타나베 스이하 선/새잎	水戶坊	시가/하이쿠	

지면	단수	기획	기사제목 〈회수〉〔곡수〕	필자/저자(역자)	분류	비고
1	5	朝鮮俳壇	渡邊水巴選/若葉 〔2〕 와타나베 스이하 선/새잎	水巴	시가/하이쿠	
1	5		仁川短歌會詠草 〔4〕 인천 단카회 영초	佐々木柚子	시가/단카	
1	5		仁川短歌會詠草 〔2〕 인천 단카회 영초	芦上秋人	시가/단카	
1	5		仁川短歌會詠草 〔3〕 인천 단카회 영초	葩村紅路	시가/단카	
3	5~7		活動寫眞に對する吾人の感想 〈5〉 활동사진에 대한 나의 감상		수필/비평	
3	6		金泉花柳界 김천 화류계		수필/평판기	
4	1~3		大阪軍記/關東關西の和談(一) 〈187〉 오사카 군기/간토와 간사이의 화해(1)	旭堂南陵	고단	
6	1~3	讀者へ懸 賞小說	家庭悲劇/遺言狀 〈125〉 가정 비극/유언장	島川七石	소설/일본	

1917년 08월 13일 (월) 5788호

지면	단수	기획	기사제목 〈회수〉〔곡수〕	필자/저자(역자)	분류	비고
1	2~3		針の山 바늘로 된 산	永樂町人	수필/비평	
1	6	朝鮮俳壇	渡邊水巴選/紫陽花 〔3〕 와타나베 스이하 선/수국	迦南	시가/하이쿠	
1	6	朝鮮俳壇	渡邊水巴選/紫陽花 〔2〕 와타나베 스이하 선/수국	花醉	시가/하이쿠	
1	6	朝鮮俳壇	渡邊水巴選/紫陽花 〔1〕 와타나베 스이하 선/수국	苦雨	시가/하이쿠	
1	6	朝鮮俳壇	渡邊水巴選/紫陽花 〔1〕 와타나베 스이하 선/수국	龍泉	시가/하이쿠	
1	6	朝鮮俳壇	渡邊水巴選/紫陽花 〔1〕 와타나베 스이하 선/수국	春圃	시가/하이쿠	
1	6	朝鮮俳壇	渡邊水巴選/紫陽花 〔1〕 와타나베 스이하 선/수국	水戶坊	시가/하이쿠	
1	6	朝鮮俳壇	渡邊水巴選/紫陽花 〔2〕 와타나베 스이하 선/수국	水巴	시가/하이쿠	
1	6	朝鮮俳壇	渡邊水巴選/棕梠の花 〔1〕 와타나베 스이하 선/종려나무의 꽃	花醉	시가/하이쿠	
1	6	朝鮮俳壇	渡邊水巴選/棕梠の花 〔1〕 와타나베 스이하 선/종려나무의 꽃	苦雨	시가/하이쿠	
1	6	朝鮮俳壇	渡邊水巴選/棕梠の花 〔1〕 와타나베 스이하 선/종려나무의 꽃	春圃	시가/하이쿠	
1	6	朝鮮俳壇	渡邊水巴選/棕梠の花 〔1〕 와타나베 스이하 선/종려나무의 꽃	六轉	시가/하이쿠	
1	6	朝鮮俳壇	渡邊水巴選/棕梠の花 〔1〕 와타나베 스이하 선/종려나무의 꽃	水巴	시가/하이쿠	
3	5		鳥致院の紅すずめ 조치원의 단풍새		수필/평판기	
4	1~3		大阪軍記/木村重成血判見届け(一) 〈188〉 오사카 군기/기무라 시게나리 혈판 확인(1)	旭堂南陵	고단	
6	1~3	讀者へ懸 賞小說	家庭悲劇/遺言狀 〈126〉 가정 비극/유언장	島川七石	소설/일본	

1917년 08월 14일 (화) 5789호

지면	단수	기획	기사제목 〈회수〉〔곡수〕	필자/저자(역자)	분류	비고
1	2~4		貧富論 빈부론	永樂町人	수필/비평	
1	6	朝鮮俳壇	渡邊水巴選 와타나베 스이하 선		광고/모집 광고	
4	1~3		大阪軍記/木村重成血判見届け(二) 〈189〉 오사카 군기/기무라 시게나리 혈판 확인(1)	旭堂南陵	고단	
5	7		風鈴 풍경		수필/평판기	
6	1~3	讀者へ懸 賞小說	家庭悲劇/遺言狀 〈127〉 가정 비극/유언장	島川七石	소설/일본	

1917년 08월 15일 (수) 5790호

지면	단수	기획	기사제목 〈회수〉〔곡수〕	필자/저자(역자)	분류	비고
1	2~3		籠の鳥 새장 속의 새	永樂町人	수필/비평	
1	5	朝鮮俳壇	渡邊水巴選/螢 〔4〕 와타나베 스이하 선/반딧불	長頸子	시가/하이쿠	
1	5	朝鮮俳壇	渡邊水巴選/螢 〔3〕 와타나베 스이하 선/반딧불	靑眼子	시가/하이쿠	
1	5	朝鮮俳壇	渡邊水巴選/螢 〔2〕 와타나베 스이하 선/반딧불	小琴	시가/하이쿠	
1	5	朝鮮俳壇	渡邊水巴選/螢 〔2〕 와타나베 스이하 선/반딧불	花醉	시가/하이쿠	
1	5	朝鮮俳壇	渡邊水巴選/螢 〔1〕 와타나베 스이하 선/반딧불	花翁	시가/하이쿠	
1	5	朝鮮俳壇	渡邊水巴選/螢 〔1〕 와타나베 스이하 선/반딧불	水戶坊	시가/하이쿠	
1	5	朝鮮俳壇	渡邊水巴選/螢 〔1〕 와타나베 스이하 선/반딧불	梧月	시가/하이쿠	
1	5	朝鮮俳壇	渡邊水巴選/螢 〔1〕 와타나베 스이하 선/반딧불	春圃	시가/하이쿠	
1	5	朝鮮俳壇	渡邊水巴選/螢 〔1〕 와타나베 스이하 선/반딧불	葉堂	시가/하이쿠	
1	5	文苑	花田寛に 〔8〕 하나다 간에게	三木房雄	시가/단카	
4	1~3		大阪軍記/木村重成血判見届け(三) 〈190〉 오사카 군기/기무라 시게나리 혈판 확인(1)	旭堂南陵	고단	
6	1~3	讀者へ懸 賞小說	家庭悲劇/遺言狀 〈128〉 가정 비극/유언장	島川七石	소설/일본	

1917년 08월 16일 (목) 5791호

지면	단수	기획	기사제목 〈회수〉〔곡수〕	필자/저자(역자)	분류	비고
1	2~3		再婚論 재혼론	永樂町人	수필/비평	
1	4	朝鮮俳壇	渡邊水巴選/行々子 〔3〕 와타나베 스이하 선/개개비	長頸子	시가/하이쿠	
1	4	朝鮮俳壇	渡邊水巴選/行々子 〔2〕 와타나베 스이하 선/개개비	小琴	시가/하이쿠	
1	4	朝鮮俳壇	渡邊水巴選/行々子 〔2〕 와타나베 스이하 선/개개비	小嵐山	시가/하이쿠	
1	4	朝鮮俳壇	渡邊水巴選/行々子 〔1〕 와타나베 스이하 선/개개비	苦雨	시가/하이쿠	
1	4	朝鮮俳壇	渡邊水巴選/行々子 〔1〕 와타나베 스이하 선/개개비	花醉	시가/하이쿠	

지면	단수	기획	기사제목 〈회수〉〔곡수〕	필자/저자(역자)	분류	비고
1	4	朝鮮俳壇	渡邊水巴選/行々子 〔1〕 와타나베 스이하 선/개개비	稻村	시가/하이쿠	
1	4	朝鮮俳壇	渡邊水巴選/行々子 〔1〕 와타나베 스이하 선/개개비	比企	시가/하이쿠	
1	4	朝鮮俳壇	渡邊水巴選/行々子 〔1〕 와타나베 스이하 선/개개비	秋汀	시가/하이쿠	
1	4	朝鮮俳壇	渡邊水巴選/行々子 〔1〕 와타나베 스이하 선/개개비	六轉	시가/하이쿠	
1	4	朝鮮俳壇	渡邊水巴選/行々子 〔1〕 와타나베 스이하 선/개개비	隅山	시가/하이쿠	
1	4	朝鮮俳壇	渡邊水巴選/行々子 〔1〕 와타나베 스이하 선/개개비	葉堂	시가/하이쿠	
1	4	朝鮮俳壇	渡邊水巴選/行々子 〔1〕 와타나베 스이하 선/개개비	水巴	시가/하이쿠	
3	6		活動寫眞に對する吾人の感想 〈6〉 활동사진에 대한 나의 감상		수필/비평	
4	1~3		大阪軍記/木村重成血判見届け(四) 〈191〉 오사카 군기/기무라 시게나리 혈판 확인(1)	旭堂南陵	고단	
6	1~3	讀者へ懸 賞小說	家庭悲劇/遺言狀 〈129〉 가정 비극/유언장	島川七石	소설/일본	

1917년 08월 17일 (금) 5792호

지면	단수	기획	기사제목 〈회수〉〔곡수〕	필자/저자(역자)	분류	비고
1	2~4		四千年 사천년	永樂町人	수필/비평	
1	5	朝鮮俳壇	渡邊水巴選/淸水 〔3〕 와타나베 스이하 선/청수	小琴	시가/하이쿠	
1	5	朝鮮俳壇	渡邊水巴選/淸水 〔2〕 와타나베 스이하 선/청수	沙川	시가/하이쿠	
1	5	朝鮮俳壇	渡邊水巴選/淸水 〔1〕 와타나베 스이하 선/청수	長頸子	시가/하이쿠	
1	5	朝鮮俳壇	渡邊水巴選/淸水 〔1〕 와타나베 스이하 선/청수	花醉	시가/하이쿠	
1	5	朝鮮俳壇	渡邊水巴選/淸水 〔1〕 와타나베 스이하 선/청수	野鳥	시가/하이쿠	
1	5	朝鮮俳壇	渡邊水巴選/淸水 〔1〕 와타나베 스이하 선/청수	稻村	시가/하이쿠	
1	5	朝鮮俳壇	渡邊水巴選/淸水 〔1〕 와타나베 스이하 선/청수	隅山	시가/하이쿠	
1	5	朝鮮俳壇	渡邊水巴選/淸水 〔1〕 와타나베 스이하 선/청수	春圃	시가/하이쿠	
1	5	朝鮮俳壇	渡邊水巴選/淸水 〔1〕 와타나베 스이하 선/청수	花翁	시가/하이쿠	
1	5	朝鮮俳壇	渡邊水巴選/淸水 〔1〕 와타나베 스이하 선/청수	四行子	시가/하이쿠	
1	5	朝鮮俳壇	渡邊水巴選/淸水 〔1〕 와타나베 스이하 선/청수	梧月	시가/하이쿠	
1	5	朝鮮俳壇	渡邊水巴選/淸水 〔1〕 와타나베 스이하 선/청수	水巴	시가/하이쿠	
4	1~4		大阪軍記/木村重成血判見届け(五) 〈192〉 오사카 군기/기무라 시게나리 혈판 확인(1)	旭堂南陵	고단	
4	4	新講談豫 告	浪花三兄弟 나니와 삼형제	早川貞水	광고/연재예 고	

지면	단수	기획	기사제목 〈회수〉〔곡수〕	필자/저자(역자)	분류	비고
6	1~3	讀者へ懸賞小說	家庭悲劇/遺言狀 〈130〉 가정 비극/유언장	島川七石	소설/일본	

1917년 08월 18일 (토) 5793호

지면	단수	기획	기사제목 〈회수〉〔곡수〕	필자/저자(역자)	분류	비고
1	2~3		佛心論 불심론	永樂町人	수필/비평	
1	3~4		金剛山行 〈2〉 금강산행	高尾白浦	수필/기행	
1	4	朝鮮俳壇	渡邊水巴選 와타나베 스이하 선		광고/모집 광고	
1	5	朝鮮俳壇	渡邊水巴選/浴衣〔3〕 와타나베 스이하 선/유카타	花醉	시가/하이쿠	
1	5	朝鮮俳壇	渡邊水巴選/浴衣〔3〕 와타나베 스이하 선/유카타	長頸子	시가/하이쿠	
1	5	朝鮮俳壇	渡邊水巴選/浴衣〔1〕 와타나베 스이하 선/유카타	迦南	시가/하이쿠	
1	5	朝鮮俳壇	渡邊水巴選/浴衣〔1〕 와타나베 스이하 선/유카타	六轉	시가/하이쿠	
1	5	朝鮮俳壇	渡邊水巴選/浴衣〔1〕 와타나베 스이하 선/유카타	白天	시가/하이쿠	
1	5	朝鮮俳壇	渡邊水巴選/浴衣〔1〕 와타나베 스이하 선/유카타	小琴	시가/하이쿠	
1	5	朝鮮俳壇	渡邊水巴選/薰風〔3〕 와타나베 스이하 선/훈풍	長頸子	시가/하이쿠	
1	5	朝鮮俳壇	渡邊水巴選/薰風〔1〕 와타나베 스이하 선/훈풍	迦南	시가/하이쿠	
1	5	朝鮮俳壇	渡邊水巴選/薰風〔1〕 와타나베 스이하 선/훈풍	葉堂	시가/하이쿠	
1	5	朝鮮俳壇	渡邊水巴選/薰風〔1〕 와타나베 스이하 선/훈풍	#鶴	시가/하이쿠	
4	1~3		大阪軍記/木村重成血判見届け(六)〈193〉 오사카 군기/기무라 시게나리 혈판 확인(1)	旭堂南陵	고단	
5	7		つりしのぶ 쓰리시노부		수필/평판기	
6	1~3	讀者へ懸賞小說	家庭悲劇/遺言狀 〈131〉 가정 비극/유언장	島川七石	소설/일본	

1917년 08월 19일 (일) 5794호

지면	단수	기획	기사제목 〈회수〉〔곡수〕	필자/저자(역자)	분류	비고
1	2~3		生活慾 생활욕	永樂町人	수필/비평	
1	4~6		金剛山行 〈3〉 금강산행	高尾白浦	수필/기행	
4	1~3		浪花三兄弟 〈1〉 나니와 삼형제	早川貞水	고단	
6	1~3	讀者へ懸賞小說	家庭悲劇/遺言狀 〈132〉 가정 비극/유언장	島川七石	소설/일본	

1917년 08월 21일 (화) 5796호

지면	단수	기획	기사제목 〈회수〉〔곡수〕	필자/저자(역자)	분류	비고
1	2~4		秋聲賦 추성부	永樂町人	수필/비평	
1	6	朝鮮俳壇	渡邊水巴選 와타나베 스이하 선		광고/모집 광고	

지면	단수	기획	기사제목 〈회수〉 〔곡수〕	필자/저자(역자)	분류	비고
1	6	朝鮮俳壇	渡邊水巴選/夏雜〔7〕 와타나베 스이하 선/여름-잡	靑子	시가/하이쿠	
1	6	朝鮮俳壇	渡邊水巴選/夏雜〔3〕 와타나베 스이하 선/여름-잡	俚人	시가/하이쿠	
1	6	朝鮮俳壇	渡邊水巴選/夏雜〔2〕 와타나베 스이하 선/여름-잡	富士郎	시가/하이쿠	
1	6	朝鮮俳壇	渡邊水巴選/夏雜〔2〕 와타나베 스이하 선/여름-잡	春圃	시가/하이쿠	
1	6	朝鮮俳壇	渡邊水巴選/夏雜〔1〕 와타나베 스이하 선/여름-잡	沙川	시가/하이쿠	
1	6	朝鮮俳壇	渡邊水巴選/夏雜〔1〕 와타나베 스이하 선/여름-잡	弓山	시가/하이쿠	
1	6	朝鮮俳壇	渡邊水巴選/夏雜〔1〕 와타나베 스이하 선/여름-잡	太刀郎	시가/하이쿠	
1	6	朝鮮俳壇	渡邊水巴選/夏雜〔1〕 와타나베 스이하 선/여름-잡	蛸#	시가/하이쿠	
1	6	朝鮮俳壇	渡邊水巴選/夏雜〔1〕 와타나베 스이하 선/여름-잡	奇潭	시가/하이쿠	
1	6	朝鮮俳壇	渡邊水巴選/夏雜〔1〕 와타나베 스이하 선/여름-잡	女坡	시가/하이쿠	
4	1~3		浪花三兄弟〈3〉 나니와 삼형제	早川貞水	고단	
6	1~3	讀者へ懸 賞小說	家庭悲劇/遺言狀〈134〉 가정 비극/유언장	島川七石	소설/일본	

1917년 08월 22일 (수) 5797호

지면	단수	기획	기사제목 〈회수〉 〔곡수〕	필자/저자(역자)	분류	비고
1	2~3		死新聞 죽은 신문	永樂町人	수필/비평	
1	4	朝鮮俳壇	渡邊水巴選 와타나베 스이하 선		광고/모집 광고	
1	6	朝鮮俳壇	渡邊水巴選/夏雜〔5〕 와타나베 스이하 선/여름-잡	星羽	시가/하이쿠	
1	6	朝鮮俳壇	渡邊水巴選/夏雜〔4〕 와타나베 스이하 선/여름-잡	小琴	시가/하이쿠	
1	6	朝鮮俳壇	渡邊水巴選/夏雜〔3〕 와타나베 스이하 선/여름-잡	非水	시가/하이쿠	
1	6	朝鮮俳壇	渡邊水巴選/夏雜〔2〕 와타나베 스이하 선/여름-잡	天外	시가/하이쿠	
1	6	朝鮮俳壇	渡邊水巴選/夏雜〔1〕 와타나베 스이하 선/여름-잡	芳洲	시가/하이쿠	
1	6	朝鮮俳壇	渡邊水巴選/夏雜〔1〕 와타나베 스이하 선/여름-잡	女坡	시가/하이쿠	
1	6	朝鮮俳壇	渡邊水巴選/夏雜〔1〕 와타나베 스이하 선/여름-잡	山巴	시가/하이쿠	
1	6	朝鮮俳壇	渡邊水巴選/夏雜〔1〕 와타나베 스이하 선/여름-잡	三湖	시가/하이쿠	
1	6	朝鮮俳壇	渡邊水巴選/夏雜〔1〕 와타나베 스이하 선/여름-잡	影美	시가/하이쿠	
1	6	朝鮮俳壇	渡邊水巴選/夏雜〔1〕 와타나베 스이하 선/여름-잡	かもめ	시가/하이쿠	
4	1~3		浪花三兄弟〈4〉 나니와 삼형제	早川貞水	고단	

지면	단수	기획	기사제목 〈회수〉 〔곡수〕	필자/저자(역자)	분류	비고
6	1~3	讀者へ懸賞小說	家庭悲劇/遺言狀 〈135〉 가정 비극/유언장	島川七石	소설/일본	

1917년 08월 23일 (목) 5798호

지면	단수	기획	기사제목 〈회수〉 〔곡수〕	필자/저자(역자)	분류	비고
1	2~3		五文星 오문성	永樂町人	수필/비평	
1	4	朝鮮俳壇	渡邊水巴選 와타나베 스이하 선		광고/모집	광고
1	5		仁川短歌會詠草 〔4〕 인천 단카회 영초	雄佐武	시가/단카	
1	5		仁川短歌會詠草 〔6〕 인천 단카회 영초	岡本小草	시가/단카	
1	6	朝鮮俳壇	渡邊水巴選/夏雜 〔7〕 와타나베 스이하 선/여름-잡	雨月	시가/하이쿠	
1	6	朝鮮俳壇	渡邊水巴選/夏雜 〔5〕 와타나베 스이하 선/여름-잡	失名	시가/하이쿠	
1	6	朝鮮俳壇	渡邊水巴選/夏雜 〔1〕 와타나베 스이하 선/여름-잡	華城	시가/하이쿠	
1	6	朝鮮俳壇	渡邊水巴選/夏雜 〔1〕 와타나베 스이하 선/여름-잡	春聲	시가/하이쿠	
1	6	朝鮮俳壇	渡邊水巴選/夏雜 〔1〕 와타나베 스이하 선/여름-잡	奇潭	시가/하이쿠	
1	6	朝鮮俳壇	渡邊水巴選/夏雜 〔1〕 와타나베 스이하 선/여름-잡	#亭	시가/하이쿠	
1	6	朝鮮俳壇	渡邊水巴選/夏雜 〔1〕 와타나베 스이하 선/여름-잡	義郎	시가/하이쿠	
1	6	朝鮮俳壇	渡邊水巴選/夏雜 〔1〕 와타나베 스이하 선/여름-잡	鼓蕉	시가/하이쿠	
1	6	朝鮮俳壇	渡邊水巴選/夏雜 〔1〕 와타나베 스이하 선/여름-잡	星羽	시가/하이쿠	
8	1~3	讀者へ懸賞小說	家庭悲劇/遺言狀 〈136〉 가정 비극/유언장	島川七石	소설/일본	

1917년 08월 24일 (금) 5799호

지면	단수	기획	기사제목 〈회수〉 〔곡수〕	필자/저자(역자)	분류	비고
1	2~3		天プラ 덴푸라	永樂町人	수필/비평	
1	4~5		仁川短歌會詠草 〔12〕 인천 단카회 영초	叢大芸居	시가/단카	
1	5	朝鮮俳壇	渡邊水巴選 와타나베 스이하 선		광고/모집	광고
1	6	朝鮮俳壇	渡邊水巴選/合歡の花 〔5〕 와타나베 스이하 선/합환의 꽃	菊坡	시가/하이쿠	
1	6	朝鮮俳壇	渡邊水巴選/合歡の花 〔3〕 와타나베 스이하 선/합환의 꽃	小琴子	시가/하이쿠	
1	6	朝鮮俳壇	渡邊水巴選/合歡の花 〔2〕 와타나베 스이하 선/합환의 꽃	木三	시가/하이쿠	
1	6	朝鮮俳壇	渡邊水巴選/合歡の花 〔2〕 와타나베 스이하 선/합환의 꽃	小嵐山	시가/하이쿠	
1	6	朝鮮俳壇	渡邊水巴選/合歡の花 〔1〕 와타나베 스이하 선/합환의 꽃	俚人	시가/하이쿠	
1	6	朝鮮俳壇	渡邊水巴選/合歡の花 〔1〕 와타나베 스이하 선/합환의 꽃	隅山	시가/하이쿠	

지면	단수	기획	기사제목 〈회수〉〔곡수〕	필자/저자(역자)	분류	비고
1	6	朝鮮俳壇	渡邊水巴選/合歡の花〔1〕 와타나베 스이하 선/합환의 꽃	芸窓	시가/하이쿠	
1	6	朝鮮俳壇	渡邊水巴選/合歡の花〔1〕 와타나베 스이하 선/합환의 꽃	六轉	시가/하이쿠	
1	6	朝鮮俳壇	渡邊水巴選/合歡の花〔1〕 와타나베 스이하 선/합환의 꽃	雨意	시가/하이쿠	
1	6	朝鮮俳壇	渡邊水巴選/合歡の花〔1〕 와타나베 스이하 선/합환의 꽃	犀涯	시가/하이쿠	
3	5		海州紅筆 해주 홍필		수필/평판기	
4	1~3		浪花三兄弟〈5〉 나니와 삼형제	早川貞水	고단	
6	1~3	讀者へ懸賞小說	家庭悲劇/遺言狀〈136〉 가정 비극/유언장	島川七石	소설/일본	회수 오류

1917년 08월 25일 (토) 5800호

지면	단수	기획	기사제목 〈회수〉〔곡수〕	필자/저자(역자)	분류	비고
1	2~3		時と人 시간과 인간	永樂町人	수필/비평	
4	1~3		浪花三兄弟〈6〉 나니와 삼형제	早川貞水	고단	
6	1~3	讀者へ懸賞小說	家庭悲劇/遺言狀〈138〉 가정 비극/유언장	島川七石	소설/일본	

1917년 08월 26일 (일) 5801호

지면	단수	기획	기사제목 〈회수〉〔곡수〕	필자/저자(역자)	분류	비고
1	2~3		死學者 죽은 학자	永樂町人	수필/비평	
1	6		仁川短歌會詠草〔14〕 인천 단카회 영초	石井龍史	시가/단카	
1	6	朝鮮俳壇	渡邊水巴選/松落葉〔5〕 와타나베 스이하 선/소나무 낙엽	菊坡	시가/하이쿠	
1	6	朝鮮俳壇	渡邊水巴選/松落葉〔4〕 와타나베 스이하 선/소나무 낙엽	靑眼子	시가/하이쿠	
1	6	朝鮮俳壇	渡邊水巴選/松落葉〔2〕 와타나베 스이하 선/소나무 낙엽	木三	시가/하이쿠	
1	6	朝鮮俳壇	渡邊水巴選/松落葉〔2〕 와타나베 스이하 선/소나무 낙엽	友萍	시가/하이쿠	
1	6	朝鮮俳壇	渡邊水巴選/松落葉〔2〕 와타나베 스이하 선/소나무 낙엽	幽谷	시가/하이쿠	
1	6	朝鮮俳壇	渡邊水巴選/松落葉〔1〕 와타나베 스이하 선/소나무 낙엽	春樹	시가/하이쿠	
1	6	朝鮮俳壇	渡邊水巴選/松落葉〔1〕 와타나베 스이하 선/소나무 낙엽	小嵐山	시가/하이쿠	
4	1~3		浪花三兄弟〈7〉 나니와 삼형제	早川貞水	고단	
6	1~3	讀者へ懸賞小說	家庭悲劇/遺言狀〈138〉 가정 비극/유언장	島川七石	소설/일본	회수 오류

1917년 08월 27일 (월) 5802호

지면	단수	기획	기사제목 〈회수〉〔곡수〕	필자/저자(역자)	분류	비고
1	2~3		史家癖 사가벽	永樂町人	수필/비평	
1	6		仁川短歌會詠草〔2〕 인천 단카회 영초	長崎保	시가/단카	

지면	단수	기획	기사제목 〈회수〉〔곡수〕	필자/저자(역자)	분류	비고
1	6		仁川短歌會詠草 〔7〕 인천 단카회 영초	蘆上秋人	시가/단카	
1	6	朝鮮俳壇	旱 〔5〕 가뭄	木三	시가/하이쿠	
1	6	朝鮮俳壇	旱 〔4〕 가뭄	苔雨	시가/하이쿠	
1	6	朝鮮俳壇	旱 〔3〕 가뭄	花翁	시가/하이쿠	
1	6	朝鮮俳壇	旱 〔2〕 가뭄	星羽	시가/하이쿠	
1	6	朝鮮俳壇	旱 〔2〕 가뭄	李雨史	시가/하이쿠	
1	6	朝鮮俳壇	旱 〔1〕 가뭄	菊坡	시가/하이쿠	
1	6	朝鮮俳壇	旱 〔1〕 가뭄	芸窓	시가/하이쿠	
1	6	朝鮮俳壇	旱 〔1〕 가뭄	よしみ	시가/하이쿠	
1	6	朝鮮俳壇	旱 〔1〕 가뭄	六轉	시가/하이쿠	
6	1~3		浪花三兄弟 〈8〉 나니와 삼형제	早川貞水	고단	

1917년 08월 28일 (화) 5803호

지면	단수	기획	기사제목 〈회수〉〔곡수〕	필자/저자(역자)	분류	비고
1	2~3		北漢山 북한산	永樂町人	수필/일상	
1	4	朝鮮俳壇	渡邊水巴選 와타나베 스이하 선		광고/모집 광고	
1	6		仁川短歌會詠草 〔13〕 인천 단카회 영초	薗村紅路	시가/단카	
1	6	朝鮮俳壇	渡邊水巴選/短夜 〔1〕 와타나베 스이하 선/여름의 짧은 밤	菊坡	시가/하이쿠	
1	6	朝鮮俳壇	渡邊水巴選/短夜 〔1〕 와타나베 스이하 선/여름의 짧은 밤	よしみ	시가/하이쿠	
1	6	朝鮮俳壇	渡邊水巴選/短夜 〔1〕 와타나베 스이하 선/여름의 짧은 밤	花翁	시가/하이쿠	
1	6	朝鮮俳壇	渡邊水巴選/短夜 〔1〕 와타나베 스이하 선/여름의 짧은 밤	幽谷	시가/하이쿠	
1	6	朝鮮俳壇	渡邊水巴選/短夜 〔1〕 와타나베 스이하 선/여름의 짧은 밤	雨意	시가/하이쿠	
1	6	朝鮮俳壇	渡邊水巴選/短夜 〔1〕 와타나베 스이하 선/여름의 짧은 밤	如松	시가/하이쿠	
1	6	朝鮮俳壇	渡邊水巴選/短夜 〔1〕 와타나베 스이하 선/여름의 짧은 밤	小琴子	시가/하이쿠	
1	6	朝鮮俳壇	渡邊水巴選/短夜 〔1〕 와타나베 스이하 선/여름의 짧은 밤	木三	시가/하이쿠	
1	6	朝鮮俳壇	渡邊水巴選/短夜 〔1〕 와타나베 스이하 선/여름의 짧은 밤	李雨史	시가/하이쿠	
1	6	朝鮮俳壇	渡邊水巴選/短夜 〔1〕 와타나베 스이하 선/여름의 짧은 밤	星羽	시가/하이쿠	
1	6	朝鮮俳壇	渡邊水巴選/短夜 〔1〕 와타나베 스이하 선/여름의 짧은 밤	森堂	시가/하이쿠	

지면	단수	기획	기사제목 〈회수〉〔곡수〕	필자/저자(역자)	분류	비고
1	6	朝鮮俳壇	渡邊水巴選/抱籠 [1] 와타나베 스이하 선/죽부인	小嵐山	시가/하이쿠	
1	6	朝鮮俳壇	渡邊水巴選/抱籠 [1] 와타나베 스이하 선/죽부인	木三	시가/하이쿠	
1	6	朝鮮俳壇	渡邊水巴選/抱籠 [1] 와타나베 스이하 선/죽부인	犀涯	시가/하이쿠	
1	6	朝鮮俳壇	渡邊水巴選/抱籠 [1] 와타나베 스이하 선/죽부인	よしを	시가/하이쿠	
4	1~3		浪花三兄弟 〈9〉 나니와 삼형제	早川貞水	고단	
6	1~3	讀者へ懸 賞小說	家庭悲劇/遺言狀 〈140〉 가정 비극/유언장	島川七石	소설/일본	

1917년 08월 29일 (수) 5804호

지면	단수	기획	기사제목 〈회수〉〔곡수〕	필자/저자(역자)	분류	비고
12	1~3		浪花三兄弟 〈10〉 나니와 삼형제	早川貞水	고단	

1917년 08월 30일 (목) 5805호

지면	단수	기획	기사제목 〈회수〉〔곡수〕	필자/저자(역자)	분류	비고
1	2~3		一貧境 일빈경	永樂町人	수필/일상	
1	6	朝鮮俳壇	渡邊水巴選/打水 〈1〉〔5〕 와타나베 스이하 선/물을 뿌림	菊坡	시가/하이쿠	
1	6	朝鮮俳壇	渡邊水巴選/打水 〈1〉〔4〕 와타나베 스이하 선/물을 뿌림	よしを	시가/하이쿠	
1	6	朝鮮俳壇	渡邊水巴選/打水 〈1〉〔2〕 와타나베 스이하 선/물을 뿌림	花醉	시가/하이쿠	
1	6	朝鮮俳壇	渡邊水巴選/打水 〈1〉〔2〕 와타나베 스이하 선/물을 뿌림	苦雨	시가/하이쿠	
1	6	朝鮮俳壇	渡邊水巴選/打水 〈1〉〔2〕 와타나베 스이하 선/물을 뿌림	木三	시가/하이쿠	
1	6	朝鮮俳壇	渡邊水巴選/打水 〈1〉〔2〕 와타나베 스이하 선/물을 뿌림	小琴子	시가/하이쿠	
1	6	朝鮮俳壇	渡邊水巴選/打水 〈1〉〔2〕 와타나베 스이하 선/물을 뿌림	俚人	시가/하이쿠	
4	7~9	讀者へ懸 賞小說	家庭悲劇/遺言狀 〈140〉 가정 비극/유언장	島川七石	소설/일본	회수 오류
5	7		鈴蟲 방울 벌레		수필/평판기	
6	1~3		浪花三兄弟 〈11〉 나니와 삼형제	早川貞水	고단	

1917년 08월 31일 (금) 5806호

지면	단수	기획	기사제목 〈회수〉〔곡수〕	필자/저자(역자)	분류	비고
1	2~3		新日本 새로운 일본	永樂町人	수필/일상	
4	1~3		浪花三兄弟 〈12〉 나니와 삼형제	早川貞水	고단	
6	1~3	讀者へ懸 賞小說	家庭悲劇/遺言狀 〈142〉 가정 비극/유언장	島川七石	소설/일본	

1917년 09월 02일 (일) 5807호

지면	단수	기획	기사제목 〈회수〉〔곡수〕	필자/저자(역자)	분류	비고
1	2~3		小才論 소재론	永榮町人	수필/비평	

지면	단수	기획	기사제목 〈회수〉〔곡수〕	필자/저자(역자)	분류	비고
1	4	朝鮮俳壇	募集課題/投稿規定 모집 과제/투고 규정		광고/모집 광고	
1	5~6		金剛山探勝記 〈4〉 금강산탐승기	溫井里より 河原特 派員	수필/기행	
1	6	朝鮮俳壇	渡邊水巴選/打水(二) 〈2〉〔2〕 와타나베 스이하 선/물을 뿌림(2)	幽谷	시가/하이쿠	
1	6	朝鮮俳壇	渡邊水巴選/打水(二) 〈2〉〔2〕 와타나베 스이하 선/물을 뿌림(2)	犀涯	시가/하이쿠	
1	6	朝鮮俳壇	渡邊水巴選/打水(二) 〈2〉〔1〕 와타나베 스이하 선/물을 뿌림(2)	李雨史	시가/하이쿠	
1	6	朝鮮俳壇	渡邊水巴選/打水(二) 〈2〉〔1〕 와타나베 스이하 선/물을 뿌림(2)	幸叢	시가/하이쿠	
1	6	朝鮮俳壇	渡邊水巴選/打水(二) 〈2〉〔1〕 와타나베 스이하 선/물을 뿌림(2)	森象	시가/하이쿠	
1	6	朝鮮俳壇	渡邊水巴選/打水(二) 〈2〉〔1〕 와타나베 스이하 선/물을 뿌림(2)	星羽	시가/하이쿠	
1	6	朝鮮俳壇	渡邊水巴選/翡翠(一) 〈1〉〔6〕 와타나베 스이하 선/물총새(1)	靑眼子	시가/하이쿠	
1	6	朝鮮俳壇	渡邊水巴選/翡翠(一) 〈1〉〔4〕 와타나베 스이하 선/물총새(1)	木三	시가/하이쿠	
3	6		海州漫言 해주만언		수필/일상	
4	1~3		浪花三兄弟 〈13〉 나니와 삼형제	早川貞水	고단	
6	1~3	讀者へ懸 賞小說	家庭悲劇 遺言狀 〈143〉 가정비극 유언장	島川七石	소설	

1917년 09월 03일 (월) 5808호

지면	단수	기획	기사제목 〈회수〉〔곡수〕	필자/저자(역자)	분류	비고
1	2~3		ポプラ 포플러	永榮町人	수필/비평	
1	3~4		新涼の東京より 초가을 서늘한 동경에서	西村文則	수필/서간	
1	4	朝鮮俳壇	募集課題/投稿規定 모집 과제/투고 규정		광고/모집 광고	
1	5~6		金剛山探勝記 〈5〉 금강산탐승기	溫井里より 河原特 派員	수필/기행	
1	6	朝鮮俳壇	渡邊水巴選/翡翠(二) 〈2〉〔5〕 와타나베 스이하 선/물총새(2)	花醉	시가/하이쿠	
1	6	朝鮮俳壇	渡邊水巴選/翡翠(二) 〈2〉〔2〕 와타나베 스이하 선/물총새(2)	友萍	시가/하이쿠	
1	6	朝鮮俳壇	渡邊水巴選/翡翠(二) 〈2〉〔2〕 와타나베 스이하 선/물총새(2)	小琴子	시가/하이쿠	
1	6	朝鮮俳壇	渡邊水巴選/翡翠(二) 〈2〉〔1〕 와타나베 스이하 선/물총새(2)	俚人	시가/하이쿠	
1	6	朝鮮俳壇	渡邊水巴選/翡翠(二) 〈2〉〔1〕 와타나베 스이하 선/물총새(2)	素耕	시가/하이쿠	
1	6	朝鮮俳壇	渡邊水巴選/翡翠(二) 〈2〉〔1〕 와타나베 스이하 선/물총새(2)	六轉	시가/하이쿠	
1	6	朝鮮俳壇	渡邊水巴選/翡翠(二) 〈2〉〔1〕 와타나베 스이하 선/물총새(2)	龍泉	시가/하이쿠	
1	6	朝鮮俳壇	渡邊水巴選/翡翠(二) 〈2〉〔1〕 와타나베 스이하 선/물총새(2)	如松	시가/하이쿠	

지면	단수	기획	기사제목 〈회수〉〔곡수〕	필자/저자(역자)	분류	비고
1	6	朝鮮俳壇	渡邊水巴選/翡翠(二) 〈2〉 [1] 와타나베 스이하 선/물총새(2)	花翁	시가/하이쿠	
1	6	朝鮮俳壇	渡邊水巴選/翡翠(二) 〈2〉 [1] 와타나베 스이하 선/물총새(2)	懿蕉	시가/하이쿠	
1	6	朝鮮俳壇	渡邊水巴選/翡翠(二) 〈2〉 [1] 와타나베 스이하 선/물총새(2)	菊坡	시가/하이쿠	
1	6	朝鮮俳壇	渡邊水巴選/翡翠(二) 〈2〉 [1] 와타나베 스이하 선/물총새(2)	星羽	시가/하이쿠	
3	6		平讓漫言 평양만언		수필/일상	
3	7~8	讀者へ懸 賞小說	家庭悲劇 遺言狀 〈144〉 가정비극 유언장	島川七石	소설	
4	1~3		浪花三兄弟 〈14〉 나니와 삼형제	早川貞水	고단	
5	1~2		金剛山の奧深く浮世離れて 〈1〉 금강산 깊은 곳, 속세를 떠나서		수필/일상	

1917년 09월 04일 (화) 5809호

지면	단수	기획	기사제목 〈회수〉〔곡수〕	필자/저자(역자)	분류	비고
1	2~3		元老論 원로론	永榮町人	수필/비평	
1	4	朝鮮俳壇	募集課題/投稿規定 모집 과제/투고 규정		광고/모집 광고	
1	5~6		金剛山探勝記 〈6〉 금강산탐승기	溫井里より 河原特 派員	수필/기행	
4	1~3		浪花三兄弟 〈15〉 나니와 삼형제	早川貞水	고단	
7	1~2		金剛山の奧深く浮世離れて(續) 〈2〉 금강산 깊은 곳, 속세를 떠나서(속)		수필/일상	
6	1~3	讀者へ懸 賞小說	家庭悲劇 遺言狀 〈145〉 가정비극 유언장	島川七石	소설	면수 오류

1917년 09월 06일 (목) 5811호

지면	단수	기획	기사제목 〈회수〉〔곡수〕	필자/저자(역자)	분류	비고
1	2~3		日本美論 일본미론	永榮町人	수필/비평	
1	5~6		金剛山探勝記 〈7〉 금강산탐승기	溫井里より 河原特 派員	수필/기행	
3	5		平讓漫言 평양만언		수필/일생	
4	1~3		浪花三兄弟 〈17〉 나니와 삼형제	早川貞水	고단	
6	1~3	讀者へ懸 賞小說	家庭悲劇 遺言狀 〈147〉 가정비극 유언장	島川七石	소설	

1917년 09월 08일 (토) 5813호

지면	단수	기획	기사제목 〈회수〉〔곡수〕	필자/저자(역자)	분류	비고
1	2~4		結婚論 결혼론	永榮町人	수필/비평	
1	6~7		金剛山探勝記 〈8〉 금강산탐승기	溫井里より 河原特 派員	수필/기행	
1	7	朝鮮俳壇	渡邊水巴選/青嵐 [2] 와타나베 스이하 선/신선한 산 공기	苦雨	시가/하이쿠	
1	7	朝鮮俳壇	渡邊水巴選/青嵐 [1] 와타나베 스이하 선/신선한 산 공기	雨意	시가/하이쿠	

지면	단수	기획	기사제목 〈회수〉〔곡수〕	필자/저자(역자)	분류	비고
1	7	朝鮮俳壇	渡邊水巴選/青嵐〔1〕 와타나베 스이하 선/신선한 산 공기	迦南	시가/하이쿠	
1	7	朝鮮俳壇	渡邊水巴選/青嵐〔1〕 와타나베 스이하 선/신선한 산 공기	矢川	시가/하이쿠	
1	7	朝鮮俳壇	渡邊水巴選/青嵐〔1〕 와타나베 스이하 선/신선한 산 공기	友萍	시가/하이쿠	
1	7	朝鮮俳壇	渡邊水巴選/青嵐〔1〕 와타나베 스이하 선/신선한 산 공기	森堂	시가/하이쿠	
1	7	朝鮮俳壇	渡邊水巴選/青嵐〔1〕 와타나베 스이하 선/신선한 산 공기	菊坡	시가/하이쿠	
1	7	朝鮮俳壇	渡邊水巴選/青嵐〔1〕 와타나베 스이하 선/신선한 산 공기	木三	시가/하이쿠	
1	7	朝鮮俳壇	渡邊水巴選/青嵐〔1〕 와타나베 스이하 선/신선한 산 공기	藝窗	시가/하이쿠	
1	7	朝鮮俳壇	渡邊水巴選/夏雜(一)〈1〉〔2〕 와타나베 스이하 선/여름-잡(1)	非水	시가/하이쿠	
1	7	朝鮮俳壇	渡邊水巴選/夏雜(一)〈1〉〔1〕 와타나베 스이하 선/여름-잡(1)	友萍	시가/하이쿠	
1	7	朝鮮俳壇	渡邊水巴選/夏雜(一)〈1〉〔1〕 와타나베 스이하 선/여름-잡(1)	青眼子	시가/하이쿠	
1	7	朝鮮俳壇	渡邊水巴選/夏雜(一)〈1〉〔1〕 와타나베 스이하 선/여름-잡(1)	田打夫	시가/하이쿠	
1	7	朝鮮俳壇	渡邊水巴選/夏雜(一)〈1〉〔1〕 와타나베 스이하 선/여름-잡(1)	雨意	시가/하이쿠	
1	7	朝鮮俳壇	渡邊水巴選/夏雜(一)〈1〉〔1〕 와타나베 스이하 선/여름-잡(1)	李雨史	시가/하이쿠	
1	7	朝鮮俳壇	渡邊水巴選/夏雜(一)〈1〉〔1〕 와타나베 스이하 선/여름-잡(1)	黃綠	시가/하이쿠	
4	1~3		浪花三兄弟〈18〉 나니와 삼형제	早川貞水	고단	
6	1~3	讀者へ懸 賞小說	家庭悲劇 遺言狀〈149〉 가정비극 유언장	島川七石	소설	

1917년 09월 09일 (일) 5814호

지면	단수	기획	기사제목 〈회수〉〔곡수〕	필자/저자(역자)	분류	비고
1	2~3		趙括流 조괄류	永榮町人	수필/비평	
1	4~5		金剛山探勝記〈9〉 금강산탐승기	溫井里より 河原特 派員	수필/기행	
1	6	朝鮮俳壇	渡邊水巴選/夏雜(二)〈2〉〔4〕 와타나베 스이하 선/여름-잡(2)	よしみ	시가/하이쿠	
1	6	朝鮮俳壇	渡邊水巴選/夏雜(二)〈2〉〔2〕 와타나베 스이하 선/여름-잡(2)	容堂	시가/하이쿠	
1	6	朝鮮俳壇	渡邊水巴選/夏雜(二)〈2〉〔2〕 와타나베 스이하 선/여름-잡(2)	蛸螂	시가/하이쿠	
1	6	朝鮮俳壇	渡邊水巴選/夏雜(二)〈2〉〔1〕 와타나베 스이하 선/여름-잡(2)	紫水	시가/하이쿠	
1	6	朝鮮俳壇	渡邊水巴選/夏雜(二)〈2〉〔1〕 와타나베 스이하 선/여름-잡(2)	弓山	시가/하이쿠	
1	6	朝鮮俳壇	渡邊水巴選/夏雜(二)〈2〉〔1〕 와타나베 스이하 선/여름-잡(2)	犀涯	시가/하이쿠	
1	6	朝鮮俳壇	渡邊水巴選/夏雜(二)〈2〉〔1〕 와타나베 스이하 선/여름-잡(2)	下令	시가/하이쿠	

지면	단수	기획	기사제목 〈회수〉〔곡수〕	필자/저자(역자)	분류	비고
1	6	朝鮮俳壇	渡邊水巴選/夏雜(二) 〈2〉〔1〕 와타나베 스이하 선/여름-잡(2)	失名	시가/하이쿠	
1	6	朝鮮俳壇	渡邊水巴選/夏雜(二) 〈2〉〔1〕 와타나베 스이하 선/여름-잡(2)	黃綠	시가/하이쿠	
1	6	朝鮮俳壇	渡邊水巴選/夏雜(二) 〈2〉〔1〕 와타나베 스이하 선/여름-잡(2)	蕪子	시가/하이쿠	
1	6	朝鮮俳壇	渡邊水巴選/夏雜(二) 〈2〉〔1〕 와타나베 스이하 선/여름-잡(2)	梧月	시가/하이쿠	
1	6	朝鮮俳壇	渡邊水巴選/夏雜(二) 〈2〉〔1〕 와타나베 스이하 선/여름-잡(2)	愛堂	시가/하이쿠	
1	6	朝鮮俳壇	渡邊水巴選/夏雜(二) 〈2〉〔1〕 와타나베 스이하 선/여름-잡(2)	樹枝	시가/하이쿠	
1	6	朝鮮俳壇	渡邊水巴選/夏雜(二) 〈2〉〔1〕 와타나베 스이하 선/여름-잡(2)	可紅	시가/하이쿠	
1	6	朝鮮俳壇	渡邊水巴選/夏雜(二) 〈2〉〔1〕 와타나베 스이하 선/여름-잡(2)	柳絮	시가/하이쿠	
4	1~3		浪花三兄弟 〈19〉 나니와 삼형제	早川貞水	고단	
6	1~3	讀者へ懸 賞小說	家庭悲劇 遺言狀 〈150〉 가정비극 유언장	島川七石	소설	

1917년 09월 10일 (월) 5815호

지면	단수	기획	기사제목 〈회수〉〔곡수〕	필자/저자(역자)	분류	비고
1	2~3		亡國論 망국론	永榮町人	수필/비평	
1	5~6		金剛山探勝記 〈10〉 금강산탐승기	溫井里より 河原特 派員	수필/기행	
1	6	朝鮮俳壇	渡邊水巴選/百日紅 〔3〕 와타나베 스이하 선/백일홍	星羽	시가/하이쿠	
1	6	朝鮮俳壇	渡邊水巴選/百日紅 〔3〕 와타나베 스이하 선/백일홍	犀涯	시가/하이쿠	
1	6	朝鮮俳壇	渡邊水巴選/百日紅 〔2〕 와타나베 스이하 선/백일홍	花醉	시가/하이쿠	
1	6	朝鮮俳壇	渡邊水巴選/百日紅 〔2〕 와타나베 스이하 선/백일홍	菊坡	시가/하이쿠	
1	6	朝鮮俳壇	渡邊水巴選/百日紅 〔2〕 와타나베 스이하 선/백일홍	白天	시가/하이쿠	
1	6	朝鮮俳壇	渡邊水巴選/百日紅 〔2〕 와타나베 스이하 선/백일홍	俚人	시가/하이쿠	
1	6	朝鮮俳壇	渡邊水巴選/百日紅 〔1〕 와타나베 스이하 선/백일홍	蕪子	시가/하이쿠	
1	6	朝鮮俳壇	渡邊水巴選/百日紅 〔2〕 와타나베 스이하 선/백일홍	小琴	시가/하이쿠	
1	6	朝鮮俳壇	渡邊水巴選/百日紅 〔2〕 와타나베 스이하 선/백일홍	可紅	시가/하이쿠	
1	6	朝鮮俳壇	渡邊水巴選/百日紅 〔2〕 와타나베 스이하 선/백일홍	六轉	시가/하이쿠	
1	6	朝鮮俳壇	渡邊水巴選/百日紅 〔1〕 와타나베 스이하 선/백일홍	##	시가/하이쿠	
1	6	朝鮮俳壇	渡邊水巴選/百日紅 〔1〕 와타나베 스이하 선/백일홍	雨意	시가/하이쿠	
1	6	朝鮮俳壇	渡邊水巴選/百日紅 〔1〕 와타나베 스이하 선/백일홍	田打夫	시가/하이쿠	

지면	단수	기획	기사제목 〈회수〉〔곡수〕	필자/저자(역자)	분류	비고
1	6	朝鮮俳壇	渡邊水巴選/百日紅〔1〕 와타나베 스이하 선/백일홍	友萍	시가/하이쿠	
6	1~3		浪花三兄弟〈20〉 나니와 삼형제	早川貞水	고단	
8	1~3	讀者へ懸 賞小說	家庭悲劇 遺言狀〈151〉 가정비극 유언장	島川七石	소설	

1917년 09월 11일 (화) 5816호

지면	단수	기획	기사제목 〈회수〉〔곡수〕	필자/저자(역자)	분류	비고
1	2~3		大英國 대영국	永榮町人	수필/비평	
1	4~5		金剛山探勝記〈11〉 금강산 탐승기	溫井里より 河原特 派員	수필/기행	
3	6	新俚謠	(제목없음)	平讓 夢路	시가/도도이 쓰	
3	6	新俚謠	(제목없음)	大邱 美代子	시가/도도이 쓰	
3	6	新俚謠	(제목없음)	靑州 秋風庵	시가/도도이 쓰	
3	6	新俚謠	(제목없음)	京城 玉露	시가/도도이 쓰	
3	6	新俚謠	(제목없음)	群山 皎月	시가/도도이 쓰	
5	1~3	新俚謠	浪花三兄弟〈21〉 나니와 삼형제	早川貞水	고단	
8	1~3	讀者へ懸 賞小說	家庭悲劇 遺言狀〈152〉 가정비극 유언장	島川七石	소설	

1917년 09월 12일 (수) 5817호

지면	단수	기획	기사제목 〈회수〉〔곡수〕	필자/저자(역자)	분류	비고
1	2~4		人心新 인심신	永榮町人	수필/비평	
1	6	朝鮮俳壇	渡邊水巴選/夾竹桃〔2〕 와타나베 스이하 선/협죽도	蕪子	시가/하이쿠	
1	6	朝鮮俳壇	渡邊水巴選/夾竹桃〔2〕 와타나베 스이하 선/협죽도	菊坡	시가/하이쿠	
1	6	朝鮮俳壇	渡邊水巴選/夾竹桃〔2〕 와타나베 스이하 선/협죽도	犀涯	시가/하이쿠	
1	6	朝鮮俳壇	渡邊水巴選/夾竹桃〔1〕 와타나베 스이하 선/협죽도	小琴	시가/하이쿠	
1	6	朝鮮俳壇	渡邊水巴選/夾竹桃〔1〕 와타나베 스이하 선/협죽도	花醉	시가/하이쿠	
1	6	朝鮮俳壇	渡邊水巴選/夾竹桃〔1〕 와타나베 스이하 선/협죽도	雨月	시가/하이쿠	
1	6	朝鮮俳壇	渡邊水巴選/蚊帳〔3〕 와타나베 스이하 선/모기장	菊坡	시가/하이쿠	
1	6	朝鮮俳壇	渡邊水巴選/蚊帳〔3〕 와타나베 스이하 선/모기장	瓦全	시가/하이쿠	
1	6	朝鮮俳壇	渡邊水巴選/蚊帳〔2〕 와타나베 스이하 선/모기장	花醉	시가/하이쿠	
1	6	朝鮮俳壇	渡邊水巴選/蚊帳〔1〕 와타나베 스이하 선/모기장	隈山	시가/하이쿠	
1	6	朝鮮俳壇	渡邊水巴選/蚊帳〔1〕 와타나베 스이하 선/모기장	犀涯	시가/하이쿠	

지면	단수	기획	기사제목 〈회수〉〔곡수〕	필자/저자(역자)	분류	비고
1	6	朝鮮俳壇	渡邊水巴選/蚊帳〔1〕 와타나베 스이하 선/모기장	雨意	시가/하이쿠	
1	6	朝鮮俳壇	渡邊水巴選/蚊帳〔1〕 와타나베 스이하 선/모기장	雨月	시가/하이쿠	
3	6	新俚謠	(제목없음)	仁川 小萩	시가/도도이쓰	
3	6	新俚謠	(제목없음)	南滿 秋月	시가/도도이쓰	
3	6	新俚謠	(제목없음)	鳥致院 #雄	시가/도도이쓰	
3	6	新俚謠	(제목없음)	京城 金風	시가/도도이쓰	
3	6	新俚謠	(제목없음)	光州 紫#	시가/도도이쓰	
4	1~3		浪花三兄弟 〈22〉 나니와 삼형제	早川貞水	고단	
6	1~3	讀者へ懸賞小說	家庭悲劇 遺言狀 〈153〉 가정비극 유언장	島川七石	소설	

1917년 09월 13일 (목) 5818호

지면	단수	기획	기사제목 〈회수〉〔곡수〕	필자/저자(역자)	분류	비고
1	2~3		乃木大將 노기대장	永榮町人	수필/비평	
1	5~6		金剛山探勝記 〈12〉 금강산탐승기	溫井里より 河原特派員	수필/기행	
1	6		仁川短歌會詠草〔2〕 인천 단카회 영초	暮路冷雨	시가/단카	
1	6		仁川短歌會詠草〔5〕 인천 단카회 영초	石井龍史	시가/단카	
1	6		仁川短歌會詠草〔2〕 인천 단카회 영초	蔦上秋人	시가/단카	
1	6	朝鮮俳壇	渡邊水巴選/納凉〔2〕 와타나베 스이하 선/납량	花醉	시가/하이쿠	
1	6	朝鮮俳壇	渡邊水巴選/納凉〔2〕 와타나베 스이하 선/납량	小琴子	시가/하이쿠	
1	6	朝鮮俳壇	渡邊水巴選/納凉〔2〕 와타나베 스이하 선/납량	俚人	시가/하이쿠	
1	6	朝鮮俳壇	渡邊水巴選/納凉〔2〕 와타나베 스이하 선/납량	骨堂	시가/하이쿠	
1	6	朝鮮俳壇	渡邊水巴選/納凉〔1〕 와타나베 스이하 선/납량	森象	시가/하이쿠	
1	6	朝鮮俳壇	渡邊水巴選/納凉〔1〕 와타나베 스이하 선/납량	春樹	시가/하이쿠	
1	6	朝鮮俳壇	渡邊水巴選/納凉〔1〕 와타나베 스이하 선/납량	可紅	시가/하이쿠	
1	6	朝鮮俳壇	渡邊水巴選/納凉〔1〕 와타나베 스이하 선/납량	犀涯	시가/하이쿠	
1	6	朝鮮俳壇	渡邊水巴選/納凉〔1〕 와타나베 스이하 선/납량	瓦全	시가/하이쿠	
1	6	朝鮮俳壇	渡邊水巴選/納凉〔1〕 와타나베 스이하 선/납량	菊坡	시가/하이쿠	
1	6	朝鮮俳壇	渡邊水巴選/納凉〔1〕 와타나베 스이하 선/납량	友萍	시가/하이쿠	

지면	단수	기획	기사제목 〈회수〉〔곡수〕	필자/저자(역자)	분류	비고
1	6	朝鮮俳壇	渡邊水巴選/納凉〔1〕 와타나베 스이하 선/납량	雨意	시가/하이쿠	
1	6	朝鮮俳壇	渡邊水巴選/納凉〔1〕 와타나베 스이하 선/납량	雨月	시가/하이쿠	
3	6	新俚謠	(제목없음)	京城 鈴香	시가/도도이 쓰	
3	6	新俚謠	(제목없음)	仁川 紫風	시가/도도이 쓰	
3	6	新俚謠	(제목없음)	釜山 醉仙	시가/도도이 쓰	
3	6	新俚謠	(제목없음)	平讓 春水	시가/도도이 쓰	
3	6	新俚謠	(제목없음)	安東縣 濘子	시가/도도이 쓰	
4	1~3	新俚謠	浪花三兄弟 〈23〉 나니와 삼형제	早川貞水	고단	
6	1~3	讀者へ懸 賞小說	家庭悲劇 遺言狀 〈154〉 가정비극 유언장	島川七石	소설	

1917년 09월 14일 (금) 5819호

지면	단수	기획	기사제목 〈회수〉〔곡수〕	필자/저자(역자)	분류	비고
1	2~4	新俚謠	自殺論 자살론	永榮町人	수필/비평	
1	5~6	新俚謠	金剛山探勝記 〈14〉 금강산탐승기		수필/기행	회수 오류
1	6	朝鮮俳壇	募集課題/投稿規定 모집 과제/투고 규정		광고/모집 광고	
1	6	朝鮮俳壇	渡邊水巴選/風鈴〔4〕 와타나베 스이하 선/풍경	菊坡	시가/하이쿠	
1	6	朝鮮俳壇	渡邊水巴選/風鈴〔3〕 와타나베 스이하 선/풍경	小琴子	시가/하이쿠	
1	6	朝鮮俳壇	渡邊水巴選/風鈴〔1〕 와타나베 스이하 선/풍경	田打夫	시가/하이쿠	
1	6	朝鮮俳壇	渡邊水巴選/風鈴〔1〕 와타나베 스이하 선/풍경	花醉	시가/하이쿠	
1	6	朝鮮俳壇	渡邊水巴選/風鈴〔1〕 와타나베 스이하 선/풍경	雨意	시가/하이쿠	
1	6	朝鮮俳壇	渡邊水巴選/風鈴〔1〕 와타나베 스이하 선/풍경	六轉	시가/하이쿠	
1	6	朝鮮俳壇	渡邊水巴選/風鈴〔1〕 와타나베 스이하 선/풍경	隈山	시가/하이쿠	
1	6	朝鮮俳壇	渡邊水巴選/風鈴〔1〕 와타나베 스이하 선/풍경	よしみ	시가/하이쿠	
1	6	朝鮮俳壇	渡邊水巴選/目高〔2〕 와타나베 스이하 선/송사리	菊坡	시가/하이쿠	
1	6	朝鮮俳壇	渡邊水巴選/目高〔1〕 와타나베 스이하 선/송사리	田打夫	시가/하이쿠	
1	6	朝鮮俳壇	渡邊水巴選/目高〔1〕 와타나베 스이하 선/송사리	犀涯	시가/하이쿠	
1	6	朝鮮俳壇	渡邊水巴選/目高〔1〕 와타나베 스이하 선/송사리	花醉	시가/하이쿠	
2	9		京城千代本に於て俳句大會 경성 지요본에서의 하이쿠 대회		광고/모임안 내	

지면	단수	기획	기사제목 〈회수〉〔곡수〕	필자/저자(역자)	분류	비고
3	6	新俚謠	(제목없음) 〈1〉	安州 風流庵	시가/도도이쓰	
3	6	新俚謠	(제목없음) 〈1〉	大邱 富美次	시가/도도이쓰	
3	6	新俚謠	(제목없음) 〈1〉	江景 天風	시가/도도이쓰	
3	6	新俚謠	(제목없음) 〈1〉	仁川 碧天涯	시가/도도이쓰	
4	1~3	新俚謠	浪花三兄弟 〈24〉 나니와 삼형제	早川貞水	고단	
6	1~3	讀者へ懸賞小說	家庭悲劇 遺言狀 〈155〉 가정비극 유언장	島川七石	소설	

1917년 09월 15일 (토) 5820호

지면	단수	기획	기사제목 〈회수〉〔곡수〕	필자/저자(역자)	분류	비고
1	1~2	新俚謠	天野宗步 아마노 소호	永榮町人	수필/비평	
1	4	新俚謠	仁川短歌會詠草 〔5〕 인천 단카회 영초	佐々木柚子	시가/단카	
1	4	新俚謠	仁川短歌會詠草 〔6〕 인천 단카회 영초	葩村紅路	시가/단카	
1	4~5		海州一瞥觀 해주 잠깐 봄	海州にて 水天生	수필/관찰	
1	5		京城千代本に於て俳句大會 경성 지요본에서의 하이쿠 대회		수필·시가/기타·하이쿠	
1	5	朝鮮俳壇	渡邊水巴選/土用 〔2〕 와타나베 스이하 선/늦여름	蕪子	시가/하이쿠	
1	5	朝鮮俳壇	渡邊水巴選/土用 〔2〕 와타나베 스이하 선/늦여름	春樹	시가/하이쿠	
1	5	朝鮮俳壇	渡邊水巴選/土用 〔2〕 와타나베 스이하 선/늦여름	六轉	시가/하이쿠	
1	5	朝鮮俳壇	渡邊水巴選/土用 〔2〕 와타나베 스이하 선/늦여름	花醉	시가/하이쿠	
1	5	朝鮮俳壇	渡邊水巴選/土用 〔2〕 와타나베 스이하 선/늦여름	友萍	시가/하이쿠	
1	5	朝鮮俳壇	渡邊水巴選/土用 〔2〕 와타나베 스이하 선/늦여름	菊坡	시가/하이쿠	
1	5	朝鮮俳壇	渡邊水巴選/土用 〔1〕 와타나베 스이하 선/늦여름	雨意	시가/하이쿠	
1	5	朝鮮俳壇	渡邊水巴選/土用 〔1〕 와타나베 스이하 선/늦여름	可紅	시가/하이쿠	
1	5	朝鮮俳壇	渡邊水巴選/土用 〔1〕 와타나베 스이하 선/늦여름	小琴子	시가/하이쿠	
1	5	朝鮮俳壇	渡邊水巴選/土用 〔1〕 와타나베 스이하 선/늦여름	雨意	시가/하이쿠	
1	5	朝鮮俳壇	渡邊水巴選/土用 〔1〕 와타나베 스이하 선/늦여름	田打夫	시가/하이쿠	
3	6	新俚謠	(제목없음) 〔1〕	京城 岡田夕月	시가/도도이쓰	
3	6	新俚謠	(제목없음) 〔1〕	京城 高野浪の家	시가/도도이스	
3	6	新俚謠	(제목없음) 〔1〕	龍山 岡本小草	시가/도도이쓰	

지면	단수	기획	기사제목 〈회수〉〔곡수〕	필자/저자(역자)	분류	비고
3	6	新俚謠	(제목없음)〔1〕	仁川 旭の字生	시가/도도이쓰	
3	8		市場見聞記 시장견문기		수필/관찰	
4	1~3	新俚謠	浪花三兄弟 〈25〉 나니와 삼형제	早川貞水	고단	
6	1~3	讀者へ懸 賞小說	家庭悲劇 遺言狀 〈156〉 가정비극 유언장	島川七石	소설	

1917년 09월 16일 (일) 5821호

지면	단수	기획	기사제목 〈회수〉〔곡수〕	필자/저자(역자)	분류	비고
1	2~4	新俚謠	理想國 이상국	永榮町人	수필/비평	
1	6	朝鮮俳壇	渡邊水巴選/午寢〔4〕 와타나베 스이하 선/낮잠	花醉	시가/하이쿠	
1	6	朝鮮俳壇	渡邊水巴選/午寢〔3〕 와타나베 스이하 선/낮잠	小琴	시가/하이쿠	
1	6	朝鮮俳壇	渡邊水巴選/午寢〔2〕 와타나베 스이하 선/낮잠	菊坡	시가/하이쿠	
1	6	朝鮮俳壇	渡邊水巴選/午寢〔1〕 와타나베 스이하 선/낮잠	田打夫	시가/하이쿠	
1	6	朝鮮俳壇	渡邊水巴選/午寢〔1〕 와타나베 스이하 선/낮잠	犀涯	시가/하이쿠	
1	6	朝鮮俳壇	渡邊水巴選/午寢〔1〕 와타나베 스이하 선/낮잠	六轉	시가/하이쿠	
1	6	朝鮮俳壇	渡邊水巴選/午寢〔1〕 와타나베 스이하 선/낮잠	雨月	시가/하이쿠	
1	6	朝鮮俳壇	渡邊水巴選/蠅〔2〕 와타나베 스이하 선/파리	菊坡	시가/하이쿠	
1	6	朝鮮俳壇	渡邊水巴選/蠅〔1〕 와타나베 스이하 선/파리	六轉	시가/하이쿠	
1	6	朝鮮俳壇	渡邊水巴選/蠅〔1〕 와타나베 스이하 선/파리	犀涯	시가/하이쿠	
3	6	新俚謠	(제목없음)〔1〕	仁川 卽興詩人	시가/도도이쓰	
3	6	新俚謠	(제목없음)〔1〕	平讓 枕流亭小艶	시가/도도이쓰	
3	6	新俚謠	(제목없음)〔1〕	龍山 東夢	시가/도도이쓰	
3	6	新俚謠	(제목없음)〔1〕	龍山 まさ子	시가/도도이쓰	
3	6	新俚謠	(제목없음)〔1〕	## 月花	시가/도도이쓰	
4	1~3	新俚謠	浪花三兄弟 〈26〉 나니와 삼형제	早川貞水	고단	
6	1~3	讀者へ懸 賞小說	家庭悲劇 遺言狀 〈157〉 가정비극 유언장	島川七石	소설	

1917년 09월 17일 (월) 5822호

지면	단수	기획	기사제목 〈회수〉〔곡수〕	필자/저자(역자)	분류	비고
1	2~3	新俚謠	原動力 원동력	永榮町人	수필/비평	
1	6	新俚謠	仁川短歌會詠草 인천 단카회 영초	國分#塘	시가/단카	

지면	단수	기획	기사제목 〈회수〉〔곡수〕	필자/저자(역자)	분류	비고
1	6	新俚謠	仁川短歌會詠草 인천 단카회 영초	國分#塘	시가/단카	
1	6	新俚謠	仁川短歌會詠草〔8〕 인천 단카회 영초	叢大藝居	시가/단카	
1	6	朝鮮俳壇	募集課題/投稿規定 모집 과제/투고 규정		광고/모집 광고	
1	6	朝鮮俳壇	渡邊水巴選/雲の峰〔1〕 와타나베 스이하 선/뭉게구름	よしみ	시가/하이쿠	
1	6	朝鮮俳壇	渡邊水巴選/雲の峰〔1〕 와타나베 스이하 선/뭉게구름	友萍	시가/하이쿠	
1	6	朝鮮俳壇	渡邊水巴選/雲の峰〔1〕 와타나베 스이하 선/뭉게구름	菊坡	시가/하이쿠	
1	6	朝鮮俳壇	渡邊水巴選/雲の峰〔1〕 와타나베 스이하 선/뭉게구름	燕子	시가/하이쿠	
1	6	朝鮮俳壇	渡邊水巴選/雲の峰〔1〕 와타나베 스이하 선/뭉게구름	花醉	시가/하이쿠	
1	6	朝鮮俳壇	渡邊水巴選/雲の峰〔1〕 와타나베 스이하 선/뭉게구름	俚人	시가/하이쿠	
1	6	朝鮮俳壇	渡邊水巴選/雲の峰〔1〕 와타나베 스이하 선/뭉게구름	六轉	시가/하이쿠	
1	6	朝鮮俳壇	渡邊水巴選/雲の峰〔1〕 와타나베 스이하 선/뭉게구름	奇潭	시가/하이쿠	
1	6	朝鮮俳壇	渡邊水巴選/雲の峰〔1〕 와타나베 스이하 선/뭉게구름	山巴	시가/하이쿠	
1	6	朝鮮俳壇	渡邊水巴選/雲の峰〔1〕 와타나베 스이하 선/뭉게구름	翠村	시가/하이쿠	
1	6	朝鮮俳壇	渡邊水巴選/雲の峰〔1〕 와타나베 스이하 선/뭉게구름	神鄉	시가/하이쿠	
1	6	朝鮮俳壇	渡邊水巴選/雲の峰〔1〕 와타나베 스이하 선/뭉게구름	不二郎	시가/하이쿠	
1	6	朝鮮俳壇	渡邊水巴選/雲の峰〔1〕 와타나베 스이하 선/뭉게구름	增田薰	시가/하이쿠	
1	6	朝鮮俳壇	渡邊水巴選/夏雜(一)〈1〉〔4〕 와타나베 스이하 선/여름-잡(1)	寶劍	시가/하이쿠	
1	6	朝鮮俳壇	渡邊水巴選/夏雜(一)〈1〉〔2〕 와타나베 스이하 선/여름-잡(1)	友萍	시가/하이쿠	
3	1~3	家庭欄	靜かに口吟む歌の秋 조용히 흥얼거리는 노래의 가을		시가/기타	
3	7		新俚謠〔1〕 신이요	岡田夕月	시가/도도이 쓰	
3	7		新俚謠〔1〕 신이요	四行生	시가/도도이 쓰	
3	7		新俚謠〔1〕 신이요	武藤天風	시가/도도이 쓰	
4	1~3		浪花三兄弟〈27〉 나니와 삼형제	早川貞水	고단	
5	2		千代本樓上の俳句大會 지요본 누각 위에서의 하이쿠 대회		수필/관찰	
6	1~3	讀者へ懸 賞小說	家庭悲劇 遺言狀〈158〉 가정비극 유언장	島川七石	소설	

1917년 09월 18일 (화) 5823호

지면	단수	기획	기사제목 〈회수〉〔곡수〕	필자/저자(역자)	분류	비고
1	2~3		男女席 남녀석	永榮町人	수필/비평	
1	5~6		予が觀たる黃海道 〈1〉 내가 본 황해도	視察より歸りて 石本水天	수필/관찰	
1	6	朝鮮俳壇	渡邊水巴選/夏雜(二) 〈2〉〔3〕 와타나베 스이하 선/여름-잡(2)	靑眼子	시가/하이쿠	
1	6	朝鮮俳壇	渡邊水巴選/夏雜(二) 〈2〉〔1〕 와타나베 스이하 선/여름-잡(2)	橙黃子	시가/하이쿠	
1	6	朝鮮俳壇	渡邊水巴選/夏雜(二) 〈2〉〔1〕 와타나베 스이하 선/여름-잡(2)	秋汀	시가/하이쿠	
1	6	朝鮮俳壇	渡邊水巴選/夏雜(二) 〈2〉〔1〕 와타나베 스이하 선/여름-잡(2)	雨月	시가/하이쿠	
1	6	朝鮮俳壇	渡邊水巴選/夏雜(二) 〈2〉〔1〕 와타나베 스이하 선/여름-잡(2)	幽谷	시가/하이쿠	
1	6	朝鮮俳壇	渡邊水巴選/夏雜(二) 〈2〉〔1〕 와타나베 스이하 선/여름-잡(2)	北星	시가/하이쿠	
1	6	朝鮮俳壇	渡邊水巴選/夏雜(二) 〈2〉〔1〕 와타나베 스이하 선/여름-잡(2)	六轉	시가/하이쿠	
1	6	朝鮮俳壇	渡邊水巴選/夏雜(二) 〈2〉〔1〕 와타나베 스이하 선/여름-잡(2)	紅於	시가/하이쿠	
1	6	朝鮮俳壇	渡邊水巴選/夏雜(二) 〈2〉〔1〕 와타나베 스이하 선/여름-잡(2)	俚人	시가/하이쿠	
1	6	朝鮮俳壇	渡邊水巴選/夏雜(二) 〈2〉〔1〕 와타나베 스이하 선/여름-잡(2)	田打夫	시가/하이쿠	
1	6	朝鮮俳壇	渡邊水巴選/夏雜(二) 〈2〉〔1〕 와타나베 스이하 선/여름-잡(2)	春聲	시가/하이쿠	
1	6	朝鮮俳壇	渡邊水巴選/夏雜(二) 〈2〉〔1〕 와타나베 스이하 선/여름-잡(2)	韮城	시가/하이쿠	
1	6	朝鮮俳壇	渡邊水巴選/夏雜(二) 〈2〉〔1〕 와타나베 스이하 선/여름-잡(2)	小琴子	시가/하이쿠	
1	6	朝鮮俳壇	渡邊水巴選/夏雜(二) 〈2〉〔1〕 와타나베 스이하 선/여름-잡(2)	木三	시가/하이쿠	
1	6	朝鮮俳壇	渡邊水巴選/夏雜(二) 〈2〉〔1〕 와타나베 스이하 선/여름-잡(2)	瓜外	시가/하이쿠	
1	6	朝鮮俳壇	渡邊水巴選/夏雜(二) 〈2〉〔1〕 와타나베 스이하 선/여름-잡(2)	曲汀	시가/하이쿠	
1	6	朝鮮俳壇	渡邊水巴選/夏雜(二) 〈2〉〔1〕 와타나베 스이하 선/여름-잡(2)	一郞	시가/하이쿠	
1	6	朝鮮俳壇	渡邊水巴選/夏雜(二) 〈2〉〔1〕 와타나베 스이하 선/여름-잡(2)	曲汀	시가/하이쿠	
1	6	朝鮮俳壇	渡邊水巴選/夏雜(二) 〈2〉〔1〕 와타나베 스이하 선/여름-잡(2)	霞中	시가/하이쿠	
3	3~4		今も殘る舊都の土の香りに浸りて 〈1〉 지금도 남아있는 옛 수도 땅의 향기에 젖어	開城より 水天生	수필/관찰	
3	6		新俚謠 〔1〕 신이요	京城 寺山秋風	시가/도도이 쓰	
3	6		新俚謠 〔1〕 신이요	龍山 まさ子	시가/도도이 쓰	
3	6		新俚謠 〔1〕 신이요	京城 寺山秋風	시가/도도이 쓰	
3	6		新俚謠 〔1〕 신이요	龍山 東夢	시가/도도이 쓰	

지면	단수	기획	기사제목 〈회수〉 〔곡수〕	필자/저자(역자)	분류	비고
3	6		新俚謠 〔1〕 신이요	鳥致院 才涯	시가/도도이쓰	
4	1~3		浪花三兄弟 〈28〉 나니와 삼형제	早川貞水	고단	
6	1~3	讀者へ懸 賞小說	家庭悲劇 遺言狀 〈159〉 가정비극 유언장	島川七石	소설	

1917년 09월 19일 (수) 5824호

지면	단수	기획	기사제목 〈회수〉 〔곡수〕	필자/저자(역자)	분류	비고
1	2~4		日本出兵 일본출병	永榮町人	수필/비평	
1	6~7		予が觀たる黃海道 〈2〉 내가 본 황해도	視察より歸りて 石本水天	수필/관찰	
1	7	朝鮮俳壇	渡邊水巴選/立秋 〔2〕 와타나베 스이하 선/입추	迦南	시가/하이쿠	
1	7	朝鮮俳壇	渡邊水巴選/立秋 〔2〕 와타나베 스이하 선/입추	花翠	시가/하이쿠	
1	7	朝鮮俳壇	渡邊水巴選/立秋 〔2〕 와타나베 스이하 선/입추	瓦全	시가/하이쿠	
1	7	朝鮮俳壇	渡邊水巴選/立秋 〔1〕 와타나베 스이하 선/입추	菊坡	시가/하이쿠	
1	7	朝鮮俳壇	渡邊水巴選/花野 〔3〕 와타나베 스이하 선/가을 꽃이 핀 들판	苔雨	시가/하이쿠	
1	7	朝鮮俳壇	渡邊水巴選/花野 〔2〕 와타나베 스이하 선/가을 꽃이 핀 들판	蕪子	시가/하이쿠	
1	7	朝鮮俳壇	渡邊水巴選/花野 〔2〕 와타나베 스이하 선/가을 꽃이 핀 들판	六轉	시가/하이쿠	
1	7	朝鮮俳壇	渡邊水巴選/花野 〔2〕 와타나베 스이하 선/가을 꽃이 핀 들판	菊坡	시가/하이쿠	
1	7	朝鮮俳壇	渡邊水巴選/花野 〔1〕 와타나베 스이하 선/가을 꽃이 핀 들판	花醉	시가/하이쿠	
3	2~4		今も殘る舊都の土の香りに浸りて 〈2〉 지금도 남아있는 옛 수도 땅의 향기에 젖어	開城より 水天生	수필/관찰	
3	6	新俚謠	(제목없음) 〔1〕	江景 牛草魚人	시가/도도이쓰	
3	6	新俚謠	(제목없음) 〔1〕	京城 鳴子庵案山子	시가/도도이쓰	
3	6	新俚謠	(제목없음) 〔1〕	京城 高野浪の家	시가/도도이쓰	
3	6	新俚謠	(제목없음) 〔1〕	京城 浮寢島	시가/도도이쓰	
3	6	新俚謠	(제목없음) 〔1〕	仁川 旭の字生	시가/도도이쓰	
4	1~3	新俚謠	浪花三兄弟 〈29〉 나니와 삼형제	早川貞水	고단	
6	1~3	讀者へ懸 賞小說	家庭悲劇 遺言狀 〈160〉 가정비극 유언장	島川七石	소설	

1917년 09월 20일 (목) 5825호

지면	단수	기획	기사제목 〈회수〉 〔곡수〕	필자/저자(역자)	분류	비고
1	2~4	新俚謠	大石良雄 오이시 요시오	永榮町人	수필/비평	
1	5~6		予が觀たる黃海道 〈3〉 내가 본 황해도	視察より歸りて 石本水天	수필/관찰	

지면	단수	기획	기사제목 〈회수〉〔곡수〕	필자/저자(역자)	분류	비고
1	6	朝鮮俳壇	募集課題/投稿規定 모집 과제/투고 규정		광고/모집 광고	
1	6	朝鮮俳壇	渡邊水巴選/七夕〔2〕 와타나베 스이하 선/칠석	瓦全	시가/하이쿠	
1	6	朝鮮俳壇	渡邊水巴選/七夕〔2〕 와타나베 스이하 선/칠석	花醉	시가/하이쿠	
1	6	朝鮮俳壇	渡邊水巴選/七夕〔1〕 와타나베 스이하 선/칠석	苫雨	시가/하이쿠	
1	6	朝鮮俳壇	渡邊水巴選/七夕〔1〕 와타나베 스이하 선/칠석	靑眼子	시가/하이쿠	
1	6	朝鮮俳壇	渡邊水巴選/七夕〔1〕 와타나베 스이하 선/칠석	雨月	시가/하이쿠	
1	6	朝鮮俳壇	渡邊水巴選/七夕〔1〕 와타나베 스이하 선/칠석	田打夫	시가/하이쿠	
1	6	朝鮮俳壇	渡邊水巴選/七夕〔1〕 와타나베 스이하 선/칠석	小嵐山	시가/하이쿠	
1	6	朝鮮俳壇	渡邊水巴選/花火〔2〕 와타나베 스이하 선/불꽃	苫雨	시가/하이쿠	
1	6	朝鮮俳壇	渡邊水巴選/花火〔2〕 와타나베 스이하 선/불꽃	花醉	시가/하이쿠	
1	6	朝鮮俳壇	渡邊水巴選/花火〔1〕 와타나베 스이하 선/불꽃	蕪子	시가/하이쿠	
1	6	朝鮮俳壇	渡邊水巴選/花火〔1〕 와타나베 스이하 선/불꽃	幽谷	시가/하이쿠	
1	6	朝鮮俳壇	渡邊水巴選/花火〔1〕 와타나베 스이하 선/불꽃	菊坡	시가/하이쿠	
3	3~5		今も殘る舊都の土の香りに浸りて〈3〉 지금도 남아있는 옛 수도 땅의 향기에 젖어	開城より 水天生	수필/관찰	
3	6	新俚謠	(제목없음)〔1〕	京城 浮寢島	시가/도도이 쓰	
3	6	新俚謠	(제목없음)〔1〕	京城 岡田汀幽	시가/도도이 쓰	
3	6	新俚謠	(제목없음)〔1〕	龍山 岡本小草	시가/도도이 쓰	
3	6	新俚謠	(제목없음)〔1〕	京城 寺山秋風	시가/도도이 쓰	
3	6	新俚謠	(제목없음)〔1〕	仁川 卽興詩人	시가/도도이 쓰	
4	1~3	新俚謠	浪花三兄弟〈30〉 나니와 삼형제	早川貞水	고단	

1917년 09월 21일 (금) 5826호

지면	단수	기획	기사제목 〈회수〉〔곡수〕	필자/저자(역자)	분류	비고
1	2~3	新俚謠	盤上戰 판상전	永榮町人	수필/비평	
1	4~5		予が觀たる黄海道〈4〉 내가 본 황해도	視察より歸りて 石本水天	수필/관찰	
1	5	朝鮮俳壇	渡邊水巴選/稻妻(一)〈1〉〔4〕 와타나베 스이하 선/번개(1)	蕪子	시가/하이쿠	
1	5	朝鮮俳壇	渡邊水巴選/稻妻(一)〈1〉〔4〕 와타나베 스이하 선/번개(1)	俚人	시가/하이쿠	
1	5	朝鮮俳壇	渡邊水巴選/稻妻(一)〈1〉〔3〕 와타나베 스이하 선/번개(1)	菊坡	시가/하이쿠	

지면	단수	기획	기사제목 〈회수〉〔곡수〕	필자/저자(역자)	분류	비고
1	5	朝鮮俳壇	渡邊水巴選/稻妻(一) 〈1〉 [3] 와타나베 스이하 선/번개(1)	雨月	시가/하이쿠	
1	5	朝鮮俳壇	渡邊水巴選/稻妻(一) 〈1〉 [2] 와타나베 스이하 선/번개(1)	幽谷	시가/하이쿠	
1	5	朝鮮俳壇	渡邊水巴選/稻妻(一) 〈1〉 [1] 와타나베 스이하 선/번개(1)	花醉	시가/하이쿠	
1	5	朝鮮俳壇	渡邊水巴選/稻妻(一) 〈1〉 [1] 와타나베 스이하 선/번개(1)	六轉	시가/하이쿠	
1	5	朝鮮俳壇	渡邊水巴選/稻妻(一) 〈1〉 [1] 와타나베 스이하 선/번개(1)	靑眼子	시가/하이쿠	
1	5	朝鮮俳壇	渡邊水巴選/稻妻(一) 〈1〉 [1] 와타나베 스이하 선/번개(1)	可紅	시가/하이쿠	
1	5	朝鮮俳壇	渡邊水巴選/稻妻(一) 〈1〉 [1] 와타나베 스이하 선/번개(1)	葉堂	시가/하이쿠	
1	5	朝鮮俳壇	渡邊水巴選/稻妻(一) 〈1〉 [1] 와타나베 스이하 선/번개(1)	犀涯	시가/하이쿠	
3	1~3		今も殘る舊都の土の香りに浸りて 〈4〉 지금도 남아있는 옛 수도 땅의 향기에 젖어	開城より 水天生	수필/관찰	
3	6	新俚謠	(제목없음) 〔1〕	京城 岡田汀幽	시가/도도이 쓰	
3	6	新俚謠	(제목없음) 〔1〕	京城 寺山秋風	시가/도도이 쓰	
3	6	新俚謠	(제목없음) 〔1〕	龍山 まさ子	시가/도도이 쓰	
3	6	新俚謠	(제목없음) 〔1〕	江景 牛草魚人	시가/도도이 쓰	
3	6	新俚謠	(제목없음) 〔1〕	京城 天風	시가/도도이 쓰	
4	1~3	新俚謠	浪花三兄弟 〈31〉 나니와 삼형제	早川貞水	고단	
6	1~3	讀者へ懸 賞小說	家庭悲劇 遺言狀 〈161〉 가정비극 유언장	島川七石	소설	

1917년 09월 22일 (토) 5827호

지면	단수	기획	기사제목 〈회수〉〔곡수〕	필자/저자(역자)	분류	비고
1	2~4	新俚謠	日本酒 일본 술	永榮町人	수필/비평	
1	3~4		予が觀たる黃海道 〈5〉 내가 본 황해도	視察より歸りて 石本水天	수필/관찰	
1	4		渡邊水巴選/稻妻(二) 〈2〉 [1] 와타나베 스이하 선/번개(2)	田打夫	시가/하이쿠	
1	4		渡邊水巴選/稻妻(二) 〈2〉 [1] 와타나베 스이하 선/번개(2)	小琴子	시가/하이쿠	
1	4		渡邊水巴選/稻妻(二) 〈2〉 [1] 와타나베 스이하 선/번개(2)	秋汀	시가/하이쿠	
1	4		渡邊水巴選/稻妻(二) 〈2〉 [1] 와타나베 스이하 선/번개(2)	苦雨	시가/하이쿠	
1	4		渡邊水巴選/稻妻(二) 〈2〉 [1] 와타나베 스이하 선/번개(2)	秀峰	시가/하이쿠	
1	4		渡邊水巴選/稻妻(二) 〈2〉 [1] 와타나베 스이하 선/번개(2)	大春	시가/하이쿠	
3	1~2		今も殘る舊都の土の香りに浸りて 〈5〉 지금도 남아있는 옛 수도 땅 향기에 젖어	開城より 水天生	수필/관찰	

지면	단수	기획	기사제목 〈회수〉〔곡수〕	필자/저자(역자)	분류	비고
3	6	新俚謠	(제목없음)〔1〕	龍山 岡本小草	시가/도도이쓰	
3	6	新俚謠	(제목없음)〔1〕	榮山浦 小波	시가/도도이쓰	
3	6	新俚謠	(제목없음)〔1〕	江景 牛草魚人	시가/도도이쓰	
3	6	新俚謠	(제목없음)〔1〕	江景 寺山秋風	시가/도도이쓰	
3	6	新俚謠	(제목없음)〔1〕	江景 靑汀生	시가/도도이쓰	
4	1~3		浪花三兄弟〈32〉 나니와 삼형제	早川貞水	고단	
8	1~3	讀者へ懸賞小說	家庭悲劇 遺言狀〈162〉 가정비극 유언장	島川七石	소설	

1917년 09월 23일 (일) 5827호

지면	단수	기획	기사제목 〈회수〉〔곡수〕	필자/저자(역자)	분류	비고
1	4~6		予が觀たる黃海道〈6〉 내가 본 황해도	視察より歸りて 石本水天	수필/관찰	
1	6	朝鮮俳壇	募集課題/投稿規定 모집 과제/투고 규정		광고/모집 광고	
1	6	朝鮮俳壇	渡邊水巴選/天の川〔3〕 와타나베 스이하 선/은하수	雨月	시가/하이쿠	
1	6	朝鮮俳壇	渡邊水巴選/天の川〔3〕 와타나베 스이하 선/은하수	菊坡	시가/하이쿠	
1	6	朝鮮俳壇	渡邊水巴選/天の川〔2〕 와타나베 스이하 선/은하수	靑眼子	시가/하이쿠	
1	6	朝鮮俳壇	渡邊水巴選/天の川〔2〕 와타나베 스이하 선/은하수	大春	시가/하이쿠	
1	6	朝鮮俳壇	渡邊水巴選/天の川〔2〕 와타나베 스이하 선/은하수	迦南	시가/하이쿠	
1	6	朝鮮俳壇	渡邊水巴選/天の川〔1〕 와타나베 스이하 선/은하수	隈山	시가/하이쿠	
1	6	朝鮮俳壇	渡邊水巴選/天の川〔1〕 와타나베 스이하 선/은하수	六轉	시가/하이쿠	
1	6	朝鮮俳壇	渡邊水巴選/天の川〔1〕 와타나베 스이하 선/은하수	田打夫	시가/하이쿠	
1	6	朝鮮俳壇	渡邊水巴選/天の川〔1〕 와타나베 스이하 선/은하수	玄波	시가/하이쿠	
1	6	朝鮮俳壇	渡邊水巴選/天の川〔1〕 와타나베 스이하 선/은하수	蛸郞	시가/하이쿠	
1	6	朝鮮俳壇	渡邊水巴選/天の川〔1〕 와타나베 스이하 선/은하수	花醉	시가/하이쿠	
1	6	朝鮮俳壇	渡邊水巴選/天の川〔1〕 와타나베 스이하 선/은하수	小琴子	시가/하이쿠	
1	6	朝鮮俳壇	渡邊水巴選/天の川〔1〕 와타나베 스이하 선/은하수	孤鶴	시가/하이쿠	
1	6	朝鮮俳壇	渡邊水巴選/天の川〔1〕 와타나베 스이하 선/은하수	不滅	시가/하이쿠	
1	6	朝鮮俳壇	渡邊水巴選/天の川〔1〕 와타나베 스이하 선/은하수	容堂	시가/하이쿠	
1	6	朝鮮俳壇	渡邊水巴選/天の川〔1〕 와타나베 스이하 선/은하수	犀涯	시가/하이쿠	

지면	단수	기획	기사제목 〈회수〉〔곡수〕	필자/저자(역자)	분류	비고
1	6	朝鮮俳壇	渡邊水巴選/天の川 [1] 와타나베 스이하 선/은하수	秀峰	시가/하이쿠	
1	6	朝鮮俳壇	渡邊水巴選/天の川 [1] 와타나베 스이하 선/은하수	苔雨	시가/하이쿠	
1	6	朝鮮俳壇	渡邊水巴選/天の川 [1] 와타나베 스이하 선/은하수	葉堂	시가/하이쿠	
1	6	朝鮮俳壇	渡邊水巴選/天の川 [1] 와타나베 스이하 선/은하수	麗月	시가/하이쿠	
1	6	朝鮮俳壇	渡邊水巴選/天の川 [1] 와타나베 스이하 선/은하수	可紅	시가/하이쿠	
1	6	朝鮮俳壇	渡邊水巴選/天の川 [1] 와타나베 스이하 선/은하수	星羽	시가/하이쿠	
1	6	朝鮮俳壇	渡邊水巴選/天の川 [1] 와타나베 스이하 선/은하수	幽谷	시가/하이쿠	
1	6	朝鮮俳壇	渡邊水巴選/天の川 [1] 와타나베 스이하 선/은하수	沙川	시기/하이쿠	
1	6	朝鮮俳壇	渡邊水巴選/天の川 [1] 와타나베 스이하 선/은하수	淺汀	시가/하이쿠	
1	6	朝鮮俳壇	渡邊水巴選/天の川 [1] 와타나베 스이하 선/은하수	紅石	시가/하이쿠	
1	6	朝鮮俳壇	渡邊水巴選/天の川 [1] 와타나베 스이하 선/은하수	天然松	시가/하이쿠	
1	6	朝鮮俳壇	渡邊水巴選/天の川 [1] 와타나베 스이하 선/은하수	山民	시가/하이쿠	
1	6	朝鮮俳壇	渡邊水巴選/天の川 [1] 와타나베 스이하 선/은하수	秋汀	시가/하이쿠	
3	6	新俚謠	(제목없음)	京城 浪の家	시가/도도이쓰	
3	6	新俚謠	(제목없음)	京城 寺山秋風	시가/도도이쓰	
3	6	新俚謠	(제목없음)	京城 市松	시가/도도이쓰	
3	6	新俚謠	(제목없음)	新龍山 東學生	시가/도도이쓰	
3	6	新俚謠	(제목없음)	仁川 卽興詩人	시가/도도이쓰	
4	1~3		浪花三兄弟 〈33〉 나니와 삼형제	早川貞水	고단	
6	1~3	讀者へ懸 賞小說	家庭悲劇 遺言狀 〈163〉 가정비극 유언장	島川七石	소설	
1917년 09월 24일 (월) 5828호						
1	2~4		刺客論 차객론	永榮町人	수필/비평	
1	3~4		予が觀たる黃海道 〈7〉 내가 본 황해도	視察より歸りて 石本水天	수필/관찰	
3	1~3	婦人と子 供の領分	敎訓お伽噺 烏の黑い羽 교훈 동화 까마귀의 검은 날개		소설/동화	
6	7~9		浪花三兄弟 〈34〉 나니와 삼형제	早川貞水	고단	
8	1~3	讀者へ懸 賞小說	家庭悲劇 遺言狀 〈164〉 가정비극 유언장	島川七石	소설	

지면	단수	기획	기사제목 〈회수〉〔곡수〕	필자/저자(역자)	분류	비고
			1917년 09월 26일 (수) 5830호			
1	5	朝鮮俳壇	渡邊水巴選/蜻蛉 〔1〕 와타나베 스이하 선/잠자리	靑眠子	시가/하이쿠	
1	5	朝鮮俳壇	渡邊水巴選/蜻蛉 〔1〕 와타나베 스이하 선/잠자리	菊坡	시가/하이쿠	
1	5	朝鮮俳壇	渡邊水巴選/蜻蛉 〔1〕 와타나베 스이하 선/잠자리	花醉	시가/하이쿠	
1	5	朝鮮俳壇	渡邊水巴選/蜻蛉 〔1〕 와타나베 스이하 선/잠자리	田打夫	시가/하이쿠	
1	5	朝鮮俳壇	渡邊水巴選/蜻蛉 〔1〕 와타나베 스이하 선/잠자리	犀涯	시가/하이쿠	
1	5	朝鮮俳壇	渡邊水巴選/蜻蛉 〔1〕 와타나베 스이하 선/잠자리	幽谷	시가/하이쿠	
1	5	朝鮮俳壇	渡邊水巴選/蜻蛉 〔1〕 와타나베 스이하 선/잠자리	葉堂	시가/하이쿠	
1	5	朝鮮俳壇	渡邊水巴選/蜻蛉 〔1〕 와타나베 스이하 선/잠자리	山民	시가/하이쿠	
1	5	朝鮮俳壇	渡邊水巴選/蜻蛉 〔1〕 와타나베 스이하 선/잠자리	隈山	시가/하이쿠	
1	5	朝鮮俳壇	渡邊水巴選/蜩 〔2〕 와타나베 스이하 선/저녁매미	菊坡	시가/하이쿠	
1	5	朝鮮俳壇	渡邊水巴選/蜩 〔2〕 와타나베 스이하 선/저녁매미	花醉	시가/하이쿠	
1	5	朝鮮俳壇	渡邊水巴選/蜩 〔1〕 와타나베 스이하 선/저녁매미	雨月	시가/하이쿠	
1	5	朝鮮俳壇	渡邊水巴選/蜩 〔1〕 와타나베 스이하 선/저녁매미	田打夫	시가/하이쿠	
1	5	朝鮮俳壇	渡邊水巴選/蜩 〔1〕 와타나베 스이하 선/저녁매미	孤鶴	시가/하이쿠	
1	5	朝鮮俳壇	渡邊水巴選/蜩 〔1〕 와타나베 스이하 선/저녁매미	可紅	시가/하이쿠	
3	6	新俚謠	彼岸 〔1〕 피안	高野浪廼家	시가/도도이쓰	
3	6	新俚謠	彼岸 〔1〕 피안	福島鳴海家	시가/도도이쓰	
3	6	新俚謠	彼岸 〔1〕 피안	河村市松	시가/도도이쓰	
3	6	新俚謠	彼岸 〔1〕 피안	阪本私傍	시가/도도이쓰	
3	6	新俚謠	彼岸 〔1〕 피안	大塚久廼家	시가/도도이쓰	
3	6	新俚謠	彼岸 〔1〕 피안	小島浮寒島	시가/도도이쓰	
3	6	新俚謠	彼岸 〔1〕 피안	朧小路土耶	시가/도도이쓰	
4	1~3		浪花三兄弟 〈35〉 나니와 삼형제	早川貞水	고단	
8	1~3	讀者へ懸 賞小說	家庭悲劇 遺言狀 〈164〉 가정비극 유언장	島川七石	소설	회수 오류
			1917년 09월 27일 (목) 5831호			

지면	단수	기획	기사제목 〈회수〉〔곡수〕	필자/저자(역자)	분류	비고
1	2~3		惡店員 나쁜 점원		수필/기타	
1	4	朝鮮俳壇	募集課題/投稿規定 모집 과제/투고 규정		광고/모집 광고	
1	5	朝鮮俳壇	渡邊水巴選/桐一葉〔2〕 와타나베 스이하 선/오동나무 한 잎	靑眠子	시가/하이쿠	
1	5	朝鮮俳壇	渡邊水巴選/桐一葉〔2〕 와타나베 스이하 선/오동나무 한 잎	苔雨	시가/하이쿠	
1	5	朝鮮俳壇	渡邊水巴選/桐一葉〔1〕 와타나베 스이하 선/오동나무 한 잎	小琴子	시가/하이쿠	
1	5	朝鮮俳壇	渡邊水巴選/桐一葉〔1〕 와타나베 스이하 선/오동나무 한 잎	菊坡	시가/하이쿠	
1	5	朝鮮俳壇	渡邊水巴選/桐一葉〔1〕 와타나베 스이하 선/오동나무 한 잎	淡#	시가/하이쿠	
1	5	朝鮮俳壇	渡邊水巴選/桐一葉〔1〕 와타나베 스이하 선/오동나무 한 잎	雨月	시가/하이쿠	
1	5	朝鮮俳壇	渡邊水巴選/桐一葉〔1〕 와타나베 스이하 선/오동나무 한 잎	犀涯	시가/하이쿠	
1	5	朝鮮俳壇	渡邊水巴選/桐一葉〔1〕 와타나베 스이하 선/오동나무 한 잎	幽谷	시가/하이쿠	
1	5	朝鮮俳壇	渡邊水巴選/桐一葉〔1〕 와타나베 스이하 선/오동나무 한 잎	互全	시가/하이쿠	
1	5	朝鮮俳壇	渡邊水巴選/朝顔〔1〕 와타나베 스이하 선/나팔꽃	小琴子	시가/하이쿠	
1	5	朝鮮俳壇	渡邊水巴選/朝顔〔1〕 와타나베 스이하 선/나팔꽃	幽谷	시가/하이쿠	
1	5	朝鮮俳壇	渡邊水巴選/朝顔〔1〕 와타나베 스이하 선/나팔꽃	菊坡	시가/하이쿠	
1	5	朝鮮俳壇	渡邊水巴選/朝顔〔1〕 와타나베 스이하 선/나팔꽃	蕪子	시가/하이쿠	
1	5	朝鮮俳壇	渡邊水巴選/朝顔〔1〕 와타나베 스이하 선/나팔꽃	森堂	시가/하이쿠	
1	5	朝鮮俳壇	渡邊水巴選/朝顔〔1〕 와타나베 스이하 선/나팔꽃	隈山	시가/하이쿠	
1	5	朝鮮俳壇	渡邊水巴選/朝顔〔1〕 와타나베 스이하 선/나팔꽃	不滅	시가/하이쿠	
3	1~2		予が觀たる黃海道〈8〉 내가 본 황해도	視察より歸りて 石本水天	수필/관찰	
4	1~3		浪花三兄弟〈35〉 나니와 삼형제	早川貞水	고단	회수 오류
5	3	新俚謠(投 稿歡迎)	(제목없음)〔1〕	榮山浦 小波	시가/도도이 쓰	
5	3	新俚謠(投 稿歡迎)	(제목없음)〔1〕	京城 岡田汀#	시가/도도이 쓰	
5	3	新俚謠(投 稿歡迎)	(제목없음)〔1〕	新龍山 水野秀雄	시가/도도이 쓰	
5	3	新俚謠(投 稿歡迎)	(제목없음)〔1〕	京城 高野浪の家	시가/도도이 쓰	
5	3	新俚謠(投 稿歡迎)	(제목없음)〔1〕	江景 浮世坊	시가/도도이 쓰	
8	1~3	讀者へ懸 賞小說	家庭悲劇 遺言狀〈166〉 가정비극 유언장	島川七石	소설	

지면	단수	기획	기사제목 〈회수〉〔곡수〕	필자/저자(역자)	분류	비고
			1917년 09월 28일 (금) 5832호			
1	2~3		日本趣味 〈1〉 일본취미	永榮町人	수필/일상	
1	5	朝鮮俳壇	渡邊水巴選/募集課題/投稿規定 와타나베 스이하 선/모집 과제/투고 규정		광고/모집 광고	
1	5	朝鮮俳壇	渡邊水巴選/秋雜 〔8〕 와타나베 스이하 선/가을-잡	義朗	시가/하이쿠	
1	5	朝鮮俳壇	渡邊水巴選/秋雜 〔4〕 와타나베 스이하 선/가을-잡	橙苗子	시가/하이쿠	
1	5	朝鮮俳壇	渡邊水巴選/秋雜 〔3〕 와타나베 스이하 선/가을-잡	容堂	시가/하이쿠	
1	5	朝鮮俳壇	渡邊水巴選/秋雜 〔3〕 와타나베 스이하 선/가을-잡	蕪子	시가/하이쿠	
1	5	朝鮮俳壇	渡邊水巴選/秋雜 〔2〕 와타나베 스이하 선/가을-잡	靑水	시가/하이쿠	
3	1~3		傳說 無學譚 〈1〉 전설 무학 이야기		소설	
3	6	新俚謠(投稿歡迎)	(제목없음) 〔1〕	京城 市松	시가/도도이쓰	
3	6	新俚謠(投稿歡迎)	(제목없음) 〔1〕	新龍山 水野秀雄	시가/도도이쓰	
3	6	新俚謠(投稿歡迎)	(제목없음) 〔1〕	榮山浦 小波	시가/도도이쓰	
3	6	新俚謠(投稿歡迎)	(제목없음) 〔1〕	仁川 矢谷花翁	시가/도도이쓰	
3	6	新俚謠(投稿歡迎)	(제목없음) 〔1〕	江景 淨世坊	시가/도도이쓰	
4	1~3		浪花三兄弟 〈37〉 나니와 삼형제	早川貞水	고단	
8	1~3	讀者へ懸賞小說	家庭悲劇 遺言狀 〈167〉 가정비극 유언장	島川七石	소설	
8	3	新小說豫告	「お葉」 「오요」		광고/연재예고	
			1917년 09월 29일 (토) 5833호			
1	2~3		日本趣味 〈2〉 일본취미	永榮町人	수필	
1	3~4		思い出の京仁俳句大會 추억의 경인 하이쿠 대회	京城 小野賢一郎	수필·시가/ 비평·하이쿠	
1	4	朝鮮俳壇	渡邊水巴選/募集課題/投稿規定 와타나베 스이하 선/모집 과제/투고 규정		광고/모집 광고	
1	5		京城俳句會 경성 하이쿠회	編輯局にて 河原四水	수필·시가/ 비평·하이쿠	
1	5		渡邊水巴選句 〔1〕 와타나베 스이하 선구	雨月	시가/하이쿠	
1	5		渡邊水巴選句 〔1〕 와타나베 스이하 선구	北星	시가/하이쿠	
1	5		渡邊水巴選句 〔1〕 와타나베 스이하 선구	靑軒	시가/하이쿠	
1	5		渡邊水巴選句 〔1〕 와타나베 스이하 선구	山民	시가/하이쿠	

지면	단수	기획	기사제목 〈회수〉〔곡수〕	필자/저자(역자)	분류	비고
1	5		渡邊水巴選句〔1〕 와타나베 스이하 선구	桐靑	시가/하이쿠	
1	5		渡邊水巴選句〔3〕 와타나베 스이하 선구	橙黃子	시가/하이쿠	
1	5		渡邊水巴選句〔2〕 와타나베 스이하 선구	田打夫	시가/하이쿠	
1	5		渡邊水巴選句〔1〕 와타나베 스이하 선구	水子	시가/하이쿠	
1	5		渡邊水巴選句〔1〕 와타나베 스이하 선구	##	시가/하이쿠	
1	5		渡邊水巴選句〔1〕 와타나베 스이하 선구	##	시가/하이쿠	
1	5		渡邊水巴選句〔1〕 와타나베 스이하 선구	##	시가/하이쿠	
3	1~2		傳說 無學譚 〈2〉 전설 무학 이야기		소설	
3	5	新俚謠(投稿歡迎)	(제목없음)〔1〕	新龍山 水野秀雄	시가/도도이쓰	
3	5	新俚謠(投稿歡迎)	(제목없음)〔1〕	江景 牛草漁人	시가/도도이쓰	
3	5	新俚謠(投稿歡迎)	(제목없음)〔1〕	群山 久方迷宮	시가/도도이쓰	
3	5	新俚謠(投稿歡迎)	(제목없음)〔1〕	仁川 矢谷花翁	시가/도도이쓰	
3	5	新俚謠(投稿歡迎)	(제목없음)〔1〕	京城 梶谷紫水	시가/도도이쓰	
4	1~3		浪花三兄弟 〈38〉 나니와 삼형제	早川貞水	고단	
6	1~3	讀者へ懸 賞小說	家庭悲劇 遺言狀 〈168〉 가정비극 유언장	島川七石	소설	
6	4	新小說豫 告	「お葉」 「오요」		광고/연재예 고	

1917년 09월 30일 (일) 5834호

지면	단수	기획	기사제목 〈회수〉〔곡수〕	필자/저자(역자)	분류	비고
1	2~4		三分五厘 삼분오리	水樂町人	수필/일상	
1	4	朝鮮俳壇	渡邊水巴選/##〔7〕 와타나베 스이하 선/##	靑雨子	시가/하이쿠	
1	4	朝鮮俳壇	渡邊水巴選/##〔6〕 와타나베 스이하 선/##	大春	시가/하이쿠	
1	4	朝鮮俳壇	渡邊水巴選/##〔5〕 와타나베 스이하 선/##	靑丘	시가/하이쿠	
1	4	朝鮮俳壇	渡邊水巴選/##〔2〕 와타나베 스이하 선/##	楓亭	시가/하이쿠	
3	5	新俚謠(投稿歡迎)	(제목없음)〔1〕	京城 岡山汀幽	시가/도도이쓰	
3	5	新俚謠(投稿歡迎)	(제목없음)〔1〕	仁川 矢谷花翁	시가/도도이쓰	
3	5	新俚謠(投稿歡迎)	(제목없음)〔1〕	京城 高野浪の家	시가/도도이쓰	
4	1~3		浪花三兄弟 〈39〉 나니와 삼형제	早川貞水	고단	

지면	단수	기획	기사제목 〈회수〉〔곡수〕	필자/저자(역자)	분류	비고
6	1~3		家庭小說 お葉 〈1〉 가정소설 오요	寺澤琴風	소설/일본	

1919년 01월 01일 (수) 6274호 其二

지면	단수	기획	기사제목 〈회수〉〔곡수〕	필자/저자(역자)	분류	비고
2	2~6		長壽延命の工夫(上) 〈1〉 장수연명의 방법(상)	醫學博士 文學博士 富士川遊	수필/기타	
2	7	新春詩壇	賦得朝晴雪 〔1〕 부득조청설	####	시가/한시	
2	7	新春詩壇	新年有述 〔1〕 신년유술	####	시가/한시	
4	4~5	寫眞小說	榮ある日 〈1〉 명예로운 날	東天紅作 山本英春畵	소설	
4	5~6	寫眞小說	榮ある日 〈2〉 명예로운 날	東天紅作 山本英春畵	소설	

1919년 01월 01일 (수) 6274호 其三

지면	단수	기획	기사제목 〈회수〉〔곡수〕	필자/저자(역자)	분류	비고
2	1~8		羊姬(上) 〈1〉 히쓰지히메(상)	大河內翠山	고단	
4	4~5	寫眞小說	榮ある日 〈3〉 명예로운 날	東天紅作 山本英春畵	소설	
4	5~6	寫眞小說	榮ある日 〈4〉 명예로운 날	東天紅作 山本英春畵	소설	

1919년 01월 01일 (수) 6274호 其四

지면	단수	기획	기사제목 〈회수〉〔곡수〕	필자/저자(역자)	분류	비고
2	4~6		長壽延命の工夫(中) 〈2〉 장수연명의 방법(중)	醫學博士 文學博士 富士川遊	수필/기타	
4	4~5	寫眞小說	榮ある日 〈5〉 명예로운 날	東天紅作 山本英春畵	소설	
4	6~7	寫眞小說	榮ある日 〈6〉 명예로운 날	東天紅作 山本英春畵	소설	

1919년 01월 01일 (수) 6274호 其五

지면	단수	기획	기사제목 〈회수〉〔곡수〕	필자/저자(역자)	분류	비고
3	1~7	小說	新羽衣 신하고로모	遲塚麗水	소설	
4	4~5	寫眞小說	榮ある日 〈7〉 명예로운 날	東天紅作 山本英春畵	소설	
4	6~7	寫眞小說	榮ある日 〈8〉 명예로운 날	東天紅作 山本英春畵	소설	

1919년 01월 01일 (수) 6274호 其六

지면	단수	기획	기사제목 〈회수〉〔곡수〕	필자/저자(역자)	분류	비고
4	4~5	寫眞小說	榮ある日 〈9〉 명예로운 날	東天紅作 山本英春畵	소설	
4	4~5	寫眞小說	榮ある日 〈10〉 명예로운 날	東天紅作 山本英春畵	소설	

1919년 01월 01일 (수) 6274호 其八

지면	단수	기획	기사제목 〈회수〉〔곡수〕	필자/저자(역자)	분류	비고
3	1~3		鶴子姬 〈27〉 쓰루코히메	渡邊默禪	소설/일본 고전	
3	4	俚謠正調	(제목없음) 〔9〕	仁川 小宮久子	시가/도도이 쓰	
3	4	俚謠正調	(제목없음) 〔6〕	京城 岸#舟	시가/도도이 쓰	

지면	단수	기획	기사제목 〈회수〉〔곡수〕	필자/저자(역자)	분류	비고
3	4	俚謠正調	(제목없음) 〔5〕	仁川 八角子	시가/도도이쓰	
3	4~5	俚謠正調	(제목없음) 〔2〕	龍山 松本#舟	시가/도도이쓰	
3	5	俚謠正調	(제목없음) 〔5〕	##浦 岡部一枝	시가/도도이쓰	
3	5	俚謠正調	(제목없음) 〔4〕	京城 春曙	시가/도도이쓰	
3	5	俚謠正調	(제목없음) 〔8〕	京城 東海	시가/도도이쓰	
3	5~6	俚謠正調	(제목없음) 〔8〕	江景 牛草魚人	시가/도도이쓰	
3	6	俚謠正調	(제목없음) 〔6〕	京城 永榮町人	시가/도도이쓰	
3	6	俚謠正調	(제목없음) 〔4〕	京城 西野敏夫	시가/도도이쓰	
3	6	俚謠正調	(제목없음) 〔2〕	仁川 辻紫峰	시가/도도이쓰	
3	6	俚謠正調	(제목없음) 〔3〕	平壤 小經	시가/도도이쓰	

1919년 01월 05일 (일) 6276호

지면	단수	기획	기사제목 〈회수〉〔곡수〕	필자/저자(역자)	분류	비고
1	8~9		羽紫筑前 〈39〉 하시바 지쿠젠	塚原蓼洲	소설/일본고전	
3	1~10	落語	朝の晴雪 아침의 청설	談洲樓燕枝	라쿠고	
3	10~11	俚謠正調	(제목없음) 〔2〕	鐵原 松田萬星	시가/도도이쓰	
3	11	俚謠正調	(제목없음) 〔3〕	## ツル子	시가/도도이쓰	
3	11	俚謠正調	(제목없음) 〔3〕	仁川 矢谷花翁	시가/도도이쓰	
3	11	俚謠正調	(제목없음) 〔7〕	仁川 岸田##	시가/도도이쓰	
3	11	俚謠正調	(제목없음) 〔2〕	仁川 天午	시가	
3	11	新年 小品文	お正月 정월	溫陽 市洋	수필/일상	
4	1~2		戀の家康 〈114〉 사랑의 이에야스	斯波南叟	고단	
5	3~4	寫眞小說	噂の女 〈4〉 소문의 여자	東天紅作 川瀨巴水畵	소설/일본	
5	4~5	寫眞小說	噂の女 〈5〉 소문의 여자	東天紅作 川瀨巴水畵	소설/일본	
5	5~6	寫眞小說	噂の女 〈6〉 소문의 여자	東天紅作 川瀨巴水畵	소설/일본	
5	6~7	寫眞小說	噂の女 〈7〉 소문의 여자	東天紅作 川瀨巴水畵	소설/일본	
5	6	新年 小品文	初日の海 새해 바다	溫陽 市洋生	수필/일상	
5	6~7	新年 小品文	初日 새해 첫날	京城 山#有郞	수필/일상	

지면	단수	기획	기사제목 〈회수〉〔곡수〕	필자/저자(역자)	분류	비고
5	7	新年 小品 文	一縷の望み 일루의 희망	仁川 矢谷花翁	수필/일상	
5	7~8	新年 小品 文	トラムプ 트럼프	京城 白星光	수필/일상	
5	8	新年 小品 文	初日の出 새해 첫날 일출	龍山 岡村秋芳子	수필/일상	
5	8~9	新年 小品 文	花の乙女 꽃의 처녀	仁川 西村生	수필/일상	
5	9~10	新年 小品 文	年首自嘲 연초 자조	仁川 天午生	수필/일상	
5	10~11	新年 小品 文	歌留多遊び 가루타놀이	#水影	수필/일상	
5	11	新年 小品 文	雪## 설##	## ###雪	수필/일상	
5	11	新年 小品 文	臥床の友に 몸져 누운 벗에게	仁川 ###年枝	수필/일상	
5	11	新年 小品 文	朝鮮と松 조선과 소나무	岡村秋芳子	수필/일상	
8	1~3		鶴子姫 〈28〉 쓰루코히메	渡邊默禪	소설/일본 고전	

1919년 01월 07일 (화) 6277호

지면	단수	기획	기사제목 〈회수〉〔곡수〕	필자/저자(역자)	분류	비고
1	5~6	新春詩壇	(제목없음) 〔1〕	宮澤雪堂	시가/한시	
1	5	新春詩壇	朝晴雪 〔1〕 조청설	宮澤雪堂	시가/한시	
1	5~6	新春詩壇	歲### 〔2〕 세###	平塚##	시가/한시	
1	6	新春詩壇	乙未## 〔1〕 을미##	京城 #川岩波	시가/한시	
1	6	新春詩壇	客中新年 〔1〕 객중신년	京城 #川岩波	시가/한시	
1	6	新春詩壇	元朝## 〔1〕 원조##	京城 平塚##	시가/한시	
1	6	新春詩壇	元朝## 〔1〕 원조##	京城 天牛	시가/한시	
1	6	新春詩壇	元朝## 〔1〕 원조##	##浦 #枕城	시가/한시	
1	6~7		羽紫筑前 〈40〉 하시바 지쿠젠	塚原蓼洲	소설/일본 고전	
3	1~3		長壽延命の工夫(下) 장수 연명의 방법(하)	醫學博士 文學博士 富士川遊	수필/기타	
3	4~6	寫眞小說	噂の女 〈8〉 소문의 여자	東天紅作 川瀨巴水畫	소설/일본	
3	6~8	寫眞小說	噂の女 〈9〉 소문의 여자	東天紅作 川瀨巴水畫	소설/일본	
3	8~10	寫眞小說	噂の女 〈10〉 소문의 여자	東天紅作 川瀨巴水畫	소설/일본	
3	6		リボン 리본	仁川 鐘ヶ江芙蓉	수필/일상	
3	6~7		年始狀の中より 연하장 속에서	京城 白星光	수필/일상	

지면	단수	기획	기사제목 〈회수〉〔곡수〕	필자/저자(역자)	분류	비고
3	10		僕の新年感/滿州は二度目 나의 신년 감상/만주는 두 번째	大連 大阪生	수필/일상	
3	11		僕のお正月 나의 새해	瑞山 松浦天洲	수필/일상	
4	1~3		鶴子姬 〈29〉 쓰루코히메	渡邊默禪	소설/일본 고전	
5	7	川柳	新春雜題 〔10〕 신춘-잡제	仁川 久松	시가/센류	
5	7	川柳	新春雜題 〔5〕 신춘-잡제	## ##	시가/센류	
5	7	川柳	新春雜題 〔4〕 신춘-잡제	平壤 ツル子	시가/센류	
5	7	川柳	新春雜題 〔8〕 신춘-잡제	春川 #々坊	시가/센류	
5	7	川柳	新春雜題 〔10〕 신춘-잡제	仁川 苦#坊	시가/센류	
8	1~3		戀の家康 〈116〉 사랑의 이에야스	斯波南叟	고단	회수 오류

1919년 01월 12일 (일) 6282호

| 1 | 7 | | 羽紫筑前 〈43〉
하시바 지쿠젠 | 塚原蓼洲 | 소설/일본
고전 | |
| 4 | 1~4 | | 鶴子姬 〈34〉
쓰루코히메 | 渡邊默禪 | 소설/일본
고전 | |

1919년 01월 12일 (일) 6282호 日曜刊

| 3 | 9~11 | | 戀の家康 〈121〉
사랑의 이에야스 | 斯波南叟 | 고단 | |

1919년 01월 14일 (화) 6284호 석간

| 1 | 6~7 | | 羽紫筑前 〈44〉
하시바 지쿠젠 | 塚原蓼洲 | 소설/일본
고전 | |
| 4 | 1~3 | | 鶴子姬 〈36〉
쓰루코히메 | 渡邊默禪 | 소설/일본
고전 | |

1919년 01월 14일 (화) 6284호

| 4 | 1~3 | | 戀の家康 〈123〉
사랑의 이에야스 | 斯波南叟 | 고단 | |

1919년 01월 15일 (수) 6285호 석간

| 1 | 5~6 | | 羽紫筑前 〈45〉
하시바 지쿠젠 | 塚原蓼洲 | 소설/일본
고전 | |
| 4 | 1~3 | | 鶴子姬 〈37〉
쓰루코히메 | 渡邊默禪 | 소설/일본
고전 | |

1919년 01월 15일 (수) 6285호

| 4 | 1~3 | | 戀の家康 〈124〉
사랑의 이에야스 | 斯波南叟 | 고단 | |

1919년 01월 16일 (목) 6286호 석간

| 1 | 6 | 朝鮮俳壇 | 仁川句會/渡邊水巴先生選/冬近 〔1〕
인천구회/와타나베 스이하 선생 선/초겨울 | 想仙 | 시가/하이쿠 | |

지면	단수	기획	기사제목 〈회수〉〔곡수〕	필자/저자(역자)	분류	비고
1	6	朝鮮俳壇	仁川句會/渡邊水巴先生選/冬近 [2] 인천구회/와타나베 스이하 선생 선/초겨울	`禾	시가/하이쿠	
1	6	朝鮮俳壇	仁川句會/渡邊水巴先生選/鮮人#地にて [1] 인천구회/와타나베 스이하 선생 선/선인#지에서	`禾	시가/하이쿠	
1	6	朝鮮俳壇	仁川句會/渡邊水巴先生選/刈田 [1] 인천구회/와타나베 스이하 선생 선/추수를 끝낸 논	天牛	시가/하이쿠	
1	6	朝鮮俳壇	仁川句會/渡邊水巴先生選/刈田 [1] 인천구회/와타나베 스이하 선생 선/추수를 끝낸 논	竹窓	시가/하이쿠	
1	6	朝鮮俳壇	仁川句會/渡邊水巴先生選/刈田 [2] 인천구회/와타나베 스이하 선생 선/추수를 끝낸 논	`禾	시가/하이쿠	
1	6	朝鮮俳壇	仁川句會/渡邊水巴先生選/刈田 [2] 인천구회/와타나베 스이하 선생 선/추수를 끝낸 논	丹葉	시가/하이쿠	
1	6	朝鮮俳壇	仁川句會/渡邊水巴先生選/刈田 [1] 인천구회/와타나베 스이하 선생 선/추수를 끝낸 논	想仙	시가/하이쿠	
1	6	朝鮮俳壇	仁川句會/渡邊水巴先生選/柚味噌 [3] 인천구회/와타나베 스이하 선생 선/유자 된장	`禾	시가/하이쿠	
1	6	朝鮮俳壇	仁川句會/渡邊水巴先生選/柚味噌 [1] 인천구회/와타나베 스이하 선생 선/유자 된장	天牛	시가/하이쿠	
1	6	朝鮮俳壇	仁川句會/渡邊水巴先生選/柚味噌 [1] 인천구회/와타나베 스이하 선생 선/유자 된장	丹葉	시가/하이쿠	
1	6	朝鮮俳壇	仁川句會/渡邊水巴先生選/柚味噌 [1] 인천구회/와타나베 스이하 선생 선/유자 된장	想仙	시가/하이쿠	
1	6	朝鮮俳壇	仁川句會/渡邊水巴先生選/柚味噌 [1] 인천구회/와타나베 스이하 선생 선/유자 된장	竹窓	시가/하이쿠	
1	6	朝鮮俳壇	募集課題 모집 과제		광고/모집 광고	
1	6~7		羽紫筑前 〈46〉 하시바 지쿠젠	塚原蓼洲	소설/일본 고전	
4	1~3		鶴子姫 〈38〉 쓰루코히메	渡邊默禪	소설/일본 고전	

1919년 01월 16일 (목) 6286호

지면	단수	기획	기사제목 〈회수〉〔곡수〕	필자/저자(역자)	분류	비고
4	1~3		戀の家康 〈125〉 사랑의 이에야스	斯波南叟	고단	
4	3	川柳	柳建寺土左衛門選/雜煮 [1] 류켄지 도자에몬 선/조니	氣樂坊	시가/센류	
4	3	川柳	柳建寺土左衛門選/雜煮 [1] 류켄지 도자에몬 선/조니	頭#坊	시가/센류	
4	3	川柳	柳建寺土左衛門選/雜煮 [1] 류켄지 도자에몬 선/조니	泰久坊	시가/센류	
4	3	川柳	柳建寺土左衛門選/雜煮 [1] 류켄지 도자에몬 선/조니	春空坊	시가/센류	
4	3	川柳	柳建寺土左衛門選/雜煮 [1] 류켄지 도자에몬 선/조니	よし坊	시가/센류	
4	3	川柳	柳建寺土左衛門選/雜煮 [1] 류켄지 도자에몬 선/조니	萬星	시가/센류	
4	3	川柳	柳建寺土左衛門選/雜煮 [1] 류켄지 도자에몬 선/조니	極樂坊	시가/센류	
4	3	川柳	柳建寺土左衛門選/雜煮 [1] 류켄지 도자에몬 선/조니	厄介坊	시가/센류	
4	3	川柳	柳建寺土左衛門選/雜煮 [1] 류켄지 도자에몬 선/조니	苦論坊	시가/센류	

지면	단수	기획	기사제목 〈회수〉〔곡수〕	필자/저자(역자)	분류	비고
4	3	川柳	柳建寺土左衛門選/雑煮 [1] 류켄지 도자에몬 선/조니	一巴	시가/센류	
4	3	川柳	柳建寺土左衛門選/雑煮 [1] 류켄지 도자에몬 선/조니	泣坊	시가/센류	
4	3	川柳	柳建寺土左衛門選/雑煮 [2] 류켄지 도자에몬 선/조니	二葉	시가/센류	
4	3	川柳	柳建寺土左衛門選/雑煮 [2] 류켄지 도자에몬 선/조니	詩腕坊	시가/센류	
4	3	川柳	柳建寺土左衛門選/雑煮 [3] 류켄지 도자에몬 선/조니	鳥石	시가/센류	
4	3	川柳	柳建寺土左衛門選/雑煮/五客 [1] 류켄지 도자에몬 선/조니/오객	一巴	시가/센류	
4	3	川柳	柳建寺土左衛門選/雑煮/五客 [1] 류켄지 도자에몬 선/조니/오객	よし坊	시가/센류	
4	3	川柳	柳建寺土左衛門選/雑煮/五客 [1] 류켄지 도자에몬 선/조니/오객	川狂坊	시가/센류	
4	3	川柳	柳建寺土左衛門選/雑煮/五客 [1] 류켄지 도자에몬 선/조니/오객	凸凹坊	시가/센류	
4	3	川柳	柳建寺土左衛門選/雑煮/五客 [1] 류켄지 도자에몬 선/조니/오객	##坊	시가/센류	
4	3	川柳	柳建寺土左衛門選/雑煮/五客/## [1] 류켄지 도자에몬 선/조니/오객/##	鳥石	시가/센류	
4	3	川柳	柳建寺土左衛門選/雑煮/五客/## [1] 류켄지 도자에몬 선/조니/오객/##	萬星	시가/센류	
4	3	川柳	柳建寺土左衛門選/雑煮/五客/## [1] 류켄지 도자에몬 선/조니/오객/##	鳥石	시가/센류	
4	3	川柳	柳建寺土左衛門選/雑煮/五客/## [1] 류켄지 도자에몬 선/조니/오객/##	柳健寺	시가/센류	
4	3	新川柳募 集	(제목없음)		광고/모집 광고	

1919년 01월 17일 (금) 6287호 석간

지면	단수	기획	기사제목 〈회수〉〔곡수〕	필자/저자(역자)	분류	비고
1	6~7		羽紫筑前 〈47〉 하시바 지쿠젠	塚原蓼洲	소설/일본 고전	
1	7	朝鮮俳壇	募集課題 모집 과제		광고/모집 광고	
4	1~3		鶴子姫 〈39〉 쓰루코히메	渡邊默禪	소설/일본 고전	

1919년 01월 17일 (금) 6287호

지면	단수	기획	기사제목 〈회수〉〔곡수〕	필자/저자(역자)	분류	비고
4	1~3		戀の家康 〈126〉 사랑의 이에야스	斯波南叟	고단	
4	3	川柳	柳建寺土左衛門選/賣出 [1] 류켄지 도자에몬 선/매출	苦論坊	시가/센류	
4	3	川柳	柳建寺土左衛門選/賣出 [1] 류켄지 도자에몬 선/매출	極樂坊	시가/센류	
4	3	川柳	柳建寺土左衛門選/賣出 [1] 류켄지 도자에몬 선/매출	現骨	시가/센류	
4	3	川柳	柳建寺土左衛門選/賣出 [1] 류켄지 도자에몬 선/매출	四神山	시가/센류	
4	3	川柳	柳建寺土左衛門選/賣出 [1] 류켄지 도자에몬 선/매출	二榮	시가/센류	

지면	단수	기획	기사제목 〈회수〉〔곡수〕	필자/저자(역자)	분류	비고
4	3	川柳	柳建寺土左衛門選/賣出〔1〕 류켄지 도자에몬 선/매출	朝実子	시가/센류	
4	3	川柳	柳建寺土左衛門選/賣出〔1〕 류켄지 도자에몬 선/매출	川狂坊	시가/센류	
4	3	川柳	柳建寺土左衛門選/賣出〔1〕 류켄지 도자에몬 선/매출	凸ちん	시가/센류	
4	3	川柳	柳建寺土左衛門選/賣出〔1〕 류켄지 도자에몬 선/매출	榮#	시가/센류	
4	3	川柳	柳建寺土左衛門選/賣出〔1〕 류켄지 도자에몬 선/매출	頭#坊	시가/센류	
4	3	川柳	柳建寺土左衛門選/賣出〔1〕 류켄지 도자에몬 선/매출	眠爺	시가/센류	
4	3	川柳	柳建寺土左衛門選/賣出〔1〕 류켄지 도자에몬 선/매출	泰久坊	시가/센류	
4	3	川柳	柳建寺土左衛門選/賣出〔1〕 류켄지 도자에몬 선/매출	林一	시가/센류	
4	3	川柳	柳建寺土左衛門選/賣出〔1〕 류켄지 도자에몬 선/매출	一巴	시가/센류	
4	3	川柳	柳建寺土左衛門選/賣出〔1〕 류켄지 도자에몬 선/매출	厄介坊	시가/센류	
4	3	川柳	柳建寺土左衛門選/賣出〔1〕 류켄지 도자에몬 선/매출	萬星	시가/센류	
4	3	新川柳募集	(제목없음)		광고/모집	광고

1919년 01월 18일 (토) 6288호 석간

지면	단수	기획	기사제목 〈회수〉〔곡수〕	필자/저자(역자)	분류	비고
1	6~7		羽紫筑前 〈48〉 하시바 지쿠젠	塚原蓼洲	소설/일본 고전	
3	5~8		平安朝時代の文學/江戸文學の醉は「八犬伝」 헤이안시대 문학/에도문학의 정수는 「핫켄덴」	三井物産京城支店 長代理筑波實#氏 婦人 迷子の君	수필/비평	
4	1~3		鶴子姫 〈40〉 쓰루코히메	渡邊默禪	소설/일본 고전	

1919년 01월 18일 (토) 6288호

지면	단수	기획	기사제목 〈회수〉〔곡수〕	필자/저자(역자)	분류	비고
4	1~3		戀の家康 〈127〉 사랑의 이에야스	斯波南叟	고단	

1919년 01월 20일 (월) 6290호 석간

지면	단수	기획	기사제목 〈회수〉〔곡수〕	필자/저자(역자)	분류	비고
1	4~5		羽紫筑前 〈48[2]〉 하시바 지쿠젠	塚原蓼洲	소설/일본 고전	
4	1~3		鶴子姫 〈42〉 쓰루코히메	渡邊默禪	소설/일본 고전	

1919년 01월 20일 (월) 6290호

지면	단수	기획	기사제목 〈회수〉〔곡수〕	필자/저자(역자)	분류	비고
4	1~3		戀の家康 〈129〉 사랑의 이에야스	斯波南叟	고단	

1919년 01월 22일 (수) 6292호 석간

지면	단수	기획	기사제목 〈회수〉〔곡수〕	필자/저자(역자)	분류	비고
1	1~2		文化日本 문화일본	永榮町人	수필/비평	

지면	단수	기획	기사제목 〈회수〉〔곡수〕	필자/저자(역자)	분류	비고
1	5	朝鮮俳壇	渡邊水巴先生選/秋雜 〈3〉〔17〕 와타나베 스이하 선생 선/가을-잡	#郎	시가/하이쿠	
1	5~7		羽紫筑前 〈50〉 하시바 지쿠젠	塚原蓼洲	소설/일본 고전	
3	6~7		李太王殿下(上)/德壽宮(下) 이태왕 전하(상)/덕수궁(하)		수필/일상	
4	1~3		鶴子姬 〈44〉 쓰루코히메	渡邊默禪	소설/일본 고전	

1919년 01월 22일 (수) 6292호

지면	단수	기획	기사제목 〈회수〉〔곡수〕	필자/저자(역자)	분류	비고
4	1~3		戀の家康 〈131〉 사랑의 이에야스	斯波南叟	고단	

1919년 01월 23일 (목) 6293호 석간

지면	단수	기획	기사제목 〈회수〉〔곡수〕	필자/저자(역자)	분류	비고
1	5	朝鮮俳壇	渡邊水巴先生選/秋雜 〈4〉〔14〕 와타나베 스이하 선생 선/가을-잡	##	시가/하이쿠	
1	5	朝鮮俳壇	渡邊水巴先生選/秋雜 〈4〉〔3〕 와타나베 스이하 선생 선/가을-잡	桃坡	시가/하이쿠	
1	5~7		羽紫筑前 〈51〉 하시바 지쿠젠	塚原蓼洲	소설/일본 고전	
4	1~3		鶴子姬 〈45〉 쓰루코히메	渡邊默禪	소설/일본 고전	

1919년 01월 23일 (목) 6293호

지면	단수	기획	기사제목 〈회수〉〔곡수〕	필자/저자(역자)	분류	비고
4	1~3		戀の家康 〈132〉 사랑의 이에야스	斯波南叟	고단	

1919년 01월 24일 (금) 6294호 석간

지면	단수	기획	기사제목 〈회수〉〔곡수〕	필자/저자(역자)	분류	비고
1	2~3		新美人 신미인	永榮町人	수필/비평	
1	5	朝鮮俳壇	渡邊水巴先生選/秋雜 〈5〉〔6〕 와타나베 스이하 선생 선/가을-잡	星羽	시가/하이쿠	
1	5	朝鮮俳壇	渡邊水巴先生選/秋雜 〈5〉〔5〕 와타나베 스이하 선생 선/가을-잡	橡#	시가/하이쿠	
1	5	朝鮮俳壇	渡邊水巴先生選/秋雜 〈5〉〔3〕 와타나베 스이하 선생 선/가을-잡	甫山	시가/하이쿠	
1	5	朝鮮俳壇	渡邊水巴先生選/秋雜 〈5〉〔3〕 와타나베 스이하 선생 선/가을-잡	未刀	시가/하이쿠	
1	5~7		羽紫筑前 〈52〉 하시바 지쿠젠	塚原蓼洲	소설/일본 고전	
4	1~3		鶴子姬 〈46〉 쓰루코히메	渡邊默禪	소설/일본 고전	

1919년 01월 24일 (금) 6294호

지면	단수	기획	기사제목 〈회수〉〔곡수〕	필자/저자(역자)	분류	비고
3	1~3		噫李太王 아아 이태왕		수필/일상	
4	1~3		戀の家康 〈133〉 사랑의 이에야스	斯波南叟	고단	
4	3	川柳	柳建寺土左衛門選/女 〈1〉〔1〕 류켄지 도자에몬 선/여자	海坊主	시가/센류	
4	3	川柳	柳建寺土左衛門選/女 〈1〉〔1〕 류켄지 도자에몬 선/여자	凸凹坊	시가/센류	

지면	단수	기획	기사제목 〈회수〉〔곡수〕	필자/저자(역자)	분류	비고
4	3	川柳	柳建寺土左衛門選/女 〈1〉〔1〕 류켄지 도자에몬 선/여자	極樂坊	시가/센류	
4	3	川柳	柳建寺土左衛門選/女 〈1〉〔1〕 류켄지 도자에몬 선/여자	川狂坊	시가/센류	
4	3	川柳	柳建寺土左衛門選/女 〈1〉〔1〕 류켄지 도자에몬 선/여자	悟一	시가/센류	
4	3	川柳	柳建寺土左衛門選/女 〈1〉〔1〕 류켄지 도자에몬 선/여자	二采樓	시가/센류	
4	3	川柳	柳建寺土左衛門選/女 〈1〉〔1〕 류켄지 도자에몬 선/여자	二葉	시가/센류	
4	3	川柳	柳建寺土左衛門選/女 〈1〉〔2〕 류켄지 도자에몬 선/여자	一巴	시가/센류	
4	3	川柳	柳建寺土左衛門選/女 〈1〉〔2〕 류켄지 도자에몬 선/여자	杤鎭坊	시가/센류	
4	3	川柳	柳建寺土左衛門選/女 〈1〉〔2〕 류켄지 도자에몬 선/여자	泰久坊	시가/센류	
4	3	川柳	柳建寺土左衛門選/女 〈1〉〔2〕 류켄지 도자에몬 선/여자	省巳	시가/센류	
4	3	川柳	柳建寺土左衛門選/女 〈1〉〔2〕 류켄지 도자에몬 선/여자	厄介坊	시가/센류	
4	3	川柳	柳建寺土左衛門選/女 〈1〉〔2〕 류켄지 도자에몬 선/여자	苦論坊	시가/센류	
4	3	川柳	柳建寺土左衛門選/女 〈1〉〔3〕 류켄지 도자에몬 선/여자	三輪坊	시가/센류	
4	3	川柳	柳建寺土左衛門選/女 〈1〉〔3〕 류켄지 도자에몬 선/여자	鳥石	시가/센류	

1919년 01월 25일 (토) 6295호 석간

지면	단수	기획	기사제목 〈회수〉〔곡수〕	필자/저자(역자)	분류	비고
1	1~2		貞操原理 정조원리	永榮町人	수필/비평	
1	6~7		羽紫筑前 〈53〉 하시바 지쿠젠	塚原蓼洲	소설/일본 고전	
4	1~3		鶴子姬 〈47〉 쓰루코히메	渡邊默禪	소설/일본 고전	

1919년 01월 25일 (토) 6295호

지면	단수	기획	기사제목 〈회수〉〔곡수〕	필자/저자(역자)	분류	비고
3	1~3		噫李太王 아아 이태왕		수필/일상	
4	1~3		戀の家康 〈134〉 사랑의 이에야스	斯波南叟	고단	

1919년 01월 26일 (일) 6296호 석간

지면	단수	기획	기사제목 〈회수〉〔곡수〕	필자/저자(역자)	분류	비고
1	2~4		古歌記 〔16〕 옛 노래 기록	永榮町人	수필·시가/ 일상·단카	
1	5~7		羽紫筑前 〈54〉 하시바 지쿠젠	塚原蓼洲	소설/일본 고전	
4	1~4		鶴子姬 〈48〉 쓰루코히메	渡邊默禪	소설/일본 고전	

1919년 01월 26일 (일) 6296호

지면	단수	기획	기사제목 〈회수〉〔곡수〕	필자/저자(역자)	분류	비고
4	1~3		戀の家康 〈135〉 사랑의 이에야스	斯波南叟	고단	

지면	단수	기획	기사제목 〈회수〉〔곡수〕	필자/저자(역자)	분류	비고
4	3	川柳	柳建寺土左衛門選/女 〈2〉〔3〕 류켄지 도자에몬 선/여자	詩腕坊	시가/센류	
4	3	川柳	柳建寺土左衛門選/女 〈2〉〔3〕 류켄지 도자에몬 선/여자	眠爺	시가/센류	
4	3	川柳	柳建寺土左衛門選/女 〈2〉〔3〕 류켄지 도자에몬 선/여자	多美郎	시가/센류	
4	3	川柳	柳建寺土左衛門選/女 〈2〉〔3〕 류켄지 도자에몬 선/여자	竿々子	시가/센류	
4	3	川柳	柳建寺土左衛門選/女 〈2〉〔4〕 류켄지 도자에몬 선/여자	栗々坊	시가/센류	
4	3	川柳	柳建寺土左衛門選/女 〈2〉〔6〕 류켄지 도자에몬 선/여자	不關坊	시가/센류	
4	3	新川柳募 集	(제목없음)		광고/모집 광고	

1919년 01월 27일 (월) 6297호 석간

지면	단수	기획	기사제목 〈회수〉〔곡수〕	필자/저자(역자)	분류	비고
1	6~7		羽紫筑前 〈55〉 하시바 지쿠젠	塚原蓼洲	소설/일본 고전	
4	1~4		鶴子姬 〈49〉 쓰루코히메	渡邊默禪	소설/일본 고전	

1919년 01월 27일 (월) 6297호

지면	단수	기획	기사제목 〈회수〉〔곡수〕	필자/저자(역자)	분류	비고
3	9~10		戀の家康 〈136〉 사랑의 이에야스	斯波南叟	고단	

1919년 01월 28일 (화) 6298호 석간

지면	단수	기획	기사제목 〈회수〉〔곡수〕	필자/저자(역자)	분류	비고
1	2~4		西洋文命 서양문명	永榮町人	수필/비평	
1	6	詩壇	#得朝晴雪 〔1〕 #득조청설	#生芙蓉	시가/한시	
1	6	詩壇	#得朝晴雪 〔1〕 #득조청설	小西古竹	시가/한시	
1	6	詩壇	#長白#草##鶴先生 〔1〕 #장백#초##학선생	安永春雨	시가/한시	
1	6~7		羽紫筑前 〈56〉 하시바 지쿠젠	塚原蓼洲	소설/일본 고전	
4	1~3		鶴子姬 〈50〉 쓰루코히메	渡邊默禪	소설/일본 고전	

1919년 01월 28일 (화) 6298호

지면	단수	기획	기사제목 〈회수〉〔곡수〕	필자/저자(역자)	분류	비고
4	1~3		戀の家康 〈137〉 사랑의 이에야스	斯波南叟	고단	

1919년 01월 29일 (수) 6299호 석간

지면	단수	기획	기사제목 〈회수〉〔곡수〕	필자/저자(역자)	분류	비고
1	6	詩壇	新年作 〔1〕 신년작	#生芙蓉	시가/한시	
1	6	詩壇	#安水春日 〔1〕 #안수춘일	莊子宕山	시가/한시	
1	6	詩壇	次#宕山所寄却膾 〔1〕 차#탕산소기각회	安永春雨	시가/한시	
1	6	詩壇	三千浦 〔1〕 삼천포	加萊#作	시가/한시	

지면	단수	기획	기사제목 〈회수〉〔곡수〕	필자/저자(역자)	분류	비고
1	6~7		羽紫筑前 〈57〉 하시바 지쿠젠	塚原蓼洲	소설/일본 고전	
3	3~6		李太王の御生涯 이태왕의 생애		수필/기타	
4	1~5		鶴子姫 〈51〉 쓰루코히메	渡邊默禪	소설/일본 고전	

1919년 01월 29일 (수) 6299호

지면	단수	기획	기사제목 〈회수〉〔곡수〕	필자/저자(역자)	분류	비고
4	1~3		戀の家康 〈138〉 사랑의 이에야스	斯波南叟	고단	

1919년 01월 30일 (목) 6300호 석간

지면	단수	기획	기사제목 〈회수〉〔곡수〕	필자/저자(역자)	분류	비고
1	1~2		一小事實 일소사실	永榮町人	수필/비평	
1	5~7		羽紫筑前 〈58〉 하시바 지쿠젠	塚原蓼洲	소설/일본 고전	
3	1~5		阿只姫物語 〈1〉 아키히메야기		수필	
4	1~3		鶴子姫 〈52〉 쓰루코히메	渡邊默禪	소설/일본 고전	

1919년 01월 30일 (목) 6300호

지면	단수	기획	기사제목 〈회수〉〔곡수〕	필자/저자(역자)	분류	비고
3	1~3		李太王の御生涯 〈4〉 이태왕의 생애		수필/기타	
4	1~3		戀の家康 〈139〉 사랑의 이에야스	斯波南叟	고단	

1919년 01월 31일 (금) 6301호 석간

지면	단수	기획	기사제목 〈회수〉〔곡수〕	필자/저자(역자)	분류	비고
1	4	朝鮮俳壇	渡邊水巴先生選/野分 〔5〕 와타나베 스이하 선생 선/초가을 태풍	九堂	시가/하이쿠	
1	4	朝鮮俳壇	渡邊水巴先生選/野分 〔2〕 와타나베 스이하 선생 선/초가을 태풍	##	시가/하이쿠	
1	4~5	朝鮮俳壇	渡邊水巴先生選/## 〔#〕 와타나베 스이하 선생 선/##	##	시가/하이쿠	판독 불가
1	5	朝鮮俳壇	渡邊水巴先生選/## 〔1〕 와타나베 스이하 선생 선/##	桃坡	시가/하이쿠	
1	5	朝鮮俳壇	渡邊水巴先生選/行秋 〔1〕 와타나베 스이하 선생 선/만추	丸全	시가/하이쿠	
1	5	朝鮮俳壇	渡邊水巴先生選/行秋 〔1〕 와타나베 스이하 선생 선/만추	桃坡	시가/하이쿠	
1	5	朝鮮俳壇	渡邊水巴先生選/秋雜 〔6〕 와타나베 스이하 선생 선/가을-잡	#人	시가/하이쿠	판독 불가
1	5	朝鮮俳壇	渡邊水巴先生選/秋雜 〔6〕 와타나베 스이하 선생 선/가을-잡	##	시가/하이쿠	판독 불가
1	5	朝鮮俳壇	渡邊水巴先生選/秋雜 〔3〕 와타나베 스이하 선생 선/가을-잡	##	시가/하이쿠	판독 불가
1	5	朝鮮俳壇	渡邊水巴先生選/秋雜 〔2〕 와타나베 스이하 선생 선/가을-잡	##	시가/하이쿠	판독 불가
1	5	朝鮮俳壇	渡邊水巴先生選/秋雜 〔1〕 와타나베 스이하 선생 선/가을-잡	##	시가/하이쿠	판독 불가
1	5	朝鮮俳壇	渡邊水巴先生選/秋雜 〔1〕 와타나베 스이하 선생 선/가을-잡	##	시가/하이쿠	판독 불가

지면	단수	기획	기사제목 〈회수〉〔곡수〕	필자/저자(역자)	분류	비고
1	5~7		羽紫筑前 〈59〉 하시바 지쿠젠	塚原蓼洲	소설/일본 고전	
3	1~2		阿只姬物語 〈2〉 아키히메이야기		수필	
4	1~3		鶴子姬 〈53〉 쓰루코히메	渡邊默禪	소설/일본 고전	

1919년 01월 31일 (금) 6301호

지면	단수	기획	기사제목 〈회수〉〔곡수〕	필자/저자(역자)	분류	비고
3	1~2		李太王の御生涯 〈5〉 이태왕의 생애		수필/기타	
4	1~3		戀の家康 〈140〉 사랑의 이에야스	斯波南埃	고단	

1919년 02월 01일 (토) 6302호 석간

지면	단수	기획	기사제목 〈회수〉〔곡수〕	필자/저자(역자)	분류	비고
1	5	朝鮮俳壇	渡邊水巴先生選/小春〔3〕 와타나베 스이하 선생 선/음력 10월	水#	시가/하이쿠	판독 불가
1	5	朝鮮俳壇	渡邊水巴先生選/小春〔1〕 와타나베 스이하 선생 선/음력 10월	瞋#	시가/하이쿠	판독 불가
1	5	朝鮮俳壇	渡邊水巴先生選/木枯〔2〕 와타나베 스이하 선생 선/늦가을 바람	##	시가/하이쿠	판독 불가
1	5	朝鮮俳壇	渡邊水巴先生選/木枯〔5〕 와타나베 스이하 선생 선/늦가을 바람	##	시가/하이쿠	판독 불가
1	5	朝鮮俳壇	渡邊水巴先生選/##〔6〕 와타나베 스이하 선생 선/##	##	시가/하이쿠	판독 불가
1	5~6	朝鮮歌壇	(제목없음)〔8〕	## ####	시가/단카	판독 불가
1	6	朝鮮歌壇	(제목없음)〔2〕	大內夏蛙	시가/단카	
1	6~7		羽紫筑前 〈60〉 하시바 지쿠젠	塚原蓼洲	소설/일본 고전	
4	1~3		鶴子姬 〈54〉 쓰루코히메	渡邊默禪	소설/일본 고전	

1919년 02월 01일 (토) 6302호

지면	단수	기획	기사제목 〈회수〉〔곡수〕	필자/저자(역자)	분류	비고
4	1~3		戀の家康 〈141〉 사랑의 이에야스	斯波南埃	고단	

1919년 02월 03일 (월) 6304호 석간

지면	단수	기획	기사제목 〈회수〉〔곡수〕	필자/저자(역자)	분류	비고
1	3~5		古歌雜記 옛 노래 잡기	永榮町人	수필·시가/ 일상·단카	
1	5	朝鮮俳壇	渡邊水巴先生選/十客〔2〕 와타나베 스이하 선생 선/십객	##	시가/하이쿠	
1	5	朝鮮俳壇	渡邊水巴先生選/十客〔1〕 와타나베 스이하 선생 선/십객	桃坡	시가/하이쿠	
1	5	朝鮮俳壇	渡邊水巴先生選/十客〔1〕 와타나베 스이하 선생 선/십객	##	시가/하이쿠	
1	5	朝鮮俳壇	渡邊水巴先生選/十客〔1〕 와타나베 스이하 선생 선/십객	犀涯	시가/하이쿠	
1	5	朝鮮俳壇	渡邊水巴先生選/十客〔1〕 와타나베 스이하 선생 선/십객	黑龍坊	시가/하이쿠	
1	5	朝鮮俳壇	渡邊水巴先生選/山茶花〔3〕 와타나베 스이하 선생 선/산다화	##	시가/하이쿠	

지면	단수	기획	기사제목 〈회수〉〔곡수〕	필자/저자(역자)	분류	비고
1	5	朝鮮俳壇	渡邊水巴先生選/山茶花〔2〕 와타나베 스이하 선생 선/산다화	桃坡	시가/하이쿠	
1	5	朝鮮俳壇	渡邊水巴先生選/山茶花〔1〕 와타나베 스이하 선생 선/산다화	未刀	시가/하이쿠	
1	5	朝鮮俳壇	渡邊水巴先生選/山茶花〔1〕 와타나베 스이하 선생 선/산다화	黑龍坊	시가/하이쿠	
1	5	朝鮮俳壇	渡邊水巴先生選/山茶花〔1〕 와타나베 스이하 선생 선/산다화	草兒	시가/하이쿠	
1	5	朝鮮俳壇	渡邊水巴先生選/枯草〔2〕 와타나베 스이하 선생 선/시들어버린 풀	桃三	시가/하이쿠	
1	5	朝鮮俳壇	渡邊水巴先生選/枯草〔1〕 와타나베 스이하 선생 선/시들어버린 풀	木	시가/하이쿠	
1	5	朝鮮俳壇	渡邊水巴先生選/枯草〔1〕 와타나베 스이하 선생 선/시들어버린 풀	##	시가/하이쿠	
1	5	朝鮮歌壇	(제목없음)〔3〕	京城 白星光	시가/단카	
1	5	朝鮮歌壇	(제목없음)〔2〕	京城 曾我紫香	시가/단카	
1	6	朝鮮歌壇	(제목없음)〔3〕	仁川 西村#治郎	시가/단카	
1	6	朝鮮歌壇	(제목없음)〔1〕	大內夏蛙	시가/단카	
1	6	朝鮮歌壇	(제목없음)〔3〕	京城 ひで代	시가/단카	
1	6	朝鮮歌壇	(제목없음)〔5〕	仁川 ##まつえ	시가/단카	
1	6	朝鮮歌壇	(제목없음)〔1〕	大內夏蛙	시가/단카	
1	6	詩壇	早春#友人宅〔1〕 조춘#우인댁	田淵黍州	시가/한시	
1	6	詩壇	#####〔1〕 #####	高田光堂	시가/한시	
1	6	詩壇	#晚〔1〕 #만	#倉##	시가/한시	
1	6	詩壇	雪#〔1〕 설#	兒島九皐	시가/한시	
1	6~7		羽紫筑前〈62〉 하시바 지쿠젠	塚原蓼洲	소설/일본 고전	
3	1~5		阿只姬物語〈4〉 아키히메이야기		수필	
4	1~3		鶴子姬〈55〉 쓰루코히메	渡邊默禪	소설/일본 고전	

1919년 02월 03일 (월) 6304호

지면	단수	기획	기사제목 〈회수〉〔곡수〕	필자/저자(역자)	분류	비고
4	1~5		戀の家康〈142〉 사랑의 이에야스	斯波南叟	고단	

1919년 02월 04일 (화) 6305호 석간

지면	단수	기획	기사제목 〈회수〉〔곡수〕	필자/저자(역자)	분류	비고
1	5~6		羽紫筑前〈63〉 하시바 지쿠젠	塚原蓼洲	소설/일본 고전	
3	4~7		阿只姬物語〈5〉 아키히메이야기		수필	

지면	단수	기획	기사제목 〈회수〉〔곡수〕	필자/저자(역자)	분류	비고
4	1~3		鶴子姫〈57〉 쓰루코히메	渡邊默禪	소설/일본 고전	회수 오류

1919년 02월 04일 (화) 6305호

지면	단수	기획	기사제목 〈회수〉〔곡수〕	필자/저자(역자)	분류	비고
4	1~3		戀の家康〈144〉 사랑의 이에야스	斯波南叟	고단	회수 오류
4	3		海州川柳會/彌次馬、切符、動悸/十三點 〔1〕 해주 센류회/구경꾼, 표, 두근거림/십삼점	頓珍漢	시가/센류	
4	3		海州川柳會/彌次馬、切符、動悸/十點 〔1〕 해주 센류회/구경꾼, 표, 두근거림/십점	よし坊	시가/센류	
4	3		海州川柳會/彌次馬、切符、動悸/十點 〔2〕 해주 센류회/구경꾼, 표, 두근거림/십점	泰久坊	시가/센류	
4	3		海州川柳會/彌次馬、切符、動悸/九點 〔1〕 해주 센류회/구경꾼, 표, 두근거림/구점	春日坊	시가/센류	
4	3		海州川柳會/彌次馬、切符、動悸/八點 〔1〕 해주 센류회/구경꾼, 표, 두근거림/팔점	泰久坊	시가/센류	
4	3		海州川柳會/彌次馬、切符、動悸/八點 〔1〕 해주 센류회/구경꾼, 표, 두근거림/팔점	よし坊	시가/센류	
4	3		海州川柳會/彌次馬、切符、動悸/七點 〔1〕 해주 센류회/구경꾼, 표, 두근거림/칠점	よし坊	시가/센류	
4	3		海州川柳會/彌次馬、切符、動悸/六點 〔1〕 해주 센류회/구경꾼, 표, 두근거림/육점	よし坊	시가/센류	
4	3		海州川柳會/彌次馬、切符、動悸/五點 〔1〕 해주 센류회/구경꾼, 표, 두근거림/오점	泰久坊	시가/센류	
4	3		海州川柳會/彌次馬、切符、動悸/五點 〔1〕 해주 센류회/구경꾼, 표, 두근거림/오점	春日坊	시가/센류	
4	3		海州川柳會/彌次馬、切符、動悸/四點 〔1〕 해주 센류회/구경꾼, 표, 두근거림/사점	頓珍漢	시가/센류	
4	3		海州川柳會/彌次馬、切符、動悸/四點 〔2〕 해주 센류회/구경꾼, 표, 두근거림/사점	頭#坊	시가/센류	
4	3		海州川柳會/彌次馬、切符、動悸/四點 〔1〕 해주 센류회/구경꾼, 표, 두근거림/사점	頓珍漢	시가/센류	
4	3		海州川柳會/彌次馬、切符、動悸/四點 〔1〕 해주 센류회/구경꾼, 표, 두근거림/사점	泰久坊	시가/센류	
4	3		海州川柳會/彌次馬、切符、動悸/三點 〔1〕 해주 센류회/구경꾼, 표, 두근거림/삼점	頭#坊	시가/센류	
4	3		海州川柳會/彌次馬、切符、動悸/三點 〔1〕 해주 센류회/구경꾼, 표, 두근거림/삼점	よし坊	시가/센류	
4	3		海州川柳會/彌次馬、切符、動悸/三點 〔1〕 해주 센류회/구경꾼, 표, 두근거림/삼점	頓珍漢	시가/센류	
4	3		海州川柳會/彌次馬、切符、動悸/三點 〔2〕 해주 센류회/구경꾼, 표, 두근거림/삼점	よし坊	시가/센류	
4	3		柳建寺土左衛門選 〔1〕 류켄지 도자에몬 선	韻篭坊	시가/센류	
4	3		柳建寺土左衛門選 〔1〕 류켄지 도자에몬 선	よし坊	시가/센류	
4	3		柳建寺土左衛門選 〔1〕 류켄지 도자에몬 선	泰久坊	시가/센류	
4	3		柳建寺土左衛門選 〔1〕 류켄지 도자에몬 선	よし坊	시가/센류	
4	3		柳建寺土左衛門選 〔1〕 류켄지 도자에몬 선	泰久坊	시가/센류	

지면	단수	기획	기사제목 〈회수〉〔곡수〕	필자/저자(역자)	분류	비고
4	3		柳建寺土左衛門選 〔1〕 류켄지 도자에몬 선	よし坊	시가/센류	
4	3		柳建寺土左衛門選 〔1〕 류켄지 도자에몬 선	泰久坊	시가/센류	
4	3		柳建寺土左衛門選 〔1〕 류켄지 도자에몬 선	頓珍漢	시가/센류	
4	3		柳建寺土左衛門選 〔1〕 류켄지 도자에몬 선	泰久坊	시가/센류	

1919년 02월 05일 (수) 6306호 석간

지면	단수	기획	기사제목 〈회수〉〔곡수〕	필자/저자(역자)	분류	비고
1	5	朝鮮俳壇	渡邊水巴先生選/冬雜 〔6〕 와타나베 스이하 선생 선/동-잡	星羽	시가/하이쿠	
1	5	朝鮮俳壇	渡邊水巴先生選/冬雜 〔4〕 와타나베 스이하 선생 선/동-잡	俚人	시가/하이쿠	
1	5	朝鮮俳壇	渡邊水巴先生選/冬雜 〔4〕 와타나베 스이하 선생 선/동-잡	#人	시가/하이쿠	
1	5	朝鮮俳壇	渡邊水巴先生選/冬雜 〔2〕 와타나베 스이하 선생 선/동-잡	##	시가/하이쿠	
1	5	朝鮮俳壇	渡邊水巴先生選/冬雜 〔1〕 와타나베 스이하 선생 선/동-잡	六#	시가/하이쿠	
1	5	朝鮮俳壇	渡邊水巴先生選/冬雜 〔1〕 와타나베 스이하 선생 선/동-잡	孤#	시가/하이쿠	
1	5	朝鮮俳壇	渡邊水巴先生選/冬雜 〔1〕 와타나베 스이하 선생 선/동-잡	芸#	시가/하이쿠	
1	5	朝鮮俳壇	渡邊水巴先生選/冬雜 〔1〕 와타나베 스이하 선생 선/동-잡	#左	시가/하이쿠	
1	5	詩壇	新##### 〔1〕 신#####	古城梅溪	시가/한시	
1	6~7		羽紫筑前 〈64〉 하시바 지쿠젠	塚原蓼洲	소설/일본 고전	
4	1~4		鶴子姫 〈58〉 쓰루코히메	渡邊默禪	소설/일본 고전	회수 오류

1919년 02월 05일 (수) 6306호

지면	단수	기획	기사제목 〈회수〉〔곡수〕	필자/저자(역자)	분류	비고
4	1~3		戀の家康 〈145〉 사랑의 이에야스	斯波南叟	고단	회수 오류

1919년 02월 06일 (목) 6307호 석간

지면	단수	기획	기사제목 〈회수〉〔곡수〕	필자/저자(역자)	분류	비고
1	4	詩壇	秋羊 〔1〕 추양	笹島紫峰	시가/한시	
1	4	詩壇	###花 〔1〕 ###화	#木桐村	시가/한시	
1	4	詩壇	#古####### 〔1〕 #고#######	齋藤三寅	시가/한시	
1	4	詩壇	後庭偶枯 〔1〕 후정우고	##小#	시가/한시	
1	5~6		羽紫筑前 〈65〉 하시바 지쿠젠	塚原蓼洲	소설/일본 고전	
4	1~3		鶴子姫 〈59〉 쓰루코히메	渡邊默禪	소설/일본 고전	회수 오류

1919년 02월 06일 (목) 6307호

지면	단수	기획	기사제목 〈회수〉〔곡수〕	필자/저자(역자)	분류	비고
4	1~3		戀の家康 〈146〉 사랑의 이에야스	斯波南叟	고단	회수 오류
4	3	川柳	#妻/二點〔1〕 #처/이점	柳健寺	시가/센류	
4	3	川柳	#妻/二點〔1〕 #처/이점	古靑一	시가/센류	
4	3	川柳	#妻/二點〔1〕 #처/이점	###	시가/센류	
4	3	川柳	#妻/四點〔1〕 #처/사점	多美	시가/센류	
4	3	川柳	#妻/五點〔1〕 #처/오점	厄介坊	시가/센류	
4	3	川柳	酒/二點〔1〕 술/이점	###	시가/센류	
4	3	川柳	酒/二點〔1〕 술/이점	###	시가/센류	
4	3	川柳	酒/二點〔1〕 술/이점	###	시가/센류	
4	3	川柳	酒/二點〔1〕 술/이점	###	시가/센류	
4	3	川柳	酒/三點〔1〕 술/삼점	鳥石	시가/센류	
4	3	川柳	人形〔7〕 인형	鳥石	시가/센류	

1919년 02월 08일 (토) 6309호 석간

지면	단수	기획	기사제목 〈회수〉〔곡수〕	필자/저자(역자)	분류	비고
1	6	詩壇	元日今述〔1〕 원일금술	笹島紫峰	시가/한시	
1	6	詩壇	友人#訪〔1〕 우인#방	#木桐村	시가/한시	
1	6	詩壇	#羊〔1〕 #양	齋藤三寅	시가/한시	
1	6	詩壇	朝晴雪〔1〕 조청설	###軒	시가/한시	
1	6~7		羽紫筑前 〈##〉 하시바 지쿠젠	塚原蓼洲	소설/일본 고전	회수 판독 불가
4	1~3		鶴子姬 〈61〉 쓰루코히메	渡邊默禪	소설/일본 고전	

1919년 02월 08일 (토) 6309호

지면	단수	기획	기사제목 〈회수〉〔곡수〕	필자/저자(역자)	분류	비고
4	1~3		戀の家康 〈148〉 사랑의 이에야스	斯波南叟	고단	

1919년 02월 09일 (일) 6310호 석간

지면	단수	기획	기사제목 〈회수〉〔곡수〕	필자/저자(역자)	분류	비고
1	6		菫吟社定會/朧月、海苔、初午、雲雀、#/二春庵舟耕選〔1〕 스미레긴샤 정기회/으스름달, 김, 2월의 첫 오일, 종다리/니슌안 슈코 선	華山	시가/하이쿠	
1	7		菫吟社定會/朧月、海苔、初午、雲雀、#/二春庵舟耕選〔1〕 스미레긴샤 정기회/으스름달, 김, 2월의 첫 오일, 종다리/니슌안 슈코 선	白骨	시가/하이쿠	
1	7		菫吟社定會/朧月、海苔、初午、雲雀、#/二春庵舟耕選〔1〕 스미레긴샤 정기회/으스름달, 김, 2월의 첫 오일, 종다리/니슌안 슈코 선	#山	시가/하이쿠	
1	7		菫吟社定會/朧月、海苔、初午、雲雀、#/二春庵舟耕選〔1〕 스미레긴샤 정기회/으스름달, 김, 2월의 첫 오일, 종다리/니슌안 슈코 선	##	시가/하이쿠	

지면	단수	기획	기사제목 〈회수〉〔곡수〕	필자/저자(역자)	분류	비고
1	7		菫吟社定會/朧月、海苔、初午、雲雀、#/二春庵舟耕選〔1〕 스미레긴샤 정기회/으스름달, 김, 2월의 첫 오일, 종다리/니슌안 슈코 선	#山	시가/하이쿠	
1	7		菫吟社定會/朧月、海苔、初午、雲雀、#/二春庵舟耕選〔1〕 스미레긴샤 정기회/으스름달, 김, 2월의 첫 오일, 종다리/니슌안 슈코 선	朧子	시가/하이쿠	
1	7		菫吟社定會/朧月、海苔、初午、雲雀、#/二春庵舟耕選〔1〕 스미레긴샤 정기회/으스름달, 김, 2월의 첫 오일, 종다리/니슌안 슈코 선	南洋	시가/하이쿠	
1	7		菫吟社定會/朧月、海苔、初午、雲雀、#/二春庵舟耕選〔1〕 스미레긴샤 정기회/으스름달, 김, 2월의 첫 오일, 종다리/니슌안 슈코 선	朧子	시가/하이쿠	
1	7		菫吟社定會/朧月、海苔、初午、雲雀、#/二春庵舟耕選〔1〕 스미레긴샤 정기회/으스름달, 김, 2월의 첫 오일, 종다리/니슌안 슈코 선	白骨	시가/하이쿠	
1	7		菫吟社定會/朧月、海苔、初午、雲雀、#/二春庵舟耕選〔1〕 스미레긴샤 정기회/으스름달, 김, 2월의 첫 오일, 종다리/니슌안 슈코 선	南洋	시가/하이쿠	
1	7		菫吟社定會/朧月、海苔、初午、雲雀、#/二春庵舟耕選〔1〕 스미레긴샤 정기회/으스름달, 김, 2월의 첫 오일, 종다리/니슌안 슈코 선	星村	시가/하이쿠	
1	7		菫吟社定會/朧月、海苔、初午、雲雀、#/二春庵舟耕選〔1〕 스미레긴샤 정기회/으스름달, 김, 2월의 첫 오일, 종다리/니슌안 슈코 선	麗子	시가/하이쿠	
1	7		菫吟社定會/朧月、海苔、初午、雲雀、#/二春庵舟耕選〔1〕 스미레긴샤 정기회/으스름달, 김, 2월의 첫 오일, 종다리/니슌안 슈코 선	南洋	시가/하이쿠	
1	7		菫吟社定會/朧月、海苔、初午、雲雀、#/二春庵舟耕選〔1〕 스미레긴샤 정기회/으스름달, 김, 2월의 첫 오일, 종다리/니슌안 슈코 선	#山	시가/하이쿠	
1	7		菫吟社定會/朧月、海苔、初午、雲雀、#/二春庵舟耕選〔1〕 스미레긴샤 정기회/으스름달, 김, 2월의 첫 오일, 종다리/니슌안 슈코 선	南洋	시가/하이쿠	
1	7		菫吟社定會/朧月、海苔、初午、雲雀、#/二春庵舟耕選〔1〕 스미레긴샤 정기회/으스름달, 김, 2월의 첫 오일, 종다리/니슌안 슈코 선	親子	시가/하이쿠	
1	7		菫吟社定會/朧月、海苔、初午、雲雀、#/二春庵舟耕選〔1〕 스미레긴샤 정기회/으스름달, 김, 2월의 첫 오일, 종다리/니슌안 슈코 선	南洋	시가/하이쿠	
1	7		菫吟社定會/朧月、海苔、初午、雲雀、#/二春庵舟耕選〔1〕 스미레긴샤 정기회/으스름달, 김, 2월의 첫 오일, 종다리/니슌안 슈코 선	月#	시가/하이쿠	
1	7		菫吟社定會/朧月、海苔、初午、雲雀、#/二春庵舟耕選〔1〕 스미레긴샤 정기회/으스름달, 김, 2월의 첫 오일, 종다리/니슌안 슈코 선	南洋	시가/하이쿠	
1	7		菫吟社定會/朧月、海苔、初午、雲雀、#/二春庵舟耕選〔1〕 스미레긴샤 정기회/으스름달, 김, 2월의 첫 오일, 종다리/니슌안 슈코 선	月#	시가/하이쿠	
1	7		菫吟社定會/朧月、海苔、初午、雲雀、#/二春庵舟耕選〔1〕 스미레긴샤 정기회/으스름달, 김, 2월의 첫 오일, 종다리/니슌안 슈코 선	白骨	시가/하이쿠	
1	7		菫吟社定會/朧月、海苔、初午、雲雀、#/二春庵舟耕選〔1〕 스미레긴샤 정기회/으스름달, 김, 2월의 첫 오일, 종다리/니슌안 슈코 선	月#	시가/하이쿠	
1	7		菫吟社定會/朧月、海苔、初午、雲雀、#/二春庵舟耕選〔1〕 스미레긴샤 정기회/으스름달, 김, 2월의 첫 오일, 종다리/니슌안 슈코 선	星村	시가/하이쿠	
1	7		菫吟社定會/朧月、海苔、初午、雲雀、#/二春庵舟耕選〔1〕 스미레긴샤 정기회/으스름달, 김, 2월의 첫 오일, 종다리/니슌안 슈코 선	舟耕	시가/하이쿠	
1	7		羽紫筑前 〈68〉 하시바 지쿠젠	塚原蓼洲	소설/일본 고전	
4	1~3		鶴子姫 〈62〉 쓰루코히메	渡邊默禪	소설/일본 고전	
1919년 02월 09일 (일) 6310호						
4	1~3		戀の家康 〈149〉 사랑의 이에야스	斯波南叟	고단	
4	3	川柳	岡本鳥石選/足袋/偶三〔5〕 오카모토 조세키 선/버선/우삼	詩腕坊	시가/센류	
4	3	川柳	岡本鳥石選/足袋/五客〔1〕 오카모토 조세키 선/버선/오객	厄介坊	시가/센류	

지면	단수	기획	기사제목 〈회수〉〔곡수〕	필자/저자(역자)	분류	비고
4	3	川柳	岡本鳥石選/足袋/五客〔1〕 오카모토 조세키 선/버선/오객	よし坊	시가/센류	
4	3	川柳	岡本鳥石選/足袋/五客〔1〕 오카모토 조세키 선/버선/오객	###	시가/센류	
4	3	川柳	岡本鳥石選/足袋/五客〔1〕 오카모토 조세키 선/버선/오객	厄介坊	시가/센류	
4	3	川柳	岡本鳥石選/足袋/五客〔1〕 오카모토 조세키 선/버선/오객	不#坊	시가/센류	
4	3	川柳	岡本鳥石選/足袋/人〔1〕 오카모토 조세키 선/버선/인	###	시가/센류	
4	3	川柳	岡本鳥石選/足袋/地〔1〕 오카모토 조세키 선/버선/지	###	시가/센류	
4	3	川柳	岡本鳥石選/足袋/天〔1〕 오카모토 조세키 선/버선/천	##	시가/센류	
4	3	川柳	岡本鳥石選/足袋/##〔2〕 오카모토 조세키 선/버선/##	鳥石	시가/센류	
4	3		新川柳募集 새로운 센류 모집		광고/모집 광고	

1919년 02월 10일 (월) 6311호 석간

지면	단수	기획	기사제목 〈회수〉〔곡수〕	필자/저자(역자)	분류	비고
1	2~4		燕子花 제비붓꽃	永榮町人	수필/비평	
1	5~6		露西亞物語〈1〉 러시아 이야기	(薛荔生)	수필/기타	
1	6~7		羽紫筑前〈69〉 하시바 지쿠젠	塚原蓼洲	소설/일본 고전	
3	1~4	死の暦	迷信の李太王 미신의 이태왕		수필/기타	
4	1~3		鶴子姬〈63〉 쓰루코히메	渡邊默禪	소설/일본 고전	

1919년 02월 10일 (월) 6311호

지면	단수	기획	기사제목 〈회수〉〔곡수〕	필자/저자(역자)	분류	비고
4	1~3		戀の家康〈150〉 사랑의 이에야스	斯波南叟	고단	

1919년 02월 11일 (화) 6312호

지면	단수	기획	기사제목 〈회수〉〔곡수〕	필자/저자(역자)	분류	비고
5	1~3		戀の家康〈151〉 사랑의 이에야스	斯波南叟	고단	
5	3	川柳	岡本鳥石選/突溫〔12〕 오카모토 조세키 선/온돌	##	시가/센류	판독 불가
5	3	川柳	岡本鳥石選/突溫〔5〕 오카모토 조세키 선/온돌	詩腕坊	시가/센류	

1919년 02월 13일 (목) 6313호 석간

지면	단수	기획	기사제목 〈회수〉〔곡수〕	필자/저자(역자)	분류	비고
1	6		露西亞物語〈3〉 러시아 이야기	(薛荔生)	수필/기타	
1	6~7		羽紫筑前〈71〉 하시바 지쿠젠	塚原蓼洲	소설/일본 고전	
4	1~3		鶴子姬〈65〉 쓰루코히메	渡邊默禪	소설/일본 고전	

1919년 02월 13일 (목) 6313호

지면	단수	기획	기사제목 〈회수〉〔곡수〕	필자/저자(역자)	분류	비고
1	6~8		京城日報の妄論/朝鮮を治外の軸と見るか 경성일보의 망론/조선을 치외의 축으로 볼 것인가		수필/비평	
2	7~8		大邱まで 〈2〉 대구까지		수필/기행	
3	4~6		謡曲は二百番/趣味の婦人 요쿄쿠는 이백번/취미의 부인	#########婦人 絹子の君	수필/기타	
3	6		川柳會例會 센류회 예회		광고/모집 광고	
4	1~3		戀の家康 〈152〉 사랑의 이에야스	斯波南叟	고단	
4	3		仁川々柳會句抄/柳建寺土左衛門選/題、#、敷島、夜逃〔1〕 인천 센류회 구초/류켄지 도자에몬 선/주제, #, 시키시마, 야반도주	風来坊	시가/센류	
4	3		仁川々柳會句抄/柳建寺土左衛門選/題、#、敷島、夜逃〔2〕 인천 센류회 구초/류켄지 도자에몬 선/주제, #, 시키시마, 야반도주	四神山	시가/센류	
4	3		仁川々柳會句抄/柳建寺土左衛門選/題、#、敷島、夜逃〔1〕 인천 센류회 구초/류켄지 도자에몬 선/주제, #, 시키시마, 야반도주	詩腕坊	시가/센류	
4	3		仁川々柳會句抄/柳建寺土左衛門選/題、#、敷島、夜逃〔1〕 인천 센류회 구초/류켄지 도자에몬 선/주제, #, 시키시마, 야반도주	金屋	시가/센류	
4	3		仁川々柳會句抄/柳建寺土左衛門選/題、#、敷島、夜逃〔1〕 인천 센류회 구초/류켄지 도자에몬 선/주제, #, 시키시마, 야반도주	素平坊	시가/센류	
4	3		仁川々柳會句抄/柳建寺土左衛門選/題、#、敷島、夜逃〔2〕 인천 센류회 구초/류켄지 도자에몬 선/주제, #, 시키시마, 야반도주	苦論坊	시가/센류	
4	3		仁川々柳會句抄/柳建寺土左衛門選/題、#、敷島、夜逃〔1〕 인천 센류회 구초/류켄지 도자에몬 선/주제, #, 시키시마, 야반도주	詩腕坊	시가/센류	
4	3		仁川々柳會句抄/柳建寺土左衛門選/題、#、敷島、夜逃〔1〕 인천 센류회 구초/류켄지 도자에몬 선/주제, #, 시키시마, 야반도주	壺星	시가/센류	
4	3		仁川々柳會句抄/柳建寺土左衛門選/題、#、敷島、夜逃〔1〕 인천 센류회 구초/류켄지 도자에몬 선/주제, #, 시키시마, 야반도주	四神山	시가/센류	
4	3		仁川々柳會句抄/柳建寺土左衛門選/題、#、敷島、夜逃〔1〕 인천 센류회 구초/류켄지 도자에몬 선/주제, #, 시키시마, 야반도주	金屋	시가/센류	
4	3		仁川々柳會句抄/柳建寺土左衛門選/題、#、敷島、夜逃〔1〕 인천 센류회 구초/류켄지 도자에몬 선/주제, #, 시키시마, 야반도주	苦論坊	시가/센류	
4	4		仁川々柳會句抄/柳建寺土左衛門選/題、#、敷島、夜逃/人〔1〕 인천 센류회 구초/류켄지 도자에몬 선/주제, #, 시키시마, 야반도주/인	詩腕坊	시가/센류	
4	4		仁川々柳會句抄/柳建寺土左衛門選/題、#、敷島、夜逃/地〔1〕 인천 센류회 구초/류켄지 도자에몬 선/주제, #, 시키시마, 야반도주/지	金屋	시가/센류	
4	4		仁川々柳會句抄/柳建寺土左衛門選/題、#、敷島、夜逃/天〔1〕 인천 센류회 구초/류켄지 도자에몬 선/주제, #, 시키시마, 야반도주/천	四神山	시가/센류	

1919년 02월 14일 (금) 6314호 석간

지면	단수	기획	기사제목 〈회수〉〔곡수〕	필자/저자(역자)	분류	비고
1	1~2		慾望 욕망	永榮町人	수필/비평	
1	5~6		露西亞物語 〈4〉 러시아 이야기	(薛荔生)	수필/기타	
1	6~7		羽柴筑前 〈72〉 하시바 지쿠젠	塚原蓼洲	소설/일본 고전	
4	1~3		鶴子姬 〈66〉 쓰루코히메	渡邊默禪	소설/일본 고전	

1919년 02월 14일 (금) 6314호

지면	단수	기획	기사제목 〈회수〉〔곡수〕	필자/저자(역자)	분류	비고
1	8~9		赤毛布記 시골뜨기 기록	東京支社 本川生	수필/기타	

지면	단수	기획	기사제목 〈회수〉〔곡수〕	필자/저자(역자)	분류	비고
2	7~8		大邱まで 〈3〉 대구까지		수필/기행	
4	1~3		戀の家康 〈153〉 사랑의 이에야스	斯波南叟	고단	
4	3	川柳募集	(제목없음)		광고/모집 광고	

1919년 02월 15일 (토) 6315호 석간

1	6~7		羽紫筑前 〈73〉 하시바 지쿠젠	塚原蓼洲	소설/일본 고전	
2	7~8		大邱まで 〈4〉 대구까지		수필/기행	
4	1~3		鶴子姬 〈67〉 쓰루코히메	渡邊默禪	소설/일본 고전	

1919년 02월 15일 (토) 6315호

| 4 | 1~3 | | 戀の家康 〈154〉
사랑의 이에야스 | 斯波南叟 | 고단 | |
| 4 | 3 | 川柳募集 | (제목없음) | | 광고/모집
광고 | |

1919년 02월 16일 (일) 6316호 석간

1	5~6		露西亞物語 〈5〉 러시아 이야기	(薛荔生)	수필/기타	
1	6	詩壇	#羊 〔1〕 #양	望月桂軒	시가/한시	
1	6	詩壇	早起#雀聲 〔1〕 조기#작성	笹島紫峰	시가/한시	
1	6	詩壇	戊午##次水#誌韻二首 〔2〕 술오##차수#지운 이수	八木#香	시가/한시	
1	6	詩壇	元日有# 〔1〕 원일유#	望月桂軒	시가/한시	
1	6	詩壇	次#橋空## 〔1〕 차#교공##	橋賢#	시가/한시	
1	6	詩壇	竹##友人書 〔1〕 죽##우인서	八木#香	시가/한시	
1	6~7		羽紫筑前 〈74〉 하시바 지쿠젠	塚原蓼洲	소설/일본 고전	
4	1~3		鶴子姬 〈68〉 쓰루코히메	渡邊默禪	소설/일본 고전	

1919년 02월 16일 (일) 6316호

4	1~3		戀の家康 〈155〉 사랑의 이에야스	斯波南叟	고단	
4	3	川柳	柳建寺土左衛門選/白髮 〔1〕 류켄지 도자에몬 선/백발	##坊	시가/센류	
4	3	川柳	柳建寺土左衛門選/白髮 〔1〕 류켄지 도자에몬 선/백발	風來坊	시가/센류	
4	3	川柳	柳建寺土左衛門選/白髮 〔1〕 류켄지 도자에몬 선/백발	一巴	시가/센류	
4	3	川柳	柳建寺土左衛門選/白髮 〔1〕 류켄지 도자에몬 선/백발	##	시가/센류	

지면	단수	기획	기사제목 〈회수〉 [곡수]	필자/저자(역자)	분류	비고
4	3	川柳	柳建寺土左衛門選/白髪 [1] 류켄지 도자에몬 선/백발	省巳	시가/센류	
4	3	川柳	柳建寺土左衛門選/白髪 [1] 류켄지 도자에몬 선/백발	川狂坊	시가/센류	
4	3	川柳	柳建寺土左衛門選/白髪 [1] 류켄지 도자에몬 선/백발	眠爺	시가/센류	
4	3	川柳	柳建寺土左衛門選/白髪 [1] 류켄지 도자에몬 선/백발	不動	시가/센류	
4	3	川柳	柳建寺土左衛門選/白髪 [1] 류켄지 도자에몬 선/백발	海坊主	시가/센류	
4	3	川柳	柳建寺土左衛門選/白髪 [2] 류켄지 도자에몬 선/백발	架々坊	시가/센류	
4	3	川柳	柳建寺土左衛門選/白髪 [2] 류켄지 도자에몬 선/백발	二葉	시가/센류	
4	3	川柳	柳建寺土左衛門選/白髪 [2] 류켄지 도자에몬 선/백발	泰久坊	시가/센류	
4	3	川柳	柳建寺土左衛門選/白髪 [2] 류켄지 도자에몬 선/백발	##	시가/센류	
4	3	川柳	柳建寺土左衛門選/白髪 [5] 류켄지 도자에몬 선/백발	鳥石	시가/센류	
4	3	川柳	柳建寺土左衛門選/白髪/## [2] 류켄지 도자에몬 선/백발/##	鳥石	시가/센류	
4	3	川柳	柳建寺土左衛門選/白髪/## [1] 류켄지 도자에몬 선/백발/##	##郎	시가/센류	
4	3	川柳	柳建寺土左衛門選/白髪/## [1] 류켄지 도자에몬 선/백발/##	泰久坊	시가/센류	
4	3	川柳	柳建寺土左衛門選/白髪/## [1] 류켄지 도자에몬 선/백발/##	一巴	시가/센류	
4	3	川柳	柳建寺土左衛門選/白髪/人 [1] 류켄지 도자에몬 선/백발/인	泰久坊	시가/센류	
4	3	川柳	柳建寺土左衛門選/白髪/地 [1] 류켄지 도자에몬 선/백발/지	泣坊	시가/센류	
4	3	川柳	柳建寺土左衛門選/白髪/天 [1] 류켄지 도자에몬 선/백발/천	不動	시가/센류	

1919년 02월 18일 (화) 6318호 석간

지면	단수	기획	기사제목 〈회수〉 [곡수]	필자/저자(역자)	분류	비고
1	5~6		羽紫筑前 〈76〉 하시바 지쿠젠	塚原蓼洲	소설/일본 고전	
2	7~8		大邱まで 〈6〉 대구까지		수필/기행	
4	1~4		鶴子姫 〈70〉 쓰루코히메	渡邊默禪	소설/일본 고전	

1919년 02월 19일 (수) 6319호 석간

지면	단수	기획	기사제목 〈회수〉 [곡수]	필자/저자(역자)	분류	비고
1	7		羽紫筑前 〈77〉 하시바 지쿠젠	塚原蓼洲	소설/일본 고전	
4	1~3		鶴子姫 〈71〉 쓰루코히메	渡邊默禪	소설/일본 고전	

1919년 02월 19일 (수) 6319호

지면	단수	기획	기사제목 〈회수〉 [곡수]	필자/저자(역자)	분류	비고
4	1~3		戀の家康 〈157〉 사랑의 이에야스	斯波南叟	고단	

지면	단수	기획	기사제목 〈회수〉〔곡수〕	필자/저자(역자)	분류	비고
			1919년 02월 20일 (목) 6320호 석간			
1	6~7		羽柴筑前 〈78〉 하시바 지쿠젠	塚原蓼洲	소설/일본 고전	
4	1~4		鶴子姬 〈72〉 쓰루코히메	渡邊默禪	소설/일본 고전	
			1919년 02월 20일 (목) 6320호			
3	6		小春日和 음력 10월의 좋은 날씨		수필/일상	
4	1~3		戀の家康 〈158〉 사랑의 이에야스	斯波南叟	고단	
4	3		海州川柳會/下駄、頭/十三點 〔1〕 해주 센류회/게타, 머리/십삼점	頭#坊	시가/센류	
4	3		海州川柳會/下駄、頭/十一點 〔1〕 해주 센류회/게타, 머리/십이점	金昴坊	시가/센류	
4	3		海州川柳會/下駄、頭/十點 〔1〕 해주 센류회/게타, 머리/십점	泰久坊	시가/센류	
4	3		海州川柳會/下駄、頭/十點 〔1〕 해주 센류회/게타, 머리/십점	現骨	시가/센류	
4	3		海州川柳會/下駄、頭/八點 〔2〕 해주 센류회/게타, 머리/팔점	よし坊	시가/센류	
4	3		海州川柳會/下駄、頭/七點 〔1〕 해주 센류회/게타, 머리/칠점	泰久坊	시가/센류	
4	3		海州川柳會/下駄、頭/七點 〔1〕 해주 센류회/게타, 머리/칠점	金昴坊	시가/센류	
4	3		海州川柳會/下駄、頭/六點 〔2〕 해주 센류회/게타, 머리/육점	頓珍漢	시가/센류	
4	3		海州川柳會/下駄、頭/五點 〔2〕 해주 센류회/게타, 머리/오점	不知坊	시가/센류	
4	3		海州川柳會/下駄、頭/五點 〔1〕 해주 센류회/게타, 머리/오점	よし坊	시가/센류	
4	3		海州川柳會/下駄、頭/四點 〔1〕 해주 센류회/게타, 머리/사점	頭#坊	시가/센류	
4	3		海州川柳會/下駄、頭/四點 〔1〕 해주 센류회/게타, 머리/사점	不知坊	시가/센류	
4	3		海州川柳會/下駄、頭/三點 〔2〕 해주 센류회/게타, 머리/삼점	頓珍漢	시가/센류	
4	3		海州川柳會/下駄、頭/三點 〔1〕 해주 센류회/게타, 머리/삼점	泰久坊	시가/센류	
4	3		海州川柳會/水/十五點 〔1〕 해주 센류회/물/십오점	頓珍漢	시가/센류	
4	3		海州川柳會/水/十四點 〔1〕 해주 센류회/물/십사점	よし坊	시가/센류	
4	3		海州川柳會/水/八點 〔1〕 해주 센류회/물/팔점	金昴坊	시가/센류	
4	3		海州川柳會/水/四點 〔1〕 해주 센류회/물/사점	現骨	시가/센류	
4	3		海州川柳會/柳建寺選 〔1〕 해주 센류회/류켄지 선	頭#坊	시가/센류	
4	3		海州川柳會/柳建寺選 〔1〕 해주 센류회/류켄지 선	頓珍漢	. 시가/센류	

지면	단수	기획	기사제목 〈회수〉〔곡수〕	필자/저자(역자)	분류	비고
4	3		海州川柳會/柳建寺選〔1〕 해주 센류회/류켄지 선	頭#坊	시가/센류	
4	3		海州川柳會/柳建寺選〔2〕 해주 센류회/류켄지 선	よし坊	시가/센류	
4	3		海州川柳會/柳建寺選〔1〕 해주 센류회/류켄지 선	金昴坊	시가/센류	
4	3		海州川柳會/柳建寺選〔1〕 해주 센류회/류켄지 선	頓珍漢	시가/센류	
4	3		海州川柳會/柳建寺選〔1〕 해주 센류회/류켄지 선	春日坊	시가/센류	
4	3		海州川柳會/柳建寺選〔1〕 해주 센류회/류켄지 선	泰久坊	시가/센류	

1919년 02월 23일 (일) 6323호 석간

지면	단수	기획	기사제목 〈회수〉〔곡수〕	필자/저자(역자)	분류	비고
1	6~7		羽紫筑前 〈81〉 하시바 지쿠젠	塚原蓼洲	소설/일본 고전	
3	8~9		街上より(二十二日) 거리에서(22일)	文公	수필/일상	
4	1~3		鶴子姬 〈75〉 쓰루코히메	渡邊默禪	소설/일본 고전	

1919년 02월 24일 (월) 6324호 석간

지면	단수	기획	기사제목 〈회수〉〔곡수〕	필자/저자(역자)	분류	비고
1	6	文苑	女の#をづれ〔1〕 여자의 ####	坪內八#子	시가/신체시	
1	6~7		羽紫筑前 〈82〉 하시바 지쿠젠	塚原蓼洲	소설/일본 고전	
4	1~3		鶴子姬 〈76〉 쓰루코히메	渡邊默禪	소설/일본 고전	

1919년 02월 24일 (월) 6324호

지면	단수	기획	기사제목 〈회수〉〔곡수〕	필자/저자(역자)	분류	비고
3	8~9		戀の家康 〈161〉 사랑의 이에야스	斯波南叟	고단	

1919년 02월 25일 (화) 6325호 석간

지면	단수	기획	기사제목 〈회수〉〔곡수〕	필자/저자(역자)	분류	비고
1	6	朝鮮俳壇	仁川句會互選句/下前〔1〕 인천구회 호선 구/옷 안자락	ˋ禾	시가/하이쿠	
1	6	朝鮮俳壇	仁川句會互選句/下前〔2〕 인천구회 호선 구/옷 안자락	春靜	시가/하이쿠	
1	6	朝鮮俳壇	仁川句會互選句/下前〔2〕 인천구회 호선 구/옷 안자락	想仙	시가/하이쿠	
1	6	朝鮮俳壇	仁川句會互選句/下前〔2〕 인천구회 호선 구/옷 안자락	李雨史	시가/하이쿠	
1	6	朝鮮俳壇	仁川句會互選句/下前〔1〕 인천구회 호선 구/옷 안자락	竹窓	시가/하이쿠	
1	6	朝鮮俳壇	仁川句會互選句/下前〔1〕 인천구회 호선 구/옷 안자락	松園	시가/하이쿠	
1	6	朝鮮俳壇	仁川句會互選句/下前〔1〕 인천구회 호선 구/옷 안자락	賣劍	시가/하이쿠	
1	6	朝鮮俳壇	仁川句會互選句/下前〔1〕 인천구회 호선 구/옷 안자락	一滴	시가/하이쿠	
1	6	朝鮮俳壇	仁川句會互選句/下前〔3〕 인천구회 호선 구/옷 안자락	丹波	시가/하이쿠	

지면	단수	기획	기사제목 〈회수〉〔곡수〕	필자/저자(역자)	분류	비고
1	6~7		羽紫筑前 〈83〉 하시바 지쿠젠	塚原蓼洲	소설/일본 고전	
4	1~3		鶴子姫 〈77〉 쓰루코히메	渡邊默禪	소설/일본 고전	

1919년 02월 25일 (화) 6325호

지면	단수	기획	기사제목 〈회수〉〔곡수〕	필자/저자(역자)	분류	비고
3	4~7		白中黃記/潔癖家 백중황기/결벽가	水天生	수필/일상	
3	7		朝鮮川柳勃興記念 京城天滿宮奉額 懸賞川柳大募集 조선센류발흥기념 경성 덴만구 봉액 현상센류 대모집		광고/모집 광고	
4	1~3		戀の家康 〈162〉 사랑의 이에야스	斯波南叟	고단	

1919년 02월 26일 (수) 6326호 석간

지면	단수	기획	기사제목 〈회수〉〔곡수〕	필자/저자(역자)	분류	비고
1	4	朝鮮俳壇	仁川句會互選句/田打 〈2〉〔2〕 인천구회 호선 구/봄 갈이	、禾	시가/하이쿠	
1	5	朝鮮俳壇	仁川句會互選句/田打 〈2〉〔2〕 인천구회 호선 구/봄 갈이	松園	시가/하이쿠	
1	5	朝鮮俳壇	仁川句會互選句/田打 〈2〉〔3〕 인천구회 호선 구/봄 갈이	想仙	시가/하이쿠	
1	5	朝鮮俳壇	仁川句會互選句/田打 〈2〉〔1〕 인천구회 호선 구/봄 갈이	李雨史	시가/하이쿠	
1	5	朝鮮俳壇	仁川句會互選句/田打 〈2〉〔1〕 인천구회 호선 구/봄 갈이	春靜	시가/하이쿠	
1	5	朝鮮俳壇	仁川句會互選句/田打 〈2〉〔1〕 인천구회 호선 구/봄 갈이	一#	시가/하이쿠	
1	5	朝鮮俳壇	仁川句會互選句/田打 〈2〉〔1〕 인천구회 호선 구/봄 갈이	竹思	시가/하이쿠	
1	5	朝鮮俳壇	仁川句會互選句/田打 〈2〉〔2〕 인천구회 호선 구/봄 갈이	丹葉	시가/하이쿠	
1	5	朝鮮俳壇	仁川句會互選句/田打 〈2〉〔3〕 인천구회 호선 구/봄 갈이	賣劒	시가/하이쿠	
1	5	朝鮮俳壇	仁川句會互選句/風光 〈2〉〔3〕 인천구회 호선 구/풍광	、禾	시가/하이쿠	
1	5	朝鮮俳壇	仁川句會互選句/風光 〈2〉〔2〕 인천구회 호선 구/풍광	李雨史	시가/하이쿠	
1	5	朝鮮俳壇	仁川句會互選句/風光 〈2〉〔2〕 인천구회 호선 구/풍광	松園	시가/하이쿠	
1	5	朝鮮俳壇	仁川句會互選句/風光 〈2〉〔3〕 인천구회 호선 구/풍광	竹思	시가/하이쿠	
1	5	朝鮮俳壇	仁川句會互選句/風光 〈2〉〔2〕 인천구회 호선 구/풍광	春靜	시가/하이쿠	
1	5	朝鮮俳壇	仁川句會互選句/風光 〈2〉〔1〕 인천구회 호선 구/풍광	想仙	시가/하이쿠	
1	5	朝鮮俳壇	仁川句會互選句/風光 〈2〉〔3〕 인천구회 호선 구/풍광	丹葉	시가/하이쿠	
1	5	朝鮮俳壇	仁川句會互選句/風光 〈2〉〔2〕 인천구회 호선 구/풍광	一滴	시가/하이쿠	
1	5	朝鮮歌壇	(제목없음) 〔3〕	京城 野崎蔦路	시가/단카	
1	5	朝鮮歌壇	(제목없음) 〔5〕	京城 若菜生	시가/단카	

지면	단수	기획	기사제목 〈회수〉 [곡수]	필자/저자(역자)	분류	비고
1	5	朝鮮歌壇	(제목없음) [1]	仁川 西村幸治郎	시가/단카	
1	5	朝鮮歌壇	(제목없음) [1]	大內夏畦	시가/단카	
4	1~3		鶴子姫 〈78〉 쓰루코히메	渡邊默禪	소설/일본 고전	

1919년 02월 26일 (수) 6326호

지면	단수	기획	기사제목 〈회수〉 [곡수]	필자/저자(역자)	분류	비고
4	1~3		戀の家康 〈163〉 사랑의 이에야스	近藤紫雲	소설/일본 고전	

1919년 02월 27일 (목) 6327호 석간

지면	단수	기획	기사제목 〈회수〉 [곡수]	필자/저자(역자)	분류	비고
1	6	朝鮮歌壇	(제목없음) [7]	京城 岩田#代子	시가/단카	
1	7	朝鮮歌壇	(제목없음) [2]	仁川 矢谷花翁	시가/단카	
1	7	朝鮮歌壇	(제목없음) [1]	大內夏畦	시가/단카	
1	7		島津久光 〈1〉 시마즈 히사미쓰	移山人	수필/관찰	
4	1~3		鶴子姫 〈79〉 쓰루코히메	渡邊默禪	소설/일본 고전	

1919년 02월 27일 (목) 6327호

지면	단수	기획	기사제목 〈회수〉 [곡수]	필자/저자(역자)	분류	비고
4	1~3		戀の家康 〈164〉 사랑의 이에야스	近藤紫雲	소설/일본 고전	

1919년 02월 28일 (금) 6328호 석간

지면	단수	기획	기사제목 〈회수〉 [곡수]	필자/저자(역자)	분류	비고
1	6	朝鮮歌壇	☆(제목없음) [4]	仁川 奧村小丹	시가/단카	
1	6~7	朝鮮歌壇	☆(제목없음) [4]	仁川 西村幸治郎	시가/단카	
1	7	朝鮮歌壇	★(제목없음) [1]	咸興 幸露晚	시가/단카	
1	7	朝鮮歌壇	★(제목없음) [1]	大內夏畦	시가/단카	
1	7		島津久光 〈2〉 시마즈 히사미쓰	移山人	수필/관찰	
4	1~3		鶴子姫 〈80〉 쓰루코히메	渡邊默禪	소설/일본 고전	

1919년 02월 28일 (금) 6328호

지면	단수	기획	기사제목 〈회수〉 [곡수]	필자/저자(역자)	분류	비고
4	1~3		戀の家康 〈165〉 사랑의 이에야스	近藤紫雲	소설/일본 고전	
4	3	川柳	歌留多 〈1〉 [1] 가루타	山臼	시가/센류	
4	3	川柳	歌留多 〈1〉 [1] 가루타	二葉	시가/센류	
4	3	川柳	歌留多 〈1〉 [1] 가루타	美惠坊	시가/센류	
4	3	川柳	歌留多 〈1〉 [1] 가루타	竿々子	시가/센류	

지면	단수	기획	기사제목 〈회수〉 〔곡수〕	필자/저자(역자)	분류	비고
4	3	川柳	歌留多 〈1〉 [1] 가루타	極樂坊	시가/센류	
4	3	川柳	歌留多 〈1〉 [1] 가루타	山臼	시가/센류	
4	3	川柳	歌留多 〈1〉 [1] 가루타	氣樂坊	시가/센류	
4	3	川柳	歌留多 〈1〉 [2] 가루타	多美郎	시가/센류	
4	3	川柳	歌留多 〈1〉 [2] 가루타	川狂坊	시가/센류	
4	3	川柳	歌留多 〈1〉 [2] 가루타	凸凹坊	시가/센류	
4	3	川柳	歌留多 〈1〉 [2] 가루타	省巳	시가/센류	
4	3	川柳	歌留多 〈1〉 [2] 가루타	#筑坊	시가/센류	
4	3	川柳	歌留多 〈1〉 [2] 가루타	厄介坊	시가/센류	

1919년 03월 01일 (토) 6329호 석간

지면	단수	기획	기사제목 〈회수〉 〔곡수〕	필자/저자(역자)	분류	비고
1	6~7	朝鮮歌壇	(제목없음) [5]	尙州 石田夢治	시가/단카	
1	7	朝鮮歌壇	(제목없음) [4]	仁川 矢谷花翁	시가/단카	
1	7	朝鮮歌壇	(제목없음) [1]	大內夏畦	시가/단카	
1	7		島津久光 〈3〉 시마즈 히사미쓰	移山人	수필/관찰	
4	1~3		鶴子姬 〈81〉 쓰루코히메	渡邊默禪	소설/일본 고전	

1919년 03월 01일 (토) 6329호

지면	단수	기획	기사제목 〈회수〉 〔곡수〕	필자/저자(역자)	분류	비고
2	9~11		戀の家康 〈166〉 사랑의 이에야스	近藤紫雲	소설/일본 고전	

1919년 03월 02일 (일) 6330호 석간

지면	단수	기획	기사제목 〈회수〉 〔곡수〕	필자/저자(역자)	분류	비고
1	7		島津久光 〈4〉 시마즈 히사미쓰	移山人	수필/관찰	
4	1~3		鶴子姬 〈82〉 쓰루코히메	渡邊默禪	소설/일본 고전	

1919년 03월 02일 (일) 6330호

지면	단수	기획	기사제목 〈회수〉 〔곡수〕	필자/저자(역자)	분류	비고
4	1~3		戀の家康 〈167〉 사랑의 이에야스	近藤紫雲	소설/일본 고전	
4	3	川柳	歌留多 〈2〉 [2] 가루타	一笑子	시가/센류	
4	3	川柳	歌留多 〈2〉 [3] 가루타	泰久坊	시가/센류	
4	3	川柳	歌留多 〈2〉 [3] 가루타	萬星	시가/센류	
4	3	川柳	歌留多 〈2〉 [3] 가루타	よし坊	시가/센류	

지면	단수	기획	기사제목 〈회수〉〔곡수〕	필자/저자(역자)	분류	비고
4	3	川柳	歌留多 〈2〉 〔3〕 가루타	苦論坊	시가/센류	
4	3	川柳	歌留多 〈2〉 〔4〕 가루타	一円	시가/센류	

1919년 03월 03일 (월) 6331호 석간

지면	단수	기획	기사제목 〈회수〉〔곡수〕	필자/저자(역자)	분류	비고
4	1~3		鶴子姫 〈83〉 쓰루코히메	渡邊默禪	소설/일본 고전	

1919년 03월 03일 (월) 6331호

지면	단수	기획	기사제목 〈회수〉〔곡수〕	필자/저자(역자)	분류	비고
1	8		島津久光 〈5〉 시마즈 히사미쓰	移山人	수필/관찰	

1919년 03월 06일 (목) 6334호 석간

지면	단수	기획	기사제목 〈회수〉〔곡수〕	필자/저자(역자)	분류	비고
1	6	朝鮮俳壇	渡邊水巴選/枯野 〔9〕 와타나베 스이하 선/마른 벌판	樹人	시가/하이쿠	
1	6	朝鮮俳壇	渡邊水巴選/枯野 〔6〕 와타나베 스이하 선/마른 벌판	綠童	시가/하이쿠	
1	6	朝鮮俳壇	渡邊水巴選/枯野 〔3〕 와타나베 스이하 선/마른 벌판	小嵐山	시가/하이쿠	
1	6	朝鮮俳壇	渡邊水巴選/枯野 〔2〕 와타나베 스이하 선/마른 벌판	蓮左	시가/하이쿠	
1	6	朝鮮俳壇	渡邊水巴選/枯野 〔2〕 와타나베 스이하 선/마른 벌판	六轉	시가/하이쿠	
1	6	朝鮮俳壇	渡邊水巴選/枯野 〔1〕 와타나베 스이하 선/마른 벌판	草兒	시가/하이쿠	
1	6	朝鮮歌壇	☆(제목없음) 〔3〕	群山 吉田白楊	시가/단카	
1	6	朝鮮歌壇	☆(제목없음) 〔2〕	京城 矢野弘	시가/단카	
1	6	朝鮮歌壇	(제목없음) 〔3〕	仁川 まつゑ	시가/단카	
1	6~7	朝鮮歌壇	(제목없음) 〔1〕	岩田起代子	시가/단카	
1	7	朝鮮歌壇	(제목없음) 〔1〕	京城 大內夏畦	시가/단카	
1	7		島津久光 〈7〉 시마즈 히사미쓰	移山人	수필/관찰	
4	1~3		鶴子姫 〈85〉 쓰루코히메	渡邊默禪	소설/일본 고전	

1919년 03월 06일 (목) 6334호

지면	단수	기획	기사제목 〈회수〉〔곡수〕	필자/저자(역자)	분류	비고
4	1~3		戀の家康 〈169〉 사랑의 이에야스	近藤紫雲	소설/일본 고전	
4	3	川柳	柳建寺土左衛門選「手はな」集句百八十一章 〈1〉 〔1〕 류켄지 도자에몬 선「손으로 코를 품」집 백팔십일장	萬星	시가/센류	
4	3	川柳	柳建寺土左衛門選「手はな」集句百八十一章 〈1〉 〔1〕 류켄지 도자에몬 선「손으로 코를 품」집 백팔십일장	省巳	시가/센류	
4	3	川柳	柳建寺土左衛門選「手はな」集句百八十一章 〈1〉 〔1〕 류켄지 도자에몬 선「손으로 코를 품」집 백팔십일장	美惠#	시가/센류	
4	3	川柳	柳建寺土左衛門選「手はな」集句百八十一章 〈1〉 〔1〕 류켄지 도자에몬 선「손으로 코를 품」집 백팔십일장	厄介坊	시가/센류	

지면	단수	기획	기사제목 〈회수〉〔곡수〕	필자/저자(역자)	분류	비고
4	3	川柳	柳建寺土左衛門選「手はな」集句百八十一章 〈1〉〔2〕 류켄지 도자에몬 선「손으로 코를 품」집 백팔십일장	川狂坊	시가/센류	
4	3	川柳	柳建寺土左衛門選「手はな」集句百八十一章 〈1〉〔2〕 류켄지 도자에몬 선「손으로 코를 품」집 백팔십일장	#辷子	시가/센류	
4	3	川柳	柳建寺土左衛門選「手はな」集句百八十一章 〈1〉〔2〕 류켄지 도자에몬 선「손으로 코를 품」집 백팔십일장	一笑子	시가/센류	
4	3	川柳	柳建寺土左衛門選「手はな」集句百八十一章 〈1〉〔2〕 류켄지 도자에몬 선「손으로 코를 품」집 백팔십일장	頭#坊	시가/센류	
4	3	川柳	柳建寺土左衛門選「手はな」集句百八十一章 〈1〉〔1〕 류켄지 도자에몬 선「손으로 코를 품」집 백팔십일장	萬星	시가/센류	
4	3	川柳	柳建寺土左衛門選「手はな」集句百八十一章 〈1〉〔2〕 류켄지 도자에몬 선「손으로 코를 품」집 백팔십일장	竿々子	시가/센류	
4	3	川柳	柳建寺土左衛門選「手はな」集句百八十一章 〈1〉〔3〕 류켄지 도자에몬 선「손으로 코를 품」집 백팔십일장	多美郎	시가/센류	
4	3	川柳	柳建寺土左衛門選「手はな」集句百八十一章 〈1〉〔4〕 류켄지 도자에몬 선「손으로 코를 품」집 백팔십일장	泰久坊	시가/센류	

1919년 03월 07일 (금) 6335호 석간

지면	단수	기획	기사제목 〈회수〉〔곡수〕	필자/저자(역자)	분류	비고
1	2~3		遊俠記 유협기	永樂町人	수필/관찰	
1	5	朝鮮俳壇	渡邊水巴選/氷 〔6〕 와타나베 스이하 선/얼음	綠童	시가/하이쿠	
1	5	朝鮮俳壇	渡邊水巴選/氷 〔4〕 와타나베 스이하 선/얼음	樹人	시가/하이쿠	
1	5	朝鮮俳壇	渡邊水巴選/氷 〔2〕 와타나베 스이하 선/얼음	未刀	시가/하이쿠	
1	5	朝鮮俳壇	渡邊水巴選/氷 〔1〕 와타나베 스이하 선/얼음	裸骨	시가/하이쿠	
1	5	朝鮮俳壇	渡邊水巴選/氷 〔1〕 와타나베 스이하 선/얼음	小嵐山	시가/하이쿠	
1	5~6	朝鮮俳壇	渡邊水巴選/雪 〔2〕 와타나베 스이하 선/눈	樹人	시가/하이쿠	
1	6	朝鮮俳壇	渡邊水巴選/雪 〔2〕 와타나베 스이하 선/눈	裸骨	시가/하이쿠	
1	6	朝鮮俳壇	渡邊水巴選/雪 〔1〕 와타나베 스이하 선/눈	幸露	시가/하이쿠	
1	6	朝鮮俳壇	渡邊水巴選/雪 〔1〕 와타나베 스이하 선/눈	綠童	시가/하이쿠	
1	6	朝鮮俳壇	渡邊水巴選/雪 〔1〕 와타나베 스이하 선/눈	未刀	시가/하이쿠	
1	6		島津久光 〈8〉 시마즈 히사미쓰	移山人	수필/관찰	
4	1~3		鶴子姬 〈86〉 쓰루코히메	渡邊默禪	소설/일본 고전	

1919년 03월 07일 (금) 6335호

지면	단수	기획	기사제목 〈회수〉〔곡수〕	필자/저자(역자)	분류	비고
2	6~8		哈爾濱雜觀 〈1〉 하얼빈 잡관	在哈爾濱 尾崎特派員	수필/관찰	
4	1~3		戀の家康 〈170〉 사랑의 이에야스	近藤紫雲	소설/일본 고전	

1919년 03월 08일 (토) 6336호 석간

지면	단수	기획	기사제목 〈회수〉〔곡수〕	필자/저자(역자)	분류	비고
1	2~3		道中主義 도중 주의	永樂町人	수필/관찰	
1	6	朝鮮俳壇	渡邊水巴選/時雨〔1〕 와타나베 스이하 선/늦가을 비	綠童	시가/하이쿠	
1	6	朝鮮俳壇	渡邊水巴選/時雨〔1〕 와타나베 스이하 선/늦가을 비	幸露	시가/하이쿠	
1	6	朝鮮俳壇	渡邊水巴選/時雨〔1〕 와타나베 스이하 선/늦가을 비	森象	시가/하이쿠	
1	6	朝鮮俳壇	渡邊水巴選/時雨〔1〕 와타나베 스이하 선/늦가을 비	草兒	시가/하이쿠	
1	6	朝鮮俳壇	渡邊水巴選/時雨〔1〕 와타나베 스이하 선/늦가을 비	樹人	시가/하이쿠	
1	6	朝鮮俳壇	渡邊水巴選/鴨〔6〕 와타나베 스이하 선/오리	樹人	시가/하이쿠	
1	6	朝鮮俳壇	渡邊水巴選/鴨〔3〕 와타나베 스이하 선/오리	裸骨	시가/하이쿠	
1	6	朝鮮俳壇	渡邊水巴選/鴨〔3〕 와타나베 스이하 선/오리	綠童	시가/하이쿠	
1	6	朝鮮俳壇	渡邊水巴選/鴨〔1〕 와타나베 스이하 선/오리	森象	시가/하이쿠	
1	6	朝鮮俳壇	渡邊水巴選/鴨〔1〕 와타나베 스이하 선/오리	未刀	시가/하이쿠	
1	6	朝鮮俳壇	渡邊水巴選/鴨〔1〕 와타나베 스이하 선/오리	#左	시가/하이쿠	
1	6	朝鮮俳壇	渡邊水巴選/耐#行軍〔1〕 와타나베 스이하 선/##행군	六轉	시가/하이쿠	
1	7		島津久光〈9〉 시마즈 히사미쓰	移山人	수필/관찰	

1919년 03월 08일 (토) 6336호

지면	단수	기획	기사제목 〈회수〉〔곡수〕	필자/저자(역자)	분류	비고
2	6~8		哈爾濱雜觀〈2〉 하얼빈 잡관	在哈爾濱 尾崎特派員	수필/관찰	
4	1~3		鶴子姬〈87〉 쓰루코히메	渡邊默禪	소설/일본 고전	
4	3	川柳	柳建寺土左衛門選「手はな」集句百八十一章〈2〉〔4〕 류켄지 도자에몬 선「손으로 코를 품」집 백팔십일장	泣坊	시가/센류	
4	3	川柳	柳建寺土左衛門選「手はな」集句百八十一章〈2〉〔5〕 류켄지 도자에몬 선「손으로 코를 품」집 백팔십일장	詩腕坊	시가/센류	
4	3	川柳	柳建寺土左衛門選「手はな」集句百八十一章〈2〉〔5〕 류켄지 도자에몬 선「손으로 코를 품」집 백팔십일장	鳥石	시가/센류	
4	3	川柳	柳建寺土左衛門選「手はな」集句百八十一章〈2〉〔5〕 류켄지 도자에몬 선「손으로 코를 품」집 백팔십일장	苦論坊	시가/센류	
4	3		新川柳募集課題 새로운 센류 모집 과제		광고/모집 광고	

1919년 03월 09일 (일) 6337호 석간

지면	단수	기획	기사제목 〈회수〉〔곡수〕	필자/저자(역자)	분류	비고
1	6	朝鮮俳壇	渡邊水巴選/笹鳴〔1〕 와타나베 스이하 선/겨울 휘파람새 우는 소리	樹人	시가/하이쿠	
1	6	朝鮮俳壇	渡邊水巴選/枯柳〔3〕 와타나베 스이하 선/마른 버들	未刀	시가/하이쿠	
1	6	朝鮮俳壇	渡邊水巴選/枯柳〔2〕 와타나베 스이하 선/마른 버들	綠童	시가/하이쿠	

지면	단수	기획	기사제목 〈회수〉〔곡수〕	필자/저자(역자)	분류	비고
1	6	朝鮮俳壇	渡邊水巴選/枯柳〔2〕 와타나베 스이하 선/마른 버들	草兒	시가/하이쿠	
1	6	朝鮮俳壇	渡邊水巴選/枯柳〔2〕 와타나베 스이하 선/마른 버들	孤鶴	시가/하이쿠	
1	6	朝鮮俳壇	渡邊水巴選/枯柳〔2〕 와타나베 스이하 선/마른 버들	六轉	시가/하이쿠	
1	6	朝鮮俳壇	渡邊水巴選/枯柳〔1〕 와타나베 스이하 선/마른 버들	蓮左	시가/하이쿠	
1	6	朝鮮俳壇	渡邊水巴選/枯柳〔1〕 와타나베 스이하 선/마른 버들	樹人	시가/하이쿠	
1	6	朝鮮俳壇	渡邊水巴選/枯柳〔1〕 와타나베 스이하 선/마른 버들	森象	시가/하이쿠	
1	6	朝鮮俳壇	渡邊水巴選/冬薔薇〔2〕 와타나베 스이하 선/겨울 장미	樹人	시가/하이쿠	
1	6	朝鮮俳壇	渡邊水巴選/冬薔薇〔2〕 와타나베 스이하 선/겨울 장미	孤鶴	시가/하이쿠	
1	6	詩壇	###伊##城 ###이##성	說田#堂	시가/기타	
1	6	詩壇	同二## 동이##	說田#堂	시가/기타	
1	6	詩壇	示人 시인	說田#堂	시가/기타	
1	6	詩壇	訪永樂町人席間賊贈 방영락정인석간적증	說田#堂	시가/기타	
1	6~7		島津久光〈10〉 시마즈 히사미쓰	移山人	수필/관찰	
4	1~3		鶴子姬〈88〉 쓰루코히메	渡邊默禪	소설/일본 고전	
4	3	川柳	柳建寺土左衛門選「手はな」集句百八十一章/五客〈3〉〔1〕 류켄지 도자에몬 선「손으로 코를 픔」집 백팔십일장/오객	凸凹坊	시가/센류	
4	3	川柳	柳建寺土左衛門選「手はな」集句百八十一章/五客〈3〉〔1〕 류켄지 도자에몬 선「손으로 코를 픔」집 백팔십일장/오객	鐵顔子	시가/센류	
4	3	川柳	柳建寺土左衛門選「手はな」集句百八十一章/五客〈3〉〔1〕 류켄지 도자에몬 선「손으로 코를 픔」집 백팔십일장/오객	省巳	시가/센류	
4	3	川柳	柳建寺土左衛門選「手はな」集句百八十一章/五客〈3〉〔1〕 류켄지 도자에몬 선「손으로 코를 픔」집 백팔십일장/오객	氣樂坊	시가/센류	
4	3	川柳	柳建寺土左衛門選「手はな」集句百八十一章/五客〈3〉〔1〕 류켄지 도자에몬 선「손으로 코를 픔」집 백팔십일장/오객	泰久坊	시가/센류	
4	3	川柳	柳建寺土左衛門選「手はな」集句百八十一章/人〈3〉〔1〕 류켄지 도자에몬 선「손으로 코를 픔」집 백팔십일장/인	仁川 苦論坊	시가/센류	
4	3	川柳	柳建寺土左衛門選「手はな」集句百八十一章/地〈3〉〔1〕 류켄지 도자에몬 선「손으로 코를 픔」집 백팔십일장/지	仁川 詩腕坊	시가/센류	
4	3	川柳	柳建寺土左衛門選「手はな」集句百八十一章/天〈3〉〔1〕 류켄지 도자에몬 선「손으로 코를 픔」집 백팔십일장/천	龍山 鳥石	시가/센류	

1919년 03월 10일 (월) 6338호 석간

지면	단수	기획	기사제목 〈회수〉〔곡수〕	필자/저자(역자)	분류	비고
4	1~3		鶴子姬〈89〉 쓰루코히메	渡邊默禪	소설/일본 고전	

1919년 03월 10일 (월) 6338호

지면	단수	기획	기사제목 〈회수〉〔곡수〕	필자/저자(역자)	분류	비고
1	7		董吟社定會選句/十客〔1〕 스미레긴샤 정회 선구/십객	星村	시가/하이쿠	

지면	단수	기획	기사제목 〈회수〉〔곡수〕	필자/저자(역자)	분류	비고
1	7		董吟社定會選句/十客〔1〕 스미레긴샤 정회 선구/십객	南洋	시가/하이쿠	
1	7		董吟社定會選句/十客〔1〕 스미레긴샤 정회 선구/십객	白骨	시가/하이쿠	
1	7		董吟社定會選句/十客〔1〕 스미레긴샤 정회 선구/십객	月來	시가/하이쿠	
1	7		董吟社定會選句/十客〔1〕 스미레긴샤 정회 선구/십객	白骨	시가/하이쿠	
1	7		董吟社定會選句/十客〔1〕 스미레긴샤 정회 선구/십객	能子	시가/하이쿠	
1	7		董吟社定會選句/十客〔1〕 스미레긴샤 정회 선구/십객	久跪	시가/하이쿠	
1	7		董吟社定會選句/十客〔1〕 스미레긴샤 정회 선구/십객	南洋	시가/하이쿠	
1	7		董吟社定會選句/十客〔1〕 스미레긴샤 정회 선구/십객	久跪	시가/하이쿠	
1	7		董吟社定會選句/十客〔1〕 스미레긴샤 정회 선구/십객	能子	시가/하이쿠	
1	7		董吟社定會選句/十客〔1〕 스미레긴샤 정회 선구/십객	南洋	시가/하이쿠	
1	7		董吟社定會選句/十客〔1〕 스미레긴샤 정회 선구/십객	白骨	시가/하이쿠	
1	7		董吟社定會選句/十客〔1〕 스미레긴샤 정회 선구/십객	久跪	시가/하이쿠	
1	7		董吟社定會選句/十客〔1〕 스미레긴샤 정회 선구/십객	星村	시가/하이쿠	
1	7		董吟社定會選句/十客〔1〕 스미레긴샤 정회 선구/십객	南洋	시가/하이쿠	
1	7		董吟社定會選句/五客〔1〕 스미레긴샤 정회 선구/오객	久跪	시가/하이쿠	
1	7		董吟社定會選句/五客〔1〕 스미레긴샤 정회 선구/오객	南洋	시가/하이쿠	
1	7		董吟社定會選句/五客〔1〕 스미레긴샤 정회 선구/오객	能子	시가/하이쿠	
1	7		董吟社定會選句/五客〔1〕 스미레긴샤 정회 선구/오객	月來	시가/하이쿠	
1	7		董吟社定會選句/五客〔1〕 스미레긴샤 정회 선구/오객	星村	시가/하이쿠	
1	8		島津久光〈11〉 시마즈 히사미쓰	移山人	수필/관찰	
4	1~3		戀の家康〈171〉 사랑의 이에야스	近藤紫雲	소설/일본 고전	
4	3		京城川柳會/二點〔1〕 경성 센류회/이점	泣坊	시가/센류	
4	3		京城川柳會/二點〔1〕 경성 센류회/이점	厄介坊	시가/센류	
4	3		京城川柳會/二點〔1〕 경성 센류회/이점	吉古三	시가/센류	
4	3		京城川柳會/二點〔1〕 경성 센류회/이점	泣坊	시가/센류	
4	3		京城川柳會/二點〔1〕 경성 센류회/이점	多美郎	시가/센류	

지면	단수	기획	기사제목 〈회수〉〔곡수〕	필자/저자(역자)	분류	비고
4	3		京城川柳會/二點〔1〕 경성 센류회/이점	厄介坊	시가/센류	
4	3		京城川柳會/三點 경성 센류회/삼점	閑寬坊	시가/센류	
4	3		京城川柳會/三點 경성 센류회/삼점	柳建寺	시가/센류	
4	3		京城川柳會/三點 경성 센류회/삼점	厄介坊	시가/센류	
4	3		京城川柳會/三點 경성 센류회/삼점	芦浪坊	시가/센류	
4	3		京城川柳會/三點 경성 센류회/삼점	鳥石	시가/센류	
4	3		京城川柳會/三點 경성 센류회/삼점	柳建寺	시가/센류	
4	3		京城川柳會/三點 경성 센류회/삼점	鳥石	시기/센류	
4	3		京城川柳會/三點 경성 센류회/삼점	多美郎	시가/센류	
4	3		京城川柳會/三點 경성 센류회/삼점	吉古三	시가/센류	
4	3		京城川柳會/障子 경성 센류회/장지	閑寬坊	시가/센류	
4	3		京城川柳會/障子 경성 센류회/장지	厄介坊	시가/센류	
4	3		京城川柳會/障子 경성 센류회/장지	鳥石	시가/센류	
4	3		京城川柳會/障子 경성 센류회/장지	多美郎	시가/센류	
4	3		京城川柳會/障子 경성 센류회/장지	泣坊	시가/센류	
4	3		京城川柳會/障子 경성 센류회/장지	芦浪坊	시가/센류	
4	3		京城川柳會/障子 경성 센류회/장지	吉古三	시가/센류	
4	3		仁川々柳會句抄/柳建寺土左衛門先生選/▲天麩羅〔1〕 인천 센류회 구초/류켄지 도자에몬 선생 선/▲튀김	苦論坊	시가/센류	
4	3		仁川々柳會句抄/柳建寺土左衛門先生選/▲天麩羅〔1〕 인천 센류회 구초/류켄지 도자에몬 선생 선/▲튀김	四神山	시가/센류	
4	3		仁川々柳會句抄/柳建寺土左衛門先生選/▲天麩羅/三點〔1〕 인천 센류회 구초/류켄지 도자에몬 선생 선/▲튀김/삼점	龍雲坊	시가/센류	
4	3		仁川々柳會句抄/柳建寺土左衛門先生選/▲天麩羅/三點〔1〕 인천 센류회 구초/류켄지 도자에몬 선생 선/▲튀김/삼점	四神山	시가/센류	
4	3		仁川々柳會句抄/▲成金風〔1〕 인천 센류회 구초/▲벼락부자의 모습	##橋	시가/센류	
4	3		仁川々柳會句抄/▲成金風〔1〕 인천 센류회 구초/▲벼락부자의 모습	苦論坊	시가/센류	
4	3		仁川々柳會句抄/▲成金風/三點〔1〕 인천 센류회 구초/▲벼락부자의 모습/삼점	四神山	시가/센류	
4	3		仁川々柳會句抄/▲宵〔2〕 인천 센류회 구초/▲초저녁	苦論坊	시가/센류	
4	3		仁川々柳會句抄/▲宵〔3〕 인천 센류회 구초/▲초저녁	四神山	시가/센류	

지면	단수	기획	기사제목 〈회수〉〔곡수〕	필자/저자(역자)	분류	비고
4	3		仁川々柳會句抄/▲宵〔1〕 인천 센류회 구초/▲초저녁	牛馬助	시가/센류	
4	3		仁川々柳會句抄/▲宵〔1〕 인천 센류회 구초/▲초저녁	龍雲坊	시가/센류	
4	3		仁川々柳會句抄/▲宵〔1〕 인천 센류회 구초/▲초저녁	苦論坊	시가/센류	
4	3		仁川々柳會句抄/▲宵/三點〔2〕 인천 센류회 구초/▲초저녁/삼점	風來坊	시가/센류	
4	3		仁川々柳會句抄/▲宵/三點〔1〕 인천 센류회 구초/▲초저녁/사점	四神山	시가/센류	
4	3		仁川々柳會句抄/▲宵/人〔1〕 인천 센류회 구초/▲초저녁/인	龍雲坊	시가/센류	
4	3		仁川々柳會句抄/▲宵/地〔1〕 인천 센류회 구초/▲초저녁/지	龍雲坊	시가/센류	
4	3		仁川々柳會句抄/▲宵/天〔1〕 인천 센류회 구초/▲초저녁/천	龍雲坊	시가/센류	

1919년 03월 11일 (화) 6339호 석간

지면	단수	기획	기사제목 〈회수〉〔곡수〕	필자/저자(역자)	분류	비고
1	2~4		うまれ 탄생	永樂町人	수필/관찰	
1	6	詩壇	#觀〔1〕 #관		시가/한시	
1	6		晩秋#樓〔1〕 만추#루		시가/한시	
1	6		病中作〔1〕 병중작		시가/한시	
1	6		天命〔1〕 천명		시가/한시	
1	6		感#〔1〕 감#		시가/한시	
1	6	朝鮮俳壇	渡邊水巴選/空風〔6〕 와타나베 스이하 선/강바람	樹人	시가/하이쿠	
1	6	朝鮮俳壇	渡邊水巴選/空風〔4〕 와타나베 스이하 선/강바람	綠意	시가/하이쿠	
1	6	朝鮮俳壇	渡邊水巴選/空風〔1〕 와타나베 스이하 선/강바람	草兒	시가/하이쿠	
1	6	朝鮮俳壇	渡邊水巴選/空風〔1〕 와타나베 스이하 선/강바람	森象	시가/하이쿠	
1	6	朝鮮俳壇	渡邊水巴選/空風〔1〕 와타나베 스이하 선/강바람	裸骨	시가/하이쿠	
1	6	朝鮮俳壇	渡邊水巴選/年木〔6〕 와타나베 스이하 선/신년 준비 장작	樹人	시가/하이쿠	
1	6	朝鮮俳壇	渡邊水巴選/年木〔4〕 와타나베 스이하 선/신년 준비 장작	註#	시가/하이쿠	
1	7	朝鮮俳壇	渡邊水巴選/年木〔3〕 와타나베 스이하 선/신년 준비 장작	未刀	시가/하이쿠	
1	7	朝鮮俳壇	渡邊水巴選/年木〔1〕 와타나베 스이하 선/신년 준비 장작	草兒	시가/하이쿠	
1	7	朝鮮俳壇	渡邊水巴選/年木〔1〕 와타나베 스이하 선/신년 준비 장작	森象	시가/하이쿠	
1	7	朝鮮俳壇	渡邊水巴選/年木〔1〕 와타나베 스이하 선/신년 준비 장작	裸骨	시가/하이쿠	

지면	단수	기획	기사제목 〈회수〉 〔곡수〕	필자/저자(역자)	분류	비고
1	7		島津久光 〈12〉 시마즈 히사미쓰	移山人	수필/관찰	
4	1~3		鶴子姬 〈90〉 쓰루코히메	渡邊默禪	소설/일본 고전	

1919년 03월 11일 (화) 6339호

지면	단수	기획	기사제목 〈회수〉 〔곡수〕	필자/저자(역자)	분류	비고
4	1~3		戀の家康 〈172〉 사랑의 이에야스	近藤紫雲	소설/일본 고전	
4	3	川柳	柳建寺土左衛門選/オモニー 〈1〉〔1〕 류켄지 도자에몬 선/어머니	苦論坊	시가/센류	
4	3	川柳	柳建寺土左衛門選/オモニー 〈1〉〔1〕 류켄지 도자에몬 선/어머니	萬星	시가/센류	
4	3	川柳	柳建寺土左衛門選/オモニー 〈1〉〔1〕 류켄지 도자에몬 선/어머니	川狂坊	시가/센류	
4	3	川柳	柳建寺土左衛門選/オモニー 〈1〉〔2〕 류켄지 도자에몬 선/어머니	###	시기/센류	
4	3	川柳	柳建寺土左衛門選/オモニー 〈1〉〔2〕 류켄지 도자에몬 선/어머니	泰久坊	시가/센류	
4	3	川柳	柳建寺土左衛門選/オモニー 〈1〉〔2〕 류켄지 도자에몬 선/어머니	一茶江	시가/센류	
4	3	川柳	柳建寺土左衛門選/オモニー 〈1〉〔2〕 류켄지 도자에몬 선/어머니	厄介坊	시가/센류	
4	3	川柳	柳建寺土左衛門選/オモニー 〈2〉〔2〕 류켄지 도자에몬 선/어머니	泣#	시가/센류	
4	3	川柳	柳建寺土左衛門選/オモニー 〈3〉〔2〕 류켄지 도자에몬 선/어머니	眠#	시가/센류	
4	3	川柳	柳建寺土左衛門選/オモニー 〈4〉〔3〕 류켄지 도자에몬 선/어머니	###	시가/센류	
4	3	川柳	柳建寺土左衛門選/オモニー 〈5〉〔3〕 류켄지 도자에몬 선/어머니	鳥石	시가/센류	
4	3	川柳	柳建寺土左衛門選/オモニー 〈6〉〔3〕 류켄지 도자에몬 선/어머니	省郎	시가/센류	
4	3	川柳	柳建寺土左衛門選/オモニー 〈7〉〔3〕 류켄지 도자에몬 선/어머니	冬美日	시가/센류	

1919년 03월 12일 (수) 6340호 석간

지면	단수	기획	기사제목 〈회수〉 〔곡수〕	필자/저자(역자)	분류	비고
1	5	朝鮮俳壇	渡邊水巴選/冬日 〔2〕 와타나베 스이하 선/동일	草兒	시가/하이쿠	
1	5	朝鮮俳壇	柳建寺土左衛門選/凍る 〔2〕 와타나베 스이하 선/얼다	草兒	시가/하이쿠	
1	5	朝鮮俳壇	柳建寺土左衛門選/凍る 〔1〕 와타나베 스이하 선/얼다	森象	시가/하이쿠	
1	5	朝鮮俳壇	柳建寺土左衛門選/霜 〔1〕 와타나베 스이하 선/서리	草兒	시가/하이쿠	
1	5	朝鮮俳壇	柳建寺土左衛門選/霜 〔1〕 와타나베 스이하 선/서리	黑龍坊	시가/하이쿠	
1	5	朝鮮俳壇	柳建寺土左衛門選/冬川 〔1〕 와타나베 스이하 선/겨울 강	草兒	시가/하이쿠	
1	5	朝鮮俳壇	柳建寺土左衛門選/冬川 〔1〕 와타나베 스이하 선/겨울 강	森象	시가/하이쿠	
1	5	朝鮮俳壇	柳建寺土左衛門選/冬川 〔1〕 와타나베 스이하 선/겨울 강	黑龍坊	시가/하이쿠	

지면	단수	기획	기사제목 〈회수〉〔곡수〕	필자/저자(역자)	분류	비고
1	5	朝鮮俳壇	柳建寺土左衛門選/冬田〔1〕 와타나베 스이하 선/겨울 논	黑龍坊	시가/하이쿠	
1	5	朝鮮俳壇	柳建寺土左衛門選/冬田〔1〕 와타나베 스이하 선/겨울 논	森象	시가/하이쿠	
1	5		菫吟社定會選句/題 春の海、雛祭、燕〔1〕 스미레긴샤 정회 선구/주제 봄바다, 히나마쓰리, 제비	白骨	시가/하이쿠	
1	5		菫吟社定會選句/題 春の海、雛祭、燕〔1〕 스미레긴샤 정회 선구/주제 봄바다, 히나마쓰리, 제비	能子	시가/하이쿠	
1	5		菫吟社定會選句/題 春の海、雛祭、燕〔1〕 스미레긴샤 정회 선구/주제 봄바다, 히나마쓰리, 제비	兒村	시가/하이쿠	
1	5		菫吟社定會選句/題 春の海、雛祭、燕〔1〕 스미레긴샤 정회 선구/주제 봄바다, 히나마쓰리, 제비	白骨	시가/하이쿠	
1	5		菫吟社定會選句/題 春の海、雛祭、燕〔1〕 스미레긴샤 정회 선구/주제 봄바다, 히나마쓰리, 제비	同骨	시가/하이쿠	
1	5		菫吟社定會選句/題 春の海、雛祭、燕〔1〕 스미레긴샤 정회 선구/주제 봄바다, 히나마쓰리, 제비	南洋	시가/하이쿠	
1	5		菫吟社定會選句/題 春の海、雛祭、燕〔1〕 스미레긴샤 정회 선구/주제 봄바다, 히나마쓰리, 제비	能子	시가/하이쿠	
1	5		菫吟社定會選句/題 春の海、雛祭、燕〔1〕 스미레긴샤 정회 선구/주제 봄바다, 히나마쓰리, 제비	久跪	시가/하이쿠	
1	5		菫吟社定會選句/題 春の海、雛祭、燕〔1〕 스미레긴샤 정회 선구/주제 봄바다, 히나마쓰리, 제비	白骨	시가/하이쿠	
1	5		菫吟社定會選句/題 春の海、雛祭、燕〔1〕 스미레긴샤 정회 선구/주제 봄바다, 히나마쓰리, 제비	久跪	시가/하이쿠	
1	5		菫吟社定會選句/題 春の海、雛祭、燕〔1〕 스미레긴샤 정회 선구/주제 봄바다, 히나마쓰리, 제비	南洋	시가/하이쿠	
1	5		菫吟社定會選句/題 春の海、雛祭、燕〔1〕 스미레긴샤 정회 선구/주제 봄바다, 히나마쓰리, 제비	久跪	시가/하이쿠	
1	5		菫吟社定會選句/題 春の海、雛祭、燕〔1〕 스미레긴샤 정회 선구/주제 봄바다, 히나마쓰리, 제비	白骨	시가/하이쿠	
1	5		菫吟社定會選句/題 春の海、雛祭、燕〔1〕 스미레긴샤 정회 선구/주제 봄바다, 히나마쓰리, 제비	栖呂	시가/하이쿠	
1	5		菫吟社定會選句/題 春の海、雛祭、燕〔1〕 스미레긴샤 정회 선구/주제 봄바다, 히나마쓰리, 제비	久跪	시가/하이쿠	
1	5		菫吟社定會選句/題 春の海、雛祭、燕〔1〕 스미레긴샤 정회 선구/주제 봄바다, 히나마쓰리, 제비	南洋	시가/하이쿠	
1	5		菫吟社定會選句/題 春の海、雛祭、燕〔1〕 스미레긴샤 정회 선구/주제 봄바다, 히나마쓰리, 제비	月來	시가/하이쿠	
1	5		菫吟社定會選句/題 春の海、雛祭、燕〔1〕 스미레긴샤 정회 선구/주제 봄바다, 히나마쓰리, 제비	南洋	시가/하이쿠	
1	5		菫吟社定會選句/題 春の海、雛祭、燕〔1〕 스미레긴샤 정회 선구/주제 봄바다, 히나마쓰리, 제비	##	시가/하이쿠	
1	5		菫吟社定會選句/# #〔1〕 스미레긴샤 정회 선구/# #	##	시가/하이쿠	
1	6		島津久光 〈12〉 시마즈 히사미쓰	移山人	수필/관찰	회수 오류
4	1~3		鶴子姬 〈91〉 쓰루코히메	渡邊默禪	소설/일본 고전	

1919년 03월 12일 (수) 6340호

지면	단수	기획	기사제목	필자/저자(역자)	분류	비고
2	8		山遊び 산놀이	坪內八津子	수필/일상	

지면	단수	기획	기사제목 〈회수〉〔곡수〕	필자/저자(역자)	분류	비고
4	1~3		戀の家康 〈173〉 사랑의 이에야스	近藤紫雲	소설/일본 고전	

1919년 03월 13일 (목) 6341호 석간

지면	단수	기획	기사제목 〈회수〉〔곡수〕	필자/저자(역자)	분류	비고
1	1~2		同憂記 동우기	永樂町人	수필/관찰	
1	6~7		島津久光 〈14〉 시마즈 히사미쓰	移山人	수필/관찰	
4	1~3		鶴子姬 〈92〉 쓰루코히메	渡邊默禪	소설/일본 고전	
4	4	川柳	柳建寺土左衛門選/オモニー 〈2〉〔3〕 류켄지 도자에몬 선/어머니	苦笑坊	시가/센류	
4	4	川柳	柳建寺土左衛門選/オモニー/五客 〈2〉〔1〕 류켄지 도자에몬 선/어머니/오객	國鳥	시가/센류	
4	4	川柳	柳建寺土左衛門選/オモニー/五客 〈2〉〔1〕 류켄지 도자에몬 선/어머니/오객	泰久坊	시가/센류	
4	4	川柳	柳建寺土左衛門選/オモニー/五客 〈2〉〔1〕 류켄지 도자에몬 선/어머니/오객	多美郎	시가/센류	
4	4	川柳	柳建寺土左衛門選/オモニー/五客 〈2〉〔1〕 류켄지 도자에몬 선/어머니/오객	省巳	시가/센류	
4	4	川柳	柳建寺土左衛門選/オモニー/人 〈2〉〔1〕 류켄지 도자에몬 선/어머니/인	鳥致院 栃鎭坊	시가/센류	
4	4	川柳	柳建寺土左衛門選/オモニー/地 〈2〉〔1〕 류켄지 도자에몬 선/어머니/지	公州 三輪坊	시가/센류	
4	4	川柳	柳建寺土左衛門選/オモニー/天 〈2〉〔1〕 류켄지 도자에몬 선/어머니/천	濟州 一笑子	시가/센류	
4	4	川柳	#〔3〕 #	柳建寺	시가/센류	
4	4		新川柳募集課題/妓生 새로운 센류 모집 과제/기생		광고/모집 광고	

1919년 03월 14일 (금) 6342호 석간

지면	단수	기획	기사제목 〈회수〉〔곡수〕	필자/저자(역자)	분류	비고
1	2~4		東光記 동광기	永樂町人	수필/관찰	
1	5	朝鮮俳壇	渡邊水巴選/冬籠〔5〕 와타나베 스이하 선/겨울 칩거	綠童	시가/하이쿠	
1	5	朝鮮俳壇	渡邊水巴選/冬籠〔2〕 와타나베 스이하 선/겨울 칩거	草兒	시가/하이쿠	
1	5	朝鮮俳壇	渡邊水巴選/冬籠〔1〕 와타나베 스이하 선/겨울 칩거	森象	시가/하이쿠	
1	5	朝鮮俳壇	渡邊水巴選/梟〔2〕 와타나베 스이하 선/올빼미	草兒	시가/하이쿠	
1	5	朝鮮俳壇	渡邊水巴選/梟〔1〕 와타나베 스이하 선/올빼미	森象	시가/하이쿠	
1	5	朝鮮俳壇	渡邊水巴選/冬牡丹〔1〕 와타나베 스이하 선/겨울 목단	草兒	시가/하이쿠	
1	5	詩壇	又可憐〔4〕 #가련	憐桄城	시가/한시	
1	5	詩壇	傀儡人〔4〕 허수아비	憐桄城	시가/한시	
1	5	詩壇	#羊#〔4〕 #양#	憐桄城	시가/한시	

지면	단수	기획	기사제목 〈회수〉〔곡수〕	필자/저자(역자)	분류	비고
1	5	詩壇	新自由 〔4〕 신자유	憐桄城	시가/한시	
1	5	詩壇	今罪人 〔4〕 근죄인	憐桄城	시가/한시	
1	5	詩壇	#衣來 〔4〕 #의래	憐桄城	시가/한시	
1	5	詩壇	#波# 〔4〕 #파#	憐桄城	시가/한시	
1	5	詩壇	浴水飛 〔4〕 욕수비	憐桄城	시가/한시	
1	5	詩壇	過村舍 〔8〕 과촌사	說田桂堂	시가/한시	
1	5	詩壇	冬# 〔4〕 동#	說田桂堂	시가/한시	
1	5	詩壇	冬夜 〔8〕 동야	說田桂堂	시가/한시	
1	5	詩壇	#思 〔8〕 #사	說田桂堂	시가/한시	
1	6		島津久光 〈15〉 시마즈 히사미쓰	移山人	수필/관찰	
4	1~3		鶴子姬 〈93〉 쓰루코히메	渡邊默禪	소설/일본 고전	
4	3	川柳	柳建寺土左衛門選/御最も 〈1〉ˇ〔1〕 류켄지 도자에몬 선/지당하다	萬堂	시가/센류	
4	3	川柳	柳建寺土左衛門選/御最も 〈1〉〔1〕 류켄지 도자에몬 선/지당하다	田金#	시가/센류	
4	3	川柳	柳建寺土左衛門選/御最も 〈1〉〔1〕 류켄지 도자에몬 선/지당하다	苦笑坊	시가/센류	
4	3	川柳	柳建寺土左衛門選/御最も 〈1〉〔1〕 류켄지 도자에몬 선/지당하다	吉古三	시가/센류	
4	3	川柳	柳建寺土左衛門選/御最も 〈1〉〔1〕 류켄지 도자에몬 선/지당하다	多美郎	시가/센류	
4	3	川柳	柳建寺土左衛門選/御最も 〈1〉〔1〕 류켄지 도자에몬 선/지당하다	凸ちん	시가/센류	
4	3	川柳	柳建寺土左衛門選/御最も 〈1〉〔1〕 류켄지 도자에몬 선/지당하다	省巳	시가/센류	
4	3	川柳	柳建寺土左衛門選/御最も 〈1〉〔2〕 류켄지 도자에몬 선/지당하다	三#郞	시가/센류	
4	3	川柳	柳建寺土左衛門選/御最も 〈1〉〔2〕 류켄지 도자에몬 선/지당하다	詩腕坊	시가/센류	
4	3	川柳	柳建寺土左衛門選/御最も 〈1〉〔2〕 류켄지 도자에몬 선/지당하다	眠箭	시가/센류	
4	3~4	川柳	柳建寺土左衛門選/御最も 〈1〉〔3〕 류켄지 도자에몬 선/지당하다	川狂坊	시가/센류	
4	4	川柳	柳建寺土左衛門選/御最も 〈1〉〔3〕 류켄지 도자에몬 선/지당하다	苦論坊	시가/센류	
4	4	川柳	柳建寺土左衛門選/御最も 〈1〉〔3〕 류켄지 도자에몬 선/지당하다	一笑子	시가/센류	
4	4		京城川柳會例會 경성 센류회 예회		광고/모임안 내	

1919년 03월 14일 (금) 6342호

지면	단수	기획	기사제목 〈회수〉〔곡수〕	필자/저자(역자)	분류	비고
3	6~7		騷擾地めぐり/鎭南浦から 소요지 순례/진남포에서	小坂生	수필/기행	

1919년 03월 15일 (토) 6343호 석간

지면	단수	기획	기사제목 〈회수〉〔곡수〕	필자/저자(역자)	분류	비고
1	1~2		自亡記 자망기	永樂町人	수필/관찰	
1	6	朝鮮歌壇	○〔3〕 ○	花#生	시가/단카	
1	6	朝鮮歌壇	○〔2〕 ○	上野まさ治	시가/단카	
1	6	朝鮮歌壇	○〔4〕 ○	西村幸治郎	시가/단카	
1	6	朝鮮歌壇	○〔1〕 ○	大內夏畦	시가/단카	
1	7		島津久光 〈15〉 시마즈 히사미쓰	移山人	수필/관찰	회수 오류
4	1~3		鶴子姬 〈94〉 쓰루코히메	渡邊默禪	소설/일본 고전	

1919년 03월 15일 (토) 6343호

지면	단수	기획	기사제목 〈회수〉〔곡수〕	필자/저자(역자)	분류	비고
4	1~3		戀の家康 〈177〉 사랑의 이에야스	近藤紫雲	소설/일본 고전	

1919년 03월 16일 (일) 6344호 석간

지면	단수	기획	기사제목 〈회수〉〔곡수〕	필자/저자(역자)	분류	비고
1	6	朝鮮俳壇	渡邊水巴選/葱 〔2〕 와타나베 스이하 선/파	黑龍坊	시가/하이쿠	
1	6	朝鮮俳壇	渡邊水巴選/葱 〔1〕 와타나베 스이하 선/파	草兒	시가/하이쿠	
1	6	朝鮮俳壇	渡邊水巴選/雜詠 〔16〕 와타나베 스이하 선/잡영	俚人	시가/하이쿠	
1	6~7	朝鮮俳壇	渡邊水巴選/雜詠 〔4〕 와타나베 스이하 선/잡영	幸露	시가/하이쿠	
1	7		島津久光 〈17〉 시마즈 히사미쓰	移山人	수필/관찰	
4	1~3		鶴子姬 〈95〉 쓰루코히메	渡邊默禪	소설/일본 고전	

1919년 03월 16일 (일) 6344호

지면	단수	기획	기사제목 〈회수〉〔곡수〕	필자/저자(역자)	분류	비고
4	1~3		戀の家康 〈178〉 사랑의 이에야스	近藤紫雲	소설/일본 고전	
4	3	川柳	柳建寺土左衛門選/御最も 〈2〉〔3〕 류켄지 도자에몬 선/지당하다	泣坊	시가/센류	
4	3	川柳	柳建寺土左衛門選/御最も 〈2〉〔4〕 류켄지 도자에몬 선/지당하다	栃#坊	시가/센류	
4	3	川柳	柳建寺土左衛門選/御最も 〈2〉〔5〕 류켄지 도자에몬 선/지당하다	泰久坊	시가/센류	
4	3	川柳	柳建寺土左衛門選/御最も 〈2〉〔6〕 류켄지 도자에몬 선/지당하다	鳥石	시가/센류	

1919년 03월 17일 (월) 6345호 석간

지면	단수	기획	기사제목 〈회수〉〔곡수〕	필자/저자(역자)	분류	비고
1	4		邱風會互撰句/殘雪 〔2〕 구풍회 호찬 구/잔설	紫泉	시가/하이쿠	

지면	단수	기획	기사제목 〈회수〉〔곡수〕	필자/저자(역자)	분류	비고
1	4		邱風會互撰句/殘雪〔3〕 구풍회 호찬 구/잔설	星羽	시가/하이쿠	
1	4		邱風會互撰句/殘雪〔1〕 구풍회 호찬 구/잔설	如山	시가/하이쿠	
1	4		邱風會互撰句/殘雪〔1〕 구풍회 호찬 구/잔설	芹凧	시가/하이쿠	
1	4		邱風會互撰句/殘雪〔1〕 구풍회 호찬 구/잔설	白山	시가/하이쿠	
1	4		邱風會互撰句/殘雪〔1〕 구풍회 호찬 구/잔설	#山	시가/하이쿠	
1	4		邱風會互撰句/殘雪〔1〕 구풍회 호찬 구/잔설	三竿	시가/하이쿠	
1	4		邱風會互撰句/殘雪〔1〕 구풍회 호찬 구/잔설	野外	시가/하이쿠	
1	4		邱風會互撰句/殘雪〔2〕 구풍회 호찬 구/잔설	三#	시가/하이쿠	
1	4		邱風會互撰句/耕〔2〕 구풍회 호찬 구/밭을 갈다	白山	시가/하이쿠	
1	4		邱風會互撰句/耕〔2〕 구풍회 호찬 구/밭을 갈다	三#	시가/하이쿠	
1	4		邱風會互撰句/耕〔1〕 구풍회 호찬 구/밭을 갈다	紫泉	시가/하이쿠	
1	4		邱風會互撰句/耕〔1〕 구풍회 호찬 구/밭을 갈다	如山	시가/하이쿠	
1	4		邱風會互撰句/耕〔2〕 구풍회 호찬 구/밭을 갈다	星羽	시가/하이쿠	
1	4		邱風會互撰句/耕〔1〕 구풍회 호찬 구/밭을 갈다	芹凧	시가/하이쿠	
1	4		邱風會互撰句/耕〔1〕 구풍회 호찬 구/밭을 갈다	野外	시가/하이쿠	
1	4~5	朝鮮歌壇	☆○〔6〕 ○	岩田起代子	시가/단카	
1	4~5	朝鮮歌壇	☆○〔3〕 ○	吉田白楊	시가/단카	
1	4~5	朝鮮歌壇	○〔1〕 ○	大內夏畦	시가/단카	
1	5		求婚の心 구혼의 마음	石井能史	수필/관찰	
1	6	朝鮮俳壇	渡邊水巴選/雜詠〔6〕 와타나베 스이하 선/잡영	綠意	시가/하이쿠	
1	6	朝鮮俳壇	渡邊水巴選/雜詠〔5〕 와타나베 스이하 선/잡영	樹人	시가/하이쿠	
1	6	朝鮮俳壇	渡邊水巴選/雜詠〔5〕 와타나베 스이하 선/잡영	三#	시가/하이쿠	
1	6	朝鮮俳壇	渡邊水巴選/雜詠〔5〕 와타나베 스이하 선/잡영	六廟	시가/하이쿠	
1	6~7		島津久光〈18〉 시마즈 히사미쓰	移山人	수필/관찰	
4	1~3		鶴子姬〈96〉 쓰루코히메	渡邊默禪	소설/일본 고전	

1919년 03월 17일 (월) 6345호

지면	단수	기획	기사제목 〈회수〉〔곡수〕	필자/저자(역자)	분류	비고
4	1~3		戀の家康 〈179〉 사랑의 이에야스	近藤紫雲	소설/일본 고전	
4	3	川柳	柳建寺土左衛門選/御最も 〈3〉〔1〕 류켄지 도자에몬 선/지당하다	眼爺	시가/센류	
4	3	川柳	柳建寺土左衛門選/御最も 〈3〉〔1〕 류켄지 도자에몬 선/지당하다	多美郎	시가/센류	
4	3	川柳	柳建寺土左衛門選/御最も 〈3〉〔1〕 류켄지 도자에몬 선/지당하다	省巳	시가/센류	
4	3	川柳	柳建寺土左衛門選/御最も 〈3〉〔1〕 류켄지 도자에몬 선/지당하다	鳥石	시가/센류	
4	3	川柳	柳建寺土左衛門選/御最も 〈3〉〔1〕 류켄지 도자에몬 선/지당하다	泰久坊	시가/센류	
4	3	川柳	柳建寺土左衛門選/御最も 〈3〉〔1〕 류켄지 도자에몬 선/지당하다	鳥石	시가/센류	
4	3	川柳	柳建寺土左衛門選/御最も 〈3〉〔1〕 류켄지 도자에몬 선/지당하다	一笑子	시가/센류	
4	3	川柳	柳建寺土左衛門選/御最も 〈3〉〔1〕 류켄지 도자에몬 선/지당하다	吉古三	시가/센류	

1919년 03월 18일 (화) 6346호 석간

지면	단수	기획	기사제목 〈회수〉〔곡수〕	필자/저자(역자)	분류	비고
1	1~3		二小年 두 소년	永樂町人	수필/관찰	
1	6	朝鮮歌壇	○〔4〕 ○	京城 大東夢路	시가/단카	
1	6	朝鮮歌壇	○〔1〕 ○	仁川 田端卓一	시가/단카	
1	6	朝鮮歌壇	○〔2〕 ○	仁川 香雪女	시가/단카	
1	6	朝鮮歌壇	○〔2〕 ○	尙州 石田莞雨	시가/단카	
1	6	朝鮮歌壇	○〔1〕 ○	大內夏畦	시가/단카	
1	7		島津久光 〈19〉 시마즈 히사미쓰	移山人	수필/관찰	
4	1~3		鶴子姫 〈97〉 쓰루코히메	渡邊默禪	소설/일본 고전	

1919년 03월 18일 (화) 6346호

지면	단수	기획	기사제목 〈회수〉〔곡수〕	필자/저자(역자)	분류	비고
4	1~3		戀の家康 〈180〉 사랑의 이에야스	近藤紫雲	소설/일본 고전	

1919년 03월 19일 (수) 6347호 석간

지면	단수	기획	기사제목 〈회수〉〔곡수〕	필자/저자(역자)	분류	비고
1	6	朝鮮俳壇	渡邊水巴選/雜詠 〔3〕 와타나베 스이하 선/잡영	馭水	시가/하이쿠	
1	6	朝鮮俳壇	渡邊水巴選/雜詠 〔3〕 와타나베 스이하 선/잡영	星羽	시가/하이쿠	
1	6	朝鮮俳壇	渡邊水巴選/雜詠 〔3〕 와타나베 스이하 선/잡영	#左	시가/하이쿠	
1	6	朝鮮俳壇	渡邊水巴選/雜詠 〔2〕 와타나베 스이하 선/잡영	友#	시가/하이쿠	
1	6	朝鮮俳壇	渡邊水巴選/雜詠 〔2〕 와타나베 스이하 선/잡영	小風山	시가/하이쿠	

지면	단수	기획	기사제목 〈회수〉〔곡수〕	필자/저자(역자)	분류	비고
1	6	朝鮮俳壇	渡邊水巴選/雜詠〔2〕 와타나베 스이하 선/잡영	孤鶴	시가/하이쿠	
1	6	朝鮮俳壇	渡邊水巴選/雜詠〔2〕 와타나베 스이하 선/잡영	萩村	시가/하이쿠	
1	6	朝鮮俳壇	渡邊水巴選/雜詠〔1〕 와타나베 스이하 선/잡영	隈山	시가/하이쿠	
1	6	朝鮮俳壇	渡邊水巴選/雜詠〔1〕 와타나베 스이하 선/잡영	未刀	시가/하이쿠	
1	6	朝鮮俳壇	渡邊水巴選/雜詠〔1〕 와타나베 스이하 선/잡영	裸骨	시가/하이쿠	
1	6	朝鮮俳壇	渡邊水巴選/雜詠〔1〕 와타나베 스이하 선/잡영	黑龍坊	시가/하이쿠	
1	6		洪城吟社詠草/題 春の夢、兎狩、草を燒く、立春〔2〕 홍성음사 영초/주제 봄의 꿈, 토끼 사냥, 풀 태우기, 입춘	枯木	시가/하이쿠	
1	6		洪城吟社詠草/題 春の夢、兎狩、草を燒く、立春〔3〕 홍성음사 영초/주제 봄의 꿈, 토끼 사냥, 풀 태우기, 입춘	石泉	시가/하이쿠	
1	6		洪城吟社詠草/題 春の夢、兎狩、草を燒く、立春〔3〕 홍성음사 영초/주제 봄의 꿈, 토끼 사냥, 풀 태우기, 입춘	一#	시가/하이쿠	
1	6		洪城吟社詠草/題 春の夢、兎狩、草を燒く、立春〔3〕 홍성음사 영초/주제 봄의 꿈, 토끼 사냥, 풀 태우기, 입춘	石楠	시가/하이쿠	
1	6		洪城吟社詠草/題 春の夢、兎狩、草を燒く、立春〔6〕 홍성음사 영초/주제 봄의 꿈, 토끼 사냥, 풀 태우기, 입춘	#騎	시가/하이쿠	
1	6		洪城吟社詠草/題 春の夢、兎狩、草を燒く、立春〔3〕 홍성음사 영초/주제 봄의 꿈, 토끼 사냥, 풀 태우기, 입춘	晴嵐	시가/하이쿠	
1	6		洪城吟社詠草/題 春の夢、兎狩、草を燒く、立春〔4〕 홍성음사 영초/주제 봄의 꿈, 토끼 사냥, 풀 태우기, 입춘	凉火	시가/하이쿠	
1	6		洪城吟社詠草/題 春の夢、兎狩、草を燒く、立春〔3〕 홍성음사 영초/주제 봄의 꿈, 토끼 사냥, 풀 태우기, 입춘	泗川	시가/하이쿠	
1	6		洪城吟社詠草/題 春の夢、兎狩、草を燒く、立春〔1〕 홍성음사 영초/주제 봄의 꿈, 토끼 사냥, 풀 태우기, 입춘	無腸	시가/하이쿠	
1	7		島津久光〈20〉 시마즈 히사미쓰	移山人	수필/관찰	
4	1~3		鶴子姫〈98〉 쓰루코히메	渡邊默禪	소설/일본 고전	

1919년 03월 19일 (수) 6347호

지면	단수	기획	기사제목	필자/저자(역자)	분류	비고
4	1~3		戀の家康〈181〉 사랑의 이에야스	近藤紫雲	소설/일본 고전	

1919년 03월 20일 (목) 6348호 석간

지면	단수	기획	기사제목	필자/저자(역자)	분류	비고
1	5	朝鮮俳壇	渡邊水巴選/仁川句會/畑打〔2〕 와타나베 스이하 선/인천구회/밭을 일굼	想仙	시가/하이쿠	
1	5	朝鮮俳壇	渡邊水巴選/仁川句會/畑打〔1〕 와타나베 스이하 선/인천구회/밭을 일굼	丹葉	시가/하이쿠	
1	5	朝鮮俳壇	渡邊水巴選/仁川句會/畑打〔1〕 와타나베 스이하 선/인천구회/밭을 일굼	賣劍	시가/하이쿠	
1	5	朝鮮俳壇	渡邊水巴選/仁川句會/風光〔2〕 와타나베 스이하 선/인천구회/경치	、禾	시가/하이쿠	
1	5	朝鮮俳壇	渡邊水巴選/仁川句會/風光〔3〕 와타나베 스이하 선/인천구회/경치	想仙	시가/하이쿠	
1	5	朝鮮俳壇	渡邊水巴選/仁川句會/風光〔1〕 와타나베 스이하 선/인천구회/경치	李雨史	시가/하이쿠	

지면	단수	기획	기사제목 〈회수〉〔곡수〕	필자/저자(역자)	분류	비고
1	5	朝鮮俳壇	渡邊水巴選/仁川句會/風光〔1〕 와타나베 스이하 선/인천구회/경치	賣劍	시가/하이쿠	
1	5	朝鮮俳壇	渡邊水巴選/仁川句會/下萌〔1〕 와타나베 스이하 선/인천구회/싹이 틈	丹葉	시가/하이쿠	
1	5	朝鮮俳壇	渡邊水巴選/仁川句會/下萌〔1〕 와타나베 스이하 선/인천구회/땅 속에서 움틈	李雨史	시가/하이쿠	
1	6~7		島津久光〈21〉 시마즈 히사미쓰	移山人	수필/관찰	
4	1~3		鶴子姬〈99〉 쓰루코히메	渡邊默禪	소설/일본 고전	

1919년 03월 20일 (목) 6348호

지면	단수	기획	기사제목 〈회수〉〔곡수〕	필자/저자(역자)	분류	비고
4	1~3		戀の家康〈182〉 사랑의 이에야스	近藤紫雲	소설/일본 고전	
4	3	川柳	柳建寺土左衛門選/穴〈1〉〔1〕 류켄지 도자에몬 선/구멍	打吹坊	시가/센류	
4	3	川柳	柳建寺土左衛門選/穴〈1〉〔1〕 류켄지 도자에몬 선/구멍	禁煙子	시가/센류	
4	3	川柳	柳建寺土左衛門選/穴〈1〉〔1〕 류켄지 도자에몬 선/구멍	極樂坊	시가/센류	
4	3	川柳	柳建寺土左衛門選/穴〈1〉〔1〕 류켄지 도자에몬 선/구멍	寅廣	시가/센류	
4	3	川柳	柳建寺土左衛門選/穴〈1〉〔1〕 류켄지 도자에몬 선/구멍	田吾作	시가/센류	
4	3	川柳	柳建寺土左衛門選/穴〈1〉〔1〕 류켄지 도자에몬 선/구멍	立ん坊	시가/센류	
4	3	川柳	柳建寺土左衛門選/穴〈1〉〔1〕 류켄지 도자에몬 선/구멍	苦笑子	시가/센류	
4	3	川柳	柳建寺土左衛門選/穴〈1〉〔1〕 류켄지 도자에몬 선/구멍	五#庵	시가/센류	
4	3	川柳	柳建寺土左衛門選/穴〈1〉〔1〕 류켄지 도자에몬 선/구멍	一瓢子	시가/센류	
4	3	川柳	柳建寺土左衛門選/穴〈1〉〔1〕 류켄지 도자에몬 선/구멍	風來坊	시가/센류	
4	3	川柳	柳建寺土左衛門選/穴〈1〉〔1〕 류켄지 도자에몬 선/구멍	栃#坊	시가/센류	
4	3	川柳	柳建寺土左衛門選/穴〈1〉〔2〕 류켄지 도자에몬 선/구멍	頭#坊	시가/센류	
4	3	川柳	柳建寺土左衛門選/穴〈1〉〔2〕 류켄지 도자에몬 선/구멍	木來空	시가/센류	
4	3	川柳	柳建寺土左衛門選/穴〈1〉〔2〕 류켄지 도자에몬 선/구멍	苦論坊	시가/센류	
4	3	川柳	柳建寺土左衛門選/穴〈1〉〔2〕 류켄지 도자에몬 선/구멍	泰久坊	시가/센류	
4	3	川柳	柳建寺土左衛門選/穴〈1〉〔2〕 류켄지 도자에몬 선/구멍	眠爺	시가/센류	
4	3	川柳	柳建寺土左衛門選/穴〈1〉〔2〕 류켄지 도자에몬 선/구멍	川狂爺	시가/센류	
4	3	川柳	柳建寺土左衛門選/穴〈1〉〔1〕 류켄지 도자에몬 선/구멍	立ん坊	시가/센류	

1919년 03월 22일 (토) 6350호 석간

지면	단수	기획	기사제목 〈회수〉〔곡수〕	필자/저자(역자)	분류	비고
1	6~7	朝鮮歌壇	○ 〔10〕 ○	矢野王郎	시가/단카	
1	7	朝鮮歌壇	○ 〔1〕 ○	大内夏畦	시가/단카	
1	7		島津久光 〈23〉 시마즈 히사미쓰	移山人	수필/관찰	

1919년 03월 22일 (토) 6350호

지면	단수	기획	기사제목 〈회수〉〔곡수〕	필자/저자(역자)	분류	비고
2	5~8		お伽噺 油斷大敵 〈2〉 옛날 이야기 방심은 큰 적	久留島式彦氏 講演	소설/동화	

1919년 03월 22일 (토) 6350호 석간

지면	단수	기획	기사제목 〈회수〉〔곡수〕	필자/저자(역자)	분류	비고
4	1~3		鶴子姫 〈101〉 쓰루코히메	渡邊默禪	소설/일본 고전	
4	3	川柳	柳建寺土左衛門選/穴 〈3〉〔3〕 류켄지 도자에몬 선/구멍	鳥石	시가/센류	
4	3	川柳	柳建寺土左衛門選/穴 〈3〉〔12〕 류켄지 도자에몬 선/구멍	一笑子	시가/센류	
4	3	川柳	柳建寺土左衛門選/佳句 〔1〕 류켄지 도자에몬 선/가구	なが芋	시가/센류	
4	3	川柳	柳建寺土左衛門選/佳句 〔1〕 류켄지 도자에몬 선/가구	田金嗜	시가/센류	
4	3	川柳	柳建寺土左衛門選/佳句 〔1〕 류켄지 도자에몬 선/가구	豆ン坊	시가/센류	
4	3	川柳	柳建寺土左衛門選/佳句 〔1〕 류켄지 도자에몬 선/가구	寅雄	시가/센류	
4	3	川柳	柳建寺土左衛門選/佳句 〔1〕 류켄지 도자에몬 선/가구	苦笑子	시가/센류	
4	3	川柳	柳建寺土左衛門選/佳句 〔1〕 류켄지 도자에몬 선/가구	五柳庵	시가/센류	
4	3	川柳	柳建寺土左衛門選/佳句 〔1〕 류켄지 도자에몬 선/가구	一瓢子	시가/센류	
4	3	川柳	柳建寺土左衛門選/佳句 〔1〕 류켄지 도자에몬 선/가구	苦論坊	시가/센류	
4	3	川柳	柳建寺土左衛門選/佳句 〔1〕 류켄지 도자에몬 선/가구	鐵顔子	시가/센류	

1919년 03월 24일 (월) 6351호 석간

지면	단수	기획	기사제목 〈회수〉〔곡수〕	필자/저자(역자)	분류	비고
1	5	朝鮮俳壇	仁川句會互選句/燕 〔2〕 인천구회 호선 구/제비	#城	시가/하이쿠	
1	5	朝鮮俳壇	仁川句會互選句/燕 〔1〕 인천구회 호선 구/제비	富士雄	시가/하이쿠	
1	5	朝鮮俳壇	仁川句會互選句/燕 〔2〕 인천구회 호선 구/제비	吐月	시가/하이쿠	
1	5	朝鮮俳壇	仁川句會互選句/燕 〔1〕 인천구회 호선 구/제비	、禾	시가/하이쿠	
1	5	朝鮮俳壇	仁川句會互選句/燕 〔1〕 인천구회 호선 구/제비	想仙	시가/하이쿠	
1	5	朝鮮俳壇	仁川句會互選句/燕 〔1〕 인천구회 호선 구/제비	斯美嶺	시가/하이쿠	
1	5	朝鮮俳壇	仁川句會互選句/木の芽 〔1〕 인천구회 호선 구/나무 순	九早	시가/하이쿠	

지면	단수	기획	기사제목 〈회수〉〔곡수〕	필자/저자(역자)	분류	비고
1	5	朝鮮俳壇	仁川句會互選句/木の芽〔1〕 인천구회 호선 구/나무 순	五六	시가/하이쿠	
1	5	朝鮮俳壇	仁川句會互選句/木の芽〔1〕 인천구회 호선 구/나무 순	大耳	시가/하이쿠	
1	5	朝鮮俳壇	仁川句會互選句/木の芽〔2〕 인천구회 호선 구/나무 순	想仙	시가/하이쿠	
1	5	朝鮮俳壇	仁川句會互選句/木の芽〔1〕 인천구회 호선 구/나무 순	富士雄	시가/하이쿠	
1	5	朝鮮俳壇	仁川句會互選句/木の芽〔2〕 인천구회 호선 구/나무 순	、禾	시가/하이쿠	
1	5	朝鮮俳壇	仁川句會互選句/木の芽〔1〕 인천구회 호선 구/나무 순	仙子	시가/하이쿠	
1	5	朝鮮俳壇	仁川句會互選句/木の芽〔1〕 인천구회 호선 구/나무 순	#美#	시가/하이쿠	
1	5	朝鮮俳壇	仁川句會互選句/雛〔2〕 인천구회 호선 구/히나	、禾	시가/하이쿠	
1	5	朝鮮俳壇	仁川句會互選句/雛〔1〕 인천구회 호선 구/히나	#城	시가/하이쿠	
1	5	朝鮮俳壇	仁川句會互選句/雛〔2〕 인천구회 호선 구/히나	想仙	시가/하이쿠	
1	5	朝鮮俳壇	仁川句會互選句/雛〔2〕 인천구회 호선 구/히나	斯美嶺	시가/하이쿠	
1	5	朝鮮俳壇	仁川句會互選句/雛〔1〕 인천구회 호선 구/히나	富士雄	시가/하이쿠	
1	5		蓁々吟社例會/題 春の風、菜の花、柳〔1〕 신신긴샤 예회/주제 봄바람, 유채꽃, 버드나무	柳	시가/하이쿠	
1	5		蓁々吟社例會/題 春の風、菜の花、柳〔3〕 신신긴샤 예회/주제 봄바람, 유채꽃, 버드나무	涉川	시가/하이쿠	
1	5		蓁々吟社例會/題 春の風、菜の花、柳〔3〕 신신긴샤 예회/주제 봄바람, 유채꽃, 버드나무	翠村	시가/하이쿠	
1	5		蓁々吟社例會/題 春の風、菜の花、柳〔3〕 신신긴샤 예회/주제 봄바람, 유채꽃, 버드나무	葦穗	시가/하이쿠	
1	5		蓁々吟社例會/題 春の風、菜の花、柳〔3〕 신신긴샤 예회/주제 봄바람, 유채꽃, 버드나무	五斗米	시가/하이쿠	
1	5		蓁々吟社例會/題 春の風、菜の花、柳〔3〕 신신긴샤 예회/주제 봄바람, 유채꽃, 버드나무	其月	시가/하이쿠	
1	5		蓁々吟社例會/題 春の風、菜の花、柳〔3〕 신신긴샤 예회/주제 봄바람, 유채꽃, 버드나무	笛川	시가/하이쿠	
1	5		蓁々吟社例會/題 春の風、菜の花、柳〔1〕 신신긴샤 예회/주제 봄바람, 유채꽃, 버드나무	#翠	시가/하이쿠	
1	6		蓁々吟社例會/題 春の風、菜の花、柳〔2〕 신신긴샤 예회/주제 봄바람, 유채꽃, 버드나무	斗柄	시가/하이쿠	
1	6		蓁々吟社例會/題 春の風、菜の花、柳〔3〕 신신긴샤 예회/주제 봄바람, 유채꽃, 버드나무	無聲	시가/하이쿠	
1	6		蓁々吟社例會/題 春の風、菜の花、柳〔3〕 신신긴샤 예회/주제 봄바람, 유채꽃, 버드나무	犀涯	시가/하이쿠	
1	6	文苑	折にふれて 이따금씩	坪內八津子	수필/일상	
1	6~7		島津久光 〈24〉 시마즈 히사미쓰	移山人	수필/관찰	
4	1~3		鶴子姬 〈102〉 쓰루코히메	渡邊默禪	소설/일본 고전	

지면	단수	기획	기사제목 〈회수〉〔곡수〕	필자/저자(역자)	분류	비고
			1919년 03월 24일 (월) 6351호			
2	5~8		お伽噺 油斷大敵 〈3〉 옛날 이야기 방심은 큰 적	久留島式彦氏 講演	소설/동화	
3	5~7		お伽噺 油斷大敵 〈4〉 옛날 이야기 방심은 큰 적	久留島式彦氏 講演	소설/동화	
4	3	川柳	柳建寺土左衛門選/穴 〈4〉〔2〕 류켄지 도자에몬 선/구멍	よし坊	시가/센류	
4	3	川柳	柳建寺土左衛門選/穴 〈4〉〔2〕 류켄지 도자에몬 선/구멍	栃#坊	시가/센류	
4	3	川柳	柳建寺土左衛門選/穴 〈4〉〔2〕 류켄지 도자에몬 선/구멍	吉古三	시가/센류	
4	3	川柳	柳建寺土左衛門選/穴 〈4〉〔2〕 류켄지 도자에몬 선/구멍	多美郎	시가/센류	
4	3	川柳	柳建寺土左衛門選/穴 〈4〉〔3〕 류켄지 도자에몬 선/구멍	三輪坊	시가/센류	
4	3	川柳	柳建寺土左衛門選/穴 〔4〕 류켄지 도자에몬 선/구멍	泣坊	시가/센류	
4	3	川柳	柳建寺土左衛門選/穴 〔4〕 류켄지 도자에몬 선/구멍	一笑子	시가/센류	
4	3	川柳	柳建寺土左衛門選/穴 〔5〕 류켄지 도자에몬 선/구멍	鳥石	시가/센류	
4	1~3		戀の家康 〈185〉 사랑의 이에야스	近藤紫雲	소설/일본 고전	회수 오류
			1919년 03월 25일 (화) 6352호 석간			
1	2~5		江戸趣味 에도취미	永樂町人	수필/관찰	
1	7		島津久光 〈25〉 시마즈 히사미쓰	移山人	수필/관찰	
4	1~3		鶴子姬 〈103〉 쓰루코히메	渡邊默禪	소설/일본 고전	
			1919년 03월 25일 (화) 6352호			
2	4~8		お伽噺 油斷大敵 〈5〉 옛날 이야기 방심은 큰 적	久留島式彦氏 講演	소설/동화	
3	8~9		戀の家康 〈186〉 사랑의 이에야스	近藤紫雲	소설/일본 고전	회수 오류
			1919년 03월 26일 (수) 6353호 석간			
1	2~4		黃昏記 황혼기	永樂町人	수필/관찰	
1	5~6		龍山武德舘々歌 〔16〕 용산무덕 관관가	#峯#	시가/기타	
1	6	朝鮮詩壇	旅舘梅花 〔4〕 여관 매화	安永春雨	시가/한시	
1	6	朝鮮詩壇	祝小### 〔8〕 축소###	#泉#堂	시가/한시	
1	6	朝鮮詩壇	春寒 〔4〕 봄 추위	河島五山	시가/한시	
1	6	朝鮮詩壇	友人夜訪 〔8〕 우인야방	兒島九旱	시가/한시	

지면	단수	기획	기사제목 〈회수〉〔곡수〕	필자/저자(역자)	분류	비고
1	6	朝鮮詩壇	春水〔4〕 춘수	安東翠雲	시가/한시	
1	6	朝鮮詩壇	#別#詩〔8〕 #별#시	蕉雨	시가/한시	
1	6	朝鮮詩壇	##〔4〕 ##	金#	시가/한시	
1	6	朝鮮詩壇	##雅集〔8〕 ##아집	松田學鷗	시가/한시	
1	7		島津久光〈26〉 시마즈 히사미쓰	移山人	수필/관찰	
4	1~3		鶴子姬〈104〉 쓰루코히메	渡邊默禪	소설/일본 고전	

1919년 03월 26일 (수) 6353호

지면	단수	기획	기사제목 〈회수〉〔곡수〕	필자/저자(역자)	분류	비고
2	5~8		お伽噺 油斷大敵〈6〉 옛날 이야기 방심은 큰 적	久留島式彦氏 講演	소설/동화	
3	8~9		戀の家康〈187〉 사랑의 이에야스	近藤紫雲	소설/일본 고전	회수 오류

1919년 03월 27일 (목) 6354호 석간

지면	단수	기획	기사제목 〈회수〉〔곡수〕	필자/저자(역자)	분류	비고
1	1~2		新局面 신국면	永樂町人	수필/관찰	
1	4	朝鮮詩壇	##〔4〕 ##	#生芙蓉	시가/한시	
1	4	朝鮮詩壇	春晴印目〔4〕 춘청인목	安永春雨	시가/한시	
1	4	朝鮮詩壇	##〔4〕 ##	安東翠雲	시가/한시	
1	4	朝鮮詩壇	##〔4〕 ##	茂泉鴻堂	시가/한시	
1	4	朝鮮詩壇	春米〔4〕 춘미	高井椿堂	시가/한시	
1	4	朝鮮詩壇	早春#友〔8〕 한춘#우	松田學鷗	시가/한시	
1	5		島津久光〈27〉 시마즈 히사미쓰	移山人	수필/관찰	
4	1~3		鶴子姬〈105〉 쓰루코히메	渡邊默禪	소설/일본 고전	

1919년 03월 27일 (목) 6354호

지면	단수	기획	기사제목 〈회수〉〔곡수〕	필자/저자(역자)	분류	비고
2	5~8		お伽噺 油斷大敵〈7〉 옛날 이야기 방심은 큰 적	久留島式彦氏 講演	소설/동화	
4	1~3		戀の家康〈188〉 사랑의 이에야스	近藤紫雲	소설/일본 고전	회수 오류
4	3	川柳	柳建寺土左衛門選/穴/五客〈5〉〔1〕 류켄지 도자에몬 선/구멍/오객	鳥石	시가/센류	
4	3	川柳	柳建寺土左衛門選/穴/五客〈5〉〔1〕 류켄지 도자에몬 선/구멍/오객	泣坊	시가/센류	
4	3	川柳	柳建寺土左衛門選/穴/五客〈5〉〔1〕 류켄지 도자에몬 선/구멍/오객	笑坊	시가/센류	
4	3	川柳	柳建寺土左衛門選/穴/五客〈5〉〔1〕 류켄지 도자에몬 선/구멍/오객	風來坊	시가/센류	

지면	단수	기획	기사제목 〈회수〉〔곡수〕	필자/저자(역자)	분류	비고
4	3	川柳	柳建寺土左衛門選/穴/五客 〈5〉〔1〕 류켄지 도자에몬 선/구멍/오객	苦笑子	시가/센류	
4	3	川柳	柳建寺土左衛門選/穴/人 〈5〉〔1〕 류켄지 도자에몬 선/구멍/인	京城 厄介坊	시가/센류	
4	3	川柳	柳建寺土左衛門選/穴/地 〈5〉〔1〕 류켄지 도자에몬 선/구멍/지	京城 吉古三	시가/센류	
4	3	川柳	柳建寺土左衛門選/穴/天 〈5〉〔1〕 류켄지 도자에몬 선/구멍/천	滿州 一笑子	시가/센류	
4	3	川柳	柳建寺土左衛門選/穴/軸 〈5〉〔1〕 류켄지 도자에몬 선/구멍/축	柳建寺	시가/센류	

1919년 03월 28일 (금) 6355호 석간

지면	단수	기획	기사제목 〈회수〉〔곡수〕	필자/저자(역자)	분류	비고
1	2~3		黨政缺陷 당정 결함	永樂町人	수필/관찰	
1	6	朝鮮詩壇	早起聞##〔4〕 조기문##	河島五山	시가/한시	
1	6	朝鮮詩壇	春寒〔4〕 봄 추위	大石松#	시가/한시	
1	6	朝鮮詩壇	友人來訪〔8〕 우인래방	加來集軒	시가/한시	
1	6	朝鮮詩壇	友人來訪〔4〕 우인래방	藤#藤#	시가/한시	
1	6	朝鮮詩壇	春水〔4〕 춘수	##三寅	시가/한시	
1	6	朝鮮詩壇	盆梅〔4〕 분매	大石松#	시가/한시	
1	6	朝鮮詩壇	旅館梅花〔4〕 여관 매화	望月挂軒	시가/한시	
1	6	朝鮮詩壇	#人作詩〔4〕 #인작시	安永春雨	시가/한시	
1	6	朝鮮詩壇	早起##絜〔4〕 조기##서	安東翠雲	시가/한시	
1	6	朝鮮詩壇	##〔4〕 ##	藤#藤#	시가/한시	
1	7		島津久光 〈28〉 시마즈 히사미쓰	移山人	수필/관찰	
4	1~3		鶴子姬 〈106〉 쓰루코히메	渡邊默禪	소설/일본 고전	

1919년 03월 28일 (금) 6355호

지면	단수	기획	기사제목 〈회수〉〔곡수〕	필자/저자(역자)	분류	비고
1	6~9		黃海一週記 〈1〉 황해일주기	老#村生	수필/기행	
4	1~3		戀の家康 〈189〉 사랑의 이에야스	近藤紫雲	소설/일본 고전	
4	3	川柳	柳建寺土左衛門選/雉〔1〕 류켄지 도자에몬 선/꿩	多美郎	시가/센류	
4	3	川柳	柳建寺土左衛門選/雉〔1〕 류켄지 도자에몬 선/꿩	泣坊	시가/센류	
4	3	川柳	柳建寺土左衛門選/雉〔1〕 류켄지 도자에몬 선/꿩	頭#坊	시가/센류	
4	3	川柳	柳建寺土左衛門選/雉〔1〕 류켄지 도자에몬 선/꿩	二葉	시가/센류	

지면	단수	기획	기사제목 〈회수〉〔곡수〕	필자/저자(역자)	분류	비고
4	3	川柳	柳建寺土左衛門選/雉〔2〕 류켄지 도자에몬 선/꿩	省巳	시가/센류	
4	3	川柳	柳建寺土左衛門選/雉〔3〕 류켄지 도자에몬 선/꿩	泰久坊	시가/센류	
4	3	川柳	柳建寺土左衛門選/雉〔3〕 류켄지 도자에몬 선/꿩	鳥石	시가/센류	
4	3	川柳	柳建寺土左衛門選/雉〔1〕 류켄지 도자에몬 선/꿩	省巳	시가/센류	
4	3	川柳	柳建寺土左衛門選/雉〔1〕 류켄지 도자에몬 선/꿩	多美郎	시가/센류	
4	3	川柳	柳建寺土左衛門選/雉〔1〕 류켄지 도자에몬 선/꿩	泣坊	시가/센류	
4	3	川柳	柳建寺土左衛門選/雉/軸〔2〕 류켄지 도자에몬 선/꿩/축	柳建寺	시가/센류	

1919년 03월 29일 (토) 6356호 석간

지면	단수	기획	기사제목 〈회수〉〔곡수〕	필자/저자(역자)	분류	비고
1	2~4		食膳哲學 밥상 철학	永樂町人	수필/관찰	
1	4	朝鮮歌壇	☆皷〔3〕 북소리	田中雪人	시가/단카	
1	4	朝鮮歌壇	☆皷〔3〕 북소리	##桃果	시가/단카	
1	4	朝鮮歌壇	☆皷〔3〕 북소리	大內夏畦	시가/단카	
1	4	朝鮮詩壇	聽鶯〔4〕 청앵	竹田蕪雨	시가/한시	
1	4	朝鮮詩壇	離別#詩〔8〕 이별#시	笹島紫峰	시가/한시	
1	4	朝鮮詩壇	春江###〔4〕 춘강###	茂泉鴻堂	시가/한시	
1	4	朝鮮詩壇	春江###〔4〕 춘강###	川端不絶	시가/한시	
1	4~5	朝鮮詩壇	春江###〔4〕 춘강###	成川曹石	시가/한시	
1	5		島津久光〈29〉 시마즈 히사미쓰	移山人	수필/관찰	
4	1~3		鶴子姬〈107〉 쓰루코히메	渡邊默禪	소설/일본 고전	

1919년 03월 29일 (토) 6356호

지면	단수	기획	기사제목 〈회수〉〔곡수〕	필자/저자(역자)	분류	비고
1	5~9		黃海一週記〈3〉 황해일주기	老成村生	수필/기행	
4	1~3		戀の家康〈190〉 사랑의 이에야스	近藤紫雲	소설/일본 고전	
4	3		海州川柳會/戶、德利、犬、通/十三點〔1〕 해주 센류회/문, 술병, 개, 거리/십삼점	頓珍漢	시가/센류	
4	3		海州川柳會/戶、德利、犬、通/十三點〔1〕 해주 센류회/문, 술병, 개, 거리/십삼점	泰久坊	시가/센류	
4	3		海州川柳會/戶、德利、犬、通/十二點〔1〕 해주 센류회/문, 술병, 개, 거리/십이점	頓珍漢	시가/센류	
4	3		海州川柳會/戶、德利、犬、通/十二點〔1〕 해주 센류회/문, 술병, 개, 거리/십이점	よし坊	시가/센류	

지면	단수	기획	기사제목 〈회수〉〔곡수〕	필자/저자(역자)	분류	비고
4	3		海州川柳會/戶、德利、犬、通/十點〔1〕 해주 센류회/문, 술병, 개, 거리/십점	現骨	시가/센류	
4	3		海州川柳會/戶、德利、犬、通/九點〔1〕 해주 센류회/문, 술병, 개, 거리/구점	泰久坊	시가/센류	
4	3		海州川柳會/戶、德利、犬、通/九點〔1〕 해주 센류회/문, 술병, 개, 거리/구점	鳥打帽	시가/센류	
4	3		海州川柳會/戶、德利、犬、通/八點〔1〕 해주 센류회/문, 술병, 개, 거리/팔점	頓珍漢	시가/센류	
4	3		海州川柳會/戶、德利、犬、通/八點〔1〕 해주 센류회/문, 술병, 개, 거리/팔점	頓珍坊	시가/센류	
4	3		海州川柳會/戶、德利、犬、通/八點〔1〕 해주 센류회/문, 술병, 개, 거리/팔점	泰久坊	시가/센류	
4	3		海州川柳會/戶、德利、犬、通/八點〔1〕 해주 센류회/문, 술병, 개, 거리/팔점	頓珍漢	시가/센류	
4	3		海州川柳會/戶、德利、犬、通/七點〔1〕 해주 센류회/문, 술병, 개, 거리/칠점	不知坊	시가/센류	
4	3		海州川柳會/戶、德利、犬、通/六點〔1〕 해주 센류회/문, 술병, 개, 거리/육점	泰久坊	시가/센류	
4	3		海州川柳會/戶、德利、犬、通/六點〔2〕 해주 센류회/문, 술병, 개, 거리/육점	##坊	시가/센류	
4	3		海州川柳會/戶、德利、犬、通/六點〔1〕 해주 센류회/문, 술병, 개, 거리/육점	頓珍漢	시가/센류	
4	3		海州川柳會/戶、德利、犬、通/六點〔1〕 해주 센류회/문, 술병, 개, 거리/육점	現骨	시가/센류	
4	3		海州川柳會/戶、德利、犬、通/五點〔1〕 해주 센류회/문, 술병, 개, 거리/오점	泰久坊	시가/센류	
4	3		海州川柳會/戶、德利、犬、通/五點〔1〕 해주 센류회/문, 술병, 개, 거리/오점	春日坊	시가/센류	
4	3		海州川柳會/戶、德利、犬、通/五點〔1〕 해주 센류회/문, 술병, 개, 거리/오점	鳥打帽	시가/센류	
4	3		海州川柳會/戶、德利、犬、通/五點〔2〕 해주 센류회/문, 술병, 개, 거리/오점	泰久坊	시가/센류	
4	3		海州川柳會/戶、德利、犬、通/四點〔1〕 해주 센류회/문, 술병, 개, 거리/사점	不知坊	시가/센류	
4	3		海州川柳會/戶、德利、犬、通/四點〔1〕 해주 센류회/문, 술병, 개, 거리/사점	泰久坊	시가/센류	
4	3		海州川柳會/戶、德利、犬、通/四點〔1〕 해주 센류회/문, 술병, 개, 거리/사점	鳥打帽	시가/센류	
4	3		海州川柳會/戶、德利、犬、通/四點〔1〕 해주 센류회/문, 술병, 개, 거리/사점	泰久坊	시가/센류	
4	3		海州川柳會/戶、德利、犬、通/四點〔1〕 해주 센류회/문, 술병, 개, 거리/사점	現骨	시가/센류	
4	3		海州川柳會/戶、德利、犬、通/四點〔1〕 해주 센류회/문, 술병, 개, 거리/사점	不知坊	시가/센류	
4	3		海州川柳會/戶、德利、犬、通/四點〔1〕 해주 센류회/문, 술병, 개, 거리/사점	現骨	시가/센류	
4	3		海州川柳會/戶、德利、犬、通/四點〔1〕 해주 센류회/문, 술병, 개, 거리/사점	頓珍漢	시가/센류	
4	3		海州川柳會/戶、德利、犬、通/四點〔1〕 해주 센류회/문, 술병, 개, 거리/사점	頓珍漢	시가/센류	
4	3		海州川柳會/戶、德利、犬、通/三點以下/柳建寺#(##)〔1〕 해주 센류회/문, 술병, 개, 거리/삼점 이하/류켄지#(##)	金#坊	시가/센류	

지면	단수	기획	기사제목 〈회수〉〔곡수〕	필자/저자(역자)	분류	비고
4	3		海州川柳會/戶、德利、犬、通/三點以下/柳建寺#(##)〔1〕 해주 센류회/문, 술병, 개, 거리/삼점 이하/류켄지#(##)	泰久坊	시가/센류	
4	3		海州川柳會/戶、德利、犬、通/三點以下/柳建寺#(##)〔1〕 해주 센류회/문, 술병, 개, 거리/삼점 이하/류켄지#(##)	頓珍漢	시가/센류	
4	3		海州川柳會/戶、德利、犬、通/三點以下/柳建寺#(##)〔1〕 해주 센류회/문, 술병, 개, 거리/삼점 이하/류켄지#(##)	泰久坊	시가/센류	
4	3		海州川柳會/戶、德利、犬、通/三點以下/柳建寺#(##)〔1〕 해주 센류회/문, 술병, 개, 거리/삼점 이하/류켄지#(##)	泰久坊	시가/센류	
4	3		海州川柳會/戶、德利、犬、通/三點以下/柳建寺#(##)〔1〕 해주 센류회/문, 술병, 개, 거리/삼점 이하/류켄지#(##)	頓珍漢	시가/센류	
4	3		海州川柳會/戶、德利、犬、通/三點以下/柳建寺#(##)〔1〕 해주 센류회/문, 술병, 개, 거리/삼점 이하/류켄지#(##)	不知坊	시가/센류	
4	3		海州川柳會/戶、德利、犬、通/三點以下/柳建寺#(##)〔1〕 해주 센류회/문, 술병, 개, 거리/삼점 이하/류켄지#(##)	泰久坊	시가/센류	
4	3		海州川柳會/戶、德利、犬、通/三點以下/柳建寺#(##)〔2〕 해주 센류회/문, 술병, 개, 거리/삼점 이하/류켄지#(##)	頓珍漢	시가/센류	
4	3		海州川柳會/戶、德利、犬、通/三點以下/柳建寺#(##)〔1〕 해주 센류회/문, 술병, 개, 거리/삼점 이하/류켄지#(##)	鳥打帽	시가/센류	
4	3		海州川柳會/戶、德利、犬、通/三點以下/柳建寺#(##)〔1〕 해주 센류회/문, 술병, 개, 거리/삼점 이하/류켄지#(##)	頓珍漢	시가/센류	
4	3		海州川柳會/戶、德利、犬、通/三點以下/柳建寺#(##)〔1〕 해주 센류회/문, 술병, 개, 거리/삼점 이하/류켄지#(##)	よし坊	시가/센류	
4	3		海州川柳會/戶、德利、犬、通/三點以下/柳建寺#(##)〔1〕 해주 센류회/문, 술병, 개, 거리/삼점 이하/류켄지#(##)	鳥打帽	시가/센류	

1919년 03월 30일 (일) 6357호 석간

지면	단수	기획	기사제목 〈회수〉〔곡수〕	필자/저자(역자)	분류	비고
1	5	朝鮮詩壇	聽鶯〔4〕 청앵	望月桂軒	시가/한시	
1	5	朝鮮詩壇	聽鶯〔4〕 청앵	河島五山	시가/한시	
1	5	朝鮮詩壇	春水〔4〕 춘수	大垣金陵	시가/한시	
1	5	朝鮮詩壇	春水〔4〕 춘수	##如水	시가/한시	
1	5	朝鮮詩壇	春水〔4〕 춘수	栗原華陽	시가/한시	
1	5	朝鮮詩壇	離別#詩〔4〕 이별#시	藤#藤#	시가/한시	
1	5	朝鮮歌壇	(제목없음)〔7〕	#山 丹後 矢谷 花翁	시가/단카	
1	5	朝鮮歌壇	(제목없음)〔2〕	京城 きむ子	시가/단카	
1	5		○〔1〕 ○	大內夏畦	시가/단카	
1	5~6		島津久光〈30〉 시마즈 히사미쓰	移山人	수필/관찰	
4	1~3		鶴子姬〈108〉 쓰루코히메	渡邊默禪	소설/일본 고전	

1919년 03월 30일 (일) 6357호

지면	단수	기획	기사제목 〈회수〉〔곡수〕	필자/저자(역자)	분류	비고
1	5~9		黃海一週記〈4〉 황해일주기	老#村生	수필/기행	

지면	단수	기획	기사제목 〈회수〉〔곡수〕	필자/저자(역자)	분류	비고
4	1~3		戀の家康 〈191〉 사랑의 이에야스	近藤紫雲	소설/일본 고전	
4	3	川柳	柳建寺土左衛門選/仲居 〈1〉〔1〕 류켄지 도자에몬 선/요릿집 접대부	田金嗜	시가/센류	
4	3	川柳	柳建寺土左衛門選/仲居 〈1〉〔1〕 류켄지 도자에몬 선/요릿집 접대부	笑坊	시가/센류	
4	3	川柳	柳建寺土左衛門選/仲居 〈1〉〔1〕 류켄지 도자에몬 선/요릿집 접대부	金昇坊	시가/센류	
4	3	川柳	柳建寺土左衛門選/仲居 〈1〉〔1〕 류켄지 도자에몬 선/요릿집 접대부	立ん坊	시가/센류	
4	3	川柳	柳建寺土左衛門選/仲居 〈1〉〔1〕 류켄지 도자에몬 선/요릿집 접대부	苦笑子	시가/센류	
4	3	川柳	柳建寺土左衛門選/仲居 〈1〉〔1〕 류켄지 도자에몬 선/요릿집 접대부	よし坊	시가/센류	
4	3	川柳	柳建寺土左衛門選/仲居 〈1〉〔1〕 류켄지 도자에몬 선/요릿집 접대부	木來空	시가/센류	
4	3	川柳	柳建寺土左衛門選/仲居 〈1〉〔1〕 류켄지 도자에몬 선/요릿집 접대부	禁煙子	시가/센류	
4	3	川柳	柳建寺土左衛門選/仲居 〈1〉〔1〕 류켄지 도자에몬 선/요릿집 접대부	手実	시가/센류	
4	3	川柳	柳建寺土左衛門選/仲居 〈1〉〔2〕 류켄지 도자에몬 선/요릿집 접대부	川狂坊	시가/센류	
4	3	川柳	柳建寺土左衛門選/仲居 〈1〉〔2〕 류켄지 도자에몬 선/요릿집 접대부	三#郎	시가/센류	
4	3	川柳	柳建寺土左衛門選/仲居 〈1〉〔2〕 류켄지 도자에몬 선/요릿집 접대부	打吹坊	시가/센류	
4	3	川柳	柳建寺土左衛門選/仲居 〈1〉〔2〕 류켄지 도자에몬 선/요릿집 접대부	苦論坊	시가/센류	
4	3	川柳	柳建寺土左衛門選/仲居 〈1〉〔2〕 류켄지 도자에몬 선/요릿집 접대부	豆ン坊	시가/센류	
4	3	川柳	柳建寺土左衛門選/仲居 〈1〉〔2〕 류켄지 도자에몬 선/요릿집 접대부	多美郎	시가/센류	
4	3	川柳	柳建寺土左衛門選/仲居 〈1〉〔2〕 류켄지 도자에몬 선/요릿집 접대부	鳥石	시가/센류	

1919년 10월 01일 (수) 6536호 석간

지면	단수	기획	기사제목 〈회수〉〔곡수〕	필자/저자(역자)	분류	비고
2	7	新講談豫 告	「由井正雪」小金井蘆洲 「유이노 쇼세쓰」 고가네이 로슈		광고/연재예 고	
3	7	俳行脚抄	朝鮮俳壇仁川句會/雁、渡り鳥〔1〕 조선 하이단 인천구회/기러기, 철새	丹葉	시가/하이쿠	
3	7	俳行脚抄	朝鮮俳壇仁川句會/雁、渡り鳥〔2〕 조선 하이단 인천구회/기러기, 철새	櫻萩	시가/하이쿠	
3	7	俳行脚抄	朝鮮俳壇仁川句會/雁、渡り鳥〔2〕 조선 하이단 인천구회/기러기, 철새	想仙	시가/하이쿠	
3	7	俳行脚抄	朝鮮俳壇仁川句會/雁、渡り鳥〔2〕 조선 하이단 인천구회/기러기, 철새	有禿郎	시가/하이쿠	
3	7	俳行脚抄	朝鮮俳壇仁川句會/雁、渡り鳥〔3〕 조선 하이단 인천구회/기러기, 철새	李雨史	시가/하이쿠	
3	7	俳行脚抄	朝鮮俳壇仁川句會/秋時雨〔1〕 조선 하이단 인천구회/늦가을에 내리는 비	康知	시가/하이쿠	
3	7	俳行脚抄	朝鮮俳壇仁川句會/秋時雨〔1〕 조선 하이단 인천구회/늦가을에 내리는 비	櫻萩	시가/하이쿠	

지면	단수	기획	기사제목 〈회수〉〔곡수〕	필자/저자(역자)	분류	비고
3	7	俳行脚抄	朝鮮俳壇仁川句會/秋時雨〔2〕 조선 하이단 인천구회/늦가을에 내리는 비	丹葉	시가/하이쿠	
3	7	俳行脚抄	朝鮮俳壇仁川句會/秋時雨〔3〕 조선 하이단 인천구회/늦가을에 내리는 비	李雨史	시가/하이쿠	
3	7	俳行脚抄	朝鮮俳壇仁川句會/秋時雨〔3〕 조선 하이단 인천구회/늦가을에 내리는 비	有禿郎	시가/하이쿠	
4	1~3		佐分利佐內 〈160〉 사부리 사나이	桃川燕二	고단	
4	3	川柳	柳建寺土左衛門選/哀號 〈1〉〔1〕 류켄지 도자에몬 선/애호	大邱 白羊	시가/센류	
4	3	川柳	柳建寺土左衛門選/哀號 〈1〉〔1〕 류켄지 도자에몬 선/애호	美江 二本棒	시가/센류	
4	3	川柳	柳建寺土左衛門選/哀號 〈1〉〔1〕 류켄지 도자에몬 선/애호	仁川 #雨	시가/센류	
4	3	川柳	柳建寺土左衛門選/哀號 〈1〉〔1〕 류켄지 도자에몬 선/애호	仁川 久松	시가/센류	
4	3	川柳	柳建寺土左衛門選/哀號 〈1〉〔1〕 류켄지 도자에몬 선/애호	龍山 #坊	시가/센류	
4	3	川柳	柳建寺土左衛門選/哀號 〈1〉〔1〕 류켄지 도자에몬 선/애호	淸州 一笑子	시가/센류	
4	3	川柳	柳建寺土左衛門選/哀號 〈1〉〔1〕 류켄지 도자에몬 선/애호	仁川 俠肌坊	시가/센류	
4	3	川柳	柳建寺土左衛門選/哀號 〈1〉〔1〕 류켄지 도자에몬 선/애호	群山 三角子	시가/센류	
4	3	川柳	柳建寺土左衛門選/哀號 〈1〉〔1〕 류켄지 도자에몬 선/애호	仁川 有禿郎	시가/센류	
4	3	川柳	柳建寺土左衛門選/哀號 〈1〉〔1〕 류켄지 도자에몬 선/애호	大邱 柳村	시가/센류	
4	3	川柳	柳建寺土左衛門選/哀號 〈1〉〔1〕 류켄지 도자에몬 선/애호	仁川 兎空坊	시가/센류	
4	3	川柳	柳建寺土左衛門選/哀號 〈1〉〔1〕 류켄지 도자에몬 선/애호	京城 天骨	시가/센류	
4	3	川柳	柳建寺土左衛門選/哀號 〈1〉〔1〕 류켄지 도자에몬 선/애호	龍山 珍坊	시가/센류	
4	3	川柳	柳建寺土左衛門選/哀號 〈1〉〔1〕 류켄지 도자에몬 선/애호	龍山 萬外子	시가/센류	
4	3	川柳	柳建寺土左衛門選/哀號 〈1〉〔1〕 류켄지 도자에몬 선/애호	海州 亞禪坊	시가/센류	
4	3	川柳	柳建寺土左衛門選/哀號 〈1〉〔1〕 류켄지 도자에몬 선/애호	京城 黑ン坊	시가/센류	

1919년 10월 01일 (수) 6536호

지면	단수	기획	기사제목	필자/저자(역자)	분류	비고
1	3	朝鮮詩壇	江村即事〔1〕 강촌즉사	齋藤三寅	시가/한시	
1	3	朝鮮詩壇	江村即事〔1〕 강촌즉사	田淵黍州	시가/한시	
1	3	朝鮮詩壇	訪旅寓一夕#席上賊似〔1〕 방려우일석#석상적사	兒島九皐	시가/한시	
1	3~4	朝鮮詩壇	新秋夜坐〔1〕 신추야좌	大#金陸	시가/한시	
1	4	朝鮮俳壇	渡邊水巴選/秋#〔10〕 와타나베 스이하 선/추#	裸骨	시가/하이쿠	

지면	단수	기획	기사제목 〈회수〉〔곡수〕	필자/저자(역자)	분류	비고
1	4	朝鮮俳壇	渡邊水巴選/秋#/秀逸〔1〕 와타나베 스이하 선/추#/수일	裸骨	시가/하이쿠	
1	4	朝鮮俳壇	渡邊水巴選/秋#〔3〕 와타나베 스이하 선/추#	#牛	시가/하이쿠	
1	5~6		史外史傳 坂東武者〈32〉 사외사전 반도무샤	故山田美妙實作	소설/일본 고전	
3	7		愈々本一日/全鮮川柳大會 드디어 오늘/전 조선 센류 대회		수필·시가/ 일상·센류	
3	8	新小說豫 告	「綠の陰」岡本靈華作 「녹색 그림자」 오카모토 레이카 작		광고/연재예 고	
4	1~3		逆濤〈107〉 역량	白跳生	소설	

1919년 10월 02일 (목) 6537호 석간

지면	단수	기획	기사제목 〈회수〉〔곡수〕	필자/저자(역자)	분류	비고
1	7	天聲冷語	白は白黑は黑 백은 백, 흑은 흑	長瀨鳳輔	수필	
1	7~8	天聲冷語	過激派養成所 과격파양성소	長瀨鳳輔	수필	
1	8	天聲冷語	デモクラシー 데모크라시	長瀨鳳輔	수필	
1	8	天聲冷語	支那と日本と 중국과 일본과	長瀨鳳輔	수필	
4	1~3		佐分利佐內〈161〉 사부리 사나이	桃川燕二	고단	
4	3	川柳	柳建寺土左衛門選/哀號〈2〉〔2〕 류켄지 도자에몬 선/애호	仁川 遠辶子	시가/센류	
4	3	川柳	柳建寺土左衛門選/哀號〈2〉〔2〕 류켄지 도자에몬 선/애호	龍山 山ン坊	시가/센류	
4	3	川柳	柳建寺土左衛門選/哀號〈2〉〔2〕 류켄지 도자에몬 선/애호	龍山 #花坊	시가/센류	
4	3	川柳	柳建寺土左衛門選/哀號〈2〉〔3〕 류켄지 도자에몬 선/애호	龍山 思案坊	시가/센류	
4	3	川柳	柳建寺土左衛門選/哀號〈2〉〔3〕 류켄지 도자에몬 선/애호	京城 秀坊	시가/센류	
4	3	川柳	柳建寺土左衛門選/哀號〈2〉〔3〕 류켄지 도자에몬 선/애호	龍山 美#男	시가/센류	
4	3	川柳	柳建寺土左衛門選/哀號〈2〉〔3〕 류켄지 도자에몬 선/애호	仁川 松平坊	시가/센류	
4	3	川柳	柳建寺土左衛門選/哀號〈2〉〔3〕 류켄지 도자에몬 선/애호	海州 泰久坊	시가/센류	
4	3	川柳	柳建寺土左衛門選/哀號〈2〉〔3〕 류켄지 도자에몬 선/애호	仁川 詩腕坊	시가/센류	

1919년 10월 02일 (목) 6537호

지면	단수	기획	기사제목 〈회수〉〔곡수〕	필자/저자(역자)	분류	비고
1	3	朝鮮詩壇	江村卽事〔1〕 강촌즉사	笹島紫峰	시가/한시	
1	3	朝鮮詩壇	寄鄕友二首〔2〕 기향우 이수	###軒	시가/한시	
1	3~4	朝鮮詩壇	新秋夜坐〔1〕 신추야좌	#倉勝陰	시가/한시	
1	4	朝鮮詩壇	新秋夜坐〔1〕 신추야좌	####	시가/한시	

지면	단수	기획	기사제목 〈회수〉〔곡수〕	필자/저자(역자)	분류	비고
1	4	朝鮮俳壇	渡邊水巴選/秋雜〔5〕 와타나베 스이하 선/추-잡	砂村	시가/하이쿠	
1	4	朝鮮俳壇	渡邊水巴選/秋雜/秀逸〔1〕 와타나베 스이하 선/추-잡/수일	砂村	시가/하이쿠	
1	4	朝鮮俳壇	渡邊水巴選/秋雜〔7〕 와타나베 스이하 선/추-잡	矢名	시가/하이쿠	
1	4	朝鮮俳壇	渡邊水巴選/秋雜〔1〕 와타나베 스이하 선/추-잡	靑#	시가/하이쿠	
1	4~6		史外史傳 坂東武者〈33〉 사외사전 반도무샤	故山田美妙實作	소설/일본 고전	
1	6	投稿歡迎	(제목없음)		광고/모집 광고	
3	10~11		逆濤〈108〉 역량	白跳生	소설	

1919년 10월 03일 (금) 6538호 석간

지면	단수	기획	기사제목 〈회수〉〔곡수〕	필자/저자(역자)	분류	비고
1	8	天聲冷語	日本一の毒說 일본 제 1의 독설	長瀨鳳輔	수필	
2	9		川柳大會大盛況 센류 대회 대성황		수필/일상	
3	8		瑞山より 서산에서	那須生	수필	
4	1~3		佐分利佐內〈162〉 사부리 사나이	桃川燕二	고단	
4	3	川柳	柳建寺土左衛門選/哀號〈3〉〔1〕 류켄지 도자에몬 선/애호	海州 #牛坊	시가/센류	
4	3	川柳	柳建寺土左衛門選/哀號〈3〉〔1〕 류켄지 도자에몬 선/애호	美江 二本棒	시가/센류	
4	3	川柳	柳建寺土左衛門選/哀號〈3〉〔1〕 류켄지 도자에몬 선/애호	仁川 久松	시가/센류	
4	3	川柳	柳建寺土左衛門選/哀號〈3〉〔1〕 류켄지 도자에몬 선/애호	龍山 美坊	시가/센류	
4	3	川柳	柳建寺土左衛門選/哀號〈3〉〔1〕 류켄지 도자에몬 선/애호	淸州 一笑子	시가/센류	
4	3	川柳	柳建寺土左衛門選/哀號〈3〉〔1〕 류켄지 도자에몬 선/애호	仁川 俠肌坊	시가/센류	
4	3	川柳	柳建寺土左衛門選/哀號〈3〉〔1〕 류켄지 도자에몬 선/애호	仁川 有禿郎	시가/센류	
4	3	川柳	柳建寺土左衛門選/哀號〈3〉〔1〕 류켄지 도자에몬 선/애호	海州 亞禪坊	시가/센류	
4	3	川柳	柳建寺土左衛門選/哀號〈3〉〔1〕 류켄지 도자에몬 선/애호	龍山 ##坊	시가/센류	
4	3	川柳	柳建寺土左衛門選/哀號〈3〉〔1〕 류켄지 도자에몬 선/애호	仁川 松來坊	시가/센류	
4	3	川柳	柳建寺土左衛門選/哀號〈3〉〔1〕 류켄지 도자에몬 선/애호	海州 茶久坊	시가/센류	
4	3	川柳	柳建寺土左衛門選/哀號〈3〉〔2〕 류켄지 도자에몬 선/애호	仁川 黃仁子	시가/센류	
4	3	川柳	柳建寺土左衛門選/哀號〈3〉〔3〕 류켄지 도자에몬 선/애호	仁川 俠肌坊	시가/센류	
4	3	川柳	柳建寺土左衛門選/哀號〈3〉〔3〕 류켄지 도자에몬 선/애호	龍山 鳥石	시가/센류	

지면	단수	기획	기사제목 〈회수〉〔곡수〕	필자/저자(역자)	분류	비고
4	3	川柳募集 課題	(제목없음)		광고/모집 광고	

1919년 10월 03일 (금) 6538호

지면	단수	기획	기사제목 〈회수〉〔곡수〕	필자/저자(역자)	분류	비고
1	3~4	朝鮮詩壇	#### 〔1〕 ####	齋藤三寅	시가/한시	
1	4	朝鮮詩壇	秋夜#感 〔1〕 추야#감	加來##	시가/한시	
1	4	朝鮮詩壇	秋雨 〔1〕 추우	#倉勝陰	시가/한시	
1	4	朝鮮詩壇	## 〔1〕 ##	大#金陸	시가/한시	
1	4	朝鮮俳壇	渡邊水巴選/秋# 〔9〕 와타나베 스이하 선/추#	砂村	시가/하이쿠	
1	4	朝鮮俳壇	渡邊水巴選/秋#/秀逸 〔2〕 와타나베 스이하 선/추#/수일	##	시가/하이쿠	
1	4	朝鮮俳壇	渡邊水巴選/秋# 〔2〕 와타나베 스이하 선/추#	##	시가/하이쿠	
1	4	朝鮮俳壇	渡邊水巴選/秋# 〔1〕 와타나베 스이하 선/추#		시가/하이쿠	
1	4~6		史外史傳 坂東武者 〈34〉 사외사전 반도무샤	故山田美妙實作	소설/일본 고전	
1	6	投稿歡迎	(제목없음)		광고/모집 광고	
3	9	新小說豫 告	「綠の陰」岡本靈華作 「녹색 그림자」오카모토 레이카 작		광고/연재예 고	
4	1~3		逆濤 〈109〉 역량	白跳生	소설	

1919년 10월 04일 (토) 6539호 석간

지면	단수	기획	기사제목 〈회수〉〔곡수〕	필자/저자(역자)	분류	비고
4	1~3		佐分利佐內 〈163〉 사부리 사나이	桃川燕二	고단	

1919년 10월 04일 (토) 6539호

지면	단수	기획	기사제목 〈회수〉〔곡수〕	필자/저자(역자)	분류	비고
1	3~4	天聲冷語	歐米人の野蠻 구미인의 야만	長瀨鳳輔	수필	
1	4	天聲冷語	弱肉强食の世 약육강식의 세상	長瀨鳳輔	수필	
1	4	朝鮮詩壇	秋野 〔1〕 추야	加來紫軒	시가/한시	
1	4~5	朝鮮詩壇	江村即事 〔1〕 강촌즉사	#合##	시가/한시	
1	5	朝鮮詩壇	## 〔1〕 ##	大#金陸	시가/한시	
1	5	朝鮮詩壇	送人赴#洲 〔1〕 송인부#주	西川白#	시가/한시	
1	5	朝鮮詩壇	秋#山行 〔1〕 추#산행	齋藤三寅	시가/한시	
1	5	朝鮮俳壇	渡邊水巴選/秋# 〔4〕 와타나베 스이하 선/추#	未刀	시가/하이쿠	
1	5	朝鮮俳壇	渡邊水巴選/秋#/秀逸 〔3〕 와타나베 스이하 선/추#/수일	未刀	시가/하이쿠	

지면	단수	기획	기사제목 〈회수〉〔곡수〕	필자/저자(역자)	분류	비고
1	5	朝鮮俳壇	渡邊水巴選/秋# 〔6〕 와타나베 스이하 선/추#	菊波	시가/하이쿠	
1	5	朝鮮俳壇	渡邊水巴選/秋# 〔1〕 와타나베 스이하 선/추#	櫻萩	시가/하이쿠	
1	5~6		史外史傳 坂東武者 〈35〉 사외사전 반도무샤	故山田美妙實作	소설/일본 고전	
3	3	新小說豫 告	「綠の陰」岡本靈華作 「녹색 그림자」오카모토 레이카 작		광고/연재예 고	
4	1~3		逆濤 〈110〉 역랑	白跳生	소설	
4	3	川柳	柳建寺土左衛門選/哀號 〔1〕 류켄지 도자에몬 선/애호	仁川 禮村	시가/센류	
4	3	川柳	柳建寺土左衛門選/哀號 〔1〕 류켄지 도자에몬 선/애호	仁川 ##坊	시가/센류	
4	3	川柳	柳建寺土左衛門選/哀號 〔1〕 류켄지 도자에몬 선/애호	龍山 空坊	시가/센류	
4	3	川柳	柳建寺土左衛門選/哀號 〔1〕 류켄지 도자에몬 선/애호	清州 一笑子	시가/센류	
4	3	川柳	柳建寺土左衛門選/哀號 〔1〕 류켄지 도자에몬 선/애호	仁川 松來坊	시가/센류	
4	3	川柳	柳建寺土左衛門選/哀號 〔1〕 류켄지 도자에몬 선/애호	京城 黑ン坊	시가/센류	
4	3	川柳	柳建寺土左衛門選/哀號 〔1〕 류켄지 도자에몬 선/애호	仁川 有#坊	시가/센류	
4	3	川柳	柳建寺土左衛門選/哀號 〔1〕 류켄지 도자에몬 선/애호	海州 ##坊	시가/센류	

1919년 10월 05일 (일) 6540호 석간

지면	단수	기획	기사제목 〈회수〉〔곡수〕	필자/저자(역자)	분류	비고
4	1~3		佐分利佐內 〈164〉 사부리 사나이	桃川燕二	고단	

1919년 10월 05일 (일) 6540호

지면	단수	기획	기사제목 〈회수〉〔곡수〕	필자/저자(역자)	분류	비고
1	3~4	朝鮮俳壇	渡邊水巴選 〔6〕 와타나베 스이하 선	`禾	시가/하이쿠	
1	4	朝鮮俳壇	渡邊水巴選/秀逸 〔2〕 와타나베 스이하 선/수일	`禾	시가/하이쿠	
1	4	朝鮮俳壇	渡邊水巴選 〔2〕 와타나베 스이하 선	李##	시가/하이쿠	
1	4	朝鮮俳壇	渡邊水巴選/秀逸 〔1〕 와타나베 스이하 선/수일	李##	시가/하이쿠	
1	4	朝鮮俳壇	渡邊水巴選 〔2〕 와타나베 스이하 선	##子	시가/하이쿠	
1	4	投稿歡迎	(제목없음)		광고/모집 광고	
1	4~6		史外史傳 坂東武者 〈36〉 사외사전 반도무샤	故山田美妙實作	소설/일본 고전	
4	1~3		小說 みどりの影 〈1〉 소설 녹색 그림자	岡本靈華	소설	

1919년 10월 06일 (월) 6541호 석간

지면	단수	기획	기사제목 〈회수〉〔곡수〕	필자/저자(역자)	분류	비고
3	5~7		瑞山より 서산에서	那須生	수필	

지면	단수	기획	기사제목 〈회수〉〔곡수〕	필자/저자(역자)	분류	비고
4	1~3		由井正雪 〈1〉 유이노 쇼세쓰	小金井蘆洲	고단	

1919년 10월 07일 (화) 6542호 석간

지면	단수	기획	기사제목 〈회수〉〔곡수〕	필자/저자(역자)	분류	비고
4	1~3		由井正雪 〈2〉 유이노 쇼세쓰	小金井蘆洲	고단	

1919년 10월 07일 (화) 6542호

지면	단수	기획	기사제목 〈회수〉〔곡수〕	필자/저자(역자)	분류	비고
1	3	朝鮮詩壇	秋日山行 〔1〕 추일산행	####	시가/한시	
1	3	朝鮮詩壇	#### 〔1〕 ####	江###	시가/한시	
1	3~4	朝鮮詩壇	乙未#### 〔1〕 을미####	永井鳥石	시가/한시	
1	4	朝鮮俳壇	渡邊水巴選 〔12〕 와타나베 스이하 선	##	시가/한시	
1	4~6		史外史傳 坂東武者 〈37〉 사외사전 반도무샤	故山田美妙實作	소설/일본 고전	
4	1~7		小說 みどりの影 〈2〉 소설 녹색 그림자	岡本靈華	소설	

1919년 10월 09일 (목) 6544호 석간

지면	단수	기획	기사제목 〈회수〉〔곡수〕	필자/저자(역자)	분류	비고
3	8		天安より 서산에서	那須生	수필/기행	
4	1~3		由井正雪 〈4〉 유이노 쇼세쓰	小金井蘆洲	고단	
4	3~4		第二回全鮮川柳大會句稿 제2회 전국 조선 센류 대회 구고		기타/모임안 내	
4	5		第二回全鮮川柳大會句稿/土左衛門選/#拔 〈1〉〔1〕 제2회 전국 조선 센류 대회 구고/도자에몬 선/#발	不知火	시가/센류	
4	5		第二回全鮮川柳大會句稿/土左衛門選/#拔 〈1〉〔1〕 제2회 전국 조선 센류 대회 구고/도자에몬 선/#발	醉樽寺	시가/센류	
4	5		第二回全鮮川柳大會句稿/土左衛門選/#拔 〈1〉〔1〕 제2회 전국 조선 센류 대회 구고/도자에몬 선/#발	宇宙樓	시가/센류	
4	5		第二回全鮮川柳大會句稿/土左衛門選/#拔 〈1〉〔1〕 제2회 전국 조선 센류 대회 구고/도자에몬 선/#발	川狂坊	시가/센류	
4	5		第二回全鮮川柳大會句稿/土左衛門選/#拔 〈1〉〔1〕 제2회 전국 조선 센류 대회 구고/도자에몬 선/#발	五丈原	시가/센류	
4	5		第二回全鮮川柳大會句稿/土左衛門選/#拔 〈1〉〔1〕 제2회 전국 조선 센류 대회 구고/도자에몬 선/#발	松平坊	시가/센류	
4	5		第二回全鮮川柳大會句稿/土左衛門選/#拔 〈1〉〔1〕 제2회 전국 조선 센류 대회 구고/도자에몬 선/#발	月華	시가/센류	
4	5		第二回全鮮川柳大會句稿/土左衛門選/#拔 〈1〉〔1〕 제2회 전국 조선 센류 대회 구고/도자에몬 선/#발	漢城坊	시가/센류	
4	5		第二回全鮮川柳大會句稿/土左衛門選/#拔 〈1〉〔1〕 제2회 전국 조선 센류 대회 구고/도자에몬 선/#발	鳥石	시가/센류	
4	5		第二回全鮮川柳大會句稿/土左衛門選/#拔 〈1〉〔2〕 제2회 전국 조선 센류 대회 구고/도자에몬 선/#발	あきら	시가/센류	
4	5		第二回全鮮川柳大會句稿/土左衛門選/#拔 〈1〉〔3〕 제2회 전국 조선 센류 대회 구고/도자에몬 선/#발	弓八郎	시가/센류	
4	5		第二回全鮮川柳大會句稿/土左衛門選/#拔 〈1〉〔3〕 제2회 전국 조선 센류 대회 구고/도자에몬 선/#발	柳蛙	시가/센류	

지면	단수	기획	기사제목 〈회수〉〔곡수〕	필자/저자(역자)	분류	비고
4	5		第二回全鮮川柳大會句稿/土左衛門選/#拔 〈1〉〔3〕 제2회 전국 조선 센류 대회 구고/도자에몬 선/#발	閑寬坊	시가/센류	
4	5		第二回全鮮川柳大會句稿/土左衛門選/#拔 〈1〉〔3〕 제2회 전국 조선 센류 대회 구고/도자에몬 선/#발	鼓村	시가/센류	
4	5		第二回全鮮川柳大會句稿/土左衛門選/佳句 〈1〉〔1〕 제2회 전국 조선 센류 대회 구고/도자에몬 선/가구	五丈原	시가/센류	
4	5		第二回全鮮川柳大會句稿/土左衛門選/佳句 〈1〉〔1〕 제2회 전국 조선 센류 대회 구고/도자에몬 선/가구	失#	시가/센류	
4	5		第二回全鮮川柳大會句稿/土左衛門選/佳句 〈1〉〔1〕 제2회 전국 조선 센류 대회 구고/도자에몬 선/가구	鳥石	시가/센류	
4	5		第二回全鮮川柳大會句稿/土左衛門選/佳句 〈1〉〔2〕 제2회 전국 조선 센류 대회 구고/도자에몬 선/가구	あきら	시가/센류	
4	5		第二回全鮮川柳大會句稿/土左衛門選/佳句 〈1〉〔2〕 제2회 전국 조선 센류 대회 구고/도자에몬 선/가구	苦論坊	시가/센류	
4	5		第二回全鮮川柳大會句稿/土左衛門選/佳句 〈1〉〔2〕 제2회 전국 조선 센류 대회 구고/도자에몬 선/가구	``子	시가/센류	
4	5		第二回全鮮川柳大會句稿/土左衛門選/佳句 〈1〉〔2〕 제2회 전국 조선 센류 대회 구고/도자에몬 선/가구	多美郎	시가/센류	
4	5		第二回全鮮川柳大會句稿/土左衛門選/佳句 〈1〉〔2〕 제2회 전국 조선 센류 대회 구고/도자에몬 선/가구	閑寬坊	시가/센류	
4	6		第二回全鮮川柳大會句稿/土左衛門選/五客 〈1〉〔1〕 제2회 전국 조선 센류 대회 구고/도자에몬 선/오객	不知火	시가/센류	
4	6		第二回全鮮川柳大會句稿/土左衛門選/五客 〈1〉〔1〕 제2회 전국 조선 센류 대회 구고/도자에몬 선/오객	詩腕坊	시가/센류	
4	6		第二回全鮮川柳大會句稿/土左衛門選/五客 〈1〉〔1〕 제2회 전국 조선 센류 대회 구고/도자에몬 선/오객	鳥石	시가/센류	
4	6		第二回全鮮川柳大會句稿/土左衛門選/五客 〈1〉〔1〕 제2회 전국 조선 센류 대회 구고/도자에몬 선/오객	詩腕坊	시가/센류	
4	6		第二回全鮮川柳大會句稿/土左衛門選/五客 〈1〉〔1〕 제2회 전국 조선 센류 대회 구고/도자에몬 선/오객	鳥石	시가/센류	
4	6		第二回全鮮川柳大會句稿/土左衛門選/人 〈1〉〔1〕 제2회 전국 조선 센류 대회 구고/도자에몬 선/인	俱難梨坊	시가/센류	
4	6		第二回全鮮川柳大會句稿/土左衛門選/地 〈1〉〔1〕 제2회 전국 조선 센류 대회 구고/도자에몬 선/지	醉樽寺	시가/센류	
4	6		第二回全鮮川柳大會句稿/土左衛門選/天 〈1〉〔1〕 제2회 전국 조선 센류 대회 구고/도자에몬 선/천	鳥石	시가/센류	
4	6		第二回全鮮川柳大會句稿/土左衛門選/軸 〈1〉〔3〕 제2회 전국 조선 센류 대회 구고/도자에몬 선/축	柳建寺	시가/센류	

1919년 10월 09일 (목) 6544호

지면	단수	기획	기사제목 〈회수〉〔곡수〕	필자/저자(역자)	분류	비고
1	4~5	朝鮮詩壇	架幼孫 〔1〕 가유손	村上石減	시가/한시	
1	5	朝鮮詩壇	遊楓# 〔1〕 유풍#	齋藤三寅	시가/한시	
1	5	朝鮮詩壇	秋日郊行 〔1〕 추일교행	田潤乘州	시가/한시	
1	5~6		史外史傳 坂東武者 〈39〉 사외사전 반도무샤	故山田美妙實作	소설/일본 고전	
4	1~3		小說 みどりの影 〈4〉 소설 녹색 그림자	岡本靈華	소설	

1919년 10월 10일 (금) 6545호 석간

지면	단수	기획	기사제목 〈회수〉〔곡수〕	필자/저자(역자)	분류	비고
4	1~3		由井正雪 〈5〉 유이노 쇼세쓰	小金井蘆洲	고단	

1919년 10월 10일 (금) 6545호

지면	단수	기획	기사제목 〈회수〉〔곡수〕	필자/저자(역자)	분류	비고
1	3~4	朝鮮俳壇	渡邊水巴選/月 〈1〉〔6〕 와타나베 스이하 선/달	瓦全	시가/하이쿠	
1	4	朝鮮俳壇	渡邊水巴選/月 〈1〉〔5〕 와타나베 스이하 선/달	桃波	시가/하이쿠	
1	4	朝鮮俳壇	渡邊水巴選/月 〈1〉〔4〕 와타나베 스이하 선/달	砂村	시가/하이쿠	
1	4~6		史外史傳 坂東武者 〈40〉 사외사전 반도무샤	故山田美妙實作	소설/일본 고전	
4	1~3		小說 みどりの影 〈5〉 소설 녹색 그림자	岡本靈華	소설	
4	3		第二回全鮮川柳大會句稿/鳥石選/前抜 〈2〉〔1〕 제2회 전국 조선 센류 대회 구고/조세키 선/전발	失名	시가/센류	
4	3		第二回全鮮川柳大會句稿/鳥石選/前抜 〈2〉〔1〕 제2회 전국 조선 센류 대회 구고/조세키 선/전발	松平坊	시가/센류	
4	3		第二回全鮮川柳大會句稿/鳥石選/前抜 〈2〉〔1〕 제2회 전국 조선 센류 대회 구고/조세키 선/전발	雄々坊	시가/센류	
4	3		第二回全鮮川柳大會句稿/鳥石選/前抜 〈2〉〔1〕 제2회 전국 조선 센류 대회 구고/조세키 선/전발	閑空坊	시가/센류	
4	3		第二回全鮮川柳大會句稿/鳥石選/前抜 〈2〉〔1〕 제2회 전국 조선 센류 대회 구고/조세키 선/전발	川狂坊	시가/센류	
4	3		第二回全鮮川柳大會句稿/鳥石選/前抜 〈2〉〔1〕 제2회 전국 조선 센류 대회 구고/조세키 선/전발	五丈原	시가/센류	
4	3		第二回全鮮川柳大會句稿/鳥石選/前抜 〈2〉〔1〕 제2회 전국 조선 센류 대회 구고/조세키 선/전발	あきら	시가/센류	
4	3		第二回全鮮川柳大會句稿/鳥石選/前抜 〈2〉〔1〕 제2회 전국 조선 센류 대회 구고/조세키 선/전발	不知火	시가/센류	
4	3		第二回全鮮川柳大會句稿/鳥石選/前抜 〈2〉〔1〕 제2회 전국 조선 센류 대회 구고/조세키 선/전발	漢城坊	시가/센류	
4	3		第二回全鮮川柳大會句稿/鳥石選/前抜 〈2〉〔1〕 제2회 전국 조선 센류 대회 구고/조세키 선/전발	詩腕坊	시가/센류	
4	3		第二回全鮮川柳大會句稿/鳥石選/前抜 〈2〉〔1〕 제2회 전국 조선 센류 대회 구고/조세키 선/전발	柳蛙	시가/센류	
4	3		第二回全鮮川柳大會句稿/鳥石選/前抜 〈2〉〔1〕 제2회 전국 조선 센류 대회 구고/조세키 선/전발	弓八郎	시가/센류	
4	3		第二回全鮮川柳大會句稿/鳥石選/前抜 〈2〉〔2〕 제2회 전국 조선 센류 대회 구고/조세키 선/전발	皷村	시가/센류	
4	3		第二回全鮮川柳大會句稿/鳥石選/前抜 〈2〉〔2〕 제2회 전국 조선 센류 대회 구고/조세키 선/전발	醉樽寺	시가/센류	
4	3		第二回全鮮川柳大會句稿/鳥石選/五客 〈2〉〔1〕 제2회 전국 조선 센류 대회 구고/조세키 선/오객	閑寬坊	시가/센류	
4	3		第二回全鮮川柳大會句稿/鳥石選/五客 〈2〉〔1〕 제2회 전국 조선 센류 대회 구고/조세키 선/오객	五丈原	시가/센류	
4	3		第二回全鮮川柳大會句稿/鳥石選/五客 〈2〉〔1〕 제2회 전국 조선 센류 대회 구고/조세키 선/오객	苦論坊	시가/센류	
4	3		第二回全鮮川柳大會句稿/鳥石選/五客 〈2〉〔1〕 제2회 전국 조선 센류 대회 구고/조세키 선/오객	松平坊	시가/센류	
4	3		第二回全鮮川柳大會句稿/鳥石選/五客 〈2〉〔1〕 제2회 전국 조선 센류 대회 구고/조세키 선/오객	閑寬坊	시가/센류	

지면	단수	기획	기사제목 〈회수〉〔곡수〕	필자/저자(역자)	분류	비고
4	3		第二回全鮮川柳大會句稿/鳥石選/人 〈2〉〔1〕 제2회 전국 조선 센류 대회 구고/조세키 선/인	松平坊	시가/센류	
4	3		第二回全鮮川柳大會句稿/鳥石選/地 〈2〉〔1〕 제2회 전국 조선 센류 대회 구고/조세키 선/지	シアレ坊	시가/센류	
4	3		第二回全鮮川柳大會句稿/鳥石選/天 〈2〉〔1〕 제2회 전국 조선 센류 대회 구고/조세키 선/천	あきら	시가/센류	
4	3		第二回全鮮川柳大會句稿/鳥石選/軸 〈2〉〔1〕 제2회 전국 조선 센류 대회 구고/조세키 선/축	鳥石	시가/센류	
4	3		第二回全鮮川柳大會句稿/詩腕坊選/前拔 〈2〉〔1〕 제2회 전국 조선 센류 대회 구고/시완보 선/전발	多美郎	시가/센류	
4	3		第二回全鮮川柳大會句稿/詩腕坊選/前拔 〈2〉〔1〕 제2회 전국 조선 센류 대회 구고/시완보 선/전발	柳蛙	시가/센류	
4	3		第二回全鮮川柳大會句稿/詩腕坊選/前拔 〈2〉〔1〕 제2회 전국 조선 센류 대회 구고/시완보 선/전발	雄々坊	시가/센류	
4	3		第二回全鮮川柳大會句稿/詩腕坊選/前拔 〈2〉〔2〕 제2회 전국 조선 센류 대회 구고/시완보 선/전발	鳥石	시가/센류	
4	4		第二回全鮮川柳大會句稿/詩腕坊選/前拔 〈2〉〔3〕 제2회 전국 조선 센류 대회 구고/시완보 선/전발	``子	시가/센류	
4	4		第二回全鮮川柳大會句稿/詩腕坊選/五客 〈2〉〔1〕 제2회 전국 조선 센류 대회 구고/시완보 선/오객	漢城坊	시가/센류	
4	4		第二回全鮮川柳大會句稿/詩腕坊選/五客 〈2〉〔1〕 제2회 전국 조선 센류 대회 구고/시완보 선/오객	鳥石	시가/센류	
4	4		第二回全鮮川柳大會句稿/詩腕坊選/五客 〈2〉〔1〕 제2회 전국 조선 센류 대회 구고/시완보 선/오객	柳蛙	시가/센류	
4	4		第二回全鮮川柳大會句稿/詩腕坊選/五客 〈2〉〔1〕 제2회 전국 조선 센류 대회 구고/시완보 선/오객	あきら	시가/센류	
4	4		第二回全鮮川柳大會句稿/詩腕坊選/五客 〈2〉〔1〕 제2회 전국 조선 센류 대회 구고/시완보 선/오객	苦論坊	시가/센류	
4	4		第二回全鮮川柳大會句稿/詩腕坊選/人 〈2〉〔1〕 제2회 전국 조선 센류 대회 구고/시완보 선/인	皷村	시가/센류	
4	4		第二回全鮮川柳大會句稿/詩腕坊選/地 〈2〉〔1〕 제2회 전국 조선 센류 대회 구고/시완보 선/지	柳蛙	시가/센류	
4	4		第二回全鮮川柳大會句稿/詩腕坊選/天 〈2〉〔1〕 제2회 전국 조선 센류 대회 구고/시완보 선/천	弓八郎	시가/센류	
4	4		第二回全鮮川柳大會句稿/詩腕坊選/軸 〈2〉〔3〕 제2회 전국 조선 센류 대회 구고/시완보 선/축	詩腕坊	시가/센류	

1919년 10월 11일 (토) 6546호 석간

지면	단수	기획	기사제목	필자/저자(역자)	분류	비고
3	9~11		由井正雪 〈6〉 유이노 쇼세쓰	小金井蘆洲	고단	

1919년 10월 11일 (토) 6546호

지면	단수	기획	기사제목	필자/저자(역자)	분류	비고
1	4~6		史外史傳 坂東武者 〈41〉 사외사전 반도무샤	故山田美妙實作	소설/일본 고전	
4	1~3		小說 みどりの影 〈6〉 소설 녹색 그림자	岡本靈華	소설	
4	3		第二回全鮮川柳大會句稿/苦論坊選 〈3〉〔1〕 제2회 전국 조선 센류 대회 구고/구론방 선	多美郎	시가/센류	
4	3		第二回全鮮川柳大會句稿/苦論坊選 〈3〉〔1〕 제2회 전국 조선 센류 대회 구고/구론방 선	柳蛙	시가/센류	
4	3		第二回全鮮川柳大會句稿/苦論坊選 〈3〉〔1〕 제2회 전국 조선 센류 대회 구고/구론방 선	あきら	시가/센류	

지면	단수	기획	기사제목 〈회수〉〔곡수〕	필자/저자(역자)	분류	비고
4	3		第二回全鮮川柳大會句稿/苦論坊選 〈3〉〔1〕 제2회 전국 조선 센류 대회 구고/구론방 선	閑寬坊	시가/센류	
4	3		第二回全鮮川柳大會句稿/苦論坊選 〈3〉〔1〕 제2회 전국 조선 센류 대회 구고/구론방 선	黃村	시가/센류	
4	3		第二回全鮮川柳大會句稿/苦論坊選 〈3〉〔1〕 제2회 전국 조선 센류 대회 구고/구론방 선	弓八郎	시가/센류	
4	3		第二回全鮮川柳大會句稿/苦論坊選 〈3〉〔1〕 제2회 전국 조선 센류 대회 구고/구론방 선	漢城坊	시가/센류	
4	3		第二回全鮮川柳大會句稿/苦論坊選/五客 〈3〉〔1〕 제2회 전국 조선 센류 대회 구고/구론방 선/오객	詩腕坊	시가/센류	
4	3		第二回全鮮川柳大會句稿/苦論坊選/五客 〈3〉〔1〕 제2회 전국 조선 센류 대회 구고/구론방 선/오객	閑寬坊	시가/센류	
4	3		第二回全鮮川柳大會句稿/苦論坊選/五客 〈3〉〔1〕 제2회 전국 조선 센류 대회 구고/구론방 선/오객	鳥石	시가/센류	
4	3		第二回全鮮川柳大會句稿/苦論坊選/五客 〈3〉〔1〕 제2회 전국 조선 센류 대회 구고/구론방 선/오객	詩腕坊	시가/센류	
4	3		第二回全鮮川柳大會句稿/苦論坊選/五客 〈3〉〔1〕 제2회 전국 조선 센류 대회 구고/구론방 선/오객	五丈原	시가/센류	
4	3		第二回全鮮川柳大會句稿/苦論坊選/人 〈3〉〔1〕 제2회 전국 조선 센류 대회 구고/구론방 선/인	弓八郎	시가/센류	
4	3		第二回全鮮川柳大會句稿/苦論坊選/地 〈3〉〔1〕 제2회 전국 조선 센류 대회 구고/구론방 선/지	鳥石	시가/센류	
4	3		第二回全鮮川柳大會句稿/苦論坊選/天 〈3〉〔1〕 제2회 전국 조선 센류 대회 구고/구론방 선/천	醉樽寺	시가/센류	
4	3		第二回全鮮川柳大會句稿/苦論坊選/軸 〈3〉〔2〕 제2회 전국 조선 센류 대회 구고/구론방 선/축	苦論坊	시가/센류	
4	3		第二回全鮮川柳大會句稿/雉、宿題、互選〈3〉〔1〕 제2회 전국 조선 센류 대회 구고/꿩, 숙제, 호선	山#	시가/센류	
4	3		第二回全鮮川柳大會句稿/雉、宿題、互選〈3〉〔1〕 제2회 전국 조선 센류 대회 구고/꿩, 숙제, 호선	樂#	시가/센류	
4	3		第二回全鮮川柳大會句稿/雉、宿題、互選〈3〉〔1〕 제2회 전국 조선 센류 대회 구고/꿩, 숙제, 호선	##	시가/센류	
4	3		第二回全鮮川柳大會句稿/雉、宿題、互選〈3〉〔1〕 제2회 전국 조선 센류 대회 구고/꿩, 숙제, 호선	三福坊	시가/센류	
4	3		第二回全鮮川柳大會句稿/雉、宿題、互選〈3〉〔1〕 제2회 전국 조선 센류 대회 구고/꿩, 숙제, 호선	多美郎	시가/센류	
4	3		第二回全鮮川柳大會句稿/雉、宿題、互選〈3〉〔1〕 제2회 전국 조선 센류 대회 구고/꿩, 숙제, 호선	土左衛門	시가/센류	
4	3		第二回全鮮川柳大會句稿/雉、宿題、互選〈3〉〔1〕 제2회 전국 조선 센류 대회 구고/꿩, 숙제, 호선	美好#	시가/센류	
4	3		第二回全鮮川柳大會句稿/雉、宿題、互選〈3〉〔1〕 제2회 전국 조선 센류 대회 구고/꿩, 숙제, 호선	松平坊	시가/센류	
4	3		第二回全鮮川柳大會句稿/雉、宿題、互選〈3〉〔1〕 제2회 전국 조선 센류 대회 구고/꿩, 숙제, 호선	皷村	시가/센류	
4	3		第二回全鮮川柳大會句稿/雉、宿題、互選〈3〉〔3〕 제2회 전국 조선 센류 대회 구고/꿩, 숙제, 호선	樂調子	시가/센류	
4	3		第二回全鮮川柳大會句稿/雉、宿題、互選〈3〉〔1〕 제2회 전국 조선 센류 대회 구고/꿩, 숙제, 호선	#一	시가/센류	
4	3		第二回全鮮川柳大會句稿/雉、宿題、互選〈3〉〔2〕 제2회 전국 조선 센류 대회 구고/꿩, 숙제, 호선	五丈原	시가/센류	
4	3~4		第二回全鮮川柳大會句稿/雉、宿題、互選〈3〉〔2〕 제2회 전국 조선 센류 대회 구고/꿩, 숙제, 호선	桃州	시가/센류	

지면	단수	기획	기사제목 〈회수〉〔곡수〕	필자/저자(역자)	분류	비고
4	4		第二回全鮮川柳大會句稿/雉、宿題、互選〈3〉〔2〕 제2회 전국 조선 센류 대회 구고/꿩, 숙제, 호선	二#	시가/센류	
4	4		第二回全鮮川柳大會句稿/雉、宿題、互選〈3〉〔2〕 제2회 전국 조선 센류 대회 구고/꿩, 숙제, 호선	#	시가/센류	
4	4		第二回全鮮川柳大會句稿/雉、宿題、互選〈3〉〔1〕 제2회 전국 조선 센류 대회 구고/꿩, 숙제, 호선	大#	시가/센류	
4	4		第二回全鮮川柳大會句稿/雉、宿題、互選〈3〉〔2〕 제2회 전국 조선 센류 대회 구고/꿩, 숙제, 호선	弓八郎	시가/센류	
4	4		第二回全鮮川柳大會句稿/雉、宿題、互選〈3〉〔1〕 제2회 전국 조선 센류 대회 구고/꿩, 숙제, 호선	影坊子	시가/센류	
4	4		第二回全鮮川柳大會句稿/雉、宿題、互選〈3〉〔2〕 제2회 전국 조선 센류 대회 구고/꿩, 숙제, 호선	##	시가/센류	
4	4		第二回全鮮川柳大會句稿/雉、宿題、互選〈3〉〔1〕 제2회 전국 조선 센류 대회 구고/꿩, 숙제, 호선	竹仙峰	시가/센류	
4	4		第二回全鮮川柳大會句稿/雉、宿題、互選〈3〉〔1〕 제2회 전국 조선 센류 대회 구고/꿩, 숙제, 호선	右禿郎	시가/센류	
4	4		第二回全鮮川柳大會句稿/雉、宿題、互選〈3〉〔1〕 제2회 전국 조선 센류 대회 구고/꿩, 숙제, 호선	萬外子	시가/센류	
4	4		第二回全鮮川柳大會句稿/雉、宿題、互選〈3〉〔2〕 제2회 전국 조선 센류 대회 구고/꿩, 숙제, 호선	右禿郎	시가/센류	
4	4		第二回全鮮川柳大會句稿/雉、宿題、互選〈3〉〔2〕 제2회 전국 조선 센류 대회 구고/꿩, 숙제, 호선	あきら	시가/센류	
4	4		第二回全鮮川柳大會句稿/雉、宿題、互選〈3〉〔3〕 제2회 전국 조선 센류 대회 구고/꿩, 숙제, 호선	鳥石	시가/센류	
4	4		第二回全鮮川柳大會句稿/雉、宿題、互選〈3〉〔1〕 제2회 전국 조선 센류 대회 구고/꿩, 숙제, 호선	``子	시가/센류	
4	4		第二回全鮮川柳大會句稿/雉、宿題、互選〈3〉〔3〕 제2회 전국 조선 센류 대회 구고/꿩, 숙제, 호선	螢#子	시가/센류	
4	4		第二回全鮮川柳大會句稿/雉、宿題、互選〈3〉〔2〕 제2회 전국 조선 센류 대회 구고/꿩, 숙제, 호선	倶難梨坊	시가/센류	
4	4		第二回全鮮川柳大會句稿/雉、宿題、互選〈3〉〔1〕 제2회 전국 조선 센류 대회 구고/꿩, 숙제, 호선	奥坊	시가/센류	
4	4		第二回全鮮川柳大會句稿/雉、宿題、互選〈3〉〔1〕 제2회 전국 조선 센류 대회 구고/꿩, 숙제, 호선	女子	시가/센류	

1919년 10월 12일 (일) 6547호 석간

지면	단수	기획	기사제목 〈회수〉〔곡수〕	필자/저자(역자)	분류	비고
4	1~3		由井正雪〈7〉 유이노 쇼세쓰	小金井蘆洲	고단	

1919년 10월 12일 (일) 6547호

지면	단수	기획	기사제목 〈회수〉〔곡수〕	필자/저자(역자)	분류	비고
1	4	朝鮮詩壇	次右門隱士新居韻〔1〕 차우문은사신거운	江原如水	시가/한시	
1	4	朝鮮詩壇	偶成〔1〕 우성	齋藤三寅	시가/한시	
1	4	朝鮮詩壇	秋日郊行〔1〕 추일교행	萩倉峰陰	시가/한시	
1	4	朝鮮詩壇	#上#日##〔1〕 #상#일##	小永井##	시가/한시	
1	4	朝鮮俳壇	渡邊水巴選/月〔3〕 와타나베 스이하 선/달	星羽	시가/하이쿠	
1	4	朝鮮俳壇	渡邊水巴選/月〔3〕 와타나베 스이하 선/달	紫光	시가/하이쿠	

지면	단수	기획	기사제목 〈회수〉 [곡수]	필자/저자(역자)	분류	비고
1	4	朝鮮俳壇	渡邊水巴選/月 [3] 와타나베 스이하 선/달	##	시가/하이쿠	
1	4	朝鮮俳壇	渡邊水巴選/月 [2] 와타나베 스이하 선/달	有禿郎	시가/하이쿠	
1	4	朝鮮俳壇	渡邊水巴選/月 [2] 와타나베 스이하 선/달	弓由	시가/하이쿠	
1	5~6		史外史傳 坂東武者 〈42〉 사외사전 반도무샤	故山田美妙實作	소설/일본 고전	
4	1~3		小說 みどりの影 〈7〉 소설 녹색 그림자	岡本靈華	소설	

1919년 10월 13일 (월) 6548호 석간

지면	단수	기획	기사제목 〈회수〉 [곡수]	필자/저자(역자)	분류	비고
4	1~3		由井正雪 〈8〉 유이노 쇼세쓰	小金井蘆洲	고단	

1919년 10월 14일 (화) 6549호 석간

지면	단수	기획	기사제목 〈회수〉 [곡수]	필자/저자(역자)	분류	비고
4	1~3		由井正雪 〈9〉 유이노 쇼세쓰	小金井蘆洲	고단	
4	3	川柳	柳建寺土左衛門選/秋風 [1] 류켄지 도자에몬 선/가을 바람	京城 ##	시가/센류	
4	3	川柳	柳建寺土左衛門選/秋風 [2] 류켄지 도자에몬 선/가을 바람	仁川 #桐#	시가/센류	
4	3	川柳	柳建寺土左衛門選/秋風 [1] 류켄지 도자에몬 선/가을 바람	天安 ##	시가/센류	
4	3	川柳	柳建寺土左衛門選/秋風 [1] 류켄지 도자에몬 선/가을 바람	## ##郎	시가/센류	
4	3	川柳	柳建寺土左衛門選/秋風 [1] 류켄지 도자에몬 선/가을 바람	京城 宇宙樓	시가/센류	
4	3	川柳	柳建寺土左衛門選/秋風 [1] 류켄지 도자에몬 선/가을 바람	尙州 不動	시가/센류	
4	3	川柳	柳建寺土左衛門選/秋風 [1] 류켄지 도자에몬 선/가을 바람	龍山 #六	시가/센류	
4	3	川柳	柳建寺土左衛門選/秋風 [1] 류켄지 도자에몬 선/가을 바람	京城 無骨坊	시가/센류	
4	3	川柳	柳建寺土左衛門選/秋風 [1] 류켄지 도자에몬 선/가을 바람	仁川 #浪生	시가/센류	
4	3	川柳	柳建寺土左衛門選/秋風 [1] 류켄지 도자에몬 선/가을 바람	仁川 草魚坊	시가/센류	
4	3	川柳	柳建寺土左衛門選/秋風 [1] 류켄지 도자에몬 선/가을 바람	仁川 松平坊	시가/센류	
4	3	川柳	柳建寺土左衛門選/秋風 [1] 류켄지 도자에몬 선/가을 바람	永登浦 #潤子	시가/센류	
4	3	川柳	柳建寺土左衛門選/秋風 [1] 류켄지 도자에몬 선/가을 바람	海州 亞禪坊	시가/센류	
4	3	川柳	柳建寺土左衛門選/秋風 [1] 류켄지 도자에몬 선/가을 바람	海州 泰久坊	시가/센류	
4	3	川柳	柳建寺土左衛門選/秋風 [1] 류켄지 도자에몬 선/가을 바람	仁川 苦論坊	시가/센류	
4	3	川柳	柳建寺土左衛門選/秋風 [1] 류켄지 도자에몬 선/가을 바람	海州 泰久坊	시가/센류	
4	3	川柳	柳建寺土左衛門選/秋風 [1] 류켄지 도자에몬 선/가을 바람	大邱 白羊	시가/센류	

지면	단수	기획	기사제목 〈회수〉〔곡수〕	필자/저자(역자)	분류	비고
4	3~4	川柳	柳建寺土左衛門選/秋風〔1〕 류켄지 도자에몬 선/가을 바람	龍山 珍坊	시가/센류	
4	4	川柳	柳建寺土左衛門選/秋風〔1〕 류켄지 도자에몬 선/가을 바람	龍山 美坊	시가/센류	
4	4	川柳	柳建寺土左衛門選/秋風〔1〕 류켄지 도자에몬 선/가을 바람	美江 二本棒	시가/센류	
4	4	川柳	柳建寺土左衛門選/秋風〔1〕 류켄지 도자에몬 선/가을 바람	京城 ##	시가/센류	

1919년 10월 14일 (화) 6549호

지면	단수	기획	기사제목 〈회수〉〔곡수〕	필자/저자(역자)	분류	비고
1	3	朝鮮俳壇	渡邊水巴選/月〔2〕 와타나베 스이하 선/달	#不	시가/하이쿠	
1	3	朝鮮俳壇	渡邊水巴選/月〔2〕 와타나베 스이하 선/달	##	시가/하이쿠	
1	3	朝鮮俳壇	渡邊水巴選/月〔2〕 와타나베 스이하 선/달	###	시가/하이쿠	
1	3	朝鮮俳壇	渡邊水巴選/月〔1〕 와타나베 스이하 선/달	##	시가/하이쿠	
1	3	朝鮮俳壇	渡邊水巴選/月〔1〕 와타나베 스이하 선/달	##	시가/하이쿠	
1	3	朝鮮俳壇	渡邊水巴選/月〔1〕 와타나베 스이하 선/달	##	시가/하이쿠	
1	3	朝鮮俳壇	渡邊水巴選/月〔1〕 와타나베 스이하 선/달	##	시가/하이쿠	
1	4~5		史外史傳 坂東武者 〈43〉 사외사전 반도무샤	故山田美妙實作	소설/일본 고전	
4	1~3		小說 みどりの影 〈8〉 소설 녹색 그림자	岡本靈華	소설	

1919년 10월 21일 (화) 6555호 석간

지면	단수	기획	기사제목 〈회수〉〔곡수〕	필자/저자(역자)	분류	비고
3	8		京城菫吟社定會選句〔1〕 경성 스미레긴샤 정회 선구	久跪	시가/하이쿠	
3	8		京城菫吟社定會選句〔1〕 경성 스미레긴샤 정회 선구	##子	시가/하이쿠	
3	8		京城菫吟社定會選句〔1〕 경성 스미레긴샤 정회 선구	##	시가/하이쿠	
3	8		京城菫吟社定會選句〔1〕 경성 스미레긴샤 정회 선구	##	시가/하이쿠	
3	8		京城菫吟社定會選句〔1〕 경성 스미레긴샤 정회 선구	野山	시가/하이쿠	
3	8		京城菫吟社定會選句〔1〕 경성 스미레긴샤 정회 선구	芳郎	시가/하이쿠	
3	8		京城菫吟社定會選句〔1〕 경성 스미레긴샤 정회 선구	南羊	시가/하이쿠	
3	8		京城菫吟社定會選句〔1〕 경성 스미레긴샤 정회 선구	泥丹	시가/하이쿠	
3	8		京城菫吟社定會選句〔1〕 경성 스미레긴샤 정회 선구	#史	시가/하이쿠	
3	8		京城菫吟社定會選句〔1〕 경성 스미레긴샤 정회 선구	##	시가/하이쿠	
3	8		京城菫吟社定會選句〔1〕 경성 스미레긴샤 정회 선구	歲月	시가/하이쿠	

지면	단수	기획	기사제목 〈회수〉 [곡수]	필자/저자(역자)	분류	비고
3	8		京城菫吟社定會選句 [1] 경성 스미레긴샤 정회 선구	##	시가/하이쿠	
3	8		京城菫吟社定會選句/人 [1] 경성 스미레긴샤 정회 선구/인	龍山 孤舟	시가/하이쿠	
3	8		京城菫吟社定會選句/地 [1] 경성 스미레긴샤 정회 선구/지	京城 萬川	시가/하이쿠	
3	8		京城菫吟社定會選句/天 [1] 경성 스미레긴샤 정회 선구/천	京城 現堂	시가/하이쿠	
3	8		京城菫吟社定會選句/追加 [1] 경성 스미레긴샤 정회 선구/추가	#者	시가/하이쿠	
4	1~3		小說 みどりの影 〈13〉 소설 녹색 그림자	岡本靈華	소설	

1919년 10월 23일 (목) 6557호

지면	단수	기획	기사제목 〈회수〉 [곡수]	필자/저자(역자)	분류	비고
1	5	朝鮮俳壇	渡邊水巴選/秋雜 〈3〉 [14] 와타나베 스이하 선/가을-잡	綠#	시가/하이쿠	
1	5	朝鮮俳壇	渡邊水巴選/京城にて [1] 와타나베 스이하 선/경성에서	綠#	시가/하이쿠	
1	5~6		史外史傳 坂東武者 〈49〉 사외사전 반도무샤	故山田美妙實作	소설/일본 고전	
1	6	投稿歡迎	(제목없음)		광고/모집 광고	
4	1~3		小說 みどりの影 〈15〉 소설 녹색 그림자	岡本靈華	소설	

1919년 10월 24일 (금) 6558호 석간

지면	단수	기획	기사제목 〈회수〉 [곡수]	필자/저자(역자)	분류	비고
4	1~3		由井正雪 〈18〉 유이노 쇼세쓰	小金井蘆洲	고단	

1919년 10월 24일 (금) 6558호

지면	단수	기획	기사제목 〈회수〉 [곡수]	필자/저자(역자)	분류	비고
1	4	朝鮮詩壇	#永井鳥石翁六十三誕生次原韻 [1] #영정조석옹륙십삼탄생차원운	成川魯石	시가/한시	
1	4~5	朝鮮詩壇	江村雜詠 [1] 강촌잡영	限部矢山	시가/한시	
1	5	朝鮮詩壇	賀梅渓### [1] 하매부###	河島五山	시가/한시	
1	5	朝鮮俳壇	渡邊水巴選/秋雜/秀逸 [7] 와타나베 스이하 선/가을-잡/수일	##	시가/하이쿠	
1	5	朝鮮俳壇	渡邊水巴選/秋雜 [5] 와타나베 스이하 선/가을-잡	#人	시가/하이쿠	
1	5	朝鮮俳壇	渡邊水巴選/秋雜/秀逸 [1] 와타나베 스이하 선/가을-잡/수일	#人	시가/하이쿠	
1	5	投稿歡迎	(제목없음)		광고/모집 광고	
1	5~6		史外史傳 坂東武者 〈50〉 사외사전 반도무샤	故山田美妙實作	소설/일본 고전	
4	1~3		小說 みどりの影 〈16〉 소설 녹색 그림자	岡本靈華	소설	

1919년 10월 26일 (일) 6560호

지면	단수	기획	기사제목 〈회수〉 [곡수]	필자/저자(역자)	분류	비고
1	5	朝鮮詩壇	秋雨 [1] 추우	限部矢山	시가/한시	

지면	단수	기획	기사제목 〈회수〉〔곡수〕	필자/저자(역자)	분류	비고
1	5	朝鮮詩壇	朴居〔1〕 박거	河島五山	시가/한시	
1	5	朝鮮詩壇	秋#寓目〔1〕 추#우목	齋藤三寅	시가/한시	
1	5	朝鮮詩壇	觀菊有作〔1〕 관국유작	高井拍堂	시가/한시	
1	5	朝鮮詩壇	秋穫#晴〔1〕 추확#청	茂泉鶴堂	시가/한시	
1	5		朝鮮俳壇京城十月例會/秋の雨/二點句〔4〕 조선 하이단 경성 10월 예회/가을비/이점 구	##	시가/하이쿠	
1	5		朝鮮俳壇京城十月例會/秋の雨/二點句〔7〕 조선 하이단 경성 10월 예회/가을비/이점 구	登貴子	시가/하이쿠	
1	5		朝鮮俳壇京城十月例會/秋の雨/二點句〔2〕 조선 하이단 경성 10월 예회/가을비/이점 구	迎#	시가/하이쿠	
1	5		朝鮮俳壇京城十月例會/秋の雨/渡邊水巴選〔1〕 조선 하이단 경성 10월 예회/가을비/와타나베 스이하 선	黃村	시가/하이쿠	
1	5		朝鮮俳壇京城十月例會/秋の雨/渡邊水巴選〔2〕 조선 하이단 경성 10월 예회/가을비/와타나베 스이하 선	滴#	시가/하이쿠	
1	5		朝鮮俳壇京城十月例會/秋の雨/渡邊水巴選〔1〕 조선 하이단 경성 10월 예회/가을비/와타나베 스이하 선	登貴子	시가/하이쿠	
4	1~3		小說 みどりの影〈18〉 소설 녹색 그림자	岡本靈華	소설	

1919년 10월 27일 (월) 6561호 석간

지면	단수	기획	기사제목 〈회수〉〔곡수〕	필자/저자(역자)	분류	비고
4	1~3		由井正雪〈21〉 유이노 쇼세쓰	小金井蘆洲	고단	

1919년 10월 28일 (화) 6562호 석간

지면	단수	기획	기사제목 〈회수〉〔곡수〕	필자/저자(역자)	분류	비고
1	8		北漢山下秋遊四首/其一/遊送洗劍亭〔1〕 북한산하추유 네 수/그 첫 번째/유송세검정	西村天骨	시가/한시	
1	8		北漢山下秋遊四首/其二/##少秋赤〔1〕 북한산하추유 네 수/그 두 번째/##소추적	西村天骨	시가/한시	
1	8		北漢山下秋遊四首/其三/##〔1〕 북한산하추유 네 수/그 세 번째/##	西村天骨	시가/한시	
1	8		北漢山下秋遊四首/其四/奧美人相携步〔1〕 북한산하추유 네 수/그 네 번째/오미인상휴보	西村天骨	시가/한시	
4	1~3		由井正雪〈22〉 유이노 쇼세쓰	小金井蘆洲	고단	

1919년 10월 28일 (화) 6562호

지면	단수	기획	기사제목 〈회수〉〔곡수〕	필자/저자(역자)	분류	비고
1	4	朝鮮詩壇	秋#寓目〔1〕 추#우목	江原如水	시가/한시	
1	4	朝鮮詩壇	#出寒#〔1〕 #출한#	河島五山	시가/한시	
1	4	朝鮮詩壇	江村即事〔1〕 강촌즉사	茂泉鶴堂	시가/한시	
1	4~6		史外史傳 坂東武者〈53〉 사외사전 반도무샤	故山田美妙實作	소설/일본 고전	
4	1~3		小說 みどりの影〈19〉 소설 녹색 그림자	岡本靈華	소설	

1919년 10월 29일 (수) 6563호 석간

지면	단수	기획	기사제목 〈회수〉〔곡수〕	필자/저자(역자)	분류	비고
2	6~8		五九郎物語/東京の名物男、五尺にも足らぬ小男、彼の珍談奇行 고쿠로 이야기/도쿄의 명물 남자, 오척도 되지 않은 작은 남자, 그의 진귀한 이야기 기행		수필/기타	
3	6		新義州にて 신의주에서	石川生	수필/기행	
3	7		京城菫吟社定會選句〔1〕 경성 스미레긴샤 정회 선구	柳水	시가/하이쿠	
3	7		京城菫吟社定會選句〔1〕 경성 스미레긴샤 정회 선구	久錄	시가/하이쿠	
3	7		京城菫吟社定會選句〔2〕 경성 스미레긴샤 정회 선구	綠山	시가/하이쿠	
3	7		京城菫吟社定會選句〔1〕 경성 스미레긴샤 정회 선구	竹城	시가/하이쿠	
3	7		京城菫吟社定會選句〔2〕 경성 스미레긴샤 정회 선구	鼓村	시가/하이쿠	
3	7		京城菫吟社定會選句〔1〕 경성 스미레긴샤 정회 선구	南洋	시가/하이쿠	
3	7		京城菫吟社定會選句〔1〕 경성 스미레긴샤 정회 선구	晚峰	시가/하이쿠	
3	7		京城菫吟社定會選句〔1〕 경성 스미레긴샤 정회 선구	綠山	시가/하이쿠	
3	7		京城菫吟社定會選句〔1〕 경성 스미레긴샤 정회 선구	晚峰	시가/하이쿠	
3	7		京城菫吟社定會選句〔1〕 경성 스미레긴샤 정회 선구	竹城	시가/하이쿠	
3	7		京城菫吟社定會選句〔1〕 경성 스미레긴샤 정회 선구	南洋	시가/하이쿠	
3	7		京城菫吟社定會選句〔1〕 경성 스미레긴샤 정회 선구	鼓村	시가/하이쿠	
3	7		京城菫吟社定會選句〔2〕 경성 스미레긴샤 정회 선구	山靜	시가/하이쿠	
3	7		京城菫吟社定會選句〔1〕 경성 스미레긴샤 정회 선구	鼓村	시가/하이쿠	
3	7		京城菫吟社定會選句〔1〕 경성 스미레긴샤 정회 선구	晚峰	시가/하이쿠	
4	1~3		由井正雪〈23〉 유이노 쇼세쓰	小金井蘆洲	고단	

1919년 10월 29일 (수) 6563호

1	3	朝鮮詩壇	秋江泛舟〔1〕 추강범주	限部矢山	시가/한시	
1	3	朝鮮詩壇	秋#寓目〔1〕 추#우목	成川魯石	시가/한시	
1	3	朝鮮詩壇	秋雨〔1〕 추우	河島五山	시가/한시	
1	3	朝鮮詩壇	清南我感二首錄一〔2〕 청남아감 이수 녹일	西田白陰	시가/한시	
1	3~4	朝鮮俳壇	渡邊水巴選/秋雜〔4〕 와타나베 스이하 선/가을-잡	星津	시가/하이쿠	
1	4	朝鮮俳壇	渡邊水巴選/秋雜〔3〕 와타나베 스이하 선/가을-잡	秋天	시가/하이쿠	

지면	단수	기획	기사제목 〈회수〉 〔곡수〕	필자/저자(역자)	분류	비고
1	4	朝鮮俳壇	渡邊水巴選/秋雜 〔2〕 와타나베 스이하 선/가을-잡	汀香	시가/하이쿠	
1	4	朝鮮俳壇	渡邊水巴選/秋雜 〔2〕 와타나베 스이하 선/가을-잡	香洲	시가/하이쿠	
1	4	朝鮮俳壇	渡邊水巴選/秋雜 〔1〕 와타나베 스이하 선/가을-잡	默牛	시가/하이쿠	
1	4	朝鮮俳壇	渡邊水巴選/秋雜/秀逸 〔1〕 와타나베 스이하 선/가을-잡/수일	默牛	시가/하이쿠	
1	4~5		史外史傳 坂東武者 〈52〉 사외사전 반도무샤	故山田美妙實作	소설/일본 고전	회수 오류
4	1~3		小說 みどりの影 〈20〉 소설 녹색 그림자	岡本靈華	소설	

1919년 10월 30일 (목) 6564호 석간

지면	단수	기획	기사제목 〈회수〉 〔곡수〕	필자/저자(역자)	분류	비고
3	7		京城菫吟社定會選句 〔1〕 경성 스미레긴샤 정회 선구	久錄	시가/하이쿠	
3	7		京城菫吟社定會選句 〔1〕 경성 스미레긴샤 정회 선구	南洋	시가/하이쿠	
3	7		京城菫吟社定會選句 〔1〕 경성 스미레긴샤 정회 선구	彌生	시가/하이쿠	
3	7		京城菫吟社定會選句 〔1〕 경성 스미레긴샤 정회 선구	鼓村	시가/하이쿠	
3	7		京城菫吟社定會選句 〔1〕 경성 스미레긴샤 정회 선구	綠山	시가/하이쿠	
3	7		京城菫吟社定會選句 〔1〕 경성 스미레긴샤 정회 선구	柳水	시가/하이쿠	
3	7		京城菫吟社定會選句 〔1〕 경성 스미레긴샤 정회 선구	竹城	시가/하이쿠	
3	7		京城菫吟社定會選句 〔1〕 경성 스미레긴샤 정회 선구	久錄	시가/하이쿠	
3	7		京城菫吟社定會選句 〔1〕 경성 스미레긴샤 정회 선구	南洋	시가/하이쿠	
3	7		京城菫吟社定會選句 〔1〕 경성 스미레긴샤 정회 선구	綠山	시가/하이쿠	
3	7		京城菫吟社定會選句 〔1〕 경성 스미레긴샤 정회 선구	柳水	시가/하이쿠	
3	7		京城菫吟社定會選句 〔1〕 경성 스미레긴샤 정회 선구	南洋	시가/하이쿠	
3	7		京城菫吟社定會選句 〔1〕 경성 스미레긴샤 정회 선구	芳郎	시가/하이쿠	
3	7		京城菫吟社定會選句 〔1〕 경성 스미레긴샤 정회 선구	綠山	시가/하이쿠	
3	7		京城菫吟社定會選句 〔1〕 경성 스미레긴샤 정회 선구	山靜	시가/하이쿠	
3	7		京城菫吟社定會選句 〔1〕 경성 스미레긴샤 정회 선구	綠山	시가/하이쿠	
3	7		京城菫吟社定會選句 〔1〕 경성 스미레긴샤 정회 선구	其#	시가/하이쿠	
3	7		京城菫吟社定會選句 〔1〕 경성 스미레긴샤 정회 선구	晩峰	시가/하이쿠	
3	7		京城菫吟社定會選句 〔1〕 경성 스미레긴샤 정회 선구	南洋	시가/하이쿠	

지면	단수	기획	기사제목 〈회수〉〔곡수〕	필자/저자(역자)	분류	비고
3	7		京城菫吟社定會選句〔1〕 경성 스미레긴샤 정회 선구	山靜	시가/하이쿠	
3	7		京城菫吟社定會選句〔1〕 경성 스미레긴샤 정회 선구	綠山	시가/하이쿠	
3	7		京城菫吟社定會選句〔1〕 경성 스미레긴샤 정회 선구	一雅	시가/하이쿠	
3	8~10		由井正雪〈24〉 유이노 쇼세쓰	小金井蘆洲	고단	

1919년 10월 30일 (목) 6564호

지면	단수	기획	기사제목 〈회수〉〔곡수〕	필자/저자(역자)	분류	비고
1	3	朝鮮詩壇	秋江泛舟〔1〕 추강범주	栗原華陽	시가/한시	
1	3	朝鮮詩壇	送人赴#洲〔1〕 송인부#주	河島五山	시가/한시	
1	3	朝鮮詩壇	觀菊有韻〔1〕 관국유운	茂泉鶴堂	시가/한시	
1	3	朝鮮詩壇	觀蒸京博物館〔1〕 관증경박물관	西田白陰	시가/한시	
1	3	朝鮮俳壇	渡邊水巴選/秋雜〈6〉〔7〕 와타나베 스이하 선/가을-잡	友#	시가/하이쿠	
1	4	朝鮮俳壇	渡邊水巴選/秋雜/秀逸〔5〕 와타나베 스이하 선/가을-잡/수일	秋#	시가/하이쿠	
1	4	朝鮮俳壇	渡邊水巴選/秋雜〔2〕 와타나베 스이하 선/가을-잡	秋#	시가/하이쿠	
1	4	朝鮮俳壇	渡邊水巴選/秋雜/秀逸〔1〕 와타나베 스이하 선/가을-잡/수일	友#	시가/하이쿠	
1	4~5		史外史傳 坂東武者〈54〉 사외사전 반도무샤	故山田美妙實作	소설/일본 고전	
1	5	投稿歡迎	(제목없음)		광고/모집 광고	
4	1~3		小說 みどりの影〈21〉 소설 녹색 그림자	岡本靈華	소설	
4	3	川柳	柳建寺土左衛門選/爆彈/五客〔1〕 류켄지 도자에몬 선/폭탄/오객	京城 中##	시가/센류	
4	3	川柳	柳建寺土左衛門選/爆彈/五客〔1〕 류켄지 도자에몬 선/폭탄/오객	大邱 柳村	시가/센류	
4	3	川柳	柳建寺土左衛門選/爆彈/五客〔2〕 류켄지 도자에몬 선/폭탄/오객	仁川 詩腕坊	시가/센류	
4	3	川柳	柳建寺土左衛門選/爆彈/五客〔1〕 류켄지 도자에몬 선/폭탄/오객	龍山 沐花坊	시가/센류	
4	3	川柳	柳建寺土左衛門選/爆彈/三才/人〔1〕 류켄지 도자에몬 선/폭탄/삼재/인	仁川 有禿郎	시가/센류	
4	3	川柳	柳建寺土左衛門選/爆彈/三才/地〔1〕 류켄지 도자에몬 선/폭탄/삼재/지	龍山 鳥石	시가/센류	
4	3	川柳	柳建寺土左衛門選/爆彈/三才/天〔1〕 류켄지 도자에몬 선/폭탄/삼재/천	仁川 詩腕坊	시가/센류	

1919년 10월 31일 (금) 6565호 석간

지면	단수	기획	기사제목 〈회수〉〔곡수〕	필자/저자(역자)	분류	비고
4	1~3		由井正雪〈25〉 유이노 쇼세쓰	小金井蘆洲	고단	

1919년 10월 31일 (금) 6565호

지면	단수	기획	기사제목 〈회수〉〔곡수〕	필자/저자(역자)	분류	비고
1	3~4	朝鮮詩壇	秋##晴 〔1〕 추##청	安永春雨	시가/한시	
1	4	朝鮮詩壇	觀月與友飮 〔1〕 관월여우음	川端不絶	시가/한시	
1	4	朝鮮詩壇	月夜海上 〔1〕 월야해상	中西古竹	시가/한시	
1	4	朝鮮詩壇	秋雨 〔1〕 추우	松田學鷗	시가/한시	
1	4	朝鮮俳壇	渡邊水巴選/蟲 〔7〕 와타나베 스이하 선/벌레	裸骨	시가/하이쿠	
1	4	朝鮮俳壇	渡邊水巴選/蟲 〔5〕 와타나베 스이하 선/벌레	桃坂	시가/하이쿠	
1	4	朝鮮俳壇	渡邊水巴選/蟲 〔5〕 와타나베 스이하 선/벌레	佐多女	시가/하이쿠	
1	5~6		史外史傳 坂東武者 〈55〉 사외사전 반도무샤	故山田美妙實作	소설/일본 고전	
3	6~7		クノーの小夜曲 구노의 세레나데		수필·시가/ 수필·기타	
4	1~3		小說 みどりの影 〈22〉 소설 녹색 그림자	岡本靈華	소설	

1919년 11월 02일 (일) 6566호 석간

지면	단수	기획	기사제목 〈회수〉〔곡수〕	필자/저자(역자)	분류	비고
3	8		大川吟社第二例會/初秋 〔1〕 대천음사 제2예회/초가을	佳天	시가/하이쿠	
3	8		大川吟社第二例會/初秋 〔1〕 대천음사 제2예회/초가을	#生	시가/하이쿠	
3	8		大川吟社第二例會/初秋 〔1〕 대천음사 제2예회/초가을	石翁	시가/하이쿠	
3	8		大川吟社第二例會/初秋 〔1〕 대천음사 제2예회/초가을	三洲	시가/하이쿠	
3	8		大川吟社第二例會/初秋 〔1〕 대천음사 제2예회/초가을	九香	시가/하이쿠	
3	8		大川吟社第二例會/初秋 〔1〕 대천음사 제2예회/초가을	舍人	시가/하이쿠	
3	8		大川吟社第二例會/初秋 〔1〕 대천음사 제2예회/초가을	二元	시가/하이쿠	
3	8		大川吟社第二例會/秋祭 〔1〕 대천음사 제2예회/가을 축제	二元	시가/하이쿠	
3	8		大川吟社第二例會/秋祭 〔1〕 대천음사 제2예회/가을 축제	春#	시가/하이쿠	
3	8		大川吟社第二例會/秋祭 〔1〕 대천음사 제2예회/가을 축제	三洲	시가/하이쿠	
3	8		大川吟社第二例會/秋祭 〔1〕 대천음사 제2예회/가을 축제	石翁	시가/하이쿠	
3	8		大川吟社第二例會/秋祭 〔1〕 대천음사 제2예회/가을 축제	無村	시가/하이쿠	
3	8		大川吟社第二例會/秋祭 〔1〕 대천음사 제2예회/가을 축제	任天	시가/하이쿠	
3	8		大川吟社第二例會/秋祭 〔1〕 대천음사 제2예회/가을 축제	舍人	시가/하이쿠	
3	8		大川吟社第二例會/秋祭 〔1〕 대천음사 제2예회/가을 축제	九香	시가/하이쿠	

지면	단수	기획	기사제목 〈회수〉〔곡수〕	필자/저자(역자)	분류	비고
3	8		大川吟社第二例會/秋祭〔1〕 대천음사 제2예회/가을 축제	合#	시가/하이쿠	
3	8		大川吟社第二例會/秋祭〔1〕 대천음사 제2예회/가을 축제	可好	시가/하이쿠	
3	8		大川吟社第二例會/鳴子〔1〕 대천음사 제2예회/나루코	九香	시가/하이쿠	
3	8		大川吟社第二例會/鳴子〔1〕 대천음사 제2예회/나루코	可#	시가/하이쿠	
3	8		大川吟社第二例會/鳴子〔3〕 대천음사 제2예회/나루코	舍人	시가/하이쿠	
3	8		大川吟社第二例會/鳴子〔1〕 대천음사 제2예회/나루코	二元	시가/하이쿠	
3	8		大川吟社第二例會/鳴子〔1〕 대천음사 제2예회/나루코	三洲	시가/하이쿠	
3	8		大川吟社第二例會/鳴子〔1〕 대천음사 제2예회/나루코	任天	시가/하이쿠	
3	8		大川吟社第二例會/鳴子〔1〕 대천음사 제2예회/나루코	合#	시가/하이쿠	
3	8		大川吟社第二例會/鳴子〔1〕 대천음사 제2예회/나루코	九香	시가/하이쿠	
4	1~3		由井正雪〈26〉 유이노 쇼세쓰	小金井蘆洲	고단	

1919년 11월 02일 (일) 6566호

지면	단수	기획	기사제목 〈회수〉〔곡수〕	필자/저자(역자)	분류	비고
1	4	朝鮮詩壇	願和園〔1〕 원화원	西田白陰	시가/한시	
1	4	朝鮮詩壇	觀菊有作〔1〕 관국유작	安永春雨	시가/한시	
1	4	朝鮮詩壇	月夜步江邊〔1〕 월야보강변	川端不絶	시가/한시	
1	4	朝鮮詩壇	秋穫#晴〔1〕 추확#청	笹島紫峰	시가/한시	
1	5~6		史外史傳 坂東武者〈56〉 사외사전 반도무샤	故山田美妙實作	소설/일본 고전	
4	1~3		小說 みどりの影〈23〉 소설 녹색 그림자	岡本靈華	소설	

1919년 11월 03일 (월) 6567호 석간

지면	단수	기획	기사제목 〈회수〉〔곡수〕	필자/저자(역자)	분류	비고
2	8~9		如何にして觀客を笑はせるか―活動寫眞界の人氣役者 チャーリン、 チャブリンは曰ふ 어떻게 해서 관객을 웃길 것인가 활동사진계의 인기 배우 찰리 채플린은 말한다		수필/비평	
4	1~3		由井正雪〈27〉 유이노 쇼세쓰	小金井蘆洲	고단	
4	3~4	川柳	柳建寺土左衛門選/鏡/前拔〔1〕 류켄지 도자에몬 선/거울/전발	龍山 兵六	시가/센류	
4	3~4	川柳	柳建寺土左衛門選/鏡/前拔〔1〕 류켄지 도자에몬 선/거울/전발	大邱 柳村	시가/센류	
4	3~4	川柳	柳建寺土左衛門選/鏡/前拔〔1〕 류켄지 도자에몬 선/거울/전발	京城 井月	시가/센류	
4	3~4	川柳	柳建寺土左衛門選/鏡/前拔〔1〕 류켄지 도자에몬 선/거울/전발	大邱 不知坊	시가/센류	

지면	단수	기획	기사제목 〈회수〉〔곡수〕	필자/저자(역자)	분류	비고
4	3~4	川柳	柳建寺土左衛門選/鏡/前抜〔1〕 류켄지 도자에몬 선/거울/전발	仁川 三歌坊	시가/센류	
4	3~4	川柳	柳建寺土左衛門選/鏡/前抜〔1〕 류켄지 도자에몬 선/거울/전발	大阪泉北 奥坊	시가/센류	
4	3~4	川柳	柳建寺土左衛門選/鏡/前抜〔1〕 류켄지 도자에몬 선/거울/전발	京城 齊宿	시가/센류	
4	3~4	川柳	柳建寺土左衛門選/鏡/前抜〔1〕 류켄지 도자에몬 선/거울/전발	京城 冬水	시가/센류	
4	3~4	川柳	柳建寺土左衛門選/鏡/前抜〔1〕 류켄지 도자에몬 선/거울/전발	京城 櫻ン坊	시가/센류	
4	3~4	川柳	柳建寺土左衛門選/鏡/前抜〔1〕 류켄지 도자에몬 선/거울/전발	仁川 川狂坊	시가/센류	
4	3~4	川柳	柳建寺土左衛門選/鏡/前抜〔1〕 류켄지 도자에몬 선/거울/전발	龍山 笑坊	시가/센류	
4	3~4	川柳	柳建寺土左衛門選/鏡/前抜〔2〕 류켄지 도자에몬 선/거울/전발	京城 秀坊	시가/센류	
4	3~4	川柳	柳建寺土左衛門選/鏡/前抜〔2〕 류켄지 도자에몬 선/거울/전발	龍山 沐花坊	시가/센류	
4	3~4	川柳	柳建寺土左衛門選/鏡/前抜〔2〕 류켄지 도자에몬 선/거울/전발	龍山 萬外子	시가/센류	
4	3~4	川柳	柳建寺土左衛門選/鏡/前抜〔2〕 류켄지 도자에몬 선/거울/전발	仁川 有禿郎	시가/센류	
4	3~4	川柳	柳建寺土左衛門選/鏡/前抜〔2〕 류켄지 도자에몬 선/거울/전발	京城 眠爺	시가/센류	
4	3~4	川柳	柳建寺土左衛門選/鏡/前抜〔3〕 류켄지 도자에몬 선/거울/전발	仁川 雜梅	시가/센류	
4	3~4	川柳	柳建寺土左衛門選/鏡/前抜〔3〕 류켄지 도자에몬 선/거울/전발	仁川 猿#子	시가/센류	
4	3~4	川柳	柳建寺土左衛門選/鏡/前抜〔5〕 류켄지 도자에몬 선/거울/전발	龍山 美好男	시가/센류	
4	3~4	川柳	柳建寺土左衛門選/鏡/前抜〔11〕 류켄지 도자에몬 선/거울/전발	龍山 思案坊	시가/센류	

1919년 11월 04일 (화) 6568호

지면	단수	기획	기사제목 〈회수〉〔곡수〕	필자/저자(역자)	분류	비고
1	5	朝鮮詩壇	月夜海上〔1〕 월야해상	河島五山	시가/한시	
1	5	朝鮮詩壇	觀菊有作〔1〕 관국유작	安永春雨	시가/한시	
1	5	朝鮮詩壇	秋思〔1〕 추사	川端不絶	시가/한시	
1	5	朝鮮詩壇	客可來#軒在三千浦〔1〕 객가래#헌재삼천포	松田學鷗	시가/한시	
1	5~6	朝鮮歌壇	(제목없음)〔3〕	京城 上野哀路	시가/단카	
1	5~6	朝鮮歌壇	(제목없음)〔3〕	仁川 河野ますね	시가/단카	
1	5~6	朝鮮歌壇	(제목없음)〔5〕	仁川 走##生	시가/단카	
1	6	朝鮮俳壇	渡邊水巴選/蟲〔4〕 와타나베 스이하 선/벌레	右禿郎	시가/하이쿠	
1	6	朝鮮俳壇	渡邊水巴選/蟲〔3〕 와타나베 스이하 선/벌레	ゝ禾	시가/하이쿠	

지면	단수	기획	기사제목 〈회수〉〔곡수〕	필자/저자(역자)	분류	비고
1	6	朝鮮俳壇	渡邊水巴選/蟲〔3〕 와타나베 스이하 선/벌레	末刀	시가/하이쿠	
1	6	朝鮮俳壇	渡邊水巴選/蟲〔3〕 와타나베 스이하 선/벌레	士錢	시가/하이쿠	
1	6	朝鮮俳壇	渡邊水巴選/蟲〔2〕 와타나베 스이하 선/벌레	弓山	시가/하이쿠	
1	6	投稿歡迎	(제목없음)		광고/모집 광고	
4	1~3		小說 みどりの影〈24〉 소설 녹색 그림자	岡本靈華	소설	

1919년 11월 05일 (수) 6569호 석간

지면	단수	기획	기사제목 〈회수〉〔곡수〕	필자/저자(역자)	분류	비고
3	8		朝鮮俳壇仁川秋季大會/初冬〔1〕 조선 하이단 인천 추계대회/초겨울	ゝ禾	시가/하이쿠	
3	8		朝鮮俳壇仁川秋季大會/初冬〔1〕 조선 하이단 인천 추계대회/초겨울	花翁	시가/하이쿠	
3	8		朝鮮俳壇仁川秋季大會/初冬〔1〕 조선 하이단 인천 추계대회/초겨울	#城	시가/하이쿠	
3	8		朝鮮俳壇仁川秋季大會/初冬〔1〕 조선 하이단 인천 추계대회/초겨울	赤里	시가/하이쿠	
3	8		朝鮮俳壇仁川秋季大會/初冬〔1〕 조선 하이단 인천 추계대회/초겨울	右禿郎	시가/하이쿠	
3	8		朝鮮俳壇仁川秋季大會/初冬〔2〕 조선 하이단 인천 추계대회/초겨울	秋汀	시가/하이쿠	
3	8		朝鮮俳壇仁川秋季大會/初冬〔2〕 조선 하이단 인천 추계대회/초겨울	櫻萩	시가/하이쿠	
3	8		朝鮮俳壇仁川秋季大會/初冬〔2〕 조선 하이단 인천 추계대회/초겨울	##	시가/하이쿠	
3	8		朝鮮俳壇仁川秋季大會/初冬〔3〕 조선 하이단 인천 추계대회/초겨울	汀香	시가/하이쿠	
3	8		朝鮮俳壇仁川秋季大會/枯柳〔1〕 조선 하이단 인천 추계대회/낙엽 진 버드나무	ゝ禾	시가/하이쿠	
3	8		朝鮮俳壇仁川秋季大會/枯柳〔1〕 조선 하이단 인천 추계대회/낙엽 진 버드나무	花翁	시가/하이쿠	
3	8		朝鮮俳壇仁川秋季大會/枯柳〔1〕 조선 하이단 인천 추계대회/낙엽 진 버드나무	櫻萩	시가/하이쿠	
3	8		朝鮮俳壇仁川秋季大會/枯柳〔1〕 조선 하이단 인천 추계대회/낙엽 진 버드나무	想仙	시가/하이쿠	
3	8		朝鮮俳壇仁川秋季大會/枯柳〔2〕 조선 하이단 인천 추계대회/낙엽 진 버드나무	汀香	시가/하이쿠	
3	8		朝鮮俳壇仁川秋季大會/枯柳〔3〕 조선 하이단 인천 추계대회/낙엽 진 버드나무	右禿郎	시가/하이쿠	
3	8		朝鮮俳壇仁川秋季大會/枯柳〔3〕 조선 하이단 인천 추계대회/낙엽 진 버드나무	秋汀	시가/하이쿠	
4	1~3		由井正雪〈29〉 유이노 쇼세쓰	小金井蘆洲	고단	

1919년 11월 05일 (수) 6569호

지면	단수	기획	기사제목 〈회수〉〔곡수〕	필자/저자(역자)	분류	비고
1	4	朝鮮詩壇	恨然賦一#〔1〕 한연부일#	安東翠雲	시가/한시	
1	4~5	朝鮮詩壇	題古宮瓦片〔1〕 제고궁와편	安永春雨	시가/한시	

지면	단수	기획	기사제목 〈회수〉〔곡수〕	필자/저자(역자)	분류	비고
1	5	朝鮮詩壇	秋窓獨的 〔1〕 추창독적	川端不絶	시가/한시	
1	5~6		史外史傳 坂東武者 〈57〉 사외사전 반도무샤	故山田美妙實作	소설/일본 고전	
4	1~3		小說 みどりの影 〈25〉 소설 녹색 그림자	岡本靈華	소설	

1919년 11월 06일 (목) 6570호 석간

지면	단수	기획	기사제목 〈회수〉〔곡수〕	필자/저자(역자)	분류	비고
4	1~3		由井正雪 〈30〉 유이노 쇼세쓰	小金井蘆洲	고단	
4	3	川柳	柳建寺土左衛門選/鏡/五客 〔1〕 류켄지 도자에몬 선/거울/오객	龍山 思案坊	시가/센류	
4	3	川柳	柳建寺土左衛門選/鏡/五客 〔1〕 류켄지 도자에몬 선/거울/오객	龍山 沐花坊	시가/센류	
4	3	川柳	柳建寺土左衛門選/鏡/五客 〔1〕 류켄지 도자에몬 선/거울/오객	仁川 花和尙	시가/센류	
4	3	川柳	柳建寺土左衛門選/鏡/五客 〔1〕 류켄지 도자에몬 선/거울/오객	仁川 猿#子	시가/센류	
4	3	川柳	柳建寺土左衛門選/鏡/五客 〔1〕 류켄지 도자에몬 선/거울/오객	龍山 美好男	시가/센류	
4	3	川柳	柳建寺土左衛門選/鏡/三才/人 〔1〕 류켄지 도자에몬 선/거울/삼재/인	仁川 狹帆坊	시가/센류	
4	3	川柳	柳建寺土左衛門選/鏡/三才/地 〔1〕 류켄지 도자에몬 선/거울/삼재/지	龍山 鳥石	시가/센류	
4	3	川柳	柳建寺土左衛門選/鏡/三才/天 〔1〕 류켄지 도자에몬 선/거울/삼재/천	鎭南浦 宇宙坊	시가/센류	

1919년 11월 06일 (목) 6570호

지면	단수	기획	기사제목 〈회수〉〔곡수〕	필자/저자(역자)	분류	비고
1	3	朝鮮詩壇	次村#石###### 〔1〕 차촌#석######	河島五山	시가/한시	
1	3	朝鮮詩壇	秋江泛舟 〔1〕 추강범주	齋藤三寅	시가/한시	
1	3	朝鮮詩壇	題古宮瓦片 〔1〕 제고궁와편	茂泉鶴堂	시가/한시	
1	3	朝鮮詩壇	渡黃河 〔1〕 도황하	西田白陰	시가/한시	
1	3	朝鮮詩壇	#菊 〔1〕 #국	田淵黍州	시가/한시	
1	3	朝鮮歌壇	(제목없음) 〔8〕	元山 矢野王郎	시가/단카	
1	3	朝鮮歌壇	(제목없음) 〔2〕	仁川 吉本右禿郎	시가/단카	
1	3	朝鮮歌壇	(제목없음) 〔1〕	安養 ひかる	시가/단카	
1	4	朝鮮俳壇	渡邊水巴選/蟲 〔2〕 와타나베 스이하 선/벌레	春耕	시가/하이쿠	
1	4	朝鮮俳壇	渡邊水巴選/蟲 〔2〕 와타나베 스이하 선/벌레	綠堂	시가/하이쿠	
1	4	朝鮮俳壇	渡邊水巴選/蟲 〔2〕 와타나베 스이하 선/벌레	櫻人	시가/하이쿠	
1	4	朝鮮俳壇	渡邊水巴選/蟲 〔2〕 와타나베 스이하 선/벌레	三#	시가/하이쿠	

지면	단수	기획	기사제목 〈회수〉〔곡수〕	필자/저자(역자)	분류	비고
1	4	朝鮮俳壇	渡邊水巴選/蟲 〔2〕 와타나베 스이하 선/벌레	星羽	시가/하이쿠	
1	4	朝鮮俳壇	渡邊水巴選/蟲 〔2〕 와타나베 스이하 선/벌레	俚人	시가/하이쿠	
1	4	朝鮮俳壇	渡邊水巴選/蟲 〔1〕 와타나베 스이하 선/벌레	想仙	시가/하이쿠	
1	4~6		史外史傳 坂東武者 〈58〉 사외사전 반도무샤	故山田美妙實作	소설/일본 고전	
1	6	投稿歡迎	(제목없음)		광고/모집 광고	
4	1~3		小說 みどりの影 〈26〉 소설 녹색 그림자	岡本靈華	소설	

1919년 11월 07일 (금) 6571호 석간

지면	단수	기획	기사제목 〈회수〉〔곡수〕	필자/저자(역자)	분류	비고
1	7~8		世界の隅々(上) 세계 구석구석(상)	志賀重昻	수필/기행	
4	1~3		由井正雪 〈31〉 유이노 쇼세쓰	小金井蘆洲	고단	
4	3	川柳	柳建寺土左衛門選/人蔘/前拔 〔1〕 류켄지 도자에몬 선/인삼/전발	京城 #六	시가/센류	
4	3	川柳	柳建寺土左衛門選/人蔘/前拔 〔1〕 류켄지 도자에몬 선/인삼/전발	永登浦 ##子	시가/센류	
4	4	川柳	柳建寺土左衛門選/人蔘/前拔 〔1〕 류켄지 도자에몬 선/인삼/전발	龍山 沐花坊改 沐の助	시가/센류	
4	4	川柳	柳建寺土左衛門選/人蔘/前拔 〔1〕 류켄지 도자에몬 선/인삼/전발	開城 不動	시가/센류	
4	4	川柳	柳建寺土左衛門選/人蔘/前拔 〔1〕 류켄지 도자에몬 선/인삼/전발	大邱 不知坊	시가/센류	
4	4	川柳	柳建寺土左衛門選/人蔘/前拔 〔1〕 류켄지 도자에몬 선/인삼/전발	仁川 川狂坊	시가/센류	
4	4	川柳	柳建寺土左衛門選/人蔘/前拔 〔1〕 류켄지 도자에몬 선/인삼/전발	京城 破風	시가/센류	
4	4	川柳	柳建寺土左衛門選/人蔘/前拔 〔1〕 류켄지 도자에몬 선/인삼/전발	#津 秀の子	시가/센류	
4	4	川柳	柳建寺土左衛門選/人蔘/前拔 〔1〕 류켄지 도자에몬 선/인삼/전발	京城 黑ン坊	시가/센류	
4	4	川柳	柳建寺土左衛門選/人蔘/前拔 〔1〕 류켄지 도자에몬 선/인삼/전발	鳥致院 晴風	시가/센류	
4	4	川柳	柳建寺土左衛門選/人蔘/前拔 〔1〕 류켄지 도자에몬 선/인삼/전발	大阪泉北 與坊	시가/센류	
4	4	川柳	柳建寺土左衛門選/人蔘/前拔 〔1〕 류켄지 도자에몬 선/인삼/전발	京城 眠爺	시가/센류	
4	4	川柳	柳建寺土左衛門選/人蔘/前拔 〔1〕 류켄지 도자에몬 선/인삼/전발	平壤 #泉	시가/센류	
4	4	川柳	柳建寺土左衛門選/人蔘/前拔 〔1〕 류켄지 도자에몬 선/인삼/전발	龍山 #丹	시가/센류	
4	4	川柳	柳建寺土左衛門選/人蔘/前拔 〔1〕 류켄지 도자에몬 선/인삼/전발	京城 宇宙樓	시가/센류	
4	4	川柳	柳建寺土左衛門選/人蔘/前拔 〔1〕 류켄지 도자에몬 선/인삼/전발	永登浦 蛭軒	시가/센류	
4	4	川柳	柳建寺土左衛門選/人蔘/前拔 〔1〕 류켄지 도자에몬 선/인삼/전발	京城 退治郎	시가/센류	

지면	단수	기획	기사제목 〈회수〉〔곡수〕	필자/저자(역자)	분류	비고
			1919년 11월 07일 (금) 6571호			
1	1~2		英文豪の戰爭及平和觀 〈1〉 영국문호의 전쟁 및 평화관		수필/비평	
1	3~4	朝鮮詩壇	卽菊有作 〔1〕 즉국유작	大石松#	시가/한시	
1	4	朝鮮詩壇	秋穫#晴 〔1〕 추확#청	河島五山	시가/한시	
1	4	朝鮮詩壇	題古宮瓦片 〔1〕 제고궁와편	兒島九皐	시가/한시	
1	4	朝鮮詩壇	晩秋過滿洲 〔1〕 만추과만주	川端不絶	시가/한시	
1	4	朝鮮詩壇	新秋夜坐 〔1〕 신추야좌	松田學鷗	시가/한시	
1	4	朝鮮歌壇	(제목없음) 〔11〕	龍山 坂崎静夫	시가/단카	
1	5~6		史外史傳 坂東武者 〈59〉 사외사전 반도무샤	故山田美妙實作	소설/일본 고전	
3	10~11		小說 みどりの影 〈27〉 소설 녹색 그림자	岡本靈華	소설	
			1919년 11월 08일 (토) 6572호 석간			
3	8	平壤歌壇	(제목없음) 〔2〕	中川#子	시가/단카	
3	8	平壤歌壇	(제목없음) 〔2〕	山田#古郎	시가/단카	
3	8	平壤歌壇	(제목없음) 〔2〕	間島沙束	시가/단카	
3	8	平壤歌壇	(제목없음) 〔2〕	波多野午歩	시가/단카	
3	8	平壤歌壇	(제목없음) 〔2〕	牧田乘速	시가/단카	
3	8	平壤歌壇	(제목없음) 〔2〕	今井迷涙	시가/단카	
4	1~3		由井正雪 〈32〉 유이노 쇼세쓰	小金井蘆洲	고단	
4	3	川柳	仁川々柳會/土左衛門選/障子、黑、聞、憎らしい 〔1〕 인천 센류회/류켄지 도자에몬 선/장자, 흑, 듣다, 얄밉다	松平坊	시가/센류	
4	3	川柳	仁川々柳會/土左衛門選/障子、黑、聞、憎らしい 〔1〕 인천 센류회/류켄지 도자에몬 선/장자, 흑, 듣다, 얄밉다	苦#坊	시가/센류	
4	3	川柳	仁川々柳會/土左衛門選/障子、黑、聞、憎らしい 〔1〕 인천 센류회/류켄지 도자에몬 선/장자, 흑, 듣다, 얄밉다	右禿郎	시가/센류	
4	3	川柳	仁川々柳會/土左衛門選/障子、黑、聞、憎らしい 〔1〕 인천 센류회/류켄지 도자에몬 선/장자, 흑, 듣다, 얄밉다	四静山	시가/센류	
4	3	川柳	仁川々柳會/土左衛門選/障子、黑、聞、憎らしい 〔2〕 인천 센류회/류켄지 도자에몬 선/장자, 흑, 듣다, 얄밉다	詩腕坊	시가/센류	
4	3	川柳	仁川々柳會/土左衛門選/黑/人 〔1〕 인천 센류회/도자에몬 선/흑/인	##坊	시가/센류	
4	3	川柳	仁川々柳會/土左衛門選/黑/地 〔1〕 인천 센류회/도자에몬 선/흑/지	##坊	시가/센류	
4	3	川柳	仁川々柳會/土左衛門選/黑/天 〔1〕 인천 센류회/도자에몬 선/흑/천	右禿郎	시가/센류	

지면	단수	기획	기사제목 〈회수〉[곡수]	필자/저자(역자)	분류	비고
4	3	川柳	仁川々柳會/土左衛門選/障子/人 [1] 인천 센류회/도자에몬 선/장자/인	詩腕坊	시가/센류	
4	3	川柳	仁川々柳會/土左衛門選/障子/地 [1] 인천 센류회/도자에몬 선/장자/지	右禿郎	시가/센류	
4	3	川柳	仁川々柳會/土左衛門選/障子/天 [1] 인천 센류회/도자에몬 선/장자/천	右禿郎	시가/센류	
4	3	川柳	仁川々柳會/土左衛門選/聞/人 [1] 인천 센류회/도자에몬 선/듣다/인	右禿郎	시가/센류	
4	3	川柳	仁川々柳會/土左衛門選/聞/地 [1] 인천 센류회/도자에몬 선/듣다/지	四静山	시가/센류	
4	3	川柳	仁川々柳會/土左衛門選/聞/天 [1] 인천 센류회/도자에몬 선/듣다/천	詩腕坊	시가/센류	
4	3	川柳	仁川々柳會/土左衛門選/憎らしい/人 [1] 인천 센류회/도자에몬 선/얄밉다/인	詩腕坊	시가/센류	
4	3	川柳	仁川々柳會/土左衛門選/憎らしい/地 [1] 인천 센류회/도자에몬 선/얄밉다/지	詩腕坊	시가/센류	
4	3	川柳	仁川々柳會/土左衛門選/憎らしい/天 [1] 인천 센류회/도자에몬 선/얄밉다/천	右禿郎	시가/센류	

1919년 11월 08일 (토) 6572호

지면	단수	기획	기사제목 〈회수〉[곡수]	필자/저자(역자)	분류	비고
1	2~3		英文豪の戰爭及平和觀 〈2〉 영국문호의 전쟁 및 평화관	バーナード・ジョン	수필/비평	
1	3	朝鮮詩壇	#高木智水萬金#山六景 [6] #고목지수만금#산육경	成川亀石	시가/한시	
1	3	朝鮮歌壇	(제목없음) [6]	京城 岩部綠愁人	시가/단카	
1	3~4	朝鮮歌壇	(제목없음) [4]	仁川 稲花生	시가/단카	
1	4	朝鮮俳壇	渡邊水巴選/蟲 [1] 와타나베 스이하 선/벌레	櫻萩	시가/하이쿠	
1	4	朝鮮俳壇	渡邊水巴選/蟲 [1] 와타나베 스이하 선/벌레	六#	시가/하이쿠	
1	4	朝鮮俳壇	渡邊水巴選/秀逸 [1] 와타나베 스이하 선/수일	ゝ禾	시가/하이쿠	
1	4	朝鮮俳壇	渡邊水巴選/秀逸 [1] 와타나베 스이하 선/수일	櫻萩	시가/하이쿠	
1	4	朝鮮俳壇	渡邊水巴選/秀逸 [1] 와타나베 스이하 선/수일	右禿郎	시가/하이쿠	
1	4	朝鮮俳壇	渡邊水巴選/秀逸 [1] 와타나베 스이하 선/수일	佐多女	시가/하이쿠	
1	4	朝鮮俳壇	渡邊水巴選/秀逸 [1] 와타나베 스이하 선/수일	桃坂	시가/하이쿠	
1	4	朝鮮俳壇	渡邊水巴選/秀逸 [1] 와타나베 스이하 선/수일	惠#	시가/하이쿠	
1	4	朝鮮俳壇	渡邊水巴選/秀逸 [1] 와타나베 스이하 선/수일	裸骨	시가/하이쿠	
1	5~6		史外史傳 坂東武者 〈60〉 사외사전 반도무샤	故山田美妙實作	소설/일본 고전	
3	10~11		小說 みどりの影 〈28〉 소설 녹색 그림자	岡本靈華	소설	

1919년 11월 10일 (월) 6574호 석간

지면	단수	기획	기사제목 〈회수〉〔곡수〕	필자/저자(역자)	분류	비고
1	6~7		世界の隅々(下) 세계 구석구석(하)	志賀重昻	수필/기행	
4	1~3		由井正雪 〈34〉 유이노 쇼세쓰	小金井蘆洲	고단	

1919년 11월 13일 (목) 6577호 석간

지면	단수	기획	기사제목 〈회수〉〔곡수〕	필자/저자(역자)	분류	비고
4	1~3		由井正雪 〈37〉 유이노 쇼세쓰	小金井蘆洲	고단	
4	3	川柳	柳建寺土左衛門選/美人/前拔〔1〕 류켄지 도자에몬 선/미인/전발	永登浦 ##子	시가/센류	
4	3	川柳	柳建寺土左衛門選/美人/前拔〔1〕 류켄지 도자에몬 선/미인/전발	京城 眠爺	시가/센류	
4	3	川柳	柳建寺土左衛門選/美人/前拔〔1〕 류켄지 도자에몬 선/미인/전발	龍山 兵六	시가/센류	
4	3	川柳	柳建寺土左衛門選/美人/前拔〔1〕 류켄지 도자에몬 선/미인/전발	土城 痛#亭	시가/센류	
4	3	川柳	柳建寺土左衛門選/美人/前拔〔1〕 류켄지 도자에몬 선/미인/전발	永登浦 蛭軒	시가/센류	
4	3	川柳	柳建寺土左衛門選/美人/前拔〔1〕 류켄지 도자에몬 선/미인/전발	仁川 喜美香	시가/센류	
4	3	川柳	柳建寺土左衛門選/美人/前拔〔1〕 류켄지 도자에몬 선/미인/전발	京城 櫻ン坊	시가/센류	
4	3	川柳	柳建寺土左衛門選/美人/前拔〔1〕 류켄지 도자에몬 선/미인/전발	仁川 川狂坊	시가/센류	
4	3	川柳	柳建寺土左衛門選/美人/前拔〔1〕 류켄지 도자에몬 선/미인/전발	京城 坂風	시가/센류	
4	3	川柳	柳建寺土左衛門選/美人/前拔〔1〕 류켄지 도자에몬 선/미인/전발	大阪泉北 與坊	시가/센류	
4	3	川柳	柳建寺土左衛門選/美人/前拔〔1〕 류켄지 도자에몬 선/미인/전발	京城 井月	시가/센류	
4	3	川柳	柳建寺土左衛門選/美人/前拔〔1〕 류켄지 도자에몬 선/미인/전발	龍山 笑坊	시가/센류	
4	3	川柳	柳建寺土左衛門選/美人/前拔〔2〕 류켄지 도자에몬 선/미인/전발	仁川 肚利公	시가/센류	
4	3	川柳	柳建寺土左衛門選/美人/前拔〔2〕 류켄지 도자에몬 선/미인/전발	龍山 のぼる	시가/센류	
4	3	川柳	柳建寺土左衛門選/美人/前拔〔2〕 류켄지 도자에몬 선/미인/전발	鳥致院 誚風	시가/센류	
4	3	川柳	柳建寺土左衛門選/美人/前拔〔2〕 류켄지 도자에몬 선/미인/전발	大邱 不知坊	시가/센류	
4	3	川柳	柳建寺土左衛門選/美人/前拔〔2〕 류켄지 도자에몬 선/미인/전발	龍山 萬外子	시가/센류	

1919년 11월 13일 (목) 6577호

지면	단수	기획	기사제목 〈회수〉〔곡수〕	필자/저자(역자)	분류	비고
1	4	朝鮮詩壇	秋江泛舟〔1〕 추강범주	河島五山	시가/한시	
1	4	朝鮮詩壇	飮中次韻〔1〕 음중차운	川端不絶	시가/한시	
1	4	朝鮮詩壇	題古宮瓦片〔1〕 제고궁와편	#倉勝陰	시가/한시	
1	4	朝鮮詩壇	偶成〔1〕 우성	如來#軒	시가/한시	

지면	단수	기획	기사제목 〈회수〉〔곡수〕	필자/저자(역자)	분류	비고
1	4~5	朝鮮歌壇	(제목없음) 〔6〕	月尾島主人	시가/단카	
1	5	朝鮮歌壇	(제목없음) 〔5〕	小宮松聲	시가/단카	
1	5	朝鮮俳壇	渡邊水巴選/秋雜 〈2〉〔10〕 와타나베 스이하 선/가을-잡	桃坂	시가/하이쿠	
1	5	朝鮮俳壇	渡邊水巴選/秀逸 〔2〕 와타나베 스이하 선/수일	桃坂	시가/하이쿠	
1	5	朝鮮俳壇	渡邊水巴選/秋雜 〔3〕 와타나베 스이하 선/가을-잡	弓山	시가/하이쿠	
1	5	朝鮮俳壇	渡邊水巴選/秀逸 〔1〕 와타나베 스이하 선/수일	弓山	시가/하이쿠	
1	5	投稿歡迎	(제목없음)		광고/모집 광고	
4	1~3		小說 みどりの影 〈32〉 소설 녹색 그림자	岡本靈華	소설	

1919년 11월 14일 (금) 6578호 석간

지면	단수	기획	기사제목 〈회수〉〔곡수〕	필자/저자(역자)	분류	비고
3	6~8		內藏山の一夜(上) 〈1〉 내장산에서 하룻밤(상)	糸川生	수필/기행	
3	8		仁川十一月例會句/霧 〔1〕 인천 11월 예회 구/안개	赤星	시가/하이쿠	
3	8		仁川十一月例會句/霧 〔1〕 인천 11월 예회 구/안개	漫浪子	시가/하이쿠	
3	8		仁川十一月例會句/霧 〔1〕 인천 11월 예회 구/안개	花翁	시가/하이쿠	
3	8		仁川十一月例會句/霧 〔1〕 인천 11월 예회 구/안개	汀香	시가/하이쿠	
3	8		仁川十一月例會句/霧 〔2〕 인천 11월 예회 구/안개	秋汀	시가/하이쿠	
3	8		仁川十一月例會句/霧 〔3〕 인천 11월 예회 구/안개	十亭	시가/하이쿠	
3	8		仁川十一月例會句/霧 〔2〕 인천 11월 예회 구/안개	青眠子	시가/하이쿠	
3	8		仁川十一月例會句/鶴 〔1〕 인천 11월 예회 구/학	ゝ禾	시가/하이쿠	
3	8		仁川十一月例會句/鶴 〔1〕 인천 11월 예회 구/학	赤星	시가/하이쿠	
3	8		仁川十一月例會句/鶴 〔1〕 인천 11월 예회 구/학	柳風堂	시가/하이쿠	
3	8		仁川十一月例會句/鶴 〔1〕 인천 11월 예회 구/학	櫻萩	시가/하이쿠	
3	8		仁川十一月例會句/鶴 〔1〕 인천 11월 예회 구/학	想仙	시가/하이쿠	
3	8		仁川十一月例會句/鶴 〔1〕 인천 11월 예회 구/학	秋汀	시가/하이쿠	
3	8		仁川十一月例會句/鶴 〔2〕 인천 11월 예회 구/학	右禿郎	시가/하이쿠	
3	8		仁川十一月例會句/鶴 〔1〕 인천 11월 예회 구/학	青眠子	시가/하이쿠	
3	8		仁川十一月例會句/柿 〔2〕 인천 11월 예회 구/감	右禿郎	시가/하이쿠	

지면	단수	기획	기사제목 〈회수〉〔곡수〕	필자/저자(역자)	분류	비고
3	8		仁川十一月例會句/柿 [1] 인천 11월 예회 구/감	花翁	시가/하이쿠	
3	8		仁川十一月例會句/柿 [1] 인천 11월 예회 구/감	想仙	시가/하이쿠	
3	8		仁川十一月例會句/柿 [1] 인천 11월 예회 구/감	秋汀	시가/하이쿠	
3	8		仁川十一月例會句/柿 [3] 인천 11월 예회 구/감	十亭	시가/하이쿠	
3	8		仁川十一月例會句/柿 [1] 인천 11월 예회 구/감	靑眠子	시가/하이쿠	
4	1~3		由井正雪 〈38〉 유이노 쇼세쓰	小金井蘆洲	고단	
4	3	川柳	柳建寺土左衛門選/美人/前拔 [3] 류켄지 도자에몬 선/미인/전발	永登浦 二葉	시가/센류	
4	3	川柳	柳建寺土左衛門選/美人/前拔 [4] 류켄지 도자에몬 선/미인/전발	仁川 ##子	시가/센류	
4	3	川柳	柳建寺土左衛門選/美人/前拔 [5] 류켄지 도자에몬 선/미인/전발	## ##坊	시가/센류	
4	3	川柳	柳建寺土左衛門選/美人/前拔 [6] 류켄지 도자에몬 선/미인/전발	仁川 盤樋	시가/센류	
4	3	川柳	柳建寺土左衛門選/美人/前拔 [7] 류켄지 도자에몬 선/미인/전발	南羊 ###	시가/센류	

1919년 11월 14일 (금) 6578호

지면	단수	기획	기사제목 〈회수〉〔곡수〕	필자/저자(역자)	분류	비고
1	3	朝鮮詩壇	觀菊有作 관국유작	笹島紫峰	시가/한시	
1	3	朝鮮詩壇	秋穫#晴 추확#청	大石松#	시가/한시	
1	3	朝鮮詩壇	秋###日 추##일	河島五山	시가/한시	
1	3	朝鮮詩壇	#出安調 #출안조	松田學鷗	시가/한시	
1	3~4	朝鮮歌壇	(제목없음) 〔12〕	仁川 古田菊次郎	시가/단카	
1	4	朝鮮俳壇	渡邊水巴選/秋雜 〈3〉 [7] 와타나베 스이하 선/가을-잡	綠翁	시가/하이쿠	
1	4	朝鮮俳壇	渡邊水巴選/秀逸 [2] 와타나베 스이하 선/수일	綠翁	시가/하이쿠	
1	4	朝鮮俳壇	渡邊水巴選/秀逸 [4] 와타나베 스이하 선/수일	未刀	시가/하이쿠	
1	4	朝鮮俳壇	渡邊水巴選/秀逸 [3] 와타나베 스이하 선/수일	裸骨	시가/하이쿠	
1	5~6		史外史傳 坂東武者 〈63〉 사외사전 반도무샤	故山田美妙實作	소설/일본 고전	
4	1~3		小說 みどりの影 〈33〉 소설 녹색 그림자	岡本靈華	소설	

1919년 11월 15일 (토) 6579호 석간

지면	단수	기획	기사제목 〈회수〉〔곡수〕	필자/저자(역자)	분류	비고
3	5~8		內藏山の一夜(下) 〈2〉 내장산에서 하룻밤(하)	糸川生	수필/기행	
4	1~3		由井正雪 〈39〉 유이노 쇼세쓰	小金井蘆洲	고단	

지면	단수	기획	기사제목 〈회수〉〔곡수〕	필자/저자(역자)	분류	비고
4	3	川柳	柳建寺土左衛門選/美人/佳吟〔1〕 류켄지 도자에몬 선/미인/가음	京城 眠爺	시가/센류	
4	3	川柳	柳建寺土左衛門選/美人/佳吟〔1〕 류켄지 도자에몬 선/미인/가음	仁川 肚利公	시가/센류	
4	3	川柳	柳建寺土左衛門選/美人/佳吟〔1〕 류켄지 도자에몬 선/미인/가음	龍山 のぼる	시가/센류	
4	3	川柳	柳建寺土左衛門選/美人/佳吟〔1〕 류켄지 도자에몬 선/미인/가음	龍山 萬外子	시가/센류	
4	3	川柳	柳建寺土左衛門選/美人/佳吟〔1〕 류켄지 도자에몬 선/미인/가음	永登浦 二葉	시가/센류	
4	3	川柳	柳建寺土左衛門選/美人/佳吟〔1〕 류켄지 도자에몬 선/미인/가음	仁川 盤樋	시가/센류	
4	3	川柳	柳建寺土左衛門選/美人/佳吟〔2〕 류켄지 도자에몬 선/미인/가음	仁川 詩腕坊	시가/센류	
4	3	川柳	柳建寺土左衛門選/美人/佳吟〔2〕 류켄지 도자에몬 선/미인/가음	永登浦 ###	시가/센류	
4	3	川柳	柳建寺土左衛門選/美人/佳吟〔2〕 류켄지 도자에몬 선/미인/가음	龍山 思案坊	시가/센류	
4	3	川柳	柳建寺土左衛門選/美人/佳吟〔2〕 류켄지 도자에몬 선/미인/가음	龍山 美好男	시가/센류	
4	3	川柳	柳建寺土左衛門選/美人/佳吟〔4〕 류켄지 도자에몬 선/미인/가음	仁川 苦論坊	시가/센류	
4	3	川柳	柳建寺土左衛門選/美人/佳吟〔6〕 류켄지 도자에몬 선/미인/가음	龍山 鳥石	시가/센류	
4	3	川柳募集 課題	(제목없음)		광고/모집 광고	

1919년 11월 15일 (토) 6579호

지면	단수	기획	기사제목 〈회수〉〔곡수〕	필자/저자(역자)	분류	비고
1	4	朝鮮俳壇	渡邊水巴選/秋雜〈4〉〔9〕 와타나베 스이하 선/가을-잡	三#	시가/하이쿠	
1	4	朝鮮俳壇	渡邊水巴選/秀逸〔1〕 와타나베 스이하 선/수일	三#	시가/하이쿠	
1	4	朝鮮俳壇	渡邊水巴選/秋雜〔2〕 와타나베 스이하 선/가을-잡	笹多安	시가/하이쿠	
1	4	朝鮮俳壇	渡邊水巴選/秀逸〔1〕 와타나베 스이하 선/수일	笹多安	시가/하이쿠	
1	4	朝鮮俳壇	渡邊水巴選/秋雜〔2〕 와타나베 스이하 선/가을-잡	俚人	시가/하이쿠	
1	4	投稿歡迎	(제목없음)		광고/모집 광고	
1	5~6		史外史傳 坂東武者〈64〉 사외사전 반도무샤	故山田美妙實作	소설/일본 고전	
4	1~3		小說 みどりの影〈34〉 소설 녹색 그림자	岡本靈華	소설	

1919년 11월 16일 (일) 6580호 석간

지면	단수	기획	기사제목 〈회수〉〔곡수〕	필자/저자(역자)	분류	비고
4	1~3		由井正雪〈40〉 유이노 쇼세쓰	小金井蘆洲	고단	
4	3	川柳	柳建寺土左衛門選/美人/五客〔1〕 류켄지 도자에몬 선/미인/오객	仁川 盤梯	시가/센류	
4	3	川柳	柳建寺土左衛門選/美人/五客〔1〕 류켄지 도자에몬 선/미인/오객	龍山 思案坊	시가/센류	

지면	단수	기획	기사제목 〈회수〉〔곡수〕	필자/저자(역자)	분류	비고
4	3	川柳	柳建寺土左衛門選/美人/五客〔1〕 류켄지 도자에몬 선/미인/오객	仁川 盤梯	시가/센류	
4	3	川柳	柳建寺土左衛門選/美人/五客〔1〕 류켄지 도자에몬 선/미인/오객	仁川 肚利公	시가/센류	
4	4	川柳	柳建寺土左衛門選/美人/五客〔1〕 류켄지 도자에몬 선/미인/오객	龍山 ##	시가/센류	
4	4	川柳	柳建寺土左衛門選/美人/人〔1〕 류켄지 도자에몬 선/미인/인	龍山 鳥石	시가/센류	
4	4	川柳	柳建寺土左衛門選/美人/地〔1〕 류켄지 도자에몬 선/미인/지	仁川 詩腕坊	시가/센류	
4	4	川柳	柳建寺土左衛門選/美人/天〔1〕 류켄지 도자에몬 선/미인/천	永登浦 蛭軒	시가/센류	
4	4	川柳	柳建寺土左衛門選/美人/軸〔3〕 류켄지 도자에몬 선/미인/축	柳健寺	시가/센류	

1919년 11월 16일 (일) 6580호

지면	단수	기획	기사제목 〈회수〉〔곡수〕	필자/저자(역자)	분류	비고
1	3	朝鮮詩壇	秋想〔1〕 추상	川端不絶	시가/한시	
1	3	朝鮮詩壇	觀菊有作〔1〕 관국유작	河島五山	시가/한시	
1	3	朝鮮詩壇	秋日山行〔1〕 추일산행	松田學鷗	시가/한시	
1	3~5		史外史傳 坂東武者〈65〉 사외사전 반도무샤	故山田美妙實作	소설/일본 고전	
3	5~8	オトキバ ナシ	恩知り熊〈1〉 은혜를 아는 곰	かちゝ山人	소설/동화	
3	10~12		小說 みどりの影〈35〉 소설 녹색 그림자	岡本靈華	소설	

1919년 11월 19일 (수) 6583호 석간

지면	단수	기획	기사제목 〈회수〉〔곡수〕	필자/저자(역자)	분류	비고
2	5~7		帝大文科生の新劇團 新しい女優一名加入 제국대학 문과생의 신극단 새로운 여배우 1명 가입		수필/기타	
3	7~8	平壤歌壇	(제목없음)〔4〕	南浦 白神吉備雄	시가/단카	
3	8	平壤歌壇	(제목없음)〔4〕	木浦 宮本白津	시가/단카	
3	8	平壤歌壇	(제목없음)〔4〕	平壤 哀火郎	시가/단카	
4	1~3		由井正雪〈43〉 유이노 쇼세쓰	小金井蘆洲	고단	

1919년 11월 19일 (수) 6583호

지면	단수	기획	기사제목 〈회수〉〔곡수〕	필자/저자(역자)	분류	비고
1	3	朝鮮詩壇	南海####〔1〕 남해####	如來#軒	시가/한시	
1	3	朝鮮詩壇	秋江泛舟〔1〕 추강범주	安東翠雲	시가/한시	
1	3	朝鮮詩壇	初冬閑居〔1〕 초동한거	河島五山	시가/한시	
1	3	朝鮮詩壇	秋穫#晴〔1〕 추확#청	齋藤三寅	시가/한시	
1	3	朝鮮歌壇	(제목없음)〔4〕	仁川 河野ますえ	시가/단카	

지면	단수	기획	기사제목 〈회수〉〔곡수〕	필자/저자(역자)	분류	비고
1	3	朝鮮歌壇	(제목없음) 〔2〕	京城 寺田洗香	시가/단카	
1	3~4	朝鮮歌壇	(제목없음) 〔5〕	元山 矢野王郎	시가/단카	
1	4	朝鮮俳壇	渡邊水巴選/秋雜 〈6〉 〔5〕 와타나베 스이하 선/가을-잡	##	시가/하이쿠	
1	4	朝鮮俳壇	渡邊水巴選/秀逸 〔1〕 와타나베 스이하 선/수일	##	시가/하이쿠	
1	4	朝鮮俳壇	渡邊水巴選/秋雜 〔4〕 와타나베 스이하 선/가을-잡	右禿郎	시가/하이쿠	
1	4	朝鮮俳壇	渡邊水巴選/秀逸 〔1〕 와타나베 스이하 선/수일	右禿郎	시가/하이쿠	
1	4	朝鮮俳壇	渡邊水巴選/秋雜 〔4〕 와타나베 스이하 선/가을-잡	櫻萩	시가/하이쿠	
1	4	投稿歡迎	(제목없음)		광고/모집 광고	
1	5~6		史外史傳 坂東武者 〈67〉 사외사전 반도무샤	故山田美妙實作	소설/일본 고전	
3	10~12		小說 みどりの影 〈37〉 소설 녹색 그림자	岡本靈華	소설	
3	12	川柳	柳建寺土左衛門選/家主/前拔 〔3〕 류켄지 도자에몬 선/집주인/전발	仁川 肚利公	시가/센류	
3	12	川柳	柳建寺土左衛門選/家主/前拔 〔3〕 류켄지 도자에몬 선/집주인/전발	龍山 美好男	시가/센류	
3	12	川柳	柳建寺土左衛門選/家主/前拔 〔3〕 류켄지 도자에몬 선/집주인/전발	仁川 ##子	시가/센류	
3	12	川柳	柳建寺土左衛門選/家主/前拔 〔3〕 류켄지 도자에몬 선/집주인/전발	海州 泰久坊	시가/센류	
3	12	川柳	柳建寺土左衛門選/家主/前拔 〔4〕 류켄지 도자에몬 선/집주인/전발	仁川 磐樣	시가/센류	
3	12	川柳	柳建寺土左衛門選/家主/前拔 〔5〕 류켄지 도자에몬 선/집주인/전발	龍山 のぼる	시가/센류	
3	12	川柳	柳建寺土左衛門選/家主/前拔 〔7〕 류켄지 도자에몬 선/집주인/전발	龍山 思案坊	시가/센류	

1919년 11월 20일 (목) 6584호 석간

지면	단수	기획	기사제목 〈회수〉〔곡수〕	필자/저자(역자)	분류	비고
4	1~3		由井正雪 〈44〉 유이노 쇼세쓰	小金井蘆洲	고단	

1919년 11월 20일 (목) 6584호

지면	단수	기획	기사제목 〈회수〉〔곡수〕	필자/저자(역자)	분류	비고
1	4	朝鮮詩壇	觀菊有作 〔1〕 관국유작	如來#軒	시가/한시	
1	4	朝鮮詩壇	秋穫#晴 〔1〕 추확#청	安東翠雲	시가/한시	
1	4	朝鮮詩壇	天長節#賦 〔1〕 천장절#부	徹臣遊#	시가/한시	
1	4	朝鮮俳壇	渡邊水巴選/秋雜 〈7〉 〔10〕 와타나베 스이하 선/가을-잡	春耕	시가/하이쿠	
1	4~5	朝鮮俳壇	渡邊水巴選/秋雜 〔6〕 와타나베 스이하 선/가을-잡	星羽	시가/하이쿠	
1	5	朝鮮俳壇	渡邊水巴選/秀逸 〔1〕 와타나베 스이하 선/수일	星羽	시가/하이쿠	

지면	단수	기획	기사제목 〈회수〉 [곡수]	필자/저자(역자)	분류	비고
1	5~6		史外史傳 坂東武者 〈68〉 사외사전 반도무샤	故山田美妙實作	소설/일본 고전	
3	5~7	オトキバ ナシ	恩知り熊 〈3〉 은혜를 아는 곰	かち々山人	소설/동화	
3	10~11		小說 みどりの影 〈38〉 소설 녹색 그림자	岡本靈華	소설	

1919년 11월 21일 (금) 6585호 석간

지면	단수	기획	기사제목 〈회수〉 [곡수]	필자/저자(역자)	분류	비고
4	1~3		由井正雪 〈45〉 유이노 쇼세쓰	小金井蘆洲	고단	
4	3	川柳	柳建寺土左衛門選/家主/佳吟 [1] 류켄지 도자에몬 선/집주인/가음	仁川 ##香	시가/센류	
4	3	川柳	柳建寺土左衛門選/家主/佳吟 [1] 류켄지 도자에몬 선/집주인/가음	龍山 兵六	시가/센류	
4	3	川柳	柳建寺土左衛門選/家主/佳吟 [1] 류켄지 도자에몬 선/집주인/가음	永登浦 二葉	시가/센류	
4	3	川柳	柳建寺土左衛門選/家主/佳吟 [1] 류켄지 도자에몬 선/집주인/가음	龍山 笑坊	시가/센류	
4	3	川柳	柳建寺土左衛門選/家主/佳吟 [1] 류켄지 도자에몬 선/집주인/가음	龍山 美好男	시가/센류	
4	3	川柳	柳建寺土左衛門選/家主/佳吟 [1] 류켄지 도자에몬 선/집주인/가음	仁川 ##子	시가/센류	
4	3	川柳	柳建寺土左衛門選/家主/佳吟 [2] 류켄지 도자에몬 선/집주인/가음	永登浦 ##子	시가/센류	
4	3	川柳	柳建寺土左衛門選/家主/佳吟 [2] 류켄지 도자에몬 선/집주인/가음	仁川 有禿郎	시가/센류	
4	3	川柳	柳建寺土左衛門選/家主/佳吟 [2] 류켄지 도자에몬 선/집주인/가음	海州 泰久坊	시가/센류	
4	3	川柳	柳建寺土左衛門選/家主/佳吟 [2] 류켄지 도자에몬 선/집주인/가음	仁川 磐樣	시가/센류	
4	3	川柳	柳建寺土左衛門選/家主/佳吟 [2] 류켄지 도자에몬 선/집주인/가음	龍山 思案坊	시가/센류	
4	3	川柳	柳建寺土左衛門選/家主/佳吟 [4] 류켄지 도자에몬 선/집주인/가음	龍山 鳥石	시가/센류	
4	3	川柳	柳建寺土左衛門選/家主/佳吟 [3] 류켄지 도자에몬 선/집주인/가음	仁川 苦論坊	시가/센류	

1919년 11월 21일 (금) 6585호

지면	단수	기획	기사제목 〈회수〉 [곡수]	필자/저자(역자)	분류	비고
1	5	朝鮮詩壇	己未十月北漢山秋遊四首步 [4] 기미십월북한산추유사수보	江原如水	시가/한시	
1	5~6	朝鮮歌壇	(제목없음) [12]	永登浦 貝呑砂丘	시가/단카	
1	6	朝鮮俳壇	渡邊水巴選/秋雜 〈8〉 [10] 와타나베 스이하 선/가을-잡	想仙	시가/하이쿠	
1	6	朝鮮俳壇	渡邊水巴選/秀逸 [1] 와타나베 스이하 선/수일	想仙	시가/하이쿠	
1	6	朝鮮俳壇	渡邊水巴選/秋雜 [3] 와타나베 스이하 선/가을-잡	ゝ禾	시가/하이쿠	
1	6	朝鮮俳壇	渡邊水巴選/秀逸 [1] 와타나베 스이하 선/수일	ゝ禾	시가/하이쿠	
1	6	投稿歡迎	(제목없음)		광고/모집 광고	

지면	단수	기획	기사제목 〈회수〉〔곡수〕	필자/저자(역자)	분류	비고
4	1~3		小說 みどりの影 〈39〉 소설 녹색 그림자	岡本靈華	소설	

1919년 11월 22일 (토) 6586호 석간

지면	단수	기획	기사제목 〈회수〉〔곡수〕	필자/저자(역자)	분류	비고
4	1~3		由井正雪 〈46〉 유이노 쇼세쓰	小金井蘆洲	고단	
4	3	川柳	柳建寺土左衛門選/家主/五客〔1〕 류켄지 도자에몬 선/집주인/오객	永登浦 ##子	시가/센류	
4	3	川柳	柳建寺土左衛門選/家主/五客〔1〕 류켄지 도자에몬 선/집주인/오객	京城 眠爺	시가/센류	
4	3	川柳	柳建寺土左衛門選/家主/五客〔1〕 류켄지 도자에몬 선/집주인/오객	仁川 苦論坊	시가/센류	
4	3	川柳	柳建寺土左衛門選/家主/五客〔1〕 류켄지 도자에몬 선/집주인/오객	海州 泰久坊	시가/센류	
4	3	川柳	柳建寺土左衛門選/家主/五客〔1〕 류켄지 도자에몬 선/집주인/오객	龍山 鳥石	시가/센류	
4	3	川柳	柳建寺土左衛門選/家主/五客〔1〕 류켄지 도자에몬 선/집주인/오객	龍山 思案坊	시가/센류	
4	3	川柳	柳建寺土左衛門選/家主/五客〔1〕 류켄지 도자에몬 선/집주인/오객	海州 泰久坊	시가/센류	
4	3	川柳	柳建寺土左衛門選/家主/五客〔1〕 류켄지 도자에몬 선/집주인/오객	龍山 のぼる	시가/센류	

1919년 11월 22일 (토) 6586호

지면	단수	기획	기사제목 〈회수〉〔곡수〕	필자/저자(역자)	분류	비고
1	3	朝鮮詩壇	####事〔1〕 ####사	安東翠雲	시가/한시	
1	3	朝鮮詩壇	秋#〔1〕 추#	河島五山	시가/한시	
1	3	朝鮮詩壇	初冬閑居〔1〕 초동한거	大石松#	시가/한시	
1	3	朝鮮詩壇	閑中晩楓〔1〕 한중만풍	大陸旭仙	시가/한시	
1	3~4	朝鮮歌壇	(제목없음)〔11〕	龍山 坂崎静夫	시가/단카	
1	4	朝鮮俳壇	渡邊水巴選/檜〔7〕 와타나베 스이하 선/노송나무	紫光	시가/하이쿠	
1	4	朝鮮俳壇	渡邊水巴選/檜〔5〕 와타나베 스이하 선/노송나무	ゝ禾	시가/하이쿠	
1	4	朝鮮俳壇	渡邊水巴選/檜〔5〕 와타나베 스이하 선/노송나무	星羽	시가/하이쿠	
1	5~6		史外史傳 坂東武者 〈69〉 사외사전 반도무샤	故山田美妙實作	소설/일본 고전	
3	5~7	オトキバ ナシ	恩知り熊 〈4〉 은혜를 아는 곰	かちゝ山人	소설/동화	
4	1~3		小說 みどりの影 〈40〉 소설 녹색 그림자	岡本靈華	소설	

1919년 11월 25일 (화) 6588호 석간

지면	단수	기획	기사제목 〈회수〉〔곡수〕	필자/저자(역자)	분류	비고
4	1~3		由井正雪 〈48〉 유이노 쇼세쓰	小金井蘆洲	고단	

1919년 11월 25일 (화) 6588호

지면	단수	기획	기사제목 〈회수〉〔곡수〕	필자/저자(역자)	분류	비고
1	4	朝鮮俳壇	渡邊水巴選/稻 〈3〉〔3〕 와타나베 스이하 선/벼	未刀	시가/하이쿠	
1	4	朝鮮俳壇	渡邊水巴選/稻 〈3〉〔3〕 와타나베 스이하 선/벼	三橋	시가/하이쿠	
1	4	朝鮮俳壇	渡邊水巴選/稻 〈3〉〔3〕 와타나베 스이하 선/벼	春耕	시가/하이쿠	
1	4	朝鮮俳壇	渡邊水巴選/稻 〈3〉〔1〕 와타나베 스이하 선/벼	告多女	시가/하이쿠	
1	4	朝鮮俳壇	渡邊水巴選/稻 〈3〉〔1〕 와타나베 스이하 선/벼	石禿郎	시가/하이쿠	
1	4	朝鮮俳壇	渡邊水巴選/稻 〈3〉〔1〕 와타나베 스이하 선/벼	弓山	시가/하이쿠	
1	4	朝鮮俳壇	渡邊水巴選/稻 〈3〉〔1〕 와타나베 스이하 선/벼	幽星子	시가/하이쿠	
1	4~6		史外史傳 坂東武者 〈71〉 사외사전 반도무샤	故山田美妙實作	소설/일본 고전	
4	1~3		小說 みどりの影 〈42〉 소설 녹색 그림자	岡本靈華	소설	

1919년 11월 26일 (수) 6589호 석간

지면	단수	기획	기사제목 〈회수〉〔곡수〕	필자/저자(역자)	분류	비고
4	1~3		由井正雪 〈49〉 유이노 쇼세쓰	小金井蘆州	고단	

1919년 11월 26일 (수) 6589호

지면	단수	기획	기사제목 〈회수〉〔곡수〕	필자/저자(역자)	분류	비고
1	3~4		古武士物語/松田竹の島人/細川藤孝のこと 〈1〉 옛 무사 이야기/마쓰다타케의 섬 사람/호소카와 후지타카에 대하여		수필/기타	
1	4	朝鮮詩壇	晩秋偶成 〔1〕 만추우성	服部江南	시가/한시	
1	4	朝鮮詩壇	園中晩# 〔1〕 원중만#	志賀敬愛	시가/한시	
1	4	朝鮮詩壇	懊# 〔1〕 오#	安東#雲	시가/한시	
1	4~5	朝鮮詩壇	江村即事 〔1〕 강촌즉사	小永井槐陰	시가/한시	
1	5	朝鮮俳壇	渡邊水巴選/#/秀逸 〈4〉〔3〕 와타나베 스이하 선/#/수일	樹人	시가/하이쿠	
1	5	朝鮮俳壇	渡邊水巴選/#/秀逸 〈4〉〔2〕 와타나베 스이하 선/#/수일	未刀	시가/하이쿠	
1	5	朝鮮俳壇	渡邊水巴選/#/秀逸 〈4〉〔1〕 와타나베 스이하 선/#/수일	士斌	시가/하이쿠	
1	5	朝鮮俳壇	渡邊水巴選/#/秀逸 〈4〉〔1〕 와타나베 스이하 선/#/수일	佐多女	시가/하이쿠	
1	5	朝鮮俳壇	渡邊水巴選/#/秀逸 〈4〉〔1〕 와타나베 스이하 선/#/수일	#禾	시가/하이쿠	
1	5	朝鮮俳壇	渡邊水巴選/#/秀逸 〈4〉〔1〕 와타나베 스이하 선/#/수일	春#	시가/하이쿠	
1	5	朝鮮俳壇	渡邊水巴選/#/秀逸 〈4〉〔1〕 와타나베 스이하 선/#/수일	友汻	시가/하이쿠	
1	5	朝鮮俳壇	渡邊水巴選/#/秀逸 〈4〉〔1〕 와타나베 스이하 선/#/수일	三橋	시가/하이쿠	
1	5	朝鮮俳壇	渡邊水巴選/#/秀逸 〈4〉〔1〕 와타나베 스이하 선/#/수일	右禿郎	시가/하이쿠	

지면	단수	기획	기사제목 〈회수〉〔곡수〕	필자/저자(역자)	분류	비고
1	5	朝鮮俳壇	渡邊水巴選/#/秀逸 〈4〉〔1〕 와타나베 스이하 선/#/수일	弓山	시가/하이쿠	
1	5~6		史外史傳 坂東武者 〈72〉 사외사전 반도무샤	故山田美妙實作	소설/일본 고전	
2	5~6		內外時評/東北人の見た岡山縣人(七) 〈18〉 내외시평/도호쿠인이 본 오카야마 현인(7)	若宮卯之助	수필/기타	
2	6~7		內外時評/東北人の見た岡山縣人(八) 〈18〉 내외시평/도호쿠인이 본 오카야마 현인(8)	若宮卯之助	수필/기타	
2	7~8		內外時評/日本一の心理學者は誰か 〈18〉 내외시평/일본 제일의 심리학자는 누군가	若宮卯之助	수필/기타	
2	8		內外時評/働かんで儲けやうとする 〈18〉 내외시평/일하지 않고 벌려고 한다	若宮卯之助	수필/기타	
3	10~12	小說	みどりの影/松風(五) 〈43〉 녹색 그림자/송풍(5)	岡本靈華	소설/일본	

1919년 11월 27일 (목) 6590호 석간

지면	단수	기획	기사제목 〈회수〉〔곡수〕	필자/저자(역자)	분류	비고
4	1~3		由井正雪 〈50〉 유이노 쇼세쓰	小金井蘆州	고단	
4	3	川柳	柳建寺土左衛門選/怠業/前抜 〈1〉〔2〕 류켄지 도자에몬 선/태업/전발	京城 富士姬	시가/센류	
4	3	川柳	柳建寺土左衛門選/怠業/前抜 〈1〉〔2〕 류켄지 도자에몬 선/태업/전발	京城 黑ン坊	시가/센류	
4	3	川柳	柳建寺土左衛門選/怠業/前抜 〈1〉〔2〕 류켄지 도자에몬 선/태업/전발	元淸帽 京城 極樂坊	시가/센류	
4	3	川柳	柳建寺土左衛門選/怠業/前抜 〈1〉〔2〕 류켄지 도자에몬 선/태업/전발	鎭南浦 宇立坊	시가/센류	
4	3	川柳	柳建寺土左衛門選/怠業/前抜 〈1〉〔2〕 류켄지 도자에몬 선/태업/전발	龍山 蓮の助	시가/센류	
4	3	川柳	柳建寺土左衛門選/怠業/前抜 〈1〉〔3〕 류켄지 도자에몬 선/태업/전발	仁川 肚恫公	시가/센류	
4	3	川柳	柳建寺土左衛門選/怠業/前抜 〈1〉〔3〕 류켄지 도자에몬 선/태업/전발	龍山 思案坊	시가/센류	
4	3	川柳	柳建寺土左衛門選/怠業/前抜 〈1〉〔4〕 류켄지 도자에몬 선/태업/전발	仁川 喜美香	시가/센류	
4	3	川柳	柳建寺土左衛門選/怠業/前抜 〈1〉〔4〕 류켄지 도자에몬 선/태업/전발	仁川 猿之子	시가/센류	
4	3	川柳	柳建寺土左衛門選/怠業/前抜 〈1〉〔4〕 류켄지 도자에몬 선/태업/전발	仁川 磐梯	시가/센류	
4	3	川柳	柳建寺土左衛門選/怠業/前抜 〈1〉〔4〕 류켄지 도자에몬 선/태업/전발	龍山 美好子	시가/센류	

1919년 11월 27일 (목) 6590호

지면	단수	기획	기사제목 〈회수〉〔곡수〕	필자/저자(역자)	분류	비고
1	2~3		古武士物語/松田竹の島人 〈2〉 옛 무사 이야기/마쓰다타케의 섬 사람		수필/기타	
1	4	朝鮮詩壇	偶思 〔1〕 우사	安東#雲	시가/한시	
1	4	朝鮮詩壇	園中晩# 〔1〕 원중만#	河島五山	시가/한시	
1	4	朝鮮詩壇	偶成 〔1〕 우성	齋藤三寅	시가/한시	
1	4	朝鮮詩壇	初冬閑居 〔1〕 초동한거	栗原華陽	시가/한시	

지면	단수	기획	기사제목 〈회수〉 〔곡수〕	필자/저자(역자)	분류	비고
1	4~6		卓上通信 〈52〉 탁상 통신	東京 林四平	수필/기타	
1	5~6		史外史傳 坂東武者 〈73〉 사외사전 반도무샤	故山田美妙實作	소설/일본 고전	
2	6~8		內外時評/歷史家としての記者 〈18〉 내외시평/역사가로서 기자	若宮卯之助	수필/기타	
3	10~12	小說	みどりの影/松風(六) 〈44〉 녹색 그림자/송풍(6)	岡本靈華	소설/일본	

1919년 11월 28일 (금) 6591호 석간

지면	단수	기획	기사제목 〈회수〉 〔곡수〕	필자/저자(역자)	분류	비고
1	10		市場見聞記 시장 견문기		수필/기타	
3	8		地方小言 지방 잔소리		수필/기타	
4	1~3		由井正雪 〈51〉 유이노 쇼세쓰	小金井盧州	고단	
4	3	川柳	柳建寺土左衛門選/怠業/佳吟 〈2〉〔1〕 류켄지 도자에몬 선/태업/가음	京城 風來坊	시가/센류	
4	3	川柳	柳建寺土左衛門選/怠業/佳吟 〈2〉〔1〕 류켄지 도자에몬 선/태업/가음	京城 秀坊	시가/센류	
4	3	川柳	柳建寺土左衛門選/怠業/佳吟 〈2〉〔1〕 류켄지 도자에몬 선/태업/가음	鳥致院 晴風	시가/센류	
4	3	川柳	柳建寺土左衛門選/怠業/佳吟 〈2〉〔1〕 류켄지 도자에몬 선/태업/가음	大邱 ##	시가/센류	
4	3	川柳	柳建寺土左衛門選/怠業/佳吟 〈2〉〔1〕 류켄지 도자에몬 선/태업/가음	瓮津 和三坊	시가/센류	
4	3	川柳	柳建寺土左衛門選/怠業/佳吟 〈2〉〔1〕 류켄지 도자에몬 선/태업/가음	#原 隻親坊	시가/센류	
4	3	川柳	柳建寺土左衛門選/怠業/佳吟 〈2〉〔1〕 류켄지 도자에몬 선/태업/가음	大邱 ##坊	시가/센류	
4	3	川柳	柳建寺土左衛門選/怠業/佳吟 〈2〉〔1〕 류켄지 도자에몬 선/태업/가음	永登浦 鶯團子	시가/센류	
4	3	川柳	柳建寺土左衛門選/怠業/佳吟 〈2〉〔1〕 류켄지 도자에몬 선/태업/가음	京城 井月	시가/센류	
4	3	川柳	柳建寺土左衛門選/怠業/佳吟 〈2〉〔1〕 류켄지 도자에몬 선/태업/가음	永登浦 蛭#	시가/센류	
4	3	川柳	柳建寺土左衛門選/怠業/佳吟 〈2〉〔1〕 류켄지 도자에몬 선/태업/가음	京城 眠爺	시가/센류	
4	3	川柳	柳建寺土左衛門選/怠業/佳吟 〈2〉〔1〕 류켄지 도자에몬 선/태업/가음	仁川 川狂坊	시가/센류	
4	3	川柳	柳建寺土左衛門選/怠業/佳吟 〈2〉〔1〕 류켄지 도자에몬 선/태업/가음	京城 黑ン坊	시가/센류	
4	3	川柳	柳建寺土左衛門選/怠業/佳吟 〈2〉〔1〕 류켄지 도자에몬 선/태업/가음	龍山 思案坊	시가/센류	
4	3	川柳	柳建寺土左衛門選/怠業/佳吟 〈2〉〔1〕 류켄지 도자에몬 선/태업/가음	仁川 喜美香	시가/센류	
4	3	川柳	柳建寺土左衛門選/怠業/佳吟 〈2〉〔1〕 류켄지 도자에몬 선/태업/가음	仁川 猿辷子	시가/센류	
4	3	川柳	柳建寺土左衛門選/怠業/佳吟 〈2〉〔2〕 류켄지 도자에몬 선/태업/가음	京城 極樂坊	시가/센류	
4	3	川柳	柳建寺土左衛門選/怠業/佳吟 〈2〉〔2〕 류켄지 도자에몬 선/태업/가음	仁川 磐梯	시가/센류	

지면	단수	기획	기사제목 〈회수〉〔곡수〕	필자/저자(역자)	분류	비고
4	3	川柳	柳建寺土左衛門選/怠業/佳吟 〈2〉〔3〕 류켄지 도자에몬 선/태업/가음	仁川 苦論坊	시가/센류	
4	3	川柳	柳建寺土左衛門選/怠業/佳吟 〈2〉〔3〕 류켄지 도자에몬 선/태업/가음	仁川 花和尙	시가/센류	
4	3~4	川柳	柳建寺土左衛門選/怠業/佳吟 〈2〉〔4〕 류켄지 도자에몬 선/태업/가음	龍山 鳥石	시가/센류	

1919년 11월 28일 (금) 6591호

지면	단수	기획	기사제목 〈회수〉〔곡수〕	필자/저자(역자)	분류	비고
1	2~3		古武士物語/松田竹の島人 〈3〉 옛 무사 이야기/마쓰다타케의 섬 사람		수필/기타	
1	3	朝鮮詩壇	秋明 〔1〕 추명	小永井槐陰	시가/한시	
1	3	朝鮮詩壇	秋日### 〔1〕 추일###	大石松逕	시가/한시	
1	3	朝鮮詩壇	初冬閑居 〔1〕 초동한거	六隆#仙	시가/한시	
1	3~4	朝鮮詩壇	山寺賞凰 〔1〕 산사상황	高井椿堂	시가/한시	
1	3~5		卓上通信 〈53〉 탁상 통신	東京 林四平	수필/기타	
1	4~5		史外史傳 坂東武者 〈74〉 사외사전 반도무샤	故山田美妙實作	소설/일본 고전	
3	9		噂 소문		수필/기타	
4	1~3	小說	みどりの影/松風(七) 〈45〉 녹색 그림자/송풍(7)	岡本靈華	소설/일본	

1919년 11월 29일 (토) 6592호 석간

지면	단수	기획	기사제목 〈회수〉〔곡수〕	필자/저자(역자)	분류	비고
4	1~3		由井正雪 〈52〉 유이노 쇼세쓰	小金井蘆州	고단	
4	3	川柳	柳建寺土左衛門選/怠業/五客 〈4〉〔1〕 류켄지 도자에몬 선/태업/오객	龍山 #好男	시가/센류	
4	3	川柳	柳建寺土左衛門選/怠業/五客 〈4〉〔1〕 류켄지 도자에몬 선/태업/오객	仁川 #空坊	시가/센류	
4	3	川柳	柳建寺土左衛門選/怠業/五客 〈4〉〔1〕 류켄지 도자에몬 선/태업/오객	仁川 磐梯	시가/센류	
4	3	川柳	柳建寺土左衛門選/怠業/五客 〈4〉〔1〕 류켄지 도자에몬 선/태업/오객	永登浦 鶯團子	시가/센류	
4	3	川柳	柳建寺土左衛門選/怠業/五客 〈4〉〔1〕 류켄지 도자에몬 선/태업/오객	龍山 ##坊	시가/센류	
4	3	川柳	柳建寺土左衛門選/怠業/五客 〈4〉〔1〕 류켄지 도자에몬 선/태업/오객	龍山 鳥石	시가/센류	
4	3	川柳	柳建寺土左衛門選/怠業/五客 〈4〉〔1〕 류켄지 도자에몬 선/태업/오객	仁川 花和尙	시가/센류	
4	3	川柳	柳建寺土左衛門選/怠業/五客 〈4〉〔1〕 류켄지 도자에몬 선/태업/오객	龍山 思案坊	시가/센류	
4	3	川柳	## 〈##〉〔3〕 ##	柳建寺	시가/센류	

1919년 11월 29일 (토) 6592호

지면	단수	기획	기사제목 〈회수〉〔곡수〕	필자/저자(역자)	분류	비고
1	3~4	朝鮮俳壇	仁川秋季大會/水巴先生選 〔2〕 인천 추계 대회/스이하 선생 선	汀#	시가/하이쿠	

지면	단수	기획	기사제목 〈회수〉〔곡수〕	필자/저자(역자)	분류	비고
1	4	朝鮮俳壇	仁川秋季大會/水巴先生選〔2〕 인천 추계 대회/스이하 선생 선	#仙	시가/하이쿠	
1	4	朝鮮俳壇	仁川秋季大會/水巴先生選〔2〕 인천 추계 대회/스이하 선생 선	#汀	시가/하이쿠	
1	4	朝鮮俳壇	仁川秋季大會/水巴先生選〔2〕 인천 추계 대회/스이하 선생 선	##	시가/하이쿠	
1	4	朝鮮俳壇	仁川秋季大會/水巴先生選〔1〕 인천 추계 대회/스이하 선생 선	##	시가/하이쿠	
1	4	朝鮮俳壇	仁川秋季大會/水巴先生選〔1〕 인천 추계 대회/스이하 선생 선	##	시가/하이쿠	
1	4	朝鮮俳壇	仁川秋季大會/水巴先生選〔1〕 인천 추계 대회/스이하 선생 선	##	시가/하이쿠	
1	4	朝鮮俳壇	仁川秋季大會/水巴先生選〔1〕 인천 추계 대회/스이하 선생 선	花#	시가/하이쿠	
1	4~6		卓上通信〈54〉 탁상 통신	東京 林四平	수필/기타	
1	5~6		史外史傳 坂東武者〈75〉 사외사전 반도무샤	故山田美妙實作	소설/일본 고전	
4	1~2	小說	みどりの影/松風(八)〈46〉 녹색 그림자/송풍(8)	岡本靈華	소설/일본	

1919년 12월 02일 (화) 6595호 석간

지면	단수	기획	기사제목 〈회수〉〔곡수〕	필자/저자(역자)	분류	비고
1	5~7		心頭語/湯錢の値上 심두어/목욕료 인상	仁川 羊我生	수필/기타	
2	4~7		刑事實話/實戰に臨んだ時の兵士の實感 형사 실화/실전에 임했을 때 병사의 실감		수필/기타	
2	9~10		景氣を占ふ衣裳の色 경기를 점치는 의상의 색		수필/일상	
2	10		紅ふで 붉은 붓		수필/기타	
4	1~3		由井正雪〈55〉 유이노 쇼세쓰	小金井蘆州	고단	
4	3	川柳	柳建寺土左衛門選/酒幕/前拔〈2〉〔2〕 류켄지 도자에몬 선/주막/전발	仁川 川狂坊	시가/센류	
4	3	川柳	柳建寺土左衛門選/酒幕/前拔〈2〉〔2〕 류켄지 도자에몬 선/주막/전발	大邱 不知坊	시가/센류	
4	3	川柳	柳建寺土左衛門選/酒幕/前拔〈2〉〔2〕 류켄지 도자에몬 선/주막/전발	龍山 兵六	시가/센류	
4	3	川柳	柳建寺土左衛門選/酒幕/前拔〈2〉〔3〕 류켄지 도자에몬 선/주막/전발	仁川 肚恫公	시가/센류	
4	3	川柳	柳建寺土左衛門選/酒幕/前拔〈2〉〔3〕 류켄지 도자에몬 선/주막/전발	仁川 猿辷子	시가/센류	
4	3	川柳	柳建寺土左衛門選/酒幕/前拔〈2〉〔3〕 류켄지 도자에몬 선/주막/전발	龍山 思案坊	시가/센류	
4	3	川柳	柳建寺土左衛門選/酒幕/前拔〈2〉〔3〕 류켄지 도자에몬 선/주막/전발	京城 極樂坊	시가/센류	

1919년 12월 02일 (화) 6595호

지면	단수	기획	기사제목 〈회수〉〔곡수〕	필자/저자(역자)	분류	비고
1	2~3		古武士物語/松田竹の島人/丹波守の雅量〈4〉 옛 무사 이야기/마쓰다타케의 섬 사람/탄바모리의 아량		수필/기타	
1	4~5	朝鮮詩壇	秋#十首/其七 洗劍亭〔1〕 추#십수/그 일곱 번째 세검정	茂泉鴻堂	시가/한시	

지면	단수	기획	기사제목 〈회수〉〔곡수〕	필자/저자(역자)	분류	비고
1	5	朝鮮詩壇	秋#十首/其八 鎭戒# 〔1〕 추#십수/그 여덟 번째 갱계#	茂泉鴻堂	시가/한시	
1	5	朝鮮詩壇	秋#十首/其九 少林寺 〔1〕 추#십수/그 아홉 번째 소림사	茂泉鴻堂	시가/한시	
1	5	朝鮮詩壇	秋#十首/其十 歸路日占 〔1〕 추#십수/그 열 번째 귀로일점	茂泉鴻堂	시가/한시	
1	5	朝鮮詩壇	山寺賞楓 〔1〕 산사상풍	河島五山	시가/한시	
1	5	朝鮮俳壇	渡邊水巴選/秋雜 〔17〕 와타나베 스이하 선/가을-잡	樹人	시가/한시	
1	5~6		卓上通信 〈54〉 탁상 통신	東京 林四平	수필/기타	
2	6~8		內外時評/日本動搖の心理 〈20〉 내외시평/일본 동요의 심리	若宮卯之助	수필/기타	
2	9		展望車 전망차		수필/기타	
3	9~10	小說	みどりの影/松風(十) 〈48〉 녹색 그림자/송풍(10)	岡本靈華	소설/일본	

1919년 12월 06일 (토) 6599호 석간

지면	단수	기획	기사제목 〈회수〉〔곡수〕	필자/저자(역자)	분류	비고
1	5~7		心頭語/畑と人格(下) 심두어/밭과 인격	平壤 高橋直巖	수필/기타	
3	5	川柳	柳建寺土左衛門選/酒幕/五客 〈4〉 류켄지 도자에몬 선/주막/오객	海州 泰久坊	수필/기타	
3	5	川柳	柳建寺土左衛門選/酒幕/五客 〈4〉〔1〕 류켄지 도자에몬 선/주막/오객	龍山 思案坊	시가/센류	
3	5	川柳	柳建寺土左衛門選/酒幕/五客 〈4〉〔1〕 류켄지 도자에몬 선/주막/오객	大邱 滿平	시가/센류	
3	5	川柳	柳建寺土左衛門選/酒幕/五客 〈4〉〔1〕 류켄지 도자에몬 선/주막/오객	仁川 苦論坊	시가/센류	
3	5	川柳	柳建寺土左衛門選/酒幕/五客 〈4〉〔1〕 류켄지 도자에몬 선/주막/오객	仁川 川狂坊	시가/센류	
3	6	川柳	柳建寺土左衛門選/酒幕/三才/人 〈4〉〔1〕 류켄지 도자에몬 선/주막/제사/인	永登浦 鶯團子	시가/센류	
3	6	川柳	柳建寺土左衛門選/酒幕/三才/地 〈4〉〔1〕 류켄지 도자에몬 선/주막/삼재/지	龍山 鳥石	시가/센류	
3	6	川柳	柳建寺土左衛門選/酒幕/三才/天 〈4〉〔1〕 류켄지 도자에몬 선/주막/삼재/천	龍山 美好男	시가/센류	
3	6	川柳	柳建寺土左衛門選/酒幕/軸 〈4〉〔1〕 류켄지 도자에몬 선/주막/축	柳建寺	시가/센류	
4	1~3		由井正雪 〈59〉 유이노 쇼세쓰	小金井蘆州	고단	

1919년 12월 06일 (토) 6599호

지면	단수	기획	기사제목 〈회수〉〔곡수〕	필자/저자(역자)	분류	비고
1	4	朝鮮詩壇	#石###古### 〔1〕 #석###고###	安東#雲	시가/한시	
1	4	朝鮮詩壇	曉畫 〔1〕 효화	笹島紫峰	시가/한시	
1	4	朝鮮詩壇	同# 〔1〕 동#	安永春雨	시가/한시	
1	4	朝鮮詩壇	初冬閑居 〔1〕 초동한거	河田自#	시가/한시	

지면	단수	기획	기사제목 〈회수〉 [곡수]	필자/저자(역자)	분류	비고
1	4	朝鮮詩壇	荒原白骨# [1] 황원백골#	###焰	시가/한시	
1	4~6		卓上通信 탁상 통신	東京 林四平	수필/기타	
1	5~6		史外史傳 坂東武者 〈79〉 사외사전 반도무샤	故山田美妙實作	소설/일본 고전	
2	5~9		ウイルソンとゴムパース 〈1〉 윌슨과 고무퍼스	代議士 植原悅次郎	수필/기타	
3	4~7	オトギバ ナシ	お猿と仙太(下) 〈2〉 원숭이와 약콩	良二	소설/동화	
4	1~3	小說	みどりの影/傷める心(二) 〈52〉 녹색 그림자/아프게 하는 마음(2)	岡本靈華	소설/일본	

1919년 12월 07일 (일) 6600호 석간

지면	단수	기획	기사제목 〈회수〉 [곡수]	필자/저자(역자)	분류	비고
2	10		紅ふで 붉은 붓		수필/기타	
3	8	川柳	柳建寺土左衛門選/手當/前拔 〈1〉 [1] 류켄지 도자에몬 선/수당/전발	龍山 笑坊	시가/센류	
3	8	川柳	柳建寺土左衛門選/手當/前拔 〈1〉 [1] 류켄지 도자에몬 선/수당/전발	仁川 鳳麒	시가/센류	
3	8	川柳	柳建寺土左衛門選/手當/前拔 〈1〉 [1] 류켄지 도자에몬 선/수당/전발	仁川 兎空坊	시가/센류	
3	8	川柳	柳建寺土左衛門選/手當/前拔 〈1〉 [1] 류켄지 도자에몬 선/수당/전발	大邱 瀧峰生	시가/센류	
3	8	川柳	柳建寺土左衛門選/手當/前拔 〈1〉 [1] 류켄지 도자에몬 선/수당/전발	京城 一夢	시가/센류	
3	8	川柳	柳建寺土左衛門選/手當/前拔 〈1〉 [1] 류켄지 도자에몬 선/수당/전발	京城 眠爺	시가/센류	
3	8	川柳	柳建寺土左衛門選/手當/前拔 〈1〉 [1] 류켄지 도자에몬 선/수당/전발	京城 黑ン坊	시가/센류	
3	8	川柳	柳建寺土左衛門選/手當/前拔 〈1〉 [1] 류켄지 도자에몬 선/수당/전발	永登浦 蛭軒	시가/센류	
3	8	川柳	柳建寺土左衛門選/手當/前拔 〈1〉 [1] 류켄지 도자에몬 선/수당/전발	京城 中納言	시가/센류	
3	8	川柳	柳建寺土左衛門選/手當/前拔 〈1〉 [1] 류켄지 도자에몬 선/수당/전발	大邱 不知坊	시가/센류	
3	8	川柳	柳建寺土左衛門選/手當/前拔 〈1〉 [1] 류켄지 도자에몬 선/수당/전발	大邱 滿平	시가/센류	
3	8	川柳	柳建寺土左衛門選/手當/前拔 〈1〉 [1] 류켄지 도자에몬 선/수당/전발	京城 井月	시가/센류	
3	8	川柳	柳建寺土左衛門選/手當/前拔 〈1〉 [1] 류켄지 도자에몬 선/수당/전발	京城 思案坊	시가/센류	
3	8	川柳	柳建寺土左衛門選/手當/前拔 〈1〉 [2] 류켄지 도자에몬 선/수당/전발	大邱 柳村	시가/센류	
3	8	川柳	柳建寺土左衛門選/手當/前拔 〈1〉 [2] 류켄지 도자에몬 선/수당/전발	京城 風來坊	시가/센류	
3	8	川柳	柳建寺土左衛門選/手當/前拔 〈1〉 [2] 류켄지 도자에몬 선/수당/전발	仁川 猿之子	시가/센류	
4	1~3		由井正雪 〈60〉 유이노 쇼세쓰	小金井蘆州	고단	

1919년 12월 07일 (일) 6550호
호수 오류

지면	단수	기획	기사제목 〈회수〉〔곡수〕	필자/저자(역자)	분류	비고
1	2~4		古武士物語/松田竹の島人/浦兵部の武勇 〈5〉 옛 무사 이야기/마쓰다타케의 섬 사람/포병부의 무용		수필/기타	
1	4	朝鮮詩壇	曉霜 〔1〕 효상	齋藤三寅	시가/한시	
1	4	朝鮮詩壇	燈下裁衣韻 〔1〕 등하재의운	笹島紫峰	시가/한시	
1	4	朝鮮詩壇	山寺實楓 〔1〕 산사실풍	安永春雨	시가/한시	
1	4	朝鮮詩壇	同題 〔1〕 동제	西田白陰	시가/한시	
1	4~6		史外史傳 坂東武者 〈80〉 사외사전 반도무샤	故山田美妙實作	소설/일본 고전	
2	5~8		ウイルソンとゴムパース 〈2〉 윌슨과 고무퍼스	代議士 植原悅次郎	수필/기타	
3	10~12	小說	みどりの影/傷める心(三) 〈53〉 녹색 그림자/아프게 하는 마음(3)	岡本靈華	소설/일본	

1919년 12월 08일 (월) 6601호 석간

지면	단수	기획	기사제목 〈회수〉〔곡수〕	필자/저자(역자)	분류	비고
3	7		平壤漫話 평양만화		수필/기타	
3	7	川柳	柳建寺土左衛門選/手當/前拔 〈2〉〔2〕 류켄지 도자에몬 선/수당/전발	龍山 兵六	시가/센류	
3	7	川柳	柳建寺土左衛門選/手當/前拔 〈2〉〔2〕 류켄지 도자에몬 선/수당/전발	咸興 狂羊	시가/센류	
3	7~8	川柳	柳建寺土左衛門選/手當/前拔 〈2〉〔2〕 류켄지 도자에몬 선/수당/전발	永登浦 鶯團子	시가/센류	
3	7~8	川柳	柳建寺土左衛門選/手當/前拔 〈2〉〔2〕 류켄지 도자에몬 선/수당/전발	元仁川 公州 川狂坊	시가/센류	
3	8	川柳	柳建寺土左衛門選/手當/前拔 〈2〉〔2〕 류켄지 도자에몬 선/수당/전발	仁川 苦論坊	시가/센류	
3	8	川柳	柳建寺土左衛門選/手當/前拔 〈2〉〔2〕 류켄지 도자에몬 선/수당/전발	鐵原 隻鶴坊	시가/센류	
3	8	川柳	柳建寺土左衛門選/手當/前拔 〈2〉〔2〕 류켄지 도자에몬 선/수당/전발	龍山 蓮の助	시가/센류	
3	8	川柳	柳建寺土左衛門選/手當/前拔 〈2〉〔2〕 류켄지 도자에몬 선/수당/전발	京城 秀坊	시가/센류	
3	8	川柳	柳建寺土左衛門選/手當/前拔 〈2〉〔3〕 류켄지 도자에몬 선/수당/전발	京城 登美	시가/센류	
3	8	川柳	柳建寺土左衛門選/手當/前拔 〈2〉〔6〕 류켄지 도자에몬 선/수당/전발	京城 思案坊	시가/센류	
3	8		父を亡ひて 〔4〕 아버지를 잃고	鎌田四郎	시가/단카	
4	1~5		由井正雪 〈61〉 유이노 쇼세쓰	小金井蘆州	고단	

1919년 12월 09일 (화) 6602호 석간

지면	단수	기획	기사제목 〈회수〉〔곡수〕	필자/저자(역자)	분류	비고
4	1~3		由井正雪 〈62〉 유이노 쇼세쓰	小金井蘆州	고단	

1919년 12월 09일 (화) 6602호

지면	단수	기획	기사제목 〈회수〉〔곡수〕	필자/저자(역자)	분류	비고
1	4~6		卓上通信 탁상 통신	東京 林四平	수필/기타	

지면	단수	기획	기사제목 〈회수〉〔곡수〕	필자/저자(역자)	분류	비고
1	5~6		史外史傳 坂東武者 〈81〉 사외사전 반도무샤	故山田美妙實作	소설/일본 고전	
2	5~9		ウイルソンとゴムパース 〈3〉 윌슨과 고무퍼스	代議士 植原悅次郞	수필/기타	
4	1~3	小說	みどりの影/傷める心(四) 〈54〉 녹색 그림자/아프게 하는 마음(4)	岡本靈華	소설/일본	

1919년 12월 10일 (수) 6603호 석간

지면	단수	기획	기사제목 〈회수〉〔곡수〕	필자/저자(역자)	분류	비고
3	8	川柳	柳建寺土左衛門選/手當/佳吟 〈3〉〔1〕 류켄지 도자에몬 선/수당/가음	龍山 思案坊	시가/센류	
3	8	川柳	柳建寺土左衛門選/手當/佳吟 〈3〉〔1〕 류켄지 도자에몬 선/수당/가음	京城 秀坊	시가/센류	
3	8	川柳	柳建寺土左衛門選/手當/佳吟 〈3〉〔1〕 류켄지 도자에몬 선/수당/가음	京城 思案坊	시가/센류	
3	8	川柳	柳建寺土左衛門選/手當/佳吟 〈3〉〔1〕 류켄지 도자에몬 선/수당/가음	鐵原 隻鶴坊	시가/센류	
3	8	川柳	柳建寺土左衛門選/手當/佳吟 〈3〉〔1〕 류켄지 도자에몬 선/수당/가음	公州 川狂坊	시가/센류	
3	8	川柳	柳建寺土左衛門選/手當/佳吟 〈3〉〔1〕 류켄지 도자에몬 선/수당/가음	永登浦 鶯團子	시가/센류	
3	8	川柳	柳建寺土左衛門選/手當/佳吟 〈3〉〔1〕 류켄지 도자에몬 선/수당/가음	龍山 兵六	시가/센류	
3	8	川柳	柳建寺土左衛門選/手當/佳吟 〈3〉〔1〕 류켄지 도자에몬 선/수당/가음	大邱 不知坊	시가/센류	
3	8	川柳	柳建寺土左衛門選/手當/佳吟 〈3〉〔1〕 류켄지 도자에몬 선/수당/가음	京城 中納言	시가/센류	
3	8	川柳	柳建寺土左衛門選/手當/佳吟 〈3〉〔1〕 류켄지 도자에몬 선/수당/가음	永登浦 蛭軒	시가/센류	
3	8	川柳	柳建寺土左衛門選/手當/佳吟 〈3〉〔1〕 류켄지 도자에몬 선/수당/가음	京城 黑ン坊	시가/센류	
3	8	川柳	柳建寺土左衛門選/手當/佳吟 〈3〉〔1〕 류켄지 도자에몬 선/수당/가음	京城 眠爺	시가/센류	
3	8	川柳	柳建寺土左衛門選/手當/佳吟 〈3〉〔1〕 류켄지 도자에몬 선/수당/가음	京城 一夢	시가/센류	
3	8	川柳	柳建寺土左衛門選/手當/佳吟 〈3〉〔2〕 류켄지 도자에몬 선/수당/가음	仁川 猿之子	시가/센류	
3	8	川柳	柳建寺土左衛門選/手當/佳吟 〈3〉〔2〕 류켄지 도자에몬 선/수당/가음	京城 登美	시가/센류	
3	8	川柳	柳建寺土左衛門選/手當/佳吟 〈3〉〔2〕 류켄지 도자에몬 선/수당/가음	仁川 苦論坊	시가/센류	
4	1~3		由井正雪 〈63〉 유이노 쇼세쓰	小金井蘆州	고단	

1919년 12월 10일 (수) 6603호

지면	단수	기획	기사제목 〈회수〉〔곡수〕	필자/저자(역자)	분류	비고
1	2~3		古武士物語/松田竹の島人/靑山伯耆守の精忠 〈7〉 옛 무사 이야기/마쓰다타케의 섬 사람/아오야마 호키노카미의 정충		수필/기타	
1	5	朝鮮俳壇	小田島樹人選/秋# 〈4〉〔6〕 오다시마 주진 선/가을#	士斌	시가/하이쿠	
1	5	朝鮮俳壇	小田島樹人選/秋# 〈4〉〔3〕 오다시마 주진 선/가을#	右禿郞	시가/하이쿠	
1	5	朝鮮俳壇	小田島樹人選/秋#/秀逸 〈4〉〔1〕 오다시마 주진 선/가을#/수일	右禿郞	시가/하이쿠	

지면	단수	기획	기사제목 〈회수〉〔곡수〕	필자/저자(역자)	분류	비고
1	5	朝鮮俳壇	小田島樹人選/秋#〈4〉〔3〕 오다시마 주진 선/가을#	維石	시가/하이쿠	
1	5	朝鮮俳壇	小田島樹人選/秋#/秀逸〈4〉〔1〕 오다시마 주진 선/가을#/수일	維石	시가/하이쿠	
1	5~6		史外史傳 坂東武者〈82〉 사외사전 반도무샤	故山田美妙實作	소설/일본 고전	
2	9		展望車 전망차		수필/기타	
4	1~3	小說	みどりの影/傷める心(四)〈55〉 녹색 그림자/아프게 하는 마음(4)	岡本靈華	소설/일본	

1919년 12월 11일 (목) 6604호 석간

지면	단수	기획	기사제목 〈회수〉〔곡수〕	필자/저자(역자)	분류	비고
3	6		朝鮮俳壇仁川/月例會 조선 하이단 인천# 월례회		기타/모임안 내	
3	6		朝鮮俳壇仁川#月例會/北風〈1〉〔3〕 조선 하이단 인천# 월례회/북풍	想仙	시가/하이쿠	
3	6		朝鮮俳壇仁川#月例會/北風〈1〉〔2〕 조선 하이단 인천# 월례회/북풍	#童	시가/하이쿠	
3	6		朝鮮俳壇仁川#月例會/北風〈1〉〔2〕 조선 하이단 인천# 월례회/북풍	杜月	시가/하이쿠	
3	6		朝鮮俳壇仁川#月例會/北風〈1〉〔2〕 조선 하이단 인천# 월례회/북풍	右禿郎	시가/하이쿠	
3	6		朝鮮俳壇仁川#月例會/北風〈1〉〔1〕 조선 하이단 인천# 월례회/북풍	#萩	시가/하이쿠	
3	6		朝鮮俳壇仁川#月例會/北風〈1〉〔1〕 조선 하이단 인천# 월례회/북풍	十亭	시가/하이쿠	
3	6		朝鮮俳壇仁川#月例會/北風〈1〉〔1〕 조선 하이단 인천# 월례회/북풍	#汀	시가/하이쿠	
3	6		朝鮮俳壇仁川#月例會/北風〈1〉〔1〕 조선 하이단 인천# 월례회/북풍	柳風堂	시가/하이쿠	
3	7~9		由井正雪〈64〉 유이노 쇼세쓰	小金井蘆州	고단	

1919년 12월 11일 (목) 6604호

지면	단수	기획	기사제목 〈회수〉〔곡수〕	필자/저자(역자)	분류	비고
1	3~4		古武士物語/松田竹の島人/阿部忠秋の潔白〈8〉 옛 무사 이야기/마쓰다타케의 섬 사람/아베 타다아키의 결백		수필/기타	
1	5	朝鮮俳壇	小田島樹人選/霧、鶉、柿〔2〕 오다시마 주진 선/안개, 메추라기, 감	右禿郎	시가/하이쿠	
1	5	朝鮮俳壇	小田島樹人選/霧、鶉、柿/秀逸〔1〕 오다시마 주진 선/안개, 메추라기, 감	右禿郎	시가/하이쿠	
1	5	朝鮮俳壇	小田島樹人選/霧、鶉、柿〔3〕 오다시마 주진 선/안개, 메추라기, 감	十亭	시가/하이쿠	
1	5	朝鮮俳壇	小田島樹人選/霧、鶉、柿〔2〕 오다시마 주진 선/안개, 메추라기, 감	秋汀	시가/하이쿠	
1	5	朝鮮俳壇	小田島樹人選/霧、鶉、柿/秀逸〔1〕 오다시마 주진 선/안개, 메추라기, 감/수일	秋汀	시가/하이쿠	
1	5	朝鮮俳壇	小田島樹人選/霧、鶉、柿〔1〕 오다시마 주진 선/안개, 메추라기, 감	漫浪子	시가/하이쿠	
1	5	朝鮮俳壇	小田島樹人選/霧、鶉、柿/秀逸〔1〕 오다시마 주진 선/안개, 메추라기, 감/수일	漫浪子	시가/하이쿠	
1	5	朝鮮俳壇	小田島樹人選/霧、鶉、柿〔2〕 오다시마 주진 선/안개, 메추라기, 감	花翁	시가/하이쿠	

지면	단수	기획	기사제목 〈회수〉〔곡수〕	필자/저자(역자)	분류	비고
1	5	朝鮮俳壇	小田島樹人選/霧、鶉、柿 [2] 오다시마 주진 선/안개, 메추라기, 감	麓城	시가/하이쿠	
1	5	朝鮮俳壇	小田島樹人選/霧、鶉、柿 [2] 오다시마 주진 선/안개, 메추라기, 감	ゝ禾	시가/하이쿠	
1	5	朝鮮俳壇	小田島樹人選/霧、鶉、柿 [1] 오다시마 주진 선/안개, 메추라기, 감	柳風堂	시가/하이쿠	
1	5~6		史外史傳 坂東武者 〈83〉 사외사전 반도무샤	故山田美妙實作	소설/일본 고전	
2	9		展望車 전망차		수필/기타	
4	1~3	小說	みどりの影/傷める心(六) 〈56〉 녹색 그림자/아프게 하는 마음(6)	岡本靈華	소설/일본	

1919년 12월 12일 (금) 6605호 석간

지면	단수	기획	기사제목 〈회수〉〔곡수〕	필자/저자(역자)	분류	비고
3	8		朝鮮俳壇仁川#月例會/蒲團 〈?〉 [2] 조선 하이단 인천# 월례회/이불	右禿郎	시가/하이쿠	
3	8		朝鮮俳壇仁川#月例會/蒲團 〈2〉 [1] 조선 하이단 인천# 월례회/이불	想仙	시가/하이쿠	
3	8		朝鮮俳壇仁川#月例會/蒲團 〈2〉 [1] 조선 하이단 인천# 월례회/이불	杜月	시가/하이쿠	
3	8		朝鮮俳壇仁川#月例會/蒲團 〈2〉 [1] 조선 하이단 인천# 월례회/이불	綠童	시가/하이쿠	
3	8		朝鮮俳壇仁川#月例會/蒲團 〈2〉 [1] 조선 하이단 인천# 월례회/이불	楓萩	시가/하이쿠	
3	8		朝鮮俳壇仁川#月例會/蒲團 〈2〉 [1] 조선 하이단 인천# 월례회/이불	赤星	시가/하이쿠	
3	8		朝鮮俳壇仁川#月例會/蒲團 〈2〉 [1] 조선 하이단 인천# 월례회/이불	ゝ禾	시가/하이쿠	
3	8	川柳	柳建寺土左衛門選/手當/五客 〈4〉 [1] 류켄지 도자에몬 선/수당/오객	龍山 思案坊	시가/센류	
3	8	川柳	柳建寺土左衛門選/手當/五客 〈4〉 [1] 류켄지 도자에몬 선/수당/오객	永登浦 蛭軒	시가/센류	
3	8	川柳	柳建寺土左衛門選/手當/五客 〈4〉 [1] 류켄지 도자에몬 선/수당/오객	龍山 兵六	시가/센류	
3	8	川柳	柳建寺土左衛門選/手當/五客 〈4〉 [1] 류켄지 도자에몬 선/수당/오객	京城 眠爺	시가/센류	
3	8	川柳	柳建寺土左衛門選/手當/五客 〈4〉 [1] 류켄지 도자에몬 선/수당/오객	鎭南浦 宇立坊	시가/센류	
3	8	川柳	柳建寺土左衛門選/手當/三才/人 〈4〉 [1] 류켄지 도자에몬 선/수당/제사/인	咸興 狂羊	시가/센류	
3	8	川柳	柳建寺土左衛門選/手當/三才/地 〈4〉 [1] 류켄지 도자에몬 선/수당/삼재/지	永登浦 鶯團子	시가/센류	
3	8	川柳	柳建寺土左衛門選/手當/三才/天 〈4〉 [1] 류켄지 도자에몬 선/수당/삼재/천	仁川 苦論坊	시가/센류	
3	8	川柳	柳建寺土左衛門選/酒幕/軸 〈4〉 [4] 류켄지 도자에몬 선/주막/축	柳建寺	시가/센류	
4	1~2		由井正雪 〈65〉 유이노 쇼세쓰	小金井蘆州	고단	

1919년 12월 12일 (금) 6605호

지면	단수	기획	기사제목 〈회수〉〔곡수〕	필자/저자(역자)	분류	비고
1	4	朝鮮俳壇	小田島樹人選/秋雜 〈5〉 [8] 오다시마 주진 선/가을-잡	十亭	시가/하이쿠	

지면	단수	기획	기사제목 〈회수〉 〔곡수〕	필자/저자(역자)	분류	비고
1	4~5	朝鮮俳壇	小田島樹人選/秋雜/秀逸 〈5〉〔4〕 오다시마 주진 선/가을-잡/수일	十亭	시가/하이쿠	
1	5	朝鮮俳壇	小田島樹人選/秋雜 〈5〉〔5〕 오다시마 주진 선/가을-잡	漢城子	시가/하이쿠	
1	5	朝鮮俳壇	小田島樹人選/秋雜/秀逸 〈5〉〔1〕 오다시마 주진 선/가을-잡/수일	漢城子	시가/하이쿠	
1	5	朝鮮俳壇	小田島樹人選/秋雜 〈5〉〔2〕 오다시마 주진 선/가을-잡	#山	시가/하이쿠	
1	5	朝鮮俳壇	小田島樹人選/秋雜/秀逸 〈5〉〔1〕 오다시마 주진 선/가을-잡/수일	#山	시가/하이쿠	
1	5~6		古武士物語/松田竹の島人/黑田長政武勇を奬勵す 〈9〉 옛 무사 이야기/마쓰다타케의 섬 사람/구로다 나가마사 무용을 장려하다		수필/기타	
4	1~3	小說	みどりの影/傷める心(七) 〈57〉 녹색 그림자/아프게 하는 마음(7)	岡本靈華	소설/일본	

1919년 12월 13일 (토) 6606호 석간

지면	단수	기획	기사제목 〈회수〉 〔곡수〕	필자/저자(역자)	분류	비고
4	1~2		由井正雪 〈66〉 유이노 쇼세쓰	小金井蘆州	고단	

1919년 12월 13일 (토) 6606호

지면	단수	기획	기사제목 〈회수〉 〔곡수〕	필자/저자(역자)	분류	비고
1	4~5	朝鮮詩壇	餞瓢 〔1〕 전표	大垣金陵	시가/한시	
1	5	朝鮮詩壇	答人 〔1〕 답인	安永春雨	시가/한시	
1	5	朝鮮詩壇	初冬閑居 〔1〕 초동한거	齋藤三寅	시가/한시	
1	5	朝鮮詩壇	遊古宮蔦井 〔1〕 유고궁조정	田淵黍州	시가/한시	
1	5	朝鮮俳壇	小田島樹人選/秋雜 〈6〉〔10〕 오다시마 주진 선/가을-잡	智人	시가/하이쿠	
1	5	朝鮮俳壇	小田島樹人選/秋雜/秀逸 〈6〉〔4〕 오다시마 주진 선/가을-잡/수일	智人	시가/하이쿠	
1	5	朝鮮俳壇	小田島樹人選/秋雜 〈6〉〔7〕 오다시마 주진 선/가을-잡	ゝ禾	시가/하이쿠	
1	5	朝鮮俳壇	小田島樹人選/秋雜/秀逸 〈6〉〔1〕 오다시마 주진 선/가을-잡/수일	ゝ禾	시가/하이쿠	
1	5~6		史外史傳 坂東武者 〈84〉 사외사전 반도무샤	故山田美妙實作	소설/일본 고전	
4	1~2	小說	みどりの影/傷める心(七) 〈57〉 녹색 그림자/아프게 하는 마음(7)	岡本靈華	소설/일본	회수 오류

1919년 12월 14일 (일) 6607호 석간

지면	단수	기획	기사제목 〈회수〉 〔곡수〕	필자/저자(역자)	분류	비고
3	8	川柳	柳建寺土左衛門選/飴/前拔 〈1〉〔1〕 류켄지 도자에몬 선/사탕/전발	瓮津 和三坊	시가/센류	
3	8	川柳	柳建寺土左衛門選/飴/前拔 〈1〉〔1〕 류켄지 도자에몬 선/사탕/전발	公州 川狂坊	시가/센류	
3	8	川柳	柳建寺土左衛門選/飴/前拔 〈1〉〔1〕 류켄지 도자에몬 선/사탕/전발	龍山 蓮の助	시가/센류	
3	8	川柳	柳建寺土左衛門選/飴/前拔 〈1〉〔1〕 류켄지 도자에몬 선/사탕/전발	仁川 鳳麒	시가/센류	
3	8	川柳	柳建寺土左衛門選/飴/前拔 〈1〉〔1〕 류켄지 도자에몬 선/사탕/전발	龍山 のぼる	시가/센류	

지면	단수	기획	기사제목 〈회수〉〔곡수〕	필자/저자(역자)	분류	비고
3	8	川柳	柳建寺土左衛門選/飴/前抜 〈1〉〔1〕 류켄지 도자에몬 선/사탕/전발	京城 井月	시가/센류	
3	8	川柳	柳建寺土左衛門選/飴/前抜 〈1〉〔1〕 류켄지 도자에몬 선/사탕/전발	龍山 涼星	시가/센류	
3	8	川柳	柳建寺土左衛門選/飴/前抜 〈1〉〔1〕 류켄지 도자에몬 선/사탕/전발	京城 極樂坊	시가/센류	
3	8	川柳	柳建寺土左衛門選/飴/前抜 〈1〉〔1〕 류켄지 도자에몬 선/사탕/전발	大邱 邱花坊	시가/센류	
3	8	川柳	柳建寺土左衛門選/飴/前抜 〈1〉〔1〕 류켄지 도자에몬 선/사탕/전발	仁川 火玉生	시가/센류	
3	8	川柳	柳建寺土左衛門選/飴/前抜 〈1〉〔1〕 류켄지 도자에몬 선/사탕/전발	京城 中納言	시가/센류	
3	8	川柳	柳建寺土左衛門選/飴/前抜 〈1〉〔1〕 류켄지 도자에몬 선/사탕/전발	大邱 滿平	시가/센류	
3	8	川柳	柳建寺土左衛門選/飴/前抜 〈1〉〔1〕 류켄지 도자에몬 선/사탕/전발	大邱 不知坊	시가/센류	
3	8	川柳	柳建寺土左衛門選/飴/前抜 〈1〉〔2〕 류켄지 도자에몬 선/사탕/전발	鐵原 隻鶴坊	시가/센류	
3	8	川柳	柳建寺土左衛門選/飴/前抜 〈1〉〔2〕 류켄지 도자에몬 선/사탕/전발	於仁川 柳子	시가/센류	
3	8	川柳	柳建寺土左衛門選/飴/前抜 〈1〉〔2〕 류켄지 도자에몬 선/사탕/제일/전발	京城 秀坊	시가/센류	
4	1~3		由井正雪 〈67〉 유이노 쇼세쓰	小金井蘆州	고단	

1919년 12월 14일 (일) 6607호

지면	단수	기획	기사제목 〈회수〉〔곡수〕	필자/저자(역자)	분류	비고
1	3~4		古武士物語/松田竹の島人/往昔を忘れぬ酒井金三郎 〈10〉 옛 무사 이야기/마쓰다타케의 섬 사람/과거를 잊지 못하는 사카이 긴자부로		수필/기타	
1	4	朝鮮詩壇	秋雨〔1〕 추우	安東#雲	시가/한시	
1	4	朝鮮詩壇	秋穫喜晴〔1〕 추확희청	安東#雲	시가/한시	
1	4~5	朝鮮詩壇	山寺#楓〔1〕 산사#풍	如來#軒	시가/한시	
1	5	朝鮮詩壇	開成懷古〔1〕 개성회고	茂泉鴻堂	시가/한시	
1	5	朝鮮詩壇	登滿月臺〔1〕 등만월대	茂泉鴻堂	시가/한시	
1	5	朝鮮俳壇	小田島樹人選/秋雜/檢疫雜詠 〈7〉〔1〕 오다시마 주진 선/가을-잡/검역 잡영	菊坡	시가/하이쿠	
1	5	朝鮮俳壇	小田島樹人選/秋雜/檢疫雜詠 〈7〉〔6〕 오다시마 주진 선/가을-잡/검역 잡영	菊坡	시가/하이쿠	
1	5	朝鮮俳壇	小田島樹人選/秋雜/檢疫雜詠 〈7〉〔1〕 오다시마 주진 선/가을-잡/검역 잡영	菊坡	시가/하이쿠	
1	5	朝鮮俳壇	小田島樹人選/秋雜/檢疫雜詠 〈7〉〔3〕 오다시마 주진 선/가을-잡/검역 잡영	菊坡	시가/하이쿠	
1	5	朝鮮俳壇	小田島樹人選/秋雜/檢疫雜詠 〈7〉〔1〕 오다시마 주진 선/가을-잡/검역 잡영	菊坡	시가/하이쿠	
1	5	朝鮮俳壇	小田島樹人選/秋雜/檢疫雜詠 〈7〉〔7〕 오다시마 주진 선/가을-잡/검역 잡영	櫻萩	시가/하이쿠	
1	5	朝鮮俳壇	小田島樹人選/秋雜/檢疫雜詠 〈7〉〔1〕 오다시마 주진 선/가을-잡/검역 잡영	櫻萩	시가/하이쿠	

지면	단수	기획	기사제목 〈회수〉〔곡수〕	필자/저자(역자)	분류	비고
1	5~6		史外史傳 坂東武者 〈85〉 사외사전 반도무샤	故山田美妙 遺作	소설/일본	
2	9		展望車 전망차		수필/기타	
4	1~3	小說	みどりの影/乳母(一) 〈59〉 녹색 그림자/유모(1)	岡本靈華	소설/일본	

1919년 12월 15일 (월) 6608호 석간

지면	단수	기획	기사제목 〈회수〉〔곡수〕	필자/저자(역자)	분류	비고
3	6	川柳	柳建寺土左衞門選/飴/前拔 〈2〉〔2〕 류켄지 도자에몬 선/사탕/전발	仁川 猿之子	시가/센류	
3	6	川柳	柳建寺土左衞門選/飴/前拔 〈2〉〔2〕 류켄지 도자에몬 선/사탕/전발	京城 一夢	시가/센류	
3	6	川柳	柳建寺土左衞門選/飴/前拔 〈2〉〔2〕 류켄지 도자에몬 선/사탕/전발	仁川 兎空坊	시가/센류	
3	7	川柳	柳建寺土左衞門選/飴/前拔 〈2〉〔2〕 류켄지 도자에몬 선/사탕/전발	永登浦 蛭軒	시가/센류	
3	7	川柳	柳建寺土左衞門選/飴/前拔 〈2〉〔2〕 류켄지 도자에몬 선/사탕/전발	龍山 笑坊	시가/센류	
3	7	川柳	柳建寺土左衞門選/飴/前拔 〈2〉〔3〕 류켄지 도자에몬 선/사탕/전발	龍山 思案坊	시가/센류	
3	7	川柳	柳建寺土左衞門選/飴/前拔 〈2〉〔3〕 류켄지 도자에몬 선/사탕/전발	仁川 磐梯	시가/센류	
3	7	川柳	柳建寺土左衞門選/飴/前拔 〈2〉〔4〕 류켄지 도자에몬 선/사탕/전발	仁川 詩腕坊	시가/센류	
3	7	川柳	柳建寺土左衞門選/飴/前拔 〈2〉〔7〕 류켄지 도자에몬 선/사탕/전발	仁川 苦論坊	시가/센류	
5	1~3	小說	みどりの影/乳母(一) 〈60〉 녹색 그림자/유모(1)	岡本靈華	소설/일본	

1919년 12월 16일 (화) 6609호 석간

지면	단수	기획	기사제목 〈회수〉〔곡수〕	필자/저자(역자)	분류	비고
3	8	川柳	柳建寺土左衞門選/飴/佳吟 〈3〉〔1〕 류켄지 도자에몬 선/사탕/가음	仁川 苦論坊	시가/센류	
3	8	川柳	柳建寺土左衞門選/飴/佳吟 〈3〉〔1〕 류켄지 도자에몬 선/사탕/가음	仁川 猿之子	시가/센류	
3	8	川柳	柳建寺土左衞門選/飴/佳吟 〈3〉〔1〕 류켄지 도자에몬 선/사탕/가음	京城 秀坊	시가/센류	
3	8	川柳	柳建寺土左衞門選/飴/佳吟 〈3〉〔1〕 류켄지 도자에몬 선/사탕/가음	大邱 不知坊	시가/센류	
3	8	川柳	柳建寺土左衞門選/飴/佳吟 〈3〉〔1〕 류켄지 도자에몬 선/사탕/가음	瓮津 和三坊	시가/센류	
3	8	川柳	柳建寺土左衞門選/飴/佳吟 〈3〉〔1〕 류켄지 도자에몬 선/사탕/가음	於仁川 柳子	시가/센류	
3	8	川柳	柳建寺土左衞門選/飴/佳吟 〈3〉〔1〕 류켄지 도자에몬 선/사탕/가음	鐵原 雙鶴坊	시가/센류	
3	8	川柳	柳建寺土左衞門選/飴/佳吟 〈3〉〔2〕 류켄지 도자에몬 선/사탕/가음	仁川 鳳麒	시가/센류	
3	8	川柳	柳建寺土左衞門選/飴/佳吟 〈3〉〔2〕 류켄지 도자에몬 선/사탕/가음	永登浦 鶯團子	시가/센류	
3	8	川柳	柳建寺土左衞門選/飴/佳吟 〈3〉〔2〕 류켄지 도자에몬 선/사탕/가음	龍山 鳥石	시가/센류	
3	8	川柳	柳建寺土左衞門選/飴/佳吟 〈3〉〔2〕 류켄지 도자에몬 선/사탕/가음	仁川 磐梯	시가/센류	

지면	단수	기획	기사제목 〈회수〉〔곡수〕	필자/저자(역자)	분류	비고
3	8	川柳	柳建寺土左衛門選/飴/佳吟 〈3〉〔3〕 류켄지 도자에몬 선/사탕/가음	仁川 詩腕坊	시가/센류	
3	8	川柳	柳建寺土左衛門選/飴/佳吟 〈3〉〔3〕 류켄지 도자에몬 선/사탕/가음	仁川 花和尙	시가/센류	
3	8	川柳	柳建寺土左衛門選/飴/佳吟 〈3〉〔4〕 류켄지 도자에몬 선/사탕/가음	龍山 思案坊	시가/센류	
4	1~2		由井正雪 〈68〉 유이노 쇼세쓰	小金井蘆州	고단	

1919년 12월 16일 (화) 6609호

지면	단수	기획	기사제목 〈회수〉〔곡수〕	필자/저자(역자)	분류	비고
1	4	朝鮮詩壇	平壤懷古 〔1〕 평양회고	茂泉鴻堂	시가/한시	
1	4	朝鮮詩壇	浮碧樓 〔1〕 부벽루	茂泉鴻堂	시가/한시	
1	4	朝鮮詩壇	玄武門 〔1〕 현무문	茂泉鴻堂	시가/한시	
1	4	朝鮮詩壇	入安事縣 〔1〕 입안사현	茂泉鴻堂	시가/한시	
1	4	朝鮮詩壇	宿#門寺 〔1〕 숙#문사	如來#軒	시가/한시	
1	4	朝鮮俳壇	小田島樹人選/秋雜 〈8〉〔9〕 오다시마 주진 선/가을-잡	蝸牛洞	시가/하이쿠	
1	4	朝鮮俳壇	小田島樹人選/秋雜/秀逸 〈8〉〔3〕 오다시마 주진 선/가을-잡/수일	蝸牛洞	시가/하이쿠	
1	4	朝鮮俳壇	小田島樹人選/秋雜 〈8〉〔9〕 오다시마 주진 선/가을-잡	佐多女	시가/하이쿠	
1	5	朝鮮俳壇	小田島樹人選/秋雜/秀逸 〈8〉〔1〕 오다시마 주진 선/가을-잡/수일	佐多女	시가/하이쿠	
1	5~6		史外史傳 坂東武者 〈86〉 사외사전 반도무샤	故山田美妙實作	소설/일본 고전	
2	9		展望車 전망차		수필/기타	
4	1~3	小說	みどりの影/乳母(一) 〈61〉 녹색 그림자/유모(1)	岡本靈華	소설/일본	

1919년 12월 17일 (수) 6610호 석간

지면	단수	기획	기사제목 〈회수〉〔곡수〕	필자/저자(역자)	분류	비고
3	8	川柳	柳建寺土左衛門選/飴/五客 〈4〉〔1〕 류켄지 도자에몬 선/사탕/오객	龍山 思案坊	시가/센류	
3	8	川柳	柳建寺土左衛門選/飴/五客 〈4〉〔1〕 류켄지 도자에몬 선/사탕/오객	公州 川狂坊	시가/센류	
3	8	川柳	柳建寺土左衛門選/飴/五客 〈4〉〔1〕 류켄지 도자에몬 선/사탕/오객	龍山 蓮の助	시가/센류	
3	8	川柳	柳建寺土左衛門選/飴/五客 〈4〉〔1〕 류켄지 도자에몬 선/사탕/오객	京城 極樂坊	시가/센류	
3	8	川柳	柳建寺土左衛門選/飴/三才/人 〈4〉〔1〕 류켄지 도자에몬 선/사탕/삼재/인	永登浦 鶯團子	시가/센류	
3	8	川柳	柳建寺土左衛門選/飴/三才/地 〈4〉〔1〕 류켄지 도자에몬 선/사탕/삼재/지	仁川 苦論坊	시가/센류	
3	8	川柳	柳建寺土左衛門選/飴/三才/天 〈4〉〔1〕 류켄지 도자에몬 선/사탕/제사/천	龍山 鳥石	시가/센류	
3	8	川柳	柳建寺土左衛門選/飴/軸 〈4〉〔3〕 류켄지 도자에몬 선/사탕/축	柳建寺	시가/센류	

지면	단수	기획	기사제목 〈회수〉〔곡수〕	필자/저자(역자)	분류	비고
4	1~2		由井正雪 〈69〉 유이노 쇼세쓰	小金井蘆州	고단	

1919년 12월 17일 (수) 6610호

지면	단수	기획	기사제목 〈회수〉〔곡수〕	필자/저자(역자)	분류	비고
1	2		古武士物語/松田竹の島人/淸廉なる美濃守 〈11〉 옛 무사 이야기/마쓰다타케의 섬 사람/청렴한 미노노카미		수필/기타	
1	2~3		古武士物語/松田竹の島人/依怙なき淺見藤右衛門 〈11〉 옛 무사 이야기/마쓰다타케의 섬 사람/편애 없는 아사미 도에몬		수필/기타	
1	4	朝鮮俳壇	小田島樹人選/秋雜 〈9〉〔7〕 오다시마 주진 선/가을-잡	#童	시가/하이쿠	
1	4	朝鮮俳壇	小田島樹人選/秋雜/秀逸 〈9〉〔8〕 오다시마 주진 선/가을-잡/수일	#童	시가/하이쿠	
1	4~5	朝鮮俳壇	小田島樹人選/秋雜 〈9〉〔2〕 오다시마 주진 선/가을-잡	萬波	시가/하이쿠	
1	5	朝鮮俳壇	小田島樹人選/秋雜 〈9〉〔1〕 오다시마 주진 선/가을-잡	天邪	시가/하이쿠	
1	5	朝鮮俳壇	小田島樹人選/秋雜 〈9〉〔1〕 오다시마 주진 선/가을-잡	以統	시가/하이쿠	
1	5~6		史外史傳 坂東武者 〈87〉 사외사전 반도무샤	故山田美妙實作	소설/일본 고전	
2	8		時事短評/普通選擧と陪審制度 〈1〉 시사 단평/보통 선거과 배심 제도	法學博士 江木冷灰	수필/비평	
2	8~9		時事短評/今日の法律屋 〈1〉 시사 단평/오늘날 법률상	法學博士 江木冷灰	수필/비평	
2	9		時事短評/浪花節と音樂 〈1〉 시사 단평/나니와부시와 음악	法學博士 江木冷灰	수필/비평	
3	7~8		思い出草(上) 〈1〉 추억 풀(상)	持地ゑい子	수필/기타	
4	1~3	小說	みどりの影/乳母(二) 〈62〉 녹색 그림자/유모(2)	岡本靈華	소설/일본	

1919년 12월 18일 (목) 6611호 석간

지면	단수	기획	기사제목 〈회수〉〔곡수〕	필자/저자(역자)	분류	비고
2	7~8		由井正雪 〈70〉 유이노 쇼세쓰	小金井蘆州	고단	
3	8~9		思い出草(下) 〈2〉 추억 풀(상)	持地ゑい子	수필/기타	

1919년 12월 22일 (월) 6613호 석간

지면	단수	기획	기사제목 〈회수〉〔곡수〕	필자/저자(역자)	분류	비고
3	8	川柳	柳建寺土左衛門選/株/前抜 〈1〉〔1〕 류켄지 도자에몬 선/주식/전발	京城 井月	시가/센류	
3	8	川柳	柳建寺土左衛門選/株/前抜 〈1〉〔1〕 류켄지 도자에몬 선/주식/전발	金浦 文殊庵	시가/센류	
3	8	川柳	柳建寺土左衛門選/株/前抜 〈1〉〔1〕 류켄지 도자에몬 선/주식/전발	鳥致院 晴風	시가/센류	
3	8	川柳	柳建寺土左衛門選/株/前抜 〈1〉〔1〕 류켄지 도자에몬 선/주식/전발	瓮津 和三坊	시가/센류	
3	8	川柳	柳建寺土左衛門選/株/前抜 〈1〉〔1〕 류켄지 도자에몬 선/주식/전발	仁川 風灯	시가/센류	
3	8	川柳	柳建寺土左衛門選/株/前抜 〈1〉〔1〕 류켄지 도자에몬 선/주식/전발	瓮津 文福	시가/센류	
3	8	川柳	柳建寺土左衛門選/株/前抜 〈1〉〔1〕 류켄지 도자에몬 선/주식/전발	大邱 不知坊	시가/센류	

지면	단수	기획	기사제목 〈회수〉〔곡수〕	필자/저자(역자)	분류	비고
3	8	川柳	柳建寺土左衛門選/株/前拔 〈1〉〔1〕 류켄지 도자에몬 선/주식/전발	仁川 鳳麒	시가/센류	
3	8	川柳	柳建寺土左衛門選/株/前拔 〈1〉〔1〕 류켄지 도자에몬 선/주식/전발	公州 川狂坊	시가/센류	
3	8	川柳	柳建寺土左衛門選/株/前拔 〈1〉〔1〕 류켄지 도자에몬 선/주식/전발	大邱 滿平改南心	시가/센류	
3	8	川柳	柳建寺土左衛門選/株/前拔 〈1〉〔1〕 류켄지 도자에몬 선/주식/전발	海州 泰久坊	시가/센류	
3	8	川柳	柳建寺土左衛門選/株/前拔 〈1〉〔1〕 류켄지 도자에몬 선/주식/전발	大阪泉北 興坊	시가/센류	
3	8	川柳	柳建寺土左衛門選/株/前拔 〈1〉〔1〕 류켄지 도자에몬 선/주식/전발	仁川 兎空坊	시가/센류	
3	8	川柳	柳建寺土左衛門選/株/前拔 〈1〉〔1〕 류켄지 도자에몬 선/주식/전발	大邱 柳村改邱花坊	시가/센류	
3	8	川柳	柳建寺土左衛門選/株/前拔 〈1〉〔2〕 류켄지 도자에몬 선/주식/전발	永登浦 蛭軒	시가/센류	
3	8	川柳	柳建寺土左衛門選/株/前拔 〈1〉〔2〕 류켄지 도자에몬 선/주식/전발	仁川 猿之子	시가/센류	
3	8	川柳	柳建寺土左衛門選/株/前拔 〈1〉〔2〕 류켄지 도자에몬 선/주식/전발	仁川 苦論坊	시가/센류	
4	1~3		由井正雪 〈75〉 유이노 쇼세쓰	小金井蘆州	고단	회수 오류

1919년 12월 25일 (목) 6616호 석간

지면	단수	기획	기사제목 〈회수〉〔곡수〕	필자/저자(역자)	분류	비고
2	7~9		日出町の繼子虐め譚(上)/鬼の如き母親！淫婦芳子 哀れ血に泣く十九の娘せい子 〈1〉 히노데초의 계자 왕따담(상)/귀신 같은 어머니!음부 요시코 불쌍한 피에 울 십구세의 딸 세이코		수필/기타	
3	5		朝鮮俳壇仁川#月例會/鯨 〈3〉〔2〕 조선 하이단 인천 #월 예회/고래	想仙	시가/하이쿠	
3	5		朝鮮俳壇仁川#月例會/鯨 〈3〉〔2〕 조선 하이단 인천 #월 예회/고래	櫻萩	시가/하이쿠	
3	5		朝鮮俳壇仁川#月例會/鯨 〈3〉〔2〕 조선 하이단 인천 #월 예회/고래	右禿郎	시가/하이쿠	
3	5		朝鮮俳壇仁川#月例會/鯨 〈3〉〔2〕 조선 하이단 인천 #월 예회/고래	杜月	시가/하이쿠	
3	5		朝鮮俳壇仁川#月例會/鯨 〈3〉〔2〕 조선 하이단 인천 #월 예회/고래	綠童	시가/하이쿠	
3	5		朝鮮俳壇仁川#月例會/鯨 〈3〉〔1〕 조선 하이단 인천 #월 예회/고래	十亭	시가/하이쿠	
3	5		朝鮮俳壇仁川#月例會/鯨 〈3〉〔1〕 조선 하이단 인천 #월 예회/고래	赤星	시가/하이쿠	
3	5		朝鮮俳壇仁川#月例會/鯨 〈3〉〔1〕 조선 하이단 인천 #월 예회/고래	柳風堂	시가/하이쿠	
3	5		朝鮮俳壇仁川#月例會/鯨 〈3〉〔1〕 조선 하이단 인천 #월 예회/고래	ゝ禾	시가/하이쿠	
3	5		平壤茜峯會忘年句 〔2〕 평양 젠호카이 망년구	古#	시가/하이쿠	
3	5		平壤茜峯會忘年句 〔2〕 평양 젠호카이 망년구	鳩#	시가/하이쿠	
3	5		平壤茜峯會忘年句 〔2〕 평양 젠호카이 망년구	牛眼	시가/하이쿠	

지면	단수	기획	기사제목 〈회수〉〔곡수〕	필자/저자(역자)	분류	비고
3	5		平壤苒峯會忘年句〔2〕 평양 젠호카이 망년구	後涸	시가/하이쿠	
3	5		平壤苒峯會忘年句〔2〕 평양 젠호카이 망년구	和堂	시가/하이쿠	
3	5		平壤苒峯會忘年句〔2〕 평양 젠호카이 망년구	淸流#	시가/하이쿠	
3	5		平壤苒峯會忘年句〔2〕 평양 젠호카이 망년구	白天	시가/하이쿠	
4	1~3		由井正雪〈74〉 유이노 쇼세쓰	小金井蘆州	고단	

1919년 12월 25일 (목) 6616호

지면	단수	기획	기사제목 〈회수〉〔곡수〕	필자/저자(역자)	분류	비고
4	1~3	小說	みどりの影/むら雨(三)〈66〉 녹색 그림자/무라사메(3)	岡本靈華	소설/일본	

1919년 12월 26일 (금) 6617호 석간

지면	단수	기획	기사제목 〈회수〉〔곡수〕	필자/저자(역자)	분류	비고
2	1~2		日出町の繼子虐め譚(下)/餘りの責苦に堪へ兼ねて彼女は死を決したことさへあつた〈2〉 히노데초의 계자 왕따담(하)/심한 고통을 참지 못하고 그녀는 죽음을 결정한 적도 있었다		수필/기타	
2	9		紅ふで 붉은 붓		수필/기타	
3	4	川柳	柳建寺土左衛門選/株/前拔〈2〉〔2〕 류켄지 도자에몬 선/주식/전발	京城 一夢	시가/센류	
3	4	川柳	柳建寺土左衛門選/株/前拔〈2〉〔2〕 류켄지 도자에몬 선/주식/전발	京城 中納言	시가/센류	
3	4	川柳	柳建寺土左衛門選/株/前拔〈2〉〔3〕 류켄지 도자에몬 선/주식/전발	釜山 柳子	시가/센류	
3	4	川柳	柳建寺土左衛門選/株/前拔〈2〉〔3〕 류켄지 도자에몬 선/주식/전발	龍山 思案坊	시가/센류	
3	4	川柳	柳建寺土左衛門選/株/前拔〈2〉〔3〕 류켄지 도자에몬 선/주식/전발	京城 極樂坊	시가/센류	
3	4	川柳	柳建寺土左衛門選/株/前拔〈2〉〔3〕 류켄지 도자에몬 선/주식/전발	龍山 蓮の助	시가/센류	
3	4	川柳	柳建寺土左衛門選/株/前拔〈2〉〔4〕 류켄지 도자에몬 선/주식/전발	仁川 磐梯	시가/센류	
3	4	川柳	柳建寺土左衛門選/株/前拔〈2〉〔4〕 류켄지 도자에몬 선/주식/전발	京城 秀坊	시가/센류	
4	1~3		由井正雪〈75〉 유이노 쇼세쓰	小金井蘆州	고단	

1919년 12월 26일 (금) 6617호

지면	단수	기획	기사제목 〈회수〉〔곡수〕	필자/저자(역자)	분류	비고
1	3	朝鮮詩壇	初冬閑居〔1〕 초동한거	兒島九皐	시가/한시	
1	3	朝鮮詩壇	歲晚〔1〕 세만	河島五山	시가/한시	
1	3	朝鮮詩壇	同題〔1〕 동제	栗原華陽	시가/한시	
1	3	朝鮮詩壇	同題〔1〕 동제	江原如水	시가/한시	
1	3	朝鮮詩壇	同題〔1〕 동제		시가/한시	

지면	단수	기획	기사제목 〈회수〉 〔곡수〕	필자/저자(역자)	분류	비고
1	4	朝鮮俳壇	渡邊水巴選/山茶花 〈2〉〔5〕 와타나베 스이하 선/산다화	昌山	시가/하이쿠	
1	4	朝鮮俳壇	渡邊水巴選/山茶花 〈2〉〔4〕 와타나베 스이하 선/산다화	#童	시가/하이쿠	
1	4	朝鮮俳壇	渡邊水巴選/山茶花 〈2〉〔3〕 와타나베 스이하 선/산다화	裸骨	시가/하이쿠	
1	4	朝鮮俳壇	渡邊水巴選/山茶花 〈2〉〔3〕 와타나베 스이하 선/산다화	樹人	시가/한시	
1	4	朝鮮俳壇	渡邊水巴選/山茶花 〈2〉〔2〕 와타나베 스이하 선/산다화	士斌	시가/한시	
1	4~6		卓上通信 탁상 통신	東京 林四平	수필/기타	
1	5~6		史外史傳 坂東武者 〈90〉 사외사전 반도무샤	故山田美妙實作	소설/일본 고전	
3	1~3		歐州外科奇談(上)/鼻接ぎの妙術 〈1〉 유럽 외과 기담(상)/코가 이어진 묘술		수필/기타	
4	1~3	小說	みどりの影/むら雨(四) 〈67〉 녹색 그림자/무라사메(4)	岡本靈華	소설/일본	

1919년 12월 27일 (토) 6618호 석간

지면	단수	기획	기사제목 〈회수〉 〔곡수〕	필자/저자(역자)	분류	비고
4	1~3		由井正雪 〈76〉 유이노 쇼세쓰	小金井蘆州	고단	

1919년 12월 27일 (토) 6618호

지면	단수	기획	기사제목 〈회수〉 〔곡수〕	필자/저자(역자)	분류	비고
1	2	朝鮮詩壇	歲晚 〔1〕 세만	大石松逕	시가/한시	
1	2	朝鮮詩壇	忘年會席上 〔1〕 망년회석상	江原如水	시가/한시	
1	2	朝鮮詩壇	雪夜 〔1〕 설야	成田魯石	시가/한시	
1	2	朝鮮詩壇	歲晚 〔1〕 세만	永井鳥石	시가/한시	
1	2	朝鮮詩壇	雪夜 〔1〕 설야	西田白陰	시가/한시	
1	2~4		史外史傳 坂東武者 〈91〉 사외사전 반도무샤	故山田美妙實作	소설/일본 고전	
3	7		紅ふで 붉은 붓		수필/기타	
4	1~3	小說	みどりの影/むら雨(五) 〈68〉 녹색 그림자/무라사메(5)	岡本靈華	소설/일본	

1919년 12월 28일 (일) 6619호 석간

지면	단수	기획	기사제목 〈회수〉 〔곡수〕	필자/저자(역자)	분류	비고
3	3		平南歌壇 〔2〕 평남가단	白神吉#雄	시가/단카	
3	3		平南歌壇 〔2〕 평남가단	詫間秋原	시가/단카	
3	3		平南歌壇 〔2〕 평남가단	波多野牛步	시가/단카	
3	4	川柳	柳建寺土左衛門選/株/佳吟 〈3〉〔1〕 류켄지 도자에몬 선/주식/가음	京城 一夢	시가/센류	
3	4	川柳	柳建寺土左衛門選/株/佳吟 〈3〉〔1〕 류켄지 도자에몬 선/주식/가음	大阪泉北 興坊	시가/센류	

지면	단수	기획	기사제목 〈회수〉〔곡수〕	필자/저자(역자)	분류	비고
3	4	川柳	柳建寺土左衛門選/株/佳吟 〈3〉〔1〕 류켄지 도자에몬 선/주식/가음	大邱 邱花坊	시가/센류	
3	4	川柳	柳建寺土左衛門選/株/佳吟 〈3〉〔1〕 류켄지 도자에몬 선/주식/가음	京城 極樂坊	시가/센류	
3	4	川柳	柳建寺土左衛門選/株/佳吟 〈3〉〔1〕 류켄지 도자에몬 선/주식/가음	仁川 磐梯	시가/센류	
3	4	川柳	柳建寺土左衛門選/株/佳吟 〈3〉〔1〕 류켄지 도자에몬 선/주식/가음	龍山 思案坊	시가/센류	
3	4	川柳	柳建寺土左衛門選/株/佳吟 〈3〉〔1〕 류켄지 도자에몬 선/주식/가음	京城 秀坊	시가/센류	
3	4	川柳	柳建寺土左衛門選/株/佳吟 〈3〉〔2〕 류켄지 도자에몬 선/주식/가음	永登浦 鶯團子	시가/센류	
3	4	川柳	柳建寺土左衛門選/株/佳吟 〈3〉〔2〕 류켄지 도자에몬 선/주식/가음	龍山 蓮の助	시가/센류	
3	4	川柳	柳建寺土左衛門選/株/佳吟 〈3〉〔2〕 류켄지 도자에몬 선/주식/가음	仁川 花和尙	시가/센류	
3	4	川柳	柳建寺土左衛門選/株/佳吟 〈3〉〔2〕 류켄지 도자에몬 선/주식/가음	仁川 猿之子	시가/센류	
3	4	川柳	柳建寺土左衛門選/株/佳吟 〈3〉〔2〕 류켄지 도자에몬 선/주식/가음	釜山 柳子	시가/센류	
3	4	川柳	柳建寺土左衛門選/株/佳吟 〈3〉〔3〕 류켄지 도자에몬 선/주식/가음	海州 泰久坊	시가/센류	
3	4	川柳	柳建寺土左衛門選/株/佳吟 〈3〉〔3〕 류켄지 도자에몬 선/주식/가음	仁川 苦論坊	시가/센류	
4	1~3		由井正雪 〈77〉 유이노 쇼세쓰	小金井蘆州	고단	

1919년 12월 28일 (일) 6619호

지면	단수	기획	기사제목 〈회수〉〔곡수〕	필자/저자(역자)	분류	비고
1	1~3		古武士物語/松田竹の島人/立花道雪の仁愛 〈14〉 옛 무사 이야기/마쓰다타케의 섬 사람/타치바나 도세쓰의 인애		수필/기타	
1	3		世界一目 세계일목		수필/기타	
1	4	朝鮮俳壇	渡邊水巴選/山茶花 〈3〉〔5〕 와타나베 스이하 선/산다화	ゝ禾	시가/하이쿠	
1	4	朝鮮俳壇	渡邊水巴選/山茶花 〈3〉〔3〕 와타나베 스이하 선/산다화	柳風堂	시가/하이쿠	
1	4	朝鮮俳壇	渡邊水巴選/山茶花 〈3〉〔2〕 와타나베 스이하 선/산다화	花翁	시가/하이쿠	
1	4	朝鮮俳壇	渡邊水巴選/山茶花 〈3〉〔2〕 와타나베 스이하 선/산다화	維石	시가/하이쿠	
1	4	朝鮮俳壇	渡邊水巴選/山茶花 〈3〉〔2〕 와타나베 스이하 선/산다화	蝸牛洞	시가/하이쿠	
1	4	朝鮮俳壇	渡邊水巴選/山茶花 〈3〉〔1〕 와타나베 스이하 선/산다화	付浪	시가/하이쿠	
1	4~6		史外史傳 坂東武者 〈92〉 사외사전 반도무샤	故山田美妙實作	소설/일본 고전	
4	1~3		みどりの影/むら雨(六) 〈69〉 녹색 그림자/무라사메(6)	岡本靈華	소설/일본	

조선신문 1920.04.~1920.12.

지면	단수	기획	기사제목 〈회수〉〔곡수〕	필자/저자(역자)	분류	비고
			1920년 04월 01일 (목) 6707호			
1	3	朝鮮詩壇	早春夜坐 〔1〕 조춘야좌	西田白陰	시가/한시	
1	3	朝鮮詩壇	春郊晩眺 〔1〕 춘교만조	栗原華陽	시가/한시	
1	3	朝鮮詩壇	春日山中 〔1〕 춘일산중	川添不絶	시가/한시	
1	3	朝鮮詩壇	飛行機來 〔1〕 비행기 오다	栗原華陽	시가/한시	
1	3	朝鮮詩壇	釆萩 〔1〕 채추	松田學鷗	시가/한시	
1	3~4	朝鮮歌壇	(제목없음) 〔9〕	京城 蒲生紅公子	시가/단키	
1	4	朝鮮歌壇	(제목없음) 〔1〕	不案	시가/단카	
1	4~5		大阪城 〈50〉 오사카 성	芙蓉散人	소설/일본 고전	
4	6~9	オトギバ ナシ	三羽の蝶 세마리의 나비	宮澤竹子	소설/동화	
6	7	川柳	令監/柳建寺土左衛門選/佳吟 〈3〉 〔1〕 영감/류켄지 도자에몬 선/가음	瓮津 壽翁	시가/센류	
6	7	川柳	令監/柳建寺土左衛門選/佳吟 〈3〉 〔1〕 영감/류켄지 도자에몬 선/가음	仁川 猿辷子	시가/센류	
6	7	川柳	令監/柳建寺土左衛門選/佳吟 〈3〉 〔1〕 영감/류켄지 도자에몬 선/가음	仁川 山の手	시가/센류	
6	7	川柳	令監/柳建寺土左衛門選/佳吟 〈3〉 〔1〕 영감/류켄지 도자에몬 선/가음	龍山 露帽	시가/센류	
6	7	川柳	令監/柳建寺土左衛門選/佳吟 〈3〉 〔1〕 영감/류켄지 도자에몬 선/가음	京城 眠爺	시가/센류	
6	7	川柳	令監/柳建寺土左衛門選/佳吟 〈3〉 〔1〕 영감/류켄지 도자에몬 선/가음	大邱 不知坊	시가/센류	
6	7	川柳	令監/柳建寺土左衛門選/佳吟 〈3〉 〔1〕 영감/류켄지 도자에몬 선/가음	京城 亞素棒	시가/센류	
6	7	川柳	令監/柳建寺土左衛門選/佳吟 〈3〉 〔1〕 영감/류켄지 도자에몬 선/가음	平澤 冗句坊	시가/센류	
6	7	川柳	令監/柳建寺土左衛門選/佳吟 〈3〉 〔2〕 영감/류켄지 도자에몬 선/가음	仁川 大納言	시가/센류	
6	7	川柳	令監/柳建寺土左衛門選/佳吟 〈3〉 〔2〕 영감/류켄지 도자에몬 선/가음	仁川 苦論坊	시가/센류	
6	7	川柳	令監/柳建寺土左衛門選/佳吟 〈3〉 〔2〕 영감/류켄지 도자에몬 선/가음	京城 白髯坊	시가/센류	
6	7	川柳	令監/柳建寺土左衛門選/佳吟 〈3〉 〔3〕 영감/류켄지 도자에몬 선/가음	仁川 磐梯	시가/센류	
6	7	川柳	令監/柳建寺土左衛門選/佳吟 〈3〉 〔4〕 영감/류켄지 도자에몬 선/가음	仁川 詩腕坊	시가/센류	
7	6~8		由井正雪 〈152〉 유이노 쇼세쓰	小金井蘆州	고단	
8	1~3		運命の波/怪の鮮人(二) 〈29〉 운명의 파도/수상한 조선인(2)	遠藤柳雨	소설/일본	

지면	단수	기획	기사제목 〈회수〉〔곡수〕	필자/저자(역자)	분류	비고
			1920년 04월 02일 (금) 6708호			
1	3	朝鮮詩壇	飛行機來 [1] 비행기 오다	成田魯石	시가/한시	
1	3	朝鮮詩壇	書懷 [1] 서회	神崎藻波	시가/한시	
1	3	朝鮮詩壇	田家所見 [1] 전가소견	淺野#雲	시가/한시	
1	3·	朝鮮俳壇	渡邊水巴選/梅 〈4〉 [3] 와타나베 스이하 선/매화	ゝ禾	시가/하이쿠	
1	3	朝鮮俳壇	渡邊水巴選/梅 〈4〉 [2] 와타나베 스이하 선/매화	佐多女	시가/하이쿠	
1	3	朝鮮俳壇	渡邊水巴選/梅 〈4〉 [2] 와타나베 스이하 선/매화	失名	시가/하이쿠	
1	3	朝鮮俳壇	渡邊水巴選/梅 〈4〉 [1] 와타나베 스이하 선/매화	竹浪	시가/하이쿠	
1	3	朝鮮俳壇	渡邊水巴選/梅 〈4〉 [1] 와타나베 스이하 선/매화	鐸庵	시가/하이쿠	
1	3~4	朝鮮俳壇	渡邊水巴選/梅 〈4〉 [1] 와타나베 스이하 선/매화	要村	시가/하이쿠	
1	4	朝鮮俳壇	渡邊水巴選/梅 〈4〉 [1] 와타나베 스이하 선/매화	芳州	시가/하이쿠	
1	4~5		大阪城 〈51〉 오사카 성	芙蓉散人	소설/일본 고전	
4	5~9	オトギバ ナシ	森の秘密 〈1〉 숲의 비밀	立花英子	소설/동화	
4	10~12		由井正雪 〈153〉 유이노 쇼세쓰	小金井蘆州	고단	
6	8	川柳	令監/柳建寺土左衛門選/五客 〈4〉 [1] 영감/류켄지 도자에몬 선/오객	仁川 鬼空坊	시가/센류	
6	8	川柳	令監/柳建寺土左衛門選/五客 〈4〉 [1] 영감/류켄지 도자에몬 선/오객	大邱 邱花坊	시가/센류	
6	8	川柳	令監/柳建寺土左衛門選/五客 〈4〉 [1] 영감/류켄지 도자에몬 선/오객	仁川 丹後守	시가/센류	
6	8	川柳	令監/柳建寺土左衛門選/五客 〈4〉 [1] 영감/류켄지 도자에몬 선/오객	仁川 綾浦	시가/센류	
6	8	川柳	令監/柳建寺土左衛門選/五客 〈4〉 [1] 영감/류켄지 도자에몬 선/오객	仁川 詩腕坊	시가/센류	
6	8	川柳	令監/柳建寺土左衛門選/三才/人 〈4〉 [1] 영감/류켄지 도자에몬 선/삼재/인	仁川 大納言	시가/센류	
6	8	川柳	令監/柳建寺土左衛門選/三才/地 〈4〉 [1] 영감/류켄지 도자에몬 선/삼재/지	京城 三十四坊	시가/센류	
6	8	川柳	令監/柳建寺土左衛門選/三才/天 〈4〉 [1] 영감/류켄지 도자에몬 선/삼재/천	京城 亞素棒	시가/센류	
6	9~11		運命の波/怪の鮮人(三) 〈30〉 운명의 파도/수상한 조선인(3)	遠藤柳雨	소설/일본	
			1920년 04월 03일 (토) 6709호			
1	4	朝鮮詩壇	##### [1] #####	淺倉藤蔭	시가/한시	
1	4	朝鮮詩壇	海嶽晴望 [1] 해악청망	川端不絶	시가/한시	

지면	단수	기획	기사제목 〈회수〉〔곡수〕	필자/저자(역자)	분류	비고
1	4	朝鮮詩壇	飛行機來〔1〕 비행기 오다	大石松逕	시가/한시	
1	4~5	朝鮮詩壇	#####〔1〕 #####	松田學鷗	시가/한시	
1	5~6		大阪城〈52〉 오사카 성	芙蓉散人	소설/일본 고전	
4	5~9	オトギバ ナシ	森の秘密〈2〉 숲의 비밀	立花英子	소설/동화	
4	10~12		運命の波/怪の鮮人(四)〈31〉 운명의 파도/수상한 조선인(3)	遠藤柳雨	소설/일본	
6	5		仁川短歌會詠草/席題『煙』〔1〕 인천 단카회 영초/석제『연기』	岩本吐史	시가/단카	
6	5~6		仁川短歌會詠草/席題『煙』〔1〕 인천 단카회 영초/석제『연기』	池遊龜男	시가/단카	
6	6		仁川短歌會詠草/席題『煙』〔1〕 인천 단카회 영초/석제『연기』	久紗花景郎	시가/단카	
6	6		仁川短歌會詠草/席題『煙』〔1〕 인천 단카회 영초/석제『연기』	眞鍋やすし	시가/단카	
6	6		仁川短歌會詠草/席題『煙』〔1〕 인천 단카회 영초/석제『연기』	岡本比呂史	시가/단카	
6	6		仁川短歌會詠草/席題『煙』〔1〕 인천 단카회 영초/석제『연기』	田川富士香	시가/단카	
6	6		仁川短歌會詠草/席題『煙』〔1〕 인천 단카회 영초/석제『연기』	岸田鷺城	시가/단카	
6	6		仁川短歌會詠草/席題『煙』〔1〕 인천 단카회 영초/석제『연기』	島野魔郎	시가/단카	
6	6		仁川短歌會詠草/席題『煙』〔1〕 인천 단카회 영초/석제『연기』	石田龍吉	시가/단카	
6	6		仁川短歌會詠草/席題『煙』〔1〕 인천 단카회 영초/석제『연기』	三宅靑思	시가/단카	
6	6		仁川短歌會詠草/席題『煙』〔1〕 인천 단카회 영초/석제『연기』	小松阿砂	시가/단카	
6	6	川柳	床屋/柳建寺土左衛門選/前抜〈1〉〔1〕 이발소/류켄지 도자에몬 선/전발	大邱 喧嘩坊	시가/센류	
6	6	川柳	床屋/柳建寺土左衛門選/前抜〈1〉〔1〕 이발소/류켄지 도자에몬 선/전발	龍山 山ン坊	시가/센류	
6	6	川柳	床屋/柳建寺土左衛門選/前抜〈1〉〔1〕 이발소/류켄지 도자에몬 선/전발	仁川 猿之子	시가/센류	
6	6	川柳	床屋/柳建寺土左衛門選/前抜〈1〉〔1〕 이발소/류켄지 도자에몬 선/전발	仁川 川狂坊	시가/센류	
6	6	川柳	床屋/柳建寺土左衛門選/前抜〈1〉〔1〕 이발소/류켄지 도자에몬 선/전발	鳥致院 浮葉	시가/센류	
6	6	川柳	床屋/柳建寺土左衛門選/前抜〈1〉〔1〕 이발소/류켄지 도자에몬 선/전발	八尾島 #閑坊	시가/센류	
6	6	川柳	床屋/柳建寺土左衛門選/前抜〈1〉〔1〕 이발소/류켄지 도자에몬 선/전발	平壤 媚天	시가/센류	
6	6	川柳	床屋/柳建寺土左衛門選/前抜〈1〉〔1〕 이발소/류켄지 도자에몬 선/전발	京城 默助	시가/센류	
6	6	川柳	床屋/柳建寺土左衛門選/前抜〈1〉〔1〕 이발소/류켄지 도자에몬 선/전발	龍山 逸風	시가/센류	
6	6	川柳	床屋/柳建寺土左衛門選/前抜〈1〉〔1〕 이발소/류켄지 도자에몬 선/전발	仁川 七面鳥	시가/센류	

지면	단수	기획	기사제목 〈회수〉〔곡수〕	필자/저자(역자)	분류	비고
6	6	川柳	床屋/柳建寺土左衛門選/前抜 〈1〉〔1〕 이발소/류켄지 도자에몬 선/전발	龍山 花石	시가/센류	
6	6	川柳	床屋/柳建寺土左衛門選/前抜 〈1〉〔1〕 이발소/류켄지 도자에몬 선/전발	仁川 右大臣	시가/센류	
6	6	川柳	床屋/柳建寺土左衛門選/前抜 〈1〉〔1〕 이발소/류켄지 도자에몬 선/전발	鳥致院 堤柳	시가/센류	
6	6	川柳	床屋/柳建寺土左衛門選/前抜 〈1〉〔1〕 이발소/류켄지 도자에몬 선/전발	暗合 仁川 大納言/ 仁川 磐梯	시가/센류	
6	6	川柳	床屋/柳建寺土左衛門選/前抜 〈1〉〔2〕 이발소/류켄지 도자에몬 선/전발	龍山 千流	시가/센류	
6	6	川柳	床屋/柳建寺土左衛門選/前抜 〈1〉〔2〕 이발소/류켄지 도자에몬 선/전발	開城 千貝	시가/센류	
6	6	川柳	床屋/柳建寺土左衛門選/前抜 〈1〉〔2〕 이발소/류켄지 도자에몬 선/전발	龍山 三日坊	시가/센류	
6	7~9		由井正雪 〈153〉 유이노 쇼세쓰	小金井蘆州	고단	회수 오류

1920년 04월 05일 (월) 6710호

지면	단수	기획	기사제목 〈회수〉〔곡수〕	필자/저자(역자)	분류	비고
1	3	朝鮮詩壇	山家〔1〕 산가	高橋直巖	시가/한시	
1	3	朝鮮詩壇	釣魚〔1〕 조어	淺野#雲	시가/한시	
1	3	朝鮮詩壇	細雨春帆#〔1〕 세우춘범#	川端不絶	시가/한시	
1	3	朝鮮詩壇	春水〔1〕 춘수	大石松逕	시가/한시	
1	4	朝鮮歌壇	(제목없음)〔2〕	仁川 小野田あさ	시가/단카	
1	4	朝鮮歌壇	(제목없음)〔2〕	## 田川富士香	시가/단카	
1	4	朝鮮歌壇	(제목없음)〔4〕	龍山 #馬#	시가/단카	
1	4	朝鮮歌壇	(제목없음)〔2〕	仁川 泣き草	시가/단카	
1	4	朝鮮歌壇	(제목없음)〔1〕	不案	시가/단카	
1	4~5	朝鮮俳壇	渡邊水巴選/梅/秀逸 〈5〉〔3〕 와타나베 스이하 선/매화/수일	佐多女	시가/하이쿠	
1	4~5	朝鮮俳壇	渡邊水巴選/梅/秀逸 〈5〉〔2〕 와타나베 스이하 선/매화/수일	十亭	시가/하이쿠	
1	4~5	朝鮮俳壇	渡邊水巴選/梅/秀逸 〈5〉〔1〕 와타나베 스이하 선/매화/수일	樹人	시가/하이쿠	
1	4~5	朝鮮俳壇	渡邊水巴選/梅/秀逸 〈5〉〔1〕 와타나베 스이하 선/매화/수일	ゝ禾	시가/하이쿠	
1	4~5	朝鮮俳壇	渡邊水巴選/梅/秀逸 〈5〉〔1〕 와타나베 스이하 선/매화/수일	綠童	시가/하이쿠	
1	4~5	朝鮮俳壇	渡邊水巴選/梅/秀逸 〈5〉〔1〕 와타나베 스이하 선/매화/수일	想仙	시가/하이쿠	
1	5~6		大阪城 〈53〉 오사카 성	芙蓉散人	소설/일본 고전	
4	1~3		運命の波/夢に宮殿に(二) 〈32〉 운명의 파도/꿈에 궁궐에서(2)	遠藤柳雨	소설/일본	회수 오류

지면	단수	기획	기사제목 〈회수〉〔곡수〕	필자/저자(역자)	분류	비고
			1920년 04월 06일(화) 6711호			
1	3~5		大阪城 〈54〉 오사카 성	芙蓉散人	소설/일본 고전	
6	8	川柳	床屋/柳建寺土左衛門選/前抜 〈2〉〔2〕 이발소/류켄지 도자에몬 선/전발	瓮津 壽翁	시가/센류	
6	8	川柳	床屋/柳建寺土左衛門選/前抜 〈2〉〔2〕 이발소/류켄지 도자에몬 선/전발	京城 亞素棒	시가/센류	
6	8	川柳	床屋/柳建寺土左衛門選/前抜 〈2〉〔2〕 이발소/류켄지 도자에몬 선/전발	海州 漫浪子	시가/센류	
6	8	川柳	床屋/柳建寺土左衛門選/前抜 〈2〉〔2〕 이발소/류켄지 도자에몬 선/전발	平澤 冗句坊	시가/센류	
6	8	川柳	床屋/柳建寺土左衛門選/前抜 〈2〉〔2〕 이발소/류켄지 도자에몬 선/전발	仁川 兎空坊	시가/센류	
6	8	川柳	床屋/柳建寺土左衛門選/前抜 〈2〉〔3〕 이발소/류켄지 도자에몬 선/전발	大邱 初學坊	시가/센류	
6	8	川柳	床屋/柳建寺土左衛門選/前抜 〈2〉〔3〕 이발소/류켄지 도자에몬 선/전발	仁川 磐梯	시가/센류	
6	8	川柳	床屋/柳建寺土左衛門選/前抜 〈2〉〔3〕 이발소/류켄지 도자에몬 선/전발	仁川 紅短冊	시가/센류	
6	8	川柳	床屋/柳建寺土左衛門選/前抜 〈2〉〔3〕 이발소/류켄지 도자에몬 선/전발	仁川 松平坊	시가/센류	
6	8	川柳	床屋/柳建寺土左衛門選/前抜 〈2〉〔3〕 이발소/류켄지 도자에몬 선/전발	京城 三十四坊	시가/센류	
6	8	川柳	床屋/柳建寺土左衛門選/前抜 〈2〉〔3〕 이발소/류켄지 도자에몬 선/전발	瓮津 和三坊	시가/센류	
6	8	川柳	床屋/柳建寺土左衛門選/前抜 〈2〉〔3〕 이발소/류켄지 도자에몬 선/전발	龍山 美好男	시가/센류	
6	9~11		由井正雪 〈155〉 유이노 쇼세쓰	小金井蘆洲	고단	
8	1~3		運命の波/夢に宮殿に(三) 〈33〉 운명의 파도/꿈에 궁궐에서(3)	遠藤柳雨	소설/일본	
			1920년 04월 07일(수) 6712호			
1	4	朝鮮歌壇	(제목없음)〔6〕	法師 夕人	시가/단카	
1	4	朝鮮歌壇	(제목없음)〔4〕	仁川 よし子	시가/단카	
1	4	朝鮮歌壇	(제목없음)〔1〕	不案	시가/단카	
1	4	朝鮮俳壇	川越苔雨選/仁川句會二月例會句/春水 〔2〕 가와고에 다이우 선/인천구회 2월 예회 구/춘수	右禿郎	시가/하이쿠	
1	4	朝鮮俳壇	川越苔雨選/仁川句會二月例會句/春水 〔2〕 가와고에 다이우 선/인천구회 2월 예회 구/춘수	ゝ禾	시가/하이쿠	
1	4	朝鮮俳壇	川越苔雨選/仁川句會二月例會句/春水 〔2〕 가와고에 다이우 선/인천구회 2월 예회 구/춘수	赤星	시가/하이쿠	
1	4	朝鮮俳壇	川越苔雨選/仁川句會二月例會句/春水 〔1〕 가와고에 다이우 선/인천구회 2월 예회 구/춘수	丹葉	시가/하이쿠	
1	4	朝鮮俳壇	川越苔雨選/仁川句會二月例會句/春水 〔1〕 가와고에 다이우 선/인천구회 2월 예회 구/춘수	松園	시가/하이쿠	
1	4	朝鮮俳壇	川越苔雨選/仁川句會二月例會句/春水/秀逸 〔1〕 가와고에 다이우 선/인천구회 2월 예회 구/춘수/수일	花翁	시가/하이쿠	

지면	단수	기획	기사제목 〈회수〉〔곡수〕	필자/저자(역자)	분류	비고
1	4	朝鮮俳壇	川越苫雨選/仁川句會二月例會句/春水/秀逸〔1〕 가와고에 다이우 선/인천구회 2월 예회 구/춘수/수일	鷺城	시가/하이쿠	
1	4	朝鮮俳壇	川越苫雨選/仁川句會二月例會句/春水/秀逸〔1〕 가와고에 다이우 선/인천구회 2월 예회 구/춘수/수일	ゝ禾	시가/하이쿠	
1	5~6		大阪城 〈55〉 오사카 성	芙蓉散人	소설/일본 고전	
4	5~9	オトギバ ナシ	森の秘密 〈3〉 숲의 비밀	立花英子	소설/동화	
5	8~9		女優時子に絡まる美はしき戀の哀話(上) 〈1〉 여배우 도키코에 얽힌 아리따운 사랑의 로맨스(상)		수필/기타	
6	8	川柳	床屋/柳建寺土左衛門選/佳吟 〈3〉〔1〕 이발소/류켄지 도자에몬 선/뛰어난 구	永登浦 二葉	시가/센류	
6	8	川柳	床屋/柳建寺土左衛門選/佳吟 〈3〉〔1〕 이발소/류켄지 도자에몬 선/뛰어난 구	大邱 不知坊	시가/센류	
6	8	川柳	床屋/柳建寺土左衛門選/佳吟 〈3〉〔1〕 이발소/류켄지 도자에몬 선/뛰어난 구	瓮津 壽翁	시가/센류	
6	8	川柳	床屋/柳建寺土左衛門選/佳吟 〈3〉〔1〕 이발소/류켄지 도자에몬 선/뛰어난 구	龍山 花石	시가/센류	
6	8	川柳	床屋/柳建寺土左衛門選/佳吟 〈3〉〔1〕 이발소/류켄지 도자에몬 선/뛰어난 구	京城 亞素棒	시가/센류	
6	8	川柳	床屋/柳建寺土左衛門選/佳吟 〈3〉〔1〕 이발소/류켄지 도자에몬 선/뛰어난 구	海州 漫浪子	시가/센류	
6	8	川柳	床屋/柳建寺土左衛門選/佳吟 〈3〉〔1〕 이발소/류켄지 도자에몬 선/뛰어난 구	仁川 兎空坊	시가/센류	
6	8	川柳	床屋/柳建寺土左衛門選/佳吟 〈3〉〔1〕 이발소/류켄지 도자에몬 선/뛰어난 구	仁川 磐梯	시가/센류	
6	8	川柳	床屋/柳建寺土左衛門選/佳吟 〈3〉〔1〕 이발소/류켄지 도자에몬 선/뛰어난 구	仁川 紅短冊	시가/센류	
6	8	川柳	床屋/柳建寺土左衛門選/佳吟 〈3〉〔1〕 이발소/류켄지 도자에몬 선/뛰어난 구	仁川 七面鳥	시가/센류	
6	8	川柳	床屋/柳建寺土左衛門選/佳吟 〈3〉〔1〕 이발소/류켄지 도자에몬 선/뛰어난 구	仁川 詩腕坊	시가/센류	
6	8	川柳	床屋/柳建寺土左衛門選/佳吟 〈3〉〔2〕 이발소/류켄지 도자에몬 선/뛰어난 구	仁川 苦論坊	시가/센류	
6	8	川柳	床屋/柳建寺土左衛門選/佳吟 〈3〉〔2〕 이발소/류켄지 도자에몬 선/뛰어난 구	龍山 美好男	시가/센류	
6	8	川柳	床屋/柳建寺土左衛門選/佳吟 〈3〉〔3〕 이발소/류켄지 도자에몬 선/뛰어난 구	永登浦 鶯團子	시가/센류	
6	8	川柳	床屋/柳建寺土左衛門選/佳吟 〈3〉〔4〕 이발소/류켄지 도자에몬 선/뛰어난 구	海州 泰久坊	시가/센류	
6	8	川柳	床屋/柳建寺土左衛門選/佳吟 〈3〉〔5〕 이발소/류켄지 도자에몬 선/뛰어난 구	仁川 右禿郎	시가/센류	
6	8	川柳	床屋/柳建寺土左衛門選/佳吟 〈3〉〔5〕 이발소/류켄지 도자에몬 선/뛰어난 구	仁川 大納言	시가/센류	
6	9~11		由井正雪 〈156〉 유이노 쇼세쓰	小金井蘆洲	고단	
8	1~3		運命の波/黑い人影(二) 〈34〉 운명의 파도/검은 사람의 그림자(2)	遠藤柳雨	소설/일본	회수 오류

1920년 04월 08일(목) 6713호

지면	단수	기획	기사제목 〈회수〉〔곡수〕	필자/저자(역자)	분류	비고
1	3	朝鮮歌壇	(제목없음) 〔3〕	京城 水波蕉葉	시가/단카	

지면	단수	기획	기사제목 〈회수〉 〔곡수〕	필자/저자(역자)	분류	비고
1	3	朝鮮歌壇	(제목없음) 〔1〕	京城 津川比呂夢	시가/단카	
1	3	朝鮮歌壇	(제목없음) 〔2〕	京城 靜水#水	시가/단카	
1	3	朝鮮歌壇	(제목없음) 〔1〕	小宮富美江	시가/단카	
1	3	朝鮮歌壇	(제목없음) 〔2〕	仁川 田川富士香	시가/단카	
1	3	朝鮮歌壇	(제목없음) 〔1〕	不案	시가/단카	
1	3	朝鮮俳壇	川越苔雨選/仁川句會二月例會句/凧 〈2〉〔2〕 가와고에 다이우 선/인천구회 2월 예회 구/연	花翁	시가/하이쿠	
1	3	朝鮮俳壇	川越苔雨選/仁川句會二月例會句/凧 〈2〉〔1〕 가와고에 다이우 선/인천구회 2월 예회 구/연	丹葉	시가/하이쿠	
1	3	朝鮮俳壇	川越苔雨選/仁川句會二月例會句/凧 〈2〉〔1〕 가와고에 다이우 선/인천구회 2월 예회 구/연	汀香	시가/하이쿠	
1	4	朝鮮俳壇	川越苔雨選/仁川句會二月例會句/凧 〈2〉〔1〕 가와고에 다이우 선/인천구회 2월 예회 구/연	右禿郎	시가/하이쿠	
1	4	朝鮮俳壇	川越苔雨選/仁川句會二月例會句/凧 〈2〉〔1〕 가와고에 다이우 선/인천구회 2월 예회 구/연	丁子	시가/하이쿠	
1	4	朝鮮俳壇	川越苔雨選/仁川句會二月例會句/凧/秀逸 〈2〉〔1〕 가와고에 다이우 선/인천구회 2월 예회 구/연/수일	丹葉	시가/하이쿠	
1	4	朝鮮俳壇	川越苔雨選/仁川句會二月例會句/凧/秀逸 〈2〉〔1〕 가와고에 다이우 선/인천구회 2월 예회 구/연/수일	ゝ禾	시가/하이쿠	
1	4~5		大阪城 〈56〉 오사카 성	芙蓉散人	소설/일본 고전	
4	5~9	オトギバナシ	森の秘密 〈4〉 숲의 비밀	立花英子	소설/동화	
5	8~9		女優時子に絡まる美はしき戀の哀話(下) 〈2〉 여배우 도키코에 얽힌 아리따운 사랑의 로맨스(상)		수필/기타	
6	6		仁川短歌會詠草/席題『心』〔1〕 인천 단카회 영초/석제『마음』	眞鍋やすし	시가/단카	
6	6		仁川短歌會詠草/席題『心』〔1〕 인천 단카회 영초/석제『마음』	岡本比呂史	시가/단카	
6	6		仁川短歌會詠草/席題『心』〔1〕 인천 단카회 영초/석제『마음』	岸田鷺城	시가/단카	
6	6		仁川短歌會詠草/席題『心』〔1〕 인천 단카회 영초/석제『마음』	宇都宮雅月	시가/단카	
6	6		仁川短歌會詠草/席題『心』〔1〕 인천 단카회 영초/석제『마음』	田川富士香	시가/단카	
6	6		仁川短歌會詠草/席題『心』〔1〕 인천 단카회 영초/석제『마음』	岩本吐史	시가/단카	
6	6~7		仁川短歌會詠草/席題『心』〔1〕 인천 단카회 영초/석제『마음』	小松阿砂	시가/단카	
6	7		仁川短歌會詠草/席題『心』〔1〕 인천 단카회 영초/석제『마음』	島野魔郎	시가/단카	
6	7		仁川短歌會詠草/席題『心』〔1〕 인천 단카회 영초/석제『마음』	三宅靑思	시가/단카	
6	7		仁川短歌會詠草/席題『心』〔1〕 인천 단카회 영초/석제『마음』	池遊龜男	시가/단카	
6	7	川柳	床屋/柳建寺土左衛門選/十客 〈4〉〔1〕 이발소/류켄지 도자에몬 선/십객	龍山 逸風	시가/센류	

지면	단수	기획	기사제목 〈회수〉〔곡수〕	필자/저자(역자)	분류	비고
6	7	川柳	床屋/柳建寺土左衛門選/十客 〈4〉〔1〕 이발소/류켄지 도자에몬 선/십객	仁川 大納言	시가/센류	
6	7	川柳	床屋/柳建寺土左衛門選/十客 〈4〉〔1〕 이발소/류켄지 도자에몬 선/십객	平澤 冗白坊	시가/센류	
6	7	川柳	床屋/柳建寺土左衛門選/十客 〈4〉〔1〕 이발소/류켄지 도자에몬 선/십객	仁川 右禿郎	시가/센류	
6	7	川柳	床屋/柳建寺土左衛門選/十客 〈4〉〔1〕 이발소/류켄지 도자에몬 선/십객	永登浦 鶯團子	시가/센류	
6	7	川柳	床屋/柳建寺土左衛門選/十客 〈4〉〔2〕 이발소/류켄지 도자에몬 선/십객	仁川 大納言	시가/센류	
6	7	川柳	床屋/柳建寺土左衛門選/十客 〈4〉〔1〕 이발소/류켄지 도자에몬 선/십객	仁川 詩腕坊	시가/센류	
6	7	川柳	床屋/柳建寺土左衛門選/十客 〈4〉〔1〕 이발소/류켄지 도자에몬 선/십객	瓮津 和三坊	시가/센류	
6	7	川柳	床屋/柳建寺土左衛門選/十客 〈4〉〔1〕 이발소/류켄지 도자에몬 선/십객	仁川 右禿郎	시가/센류	
6	7	川柳	床屋/柳建寺土左衛門選/三才/人 〈4〉〔1〕 이발소/류켄지 도자에몬 선/삼재/인	仁川 右禿郎	시가/센류	
6	7	川柳	床屋/柳建寺土左衛門選/三才/地 〈4〉〔1〕 이발소/류켄지 도자에몬 선/삼재/지	仁川 磐梯	시가/센류	
6	7	川柳	床屋/柳建寺土左衛門選/三才/天 〈4〉〔1〕 이발소/류켄지 도자에몬 선/삼재/천	仁川 詩腕坊	시가/센류	
6	7	川柳	床屋/柳建寺土左衛門選/軸 〈4〉〔4〕 이발소/류켄지 도자에몬 선/축	柳建寺	시가/센류	
6	8~10		由井正雪 〈156〉 유이노 쇼세쓰	小金井蘆洲	고단	회수 오류
8	1~3		運命の波/黑い人影(三) 〈35〉 운명의 파도/검은 사람 그림자(3)	遠藤柳雨	소설/일본	

1920년 04월 09일(금) 6714호

지면	단수	기획	기사제목 〈회수〉〔곡수〕	필자/저자(역자)	분류	비고
1	4	朝鮮詩壇	百濟懷古二十首/公州山城 〔1〕 백제회고 이십수/공주산성	小塲恆	시가/한시	
1	4	朝鮮詩壇	百濟懷古二十首/扶餘邑 〔1〕 백제회고 이십수/부여읍	小塲恆	시가/한시	
1	4	朝鮮詩壇	百濟懷古二十首/除氏扶餘邑除氏傳爲百濟國王之後 〔1〕 백제회고 이십수/제씨부여읍제씨부위백제국왕지후	小塲恆	시가/한시	
1	4	朝鮮詩壇	百濟懷古二十首/百濟王陵 〔1〕 백제회고 이십수/백제왕릉	小塲恆	시가/한시	
1	4	朝鮮詩壇	百濟懷古二十首/半月城 〔1〕 백제회고 이십수/반월성	小塲恆	시가/한시	
1	4~5	朝鮮歌壇	(제목없음) 〔10〕	池遊龜男	시가/단카	
1	5	朝鮮歌壇	(제목없음) 〔1〕	不案	시가/단카	
1	5	朝鮮俳壇	川越苔雨選/仁川句會二月例會句/椿 〈3〉〔2〕 가와고에 다이우 선/인천구회 2월 예회 구/동백나무	ゝ禾	시가/하이쿠	
1	5	朝鮮俳壇	川越苔雨選/仁川句會二月例會句/椿 〈3〉〔1〕 가와고에 다이우 선/인천구회 2월 예회 구/동백나무	丹葉	시가/하이쿠	
1	5	朝鮮俳壇	川越苔雨選/仁川句會二月例會句/椿 〈3〉〔1〕 가와고에 다이우 선/인천구회 2월 예회 구/동백나무	花翁	시가/하이쿠	
1	5	朝鮮俳壇	川越苔雨選/仁川句會二月例會句/椿 〈3〉〔1〕 가와고에 다이우 선/인천구회 2월 예회 구/동백나무	汀香	시가/하이쿠	

지면	단수	기획	기사제목 〈회수〉〔곡수〕	필자/저자(역자)	분류	비고
1	5	朝鮮俳壇	川越苔雨選/仁川句會二月例會句/椿 〈3〉〔1〕 가와고에 다이우 선/인천구회 2월 예회 구/동백나무	鷺城	시가/하이쿠	
1	5~6		大阪城 〈57〉 오사카 성	芙蓉散人	소설/일본 고전	
6	5		仁川短歌會詠草/席題『海』〔1〕 인천 단카회 영초/석제『바다』	池遊龜男	시가/단카	
6	5		仁川短歌會詠草/席題『海』〔1〕 인천 단카회 영초/석제『바다』	岡本比呂史	시가/단카	
6	5		仁川短歌會詠草/席題『海』〔1〕 인천 단카회 영초/석제『바다』	玉木溫子	시가/단카	
6	5		仁川短歌會詠草/席題『海』〔1〕 인천 단카회 영초/석제『바다』	小松阿砂	시가/단카	
6	5		仁川短歌會詠草/席題『海』〔1〕 인천 단카회 영초/석제『바다』	眞鍋やすし	시가/단카	
6	5		仁川短歌會詠草/席題『海』〔1〕 인천 단카회 영초/석제『바다』	田川富士香	시가/단카	
6	5		仁川短歌會詠草/席題『海』〔1〕 인천 단카회 영초/석제『바다』	岩本吐史	시가/단카	
6	5		仁川短歌會詠草/席題『海』〔1〕 인천 단카회 영초/석제『바다』	野口尙	시가/단카	
6	5~6		仁川短歌會詠草/席題『海』〔1〕 인천 단카회 영초/석제『바다』	不言郎	시가/단카	
6	6		仁川短歌會詠草/席題『海』〔4〕 인천 단카회 영초/석제『바다』	久紗花景郎	시가/단카	
6	6		仁川短歌會詠草/席題『海』〔1〕 인천 단카회 영초/석제『바다』	眞鍋やすし	시가/단카	
6	6	川柳	長煙管/柳建寺土左衛門選/前拔 〈1〉〔1〕 긴 담뱃대/류켄지 도자에몬 선/전발	龍山 逸風	시가/센류	
6	6	川柳	長煙管/柳建寺土左衛門選/前拔 〈1〉〔1〕 긴 담뱃대/류켄지 도자에몬 선/전발	仁川 七面鳥	시가/센류	
6	6	川柳	長煙管/柳建寺土左衛門選/前拔 〈1〉〔1〕 긴 담뱃대/류켄지 도자에몬 선/전발	龍山 千流	시가/센류	
6	6	川柳	長煙管/柳建寺土左衛門選/前拔 〈1〉〔1〕 긴 담뱃대/류켄지 도자에몬 선/전발	京城 三十四坊	시가/센류	
6	6	川柳	長煙管/柳建寺土左衛門選/前拔 〈1〉〔1〕 긴 담뱃대/류켄지 도자에몬 선/전발	笑坊改 龍山 山鹿坊	시가/센류	
6	6	川柳	長煙管/柳建寺土左衛門選/前拔 〈1〉〔1〕 긴 담뱃대/류켄지 도자에몬 선/전발	平澤 冗句坊	시가/센류	
6	6	川柳	長煙管/柳建寺土左衛門選/前拔 〈1〉〔1〕 긴 담뱃대/류켄지 도자에몬 선/전발	仁川 紅短冊	시가/센류	
6	6	川柳	長煙管/柳建寺土左衛門選/前拔 〈1〉〔1〕 긴 담뱃대/류켄지 도자에몬 선/전발	大邱 不知坊	시가/센류	
6	6	川柳	長煙管/柳建寺土左衛門選/前拔 〈1〉〔1〕 긴 담뱃대/류켄지 도자에몬 선/전발	瓮津 和三坊	시가/센류	
6	6	川柳	長煙管/柳建寺土左衛門選/前拔 〈1〉〔1〕 긴 담뱃대/류켄지 도자에몬 선/전발	京城 黑ン坊	시가/센류	
6	6	川柳	長煙管/柳建寺土左衛門選/前拔 〈1〉〔1〕 긴 담뱃대/류켄지 도자에몬 선/전발	京城 默助	시가/센류	
6	6	川柳	長煙管/柳建寺土左衛門選/前拔 〈1〉〔1〕 긴 담뱃대/류켄지 도자에몬 선/전발	大邱 喧嘩坊	시가/센류	
6	6	川柳	長煙管/柳建寺土左衛門選/前拔 〈1〉〔1〕 긴 담뱃대/류켄지 도자에몬 선/전발	京城 左人	시가/센류	

지면	단수	기획	기사제목 〈회수〉〔곡수〕	필자/저자(역자)	분류	비고
6	6	川柳	長煙管/柳建寺土左衛門選/前抜 〈1〉〔1〕 긴 담뱃대/류켄지 도자에몬 선/전발	京城 亞素棒	시가/센류	
6	6	川柳	長煙管/柳建寺土左衛門選/前抜 〈1〉〔1〕 긴 담뱃대/류켄지 도자에몬 선/전발	仁川 丁吉	시가/센류	
6	6	川柳	長煙管/柳建寺土左衛門選/前抜 〈1〉〔1〕 긴 담뱃대/류켄지 도자에몬 선/전발	瓮津 女福	시가/센류	
6	6	川柳	長煙管/柳建寺土左衛門選/前抜 〈1〉〔1〕 긴 담뱃대/류켄지 도자에몬 선/전발	群山 竹山	시가/센류	
6	6	川柳	長煙管/柳建寺土左衛門選/前抜 〈1〉〔1〕 긴 담뱃대/류켄지 도자에몬 선/전발	仁川 松平坊	시가/센류	
6	6	川柳	長煙管/柳建寺土左衛門選/前抜 〈1〉〔1〕 긴 담뱃대/류켄지 도자에몬 선/전발	鳥致院 浮葉	시가/센류	
6	6	川柳	長煙管/柳建寺土左衛門選/前抜 〈1〉〔1〕 긴 담뱃대/류켄지 도자에몬 선/전발	仁川 丁子	시가/센류	
6	6	川柳	長煙管/柳建寺土左衛門選/前抜 〈1〉〔1〕 긴 담뱃대/류켄지 도자에몬 선/전발	美好男改 龍山 柳外子	시가/센류	
6	6	川柳	長煙管/柳建寺土左衛門選/前抜 〈1〉〔1〕 긴 담뱃대/류켄지 도자에몬 선/전발	永登浦 阿面坊	시가/센류	
6	7~9		由井正雪 〈158〉 유이노 쇼세쓰	小金井蘆洲	고단	
8	1~3		運命の波/椅長子の上で(二) 〈36〉 운명의 파도/벤치 위에서(2)	遠藤柳雨	소설/일본	

1920년 04월 10일(토) 6715호

지면	단수	기획	기사제목 〈회수〉〔곡수〕	필자/저자(역자)	분류	비고
1	5		百濟懷古二十首(續)/山有花歌〔1〕 백제회고 이십수(속)/산유화가	小塲恆	시가/한시	
1	5		百濟懷古二十首(續)/劉仁#紀功留〔1〕 백제회고 이십수(속)/류인#기공류	小塲恆	시가/한시	
1	5		百濟懷古二十首(續)/落花巖〔1〕 백제회고 이십수(속)/낙화암	小塲恆	시가/한시	
1	5		百濟懷古二十首(續)/皐蘭寺〔1〕 백제회고 이십수(속)/고란사	小塲恆	시가/한시	
1	5~6		大阪城 〈58〉 오사카 성	芙蓉散人	소설/일본 고전	
6	8		橙黃子迦南兩氏歡迎句會/山城吟社/高點句/三點〔1〕 도코시, 가난 두 사람 환영 구회/야마시로긴샤/고점구/삼점	迦南	시가/하이쿠	
6	8		橙黃子迦南兩氏歡迎句會/山城吟社/高點句/三點〔1〕 도코시, 가난 두 사람 환영 구회/야마시로긴샤/고점구/삼점	一佛	시가/하이쿠	
6	8		橙黃子迦南兩氏歡迎句會/山城吟社/高點句/二點〔3〕 도코시, 가난 두 사람 환영 구회/야마시로긴샤/고점구/이점	迦南	시가/하이쿠	
6	8		橙黃子迦南兩氏歡迎句會/山城吟社/高點句/二點〔2〕 도코시, 가난 두 사람 환영 구회/야마시로긴샤/고점구/이점	橙黃子	시가/하이쿠	
6	8		橙黃子迦南兩氏歡迎句會/山城吟社/高點句/二點〔1〕 도코시, 가난 두 사람 환영 구회/야마시로긴샤/고점구/이점	釆村	시가/하이쿠	
6	8		橙黃子迦南兩氏歡迎句會/山城吟社/高點句/二點〔1〕 도코시, 가난 두 사람 환영 구회/야마시로긴샤/고점구/이점	一佛	시가/하이쿠	
6	8		橙黃子迦南兩氏歡迎句會/山城吟社/高點句/二點〔1〕 도코시, 가난 두 사람 환영 구회/야마시로긴샤/고점구/이점	空堂	시가/하이쿠	
6	8		橙黃子迦南兩氏歡迎句會/山城吟社/橙黃子選句〔2〕 도코시, 가난 두 사람 환영 구회/야마시로긴샤/도코시 선구	迦南	시가/하이쿠	
6	8		橙黃子迦南兩氏歡迎句會/山城吟社/橙黃子選句〔1〕 도코시, 가난 두 사람 환영 구회/야마시로긴샤/도코시 선 구	一佛	시가/하이쿠	

지면	단수	기획	기사제목 〈회수〉〔곡수〕	필자/저자(역자)	분류	비고
6	8		橙黃子迦南兩氏歡迎句會/山城吟社/橙黃子選句 〔1〕 도코시, 가난 두 사람 환영 구회/야마시로긴샤/도코시 선 구	未力	시가/하이쿠	
6	8		橙黃子迦南兩氏歡迎句會/山城吟社/橙黃子選句 〔1〕 도코시, 가난 두 사람 환영 구회/야마시로긴샤/도코시 선 구	空堂	시가/하이쿠	
6	8		橙黃子迦南兩氏歡迎句會/山城吟社/橙黃子選句 〔1〕 도코시, 가난 두 사람 환영 구회/야마시로긴샤/도코시 선 구	奇石	시가/하이쿠	
6	8	川柳	長煙管/柳建寺土左衛門選/前抜 〈2〉〔1〕 긴 담뱃대/류켄지 도자에몬 선/전발	仁川 右大臣	시가/센류	
6	8	川柳	長煙管/柳建寺土左衛門選/前抜 〈2〉〔1〕 긴 담뱃대/류켄지 도자에몬 선/전발	仁川 肥後守	시가/센류	
6	8	川柳	長煙管/柳建寺土左衛門選/前抜 〈2〉〔1〕 긴 담뱃대/류켄지 도자에몬 선/전발	京城 珍太郎	시가/센류	
6	8	川柳	長煙管/柳建寺土左衛門選/前抜 〈2〉〔1〕 긴 담뱃대/류켄지 도자에몬 선/전발	大邱 大大坊	시가/센류	
6	8	川柳	長煙管/柳建寺土左衛門選/前抜 〈2〉〔1〕 긴 담뱃대/류켄지 도자에몬 선/전발	公州 川狂坊	시가/센류	
6	8	川柳	長煙管/柳建寺土左衛門選/前抜 〈2〉〔2〕 긴 담뱃대/류켄지 도자에몬 선/전발	仁川 丹後守	시가/센류	
6	8	川柳	長煙管/柳建寺土左衛門選/前抜 〈2〉〔2〕 긴 담뱃대/류켄지 도자에몬 선/전발	仁川 兎句坊	시가/센류	
6	8	川柳	長煙管/柳建寺土左衛門選/前抜 〈2〉〔2〕 긴 담뱃대/류켄지 도자에몬 선/전발	龍山 三日坊	시가/센류	
6	8	川柳	長煙管/柳建寺土左衛門選/前抜 〈2〉〔2〕 긴 담뱃대/류켄지 도자에몬 선/전발	京城 こつ子	시가/센류	
6	8	川柳	長煙管/柳建寺土左衛門選/前抜 〈2〉〔2〕 긴 담뱃대/류켄지 도자에몬 선/전발	大邱 邱花坊	시가/센류	
6	8	川柳	長煙管/柳建寺土左衛門選/前抜 〈2〉〔3〕 긴 담뱃대/류켄지 도자에몬 선/전발	瓮津 壽翁	시가/센류	
6	8	川柳	長煙管/柳建寺土左衛門選/前抜 〈2〉〔4〕 긴 담뱃대/류켄지 도자에몬 선/전발	仁川 磐梯	시가/센류	
6	9~11		由井正雪 〈159〉 유이노 쇼세쓰	小金井蘆洲	고단	
8	1~3		運命の波/椅長子の上で(三) 〈37〉 운명의 파도/벤치 위에서(3)	遠藤柳雨	소설/일본	

1920년 04월 11일(일) 6716호

지면	단수	기획	기사제목 〈회수〉〔곡수〕	필자/저자(역자)	분류	비고
1	3	朝鮮詩壇	百濟懷古二十首(續)/平濟塔 〔1〕 백제 회고 이십수(속)/평제탑	小塲恆	시가/한시	
1	3	朝鮮詩壇	百濟懷古二十首(續)/蘇定方石像 〔1〕 백제 회고 이십수(속)/소정방석상	小塲恆	시가/한시	
1	3	朝鮮詩壇	百濟懷古二十首(續)/三忠碑 〔1〕 백제 회고 이십수(속)/삼충비	小塲恆	시가/한시	
1	3	朝鮮詩壇	百濟懷古二十首(續)/破軍山 〔1〕 백제 회고 이십수(속)/파군산	小塲恆	시가/한시	
1	3	朝鮮詩壇	百濟懷古二十首(續)/大王浦 〔1〕 백제 회고 이십수(속)/대왕포	小塲恆	시가/한시	
1	3~4		大阪城 〈59〉 오사카 성	芙蓉散人	소설/일본 고전	
6	6	川柳	長煙管/柳建寺土左衛門選/佳吟 〈3〉〔1〕 긴 담뱃대/류켄지 도자에몬 선/뛰어난 구	永登浦 二葉	시가/센류	
6	6	川柳	長煙管/柳建寺土左衛門選/佳吟 〈3〉〔1〕 긴 담뱃대/류켄지 도자에몬 선/뛰어난 구	仁川 紅短冊	시가/센류	

지면	단수	기획	기사제목 〈회수〉〔곡수〕	필자/저자(역자)	분류	비고
6	6	川柳	長煙管/柳建寺土左衛門選/佳吟 〈3〉〔1〕 긴 담뱃대/류켄지 도자에몬 선/뛰어난 구	永登浦 鶯團子	시가/센류	
6	6	川柳	長煙管/柳建寺土左衛門選/佳吟 〈3〉〔1〕 긴 담뱃대/류켄지 도자에몬 선/뛰어난 구	龍山 逸風	시가/센류	
6	6	川柳	長煙管/柳建寺土左衛門選/佳吟 〈3〉〔1〕 긴 담뱃대/류켄지 도자에몬 선/뛰어난 구	京城 三十四坊	시가/센류	
6	6	川柳	長煙管/柳建寺土左衛門選/佳吟 〈3〉〔1〕 긴 담뱃대/류켄지 도자에몬 선/뛰어난 구	平澤 冗句坊	시가/센류	
6	6	川柳	長煙管/柳建寺土左衛門選/佳吟 〈3〉〔1〕 긴 담뱃대/류켄지 도자에몬 선/뛰어난 구	大邱 不知坊	시가/센류	
6	6	川柳	長煙管/柳建寺土左衛門選/佳吟 〈3〉〔1〕 긴 담뱃대/류켄지 도자에몬 선/뛰어난 구	京城 黑ン坊	시가/센류	
6	6	川柳	長煙管/柳建寺土左衛門選/佳吟 〈3〉〔1〕 긴 담뱃대/류켄지 도자에몬 선/뛰어난 구	仁川 兎句坊	시가/센류	
6	6	川柳	長煙管/柳建寺土左衛門選/佳吟 〈3〉〔1〕 긴 담뱃대/류켄지 도자에몬 선/뛰어난 구	京城 こつ子	시가/센류	
6	6	川柳	長煙管/柳建寺土左衛門選/佳吟 〈3〉〔1〕 긴 담뱃대/류켄지 도자에몬 선/뛰어난 구	仁川 磐梯	시가/센류	
6	6	川柳	長煙管/柳建寺土左衛門選/佳吟 〈3〉〔2〕 긴 담뱃대/류켄지 도자에몬 선/뛰어난 구	仁川 七面鳥	시가/센류	
6	6	川柳	長煙管/柳建寺土左衛門選/佳吟 〈3〉〔2〕 긴 담뱃대/류켄지 도자에몬 선/뛰어난 구	龍山 千流	시가/센류	
6	6	川柳	長煙管/柳建寺土左衛門選/佳吟 〈3〉〔2〕 긴 담뱃대/류켄지 도자에몬 선/뛰어난 구	瓮津 壽翁	시가/센류	
6	6	川柳	長煙管/柳建寺土左衛門選/佳吟 〈3〉〔3〕 긴 담뱃대/류켄지 도자에몬 선/뛰어난 구	仁川 苦論坊	시가/센류	
6	6	川柳	長煙管/柳建寺土左衛門選/佳吟 〈3〉〔4〕 긴 담뱃대/류켄지 도자에몬 선/뛰어난 구	仁川 右禿郎	시가/센류	
6	6	川柳	長煙管/柳建寺土左衛門選/佳吟 〈3〉〔4〕 긴 담뱃대/류켄지 도자에몬 선/뛰어난 구	仁川 詩腕坊	시가/센류	
6	6	川柳	長煙管/柳建寺土左衛門選/佳吟 〈3〉〔9〕 긴 담뱃대/류켄지 도자에몬 선/뛰어난 구	仁川 大納言	시가/센류	
6	7~9		由井正雪 〈160〉 유이노 쇼세쓰	小金井蘆洲	고단	
8	1~3		運命の波/花に集る毒蝶(一) 〈38〉 운명의 파도/꽃에 모인 독나비(1)	遠藤柳雨	소설/일본	

1920년 04월 12일(월) 6717호

지면	단수	기획	기사제목 〈회수〉〔곡수〕	필자/저자(역자)	분류	비고
1	2	朝鮮歌壇	(제목없음) 〔7〕	京城 古雅行正	시가/단카	
1	2	朝鮮歌壇	(제목없음) 〔4〕	京城 古賀澄枝子	시가/단카	
1	2	朝鮮歌壇	(제목없음) 〔1〕	不案	시가/단카	
1	2~3	朝鮮俳壇	渡邊水巴選/春雜 〈1〉〔14〕 와타나베 스이하 선/봄-잡	綠童	시가/하이쿠	
1	3	朝鮮俳壇	渡邊水巴選/春雜 〈1〉〔5〕 와타나베 스이하 선/봄-잡	俚人	시가/하이쿠	
1	3~4		大阪城 〈60〉 오사카 성	芙蓉散人	소설/일본 고전	
4	1~3		運命の波/花に集る毒蝶(二) 〈39〉 운명의 파도/꽃에 모인 독나비(2)	遠藤柳雨	소설/일본	

지면	단수	기획	기사제목 〈회수〉〔곡수〕	필자/저자(역자)	분류	비고
			1920년 04월 13일(화) 6718호			
1	4	朝鮮詩壇	百濟懷古二十首(續)/天政臺〔1〕 백제 회고 이십수(속)/천정대	小塲恆	시가/한시	
1	4	朝鮮詩壇	百濟懷古二十首(續)/連山城〔1〕 백제 회고 이십수(속)/연산성	小塲恆	시가/한시	
1	4	朝鮮詩壇	百濟懷古二十首(續)/黃山戰塲〔1〕 백제 회고 이십수(속)/황산전장	小塲恆	시가/한시	
1	4	朝鮮詩壇	百濟懷古二十首(續)/春曉〔1〕 백제 회고 이십수(속)/춘효	川端不絶	시가/한시	
1	4	朝鮮歌壇	(제목없음)〔2〕	北松平	시가/단카	
1	4	朝鮮歌壇	(제목없음)〔5〕	池遊龜男	시가/단카	
1	4	朝鮮歌壇	(제목없음)〔2〕	仁川 水草	시가/단카	
1	4	朝鮮歌壇	(제목없음)〔1〕	不案	시가/단카	
1	4~5	朝鮮俳壇	渡邊水巴選/春雜〈2〉〔8〕 와타나베 스이하 선/봄-잡	春耕	시가/하이쿠	
1	5	朝鮮俳壇	渡邊水巴選/春雜〈2〉〔7〕 와타나베 스이하 선/봄-잡	星羽	시가/하이쿠	
1	5	朝鮮俳壇	渡邊水巴選/春雜〈2〉〔4〕 와타나베 스이하 선/봄-잡	蝸牛洞	시가/하이쿠	
1	5~6		大阪城〈61〉 오사카 성	芙蓉散人	소설/일본 고전	
4	7~9	オトギバ ナシ	美やちん姉妹(上)〈1〉 미이짱 자매(상)	良二	소설/동화	
4	8	俚謠正調	朧小路四袖選〔1〕 오보로코지 시슈 선	武田八重子	시가/도도이 쓰	
4	8	俚謠正調	朧小路四袖選〔1〕 오보로코지 시슈 선	紅雨子	시가/도도이 쓰	
4	8	俚謠正調	朧小路四袖選〔1〕 오보로코지 시슈 선	松山里子	시가/도도이 쓰	
4	8	俚謠正調	朧小路四袖選〔1〕 오보로코지 시슈 선	調桂洲	시가/도도이 쓰	
4	8	俚謠正調	朧小路四袖選〔1〕 오보로코지 시슈 선	つる子	시가/도도이 쓰	
6	8	川柳	長煙管/柳建寺土左衛門選/十客〈4〉〔1〕 긴 담뱃대/류켄지 도자에몬 선/십객	龍山 逸風	시가/센류	
6	8	川柳	長煙管/柳建寺土左衛門選/十客〈4〉〔1〕 긴 담뱃대/류켄지 도자에몬 선/십객	仁川 右禿郎	시가/센류	
6	8	川柳	長煙管/柳建寺土左衛門選/十客〈4〉〔1〕 긴 담뱃대/류켄지 도자에몬 선/십객	仁川 磐梯	시가/센류	
6	8	川柳	長煙管/柳建寺土左衛門選/十客〈4〉〔1〕 긴 담뱃대/류켄지 도자에몬 선/십객	龍山 三日坊	시가/센류	
6	8	川柳	長煙管/柳建寺土左衛門選/十客〈4〉〔1〕 긴 담뱃대/류켄지 도자에몬 선/십객	仁川 詩腕坊	시가/센류	
6	8	川柳	長煙管/柳建寺土左衛門選/十客〈4〉〔1〕 긴 담뱃대/류켄지 도자에몬 선/십객	永登浦 鶯團子	시가/센류	
6	8	川柳	長煙管/柳建寺土左衛門選/十客〈4〉〔1〕 긴 담뱃대/류켄지 도자에몬 선/십객	平澤 冗白坊	시가/센류	

지면	단수	기획	기사제목 〈회수〉〔곡수〕	필자/저자(역자)	분류	비고
6	8	川柳	長煙管/柳建寺土左衛門選/十客 〈4〉〔1〕 긴 담뱃대/류켄지 도자에몬 선/십객	仁川 大納言	시가/센류	
6	8	川柳	長煙管/柳建寺土左衛門選/十客 〈4〉〔1〕 긴 담뱃대/류켄지 도자에몬 선/십객	龍山 山鹿坊	시가/센류	
6	8	川柳	長煙管/柳建寺土左衛門選/十客 〈4〉〔1〕 긴 담뱃대/류켄지 도자에몬 선/십객	永登浦 鶯團子	시가/센류	
6	8	川柳	長煙管/柳建寺土左衛門選/三才/人 〈4〉〔1〕 긴 담뱃대/류켄지 도자에몬 선/삼재/인	仁川 磐梯	시가/센류	
6	8	川柳	長煙管/柳建寺土左衛門選/三才/地 〈4〉〔1〕 긴 담뱃대/류켄지 도자에몬 선/삼재/지	仁川 丹後守	시가/센류	
6	8	川柳	長煙管/柳建寺土左衛門選/三才/天 〈4〉〔1〕 긴 담뱃대/류켄지 도자에몬 선/삼재/천	瓮津 和三坊	시가/센류	
6	9~11		由井正雪 〈162〉 유이노 쇼세쓰	小金井蘆洲	고단	
8	1~3		運命の波/花に集る毒蝶(三) 〈40〉 운명의 파도/꽃에 모인 독나비(3)	遠藤柳雨	소설/일본	

1920년 04월 14일(수) 6719호

지면	단수	기획	기사제목 〈회수〉〔곡수〕	필자/저자(역자)	분류	비고
1	3	朝鮮詩壇	春郊晚步 〔1〕 춘교만보	川端不絶	시가/한시	
1	3	朝鮮詩壇	春雨 〔1〕 봄비	成田大古	시가/한시	
1	3	朝鮮詩壇	春帆細雨# 〔1〕 춘범세우#	西田白陰	시가/한시	
1	3	朝鮮詩壇	華甲自賀 〔1〕 화갑자하	古城梅溪	시가/한시	
1	3	朝鮮俳壇	渡邊水巴選/春雜 〈3〉〔5〕 와타나베 스이하 선/봄-잡	草兒	시가/하이쿠	
1	3	朝鮮俳壇	渡邊水巴選/春雜 〈3〉〔5〕 와타나베 스이하 선/봄-잡	雜石	시가/하이쿠	
1	3	朝鮮俳壇	渡邊水巴選/春雜 〈3〉〔5〕 와타나베 스이하 선/봄-잡	要村	시가/하이쿠	
1	3~4	朝鮮俳壇	渡邊水巴選/春雜 〈3〉〔4〕 와타나베 스이하 선/봄-잡	駛太	시가/하이쿠	
1	4~6		大阪城 〈62〉 오사카 성	芙蓉散人	소설/일본 고전	
4	9	俚謠正調	朧小路四袖選 〔1〕 오보로코지 시슈 선	高野宵灯	시가/도도이 쓰	
4	9	俚謠正調	朧小路四袖選 〔1〕 오보로코지 시슈 선	遠山霞	시가/도도이 쓰	
4	9	俚謠正調	朧小路四袖選 〔1〕 오보로코지 시슈 선	沖野白帆	시가/도도이 쓰	
4	9	俚謠正調	朧小路四袖選 〔1〕 오보로코지 시슈 선	山本春雨	시가/도도이 쓰	
4	9	俚謠正調	朧小路四袖選 〔1〕 오보로코지 시슈 선	岸溪舟	시가/도도이 쓰	
5	8~9		次回揭載講談の撰擇/ドンナ講談がお好きですか 다음에 게재될 고단의 선택/어떤 고단을 좋아하세요?		광고/모집 광고	
6	7	川柳	大邱川柳會發會句稿/宿題 唐辛子/柳建寺選/五客 〔1〕 대구 센류회 발회 구고/숙제 고추/류켄지 선/오객	呑氣坊	시가/센류	
6	7	川柳	大邱川柳會發會句稿/宿題 唐辛子/柳建寺選/五客 〔1〕 대구 센류회 발회 구고/숙제 고추/류켄지 선/오객	不知坊	시가/센류	

지면	단수	기획	기사제목 〈회수〉〔곡수〕	필자/저자(역자)	분류	비고
6	7	川柳	大邱川柳會發會句稿/宿題 唐辛子/柳建寺選/五客〔1〕 대구 센류회 발회 구고/숙제 고추/류켄지 선/오객	大納言	시가/센류	
6	7	川柳	大邱川柳會發會句稿/宿題 唐辛子/柳建寺選/五客〔1〕 대구 센류회 발회 구고/숙제 고추/류켄지 선/오객	呑氣坊	시가/센류	
6	7	川柳	大邱川柳會發會句稿/宿題 唐辛子/柳建寺選/五客〔1〕 대구 센류회 발회 구고/숙제 고추/류켄지 선/오객	不知坊	시가/센류	
6	7	川柳	大邱川柳會發會句稿/宿題 唐辛子/柳建寺選/三才〔1〕 대구 센류회 발회 구고/숙제 고추/류켄지 선/삼재	舞喋坊	시가/센류	
6	7	川柳	大邱川柳會發會句稿/宿題 唐辛子/柳建寺選/三才〔1〕 대구 센류회 발회 구고/숙제 고추/류켄지 선/삼재	不知坊	시가/센류	
6	7	川柳	大邱川柳會發會句稿/宿題 唐辛子/柳建寺選/三才〔1〕 대구 센류회 발회 구고/숙제 고추/류켄지 선/삼재	大納言	시가/센류	
6	7	川柳	大邱川柳會發會句稿/席題 行/柳建寺選〔1〕 대구 센류회 발회 구고/석제 행/류켄지 선	喧嘩坊	시가/센류	
6	7	川柳	大邱川柳會發會句稿/席題 行/柳建寺選〔1〕 대구 센류회 발회 구고/석제 행/류켄지 선	舞喋坊	시가/센류	
6	7	川柳	大邱川柳會發會句稿/席題 行/柳建寺選〔1〕 대구 센류회 발회 구고/석제 행/류켄지 선	喧嘩坊	시가/센류	
6	8~10		由井正雪 〈162〉 유이노 쇼세쓰	小金井蘆洲	고단	회수 오류
8	1~3		運命の波/惡魔の鐵爪に(一) 〈41〉 운명의 파도/악마의 철손톱에(1)	遠藤柳雨	소설/일본	

1920년 04월 15일(목) 6720호

지면	단수	기획	기사제목 〈회수〉〔곡수〕	필자/저자(역자)	분류	비고
1	2~3	朝鮮詩壇	飛行機來〔1〕 비행기 오다	大隆旭仙	시가/한시	
1	3	朝鮮詩壇	春夜〔1〕 춘야	高橋直巖	시가/한시	
1	3	朝鮮詩壇	春水〔1〕 춘수	成田魯石	시가/한시	
1	3	朝鮮詩壇	鐘路所感〔1〕 종로소감	神崎藻波	시가/한시	
1	3	朝鮮詩壇	送此經君歸東〔1〕 송차경군귀동	大垣金陵	시가/한시	
1	3~4		大阪城 〈63〉 오사카 성	芙蓉散人	소설/일본 고전	
4	9	俚謠正調	朧小路四袖選〔1〕 오보로코지 시슈 선	高野宵灯	시가/도도이 쓰	
4	9 ・	俚謠正調	朧小路四袖選〔1〕 오보로코지 시슈 선	岸溪舟	시가/도도이 쓰	
4	9	俚謠正調	朧小路四袖選〔1〕 오보로코지 시슈 선	鶴#つる子	시가/도도이 쓰	
4	9	俚謠正調	朧小路四袖選〔1〕 오보로코지 시슈 선	松山里子	시가/도도이 쓰	
5	8~9		次回掲載講談の撰撰/ドンナ講談がお好きですか 다음에 게재될 고단의 선택/어떤 고단을 좋아하세요?		광고/모집 광고	
5	10~12		運命の波/惡魔の鐵爪に(二) 〈42〉 운명의 파도/악마의 철손톱에(2)	遠藤柳雨	소설/일본	
6	6	川柳	京城川柳大會句稿/枕 宿題/柳建寺選/十客 〈1〉〔1〕 경성 센류 대회 구고/베개 숙제/류켄지 선/십객	鶯團子	시가/센류	
6	6	川柳	京城川柳大會句稿/枕 宿題/柳建寺選/十客 〈1〉〔2〕 경성 센류 대회 구고/베개 숙제/류켄지 선/십객	凡哉	시가/센류	

지면	단수	기획	기사제목 〈회수〉〔곡수〕	필자/저자(역자)	분류	비고
6	6	川柳	京城川柳大會句稿/枕 宿題/柳建寺選/十客 〈1〉〔1〕 경성 센류 대회 구고/베개 숙제/류켄지 선/십객	千流	시가/센류	
6	6	川柳	京城川柳大會句稿/枕 宿題/柳建寺選/十客 〈1〉〔1〕 경성 센류 대회 구고/베개 숙제/류켄지 선/십객	松平坊	시가/센류	
6	6	川柳	京城川柳大會句稿/枕 宿題/柳建寺選/十客 〈1〉〔2〕 경성 센류 대회 구고/베개 숙제/류켄지 선/십객	詩腕坊	시가/센류	
6	6	川柳	京城川柳大會句稿/枕 宿題/柳建寺選/十客 〈1〉〔1〕 경성 센류 대회 구고/베개 숙제/류켄지 선/십객	#旬#	시가/센류	
6	6	川柳	京城川柳大會句稿/枕 宿題/柳建寺選/十客 〈1〉〔1〕 경성 센류 대회 구고/베개 숙제/류켄지 선/십객	圓ネ門	시가/센류	
6	6	川柳	京城川柳大會句稿/枕 宿題/柳建寺選/十客 〈1〉〔1〕 경성 센류 대회 구고/베개 숙제/류켄지 선/십객	不言郎	시가/센류	
6	6	川柳	京城川柳大會句稿/枕 宿題/柳建寺選/人 〈1〉〔1〕 경성 센류 대회 구고/베개 숙제/류켄지 선/인	松平坊	시가/센류	
6	6	川柳	京城川柳大會句稿/枕 宿題/柳建寺選/地 〈1〉〔1〕 경성 센류 대회 구고/베개 숙제/류켄지 선/지	鶯團子	시가/센류	
6	6	川柳	京城川柳大會句稿/枕 宿題/柳建寺選/天 〈1〉〔1〕 경성 센류 대회 구고/베개 숙제/류켄지 선/천	磐梯	시가/센류	
6	6	川柳	京城川柳大會句稿/枕 宿題/柳建寺選/選者吟 〈1〉〔2〕 경성 센류 대회 구고/베개 숙제/류켄지 선/선자음	柳建寺	시가/센류	
6	6	川柳	京城川柳大會句稿/行倒れ 宿題/大納言選/五客 〈1〉〔1〕 경성 센류 대회 구고/길가에 쓰러짐 숙제/다이나곤 선/오객	鳥石	시가/센류	
6	6	川柳	京城川柳大會句稿/行倒れ 宿題/大納言選/五客 〈1〉〔1〕 경성 센류 대회 구고/길가에 쓰러짐 숙제/다이나곤 선/오객	苦論坊	시가/센류	
6	6	川柳	京城川柳大會句稿/行倒れ 宿題/大納言選/五客 〈1〉〔1〕 경성 센류 대회 구고/길가에 쓰러짐 숙제/다이나곤 선/오객	圓ネ門	시가/센류	
6	6	川柳	京城川柳大會句稿/行倒れ 宿題/大納言選/五客 〈1〉〔1〕 경성 센류 대회 구고/길가에 쓰러짐 숙제/다이나곤 선/오객	詩腕坊	시가/센류	
6	6	川柳	京城川柳大會句稿/行倒れ 宿題/大納言選/五客 〈1〉〔1〕 경성 센류 대회 구고/길가에 쓰러짐 숙제/다이나곤 선/오객	鶯團子	시가/센류	
6	6	川柳	京城川柳大會句稿/行倒れ 宿題/大納言選/人 〈1〉〔1〕 경성 센류 대회 구고/길가에 쓰러짐 숙제/다이나곤 선/인	鶯團子	시가/센류	
6	6	川柳	京城川柳大會句稿/行倒れ 宿題/大納言選/地 〈1〉〔1〕 경성 센류 대회 구고/길가에 쓰러짐 숙제/다이나곤 선/지	苦論坊	시가/센류	
6	6	川柳	京城川柳大會句稿/行倒れ 宿題/大納言選/天 〈1〉〔1〕 경성 센류 대회 구고/길가에 쓰러짐 숙제/다이나곤 선/천	鶯團子	시가/센류	
6	6	川柳	京城川柳大會句稿/行倒れ 宿題/大納言選/選者吟 〈1〉〔2〕 경성 센류 대회 구고/길가에 쓰러짐 숙제/다이나곤 선/선자음	大納言	시가/센류	
6	7~9		由井正雪 〈163〉 유이노 쇼세쓰	小金井蘆洲	고단	

1920년 04월 16일(금) 6721호

지면	단수	기획	기사제목 〈회수〉〔곡수〕	필자/저자(역자)	분류	비고
1	3	朝鮮歌壇	(제목없음) 〔6〕	仁川 吉田よし子	시가/단카	
1	3	朝鮮歌壇	(제목없음) 〔3〕	中和 井上沓果	시가/단카	
1	3	朝鮮歌壇	(제목없음) 〔3〕	中和 中川#子	시가/단카	
1	3	朝鮮歌壇	(제목없음) 〔1〕	不案	시가/단카	
1	3	朝鮮俳壇	渡邊水巴選/春雜 〈4〉〔4〕 와타나베 스이하 선/봄-잡	##	시가/하이쿠	

지면	단수	기획	기사제목 〈회수〉〔곡수〕	필자/저자(역자)	분류	비고
1	3~4	朝鮮俳壇	渡邊水巴選/春雜〈4〉〔3〕 와타나베 스이하 선/봄-잡	#雨	시가/하이쿠	
1	4	朝鮮俳壇	渡邊水巴選/春雜〈4〉〔3〕 와타나베 스이하 선/봄-잡	都落人	시가/하이쿠	
1	4	朝鮮俳壇	渡邊水巴選/春雜〈4〉〔3〕 와타나베 스이하 선/봄-잡	十亭	시가/하이쿠	
1	4	朝鮮俳壇	渡邊水巴選/春雜〈4〉〔3〕 와타나베 스이하 선/봄-잡	ゝ禾	시가/하이쿠	
1	4~5		大阪城〈64〉 오사카 성	芙蓉散人	소설/일본 고전	
4	3~6	オトギバ ナシ	美やちん姉妹(下)〈2〉 미이짱 자매(하)	良二	소설/동화	
4	8~9		次回揭載講談の撰擇/ドンナ講談がお好きですか 다음에 게재될 고단의 선택/어떤 고단을 좋아하세요?		광고/모집 광고	
4	10~11		運命の波/惡魔の鐵爪に(三)〈43〉 운명의 파도/악마의 철손톱에(3)	遠藤柳雨	소설/일본	
6	7~9		由井正雪〈164〉 유이노 쇼세쓰	小金井蘆洲	고단	회수 오류

1920년 04월 17일(토) 6722호

지면	단수	기획	기사제목 〈회수〉〔곡수〕	필자/저자(역자)	분류	비고
1	3	朝鮮詩壇	四月十日石門居忘機吟社例會柏梁體#句/#桃花開二千年〔1〕 사월십일석문거망기음사례회백량체#구/#도화개이천년	成田魯石	시가/한시	제목만 있 고 내용은 없음
1	3	朝鮮詩壇	四月十日石門居忘機吟社例會柏梁體#句/杏風吹#艶陽天〔1〕 사월십일석문거망기음사례회백량체#구/묘풍취#염양천	大石松逕	시가/한시	제목만 있 고 내용은 없음
1	3	朝鮮詩壇	四月十日石門居忘機吟社例會柏梁體#句/家運女名俱早然〔1〕 사월십일석문거망기음사례회백량체#구/가운녀명구조연	志智敬愛	시가/한시	제목만 있 고 내용은 없음
1	3	朝鮮詩壇	四月十日石門居忘機吟社例會柏梁體#句/#川摩#古聖賢〔1〕 사월십일석문거망기음사례회백량체#구/#천마#고성현	小永井槐陰	시가/한시	제목만 있 고 내용은 없음
1	3	朝鮮詩壇	四月十日石門居忘機吟社例會柏梁體#句/石門深處有詩仙〔1〕 사월십일석문거망기음사례회백량체#구/석문심처유시선	安東#雲	시가/한시	제목만 있 고 내용은 없음
1	3	朝鮮詩壇	四月十日石門居忘機吟社例會柏梁體#句/仙客吐氣無俗篇〔1〕 사월십일석문거망기음사례회백량체#구/선객토기무속편	齋藤三寅	시가/한시	제목만 있 고 내용은 없음
1	3	朝鮮詩壇	四月十日石門居忘機吟社例會柏梁體#句/#賢詩思湧如泉〔1〕 사월십일석문거망기음사례회백량체#구/#현시사용여천	栗原華陽	시가/한시	제목만 있 고 내용은 없음
1	3	朝鮮詩壇	四月十日石門居忘機吟社例會柏梁體#句/煙入花分花入煙〔1〕 사월십일석문거망기음사례회백량체#구/연입화분화입연	久保田天南	시가/한시	제목만 있 고 내용은 없음
1	3	朝鮮詩壇	四月十日石門居忘機吟社例會柏梁體#句/池魚###階前〔1〕 사월십일석문거망기음사례회백량체#구/지어###계전	江原如水	시가/한시	제목만 있 고 내용은 없음
1	3	朝鮮詩壇	四月十日石門居忘機吟社例會柏梁體#句/時仙畫伯連#筵〔1〕 사월십일석문거망기음사례회백량체#구/시선화백련#연	工藤投雪	시가/한시	제목만 있 고 내용은 없음
1	3	朝鮮詩壇	四月十日石門居忘機吟社例會柏梁體#句/雪月花風幾#緣〔1〕 사월십일석문거망기음사례회백량체#구/설월화풍기#연	古城梅溪	시가/한시	제목만 있 고 내용은 없음

지면	단수	기획	기사제목 〈회수〉〔곡수〕	필자/저자(역자)	분류	비고
1	3	朝鮮詩壇	四月十日石門居忘機吟社例會柏梁體#句/春郊晚眺 〔1〕 사월십일석문거망기음사례회백량체#구/춘교만조	松田學鷗	시가/한시	
1	3~4	朝鮮俳壇	渡邊水巴選/春雜 〈5〉〔2〕 와타나베 스이하 선/봄-잡	中水	시가/하이쿠	
1	4	朝鮮俳壇	渡邊水巴選/春雜 〈5〉〔2〕 와타나베 스이하 선/봄-잡	佐多女	시가/하이쿠	
1	4	朝鮮俳壇	渡邊水巴選/春雜 〈5〉〔2〕 와타나베 스이하 선/봄-잡	苔石	시가/하이쿠	
1	4	朝鮮俳壇	渡邊水巴選/春雜 〈5〉〔2〕 와타나베 스이하 선/봄-잡	天郊	시가/하이쿠	
1	4	朝鮮俳壇	渡邊水巴選/春雜 〈5〉〔2〕 와타나베 스이하 선/봄-잡	千貝	시가/하이쿠	
1	4	朝鮮俳壇	渡邊水巴選/春雜 〈5〉〔1〕 와타나베 스이하 선/봄-잡	香洲	시가/하이쿠	
1	4	朝鮮俳壇	渡邊水巴選/春雜 〈5〉〔1〕 와타나베 스이하 선/봄-잡	秋陽	시가/하이쿠	
1	4	朝鮮俳壇	渡邊水巴選/春雜 〈5〉〔1〕 와타나베 스이하 선/봄-잡	蝸牛洞	시가/하이쿠	
1	4~5		大阪城 〈65〉 오사카 성	芙蓉散人	소설/일본 고전	
4	10~12		運命の波/惡魔の鐵爪に(四) 〈44〉 운명의 파도/악마의 철손톱에(4)	遠藤柳雨	소설/일본	
6	7	川柳	京城川柳大會句稿/共稼 宿題/#石選/十客 〈2〉〔1〕 경성 센류 대회 구고/공가 숙제/#세키 선/십객	紅短冊	시가/센류	
6	7	川柳	京城川柳大會句稿/共稼 宿題/#石選/十客 〈2〉〔1〕 경성 센류 대회 구고/공가 숙제/#세키 선/십객	吉古三	시가/센류	
6	7	川柳	京城川柳大會句稿/共稼 宿題/#石選/十客 〈2〉〔2〕 경성 센류 대회 구고/공가 숙제/#세키 선/십객	松平坊	시가/센류	
6	7	川柳	京城川柳大會句稿/共稼 宿題/#石選/十客 〈2〉〔1〕 경성 센류 대회 구고/공가 숙제/#세키 선/십객	柳外子	시가/센류	
6	7	川柳	京城川柳大會句稿/共稼 宿題/#石選/十客 〈2〉〔1〕 경성 센류 대회 구고/공가 숙제/#세키 선/십객	凡哉	시가/센류	
6	7	川柳	京城川柳大會句稿/共稼 宿題/#石選/十客 〈2〉〔1〕 경성 센류 대회 구고/공가 숙제/#세키 선/십객	鶯團子	시가/센류	
6	7	川柳	京城川柳大會句稿/共稼 宿題/#石選/十客 〈2〉〔1〕 경성 센류 대회 구고/공가 숙제/#세키 선/십객	詩腕坊	시가/센류	
6	7	川柳	京城川柳大會句稿/共稼 宿題/#石選/十客 〈2〉〔1〕 경성 센류 대회 구고/공가 숙제/#세키 선/십객	大納言	시가/센류	
6	7	川柳	京城川柳大會句稿/共稼 宿題/#石選/十客 〈2〉〔1〕 경성 센류 대회 구고/공가 숙제/#세키 선/십객	不言郎	시가/단카	
6	7	川柳	京城川柳大會句稿/共稼 宿題/#石選/人 〈2〉〔1〕 경성 센류 대회 구고/공가 숙제/#세키 선/인	鶯團子	시가/센류	
6	7	川柳	京城川柳大會句稿/共稼 宿題/#石選/地 〈2〉〔1〕 경성 센류 대회 구고/공가 숙제/#세키 선/지	詩腕坊	시가/센류	
6	7	川柳	京城川柳大會句稿/共稼 宿題/#石選/天 〈2〉〔1〕 경성 센류 대회 구고/공가 숙제/#세키 선/천	千流	시가/센류	
6	7	川柳	京城川柳大會句稿/共稼 宿題/#石選/選者吟 〈2〉〔3〕 경성 센류 대회 구고/공가 숙제/#세키 선/선자음	#石	시가/센류	
6	7	川柳	京城川柳大會句稿/共稼 宿題/詩腕坊選/五客 〈2〉〔2〕 경성 센류 대회 구고/공가 숙제/시완보 선/오객	吉古三	시가/센류	
6	7	川柳	京城川柳大會句稿/共稼 宿題/詩腕坊選/五客 〈2〉〔1〕 경성 센류 대회 구고/공가 숙제/시완보 선/오객	紅短冊	시가/센류	

지면	단수	기획	기사제목 〈회수〉〔곡수〕	필자/저자(역자)	분류	비고
6	7	川柳	京城川柳大會句稿/共稼 宿題/詩腕坊選/五客 〈2〉〔1〕 경성 센류 대회 구고/공가 숙제/시완보 선/오객	ゝゝ子	시가/센류	
6	7	川柳	京城川柳大會句稿/共稼 宿題/詩腕坊選/五客 〈2〉〔1〕 경성 센류 대회 구고/공가 숙제/시완보 선/오객	鶯團子	시가/센류	
6	7	川柳	京城川柳大會句稿/共稼 宿題/詩腕坊選/人 〈2〉〔1〕 경성 센류 대회 구고/공가 숙제/시완보 선/인	三日坊	시가/센류	
6	7	川柳	京城川柳大會句稿/共稼 宿題/詩腕坊選/地 〈2〉〔1〕 경성 센류 대회 구고/공가 숙제/시완보 선/지	苦論坊	시가/센류	
6	7	川柳	京城川柳大會句稿/共稼 宿題/詩腕坊選/天 〈2〉〔1〕 경성 센류 대회 구고/공가 숙제/시완보 선/천	紅短冊	시가/센류	
6	7	川柳	京城川柳大會句稿/共稼 宿題/詩腕坊選/選者吟 〈2〉〔3〕 경성 센류 대회 구고/공가 숙제/시완보 선/선자음	詩腕坊	시가/센류	
6	8~11		由井正雪 〈165〉 유이노 쇼세쓰	小金井蘆洲	고단	

1920년 04월 18일(일) 6723호

지면	단수	기획	기사제목 〈회수〉〔곡수〕	필자/저자(역자)	분류	비고
1	3	朝鮮詩壇	柳陰聽鶯〔1〕 류음청앵	古城梅溪	시가/한시	
1	3	朝鮮詩壇	偶成〔1〕 우성	川端不絶	시가/한시	
1	3	朝鮮詩壇	扶餘懷古次大町桂月韻〔1〕 부여회고차대정계월운	江原如水	시가/한시	
1	3	朝鮮詩壇	春晴江邊〔1〕 춘청강변	志智敬愛	시가/한시	
1	3	朝鮮歌壇	(제목없음)〔8〕	法師夕人	시가/단카	
1	3	朝鮮歌壇	(제목없음)〔3〕	蝸牛生	시가/단카	
1	3~4	朝鮮歌壇	(제목없음)〔1〕	不案	시가/단카	
1	4~5		大阪城 〈66〉 오사카 성	芙蓉散人	소설/일본 고전	
6	4~5	川柳	京城川柳大會句稿/拜 席題互選/九點 〈3〉〔1〕 경성 센류 대회 구고/배 석제 호선/구점	圓ネ門	시가/센류	
6	5	川柳	京城川柳大會句稿/拜 席題互選/六點 〈3〉〔1〕 경성 센류 대회 구고/배 석제 호선/육점	三日坊	시가/센류	
6	5	川柳	京城川柳大會句稿/拜 席題互選/六點 〈3〉〔1〕 경성 센류 대회 구고/배 석제 호선/육점	大納言	시가/센류	
6	5	川柳	京城川柳大會句稿/拜 席題互選/五點 〈3〉〔1〕 경성 센류 대회 구고/배 석제 호선/오점	肚刺公	시가/센류	
6	5	川柳	京城川柳大會句稿/拜 席題互選/五點 〈3〉〔2〕 경성 센류 대회 구고/배 석제 호선/오점	詩腕坊	시가/센류	
6	5	川柳	京城川柳大會句稿/拜 席題互選/四點 〈3〉〔1〕 경성 센류 대회 구고/배 석제 호선/사점	千流	시가/센류	
6	5	川柳	京城川柳大會句稿/拜 席題互選/三點 〈3〉〔1〕 경성 센류 대회 구고/배 석제 호선/삼점	松平坊	시가/센류	
6	5	川柳	京城川柳大會句稿/拜 席題互選/三點 〈3〉〔2〕 경성 센류 대회 구고/배 석제 호선/삼점	鳥石	시가/센류	
6	5	川柳	京城川柳大會句稿/拜 席題互選/三點 〈3〉〔1〕 경성 센류 대회 구고/배 석제 호선/삼점	肚刺公	시가/센류	
6	5	川柳	京城川柳大會句稿/拜 席題互選/三點 〈3〉〔1〕 경성 센류 대회 구고/배 석제 호선/삼점	不言郎	시가/센류	

지면	단수	기획	기사제목 〈회수〉〔곡수〕	필자/저자(역자)	분류	비고
6	5	川柳	京城川柳大會句稿/拜 席題互選/三點 〈3〉〔1〕 경성 센류 대회 구고/배 석제 호선/삼점	紅短冊	시가/센류	
6	5	川柳	京城川柳大會句稿/道 席題互選/十二點 〈3〉〔1〕 경성 센류 대회 구고/길 석제호선/십이점	大納言	시가/센류	
6	5	川柳	京城川柳大會句稿/道 席題互選/六點 〈3〉〔1〕 경성 센류 대회 구고/길 석제호선/육점	鶯團子	시가/센류	
6	5	川柳	京城川柳大會句稿/道 席題互選/六點 〈3〉〔1〕 경성 센류 대회 구고/길 석제호선/육점	大納言	시가/센류	
6	5	川柳	京城川柳大會句稿/道 席題互選/六點 〈3〉〔1〕 경성 센류 대회 구고/길 석제호선/육점	肚刺公	시가/센류	
6	5	川柳	京城川柳大會句稿/道 席題互選/五點 〈3〉〔2〕 경성 센류 대회 구고/길 석제호선/오점	詩腕坊	시가/센류	
6	5	川柳	京城川柳大會句稿/道 席題互選/五點 〈3〉〔1〕 경성 센류 대회 구고/길 석제호선/오점	肚刺公	시가/센류	
6	5	川柳	京城川柳大會句稿/道 席題互選/四點 〈3〉〔1〕 경성 센류 대회 구고/길 석제호선/사점	大納言	시가/센류	
6	5	川柳	京城川柳大會句稿/道 席題互選/四點 〈3〉〔1〕 경성 센류 대회 구고/길 석제호선/사점	磐梯	시가/센류	
6	5	川柳	京城川柳大會句稿/道 席題互選/三點 〈3〉〔1〕 경성 센류 대회 구고/길 석제호선/삼점	磐梯	시가/센류	
6	5	川柳	京城川柳大會句稿/道 席題互選/三點 〈3〉〔1〕 경성 센류 대회 구고/길 석제호선/삼점	紅短冊	시가/센류	
6	5	川柳	京城川柳大會句稿/道 席題互選/三點 〈3〉〔1〕 경성 센류 대회 구고/길 석제호선/삼점	磐梯	시가/센류	
6	5	川柳	京城川柳大會句稿/道 席題互選/三點 〈3〉〔1〕 경성 센류 대회 구고/길 석제호선/삼점	花石	시가/센류	
6	5	川柳	京城川柳大會句稿/道 席題互選/三點 〈3〉〔1〕 경성 센류 대회 구고/길 석제호선/삼점	三日坊	시가/센류	
6	5	川柳	京城川柳大會句稿/命 席題互選/八點 〈3〉〔1〕 경성 센류 대회 구고/목숨 석제호선/팔점	ゝゝ子	시가/센류	
6	5	川柳	京城川柳大會句稿/命 席題互選/七點 〈3〉〔1〕 경성 센류 대회 구고/목숨 석제호선/칠점	柳外子	시가/센류	
6	5	川柳	京城川柳大會句稿/命 席題互選/七點 〈3〉〔1〕 경성 센류 대회 구고/목숨 석제호선/칠점	ゝゝ子	시가/센류	
6	5	川柳	京城川柳大會句稿/命 席題互選/七點 〈3〉〔1〕 경성 센류 대회 구고/목숨 석제호선/칠점	鳥石	시가/센류	
6	5	川柳	京城川柳大會句稿/命 席題互選/五點 〈3〉〔1〕 경성 센류 대회 구고/목숨 석제호선/오점	松平坊	시가/센류	
6	5	川柳	京城川柳大會句稿/命 席題互選/四點 〈3〉〔1〕 경성 센류 대회 구고/목숨 석제호선/사점	鶯團子	시가/센류	
6	5	川柳	京城川柳大會句稿/命 席題互選/四點 〈3〉〔1〕 경성 센류 대회 구고/목숨 석제호선/사점	詩腕坊	시가/센류	
6	5	川柳	京城川柳大會句稿/命 席題互選/四點 〈3〉〔1〕 경성 센류 대회 구고/목숨 석제호선/사점	呂人	시가/센류	
6	5	川柳	京城川柳大會句稿/命 席題互選/三點 〈3〉〔1〕 경성 센류 대회 구고/목숨 석제호선/삼점	紅短冊	시가/센류	
6	5	川柳	京城川柳大會句稿/命 席題互選/三點 〈3〉〔1〕 경성 센류 대회 구고/목숨 석제호선/삼점	三日坊	시가/센류	
6	5	川柳	京城川柳大會句稿/命 席題互選/三點 〈3〉〔1〕 경성 센류 대회 구고/목숨 석제호선/삼점	柳外子	시가/센류	
6	5		觀櫻川柳大會 벚꽃놀이 센류 대회		광고/모집 광고	

지면	단수	기획	기사제목 〈회수〉〔곡수〕	필자/저자(역자)	분류	비고
6	6~8		由井正雪 〈166〉 유이노 쇼세쓰	小金井蘆洲	고단	
8	1~3		運命の波/暴風雨の夜(一) 〈45〉 운명의 파도/폭풍우의 밤(1)	遠藤柳雨	소설/일본	

1920년 04월 19일(월) 6724호

지면	단수	기획	기사제목 〈회수〉〔곡수〕	필자/저자(역자)	분류	비고
1	2	朝鮮詩壇	春郊晩眺 〔1〕 춘교만조	西田白陰	시가/한시	
1	3	朝鮮詩壇	月夜踏花影 〔1〕 월야답화영	川端不絶	시가/한시	
1	3	朝鮮詩壇	同題 〔1〕 동제	古城梅溪	시가/한시	
1	3	朝鮮詩壇	春#江遊 〔1〕 춘#강유	安東#雲	시가/한시	
1	3	朝鮮詩壇	同題 〔1〕 동제	小永井槐陰	시가/한시	
1	3~5		大阪城 〈67〉 오사카 성	芙蓉散人	소설/일본 고전	
4	1~3		運命の波/暴風雨の夜(二) 〈46〉 운명의 파도/폭풍우의 밤(2)	遠藤柳雨	소설/일본	

1920년 04월 20일(화) 6725호

지면	단수	기획	기사제목 〈회수〉〔곡수〕	필자/저자(역자)	분류	비고
1	3	朝鮮詩壇	#人贈梅花 〔1〕 #인증매화	江原如水	시가/한시	
1	3	朝鮮詩壇	柳陰聽鶯 〔1〕 류음청앵	川端不絶	시가/한시	
1	3	朝鮮詩壇	春晴江邊 〔1〕 춘청강변	古城梅溪	시가/한시	
1	3	朝鮮詩壇	同題 〔1〕 동제	大石松逕	시가/한시	
1	3	朝鮮詩壇	同題 〔1〕 동제	成田魯石	시가/한시	
1	3	朝鮮俳壇	渡邊水巴選/春雜/秀逸 〈6〉〔4〕 와타나베 스이하 선/봄-잡/수일	綠童	시가/하이쿠	
1	3	朝鮮俳壇	渡邊水巴選/春雜/秀逸 〈6〉〔3〕 와타나베 스이하 선/봄-잡/수일	蝸牛洞	시가/하이쿠	
1	3~4	朝鮮俳壇	渡邊水巴選/春雜/秀逸 〈6〉〔2〕 와타나베 스이하 선/봄-잡/수일	草兒	시가/하이쿠	
1	4	朝鮮俳壇	渡邊水巴選/春雜/秀逸 〈6〉〔2〕 와타나베 스이하 선/봄-잡/수일	天郊	시가/하이쿠	
1	4	朝鮮俳壇	渡邊水巴選/春雜/秀逸 〈6〉〔2〕 와타나베 스이하 선/봄-잡/수일	都落人	시가/하이쿠	
1	4~5		大阪城 〈68〉 오사카 성	芙蓉散人	소설/일본 고전	
6	6~7		次回掲載講談の撰擇/ドンナ講談がお好きですか 다음에 게재될 고단의 선택/어떤 고단을 좋아하세요?		광고/모집 광고	
6	6	川柳	犬殺し/柳建寺土左衛門選 〈1〉〔1〕 개 죽이기/류켄지 도자에몬 선	大田 露骨庫	시가/센류	
6	7	川柳	犬殺し/柳建寺土左衛門選 〈1〉〔1〕 개 죽이기/류켄지 도자에몬 선	仁川 富士香	시가/센류	
6	7	川柳	犬殺し/柳建寺土左衛門選 〈1〉〔1〕 개 죽이기/류켄지 도자에몬 선	京城 脫馬	시가/센류	

지면	단수	기획	기사제목 〈회수〉〔곡수〕	필자/저자(역자)	분류	비고
6	7	川柳	犬殺し/柳建寺土左衛門選 〈1〉〔1〕 개 죽이기/류켄지 도자에몬 선	仁川 丁吉	시가/센류	
6	7	川柳	犬殺し/柳建寺土左衛門選 〈1〉〔1〕 개 죽이기/류켄지 도자에몬 선	龍山 髑髏人	시가/센류	
6	7	川柳	犬殺し/柳建寺土左衛門選 〈1〉〔1〕 개 죽이기/류켄지 도자에몬 선	龍山 芳蘭	시가/센류	
6	7	川柳	犬殺し/柳建寺土左衛門選 〈1〉〔1〕 개 죽이기/류켄지 도자에몬 선	仁川 大金玉	시가/센류	
6	7	川柳	犬殺し/柳建寺土左衛門選 〈1〉〔1〕 개 죽이기/류켄지 도자에몬 선	仁川 漫浪子	시가/센류	
6	7	川柳	犬殺し/柳建寺土左衛門選 〈1〉〔1〕 개 죽이기/류켄지 도자에몬 선	京城 默助	시가/센류	
6	7	川柳	犬殺し/柳建寺土左衛門選 〈1〉〔1〕 개 죽이기/류켄지 도자에몬 선	仁川 丹後守	시가/센류	
6	7	川柳	犬殺し/柳建寺土左衛門選 〈1〉〔1〕 개 죽이기/류켄지 도자에몬 선	仁川 松葉	시가/센류	
6	7	川柳	犬殺し/柳建寺土左衛門選 〈1〉〔1〕 개 죽이기/류켄지 도자에몬 선	仁川 兎空坊	시가/센류	
6	7	川柳	犬殺し/柳建寺土左衛門選 〈1〉〔1〕 개 죽이기/류켄지 도자에몬 선	京城 亞素棒	시가/센류	
6	7	川柳	犬殺し/柳建寺土左衛門選 〈1〉〔1〕 개 죽이기/류켄지 도자에몬 선	釜山 五六八	시가/센류	
6	7	川柳	犬殺し/柳建寺土左衛門選 〈1〉〔1〕 개 죽이기/류켄지 도자에몬 선	仁川 源々坊	시가/센류	
6	7	川柳	犬殺し/柳建寺土左衛門選 〈1〉〔1〕 개 죽이기/류켄지 도자에몬 선	大邱 初學坊	시가/센류	
6	7	川柳	犬殺し/柳建寺土左衛門選 〈1〉〔1〕 개 죽이기/류켄지 도자에몬 선	仁川 肥後守	시가/센류	
6	7	川柳	犬殺し/柳建寺土左衛門選 〈1〉〔1〕 개 죽이기/류켄지 도자에몬 선	仁川 右大臣	시가/센류	
6	7	川柳	犬殺し/柳建寺土左衛門選 〈1〉〔1〕 개 죽이기/류켄지 도자에몬 선	瓮津 和三坊	시가/센류	
6	7		觀櫻川柳大會 벚꽃놀이 센류 대회		광고/모집	광고
6	8~10		由井正雪 〈167〉 유이노 쇼세쓰	小金井蘆洲	고단	
8	1~3		運命の波/怪人王の家(一) 〈47〉 운명의 파도/괴인 왕의 집(1)	遠藤柳雨	소설/일본	

1920년 04월 21일(수) 6726호

지면	단수	기획	기사제목 〈회수〉〔곡수〕	필자/저자(역자)	분류	비고
1	3	朝鮮詩壇	春晴江邊 〔1〕 춘청강변	工藤投雪	시가/한시	
1	3	朝鮮詩壇	同題 〔1〕 동제	栗原華陽	시가/단카	
1	3	朝鮮詩壇	同題 〔1〕 동제	齋藤三寅	시가/단카	
1	3	朝鮮詩壇	同題 〔1〕 동제	江原如水	시가/단카	
1	3~4	朝鮮詩壇	飛行機來 〔1〕 비행기 오다	石狂散士	시가/단카	
1	4	朝鮮歌壇	(제목없음) 〔2〕	原野定二	시가/단카	

지면	단수	기획	기사제목 〈회수〉〔곡수〕	필자/저자(역자)	분류	비고
1	4	朝鮮歌壇	(제목없음)〔3〕	中和 酒井みつを	시가/단카	
1	4	朝鮮歌壇	(제목없음)〔2〕	中和 中川狂雨	시가/단카	
1	4	朝鮮歌壇	(제목없음)〔2〕	安東 水車郎	시가/단카	
1	4	朝鮮歌壇	(제목없음)〔1〕	不案	시가/단카	
1	4	朝鮮俳壇	渡邊水巴選/春雜/秀逸〈7〉〔2〕 와타나베 스이하 선/봄-잡/수일	要村	시가/하이쿠	
1	4	朝鮮俳壇	渡邊水巴選/春雜/秀逸〈7〉〔1〕 와타나베 스이하 선/봄-잡/수일	俚人	시가/하이쿠	
1	4	朝鮮俳壇	渡邊水巴選/春雜/秀逸〈7〉〔1〕 와타나베 스이하 선/봄-잡/수일	ゝ禾	시가/하이쿠	
1	4	朝鮮俳壇	渡邊水巴選/春雜/秀逸〈7〉〔1〕 와타나베 스이하 선/봄-잡/수일	佐多女	시가/하이쿠	
1	5	朝鮮俳壇	渡邊水巴選/春雜/秀逸〈7〉〔1〕 와타나베 스이하 선/봄-잡/수일	苔石	시가/하이쿠	
1	5	朝鮮俳壇	渡邊水巴選/春雜/秀逸〈7〉〔1〕 와타나베 스이하 선/봄-잡/수일	春耕	시가/하이쿠	
1	5	朝鮮俳壇	渡邊水巴選/春雜/秀逸〈7〉〔1〕 와타나베 스이하 선/봄-잡/수일	##	시가/하이쿠	
1	5~6		大阪城〈69〉 오사카 성	芙蓉散人	소설/일본 고전	
4	6~9	オトギバ ナシ	風と太陽(上)〈1〉 바람과 태양(상)	宮澤竹子	소설/동화	
6	4	川柳	犬殺し/柳建寺土左衛門選〈2〉〔1〕 개 죽이기/류켄지 도자에몬 선	龍山 千流	시가/센류	
6	4	川柳	犬殺し/柳建寺土左衛門選〈2〉〔1〕 개 죽이기/류켄지 도자에몬 선	鳥致院 堤柳	시가/센류	
6	4	川柳	犬殺し/柳建寺土左衛門選〈2〉〔1〕 개 죽이기/류켄지 도자에몬 선	大邱 不知坊	시가/센류	
6	4	川柳	犬殺し/柳建寺土左衛門選〈2〉〔1〕 개 죽이기/류켄지 도자에몬 선	仁川 松平坊改 御樂 院	시가/센류	
6	4	川柳	犬殺し/柳建寺土左衛門選〈2〉〔1〕 개 죽이기/류켄지 도자에몬 선	安東# 戀路	시가/센류	
6	4	川柳	犬殺し/柳建寺土左衛門選〈2〉〔1〕 개 죽이기/류켄지 도자에몬 선	仁川 綾浦	시가/센류	
6	4	川柳	犬殺し/柳建寺土左衛門選〈2〉〔1〕 개 죽이기/류켄지 도자에몬 선	京城 小野坊	시가/센류	
6	4	川柳	犬殺し/柳建寺土左衛門選〈2〉〔1〕 개 죽이기/류켄지 도자에몬 선	京城 對州坊	시가/센류	
6	5	川柳	犬殺し/柳建寺土左衛門選〈2〉〔1〕 개 죽이기/류켄지 도자에몬 선	仁川 ゝゝ子	시가/센류	
6	5	川柳	犬殺し/柳建寺土左衛門選〈2〉〔1〕 개 죽이기/류켄지 도자에몬 선	京城 一閑張	시가/센류	
6	5	川柳	犬殺し/柳建寺土左衛門選〈2〉〔1〕 개 죽이기/류켄지 도자에몬 선	仁川 紅爵	시가/센류	
6	5	川柳	犬殺し/柳建寺土左衛門選〈2〉〔1〕 개 죽이기/류켄지 도자에몬 선	公州 北公子	시가/센류	
6	5	川柳	犬殺し/柳建寺土左衛門選〈2〉〔1〕 개 죽이기/류켄지 도자에몬 선	京城 三十四坊	시가/센류	

지면	단수	기획	기사제목 〈회수〉〔곡수〕	필자/저자(역자)	분류	비고
6	5	川柳	犬殺し/柳建寺土左衛門選 〈2〉〔1〕 개 죽이기/류켄지 도자에몬 선	龍山 花石	시가/센류	
6	5	川柳	犬殺し/柳建寺土左衛門選 〈2〉〔1〕 개 죽이기/류켄지 도자에몬 선	大邱 喧嘩坊	시가/센류	
6	5	川柳	犬殺し/柳建寺土左衛門選 〈2〉〔1〕 개 죽이기/류켄지 도자에몬 선	龍山 柳外子	시가/센류	
6	5	川柳	犬殺し/柳建寺土左衛門選 〈2〉〔1〕 개 죽이기/류켄지 도자에몬 선	仁川 綾浦 仁川 磐梯	시가/센류	
6	5	川柳	犬殺し/柳建寺土左衛門選 〈2〉〔2〕 개 죽이기/류켄지 도자에몬 선	大邱 邱花坊	시가/센류	
6	5	川柳	各道第三部長の上京〔1〕 각도 제삼 부장의 상경	柳建寺	시가/센류	
6	5	川柳	##ピカ先生一睡の夢〔1〕 ##피카 선생님 잠의 꿈	柳建寺	시가/센류	
6	5	川柳	中村群山の夕餉を思ふ〔1〕 나카무라 군산의 저녁밥을 생각한다	柳建寺	시가/센류	
6	5	川柳	銘酒北韓一に題す〔2〕 명주 북한일에 제목을 붙이다	柳建寺	시가/센류	
6	5~6		次回掲載講談の撰擇/ドンナ講談がお好きですか 다음에 게재될 고단의 선택/어떤 고단을 좋아하세요?		광고/모집 광고	
8	1~3		運命の波/怪人王の家(二)〈48〉 운명의 파도/괴인 왕의 집(2)	遠藤柳雨	소설/일본	

1920년 04월 22일(목) 6727호

지면	단수	기획	기사제목 〈회수〉〔곡수〕	필자/저자(역자)	분류	비고
1	4~5	朝鮮歌壇	(제목없음)〔7〕	#手生	시가/단카	
1	5	朝鮮歌壇	(제목없음)〔3〕	鍋島山鹿	시가/단카	
1	5	朝鮮歌壇	(제목없음)〔2〕	仁川 水草	시가/단카	
1	5	朝鮮歌壇	(제목없음)〔1〕	不案	시가/단카	
1	5~6		大阪城〈70〉 오사카 성	芙蓉散人	소설/일본 고전	
4	6~9	オトギバナシ	風と太陽(下)〈2〉 바람과 태양(하)	宮澤竹子	소설/동화	
6	4	川柳	犬殺し/柳建寺土左衛門選 〈3〉〔2〕 개 죽이기/류켄지 도자에몬 선	龍山 逸風	시가/센류	
6	4	川柳	犬殺し/柳建寺土左衛門選 〈3〉〔2〕 개 죽이기/류켄지 도자에몬 선	鳥致院 鮮流子	시가/센류	
6	4	川柳	犬殺し/柳建寺土左衛門選 〈3〉〔2〕 개 죽이기/류켄지 도자에몬 선	公州 川狂坊	시가/센류	
6	4	川柳	犬殺し/柳建寺土左衛門選 〈3〉〔2〕 개 죽이기/류켄지 도자에몬 선	京城 眠爺	시가/센류	
6	4	川柳	犬殺し/柳建寺土左衛門選 〈3〉〔2〕 개 죽이기/류켄지 도자에몬 선	仁川 磐梯	시가/센류	
6	4	川柳	犬殺し/柳建寺土左衛門選 〈3〉〔3〕 개 죽이기/류켄지 도자에몬 선	龍山 三日坊	시가/센류	
6	4~5	川柳	犬殺し/柳建寺土左衛門選 〈3〉〔3〕 개 죽이기/류켄지 도자에몬 선	龍山 山二坊	시가/센류	
6	5	川柳	犬殺し/柳建寺土左衛門選 〈3〉〔4〕 개 죽이기/류켄지 도자에몬 선	瓮津 壽翁	시가/센류	

지면	단수	기획	기사제목 〈회수〉〔곡수〕	필자/저자(역자)	분류	비고
6	5	川柳	犬殺し/柳建寺土左衛門選 〈3〉〔4〕 개 죽이기/류켄지 도자에몬 선	仁川 紅短冊	시가/센류	
6	5		觀櫻川柳大會 벚꽃놀이 센류 대회		시가/모집 광고	
6	5~6		次回揭載講談の撰擇/ドンナ講談がお好きですか 다음 게재될 고단의 선택/어떤 고단을 좋아하세요?		광고/모집 광고	
6	7~9		由井正雪 〈168〉 유이노 쇼세쓰	小金井蘆洲	고단	
8	1~3		運命の波/志那鞄の女(一) 〈49〉 운명의 파도/지나 가방의 여자(1)	遠藤柳雨	소설/일본	

1920년 04월 23일(금) 6728호

지면	단수	기획	기사제목 〈회수〉〔곡수〕	필자/저자(역자)	분류	비고
1	3		朝鮮俳壇四月例會の記(上) 〈1〉 조선 하이단 4월 예회의 기록(상)	綠童	수필.시가/ 기타.하이쿠	
1	3		朝鮮俳壇四月例會の記(上)/四點句 〈1〉〔1〕 조선 하이단 4월 예회의 기록(상)/사점 구	無月	시가/하이쿠	
1	3		朝鮮俳壇四月例會の記(上)/四點句 〈1〉〔1〕 조선 하이단 4월 예회의 기록(상)/사점 구	綠童	시가/하이쿠	
1	3		朝鮮俳壇四月例會の記(上)/三點句 〈1〉〔1〕 조선 하이단 4월 예회의 기록(상)/삼점 구	春樹	시가/하이쿠	
1	3		朝鮮俳壇四月例會の記(上)/三點句 〈1〉〔1〕 조선 하이단 4월 예회의 기록(상)/삼점 구	無月	시가/하이쿠	
1	3		朝鮮俳壇四月例會の記(上)/二點句 〈1〉〔4〕 조선 하이단 4월 예회의 기록(상)/이점 구	紫光	시가/하이쿠	
1	3		朝鮮俳壇四月例會の記(上)/二點句 〈1〉〔3〕 조선 하이단 4월 예회의 기록(상)/이점 구	橙子	시가/하이쿠	
1	3		朝鮮俳壇四月例會の記(上)/二點句 〈1〉〔3〕 조선 하이단 4월 예회의 기록(상)/이점 구	蘇#	시가/하이쿠	
1	3		朝鮮俳壇四月例會の記(上)/二點句 〈1〉〔2〕 조선 하이단 4월 예회의 기록(상)/이점 구	無月	시가/하이쿠	
1	3		朝鮮俳壇四月例會の記(上)/二點句 〈1〉〔1〕 조선 하이단 4월 예회의 기록(상)/이점 구	綠童	시가/하이쿠	
1	3	朝鮮詩壇	送畫友某之歐米 〔1〕 송화우모지구미	兒島九皐	시가/한시	
1	3	朝鮮詩壇	月夜踏花影 〔1〕 월야답화영	田淵黎州	시가/한시	
1	3	朝鮮詩壇	送興津水東兄轉任 〔1〕 송흥진수동형전임	名田#花	시가/한시	
1	3~4	朝鮮詩壇	奧海浦初#兄對州戲成#句 〔1〕 오해포초#형대주희성#구	川端不絶	시가/한시	
1	4	朝鮮歌壇	(제목없음) 〔2〕	京城 伊集院かねを	시가/단카	
1	4	朝鮮歌壇	(제목없음) 〔2〕	京城 松本輝拳	시가/단카	
1	4	朝鮮歌壇	(제목없음) 〔2〕	營口 金林鶴吉	시가/단카	
1	4	朝鮮歌壇	(제목없음) 〔2〕	仁川 田川富士香	시가/단카	
1	4	朝鮮歌壇	(제목없음) 〔1〕	哲郎	시가/단카	
1	4	朝鮮歌壇	(제목없음) 〔1〕	不案	시가/단카	

지면	단수	기획	기사제목 〈회수〉〔곡수〕	필자/저자(역자)	분류	비고
1	4~5		大阪城 〈71〉 오사카 성	芙蓉散人	소설/일본 고전	
4	6~9	オトギバ ナシ	化けくらべ(上) 〈1〉 둔갑 비교(상)	村木綠葉	소설/동화	
5	10~12		運命の波/志那鞄の女(一) 〈49〉 운명의 파도/지나 가방의 여자(1)	遠藤柳雨	소설/일본	회수 오류
6	6	川柳	犬殺し/柳建寺土左衛門選/佳吟 〈4〉〔1〕 개 죽이기/류켄지 도자에몬 선/뛰어난 구	仁川 紅短冊	시가/센류	
6	6	川柳	犬殺し/柳建寺土左衛門選/佳吟 〈4〉〔1〕 개 죽이기/류켄지 도자에몬 선/뛰어난 구	龍山 圓ネ門	시가/센류	
6	6	川柳	犬殺し/柳建寺土左衛門選/佳吟 〈4〉〔1〕 개 죽이기/류켄지 도자에몬 선/뛰어난 구	海州 泰久坊	시가/센류	
6	6	川柳	犬殺し/柳建寺土左衛門選/佳吟 〈4〉〔1〕 개 죽이기/류켄지 도자에몬 선/뛰어난 구	永登浦 鶯團子	시가/센류	
6	6	川柳	犬殺し/柳建寺土左衛門選/佳吟 〈4〉〔1〕 개 죽이기/류켄지 도자에몬 선/뛰어난 구	京城 眠爺	시가/센류	
6	6	川柳	犬殺し/柳建寺土左衛門選/佳吟 〈4〉〔1〕 개 죽이기/류켄지 도자에몬 선/뛰어난 구	仁川 磐梯	시가/센류	
6	6	川柳	犬殺し/柳建寺土左衛門選/佳吟 〈4〉〔1〕 개 죽이기/류켄지 도자에몬 선/뛰어난 구	瓮津 壽翁	시가/센류	
6	6	川柳	犬殺し/柳建寺土左衛門選/佳吟 〈4〉〔2〕 개 죽이기/류켄지 도자에몬 선/뛰어난 구	仁川 大納言	시가/센류	
6	6	川柳	犬殺し/柳建寺土左衛門選/佳吟 〈4〉〔3〕 개 죽이기/류켄지 도자에몬 선/뛰어난 구	仁川 詩腕坊	시가/센류	
6	6	川柳	犬殺し/柳建寺土左衛門選/佳吟 〈4〉〔3〕 개 죽이기/류켄지 도자에몬 선/뛰어난 구	仁川 苦論坊	시가/센류	
6	6	川柳	犬殺し/柳建寺土左衛門選/佳吟 〈4〉〔5〕 개 죽이기/류켄지 도자에몬 선/뛰어난 구	仁川 右禿郎	시가/센류	
6	6		觀櫻川柳大會 벚꽃놀이 센류 대회		광고/모집 광고	
6	6~7		次回掲載講談の撰擇/ドンナ講談がお好きですか 다음에 게재될 고단의 선택/어떤 고단을 좋아하세요?		광고/모집 광고	
6	8~10		由井正雪 〈169〉 유이노 쇼세쓰	小金井蘆洲	고단	

1920년 04월 24일(토) 6729호

지면	단수	기획	기사제목 〈회수〉〔곡수〕	필자/저자(역자)	분류	비고
1	3	朝鮮詩壇	過故關 〔1〕 과고관	兒島九皐	시가/한시	
1	3	朝鮮詩壇	清明#後二日拈韻得柳字 〔1〕 청명#후이일념운득류자	神谷春湖	시가/한시	
1	3	朝鮮詩壇	過故關 〔1〕 과고관	志智敬愛	시가/한시	
1	3	朝鮮詩壇	開聽自祝詩以述志 〔1〕 개총자축시이술지	加來聚軒	시가/한시	
1	3~5		大阪城 〈72〉 오사카 성	芙蓉散人	소설/일본 고전	
4	6~9	オトギバ ナシ	化けくらべ(下) 〈2〉 둔갑 비교(하)	村木綠葉	소설/동화	
6	5	川柳	犬殺し/柳建寺土左衛門選/拾客 〈6〉〔1〕 개 죽이기/류켄지 도자에몬 선/습객	仁川 大納言	시가/센류	
6	5	川柳	犬殺し/柳建寺土左衛門選/拾客 〈6〉〔1〕 개 죽이기/류켄지 도자에몬 선/습객	海州 泰久坊	시가/센류	

지면	단수	기획	기사제목 〈회수〉〔곡수〕	필자/저자(역자)	분류	비고
6	5	川柳	犬殺し/柳建寺土左衛門選/拾客 〈6〉〔1〕 개 죽이기/류켄지 도자에몬 선/습객	仁川 右禿郎	시가/센류	
6	5	川柳	犬殺し/柳建寺土左衛門選/拾客 〈6〉〔1〕 개 죽이기/류켄지 도자에몬 선/습객	靑陽 黙念	시가/센류	
6	5	川柳	犬殺し/柳建寺土左衛門選/拾客 〈6〉〔1〕 개 죽이기/류켄지 도자에몬 선/습객	龍山 柳外子	시가/센류	
6	5	川柳	犬殺し/柳建寺土左衛門選/拾客 〈6〉〔1〕 개 죽이기/류켄지 도자에몬 선/습객	光州 耕人	시가/센류	
6	5	川柳	犬殺し/柳建寺土左衛門選/拾客 〈6〉〔1〕 개 죽이기/류켄지 도자에몬 선/습객	京城 眠爺	시가/센류	
6	5	川柳	犬殺し/柳建寺土左衛門選/拾客 〈6〉〔1〕 개 죽이기/류켄지 도자에몬 선/습객	仁川 丁子	시가/센류	
6	5	川柳	犬殺し/柳建寺土左衛門選/拾客 〈6〉〔1〕 개 죽이기/류켄지 도자에몬 선/습객	龍山 柳外子	시가/센류	
6	5	川柳	犬殺し/柳建寺土左衛門選/拾客 〈6〉〔1〕 개 죽이기/류켄지 도자에몬 선/습객	仁川 紅短冊	시가/센류	
6	5	川柳	犬殺し/柳建寺土左衛門選/三才/人 〈6〉〔1〕 개 죽이기/류켄지 도자에몬 선/삼재/인	永登浦 鶯團子	시가/센류	
6	5	川柳	犬殺し/柳建寺土左衛門選/三才/地 〈6〉〔1〕 개 죽이기/류켄지 도자에몬 선/삼재/지	仁川 苦論坊	시가/센류	
6	5	川柳	犬殺し/柳建寺土左衛門選/三才/天 〈6〉〔1〕 개 죽이기/류켄지 도자에몬 선/삼재/천	瓮津 壽翁	시가/센류	
6	5~6	川柳	犬殺し/柳建寺曰 〈6〉 개 죽이기/류켄지 왈	柳建寺	수필.시가/ 기타.센류	
6	6	川柳	犬殺し/柳建寺土左衛門選/軸 〈6〉〔4〕 개 죽이기/류켄지 도자에몬 선/축	柳建寺	시가/센류	
6	6		觀櫻川柳大會 벚꽃놀이 센류 대회		광고/모집 광고	
6	7~9		由井正雪 〈170〉 유이노 쇼세쓰	小金井蘆洲	고단	
8	1~2		運命の波/拳銃を咽に(一) 〈51〉 운명의 파도/권총을 목에(1)	遠藤柳雨	소설/일본	

1920년 04월 25일(일) 6730호

지면	단수	기획	기사제목 〈회수〉〔곡수〕	필자/저자(역자)	분류	비고
1	3	朝鮮俳壇	朝鮮俳壇四月例會の記(下)/綠童記/橙黃子氏選句 〈2〉〔2〕 조선 하이단 4월 예회의 기록(하)/로쿠도 적다/도코시 씨 선 구	紫光	시가/하이쿠	
1	3	朝鮮俳壇	朝鮮俳壇四月例會の記(下)/綠童記/橙黃子氏選句 〈2〉〔2〕 조선 하이단 4월 예회의 기록(하)/로쿠도 적다/도코시 씨 선 구	無月	시가/하이쿠	
1	3	朝鮮俳壇	朝鮮俳壇四月例會の記(下)/綠童記/橙黃子氏選句 〈2〉〔1〕 조선 하이단 4월 예회의 기록(하)/로쿠도 적다/도코시 씨 선 구	蘇城	시가/하이쿠	
1	3	朝鮮俳壇	朝鮮俳壇四月例會の記(下)/綠童記/橙黃子氏選句 〈2〉〔1〕 조선 하이단 4월 예회의 기록(하)/로쿠도 적다/도코시 씨 선 구	春樹	시가/하이쿠	
1	3	朝鮮俳壇	朝鮮俳壇四月例會の記(下)/綠童記/橙黃子氏選句 〈2〉〔1〕 조선 하이단 4월 예회의 기록(하)/로쿠도 적다/도코시 씨 선 구	綠童	시가/하이쿠	
1	3	朝鮮俳壇	朝鮮俳壇四月例會の記(下)/綠童記/橙黃子氏選句/其の他次のような が あつた 〈2〉〔1〕 조선 하이단 4월 예회의 기록(하)/로쿠도 적다/도코시 씨 선 구/그 외 다음과 같은 구가 있었다	橙黃子	시가/하이쿠	
1	3	朝鮮俳壇	朝鮮俳壇四月例會の記(下)/綠童記/橙黃子氏選句/其の他次のような が あつた 〈2〉〔1〕 조선 하이단 4월 예회의 기록(하)/로쿠도 적다/도코시 씨 선 구/그 외 다음과 같은 구가 있었다	台翠	시가/하이쿠	

지면	단수	기획	기사제목 〈회수〉〔곡수〕	필자/저자(역자)	분류	비고
1	3	朝鮮俳壇	朝鮮俳壇四月例會の記(下)/綠童記/橙黃子氏選句/其の他次のような が あつた 〈2〉〔1〕 조선 하이단 4월 예회의 기록(하)/로쿠도 적다/도코시 씨 선 구/그 외 다음과 같은 구가 있었다	蘇城	시가/하이쿠	
1	3	朝鮮俳壇	朝鮮俳壇四月例會の記(下)/綠童記/橙黃子氏選句/其の他次のような が あつた 〈2〉〔1〕 조선 하이단 4월 예회의 기록(하)/로쿠도 적다/도코시 씨 선 구/그 외 다음과 같은 구가 있었다	紅夢	시가/하이쿠	
1	3	朝鮮俳壇	朝鮮俳壇四月例會の記(下)/綠童記/橙黃子氏選句/其の他次のような が あつた 〈2〉〔1〕 조선 하이단 4월 예회의 기록(하)/로쿠도 적다/도코시 씨 선 구/그 외 다음과 같은 구가 있었다	春樹	시가/하이쿠	
1	3	朝鮮俳壇	朝鮮俳壇四月例會の記(下)/綠童記/橙黃子氏選句/其の他次のような が あつた 〈2〉〔1〕 조선 하이단 4월 예회의 기록(하)/로쿠도 적다/도코시 씨 선 구/그 외 다음과 같은 구가 있었다	悟丈	시가/하이쿠	
1	3	朝鮮俳壇	朝鮮俳壇四月例會の記(下)/綠童記/橙黃子氏選句/其の他次のような が あつた 〈2〉〔1〕 조선 하이단 4월 예회의 기록(하)/로쿠도 적다/도코시 씨 선 구/그 외 다음과 같은 구가 있었다	紫光	시가/하이쿠	
1	3	朝鮮俳壇	朝鮮俳壇四月例會の記(下)/綠童記/橙黃子氏選句/其の他次のような が あつた 〈2〉〔1〕 조선 하이단 4월 예회의 기록(하)/로쿠도 적다/도코시 씨 선 구/그 외 다음과 같은 구가 있었다	無月	시가/하이쿠	
1	3	朝鮮俳壇	朝鮮俳壇四月例會の記(下)/綠童記/橙黃子氏選句/其の他次のような が あつた 〈2〉〔1〕 조선 하이단 4월 예회의 기록(하)/로쿠도 적다/도코시 씨 선 구/그 외 다음과 같은 구가 있었다	綠童	시가/하이쿠	
1	3	朝鮮詩壇	柳陰聽鶯 〔1〕 유음청앵	川淵溙州	시가/한시	
1	3	朝鮮詩壇	北漢山探# 〔1〕 북한산탐#	川端不絶	시가/한시	
1	3	朝鮮詩壇	月夜踏花影 〔1〕 야답화영	志智敬愛	시가/한시	
1	3	朝鮮詩壇	##三##二 〔1〕 ##삼##이	加來聚軒	시가/한시	
1	4	朝鮮歌壇	(제목없음) 〔2〕	公州 白水郎	시가/단카	
1	4	朝鮮歌壇	(제목없음) 〔3〕	仁川 田川富士香	시가/단카	
1	4	朝鮮歌壇	(제목없음) 〔3〕	阿佐子	시가/단카	
1	4	朝鮮歌壇	(제목없음) 〔1〕	不案	시가/단카	
1	5~6		大阪城 〈73〉 오사카 성	芙蓉散人	소설/일본 고전	
5	9		紅ふで 붉은 붓		수필/기타	
4	10~11		運命の波/拳銃を咽に(二) 〈52〉 운명의 파도/권총을 목에(2)	遠藤柳雨	소설/일본	
6	1~2		平壤旅行記 평양 여행기	小根生	수필/기행	
6	5	川柳	京仁車中吟/京城川柳大會の戻り 경인차중음/경성 센류 대회에서 돌아와서	大納言	수필/시가/기타.센류	

지면	단수	기획	기사제목 〈회수〉〔곡수〕	필자/저자(역자)	분류	비고
6	5	川柳	京城永登浦の巻/壹點 〔1〕 경성 영등포의 권/일점	磐梯	시가/센류	
6	5	川柳	京城永登浦の巻/壹點 〔1〕 경성 영등포의 권/일점	詩腕坊	시가/센류	
6	5	川柳	京城永登浦の巻/壹點 〔1〕 경성 영등포의 권/일점	磐梯	시가/센류	
6	5	川柳	京城永登浦の巻/壹點 〔1〕 경성 영등포의 권/일점	ゝゝ子	시가/센류	
6	5	川柳	京城永登浦の巻/壹點 〔1〕 경성 영등포의 권/일점	大納言	시가/센류	
6	6	川柳	京城永登浦の巻/二點 〔1〕 경성 영등포의 권/이점	鶯團子	시가/센류	
6	6	川柳	京城永登浦の巻/二點 〔1〕 경성 영등포의 권/이점	紅短冊	시가/센류	
6	6	川柳	京城永登浦の巻/三點 〔1〕 경성 영등포의 권/삼점	大納言	시가/센류	
6	6	川柳	京城永登浦の巻/五點 〔1〕 경성 영등포의 권/오점	つつ子	시가/센류	
6	6	川柳	永登浦仁川の巻/一點 〔1〕 영등포 인천의 권/일점	松平坊	시가/센류	
6	6	川柳	永登浦仁川の巻/一點 〔1〕 영등포 인천의 권/일점	磐梯	시가/센류	
6	6	川柳	永登浦仁川の巻/一點 〔1〕 영등포 인천의 권/일점	詩腕坊	시가/센류	
6	6	川柳	永登浦仁川の巻/一點 〔1〕 영등포 인천의 권/일점	紅短冊	시가/센류	
6	6	川柳	永登浦仁川の巻/一點 〔1〕 영등포 인천의 권/일점	詩腕坊	시가/센류	
6	6	川柳	永登浦仁川の巻/二點 〔1〕 영등포 인천의 권/이점	ゝゝ子	시가/센류	
6	6	川柳	永登浦仁川の巻/三點 〔1〕 영등포 인천의 권/삼점	磐梯	시가/센류	
6	6	川柳	永登浦仁川の巻/三點 〔1〕 영등포 인천의 권/삼점	大納言	시가/센류	
6	6	川柳	通巻/柳建寺選/天 〔1〕 통권/류켄지 선/천	詩腕坊	시가/센류	
6	6	川柳	通巻/柳建寺選/地 〔1〕 통권/류켄지 선/지	松平坊	시가/센류	
6	6	川柳	通巻/柳建寺選/人 〔1〕 통권/류켄지 선/인	大納言	시가/센류	
6	6	川柳	通巻/柳建寺選/佳吟 〔1〕 통권/류켄지 선/뛰어난 구	鶯團子	시가/센류	
6	6	川柳	通巻/柳建寺選/佳吟 〔1〕 통권/류켄지 선/뛰어난 구	詩腕坊	시가/센류	
6	6	川柳	通巻/柳建寺選/佳吟 〔1〕 통권/류켄지 선/뛰어난 구	ゝゝ子	시가/센류	
6	6	川柳	通巻/柳建寺選/佳吟 〔1〕 통권/류켄지 선/뛰어난 구	大納言	시가/센류	
6	6	川柳	通巻/柳建寺選/佳吟 〔1〕 통권/류켄지 선/뛰어난 구	大納言	시가/센류	
6	7~9		由井正雪 〈171〉 유이노 쇼세쓰	小金井蘆洲	고단	

지면	단수	기획	기사제목 〈회수〉〔곡수〕	필자/저자(역자)	분류	비고
			1920년 04월 26일(월) 6731호			
1	3	朝鮮俳壇	渡邊水巴選/三月例會句 〈1〉〔5〕 와타나베 스이하 선/3월 예회 구	橙黃子	시가/하이쿠	
1	3~4	朝鮮俳壇	渡邊水巴選/三月例會句 〈1〉〔3〕 와타나베 스이하 선/3월 예회 구	#川子	시가/하이쿠	
1	4	朝鮮俳壇	渡邊水巴選/三月例會句 〈1〉〔3〕 와타나베 스이하 선/3월 예회 구	俚人	시가/하이쿠	
1	4	朝鮮俳壇	渡邊水巴選/三月例會句 〈1〉〔1〕 와타나베 스이하 선/3월 예회 구	悟丈	시가/하이쿠	
1	4	朝鮮俳壇	渡邊水巴選/三月例會句 〈1〉〔1〕 와타나베 스이하 선/3월 예회 구	綠童	시가/하이쿠	
1	4	朝鮮俳壇	渡邊水巴選/三月例會句 〈1〉〔1〕 와타나베 스이하 선/3월 예회 구	奇澤	시가/하이쿠	
1	4~5		大阪城 〈74〉 오사카 성	芙蓉散人	소설/일본 고전	
4	1~3		運命の波/再度の著手(一) 〈53〉 운명의 파도/다시 착수(1)	遠藤柳雨	소설/일본	
			1920년 04월 27일(화) 6732호			
1	4	朝鮮俳壇	渡邊水巴選/三月例會句 〈2〉〔1〕 와타나베 스이하 선/3월 예회 구	春樹	시가/하이쿠	
1	4	朝鮮俳壇	渡邊水巴選/三月例會句 〈2〉〔1〕 와타나베 스이하 선/3월 예회 구	蘇城	시가/하이쿠	
1	4	朝鮮俳壇	渡邊水巴選/三月例會句 〈2〉〔1〕 와타나베 스이하 선/3월 예회 구	ゝ禾	시가/하이쿠	
1	4	朝鮮俳壇	渡邊水巴選/三月例會句/秀逸 〈2〉〔2〕 와타나베 스이하 선/3월 예회 구/수일	春樹	시가/하이쿠	
1	4	朝鮮俳壇	渡邊水巴選/三月例會句/秀逸 〈2〉〔1〕 와타나베 스이하 선/3월 예회 구/수일	苦翠	시가/하이쿠	
1	4	朝鮮俳壇	渡邊水巴選/三月例會句/秀逸 〈2〉〔1〕 와타나베 스이하 선/3월 예회 구/수일	俚人	시가/하이쿠	
1	4	朝鮮俳壇	渡邊水巴選/三月例會句/秀逸 〈2〉〔1〕 와타나베 스이하 선/3월 예회 구/수일	綠童	시가/하이쿠	
1	4	朝鮮俳壇	渡邊水巴選/三月例會句/秀逸 〈2〉〔1〕 와타나베 스이하 선/3월 예회 구/수일	橙黃子	시가/하이쿠	
1	4~6		大阪城 〈75〉 오사카 성	芙蓉散人	소설/일본 고전	
6	6~7	川柳	仁川川柳會句稿 〈1〉 인천 센류회 구고	大納言	수필.시가/ 기타.센류	
6	6~7	川柳	仁川川柳會句稿 〈1〉〔1〕 인천 센류회 구고	大納言	시가/센류	
6	7	川柳	仁川川柳會句稿/素足/五點 〈1〉〔1〕 인천 센류회 구고/맨발/오점	紅短冊	시가/센류	
6	7	川柳	仁川川柳會句稿/素足/四點 〈1〉〔1〕 인천 센류회 구고/맨발/사점	右大臣	시가/센류	
6	7	川柳	仁川川柳會句稿/素足/三點 〈1〉〔1〕 인천 센류회 구고/맨발/삼점	右禿郎	시가/센류	
6	7	川柳	仁川川柳會句稿/素足/三點 〈1〉〔1〕 인천 센류회 구고/맨발/삼점	苦論坊	시가/센류	
6	7	川柳	仁川川柳會句稿/素足/三點 〈1〉〔1〕 인천 센류회 구고/맨발/삼점	多樂坊	시가/센류	

지면	단수	기획	기사제목 〈회수〉〔곡수〕	필자/저자(역자)	분류	비고
6	7	川柳	仁川川柳會句稿/素足/三點 〈1〉[1] 인천 센류회 구고/맨발/삼점	右大臣	시가/센류	
6	7	川柳	仁川川柳會句稿/素足/三點 〈1〉[1] 인천 센류회 구고/맨발/삼점	紅爵	시가/센류	
6	7	川柳	仁川川柳會句稿/素足/三點 〈1〉[1] 인천 센류회 구고/맨발/삼점	紅短冊	시가/센류	
6	7	川柳	仁川川柳會句稿/素足/二點 〈1〉[1] 인천 센류회 구고/맨발/이점	肥後守	시가/센류	
6	7	川柳	仁川川柳會句稿/素足/二點 〈1〉[2] 인천 센류회 구고/맨발/이점	紅短冊	시가/센류	
6	7	川柳	仁川川柳會句稿/素足/二點 〈1〉[1] 인천 센류회 구고/맨발/이점	右禿郎	시가/센류	
6	7	川柳	仁川川柳會句稿/素足/二點 〈1〉[2] 인천 센류회 구고/맨발/이점	多樂坊	시가/센류	
6	7	川柳	仁川川柳會句稿/素足/二點 〈1〉[1] 인천 센류회 구고/맨발/이점	大納言	시가/센류	
6	7	川柳	仁川川柳會句稿/素足/二點 〈1〉[1] 인천 센류회 구고/맨발/이점	兎空坊	시가/센류	
6	8~10		由井正雪 〈172〉 유이노 쇼세쓰	小金井蘆洲	고단	
8	1~2		運命の波/再度の著手(二) 〈54〉 운명의 파도/다시 착수(2)	遠藤柳雨	소설/일본	

1920년 04월 28일(수) 6733호

지면	단수	기획	기사제목 〈회수〉〔곡수〕	필자/저자(역자)	분류	비고
1	8	朝鮮俳壇	仁川三月例會句/川越苔雨氏選 [2] 인천 3월 예회 구/가와고에 다이우씨 선	右禿郎	시가/하이쿠	
1	8	朝鮮俳壇	仁川三月例會句/川越苔雨氏選/(離別後) [4] 인천 3월 예회 구/가와고에 다이우씨 선/(이별 후)	右禿郎	시가/하이쿠	
1	8	朝鮮俳壇	仁川三月例會句/川越苔雨氏選 [3] 인천 3월 예회구/가와고에 다이우씨 선	想仙	시가/하이쿠	
1	8	朝鮮俳壇	仁川三月例會句/川越苔雨氏選 [3] 인천 3월 예회 구/가와고에 다이우씨 선	庵郎	시가/하이쿠	
1	8	朝鮮俳壇	仁川三月例會句/川越苔雨氏選 [1] 인천 3월 예회 구/가와고에 다이우씨 선	ゝ禾	시가/하이쿠	
1	8	朝鮮俳壇	仁川三月例會句/川越苔雨氏選 [1] 인천 3월 예회 구/가와고에 다이우씨 선	花翁	시가/하이쿠	
1	8	朝鮮俳壇	仁川三月例會句/川越苔雨氏選/秀逸 [1] 인천 3월 예회 구/가와고에 다이우씨 선/수일	右禿郎	시가/하이쿠	
1	8	朝鮮俳壇	仁川三月例會句/川越苔雨氏選/秀逸 [1] 인천 3월 예회 구/가와고에 다이우씨 선/수일	庵郎	시가/하이쿠	
1	8	朝鮮俳壇	仁川三月例會句/川越苔雨氏選/秀逸 [1] 인천 3월 예회 구/가와고에 다이우씨 선/수일	ゝ禾	시가/하이쿠	
1	8~9		大阪城 〈76〉 오사카 성	芙蓉散人	소설/일본 고전	
4	5~9	オトギバ ナシ	小さい冒險家(中) 〈2〉 작은 모험가(중)	立花英子	소설/동화	
4	7~8		次回揭載の講談は「水戶黃門」 차회 게재 고단은 「미토코몬」		광고/연재 예고	
4	10~12		運命の波/江を渡る蛇(一) 〈55〉 운명의 파도/강을 건너는 뱀(1)	遠藤柳雨	소설/일본	
6	7	川柳	仁川川柳會句稿/ヴエール/五點 〈2〉[1] 인천 센류회 구고/베일/오점	苦論坊	시가/센류	

지면	단수	기획	기사제목 〈회수〉〔곡수〕	필자/저자(역자)	분류	비고
6	7	川柳	仁川川柳會句稿/ヴエール/三點 〈2〉〔1〕 인천 센류회 구고/베일/삼점	右大臣	시가/센류	
6	7	川柳	仁川川柳會句稿/ヴエール/三點 〈2〉〔1〕 인천 센류회 구고/베일/삼점	右禿郎	시가/센류	
6	7	川柳	仁川川柳會句稿/ヴエール/三點 〈2〉〔1〕 인천 센류회 구고/베일/삼점	兎空坊	시가/센류	
6	7	川柳	仁川川柳會句稿/ヴエール/三點 〈2〉〔1〕 인천 센류회 구고/베일/삼점	精進坊	시가/센류	
6	7	川柳	仁川川柳會句稿/ヴエール/三點 〈2〉〔1〕 인천 센류회 구고/베일/삼점	紅爵	시가/센류	
6	7	川柳	仁川川柳會句稿/ヴエール/二點 〈2〉〔1〕 인천 센류회 구고/베일/이점	紅短冊	시가/센류	
6	7	川柳	仁川川柳會句稿/ヴエール/二點 〈2〉〔1〕 인천 센류회 구고/베일/이점	苦論坊	시가/센류	
6	7	川柳	仁川川柳會句稿/ヴエール/二點 〈2〉〔1〕 인천 센류회 구고/베일/이점	兎空坊	시가/센류	
6	7	川柳	仁川川柳會句稿/ヴエール/二點 〈2〉〔1〕 인천 센류회 구고/베일/이점	詩腕坊	시가/센류	
6	7	川柳	仁川川柳會句稿/ヴエール/二點 〈2〉〔3〕 인천 센류회 구고/베일/이점	大納言	시가/센류	
6	7	川柳	仁川川柳會句稿/ヴエール/二點 〈2〉〔1〕 인천 센류회 구고/베일/이점	紅爵	시가/센류	
6	7	川柳	仁川川柳會句稿/柳建寺選/ベール素足 〈2〉〔3〕 인천 센류회 구고/류켄지 선/베일 맨발	大納言	시가/센류	
6	7	川柳	仁川川柳會句稿/柳建寺選/ベール素足 〈2〉〔2〕 인천 센류회 구고/류켄지 선/베일 맨발	右禿郎	시가/센류	
6	7	川柳	仁川川柳會句稿/柳建寺選/ベール素足 〈2〉〔2〕 인천 센류회 구고/류켄지 선/베일 맨발	右大臣	시가/센류	
6	7	川柳	仁川川柳會句稿/柳建寺選/ベール素足 〈2〉〔1〕 인천 센류회 구고/류켄지 선/베일 맨발	紅爵	시가/센류	
6	8~10		由井正雪 〈173〉 유이노 쇼세쓰	小金井蘆洲	고단	

1920년 04월 29일(목) 6734호

1	3	朝鮮歌壇	(제목없음)〔4〕	仁川 松山里榮	시가/단카	
1	3	朝鮮歌壇	(제목없음)〔2〕	關井黃昏	시가/단카	
1	3	朝鮮歌壇	(제목없음)〔2〕	遠見#果	시가/단카	
1	3	朝鮮歌壇	(제목없음)〔1〕	不案	시가/단카	
1	4~5		大阪城 〈77〉 오사카 성	芙蓉散人	소설/일본 고전	
6	5	川柳	柳建寺土左衛門/前句附/夢と過ぎけりへ 〈1〉〔1〕 류켄지 도자에몬/마에쿠즈케/꿈처럼 흘러갔다	京城 三十四坊	시가/센류	
6	5	川柳	柳建寺土左衛門/前句附/夢と過ぎけりへ 〈1〉〔1〕 류켄지 도자에몬/마에쿠즈케/꿈처럼 흘러갔다	仁川 七面鳥	시가/센류	
6	5	川柳	柳建寺土左衛門/前句附/夢と過ぎけりへ 〈1〉〔1〕 류켄지 도자에몬/마에쿠즈케/꿈처럼 흘러갔다	京城 黑ン坊	시가/센류	
6	5	川柳	柳建寺土左衛門/前句附/夢と過ぎけりへ 〈1〉〔1〕 류켄지 도자에몬/마에쿠즈케/꿈처럼 흘러갔다	京城 眠爺	시가/센류	

지면	단수	기획	기사제목 〈회수〉 〔곡수〕	필자/저자(역자)	분류	비고
6	5	川柳	柳建寺土左衛門/前句附/夢と過ぎけりへ 〈1〉 [1] 류켄지 도자에몬/마에쿠즈케/꿈처럼 흘러갔다	大邱 喧嘩坊	시가/센류	
6	5	川柳	柳建寺土左衛門/前句附/夢と過ぎけりへ 〈1〉 [1] 류켄지 도자에몬/마에쿠즈케/꿈처럼 흘러갔다	京城 默助	시가/센류	
6	5	川柳	柳建寺土左衛門/前句附/夢と過ぎけりへ 〈1〉 [1] 류켄지 도자에몬/마에쿠즈케/꿈처럼 흘러갔다	白川 野##	시가/센류	
6	5	川柳	柳建寺土左衛門/前句附/夢と過ぎけりへ 〈1〉 [1] 류켄지 도자에몬/마에쿠즈케/꿈처럼 흘러갔다	大邱 舞蝶房	시가/센류	
6	5	川柳	柳建寺土左衛門/前句附/夢と過ぎけりへ 〈1〉 [1] 류켄지 도자에몬/마에쿠즈케/꿈처럼 흘러갔다	龍山 山鹿坊	시가/센류	
6	5	川柳	柳建寺土左衛門/前句附/夢と過ぎけりへ 〈1〉 [1] 류켄지 도자에몬/마에쿠즈케/꿈처럼 흘러갔다	京城 一閑張	시가/센류	
6	5	川柳	柳建寺土左衛門/前句附/夢と過ぎけりへ 〈1〉 [1] 류켄지 도자에몬/마에쿠즈케/꿈처럼 흘러갔다	京城 亞素捧	시가/센류	
6	5	川柳	柳建寺土左衛門/前句附/夢と過ぎけりへ 〈1〉 [1] 류켄지 도자에몬/마에쿠즈케/꿈처럼 흘러갔다	仁川 肥後守	시기/센류	
6	5	川柳	柳建寺土左衛門/前句附/夢と過ぎけりへ 〈1〉 [1] 류켄지 도자에몬/마에쿠즈케/꿈처럼 흘러갔다	大邱 不知坊	시가/센류	
6	5	川柳	柳建寺土左衛門/前句附/夢と過ぎけりへ 〈1〉 [1] 류켄지 도자에몬/마에쿠즈케/꿈처럼 흘러갔다	鐵原 雙#坊	시가/센류	
6	5	川柳	柳建寺土左衛門/前句附/夢と過ぎけりへ 〈1〉 [1] 류켄지 도자에몬/마에쿠즈케/꿈처럼 흘러갔다	龍山 逸風	시가/센류	
6	5		觀櫻川柳大會 벚꽃놀이 센류 대회		광고/모집 광고	
8	1~3		運命の波/江を渡る蛇(二) 〈56〉 운명의 파도/강을 건너는 뱀(2)	遠藤柳雨	소설/일본	

1920년 04월 30일(금) 6735호

지면	단수	기획	기사제목 〈회수〉 〔곡수〕	필자/저자(역자)	분류	비고
1	4	朝鮮詩壇	歸鄉 [1] 귀향	川端不絕	시가/한시	
1	4	朝鮮詩壇	示鄉友 [1] 시향우	加來聚軒	시가/한시	
1	4~5	朝鮮詩壇	興岡田兼一 [1] 흥강전겸일	兒島九皐	시가/한시	
1	5	朝鮮詩壇	獎忠壇所見 [1] 장충단 소견	大石松逕	시가/한시	
1	5	朝鮮歌壇	(제목없음) [1]	仁川 遠見#果	시가/단카	
1	5	朝鮮歌壇	☆(제목없음) [3]	田津夫	시가/단카	
1	5	朝鮮歌壇	(제목없음) [2]	江上白草	시가/단카	
1	5	朝鮮歌壇	(제목없음) [2]	吉水利子	시가/단카	
1	5	朝鮮歌壇	(제목없음) [1]	不案	시가/단카	
1	5~6		大阪城 〈78〉 오사카 성	芙蓉散人	소설/일본 고전	
4	10~12		運命の波/江を渡る蛇(三) 〈57〉 운명의 파도/강을 건너는 뱀(3)	遠藤柳雨	소설/일본	
6	6	川柳	柳建寺土左衛門/前句附/夢と過ぎけりへ 〈2〉 [1] 류켄지 도자에몬/마에쿠즈케/꿈처럼 흘러갔다	龍山 千流	시가/센류	

지면	단수	기획	기사제목 〈회수〉〔곡수〕	필자/저자(역자)	분류	비고
6	6	川柳	柳建寺土左衛門/前句附/夢と過ぎけりへ 〈2〉〔1〕 류켄지 도자에몬/마에쿠즈케/꿈처럼 흘러갔다	大邱 初學坊	시가/센류	
6	6	川柳 ·	柳建寺土左衛門/前句附/夢と過ぎけりへ 〈2〉〔2〕 류켄지 도자에몬/마에쿠즈케/꿈처럼 흘러갔다	仁川 兎空坊	시가/센류	
6	6	川柳	柳建寺土左衛門/前句附/夢と過ぎけりへ 〈2〉〔2〕 류켄지 도자에몬/마에쿠즈케/꿈처럼 흘러갔다	仁川 丹後守	시가/센류	
6	6	川柳	柳建寺土左衛門/前句附/夢と過ぎけりへ 〈2〉〔2〕 류켄지 도자에몬/마에쿠즈케/꿈처럼 흘러갔다	仁川 綾浦	시가/센류	
6	6	川柳	柳建寺土左衛門/前句附/夢と過ぎけりへ 〈2〉〔2〕 류켄지 도자에몬/마에쿠즈케/꿈처럼 흘러갔다	仁川 紅短冊	시가/센류	
6	6	川柳	柳建寺土左衛門/前句附/夢と過ぎけりへ 〈2〉〔2〕 류켄지 도자에몬/마에쿠즈케/꿈처럼 흘러갔다	瓮津 和三坊	시가/센류	
6	6	川柳	柳建寺土左衛門/前句附/夢と過ぎけりへ 〈2〉〔2〕 류켄지 도자에몬/마에쿠즈케/꿈처럼 흘러갔다	龍山 三日坊	시가/센류	
6	6	川柳	柳建寺土左衛門/前句附/夢と過ぎけりへ 〈2〉〔3〕 류켄지 도자에몬/마에쿠즈케/꿈처럼 흘러갔다	仁川 磐梯	시가/센류	
6	6		觀櫻川柳大會 벚꽃놀이 센류 대회		광고/모집 광고	
6	7~9		由井正雪 〈174〉 유이노 쇼세쓰	小金井蘆洲	고단	

1920년 05월 01일(토) 6736호

지면	단수	기획	기사제목 〈회수〉〔곡수〕	필자/저자(역자)	분류	비고
1	5	朝鮮詩壇	遊#園村成#園〔1〕 유#원촌성#원	加來聚軒	시가/한시	
1	5	朝鮮詩壇	怒懷殊深/柳陰聽#〔1〕 노회수심/류음청#	兒島九皋	시가/한시	
1	5	朝鮮詩壇	渦故關〔1〕 와고관	大石松逕	시가/한시	
1	5	朝鮮詩壇	春日山行〔1〕 춘일산행	成田大古	시가/한시	
1	5~6		大阪城 〈79〉 오사카 성	芙蓉散人	소설/일본 고전	
4	6~9	オトギバナシ	小さい冒險家(下) 〈3〉 작은 모험가(하)	立花英子	소설/동화	
4	10~12		運命の波/一包の劇劑(一) 〈58〉 운명의 파도/한 봉지의 극약(1)	遠藤柳雨	소설/일본	

1920년 05월 02일(일) 6737호

지면	단수	기획	기사제목 〈회수〉〔곡수〕	필자/저자(역자)	분류	비고
1	4	朝鮮詩壇	倭城憂觀夜櫻〔1〕 왜성우관야앵	古城梅溪	시가/한시	
1	4	朝鮮詩壇	月尾島觀櫻花二首〔2〕 월미도관앵화 이수	成田魯石	시가/한시	
1	4	朝鮮詩壇	樓上看花〔2〕 루상간화	工藤投雪	시가/한시	
1	4		漢詩寄稿 한시 기고		광고/모집 광고	
1	4~5	朝鮮歌壇	(제목없음)〔3〕	仁川 吉田よし子	시가/단카	
1	5	朝鮮歌壇	(제목없음)〔5〕	京城 松本輝拳	시가/단카	
1	5	朝鮮歌壇	(제목없음)〔1〕	不案	시가/단카	

지면	단수	기획	기사제목 〈회수〉〔곡수〕	필자/저자(역자)	분류	비고
1	5	朝鮮歌壇	春の歌 雜の歌を募る 봄 단카 모든 단카를 모으다		광고/모집 광고	
1	5~6		大阪城 〈80〉 오사카 성	芙蓉散人	소설/일본 고전	
4	7~9	オトギバナシ	小さい冒險家(下二) 〈4〉 작은 모험가(하2)	立花英子	소설/동화	
4	10~12		運命の波/一包の劇劑(二) 〈59〉 운명의 파도/한 봉지의 극약(2)	遠藤柳雨	소설/일본	
6	7	川柳	柳建寺土左衛門/前句附/夢と過ぎけり〜/佳吟 〈3〉〔1〕 류켄지 도자에몬/마에쿠즈케/꿈처럼 흘러갔다/뛰어난 구	鳥致院 鮮流子	시가/센류	
6	7	川柳	柳建寺土左衛門/前句附/夢と過ぎけり〜/佳吟 〈3〉〔1〕 류켄지 도자에몬/마에쿠즈케/꿈처럼 흘러갔다/뛰어난 구	仁川 大納言	시가/센류	
6	7	川柳	柳建寺土左衛門/前句附/夢と過ぎけり〜/佳吟 〈3〉〔1〕 류켄지 도자에몬/마에쿠즈케/꿈처럼 흘러갔다/뛰어난 구	京城 三十四坊	시가/센류	
6	7	川柳	柳建寺土左衛門/前句附/夢と過ぎけり〜/佳吟 〈3〉〔1〕 류켄지 도자에몬/마에쿠즈케/꿈처럼 흘러갔다/뛰어난 구	京城 黑ン坊	시가/센류	
6	7	川柳	柳建寺土左衛門/前句附/夢と過ぎけり〜/佳吟 〈3〉〔1〕 류켄지 도자에몬/마에쿠즈케/꿈처럼 흘러갔다/뛰어난 구	京城 眠爺	시가/센류	
6	7	川柳	柳建寺土左衛門/前句附/夢と過ぎけり〜/佳吟 〈3〉〔1〕 류켄지 도자에몬/마에쿠즈케/꿈처럼 흘러갔다/뛰어난 구	京城 默助	시가/센류	
6	7	川柳	柳建寺土左衛門/前句附/夢と過ぎけり〜/佳吟 〈3〉〔1〕 류켄지 도자에몬/마에쿠즈케/꿈처럼 흘러갔다/뛰어난 구	仁川 兎空坊	시가/센류	
6	7	川柳	柳建寺土左衛門/前句附/夢と過ぎけり〜/佳吟 〈3〉〔1〕 류켄지 도자에몬/마에쿠즈케/꿈처럼 흘러갔다/뛰어난 구	仁川 丹後守	시가/센류	
6	7	川柳	柳建寺土左衛門/前句附/夢と過ぎけり〜/佳吟 〈3〉〔1〕 류켄지 도자에몬/마에쿠즈케/꿈처럼 흘러갔다/뛰어난 구	大邱 喧嘩坊	시가/센류	
6	7	川柳	柳建寺土左衛門/前句附/夢と過ぎけり〜/佳吟 〈3〉〔2〕 류켄지 도자에몬/마에쿠즈케/꿈처럼 흘러갔다/뛰어난 구	仁川 磐梯	시가/센류	
6	7	川柳	柳建寺土左衛門/前句附/夢と過ぎけり〜/佳吟 〈3〉〔4〕 류켄지 도자에몬/마에쿠즈케/꿈처럼 흘러갔다/뛰어난 구	永登浦 鶯團子	시가/센류	
6	8~10		由井正雪 〈175〉 유이노 쇼세쓰	小金井蘆洲	고단	

1920년 05월 03일(월) 6738호

지면	단수	기획	기사제목 〈회수〉〔곡수〕	필자/저자(역자)	분류	비고
1	3	朝鮮詩壇	獎忠壇所見 〔1〕 장충단 소견	工藤投雪	시가/한시	
1	3	朝鮮詩壇	同題 〔1〕 동제	兒島九皐	시가/한시	
1	3	朝鮮詩壇	同題 〔1〕 동제	龍倉藤蔭	시가/한시	
1	3	朝鮮詩壇	同題 〔1〕 동제	齋藤三寅	시가/한시	
1	3	朝鮮詩壇	漢詩寄稿 한시 기고		광고/모집 광고	
1	3~4	朝鮮歌壇	(제목없음) 〔1〕	田川富士香	시가/단카	
1	4	朝鮮歌壇	(제목없음) 〔1〕	多歌橋愛思	시가/단카	
1	4	朝鮮歌壇	(제목없음) 〔1〕	果愛東夜	시가/단카	
1	4	朝鮮歌壇	(제목없음) 〔1〕	鍋島山鹿	시가/단카	

지면	단수	기획	기사제목 〈회수〉〔곡수〕	필자/저자(역자)	분류	비고
1	4	朝鮮歌壇	(제목없음) 〔2〕	鍋島山鹿	시가/단카	
1	4	朝鮮歌壇	(제목없음) 〔1〕	山本翠花	시가/단카	
1	4	朝鮮歌壇	(제목없음) 〔1〕	北#草	시가/단카	
1	4	朝鮮歌壇	(제목없음) 〔1〕	不案	시가/단카	
1	4	朝鮮歌壇	春の歌 雜の歌を募る 봄 단카 모든 단카를 모으다		광고/모집 광고	
1	5~6		大阪城 〈81〉 오사카 성	芙蓉散人	소설/일본 고전	
3	10~12		運命の波/暗い病室(一) 〈59〉 운명의 파도/어두운 병실(1)	遠藤柳雨	소설/일본	회수 오류

1920년 05월 04일(화) 6739호

지면	단수	기획	기사제목 〈회수〉〔곡수〕	필자/저자(역자)	분류	비고
1	2~3		小學讀本俳句評釋/色眼鏡 〈1〉 소학 독본 하이쿠 평석/색안경	鎭南浦 揜枕城	수필/기타	
1	4	朝鮮詩壇	樓上賞花 〔1〕 누상상화	大石松逕	시가/한시	
1	4	朝鮮詩壇	同題 〔1〕 동제	工藤投雪	시가/한시	
1	4	朝鮮詩壇	同題 〔1〕 동제	志智敬愛	시가/한시	
1	4	朝鮮詩壇	同題 〔1〕 동제	栗原華陽	시가/한시	
1	4	朝鮮詩壇	同題 〔1〕 동제	成田魯石	시가/한시	
1	4	朝鮮詩壇	漢詩寄稿 한시 기고		광고/모집 광고	
1	5	朝鮮歌壇	(제목없음) 〔8〕	法師夕人	시가/단카	
1	5	朝鮮歌壇	(제목없음) 〔1〕	不案	시가/단카	
1	5		春の歌 雜の歌を募る 봄 단카 모든 단카를 모으다		광고/모집 광고	
1	5~6		大阪城 〈82〉 오사카 성	芙蓉散人	소설/일본 고전	
4	8~10		運命の波/暗い病室(二) 〈60〉 운명의 파도/어두운 병실(2)	遠藤柳雨	소설/일본	회수 오류
6	6	川柳	柳建寺土左衛門/前句附/夢と過ぎけりへ/九客 〈4〉 〔1〕 류켄지 도자에몬/마에쿠즈케/꿈처럼 흘러갔다/구객	仁川 丹後守	시가/센류	
6	6	川柳	柳建寺土左衛門/前句附/夢と過ぎけりへ/九客 〈4〉 〔1〕 류켄지 도자에몬/마에쿠즈케/꿈처럼 흘러갔다/구객	永登浦 鶯團子	시가/센류	
6	6	川柳	柳建寺土左衛門/前句附/夢と過ぎけりへ/九客 〈4〉 〔1〕 류켄지 도자에몬/마에쿠즈케/꿈처럼 흘러갔다/구객	京城 眠爺	시가/센류	
6	6	川柳	柳建寺土左衛門/前句附/夢と過ぎけりへ/九客 〈4〉 〔1〕 류켄지 도자에몬/마에쿠즈케/꿈처럼 흘러갔다/구객	仁川 大納言	시가/센류	
6	6	川柳	柳建寺土左衛門/前句附/夢と過ぎけりへ/九客 〈4〉 〔1〕 류켄지 도자에몬/마에쿠즈케/꿈처럼 흘러갔다/구객	仁川 七面鳥	시가/센류	
6	6	川柳	柳建寺土左衛門/前句附/夢と過ぎけりへ/三才/人 〈4〉 〔1〕 류켄지 도자에몬/마에쿠즈케/꿈처럼 흘러갔다/삼재/인	永登浦 鶯團子	시가/센류	

지면	단수	기획	기사제목 〈회수〉〔곡수〕	필자/저자(역자)	분류	비고
6	6	川柳	柳建寺土左衛門/前句附/夢と過ぎけりへ/三才/地 〈4〉〔1〕 류켄지 도자에몬/마에쿠즈케/꿈처럼 흘러갔다/삼재/지	仁川 磐梯	시가/센류	
6	6	川柳	柳建寺土左衛門/前句附/夢と過ぎけりへ/三才/天 〈4〉〔1〕 류켄지 도자에몬/마에쿠즈케/꿈처럼 흘러갔다/삼재/천	仁川 大納言	시가/센류	
6	6	川柳	柳建寺曰 류켄지 왈	柳建寺	수필/비평	
6	6	川柳	柳建寺土左衛門/前句附/夢と過ぎけりへ/軸 〈4〉〔3〕 류켄지 도자에몬/마에쿠즈케/꿈처럼 흘러갔다/축	柳建寺	시가/센류	
6	6	川柳	川柳募集課題 센류 모집 과제		광고/모집 광고	
6	7~9		由井正雪 〈176〉 유이노 쇼세쓰	小金井蘆洲	고단	

1920년 05월 05일(수) 6740호

지면	단수	기획	기사제목 〈회수〉〔곡수〕	필자/저자(역자)	분류	비고
1	4	朝鮮詩壇	樓上賞花 〔1〕 루상상화	兒島九皐	시가/한시	
1	4	朝鮮詩壇	同題 〔1〕 동제	志智敬愛	시가/한시	
1	4	朝鮮詩壇	同題 〔1〕 동제	齋藤三寅	시가/한시	
1	4	朝鮮詩壇	柳陰聽鶯 〔1〕 류음청앵	茂泉鴻堂	시가/한시	
1	4	朝鮮詩壇	漢詩寄稿 한시 기고		광고/모집 광고	
1	4	朝鮮歌壇	(제목없음) 〔5〕	##	시가/단카	
1	4~5	朝鮮歌壇	(제목없음) 〔4〕	#津#牛	시가/단카	
1	5	朝鮮歌壇	(제목없음) 〔1〕	不案	시가/단카	
1	5	朝鮮歌壇	春の歌 雜の歌を募る 봄 단카 모든 단카를 모으다		광고/모집 광고	
1	5~6		小學讀本俳句評釋/色眼鏡 〈2〉 소학 독본 하이쿠 평석/색안경	鎭南浦 撮枕城	수필.시가/ 비평.하이쿠	
4	7~9	オトギバ ナシ	濁つた水(上) 〈1〉 탁한 물(상)	松井伊勢雄	소설/동화	
5	8		紅ふで 붉은 붓		수필/기타	
6	6~8		由井正雪 〈177〉 유이노 쇼세쓰	小金井蘆洲	고단	
8	1~3		運命の波/一封の密書(一) 〈61〉 운명의 파도/한 통의 밀서(1)	遠藤柳雨	소설/일본	회수 오류

1920년 05월 06일(목) 6741호

지면	단수	기획	기사제목 〈회수〉〔곡수〕	필자/저자(역자)	분류	비고
1	2~4		小學讀本俳句評釋/色眼鏡 〈3〉 소학 독본 하이쿠 평석/색안경	鎭南浦 撮枕城	수필.시가/ 비평.하이쿠	
1	4	朝鮮詩壇	奉祝李王世子嘉禮 〔1〕 봉축리왕세자가례	名田韓花	시가/한시	
1	4	朝鮮詩壇	樓上賞花 〔1〕 루상상화	西田白陰	시가/한시	
1	4	朝鮮詩壇	同題 〔1〕 동제	吳晚翠	시가/한시	

지면	단수	기획	기사제목 〈회수〉〔곡수〕	필자/저자(역자)	분류	비고
1	4	朝鮮詩壇	春水〔1〕 춘수	松田學鷗	시가/한시	
1	4	朝鮮詩壇	漢詩寄稿 한시 기고		광고/모집 광고	
1	4	朝鮮歌壇	(제목없음)〔3〕	吉田よし子	시가/단카	
1	4	朝鮮歌壇	(제목없음)〔2〕	中山はつせ	시가/단카	
1	4	朝鮮歌壇	(제목없음)〔3〕	村上白汀	시가/단카	
1	5	朝鮮歌壇	(제목없음)〔1〕	不案	시가/단카	
1	5	朝鮮歌壇	晩春初夏の歌 雑の歌を募る 만춘초하 단카 모든 단카를 모으다		광고/모집 광고	
1	5~6		大阪城〈83〉 오사카 성	芙蓉散人	소설/일본 고전	
4	6~9	オトギバ ナシ	濁つた水(中)〈2〉 탁한 물(중)	松井伊勢雄	소설/동화	
6	5	川柳	川柳しるこ腹 센류 팥죽 배	大納言	수필/기타	
6	5	川柳	しる粉 互選/二點〔2〕 단팥 죽 호선/이점	ゝゝ子	시가/센류	
6	5	川柳	しる粉 互選/二點〔1〕 단팥 죽 호선/이점	詩腕坊	시가/센류	
6	5	川柳	しる粉 互選/二點〔3〕 단팥 죽 호선/이점	大納言	시가/센류	
6	5	川柳	しる粉 互選/一點〔1〕 단팥 죽 호선/일점	ゝゝ子	시가/센류	
6	5	川柳	しる粉 互選/一點〔1〕 단팥 죽 호선/일점	紅短冊	시가/센류	
6	5	川柳	しる粉 互選/一點〔1〕 단팥 죽 호선/일점	詩腕坊	시가/센류	
6	5	川柳	しる粉 互選/點〔1〕 단팥 죽 호선/점	源々坊	시가/센류	
6	6~8		由井正雪〈178〉 유이노 쇼세쓰	小金井蘆洲	고단	
8	1~3		運命の波/一封の密書(二)〈62〉 운명의 파도/한 통의 밀서(2)	遠藤柳雨	소설/일본	회수 오류

1920년 05월 07일(금) 6742호

지면	단수	기획	기사제목 〈회수〉〔곡수〕	필자/저자(역자)	분류	비고
1	2~4		小學讀本俳句評釋/色眼鏡〈4〉 소학 독본 하이쿠 평석/색안경	鎭南浦 搆枕城	수필.시가/ 비평.하이쿠	
1	5	朝鮮詩壇	奬忠壇所見〔1〕 장충단소견	吳晚翠	시가/한시	
1	5	朝鮮詩壇	同題〔1〕 동제	古城梅溪	시가/한시	
1	5	朝鮮詩壇	春感〔1〕 춘감	高橋直巖	시가/한시	
1	5	朝鮮詩壇	春水〔1〕 춘수	松田學鷗	시가/한시	
1	5~6		大阪城〈83〉 오사카 성	芙蓉散人	소설/일본 고전	회수 오류

지면	단수	기획	기사제목 〈회수〉 [곡수]	필자/저자(역자)	분류	비고
4	5~7	オトギバナシ	濁つた水(下) 〈3〉 탁한 물(하)	松井伊勢雄	소설/동화	
6	5		仁川短歌會詠草 〈1〉 [1] 인천 단카회 영초	ふみ女	시가/단카	
6	5		仁川短歌會詠草 〈1〉 [1] 인천 단카회 영초	眞鍋やすし	시가/단카	
6	5		仁川短歌會詠草 〈1〉 [1] 인천 단카회 영초	紅榮之助	시가/단카	
6	5		仁川短歌會詠草 〈1〉 [1] 인천 단카회 영초	工藤仙子	시가/단카	
6	5		仁川短歌會詠草 〈1〉 [1] 인천 단카회 영초	吉田吉野	시가/단카	
6	5		仁川短歌會詠草 〈1〉 [1] 인천 단카회 영초	衣川關子	시가/단카	
6	5		仁川短歌會詠草 〈1〉 [1] 인천 단카회 영초	小松阿砂子	시가/단카	
6	5		仁川短歌會詠草 〈1〉 [1] 인천 단카회 영초	小宮松琴	시가/단카	
6	5		仁川短歌會詠草 〈1〉 [1] 인천 단카회 영초	流禽子	시가/단카	
6	5		仁川短歌會詠草 〈1〉 [1] 인천 단카회 영초	岸田鷺城	시가/단카	
6	5		仁川短歌會詠草 〈1〉 [1] 인천 단카회 영초	北の歌人	시가/단카	
6	5		仁川短歌會詠草 〈1〉 [1] 인천 단카회 영초	田川富士香	시가/단카	
6	5		仁川短歌會詠草 〈1〉 [1] 인천 단카회 영초	池遊#男	시가/단카	
6	5		仁川短歌會詠草 〈1〉 [1] 인천 단카회 영초	比呂史	시가/단카	
6	6~8		由井正雪 〈179〉 유이노 쇼세쓰	小金井蘆洲	고단	
8	1~2		運命の波/一封の密書(三) 〈63〉 운명의 파도/한 통의 밀서(3)	遠藤柳雨	소설/일본	회수 오류

1920년 05월 08일(토) 6743호

지면	단수	기획	기사제목 〈회수〉 [곡수]	필자/저자(역자)	분류	비고
1	4~5		大阪城 〈85〉 오사카 성	芙蓉散人	소설/일본 고전	
6	5		仁川短歌會詠草 〈2〉 [1] 인천 단카회 영초	沈遊#男	시가/단카	
6	5		仁川短歌會詠草 〈2〉 [1] 인천 단카회 영초	仙名倭文子	시가/단카	
6	5		仁川短歌會詠草 〈2〉 [1] 인천 단카회 영초	小宮松琴	시가/단카	
6	5		仁川短歌會詠草 〈2〉 [1] 인천 단카회 영초	眞鍋やすし	시가/단카	
6	5		仁川短歌會詠草 〈2〉 [1] 인천 단카회 영초	工藤仙子	시가/단카	
6	5		仁川短歌會詠草 〈2〉 [1] 인천 단카회 영초	田川富士香	시가/단카	
6	5		仁川短歌會詠草 〈2〉 [1] 인천 단카회 영초	吉田よしの	시가/단카	

지면	단수	기획	기사제목 〈회수〉〔곡수〕	필자/저자(역자)	분류	비고
6	5		仁川短歌會詠草 〈2〉〔1〕 인천 단카회 영초	北の歌人	시가/단카	
6	5		仁川短歌會詠草 〈2〉〔1〕 인천 단카회 영초	小松阿砂子	시가/단카	
6	5		仁川短歌會詠草 〈2〉〔1〕 인천 단카회 영초	衣川關子	시가/단카	
6	5		仁川短歌會詠草 〈2〉〔1〕 인천 단카회 영초	紅榮之助	시가/단카	
6	5		仁川短歌會詠草 〈2〉〔1〕 인천 단카회 영초	ふみ女	시가/단카	
6	5		仁川短歌會詠草 〈2〉〔1〕 인천 단카회 영초	流離子	시가/단카	
6	5		仁川短歌會詠草 〈2〉〔1〕 인천 단카회 영초	岸田鷺城	시가/단카	
6	5		仁川短歌會詠草 〈2〉〔1〕 인천 단카회 영초	比呂史	시가/단카	
6	6~8		由井正雪 〈180〉 유이노 쇼세쓰	小金井蘆洲	고단	
8	1~3		運命の波/劇藥入りの壜(一) 〈64〉 운명의 파도/극약이 든 병(1)	遠藤柳雨	소설/일본	회수 오류

1920년 05월 09일(일) 6744호

지면	단수	기획	기사제목 〈회수〉〔곡수〕	필자/저자(역자)	분류	비고
1	2~5		小學讀本俳句評釋/色眼鏡 〈5〉 소학 독본 하이쿠 평석/색안경	鎭南浦 搆枕城	수필.시가/ 비평.하이쿠	
1	5	朝鮮詩壇	過故關〔1〕 과고관	茂泉鴻堂	시가/한시	
1	5	朝鮮詩壇	獎忠壇所見〔1〕 장충단 소견	西山白陰	시가/한시	
1	5	朝鮮詩壇	月滿亭賞〔1〕 월만정상	李老#	시가/한시	
1	5	朝鮮詩壇	偶成〔1〕 우성	淺野棲雲	시가/한시	
1	5~6		大阪城 〈86〉 오사카 성	芙蓉散人	소설/일본 고전	
6	8	川柳	柳建寺土左衛門/長衣/前拔 〈1〉〔1〕 류켄지 도자에몬/장의/전발	永登浦 鶯團子	시가/센류	
6	8	川柳	柳建寺土左衛門/長衣/前拔 〈1〉〔1〕 류켄지 도자에몬/장의/전발	仁川 松平坊	시가/센류	
6	8	川柳	柳建寺土左衛門/長衣/前拔 〈1〉〔1〕 류켄지 도자에몬/장의/전발	瓮津 和三坊	시가/센류	
6	8	川柳	柳建寺土左衛門/長衣/前拔 〈1〉〔1〕 류켄지 도자에몬/장의/전발	仁川 香月	시가/센류	
6	8	川柳	柳建寺土左衛門/長衣/前拔 〈1〉〔1〕 류켄지 도자에몬/장의/전발	京城 土郎坊	시가/센류	
6	8	川柳	柳建寺土左衛門/長衣/前拔 〈1〉〔1〕 류켄지 도자에몬/장의/전발	大邱 邱花坊	시가/센류	
6	8	川柳	柳建寺土左衛門/長衣/前拔 〈1〉〔1〕 류켄지 도자에몬/장의/전발	仁川 右大臣	시가/센류	
6	8	川柳	柳建寺土左衛門/長衣/前拔 〈1〉〔1〕 류켄지 도자에몬/장의/전발	仁川 丹後守	시가/센류	
6	8	川柳	柳建寺土左衛門/長衣/前拔 〈1〉〔2〕 류켄지 도자에몬/장의/전발	大邱 不知坊	시가/센류	

지면	단수	기획	기사제목 〈회수〉〔곡수〕	필자/저자(역자)	분류	비고
6	8	川柳	柳建寺土左衛門/長衣/前拔 〈1〉〔2〕 류켄지 도자에몬/장의/전발	京城 三十四坊	시가/센류	
6	8	川柳	柳建寺土左衛門/長衣/前拔 〈1〉〔2〕 류켄지 도자에몬/장의/전발	京城 亞素棒	시가/센류	
6	8	川柳	柳建寺土左衛門/長衣/前拔 〈1〉〔2〕 류켄지 도자에몬/장의/전발	光州 北公子	시가/센류	
6	8	川柳	柳建寺土左衛門/長衣/前拔 〈1〉〔2〕 류켄지 도자에몬/장의/전발	仁川 失名	시가/센류	
6	8	川柳	川柳募集課題 센류 모집 과제		광고/모집 광고	
6	9~11		由井正雪 〈181〉 유이노 쇼세쓰	小金井蘆洲	고단	
8	1~3		運命の波/劇藥入りの壜(二) 〈65〉 운명의 파도/극약이 든 병(2)	遠藤柳雨	소설/일본	회수 오류

1920년 05월 10일(월) 6745호

지면	단수	기획	기사제목 〈회수〉〔곡수〕	필자/저자(역자)	분류	비고
1	3~4		小學讀本俳句評釋/色眼鏡 〈6〉 소학 독본 하이쿠 평석/색안경	鎭南浦 揭枕城	수필.시가/ 비평.하이쿠	
1	1~3		ミリエル僧正を懷ふ 〈1〉 밀리엘 스님을 그리워하다	眞人會幹事 守屋榮夫	수필/기타	
1	5	朝鮮詩壇	米## 〔1〕 미##	志智敬愛	시가/한시	
1	5	朝鮮詩壇	月夜踏花影 〔1〕 월야답화영	茂泉鴻堂	시가/한시	
1	5	朝鮮詩壇	同題 〔1〕 동제	兒島九皐	시가/한시	
1	5	朝鮮詩壇	過故關 〔1〕 과고관	#淵黍#	시가/한시	
1	5	朝鮮詩壇	漢詩寄稿 한시 기고		광고/모집 광고	
1	5~6		大阪城 〈87〉 오사카 성	芙蓉散人	소설/일본 고전	
4	1~2		運命の波/燃立つ猛火(一) 〈67〉 운명의 파도/타오르는 맹화(1)	遠藤柳雨	소설/일본	

1920년 05월 11일(화) 6746호

지면	단수	기획	기사제목 〈회수〉〔곡수〕	필자/저자(역자)	분류	비고
1	2~4		ミリエル僧正を懷ふ 〈2〉 밀리엘 스님을 그리워하다	眞人會幹事 守屋榮夫	수필/기타	
1	5	朝鮮歌壇	(제목없음) 〔9〕	ケムリ	시가/단카	
1	5	朝鮮歌壇	晩春初夏の歌 雜の歌を募る 만춘초하 단카 모든 단카를 모으다		광고/모집 광고	
1	5~6		大阪城 〈88〉 오사카 성	芙蓉散人	소설/일본 고전	
4	10~12		運命の波/燃立つ猛火(二) 〈68〉 운명의 파도/타오르는 맹화(2)	遠藤柳雨	소설/일본	
5	9		新講談豫告/水戶黃門記/劍花道人作 신 고단 예고/미토코몬기/겐카도진 작		광고/연재 예고	
6	8	川柳	柳建寺土左衛門/長衣/前拔 〈1〉〔2〕 류켄지 도자에몬/장의/전발	平壤 淸郞坊	시가/센류	
6	8	川柳	柳建寺土左衛門/長衣/前拔 〈1〉〔2〕 류켄지 도자에몬/장의/전발	京城 黑ン坊	시가/센류	

지면	단수	기획	기사제목 〈회수〉〔곡수〕	필자/저자(역자)	분류	비고
6	8	川柳	柳建寺土左衛門/長衣/前拔 〈1〉〔2〕 류켄지 도자에몬/장의/전발	瓮津 壽翁	시가/센류	
6	8	川柳	柳建寺土左衛門/長衣/前拔 〈1〉〔2〕 류켄지 도자에몬/장의/전발	仁川 兎空坊	시가/센류	
6	8	川柳	柳建寺土左衛門/長衣/前拔 〈1〉〔3〕 류켄지 도자에몬/장의/전발	仁川 右禿郞	시가/센류	
6	8	川柳	柳建寺土左衛門/長衣/前拔 〈1〉〔3〕 류켄지 도자에몬/장의/전발	京城 眠爺	시가/센류	
6	8	川柳	柳建寺土左衛門/長衣/前拔 〈1〉〔3〕 류켄지 도자에몬/장의/전발	仁川 肥後守	시가/센류	
6	8	川柳	柳建寺土左衛門/長衣/前拔 〈1〉〔3〕 류켄지 도자에몬/장의/전발	仁川 綾浦	시가/센류	
6	8	川柳	川柳募集課題 센류 모집 과제		광고/모집 광고	
6	9~11		由井正雪 〈181〉 유이노 쇼세쓰	小金井蘆洲	고단	회수 오류

1920년 05월 12일(수) 6747호

지면	단수	기획	기사제목 〈회수〉〔곡수〕	필자/저자(역자)	분류	비고
1	3	朝鮮歌壇	(제목없음)〔4〕	美智雄	시가/단카	
1	3~4	朝鮮歌壇	(제목없음)〔2〕	山本	시가/단카	
1	4	朝鮮歌壇	(제목없음)〔2〕	草陽炎	시가/단카	
1	4	朝鮮歌壇	(제목없음)〔1〕	不案	시가/단카	
1	4	朝鮮歌壇	晚春首夏の歌 雜の歌を募る 만춘수하 단카 모든 단카를 모으다		광고/모집 광고	
1	5~6		大阪城 〈89〉 오사카 성	芙蓉散人	소설/일본 고전	
6	8		山城吟社例會句〔1〕 야마시로긴샤 예회 구	奇石	시가/하이쿠	
6	8		山城吟社例會句〔3〕 야마시로긴샤 예회 구	空堂	시가/하이쿠	
6	8		山城吟社例會句〔6〕 야마시로긴샤 예회 구	未力	시가/하이쿠	
6	8		山城吟社例會句〔2〕 야마시로긴샤 예회 구	舍人	시가/하이쿠	
6	8		山城吟社例會句〔4〕 야마시로긴샤 예회 구	來村	시가/하이쿠	
6	8		山城吟社例會句〔4〕 야마시로긴샤 예회 구	孤秋	시가/하이쿠	
6	9~11		由井正雪 〈183〉 유이노 쇼세쓰	小金井蘆洲	고단	
6	11		次回新講談 水戶黃門 차회 신 고단 미토코몬		광고/연재 예고	
8	1~3		運命の波/燃立つ猛火(三) 〈69〉 운명의 파도/타오르는 맹화(3)	遠藤柳雨	소설/일본	

1920년 05월 13일(목) 6748호

지면	단수	기획	기사제목 〈회수〉〔곡수〕	필자/저자(역자)	분류	비고
1	2~4		ミリエル僧正を懷ふ 〈3〉 밀리엘 스님을 그리워하다	眞人會幹事 守屋榮夫	수필/기타	

지면	단수	기획	기사제목 〈회수〉〔곡수〕	필자/저자(역자)	분류	비고
1	5~6		小學讀本俳句評釋/色眼鏡 〈7〉 소학 독본 하이쿠 평석/색안경	鎭南浦 搆枕城	수필.시가/ 비평.하이쿠	
6	8	川柳	柳建寺土左衛門/長衣/前抜 〈3〉〔3〕 류켄지 도자에몬/장의/전발	仁川 漫浪子	시가/센류	
6	8	川柳	柳建寺土左衛門/長衣/前抜 〈3〉〔4〕 류켄지 도자에몬/장의/전발	仁川 詩腕坊	시가/센류	
6	8	川柳	柳建寺土左衛門/長衣/前抜 〈3〉〔4〕 류켄지 도자에몬/장의/전발	平澤 冗白坊	시가/센류	
6	8	川柳	柳建寺土左衛門/長衣/前抜 〈3〉〔5〕 류켄지 도자에몬/장의/전발	龍山 三坊	시가/센류	
6	8	川柳	川柳募集課題 센류 모집 과제		광고/모집 광고	
6	9~11		水戸黃門記 〈1〉 미토코몬기	劍花道人	고단	
8	1~2		運命の波/上海の歌吹海(一) 〈70〉 운명의 파도/상하이 유곽(1)	遠藤柳雨	소실/일본	

1920년 05월 14일(금) 6749호

지면	단수	기획	기사제목 〈회수〉〔곡수〕	필자/저자(역자)	분류	비고
1	3~5		小學讀本俳句評釋/色眼鏡 〈8〉 소학 독본 하이쿠 평석/색안경	鎭南浦 搆枕城	수필.시가/ 비평.하이쿠	
1	5	朝鮮詩壇	過故關 〔1〕 과고관	川端不絶	시가/한시	
1	5	朝鮮詩壇	春日途上 〔1〕 춘일도상	小永井槐陰	시가/한시	
1	5	朝鮮詩壇	歸鄕 〔1〕 귀향	安東##	시가/한시	
1	5	朝鮮詩壇	漢詩寄稿 한시 기고		광고/모집 광고	
1	5~6		大阪城 〈90〉 오사카 성	芙蓉散人	소설/일본 고전	
4	6~9	オトギバ ナシ	忠義な犬の話 충성스러운 개 이야기	北漢山人	소설/동화	
6	8		木馬吟社春季大會句抄/初雷/三點句(互選) 〔1〕 모쿠바긴샤 춘계 대회 구초/첫 천둥/삼점 구(호선)	串堂	시가/하이쿠	
6	8		木馬吟社春季大會句抄/初雷/三點句(互選) 〔1〕 모쿠바긴샤 춘계 대회 구초/첫 천둥/삼점 구(호선)	漫浪子	시가/하이쿠	
6	8		木馬吟社春季大會句抄/初雷/三點句(互選) 〔1〕 모쿠바긴샤 춘계 대회 구초/첫 천둥/삼점 구(호선)	ゝ禾	시가/하이쿠	2019-05- 22
6	8		木馬吟社春季大會句抄/初雷/三點句(互選) 〔1〕 모쿠바긴샤 춘계 대회 구초/첫 천둥/삼점 구(호선)	赤星	시가/하이쿠	
6	8		木馬吟社春季大會句抄/初雷/三點句(互選) 〔1〕 모쿠바긴샤 춘계 대회 구초/첫 천둥/삼점 구(호선)	都落人	시가/하이쿠	
6	8		木馬吟社春季大會句抄/初雷/三點句(互選) 〔3〕 모쿠바긴샤 춘계 대회 구초/첫 천둥/삼점 구(호선)	想仙	시가/하이쿠	
6	8		木馬吟社春季大會句抄/初雷/四點句 〔1〕 모쿠바긴샤 춘계 대회 구초/첫 천둥/사점 구	花翁	시가/하이쿠	
6	8		木馬吟社春季大會句抄/初雷/四點句 〔1〕 모쿠바긴샤 춘계 대회 구초/첫 천둥/사점 구	串堂	시가/하이쿠	
6	8		木馬吟社春季大會句抄/初雷/四點句 〔1〕 모쿠바긴샤 춘계 대회 구초/첫 천둥/사점 구	他山石	시가/하이쿠	
6	8		木馬吟社春季大會句抄/初雷/四點句 〔3〕 모쿠바긴샤 춘계 대회 구초/첫 천둥/사점 구	右禿郎	시가/하이쿠	

지면	단수	기획	기사제목 〈회수〉〔곡수〕	필자/저자(역자)	분류	비고
6	8		木馬吟社春季大會句抄/初雷/六點句 〔1〕 모쿠바긴샤 춘계 대회 구초/첫 천둥/육점 구	漫浪子	시가/하이쿠	
6	8		木馬吟社春季大會句抄/菜の花(互選)/三點句 〔1〕 모쿠바긴샤 춘계 대회 구초/유채꽃(호선)/삼점 구	右禿郎	시가/하이쿠	
6	8		木馬吟社春季大會句抄/菜の花(互選)/三點句 〔2〕 모쿠바긴샤 춘계 대회 구초/유채꽃(호선)/삼점 구	魔郎	시가/하이쿠	
6	8		木馬吟社春季大會句抄/菜の花(互選)/三點句 〔1〕 모쿠바긴샤 춘계 대회 구초/유채꽃(호선)/삼점 구	串堂	시가/하이쿠	
6	8		木馬吟社春季大會句抄/菜の花(互選)/三點句 〔1〕 모쿠바긴샤 춘계 대회 구초/유채꽃(호선)/삼점 구	ゝ禾	시가/하이쿠	
6	8		木馬吟社春季大會句抄/菜の花(互選)/三點句 〔3〕 모쿠바긴샤 춘계 대회 구초/유채꽃(호선)/삼점 구	想仙	시가/하이쿠	
6	8		木馬吟社春季大會句抄/菜の花(互選)/四點句 〔1〕 모쿠바긴샤 춘계 대회 구초/유채꽃(호선)/사점 구	丹葉	시가/하이쿠	
6	8		木馬吟社春季大會句抄/菜の花(互選)/四點句 〔1〕 모쿠바긴샤 춘계 대회 구초/유채꽃(호선)/사점 구	花翁	시가/하이쿠	
6	8		木馬吟社春季大會句抄/菜の花(互選)/四點句 〔1〕 모쿠바긴샤 춘계 대회 구초/유채꽃(호선)/사점 구	光術	시가/하이쿠	
6	8		木馬吟社春季大會句抄/菜の花(互選)/四點句 〔1〕 모쿠바긴샤 춘계 대회 구초/유채꽃(호선)/사점 구	右禿郎	시가/하이쿠	
6	8		木馬吟社春季大會句抄/菜の花(互選)/四點句 〔1〕 모쿠바긴샤 춘계 대회 구초/유채꽃(호선)/사점 구	漫浪子	시가/하이쿠	
6	8		木馬吟社春季大會句抄/菜の花(互選)/五點句 〔1〕 모쿠바긴샤 춘계 대회 구초/유채꽃(호선)/오점 구	都落人	시가/하이쿠	
6	9~11		水戸黃門記 〈2〉 미토코몬기	劍花道人	고단	
8	1~2		運命の波/上海の歌吹海(二) 〈71〉 운명의 파도/상하이 유곽(2)	遠藤柳雨	소설/일본	

1920년 05월 15일(토) 6750호

지면	단수	기획	기사제목 〈회수〉〔곡수〕	필자/저자(역자)	분류	비고
1	2~5		ミリエル僧正を懷ふ 〈4〉 밀리엘 스님을 그리워하다	眞人會幹事 守屋榮夫	수필/기타	
1	5	朝鮮詩壇	過故關 〔1〕 과고관	古城梅溪	시가/한시	
1	5	朝鮮詩壇	初夏登山亭 〔1〕 초하등산정	川端不絶	시가/한시	
1	5	朝鮮詩壇	春帆細雨圖 〔1〕 춘범세우원	小永井槐陰	시가/한시	
1	5	朝鮮詩壇	初夏登山亭 〔1〕 초하등산정	河島五山	시가/한시	
1	5~6		大阪城 〈91〉 오사카 성	芙蓉散人	소설/일본 고전	
5	6~9	探訪挿話	親子井 〈1〉 오야코돈부리		수필/기타	
6	9~11		水戸黃門記 〈3〉 미토코몬기	劍花道人	고단	
8	1~2		運命の波/夜風に乘る歌(一) 〈72〉 운명의 파도/밤 바람에 싣는 노래(1)	遠藤柳雨	소설/일본	

1920년 05월 16일(일) 6751호

지면	단수	기획	기사제목 〈회수〉〔곡수〕	필자/저자(역자)	분류	비고
1	2~4		小學讀本俳句評釋/色眼鏡 〈9〉 소학 독본 하이쿠 평석/색안경	鎭南浦 撘枕城	수필.시가/ 비평.하이쿠	

지면	단수	기획	기사제목 〈회수〉〔곡수〕	필자/저자(역자)	분류	비고
1	4	朝鮮歌壇	(제목없음)〔3〕	松山里寂	시가/단카	
1	4	朝鮮歌壇	(제목없음)〔2〕	山路芳治	시가/단카	
1	4	朝鮮歌壇	(제목없음)〔2〕	梅澤花子	시가/단카	
1	4	朝鮮歌壇	(제목없음)〔1〕	不案	시가/단카	
1	4	朝鮮歌壇	晩春初夏の歌 雜の歌を募る 만춘초하 단카 모든 단카를 모으다		광고/모집 광고	
1	5~6		大阪城 〈92〉 오사카 성	芙蓉散人	소설/일본 고전	
6	8	川柳	柳建寺土左衛門/長衣/前拔 〈4〉〔4〕 류켄지 도자에몬/장의/전발	仁川 苦論坊	시가/센류	
6	8	川柳	柳建寺土左衛門/長衣/前拔 〈4〉〔5〕 류켄지 도자에몬/장의/전발	仁川 紅短冊	시가/센류	
6	8	川柳	柳建寺土左衛門/長衣/前拔 〈4〉〔7〕 류켄지 도자에몬/장의/전발	仁川 磐梯	시가/센류	
6	8	川柳	柳建寺土左衛門/長衣/前拔 〈4〉〔1〕 류켄지 도자에몬/장의/전발	苦論坊/肥後守	시가/센류	
6	8	川柳	川柳募集課題 센류 모집 과제		광고/모집 광고	
6	9~11		水戸黄門記 〈4〉 미토코몬기	剣花道人	고단	
8	1~3		運命の波/夜風に乗る歌(二) 〈73〉 운명의 파도/밤 바람에 싣는 노래(2)	遠藤柳雨	소설/일본	

1920년 05월 17일(월) 6752호

지면	단수	기획	기사제목 〈회수〉〔곡수〕	필자/저자(역자)	분류	비고
1	1~2		ミリエル僧正を懐ふ 〈5〉 밀리엘 스님을 그리워하다	眞人會幹事 守屋榮夫	수필/기타	
1	2~4		小學讀本俳句評釋/色眼鏡 〈10〉 소학 독본 하이쿠 평석/색안경	鎮南浦 攝枕城	수필.시가/ 비평.하이쿠	
1	4	朝鮮詩壇	柳陰聽鶯〔1〕 유음청앵	西田白陰	시가/한시	
1	4~5	朝鮮詩壇	同題〔1〕 동제	#倉藤陰	시가/한시	
1	5	朝鮮詩壇	壽古城梅溪#甲〔1〕 수고성매계#갑	小永井槐陰	시가/한시	
1	5	朝鮮詩壇	月下踏花影〔1〕 월하답화영	河島五山	시가/한시	
1	5~6		大阪城 〈93〉 오사카 성	芙蓉散人	소설/일본 고전	
4	1~3		運命の波/過去の歴史一(一) 〈74〉 운명의 파도/과거의 역사 일(1)	遠藤柳雨	소설/일본	

1920년 05월 18일(화) 6753호

지면	단수	기획	기사제목 〈회수〉〔곡수〕	필자/저자(역자)	분류	비고
1	2~3		ミリエル僧正を懐ふ 〈6〉 밀리엘 스님을 그리워하다	眞人會幹事 守屋榮夫	수필/기타	
1	4~5		小學讀本俳句評釋/色眼鏡 〈11〉 소학 독본 하이쿠 평석/색안경	鎮南浦 攝枕城	수필.시가/ 비평.하이쿠	
1	5	朝鮮歌壇	(제목없음)〔8〕	大東夢路	시가/단카	

지면	단수	기획	기사제목 〈회수〉〔곡수〕	필자/저자(역자)	분류	비고
1	5	朝鮮歌壇	(제목없음) 〔1〕	不案	시가/단카	
1	5	朝鮮歌壇	首夏晚春の歌 雜の歌を募る 수하만춘 단카 모든 단카를 모으다		광고/모집 광고	
1	5~6		大阪城 〈94〉 오사카 성	芙蓉散人	소설/일본 고전	
6	8	川柳	柳建寺土左衛門選/長衣/佳吟 〈5〉〔1〕 류켄지 도자에몬 선/장의/뛰어난 구	龍山 三日坊	시가/센류	
6	8	川柳	柳建寺土左衛門選/長衣/佳吟 〈5〉〔1〕 류켄지 도자에몬 선/장의/뛰어난 구	仁川 綾浦	시가/센류	
6	8	川柳	柳建寺土左衛門選/長衣/佳吟 〈5〉〔1〕 류켄지 도자에몬 선/장의/뛰어난 구	仁川 肥後守	시가/센류	
6	8	川柳	柳建寺土左衛門選/長衣/佳吟 〈5〉〔1〕 류켄지 도자에몬 선/장의/뛰어난 구	仁川 丹後守	시가/센류	
6	8	川柳	柳建寺土左衛門選/長衣/佳吟 〈5〉〔1〕 류켄지 도자에몬 선/장의/뛰어난 구	京城 三十四坊	시가/센류	
6	8	川柳	柳建寺土左衛門選/長衣/佳吟 〈5〉〔1〕 류켄지 도자에몬 선/장의/뛰어난 구	大邱 邱花坊	시가/센류	
6	8	川柳	柳建寺土左衛門選/長衣/佳吟 〈5〉〔1〕 류켄지 도자에몬 선/장의/뛰어난 구	京城 土郎坊	시가/센류	
6	8	川柳	柳建寺土左衛門選/長衣/佳吟 〈5〉〔1〕 류켄지 도자에몬 선/장의/뛰어난 구	瓮津 和三坊	시가/센류	
6	8	川柳	柳建寺土左衛門選/長衣/佳吟 〈5〉〔1〕 류켄지 도자에몬 선/장의/뛰어난 구	鐵原 隻鶴坊	시가/센류	
6	8	川柳	柳建寺土左衛門選/長衣/佳吟 〈5〉〔1〕 류켄지 도자에몬 선/장의/뛰어난 구	永登浦 鶯團子	시가/센류	
6	8	川柳	柳建寺土左衛門選/長衣/佳吟 〈5〉〔1〕 류켄지 도자에몬 선/장의/뛰어난 구	仁川 右禿郞	시가/센류	
6	8	川柳	柳建寺土左衛門選/長衣/佳吟 〈5〉〔2〕 류켄지 도자에몬 선/장의/뛰어난 구	仁川 苦論坊	시가/센류	
6	8	川柳	柳建寺土左衛門選/長衣/佳吟 〈5〉〔2〕 류켄지 도자에몬 선/장의/뛰어난 구	平澤 冗句坊	시가/센류	
6	8	川柳	柳建寺土左衛門選/長衣/佳吟 〈5〉〔3〕 류켄지 도자에몬 선/장의/뛰어난 구	仁川 磐梯	시가/센류	
6	8	川柳	柳建寺土左衛門選/長衣/佳吟 〈5〉〔4〕 류켄지 도자에몬 선/장의/뛰어난 구	仁川 詩腕坊	시가/센류	
6	8	川柳	柳建寺土左衛門選/長衣/佳吟 〈5〉〔5〕 류켄지 도자에몬 선/장의/뛰어난 구	仁川 紅短冊	시가/센류	
6	8	川柳	川柳募集課題 센류 모집 과제		광고/모집 광고	
6	9~11		水戸黃門記 〈5〉 미토코몬기	劍花道人	고단	
8	1~3		運命の波/過去の歷史一(一) 〈75〉 운명의 파도/과거의 역사 일(1)	遠藤柳雨	소설/일본	

1920년 05월 19일(수) 6754호

지면	단수	기획	기사제목 〈회수〉〔곡수〕	필자/저자(역자)	분류	비고
1	2~4		小學讀本俳句評釋/色眼鏡 〈12〉 소학 독본 하이쿠 평석/색안경	鎭南浦 搆枕城	수필.시가/ 비평.하이쿠	
1	4	朝鮮詩壇	春夜客舍 〔1〕 춘야객사	高橋直巖	시가/한시	

지면	단수	기획	기사제목 〈회수〉〔곡수〕	필자/저자(역자)	분류	비고
1	4~5	朝鮮詩壇	送#人赴對州〔1〕 송#인부대주	川端不絶	시가/한시	
1	5	朝鮮詩壇	月夜踏花影〔1〕 월야답화영	河島五山	시가/한시	
1	5	朝鮮詩壇	同題〔1〕 동제	西田白陰	시가/한시	
1	5	朝鮮詩壇	漢詩寄稿 한시 기고		광고/모집 광고	
1	5	朝鮮歌壇	(제목없음)〔8〕	文子	시가/단카	
1	5	朝鮮歌壇	(제목없음)〔1〕	不案	시가/단카	
1	5	朝鮮歌壇	首夏晚春の歌 雜の歌を募る 수하만춘 단카 모든 단카를 모으다		광고/모집 광고	
1	5~6		大阪城〈95〉 오사카 성	芙蓉散人	소설/일본 고전	
4	6~9	オトギバナシ	サボタージの失敗(上)〈1〉 사보타지의 실패(상)	宮澤竹子	소설/동화	
6	8	川柳	柳建寺土左衛門選/長衣/十客〈6〉〔1〕 류켄지 도자에몬 선/장의/십객	龍山 三日坊	시가/센류	
6	8	川柳	柳建寺土左衛門選/長衣/十客〈6〉〔1〕 류켄지 도자에몬 선/장의/십객	京城 眠爺	시가/센류	
6	8	川柳	柳建寺土左衛門選/長衣/十客〈6〉〔1〕 류켄지 도자에몬 선/장의/십객	永登浦 鶯團子	시가/센류	
6	8	川柳	柳建寺土左衛門選/長衣/十客〈6〉〔1〕 류켄지 도자에몬 선/장의/십객	大邱 不知坊	시가/센류	
6	8	川柳	柳建寺土左衛門選/長衣/十客〈6〉〔1〕 류켄지 도자에몬 선/장의/십객	仁川 肥後守	시가/센류	
6	8	川柳	柳建寺土左衛門選/長衣/十客〈6〉〔1〕 류켄지 도자에몬 선/장의/십객	京城 三十四坊	시가/센류	
6	8	川柳	柳建寺土左衛門選/長衣/十客〈6〉〔1〕 류켄지 도자에몬 선/장의/십객	龍山 三日坊	시가/센류	
6	8	川柳	柳建寺土左衛門選/長衣/十客〈6〉〔1〕 류켄지 도자에몬 선/장의/십객	京城 亞素棒	시가/센류	
6	8	川柳	柳建寺土左衛門選/長衣/十客〈6〉〔2〕 류켄지 도자에몬 선/장의/십객	仁川 詩腕坊	시가/센류	
6	8	川柳	柳建寺土左衛門選/長衣/三才/人〈6〉〔1〕 류켄지 도자에몬 선/장의/삼재/인	平澤 冗句坊	시가/센류	
6	8	川柳	柳建寺土左衛門選/長衣/三才/地〈6〉〔1〕 류켄지 도자에몬 선/장의/삼재/지	仁川 右禿郞	시가/센류	
6	8	川柳	柳建寺土左衛門選/長衣/三才/天〈6〉〔1〕 류켄지 도자에몬 선/장의/삼재/천	仁川 磐梯	시가/센류	
6	8	川柳	柳建寺曰 류켄지 왈	柳建寺	수필/비평	
6	8	川柳	柳建寺土左衛門選/長衣/軸〈6〉〔4〕 류켄지 도자에몬 선/장의/축	柳建寺	시가/센류	
6	8	川柳	川柳募集課題 센류 모집 과제		광고/모집 광고	
6	9~11		水戶黃門記〈6〉 미토코몬기	劍花道人	고단	
8	1~3		運命の波/月下の公園(一)〈76〉 운명의 파도/월하의 공원(1)	遠藤柳雨	소설/일본	

지면	단수	기획	기사제목 〈회수〉〔곡수〕	필자/저자(역자)	분류	비고
			1920년 05월 20일(목) 6755호			
1	2~4		小學讀本俳句評釋/色眼鏡 〈13〉 소학 독본 하이쿠 평석/색안경	鎭南浦 搆枕城	수필.시가/ 비평.하이쿠	
1	5~6		大阪城 〈96〉 오사카 성	芙蓉散人	소설/일본 고전	
4	7~9	オトギバ ナシ	サボタージの失敗(中) 〈2〉 사보타지의 실패(중)	宮澤竹子	소설/동화	
6	8	川柳	京城川柳句稿/壽司詰(互選)/六點 〈1〉〔1〕 경성 센류 구고/초만원(호선)/육점	千流	시가/센류	
6	8	川柳	京城川柳句稿/壽司詰(互選)/五點 〈1〉〔1〕 경성 센류 구고/초만원(호선)/오점	鳥石	시가/센류	
6	8	川柳	京城川柳句稿/壽司詰(互選)/四點 〈1〉〔1〕 경성 센류 구고/초만원(호선)/사점	柳建寺	시가/센류	
6	8	川柳	京城川柳句稿/壽司詰(互選)/三點 〈1〉〔1〕 경성 센류 구고/초만원(호선)/삼점	逸風	시가/센류	
6	8	川柳	京城川柳句稿/壽司詰(互選)/三點 〈1〉〔1〕 경성 센류 구고/초만원(호선)/삼점	勘々坊	시가/센류	
6	8	川柳	京城川柳句稿/壽司詰(互選)/三點 〈1〉〔1〕 경성 센류 구고/초만원(호선)/삼점	千流	시가/센류	
6	8	川柳	京城川柳句稿/壽司詰(互選)/三點 〈1〉〔1〕 경성 센류 구고/초만원(호선)/삼점	柳建寺	시가/센류	
6	8	川柳	京城川柳句稿/壽司詰(互選)/三點 〈1〉〔1〕 경성 센류 구고/초만원(호선)/삼점	鳥石	시가/센류	
6	8	川柳	京城川柳句稿/壽司詰(互選)/二點 〈1〉〔1〕 경성 센류 구고/초만원(호선)/이점	圓ネ#	시가/센류	
6	8	川柳	京城川柳句稿/壽司詰(互選)/二點 〈1〉〔1〕 경성 센류 구고/초만원(호선)/이점	圓ネ#	시가/센류	
6	8	川柳	京城川柳句稿/壽司詰(互選)/二點 〈1〉〔1〕 경성 센류 구고/초만원(호선)/이점	鳥石	시가/센류	
6	8	川柳	京城川柳句稿/壽司詰(互選)/二點 〈1〉〔1〕 경성 센류 구고/초만원(호선)/이점	鳥石	시가/센류	
6	8	川柳	京城川柳句稿/壽司詰(互選)/二點 〈1〉〔1〕 경성 센류 구고/초만원(호선)/이점	柳外子	시가/센류	
6	8	川柳	京城川柳句稿/壽司詰(互選)/二點 〈1〉〔1〕 경성 센류 구고/초만원(호선)/이점	三日坊	시가/센류	
6	8	川柳	京城川柳句稿/壽司詰(互選)/二點 〈1〉〔1〕 경성 센류 구고/초만원(호선)/이점		시가/센류	
6	8	川柳	川柳募集課題 센류 모집 과제		광고/모집 광고	
6	9~11		水戶黃門記 〈7〉 미토코몬기	劍花道人	고단	
8	1~3		運命の波/月下の公園(二) 〈77〉 운명의 파도/월하의 공원(2)	遠藤柳雨	소설/일본	
			1920년 05월 21일(금) 6756호			
1	2~3		小學讀本俳句評釋/色眼鏡 〈14〉 소학 독본 하이쿠 평석/색안경	鎭南浦 搆枕城	수필.시가/ 비평.하이쿠	
1	3~4		支那人生活 중국인 생활	品川潤	수필/기타	
1	5	朝鮮歌壇	(제목없음) 〔5〕	日下利亮	수필/기타	

지면	단수	기획	기사제목 〈회수〉〔곡수〕	필자/저자(역자)	분류	비고
1	5	朝鮮歌壇	(제목없음)	草陽炎	수필/기타	
1	5	朝鮮歌壇	(제목없음)〔2〕	立田璋	수필/기타	
1	5	朝鮮歌壇	(제목없음)	不案	수필/기타	
1	5	朝鮮歌壇	首夏晩春の歌 雜の歌を募る 수하만춘 단카 모든 단카를 모으다		광고/모집 광고	
1	5~6		大阪城 〈97〉 오사카 성	芙蓉散人	소설/일본 고전	
4	6~9	オトギバ ナシ	サボタージの失敗(下) 〈3〉 사보타지의 실패(하)	宮澤竹子	소설/동화	
6	8	川柳	京城川柳句稿/鉢(互選)/六點 〈2〉〔1〕 경성 센류 구고/화분(호선)/육점	鳥石	시가/센류	
6	8	川柳	京城川柳句稿/鉢(互選)/五點 〈2〉〔1〕 경성 센류 구고/화분(호선)/오점	勘々坊	시가/센류	
6	8	川柳	京城川柳句稿/鉢(互選)/四點 〈2〉〔1〕 경성 센류 구고/화분(호선)/사점	鳥石	시가/센류	
6	8	川柳	京城川柳句稿/鉢(互選)/三點 〈2〉〔1〕 경성 센류 구고/화분(호선)/삼점	髑髏人	시가/센류	
6	8	川柳	京城川柳句稿/鉢(互選)/三點 〈2〉〔1〕 경성 센류 구고/화분(호선)/삼점	圓ネ#	시가/센류	
6	8	川柳	京城川柳句稿/鉢(互選)/三點 〈2〉〔1〕 경성 센류 구고/화분(호선)/삼점	鳥石	시가/센류	
6	8	川柳	京城川柳句稿/鉢(互選)/二點 〈2〉〔1〕 경성 센류 구고/화분(호선)/이점	千流	시가/센류	
6	8	川柳	京城川柳句稿/鉢(互選)/二點 〈2〉〔1〕 경성 센류 구고/화분(호선)/이점	千流	시가/센류	
6	8	川柳	京城川柳句稿/鉢(互選)/二點 〈2〉〔1〕 경성 센류 구고/화분(호선)/이점	千流	시가/센류	
6	8	川柳	京城川柳句稿/鉢(互選)/二點 〈2〉〔1〕 경성 센류 구고/화분(호선)/이점	千流	시가/센류	
6	8	川柳	京城川柳句稿/鉢(互選)/二點 〈2〉〔1〕 경성 센류 구고/화분(호선)/이점	三日坊	시가/센류	
6	8	川柳	京城川柳句稿/鉢(互選)/二點 〈2〉〔1〕 경성 센류 구고/화분(호선)/이점	點#坊	시가/센류	
6	8	川柳	京城川柳句稿/鉢(互選)/二點 〈2〉〔1〕 경성 센류 구고/화분(호선)/이점	#衣圓	시가/센류	
6	8	川柳	京城川柳句稿/鉢(互選)/二點 〈2〉〔1〕 경성 센류 구고/화분(호선)/이점	逸風	시가/센류	
6	8	川柳	川柳募集課題 센류 모집 과제		광고/모집 광고	
6	9~12		水戸黄門記 〈8〉 미토코몬기	劍花道人	고단	
8	1~3		運命の波/月下の公園(三) 〈78〉 운명의 파도/월하의 공원(3)	遠藤柳雨	소설/일본	

1920년 05월 22일(토) 6757호

지면	단수	기획	기사제목 〈회수〉〔곡수〕	필자/저자(역자)	분류	비고
1	1~3		小學讀本俳句評釋/色眼鏡 〈15〉 소학 독본 하이쿠 평석/색안경	鎮南浦 搆枕城	수필.시가/ 비평.하이쿠	

지면	단수	기획	기사제목 〈회수〉〔곡수〕	필자/저자(역자)	분류	비고
1	4~5	朝鮮歌壇	(제목없음)〔8〕	白水朗	시가/단카	
1	5	朝鮮歌壇	(제목없음)〔1〕	不案	시가/단카	
1	5~6		大阪城 〈98〉 오사카 성	芙蓉散人	소설/일본 고전	
4	7~9	オトギバナシ	宿なし蝸牛 집 없는 달팽이	村木綠葉	소설/동화	
6	8	川柳	仁川川柳大會句稿/好(互選)/二點 〈1〉〔1〕 인천 센류 대회 구고/호(호선)/이점	松平坊	시가/센류	
6	8	川柳	仁川川柳大會句稿/好(互選)/二點 〈1〉〔1〕 인천 센류 대회 구고/호(호선)/이점	詩腕坊	시가/센류	
6	8	川柳	仁川川柳大會句稿/好(互選)/二點 〈1〉〔1〕 인천 센류 대회 구고/호(호선)/이점	赤短冊	시가/센류	
6	8	川柳	仁川川柳大會句稿/好(互選)/二點 〈1〉〔1〕 인천 센류 대회 구고/호(호선)/이점	三日坊	시가/센류	
6	8	川柳	仁川川柳大會句稿/好(互選)/二點 〈1〉〔1〕 인천 센류 대회 구고/호(호선)/이점	呂人	시가/센류	
6	8	川柳	仁川川柳大會句稿/好(互選)/二點 〈1〉〔1〕 인천 센류 대회 구고/호(호선)/이점	苦論坊	시가/센류	
6	8	川柳	仁川川柳大會句稿/好(互選)/二點 〈1〉〔1〕 인천 센류 대회 구고/호(호선)/이점	右禿郎	시가/센류	
6	8	川柳	仁川川柳大會句稿/好(互選)/二點 〈1〉〔1〕 인천 센류 대회 구고/호(호선)/이점	精進坊	시가/센류	
6	8	川柳	仁川川柳大會句稿/好(互選)/三点 〈1〉〔1〕 인천 센류 대회 구고/호(호선)/삼점	椋呂壇	시가/센류	
6	8	川柳	仁川川柳大會句稿/好(互選)/三点 〈1〉〔1〕 인천 센류 대회 구고/호(호선)/삼점	紅短冊	시가/센류	
6	8	川柳	仁川川柳大會句稿/好(互選)/三点 〈1〉〔1〕 인천 센류 대회 구고/호(호선)/삼점	鳥石	시가/센류	
6	8	川柳	仁川川柳大會句稿/好(互選)/四点 〈1〉〔1〕 인천 센류 대회 구고/호(호선)/사점	鶯團子	시가/센류	
6	8	川柳	仁川川柳大會句稿/好(互選)/五點 〈1〉〔1〕 인천 센류 대회 구고/호(호선)/오점	鳥石	시가/센류	
6	8	川柳	仁川川柳大會句稿/好(互選)/五點 〈1〉〔1〕 인천 센류 대회 구고/호(호선)/오점	鶯團子	시가/센류	
6	8	川柳	仁川川柳大會句稿/好(互選)/七點 〈1〉〔1〕 인천 센류 대회 구고/호(호선)/칠점	柳外子	시가/센류	
6	8	川柳	川柳募集課題 센류 모집 과제		광고/모집 광고	
6	9~11		水戶黃門記 〈9〉 미토코몬기	劍花道人	고단	
8	1~3		運命の波/富豪殺し(一) 〈79〉 운명의 파도/부호 살인(1)	遠藤柳雨	소설/일본	

1920년 05월 23일(일) 6758호

지면	단수	기획	기사제목 〈회수〉〔곡수〕	필자/저자(역자)	분류	비고
1	2~5		小學讀本俳句評釋/色眼鏡 〈16〉 소학 독본 하이쿠 평석/색안경	鎭南浦 搗枕城	수필.시가/ 비평.하이쿠	
1	5	朝鮮歌壇	(제목없음)〔8〕	田津夫	시가/단카	
1	5	朝鮮歌壇	(제목없음)〔1〕	不案	시가/단카	

지면	단수	기획	기사제목 〈회수〉 〔곡수〕	필자/저자(역자)	분류	비고
1	5	朝鮮歌壇	晩春初夏の歌 雑の歌を募る 만춘초하 단카 모든 단카를 모으다		광고/모집 광고	
1	6~7		大阪城 〈99〉 오사카 성	芙蓉散人	소설/일본 고전	
4	10~12		運命の波/富豪殺し(二) 〈80〉 운명의 파도/부호 살인(2)	遠藤柳雨	소설/일본	
6	8		仁川句會五月例會句抄/行春 〔1〕 인천 구회 5월 예회 구초/봄 나들이	串堂	시가/하이쿠	
6	8		仁川句會五月例會句抄/行春 〔1〕 인천 구회 5월 예회 구초/봄 나들이	光衛	시가/하이쿠	
6	8		仁川句會五月例會句抄/行春 〔2〕 인천 구회 5월 예회 구초/봄 나들이	魔郎	시가/하이쿠	
6	8		仁川句會五月例會句抄/行春 〔2〕 인천 구회 5월 예회 구초/봄 나들이	想仙	시가/하이쿠	
6	8		仁川句會五月例會句抄/行春 〔3〕 인천 구회 5월 예회 구초/봄 나들이	右禿郎	시가/하이쿠	
6	8		仁川句會五月例會句抄/燕 〔1〕 인천 구회 5월 예회 구초/제비	串堂	시가/하이쿠	
6	8		仁川句會五月例會句抄/燕 〔1〕 인천 구회 5월 예회 구초/제비	光衛	시가/하이쿠	
6	8		仁川句會五月例會句抄/燕 〔2〕 인천 구회 5월 예회 구초/제비	魔郎	시가/하이쿠	
6	8		仁川句會五月例會句抄/燕 〔2〕 인천 구회 5월 예회 구초/제비	想仙	시가/하이쿠	
6	8		仁川句會五月例會句抄/燕 〔4〕 인천 구회 5월 예회 구초/제비	右禿郎	시가/하이쿠	
6	8	川柳	仁川川柳大會句稿/嫌(互選)/二點 〈2〉〔2〕 인천 센류 대회 구고/혐(호선)/이점	圓于門	시가/센류	
6	8	川柳	仁川川柳大會句稿/嫌(互選)/二點 〈2〉〔1〕 인천 센류 대회 구고/혐(호선)/이점	松平坊	시가/센류	
6	8	川柳	仁川川柳大會句稿/嫌(互選)/二點 〈2〉〔1〕 인천 센류 대회 구고/혐(호선)/이점	紅短冊	시가/센류	
6	8	川柳	仁川川柳大會句稿/嫌(互選)/二點 〈2〉〔1〕 인천 센류 대회 구고/혐(호선)/이점	不知坊	시가/센류	
6	8	川柳	仁川川柳大會句稿/嫌(互選)/二點 〈2〉〔2〕 인천 센류 대회 구고/혐(호선)/이점	詩腕坊	시가/센류	
6	8	川柳	仁川川柳大會句稿/嫌(互選)/二點 〈2〉〔1〕 인천 센류 대회 구고/혐(호선)/이점	紅爵	시가/센류	
6	8	川柳	仁川川柳大會句稿/嫌(互選)/二點 〈2〉〔1〕 인천 센류 대회 구고/혐(호선)/이점	肥後守	시가/센류	
6	8	川柳	仁川川柳大會句稿/嫌(互選)/二點 〈2〉〔1〕 인천 센류 대회 구고/혐(호선)/이점	柳外子	시가/센류	
6	8	川柳	仁川川柳大會句稿/嫌(互選)/二點 〈2〉〔1〕 인천 센류 대회 구고/혐(호선)/이점	右禿郎	시가/센류	
6	8	川柳	仁川川柳大會句稿/嫌(互選)/二點 〈2〉〔1〕 인천 센류 대회 구고/혐(호선)/이점	鳥石	시가/센류	
6	8	川柳	仁川川柳大會句稿/嫌(互選)/二點 〈2〉〔1〕 인천 센류 대회 구고/혐(호선)/이점	千流	시가/센류	
6	8	川柳	仁川川柳大會句稿/嫌(互選)/二點 〈2〉〔1〕 인천 센류 대회 구고/혐(호선)/이점	大納言	시가/센류	
6	8	川柳	仁川川柳大會句稿/嫌(互選)/三點 〈2〉〔1〕 인천 센류 대회 구고/혐(호선)/삼점	磐梯	시가/센류	

지면	단수	기획	기사제목 〈회수〉〔곡수〕	필자/저자(역자)	분류	비고
6	8	川柳	仁川川柳大會句稿/嫌(互選)/三點 〈2〉〔1〕 인천 센류 대회 구고/혐(호선)/삼점	鳥石	시가/센류	
6	8	川柳	仁川川柳大會句稿/嫌(互選)/三點 〈2〉〔1〕 인천 센류 대회 구고/혐(호선)/삼점	椋呂壇	시가/센류	
6	8	川柳	仁川川柳大會句稿/嫌(互選)/三點 〈2〉〔1〕 인천 센류 대회 구고/혐(호선)/삼점	詩腕坊	시가/센류	
6	8	川柳	仁川川柳大會句稿/嫌(互選)/四點 〈2〉〔1〕 인천 센류 대회 구고/혐(호선)/사점	苦論坊	시가/센류	
6	8	川柳	仁川川柳大會句稿/嫌(互選)/四點 〈2〉〔1〕 인천 센류 대회 구고/혐(호선)/사점	右大臣	시가/센류	
6	8	川柳	仁川川柳大會句稿/嫌(互選)/四點 〈2〉〔1〕 인천 센류 대회 구고/혐(호선)/사점	鶯團子	시가/센류	
6	8	川柳	仁川川柳大會句稿/嫌(互選)/五點 〈2〉〔1〕 인천 센류 대회 구고/혐(호선)/오점	大納言	시가/센류	
6	8	川柳	仁川川柳大會句稿/嫌(互選)/五點 〈2〉〔1〕 인천 센류 대회 구고/혐(호선)/오점	苦論坊	시가/센류	
6	8	川柳	仁川川柳大會句稿/好/柳建寺選/五客 〈2〉〔1〕 인천 센류 대회 구고/호/류켄지 선/오객	松平坊	시가/센류	
6	8	川柳	仁川川柳大會句稿/好/柳建寺選/五客 〈2〉〔1〕 인천 센류 대회 구고/호/류켄지 선/오객	苦論坊	시가/센류	
6	8	川柳	仁川川柳大會句稿/好/柳建寺選/五客 〈2〉〔2〕 인천 센류 대회 구고/호/류켄지 선/오객	右禿郎	시가/센류	
6	8	川柳	仁川川柳大會句稿/好/柳建寺選/五客 〈2〉〔1〕 인천 센류 대회 구고/호/류켄지 선/오객	鳥石	시가/센류	
6	8	川柳	仁川川柳大會句稿/好/柳建寺選/人 〈2〉〔1〕 인천 센류 대회 구고/호/류켄지 선/인	多樂坊	시가/센류	
6	8	川柳	仁川川柳大會句稿/好/柳建寺選/地 〈2〉〔1〕 인천 센류 대회 구고/호/류켄지 선/지	詩腕坊	시가/센류	
6	8	川柳	仁川川柳大會句稿/好/柳建寺選/天 〈2〉〔1〕 인천 센류 대회 구고/호/류켄지 선/천	呂人	시가/센류	
6	9~11		水戶黃門記 〈10〉 미토코몬기	劍花道人	고단	

1920년 05월 24일(월) 6759호

지면	단수	기획	기사제목 〈회수〉〔곡수〕	필자/저자(역자)	분류	비고
1	1~2		小學讀本俳句評釋/色眼鏡 〈17〉 소학 독본 하이쿠 평석/색안경	鎭南浦 攝枕城	수필.시가/ 비평.하이쿠	
1	3	朝鮮詩壇	春郊晩眺 〔1〕 춘교만조	河島五山	시가/한시	
1	3~4	朝鮮詩壇	同題 〔1〕 동제	小永井槐陰	시가/한시	
1	4	朝鮮詩壇	四月下浣川端不絶來訪 〔1〕 사월하완천단부절래방	安東#雲	시가/한시	
1	4	朝鮮詩壇	迎岡山縣敎育會滿鮮視察團 〔1〕 영 오카야마 현 교육회만선시찰단	兒島九皐	시가/한시	
1	5~6		大阪城 〈100〉 오사카 성	芙蓉散人	소설/일본 고전	
4	1~3		運命の波/一個の金時計(一) 〈81〉 운명의 파도/금시계 하나(1)	遠藤柳雨	소설/일본	

1920년 05월 25일(화) 6760호

지면	단수	기획	기사제목 〈회수〉〔곡수〕	필자/저자(역자)	분류	비고
1	3	朝鮮詩壇	偶成 〔1〕 우성	齋藤三寅	시가/한시	

지면	단수	기획	기사제목 〈회수〉〔곡수〕	필자/저자(역자)	분류	비고
1	3~4	朝鮮詩壇	奉祝李王世子嘉禮 〔1〕 봉축 이왕세자 가례	上領如山	시가/한시	
1	4	朝鮮詩壇	飮友人山莊 〔1〕 음우인산장	小永井槐陰	시가/한시	
1	4	朝鮮歌壇	(제목없음) 〔4〕	松本麗華	시가/단카	
1	4	朝鮮歌壇	(제목없음) 〔3〕	默々生	시가/단카	
1	4	朝鮮歌壇	(제목없음) 〔1〕	山下保邦	시가/단카	
1	4	朝鮮歌壇	(제목없음) 〔1〕	不案	시가/단카	
1	4	朝鮮歌壇	首夏晚春の歌 雜の歌を募る 수하만춘 단카 모든 단카를 모으다		광고/모집 광고	
1	5~6		大阪城 〈101〉 오사카 성	芙蓉散人	소설/일본 고전	
4	6~9	オトギバナシ	夢の火星 〈1〉 꿈의 화성	橘秀子	소설/동화	
6	9~11		水戶黃門記 〈11〉 미토코몬기	劍花道人	고단	
8	1~4		運命の波/一個の金時計(二) 〈82〉 운명의 파도/금시계 하나(2)	遠藤柳雨	소설/일본	

1920년 05월 26일(수) 6761호

지면	단수	기획	기사제목 〈회수〉〔곡수〕	필자/저자(역자)	분류	비고
1	4	朝鮮歌壇	(제목없음) 〔1〕	竹下朝治	시가/단카	
1	4	朝鮮歌壇	(제목없음) 〔2〕	吉田よし子	시가/단카	
1	4~5	朝鮮歌壇	(제목없음) 〔3〕	日下利亮	시가/단카	
1	5	朝鮮歌壇	(제목없음) 〔1〕	早苗女	시가/단카	
1	5	朝鮮歌壇	(제목없음) 〔1〕	遠見謳果	시가/단카	
1	5	朝鮮歌壇	(제목없음) 〔1〕	不案	시가/단카	
1	5	朝鮮歌壇	首夏晚春の歌 雜の歌を募る 수하만춘 단카 모든 단카를 모으다		광고/모집 광고	
1	5~6		大阪城 〈102〉 오사카 성	芙蓉散人	소설/일본 고전	
4	5~6	オトギバナシ	夢の火星(中) 〈2〉 꿈의 화성(중)	橘秀子	소설/동화	
6	9~11		水戶黃門記 〈12〉 미토코몬기	劍花道人	고단	
8	1~3		運命の波/一個の金時計(三) 〈83〉 운명의 파도/금시계 하나(3)	遠藤柳雨	소설/일본	

1920년 05월 27일(목) 6762호

지면	단수	기획	기사제목 〈회수〉〔곡수〕	필자/저자(역자)	분류	비고
1	3	朝鮮詩壇	八代懷古 〔1〕 팔대회고	安東#雲	시가/한시	
1	3	朝鮮詩壇	菊鴻懷古 〔1〕 국홍회고		시가/한시	

지면	단수	기획	기사제목 〈회수〉 〔곡수〕	필자/저자(역자)	분류	비고
1	3	朝鮮詩壇	春夜##谷 〔1〕 춘야##곡	齋藤三寅	시가/한시	
1	3	朝鮮詩壇	月夜踏花影 〔1〕 월야답화영	小永井槐陰	시가/한시	
1	3	朝鮮歌壇	(제목없음) 〔3〕	日下利亮	시가/단카	
1	3	朝鮮歌壇	(제목없음) 〔2〕	菊池龍之助	시가/단카	
1	3~4	朝鮮歌壇	(제목없음) 〔2〕	夢##牛	시가/단카	
1	4	朝鮮歌壇	(제목없음) 〔1〕	西村綾子	시가/단카	
1	4	朝鮮歌壇	(제목없음) 〔1〕	不案	시가/단카	
1	4	朝鮮歌壇	首夏晩春の歌 雜の歌を募る 수하만춘 단카 모든 단카를 모으다		광고/모집 광고	
1	4	朝鮮俳壇	五月例會の記 5월 예회 기록	綠童	기타/모임 안내	
1	4	朝鮮俳壇	五月例會の記/三點句 〔1〕 5월 예회 기록/삼점 구	綠童	시가/하이쿠	
1	4~5	朝鮮俳壇	五月例會の記/二點句 〔3〕 5월 예회 기록/이점 구	俚人	시가/하이쿠	
1	5	朝鮮俳壇	五月例會の記/二點句 〔3〕 5월 예회 기록/이점 구	#川子	시가/하이쿠	
1	5	朝鮮俳壇	五月例會の記/二點句 〔2〕 5월 예회 기록/이점 구	春樹	시가/하이쿠	
1	5	朝鮮俳壇	五月例會の記/二點句 〔2〕 5월 예회 기록/이점 구	紫光	시가/하이쿠	
1	5	朝鮮俳壇	五月例會の記/二點句 〔1〕 5월 예회 기록/이점 구	韮城	시가/하이쿠	
1	5	朝鮮俳壇	五月例會の記/二點句 〔1〕 5월 예회 기록/이점 구	綠童	시가/하이쿠	
1	5~6		大阪城 〈103〉 오사카 성	芙蓉散人	소설/일본 고전	
4	6~9	オトギバ ナシ	夢の火星(下) 〈3〉 꿈의 화성(하)	橘秀子	소설/동화	
6	8	川柳	仁川川柳大會句稿/嫌/培柳庵選/五客 〈3〉〔1〕 인천 센류 대회 구고/혐/바이류안 선/오객	苦論坊	시가/센류	
6	8	川柳	仁川川柳大會句稿/嫌/培柳庵選/五客 〈3〉〔1〕 인천 센류 대회 구고/혐/바이류안 선/오객	大納言	시가/센류	
6	8	川柳	仁川川柳大會句稿/嫌/培柳庵選/五客 〈3〉〔1〕 인천 센류 대회 구고/혐/바이류안 선/오객	肥後守	시가/센류	
6	8	川柳	仁川川柳大會句稿/嫌/培柳庵選/五客 〈3〉〔1〕 인천 센류 대회 구고/혐/바이류안 선/오객	紅短冊	시가/센류	
6	8	川柳	仁川川柳大會句稿/嫌/培柳庵選/五客 〈3〉〔1〕 인천 센류 대회 구고/혐/바이류안 선/오객	源口坊	시가/센류	
6	8	川柳	仁川川柳大會句稿/嫌/培柳庵選/人 〈3〉〔1〕 인천 센류 대회 구고/혐/바이류안 선/인	大納言	시가/센류	
6	8	川柳	仁川川柳大會句稿/嫌/培柳庵選/地 〈3〉〔1〕 인천 센류 대회 구고/혐/바이류안 선/지	鶯團子	시가/센류	
6	8	川柳	仁川川柳大會句稿/嫌/培柳庵選/天 〈3〉〔1〕 인천 센류 대회 구고/혐/바이류안 선/천	右禿郎	시가/센류	

지면	단수	기획	기사제목 〈회수〉〔곡수〕	필자/저자(역자)	분류	비고
6	8	川柳	仁川川柳大會句稿/嫌/培柳庵選/軸 〈3〉〔2〕 인천 센류 대회 구고/혐/바이류안 선/축		시가/센류	
6	8	川柳	仁川川柳大會句稿/日鮮同化/柳建寺選/佳吟 〈3〉〔1〕 인천 센류 대회 구고/일선동화/류켄지 선/뛰어난 구	詩腕坊	시가/센류	
6	8	川柳	仁川川柳大會句稿/日鮮同化/柳建寺選/佳吟 〈3〉〔1〕 인천 센류 대회 구고/일선동화/류켄지 선/뛰어난 구	源口坊	시가/센류	
6	8	川柳	仁川川柳大會句稿/日鮮同化/柳建寺選/人 〈3〉〔1〕 인천 센류 대회 구고/일선동화/류켄지 선/인	閑寬坊	시가/센류	
6	8	川柳	仁川川柳大會句稿/日鮮同化/柳建寺選/地 〈3〉〔1〕 인천 센류 대회 구고/일선동화/류켄지 선/지	右禿郎	시가/센류	
6	8	川柳	仁川川柳大會句稿/日鮮同化/柳建寺選/天 〈3〉〔1〕 인천 센류 대회 구고/일선동화/류켄지 선/천	鳥石	시가/센류	
6	8	川柳	仁川川柳大會句稿/日鮮同化/柳建寺選/軸 〈3〉〔2〕 인천 센류 대회 구고/일선동화/류켄지 선/축		시가/센류	
6	8	川柳	仁川川柳大會句稿/角力吟(五分間吟)/柳建寺柳培庵行司/勝 〈3〉〔1〕 인천 센류 대회 구고/스모령(오분간령)/류켄지 류바이안 판정/승	圓于門	시가/센류	
6	8	川柳	仁川川柳大會句稿/角力吟(五分間吟)/柳建寺柳培庵行司/負 〈3〉〔1〕 인천 센류 대회 구고/스모령(오분간령)/류켄지 류바이안 판정/부	右禿郎	시가/센류	
6	8	川柳	仁川川柳大會句稿/角力吟(五分間吟)/柳建寺柳培庵行司/勝 〈3〉〔1〕 인천 센류 대회 구고/스모령(오분간령)/류켄지 류바이안 판정/승	柳外子	시가/센류	
6	8	川柳	仁川川柳大會句稿/角力吟(五分間吟)/柳建寺柳培庵行司/負 〈3〉〔1〕 인천 센류 대회 구고/스모령(오분간령)/류켄지 류바이안 판정/부	不言郎	시가/센류	
6	8	川柳	仁川川柳大會句稿/角力吟(五分間吟)/柳建寺柳培庵行司/負 〈3〉〔1〕 인천 센류 대회 구고/스모령(오분간령)/류켄지 류바이안 판정/부	逸風	시가/센류	
6	8	川柳	仁川川柳大會句稿/角力吟(五分間吟)/柳建寺柳培庵行司/勝 〈3〉〔1〕 인천 센류 대회 구고/스모령(오분간령)/류켄지 류바이안 판정/승	ゝゝ子	시가/센류	
6	8	川柳	仁川川柳大會句稿/角力吟(五分間吟)/柳建寺柳培庵行司/勝 〈3〉〔1〕 인천 센류 대회 구고/스모령(오분간령)/류켄지 류바이안 판정/승	閑寬坊	시가/센류	
6	8	川柳	仁川川柳大會句稿/角力吟(五分間吟)/柳建寺柳培庵行司/負 〈3〉〔1〕 인천 센류 대회 구고/스모령(오분간령)/류켄지 류바이안 판정/부	大納言	시가/센류	
6	8	川柳	仁川川柳大會句稿/角力吟(五分間吟)/柳建寺柳培庵行司/分 〈3〉〔1〕 인천 센류 대회 구고/스모령(오분간령)/류켄지 류바이안 판정/분	鳥石	시가/센류	
6	8	川柳	仁川川柳大會句稿/角力吟(五分間吟)/柳建寺柳培庵行司 〈3〉〔1〕 인천 센류 대회 구고/스모령(오분간령)/류켄지 류바이안 판정	詩腕坊	시가/센류	
6	8	川柳	川柳募集課題 센류 모집 과제		광고/모집 광고	
6	9~11		水戸黃門記 〈13〉 미토코몬기	劍花道人	고단	
8	1~3		運命の波/海岸の大格鬪(一) 〈84〉 운명의 파도/해안의 대격투(1)	遠藤柳雨	소설/일본	

1920년 05월 28일(금) 6763호

지면	단수	기획	기사제목 〈회수〉〔곡수〕	필자/저자(역자)	분류	비고
1	4~5	朝鮮歌壇	(제목없음) 〔1〕	田川##	시가/단카	
1	5	朝鮮歌壇	(제목없음) 〔2〕	安田とし子	시가/단카	
1	5	朝鮮歌壇	(제목없음) 〔5〕	鍋山山鹿	시가/단카	
1	5	朝鮮歌壇	(제목없음) 〔5〕	不案	시가/단카	
1	5~6		大阪城 〈104〉 오사카 성	芙蓉散人	소설/일본 고전	

지면	단수	기획	기사제목 〈회수〉〔곡수〕	필자/저자(역자)	분류	비고
6	7~8	川柳	大連川柳會報〈1〉 다롄 센류 회보	柳建寺	기타/모임	안내
6	7~8	川柳	川柳募集課題 센류 모집 과제		광고/모집	광고
6	9~11		水戶黃門記〈14〉 미토코몬기	劍花道人	고단	
8	1~2		運命の波/海岸の大格鬪(二)〈85〉 운명의 파도/해안의 대격투(2)	遠藤柳雨	소설/일본	

1920년 05월 29일(토) 6764호

지면	단수	기획	기사제목 〈회수〉〔곡수〕	필자/저자(역자)	분류	비고
1	5	朝鮮歌壇	(제목없음)〔6〕	大束夢路	시가/단카	
1	5	朝鮮歌壇	(제목없음)〔1〕	梁川倭文男	시가/단카	
1	5	朝鮮歌壇	(제목없음)〔1〕	松山里榮	시가/단카	
1	5	朝鮮歌壇	(제목없음)〔1〕	不案	시가/단카	
1	5	朝鮮歌壇	首夏晚春の歌 雜の歌を募る 수하만춘의 단카 모든 단카를 모으다		광고/모집	광고
1	5~6		大阪城〈105〉 오사카 성	芙蓉散人	소설/일본 고전	
6	8	川柳	大連川柳會報〈2〉 다롄 센류 회보	柳建寺	수필/기타	
6	8	川柳	川柳募集課題 센류 모집 과제		광고/모집	광고
6	9~11		水戶黃門記〈15〉 미토코몬기	劍花道人	고단	
8	1~3		運命の波/海岸の大格鬪(三)〈86〉 운명의 파도/해안의 대격투(3)	遠藤柳雨	소설/일본	

1920년 05월 30일(일) 6765호

지면	단수	기획	기사제목 〈회수〉〔곡수〕	필자/저자(역자)	분류	비고
1	3~4		綠蔭漫話/呪われたる系圖〈1〉 녹음 만화/저주 받은 계도	秋玲瓏	소설/일본	
1	4	朝鮮詩壇	遊洗#亭〔1〕 유세#정	齋藤三寅	시가/한시	
1	4	朝鮮詩壇	夏陰〔1〕 하음	川端不絶	시가/한시	
1	4	朝鮮詩壇	南遊途上〔1〕 남유도상	安東#雲	시가/한시	
1	4	朝鮮詩壇	春郊晚眺〔1〕 춘교만조	松田學鷗	시가/한시	
1	4	朝鮮歌壇	(제목없음)〔1〕	寺谷水々子	시가/단카	
1	5	朝鮮歌壇	(제목없음)〔2〕	純子	시가/단카	
1	5	朝鮮歌壇	(제목없음)〔2〕	#葉生	시가/단카	
1	5	朝鮮歌壇	(제목없음)〔3〕	谷忘れな草	시가/단카	
1	5	朝鮮歌壇	(제목없음)〔1〕	不案	시가/단카	

지면	단수	기획	기사제목 〈회수〉〔곡수〕	필자/저자(역자)	분류	비고
1	5	朝鮮歌壇	首夏の歌 雜の歌を募る 수하 단카 모든 단카를 모으다		광고/모집 광고	
1	5		投句歡迎 투구 환영		광고/모집 광고	
1	5~6		大阪城 〈106〉 오사카 성	芙蓉散人	소설/일본 고전	
6	8	川柳	大連川柳會報 〈3〉 다롄 센류 회보	柳建寺	기타/모임 안내	
6	8	川柳	性分/柳建寺土左衛門選 〔1〕 성분/류켄지 도자에몬 선	茗八	시가/센류	
6	8	川柳	性分/柳建寺土左衛門選 〔1〕 성분/류켄지 도자에몬 선	八九庵	시가/센류	
6	8	川柳	性分/柳建寺土左衛門選 〔1〕 성분/류켄지 도자에몬 선	三福	시가/센류	
6	8	川柳	性分/柳建寺土左衛門選 〔1〕 성분/류켄지 도자에몬 선	濤明	시기/센류	
6	8	川柳	性分/柳建寺土左衛門選 〔1〕 성분/류켄지 도자에몬 선	春帆	시가/센류	
6	8	川柳	性分/柳建寺土左衛門選 〔1〕 성분/류켄지 도자에몬 선	機樂坊	시가/센류	
6	8	川柳	性分/柳建寺土左衛門選 〔1〕 성분/류켄지 도자에몬 선	濤明	시가/센류	
6	8	川柳	性分/柳建寺土左衛門選/五客 〔1〕 성분/류켄지 도자에몬 선/오객	蛙足	시가/센류	
6	8	川柳	性分/柳建寺土左衛門選/五客 〔1〕 성분/류켄지 도자에몬 선/오객	春帆	시가/센류	
6	8	川柳	性分/柳建寺土左衛門選/五客 〔1〕 성분/류켄지 도자에몬 선/오객	半古	시가/센류	
6	8	川柳	性分/柳建寺土左衛門選/五客 〔1〕 성분/류켄지 도자에몬 선/오객	蛙足	시가/센류	
6	8	川柳	性分/柳建寺土左衛門選/五客 〔1〕 성분/류켄지 도자에몬 선/오객	西嫁	시가/센류	
6	8	川柳	性分/柳建寺土左衛門選/人 〔1〕 성분/류켄지 도자에몬 선/인	西嫁	시가/센류	
6	8	川柳	性分/柳建寺土左衛門選/地 〔1〕 성분/류켄지 도자에몬 선/지	西嫁	시가/센류	
6	8	川柳	性分/柳建寺土左衛門選/天 〔1〕 성분/류켄지 도자에몬 선/천	三福	시가/센류	
6	8	川柳	性分/柳建寺土左衛門選/軸 〔2〕 성분/류켄지 도자에몬 선/축	柳建寺土左衛門	시가/센류	
6	8	川柳	川柳募集課題 센류 모집 과제		광고/모집 광고	
6	9~11		水戶黃門記 〈16〉 미토코몬기	劍花道人	고단	
8	1~3		運命の波/岩上の人影(一) 〈87〉 운명의 파도/바위 위 사람의 그림자(1)	遠藤柳雨	소설/일본	

1920년 06월 01일(화) 6767호

| 1 | 3~4 | | 綠蔭漫話/呪われたる系圖 〈3〉
녹음 만화/저주 받은 계도 | 秋玲瓏 | 소설/일본 | |
| 1 | 4 | 朝鮮詩壇 | 奉賀李王世子殿下#典 〔1〕
봉하리왕세자전하#전 | 小永井槐陰 | 시가/한시 | |

지면	단수	기획	기사제목 〈회수〉〔곡수〕	필자/저자(역자)	분류	비고
1	4~5	朝鮮詩壇	恭賀李王世子婚禮〔1〕 공하리왕세자혼례	安永春雨	시가/한시	
1	5	朝鮮詩壇	佐伯〔1〕 좌백	安東#雲	시가/한시	
1	5	朝鮮歌壇	(제목없음)〔1〕	安田トシ	시가/단카	
1	5	朝鮮歌壇	(제목없음)〔5〕	牟禮武	시가/단카	
1	5	朝鮮歌壇	(제목없음)〔1〕	水々子	시가/단카	
1	5	朝鮮歌壇	(제목없음)〔1〕	默郎	시가/단카	
1	5	朝鮮歌壇	(제목없음)〔1〕	不案	시가/단카	
1	5	朝鮮歌壇	首夏の歌 雜の歌を募る 수하 단카 모든 단카를 모으다		광고/모집 광고	
1	5~6		大阪城〈108〉 오사카 성	芙蓉散人	소설/일본 고전	
6	8	川柳	大連川柳會報/柳建寺記/ひからびる/互選/一點〈4〉〔2〕 다롄 센류 회보/류켄지 적다/바싹 마르다/호선/일점	若蛙	시가/센류	
6	8	川柳	大連川柳會報/柳建寺記/ひからびる/互選/一點〈4〉〔1〕 다롄 센류 회보/류켄지 적다/바싹 마르다/호선/일점	春帆	시가/센류	
6	8	川柳	大連川柳會報/柳建寺記/ひからびる/互選/一點〈4〉〔1〕 다롄 센류 회보/류켄지 적다/바싹 마르다/호선/일점	濤明	시가/센류	
6	8	川柳	大連川柳會報/柳建寺記/ひからびる/互選/一點〈4〉〔3〕 다롄 센류 회보/류켄지 적다/바싹 마르다/호선/일점	土左衛門	시가/센류	
6	8	川柳	大連川柳會報/柳建寺記/ひからびる/互選/一點〈4〉〔1〕 다롄 센류 회보/류켄지 적다/바싹 마르다/호선/일점	機樂坊	시가/센류	
6	8	川柳	大連川柳會報/柳建寺記/ひからびる/互選/一點〈4〉〔1〕 다롄 센류 회보/류켄지 적다/바싹 마르다/호선/일점	蛙足	시가/센류	
6	8	川柳	大連川柳會報/柳建寺記/ひからびる/互選/一點〈4〉〔2〕 다롄 센류 회보/류켄지 적다/바싹 마르다/호선/일점	八九庵	시가/센류	
6	8	川柳	大連川柳會報/柳建寺記/ひからびる/互選/一點〈4〉〔1〕 다롄 센류 회보/류켄지 적다/바싹 마르다/호선/일점	三福	시가/센류	
6	8	川柳	大連川柳會報/柳建寺記/ひからびる/互選/一點〈4〉〔1〕 다롄 센류 회보/류켄지 적다/바싹 마르다/호선/일점	西嫁	시가/센류	
6	8	川柳	大連川柳會報/柳建寺記/ひからびる/互選/三點〈4〉〔1〕 다롄 센류 회보/류켄지 적다/바싹 마르다/호선/삼점	春帆	시가/센류	
6	8	川柳	大連川柳會報/柳建寺記/ひからびる/互選/三點〈4〉〔1〕 다롄 센류 회보/류켄지 적다/바싹 마르다/호선/삼점	西嫁	시가/센류	
6	8	川柳	大連川柳會報/柳建寺記/ひからびる/互選/三點〈4〉〔1〕 다롄 센류 회보/류켄지 적다/바싹 마르다/호선/삼점	三福	시가/센류	
6	8	川柳	大連川柳會報/柳建寺記/ひからびる/互選/三點〈4〉〔1〕 다롄 센류 회보/류켄지 적다/바싹 마르다/호선/삼점	蛙足	시가/센류	
6	8	川柳	大連川柳會報/柳建寺記/ひからびる/互選/三點〈4〉〔1〕 다롄 센류 회보/류켄지 적다/바싹 마르다/호선/삼점	若蛙	시가/센류	
6	8	川柳	大連川柳會報/柳建寺記/ひからびる/互選/三點〈4〉〔1〕 다롄 센류 회보/류켄지 적다/바싹 마르다/호선/삼점	西嫁	시가/센류	
6	8	川柳	大連川柳會報/柳建寺記/ひからびる/互選/三點〈4〉〔1〕 다롄 센류 회보/류켄지 적다/바싹 마르다/호선/삼점	濤明	시가/센류	
6	8	川柳	大連川柳會報/柳建寺記/ひからびる/互選/三點〈4〉〔1〕 다롄 센류 회보/류켄지 적다/바싹 마르다/호선/삼점	茗八	시가/센류	

지면	단수	기획	기사제목 〈회수〉〔곡수〕	필자/저자(역자)	분류	비고
6	8	川柳	大連川柳會報/柳建寺記/ひからびる/互選/四點 〈4〉〔1〕 다롄 센류 회보/류켄지 적다/바싹 마르다/호선/사점	蛙足	시가/센류	
6	8	川柳	大連川柳會報/柳建寺記/ひからびる/互選/四點 〈4〉〔1〕 다롄 센류 회보/류켄지 적다/바싹 마르다/호선/사점	濤明	시가/센류	
6	8	川柳	大連川柳會報/柳建寺記/ひからびる/互選/四點 〈4〉〔1〕 다롄 센류 회보/류켄지 적다/바싹 마르다/호선/사점	茗八	시가/센류	
6	8	川柳	大連川柳會報/柳建寺記/ひからびる/互選/四點 〈4〉〔1〕 다롄 센류 회보/류켄지 적다/바싹 마르다/호선/사점	春帆	시가/센류	
6	9~11		水戶黄門記 〈18〉 미토코몬기	劍花道人	고단	회수 오류
8	1~2		運命の波/岩上の人影(二) 〈88〉 운명의 파도/바위 위 사람의 그림자(2)	遠藤柳雨	소설/일본	

1920년 06월 02일(수) 6768호

지면	단수	기획	기사제목 〈회수〉〔곡수〕	필자/저자(역자)	분류	비고
1	4~5	朝鮮詩壇	獎忠壇所見〔1〕 장충단 소견	江原如水	시가/한시	
1	5	朝鮮詩壇	歸驛途〔1〕 귀역도	安東#雲	시가/한시	
1	5	朝鮮詩壇	賀娃大竹虎雄新娶〔1〕 하와대죽호웅신취	松田學鷗	시가/한시	
1	5	朝鮮詩壇	漢詩寄稿 한시 기고		광고/모집	광고
1	5		仁川春季大會記 인천 춘계 대회 기록		기타/모임	안내
1	5		仁川春季大會記/水巴先生選〔1〕 인천 춘계 대회 기록/스이하 선생 선	ゝ禾	시가/하이쿠	
1	5		仁川春季大會記/水巴先生選〔1〕 인천 춘계 대회 기록/스이하 선생 선	鷺城	시가/하이쿠	
1	5		仁川春季大會記/水巴先生選〔1〕 인천 춘계 대회 기록/스이하 선생 선	漫郞子	시가/하이쿠	
1	5		仁川春季大會記/水巴先生選/秀逸〔1〕 인천 춘계 대회 기록/스이하 선생 선/수일	花翁	시가/하이쿠	
1	5		仁川春季大會記/水巴先生選/秀逸〔1〕 인천 춘계 대회 기록/스이하 선생 선/수일	富士冬	시가/하이쿠	
1	5~6		大阪城 〈109〉 오사카 성	芙蓉散人	소설/일본 고전	
2	9		偶成〔7〕 우성	和田天民	시가/한시	
6	8	川柳	岡本鳥石選/來/前拔 〈1〉〔1〕 오카모토 조세키 선/래/전발	砂里院 蝶士	시가/센류	
6	8	川柳	岡本鳥石選/來/前拔 〈1〉〔1〕 오카모토 조세키 선/래/전발	仁川 兎空坊	시가/센류	
6	8	川柳	岡本鳥石選/來/前拔 〈1〉〔1〕 오카모토 조세키 선/래/전발	仁川 霜月	시가/센류	
6	8	川柳	岡本鳥石選/來/前拔 〈1〉〔1〕 오카모토 조세키 선/래/전발	平澤 冗句坊	시가/센류	
6	8	川柳	岡本鳥石選/來/前拔 〈1〉〔1〕 오카모토 조세키 선/래/전발	大邱 喧嘩坊	시가/센류	
6	8	川柳	岡本鳥石選/來/前拔 〈1〉〔1〕 오카모토 조세키 선/래/전발	京城 輝華	시가/센류	
6	8	川柳	岡本鳥石選/來/前拔 〈1〉〔2〕 오카모토 조세키 선/래/전발	鐵原 雙鶴坊	시가/센류	

지면	단수	기획	기사제목 〈회수〉〔곡수〕	필자/저자(역자)	분류	비고
6	8	川柳	岡本鳥石選/來/前抜〈1〉〔2〕 오카모토 조세키 선/래/전발	仁川 秀哉	시가/센류	
6	8	川柳	岡本鳥石選/來/前抜〈1〉〔2〕 오카모토 조세키 선/래/전발	京城 三十四坊	시가/센류	
6	8	川柳	岡本鳥石選/來/前抜〈1〉〔2〕 오카모토 조세키 선/래/전발	大邱 不知坊	시가/센류	
6	8	川柳	岡本鳥石選/來/前抜〈1〉〔2〕 오카모토 조세키 선/래/전발	京城 黑ン坊	시가/센류	
6	8	川柳	岡本鳥石選/來/前抜〈1〉〔2〕 오카모토 조세키 선/래/전발	仁川 綾浦	시가/센류	
6	8	川柳	岡本鳥石選/來/前抜〈1〉〔2〕 오카모토 조세키 선/래/전발	瓮津 和三坊	시가/센류	
6	8	川柳	岡本鳥石選/來/前抜〈1〉〔2〕 오카모토 조세키 선/래/전발	大邱 邱花坊	시가/센류	
6	8	川柳	岡本鳥石選/來/前抜〈1〉〔3〕 오카모토 조세키 선/래/전발	仁川 富士香	시가/센류	
6	8	川柳	柳建寺氏送別紀念川柳募集 류켄지씨 송별 기념 센류 모집		광고/모집 광고	
6	8	川柳	川柳募集課題 센류 모집 과제		광고/모집 광고	
6	9~11		水戶黃門記〈19〉 미토코몬기	劍花道人	고단	
8	1~2		運命の波/岩上の人影(三)〈89〉 운명의 파도/바위 위 사람의 그림자(3)	遠藤柳雨	소설/일본	

1920년 06월 03일(목) 6769호

지면	단수	기획	기사제목 〈회수〉〔곡수〕	필자/저자(역자)	분류	비고
1	5	朝鮮詩壇	梅雨#感〔1〕 매우#감	古城梅溪	시가/한시	
1	5	朝鮮詩壇	次梅溪先生石門居韻〔1〕 차매계선생석문거운	田淵黍州	시가/한시	
1	5	朝鮮詩壇	月前時鳥〔1〕 월전시조	茂泉鴻堂	시가/한시	
1	5	朝鮮詩壇	遊日山〔1〕 유일산	安東#雲	시가/한시	
1	5	朝鮮歌壇	(제목없음)〔6〕	默郎	시가/단카	
1	5	朝鮮歌壇	(제목없음)〔2〕	## 菖園	시가/단카	
1	5	朝鮮歌壇	(제목없음)〔1〕	不案	시가/단카	
1	5~6		大阪城〈110〉 오사카 성	芙蓉散人	소설/일본 고전	
4	5~7	オトギバナシ	白鳥と鳥(上)〈1〉 백조와 까마귀(상)	橘秀子	소설/동화	
6	8	川柳	岡本鳥石選/來/前抜〈2〉〔3〕 오카모토 조세키 선/래/전발	仁川 七面鳥	시가/센류	
6	8	川柳	岡本鳥石選/來/前抜〈2〉〔3〕 오카모토 조세키 선/래/전발	龍山 千流	시가/센류	
6	8	川柳	岡本鳥石選/來/前抜〈2〉〔3〕 오카모토 조세키 선/래/전발	仁川 源々坊	시가/센류	
6	8	川柳	岡本鳥石選/來/前抜〈2〉〔3〕 오카모토 조세키 선/래/전발	仁川 紅短冊	시가/센류	

지면	단수	기획	기사제목 〈회수〉〔곡수〕	필자/저자(역자)	분류	비고
6	8	川柳	岡本鳥石選/來/前拔 〈2〉〔4〕 오카모토 조세키 선/래/전발	龍山 三日坊	시가/센류	
6	8	川柳	岡本鳥石選/來/前拔 〈2〉〔4〕 오카모토 조세키 선/래/전발	瓮津 壽翁	시가/센류	
6	8	川柳	岡本鳥石選/來/前拔 〈2〉〔4〕 오카모토 조세키 선/래/전발	龍山 柳外子	시가/센류	
6	8	川柳	岡本鳥石選/來/前拔 〈2〉〔4〕 오카모토 조세키 선/래/전발	龍山 圓于門	시가/센류	
6	8	川柳	岡本鳥石選/來/前拔 〈2〉〔4〕 오카모토 조세키 선/래/전발	仁川 右大臣	시가/센류	
6	8	川柳	岡本鳥石選/來/前拔 〈2〉〔4〕 오카모토 조세키 선/래/전발	龍山 逸風	시가/센류	
6	8	川柳	川柳募集課題 센류 모집 과제		광고/모집 광고	
6	9~12		水戶黃門記 〈20〉 미토코몬기	劍花道人	고단	
8	1~3		運命の波/岩上の人影(四) 〈90〉 운명의 파도/바위 위 사람의 그림자(4)	遠藤柳雨	소설/일본	

1920년 06월 04일(금) 6770호

지면	단수	기획	기사제목 〈회수〉〔곡수〕	필자/저자(역자)	분류	비고
1	4~5		綠蔭漫話/呪われたる系圖 〈4〉 녹음 만화/저주 받은 계도	秋玲瓏	소설/일본	
1	5	朝鮮俳壇	渡邊水巴選/春曉 〈1〉〔5〕 와타나베 스이하 선/춘효	綠童	시가/하이쿠	
1	5	朝鮮俳壇	渡邊水巴選/春曉 〈1〉〔4〕 와타나베 스이하 선/춘효	星羽	시가/하이쿠	
1	5	朝鮮俳壇	渡邊水巴選/春曉 〈1〉〔4〕 와타나베 스이하 선/춘효	春耕	시가/하이쿠	
1	5	朝鮮俳壇	渡邊水巴選/春曉 〈1〉〔4〕 와타나베 스이하 선/춘효	三橘	시가/하이쿠	
1	5~6		大阪城 〈111〉 오사카 성	芙蓉散人	소설/일본 고전	
6	8	川柳	岡本鳥石選/來/佳吟 〈3〉〔1〕 오카모토 조세키 선/래/뛰어난 구	仁川 兎空坊	시가/센류	
6	8	川柳	岡本鳥石選/來/佳吟 〈3〉〔1〕 오카모토 조세키 선/래/뛰어난 구	平澤 冗句坊	시가/센류	
6	8	川柳	岡本鳥石選/來/佳吟 〈3〉〔1〕 오카모토 조세키 선/래/뛰어난 구	鐵原 雙鶴坊	시가/센류	
6	8	川柳	岡本鳥石選/來/佳吟 〈3〉〔1〕 오카모토 조세키 선/래/뛰어난 구	仁川 秀哉	시가/센류	
6	8	川柳	岡本鳥石選/來/佳吟 〈3〉〔1〕 오카모토 조세키 선/래/뛰어난 구	京城 三十四坊	시가/센류	
6	8	川柳	岡本鳥石選/來/佳吟 〈3〉〔1〕 오카모토 조세키 선/래/뛰어난 구	大邱 不#坊	시가/센류	
6	8	川柳	岡本鳥石選/來/佳吟 〈3〉〔1〕 오카모토 조세키 선/래/뛰어난 구	仁川 綾浦	시가/센류	
6	8	川柳	岡本鳥石選/來/佳吟 〈3〉〔1〕 오카모토 조세키 선/래/뛰어난 구	龍山 千流	시가/센류	
6	8	川柳	岡本鳥石選/來/佳吟 〈3〉〔1〕 오카모토 조세키 선/래/뛰어난 구	仁川 紅短冊	시가/센류	
6	8	川柳	岡本鳥石選/來/佳吟 〈3〉〔1〕 오카모토 조세키 선/래/뛰어난 구	龍山 三日坊	시가/센류	

지면	단수	기획	기사제목 〈회수〉〔곡수〕	필자/저자(역자)	분류	비고
6	8	川柳	岡本鳥石選/來/佳吟 〈3〉〔1〕 오카모토 조세키 선/래/뛰어난 구	瓮津 濤翁	시가/센류	
6	8	川柳	岡本鳥石選/來/佳吟 〈3〉〔1〕 오카모토 조세키 선/래/뛰어난 구	龍山 圓于門	시가/센류	
6	8	川柳	岡本鳥石選/來/佳吟 〈3〉〔2〕 오카모토 조세키 선/래/뛰어난 구	仁川 磐梯	시가/센류	
6	8	川柳	岡本鳥石選/來/佳吟 〈3〉〔2〕 오카모토 조세키 선/래/뛰어난 구	永登浦 鶯團子	시가/센류	
6	8	川柳	岡本鳥石選/來/佳吟 〈3〉〔2〕 오카모토 조세키 선/래/뛰어난 구	仁川 大納言	시가/센류	
6	8	川柳	岡本鳥石選/來/佳吟 〈3〉〔2〕 오카모토 조세키 선/래/뛰어난 구	仁川 右大臣	시가/센류	
6	8	川柳	岡本鳥石選/來/佳吟 〈3〉〔3〕 오카모토 조세키 선/래/뛰어난 구	龍山 柳外子	시가/센류	
6	8	川柳	岡本鳥石選/來/佳吟 〈3〉〔3〕 오카모토 조세키 선/래/뛰어난 구	龍山 逸風	시가/센류	
6	8	川柳	岡本鳥石選/來/佳吟 〈3〉〔3〕 오카모토 조세키 선/래/뛰어난 구	仁川 苦論坊	시가/센류	
6	8	川柳	川柳募集課題 센류 모집 과제		광고/모집	광고
6	9~11		水戶黃門記 〈21〉 미토코몬기	劍花道人	고단	
8	1~2		運命の波/刃の下を(一) 〈91〉 운명의 파도/칼날 밑을(1)	遠藤柳雨	소설/일본	

1920년 06월 05일(토) 6771호

지면	단수	기획	기사제목 〈회수〉〔곡수〕	필자/저자(역자)	분류	비고
1	5	朝鮮俳壇	渡邊水巴選/春曉 〈2〉〔3〕 와타나베 스이하 선/춘효	蝸牛洞	시가/하이쿠	
1	5	朝鮮俳壇	渡邊水巴選/春曉 〈2〉〔2〕 와타나베 스이하 선/춘효	駛水	시가/하이쿠	
1	5	朝鮮俳壇	渡邊水巴選/春曉 〈2〉〔2〕 와타나베 스이하 선/춘효	都落人	시가/하이쿠	
1	5	朝鮮俳壇	渡邊水巴選/春曉 〈2〉〔2〕 와타나베 스이하 선/춘효	ゝ禾	시가/하이쿠	
1	5	朝鮮俳壇	渡邊水巴選/春曉 〈2〉〔2〕 와타나베 스이하 선/춘효	未刀	시가/하이쿠	
1	5	朝鮮俳壇	渡邊水巴選/春曉 〈2〉〔2〕 와타나베 스이하 선/춘효	蕗華	시가/하이쿠	
1	5	朝鮮俳壇	渡邊水巴選/春曉 〈2〉〔2〕 와타나베 스이하 선/춘효	佐多女	시가/하이쿠	
1	5	朝鮮俳壇	渡邊水巴選/春曉 〈2〉〔1〕 와타나베 스이하 선/춘효	一雨	시가/하이쿠	
1	5	朝鮮俳壇	渡邊水巴選/春曉 〈2〉〔1〕 와타나베 스이하 선/춘효	如海	시가/하이쿠	
1	5	朝鮮俳壇	投句歡迎 투구 환영		광고/모집	광고
1	5~6		大阪城 〈112〉 오사카 성	芙蓉散人	소설/일본	고전
4	5~8	オトギバ ナシ	白鳥と烏(下) 〈2〉 백조와 까마귀(하)	橘秀子	소설/동화	
6	8	川柳	岡本鳥石選/來/十客 〈4〉〔1〕 오카모토 조세키 선/래/십객	平澤 冗句坊	시가/센류	

지면	단수	기획	기사제목 〈회수〉〔곡수〕	필자/저자(역자)	분류	비고
6	8	川柳	岡本鳥石選/來/十客 〈4〉〔1〕 오카모토 조세키 선/래/십객	龍山 千流	시가/센류	
6	8	川柳	岡本鳥石選/來/十客 〈4〉〔1〕 오카모토 조세키 선/래/십객	京城 輝華	시가/센류	
6	8	川柳	岡本鳥石選/來/十客 〈4〉〔1〕 오카모토 조세키 선/래/십객	龍山 圓于門	시가/센류	
6	8	川柳	岡本鳥石選/來/十客 〈4〉〔1〕 오카모토 조세키 선/래/십객	龍山 柳外子	시가/센류	
6	8	川柳	岡本鳥石選/來/十客 〈4〉〔1〕 오카모토 조세키 선/래/십객	仁川 富士香	시가/센류	
6	8	川柳	岡本鳥石選/來/十客 〈4〉〔1〕 오카모토 조세키 선/래/십객	仁川 苦論坊	시가/센류	
6	8	川柳	岡本鳥石選/來/十客 〈4〉〔1〕 오카모토 조세키 선/래/십객	仁川 大納言	시가/센류	
6	8	川柳	岡本鳥石選/來/十客 〈4〉〔1〕 오카모토 조세키 선/래/십객	大邱 喧嘩坊	시가/센류	
6	8	川柳	岡本鳥石選/來/十客 〈4〉〔1〕 오카모토 조세키 선/래/십객	龍山 三日坊	시가/센류	
6	8	川柳	岡本鳥石選/來/三才/人 〈4〉〔1〕 오카모토 조세키 선/래/삼재/인	永登浦 鶯團子	시가/센류	
6	8	川柳	岡本鳥石選/來/三才/地 〈4〉〔1〕 오카모토 조세키 선/래/삼재/지	仁川 右大臣	시가/센류	
6	8	川柳	岡本鳥石選/來/三才/天 〈4〉〔1〕 오카모토 조세키 선/래/삼재/천	仁川 紅短冊	시가/센류	
6	8	川柳	岡本鳥石選/來/三才/軸 〈4〉〔2〕 오카모토 조세키 선/래/삼재/축	鳥石	시가/센류	
6	8	川柳	川柳募集課題 센류 모집 과제		광고/모집 광고	
6	9~11		水戶黃門記 〈22〉 미토코몬기	劍花道人	고단	
8	1~3		運命の波/刃の下を(二) 〈92〉 운명의 파도/칼날 밑을(2)	遠藤柳雨	소설/일본	

1920년 06월 06일(일) 6772호

지면	단수	기획	기사제목 〈회수〉〔곡수〕	필자/저자(역자)	분류	비고
1	3~4		綠蔭漫話/崇禪寺馬場の仇討(上) 〈1〉 녹음 만화/소젠지 바바의 복수(상)	秋玲瓏	소설/일본	
1	4	朝鮮歌壇	(제목없음)〔5〕		시가/단카	
1	4	朝鮮歌壇	(제목없음)〔2〕	大間生	시가/단카	
1	4	朝鮮歌壇	(제목없음)〔1〕	紫陽花	시가/단카	
1	4	朝鮮歌壇	(제목없음)〔1〕	不案	시가/단카	
1	5	朝鮮俳壇	渡邊水巴選/春曉/秀逸 〈3〉〔2〕 와타나베 스이하 선/춘효/수일	星羽	시가/하이쿠	
1	5	朝鮮俳壇	渡邊水巴選/春曉/秀逸 〈3〉〔1〕 와타나베 스이하 선/춘효/수일	未刀	시가/하이쿠	
1	5	朝鮮俳壇	渡邊水巴選/春曉/秀逸 〈3〉〔1〕 와타나베 스이하 선/춘효/수일	蝸牛洞	시가/하이쿠	
1	5	朝鮮俳壇	渡邊水巴選/春曉/秀逸 〈3〉〔1〕 와타나베 스이하 선/춘효/수일	駛水	시가/하이쿠	

지면	단수	기획	기사제목 〈회수〉〔곡수〕	필자/저자(역자)	분류	비고
1	5	朝鮮俳壇	渡邊水巴選/春曉/秀逸 〈3〉〔1〕 와타나베 스이하 선/춘효/수일	草兒	시가/하이쿠	
1	5	朝鮮俳壇	渡邊水巴選/春曉/秀逸 〈3〉〔1〕 와타나베 스이하 선/춘효/수일	綠童	시가/하이쿠	
1	5	朝鮮俳壇	渡邊水巴選/春曉/秀逸 〈3〉〔1〕 와타나베 스이하 선/춘효/수일	三橘	시가/하이쿠	
1	5	朝鮮俳壇	渡邊水巴選/春曉/秀逸 〈3〉〔1〕 와타나베 스이하 선/춘효/수일	一雨	시가/하이쿠	
1	5	朝鮮俳壇	渡邊水巴選/春曉/秀逸 〈3〉〔1〕 와타나베 스이하 선/춘효/수일	佐多女	시가/하이쿠	
1	5~6		大阪城 〈113〉 오사카 성	芙蓉散人	소설/일본 고전	
4	9~10		運命の波/刃の下を(三) 〈93〉 운명의 파도/칼날 밑을(3)	遠藤柳雨	소설/일본	
6	6~7	川柳	仁川川柳會句稿 〈1〉 인천 센류 구고	紅短冊	기타/모임 안내	
6	6~7	川柳	仁川川柳會句稿/喜/互選/二點 〈1〉〔1〕 인천 센류 구고/기쁨/호선/이점	夜叉王	시가/센류	
6	7	川柳	仁川川柳會句稿/喜/互選/二點 〈1〉〔1〕 인천 센류 구고/기쁨/호선/이점	松平坊	시가/센류	
6	7	川柳	仁川川柳會句稿/喜/互選/二點 〈1〉〔2〕 인천 센류 구고/기쁨/호선/이점	大納言	시가/센류	
6	7	川柳	仁川川柳會句稿/喜/互選/二點 〈1〉〔1〕 인천 센류 구고/기쁨/호선/이점	煤羅漢	시가/센류	
6	7	川柳	仁川川柳會句稿/喜/互選/二點 〈1〉〔1〕 인천 센류 구고/기쁨/호선/이점	富士香	시가/센류	
6	7	川柳	仁川川柳會句稿/喜/互選/二點 〈1〉〔1〕 인천 센류 구고/기쁨/호선/이점	苦論坊	시가/센류	
6	7	川柳	仁川川柳會句稿/喜/互選/三點 〈1〉〔1〕 인천 센류 구고/기쁨/호선/삼점	大納言	시가/센류	
6	7	川柳	仁川川柳會句稿/喜/互選/三點 〈1〉〔1〕 인천 센류 구고/기쁨/호선/삼점	夜叉王	시가/센류	
6	7	川柳	仁川川柳會句稿/喜/互選/三點 〈1〉〔1〕 인천 센류 구고/기쁨/호선/삼점	松平坊	시가/센류	
6	7	川柳	仁川川柳會句稿/喜/互選/三點 〈1〉〔2〕 인천 센류 구고/기쁨/호선/삼점	紅短冊	시가/센류	
6	7	川柳	仁川川柳會句稿/喜/互選/#點 〈1〉〔1〕 인천 센류 구고/기쁨/호선/#점	大納言	시가/센류	
6	7	川柳	仁川川柳會句稿/喜/互選/#點 〈1〉〔1〕 인천 센류 구고/기쁨/호선/#점	松平坊	시가/센류	
6	7	川柳	川柳募集課題 센류 모집 과제		광고/모집 광고	
6	8~10		水戶黃門記 〈23〉 미토코몬기	劍花道人	고단	

1920년 06월 07일(월) 6773호

지면	단수	기획	기사제목 〈회수〉〔곡수〕	필자/저자(역자)	분류	비고
1	3~4		綠蔭漫話/崇禪寺馬場の仇討(下) 〈2〉 녹음 만화/소젠지 바바의 복수(하)	秋玲瓏	소설/일본	
1	4	朝鮮歌壇	(제목없음) 〔2〕	國田菖#	시가/단카	
1	4	朝鮮歌壇	(제목없음) 〔5〕	夢津稚牛	시가/단카	

지면	단수	기획	기사제목 〈회수〉〔곡수〕	필자/저자(역자)	분류	비고
1	4	朝鮮歌壇	(제목없음)〔1〕	佐々木孫影	시가/단카	
1	4	朝鮮歌壇	(제목없음)〔1〕	不案	시가/단카	
1	4	朝鮮歌壇	首夏の歌 雜の歌を募る 수하 단카 모든 단카를 모으다		광고/모집 광고	
1	5	朝鮮俳壇	渡邊水巴選/四月例會/花〈3〉〔3〕 와타나베 스이하 선/4월 예회/꽃	蘇城	시가/하이쿠	
1	5	朝鮮俳壇	渡邊水巴選/四月例會/花〈3〉〔3〕 와타나베 스이하 선/4월 예회/꽃	苔翠	시가/하이쿠	
1	5	朝鮮俳壇	渡邊水巴選/四月例會/花〈3〉〔3〕 와타나베 스이하 선/4월 예회/꽃	橙黃子	시가/하이쿠	
1	5	朝鮮俳壇	渡邊水巴選/四月例會/花〈3〉〔2〕 와타나베 스이하 선/4월 예회/꽃	紫光	시가/하이쿠	
1	5	朝鮮俳壇	渡邊水巴選/四月例會/花〈3〉〔1〕 와타나베 스이하 선/4월 예회/꽃	綠童	시가/하이쿠	
1	5	朝鮮俳壇	渡邊水巴選/四月例會/花〈3〉〔1〕 와타나베 스이하 선/4월 예회/꽃	隆雄	시가/하이쿠	
1	5	朝鮮俳壇	渡邊水巴選/四月例會/花/秀逸〈3〉〔2〕 와타나베 스이하 선/4월 예회/꽃/수일	蘇城	시가/하이쿠	
1	5	朝鮮俳壇	渡邊水巴選/四月例會/花/秀逸〈3〉〔2〕 와타나베 스이하 선/4월 예회/꽃/수일	隆雄	시가/하이쿠	
1	5	朝鮮俳壇	渡邊水巴選/四月例會/花/秀逸〈3〉〔1〕 와타나베 스이하 선/4월 예회	紫光	시가/하이쿠	
1	5	朝鮮俳壇	渡邊水巴選/四月例會/花/秀逸〈3〉〔1〕 와타나베 스이하 선/4월 예회/꽃/수일	橙黃子	시가/하이쿠	
1	5	朝鮮俳壇	渡邊水巴選/四月例會/花/秀逸〈3〉〔1〕 와타나베 스이하 선/4월 예회/꽃/수일	春樹	시가/하이쿠	
1	5~6		大阪城〈114〉 오사카 성	芙蓉散人	소설/일본 고전	
4	1~3		水戶黃門記〈24〉 미토코몬기	劍花道人	고단	

1920년 06월 08일(화) 6774호

지면	단수	기획	기사제목 〈회수〉〔곡수〕	필자/저자(역자)	분류	비고
1	4	朝鮮歌壇	(제목없음)〔3〕	田川富士香	시가/단카	
1	4	朝鮮歌壇	(제목없음)〔1〕	大濱椿哉	시가/단카	
1	4	朝鮮歌壇	(제목없음)〔2〕	山本生	시가/단카	
1	4	朝鮮歌壇	(제목없음)〔2〕	安田トシ	시가/단카	
1	4	朝鮮歌壇	(제목없음)〔1〕	不案	시가/단카	
1	5~6		大阪城〈115〉 오사카 성	芙蓉散人	소설/일본 고전	
4	6~9	オトギバ ナシ	蠶豆の話(上)〈1〉 잠두 이야기(상)	宮澤竹子	소설/동화	
6	8	川柳	仁川川柳會句稿/車/互選/二點〈2〉〔1〕 인천 센류카이 구고/차/호선/이점	松平坊	시가/센류	
6	8	川柳	仁川川柳會句稿/車/互選/二點〈2〉〔1〕 인천 센류카이 구고/차/호선/이점	富士香	시가/센류	

지면	단수	기획	기사제목 〈회수〉〔곡수〕	필자/저자(역자)	분류	비고
6	8	川柳	仁川川柳會句稿/車/互選/二點 〈2〉〔1〕 인천 센류카이 구고/차/호선/이점	苦論坊	시가/센류	
6	8	川柳	仁川川柳會句稿/車/互選/二點 〈2〉〔1〕 인천 센류카이 구고/차/호선/이점	煤羅漢	시가/센류	
6	8	川柳	仁川川柳會句稿/車/互選/三點 〈2〉〔1〕 인천 센류카이 구고/차/호선/삼점	松平坊	시가/센류	
6	8	川柳	仁川川柳會句稿/車/互選/三點 〈2〉〔1〕 인천 센류카이 구고/차/호선/삼점	夜叉王	시가/센류	
6	8	川柳	仁川川柳會句稿/車/互選/三點 〈2〉〔1〕 인천 센류카이 구고/차/호선/삼점	大納言	시가/센류	
6	8	川柳	仁川川柳會句稿/車/互選/三點 〈2〉〔1〕 인천 센류카이 구고/차/호선/삼점	苦論坊	시가/센류	
6	8	川柳	仁川川柳會句稿/車/互選/五點 〈2〉〔1〕 인천 센류카이 구고/차/호선/오점	大納言	시가/센류	
6	8	川柳	仁川川柳會句稿/車/互選/五點 〈2〉〔1〕 인천 센류카이 구고/차/호선/오점	紅短冊	시가/센류	
6	8	川柳	仁川川柳會句稿/車/互選/七點 〈2〉〔1〕 인천 센류카이 구고/차/호선/칠점	夜叉王	시가/센류	
6	8	川柳	仁川川柳會句稿/鶯團子選/喜/五客 〈2〉〔1〕 인천 센류카이 구고/우구이스 당고 선/기쁨/오객	紅短冊	시가/센류	
6	8	川柳	仁川川柳會句稿/鶯團子選/喜/五客 〈2〉〔1〕 인천 센류카이 구고/우구이스 당고 선/기쁨/오객	松平坊	시가/센류	
6	8	川柳	仁川川柳會句稿/鶯團子選/喜/五客 〈2〉〔1〕 인천 센류카이 구고/우구이스 당고 선/기쁨/오객	苦論坊	시가/센류	
6	8	川柳	仁川川柳會句稿/鶯團子選/喜/五客 〈2〉〔2〕 인천 센류카이 구고/우구이스 당고 선/기쁨/오객	大納言	시가/센류	
6	8	川柳	仁川川柳會句稿/鶯團子選/喜/人 〈2〉〔1〕 인천 센카이류 구고/우구이스 당고 선/기쁨/인	松平坊	시가/센류	
6	8	川柳	仁川川柳會句稿/鶯團子選/喜/地 〈2〉〔1〕 인천 센류카이 구고/우구이스 당고 선/기쁨/지	夜叉王	시가/센류	
6	8	川柳	仁川川柳會句稿/鶯團子選/喜/天 〈2〉〔1〕 인천 센류카이 구고/우구이스 당고 선/기쁨/천	煤羅漢	시가/센류	
6	8	川柳	仁川川柳會句稿/鶯團子選/喜/軸 〈2〉〔3〕 인천 센류카이 구고/우구이스 당고 선/기쁨/축	###	시가/센류	
6	8	川柳	仁川川柳會句稿/鶯團子選/車/五客 〈2〉〔1〕 인천 센류카이 구고/우구이스 당고 선/차/오객	苦論坊	시가/센류	
6	8	川柳	仁川川柳會句稿/鶯團子選/車/五客 〈2〉〔1〕 인천 센류카이 구고/우구이스 당고 선/차/오객	紅短冊	시가/센류	
6	8	川柳	仁川川柳會句稿/鶯團子選/車/五客 〈2〉〔1〕 인천 센류카이 구고/우구이스 당고 선/차/오객	不言郎	시가/센류	
6	8	川柳	仁川川柳會句稿/鶯團子選/車/五客 〈2〉〔1〕 인천 센류카이 구고/우구이스 당고 선/차/오객	精進坊	시가/센류	
6	8	川柳	仁川川柳會句稿/鶯團子選/車/五客 〈2〉〔1〕 인천 센류카이 구고/우구이스 당고 선/차/오객	煤羅漢	시가/센류	
6	8	川柳	仁川川柳會句稿/鶯團子選/車/人 〈2〉〔1〕 인천 센류카이 구고/우구이스 당고 선/차/인	夜叉王	시가/센류	
6	8	川柳	仁川川柳會句稿/鶯團子選/車/地 〈2〉〔1〕 인천 센류카이 구고/우구이스 당고 선/차/지	紅短冊	시가/센류	
6	8	川柳	仁川川柳會句稿/鶯團子選/車/天 〈2〉〔1〕 인천 센류카이 구고/우구이스 당고 선/차/천	紅短冊	시가/센류	
6	8	川柳	仁川川柳會句稿/鶯團子選/車/軸 〈2〉〔3〕 인천 센류카이 구고/우구이스 당고 선/차/축	鶯團子	시가/센류	

지면	단수	기획	기사제목 〈회수〉〔곡수〕	필자/저자(역자)	분류	비고
6	8	川柳	川柳募集課題 센류 모집 과제		광고/모집 광고	
6	9~11		水戸黃門記 〈25〉 미토코몬기	劍花道人	고단	
8	1~2		運命の波/刃の下を(四) 〈94〉 운명의 파도/칼날 밑을(4)	遠藤柳雨	소설/일본	

1920년 06월 09일(수) 6775호

지면	단수	기획	기사제목 〈회수〉〔곡수〕	필자/저자(역자)	분류	비고
1	3~4	朝鮮詩壇	初夏#山亭 〔1〕 초하#산정	田淵黍州	시가/한시	
1	4	朝鮮詩壇	梅雨#感 〔1〕 매우#감	兒島九皐	시가/한시	
1	4	朝鮮詩壇	#熊本向豊後 〔1〕 #웅본향풍후	安東#雲	시가/한시	
1	4	朝鮮詩壇	過故關 〔1〕 과고관	齋藤三寅	시가/한시	
1	4	朝鮮歌壇	京城短歌會詠草 〈1〉〔2〕 경성 단카회 영초	石井龍史	시가/단카	
1	4	朝鮮歌壇	京城短歌會詠草 〈1〉〔2〕 경성 단카회 영초	加藤松林	시가/단카	
1	4	朝鮮歌壇	京城短歌會詠草 〈1〉〔3〕 경성 단카회 영초	貝谷砂丘	시가/단카	
1	4	朝鮮歌壇	京城短歌會詠草 〈1〉〔2〕 경성 단카회 영초	岡本默郞	시가/단카	
1	4	朝鮮歌壇	首夏の歌 雜の歌を募る 수하 단카 모든 단카를 모으다		광고/모집 광고	
1	4	朝鮮俳壇	渡邊水巴選/五月例會/籐椅子,若葉 〔3〕 와타나베 스이하 선/5월 예회/등의자, 새 잎	綠童	시가/하이쿠	
1	4	朝鮮俳壇	渡邊水巴選/五月例會/籐椅子,若葉 〔1〕 와타나베 스이하 선/5월 예회/등의자, 새 잎	俚人	시가/하이쿠	
1	4	朝鮮俳壇	渡邊水巴選/五月例會/籐椅子,若葉 〔1〕 와타나베 스이하 선/5월 예회/등의자, 새 잎	韭城	시가/하이쿠	
1	4	朝鮮俳壇	渡邊水巴選/五月例會/籐椅子,若葉 〔1〕 와타나베 스이하 선/5월 예회/등의자, 새 잎	關川子	시가/하이쿠	
1	4	朝鮮俳壇	渡邊水巴選/五月例會/籐椅子,若葉/秀逸 〔1〕 와타나베 스이하 선/5월 예회/등의자, 새 잎/수일	紫光	시가/하이쿠	
1	4	朝鮮俳壇	渡邊水巴選/五月例會/籐椅子,若葉/秀逸 〔1〕 와타나베 스이하 선/5월 예회/등의자, 새 잎/수일	春樹	시가/하이쿠	
1	4	朝鮮俳壇	渡邊水巴選/五月例會/籐椅子,若葉/秀逸 〔1〕 와타나베 스이하 선/5월 예회/등의자, 새 잎/수일	綠童	시가/하이쿠	
1	4	朝鮮俳壇	渡邊水巴選/五月例會/籐椅子,若葉/秀逸 〔1〕 와타나베 스이하 선/5월 예회/등의자, 새 잎/수일	韭城	시가/하이쿠	
1	5	朝鮮俳壇	渡邊水巴選/仁川五月例會/行春,燕 〔2〕 와타나베 스이하 선/5월 예회/행춘, 제비	光衛	시가/하이쿠	
1	5	朝鮮俳壇	渡邊水巴選/仁川五月例會/行春,燕 〔2〕 와타나베 스이하 선/5월 예회/행춘, 제비	右禿郞	시가/하이쿠	
1	5	朝鮮俳壇	渡邊水巴選/仁川五月例會/行春,燕 〔2〕 와타나베 스이하 선/5월 예회/행춘, 제비	想仙	시가/하이쿠	
1	5	朝鮮俳壇	渡邊水巴選/仁川五月例會/行春,燕 〔2〕 와타나베 스이하 선/5월 예회/행춘, 제비	串堂	시가/하이쿠	
1	5	朝鮮俳壇	渡邊水巴選/仁川五月例會/行春,燕/秀逸 〔1〕 와타나베 스이하 선/5월 예회/행춘, 제비/수일	右禿郞	시가/하이쿠	

지면	단수	기획	기사제목 〈회수〉〔곡수〕	필자/저자(역자)	분류	비고
1	5	朝鮮俳壇	投句歡迎 투구 환영		광고/모집 광고	
1	5~6		大阪城 〈116〉 오사카 성	芙蓉散人	소설/일본 고전	
6	9~11		水戸黃門記 〈26〉 미토코몬기	劍花道人	고단	
8	1~3		運命の波/刃の下を(五) 〈95〉 운명의 파도/칼날 밑을(5)	遠藤柳雨	소설/일본	

1920년 06월 10일(목) 6776호

지면	단수	기획	기사제목 〈회수〉〔곡수〕	필자/저자(역자)	분류	비고
1	4	朝鮮詩壇	初夏山亭 〔1〕 초하산정	古城梅溪	시가/한시	
1	4~5	朝鮮詩壇	梅雨書感 〔1〕 매우서감	兒島九皐	시가/한시	
1	5	朝鮮詩壇	同題 〔1〕 동제	茂泉鴻堂	시가/한시	
1	5	朝鮮詩壇	同題 〔1〕 동제	齋藤三寅	시가/한시	
1	5	朝鮮俳壇	渡邊水巴選/春雜 〈1〉〔10〕 와타나베 스이하 선/봄-잡	綠童	시가/하이쿠	
1	5	朝鮮俳壇	渡邊水巴選/春雜 〈1〉〔9〕 와타나베 스이하 선/봄-잡	草兒	시가/하이쿠	
1	5~6		大阪城 〈117〉 오사카 성	芙蓉散人	소설/일본 고전	
6	9~11		水戸黃門記 〈27〉 미토코몬기	劍花道人	고단	
8	1~3		運命の波/刃の下を(六) 〈96〉 운명의 파도/칼날 밑을(6)	遠藤柳雨	소설/일본	

1920년 06월 11일(금) 6777호

지면	단수	기획	기사제목 〈회수〉〔곡수〕	필자/저자(역자)	분류	비고
1	4	朝鮮詩壇	初夏登山亭 〔1〕 초하등산정	齋藤三寅	시가/한시	
1	4	朝鮮詩壇	霖雨書感 〔1〕 임우서감	大石松逕	시가/한시	
1	4	朝鮮詩壇	肪荷城學兄次其韻二首 〔1〕 방하성학형차기운 이수	安東#雲	시가/한시	
1	4	朝鮮詩壇	淸夜吟 〔1〕 청야음	高橋直嚴	시가/한시	
1	4	朝鮮俳壇	渡邊水巴選/春雜 〈2〉〔8〕 와타나베 스이하 선/봄-잡	十亭	시가/하이쿠	
1	4	朝鮮俳壇	渡邊水巴選/春雜/大洞江練光亭 〈2〉〔2〕 와타나베 스이하 선/봄-잡/대동강 연광정	六轉	시가/하이쿠	
1	4~5	朝鮮俳壇	渡邊水巴選/春雜/信# 〈2〉〔3〕 와타나베 스이하 선/봄-잡/신#	六轉	시가/하이쿠	
1	5	朝鮮俳壇	渡邊水巴選/春雜 〈2〉〔5〕 와타나베 스이하 선/봄-잡	蝸牛洞	시가/하이쿠	
1	5~6		大阪城 〈118〉 오사카 성	芙蓉散人	소설/일본 고전	
6	9~11		水戸黃門記 〈28〉 미토코몬기	劍花道人	고단	
8	1~2		運命の波/破れ飛行機(一) 〈97〉 운명의 파도/고장난 비행기(1)	遠藤柳雨	소설/일본	

지면	단수	기획	기사제목 〈회수〉〔곡수〕	필자/저자(역자)	분류	비고

1920년 06월 12일(토) 6778호

지면	단수	기획	기사제목 〈회수〉〔곡수〕	필자/저자(역자)	분류	비고
1	3	朝鮮詩壇	過故關〔1〕 과고관	河島五山	시가/한시	
1	3	朝鮮詩壇	書懷〔1〕 서회	高橋直巖	시가/한시	
1	3	朝鮮詩壇	枕上聞子規〔1〕 침상문자규	川端不絶	시가/한시	
1	3~4	朝鮮詩壇	夏日江村〔1〕 하일강촌	河島五山	시가/한시	
1	4	朝鮮歌壇	京城短歌會詠草〈2〉〔3〕 경성 단카회 영초	谷よし子	시가/단카	
1	4	朝鮮歌壇	京城短歌會詠草〈2〉〔2〕 경성 단카회 영초	大東夢路	시가/단카	
1	4	朝鮮歌壇	京城短歌會詠草〈2〉〔3〕 경성 단카회 영초	立花杜路	시가/단카	
1	4	朝鮮歌壇	京城短歌會詠草〈2〉〔2〕 경성 단카회 영초	村山比呂夢	시가/단카	
1	4~5	朝鮮俳壇	渡邊水巴選/春雜〈3〉〔7〕 와타나베 스이하 선/봄-잡	星羽	시가/하이쿠	
1	5	朝鮮俳壇	渡邊水巴選/春雜〈3〉〔7〕 와타나베 스이하 선/봄-잡	俚人	시가/하이쿠	
1	5	朝鮮俳壇	渡邊水巴選/春雜〈3〉〔7〕 와타나베 스이하 선/봄-잡	都落人	시가/하이쿠	
1	5~6		大阪城〈119〉 오사카 성	芙蓉散人	소설/일본 고전	
6	9~11		水戸黃門記〈29〉 미토코몬기	劍花道人	고단	
8	1~3		運命の波/破れ飛行機(二)〈98〉 운명의 파도/고장난 비행기(2)	遠藤柳雨	소설/일본	

1920년 06월 13일(일) 6779호

지면	단수	기획	기사제목 〈회수〉〔곡수〕	필자/저자(역자)	분류	비고
1	3	朝鮮歌壇	京城短歌會詠草〈3〉〔3〕 경성 단카회 영초	池ゆさを	시가/단카	
1	3	朝鮮歌壇	京城短歌會詠草〈3〉〔3〕 경성 단카회 영초	仙名倭文子	시가/단카	
1	3	朝鮮歌壇	京城短歌會詠草〈3〉〔2〕 경성 단카회 영초	田川富士香	시가/단카	
1	3	朝鮮歌壇	京城短歌會詠草〈3〉〔2〕 경성 단카회 영초	夢津稚牛	시가/단카	
1	3~4	朝鮮俳壇	渡邊水巴選/春雜〈4〉〔6〕 와타나베 스이하 선/봄-잡	未刀	시가/하이쿠	
1	4	朝鮮俳壇	渡邊水巴選/春雜〈4〉〔6〕 와타나베 스이하 선/봄-잡	三橘	시가/하이쿠	
1	4	朝鮮俳壇	渡邊水巴選/春雜〈4〉〔3〕 와타나베 스이하 선/봄-잡	#情	시가/하이쿠	
1	4	朝鮮俳壇	渡邊水巴選/春雜〈4〉〔3〕 와타나베 스이하 선/봄-잡	晩汀	시가/하이쿠	
1	5~6		大阪城〈120〉 오사카 성	芙蓉散人	소설/일본 고전	
5	6~9	オトギバ ナシ	十二支物語〈1〉 십이지 이야기	秋玲瓏	소설/동화	

지면	단수	기획	기사제목 〈회수〉〔곡수〕	필자/저자(역자)	분류	비고
6	8	川柳	柳培庵鳥石選/弟/前抜 〈1〉〔1〕 류바이안 조세키 선/남동생/전발	仁川 香月	시가/센류	
6	8	川柳	柳培庵鳥石選/弟/前抜 〈1〉〔1〕 류바이안 조세키 선/남동생/전발	龍山 山ン坊	시가/센류	
6	8	川柳	柳培庵鳥石選/弟/前抜 〈1〉〔1〕 류바이안 조세키 선/남동생/전발	京城 三十四坊	시가/센류	
6	8	川柳	柳培庵鳥石選/弟/前抜 〈1〉〔1〕 류바이안 조세키 선/남동생/전발	平澤 冗句坊	시가/센류	
6	8	川柳	柳培庵鳥石選/弟/前抜 〈1〉〔1〕 류바이안 조세키 선/남동생/전발	仁川 苦論坊	시가/센류	
6	8	川柳	柳培庵鳥石選/弟/前抜 〈1〉〔1〕 류바이안 조세키 선/남동생/전발	堤柳	시가/센류	
6	8	川柳	柳培庵鳥石選/弟/前抜 〈1〉〔1〕 류바이안 조세키 선/남동생/전발	砂里院 蝶士	시가/센류	
6	8	川柳	柳培庵鳥石選/弟/前抜 〈1〉〔1〕 류바이안 조세키 선/남동생/전발	白川 野滑鷺	시가/센류	
6	8	川柳	柳培庵鳥石選/弟/前抜 〈1〉〔1〕 류바이안 조세키 선/남동생/전발	大邱 邱花坊	시가/센류	
6	8	川柳	柳培庵鳥石選/弟/前抜 〈1〉〔1〕 류바이안 조세키 선/남동생/전발	砂里院 金詩坊	시가/센류	
6	8	川柳	柳培庵鳥石選/弟/前抜 〈1〉〔2〕 류바이안 조세키 선/남동생/전발	龍山 千流	시가/센류	
6	8	川柳	柳培庵鳥石選/弟/前抜 〈1〉〔2〕 류바이안 조세키 선/남동생/전발	龍山 逸風	시가/센류	
6	8	川柳	柳培庵鳥石選/弟/前抜 〈1〉〔2〕 류바이안 조세키 선/남동생/전발	大邱 不知坊	시가/센류	
6	8	川柳	柳培庵鳥石選/弟/前抜 〈1〉〔2〕 류바이안 조세키 선/남동생/전발	仁川 綾浦	시가/센류	
6	8	川柳	柳培庵鳥石選/弟/前抜 〈1〉〔2〕 류바이안 조세키 선/남동생/전발	仁川 右大臣	시가/센류	
6	8	川柳	柳培庵鳥石選/弟/前抜 〈1〉〔2〕 류바이안 조세키 선/남동생/전발	京城 極樂坊	시가/센류	
6	8	川柳	柳培庵鳥石選/弟/前抜 〈1〉〔2〕 류바이안 조세키 선/남동생/전발	龍山 花石	시가/센류	
6	8	川柳	柳培庵鳥石選/弟/前抜 〈1〉〔2〕 류바이안 조세키 선/남동생/전발	龍山 圓于門	시가/센류	
6	8	川柳	柳培庵鳥石選/弟/前抜 〈1〉〔2〕 류바이안 조세키 선/남동생/전발	京城 黑ン坊	시가/센류	
6	8	川柳	川柳募集課題 센류 모집 과제		광고/모집 광고	
6	9~12		水戸黃門記 〈30〉 미토코몬기	劍花道人	고단	
8	1~4		運命の波/破れ飛行機(三) 〈99〉 운명의 파도/고장난 비행기(3)	遠藤柳雨	소설/일본	

1920년 06월 14일(월) 6780호

지면	단수	기획	기사제목 〈회수〉〔곡수〕	필자/저자(역자)	분류	비고
1	2~4		朝鮮に來る 조선에 오다	木村莊八	수필/기행	
1	4	朝鮮歌壇	京城短歌會詠草 〈4〉〔1〕 경성 단카회 영초	靑木しける	시가/단카	
1	4	朝鮮歌壇	京城短歌會詠草 〈4〉〔1〕 경성 단카회 영초	內海ふかし	시가/단카	

지면	단수	기획	기사제목 〈회수〉 〔곡수〕	필자/저자(역자)	분류	비고
1	4	朝鮮歌壇	京城短歌會詠草 〈4〉 〔1〕 경성 단카회 영초	明石潮人	시가/단카	
1	4	朝鮮歌壇	京城短歌會詠草 〈4〉 〔1〕 경성 단카회 영초	西川峽花	시가/단카	
1	4	朝鮮歌壇	京城短歌會詠草 〈4〉 〔1〕 경성 단카회 영초	生熊夏樹	시가/단카	
1	4	朝鮮歌壇	京城短歌會詠草 〈4〉 〔2〕 경성 단카회 영초	眞鍋やすし	시가/단카	
1	4~5	朝鮮俳壇	渡邊水巴選/春雜 〈5〉 〔3〕 와타나베 스이하 선/봄-잡	貝汀	시가/하이쿠	
1	5	朝鮮俳壇	渡邊水巴選/春雜 〈5〉 〔3〕 와타나베 스이하 선/봄-잡	香洲	시가/하이쿠	
1	5	朝鮮俳壇	渡邊水巴選/春雜 〈5〉 〔3〕 와타나베 스이하 선/봄-잡	小嵐山	시가/하이쿠	
1	5	朝鮮俳壇	渡邊水巴選/春雜 〈5〉 〔2〕 와타나베 스이하 선/봄-잡	靑央	시가/하이쿠	
1	5	朝鮮俳壇	渡邊水巴選/春雜 〈5〉 〔2〕 와타나베 스이하 선/봄-잡	浦南	시가/하이쿠	
1	5	朝鮮俳壇	渡邊水巴選/春雜 〈5〉 〔2〕 와타나베 스이하 선/봄-잡	佐多女	시가/하이쿠	
1	5~6		大阪城 〈121〉 오사카 성	芙蓉散人	소설/일본 고전	
4	1~3		水戸黃門記 〈31〉 미토코몬기	劍花道人	고단	

1920년 06월 15일(화) 6781호

지면	단수	기획	기사제목 〈회수〉 〔곡수〕	필자/저자(역자)	분류	비고
1	3	朝鮮歌壇	(제목없음) 〔5〕	雄佐武	시가/단카	
1	3	朝鮮歌壇	(제목없음) 〔3〕	岡本默郎	시가/단카	
1	3	朝鮮歌壇	(제목없음) 〔1〕	不案	시가/단카	
1	3	朝鮮歌壇	首夏の歌 雜の歌を募る 수하 단카 모든 단카를 모으다		광고/모집 광고	
1	4	朝鮮俳壇	渡邊水巴選/春雜 〈6〉 〔2〕 와타나베 스이하 선/봄-잡	默牛	시가/하이쿠	
1	4	朝鮮俳壇	渡邊水巴選/春雜 〈6〉 〔2〕 와타나베 스이하 선/봄-잡	駛水	시가/하이쿠	
1	4	朝鮮俳壇	渡邊水巴選/春雜 〈6〉 〔2〕 와타나베 스이하 선/봄-잡	黃村	시가/하이쿠	
1	4	朝鮮俳壇	渡邊水巴選/春雜 〈6〉 〔1〕 와타나베 스이하 선/봄-잡	梧水	시가/하이쿠	
1	4	朝鮮俳壇	渡邊水巴選/春雜 〈6〉 〔1〕 와타나베 스이하 선/봄-잡	芸窓	시가/하이쿠	
1	4	朝鮮俳壇	渡邊水巴選/春雜 〈6〉 〔1〕 와타나베 스이하 선/봄-잡	美林	시가/하이쿠	
1	4	朝鮮俳壇	渡邊水巴選/春雜/秀逸 〈6〉 〔4〕 와타나베 스이하 선/봄-잡/수일	浦南	시가/하이쿠	
1	5~6		大阪城 〈122〉 오사카 성	芙蓉散人	소설/일본 고전	
4	6~9	オトギバ ナシ	十二支物語 〈2〉 십이지 이야기	秋玲瓏	소설/동화	

지면	단수	기획	기사제목 〈회수〉〔곡수〕	필자/저자(역자)	분류	비고
6	7	川柳	柳培庵鳥石選/弟/前抜 〈2〉〔3〕 류바이안 조세키 선/남동생/전발	光州 耕人	시가/센류	
6	7	川柳	柳培庵鳥石選/弟/前抜 〈2〉〔3〕 류바이안 조세키 선/남동생/전발	仁川 肥後守	시가/센류	
6	7	川柳	柳培庵鳥石選/弟/前抜 〈2〉〔3〕 류바이안 조세키 선/남동생/전발	大田 凡#丸	시가/센류	
6	7	川柳	柳培庵鳥石選/弟/前抜 〈2〉〔3〕 류바이안 조세키 선/남동생/전발	仁川 磐梯	시가/센류	
6	7	川柳	柳培庵鳥石選/弟/前抜 〈2〉〔4〕 류바이안 조세키 선/남동생/전발	龍山 三日坊	시가/센류	
6	7	川柳	柳培庵鳥石選/弟/前抜 〈2〉〔4〕 류바이안 조세키 선/남동생/전발	瓮津 濤翁	시가/센류	
6	7	川柳	柳培庵鳥石選/弟/前抜 〈2〉〔4〕 류바이안 조세키 선/남동생/전발	鐵原 雙鶴坊	시가/센류	
6	7~8	川柳	柳培庵鳥石選/弟/前抜 〈2〉〔4〕 류바이안 조세키 선/남동생/전발	仁川 紅短冊	시가/센류	
6	8	川柳	柳培庵鳥石選/弟/前抜 〈2〉〔5〕 류바이안 조세키 선/남동생/전발	京城 輝華	시가/센류	
6	8	川柳	柳培庵鳥石選/弟/前抜 〈2〉〔5〕 류바이안 조세키 선/남동생/전발	仁川 少納言	시가/센류	
6	8	川柳	川柳募集課題 센류 모집 과제		광고/모집 광고	
6	8	川柳	柳建寺氏送別記念川柳募集 류켄지씨 송별 기념 센류 모집		광고/모집 광고	
6	9~11		水戸黄門記 〈32〉 미토코몬기	劍花道人	고단	
8	1~3		運命の波/破れ飛行機(四) 〈100〉 운명의 파도/고장난 비행기(4)	遠藤柳雨	소설/일본	

1920년 06월 16일(수) 6782호

지면	단수	기획	기사제목 〈회수〉〔곡수〕	필자/저자(역자)	분류	비고
1	4	朝鮮歌壇	(제목없음)〔2〕	松本麗華	시가/단카	
1	4	朝鮮歌壇	(제목없음)〔2〕	白水期	시가/단카	
1	4	朝鮮歌壇	(제목없음)〔1〕	紫陽花	시가/단카	
1	4	朝鮮歌壇	(제목없음)〔2〕	柏村亨	시가/단카	
1	4	朝鮮歌壇	(제목없음)〔1〕	不案	시가/단카	
1	4	朝鮮俳壇	渡邊水巴選/春雜/秀逸 〈7〉〔5〕 와타나베 스이하 선/봄-잡/수일	三橋	시가/하이쿠	
1	4~5	朝鮮俳壇	渡邊水巴選/春雜/秀逸 〈7〉〔4〕 와타나베 스이하 선/봄-잡/수일	星羽	시가/하이쿠	
1	4~5	朝鮮俳壇	渡邊水巴選/春雜/秀逸 〈7〉〔2〕 와타나베 스이하 선/봄-잡/수일	暮情	시가/하이쿠	
1	4~5	朝鮮俳壇	渡邊水巴選/春雜/秀逸 〈7〉〔3〕 와타나베 스이하 선/봄-잡/수일	綠童	시가/하이쿠	
1	4~5	朝鮮俳壇	投句歡迎 투구 환영		광고/모집 광고	
1	5~6		大阪城 〈123〉 오사카 성	芙蓉散人	소설/일본 고전	

지면	단수	기획	기사제목 〈회수〉〔곡수〕	필자/저자(역자)	분류	비고
4	8~9	オトギバナシ	十二支物語 〈3〉 십이지 이야기	秋玲瓏	소설/동화	
6	7		仁川句會互選句/薰風〔3〕 인천구회 호선 구/훈풍	杜月	시가/하이쿠	
6	7		仁川句會互選句/薰風〔2〕 인천구회 호선 구/훈풍	右禿郎	시가/하이쿠	
6	7		仁川句會互選句/薰風〔1〕 인천구회 호선 구/훈풍	想仙	시가/하이쿠	
6	7		仁川句會互選句/薰風〔1〕 인천구회 호선 구/훈풍	串堂	시가/하이쿠	
6	7		仁川句會互選句/薰風〔1〕 인천구회 호선 구/훈풍	秋汀	시가/하이쿠	
6	7		仁川句會互選句/薰風〔1〕 인천구회 호선 구/훈풍	松圓	시가/하이쿠	
6	7		仁川句會互選句/薰風〔1〕 인천구회 호선 구/훈풍	花翁	시가/하이쿠	
6	7		仁川句會互選句/毛虫〔2〕 인천구회 호선 구/모충	右禿郎	시가/하이쿠	
6	7		仁川句會互選句/毛虫〔1〕 인천구회 호선 구/모충	花翁	시가/하이쿠	
6	7		仁川句會互選句/毛虫〔1〕 인천구회 호선 구/모충	富士冬	시가/하이쿠	
6	7		仁川句會互選句/毛虫〔1〕 인천구회 호선 구/모충	赤星	시가/하이쿠	
6	7		仁川句會互選句/毛虫〔1〕 인천구회 호선 구/모충	想仙	시가/하이쿠	
6	7		仁川句會互選句/毛虫〔1〕 인천구회 호선 구/모충	三猿子	시가/하이쿠	
6	8	川柳	柳培庵鳥石選/弟/佳句 〈3〉〔1〕 류바이안 조세키 선/남동생/뛰어난 구	仁川 七面鳥	시가/센류	
6	8	川柳	柳培庵鳥石選/弟/佳句 〈3〉〔1〕 류바이안 조세키 선/남동생/뛰어난 구	堤柳	시가/센류	
6	8	川柳	柳培庵鳥石選/弟/佳句 〈3〉〔1〕 류바이안 조세키 선/남동생/뛰어난 구	大邱 初學坊	시가/센류	
6	8	川柳	柳培庵鳥石選/弟/佳句 〈3〉〔1〕 류바이안 조세키 선/남동생/뛰어난 구	瓮津 濤翁	시가/센류	
6	8	川柳	柳培庵鳥石選/弟/佳句 〈3〉〔1〕 류바이안 조세키 선/남동생/뛰어난 구	平澤 冗句坊	시가/센류	
6	8	川柳	柳培庵鳥石選/弟/佳句 〈3〉〔1〕 류바이안 조세키 선/남동생/뛰어난 구	龍山 山ン坊	시가/센류	
6	8	川柳	柳培庵鳥石選/弟/佳句 〈3〉〔1〕 류바이안 조세키 선/남동생/뛰어난 구	京城 三十四坊	시가/센류	
6	8	川柳	柳培庵鳥石選/弟/佳句 〈3〉〔1〕 류바이안 조세키 선/남동생/뛰어난 구	鐵原 雙鶴坊	시가/센류	
6	8	川柳	柳培庵鳥石選/弟/佳句 〈3〉〔1〕 류바이안 조세키 선/남동생/뛰어난 구	龍山 三日坊	시가/센류	
6	8	川柳	柳培庵鳥石選/弟/佳句 〈3〉〔1〕 류바이안 조세키 선/남동생/뛰어난 구	光州 耕人	시가/센류	
6	8	川柳	柳培庵鳥石選/弟/佳句 〈3〉〔1〕 류바이안 조세키 선/남동생/뛰어난 구	京城 極樂坊	시가/센류	
6	8	川柳	柳培庵鳥石選/弟/佳句 〈3〉〔1〕 류바이안 조세키 선/남동생/뛰어난 구	龍山 千流	시가/센류	

지면	단수	기획	기사제목 〈회수〉〔곡수〕	필자/저자(역자)	분류	비고
6	8	川柳	柳培庵鳥石選/弟/佳句 〈3〉〔1〕 류바이안 조세키 선/남동생/뛰어난 구	大邱 不知坊	시가/센류	
6	8	川柳	柳培庵鳥石選/弟/佳句 〈3〉〔1〕 류바이안 조세키 선/남동생/뛰어난 구	仁川 少納言	시가/센류	
6	8	川柳	柳培庵鳥石選/弟/佳句 〈3〉〔1〕 류바이안 조세키 선/남동생/뛰어난 구	龍山 逸風	시가/센류	
6	8	川柳	柳培庵鳥石選/弟/佳句 〈3〉〔1〕 류바이안 조세키 선/남동생/뛰어난 구	大邱 邱花坊	시가/센류	
6	8	川柳	柳培庵鳥石選/弟/佳句 〈3〉〔2〕 류바이안 조세키 선/남동생/뛰어난 구	仁川 肥後守	시가/센류	
6	8	川柳	柳培庵鳥石選/弟/佳句 〈3〉〔2〕 류바이안 조세키 선/남동생/뛰어난 구	京城 輝華	시가/센류	
6	8	川柳	柳培庵鳥石選/弟/佳句 〈3〉〔2〕 류바이안 조세키 선/남동생/뛰어난 구	仁川 紅短冊	시가/센류	
6	8	川柳	柳培庵鳥石選/弟/佳句 〈3〉〔2〕 류바이안 조세키 선/남동생/뛰어난 구	仁川 磐梯	시가/센류	
6	8	川柳	柳培庵鳥石選/弟/佳句 〈3〉〔2〕 류바이안 조세키 선/남동생/뛰어난 구	仁川 苦論坊	시가/센류	
6	8	川柳	川柳募集課題 센류 모집 과제		광고/모집 광고	
6	9~11		水戸黄門記 〈33〉 미토코몬기	劍花道人	고단	
8	1~3		運命の波/運命の嵐(一) 〈101〉 운명의 파도/운명의 폭풍(1)	遠藤柳雨	소설/일본	

1920년 06월 17일(목) 6783호

지면	단수	기획	기사제목 〈회수〉〔곡수〕	필자/저자(역자)	분류	비고
1	3	朝鮮俳壇	渡邊水巴選/春雜/秀逸 〈8〉〔2〕 와타나베 스이하 선/봄-잡/수일	草兒	시가/하이쿠	
1	3	朝鮮俳壇	渡邊水巴選/春雜/秀逸 〈8〉〔2〕 와타나베 스이하 선/봄-잡/수일	未刀	시가/하이쿠	
1	3	朝鮮俳壇	渡邊水巴選/春雜/秀逸 〈8〉〔2〕 와타나베 스이하 선/봄-잡/수일	蝸牛洞	시가/하이쿠	
1	3	朝鮮俳壇	渡邊水巴選/春雜/秀逸 〈8〉〔1〕 와타나베 스이하 선/봄-잡/수일	#木	시가/하이쿠	
1	3	朝鮮俳壇	渡邊水巴選/春雜/秀逸 〈8〉〔1〕 와타나베 스이하 선/봄-잡/수일	六轉	시가/하이쿠	
1	3	朝鮮俳壇	渡邊水巴選/春雜/秀逸 〈8〉〔1〕 와타나베 스이하 선/봄-잡/수일	十亭	시가/하이쿠	
1	3	朝鮮俳壇	渡邊水巴選/春雜/秀逸 〈8〉〔1〕 와타나베 스이하 선/봄-잡/수일	芸窓	시가/하이쿠	
1	3~4	朝鮮俳壇	投句歡迎 투구 환영		광고/모집 광고	
1	5~6		大阪城 〈124〉 오사카 성	芙蓉散人	소설/일본 고전	
2	5~8		金剛山/人爲と自然 〈1〉 금강산/인위와 자연	桝本卯平	수필/기행	
4	6~9	オトギバ ナシ	十二支物語 〈4〉 십이지 이야기	秋玲瓏	소설/동화	
6	8	川柳	柳培庵鳥石選/弟/十客 〈4〉〔1〕 류바이안 조세키 선/남동생/십객	龍山 花石	시가/센류	
6	8	川柳	柳培庵鳥石選/弟/十客 〈4〉〔1〕 류바이안 조세키 선/남동생/십객	京城 輝華	시가/센류	

지면	단수	기획	기사제목 〈회수〉〔곡수〕	필자/저자(역자)	분류	비고
6	8	川柳	柳培庵鳥石選/弟/十客 〈4〉〔1〕 류바이안 조세키 선/남동생/십객	圓于門	시가/센류	
6	8	川柳	柳培庵鳥石選/弟/十客 〈4〉〔1〕 류바이안 조세키 선/남동생/십객	平澤 冗句坊	시가/센류	
6	8	川柳	柳培庵鳥石選/弟/十客 〈4〉〔1〕 류바이안 조세키 선/남동생/십객	京城 黑ン坊	시가/센류	
6	8	川柳	柳培庵鳥石選/弟/十客 〈4〉〔1〕 류바이안 조세키 선/남동생/십객	瓮津 濤翁	시가/센류	
6	8	川柳	柳培庵鳥石選/弟/十客 〈4〉〔1〕 류바이안 조세키 선/남동생/십객	龍山 千流	시가/센류	
6	8	川柳	柳培庵鳥石選/弟/十客 〈4〉〔1〕 류바이안 조세키 선/남동생/십객	瓮津 濤翁	시가/센류	
6	8	川柳	柳培庵鳥石選/弟/十客 〈4〉〔1〕 류바이안 조세키 선/남동생/십객	仁川 紅短冊	시가/센류	
6	8	川柳	柳培庵鳥石選/弟/十客 〈4〉〔1〕 류바이안 조세키 선/남동생/십객	仁川 少納言	시가/센류	
6	8	川柳	柳培庵鳥石選/弟/三才/人 〈4〉〔1〕 류바이안 조세키 선/남동생/삼재/인	仁川 苦論坊	시가/센류	
6	8	川柳	柳培庵鳥石選/弟/三才/地 〈4〉〔1〕 류바이안 조세키 선/남동생/삼재/지	仁川 磐梯	시가/센류	
6	8	川柳	柳培庵鳥石選/弟/三才/天 〈4〉〔1〕 류바이안 조세키 선/남동생/삼재/천	光州 耕人	시가/센류	
6	8	川柳	柳培庵鳥石選/弟/選者吟 〈4〉〔3〕 류바이안 조세키 선/남동생/선자음	柳培庵鳥石	시가/센류	
6	8	川柳	川柳募集課題 센류 모집 과제		광고/모집 광고	
6	9~11		水戸黃門記 〈34〉 미토코몬기	劍花道人	고단	
8	1~2		運命の波/運命の嵐(二) 〈102〉 운명의 파도/운명의 폭풍(2)	遠藤柳雨	소설/일본	

1920년 06월 18일(금) 6784호

지면	단수	기획	기사제목 〈회수〉〔곡수〕	필자/저자(역자)	분류	비고
1	4	朝鮮歌壇	(제목없음)〔4〕	岡本默郎	시가/단카	
1	4	朝鮮歌壇	(제목없음)〔4〕	#野桐彦	시가/단카	
1	4	朝鮮歌壇	(제목없음)〔1〕	不案	시가/단카	
1	4	朝鮮歌壇	首夏の歌 雜の歌を募る 수하 단카 모든 단카를 모으다		광고/모집 광고	
1	4~5	朝鮮俳壇	渡邊水巴選/雉子 〈1〉〔10〕 와타나베 스이하 선/꿩	星羽	시가/하이쿠	
1	5	朝鮮俳壇	渡邊水巴選/雉子 〈1〉〔7〕 와타나베 스이하 선/꿩	三橘	시가/하이쿠	
1	5~6		大阪城 〈125〉 오사카 성	芙蓉散人	소설/일본 고전	
2	5~8		金剛山/探勝の印象 〈2〉 금강산/탐승의 인상	桝本卯平	수필/기행	
4	4~7	オトギバ ナシ	十二支物語 〈5〉 십이지 이야기	秋玲瓏	소설/동화	
6	9~11		水戸黃門記 〈35〉 미토코몬기	劍花道人	고단	

지면	단수	기획	기사제목 〈회수〉〔곡수〕	필자/저자(역자)	분류	비고
8	1~3		運命の波/運命の嵐(三) 〈103〉 운명의 파도/운명의 폭풍(3)	遠藤柳雨	소설/일본	

1920년 06월 20일(일) 6786호

지면	단수	기획	기사제목 〈회수〉〔곡수〕	필자/저자(역자)	분류	비고
1	3	朝鮮詩壇	農村 〔1〕 농촌	高橋直巖	시가/한시	
1	3	朝鮮詩壇	失題次某氏韻 〔1〕 실제차모씨운	川端不絶	시가/한시	
1	3	朝鮮詩壇	枕上聞子規 〔1〕 침상문자규	河島五山	시가/한시	
1	3~4	朝鮮詩壇	偶成 〔1〕 우성	齋藤三寅	시가/한시	
1	4	朝鮮詩壇	漢詩寄稿 한시 기고		광고/모집 광고	
1	4	朝鮮歌壇	(제목없음) 〔8〕	田津宏	시가/단카	
1	4	朝鮮歌壇	(제목없음) 〔1〕	不案	시가/단카	
1	4~5	朝鮮俳壇	渡邊水巴選/雉子〈3〉〔4〕 와타나베 스이하 선/꿩	##	시가/하이쿠	
1	4~5	朝鮮俳壇	渡邊水巴選/雉子〈3〉〔4〕 와타나베 스이하 선/꿩	維石	시가/하이쿠	
1	4~5	朝鮮俳壇	渡邊水巴選/雉子〈3〉〔4〕 와타나베 스이하 선/꿩	暮情	시가/하이쿠	
1	4~5	朝鮮俳壇	渡邊水巴選/雉子〈3〉〔3〕 와타나베 스이하 선/꿩	綠童	시가/하이쿠	
1	4~5	朝鮮俳壇	渡邊水巴選/雉子〈3〉〔3〕 와타나베 스이하 선/꿩	十亭	시가/하이쿠	
1	5~6		大阪城 〈127〉 오사카 성	芙蓉散人	소설/일본 고전	
2	1~7		金剛山/傳說の敎訓 〈4〉 금강산/전설의 교훈	桝本卯平	수필/기행	
4	6~9	オトギバ ナシ	十二支物語 〈7〉 십이지 이야기	秋玲瓏	소설/동화	
6	8	川柳	默然坊選/過激派 〈1〉〔1〕 모쿠젠보 선/과격파	邱花坊	시가/센류	
6	8	川柳	默然坊選/過激派 〈1〉〔1〕 모쿠젠보 선/과격파	###	시가/센류	
6	8	川柳	默然坊選/過激派 〈1〉〔1〕 모쿠젠보 선/과격파	黑ン坊	시가/센류	
6	8	川柳	默然坊選/過激派 〈1〉〔1〕 모쿠젠보 선/과격파	耕人	시가/센류	
6	8	川柳	默然坊選/過激派 〈1〉〔1〕 모쿠젠보 선/과격파	吐詩雄	시가/센류	
6	8	川柳	默然坊選/過激派 〈1〉〔1〕 모쿠젠보 선/과격파	鶯團子	시가/센류	
6	8	川柳	默然坊選/過激派 〈1〉〔1〕 모쿠젠보 선/과격파	千流	시가/센류	
6	8	川柳	默然坊選/過激派 〈1〉〔2〕 모쿠젠보 선/과격파	少納言	시가/센류	
6	8	川柳	默然坊選/過激派 〈1〉〔2〕 모쿠젠보 선/과격파	亞素棒	시가/센류	

지면	단수	기획	기사제목 〈회수〉 [곡수]	필자/저자(역자)	분류	비고
6	8	川柳	默然坊選/過激派 〈1〉 [2] 모쿠젠보 선/과격파	右大臣	시가/센류	
6	8	川柳	默然坊選/過激派 〈1〉 [2] 모쿠젠보 선/과격파	隻鶴坊	시가/센류	
6	8	川柳	默然坊選/過激派 〈1〉 [2] 모쿠젠보 선/과격파	秀哉	시가/센류	
6	8	川柳	默然坊選/過激派 〈1〉 [3] 모쿠젠보 선/과격파	逸風	시가/센류	
6	8	川柳	默然坊選/過激派 〈1〉 [4] 모쿠젠보 선/과격파	濤翁	시가/센류	
6	9~11		水戶黃門記 〈37〉 미토코몬기	劍花道人	고단	
8	1~2		運命の波/運命の嵐(五) 〈105〉 운명의 파도/운명의 폭풍(5)	遠藤柳雨	소설/일본	

1920년 06월 21일(월) 6787호

지면	단수	기획	기사제목 〈회수〉 [곡수]	필자/저자(역자)	분류	비고
1	2~3	朝鮮歌壇	(제목없음) [8]	さゆく	시가/단카	
1	3	朝鮮歌壇	(제목없음) [1]	不案	시가/단카	
1	3	朝鮮歌壇	夏の歌 雜の歌を募る 여름의 단카 모든 단카를 모으다		광고/모집 광고	
1	3	朝鮮俳壇	渡邊水巴選/雉子 〈4〉 [2] 와타나베 스이하 선/봄-잡	佐多女	시가/하이쿠	
1	3	朝鮮俳壇	渡邊水巴選/雉子 〈4〉 [2] 와타나베 스이하 선/봄-잡	未刀	시가/하이쿠	
1	3	朝鮮俳壇	渡邊水巴選/雉子/秀逸 〈4〉 [3] 와타나베 스이하 선/봄-잡/수일	菊坡	시가/하이쿠	
1	3	朝鮮俳壇	渡邊水巴選/雉子/秀逸 〈4〉 [3] 와타나베 스이하 선/봄-잡/수일	綠童	시가/하이쿠	
1	3	朝鮮俳壇	渡邊水巴選/雉子/秀逸 〈4〉 [2] 와타나베 스이하 선/봄-잡/수일	蝸牛洞	시가/하이쿠	
1	3	朝鮮俳壇	渡邊水巴選/雉子/秀逸 〈4〉 [2] 와타나베 스이하 선/봄-잡/수일	未刀	시가/하이쿠	
1	3	朝鮮俳壇	渡邊水巴選/雉子/秀逸 〈4〉 [1] 와타나베 스이하 선/봄-잡/수일	草兒	시가/하이쿠	
1	4~6		大阪城 〈128〉 오사카 성	芙蓉散人	소설/일본 고전	
4	1~3		水戶黃門記 〈38〉 미토코몬기	劍花道人	고단	

1920년 06월 22일(화) 6788호

지면	단수	기획	기사제목 〈회수〉 [곡수]	필자/저자(역자)	분류	비고
1	2	朝鮮詩壇	夏日#居 [1] 하일#거	川端不絶	시가/한시	
1	2~3	朝鮮詩壇	接松山氏代議士當選報 [1] 접송산씨대의사당선보	寺尾公天	시가/한시	
1	3	朝鮮詩壇	漁浦聽# [1] 어포청#	大石松逕	시가/한시	
1	3	朝鮮詩壇	同題 [1] 동제	田淵黎州	시가/한시	
1	3	朝鮮詩壇	漢詩寄稿 한시 기고		광고/모집 광고	

지면	단수	기획	기사제목 〈회수〉〔곡수〕	필자/저자(역자)	분류	비고
1	3~4	朝鮮歌壇	(제목없음)〔8〕	松本麗華	시가/단카	
1	4	朝鮮歌壇	(제목없음)〔1〕	不案	시가/단카	
1	4	朝鮮歌壇	夏の歌 雜の歌を募る 여름의 단카 모든 단카를 모으다		광고/모집 광고	
1	5~6		大阪城 〈129〉 오사카 성	芙蓉散人	소설/일본 고전	
2	1~7		金剛山/毘廬峯の壯觀 〈5〉 금강산/비려봉의 장관	桝本卯平	수필/기행	
4	7~9	オトギバ ナシ	十二支物語 〈8〉 십이지 이야기	秋玲瓏	소설/동화	
4	10~12		運命の波/運命の嵐(六) 〈106〉 운명의 파도/운명의 폭풍(6)	遠藤柳雨	소설/일본	
6	8	川柳	默然坊選/過激派 〈2〉〔4〕 모쿠젠보 선/과격파	磐梯	시가/센류	
6	8	川柳	默然坊選/過激派 〈2〉〔4〕 모쿠젠보 선/과격파	輝華	시가/센류	
6	8	川柳	默然坊選/過激派 〈2〉〔5〕 모쿠젠보 선/과격파	紅短冊	시가/센류	
6	8	川柳	默然坊選/過激派 〈2〉〔5〕 모쿠젠보 선/과격파	紅短冊	시가/센류	
6	8	川柳	默然坊選/過激派/五客 〈2〉〔1〕 모쿠젠보 선/과격파/오객	輝華	시가/센류	
6	8	川柳	默然坊選/過激派/五客 〈2〉〔1〕 모쿠젠보 선/과격파/오객	圓于門	시가/센류	
6	8	川柳	默然坊選/過激派/五客 〈2〉〔1〕 모쿠젠보 선/과격파/오객	初學坊	시가/센류	
6	8	川柳	默然坊選/過激派/五客 〈2〉〔1〕 모쿠젠보 선/과격파/오객	邱花坊	시가/센류	
6	8	川柳	默然坊選/過激派/五客 〈2〉〔1〕 모쿠젠보 선/과격파/오객	千流	시가/센류	
6	8	川柳	默然坊選/過激派/五客/人 〈2〉〔1〕 모쿠젠보 선/과격파/오객/인	少納言	시가/센류	
6	8	川柳	默然坊選/過激派/五客/地 〈2〉〔1〕 모쿠젠보 선/과격파/오객/지	鶯團子	시가/센류	
6	8	川柳	默然坊選/過激派/五客/天 〈2〉〔1〕 모쿠젠보 선/과격파/오객/천	磐梯	시가/센류	
6	8	川柳	默然坊選/過激派/五客/軸〔3〕 모쿠젠보 선/과격파/오객/축	默然坊	시가/센류	
6	8	川柳	川柳募集課題 센류 모집 과제		광고/모집 광고	
6	9~11		水戸黃門記 〈39〉 미토코몬기	劍花道人	고단	

1920년 06월 23일(수) 6789호

지면	단수	기획	기사제목	필자/저자(역자)	분류	비고
1	4	朝鮮詩壇	#兒名咸〔1〕 #아명함	寺尾公天	시가/한시	
1	4	朝鮮詩壇	山閣雨後〔1〕 산각우후	田淵黎州	시가/한시	
1	4	朝鮮詩壇	同題〔1〕 동제	川端不絶	시가/한시	

지면	단수	기획	기사제목 〈회수〉〔곡수〕	필자/저자(역자)	분류	비고
1	4	朝鮮詩壇	同題〔1〕 동제	大島奇山	시가/한시	
1	4	朝鮮詩壇	漢詩寄稿 한시 기고		광고/모집 광고	
1	4~5	朝鮮歌壇	(제목없음)〔8〕	岡本默郞	시가/단카	
1	4~5	朝鮮歌壇	(제목없음)〔2〕	不案	시가/단카	
1	4~5	朝鮮歌壇	夏の歌 雜の歌を募る 여름의 단카 모든 단카를 모으다		광고/모집 광고	
1	5~6		大阪城〈130〉 오사카 성	芙蓉散人	소설/일본 고전	
2	3~8		金剛山/內外金剛の異彩〈6〉 금강산/내외금강의 이채	桝本卯平	수필/기행	
4	6~9	オトギバ ナシ	十二支物語〈9〉 십이지 이야기	秋玲瓏	소설/동화	
6	8	川柳	朝鮮川柳第一回例會〈1〉 조선 센류 제1회 예회	鳥石	수필/기타	
6	8	川柳	朝鮮川柳第一回例會/宿題/不足(互選)/四點〈1〉〔1〕 조선 센류 제1회 예회/숙제/부족(호선)/사점	鳥石	시가/센류	
6	8	川柳	朝鮮川柳第一回例會/宿題/不足(互選)/三點〈1〉〔1〕 조선 센류 제1회 예회/숙제/부족(호선)/삼점	髑髏人	시가/센류	
6	8	川柳	朝鮮川柳第一回例會/宿題/不足(互選)/三點〈1〉〔1〕 조선 센류 제1회 예회/숙제/부족(호선)/삼점	逸風	시가/센류	
6	8	川柳	朝鮮川柳第一回例會/宿題/不足(互選)/三點〈1〉〔1〕 조선 센류 제1회 예회/숙제/부족(호선)/삼점	鳥石	시가/센류	
6	8	川柳	朝鮮川柳第一回例會/宿題/不足(互選)/三點〈1〉〔1〕 조선 센류 제1회 예회/숙제/부족(호선)/삼점	三日坊	시가/센류	
6	8	川柳	朝鮮川柳第一回例會/宿題/不足(互選)/三點〈1〉〔1〕 조선 센류 제1회 예회/숙제/부족(호선)/삼점	邱花坊	시가/센류	
6	8	川柳	朝鮮川柳第一回例會/宿題/不足(互選)/二點〈1〉〔3〕 조선 센류 제1회 예회/숙제/부족(호선)/이점	三日坊	시가/센류	
6	8	川柳	朝鮮川柳第一回例會/宿題/不足(互選)/二點〈1〉〔1〕 조선 센류 제1회 예회/숙제/부족(호선)/이점	圍于門	시가/센류	
6	8	川柳	朝鮮川柳第一回例會/宿題/不足(互選)/二點〈1〉〔1〕 조선 센류 제1회 예회/숙제/부족(호선)/이점	千流	시가/센류	
6	8	川柳	朝鮮川柳第一回例會/宿題/不足(互選)/二點〈1〉〔1〕 조선 센류 제1회 예회/숙제/부족(호선)/이점	柳外子	시가/센류	
6	8	川柳	朝鮮川柳第一回例會/宿題/不足(互選)/二點〈1〉〔1〕 조선 센류 제1회 예회/숙제/부족(호선)/이점	初學坊	시가/센류	
6	8	川柳	朝鮮川柳第一回例會/宿題/不足(互選)/二點〈1〉〔1〕 조선 센류 제1회 예회/숙제/부족(호선)/이점	山鹿坊	시가/센류	
6	8	川柳	朝鮮川柳第一回例會/宿題/不足(互選)/二點〈1〉〔1〕 조선 센류 제1회 예회/숙제/부족(호선)/이점	髑髏人	시가/센류	
6	8	川柳	朝鮮川柳第一回例會/宿題/不足(互選)/二點〈1〉〔1〕 조선 센류 제1회 예회/숙제/부족(호선)/이점	無昇	시가/센류	
6	8	川柳	朝鮮川柳第一回例會/宿題/笑(互選)/五點〈1〉〔1〕 조선 센류 제1회 예회/숙제/웃음(호선)/오점	鳥石	시가/센류	
6	8	川柳	朝鮮川柳第一回例會/宿題/笑(互選)/四點〈1〉〔1〕 조선 센류 제1회 예회/숙제/웃음(호선)/사점	三日坊	시가/센류	
6	8	川柳	朝鮮川柳第一回例會/宿題/笑(互選)/四點〈1〉〔1〕 조선 센류 제1회 예회/숙제/웃음(호선)/사점	無昻	시가/센류	

지면	단수	기획	기사제목 〈회수〉〔곡수〕	필자/저자(역자)	분류	비고
6	8	川柳	朝鮮川柳第一回例會/宿題/笑(互選)/四點 〈1〉〔1〕 조선 센류 제1회 예회/숙제/웃음(호선)/사점	千流	시가/센류	
6	8	川柳	朝鮮川柳第一回例會/宿題/笑(互選)/參點 〈1〉〔1〕 조선 센류 제1회 예회/숙제/웃음(호선)/삼점	山鹿坊	시가/센류	
6	8	川柳	朝鮮川柳第一回例會/宿題/笑(互選)/二點 〈1〉〔1〕 조선 센류 제1회 예회/숙제/웃음(호선)/이점	柳外子	시가/센류	
6	8	川柳	朝鮮川柳第一回例會/宿題/笑(互選)/二點 〈1〉〔1〕 조선 센류 제1회 예회/숙제/웃음(호선)/이점	丹#門	시가/센류	
6	8	川柳	朝鮮川柳第一回例會/宿題/笑(互選)/二點 〈1〉〔1〕 조선 센류 제1회 예회/숙제/웃음(호선)/이점	無昇	시가/센류	
6	8	川柳	朝鮮川柳第一回例會/宿題/笑(互選)/二點 〈1〉〔1〕 조선 센류 제1회 예회/숙제/웃음(호선)/이점	山鹿坊	시가/센류	
6	8	川柳	朝鮮川柳第一回例會/宿題/笑(互選)/二點 〈1〉〔3〕 조선 센류 제1회 예회/숙제/웃음(호선)/이점	髑髏人	시가/센류	
6	8	川柳	朝鮮川柳第一回例會/宿題/笑(互選)/二點 〈1〉〔2〕 조선 센류 제1회 예회/숙제/웃음(호선)/이점	千流	시가/센류	
6	8	川柳	川柳募集課題 센류 모집 과제		광고/모집 광고	
6	9~11		水戶黃門記 〈40〉 미토코몬기	劍花道人	고단	
8	1~2		運命の波/運命の嵐(七) 〈107〉 운명의 파도/운명의 폭풍(7)	遠藤柳雨	소설/일본	

1920년 06월 24일(목) 6790호

지면	단수	기획	기사제목 〈회수〉〔곡수〕	필자/저자(역자)	분류	비고
1	4~5	朝鮮詩壇	#浦## 〔1〕 #포##	川端不絶	시가/한시	
1	5	朝鮮詩壇	同題 〔1〕 동제	栗原華陽	시가/한시	
1	5	朝鮮詩壇	同題 〔1〕 동제	大島奇山	시가/한시	
1	5	朝鮮詩壇	詠##苦#松山詞兄 〔1〕 ##고#송산사형	小永井槐陰	시가/한시	
1	5~6		大阪城 〈131〉 오사카 성	芙蓉散人	소설/일본 고전	
2	1~7		金剛山/玉龍溪の美觀 〈7〉 금강산/옥룡계의 미관	桝本卯平	수필/기행	
6	8	川柳	朝鮮川柳第一回例會/不足/默然坊選/人 〈2〉〔1〕 조선 센류 제1회 예회/부족/모쿠넨보 선/인	逸風	시가/센류	
6	8	川柳	朝鮮川柳第一回例會/不足/默然坊選/地 〈2〉〔1〕 조선 센류 제1회 예회/부족/모쿠넨보 선/지	圓于門	시가/센류	
6	8	川柳	朝鮮川柳第一回例會/不足/默然坊選/天 〈2〉〔1〕 조선 센류 제1회 예회/부족/모쿠넨보 선/천	千流	시가/센류	
6	8	川柳	朝鮮川柳第一回例會/不足/默然坊選/軸 〈2〉〔2〕 조선 센류 제1회 예회/부족/모쿠넨보 선/축	默然坊	시가/센류	
6	8	川柳	朝鮮川柳第一回例會/笑/鳥石選/人 〈2〉〔1〕 조선 센류 제1회 예회/웃음/조세키 선/인	千流	시가/센류	
6	8	川柳	朝鮮川柳第一回例會/笑/鳥石選/地 〈2〉〔1〕 조선 센류 제1회 예회/웃음/조세키 선/지	柳外子	시가/센류	
6	8	川柳	朝鮮川柳第一回例會/笑/鳥石選/天 〈2〉〔1〕 조선 센류 제1회 예회/웃음/조세키 선/천	山鹿坊	시가/센류	
6	8	川柳	朝鮮川柳第一回例會/笑/鳥石選/軸 〈2〉〔2〕 조선 센류 제1회 예회/웃음/조세키 선/축	鳥石	시가/센류	

지면	단수	기획	기사제목 〈회수〉〔곡수〕	필자/저자(역자)	분류	비고
6	8	川柳	朝鮮川柳第一回例會/席題(流)/柳昌庵默然坊選/前拔 〈2〉〔1〕 조선 센류 제1회 예회/석제(류)/류쇼안 모쿠넨보 선/전발	三日坊	시가/센류	
6	8	川柳	朝鮮川柳第一回例會/席題(流)/柳昌庵默然坊選/前拔 〈2〉〔1〕 조선 센류 제1회 예회/석제(류)/류쇼안 모쿠넨보 선/전발	花石	시가/센류	
6	8	川柳	朝鮮川柳第一回例會/席題(流)/柳昌庵默然坊選/前拔 〈2〉〔1〕 조선 센류 제1회 예회/석제(류)/류쇼안 모쿠넨보 선/전발	髑髏人	시가/센류	
6	8	川柳	朝鮮川柳第一回例會/席題(流)/柳昌庵默然坊選/前拔 〈2〉〔2〕 조선 센류 제1회 예회/석제(류)/류쇼안 모쿠넨보 선/전발	圓于門	시가/센류	
6	8	川柳	朝鮮川柳第一回例會/席題(流)/柳昌庵默然坊選/前拔 〈2〉〔2〕 조선 센류 제1회 예회/석제(류)/류쇼안 모쿠넨보 선/전발	鳥石	시가/센류	
6	8	川柳	朝鮮川柳第一回例會/席題(流)/柳昌庵默然坊選/前拔 〈2〉〔3〕 조선 센류 제1회 예회/석제(류)/류쇼안 모쿠넨보 선/전발	逸非	시가/센류	
6	8	川柳	朝鮮川柳第一回例會/席題(流)/柳昌庵默然坊選/前拔 〈2〉〔3〕 조선 센류 제1회 예회/석제(류)/류쇼안 모쿠넨보 선/전발	柳外子	시가/센류	
6	8	川柳	朝鮮川柳第一回例會/席題(流)/柳昌庵默然坊選/秀句 〈2〉〔1〕 조선 센류 제1회 예회/석제(류)/류쇼안 모쿠넨보 선/수구	鳥石	시가/센류	
6	8	川柳	朝鮮川柳第一回例會/席題(流)/柳昌庵默然坊選/秀句 〈2〉〔2〕 조선 센류 제1회 예회/석제(류)/류쇼안 모쿠넨보 선/수구	三日坊	시가/센류	
6	8	川柳	朝鮮川柳第一回例會/席題(流)/柳昌庵默然坊選/秀句 〈2〉〔3〕 조선 센류 제1회 예회/석제(류)/류쇼안 모쿠넨보 선/수구	千流	시가/센류	
6	8	川柳	朝鮮川柳第一回例會/席題(流)/柳昌庵默然坊選/二才/人 〈2〉〔1〕 조선 센류 제1회 예회/석제(류)/류쇼안 모쿠넨보 선/이재/인	三日坊	시가/센류	
6	8	川柳	朝鮮川柳第一回例會/席題(流)/柳昌庵默然坊選/二才/地 〈2〉〔1〕 조선 센류 제1회 예회/석제(류)/류쇼안 모쿠넨보 선/이재/지	柳外子	시가/센류	
6	8	川柳	朝鮮川柳第一回例會/席題(流)/柳昌庵默然坊選/二才/天 〈2〉〔1〕 조선 센류 제1회 예회/석제(류)/류쇼안 모쿠넨보 선/이재/천	鳥石	시가/센류	
6	8	川柳	朝鮮川柳第一回例會/席題(流)/柳昌庵默然坊選/二才/軸 〈2〉〔1〕 조선 센류 제1회 예회/석제(류)/류쇼안 모쿠넨보 선/이재/축	柳昌庵默然坊	시가/센류	
6	8	川柳	朝鮮川柳第一回例會/席題(氏)/五分間吟二句吐/四點 〈2〉〔1〕 조선 센류 제1회 예회/석제(씨)/오분간음 이구토/사점	千流	시가/센류	
6	8	川柳	朝鮮川柳第一回例會/席題(氏)/五分間吟二句吐/四點 〈2〉〔1〕 조선 센류 제1회 예회/석제(씨)/오분간음 이구토/사점	鳥石	시가/센류	
6	8	川柳	朝鮮川柳第一回例會/席題(氏)/五分間吟二句吐/參點 〈2〉〔1〕 조선 센류 제1회 예회/석제(씨)/오분간음 이구토/삼점	髑髏人	시가/센류	
6	8	川柳	朝鮮川柳第一回例會/席題(氏)/五分間吟二句吐/二點 〈2〉〔1〕 조선 센류 제1회 예회/석제(씨)/오분간음 이구토/이점	三日坊	시가/센류	
6	8	川柳	朝鮮川柳第一回例會/席題(氏)/五分間吟二句吐/二點 〈2〉〔1〕 조선 센류 제1회 예회/석제(씨)/오분간음 이구토/이점	千流	시가/센류	
6	8	川柳	朝鮮川柳第一回例會/席題(氏)/五分間吟二句吐/二點 〈2〉〔1〕 조선 센류 제1회 예회/석제(씨)/오분간음 이구토/이점	柳外	시가/센류	
6	8	川柳	朝鮮川柳第一回例會/席題(氏)/五分間吟二句吐/二點 〈2〉〔1〕 조선 센류 제1회 예회/석제(씨)/오분간음 이구토/이점	圓于門	시가/센류	
6	8	川柳	川柳募集課題 센류 모집 과제		광고/모집 광고	
6	9~11		水戶黃門記 〈41〉 미토코몬기	劍花道人	고단	
8	1~2		運命の波/惡魔の影(一) 〈108〉 운명의 파도/악마의 그림자(1)	遠藤柳雨	소설/일본	

1920년 06월 25일(금) 6791호

| 1 | 5~6 | | 大阪城 〈132〉
오사카 성 | 芙蓉散人 | 소설/일본
고전 | |

지면	단수	기획	기사제목 〈회수〉〔곡수〕	필자/저자(역자)	분류	비고
2	1~7		金剛山/八潭の感想 〈8〉 금강산/팔담의 감상	桝本卯平	수필/기행	
4	6~9	オトギバナシ	狼て爺さん(上) 〈1〉 늑대 할아버지(상)	橘秀子	소설/동화	
6	9~11		水戸黄門記 〈42〉 미토코몬기	剣花道人	고단	
8	1~2		運命の波/悪魔の影(二) 〈109〉 운명의 파도/악마의 그림자(2)	遠藤柳雨	소설/일본	

1920년 06월 26일(토) 6792호

지면	단수	기획	기사제목 〈회수〉〔곡수〕	필자/저자(역자)	분류	비고
1	5	朝鮮歌壇	(제목없음) 〔8〕	湊白露	시가/단카	
1	5	朝鮮歌壇	(제목없음) 〔1〕	不案	시가/단카	
1	5	朝鮮歌壇	夏の歌 雑の歌を募る 여름 단카 모든 단카를 모으다		광고/모집 광고	
1	5~6		大阪城 〈133〉 오사카 성	芙蓉散人	소설/일본 고전	
2	1~7		金剛山/内金剛の香 〈9〉 금강산/내금강의 향기	桝本卯平	수필/기행	
6	8	川柳	朝鮮川柳第一回例會/席題/辻(互選)/默然坊選/四點 〈3〉〔1〕 조선 센류 제1회 예회/석제/십(호선)/모쿠넨보 선/사점	紅短冊	시가/센류	
6	8	川柳	朝鮮川柳第一回例會/席題/辻(互選)/默然坊選/四點 〈3〉〔1〕 조선 센류 제1회 예회/석제/십(호선)/모쿠넨보 선/사점	三日坊	시가/센류	
6	8	川柳	朝鮮川柳第一回例會/席題/辻(互選)/默然坊選/四點 〈3〉〔1〕 조선 센류 제1회 예회/석제/십(호선)/모쿠넨보 선/사점	鳥石	시가/센류	
6	8	川柳	朝鮮川柳第一回例會/席題/辻(互選)/默然坊選/四點 〈3〉〔1〕 조선 센류 제1회 예회/석제/십(호선)/모쿠넨보 선/사점	默然坊	시가/센류	
6	8	川柳	朝鮮川柳第一回例會/席題/辻(互選)/默然坊選/四點 〈3〉〔1〕 조선 센류 제1회 예회/석제/십(호선)/모쿠넨보 선/사점	紅短冊	시가/센류	
6	8	川柳	朝鮮川柳第一回例會/席題/辻(互選)/默然坊選/四點 〈3〉〔1〕 조선 센류 제1회 예회/석제/십(호선)/모쿠넨보 선/사점	柳外子	시가/센류	
6	8	川柳	朝鮮川柳第一回例會/席題/辻(互選)/默然坊選/三點 〈3〉〔2〕 조선 센류 제1회 예회/석제/십(호선)/모쿠넨보 선/삼점	三日坊	시가/센류	
6	8	川柳	朝鮮川柳第一回例會/席題/辻(互選)/默然坊選/三點 〈3〉〔1〕 조선 센류 제1회 예회/석제/십(호선)/모쿠넨보 선/삼점	默然坊	시가/센류	
6	8	川柳	朝鮮川柳第一回例會/席題/辻(互選)/默然坊選/三點 〈3〉〔1〕 조선 센류 제1회 예회/석제/십(호선)/모쿠넨보 선/삼점	逸風	시가/센류	
6	8	川柳	朝鮮川柳第一回例會/席題/辻(互選)/默然坊選/三點 〈3〉〔1〕 조선 센류 제1회 예회/석제/십(호선)/모쿠넨보 선/삼점	圓于門	시가/센류	
6	8	川柳	朝鮮川柳第一回例會/席題/辻(互選)/默然坊選/三點 〈3〉〔1〕 조선 센류 제1회 예회/석제/십(호선)/모쿠넨보 선/삼점	髑髏人	시가/센류	
6	8	川柳	朝鮮川柳第一回例會/句附冠句の部/默然坊選/五點 〈3〉〔1〕 조선 센류 제1회 예회/구부관구의 부/모쿠넨보 선/오점	逸風	시가/센류	
6	8	川柳	朝鮮川柳第一回例會/句附冠句の部/默然坊選/四點 〈3〉〔1〕 조선 센류 제1회 예회/구부관구의 부/모쿠넨보 선/사점	花石	시가/센류	
6	8	川柳	朝鮮川柳第一回例會/句附冠句の部/默然坊選/四點 〈3〉〔1〕 조선 센류 제1회 예회/구부관구의 부/모쿠넨보 선/사점	鳥石	시가/센류	
6	8	川柳	朝鮮川柳第一回例會/句附冠句の部/默然坊選/三點 〈3〉〔1〕 조선 센류 제1회 예회/구부관구의 부/모쿠넨보 선/삼점	柳外子	시가/센류	
6	8	川柳	朝鮮川柳第一回例會/句附冠句の部/默然坊選/二點 〈3〉〔1〕 조선 센류 제1회 예회/구부관구의 부/모쿠넨보 선/이점	默然坊	시가/센류	

지면	단수	기획	기사제목 〈회수〉〔곡수〕	필자/저자(역자)	분류	비고
6	8	川柳	朝鮮川柳第一回例會/中句の部/默然坊選/六點 〈3〉〔1〕 조선 센류 제1회 예회/중구의 부/모쿠넨보 선/육점	千流	시가/센류	
6	8	川柳	朝鮮川柳第一回例會/中句の部/默然坊選/五點 〈3〉〔1〕 조선 센류 제1회 예회/중구의 부/모쿠넨보 선/오점	鳥石	시가/센류	
6	8	川柳	朝鮮川柳第一回例會/中句の部/默然坊選/二點 〈3〉〔1〕 조선 센류 제1회 예회/중구의 부/모쿠넨보 선/이점	柳外子	시가/센류	
6	8	川柳	朝鮮川柳第一回例會/中句の部/默然坊選/二點 〈3〉〔1〕 조선 센류 제1회 예회/중구의 부/모쿠넨보 선/이점	髑髏人	시가/센류	
6	8	川柳	朝鮮川柳第一回例會/中句の部/默然坊選/一點 〈3〉〔1〕 조선 센류 제1회 예회/중구의 부/모쿠넨보 선/일점	默然坊	시가/센류	
6	8	川柳	朝鮮川柳第一回例會/中句の部/默然坊選/一點 〈3〉〔1〕 조선 센류 제1회 예회/중구의 부/모쿠넨보 선/일점	三日坊	시가/센류	
6	8	川柳	朝鮮川柳第一回例會/下句の部/默然坊選/七点 〈3〉〔1〕 조선 센류 제1회 예회/하구의 부/모쿠넨보 선/칠점	鳥石	시가/센류	
6	8	川柳	朝鮮川柳第一回例會/下句の部/默然坊選/四点 〈3〉〔1〕 조선 센류 제1회 예회/하구의 부/모쿠넨보 선/사점	髑髏人	시가/센류	
6	8	川柳	朝鮮川柳第一回例會/下句の部/默然坊選/二点 〈3〉〔1〕 조선 센류 제1회 예회/하구의 부/모쿠넨보 선/이점	千流	시가/센류	
6	8	川柳	朝鮮川柳第一回例會/下句の部/默然坊選/一点 〈3〉〔1〕 조선 센류 제1회 예회/하구의 부/모쿠넨보 선/일점	柳外子	시가/센류	
6	8	川柳	朝鮮川柳第一回例會/下句の部/默然坊選/一点 〈3〉〔1〕 조선 센류 제1회 예회/하구의 부/모쿠넨보 선/일점	默然坊	시가/센류	
6	8	川柳	朝鮮川柳第一回例會/下句の部/默然坊選/一点 〈3〉〔1〕 조선 센류 제1회 예회/하구의 부/모쿠넨보 선/일점	三日坊	시가/센류	
6	8	川柳	朝鮮川柳第一回例會/下句の部/默然坊選/一点 〈3〉〔1〕 조선 센류 제1회 예회/하구의 부/모쿠넨보 선/일점	花石	시가/센류	
6	8	川柳	朝鮮川柳第一回例會/下句の部/默然坊選/一點 〈3〉〔1〕 조선 센류 제1회 예회/하구의 부/모쿠넨보 선/일점	圓于門	시가/센류	
6	8	川柳	朝鮮川柳第一回例會/冠句の部/默然坊選/五點 〈3〉〔1〕 조선 센류 제1회 예회/관구의 부/모쿠넨보 선/오점	千流	시가/센류	
6	8	川柳	朝鮮川柳第一回例會/冠句の部/默然坊選/四點 〈3〉〔1〕 조선 센류 제1회 예회/관구의 부/모쿠넨보 선/사점	鳥石	시가/센류	
6	8	川柳	朝鮮川柳第一回例會/冠句の部/默然坊選/三點 〈3〉〔1〕 조선 센류 제1회 예회/관구의 부/모쿠넨보 선/삼점	圓于門	시가/센류	
6	8	川柳	朝鮮川柳第一回例會/冠句の部/默然坊選/#點 〈3〉〔1〕 조선 센류 제1회 예회/관구의 부/모쿠넨보 선/#점	逸風	시가/센류	
6	8	川柳	朝鮮川柳第一回例會/冠句の部/默然坊選/二點 〈3〉〔1〕 조선 센류 제1회 예회/관구의 부/모쿠넨보 선/이점	人然坊	시가/센류	
6	8	川柳	朝鮮川柳第一回例會/冠句の部/默然坊選/一點 〈3〉〔1〕 조선 센류 제1회 예회/관구의 부/모쿠넨보 선/일점	柳外子	시가/센류	
6	8	川柳	朝鮮川柳第一回例會/冠句の部/默然坊選/一點 〈3〉〔1〕 조선 센류 제1회 예회/관구의 부/모쿠넨보 선/일점	三日坊	시가/센류	
6	8	川柳	川柳募集課題 센류 모집 과제		광고/모집	광고
6	9~11		水戸黃門記 〈43〉 미토코몬기	劍花道人	고단	
8	1~3		運命の波/惡魔の影(三) 〈110〉 운명의 파도/악마의 그림자(3)	遠藤柳雨	소설/일본	

1920년 06월 27일(일) 6793호

지면	단수	기획	기사제목 〈회수〉〔곡수〕	필자/저자(역자)	분류	비고
1	4	朝鮮詩壇	客中暮春 〔1〕 객중모춘	村上龍堂	시가/한시	

지면	단수	기획	기사제목 〈회수〉〔곡수〕	필자/저자(역자)	분류	비고
1	4	朝鮮詩壇	漁浦聽韻〔1〕 어포청운	工藤投雪	시가/한시	
1	4	朝鮮詩壇	同題〔1〕 동제	小永井槐陰	시가/한시	
1	4	朝鮮詩壇	漢詩寄稿 한시 기고		광고/모집 광고	
1	5~6		大阪城〈134〉 오사카 성	芙蓉散人	소설/일본 고전	
2	1~8		金剛山/望軍台の印象〈10〉 금강산/망군대의 인상	桝本卯平	수필/기행	
6	8	川柳	柳培庵鳥石選/渡舟/前拔〈1〉〔1〕 류바이안 조세키 선/도주/전발	文福	시가/센류	
6	8	川柳	柳培庵鳥石選/渡舟/前拔/同想同案〈1〉〔1〕 류바이안 조세키 선/도주/전발/동상동안	蝶上	시가/센류	
6	8	川柳	柳培庵鳥石選/渡舟/前拔/同想同案〈1〉〔1〕 류바이안 조세키 선/도주/전발/동상동안	右大臣	시가/센류	
6	8	川柳	柳培庵鳥石選/渡舟/前拔〈1〉〔1〕 류바이안 조세키 선/도주/전발	#仙	시가/센류	
6	8	川柳	柳培庵鳥石選/渡舟/前拔〈1〉〔1〕 류바이안 조세키 선/도주/전발	白菊	시가/센류	
6	8	川柳	柳培庵鳥石選/渡舟/前拔〈1〉〔1〕 류바이안 조세키 선/도주/전발	金詩坊	시가/센류	
6	8	川柳	柳培庵鳥石選/渡舟/前拔〈1〉〔1〕 류바이안 조세키 선/도주/전발	南嶺	시가/센류	
6	8	川柳	柳培庵鳥石選/渡舟/前拔〈1〉〔1〕 류바이안 조세키 선/도주/전발	頓知機	시가/센류	
6	8	川柳	柳培庵鳥石選/渡舟/前拔/同想同案〈1〉〔1〕 류바이안 조세키 선/도주/전발/동상동안	雙鶴坊	시가/센류	
6	8	川柳	柳培庵鳥石選/渡舟/前拔/同想同案〈1〉〔1〕 류바이안 조세키 선/도주/전발/동상동안	右大臣	시가/센류	
6	8	川柳	柳培庵鳥石選/渡舟/前拔〈1〉〔1〕 류바이안 조세키 선/도주/전발	雙鶴坊	시가/센류	
6	8	川柳	柳培庵鳥石選/渡舟/前拔〈1〉〔2〕 류바이안 조세키 선/도주/전발	霜月	시가/센류	
6	8	川柳	柳培庵鳥石選/渡舟/前拔〈1〉〔2〕 류바이안 조세키 선/도주/전발	繁月	시가/센류	
6	8	川柳	柳培庵鳥石選/渡舟/前拔〈1〉〔2〕 류바이안 조세키 선/도주/전발	精進坊	시가/센류	
6	8	川柳	柳培庵鳥石選/渡舟/前拔〈1〉〔2〕 류바이안 조세키 선/도주/전발	よか樓	시가/센류	
6	8	川柳	柳培庵鳥石選/渡舟/前拔〈1〉〔2〕 류바이안 조세키 선/도주/전발	邱花坊	시가/센류	
6	8	川柳	柳培庵鳥石選/渡舟/前拔〈1〉〔2〕 류바이안 조세키 선/도주/전발	耕人	시가/센류	
6	8	川柳	柳培庵鳥石選/渡舟/前拔〈1〉〔2〕 류바이안 조세키 선/도주/전발	額文	시가/센류	
6	8	川柳	柳培庵鳥石選/渡舟/前拔〈1〉〔2〕 류바이안 조세키 선/도주/전발	三十四坊	시가/센류	
6	8	川柳	柳培庵鳥石選/渡舟/前拔〈1〉〔3〕 류바이안 조세키 선/도주/전발	右大臣	시가/센류	
6	8	川柳	柳培庵鳥石選/渡舟/前拔〈1〉〔3〕 류바이안 조세키 선/도주/전발	堤柳	시가/센류	

지면	단수	기획	기사제목 〈회수〉〔곡수〕	필자/저자(역자)	분류	비고
6	8	川柳	川柳募集課題 센류 모집 과제		광고/모집 광고	
6	9~11		水戶黃門記 〈44〉 미토코몬기	劍花道人	고단	
8	1~3		運命の波/惡魔の影(四) 〈111〉 운명의 파도/악마의 그림자(4)	遠藤柳雨	소설/일본	

1920년 06월 28일(월) 6794호

지면	단수	기획	기사제목 〈회수〉〔곡수〕	필자/저자(역자)	분류	비고
1	1~2		人間の改造と宗敎(上) 〈1〉 인간 개조와 종교(상)	早大敎授 帆足理一 郞	수필/기타	
1	4~6		大阪城 〈135〉 오사카 성	芙蓉散人	소설/일본 고전	
2	1~8		金剛山/自然の精氣 〈11〉 금강산/자연의 정기	桝本卯平	수필/기행	
4	1~3		水戶黃門記 〈45〉 미토코몬기	劍花道人	고단	

1920년 06월 29일(화) 6795호

지면	단수	기획	기사제목 〈회수〉〔곡수〕	필자/저자(역자)	분류	비고
1	3	朝鮮詩壇	枕上聞子規 〔1〕 침상문자규	大石松逕	시가/한시	
1	3~4	朝鮮詩壇	山聞雨後 〔1〕 산문우후	成田魯石	시가/한시	
1	4	朝鮮詩壇	同題 〔1〕 동제	工藤投雪	시가/한시	
1	4	朝鮮詩壇	同題 〔1〕 동제	小永井槐陰	시가/한시	
1	5~6		大阪城 〈136〉 오사카 성	芙蓉散人	소설/일본 고전	
2	1~6		金剛山/萬瀑洞(上) 〈12〉 금강산/만폭동(상)	桝本卯平	수필/기행	
4	7~9		故三島頭取 追憶記/人格の人 〈1〉 고 미시마 은행장 추억기/인격의 사람	蒲生隆宏	수필/기타	
6	8	川柳	柳培庵鳥石選/渡舟 〈2〉〔3〕 류바이안 조세키 선/나룻배	肥後守	시가/센류	
6	8	川柳	柳培庵鳥石選/渡舟 〈2〉〔3〕 류바이안 조세키 선/룻배	紅短冊	시가/센류	
6	8	川柳	柳培庵鳥石選/渡舟 〈2〉〔3〕 류바이안 조세키 선/나룻배	風來坊	시가/센류	
6	8	川柳	柳培庵鳥石選/渡舟 〈2〉〔4〕 류바이안 조세키 선/나룻배	黑ン坊	시가/센류	
6	8	川柳	柳培庵鳥石選/渡舟 〈2〉〔4〕 류바이안 조세키 선/나룻배	三日坊	시가/센류	
6	8	川柳	柳培庵鳥石選/渡舟 〈2〉〔4〕 류바이안 조세키 선/나룻배	富士香	시가/센류	
6	8	川柳	柳培庵鳥石選/渡舟 〈2〉〔5〕 류바이안 조세키 선/나룻배	逸風	시가/센류	
6	8	川柳	川柳募集課題 센류 모집 과제		광고/모집 광고	
6	9~11		水戶黃門記 〈46〉 미토코몬기	劍花道人	고단	
8	1~3		運命の波/欲と戀と(一) 〈112〉 운명의 파도/욕심과 사랑과(1)	遠藤柳雨	소설/일본	

지면	단수	기획	기사제목 〈회수〉〔곡수〕	필자/저자(역자)	분류	비고
			1920년 06월 30일(수) 6796호			
1	1~2		人間の改造と宗教(中) 〈2〉 인간 개조와 종교(중)	早大教授 帆足理一 郎	수필/기타	
1	4	朝鮮詩壇	山聞#後 〔1〕 산문#후	河島五山	시가/한시	
1	4	朝鮮詩壇	江村夏夕 〔1〕 강촌하석	大石松逕	시가/한시	
1	4	朝鮮詩壇	石榴花 〔1〕 석류화	齋藤三寅	시가/한시	
1	4~5	朝鮮詩壇	枕上聞子規 〔1〕 침상문자규	茂泉鴻堂	시가/한시	
1	5	朝鮮歌壇	(제목없음) 〔7〕	岡本默郎	시가/단카	
1	5	朝鮮歌壇	(제목없음) 〔1〕	不案	시가/단카	
1	5	朝鮮歌壇	夏の歌 雜の歌を募る 여름 단카 모든 단카를 모으다		광고/모집 광고	
1	5~6		大阪城 〈137〉 오사카 성	芙蓉散人	소설/일본 고전	
2	1~6		金剛山/萬瀑洞(中) 〈13〉 금강산/만폭동(중)	桝本卯平	수필/기행	
6	8	川柳	柳培庵鳥石選/渡舟/佳句 〈3〉〔1〕 류바이안 조세키 선/뛰어난 구	龍山 白菊	시가/센류	
6	8	川柳	柳培庵鳥石選/渡舟/佳句 〈3〉〔1〕 류바이안 조세키 선/뛰어난 구	沙里院 金詩坊	시가/센류	
6	8	川柳	柳培庵鳥石選/渡舟/佳句 〈3〉〔1〕 류바이안 조세키 선/뛰어난 구	龍山 頓知機	시가/센류	
6	8	川柳	柳培庵鳥石選/渡舟/佳句 〈3〉〔1〕 류바이안 조세키 선/뛰어난 구	大邱 邱花坊	시가/센류	
6	8	川柳	柳培庵鳥石選/渡舟/佳句 〈3〉〔1〕 류바이안 조세키 선/뛰어난 구	光州 耕人	시가/센류	
6	8	川柳	柳培庵鳥石選/渡舟/佳句 〈3〉〔1〕 류바이안 조세키 선/뛰어난 구	咸興 #文	시가/센류	
6	8	川柳	柳培庵鳥石選/渡舟/佳句 〈3〉〔1〕 류바이안 조세키 선/뛰어난 구	京城 三十四坊	시가/센류	
6	8	川柳	柳培庵鳥石選/渡舟/佳句 〈3〉〔1〕 류바이안 조세키 선/뛰어난 구	仁川 右大臣	시가/센류	
6	8	川柳	柳培庵鳥石選/渡舟/佳句 〈3〉〔1〕 류바이안 조세키 선/뛰어난 구	仁川 肥後守	시가/센류	
6	8	川柳	柳培庵鳥石選/渡舟/佳句 〈3〉〔1〕 류바이안 조세키 선/뛰어난 구	京城 黑ン坊	시가/센류	
6	8	川柳	柳培庵鳥石選/渡舟/佳句 〈3〉〔1〕 류바이안 조세키 선/뛰어난 구	龍山 三日坊	시가/센류	
6	8	川柳	柳培庵鳥石選/渡舟/佳句 〈3〉〔1〕 류바이안 조세키 선/뛰어난 구	龍山 逸風	시가/센류	
6	8	川柳	柳培庵鳥石選/渡舟/佳句 〈3〉〔1〕 류바이안 조세키 선/뛰어난 구	仁川 磐梯	시가/센류	
6	8	川柳	柳培庵鳥石選/渡舟/佳句 〈3〉〔2〕 류바이안 조세키 선/뛰어난 구	鐵原 雙鶴坊	시가/센류	
6	8	川柳	柳培庵鳥石選/渡舟/佳句 〈3〉〔2〕 류바이안 조세키 선/뛰어난 구	仁川 紅短冊	시가/센류	

지면	단수	기획	기사제목 〈회수〉〔곡수〕	필자/저자(역자)	분류	비고
6	9~11		水戸黃門記 〈47〉 미토코몬기	劍花道人	고단	
8	1~3		運命の波/欲と戀と(二) 〈113〉 운명의 파도/욕심과 사랑과(2)	遠藤柳雨	소설/일본	

1920년 07월 02일(금) 6798호

지면	단수	기획	기사제목 〈회수〉〔곡수〕	필자/저자(역자)	분류	비고
1	4	朝鮮詩壇	#浦聽# 〔1〕 #포청#	成田魯石	시가/한시	
1	4	朝鮮詩壇	夏#江村 〔1〕 하#강촌	齋藤三寅	시가/한시	
1	4	朝鮮詩壇	同題 〔1〕 동제	茂泉鴻堂	시가/한시	
1	4	朝鮮詩壇	迎##飛行機 〔1〕 영##비행기	兒島九皐	시기/단카	
1	4~5	朝鮮歌壇	(제목없음) 〔7〕	文子	시가/단카	
1	5	朝鮮歌壇	(제목없음) 〔1〕	不案	시가/단카	
1	5~6		史外史傳 女正雪/謎の美女 〈1〉 사외사전 온나 쇼세쓰/수수께끼의 미녀	伊藤銀月	소설/일본	
2	1~7		金剛山/白雲臺 〈15〉 금강산/백운대	桝本卯平	수필/기행	
4	6~9		故三島頭取 追憶記/告別の歌 〈3〉 고 미시마 은행장 추억기/고별의 노래	蒲生隆宏	수필/기타	
6	9~11		水戸黃門記 〈49〉 미토코몬기	劍花道人	고단	
8	1~3		運命の波/欲と戀と(四) 〈115〉 운명의 파도/욕심과 사랑과(4)	遠藤柳雨	소설/일본	

1920년 07월 03일(토) 6799호

지면	단수	기획	기사제목 〈회수〉〔곡수〕	필자/저자(역자)	분류	비고
1	4	朝鮮詩壇	枕上聞子規 〔1〕 침상문자규	兒島九皐	시가/한시	
1	4	朝鮮詩壇	山開雨# 〔1〕 산개우#	齋藤三寅	시가/한시	
1	4~5	朝鮮詩壇	漁浦## 〔1〕 어포##	安東##	시가/한시	
1	5~6		史外史傳 女正雪/謎の美女 〈2〉 사외사전 온나 쇼세쓰/수수께끼의 미녀	伊藤銀月	소설/일본	
2	1~8		金剛山/魔訶行 〈16〉 금강산/마가행	桝本卯平	수필/기행	
6	9~11		水戸黃門記 〈50〉 미토코몬기	劍花道人	고단	
8	1~3		運命の波/機上の賊(一) 〈116〉 운명의 파도/기상의 도둑(1)	遠藤柳雨	소설/일본	

1920년 07월 04일(일) 6800호

지면	단수	기획	기사제목 〈회수〉〔곡수〕	필자/저자(역자)	분류	비고
1	3~6		史外史傳 女正雪/謎の美女 〈3〉 사외사전 온나 쇼세쓰/수수께끼의 미녀	伊藤銀月	소설/일본	
1	6		女正雪を紹介す 온나 쇼세쓰를 소개하다		수필/기타	
2	1~5		金剛山/內霧在嶺の光景(上) 〈17〉 금강산/내무재령의 광경(상)	桝本卯平	수필/기행	

지면	단수	기획	기사제목 〈회수〉〔곡수〕	필자/저자(역자)	분류	비고
4	5~8		故三島頭取 追憶記/三人の同窓生 〈4〉 고 미시마 은행장 추억기/세 명의 동창생	蒲生隆宏	수필/기타	
6	9~11		水戸黄門記 〈51〉 미토코몬기	剣花道人	고단	
8	1~2		運命の波/機上の賊(二) 〈117〉 운명의 파도/기상의 도둑(2)	遠藤柳雨	소설/일본	

1920년 07월 05일(월) 6801호

지면	단수	기획	기사제목 〈회수〉〔곡수〕	필자/저자(역자)	분류	비고
1	3	朝鮮詩壇	##飛行機來 〔1〕 ##비행기래	茂泉鴻堂	시가/한시	
1	3~4	朝鮮詩壇	夏日江村 〔1〕 하일강촌	兒島九皐	시가/한시	
1	4	朝鮮詩壇	漁浦## 〔1〕 어포##	齋藤三寅	시가/한시	
1	4	朝鮮詩壇	#閣## 〔1〕 #각##	安東#雲	시가/한시	
1	4~6		史外史傳 女正雪/謎の美女 〈4〉 사외사전 온나 쇼세쓰/수수께끼의 미녀	伊藤銀月	소설/일본	
2	1~5		金剛山/內霧在嶺の光景(下) 〈18〉 금강산/내무재령의 광경(하)	桝本卯平	수필/기행	
4	1~3		水戸黄門記 〈52〉 미토코몬기	剣花道人	고단	

1920년 07월 06일(화) 6802호

지면	단수	기획	기사제목 〈회수〉〔곡수〕	필자/저자(역자)	분류	비고
1	4	朝鮮歌壇	(제목없음) 〔5〕	#野##	시가/단카	
1	4	朝鮮歌壇	(제목없음) 〔2〕	####	시가/단카	
1	4	朝鮮歌壇	(제목없음) 〔1〕	####	시가/단카	
1	4	朝鮮歌壇	(제목없음) 〔1〕	不案	시가/단카	
1	4	朝鮮歌壇	夏の歌 雜の歌を募る 여름 단카 모든 단카를 모으다		광고/모집 광고	
1	4~6		史外史傳 女正雪/謎の美女 〈5〉 사외사전 온나 쇼세쓰/수수께끼의 미녀	伊藤銀月	소설/일본	
2	1~6		金剛山/隱仙台(上) 〈19〉 금강산/은선대(상)	桝本卯平	수필/기행	
4	7~9	オトギバ ナシ	狽て爺さん(上) 〈1〉 늑대 할아버지(상)	橘秀子	소설/동화	
6	9~11		水戸黄門記 〈53〉 미토코몬기	剣花道人	고단	
8	1~3		運命の波/機上の賊(三) 〈118〉 운명의 파도/기상의 도둑(3)	遠藤柳雨	소설/일본	

1920년 07월 07일(수) 6803호

지면	단수	기획	기사제목 〈회수〉〔곡수〕	필자/저자(역자)	분류	비고
1	4	朝鮮詩壇	夏日江村 〔1〕 하일강촌	田淵黍州	시가/한시	
1	4	朝鮮詩壇	##示正田氏 〔1〕 ##시정전씨	加來聚軒	시가/한시	
1	4	朝鮮詩壇	#田 〔1〕 #전	安東#雲	시가/한시	

지면	단수	기획	기사제목 〈회수〉〔곡수〕	필자/저자(역자)	분류	비고
1	4	朝鮮詩壇	山閣雨後 [1] 산각우후	志智敬愛	시가/한시	
1	5~6		史外史傳 女正雪/謎の美女 〈6〉 사외사전 온나 쇼세쓰/수수께끼의 미녀	伊藤銀月	소설/일본	
2	1~6		金剛山/隱仙台(下) 〈20〉 금강산/은선태(하)	桝本卯平	수필/기행	
4	5~8		故三島頭取 追憶記/新聞好の先生 〈5〉 고 미시마 은행장 추억기/신문 좋아하는 선생님	蒲生隆宏	수필/기타	
4	7~9	オトギバ ナシ	狼て爺さん(中)〈2〉 늑대 할아버지(중)	橘秀子	소설/동화	
6	9~11		水戸黃門記 〈54〉 미토코몬기	劍花道人	고단	
8	1~3		運命の波/機上の賊(四)〈119〉 운명의 파도/기상의 도둑(4)	遠藤柳雨	소설/일본	

1920년 07월 08일(목) 6804호

지면	단수	기획	기사제목 〈회수〉〔곡수〕	필자/저자(역자)	분류	비고
1	3~4	朝鮮詩壇	悼二鳥太郎君 [1] 도이조태랑군	大垣金陵	시가/한시	
1	4	朝鮮詩壇	南海雜詠二首 [2] 남해 잡영 이수	加来聚軒	시가/한시	
1	4	朝鮮詩壇	月下散策 [1] 월하 산책	河島五山	시가/한시	
1	4~5	朝鮮歌壇	(제목없음) 〔6〕	國田蒿園	시가/단카	
1	5	朝鮮歌壇	(제목없음) 〔2〕	#一郎	시가/단카	
1	5	朝鮮歌壇	(제목없음) 〔1〕	不案	시가/단카	
1	5	朝鮮歌壇	夏の歌 雜の歌を募る 여름 단카 모든 단카를 모으다		광고/모집 광고	
1	5~6		史外史傳 女正雪/謎の美女 〈7〉 사외사전 온나 쇼세쓰/수수께끼의 미녀	伊藤銀月	소설/일본	
2	1~8		金剛山/楡站寺(上) 〈21〉 금강산/유참사(상)	桝本卯平	수필/기행	
4	4~8		故三島頭取 追憶記/先生の人生觀 〈6〉 고 미시마 은행장 추억기/선생님의 인생관	蒲生隆宏	수필/기타	
6	10~12		水戸黃門記 〈55〉 미토코몬기	劍花道人	고단	
8	1~3		運命の波/闇の世界(一)〈120〉 운명의 파도/어둠의 세계(1)	遠藤柳雨	소설/일본	

1920년 07월 09일(금) 6805호

지면	단수	기획	기사제목 〈회수〉〔곡수〕	필자/저자(역자)	분류	비고
1	4		投句歡迎 투구 환영		광고/모집 광고	
1	4	朝鮮歌壇	(제목없음) 〔1〕	武人	시가/단카	
1	4	朝鮮歌壇	(제목없음) 〔6〕	#一郎	시가/단카	
1	4	朝鮮歌壇	(제목없음) 〔1〕	柏村享	시가/단카	
1	4	朝鮮歌壇	(제목없음) 〔1〕	不案	시가/단카	

지면	단수	기획	기사제목 〈회수〉〔곡수〕	필자/저자(역자)	분류	비고
1	4	朝鮮歌壇	夏の歌 雜の歌を募る 여름 단카 모든 단카를 모으다		광고/모집 광고	
1	4~6		史外史傳 女正雪/謎の美女 〈8〉 사외사전 온나 쇼세쓰/수수께끼의 미녀	伊藤銀月	소설/일본	
2	1~6		金剛山/楡岾寺(下) 〈22〉 금강산/유점사(하)	桝本卯平	수필/기행	
4	6~9		故三島頭取 追憶記/先生の俳味 〈7〉 고 미시마 은행장 추억기/선생님의 하이쿠의 멋	蒲生隆宏	수필.시가/ 비평.하이쿠	
4	7~9	オトギバ ナシ	狼て爺さん(下)〈3〉 늑대 할아버지(하)	橘秀子	소설/동화	
6	9~11		水戸黃門記 〈56〉 미토코몬기	劍花道人	고단	
8	1~3		運命の波/闇の世界(二) 〈121〉 운명의 파도/어둠의 세계(2)	遠藤柳雨	소설/일본	

1920년 07월 10일(토) 6806호

지면	단수	기획	기사제목 〈회수〉〔곡수〕	필자/저자(역자)	분류	비고
1	3	朝鮮俳壇	渡邊水巴選/夏雜 〈1〉〔14〕 와타나베 스이하 선/여름-잡	草兒	시가/하이쿠	
1	3	朝鮮俳壇	渡邊水巴選/夏雜 〈1〉〔6〕 와타나베 스이하 선/여름-잡	南洋	시가/하이쿠	
1	4~6		史外史傳 女正雪/謎の美女 〈9〉 사외사전 온나 쇼세쓰/수수께끼의 미녀	伊藤銀月	소설/일본	
2	1~7		金剛山/溫井里 〈23〉 금강산/온정리	桝本卯平	수필/기행	
4	1~3		水戸黃門記 〈57〉 미토코몬기	劍花道人	고단	

1920년 07월 11일(일) 6807호

지면	단수	기획	기사제목 〈회수〉〔곡수〕	필자/저자(역자)	분류	비고
1	3	朝鮮詩壇	庚申仲#時實忠南知事巡視沿海主陸安#港官民歡迎#亦陪囚賦呈 〔1〕 경신중#시실충남지사순시연해주륙안#항관민환영#역배수부정	杉浦華南	시가/한시	
1	3~4	朝鮮詩壇	####傳六源爲朝城址也 〔1〕 ####전륙원위조성지야	安東#雲	시가/한시	
1	4	朝鮮詩壇	#### 〔1〕 ####	####	시가/한시	
1	4	朝鮮詩壇	漢詩寄稿 한시 기고		광고/모집 광고	
1	4	朝鮮俳壇	渡邊水巴選/夏雜 〈2〉〔11〕 와타나베 스이하 선/여름-잡	##	시가/하이쿠	
1	4	朝鮮俳壇	渡邊水巴選/夏雜 〈2〉〔9〕 와타나베 스이하 선/여름-잡	##	시가/하이쿠	
1	4~6		史外史傳 女正雪/謎の美女 〈10〉 사외사전 온나 쇼세쓰/수수께끼의 미녀	伊藤銀月	소설/일본	
2	1~6		金剛山/寒霞溪 〈24〉 금강산/한하계	桝本卯平	수필/기행	
6	8		大納言居偶居/天/橫山大納言選/佳吟 〔1〕 다이나곤교 우거/천/요코야마 다이나곤 선/뛰어난 구	詩腕坊	시가/센류	
6	8		大納言居偶居/天/橫山大納言選/佳吟 〔1〕 다이나곤교 우거/천/요코야마 다이나곤 선/뛰어난 구	煤羅漢	시가/센류	
6	8		大納言居偶居/天/橫山大納言選/佳吟 〔1〕 다이나곤교 우거/천/요코야마 다이나곤 선/뛰어난 구	詩腕坊	시가/센류	
6	8		大納言居偶居/天/橫山大納言選/佳吟 〔1〕 다이나곤교 우거/천/요코야마 다이나곤 선/뛰어난 구	煤羅漢	시가/센류	

지면	단수	기획	기사제목 〈회수〉〔곡수〕	필자/저자(역자)	분류	비고
6	8		大納言居偶居/大/橫山大納言選/佳吟〔1〕 다이나곤교 우거/천/요코야마 다이나곤 선/뛰어난 구	夜叉王	시가/센류	
6	8		大納言居偶居/天/橫山大納言選/#吟〔1〕 다이나곤교 우거/천/요코야마 다이나곤 선/#음	夜叉王	시가/센류	
6	8		大納言居偶居/天/橫山大納言選/軸吟〔1〕 다이나곤교 우거/천/요코야마 다이나곤 선/축음	大納言	시가/센류	
6	9~11		水戶黃門記〈58〉 미토코몬기	劍花道人	고단	
8	1~3		運命の波/めぐり會ひ(一)〈122〉 운명의 파도/운명적 만남(1)	遠藤柳雨	소설/일본	

1920년 07월 12일(월) 6808호

지면	단수	기획	기사제목 〈회수〉〔곡수〕	필자/저자(역자)	분류	비고
1	4~6		史外史傳 女正雪/謎の美女〈11〉 사외사전 온나 쇼세쓰/수수께끼의 미녀	伊藤銀月	소설/일본	
2	1~8		金剛山/新萬物〈25〉 금강산/신만물	桝本卯平	수필/기행	
4	1~3		水戶黃門記〈59〉 미토코몬기	劍花道人	고단	

1920년 07월 13일(화) 6809호

지면	단수	기획	기사제목 〈회수〉〔곡수〕	필자/저자(역자)	분류	비고
1	4	朝鮮詩壇	枕上#子規〔1〕 침상#자규	加來聚軒	시가/한시	
1	4	朝鮮詩壇	同題〔1〕 동제	志智敬愛	시가/한시	
1	4	朝鮮詩壇	靑山白雲#〔1〕 청산백운#	河島五山	시가/한시	
1	4	朝鮮詩壇	安興即目二首〔1〕 안흥즉목 이수	杉浦華南	시가/한시	
1	4~6		史外史傳 女正雪/謎の美女〈12〉 사외사전 온나 쇼세쓰/수수께끼의 미녀	伊藤銀月	소설/일본	
2	1~7		金剛山/玉女峯〈26〉 금강산/옥녀봉	桝本卯平	수필/기행	
4	6~9	オトギバナシ	ひばりの巢〔1〕 종달새 둥지	宮澤廿子	소설/동화	
6	9~11		水戶黃門記〈60〉 미토코몬기	劍花道人	고단	
8	1~3		運命の波/めぐり會ひ(二)〈123〉 운명의 파도/운명적 만남(2)	遠藤柳雨	소설/일본	

1920년 07월 14일(수) 6810호

지면	단수	기획	기사제목 〈회수〉〔곡수〕	필자/저자(역자)	분류	비고
1	3	朝鮮詩壇	雷聲〔1〕 뢰성	河島五山	시가/한시	
1	3~4	朝鮮詩壇	送淸水京敎諭昇轉仁川高等女學校〔1〕 송청수경교유승전인천고등녀학교	小永井槐陰	시가/한시	
1	4	朝鮮詩壇	月夜散策〔1〕 월야산책	兒島九皐	시가/한시	
1	4	朝鮮詩壇	######年祭日謹#〔1〕 ######년제일근#	安永春雨	시가/한시	
1	4	朝鮮詩壇	漢詩寄稿 한시 기고		광고/모집 광고	
1	4	朝鮮俳壇	渡邊水巴選/夏雜〈3〉〔11〕 와타나베 스이하 선/여름-잡	蝸牛洞	시가/하이쿠	

지면	단수	기획	기사제목 〈회수〉〔곡수〕	필자/저자(역자)	분류	비고
1	4~5		史外史傳 女正雪/謎の美女 〈15〉 사외사전 온나 쇼세쓰/수수께끼의 미녀	伊藤銀月	소설/일본	
4	7~9	オトギバナシ	ノアの洪水〈3〉 노아의 홍수	(宮澤竹子)	소설/동화	회수 오류
6	8	川柳	紅/赤園紅短冊選/佳吟〔1〕 홍/아카조노 베니탄자쿠 선/뛰어난 구	詩腕坊	시가/센류	
6	8	川柳	紅/赤園紅短冊選/佳吟〔1〕 홍/아카조노 베니탄자쿠 선/뛰어난 구	夜叉王	시가/센류	
6	8	川柳	紅/赤園紅短冊選/佳吟〔1〕 홍/아카조노 베니탄자쿠 선/뛰어난 구	煤羅漢	시가/센류	
6	8	川柳	紅/赤園紅短冊選/佳吟〔1〕 홍/아카조노 베니탄자쿠 선/뛰어난 구	大納言	시가/센류	
6	8	川柳	紅/赤園紅短冊選/佳吟〔1〕 홍/아카조노 베니탄자쿠 선/뛰어난 구	夜叉王	시가/센류	
6	8	川柳	紅/赤園紅短冊選/秀吟〔1〕 홍/아카조노 베니탄자쿠 선/수음	詩腕坊	시가/센류	
6	8	川柳	紅/赤園紅短冊選/軸吟〔1〕 홍/아카조노 베니탄자쿠 선/축음	紅短冊	시가/센류	
6	8	川柳	腕/矢谷詩腕坊選/佳吟〔1〕 완/야타니 시완보 선/뛰어난 구	煤羅漢	시가/센류	
6	8	川柳	腕/矢谷詩腕坊選/佳吟〔1〕 완/야타니 시완보 선/뛰어난 구	大納言	시가/센류	
6	8	川柳	腕/矢谷詩腕坊選/佳吟〔1〕 완/야타니 시완보 선/뛰어난 구	夜叉王	시가/센류	
6	8	川柳	腕/矢谷詩腕坊選/佳吟〔1〕 완/야타니 시완보 선/뛰어난 구	大納言	시가/센류	
6	8	川柳	腕/矢谷詩腕坊選/佳吟〔1〕 완/야타니 시완보 선/뛰어난 구	煤羅漢	시가/센류	
6	8	川柳	腕/矢谷詩腕坊選/秀吟〔1〕 완/야타니 시완보 선/수음	大納言	시가/센류	
6	8	川柳	腕/矢谷詩腕坊選/軸吟〔1〕 완/야타니 시완보 선/축음	詩腕坊	시가/센류	
6	9~11		水戸黃門記〈63〉 미토코몬기	劍花道人	고단	
8	1~4		運命の波/めぐり會ひ(五)〈126〉 운명의 파도/운명적 만남(5)	遠藤柳雨	소설/일본	

1920년 07월 17일(토) 6813호

지면	단수	기획	기사제목 〈회수〉〔곡수〕	필자/저자(역자)	분류	비고
1	5	朝鮮俳壇	渡邊水巴選/夏雜 〈4〉〔6〕 와타나베 스이하 선/여름-잡	浦南	시가/하이쿠	
1	5	朝鮮俳壇	渡邊水巴選/夏雜 〈4〉〔6〕 와타나베 스이하 선/여름-잡	綠童	시가/하이쿠	
1	5	朝鮮俳壇	渡邊水巴選/夏雜 〈4〉〔6〕 와타나베 스이하 선/여름-잡	斗柄	시가/하이쿠	
1	5~6		史外史傳 女正雪/謎の美女 〈16〉 사외사전 온나 쇼세쓰/수수께끼의 미녀	伊藤銀月	소설/일본	
6	8	川柳	仁川々柳會句(續)/煤/吉木煤羅漢選/佳吟〔1〕 인천 센류회 구(속)/매/요시키 바이라칸 선/뛰어난 구	大納言	시가/센류	
6	8	川柳	仁川々柳會句(續)/煤/吉木煤羅漢選/佳吟〔1〕 인천 센류회 구(속)/매/요시키 바이라칸 선/뛰어난 구	夜叉王	시가/센류	
6	8	川柳	仁川々柳會句(續)/煤/吉木煤羅漢選/佳吟〔2〕 인천 센류회 구(속)/매/요시키 바이라칸 선/뛰어난 구	詩腕坊	시가/센류	

지면	단수	기획	기사제목 〈회수〉〔곡수〕	필자/저자(역자)	분류	비고
6	8	川柳	仁川々柳會句(續)/煤/吉木煤羅漢選/佳吟 [1] 인천 센류회 구(속)/매/요시키 바이라칸 선/뛰어난 구	紅短冊	시가/센류	
6	8	川柳	仁川々柳會句(續)/煤/吉木煤羅漢選/秀吟 [1] 인천 센류회 구(속)/매/요시키 바이라칸 선/수음	夜叉王	시가/센류	
6	8	川柳	仁川々柳會句(續)/煤/吉木煤羅漢選/軸吟 [1] 인천 센류회 구(속)/매/요시키 바이라칸 선/축음	煤羅漢	시가/센류	
6	8	川柳	仁川々柳會句(續)/夜/森岡夜叉王選/佳吟 [1] 인천 센류회 구(속)/야/모리오카 야샤오 선/뛰어난 구	詩腕坊	시가/센류	
6	8	川柳	仁川々柳會句(續)/夜/森岡夜叉王選/佳吟 [1] 인천 센류회 구(속)/야/모리오카 야샤오 선/뛰어난 구	大納言	시가/센류	
6	8	川柳	仁川々柳會句(續)/夜/森岡夜叉王選/佳吟 [2] 인천 센류회 구(속)/야/모리오카 야샤오 선/뛰어난 구	煤羅漢	시가/센류	
6	8	川柳	仁川々柳會句(續)/夜/森岡夜叉王選/佳吟 [1] 인천 센류회 구(속)/야/모리오카 야샤오 선/뛰어난 구	紅短冊	시가/센류	
6	8	川柳	仁川々柳會句(續)/夜/森岡夜叉王選/秀吟 [1] 인천 센류회 구(속)/야/모리오카 야샤오 선/수음		시가/센류	
6	8	川柳	仁川々柳會句(續)/夜/森岡夜叉王選/軸吟 [1] 인천 센류회 구(속)/야/모리오카 야샤오 선/축음	夜叉王	시가/센류	
6	9~11		水戸黃門記 〈64〉 미토코몬기	劍花道人	고단	
8	1~3		運命の波/めぐり會ひ(六) 〈127〉 운명의 파도/운명적 만남(6)	遠藤柳雨	소설/일본	

1920년 07월 18일(일) 6814호

지면	단수	기획	기사제목 〈회수〉〔곡수〕	필자/저자(역자)	분류	비고
1	4	朝鮮歌壇	(제목없음) [5]	紅公子	시가/단카	
1	4~5	朝鮮歌壇	(제목없음) [3]	山田紅虹	시가/단카	
1	4~5	朝鮮歌壇	(제목없음) [1]	不案	시가/단카	
1	5~6		史外史傳 女正雪/謎の美女 〈17〉 사외사전 온나 쇼세쓰/수수께끼의 미녀	伊藤銀月	소설/일본	
4	7~9	オトギバ ナシ	人と石 〈1〉 사람과 돌	山路靜子	소설/동화	
6	8	川柳	仁川々柳會句(續)/取消/柳培庵烏石選/五客 [1] 인천 센류회 구(속)/취소/류바이안 조세키 선/오객	夜叉王	시가/센류	
6	8	川柳	仁川々柳會句(續)/取消/柳培庵烏石選/五客 [1] 인천 센류회 구(속)/취소/류바이안 조세키 선/오객	紅短冊	시가/센류	
6	8	川柳	仁川々柳會句(續)/取消/柳培庵烏石選/五客 [1] 인천 센류회 구(속)/취소/류바이안 조세키 선/오객	苦論坊	시가/센류	
6	8	川柳	仁川々柳會句(續)/取消/柳培庵烏石選/五客 [1] 인천 센류회 구(속)/취소/류바이안 조세키 선/오객	詩腕坊	시가/센류	
6	8	川柳	仁川々柳會句(續)/取消/柳培庵烏石選/五客 [1] 인천 센류회 구(속)/취소/류바이안 조세키 선/오객	富士香	시가/센류	
6	8	川柳	仁川々柳會句(續)/取消/柳培庵烏石選/人 [1] 인천 센류회 구(속)/취소/류바이안 조세키 선/인	大納言	시가/센류	
6	8	川柳	仁川々柳會句(續)/取消/柳培庵烏石選/地 [1] 인천 센류회 구(속)/취소/류바이안 조세키 선/지	大納言	시가/센류	
6	8	川柳	仁川々柳會句(續)/取消/柳培庵烏石選/天 [1] 인천 센류회 구(속)/취소/류바이안 조세키 선/천	大納言	시가/센류	
6	8	川柳	仁川々柳會句(續)/取消/柳培庵烏石選/軸吟 [2] 인천 센류회 구(속)/취소/류바이안 조세키 선/축음	大納言	시가/센류	

지면	단수	기획	기사제목 〈회수〉 〔곡수〕	필자/저자(역자)	분류	비고
6	9~11		水戶黃門記 〈65〉 미토코몬기	劍花道人	고단	
8	1~3		運命の波/めぐり會ひ(七) 〈128〉 운명의 파도/운명적 만남(7)	遠藤柳雨	소설/일본	

1920년 07월 20일(화) 6816호

지면	단수	기획	기사제목 〈회수〉 〔곡수〕	필자/저자(역자)	분류	비고
1	4~6		史外史傳 女正雪/謎の美女 〈19〉 사외사전 온나 쇼세쓰/수수께끼의 미녀	伊藤銀月	소설/일본	
4	5~8	オトギバ ナシ	デモツク國(上) 〈1〉 데못쿠국(상)	橘秀子	소설/동화	
6	8	川柳	仁川々柳會句(續)/納/柳培庵鳥石選/五客 〔1〕 인천 센류회 구(속)/납/류바이안 조세키 선/오객	苦論坊	시가/센류	
6	8	川柳	仁川々柳會句(續)/納/柳培庵鳥石選/五客 〔1〕 인천 센류회 구(속)/납/류바이안 조세키 선/오객	紅短冊	시가/센류	
6	8	川柳	仁川々柳會句(續)/納/柳培庵鳥石選/五客 〔1〕 인천 센류회 구(속)/납/류바이안 조세키 선/오객	右禿郎	시가/센류	
6	8	川柳	仁川々柳會句(續)/納/柳培庵鳥石選/五客 〔1〕 인천 센류회 구(속)/납/류바이안 조세키 선/오객	夜叉王	시가/센류	
6	8	川柳	仁川々柳會句(續)/納/柳培庵鳥石選/五客 〔1〕 인천 센류회 구(속)/납/류바이안 조세키 선/오객	大納言	시가/센류	
6	8	川柳	仁川々柳會句(續)/納/柳培庵鳥石選/人 〔1〕 인천 센류회 구(속)/납/류바이안 조세키 선/인	夜叉王	시가/센류	
6	8	川柳	仁川々柳會句(續)/納/柳培庵鳥石選/地 〔1〕 인천 센류회 구(속)/납/류바이안 조세키 선/지	詩腕坊	시가/센류	
6	8	川柳	仁川々柳會句(續)/納/柳培庵鳥石選/天 〔1〕 인천 센류회 구(속)/납/류바이안 조세키 선/천	詩腕坊	시가/센류	
6	8	川柳	仁川々柳會句(續)/納/柳培庵鳥石選/軸吟 〔2〕 인천 센류회 구(속)/납/류바이안 조세키 선/축음	鳥石	시가/센류	
6	9~11		水戶黃門記 〈67〉 미토코몬기	劍花道人	고단	
8	1~3		運命の波/失戀の裏(一) 〈129〉 운명의 파도/실연 뒤(1)	遠藤柳雨	소설/일본	

1920년 07월 21일(수) 6817호

지면	단수	기획	기사제목 〈회수〉 〔곡수〕	필자/저자(역자)	분류	비고
1	4	朝鮮詩壇	#蕪 〔1〕 #무	安永春雨	시가/한시	
1	4	朝鮮詩壇	雨夜偶成 〔1〕 우야우성	#浦初寅	시가/한시	
1	4	朝鮮詩壇	山亭消暑 〔1〕 산정소서	大垣金陵	시가/한시	
1	4	朝鮮詩壇	月夜散策 〔1〕 월야산책	古城梅溪	시가/한시	
1	5~6		史外史傳 女正雪/謎の美女 〈20〉 사외사전 온나 쇼세쓰/수수께끼의 미녀	伊藤銀月	소설/일본	
4	5~8	オトギバ ナシ	デモツク國(中) 〈2〉 데못쿠국(중)	橘秀子	소설/동화	
6	8	川柳	仁川々柳會句(續)/毒/柳培庵鳥石選/五客 〔1〕 인천 센류회 구(속)/독/류바이안 조세키 선/오객	不言郎	시가/센류	
6	8	川柳	仁川々柳會句(續)/毒/柳培庵鳥石選/五客 〔1〕 인천 센류회 구(속)/독/류바이안 조세키 선/오객	大納言	시가/센류	
6	8	川柳	仁川々柳會句(續)/毒/柳培庵鳥石選/五客 〔1〕 인천 센류회 구(속)/독/류바이안 조세키 선/오객	大納言	시가/센류	

지면	단수	기획	기사제목 〈회수〉〔곡수〕	필자/저자(역자)	분류	비고
6	8	川柳	仁川々柳會句(續)/毒/柳培庵鳥石選/五客 [1] 인천 센류회 구(속)/독/류바이안 조세키 선/오객	兎空坊	시가/센류	
6	8	川柳	仁川々柳會句(續)/毒/柳培庵鳥石選/五客 [1] 인천 센류회 구(속)/독/류바이안 조세키 선/오객	紅短冊	시가/센류	
6	8	川柳	仁川々柳會句(續)/毒/柳培庵鳥石選/人 [1] 인천 센류회 구(속)/독/류바이안 조세키 선/인	大納言	시가/센류	
6	8	川柳	仁川々柳會句(續)/毒/柳培庵鳥石選/地 [1] 인천 센류회 구(속)/독/류바이안 조세키 선/지	肥後守	시가/센류	
6	8	川柳	仁川々柳會句(續)/毒/柳培庵鳥石選/天 [1] 인천 센류회 구(속)/독/류바이안 조세키 선/천	不言郎	시가/센류	
6	8	川柳	仁川々柳會句(續)/毒/柳培庵鳥石選/軸吟 [1] 인천 센류회 구(속)/독/류바이안 조세키 선/축음	鳥石	시가/센류	
6	9~11		水戸黃門記 〈68〉 미토코몬기	劍花道人	고단	
8	1~3		運命の波/失戀の裏(二) 〈130〉 운명의 파도/실연 뒤(2)	遠藤柳雨	소설/일본	

1920년 07월 22일(목) 6818호

지면	단수	기획	기사제목 〈회수〉〔곡수〕	필자/저자(역자)	분류	비고
1	4	朝鮮俳壇	渡邊水巴選/夏雜 〈6〉 [2] 와타나베 스이하 선/여름-잡	香洲	시가/하이쿠	
1	4	朝鮮俳壇	渡邊水巴選/夏雜 〈6〉 [2] 와타나베 스이하 선/여름-잡	ゝ禾	시가/하이쿠	
1	4	朝鮮俳壇	渡邊水巴選/夏雜 〈6〉 [1] 와타나베 스이하 선/여름-잡	靜光	시가/하이쿠	
1	4	朝鮮俳壇	渡邊水巴選/夏雜 〈6〉 [1] 와타나베 스이하 선/여름-잡	泉園	시가/하이쿠	
1	4~5	朝鮮俳壇	渡邊水巴選/夏雜/秀逸 〈6〉 [8] 와타나베 스이하 선/여름-잡/수일	綠童	시가/하이쿠	
1	5	朝鮮俳壇	渡邊水巴選/夏雜/秀逸 〈6〉 [5] 와타나베 스이하 선/여름-잡/수일	星羽	시가/하이쿠	
1	5~6		史外史傳 女正雪/謎の美女 〈21〉 사외사전 온나 쇼세쓰/수수께끼의 미녀	伊藤銀月	소설/일본	
4	6~8	オトギバ ナシ	デモツク國(下) 〈3〉 데못쿠국(하)	橘秀子	소설/동화	
6	8	川柳	柳建寺土左衛門選/看護婦/(前拔) 〈1〉 [1] 류켄지 도자에몬 선/간호부/(전발)	大邱 邱花坊	시가/센류	
6	8	川柳	柳建寺土左衛門選/看護婦/(前拔) 〈1〉 [1] 류켄지 도자에몬 선/간호부/(전발)	仁川 津多江	시가/센류	
6	8	川柳	柳建寺土左衛門選/看護婦/(前拔) 〈1〉 [1] 류켄지 도자에몬 선/간호부/(전발)	全州 甲斐	시가/센류	
6	8	川柳	柳建寺土左衛門選/看護婦/(前拔) 〈1〉 [1] 류켄지 도자에몬 선/간호부/(전발)	仁川 右大臣	시가/센류	
6	8	川柳	柳建寺土左衛門選/看護婦/(前拔) 〈1〉 [1] 류켄지 도자에몬 선/간호부/(전발)	鳥致院 うき菓	시가/센류	
6	8	川柳	柳建寺土左衛門選/看護婦/(前拔) 〈1〉 [1] 류켄지 도자에몬 선/간호부/(전발)	鐵原 雙鶴坊	시가/센류	
6	8	川柳	柳建寺土左衛門選/看護婦/(前拔) 〈1〉 [1] 류켄지 도자에몬 선/간호부/(전발)	仁川 七面鳥	시가/센류	
6	8	川柳	柳建寺土左衛門選/看護婦/(前拔) 〈1〉 [1] 류켄지 도자에몬 선/간호부/(전발)	鳥致院 堤柳	시가/센류	
6	8	川柳	柳建寺土左衛門選/看護婦/(前拔) 〈1〉 [2] 류켄지 도자에몬 선/간호부/(전발)	瓮津 濤翁	시가/센류	

지면	단수	기획	기사제목 〈회수〉〔곡수〕	필자/저자(역자)	분류	비고
6	8	川柳	柳建寺土左衛門選/看護婦/(前拔) 〈1〉〔2〕 류켄지 도자에몬 선/간호부/(전발)	沙里院 蝶士	시가/센류	
6	8	川柳	柳建寺土左衛門選/看護婦/(前拔) 〈1〉〔2〕 류켄지 도자에몬 선/간호부/(전발)	龍山 屯智機	시가/센류	
6	8	川柳	柳建寺土左衛門選/看護婦/(前拔) 〈1〉〔2〕 류켄지 도자에몬 선/간호부/(전발)	仁川 富士香	시가/센류	
6	8	川柳	川柳募集課題 센류 모집 과제		광고/모집 광고	
6	9~11		水戸黄門記 〈69〉 미토코몬기	劍花道人	고단	
8	1~3		運命の波/二個の人影(一) 〈131〉 운명의 파도/두 사람의 그림자(1)	遠藤柳雨	소설/일본	

1920년 07월 23일(금) 6819호

지면	단수	기획	기사제목 〈회수〉〔곡수〕	필자/저자(역자)	분류	비고
1	5	朝鮮詩壇	江村夏日 〔1〕 강촌하일	江原如水	시가/한시	
1	6	朝鮮詩壇	青山白雲圓 〔1〕 청산백운원	古城梅溪	시가/한시	
1	6	朝鮮詩壇	同題 〔1〕 동제	大石松逕	시가/한시	
1	6~7	朝鮮歌壇	(제목없음) 〔6〕	伊集院かねを	시가/단카	
1	7	朝鮮歌壇	(제목없음) 〔1〕	川浪榮子	시가/단카	
1	7	朝鮮歌壇	(제목없음) 〔1〕	不案	시가/단카	
1	7~8		史外史傳 女正雪/謎の美女 〈22〉 사외사전 온나 쇼세쓰/수수께끼의 미녀	伊藤銀月	소설/일본	
4	7~9	オトギバナシ	白鳥妃 〈1〉 백조 공주	秋玲瓏	소설/동화	
6	8	川柳	柳建寺土左衛門選/看護婦 〈2〉〔2〕 류켄지 도자에몬 선/간호부	大邱 不知坊	시가/센류	
6	8	川柳	柳建寺土左衛門選/看護婦 〈2〉〔2〕 류켄지 도자에몬 선/간호부	#川 骨三	시가/센류	
6	8	川柳	柳建寺土左衛門選/看護婦 〈2〉〔2〕 류켄지 도자에몬 선/간호부	仁川 肥後守	시가/센류	
6	8	川柳	柳建寺土左衛門選/看護婦 〈2〉〔2〕 류켄지 도자에몬 선/간호부	京城 輝華	시가/센류	
6	8	川柳	柳建寺土左衛門選/看護婦 〈2〉〔3〕 류켄지 도자에몬 선/간호부	京城 三十四坊	시가/센류	
6	8	川柳	柳建寺土左衛門選/看護婦 〈2〉〔4〕 류켄지 도자에몬 선/간호부	仁川 苦論坊	시가/센류	
6	8	川柳	柳建寺土左衛門選/渡舟、過激派、來/未選もの 〔1〕 류켄지 도자에몬 선/나룻배, 과격파, 래/선발되지 않은 것	大邱 初學坊	시가/센류	
6	8	川柳	柳建寺土左衛門選/渡舟、過激派、來/未選もの/(佳) 〔1〕 류켄지 도자에몬 선/나룻배, 과격파, 래/선발되지 않은 것/(가)	瓮津 濤翁	시가/센류	
6	8	川柳	柳建寺土左衛門選/渡舟、過激派、來/未選もの 〔2〕 류켄지 도자에몬 선/나룻배, 과격파, 래/선발되지 않은 것	瓮津 濤翁	시가/센류	
6	8	川柳	柳建寺土左衛門選/渡舟、過激派、來/未選もの/(佳) 〔1〕 류켄지 도자에몬 선/나룻배, 과격파, 래/선발되지 않은 것/(가)	大邱 不知坊	시가/센류	
6	8	川柳	柳建寺土左衛門選/渡舟、過激派、來/未選もの 〔2〕 류켄지 도자에몬 선/나룻배, 과격파, 래/선발되지 않은 것	大邱 不知坊	시가/센류	

지면	단수	기획	기사제목 〈회수〉〔곡수〕	필자/저자(역자)	분류	비고
6	8	川柳	柳建寺土左衛門選/渡舟、過激派、來/未選もの/(佳)〔1〕 류켄지 도자에몬 선/나룻배, 과격파, 래/선발되지 않은 것/(가)	仁川 松坊	시가/센류	
6	8	川柳	柳建寺土左衛門選/渡舟、過激派、來/未選もの/(佳)〔1〕 류켄지 도자에몬 선/나룻배, 과격파, 래/선발되지 않은 것/(가)	仁川 磐梯	시가/센류	
6	8	川柳	柳建寺土左衛門選/渡舟、過激派、來/未選もの〔1〕 류켄지 도자에몬 선/나룻배, 과격파, 래/선발되지 않은 것	仁川 磐梯	시가/센류	
6	8	川柳	川柳募集課題 센류 모집 과제		광고/모집 광고	
6	9~11		水戸黄門記 〈70〉 미토코몬기	劍花道人	고단	
8	1~3		運命の波/月光を浴て(一) 〈132〉 운명의 파도/달빛을 받아(1)	遠藤柳雨	소설/일본	

1920년 07월 24일(토) 6820호

지면	단수	기획	기사제목 〈회수〉〔곡수〕	필자/저자(역자)	분류	비고
1	5~6	朝鮮詩壇	靑山白雲圓〔1〕 청산백운원	安永春雨	시가/한시	
1	6	朝鮮詩壇	#浦聽鵲〔1〕 #포청작	江原如水	시가/한시	
1	6	朝鮮詩壇	雷聲〔1〕 뢰성	古城梅溪	시가/한시	
1	6	朝鮮詩壇	月夜散策〔1〕 월야산책	大石松逕	시가/한시	
1	6	朝鮮詩壇	山閣雨後〔1〕 산각우후	西田白陰	시가/한시	
1	6~7	朝鮮俳壇	渡邊水巴選/夏雜 〈7〉〔3〕 와타나베 스이하 선/여름-잡	俚人	시가/하이쿠	
1	7	朝鮮俳壇	渡邊水巴選/夏雜 〈7〉〔2〕 와타나베 스이하 선/여름-잡	草兒	시가/하이쿠	
1	7	朝鮮俳壇	渡邊水巴選/夏雜 〈7〉〔2〕 와타나베 스이하 선/여름-잡	斗柄	시가/하이쿠	
1	7	朝鮮俳壇	渡邊水巴選/夏雜 〈7〉〔2〕 와타나베 스이하 선/여름-잡	蒟蒻	시가/하이쿠	
1	7	朝鮮俳壇	渡邊水巴選/夏雜 〈7〉〔1〕 와타나베 스이하 선/여름-잡	浦南	시가/하이쿠	
1	7	朝鮮俳壇	渡邊水巴選/夏雜 〈7〉〔1〕 와타나베 스이하 선/여름-잡	南洋	시가/하이쿠	
1	7	朝鮮俳壇	渡邊水巴選/夏雜 〈7〉〔1〕 와타나베 스이하 선/여름-잡	研雨	시가/하이쿠	
1	7	朝鮮俳壇	渡邊水巴選/夏雜 〈7〉〔1〕 와타나베 스이하 선/여름-잡	漢城子	시가/하이쿠	
1	7	朝鮮俳壇	渡邊水巴選/夏雜 〈7〉〔1〕 와타나베 스이하 선/여름-잡	蝸牛洞	시가/하이쿠	
1	7	朝鮮俳壇	渡邊水巴選/夏雜 〈7〉〔1〕 와타나베 스이하 선/여름-잡	ゝ禾	시가/하이쿠	
1	7~8		史外史傳 女正雪/謎の美女 〈23〉 사외사전 온나 쇼세쓰/수수께끼의 미녀	伊藤銀月	소설/일본	
4	5~7	オトギバナシ	白鳥妃 〈2〉 백조 공주	秋玲瓏	소설/동화	
6	8	川柳	柳建寺土左衛門選/看護婦 〈3〉〔5〕 류켄지 도자에몬 선/간호부	龍山 三日坊	시가/센류	
6	8	川柳	柳建寺土左衛門選/看護婦 〈3〉〔4〕 류켄지 도자에몬 선/간호부	京城 黑ン坊	시가/센류	

지면	단수	기획	기사제목 〈회수〉〔곡수〕	필자/저자(역자)	분류	비고
6	8	川柳	柳建寺土左衛門選/看護婦 〈3〉〔5〕 류켄지 도자에몬 선/간호부	光州 耕人	시가/센류	
6	8	川柳	柳建寺土左衛門選/看護婦 〈3〉〔5〕 류켄지 도자에몬 선/간호부	龍山 逸風	시가/센류	
6	8	川柳	柳建寺土左衛門選/看護婦 〈3〉〔6〕 류켄지 도자에몬 선/간호부	紅短冊	시가/센류	
6	8	川柳	川柳募集課題 센류 모집 과제		광고/모집 광고	
6	9~11		水戸黄門記 〈71〉 미토코몬기	劍花道人	고단	
8	1~3		運命の波/月光を浴て(二) 〈133〉 운명의 파도/달빛을 받아(2)	遠藤柳雨	소설/일본	

1920년 07월 25일(일) 6821호

지면	단수	기획	기사제목 〈회수〉〔곡수〕	필자/저자(역자)	분류	비고
1	5	朝鮮詩壇	夏日江村 〔1〕 하일강촌	西田白陰	시가/한시	
1	5	朝鮮詩壇	##聽聞 〔1〕 ##청문	杉浦華南	시가/한시	
1	5	朝鮮詩壇	月夜散策 〔1〕 월야산책	茂泉鴻堂	시가/한시	
1	5	朝鮮詩壇	暴風雨 〔1〕 폭풍우	川端不絶	시가/한시	
1	5	朝鮮詩壇	展先師墓 〔1〕 전선사묘	大垣金陵	시가/한시	
1	5	朝鮮詩壇	漢詩寄稿 한시 기고		광고/모집 광고	
1	5	朝鮮俳壇	渡邊水巴選/五月雨 〈1〉〔8〕 와타나베 스이하 선/음력 오월 장맛비	綠童	시가/하이쿠	
1	5~6	朝鮮俳壇	渡邊水巴選/五月雨 〈1〉〔6〕 와타나베 스이하 선/음력 오월 장맛비	浦南	시가/하이쿠	
1	6~7		史外史傳 女正雪/謎の美女 〈24〉 사외사전 온나 쇼세쓰/수수께끼의 미녀	伊藤銀月	소설/일본	
4	6~8	オトギバナシ	白鳥妃 〈3〉 백조 공주	秋玲瓏	소설/동화	
4	10~12		運命の波/胸の痛み(一) 〈134〉 운명의 파도/가슴의 통증(1)	遠藤柳雨	소설/일본	
6	9~11		水戸黄門記 〈72〉 미토코몬기	劍花道人	고단	

1920년 07월 26일(월) 6822호

지면	단수	기획	기사제목 〈회수〉〔곡수〕	필자/저자(역자)	분류	비고
1	5	朝鮮詩壇	初夏登山亭 〔1〕 초하등산정	西田白陰	시가/한시	
1	5	朝鮮詩壇	枕上#鵲 〔1〕 침상#작	杉浦華南	시가/한시	
1	5	朝鮮詩壇	月下散策 〔1〕 월하산책	茂泉鴻堂	시가/한시	
1	5	朝鮮詩壇	述懷 〔1〕 술회	大垣金陵	시가/한시	
1	5	朝鮮詩壇	漢詩寄稿 한시 기고		광고/모집 광고	
1	6~7		史外史傳 女正雪/謎の美女 〈25〉 사외사전 온나 쇼세쓰/수수께끼의 미녀	伊藤銀月	소설/일본	

지면	단수	기획	기사제목 〈회수〉〔곡수〕	필자/저자(역자)	분류	비고
4	1~3		水戶黃門記 〈73〉 미토코몬기	劍花道人	고단	

1920년 07월 27일(화) 6823호

지면	단수	기획	기사제목 〈회수〉〔곡수〕	필자/저자(역자)	분류	비고
1	5	朝鮮詩壇	逢蕉友〔1〕 봉초우	大石松逕	시가/한시	
1	5	朝鮮詩壇	漁捕聽鵲〔1〕 어포청작	西田白陰	시가/한시	
1	5	朝鮮詩壇	送岡校長〔1〕 송강교장	茂泉鴻堂	시가/한시	
1	5	朝鮮詩壇	青山白雲圍〔1〕 청산백운원	川端不絕	시가/한시	
1	5	朝鮮俳壇	渡邊水巴選/五月雨 〈2〉〔6〕 와타나베 스이하 선/음력 오월 장맛비	漢城子	시가/하이쿠	
1	5	朝鮮俳壇	渡邊水巴選/五月雨 〈2〉〔5〕 와타나베 스이하 선/음력 오월 장맛비	星羽	시가/하이쿠	
1	5	朝鮮俳壇	渡邊水巴選/五月雨 〈2〉〔3〕 와타나베 스이하 선/음력 오월 장맛비	草兒	시가/하이쿠	
1	6	朝鮮俳壇	投句歡迎 투구 환영		광고/모집 광고	
1	6~7		史外史傳 女正雪/謎の美女 〈26〉 사외사전 온나 쇼세쓰/수수께끼의 미녀	伊藤銀月	소설/일본	
4	6~8	オトギバ ナシ	白鳥妃 〈4〉 백조 공주	秋玲瓏	소설/동화	
6	8	川柳	柳建寺土左衛門選/看護婦/佳吟 〈4〉〔1〕 류켄지 도자에몬 선/간호부/뛰어난 구	京城 黑ン坊	시가/센류	
6	8	川柳	柳建寺土左衛門選/看護婦/佳吟 〈4〉〔1〕 류켄지 도자에몬 선/간호부/뛰어난 구	瓮津 濤翁	시가/센류	
6	8	川柳	柳建寺土左衛門選/看護婦/佳吟 〈4〉〔2〕 류켄지 도자에몬 선/간호부/뛰어난 구	龍山 逸風	시가/센류	
6	8	川柳	柳建寺土左衛門選/看護婦/佳吟 〈4〉〔2〕 류켄지 도자에몬 선/간호부/뛰어난 구	龍山 三日坊	시가/센류	
6	8	川柳	柳建寺土左衛門選/看護婦/佳吟 〈4〉〔2〕 류켄지 도자에몬 선/간호부/뛰어난 구	仁川 肥後守	시가/센류	
6	8	川柳	柳建寺土左衛門選/看護婦/佳吟 〈4〉〔3〕 류켄지 도자에몬 선/간호부/뛰어난 구	仁川 紅短冊	시가/센류	
6	8	川柳	柳建寺土左衛門選/看護婦/佳吟 〈4〉〔3〕 류켄지 도자에몬 선/간호부/뛰어난 구	仁川 苦論坊	시가/센류	
6	8	川柳	川柳募集課題 센류 모집 과제		광고/모집 광고	
6	9~11		水戶黃門記 〈74〉 미토코몬기	劍花道人	고단	
8	1~3		運命の波/胸の痛み(二) 〈135〉 운명의 파도/가슴의 통증(2)	遠藤柳雨	소설/일본	

1920년 07월 28일(수) 6824호

지면	단수	기획	기사제목 〈회수〉〔곡수〕	필자/저자(역자)	분류	비고
1	5~6	朝鮮詩壇	山中夏日〔1〕 산중하일	川端不絕	시가/한시	
1	6	朝鮮詩壇	月夜散策〔1〕 월야산책	安永春雨	시가/한시	
1	6	朝鮮詩壇	山閣晚凉〔1〕 산각만량	杉浦華南	시가/한시	

지면	단수	기획	기사제목 〈회수〉〔곡수〕	필자/저자(역자)	분류	비고
1	6	朝鮮詩壇	漢詩寄稿 한시 기고		광고/모집	광고
1	6	朝鮮歌壇	(제목없음)〔8〕	早乙女	시가/단카	
1	6	朝鮮歌壇	(제목없음)〔1〕	不案	시가/단카	
1	6~7	朝鮮俳壇	渡邊水巴選/五月雨〈3〉〔4〕 와타나베 스이하 선/음력 오월 장맛비	駛水	시가/하이쿠	
1	7	朝鮮俳壇	渡邊水巴選/五月雨〈3〉〔3〕 와타나베 스이하 선/음력 오월 장맛비	蝸牛洞	시가/하이쿠	
1	7	朝鮮俳壇	渡邊水巴選/五月雨〈3〉〔2〕 와타나베 스이하 선/음력 오월 장맛비	夢人	시가/하이쿠	
1	7	朝鮮俳壇	渡邊水巴選/五月雨〈3〉〔1〕 와타나베 스이하 선/음력 오월 장맛비	蝶上	시가/하이쿠	
1	7	朝鮮俳壇	渡邊水巴選/五月雨〈3〉〔1〕 와타나베 스이하 선/음력 오월 장맛비	泉園	시가/하이쿠	
1	7	朝鮮俳壇	投句歡迎 투구 환영		광고/모집	광고
1	7~8		史外史傳 女正雪/謎の美女〈27〉 사외사전 온나 쇼세쓰/수수께끼의 미녀	伊藤銀月	소설/일본	
6	9~12		水戶黃門記〈75〉 미토코몬기	劍花道人	고단	
8	1~3		運命の波/嵐の夜(一)〈136〉 운명의 파도/폭풍의 밤(1)	遠藤柳雨	소설/일본	

1920년 07월 30일(금) 6826호

지면	단수	기획	기사제목 〈회수〉〔곡수〕	필자/저자(역자)	분류	비고
1	4	朝鮮歌壇	(제목없음)〔8〕	緒川原田津大	시가/단카	
1	4	朝鮮歌壇	(제목없음)〔1〕	不案	시가/단카	
1	4	朝鮮歌壇	夏の歌 雜の歌を募る 여름 단카 모든 단카를 모으다		광고/모집	광고
1	5~6		史外史傳 女正雪/謎の美女〈29〉 사외사전 온나 쇼세쓰/수수께끼의 미녀	伊藤銀月	소설/일본	
4	5~8	オトギバナシ	蓮姬と墓〈2〉 연꽃 공주와 두꺼비	橘秀子	소설/동화	
6	8	川柳	朝鮮川柳七月例會句稿/庭下駄/(互選)/四點〈1〉〔1〕 조선 센류 7월 예회 구고/정원 게타/(호선)/사점	逸風	시가/센류	
6	8	川柳	朝鮮川柳七月例會句稿/庭下駄/(互選)/三點〈1〉〔1〕 조선 센류 7월 예회 구고/정원 게타/(호선)/삼점	閑寬坊	시가/센류	
6	8	川柳	朝鮮川柳七月例會句稿/庭下駄/(互選)/三點〈1〉〔1〕 조선 센류 7월 예회 구고/정원 게타/(호선)/삼점	默然坊	시가/센류	
6	8	川柳	朝鮮川柳七月例會句稿/庭下駄/(互選)/三點〈1〉〔1〕 조선 센류 7월 예회 구고/정원 게타/(호선)/삼점	三日坊	시가/센류	
6	8	川柳	朝鮮川柳七月例會句稿/庭下駄/(互選)/二點〈1〉〔1〕 조선 센류 7월 예회 구고/정원 게타/(호선)/이점	花石	시가/센류	
6	8	川柳	朝鮮川柳七月例會句稿/庭下駄/(互選)/二點〈1〉〔1〕 조선 센류 7월 예회 구고/정원 게타/(호선)/이점	三日坊	시가/센류	
6	8	川柳	朝鮮川柳七月例會句稿/庭下駄/(互選)/二點〈1〉〔2〕 조선 센류 7월 예회 구고/정원 게타/(호선)/이점	閑寬坊	시가/센류	
6	8	川柳	朝鮮川柳七月例會句稿/水/柳昌庵默然坊選/天〈1〉〔1〕 조선 센류 7월 예회 구고/물/류쇼안 모쿠낸보 선/천	圓于門	시가/센류	

지면	단수	기획	기사제목 〈회수〉〔곡수〕	필자/저자(역자)	분류	비고
6	8	川柳	朝鮮川柳七月例會句稿/水/柳昌庵默然坊選/地 〈1〉〔1〕 조선 센류 7월 예회 구고/물/류쇼안 모쿠낸보 선/지	鳥石	시가/센류	
6	8	川柳	朝鮮川柳七月例會句稿/水/柳昌庵默然坊選/人 〈1〉〔1〕 조선 센류 7월 예회 구고/물/류쇼안 모쿠낸보 선/인	千流	시가/센류	
6	8	川柳	朝鮮川柳七月例會句稿/水/柳昌庵默然坊選/五客 〈1〉〔1〕 조선 센류 7월 예회 구고/물/류쇼안 모쿠낸보 선/오객	花石	시가/센류	
6	8	川柳	朝鮮川柳七月例會句稿/水/柳昌庵默然坊選/五客 〈1〉〔2〕 조선 센류 7월 예회 구고/물/류쇼안 모쿠낸보 선/오객	閑寛坊	시가/센류	
6	8	川柳	朝鮮川柳七月例會句稿/水/柳昌庵默然坊選/五客 〈1〉〔1〕 조선 센류 7월 예회 구고/물/류쇼안 모쿠낸보 선/오객	紅短冊	시가/센류	
6	8	川柳	朝鮮川柳七月例會句稿/水/柳昌庵默然坊選/五客 〈1〉〔1〕 조선 센류 7월 예회 구고/물/류쇼안 모쿠낸보 선/오객	圓于門	시가/센류	
6	8	川柳	朝鮮川柳七月例會句稿/水/柳昌庵默然坊選/選者吟 〈1〉〔2〕 조선 센류 7월 예회 구고/물/류쇼안 모쿠낸보 선/선자음	默然坊	시가/센류	
6	8	川柳	朝鮮川柳八月例會 조선 센류 8월 예회		광고/모집 광고	
6	9~11		水戸黃門記 〈77〉 미토코몬기	劍花道人	고단	
8	1~3		運命の波/嵐の夜(三) 〈138〉 운명의 파도/폭풍의 밤(3)	遠藤柳雨	소설/일본	

1920년 08월 01일(일) 6827호

지면	단수	기획	기사제목 〈회수〉〔곡수〕	필자/저자(역자)	분류	비고
1	5	朝鮮詩壇	夏日山居 〔1〕 하일산거	杉浦華南	시가/한시	
1	5~6	朝鮮詩壇	##之平北江# 〔1〕 ##지평북강#	江原如水	시가/한시	
1	6	朝鮮詩壇	路去北海遊朝鮮有作 〔1〕 로거북해유조선유작	細川芭陵	시가/한시	
1	6~8		史外史傳 女正雪/謎の美女 〈30〉 사외사전 온나 쇼세쓰/수수께끼의 미녀	伊藤銀月	소설/일본	
4	7~9	オトギバナシ	蓮姬と墓 〈3〉 연꽃 공주와 두꺼비	橘秀子	소설/동화	
6	8	川柳	朝鮮川柳七月例會句稿/冠句/(互選)/四點 〈2〉〔1〕 조선 센류 7월 예회 구고/관구/(호선)/사점	鳥石	시가/센류	
6	8	川柳	朝鮮川柳七月例會句稿/冠句/(互選)/三點 〈2〉〔1〕 조선 센류 7월 예회 구고/관구/(호선)/삼점	寛閑坊	시가/센류	
6	8	川柳	朝鮮川柳七月例會句稿/冠句/(互選)/同點 〈2〉〔1〕 조선 센류 7월 예회 구고/관구/(호선)/동점	默然坊	시가/센류	
6	8	川柳	朝鮮川柳七月例會句稿/冠句/(互選)/二點 〈2〉〔1〕 조선 센류 7월 예회 구고/관구/(호선)/이점	花石	시가/센류	
6	8	川柳	朝鮮川柳七月例會句稿/中句/(互選)/五點 〈2〉〔1〕 조선 센류 7월 예회 구고/중구/(호선)/오점	默然坊	시가/센류	
6	8	川柳	朝鮮川柳七月例會句稿/中句/(互選)/三點 〈2〉〔1〕 조선 센류 7월 예회 구고/중구/(호선)/삼점	三日坊	시가/센류	
6	8	川柳	朝鮮川柳七月例會句稿/中句/(互選)/三點 〈2〉〔1〕 조선 센류 7월 예회 구고/중구/(호선)/삼점	鳥石	시가/센류	
6	8	川柳	朝鮮川柳七月例會句稿/中句/(互選)/二點 〈2〉〔1〕 조선 센류 7월 예회 구고/중구/(호선)/이점	寛閑坊	시가/센류	
6	8	川柳	朝鮮川柳七月例會句稿/下句/(互選)/六點 〈2〉〔1〕 조선 센류 7월 예회 구고/하구/(호선)/육점	鳥石	시가/센류	
6	8	川柳	朝鮮川柳七月例會句稿/下句/(互選)/三點 〈2〉〔1〕 조선 센류 7월 예회 구고/중구/(호선)/삼점	默然坊	시가/센류	

지면	단수	기획	기사제목 〈회수〉〔곡수〕	필자/저자(역자)	분류	비고
6	8	川柳	朝鮮川柳七月例會句稿/下句/(互選)/二點 〈2〉〔1〕 조선 센류 7월 예회 구고/중구/(호선)/이점	寬閑坊	시가/센류	
6	8	川柳	朝鮮川柳七月例會句稿/下句/(互選)/二點 〈2〉〔1〕 조선 센류 7월 예회 구고/중구/(호선)/이점	逸風	시가/센류	
6	8	川柳	朝鮮川柳七月例會句稿/戸/柳培庵鳥石選/天 〈1〉〔1〕 조선 센류 7월 예회 구고/문/류바이안 조세키 선/천	山ン坊	시가/센류	
6	8	川柳	朝鮮川柳七月例會句稿/戸/柳培庵鳥石選/地 〈1〉〔1〕 조선 센류 7월 예회 구고/문/류바이안 조세키 선/지	默然坊	시가/센류	
6	8	川柳	朝鮮川柳七月例會句稿/戸/柳培庵鳥石選/人 〈1〉〔1〕 조선 센류 7월 예회 구고/문/류바이안 조세키 선/인	花石	시가/센류	
6	8	川柳	朝鮮川柳七月例會句稿/戸/柳培庵鳥石選/五客 〈1〉〔1〕 조선 센류 7월 예회 구고/문/류바이안 조세키 선/오객	寬閑坊	시가/센류	
6	8	川柳	朝鮮川柳七月例會句稿/戸/柳培庵鳥石選/五客 〈1〉〔1〕 조선 센류 7월 예회 구고/문/류바이안 조세키 선/오객	逸風	시가/센류	
6	8	川柳	朝鮮川柳七月例會句稿/戸/柳培庵鳥石選/五客 〈1〉〔1〕 조선 센류 7월 예회 구고/문/류바이안 조세키 선/오객	紅短冊	시가/센류	
6	8	川柳	朝鮮川柳七月例會句稿/戸/柳培庵鳥石選/五客 〈1〉〔2〕 조선 센류 7월 예회 구고/문/류바이안 조세키 선/오객	三日坊	시가/센류	
6	8	川柳	朝鮮川柳七月例會句稿/戸/柳培庵鳥石選/選者吟 〈1〉〔2〕 조선 센류 7월 예회 구고/문/류바이안 조세키 선/선자음	鳥石	시가/센류	
6	9~11		水戸黃門記 〈78〉 미토코몬기	劍花道人	고단	
8	1~3		運命の波/心のくも(一) 〈139〉 운명의 파도/마음의 구름(1)	遠藤柳雨	소설/일본	

1920년 08월 02일(월) 6828호

지면	단수	기획	기사제목 〈회수〉〔곡수〕	필자/저자(역자)	분류	비고
1	5~6	朝鮮歌壇	(제목없음)〔7〕	鍋島山鹿	시가/단카	
1	6	朝鮮歌壇	(제목없음)〔1〕	不案	시가/단카	
1	6~7		史外史傳 女正雪/謎の美女 〈31〉 사외사전 온나 쇼세쓰/수수께끼의 미녀	伊藤銀月	소설/일본	
4	1~3		水戸黃門記 〈79〉 미토코몬기	劍花道人	고단	

1920년 08월 03일(화) 6829호

지면	단수	기획	기사제목 〈회수〉〔곡수〕	필자/저자(역자)	분류	비고
1	6	朝鮮詩壇	漁浦聽鵲〔1〕 어포청작	杉浦華南	시가/한시	
1	6	朝鮮詩壇	山房淸畫〔1〕 산방청화	隈#矢山	시가/한시	
1	6	朝鮮詩壇	湖上夏夕〔1〕 호상하석	栗原華陽	시가/한시	
1	6	朝鮮詩壇	同題〔1〕 동제	河島五山	시가/한시	
1	6~7	朝鮮歌壇	(제목없음)〔3〕	文子	시가/단카	
1	6~7	朝鮮歌壇	(제목없음)〔4〕	窪春雄	시가/단카	
1	6~7	朝鮮歌壇	(제목없음)〔1〕	不案	시가/단카	
1	6~7	朝鮮歌壇	夏の歌 雜の歌 여름의 노래 잡의 노래		광고/모집 광고	

지면	단수	기획	기사제목 〈회수〉 〔곡수〕	필자/저자(역자)	분류	비고
1	7~8		史外史傳 女正雪/謎の美女 〈32〉 사외사전 온나 쇼세쓰/수수께끼의 미녀	伊藤銀月	소설/일본	
4	1~3		水戸黃門記 〈80〉 미토코몬기	劍花道人	고단	

1920년 08월 05일(목) 6831호

지면	단수	기획	기사제목 〈회수〉 〔곡수〕	필자/저자(역자)	분류	비고
1	4	朝鮮詩壇	夏日江村 〔1〕 하일강촌	富#雲堂	시가/한시	
1	4	朝鮮詩壇	雷聲 〔1〕 뢰성	志智敬愛	시가/한시	
1	4~5	朝鮮詩壇	雨窓所感 〔1〕 우창소감	川端不絶	시가/한시	
1	5	朝鮮詩壇	漢詩寄稿 한시 기고		광고/모집 광고	
1	5~6		史外史傳 女正雪/謎の美女 〈34〉 사외사전 온나 쇼세쓰/수수께끼의 미녀	伊藤銀月	소설/일본	
4	8		京城七不思議/糞尿ぜめ 〈1〉 경성 일곱 불가사의/분뇨 공격	和祐	수필/기타	
6	8	川柳	大邱川柳會句稿/席題扇/五點 〈2〉〔1〕 대구 센류회 구고/석제 부채/오점	鳥石	시가/센류	
6	8	川柳	大邱川柳會句稿/席題扇/五點 〈2〉〔1〕 대구 센류회 구고/석제 부채/오점	邱花坊	시가/센류	
6	8	川柳	大邱川柳會句稿/席題扇/三點 〈2〉〔2〕 대구 센류회 구고/석제 부채/삼점	呑氣坊	시가/센류	
6	8	川柳	大邱川柳會句稿/席題扇/三點 〈2〉〔1〕 대구 센류회 구고/석제 부채/삼점	喧嘩坊	시가/센류	
6	8	川柳	大邱川柳會句稿/席題扇/三點 〈2〉〔1〕 대구 센류회 구고/석제 부채/삼점	不知坊	시가/센류	
6	8	川柳	大邱川柳會句稿/席題扇/二點 〈2〉〔1〕 대구 센류회 구고/석제 부채/이점	不知坊	시가/센류	
6	8	川柳	大邱川柳會句稿/席題扇/二點 〈2〉〔1〕 대구 센류회 구고/석제 부채/이점	寸#坊	시가/센류	
6	8	川柳	大邱川柳會句稿/席題扇/二點 〈2〉〔1〕 대구 센류회 구고/석제 부채/이점	邱花坊	시가/센류	
6	8	川柳	大邱川柳會句稿/句付け/(冠句)/五點 〈2〉〔1〕 대구 센류회 구고/구즈케/(관구)/오점	鳥石	시가/센류	
6	8	川柳	大邱川柳會句稿/句付け/(冠句)/四點 〈2〉〔1〕 대구 센류회 구고/구즈케/(관구)/사점	茶舟坊	시가/센류	
6	8	川柳	大邱川柳會句稿/句付け/(冠句)/三點 〈2〉〔1〕 대구 센류회 구고/구즈케/(관구)/삼점	喧嘩坊	시가/센류	
6	8	川柳	大邱川柳會句稿/句付け/(冠句)/二點 〈2〉〔1〕 대구 센류회 구고/구즈케/(관구)/이점	呑氣坊	시가/센류	
6	8	川柳	大邱川柳會句稿/句付け/(冠句)/二點 〈2〉〔1〕 대구 센류회 구고/구즈케/(관구)/이점	不知坊	시가/센류	
6	8	川柳	大邱川柳會句稿/中句/五點 〈2〉〔1〕 대구 센류회 구고/중구/오점	呑氣坊	시가/센류	
6	8	川柳	大邱川柳會句稿/中句/四點 〈2〉〔1〕 대구 센류회 구고/중구/사점	喧嘩坊	시가/센류	
6	8	川柳	大邱川柳會句稿/中句/三點 〈2〉〔1〕 대구 센류회 구고/중구/삼점	邱花坊	시가/센류	
6	8	川柳	大邱川柳會句稿/中句/二點 〈2〉〔1〕 대구 센류회 구고/중구/이점	鳥石	시가/센류	

지면	단수	기획	기사제목 〈회수〉〔곡수〕	필자/저자(역자)	분류	비고
6	8	川柳	大邱川柳會句稿/中句/二點 〈2〉〔1〕 대구 센류회 구고/중구/이점	茶舟坊	시가/센류	
6	8	川柳	大邱川柳會句稿/下句つけ/五點 〈2〉〔1〕 대구 센류회 구고/하구 덧붙임/오점	喧嘩坊	시가/센류	
6	8	川柳	大邱川柳會句稿/下句つけ/三點 〈2〉〔1〕 대구 센류회 구고/하구 덧붙임/삼점	鳥石	시가/센류	
6	8	川柳	大邱川柳會句稿/下句つけ/三點 〈2〉〔1〕 대구 센류회 구고/하구 덧붙임/삼점	吞氣坊	시가/센류	
6	8	川柳	大邱川柳會句稿/下句つけ/三點 〈2〉〔1〕 대구 센류회 구고/하구 덧붙임/삼점	邱花坊	시가/센류	
6	8	川柳	川柳募集課題 센류 모집 과제		광고/모집 광고	
6	9~11		水戸黃門記 〈82〉 미토코몬기	劍花道人	고단	
8	1~3		運命の波/殘酷！(一) 〈141〉 운명의 파도/잔혹！(1)	遠藤柳雨	소설/일본	

1920년 08월 06일(금) 6832호

지면	단수	기획	기사제목 〈회수〉〔곡수〕	필자/저자(역자)	분류	비고
1	5~6		史外史傳 女正雪/謎の美女 〈35〉 사외사전 온나 쇼세쓰/수수께끼의 미녀	伊藤銀月	소설/일본	
4	5~8	オトギバナシ	兎の復讐(上) 〈1〉 토끼의 복수(상)	橘秀子	소설/동화	
4	9		京城七不思議/右利の叔父 〈2〉 경성 일곱 가지 불가사의/오른손잡이 삼촌	和祐生	수필/기타	
6	7~8		全鮮句會(上) 〈1〉 전 조선 구회(상)	平壤支社 一記者	수필/기타	
6	8	川柳	仁川川柳會例會句稿 〈1〉 인천 센류회 예회 구고	####	수필/기타	
6	8	川柳	仁川川柳會例會句稿/握/(互選) 〈1〉〔2〕 인천 센류회 예회 구고/쥐다/(호선)	鶯團子	시가/센류	
6	8	川柳	仁川川柳會例會句稿/握/(互選) 〈1〉〔2〕 인천 센류회 예회 구고/쥐다/(호선)	大納言	시가/센류	
6	8	川柳	仁川川柳會例會句稿/握/(互選) 〈1〉〔1〕 인천 센류회 예회 구고/쥐다/(호선)	慢浪子	시가/센류	
6	8	川柳	仁川川柳會例會句稿/握/(互選) 〈1〉〔1〕 인천 센류회 예회 구고/쥐다/(호선)	松平坊	시가/센류	
6	8	川柳	仁川川柳會例會句稿/握/(互選) 〈1〉〔1〕 인천 센류회 예회 구고/쥐다/(호선)	失名	시가/센류	
6	8	川柳	仁川川柳會例會句稿/握/(互選) 〈1〉〔1〕 인천 센류회 예회 구고/쥐다/(호선)	紅短冊	시가/센류	
6	8	川柳	仁川川柳會例會句稿/握/(互選) 〈1〉〔1〕 인천 센류회 예회 구고/쥐다/(호선)	肥後守	시가/센류	
6	9~11		水戸黃門記 〈83〉 미토코몬기	劍花道人	고단	
8	1~3		運命の波/殘酷！(二) 〈142〉 운명의 파도/잔혹！(2)	遠藤柳雨	소설/일본	

1920년 08월 07일(토) 6833호

지면	단수	기획	기사제목 〈회수〉〔곡수〕	필자/저자(역자)	분류	비고
1	4~6		史外史傳 女正雪/謎の美女 〈36〉 사외사전 온나 쇼세쓰/수수께끼의 미녀	伊藤銀月	소설/일본	
4	6~9	オトギバナシ	兎の復讐(二) 〈2〉 토끼의 복수(2)	橘秀子	소설/동화	

지면	단수	기획	기사제목 〈회수〉〔곡수〕	필자/저자(역자)	분류	비고
4	8		京城七不思議/黃塵の都 〈3〉 경성 일곱 불가사의/황진의 수도	和祐生	수필/기타	
5	9		ポプラ會例會 〔1〕 포플러회 예회	山副生	시가/하이쿠	
5	9		ポプラ會例會 〔1〕 포플러회 예회	尾島生	시가/하이쿠	
5	9		ポプラ會例會 〔1〕 포플러회 예회	寺田生	시가/하이쿠	
5	9		ポプラ會例會 〔1〕 포플러회 예회	古岳生	시가/하이쿠	
5	9		ポプラ會例會 〔1〕 포플러회 예회	角川生	시가/하이쿠	
5	9		ポプラ會例會 〔1〕 포플러회 예회	原安生	시가/하이쿠	
6	6		夏季俳句大會 하계 하이쿠 대회		광고/모집 광고	
6	7		全鮮句會(中) 〈2〉 전 조선 구회(중)	平壤支社 一記者	수필/기타	
6	7		全鮮句會(中)/課題「靑嵐」/七点句 〈2〉〔1〕 전 조선 구회(중)/과제「청람」/칠점 구	和堂	시가/하이쿠	
6	7		全鮮句會(中)/課題「靑嵐」/六点句 〈2〉〔1〕 전 조선 구회(중)/과제「청람」/육점 구	正蚌	시가/하이쿠	
6	7~8		全鮮句會(中)/課題「靑嵐」/五点句 〈2〉〔1〕 전 조선 구회(중)/과제「청람」/오점 구	空迷樓	시가/하이쿠	
6	8		全鮮句會(中)/課題「靑嵐」/五点句 〈2〉〔1〕 전 조선 구회(중)/과제「청람」/오점 구	弓山	시가/하이쿠	
6	8		全鮮句會(中)/課題「靑嵐」/五点句 〈2〉〔1〕 전 조선 구회(중)/과제「청람」/오점 구	正蚌	시가/하이쿠	
6	8		全鮮句會(中)/課題「靑嵐」/五点句 〈2〉〔1〕 전 조선 구회(중)/과제「청람」/오점 구	千歲	시가/하이쿠	
6	8		全鮮句會(中)/課題「靑嵐」/四點句 〈2〉〔1〕 전 조선 구회(중)/과제「청람」/사점 구	桂人	시가/하이쿠	
6	8		全鮮句會(中)/課題「靑嵐」/四點句 〈2〉〔1〕 전 조선 구회(중)/과제「청람」/사점 구	紅女	시가/하이쿠	
6	8		全鮮句會(中)/課題「向日葵」/六點句 〈2〉〔1〕 전 조선 구회(중)/과제「해바라기」/육점 구	紅女	시가/하이쿠	
6	8		全鮮句會(中)/課題「向日葵」/五點句 〈2〉〔1〕 전 조선 구회(중)/과제「해바라기」/오점 구	牛眠	시가/하이쿠	
6	8		全鮮句會(中)/課題「向日葵」/五點句 〈2〉〔1〕 전 조선 구회(중)/과제「해바라기」/오점 구	弓山	시가/하이쿠	
6	8		全鮮句會(中)/課題「向日葵」/五點句 〈2〉〔1〕 전 조선 구회(중)/과제「해바라기」/오점 구	牛眠	시가/하이쿠	
6	8		全鮮句會(中)/課題「向日葵」/五點句 〈2〉〔1〕 전 조선 구회(중)/과제「해바라기」/오점 구	桂人	시가/하이쿠	
6	8		全鮮句會(中)/課題「向日葵」/四點句 〈2〉〔1〕 전 조선 구회(중)/과제「해바라기」/사점 구	正蚌	시가/하이쿠	
6	8		全鮮句會(中)/課題「向日葵」/四點句 〈2〉〔1〕 전 조선 구회(중)/과제「해바라기」/사점 구	犀涯	시가/하이쿠	
6	8		全鮮句會(中)/課題「向日葵」/四點句 〈2〉〔1〕 전 조선 구회(중)/과제「해바라기」/사점 구	曉風	시가/하이쿠	
6	8		全鮮句會(中)/課題「向日葵」/四點句 〈2〉〔1〕 전 조선 구회(중)/과제「해바라기」/사점 구	色葉	시가/하이쿠	

지면	단수	기획	기사제목 〈회수〉〔곡수〕	필자/저자(역자)	분류	비고
6	8		全鮮句會(中)/課題「向日葵」/四點句 〈2〉〔1〕 전 조선 구회(중)/과제「해바라기」/사점 구	桂人	시가/하이쿠	
6	8	川柳	仁川川柳會例會句稿/握/(互選)/三點 〈2〉〔1〕 인천 센류회 예회 구고/쥐다/(호선)/삼점	大納言	시가/센류	
6	8	川柳	仁川川柳會例會句稿/握/(互選)/三點 〈2〉〔1〕 인천 센류회 예회 구고/쥐다/(호선)/삼점	右禿郎	시가/센류	
6	8	川柳	仁川川柳會例會句稿/握/(互選)/三點 〈2〉〔1〕 인천 센류회 예회 구고/쥐다/(호선)/삼점	獅子王	시가/센류	
6	8	川柳	仁川川柳會例會句稿/握/(互選)/三點 〈2〉〔1〕 인천 센류회 예회 구고/쥐다/(호선)/삼점	松平坊	시가/센류	
6	8	川柳	仁川川柳會例會句稿/握/(互選)/四點 〈2〉〔1〕 인천 센류회 예회 구고/쥐다/(호선)/사점	右禿郎	시가/센류	
6	8	川柳	仁川川柳會例會句稿/握/(互選)/四點 〈2〉〔1〕 인천 센류회 예회 구고/쥐다/(호선)/사점	紅短冊	시가/센류	
6	8	川柳	仁川川柳會例會句稿/評判/(互選)/二點 〈2〉〔1〕 인천 센류회 예회 구고/평판/(호선)/이점	獅子王	시가/센류	
6	8	川柳	仁川川柳會例會句稿/評判/(互選)/二點 〈2〉〔1〕 인천 센류회 예회 구고/평판/(호선)/이점	失名	시가/센류	
6	8	川柳	仁川川柳會例會句稿/評判/(互選)/二點 〈2〉〔1〕 인천 센류회 예회 구고/평판/(호선)/이점	夜叉王	시가/센류	
6	8	川柳	仁川川柳會例會句稿/評判/(互選)/二點 〈2〉〔2〕 인천 센류회 예회 구고/평판/(호선)/이점	紅短冊	시가/센류	
6	8	川柳	仁川川柳會例會句稿/評判/(互選)/二點 〈2〉〔1〕 인천 센류회 예회 구고/평판/(호선)/이점	大納言	시가/센류	
6	8	川柳	仁川川柳會例會句稿/評判/(互選)/三點 〈2〉〔1〕 인천 센류회 예회 구고/평판/(호선)/삼점	松平坊	시가/센류	
6	8	川柳	仁川川柳會例會句稿/評判/(互選)/三點 〈2〉〔1〕 인천 센류회 예회 구고/평판/(호선)/삼점	呂人	시가/센류	
6	8	川柳	仁川川柳會例會句稿/評判/(互選)/三點 〈2〉〔1〕 인천 센류회 예회 구고/평판/(호선)/삼점	右禿郎	시가/센류	
6	8	川柳	仁川川柳會例會句稿/評判/(互選)/三點 〈2〉〔1〕 인천 센류회 예회 구고/평판/(호선)/삼점	鶯團子	시가/센류	
6	8	川柳	仁川川柳會例會句稿/評判/(互選)/三點 〈2〉〔1〕 인천 센류회 예회 구고/평판/(호선)/삼점	磐梯	시가/센류	
6	8	川柳	仁川川柳會例會句稿/評判/(互選)/四點 〈2〉〔1〕 인천 센류회 예회 구고/평판/(호선)/사점	右禿郎	시가/센류	
6	8	川柳	仁川川柳會例會句稿/評判/(互選)/四點 〈2〉〔1〕 인천 센류회 예회 구고/평판/(호선)/사점	大納言	시가/센류	
6	8	川柳	仁川川柳會例會句稿/評判/(互選)/四點 〈2〉〔1〕 인천 센류회 예회 구고/평판/(호선)/사점	右禿郎	시가/센류	
6	9~11		水戶黃門記 〈84〉 미토코몬기	劍花道人	고단	
8	1~2		運命の波/殘酷！(三) 〈143〉 운명의 파도/잔혹！(3)	遠藤柳雨	소설/일본	

1920년 08월 08일(일) 6834호

지면	단수	기획	기사제목 〈회수〉〔곡수〕	필자/저자(역자)	분류	비고
1	4~5	朝鮮詩壇	#金剛山遊記有月晴足#之##作#####夏之貧〔1〕 #금강산유기유월청족#지##작#####하지빈	杉浦華南	시가/한시	
1	5~6		史外史傳 女正雪/謎の美女 〈37〉 사외사전 온나 쇼세쓰/수수께끼의 미녀	伊藤銀月	소설/일본	
6	8	川柳	仁川川柳會例會句稿/握/柳培庵鳥石選/五客 〈3〉〔2〕 인천 센류회 예회 구고/쥐다/류바이안 조세키 선/오객	右禿郎	시가/센류	

지면	단수	기획	기사제목 〈회수〉 [곡수]	필자/저자(역자)	분류	비고
6	8	川柳	仁川川柳會例會句稿/握/柳培庵鳥石選/五客 〈3〉 [1] 인천 센류회 예회 구고/쥐다/류바이안 조세키 선/오객	七面鳥	시가/센류	
6	8	川柳	仁川川柳會例會句稿/握/柳培庵鳥石選/五客 〈3〉 [1] 인천 센류회 예회 구고/쥐다/류바이안 조세키 선/오객	大納言	시가/센류	
6	8	川柳	仁川川柳會例會句稿/握/柳培庵鳥石選/五客 〈3〉 [1] 인천 센류회 예회 구고/쥐다/류바이안 조세키 선/오객	紅短冊	시가/센류	
6	8	川柳	仁川川柳會例會句稿/握/柳培庵鳥石選/人位 〈3〉 [1] 인천 센류회 예회 구고/쥐다/류바이안 조세키 선/인위	精進坊	시가/센류	
6	8	川柳	仁川川柳會例會句稿/握/柳培庵鳥石選/地位 〈3〉 [1] 인천 센류회 예회 구고/쥐다/류바이안 조세키 선/지위	右禿郎	시가/센류	
6	8	川柳	仁川川柳會例會句稿/握/柳培庵鳥石選/天位 〈3〉 [1] 인천 센류회 예회 구고/쥐다/류바이안 조세키 선/천위	松平坊	시가/센류	
6	8	川柳	仁川川柳會例會句稿/握/柳培庵鳥石選/軸 〈3〉 [1] 인천 센류회 예회 구고/쥐다/류바이안 조세키 선/축	鳥石	시가/센류	
6	8	川柳	仁川川柳會例會句稿/評判/柳培庵鳥石選/五客 〈2〉 [1] 인천 센류회 예회 구고/평판/류바이안 조세키 선/오객	松平坊	시가/센류	
6	8	川柳	仁川川柳會例會句稿/評判/柳培庵鳥石選/五客 〈2〉 [1] 인천 센류회 예회 구고/평판/류바이안 조세키 선/오객	呂人	시가/센류	
6	8	川柳	仁川川柳會例會句稿/評判/柳培庵鳥石選/五客 〈2〉 [1] 인천 센류회 예회 구고/평판/류바이안 조세키 선/오객	右禿郎	시가/센류	
6	8	川柳	仁川川柳會例會句稿/評判/柳培庵鳥石選/五客 〈2〉 [1] 인천 센류회 예회 구고/평판/류바이안 조세키 선/오객	失名	시가/센류	
6	8	川柳	仁川川柳會例會句稿/評判/柳培庵鳥石選/人位 〈2〉 [1] 인천 센류회 예회 구고/평판/류바이안 조세키 선/인위	松平坊	시가/센류	
6	8	川柳	仁川川柳會例會句稿/評判/柳培庵鳥石選/地位 〈2〉 [1] 인천 센류회 예회 구고/평판/류바이안 조세키 선/지위	獅子王	시가/센류	
6	8	川柳	仁川川柳會例會句稿/評判/柳培庵鳥石選/天位 〈2〉 [1] 인천 센류회 예회 구고/평판/류바이안 조세키 선/천위	失名	시가/센류	
6	8	川柳	仁川川柳會例會句稿/評判/柳培庵鳥石選/軸 〈2〉 [1] 인천 센류회 예회 구고/평판/류바이안 조세키 선/축	鳥石	시가/센류	
6	9~11		水戸黄門記 〈85〉 미토코몬기	劍花道人	고단	
8	1~3		運命の波/殘酷！(四) 〈144〉 운명의 파도/잔혹！(4)	遠藤柳雨	소설/일본	

1920년 08월 09일(월) 6835호

지면	단수	기획	기사제목 〈회수〉 [곡수]	필자/저자(역자)	분류	비고
1	2	朝鮮歌壇	(제목없음) [4]	北替草	시가/단카	
1	2~3	朝鮮歌壇	(제목없음) [4]	名鳥浪天	시가/단카	
1	3	朝鮮歌壇	####一君を悼む [1] ####이치 군을 애도하다	廣	시가/단카	
1	3	朝鮮歌壇	夏の歌 雜の歌を募る 여름 단카 모든 단카를 모으다		광고/모집 광고	
1	3~6		史外史傳 女正雪/謎の美女 〈38〉 사외사전 온나 쇼세쓰/수수께끼의 미녀	伊藤銀月	소설/일본	
4	1~3		水戸黄門記〈85〉 미토코몬기	劍花道人	고단	회수 오류

1920년 08월 10일(화) 6836호

지면	단수	기획	기사제목 〈회수〉 [곡수]	필자/저자(역자)	분류	비고
1	4	朝鮮詩壇	滿州南##山所見 [1] 만주남##산소견	川端不絶	시가/한시	

지면	단수	기획	기사제목 〈회수〉 〔곡수〕	필자/저자(역자)	분류	비고
1	4	朝鮮詩壇	湖上夏夕 〔1〕 호상하석	大#鳩仙	시가/한시	
1	4	朝鮮詩壇	(제목없음) 〔1〕	富澤雲堂	시가/한시	
1	4	朝鮮詩壇	漢詩寄稿 한시 기고		광고/모집	광고
1	5~6		史外史傳 女正雪/謎の美女 〈39〉 사외사전 온나 쇼세쓰/수수께끼의 미녀	伊藤銀月	소설/일본	
1	7~9	オトギバナシ	兎の復讐(三) 〈3〉 토끼의 복수(3)	橘秀子	소설/동화	
4	8		京城七不思議/公然の秘密 〈4〉 경성 일곱 가지 불가사의/공공연한 비밀	和祐	수필/기타	
6	7~8		全鮮句會(下) 〈3〉 전 조선 구회(하)	平壤支社 一記者	기타/모임	안내
6	7		全鮮句會(下)/席題「出水」/六點句 〈3〉〔1〕 전 조선 구회(하)/석제「홍수」/육점 구	如水	시가/하이쿠	
6	7		全鮮句會(下)/席題「出水」/六點句 〈3〉〔1〕 전 조선 구회(하)/석제「홍수」/육점 구	眞弓	시가/하이쿠	
6	7		全鮮句會(下)/席題「出水」/五點句 〈3〉〔1〕 전 조선 구회(하)/석제「홍수」/오점 구	古索	시가/하이쿠	
6	7		全鮮句會(下)/席題「出水」/五點句 〈3〉〔1〕 전 조선 구회(하)/석제「홍수」/오점 구	箕山	시가/하이쿠	
6	7		全鮮句會(下)/席題「出水」/四點句 〈3〉〔1〕 전 조선 구회(하)/석제「홍수」/사점 구	白天	시가/하이쿠	
6	7		全鮮句會(下)/席題「出水」/四點句 〈3〉〔1〕 전 조선 구회(하)/석제「홍수」/사점 구	空迷樓	시가/하이쿠	
6	7		全鮮句會(下)/席題「出水」/四點句 〈3〉〔1〕 전 조선 구회(하)/석제「홍수」/사점 구	曉風	시가/하이쿠	
6	7		全鮮句會(下)/席題「出水」/四點句 〈3〉〔2〕 전 조선 구회(하)/석제「홍수」/사점 구	桂人	시가/하이쿠	
6	7		全鮮句會(下)/席題「出水」/四點句 〈3〉〔1〕 전 조선 구회(하)/석제「홍수」/사점 구	晩汀	시가/하이쿠	
6	8	川柳	柳建寺土左衛門選/看護婦/五客 〈5〉〔1〕 류켄지 도자에몬 선/간호부/오객	仁川 右大臣	시가/센류	
6	8	川柳	柳建寺土左衛門選/看護婦/五客 〈5〉〔1〕 류켄지 도자에몬 선/간호부/오객	仁川 肥後守	시가/센류	
6	8	川柳	柳建寺土左衛門選/看護婦/五客 〈5〉〔1〕 류켄지 도자에몬 선/간호부/오객	龍山 三日坊	시가/센류	
6	8	川柳	柳建寺土左衛門選/看護婦/五客 〈5〉〔1〕 류켄지 도자에몬 선/간호부/오객	京城 輝革	시가/센류	
6	8	川柳	柳建寺土左衛門選/看護婦/五客 〈5〉〔1〕 류켄지 도자에몬 선/간호부/오객	龍山 逸風	시가/센류	
6	8	川柳	柳建寺土左衛門選/看護婦/三才/人 〈5〉〔1〕 류켄지 도자에몬 선/간호부/삼재/인	龍山 三日坊	시가/센류	
6	8	川柳	柳建寺土左衛門選/看護婦/三才/地 〈5〉〔1〕 류켄지 도자에몬 선/간호부/삼재/지	仁川 肥後守	시가/센류	
6	8	川柳	柳建寺土左衛門選/看護婦/三才/天 〈5〉〔1〕 류켄지 도자에몬 선/간호부/삼재/천	仁川 苦論坊	시가/센류	
6	8	川柳	川柳募集課題 센류 모집 과제		광고/모집	광고
6	9~11		水戸黄門記 〈86〉 미토코몬기	劍花道人	고단	

지면	단수	기획	기사제목 〈회수〉 〔곡수〕	필자/저자(역자)	분류	비고
8	1~3		運命の波/十年振り(一) 〈145〉 운명의 파도/십년 만에(1)	遠藤柳雨	소설/일본	

1920년 08월 11일(수) 6837호

지면	단수	기획	기사제목 〈회수〉 〔곡수〕	필자/저자(역자)	분류	비고
1	4	朝鮮歌壇	(제목없음) 〔8〕	妙子	시가/단카	
1	4	朝鮮歌壇	(제목없음) 〔1〕	不案	시가/단카	
1	4~6		史外史傳 女正雪/謎の美女 〈40〉 사외사전 온나 쇼세쓰/수수께끼의 미녀	伊藤銀月	소설/일본	
3	4~7		元山紀行/成金の覺醒 〈1〉 원산기행/벼락 부자 각성	蒲生生	수필/기행	
4	5~7	オトギバ ナシ	兎の復讐(四) 〈4〉 토끼의 복수(4)	橘秀子	소설/동화	
4	9		京城七不思議/遙か彼方に！〈5〉 경성 일곱 가지 불가사의/아득히 저쪽에!	和祐	수필/기타	
6	9~11		水戶黃門記 〈87〉 미토코몬기	劍花道人	고단	
8	1~3		運命の波/十年振り(二) 〈146〉 운명의 파도/십년 만에(2)	遠藤柳雨	소설/일본	

1920년 08월 12일(목) 6838호

지면	단수	기획	기사제목 〈회수〉 〔곡수〕	필자/저자(역자)	분류	비고
1	4	朝鮮俳壇	渡邊水巴選/夏雜 〈1〉 〔16〕 와타나베 스이하 선/여름-잡	蒔#	시가/하이쿠	
1	4	朝鮮俳壇	渡邊水巴選/夏雜 〈1〉 〔3〕 와타나베 스이하 선/여름-잡	雨子	시가/하이쿠	
1	4	朝鮮俳壇	投句歡迎 투구 환영		광고/모집 광고	
1	5~6		史外史傳 女正雪/謎の美女 〈41〉 사외사전 온나 쇼세쓰/수수께끼의 미녀	伊藤銀月	소설/일본	
1	4~5		元山紀行/釋王寺の朝饗 〈2〉 원산기행/석왕사의 아침 대접	蒲生大夢	수필/기행	
1	5~6		元山紀行/未だ虎疫なし 〈2〉 원산기행/아직 호역 없음	蒲生大夢	수필/기행	
4	6~9	オトギバ ナシ	世界一の寶 〈1〉 세계 제일의 보물	橘秀子	소설/동화	
4	8		京城七不思議/電話の溢滯 〈6〉 경성 일곱 가지 불가사의/전화의 정체	和祐	수필/기타	
6	9~11		水戶黃門記 〈88〉 미토코몬기	劍花道人	고단	
8	1~3		運命の波/十年振り(三) 〈147〉 운명의 파도/십년 만에(3)	遠藤柳雨	소설/일본	

1920년 08월 13일(금) 6839호

지면	단수	기획	기사제목 〈회수〉 〔곡수〕	필자/저자(역자)	분류	비고
1	3~4	朝鮮詩壇	山房淸晝 〔1〕 산방청화	大#鳩仙	시가/한시	
1	4	朝鮮詩壇	同題 〔1〕 동제	齋藤三寅	시가/한시	
1	4	朝鮮詩壇	同題 〔1〕 동제	成田魯石	시가/한시	
1	4	朝鮮詩壇	#山#雲# 〔1〕 #산#운#	志智敬愛	시가/한시	

지면	단수	기획	기사제목 〈회수〉〔곡수〕	필자/저자(역자)	분류	비고
1	4	朝鮮詩壇	漢詩寄稿 한시 기고			광고/모집 광고
1	4	朝鮮歌壇	(제목없음)〔6〕	早苗女	시가/단카	
1	4	朝鮮歌壇	(제목없음)〔1〕	子朝	시가/단카	
1	4	朝鮮歌壇	(제목없음)〔1〕	不案	시가/단카	
1	4	朝鮮歌壇	夏の歌 雜の歌を募る 여름 단카 모든 단카를 모으다			광고/모집 광고
1	5~6		史外史傳 女正雪/謎の美女 〈42〉 사외사전 온나 쇼세쓰/수수께끼의 미녀	伊藤銀月	소설/일본	
4	6~9	オトギバナシ	世界一の寶 〈2〉 세계 제일의 보물	橘秀子	소설/동화	
4	7		京城七不思議/赤い水二滴 〈7〉 경성 일곱 가지 불가사의/붉은 물 두 방울	和祐	수필/기타	
6	9~11		水戸黄門記 〈89〉 미토코몬기	劍花道人	고단	
8	1~3		運命の波/十年振り(四) 〈148〉 운명의 파도/십년 만에(4)	遠藤柳雨	소설/일본	
			1920년 08월 14일(토) 6840호			
1	3	朝鮮詩壇	山房淸畫〔1〕 산방청화	河島五山	시가/한시	
1	3	朝鮮詩壇	同題〔1〕 동제	志智敬愛	시가/한시	
1	3	朝鮮詩壇	石榴花〔1〕 석류화	富澤雲堂	시가/한시	
1	3	朝鮮詩壇	湖上夏夕〔1〕 호상하석	齋藤三寅	시가/한시	
1	3	朝鮮詩壇	同題〔1〕 동제	成田魯石	시가/한시	
1	3~4	朝鮮歌壇	(제목없음)〔8〕	默郎	시가/단카	
1	4	朝鮮歌壇	(제목없음)〔1〕	不案	시가/단카	
1	4	朝鮮俳壇	渡邊水巴選/夏雜 〈2〉〔15〕 와타나베 스이하 선/여름-잡	星羽	시가/하이쿠	
1	4	朝鮮俳壇	投句歡迎 투구 환영			광고/모집 광고
1	4~6		史外史傳 女正雪/謎の美女 〈43〉 사외사전 온나 쇼세쓰/수수께끼의 미녀	伊藤銀月	소설/일본	
4	6~9	オトギバナシ	世界一の寶 〈3〉 세계 제일의 보물	橘秀子	소설/동화	
6	9~11		水戸黄門記 〈90〉 미토코몬기	劍花道人	고단	
8	1~3		運命の波/十年振り(五) 〈149〉 운명의 파도/십년 만에(5)	遠藤柳雨	소설/일본	
			1920년 08월 24일(화) 6849호			
4	4~7		彼女の過去/哀しき追憶 그녀의 과거/ 슬픈 추억		소설/일본	

지면	단수	기획	기사제목 〈회수〉〔곡수〕	필자/저자(역자)	분류	비고
6	5	川柳	柳建寺土左衛門選/高/佳吟 〈2〉[1] 류켄지 도자에몬 선/고/뛰어난 구	京城 錦里	시가/센류	
6	5	川柳	柳建寺土左衛門選/高/佳吟 〈2〉[1] 류켄지 도자에몬 선/고/뛰어난 구	龍山 屯智機	시가/센류	
6	5	川柳	柳建寺土左衛門選/高/佳吟 〈2〉[1] 류켄지 도자에몬 선/고/뛰어난 구	咸興 十生	시가/센류	
6	5	川柳	柳建寺土左衛門選/高/佳吟 〈2〉[1] 류켄지 도자에몬 선/고/뛰어난 구	鐵原 隻〇坊	시가/센류	
6	5	川柳	柳建寺土左衛門選/高/佳吟 〈2〉[1] 류켄지 도자에몬 선/고/뛰어난 구	龍山 山二坊	시가/센류	
6	5	川柳	柳建寺土左衛門選/高/佳吟 〈2〉[1] 류켄지 도자에몬 선/고/뛰어난 구	沙里院 蝶子	시가/센류	
6	5	川柳	柳建寺土左衛門選/高/佳吟 〈2〉[1] 류켄지 도자에몬 선/고/뛰어난 구	光州 耕人	시가/센류	
6	5	川柳	柳建寺土左衛門選/高/佳吟 〈2〉[1] 류켄지 도자에몬 선/고/뛰어난 구	鳥致院 堤柳	시가/센류	
6	5	川柳	柳建寺土左衛門選/高/佳吟 〈2〉[1] 류켄지 도자에몬 선/고/뛰어난 구	京城 三十四坊	시가/센류	
6	5	川柳	柳建寺土左衛門選/高/佳吟 〈2〉[1] 류켄지 도자에몬 선/고/뛰어난 구	仁川 肥後守	시가/센류	
6	5	川柳	柳建寺土左衛門選/高/佳吟 〈2〉[1] 류켄지 도자에몬 선/고/뛰어난 구	龍山 三日坊	시가/센류	
6	5	川柳	柳建寺土左衛門選/高/佳吟 〈2〉[2] 류켄지 도자에몬 선/고/뛰어난 구	永登浦 鶯團子	시가/센류	
6	5	川柳	柳建寺土左衛門選/高/佳吟 〈2〉[2] 류켄지 도자에몬 선/고/뛰어난 구	仁川 夜叉王	시가/센류	
6	5	川柳	柳建寺土左衛門選/高/佳吟 〈2〉[3] 류켄지 도자에몬 선/고/뛰어난 구	京城 黑二坊	시가/센류	
6	5	川柳	柳建寺土左衛門選/高/佳吟 〈2〉[3] 류켄지 도자에몬 선/고/뛰어난 구	仁川 苦論坊	시가/센류	
6	5	川柳	柳建寺土左衛門選/高/佳吟 〈2〉[3] 류켄지 도자에몬 선/고/뛰어난 구	京城 輝草	시가/센류	
6	5	川柳	柳建寺土左衛門選/高/佳吟 〈2〉[5] 류켄지 도자에몬 선/고/뛰어난 구	仁川 紅短冊	시가/센류	
6	6~8		水戸黃門記 〈99〉 미토코몬기	劍花道人	고단	
8	1~2		運命の波/バーの混亂(一) 〈156〉 운명의 파도/바의 혼란(1)	遠藤柳雨	소설/일본	

1920년 08월 27일(금) 6852호

지면	단수	기획	기사제목 〈회수〉〔곡수〕	필자/저자(역자)	분류	비고
1	3	朝鮮詩壇	水樓即事 [1] 수루즉사	村上龍堂	시가/한시	
1	3	朝鮮詩壇	呈江原如水雅臺 [1] 정강원여수아대	細川芭陵	시가/한시	
1	3	朝鮮詩壇	月夕散策 [1] 월석산책	栗原華陽	시가/한시	
1	3~4	朝鮮歌壇	(제목없음) [8]	岩木吐史	시가/단카	
1	4	朝鮮歌壇	(제목없음) [1]	不案	시가/단카	
1	4	朝鮮歌壇	秋の歌 雜の歌を募る 가을 단카 모든 단카를 모으다		광고/모집 광고	

지면	단수	기획	기사제목 〈회수〉〔곡수〕	필자/저자(역자)	분류	비고
1	4	朝鮮俳壇	渡邊水巴選/夏雜/秀逸/歸鮮(二句) 〈9〉〔4〕 와타나베 스이하 선/여름-잡/수일/귀선(이구)	草兒	시가/하이쿠	
1	4	朝鮮俳壇	渡邊水巴選/夏雜/秀逸/歸鮮(二句) 〈9〉〔3〕 와타나베 스이하 선/여름-잡/수일/귀선(이구)	薛#	시가/하이쿠	
1	4	朝鮮俳壇	渡邊水巴選/夏雜/秀逸/歸鮮(二句) 〈9〉〔2〕 와타나베 스이하 선/여름-잡/수일/귀선(이구)	森象	시가/하이쿠	
1	4	朝鮮俳壇	投句歡迎 투구 환영		광고/모집 광고	
1	5~6		史外史傳 女正雪/謎の美女 〈54〉 사외사전 온나 쇼세쓰/수수께끼의 미녀	伊藤銀月	소설/일본	
4	7~9	オトギバ ナシ	汚い豚(上) 〈1〉 더러운 돼지(상)	宮澤竹子	소설/동화	
6	7	川柳	三人の會合/(皿)/尻取連句 〔1〕 세사람의 모임/(접시)/시리토리 렌구	默然坊	시가/센류	
6	7	川柳	三人の會合/(皿)/尻取連句 〔1〕 세사람의 모임/(접시)/시리토리 렌구	浪郎	시가/센류	
6	7	川柳	三人の會合/(皿)/尻取連句 〔1〕 세사람의 모임/(접시)/시리토리 렌구	鳥石	시가/센류	
6	7	川柳	三人の會合/(皿)/尻取連句 〔1〕 세사람의 모임/(접시)/시리토리 렌구	默然坊	시가/센류	
6	7	川柳	三人の會合/(皿)/尻取連句 〔1〕 세사람의 모임/(접시)/시리토리 렌구	浪郎	시가/센류	
6	7	川柳	三人の會合/(皿)/尻取連句 〔1〕 세사람의 모임/(접시)/시리토리 렌구	鳥石	시가/센류	
6	7	川柳	三人の會合/(皿)/尻取連句 〔1〕 세사람의 모임/(접시)/시리토리 렌구	默然坊	시가/센류	
6	7	川柳	三人の會合/(皿)/尻取連句 〔1〕 세사람의 모임/(접시)/시리토리 렌구	浪郎	시가/센류	
6	7	川柳	三人の會合/(皿)/尻取連句 〔1〕 세사람의 모임/(접시)/시리토리 렌구	鳥石	시가/센류	
6	7	川柳	三人の會合/(皿)/尻取連句 〔1〕 세사람의 모임/(접시)/시리토리 렌구	默然坊	시가/센류	
6	7	川柳	三人の會合/(皿)/尻取連句 〔1〕 세사람의 모임/(접시)/시리토리 렌구	浪郎	시가/센류	
6	8	川柳	三人の會合/(皿)/尻取連句 〔1〕 세사람의 모임/(접시)/시리토리 렌구	鳥石	시가/센류	
6	8	川柳	三人の會合/(皿)/尻取連句 〔1〕 세사람의 모임/(접시)/시리토리 렌구	默然坊	시가/센류	
6	8	川柳	三人の會合/(皿)/尻取連句 〔1〕 세사람의 모임/(접시)/시리토리 렌구	浪郎	시가/센류	
6	8	川柳	三人の會合/(皿)/尻取連句 〔1〕 세사람의 모임/(접시)/시리토리 렌구	鳥石	시가/센류	
6	8	川柳	三人の會合/(皿)/尻取連句 〔1〕 세사람의 모임/(접시)/시리토리 렌구	默然坊	시가/센류	
6	8	川柳	三人の會合/(皿)/尻取連句 〔1〕 세사람의 모임/(접시)/시리토리 렌구	浪郎	시가/센류	
6	8	川柳	三人の會合/(皿)/尻取連句 〔1〕 세사람의 모임/(접시)/시리토리 렌구	鳥石	시가/센류	
6	8	川柳	三人の會合/(皿)/尻取連句 〔1〕 세사람의 모임/(접시)/시리토리 렌구	默然坊	시가/센류	
6	8	川柳	三人の會合/(皿)/尻取連句 〔1〕 세사람의 모임/(접시)/시리토리 렌구	浪郎	시가/센류	

지면	단수	기획	기사제목 〈회수〉〔곡수〕	필자/저자(역자)	분류	비고
6	8	川柳	三人の會合/(皿)/尻取連句 〔1〕 세사람의 모임/(접시)/시리토리 렌구	鳥石	시가/센류	
6	8	川柳	三人の會合/(皿)/尻取連句 〔1〕 세사람의 모임/(접시)/시리토리 렌구	默然坊	시가/센류	
6	8	川柳	三人の會合/(皿)/尻取連句 〔1〕 세사람의 모임/(접시)/시리토리 렌구	浪郎	시가/센류	
6	8	川柳	三人の會合/(皿)/尻取連句 〔1〕 세사람의 모임/(접시)/시리토리 렌구	鳥石	시가/센류	
6	8	川柳	三人の會合/(皿)/尻取連句 〔1〕 세사람의 모임/(접시)/시리토리 렌구	默然坊	시가/센류	
6	8	川柳	三人の會合/(皿)/尻取連句 〔1〕 세사람의 모임/(접시)/시리토리 렌구	浪郎	시가/센류	
6	8	川柳	三人の會合/(皿)/尻取連句 〔1〕 세사람의 모임/(접시)/시리토리 렌구	鳥石	시가/센류	
6	8	川柳	三人の會合/(皿)/尻取連句 〔1〕 세사람의 모임/(접시)/시리토리 렌구	默然坊	시가/센류	
6	8	川柳	三人の會合/(皿)/尻取連句 〔1〕 세사람의 모임/(접시)/시리토리 렌구	浪郎	시가/센류	
6	8	川柳	三人の會合/(皿)/尻取連句 〔1〕 세사람의 모임/(접시)/시리토리 렌구	鳥石	시가/센류	
6	8	川柳	三人の會合/(皿)/尻取連句 〔1〕 세사람의 모임/(접시)/시리토리 렌구	默然坊	시가/센류	
6	8	川柳	三人の會合/(皿)/尻取連句 〔1〕 세사람의 모임/(접시)/시리토리 렌구	浪郎	시가/센류	
6	8	川柳	三人の會合/(皿)/尻取連句 〔1〕 세사람의 모임/(접시)/시리토리 렌구	鳥石	시가/센류	
6	8	川柳	三人の會合/(皿)/尻取連句 〔1〕 세사람의 모임/(접시)/시리토리 렌구	默然坊	시가/센류	
6	8	川柳	三人の會合/(皿)/尻取連句 〔1〕 세사람의 모임/(접시)/시리토리 렌구	浪郎	시가/센류	
6	9~11		水戸黃門記 〈103〉 미토코몬기	劍花道人	고단	
8	1~2		運命の波/バーの混亂(一) 〈160〉 운명의 파도/바의 혼란(1)	遠藤柳雨	소설/일본	

1920년 08월 28일(토) 6853호

지면	단수	기획	기사제목 〈회수〉〔곡수〕	필자/저자(역자)	분류	비고
1	4	朝鮮詩壇	送藤倉##轉任大邱 〔1〕 송등창##전임대구	兒島九皐	시가/한시	
1	4	朝鮮詩壇	月夜聞苗 〔1〕 월야문묘	村上龍堂	시가/한시	
1	4	朝鮮詩壇	山閣雨後 〔1〕 산각우후	栗原華陽	시가/한시	
1	4	朝鮮詩壇	奉天訪北陵 〔1〕 봉천방북릉	川端不絶	시가/한시	
1	5~6		史外史傳 女正雪/謎の美女 〈55〉 사외사전 온나 쇼세쓰/수수께끼의 미녀	伊藤銀月	소설/일본	
4	8~9	コドモノ シンブン	こどもしんぶん欄を特設したについて 어린이 신문란을 특설한 것에 대하여		수필/일상	
4	9	コドモノ シンブン	せんせいから、ほめられた、のがうれしかつ 선생님으로부터 칭찬 받은게 기뻤다		수필/일상	
6	9~11		水戸黃門記 〈104〉 미토코몬기	劍花道人	고단	

지면	단수	기획	기사제목 〈회수〉〔곡수〕	필자/저자(역자)	분류	비고
8	1~2		運命の波/なま血の頁(四)〈161〉 운명의 파도/생피의 머리(4)	遠藤柳雨	소설/일본	

1920년 08월 29일(일) 6854호

지면	단수	기획	기사제목 〈회수〉〔곡수〕	필자/저자(역자)	분류	비고
1	2	朝鮮詩壇	現南海開拓會#咸安農場〔1〕 현남해개척회#함안농장	寺尾公天	시가/한시	
1	2	朝鮮詩壇	食西瓜〔1〕 식서과	川端不絶	시가/한시	
1	2	朝鮮詩壇	海樓觀月作〔1〕 해루관월작	古城梅溪	시가/한시	
1	2	朝鮮詩壇	同題〔1〕 동제	齋藤三寅	시가/한시	
1	2~3	朝鮮歌壇	(제목없음)〔7〕	岩本吐史	시가/단카	
1	3	朝鮮歌壇	(제목없음)〔1〕	不案	시가/단카	
1	3	朝鮮歌壇	秋の歌 雜の歌を募る 가을 단카 모든 단카를 모으다		광고/모집 광고	
1	3~6		史外史傳 女正雪/謎の美女〈56〉 사외사전 온나 쇼세쓰/수수께끼의 미녀	伊藤銀月	소설/일본	
4	6~9	オトギバナシ	汚い豚(下)〈2〉 더러운 돼지(하)	宮澤竹子	소설/동화	
6	9~11		水戸黄門記〈105〉 미토코몬기	劍花道人	고단	
8	1~2		運命の波/なま血の頁(五)〈162〉 운명의 파도/생피의 머리(5)	遠藤柳雨	소설/일본	

1920년 08월 30일(월) 6855호

지면	단수	기획	기사제목 〈회수〉〔곡수〕	필자/저자(역자)	분류	비고
1	1~2		近代文藝の趨嚮(上)〈1〉 근대 문예의 추향(상)	東京 柯風生	수필/기타	
1	3	朝鮮詩壇	海樓觀月〔1〕 해루관월	川端不絶	시가/한시	
1	3	朝鮮詩壇	田家即事〔1〕 전가즉사	寺尾公天	시가/한시	
1	3~4	朝鮮詩壇	月夜散策〔1〕 월야산책	杉浦華南	시가/한시	
1	4	朝鮮詩壇	山##作〔1〕 산##작	成田魯石	시가/한시	
1	4	朝鮮歌壇	(제목없음)〔2〕	岩本吐史	시가/단카	
1	4	朝鮮歌壇	(제목없음)〔5〕	鈴木	시가/단카	
1	4	朝鮮歌壇	(제목없음)〔1〕	不案	시가/단카	
1	4	朝鮮歌壇	秋の歌 雜の歌を募る 가을 단카 모든 단카를 모으다		광고/모집 광고	
1	4~6		史外史傳 女正雪/謎の美女〈57〉 사외사전 온나 쇼세쓰/수수께끼의 미녀	伊藤銀月	소설/일본	
3	8	コドモノ シンブン	生マ水をのまなか#だ 생수를 마시지 않았다		수필/일상	
3	8~9	コドモノ シンブン	(제목없음)	總督府編 ##長 小田 省吾	수필/일상	

지면	단수	기획	기사제목 〈회수〉〔곡수〕	필자/저자(역자)	분류	비고
4	1~3		水戶黃門記 〈106〉 미토코몬기	劍花道人	고단	

1920년 08월 31일(화) 6856호

지면	단수	기획	기사제목 〈회수〉〔곡수〕	필자/저자(역자)	분류	비고
1	3	朝鮮俳壇	渡邊水巴選/夏雜/秀逸 〈10〉〔2〕 와타나베 스이하 선/여름-잡/수일	綠童	시가/하이쿠	
1	3	朝鮮俳壇	渡邊水巴選/夏雜/秀逸 〈10〉〔2〕 와타나베 스이하 선/여름-잡/수일	十亭	시가/하이쿠	
1	3	朝鮮俳壇	渡邊水巴選/夏雜/駛水君文##葬###/秀逸 〈10〉〔2〕 와타나베 스이하 선/여름-잡/사수군 문##장###/수일	星羽	시가/하이쿠	
1	3	朝鮮俳壇	渡邊水巴選/夏雜/秀逸 〈10〉〔1〕 와타나베 스이하 선/여름-잡/수일	晩汀	시가/하이쿠	
1	3	朝鮮俳壇	渡邊水巴選/夏雜/秀逸 〈10〉〔1〕 와타나베 스이하 선/여름-잡/수일	兆圭	시가/하이쿠	
1	3	朝鮮俳壇	渡邊水巴選/夏雜/秀逸 〈10〉〔1〕 와타나베 스이하 선/여름-잡/수일	芸窓	시가/하이쿠	
1	3	朝鮮俳壇	投句歡迎 투구 환영		광고/모집 광고	
1	4~6		史外史傳 女正雪/謎の美女 〈58〉 사외사전 온나 쇼세쓰/수수께끼의 미녀	伊藤銀月	소설/일본	
4	5~8	オトギバナシ	合歡の花と白百合(一)〈1〉 자귀나무 꽃과 흰 백합(1)	橘秀子	소설/동화	
6	9~11		水戶黃門記 〈107〉 미토코몬기	劍花道人	고단	
8	1~2		運命の波/焰の裡から(一)〈163〉 운명의 파도/불길 속에서(1)	遠藤柳雨	소설/일본	

1920년 09월 02일(목) 6857호

지면	단수	기획	기사제목 〈회수〉〔곡수〕	필자/저자(역자)	분류	비고
1	1~2		近代文藝の趨嚮(中)〈3〉 근대 문예의 추향(중)	東京 柯風生	수필/기타	
1	2	朝鮮詩壇	寄萬友 〔1〕 기만우	古城梅溪	시가/한시	
1	2	朝鮮詩壇	#山#白#圖 〔1〕 #산#백#도	小永井槐陰	시가/한시	
1	2	朝鮮詩壇	月夜散策 〔1〕 월야산책	西田白陰	시가/한시	
1	2	朝鮮詩壇	訪學鷗先生居 〔1〕 방학구선생거	川端不絶	시가/한시	
1	2~3	朝鮮俳壇	渡邊水巴選/午寐 〈1〉〔6〕 와타나베 스이하 선/낮잠	未刀	시가/하이쿠	
1	2~3	朝鮮俳壇	渡邊水巴選/午寐 〈1〉〔5〕 와타나베 스이하 선/낮잠	草兒	시가/하이쿠	
1	2~3	朝鮮俳壇	投句歡迎 투구환영		광고/모집 광고	
1	3	朝鮮歌壇	(제목없음) 〔7〕	岩本吐史	시가/단카	
1	3	朝鮮歌壇	(제목없음) 〔1〕	不案	시가/단카	
1	3	朝鮮歌壇	秋の歌 雜の歌を募る 가을 단카 모든 단카를 모으다		광고/모집 광고	
1	4~5		史外史傳 女正雪/謎の美女 〈59〉 사외사전 온나 쇼세쓰/수수께끼의 미녀	伊藤銀月	소설/일본	

지면	단수	기획	기사제목 〈회수〉〔곡수〕	필자/저자(역자)	분류	비고
4	8	コドモノシンブン	チヨンガーからいぢめられても 조선인에게 괴롭힘을 당해도		수필/일상	
4	8~9	コドモノシンブン	暑中休みを遊んでくらした 여름 휴가를 놀면서 보냈다		수필/일상	
4	9	コドモノシンブン	僕等ノ學校の生徒ハ「コレラ」ナンカニカゝルモノカ 우리 학교 학생은 콜레라 같은 것에 걸리지 않아	櫻井學校ノ三年生	수필/일상	
6	8	川柳	半島柳影没せんとするに〔1〕 반도의 센류 자취가 사라지려 하니	博多 中村柳#坊	시가/센류	
6	8	川柳	蕪知諸士の健鬪をみて默然坊氏へ/々爺心眼もて世相を批判す鳥石氏〔1〕 무지제사의 건투을 보고 모쿠넨보씨에게/또한 늙은이와 같은 심안으로 세태를 비판하는 조세키씨에게	博多 中村柳#坊	시가/센류	
6	8	川柳	詩腕坊氏へ〔1〕 시완보씨에게	博多 中村柳#坊	시가/센류	
6	8	川柳	土左衛門先生大津へと聞いて〔1〕 도자에몬 선생 오쓰에 간다고 들어서	博多 中村柳#坊	시가/센류	
6	8	川柳	自叙〔1〕 자서	博多 中村柳#坊	시가/센류	
6	8	川柳	西比利亞にて猛獸の如き「パルチザン」も琵琶法師なればにや 시베리아의 맹수 와 같이 "빨치산"도 비와 법사가 될 것인가	博多 中村柳#坊	시가/센류	
6	9~11		水戸黄門記〈108〉 미토코몬기	劍花道人	고단	
8	1~2		運命の波/焔の裡から(二)〈164〉 운명의 파도/불길 속에서(2)	遠藤柳雨	소설/일본	

1920년 09월 03일(금) 6858호

지면	단수	기획	기사제목 〈회수〉〔곡수〕	필자/저자(역자)	분류	비고
1	3	朝鮮俳壇	渡邊水巴選/午寐〈2〉〔5〕 와타나베 스이하 선/낮잠	綠童	시가/하이쿠	
1	3	朝鮮俳壇	渡邊水巴選/午寐〈2〉〔4〕 와타나베 스이하 선/낮잠	春#	시가/하이쿠	
1	3~4	朝鮮俳壇	投句歡迎 투구 환영		광고/모집	광고
1	4~5		史外史傳 女正雪/謎の美女〈60〉 사외사전 온나 쇼세쓰/수수께끼의 미녀	伊藤銀月	소설/일본	
4	8~9	コドモノシンブン	子供しんぶん欄の特設について 어린이 신문란의 특설에 대해서	西大門小學校長 橫山#三	수필/일상	
4	9	コドモノシンブン	初めて「きつね」を見た 처음으로 「여우」를 보았다	尋常五年生 カトウ	수필/일상	
6	8		山城吟社句集〔2〕 야마시로긴샤 구집	寄石	시가/하이쿠	
6	8		山城吟社句集〔4〕 야마시로긴샤 구집	舍人	시가/하이쿠	
6	8		山城吟社句集〔2〕 야마시로긴샤 구집	未刀	시가/하이쿠	
6	8		山城吟社句集〔5〕 야마시로긴샤 구집	狐村	시가/하이쿠	
6	8		山城吟社句集〔2〕 야마시로긴샤 구집	空堂	시가/하이쿠	
6	8		山城吟社句集〔1〕 야마시로긴샤 구집	みのる	시가/하이쿠	
6	8		山城吟社句集〔1〕 야마시로긴샤 구집	米村	시가/하이쿠	

지면	단수	기획	기사제목 〈회수〉〔곡수〕	필자/저자(역자)	분류	비고
6	9~11		水戸黄門記 〈109〉 미토코몬기	劍花道人	고단	
8	1~2		運命の波/仇敵の手(一)〈165〉 운명의 파도/원수의 손(1)	遠藤柳雨	소설/일본	

1920년 09월 04일(토) 6859호

지면	단수	기획	기사제목 〈회수〉〔곡수〕	필자/저자(역자)	분류	비고
1	3	朝鮮詩壇	新秋雜詠 〔1〕 신가을-잡영	川端不絶	시가/한시	
1	3~4	朝鮮詩壇	食西瓜 〔1〕 식서과	古城梅溪	시가/한시	
1	4~5		史外史傳 女正雪/謎の美女 〈61〉 사외사전 온나 쇼세쓰/수수께끼의 미녀	伊藤銀月	소설/일본	
4	8	コドモノ シンブン	フロヤデノハナシ 욕탕에서의 이야기		수필/일상	
4	9	コドモノ シンブン	元町小學校の放火生 모토마치 초등학교의 방화범	龍山の母	수필/일상	
6	8		山城吟社句集 〔4〕 야마시로긴샤 구집	鵜虎	시가/하이쿠	
6	8		山城吟社句集 〔3〕 야마시로긴샤 구집	不倒	시가/하이쿠	
6	8		山城吟社句集 〔2〕 야마시로긴샤 구집	葩殘	시가/하이쿠	
6	8		山城吟社句集 〔4〕 야마시로긴샤 구집	末刀	시가/하이쿠	
6	8		山城吟社句集 〔7〕 야마시로긴샤 구집	朵村	시가/하이쿠	
6	8		山城吟社句集 〔3〕 야마시로긴샤 구집	みのる	시가/하이쿠	
6	8		山城吟社句集 〔4〕 야마시로긴샤 구집	舍人	시가/하이쿠	
6	8		山城吟社句集 〔1〕 야마시로긴샤 구집	寄石	시가/하이쿠	
6	8		山城吟社句集 〔3〕 야마시로긴샤 구집	空堂	시가/하이쿠	
6	8		山城吟社句集 〔1〕 야마시로긴샤 구집	さた女	시가/하이쿠	
6	9~11		水戸黄門記 〈110〉 미토코몬기	劍花道人	고단	
8	1~2		運命の波/仇敵の手(二)〈166〉 운명의 파도/원수의 손(2)	遠藤柳雨	소설/일본	

1920년 09월 07일(화) 6862호

지면	단수	기획	기사제목 〈회수〉〔곡수〕	필자/저자(역자)	분류	비고
1	3	朝鮮歌壇	(제목없음) 〔6〕	岡本默郎	시가/단카	
1	3	朝鮮歌壇	(제목없음) 〔1〕	平生松平	시가/단카	
1	3	朝鮮歌壇	(제목없음) 〔1〕	不案	시가/단카	
1	3	朝鮮歌壇	秋の歌 雜の歌を募る 가을 단카 모든 단카를 모으다		광고/모집 광고	
1	4~5		史外史傳 女正雪/謎の美女 〈62〉 사외사전 온나 쇼세쓰/수수께끼의 미녀	伊藤銀月	소설/일본	

지면	단수	기획	기사제목 〈회수〉 〔곡수〕	필자/저자(역자)	분류	비고
4	8	コドモノ シンブン	なつかしい學校をあとに見て 그리운 학교를 되돌아보며	日の出、第六の女子	수필/일상	
4	8~9	コドモノ シンブン	ニクイ「コレラ」 미운 「콜레라」	西大門小學校六年男生	수필/일상	
4	9	コドモノ シンブン	電車の中の子供 전차 안의 아이		수필/일상	
4	10~11		運命の波/やみへ闇へ(一)〈168〉 운명의 파도/어둠 속으로 어둠 속으로(1)	遠藤柳雨	소설/일본	
6	8		秋色雨滴/野分〔2〕 추색우적/초가을 태풍	迦南	시가/하이쿠	
6	8		秋色雨滴/野分〔3〕 추색우적/초가을 태풍	十亭	시가/하이쿠	
6	8		秋色雨滴/野分〔1〕 추색우적/초가을 태풍	柳葉	시가/하이쿠	
6	8		秋色雨滴/野分〔1〕 추색우적/초가을 태풍	冷味	시가/하이쿠	
6	8		秋色雨滴/野分〔2〕 추색우적/초가을 태풍	#騎	시가/하이쿠	
6	8		秋色雨滴/野分〔2〕 추색우적/초가을 태풍	不倒	시가/하이쿠	
6	8		秋色雨滴/野分〔1〕 추색우적/초가을 태풍	風骨	시가/하이쿠	
6	8		秋色雨滴/鷄頭〔2〕 추색우적/맨드래미	迦南	시가/하이쿠	
6	8		秋色雨滴/鷄頭〔2〕 추색우적/맨드래미	不倒	시가/하이쿠	
6	8		秋色雨滴/鷄頭〔2〕 추색우적/맨드래미	中京	시가/하이쿠	
6	8		秋色雨滴/鷄頭〔2〕 추색우적/맨드래미	桃雨	시가/하이쿠	
6	8		秋色雨滴/鷄頭〔1〕 추색우적/맨드래미	十亭	시가/하이쿠	
6	8		秋色雨滴/鷄頭〔3〕 추색우적/맨드래미	風骨	시가/하이쿠	
6	8		秋色雨滴/秋雨〔2〕 추색우적/가을비	迦南	시가/하이쿠	
6	8		秋色雨滴/秋雨〔2〕 추색우적/가을비	桃雨	시가/하이쿠	
6	8		秋色雨滴/秋雨〔1〕 추색우적/가을비	十亭	시가/하이쿠	
6	8		秋色雨滴/秋雨〔1〕 추색우적/가을비	不倒	시가/하이쿠	
6	8		秋色雨滴/秋雨〔1〕 추색우적/가을비	中京	시가/하이쿠	
6	8		秋色雨滴/秋雨〔2〕 추색우적/가을비	風骨	시가/하이쿠	
6	9~11		水戸黃門記〈113〉 미토코몬기	劍花道人	고단	

1920년 09월 08일(수) 6863호

지면	단수	기획	기사제목 〈회수〉 〔곡수〕	필자/저자(역자)	분류	비고
1	3	朝鮮俳壇	渡邊水巴選/午寐 〈3〉〔3〕 와타나베 스이하 선/낮잠	森象	시가/하이쿠	

지면	단수	기획	기사제목 〈회수〉〔곡수〕	필자/저자(역자)	분류	비고
1	3	朝鮮俳壇	渡邊水巴選/午寐 〈3〉〔3〕 와타나베 스이하 선/낮잠	##	시가/하이쿠	
1	3~4	朝鮮俳壇	渡邊水巴選/午寐 〈3〉〔2〕 와타나베 스이하 선/낮잠	山鹿人	시가/하이쿠	
1	4~5		史外史傳 女正雪/謎の美女 〈64〉 사외사전 온나 쇼세쓰/수수께끼의 미녀	伊藤銀月	소설/일본	
4	8	コドモノ シンブン	月曜日の日記 월요일 일기	日出小學校尋常三 年生 尾西潤	수필/일기	
4	9	コドモノ シンブン	啞のかいた繪を見て感心した 벙어리가 그린 그림을 보고 감탄했다	鍾路小學校の六年 生	수필/일상	
6	9~11		水戸黃門記 〈114〉 미토코몬기	劍花道人	고단	
8	1~3		運命の波/やみへ闇へ(二)〈169〉 운명의 파도/어둠 속으로 어둠 속으로(2)	遠藤柳雨	소설/일본	

1920년 09월 09일(목) 6864호

지면	단수	기획	기사제목 〈회수〉〔곡수〕	필자/저자(역자)	분류	비고
1	2~3		近代文藝の趨嚮(下) 근대 문예의 추향(하)	東京 柯風生	수필/기타	
1	3~4	朝鮮詩壇	##庚申八月 明治天皇祭##賦排律一首〔1〕 ##경신팔월 명치천황제##부배률 일수	杉浦華南	시가/한시	
1	4	朝鮮詩壇	山房淸晝〔1〕 산방청화	江原如水	시가/한시	
1	4~5		史外史傳 女正雪/謎の美女 〈65〉 사외사전 온나 쇼세쓰/수수께끼의 미녀	伊藤銀月	소설/일본	
4	7~8		####途上スケッチ ####도상 스케치		수필/일상	
4	8~9	新小說豫 告	「宿命」 「숙명」	三島霜川	광고/연재 예고	
6	9~11		水戸黃門記 〈114〉 미토코몬기	劍花道人	고단	회수 오류
8	1~2		運命の波/やみへ闇へ(三)〈170〉 운명의 파도/어둠 속으로 어둠 속으로(3)	遠藤柳雨	소설/일본	

1920년 09월 10일(금) 6865호

지면	단수	기획	기사제목 〈회수〉〔곡수〕	필자/저자(역자)	분류	비고
1	4~5		史外史傳 女正雪/謎の美女 〈66〉 사외사전 온나 쇼세쓰/수수께끼의 미녀	伊藤銀月	소설/일본	
4	8~9	コドモノ シンブン	きりゞすのこと 여치의 것	二阪小學校二年生 芝本吉子	수필/일상	
4	9	コドモノ シンブン	僕の一ばんうれしいと思ふこと 내가 가장 기쁘다고 생각하는 것	京城西大門小學校 尋、五の男子	수필/일상	
6	9~10		水戸黃門記 〈116〉 미토코몬기	劍花道人	고단	
8	1~3		運命の波/やみへ闇へ(四)〈171〉 운명의 파도/어둠 속으로 어둠 속으로(4)	遠藤柳雨	소설/일본	

1920년 09월 11일(토) 6866호

지면	단수	기획	기사제목 〈회수〉〔곡수〕	필자/저자(역자)	분류	비고
1	3	朝鮮俳壇	渡邊水巴選/午寐 〈4〉〔1〕 와타나베 스이하 선/낮잠	馭水	시가/하이쿠	
1	3	朝鮮俳壇	渡邊水巴選/午寐 〈4〉〔1〕 와타나베 스이하 선/낮잠	硏雨	시가/하이쿠	
1	4	朝鮮俳壇	渡邊水巴選/午寐 〈4〉〔1〕 와타나베 스이하 선/낮잠	輝華	시가/하이쿠	

지면	단수	기획	기사제목 〈회수〉〔곡수〕	필자/저자(역자)	분류	비고
1	4	朝鮮俳壇	渡邊水巴選/午寐〈4〉〔1〕 와타나베 스이하 선/낮잠	晩汀	시가/하이쿠	
1	4	朝鮮俳壇	渡邊水巴選/午寐/秀逸〈4〉〔1〕 와타나베 스이하 선/낮잠/수일	十亭	시가/하이쿠	
1	4	朝鮮俳壇	投句歡迎 투구환영		광고/모집 광고	
1	4~5		史外史傳 女正雪/謎の美女〈67〉 사외사전 온나 쇼세쓰/수수께끼의 미녀	伊藤銀月	소설/일본	
6	9~10		水戶黃門記〈117〉 미토코몬기	劍花道人	고단	
8	1~3		宿命〈1〉 숙명	三島霜川	소설/일본	

1920년 09월 13일(월) 6868호

지면	단수	기획	기사제목 〈회수〉〔곡수〕	필자/저자(역자)	분류	비고
4	1~3		水戶黃門記〈119〉 미토코몬기	劍花道人	고단	

1920년 09월 14일(화) 6869호

지면	단수	기획	기사제목 〈회수〉〔곡수〕	필자/저자(역자)	분류	비고
1	4~5		史外史傳 女正雪/謎の美女〈69〉 사외사전 온나 쇼세쓰/수수께끼의 미녀	伊藤銀月	소설/일본	
4	8~9		####途上スケッチ ####도상 스케치		수필/일상	
4	8	コドモノ シンブン	雨の降る日 비 오는 날	京城東大門小學校 尋五、安川圭一郎	수필/일상	
4	8~9	コドモノ シンブン	中途から入學したお子さんたちに 도중에 입학한 아이들에게	京城の小學校長	수필/일상	
4	9	コドモノ シンブン	僕はゑかきになりたいと思う 나는 화가가 되고 싶다	京城西大門小學校 四年生	수필/일상	
6	8		朝鮮川柳九月例會/課題舟遊/大納言選/前拔〔1〕 조선 센류 9월 예회/과제 뱃놀이/다이나곤 선/전발	寬閑坊	시가/센류	
6	8		朝鮮川柳九月例會/課題舟遊/大納言選/前拔〔1〕 조선 센류 9월 예회/과제 뱃놀이/다이나곤 선/전발	千流	시가/센류	
6	8		朝鮮川柳九月例會/課題舟遊/大納言選/前拔〔1〕 조선 센류 9월 예회/과제 뱃놀이/다이나곤 선/전발	圓于門	시가/센류	
6	8		朝鮮川柳九月例會/課題舟遊/大納言選/前拔〔1〕 조선 센류 9월 예회/과제 뱃놀이/다이나곤 선/전발	鳥石	시가/센류	
6	8		朝鮮川柳九月例會/課題舟遊/大納言選/前拔〔1〕 조선 센류 9월 예회/과제 뱃놀이/다이나곤 선/전발	右大臣	시가/센류	
6	8		朝鮮川柳九月例會/課題舟遊/大納言選/前拔〔1〕 조선 센류 9월 예회/과제 뱃놀이/다이나곤 선/전발	三日坊	시가/센류	
6	8		朝鮮川柳九月例會/課題舟遊/大納言選/前拔〔1〕 조선 센류 9월 예회/과제 뱃놀이/다이나곤 선/전발	默然坊	시가/센류	
6	8		朝鮮川柳九月例會/課題舟遊/大納言選/前拔〔1〕 조선 센류 9월 예회/과제 뱃놀이/다이나곤 선/전발	輝華	시가/센류	
6	8		朝鮮川柳九月例會/課題舟遊/大納言選/前拔〔1〕 조선 센류 9월 예회/과제 뱃놀이/다이나곤 선/전발	逸風	시가/센류	
6	8		朝鮮川柳九月例會/課題舟遊/大納言選/前拔〔1〕 조선 센류 9월 예회/과제 뱃놀이/다이나곤 선/전발	流東	시가/센류	
6	8		朝鮮川柳九月例會/課題舟遊/大納言選/前拔〔1〕 조선 센류 9월 예회/과제 뱃놀이/다이나곤 선/전발	逸王	시가/센류	
6	8		朝鮮川柳九月例會/課題舟遊/大納言選/前拔〔1〕 조선 센류 9월 예회/과제 뱃놀이/다이나곤 선/전발	夜叉風	시가/센류	

지면	단수	기획	기사제목 〈회수〉 〔곡수〕	필자/저자(역자)	분류	비고
6	8		朝鮮川柳九月例會/課題舟遊/大納言選/前抜 〔1〕 조선 센류 9월 예회/과제 뱃놀이/다이나곤 선/전발	三日坊	시가/센류	
6	8		朝鮮川柳九月例會/課題舟遊/大納言選/前抜 〔1〕 조선 센류 9월 예회/과제 뱃놀이/다이나곤 선/전발	鳥石	시가/센류	
6	8		朝鮮川柳九月例會/課題舟遊/大納言選/前抜 〔1〕 조선 센류 9월 예회/과제 뱃놀이/다이나곤 선/전발	圓于門	시가/센류	
6	8		朝鮮川柳九月例會/課題舟遊/大納言選/五客 〔1〕 조선 센류 9월 예회/과제 뱃놀이/다이나곤 선/오객	千流	시가/센류	
6	8		朝鮮川柳九月例會/課題舟遊/大納言選/五客 〔1〕 조선 센류 9월 예회/과제 뱃놀이/다이나곤 선/오객	夜叉王	시가/센류	
6	8		朝鮮川柳九月例會/課題舟遊/大納言選/五客 〔1〕 조선 센류 9월 예회/과제 뱃놀이/다이나곤 선/오객	黑ン坊	시가/센류	
6	8		朝鮮川柳九月例會/課題舟遊/大納言選/五客 〔1〕 조선 센류 9월 예회/과제 뱃놀이/다이나곤 선/오객	右大臣	시가/센류	
6	8		朝鮮川柳九月例會/課題舟遊/大納言選/五客 〔1〕 조선 센류 9월 예회/과제 뱃놀이/다이나곤 선/오객	吉古二	시가/센류	
6	8		朝鮮川柳九月例會/課題舟遊/大納言選/人 〔1〕 조선 센류 9월 예회/과제 뱃놀이/다이나곤 선/인	夜叉王	시가/센류	
6	8		朝鮮川柳九月例會/課題舟遊/大納言選/地 〔1〕 조선 센류 9월 예회/과제 뱃놀이/다이나곤 선/지	默然坊	시가/센류	
6	8		朝鮮川柳九月例會/課題舟遊/大納言選/天 〔1〕 조선 센류 9월 예회/과제 뱃놀이/다이나곤 선/천	黑ン坊	시가/센류	
6	8		朝鮮川柳九月例會/課題舟遊/大納言選/軸 〔2〕 조선 센류 9월 예회/과제 뱃놀이/다이나곤 선/축	大納言	시가/센류	
6	9~11		水戶黃門記〈130〉 미토코몬기	劍花道人	고단	회수 오류
8	1~3		宿命 〈3〉 숙명	三島霜川	소설/일본	

			1920년 09월 15일(수) 6870호			
1	3	朝鮮俳壇	渡邊水巴選/朝鮮新聞平壤支社主催/平壤俳句大會/向日葵 〈1〉〔2〕 와타나베 스이하 선/조선신문 평양 지사 주최/평양 하이쿠 대회/해바라기	#凋	시가/하이쿠	
1	3	朝鮮俳壇	渡邊水巴選/朝鮮新聞平壤支社主催/平壤俳句大會/向日葵 〈1〉〔2〕 와타나베 스이하 선/조선신문 평양 지사 주최/평양 하이쿠 대회/해바라기	紫浪	시가/하이쿠	
1	3	朝鮮俳壇	渡邊水巴選/朝鮮新聞平壤支社主催/平壤俳句大會/向日葵 〈1〉〔2〕 와타나베 스이하 선/조선신문 평양 지사 주최/평양 하이쿠 대회/해바라기	古紫	시가/하이쿠	
1	3	朝鮮俳壇	渡邊水巴選/朝鮮新聞平壤支社主催/平壤俳句大會/向日葵 〈1〉〔2〕 와타나베 스이하 선/조선신문 평양 지사 주최/평양 하이쿠 대회/해바라기	枕城	시가/하이쿠	
1	3	朝鮮俳壇	渡邊水巴選/朝鮮新聞平壤支社主催/平壤俳句大會/向日葵 〈1〉〔1〕 와타나베 스이하 선/조선신문 평양 지사 주최/평양 하이쿠 대회/해바라기	紅女	시가/하이쿠	
1	3	朝鮮俳壇	渡邊水巴選/朝鮮新聞平壤支社主催/平壤俳句大會/向日葵 〈1〉〔1〕 와타나베 스이하 선/조선신문 평양 지사 주최/평양 하이쿠 대회/해바라기	六轉	시가/하이쿠	
1	3	朝鮮俳壇	渡邊水巴選/朝鮮新聞平壤支社主催/平壤俳句大會/向日葵 〈1〉〔1〕 와타나베 스이하 선/조선신문 평양 지사 주최/평양 하이쿠 대회/해바라기	棹童	시가/하이쿠	
1	3	朝鮮俳壇	渡邊水巴選/朝鮮新聞平壤支社主催/平壤俳句大會/向日葵 〈1〉〔1〕 와타나베 스이하 선/조선신문 평양 지사 주최/평양 하이쿠 대회/해바라기	乍生	시가/하이쿠	
1	3	朝鮮俳壇	渡邊水巴選/朝鮮新聞平壤支社主催/平壤俳句大會/向日葵 〈1〉〔1〕 와타나베 스이하 선/조선신문 평양 지사 주최/평양 하이쿠 대회/해바라기	白天	시가/하이쿠	
1	3~4	朝鮮俳壇	投句歡迎 투구환영		광고/모집 광고	
1	4~5		史外史傳 女正雪/謎の美女 〈70〉 사외사전 온나 쇼세쓰/수수께끼의 미녀	伊藤銀月	소설/일본	

지면	단수	기획	기사제목 〈회수〉〔곡수〕	필자/저자(역자)	분류	비고
4	6		####途上スケッチ ####도상 스케치		수필/일상	
4	8~9	コドモノ シンブン	僕の愛犬 나의 애견	京城南大門小學校 第四年生 尾崎信一	수필/일상	
4	9	コドモノ シンブン	茶目坊の日記 자메보의 일기		수필/일기	
6	8	朝鮮川柳	九月例會/塗枕/寬閑坊選/前抜 〔1〕 9월 예회/옻칠한 목침/간칸보 선/전발	默然坊	시가/센류	
6	8	朝鮮川柳	九月例會/塗枕/寬閑坊選/前抜 〔2〕 9월 예회/옻칠한 목침/간칸보 선/전발	千流	시가/센류	
6	8	朝鮮川柳	九月例會/塗枕/寬閑坊選/前抜 〔2〕 9월 예회/옻칠한 목침/간칸보 선/전발	右大臣	시가/센류	
6	8	朝鮮川柳	九月例會/塗枕/寬閑坊選/前抜 〔2〕 9월 예회/옻칠한 목침/간칸보 선/전발	鳥石	시가/센류	
6	8	朝鮮川柳	九月例會/塗枕/寬閑坊選/前抜 〔2〕 9월 예회/옻칠한 목침/간칸보 선/전발	邱花坊	시가/센류	
6	8	朝鮮川柳	九月例會/塗枕/寬閑坊選/前抜 〔2〕 9월 예회/옻칠한 목침/간칸보 선/전발	三日坊	시가/센류	
6	8	朝鮮川柳	九月例會/塗枕/寬閑坊選/前抜 〔3〕 9월 예회/옻칠한 목침/간칸보 선/전발	大納言	시가/센류	
6	8	朝鮮川柳	九月例會/塗枕/寬閑坊選/前抜 〔1〕 9월 예회/옻칠한 목침/간칸보 선/전발	夜叉王	시가/센류	
6	8	朝鮮川柳	九月例會/塗枕/寬閑坊選/前抜 〔1〕 9월 예회/옻칠한 목침/간칸보 선/전발	吉古三	시가/센류	
6	8	朝鮮川柳	九月例會/塗枕/寬閑坊選/前抜 〔1〕 9월 예회/옻칠한 목침/간칸보 선/전발	默然坊	시가/센류	
6	8	朝鮮川柳	九月例會/塗枕/寬閑坊選/前抜 〔1〕 9월 예회/옻칠한 목침/간칸보 선/전발	逸風	시가/센류	
6	8	朝鮮川柳	九月例會/塗枕/寬閑坊選/前抜 〔2〕 9월 예회/옻칠한 목침/간칸보 선/전발	輝華	시가/센류	
6	8	朝鮮川柳	九月例會/塗枕/寬閑坊選/前抜 〔1〕 9월 예회/옻칠한 목침/간칸보 선/전발	流東	시가/센류	
6	8	朝鮮川柳	九月例會/塗枕/寬閑坊選/五客 〔1〕 9월 예회/옻칠한 목침/간칸보 선/오객	鳥石	시가/센류	
6	8	朝鮮川柳	九月例會/塗枕/寬閑坊選/五客 〔1〕 9월 예회/옻칠한 목침/간칸보 선/오객	黑ン坊	시가/센류	
6	8	朝鮮川柳	九月例會/塗枕/寬閑坊選/五客 〔1〕 9월 예회/옻칠한 목침/간칸보 선/오객	三坊	시가/센류	
6	8	朝鮮川柳	九月例會/塗枕/寬閑坊選/五客 〔1〕 9월 예회/옻칠한 목침/간칸보 선/오객	大納言	시가/센류	
6	8	朝鮮川柳	九月例會/塗枕/寬閑坊選/五客 〔1〕 9월 예회/옻칠한 목침/간칸보 선/오객	吉古三	시가/센류	
6	8	朝鮮川柳	九月例會/塗枕/寬閑坊選/五客 〔1〕 구월 예회/옻칠한 목침/간칸보 선/오객	夜叉王	시가/센류	
6	8	朝鮮川柳	九月例會/塗枕/寬閑坊選/五客 〔1〕 9월 예회/옻칠한 목침/간칸보 선/오객	大納言	시가/센류	
6	8	朝鮮川柳	九月例會/塗枕/寬閑坊選/五客 〔1〕 9월 예회/옻칠한 목침/간칸보 선/오객	黑ン坊	시가/센류	
6	8	朝鮮川柳	九月例會/塗枕/寬閑坊選/軸 〔1〕 9월 예회/옻칠한 목침/간칸보 선/축	寬閑坊	시가/센류	
6	9~11		水戸黃門記 〈121〉 미토코몬기	劍花道人	고단	

지면	단수	기획	기사제목 〈회수〉〔곡수〕	필자/저자(역자)	분류	비고
8	1~3		宿命 〈4〉 숙명	三島霜川	소설/일본	

1920년 09월 16일(목) 6871호

지면	단수	기획	기사제목 〈회수〉〔곡수〕	필자/저자(역자)	분류	비고
1	4	朝鮮詩壇	月夜偶成〔1〕 월야우성	高橋直巖	시가/한시	
1	4	朝鮮詩壇	訪成田魯石先生居〔1〕 방성전로석선생거	川端不絶	시가/한시	
1	4	朝鮮詩壇	立秋〔1〕 입추	杉浦華南	시가/한시	
1	4	朝鮮詩壇	海月觀月作〔1〕 해월관월작	富澤雲堂	시가/한시	
1	5	朝鮮詩壇	漢詩寄稿 한시 기고		광고/모집 광고	
1	5	朝鮮歌壇	(제목없음)〔7〕	岩木吐史	시가/단카	
1	5	朝鮮歌壇	(제목없음)〔1〕	不案	시가/단카	
1	5	朝鮮歌壇	秋の歌 雜の歌を募る 가을 단카 모든 단카를 모으다		광고/모집 광고	
1	5~6		史外史傳 女正雪/謎の美女〈71〉 사외사전 온나 쇼세쓰/수수께끼의 미녀	伊藤銀月	소설/일본	
4	8~9	コドモノ シンブン	茶目坊日記(十四日) 자메보의 일기(14일)		수필/일기	
4	9	コドモノ シンブン	弟と姉さん 남동생과 누이	京城#大門小學校 第六 梅村ノブ	수필/일기	
6	8	朝鮮川柳	鰻/互撰/前抜〔3〕 장어/호선/전발	逸風	시가/센류	
6	8	朝鮮川柳	鰻/互撰/前抜〔1〕 장어/호선/전발	流東	시가/센류	
6	8	朝鮮川柳	鰻/互撰/前抜〔1〕 장어/호선/전발	右大臣	시가/센류	
6	8	朝鮮川柳	鰻/互撰/前抜〔2〕 장어/호선/전발	圓于門	시가/센류	
6	8	朝鮮川柳	鰻/互撰/前抜〔2〕 장어/호선/전발	邱花坊	시가/센류	
6	8	朝鮮川柳	鰻/互撰/前抜〔1〕 장어/호선/전발	鳥石	시가/센류	
6	8	朝鮮川柳	鰻/互撰/前抜〔3〕 장어/호선/전발	千流	시가/센류	
6	8	朝鮮川柳	鰻/互撰/前抜〔1〕 장어/호선/전발	若翁	시가/센류	
6	8	朝鮮川柳	鰻/互撰/前抜〔1〕 장어/호선/전발	三日坊	시가/센류	
6	8	朝鮮川柳	鰻/互撰/前抜〔2〕 장어/호선/전발	大納言	시가/센류	
6	8	朝鮮川柳	鰻/互撰/前抜〔2〕 장어/호선/전발	夜叉王	시가/센류	
6	8	朝鮮川柳	鰻/互撰/前抜〔1〕 장어/호선/전발	閑寬坊	시가/센류	
6	8	朝鮮川柳	鰻/互撰/前抜〔2〕 장어/호선/전발	吉古三	시가/센류	

지면	단수	기획	기사제목 〈회수〉〔곡수〕	필자/저자(역자)	분류	비고
6	8	朝鮮川柳	鰻/互撰/前抜〔1〕 장어/호선/전발	浪郎	시가/센류	
6	8	朝鮮川柳	鰻/互撰/五客〔1〕 장어/호선/오객	流東	시가/센류	
6	8	朝鮮川柳	鰻/互撰/五客〔1〕 장어/호선/오객	鳥石	시가/센류	
6	8	朝鮮川柳	鰻/互撰/五客〔1〕 장어/호선/오객	大納言	시가/센류	
6	8	朝鮮川柳	鰻/互撰/五客〔1〕 장어/호선/오객	寬閑坊	시가/센류	
6	8	朝鮮川柳	鰻/互撰/五客〔1〕 장어/호선/오객	千流	시가/센류	
6	8	朝鮮川柳	鰻/互撰/五客〔1〕 장어/호선/오객	三日坊	시가/센류	
6	8	朝鮮川柳	鰻/互撰/五客〔1〕 장어/호선/오객	右大臣	시가/센류	
6	8	朝鮮川柳	鰻/互撰/五客〔1〕 장어/호선/오객	輝華	시가/센류	
6	8	朝鮮川柳	鰻/互撰/軸〔2〕 장어/호선/축		시가/센류	
6	9~11		水戶黃門記〈121〉 미토코몬기	劍花道人	고단	회수 오류

1920년 09월 17일(금) 6872호

지면	단수	기획	기사제목 〈회수〉〔곡수〕	필자/저자(역자)	분류	비고
1	4~5		史外史傳 女正雪/謎の美女〈72〉 사외사전 온나 쇼세쓰/수수께끼의 미녀	伊藤銀月	소설/일본	
6	8	朝鮮川柳	煽風機/互選/二點〔1〕 선풍기/호선/이점	黑ン坊	시가/센류	
6	8	朝鮮川柳	煽風機/互選/二點〔1〕 선풍기/호선/이점	圓于門	시가/센류	
6	8	朝鮮川柳	煽風機/互選/二點〔1〕 선풍기/호선/이점	流東	시가/센류	
6	8	朝鮮川柳	煽風機/互選/二點〔1〕 선풍기/호선/이점	三日坊	시가/센류	
6	8	朝鮮川柳	煽風機/互選/二點〔1〕 선풍기/호선/이점	浪郎	시가/센류	
6	8	朝鮮川柳	煽風機/互選/二點〔1〕 선풍기/호선/이점	大納言	시가/센류	
6	8	朝鮮川柳	煽風機/互選/三點〔1〕 선풍기/호선/삼점	黑ン坊	시가/센류	
6	8	朝鮮川柳	煽風機/互選/三點〔1〕 선풍기/호선/삼점	寬閑坊	시가/센류	
6	8	朝鮮川柳	煽風機/互選/四點〔1〕 선풍기/호선/사점	大納言	시가/센류	
6	8	朝鮮川柳	煽風機/互選/四點〔1〕 선풍기/호선/사점	黑ン坊	시가/센류	
6	8	朝鮮川柳	煽風機/互選/五點〔1〕 선풍기/호선/오점	三日坊	시가/센류	
6	8	朝鮮川柳	煽風機/互選/五點〔1〕 선풍기/호선/오점	大納言	시가/센류	
6	8	朝鮮川柳	煽風機/互選/五點〔1〕 선풍기/호선/오점	默然坊	시가/센류	

지면	단수	기획	기사제목 〈회수〉〔곡수〕	필자/저자(역자)	분류	비고
6	8	朝鮮川柳	上句附/三點 〔1〕 상구 부/삼점	大納言	시가/센류	
6	8	朝鮮川柳	上句附/三點 〔1〕 상구 부/삼점	黑ン坊	시가/센류	
6	8	朝鮮川柳	上句附/四點 〔1〕 상구 부/사점	輝華	시가/센류	
6	8	朝鮮川柳	上句附/五點 〔1〕 상구 부/오점	千流	시가/센류	
6	8	朝鮮川柳	下句附/三點 〔1〕 하구 부/삼점	默然坊	시가/센류	
6	8	朝鮮川柳	下句附/五點 〔1〕 하구 부/오점	三日坊	시가/센류	
6	8	朝鮮川柳	下句附/五點 〔1〕 하구 부/오점	大納言	시가/센류	
6	8	朝鮮川柳	下句附/五點 〔1〕 하구 부/오점	吉古三	시가/센류	
6	9~11		水戶黃門記〈123〉 미토코몬기	劍花道人	고단	
8	1~3		宿命 〈5〉 숙명	三島霜川	소설/일본	

1920년 09월 18일(토) 6873호

지면	단수	기획	기사제목 〈회수〉〔곡수〕	필자/저자(역자)	분류	비고
1	3	朝鮮俳壇	渡邊水巴選/朝鮮新聞平壤支社主催/平壤俳句大會/向日葵 〈2〉〔1〕 와타나베 스이하 선/조선신문 평양 지사 주최/평양 하이쿠 대회/해바라기	如水	시가/하이쿠	
1	3	朝鮮俳壇	渡邊水巴選/朝鮮新聞平壤支社主催/平壤俳句大會/向日葵 〈2〉〔1〕 와타나베 스이하 선/조선신문 평양 지사 주최/평양 하이쿠 대회/해바라기	犀涯	시가/하이쿠	
1	3	朝鮮俳壇	渡邊水巴選/朝鮮新聞平壤支社主催/平壤俳句大會/向日葵 〈2〉〔1〕 와타나베 스이하 선/조선신문 평양 지사 주최/평양 하이쿠 대회/해바라기	箕山	시가/하이쿠	
1	3	朝鮮俳壇	渡邊水巴選/朝鮮新聞平壤支社主催/平壤俳句大會/向日葵 〈2〉〔1〕 와타나베 스이하 선/조선신문 평양 지사 주최/평양 하이쿠 대회/해바라기	牛眠	시가/하이쿠	
1	3	朝鮮俳壇	渡邊水巴選/朝鮮新聞平壤支社主催/平壤俳句大會/向日葵 〈2〉〔1〕 와타나베 스이하 선/조선신문 평양 지사 주최/평양 하이쿠 대회/해바라기	弓山	시가/하이쿠	
1	3	朝鮮俳壇	渡邊水巴選/朝鮮新聞平壤支社主催/平壤俳句大會/向日葵 〈2〉〔1〕 와타나베 스이하 선/조선신문 평양 지사 주최/평양 하이쿠 대회/해바라기	清流壁	시가/하이쿠	
1	3	朝鮮俳壇	渡邊水巴選/朝鮮新聞平壤支社主催/平壤俳句大會/向日葵 〈2〉〔1〕 와타나베 스이하 선/조선신문 평양 지사 주최/평양 하이쿠 대회/해바라기	掬泉	시가/하이쿠	
1	3	朝鮮俳壇	渡邊水巴選/朝鮮新聞平壤支社主催/平壤俳句大會/向日葵 〈2〉〔1〕 와타나베 스이하 선/조선신문 평양 지사 주최/평양 하이쿠 대회/해바라기	水車部	시가/하이쿠	
1	3	朝鮮俳壇	渡邊水巴選/朝鮮新聞平壤支社主催/平壤俳句大會/向日葵 〈2〉〔1〕 와타나베 스이하 선/조선신문 평양 지사 주최/평양 하이쿠 대회/해바라기	空迷樓	시가/하이쿠	
1	3	朝鮮俳壇	渡邊水巴選/朝鮮新聞平壤支社主催/平壤俳句大會/向日葵 〈2〉〔1〕 와타나베 스이하 선/조선신문 평양 지사 주최/평양 하이쿠 대회/해바라기	和堂	시가/하이쿠	
1	3	朝鮮俳壇	渡邊水巴選/朝鮮新聞平壤支社主催/平壤俳句大會/向日葵 〈2〉〔1〕 와타나베 스이하 선/조선신문 평양 지사 주최/평양 하이쿠 대회/해바라기	晚汀	시가/하이쿠	
1	3	朝鮮俳壇	渡邊水巴選/朝鮮新聞平壤支社主催/平壤俳句大會/向日葵/秀逸 〈2〉〔1〕 와타나베 스이하 선/조선신문 평양 지사 주최/평양 하이쿠 대회/해바라기/수일	色葉	시가/하이쿠	
1	3	朝鮮俳壇	渡邊水巴選/朝鮮新聞平壤支社主催/平壤俳句大會/向日葵/秀逸 〈2〉〔1〕 와타나베 스이하 선/조선신문 평양 지사 주최/평양 하이쿠 대회/해바라기/수일	桂人	시가/하이쿠	

지면	단수	기획	기사제목 〈회수〉〔곡수〕	필자/저자(역자)	분류	비고
1	3	朝鮮俳壇	投句歡迎 투구환영		광고/모집 광고	
1	3~5		史外史傳 女正雪/謎の美女 〈73〉 사외사전 온나 쇼세쓰/수수께끼의 미녀	伊藤銀月	소설/일본	
4	7		####途上スケッチ ####도상 스케치		수필/일상	
4	8~9		紅ほほづき 연지 꽈리		수필/일상	
4	8~9	コドモノ シンブン	先生の死なれた時僕は泣いたよ 선생님이 돌아가셨을 때 나는 울었어	京城 三坂小學校 五 年生の男	수필/일상	.
4	9	コドモノ シンブン	右と左 오른쪽과 왼쪽	京城 西大門小學校 二年生 上田瞭次郎	수필/일상	
6	7		木兎句會/八點句 〔1〕 쓰쿠 구회/팔점 구	北公	시가/하이쿠	
6	7		木兎句會/七點句 〔1〕 쓰쿠 구회/칠점 구	裸骨	시가/하이쿠	
6	7		木兎句會/六點句 〔2〕 쓰쿠 구회/육점 구	裸骨	시가/하이쿠	
6	7		木兎句會/六點句 〔1〕 쓰쿠 구회/육점 구	北公	시가/하이쿠	
6	7		木兎句會/五點句 〔2〕 쓰쿠 구회/오점 구	春羊	시가/하이쿠	
6	7		木兎句會/五點句 〔1〕 쓰쿠 구회/오점 구	裸骨	시가/하이쿠	
6	7		木兎句會/四點句 〔1〕 쓰쿠 구회/사점 구	耕人	시가/하이쿠	
6	7		木兎句會/四點句 〔2〕 쓰쿠 구회/사점 구	北公	시가/하이쿠	
6	7		木兎句會/四點句 〔1〕 쓰쿠 구회/사점 구	盧泉	시가/하이쿠	
6	7		木兎句會/四點句 〔1〕 쓰쿠 구회/사점 구	春羊	시가/하이쿠	
6	7~8		木兎句會/三點句 〔3〕 쓰쿠 구회/삼점 구	碧汀	시가/하이쿠	
6	8		木兎句會/三點句 〔1〕 쓰쿠 구회/삼점 구	春羊	시가/하이쿠	
6	8		木兎句會/三點句 〔1〕 쓰쿠 구회/삼점 구	盧泉	시가/하이쿠	
6	8		木兎句會/三點句 〔2〕 쓰쿠 구회/삼점 구	裸骨	시가/하이쿠	
6	8		木兎句會/三點句 〔1〕 쓰쿠 구회/삼점 구	北公	시가/하이쿠	
6	8		木兎句會/二點句 〔3〕 쓰쿠 구회/이점 구	耕人	시가/하이쿠	
6	8		木兎句會/二點句 〔1〕 쓰쿠 구회/이점 구	北公	시가/하이쿠	
6	8		木兎句會/二點句 〔2〕 쓰쿠 구회/이점 구	裸骨	시가/하이쿠	
6	8		木兎句會/二點句 〔1〕 쓰쿠 구회/이점 구	鐵舟	시가/하이쿠	
6	8		木兎句會/一點句 〔1〕 쓰쿠 구회/일점 구	耕人	시가/하이쿠	

지면	단수	기획	기사제목 〈회수〉〔곡수〕	필자/저자(역자)	분류	비고
6	8		木兎句會/一點句〔1〕 쓰쿠 구회/일점 구	春羊	시가/하이쿠	
6	8		木兎句會/一點句〔1〕 쓰쿠 구회/일점 구	裸骨	시가/하이쿠	
6	8		木兎句會/一點句〔1〕 쓰쿠 구회/일점 구	碧汀	시가/하이쿠	
6	8		次回課題 다음 과제		광고/모집 광고	
6	8		金澤六華會川柳 가나자와 롯카카이 센류	土左衛門	광고/모임 안내	
6	8		「南大門」第二號募集課題 「남대문」제2호 모집 과제		광고/모집 광고	
6	9~11		水戶黃門記〈123〉 미토코몬기	劍花道人	고단	회수 오류
8	1~4		宿命〈5〉 숙명	三島霜川	소설/일본	회수 오류

1920년 09월 19일(일) 6874호

지면	단수	기획	기사제목 〈회수〉〔곡수〕	필자/저자(역자)	분류	비고
1	4~5		史外史傳 女正雪/謎の美女〈74〉 사외사전 온나 쇼세쓰/수수께끼의 미녀	伊藤銀月	소설/일본	
4	8~9		####途上スケッチ ####도상 스케치		수필/일상	
4	8~9	コドモノ シンブン	伊太利の大地しん 이탈리아의 대지진	京城 南大門小學校 六年の男子	수필/일상	
6	7		安東俳句大會 안동 하이쿠 대회		기타/모임 안내	
6	7		京城句會/如氷居句會即車〔4〕 경성 구회/조효쿄 구회 즉차	俚人	시가/하이쿠	
6	7		京城句會/如氷居句會即車〔4〕 경성 구회/조효쿄 구회 즉차	蝸手洞	시가/하이쿠	
6	7		京城句會/如氷居句會即車〔4〕 경성 구회/조효쿄 구회 즉차	春樹	시가/하이쿠	
6	7		京城句會/如氷居句會即車〔1〕 경성 구회/조효쿄 구회 즉차	繭秋	시가/하이쿠	
6	7		京城句會/如氷居句會即車〔4〕 경성 구회/조효쿄 구회 즉차	小琴	시가/하이쿠	
6	7		京城句會/如氷居句會即車〔3〕 경성 구회/조효쿄 구회 즉차	蘇城	시가/하이쿠	
6	7		京城句會/如氷居句會即車〔4〕 경성 구회/조효쿄 구회 즉차	如水	시가/하이쿠	
6	7		京城句會/如氷居句會即車〔1〕 경성 구회/조효쿄 구회 즉차	小如氷	시가/하이쿠	
6	7		京城句會/如氷居句會即車〔4〕 경성 구회/조효쿄 구회 즉차	綠童	시가/하이쿠	
6	7		京城句會/如氷居句會即車〔3〕 경성 구회/조효쿄 구회 즉차	橙黃子	시가/하이쿠	
6	7		京城句會/如氷居句會即車〔5〕 경성 구회/조효쿄 구회 즉차	#靑	시가/하이쿠	
6	7~8		京城句會/如氷居句會即車〔2〕 경성 구회/조효쿄 구회 즉차	#山	시가/하이쿠	
6	8		京城句會/如氷居句會即車〔5〕 경성 구회/조효쿄 구회 즉차	草城	시가/하이쿠	

지면	단수	기획	기사제목 〈회수〉〔곡수〕	필자/저자(역자)	분류	비고
6	8	川柳	金澤六華會川柳/土左衛門選/案山子〈2〉〔1〕 가나자와 롯카카이 센류/도자에몬 선/허수아비	錦の家	시가/센류	
6	8	川柳	金澤六華會川柳/土左衛門選/案山子〈2〉〔1〕 가나자와 롯카카이 센류/도자에몬 선/허수아비	加壽美	시가/센류	
6	8	川柳	金澤六華會川柳/土左衛門選/案山子〈2〉〔2〕 가나자와 롯카카이 센류/도자에몬 선/허수아비	漁村	시가/센류	
6	8	川柳	金澤六華會川柳/土左衛門選/案山子〈2〉〔2〕 가나자와 롯카카이 센류/도자에몬 선/허수아비	光淋坊	시가/센류	
6	8	川柳	金澤六華會川柳/土左衛門選/案山子〈2〉〔2〕 가나자와 롯카카이 센류/도자에몬 선/허수아비	螺子郎	시가/센류	
6	8	川柳	金澤六華會川柳/土左衛門選/案山子〈2〉〔2〕 가나자와 롯카카이 센류/도자에몬 선/허수아비	露月坊	시가/센류	
6	8	川柳	金澤六華會川柳/土左衛門選/案山子/五客〈2〉〔2〕 가나자와 롯카카이 센류/도자에몬 선/허수아비/오객	夢雄	시가/센류	
6	8	川柳	金澤六華會川柳/土左衛門選/案山子/五客〈2〉〔1〕 가나자와 롯카카이 센류/도자에몬 선/허수아비/오객	曉古	시가/센류	
6	8	川柳	金澤六華會川柳/土左衛門選/案山子/五客〈2〉〔1〕 가나자와 롯카카이 센류/도자에몬 선/허수아비/오객	卯生木	시가/센류	
6	8	川柳	金澤六華會川柳/土左衛門選/案山子/五客〈2〉〔1〕 가나자와 롯카카이 센류/도자에몬 선/허수아비/오객	紋二郎	시가/센류	
6	8	川柳	金澤六華會川柳/土左衛門選/案山子/三才/人〈2〉〔1〕 가나자와 롯카카이 센류/도자에몬 선/허수아비/삼재/인		시가/센류	
6	8	川柳	金澤六華會川柳/土左衛門選/案山子/三才/地〈2〉〔1〕 가나자와 롯카카이 센류/도자에몬 선/허수아비/삼재/지	夢雄	시가/센류	
6	8	川柳	金澤六華會川柳/土左衛門選/案山子/三才/天〈2〉〔1〕 가나자와 롯카카이 센류/도자에몬 선/허수아비/삼재/천	漁村	시가/센류	
6	8	川柳	金澤六華會川柳/土左衛門選/案山子/三才/軸〈2〉〔1〕 가나자와 롯카카이 센류/도자에몬 선/허수아비/삼재/축	土左衛門	시가/센류	
6	8	川柳	川柳募集課題 센류 모집 과제		광고/모집 광고	
6	9~11		水戸黃門記〈125〉 미토코몬기	劍花道人	고단	
8	1~3		宿命〈7〉 숙명	三島霜川	소설/일본	

1920년 09월 20일(월) 6875호

지면	단수	기획	기사제목 〈회수〉〔곡수〕	필자/저자(역자)	분류	비고
4	1~2		水戸黃門記〈126〉 미토코몬기	劍花道人	고단	

1920년 09월 21일(화) 6876호

지면	단수	기획	기사제목 〈회수〉〔곡수〕	필자/저자(역자)	분류	비고
1	4	朝鮮詩壇	秋興〔1〕 추흥	高橋直巖	시가/한시	
1	4	朝鮮詩壇	時事有感〔1〕 시사유감	川端不絶	시가/한시	
1	4	朝鮮詩壇	食瓜〔1〕 식과	杉浦華南	시가/한시	
1	4	朝鮮詩壇	夏日江村〔1〕 하일강촌	成田魯石	시가/한시	
1	4	朝鮮詩壇	漢詩寄稿 한시 기고		광고/모집 광고	
1	5~6		史外史傳 女正雪/謎の美女〈75〉 사외사전 온나 쇼세쓰/수수께끼의 미녀	伊藤銀月	소설/일본	

지면	단수	기획	기사제목 〈회수〉〔곡수〕	필자/저자(역자)	분류	비고
4	7~8		####途上スケッチ ####도상 스케치		수필/일상	
4	8	コドモノ シンブン	僕等の運動會は來月の一日だ 우리들의 운동회는 다음달 1일이다	元町小學校五年生	수필/일상	
4	8~9	コドモノ シンブン	皆ほしい 모두 원한다	櫻井小學校第五 小 川重男	수필/일상	
4	9	コドモノ シンブン	國のため 나라를 위해서	櫻井小學校第五 神 林重男	수필/일상	
4	9	コドモノ シンブン	試驗 시험	櫻井小學校第五 花 本#雄	수필/일상	
4	10~12		宿命 〈8〉 숙명	三島霜川	소설/일본	
6	9~11		水戶黃門記 〈127〉 미토코몬기	劍花道人	고단	

1920년 09월 22일(수) 6877호

지면	단수	기획	기사제목 〈회수〉〔곡수〕	필자/저자(역자)	분류	비고
1	3~4		投句歡迎 투구환영		광고/모집 광고	
1	4~5		史外史傳 女正雪/謎の美女 〈76〉 사외사전 온나 쇼세쓰/수수께끼의 미녀	伊藤銀月	소설/일본	
4	6		####途上スケッチ ####도상 스케치		수필/일상	
4	7~8		紅ほほづき 연지 꽈리		수필/일상	
4	8	コドモノ シンブン	電車ノ中ノ朝鮮人 전차 안의 조선인	東大門小學校四年 生	수필/일상	
4	9	コドモノ シンブン	巡査樣はごくろうさまだ 순경님은 수고하신다	京城吉野町の子供	수필/일상	
6	9~11		水戶黃門記 〈128〉 미토코몬기	劍花道人	고단	

1920년 09월 23일(목) 6878호

지면	단수	기획	기사제목 〈회수〉〔곡수〕	필자/저자(역자)	분류	비고
1	2	朝鮮詩壇	遊朝鮮偶得一首 〔1〕 유조선우득일수	小久保城南	시가/한시	
1	2	朝鮮詩壇	敬##南先生遙礎 〔1〕 경##남선생요초	千堂尹喜求	시가/한시	
1	2	朝鮮詩壇	##先生雅賞 〔1〕 ##선생아상	茂亭鄭萬朝	시가/한시	
1	2	朝鮮詩壇	#和塊南大人雅韻 〔1〕 #화괴남대인아운	見山趙秉健	시가/한시	
1	2	朝鮮詩壇	次山久保城南大人韻 〔1〕 차산구보성남대인운	葵#鄭丙朝	시가/한시	
1	2	朝鮮詩壇	謹和城南大人#韻 〔1〕 근화성남대인#운	初#徐相助	시가/한시	
1	2~3	朝鮮詩壇	謹步城南先生韻 〔1〕 근보성남선생운	牙岡魚允迪	시가/한시	
1	3	朝鮮詩壇	謹和城南大人豫韻 〔1〕 근화성남대인예운	#居柳興世	시가/한시	
1	3	朝鮮詩壇	和城南大人韻 〔1〕 화성남대인운	秋#宋榮大	시가/한시	
1	3	朝鮮歌壇	(제목없음) 〔8〕	さゆり	시가/단카	

지면	단수	기획	기사제목 〈회수〉〔곡수〕	필자/저자(역자)	분류	비고
1	3	朝鮮歌壇	(제목없음) 〔1〕	不案	시가/단카	
1	3	朝鮮歌壇	秋の歌 雜の歌を募る 가을 단카 모든 단카를 모으다		광고/모집 광고	
1	3	朝鮮俳壇	渡邊水巴選/朝鮮新聞平壤支社主催/平壤俳句大會/青嵐(一) 〈3〉〔1〕 와타나베 스이하 선/조선신문 평양 지사 주최/평양 하이쿠 대회/청람(일)	白天	시가/하이쿠	
1	3	朝鮮俳壇	渡邊水巴選/朝鮮新聞平壤支社主催/平壤俳句大會/青嵐(一)/乙密臺 〈3〉〔2〕 와타나베 스이하 선/조선신문 평양 지사 주최/평양 하이쿠 대회/청람(일)/을밀대		시가/하이쿠	
1	3	朝鮮俳壇	渡邊水巴選/朝鮮新聞平壤支社主催/平壤俳句大會/青嵐(一)/乙密臺 〈3〉〔3〕 와타나베 스이하 선/조선신문 평양 지사 주최/평양 하이쿠 대회/청람(일)/을밀대	古索	시가/하이쿠	
1	3	朝鮮俳壇	渡邊水巴選/朝鮮新聞平壤支社主催/平壤俳句大會/青嵐(一)/大同江 〈3〉〔2〕 와타나베 스이하 선/조선신문 평양 지사 주최/평양 하이쿠 대회/청람(일)/대동강	六轉	시가/하이쿠	
1	3	朝鮮俳壇	渡邊水巴選/朝鮮新聞平壤支社主催/平壤俳句大會/青嵐(一)/大同江 〈3〉〔2〕 와타나베 스이하 선/조선신문 평양 지사 주최/평양 하이쿠 대회/청람(일)/대동강	色葉	시가/하이쿠	
1	3	朝鮮俳壇	渡邊水巴選/朝鮮新聞平壤支社主催/平壤俳句大會/青嵐(一)/大同江 〈3〉〔2〕 와타나베 스이하 선/조선신문 평양 지사 주최/평양 하이쿠 대회/청람(일)/대동강	桂人	시가/하이쿠	
1	3~4	朝鮮俳壇	渡邊水巴選/朝鮮新聞平壤支社主催/平壤俳句大會/青嵐(一)/大同江 〈3〉〔1〕 와타나베 스이하 선/조선신문 평양 지사 주최/평양 하이쿠 대회/청람(일)/대동강	##	시가/하이쿠	
1	3~4	朝鮮俳壇	渡邊水巴選/朝鮮新聞平壤支社主催/平壤俳句大會/青嵐(一)/大同江 〈3〉〔1〕 와타나베 스이하 선/조선신문 평양 지사 주최/평양 하이쿠 대회/청람(일)/대동강	箕山	시가/하이쿠	
1	4	朝鮮俳壇	投句歡迎 투구환영		광고/모집 광고	
1	4~5		史外史傳 女正雪/謎の美女 〈77〉 사외사전 온나 쇼세쓰/수수께끼의 미녀	伊藤銀月	소설/일본	
4	8		####途上スケッチ ####도상 스케치		수필/일상	
4	8~9	コドモノ シンブン	僕等の先生は死でしまはれた 우리들의 선생님은 돌아가셔버렸다	日出小學校六年の 男	수필/일상	
6	8		カサ〻ギ會 〈3〉 가사사기카이	紫光	수필/기타	
6	8		カサ〻ギ會 〈3〉〔6〕 가사사기카이	無月	시가/하이쿠	
6	8		カサ〻ギ會 〈3〉〔4〕 가사사기카이	子笥	시가/하이쿠	
6	8		カサ〻ギ會 〈3〉〔4〕 가사사기카이	##	시가/하이쿠	
6	8		カサ〻ギ會 〈3〉〔4〕 가사사기카이	冬城	시가/하이쿠	
6	8		カサ〻ギ會 〈3〉〔2〕 가사사기카이	輝華	시가/하이쿠	

지면	단수	기획	기사제목 〈회수〉 〔곡수〕	필자/저자(역자)	분류	비고
6	8		カサヽギ會〈3〉〔4〕 가사사기카이	舟郎	시가/하이쿠	
6	8		カサヽギ會〈3〉〔4〕 가사사기카이	錢塘	시가/하이쿠	
6	8		カサヽギ會〈3〉〔5〕 가사사기카이	紫光	시가/하이쿠	
6	8		カサヽギ會/無月君歸鮮〈3〉〔1〕 가사사기카이/무게쓰군 조선에 돌아오다		시가/하이쿠	
6	9~11		水戸黃門記〈128〉 미토코몬기	劍花道人	고단	회수 오류
8	1~3		宿命〈9〉 숙명	三島霜川	소설/일본	

1920년 09월 25일(토) 6880호

지면	단수	기획	기사제목 〈회수〉 〔곡수〕	필자/저자(역자)	분류	비고
1	3~4		投句歡迎 투구환영		광고/모집 광고	
1	4~5		史外史傳 女正雪/謎の美女〈78〉 사외사전 온나 쇼세쓰/수수께끼의 미녀	伊藤銀月	소설/일본	
4	8~9	子供の新 聞	/小共の圖書館がほしいねい 어린이 도서관이 갖고 싶어	日出、第五、男	수필/일상	
6	9~11		水戸黃門記〈130〉 미토코몬기	劍花道人	고단	
8	1~3		宿命〈10〉 숙명	三島霜川	소설/일본	

1920년 09월 26일(일) 6881호

지면	단수	기획	기사제목 〈회수〉 〔곡수〕	필자/저자(역자)	분류	비고
1	4~5		史外史傳 女正雪/謎の美女〈79〉 사외사전 온나 쇼세쓰/수수께끼의 미녀	伊藤銀月	소설/일본	
4	7~8		その日その日 그날그날		수필/일상	
4	8	子供の新 聞	ざつしのぬすみ見 잡지 엿보기	鍾路の女子	수필/일상	
4	8~9		子供の新聞/一日一善/金敎英の日記 어린이 신문/일일 일선/김교영의 일기	金敎英	수필/일기	
6	7~8	朝鮮川柳	(제목없음)	紅短冊	수필/기타	
6	8	朝鮮川柳	覺悟/二點〔1〕 각오/이점	右禿郎	시가/센류	
6	8	朝鮮川柳	覺悟/二點〔1〕 각오/이점	夜叉王	시가/센류	
6	8	朝鮮川柳	覺悟/二點〔1〕 각오/이점	免空坊	시가/센류	
6	8	朝鮮川柳	覺悟/二點〔1〕 각오/이점	紅短冊	시가/센류	
6	8	朝鮮川柳	覺悟/二點〔1〕 각오/이점	鳥石	시가/센류	
6	8	朝鮮川柳	覺悟/二點〔1〕 각오/이점	丁連子	시가/센류	
6	8	朝鮮川柳	覺悟/三點〔1〕 각오/삼점	紅短冊	시가/센류	
6	8	朝鮮川柳	覺悟/三點〔1〕 각오/삼점	苦論坊	시가/센류	

지면	단수	기획	기사제목 〈회수〉〔곡수〕	필자/저자(역자)	분류	비고
6	8	朝鮮川柳	覺悟/四點 〔1〕 각오/사점	兎空坊	시가/센류	
6	8	朝鮮川柳	覺悟/六點 〔1〕 각오/육점	詩腕坊	시가/센류	
6	8	朝鮮川柳	丁稚/二點 〔1〕 수습공/이점	夜叉王	시가/센류	
6	8	朝鮮川柳	丁稚/二點 〔1〕 수습공/이점	富士香	시가/센류	
6	8	朝鮮川柳	丁稚/二點 〔1〕 수습공/이점	七面鳥	시가/센류	
6	8	朝鮮川柳	丁稚/二點 〔1〕 수습공/이점	紅短冊	시가/센류	
6	8	朝鮮川柳	丁稚/二點 〔1〕 수습공/이점	肥後守	시가/센류	
6	8	朝鮮川柳	丁稚/二點 〔1〕 수습공/이점	右禿郎	시가/센류	
6	8	朝鮮川柳	丁稚/三點 〔1〕 수습공/삼점	肥後守	시가/센류	
6	8	朝鮮川柳	丁稚/三點 〔1〕 수습공/삼점	夜叉王	시가/센류	
6	8	朝鮮川柳	丁稚/四點 〔1〕 수습공/사점	紅短冊	시가/센류	
6	8	朝鮮川柳	丁稚/四點 〔1〕 수습공/사점	肥後守	시가/센류	
6	8	朝鮮川柳	丁稚/四點 〔1〕 수습공/사점	三日坊	시가/센류	
6	8	朝鮮川柳	簞笥/紅短冊選/好い句 〔1〕 옷장/베니탄자쿠 선/좋은 구	獅子王	시가/센류	
6	8	朝鮮川柳	簞笥/紅短冊選/好い句 〔1〕 옷장/베니탄자쿠 선/좋은 구	松平坊	시가/센류	
6	8	朝鮮川柳	簞笥/紅短冊選/好い句 〔1〕 옷장/베니탄자쿠 선/좋은 구	右禿郎	시가/센류	
6	8	朝鮮川柳	簞笥/紅短冊選/好い句 〔1〕 옷장/베니탄자쿠 선/좋은 구	松平坊	시가/센류	
6	8	朝鮮川柳	簞笥/紅短冊選/好い句 〔1〕 옷장/베니탄자쿠 선/좋은 구	しげる	시가/센류	
6	8	朝鮮川柳	簞笥/軸 〔1〕 옷장/축	紅短冊	시가/센류	
6	8	朝鮮川柳	(제목없음)		광고/모집 광고	
6	9~11		水戶黃門記〈131〉 미토코몬기	劍花道人	고단	
8	1~3		宿命 〈11〉 숙명	三島霜川	소설/일본	

1920년 09월 27일(월) 6882호

지면	단수	기획	기사제목 〈회수〉〔곡수〕	필자/저자(역자)	분류	비고
4	1~3		水戶黃門記〈132〉 미토코몬기	劍花道人	고단	

1920년 09월 28일(화) 6883호

지면	단수	기획	기사제목 〈회수〉〔곡수〕	필자/저자(역자)	분류	비고
1	3	朝鮮歌壇	(제목없음) 〔8〕	坂本吾郎	시가/단카	

지면	단수	기획	기사제목 〈회수〉〔곡수〕	필자/저자(역자)	분류	비고
1	3	朝鮮歌壇	(제목없음)〔1〕	不案	시가/단카	
1	3~5		史外史傳 女正雪/謎の美女〈79〉 사외사전 온나 쇼세쓰/수수께끼의 미녀	伊藤銀月	소설/일본	
4	6	子供の新聞	僕等も走りたい 우리들도 달리고 싶다	西大門高等科男生	수필/일상	
4	6~7	子供の新聞	大男になりたいな 덩치 큰 남자가 되고 싶어라	南大門小學校の男子	수필/일상	
6	9~11		水戸黃門記〈133〉 미토코몬기	劍花道人	고단	
8	1~3		宿命〈12〉 숙명	三島霜川	소설/일본	

1920년 09월 29일(수) 6884호

지면	단수	기획	기사제목 〈회수〉〔곡수〕	필자/저자(역자)	분류	비고
1	3	朝鮮俳壇	渡邊水巴選/朝鮮新聞平壤支社主催/平壤俳句大會/靑嵐(二)〈4〉〔1〕 와타나베 스이하 선/조선신문 평양 지사 주최/평양 하이쿠 대회/청람(이)	水車郞	시가/하이쿠	
1	3	朝鮮俳壇	渡邊水巴選/朝鮮新聞平壤支社主催/平壤俳句大會/靑嵐(二)〈4〉〔1〕 와타나베 스이하 선/조선신문 평양 지사 주최/평양 하이쿠 대회/청람(이)	虹女	시가/하이쿠	
1	3	朝鮮俳壇	渡邊水巴選/朝鮮新聞平壤支社主催/平壤俳句大會/靑嵐(二)〈4〉〔1〕 와타나베 스이하 선/조선신문 평양 지사 주최/평양 하이쿠 대회/청람(이)	眞弓	시가/하이쿠	
1	3	朝鮮俳壇	渡邊水巴選/朝鮮新聞平壤支社主催/平壤俳句大會/靑嵐(二)/乙密臺よ##を望む〈4〉〔1〕 와타나베 스이하 선/조선신문 평양 지사 주최/평양 하이쿠 대회/청람(이)/을밀대에서 ##을 바라보다	#山	시가/하이쿠	
1	3	朝鮮俳壇	渡邊水巴選/朝鮮新聞平壤支社主催/平壤俳句大會/靑嵐(二)〈4〉〔1〕 와타나베 스이하 선/조선신문 평양 지사 주최/평양 하이쿠 대회/청람(이)/을밀대에서 ##을 바라보다	和堂	시가/하이쿠	
1	3~4	朝鮮俳壇	渡邊水巴選/朝鮮新聞平壤支社主催/平壤俳句大會/靑嵐(二)〈4〉〔1〕 와타나베 스이하 선/조선신문 평양 지사 주최/평양 하이쿠 대회/청람(이)/을밀대에서 ##을 바라보다	紫浪	시가/하이쿠	
1	3~4	朝鮮俳壇	渡邊水巴選/朝鮮新聞平壤支社主催/平壤俳句大會/靑嵐(二)/牡丹臺〈4〉〔1〕 와타나베 스이하 선/조선신문 평양 지사 주최/평양 하이쿠 대회/청람(이)/목단대	牛眠	시가/하이쿠	
1	3~4	朝鮮俳壇	渡邊水巴選/朝鮮新聞平壤支社主催/平壤俳句大會/靑嵐(二)〈4〉〔1〕 와타나베 스이하 선/조선신문 평양 지사 주최/평양 하이쿠 대회/청람(이)	犀瀧	시가/하이쿠	
1	3~4	朝鮮俳壇	渡邊水巴選/朝鮮新聞平壤支社主催/平壤俳句大會/靑嵐(二)〈4〉〔1〕 와타나베 스이하 선/조선신문 평양 지사 주최/평양 하이쿠 대회/청람(이)	空迷樓	시가/하이쿠	
1	3~4	朝鮮俳壇	渡邊水巴選/朝鮮新聞平壤支社主催/平壤俳句大會/靑嵐(二)〈4〉〔1〕 와타나베 스이하 선/조선신문 평양 지사 주최/평양 하이쿠 대회/청람(이)	後涸	시가/하이쿠	
1	3~4	朝鮮俳壇	渡邊水巴選/朝鮮新聞平壤支社主催/平壤俳句大會/靑嵐(二)〈4〉〔1〕 와타나베 스이하 선/조선신문 평양 지사 주최/평양 하이쿠 대회/청람(이)	千歲	시가/하이쿠	
1	3~4	朝鮮俳壇	渡邊水巴選/朝鮮新聞平壤支社主催/平壤俳句大會/靑嵐(二)/秀逸〈4〉〔1〕 와타나베 스이하 선/조선신문 평양 지사 주최/평양 하이쿠 대회/청람(이)/수일	淸流壁	시가/하이쿠	
1	4~5		史外史傳 女正雪/謎の美女〈79〉 사외사전 온나 쇼세쓰/수수께끼의 미녀	伊藤銀月	소설/일본	회수 오류
4	2~7		鈍き心の光/アダム、イブ……の如うに俺らは軍神に息を吹き込んで らい度いものだ〈1〉 무딘 마음의 빛/아담, 이브……처럼 우리들은 군신에게 숨을 불어넣고 바란다	雲霓巨人	수필/기타	
4	7~8		紅ほほづき 연지 꽈리		수필/일상	

지면	단수	기획	기사제목 〈회수〉〔곡수〕	필자/저자(역자)	분류	비고
4	8	子供の新聞	僕は兵たいあそびが大すきだ 나는 병정 놀이를 좋아한다	京城三坂學校の子供	수필/일상	
4	8~9	子供の新聞	漢字は僕等には六かしい 우리에게는 한자는 어렵다	西大門、高一、男	수필/일상	
4	9		その日その日 그날 그날		수필/일상	
6	8		かさゝぎ會 〈4〉 가사사기카이	無月舘	수필/기타	
6	8		かさゝぎ會 〈4〉〔5〕 가사사기카이	紫光	시가/하이쿠	
6	8		かさゝぎ會 〈4〉〔5〕 가사사기카이	子笏	시가/하이쿠	
6	8		かさゝぎ會 〈4〉〔5〕 가사사기카이	冬城	시가/하이쿠	
6	8		かさゝぎ會 〈4〉〔5〕 가사사기카이	碧車	시가/하이쿠	
6	8		かさゝぎ會 〈4〉〔5〕 가사사기카이	錢塘	시가/하이쿠	
6	8		かさゝぎ會 〈4〉〔5〕 가사사기카이	舟郎	시가/하이쿠	
6	8		かさゝぎ會 〈4〉〔5〕 가사사기카이	無月	시가/하이쿠	
6	9~11		水戸黃門記〈134〉 미토코몬기	劔花道人	고단	
8	1~3		宿命 〈13〉 숙명	三島霜川	소설/일본	

1920년 09월 30일(목) 6885호

지면	단수	기획	기사제목 〈회수〉〔곡수〕	필자/저자(역자)	분류	비고
1	3	朝鮮俳壇	渡邊水巴選/朝鮮新聞平壤支社主催/平壤俳句大會/###(一)〈5〉〔3〕 와타나베 스이하 선/조선신문 평양 지사 주최/평양 하이쿠 대회/###(일)	##	시가/하이쿠	
1	3	朝鮮俳壇	渡邊水巴選/朝鮮新聞平壤支社主催/平壤俳句大會/###(一)〈5〉〔2〕 와타나베 스이하 선/조선신문 평양 지사 주최/평양 하이쿠 대회/###(일)	桂人	시가/하이쿠	
1	3	朝鮮俳壇	渡邊水巴選/朝鮮新聞平壤支社主催/平壤俳句大會/###(一)〈5〉〔2〕 와타나베 스이하 선/조선신문 평양 지사 주최/평양 하이쿠 대회/###(일)	#山	시가/하이쿠	
1	3	朝鮮俳壇	渡邊水巴選/朝鮮新聞平壤支社主催/平壤俳句大會/###(一)〈5〉〔1〕 와타나베 스이하 선/조선신문 평양 지사 주최/평양 하이쿠 대회/###(일)	##	시가/하이쿠	
1	3	朝鮮俳壇	渡邊水巴選/朝鮮新聞平壤支社主催/平壤俳句大會/###(一)〈5〉〔1〕 와타나베 스이하 선/조선신문 평양 지사 주최/평양 하이쿠 대회/###(일)	紫浪	시가/하이쿠	
1	3	朝鮮俳壇	渡邊水巴選/朝鮮新聞平壤支社主催/平壤俳句大會/###(一)〈5〉〔1〕 와타나베 스이하 선/조선신문 평양 지사 주최/평양 하이쿠 대회/###(일)	空迷樓	시가/하이쿠	
1	3	朝鮮俳壇	渡邊水巴選/朝鮮新聞平壤支社主催/平壤俳句大會/###(一)〈5〉〔1〕 와타나베 스이하 선/조선신문 평양 지사 주최/평양 하이쿠 대회/###(일)	#汀	시가/하이쿠	
1	3	朝鮮俳壇	渡邊水巴選/朝鮮新聞平壤支社主催/平壤俳句大會/###(一)〈5〉〔1〕 와타나베 스이하 선/조선신문 평양 지사 주최/평양 하이쿠 대회/###(일)	古#	시가/하이쿠	
1	3~5		史外史傳 女正雪/謎の美女 〈82〉 사외사전 온나 쇼세쓰/수수께끼의 미녀	伊藤銀月	소설/일본	회수 오류
4	2~6		鈍き心の光/昔を偲ぶ灸旅行/懷かしき故鄕へ 〈2〉 무딘 마음의 빛/옛날을 그리워하는 뜸 여행/그리운 고향으로	雲霓巨人	수필/기타	
4	8~9	子供の新聞	電車と車とぶつつかつた 전차와 차가 부딪쳤다	黃金町 高山幸造	수필/일상	
4	9	子供の新聞	面白かつたきのこ狩 재미있었던 버섯 따기	櫻井小學校一女生	수필/일상	

지면	단수	기획	기사제목 〈회수〉〔곡수〕	필자/저자(역자)	분류	비고
6	8		月小夜集 월소야집	默	수필/기타	
6	8		月小夜集/月〔1〕 월소야집/달	かほる	시가/단카	
6	8		月小夜集/月〔2〕 월소야집/달	冬子	시가/단카	
6	8		月小夜集/月〔2〕 월소야집/달	#二	시가/단카	
6	8		月小夜集/月〔2〕 월소야집/달	默	시가/단카	
6	9~11		水戸黃門記〈135〉 미토코몬기	劍花道人	고단	
8	1~3		宿命〈14〉 숙명	三島霜川	소설/일본	

1920년 10월 01일(금) 6886호

지면	단수	기획	기사제목 〈회수〉〔곡수〕	필자/저자(역자)	분류	비고
1	5~7		史外史傳 女正雪/謎の美女 사외사전 온나 쇼세쓰/수수께끼의 미녀	伊藤銀月	소설/일본	회수 판독 불가
4	2~6		鈍き心の光/天帝が俺らの爲に仕立てた六〇##の列車を乗り捨て/金 羅#々追風に帆かけて〈2〉 무딘 마음의 빛/천제가 우리를 위해서 만든 육십##열차를 낼서/곤피라#노 순풍에 돛을 올리고	雲霓巨人	수필/기타	
6	8		かさゝぎ會〈4〉 가사사기카이	子笏	수필/기타	
6	8		かさゝぎ會〈4〉〔5〕 가사사기카이	紫光	시가/하이쿠	
6	8		かさゝぎ會〈4〉〔5〕 가사사기카이	無月	시가/하이쿠	
6	8		かさゝぎ會〈4〉〔5〕 가사사기카이	舟郎	시가/하이쿠	
6	8		かさゝぎ會〈4〉〔5〕 가사사기카이	錢塘	시가/하이쿠	
6	8		かさゝぎ會〈4〉〔5〕 가사사기카이	冬城	시가/하이쿠	
6	8		かさゝぎ會〈4〉〔5〕 가사사기카이	碧車	시가/하이쿠	
6	8		かさゝぎ會〈4〉〔5〕 가사사기카이	子笏	시가/하이쿠	
6	9~11		水戸黃門記〈136〉 미토코몬기	劍花道人	고단	
8	1~3		宿命〈15〉 숙명	三島霜川	소설/일본	

1920년 10월 02일(토) 6887호

지면	단수	기획	기사제목 〈회수〉〔곡수〕	필자/저자(역자)	분류	비고
1	3~5		東京より/森木博士の文化生活論〈2〉 도쿄에서/모리키박사의 문화생활론	柯風生	수필/기타	
1	5		投句歡迎 투구 환영		광고/모집 광고	
1	5~6		史外史傳 女正雪/謎の美女〈84〉 사외사전 온나 쇼세쓰/수수께끼의 미녀	伊藤銀月	소설/일본	
4	1~5		鈍き心の光/楠公の時代劇〈4〉 무딘 마음의 빛/난코의 시대극	雲霓巨人	수필/기타	

지면	단수	기획	기사제목 〈회수〉〔곡수〕	필자/저자(역자)	분류	비고
4	8~9	子供の新聞	子供の自由畵をおだしなさい 어린이의 자유화를 꺼내시오		수필/일상	
6	9~11		水戶黃門記 〈137〉 미토코몬기	劍花道人	고단	
8	1~3		宿命 〈16〉 숙명	三島霜川	소설	

1920년 10월 03일(일) 6888호

지면	단수	기획	기사제목 〈회수〉〔곡수〕	필자/저자(역자)	분류	비고
1	2~3		藝術と人生(上) 〈1〉 예술과 인생(상)	早大敎授 山岸光宣	수필/비평	
1	4~5		史外史傳 女正雪/謎の美女 〈84〉 사외사전 온나 쇼세쓰/수수께끼의 미녀	伊藤銀月	소설/일본	회수 오류
4	3~7		鈍き心の光 〈5〉 무딘 마음의 빛	雲霓巨人	수필/기타	
4	8~9	子供の新聞	電車にしかれた人 전차에서 혼난 사람	南大門小學校 尋三 伊東博一	수필/일상	
4	8~9	子供の新聞	日が出た〔1〕 해가 떴다	南大門小學校 尋三 和田美穗子	시가/기타	
4	8~9	子供の新聞	私のほつく 나의 발구	南大門小學校 尋三 和田美穗子	수필/일상	
6	8~9		水戶黃門記 〈138〉 미토코몬기	劍花道人	고단	
8	1~3		宿命 숙명	三島霜川	소설	회수 판독 불가

1920년 10월 04일(월) 6889호

지면	단수	기획	기사제목 〈회수〉〔곡수〕	필자/저자(역자)	분류	비고
4	1~2		水戶黃門記 〈139〉 미토코몬기	劍花道人	고단	

1920년 10월 05일(화) 6890호

지면	단수	기획	기사제목 〈회수〉〔곡수〕	필자/저자(역자)	분류	비고
1	2	朝鮮歌壇	(제목없음)〔1〕	不案	시가/단카	
1	3	朝鮮俳壇	渡邊水巴選/朝鮮新聞平壤支社主催/平壤俳句大會/秋出水〔1〕 와타나베 스이하 선/조선신문 평양 지사 주최/평양 하이쿠 대회/가을 홍수	曉風	시가/하이쿠	
1	3	朝鮮俳壇	渡邊水巴選/朝鮮新聞平壤支社主催/平壤俳句大會/秋出水〔1〕 와타나베 스이하 선/조선신문 평양 지사 주최/평양 하이쿠 대회/가을 홍수	箕山	시가/하이쿠	
1	3	朝鮮俳壇	渡邊水巴選/朝鮮新聞平壤支社主催/平壤俳句大會/秋出水/鴨綠江〔1〕 와타나베 스이하 선/조선신문 평양 지사 주최/평양 하이쿠 대회/가을 홍수/압록강	紅女	시가/하이쿠	
1	3	朝鮮俳壇	渡邊水巴選/朝鮮新聞平壤支社主催/平壤俳句大會/秋出水/鴨綠江〔1〕 와타나베 스이하 선/조선신문 평양 지사 주최/평양 하이쿠 대회/가을 홍수/압록강	#流#	시가/하이쿠	
1	3	朝鮮俳壇	渡邊水巴選/朝鮮新聞平壤支社主催/平壤俳句大會/秋出水/淨碧樓〔1〕 와타나베 스이하 선/조선신문 평양 지사 주최/평양 하이쿠 대회/가을 홍수/부벽루	白天	시가/하이쿠	
1	3	朝鮮俳壇	渡邊水巴選/朝鮮新聞平壤支社主催/平壤俳句大會/秋出水/淨碧樓〔1〕 와타나베 스이하 선/조선신문 평양 지사 주최/평양 하이쿠 대회/가을 홍수/부벽루	眞弓	시가/하이쿠	
1	3	朝鮮俳壇	渡邊水巴選/朝鮮新聞平壤支社主催/平壤俳句大會/秋出水/秀逸〔1〕 와타나베 스이하 선/조선신문 평양 지사 주최/평양 하이쿠 대회/가을 홍수/수일	六#	시가/하이쿠	

지면	단수	기획	기사제목 〈회수〉〔곡수〕	필자/저자(역자)	분류	비고
1	3	朝鮮俳壇	渡邊水巴選/朝鮮新聞平壤支社主催/平壤俳句大會/秋出水/秀逸〔1〕 와타나베 스이하 선/조선신문 평양 지사 주최/평양 하이쿠 대회/가을 홍수/수일	沒潮	시가/하이쿠	
1	3	朝鮮俳壇	渡邊水巴選/朝鮮新聞平壤支社主催/平壤俳句大會/秋出水/秀逸〔1〕 와타나베 스이하 선/조선신문 평양 지사 주최/평양 하이쿠 대회/가을 홍수/수일	古案	시가/하이쿠	
1	4		投句歡迎 투구 환영		광고/모집 광고	
1	4~6		史外史傳 女正雪/謎の美女 〈85〉 사외사전 온나 쇼세쓰/수수께끼의 미녀	伊藤銀月	소설/일본	
4	4~8		鈍き心の光/權利の剝奪 〈6〉 무딘 마음의 빛/권리의 박탈	雲霓巨人	수필/기타	
4	7~8		秋の行樂/溫泉、楓彩 가을의 행락/온천, 단풍		수필/일상	
4	8~9	子供の新聞	感心なおきようだい 기특한 남매	本町二 #澤キイ	수필/일상	
4	9	子供の新聞	ダルマサン〔1〕 다루마상	鍾路小學校 尋四 高木ツマ子	시가/기타	
4	9	子供の新聞	猫〔1〕 고양이	鍾路小學校 尋四 #住藤夫	시가/신체시	
6	8	朝鮮柳壇	黑幕/客、夜叉王出題〔7〕 흑막/객, 야샤오 출제	北公	시가/센류	
6	8	朝鮮柳壇	黑幕/明、北公出題〔5〕 흑막/명, 호쿠코 출제	夜叉王	시가/센류	
6	8	朝鮮柳壇	黑幕/明、北公出題〔5〕 흑막/명, 호쿠코 출제	北公	시가/센류	
6	8	朝鮮柳壇	黑幕/雜吟〔3〕 흑막/잡음	夜叉王	시가/센류	
6	8	朝鮮柳壇	黑幕/雜吟〔3〕 흑막/잡음	北公	시가/센류	
6	9~11		水戶黃門記 〈114〉 미토코몬기	劍花道人	고단	회수 오류
8	1~3		宿命 숙명	三島霜川	소설	회수 판독 불가

1920년 10월 06일(수) 6891호

지면	단수	기획	기사제목 〈회수〉〔곡수〕	필자/저자(역자)	분류	비고
1	3	朝鮮歌壇	(제목없음)〔3〕	夢野草二	시가/단카	
1	3	朝鮮歌壇	(제목없음)〔4〕	##みづほ	시가/단카	
1	3	朝鮮歌壇	(제목없음)〔1〕	不案	시가/단카	
1	4~6		史外史傳 女正雪/謎の美女 〈86〉 사외사전 온나 쇼세쓰/수수께끼의 미녀	伊藤銀月	소설/일본	
4	4~8		鈍き心の光 〈7〉 무딘 마음의 빛	雲霓巨人	수필/기타	
4	8~9	子供の新聞	私のかなしいこと 나의 슬픈 일	日出小學校尋三 江島文子	수필/일상	
4	9	子供の新聞	童謠〔1〕 동요	鍾路小學校第四 宇山雄三	시가/동요	
6	8		瓮津句曾抄〔4〕 옹진 구회 초	みどり	시가/하이쿠	

지면	단수	기획	기사제목 〈회수〉〔곡수〕	필자/저자(역자)	분류	비고
6	8		瓮津句會抄〔7〕 옹진 구회 초	森#	시가/하이쿠	
6	8		瓮津句會抄〔4〕 옹진 구회 초	硏雨	시가/하이쿠	
6	8		瓮津句會抄〔5〕 옹진 구회 초	監浦	시가/하이쿠	
6	8		瓮津句會抄〔4〕 옹진 구회 초	秀女	시가/하이쿠	
6	8		瓮津句會抄〔2〕 옹진 구회 초	一雨	시가/하이쿠	
6	8		瓮津句會抄〔5〕 옹진 구회 초	靑瓢	시가/하이쿠	
6	9~10		水戶黃門記〈141〉 미토코몬기	劍花道人	고단	
8	1~3		宿命 숙명	三島霜川	소설	회수 판독 불가

1920년 10월 07일(목) 6892호

지면	단수	기획	기사제목 〈회수〉〔곡수〕	필자/저자(역자)	분류	비고
1	2~3	朝鮮詩壇	#水###之##是松川先生〔1〕 #수###지##시송천선생	杉浦華南	시가/한시	
1	2~3	朝鮮詩壇	##〔1〕 ##	####	시가/한시	
1	2~3	朝鮮詩壇	##〔1〕 ##	江泉如水	시가/한시	
1	2~3	朝鮮詩壇	#浦##〔1〕 #포##	松田學鷗	시가/한시	
1	3~6		史外史傳 女正雪/謎の美女〈88〉 사외사전 온나 쇼세쓰/수수께끼의 미녀	伊藤銀月	소설/일본	회수 오류
1	6		投句歡迎 투구 환영		광고/모집 광고	
4	2~5		鈍き心の光/珈琲と角砂糖〈8〉 무딘 마음의 빛/커피와 각설탕	雲霓巨人	수필/기타	
4	8~9	子供の新聞	今日の風 오늘의 바람	銀南小學校第四年生 山田美智子	시가/기타	
4	9	子供の新聞	ほうづき 호즈키	岡森キクエ	시가/기타	
4	9	子供の新聞	うちのこねこ 우리 집 새끼 고양이	#出朝子	시가/기타	
4	9	子供の新聞	ほうせんか〔1〕 봉선화	鍾路校尋四 野田正子	시가/기타	
6	6~8		淸州行〈1〉 청주행	角田生	수필/기행	
6	8		湖南吟社句集/霧 호남음사 구집/안개		기타/모임 안내	
6	8		湖南吟社句集/霧〔3〕 호남음사 구집/안개	迦南	시가/하이쿠	
6	8		湖南吟社句集/霧〔1〕 호남음사 구집/안개	不圓	시가/하이쿠	
6	8		湖南吟社句集/霧〔1〕 호남음사 구집/안개	柳葉	시가/하이쿠	
6	8		湖南吟社句集/霧〔1〕 호남음사 구집/안개	冷味	시가/하이쿠	

지면	단수	기획	기사제목 〈회수〉〔곡수〕	필자/저자(역자)	분류	비고
6	8		湖南吟社句集/霧〔2〕 호남음사 구집/안개	十亭	시가/하이쿠	
6	8		湖南吟社句集/霧〔2〕 호남음사 구집/안개	鐵騎	시가/하이쿠	
6	8		湖南吟社句集/霧〔1〕 호남음사 구집/안개	しけし	시가/하이쿠	
6	8		湖南吟社句集/霧〔2〕 호남음사 구집/안개	胡藤	시가/하이쿠	
6	8		湖南吟社句集/霧〔1〕 호남음사 구집/안개	嘉月	시가/하이쿠	
6	8		湖南吟社句集/霧〔1〕 호남음사 구집/안개	中#	시가/하이쿠	
6	8		湖南吟社句集/霧〔2〕 호남음사 구집/안개	風骨	시가/하이쿠	
6	8		湖南吟社句集/夜長〔2〕 호남음사 구집/긴 밤	迦南	시가/하이쿠	
6	8		湖南吟社句集/夜長〔2〕 호남음사 구집/긴 밤	柳葉	시가/하이쿠	
6	8		湖南吟社句集/夜長〔2〕 호남음사 구집/긴 밤	鐵騎	시가/하이쿠	
6	8		湖南吟社句集/夜長〔2〕 호남음사 구집/긴 밤	冷味	시가/하이쿠	
6	8		湖南吟社句集/夜長〔1〕 호남음사 구집/긴 밤	しけし	시가/하이쿠	
6	8		湖南吟社句集/夜長〔1〕 호남음사 구집/긴 밤	不圓	시가/하이쿠	
6	8		湖南吟社句集/夜長〔2〕 호남음사 구집/긴 밤	中#	시가/하이쿠	
6	8		湖南吟社句集/夜長〔2〕 호남음사 구집/긴 밤	十亭	시가/하이쿠	
6	8		湖南吟社句集/夜長〔1〕 호남음사 구집/긴 밤	嘉月	시가/하이쿠	
6	8		湖南吟社句集/夜長〔2〕 호남음사 구집/긴 밤	胡藤	시가/하이쿠	
6	8		湖南吟社句集/夜長〔3〕 호남음사 구집/긴 밤	風骨	시가/하이쿠	
6	9~10		水戸黄門記〈142〉 미토코몬기	剣花道人	고단	
8	1~3		宿命〈20〉 숙명	三島霜川	소설	

1920년 10월 08일(금) 6893호

지면	단수	기획	기사제목 〈회수〉〔곡수〕	필자/저자(역자)	분류	비고
1	4	朝鮮俳壇	渡邊水巴選/夏雜〔19〕 와타나베 스이하 선/여름-잡	未刀	시가/하이쿠	
1	4	朝鮮俳壇	渡邊水巴選/夏雜〔5〕 와타나베 스이하 선/여름-잡	綠童	시가/하이쿠	
1	4~6		史外史傳 女正雪/謎の美女〈89〉 사외사전 온나 쇼세쓰/수수께끼의 미녀	伊藤銀月	소설/일본	
4	4~8		鈍き心の光〈9〉 무딘 마음의 빛	雲霓巨人	수필/기타	
4	8~9	子供の新聞	生潘の子供の書いた文字をこらん 세이한의 아이들이 쓴 문자를 봐라		수필/일상	

지면	단수	기획	기사제목 〈회수〉〔곡수〕	필자/저자(역자)	분류	비고
6	5~7		淸州行 〈2〉 청주행	角田生	수필/기행	
6	7		靈鐘會咏草/# 〔1〕 영종회 영초/#	碧汀	시가/단카	
6	7		靈鐘會咏草/# 〔1〕 영종회 영초/#	白夜	시가/단카	
6	7		靈鐘會咏草/# 〔1〕 영종회 영초/#	白花女	시가/단카	
6	7		靈鐘會咏草/# 〔1〕 영종회 영초/#	#野	시가/단카	
6	7		靈鐘會咏草/# 〔1〕 영종회 영초/#	北子	시가/단카	
6	7		靈鐘會咏草/秋雜 〔3〕 영종회 영초/가을-잡	碧汀	시가/단카	
6	7		靈鐘會咏草/秋雜 〔1〕 영종회 영초/가을-잡	#野	시가/단카	
6	7		靈鐘會咏草/秋雜 〔3〕 영종회 영초/가을-잡	白花女	시가/단카	
6	7		靈鐘會咏草/秋雜 〔1〕 영종회 영초/가을-잡	白夜	시가/단카	
6	7		靈鐘會咏草/秋雜 〔1〕 영종회 영초/가을-잡	北子	시가/단카	
6	8~9		水戸黃門記 〈143〉 미토코몬기	劍花道人	고단	
8	1~3		宿命 〈21〉 숙명	三島霜川	소설	

1920년 10월 09일(토) 6894호

지면	단수	기획	기사제목 〈회수〉〔곡수〕	필자/저자(역자)	분류	비고
1	1~2		藝術と人生(下) 〈2〉 예술과 인생(하)	早大教授 山岸光宣	수필/비평	
1	2	朝鮮歌壇	(제목없음) 〔7〕	##みづほ	시가/단카	
1	2	朝鮮歌壇	(제목없음) 〔1〕	不案	시가/단카	
1	2	朝鮮俳壇	渡邊水巴選/眞桑瓜 〔7〕 와타나베 스이하 선/참외	月魄	시가/하이쿠	
1	2	朝鮮俳壇	渡邊水巴選/眞桑瓜 〔7〕 와타나베 스이하 선/참외	綠童	시가/하이쿠	
1	2	朝鮮俳壇	渡邊水巴選/眞桑瓜 〔3〕 와타나베 스이하 선/참외	三桶	시가/하이쿠	
1	2		投句歡迎 투구 환영		광고/모집 광고	
1	4~6		史外史傳 女正雪/謎の美女 〈90〉 사외사전 온나 쇼세쓰/수수께끼의 미녀	伊藤銀月	소설/일본	
4	6~8		開城の一日 개성의 하루	一記者	수필/기행	
4	8~9	子供の新聞	駝鳥のはなし 타조 이야기		수필/일상	
5	3~4		飜譯物で聲名を馳せた＝操觚界の元老＝黑岩淚香氏逝く 번역물로 명성을 날린 조고계의 원로 구로이와 루이코 씨 서거		수필/기타	
5	11~12		東涯の本箱 도가이의 책장	中村魁車	수필/일상	

지면	단수	기획	기사제목 〈회수〉〔곡수〕	필자/저자(역자)	분류	비고
6	5~7		淸州行 〈3〉 청주행	角田生	수필/기행	
6	8		カサゝギ會 〈4〉〔3〕 가사사기샤	無月	시가/하이쿠	
6	8		カサゝギ會 〈4〉〔3〕 가사사기샤	子笏	시가/하이쿠	
6	8		カサゝギ會 〈4〉〔3〕 가사사기샤	碧車	시가/하이쿠	
6	8		カサゝギ會 〈4〉〔3〕 가사사기샤	鋸賭	시가/하이쿠	
6	8		カサゝギ會 〈4〉〔3〕 가사사기샤	冬城	시가/하이쿠	
6	8		カサゝギ會 〈4〉〔4〕 가사사기샤	#光	시가/하이쿠	
6	9~10		水戸黃門記 〈144〉 미토코몬기	劍花道人	고단	
8	1~3		宿命 〈22〉 숙명	三島霜川	소설	

1920년 10월 10일(일) 6895호

지면	단수	기획	기사제목 〈회수〉〔곡수〕	필자/저자(역자)	분류	비고
1	2~5		史外史傳 女正雪/謎の美女 〈91〉 사외사전 온나 쇼세쓰/수수께끼의 미녀	伊藤銀月	소설/일본	
1	5		投句歡迎 투구 환영		광고/모집 광고	
3	5~6		不恰好な魚 볼품없는 생선	市川段四郞	수필/일상	
4	7~9		開城の一日 개성의 하루	一記者	수필/기행	
4	8~9	子供の新 聞	夢に鎌倉に遊ふの記 꿈에 가마쿠라에서 놀은 기록	日出 尋六 渡#友次	수필/일상	
4	10~11		宿命 〈23〉 숙명	三島霜川	소설	
6	5~7		淸州行 〈4〉 청주행	角田生	수필/기행	
6	7		朝鮮川柳秋季大會/宿題、片思ひ/五客 〔1〕 조선 센류 추계 대회/숙제, 짝사랑/오객	夜叉王	시가/센류	
6	7		朝鮮川柳秋季大會/宿題、片思ひ/五客 〔1〕 조선 센류 추계 대회/숙제, 짝사랑/오객	###	시가/센류	
6	7		朝鮮川柳秋季大會/宿題、片思ひ/五客 〔1〕 조선 센류 추계 대회/숙제, 짝사랑/오객	###	시가/센류	
6	7		朝鮮川柳秋季大會/宿題、片思ひ/五客 〔1〕 조선 센류 추계 대회/숙제, 짝사랑/오객	###	시가/센류	
6	7		朝鮮川柳秋季大會/宿題、片思ひ/五客 〔1〕 조선 센류 추계 대회/숙제, 짝사랑/오객	右大臣	시가/센류	
6	7		朝鮮川柳秋季大會/宿題、片思ひ/人位 〔1〕 조선 센류 추계 대회/숙제, 짝사랑/인위	夜叉王	시가/센류	
6	7		朝鮮川柳秋季大會/宿題、片思ひ/地位 〔1〕 조선 센류 추계 대회/숙제, 짝사랑/지위	盤#	시가/센류	
6	7		朝鮮川柳秋季大會/宿題、片思ひ/天位 〔1〕 조선 센류 추계 대회/숙제, 짝사랑/천위	芳#坊	시가/센류	
6	7		朝鮮川柳秋季大會/宿題、片思ひ/軸 〔1〕 조선 센류 추계 대회/숙제, 짝사랑/축		시가/센류	

지면	단수	기획	기사제목 〈회수〉〔곡수〕	필자/저자(역자)	분류	비고
6	7		朝鮮川柳秋季大會/宿題、弓/五客〔1〕 조선 센류 추계 대회/숙제, 활/오객	###	시가/센류	
6	7		朝鮮川柳秋季大會/宿題、弓/五客〔1〕 조선 센류 추계 대회/숙제, 활/오객	###	시가/센류	
6	7		朝鮮川柳秋季大會/宿題、弓/五客〔1〕 조선 센류 추계 대회/숙제, 활/오객	###	시가/센류	
6	7		朝鮮川柳秋季大會/宿題、弓/五客〔1〕 조선 센류 추계 대회/숙제, 활/오객	###	시가/센류	
6	7		朝鮮川柳秋季大會/宿題、弓/五客〔1〕 조선 센류 추계 대회/숙제, 활/오객	鳥石	시가/센류	
6	7		朝鮮川柳秋季大會/宿題、弓/人位〔1〕 조선 센류 추계 대회/숙제, 활/인위	###	시가/센류	
6	7		朝鮮川柳秋季大會/宿題、弓/地位〔1〕 조선 센류 추계 대회/숙제, 활/지위	###	시가/센류	
6	7		朝鮮川柳秋季大會/宿題、弓/天位〔1〕 조선 센류 추계 대회/숙제, 활/천위	###	시가/센류	
6	7		朝鮮川柳秋季大會/宿題、弓/軸〔1〕 조선 센류 추계 대회/숙제, 활/축		시가/센류	
6	8~10		水戶黃門記〈145〉 미토코몬기	劍花道人	고단	

1920년 10월 11일(월) 6896호

지면	단수	기획	기사제목 〈회수〉〔곡수〕	필자/저자(역자)	분류	비고
2	9		壽館の喜歌劇 ロバートソンの翻譯樂劇 고토부키관의 희가극 로버트슨의 번역악극		수필/기타	
3	5~6		手巾の使い方 수건 사용법	尾上梅幸	수필/일상	
4	1~3		水戶黃門記〈146〉 미토코몬기	劍花道人	고단	

1920년 10월 12일(화) 6897호

지면	단수	기획	기사제목 〈회수〉〔곡수〕	필자/저자(역자)	분류	비고
1	2~3	朝鮮詩壇	####〔1〕 ####	####	시가/한시	
1	2~3	朝鮮詩壇	##二首〔2〕 ## 이수	細川芭陵	시가/한시	
1	2~3	朝鮮詩壇	####〔1〕 ####	松田學鷗	시가/한시	
1	3	朝鮮俳壇	渡邊水巴選/夏雜〔6〕 와타나베 스이하 선/여름-잡	月魄	시가/하이쿠	
1	3	朝鮮俳壇	渡邊水巴選/夏雜/秀逸〔7〕 와타나베 스이하 선/여름-잡/수일	綠堂	시가/하이쿠	
1	3	朝鮮俳壇	渡邊水巴選/夏雜/秀逸〔2〕 와타나베 스이하 선/여름-잡/수일	未刀	시가/하이쿠	
1	3	朝鮮俳壇	渡邊水巴選/夏雜/秀逸〔1〕 와타나베 스이하 선/여름-잡/수일	月魄	시가/하이쿠	
1	4		投稿歡迎 투고 환영		광고/모집 광고	
1	4~6		史外史傳 女正雪/謎の美女〈92〉 사외사전 온나 쇼세쓰/수수께끼의 미녀	伊藤銀月	소설/일본	
4	5~6		鮮人女教員內地視察團/車窓に浮ぶ富士の山 조선인 여교원 내지시찰단/차창으로 보이는 후지산		수필/기행	
4	8~9		活躍する『朝鮮公論』 활약하는 『조선공론』		수필/비평	

지면	단수	기획	기사제목 〈회수〉 〔곡수〕	필자/저자(역자)	분류	비고
6	5~7		清州行 〈5〉 청주행	角田生	수필/기행	
6	8	川柳	朝鮮川柳秋季大會/宿題 割前/詩腕坊/五客 〔1〕 조선 센류 추계 대회/숙제 배당/시완보/오객	輝華	시가/센류	
6	8	川柳	朝鮮川柳秋季大會/宿題 割前/詩腕坊/五客 〔1〕 조선 센류 추계 대회/숙제 배당/시완보/오객	紅短冊	시가/센류	
6	8	川柳	朝鮮川柳秋季大會/宿題 割前/詩腕坊/五客 〔1〕 조선 센류 추계 대회/숙제 배당/시완보/오객	鳥石	시가/센류	
6	8	川柳	朝鮮川柳秋季大會/宿題 割前/詩腕坊/五客 〔2〕 조선 센류 추계 대회/숙제 배당/시완보/오객	大納言	시가/센류	
6	8	川柳	朝鮮川柳秋季大會/宿題 割前/詩腕坊/人位 〔1〕 조선 센류 추계 대회/숙제 배당/시완보/인위	夜叉王	시가/센류	
6	8	川柳	朝鮮川柳秋季大會/宿題 割前/詩腕坊/地位 〔1〕 조선 센류 추계 대회/숙제 배당/시완보/지위	千流	시가/센류	
6	8	川柳	朝鮮川柳秋季大會/宿題 割前/詩腕坊/天位 〔1〕 조선 센류 추계 대회/숙제 배당/시완보/천위	千凉	시가/센류	
6	8	川柳	朝鮮川柳秋季大會/宿題 割前/詩腕坊/軸 〔2〕 조선 센류 추계 대회/숙제 배당/시완보/축	詩腕坊	시가/센류	
6	8	川柳	朝鮮川柳秋季大會/宿題 雷/閑寬坊選/五客 〔1〕 조선 센류 추계 대회/숙제 천둥/간칸보 선/오객	輝華	시가/센류	
6	8	川柳	朝鮮川柳秋季大會/宿題 雷/閑寬坊選/五客 〔1〕 조선 센류 추계 대회/숙제 천둥/간칸보 선/오객	夜叉王	시가/센류	
6	8	川柳	朝鮮川柳秋季大會/宿題 雷/閑寬坊選/五客 〔1〕 조선 센류 추계 대회/숙제 천둥/간칸보 선/오객	右大臣	시가/센류	
6	8	川柳	朝鮮川柳秋季大會/宿題 雷/閑寬坊選/五客 〔1〕 조선 센류 추계 대회/숙제 천둥/간칸보 선/오객	兎空坊	시가/센류	
6	8	川柳	朝鮮川柳秋季大會/宿題 雷/閑寬坊選/五客 〔1〕 조선 센류 추계 대회/숙제 천둥/간칸보 선/오객	鳥石	시가/센류	
6	8	川柳	朝鮮川柳秋季大會/宿題 雷/閑寬坊選/人位 〔1〕 조선 센류 추계 대회/숙제 천둥/간칸보 선/인위	吞氣坊	시가/센류	
6	8	川柳	朝鮮川柳秋季大會/宿題 雷/閑寬坊選/地位 〔1〕 조선 센류 추계 대회/숙제 천둥/간칸보 선/지위	有禿郎	시가/센류	
6	8	川柳	朝鮮川柳秋季大會/宿題 雷/閑寬坊選/天位 〔1〕 조선 센류 추계 대회/숙제 천둥/간칸보 선/천위	邱花坊	시가/센류	
6	8	川柳	朝鮮川柳秋季大會/宿題 雷/閑寬坊選/軸 〔2〕 조선 센류 추계 대회/숙제 천둥/간칸보 선/축	閑寬坊	시가/센류	
6	9~11		水戸黃門記 〈147〉 미토코몬기	劍花道人	고단	
8	1~3		宿命 〈24〉 숙명	三島霜川	소설	

1920년 10월 13일(수) 6898호

지면	단수	기획	기사제목 〈회수〉 〔곡수〕	필자/저자(역자)	분류	비고
1	2	朝鮮歌壇	(제목없음) 〔10〕	####	시가/단카	판독 불가
1	2~3	朝鮮俳壇	渡邊水巴選/## 〔5〕 와타나베 스이하 선/##	####	시가/하이쿠	판독 불가
1	2~3	朝鮮俳壇	渡邊水巴選/## 〔4〕 와타나베 스이하 선/##	####	시가/하이쿠	판독 불가
1	2~3	朝鮮俳壇	渡邊水巴選/## 〔2〕 와타나베 스이하 선/##	####	시가/하이쿠	판독 불가
1	2~3	朝鮮俳壇	渡邊水巴選/## 〔3〕 와타나베 스이하 선/##	####	시가/하이쿠	판독 불가

지면	단수	기획	기사제목 〈회수〉〔곡수〕	필자/저자(역자)	분류	비고
1	5~6		史外史傳 女正雪/謎の美女 〈93〉 사외사전 온나 쇼세쓰/수수께끼의 미녀	伊藤銀月	소설/일본	
4	4~8		鈍き心の光/野も山も荒れて 〈12〉 무딘 마음의 빛/들도 산도 황폐해져서	雲霓巨人	수필/기타	
4	8~9	子供の新 聞	今年の運動會は本とうに面白かった 올해 운동회는 정말로 재미있었다	龍山小學校赤組生	수필/일상	
6	5~7		淸州行 〈6〉 청주행	角田生	수필/기행	
6	8		海州句會/題、夜長 〈1〉〔2〕 해주 구회/주제, 긴 밤	桂花	시가/하이쿠	
6	8		海州句會/題、夜長 〈1〉〔2〕 해주 구회/주제, 긴 밤	黃村	시가/하이쿠	
6	8		海州句會/題、夜長 〈1〉〔2〕 해주 구회/주제, 긴 밤	容耕	시가/하이쿠	
6	8		海州句會/、夜長 〈1〉〔2〕 해주 구회/주제, 긴 밤	秋月	시가/하이쿠	
6	8		海州句會/題、夜長 〈1〉〔2〕 해주 구회/주제, 긴 밤	双山	시가/하이쿠	
6	8		海州句會/題、夜長 〈1〉〔2〕 해주 구회/주제, 긴 밤	滴#	시가/하이쿠	
6	8		海州句會/題、夜長 〈1〉〔2〕 해주 구회/주제, 긴 밤	無患	시가/하이쿠	
6	8		海州句會/題、夜長 〈1〉〔2〕 해주 구회/주제, 긴 밤	壼火	시가/하이쿠	
6	8		海州句會/題、夜長 〈1〉〔3〕 해주 구회/주제, 긴 밤	春耕	시가/하이쿠	
6	8		海州句會/題、夜長 〈1〉〔1〕 해주 구회/주제, 긴 밤	黃村	시가/하이쿠	
6	9~11		水戶黃門記 〈148〉 미토코몬기	劍花道人	고단	
8	1~3		宿命 숙명	三島霜川	소설	

1920년 10월 14일(목) 6899호

지면	단수	기획	기사제목 〈회수〉〔곡수〕	필자/저자(역자)	분류	비고
1	3~5		史外史傳 女正雪/謎の美女 〈94〉 사외사전 온나 쇼세쓰/수수께끼의 미녀	伊藤銀月	소설/일본	
4	3~8		鈍き心の光/愛の腕に 〈12〉 무딘 마음의 빛/ 사랑의 능력으로	雲霓巨人	수필/기타	
4	8~9	子供の新 聞	一學級の子供の內には大變な優劣がある 한 학급의 아이들 중에는 굉장한 우열이 있다.	市內某小學敎長の 談	수필/기타	
6	5~7		淸州行 〈7〉 청주행	角田生	수필/기행	
6	8		宿題、金波/鳥石選/五客 〔1〕 숙제, 금파/조세키 선/오객	夜叉王	시가/센류	
6	8		宿題、金波/鳥石選/五客 〔1〕 숙제, 금파/조세키 선/오객	不言郎	시가/센류	
6	8		宿題、金波/鳥石選/五客 〔1〕 숙제, 긴파/조세키 선/오객	圓子門	시가/센류	
6	8		宿題、金波/鳥石選/五客 〔1〕 숙제, 긴파제13회 구집/조세키 선/오객	有禿郎	시가/센류	
6	8		宿題、金波/鳥石選/五客 〔1〕 숙제, 금파/조세키 선/오객	紅短冊	시가/센류	

지면	단수	기획	기사제목 〈회수〉 [곡수]	필자/저자(역자)	분류	비고
6	8		宿題、金波/鳥石選/人位 [1] 숙제, 금파/조세키 선/인위	紅短冊	시가/센류	
6	8		宿題、金波/鳥石選/地位 [1] 숙제, 금파/조세키 선/지위	右大臣	시가/센류	
6	8		宿題、金波/鳥石選/天位 [1] 숙제, 금파/조세키 선/천위	黑ン坊	시가/센류	
6	8		宿題、金波/鳥石選/軸 [2] 숙제, 금파/조세키 선/축	鳥石	시가/센류	
6	8		席題、混線/紅短冊選/五客 [1] 석제, 혼선/베니탄자쿠 선/오객	千流	시가/센류	
6	8		席題、混線/紅短冊選/五客 [1] 석제, 혼선/베니탄자쿠 선/오객	閑寛坊	시가/센류	
6	8		席題、混線/紅短冊選/五客 [1] 석제, 혼선/베니탄자쿠 선/오객	右大臣	시가/센류	
6	8		席題、混線/紅短冊選/五客 [1] 석제, 혼선/베니탄자쿠 선/오객	黑ン坊	시가/센류	
6	8		席題、混線/紅短冊選/五客 [1] 석제, 혼선/베니탄자쿠 선/오객	大納言	시가/센류	
6	8		席題、混線/紅短冊選/人位 [1] 석제, 혼선/베니탄자쿠 선/인위	夜叉王	시가/센류	
6	8		席題、混線/紅短冊選/地位 [1] 석제, 혼선/베니탄자쿠 선/지위	詩腕坊	시가/센류	
6	8		席題、混線/紅短冊選/天位 [1] 석제, 혼선/베니탄자쿠 선/천위	黑ン坊	시가/센류	
6	8		席題、混線/紅短冊選/軸 [1] 석제, 혼선/베니탄자쿠 선/축	紅短冊	시가/센류	
6	8		席題、垢/夜叉王選/五客 [1] 석제, 때/야샤오 선/오객	千流	시가/센류	
6	8		席題、垢/夜叉王選/五客 [1] 석제, 때/야샤오 선/오객	遠東	시가/센류	
6	8		席題、垢/夜叉王選/五客 [1] 석제, 때/야샤오 선/오객	三日坊	시가/센류	
6	8		席題、垢/夜叉王選/五客 [2] 석제, 때/야샤오 선/오객	大納言	시가/센류	
6	8		席題、垢/夜叉王選/人位 [1] 석제, 때/야샤오 선/인위	大納言	시가/센류	
6	8		席題、垢/夜叉王選/地位 [1] 석제, 때/야샤오 선/지위	松平坊	시가/센류	
6	8		席題、垢/夜叉王選/天位 [1] 석제, 때/야샤오 선/천위	黑ン坊	시가/센류	
6	8		席題、垢/夜叉王選/軸 [1] 석제, 때/야샤오 선/축	夜叉王	시가/센류	
6	9~11		水戸黃門記 〈149〉 미토코몬기	劍花道人	고단	
8	1~3		宿命 〈26〉 숙명	三島霜川	소설	회수 판독 불가

<table>
<tr><td colspan="7">1920년 10월 15일(금) 6900호</td></tr>
</table>

지면	단수	기획	기사제목 〈회수〉 [곡수]	필자/저자(역자)	분류	비고
1	2	朝鮮詩壇	### [1] ###	齋藤三寅	시가/한시	
1	2	朝鮮詩壇	### [1] ###	志智敬愛	시가/한시	판독 불가

지면	단수	기획	기사제목 〈회수〉〔곡수〕	필자/저자(역자)	분류	비고
1	2	朝鮮詩壇	##夏々〔1〕 ##하하	江原如水	시가/한시	
1	2	朝鮮詩壇	山房生書〔1〕 산방생서	松田學鷗	시가/한시	
1	2~3	朝鮮俳壇	渡邊水巴選/眞桑瓜〔3〕 와타나베 스이하 선/참외	駛水	시가/하이쿠	
1	2~3	朝鮮俳壇	渡邊水巴選/眞桑瓜〔1〕 와타나베 스이하 선/참외	士城	시가/하이쿠	
1	2~3	朝鮮俳壇	渡邊水巴選/眞桑瓜〔1〕 와타나베 스이하 선/참외	阿行子	시가/하이쿠	
1	2~3	朝鮮俳壇	渡邊水巴選/眞桑瓜〔1〕 와타나베 스이하 선/참외	逃走	시가/하이쿠	
1	2~3	朝鮮俳壇	渡邊水巴選/眞桑瓜〔1〕 와타나베 스이하 선/참외	千歲	시가/하이쿠	
1	2~3	朝鮮俳壇	渡邊水巴選/眞桑瓜〔1〕 와타나베 스이하 선/참외	#鈍	시가/하이쿠	
1	2~3	朝鮮俳壇	渡邊水巴選/眞桑瓜〔1〕 와타나베 스이하 선/참외	乍生	시가/하이쿠	
1	2~3	朝鮮俳壇	渡邊水巴選/眞桑瓜〔1〕 와타나베 스이하 선/참외	晚汀	시가/하이쿠	
1	2~3	朝鮮俳壇	渡邊水巴選/眞桑瓜〔1〕 와타나베 스이하 선/참외	みどり	시가/하이쿠	
1	3		投句歡迎 투구 환영		광고/모집 광고	
1	3~6		史外史傳 女正雪/謎の美女〈95〉 사외사전 온나 쇼세쓰/수수께끼의 미녀	伊藤銀月	소설/일본	
4	4~8		鈍き心の光〈13〉 무딘 마음의 빛	雲霓巨人	수필/기타	
4	8~9	子供の新聞	舊の先生へ 옛 선생님께	三重縣鈴鹿郡誠化尋常小学校 三年生 女 名村孝子	수필/기타	
6	5~7		淸州行〈8〉 청주행	角田生	수필/기행	
6	9~10		水戶黃門記〈150〉 미토코몬기	劍花道人	고단	
8	1~3		宿命〈27〉 숙명	三島霜川	소설	

1920년 10월 16일(토) 6901호

지면	단수	기획	기사제목 〈회수〉〔곡수〕	필자/저자(역자)	분류	비고
1	3	朝鮮詩壇	漢江#夜〔1〕 한강#야	小永井桃陰	시가/한시	
1	3	朝鮮詩壇	偶感〔1〕 우감	高橋直#	시가/한시	
1	3	朝鮮詩壇	海樓歸月作〔1〕 해루귀월작	杉浦華南	시가/한시	
1	3	朝鮮詩壇	枕上聞子親〔1〕 침상문자친	成田魯石	시가/한시	
1	4~6		史外史傳 女正雪/謎の美女〈96〉 사외사전 온나 쇼세쓰/수수께끼의 미녀	伊藤銀月	소설/일본	
4	8~9	子供の新聞	皆さんこの問題を答えてごらん 여러분 이 문제에 대답해보세요		수필/기타	

지면	단수	기획	기사제목 〈회수〉〔곡수〕	필자/저자(역자)	분류	비고
6	7		すみれ會句集/舟耕宗匠撰/五客 〈1〉〔1〕 스미레카이 구집/슈코 종장 찬/오객	梅香	시가/하이쿠	
6	7		すみれ會句集/舟耕宗匠撰/五客 〔1〕 스미레카이 구집/슈코 종장 찬/오객	文紅	시가/하이쿠	
6	7		すみれ會句集/舟耕宗匠撰/五客 〔1〕 스미레카이 구집/슈코 종장 찬/오객	靜江	시가/하이쿠	
6	7		すみれ會句集/舟耕宗匠撰/五客 〔1〕 스미레카이 구집/슈코 종장 찬/오객	指紅	시가/하이쿠	
6	7		すみれ會句集/舟耕宗匠撰/五客 〔1〕 스미레카이 구집/슈코 종장 찬/오객	可笑	시가/하이쿠	
6	7		すみれ會句集/舟耕宗匠撰/人位 〔1〕 스미레카이 구집/슈코 종장 찬/인위	竹城	시가/하이쿠	
6	7		すみれ會句集/舟耕宗匠撰/地位 〔1〕 스미레카이 구집/슈코 종장 찬/지위	水月	시가/하이쿠	
6	7		すみれ會句集/舟耕宗匠撰/天位 〔1〕 스미레카이 구집/슈코 종장 찬/천위	文紅	시가/하이쿠	
6	7		すみれ會句集/舟耕宗匠撰/追加 〔1〕 스미레카이 구집/슈코 종장 찬/추가	撰者	시가/하이쿠	
6	7		すみれ會句集/帝史宗匠撰/五客 〔1〕 스미레카이 구집/데이시 종장 찬/오객	芳邨	시가/하이쿠	
6	7		すみれ會句集/帝史宗匠撰/五客 〔1〕 스미레카이 구집/데이시 종장 찬/오객	指紅	시가/하이쿠	
6	7		すみれ會句集/帝史宗匠撰/五客 〔1〕 스미레카이 구집/데이시 종장 찬/오객	研雨	시가/하이쿠	
6	7		すみれ會句集/帝史宗匠撰/五客 〔1〕 스미레카이 구집/데이시 종장 찬/오객	#山	시가/하이쿠	
6	7		すみれ會句集/帝史宗匠撰/人位 〔1〕 스미레카이 구집/데이시 종장 찬/인위	梃香	시가/하이쿠	
6	7		すみれ會句集/帝史宗匠撰/地位 〔1〕 스미레카이 구집/데이시 종장 찬/지위	韻子	시가/하이쿠	
6	7		すみれ會句集/帝史宗匠撰/天位 〔1〕 스미레카이 구집/데이시 종장 찬/천위	芳邨	시가/하이쿠	
6	7		すみれ會句集/帝史宗匠撰/追加 〔1〕 스미레카이 구집/데이시 종장 찬/추가	撰者	시가/하이쿠	
6	8~10		水戶黃門記 〈151〉 미토코몬기	劍花道人	고단	
8	1~3		宿命 〈28〉 숙명	三島霜川	소설	

1920년 10월 17일(일) 6902호

지면	단수	기획	기사제목 〈회수〉〔곡수〕	필자/저자(역자)	분류	비고
1	2	朝鮮歌壇	#(####大次###) 〔1〕 #(####대차###)	江原如水	시가/한시	
1	2	朝鮮歌壇	#(####大次###) 〔1〕 #(####대차###)	志智敬愛	시가/한시	
1	2	朝鮮歌壇	#(####大次###) 〔1〕 #(####대차###)	川端不絶	시가/한시	
1	2	朝鮮歌壇	#(####大次###) 〔1〕 #(####대차###)	大石松#	시가/한시	
1	2	朝鮮歌壇	#(####大次###) 〔1〕 #(####대차###)	成田魯石	시가/한시	
1	2	朝鮮歌壇	(제목없음) 〔7〕	岩本吐史	시가/단카	

지면	단수	기획	기사제목 〈회수〉〔곡수〕	필자/저자(역자)	분류	비고
1	3	朝鮮俳壇	渡邊水巴選/眞桑瓜〔1〕 와타나베 스이하 선/참외	秀女	시가/하이쿠	
1	3	朝鮮俳壇	渡邊水巴選/眞桑瓜〔1〕 와타나베 스이하 선/참외	靑瓢	시가/하이쿠	
1	3	朝鮮俳壇	渡邊水巴選/眞桑瓜〔1〕 와타나베 스이하 선/참외	監浦	시가/하이쿠	
1	3	朝鮮俳壇	渡邊水巴選/眞桑瓜/秀逸〔1〕 와타나베 스이하 선/참외/수일	丹葉	시가/하이쿠	
1	3	朝鮮俳壇	渡邊水巴選/眞桑瓜/秀逸〔1〕 와타나베 스이하 선/참외/수일	森魚	시가/하이쿠	
1	3	朝鮮俳壇	渡邊水巴選/眞桑瓜/秀逸〔1〕 와타나베 스이하 선/참외/수일	三#	시가/하이쿠	
1	3	朝鮮俳壇	渡邊水巴選/眞桑瓜/秀逸〔1〕 와타나베 스이하 선/참외/수일	#牛洞	시가/하이쿠	
1	3	朝鮮俳壇	渡邊水巴選/眞桑瓜/秀逸〔1〕 와타나베 스이하 선/참외/수일	#背	시가/하이쿠	
1	3		投句歡迎 투구 환영		광고/모집 광고	
1	4~6		史外史傳 女正雪/謎の美女〈97〉 사외사전 온나 쇼세쓰/수수께끼의 미녀	伊藤銀月	소설/일본	
4	2~6		鈍き心の光〈14〉 무딘 마음의 빛	雲霓巨人	수필/기타	
6	6		海州句會/題、夜長〈2〉〔2〕 해주 구회/주제, 긴 밤	黃村	시가/하이쿠	
6	6		海州句會/題、夜長〈2〉〔3〕 해주 구회/주제, 긴 밤	杜#	시가/하이쿠	
6	6		海州句會/題、夜長〈2〉〔3〕 해주 구회/주제, 긴 밤	奴山	시가/하이쿠	
6	6		海州句會/題、夜長〈2〉〔2〕 해주 구회/주제, 긴 밤	無患子	시가/하이쿠	
6	6		海州句會/題、夜長〈2〉〔2〕 해주 구회/주제, 긴 밤	壺乙	시가/하이쿠	
6	6		海州句會/題、夜長〈2〉〔3〕 해주 구회/주제, 긴 밤	秋月	시가/하이쿠	
6	6		海州句會/題、夜長〈2〉〔1〕 해주 구회/주제, 긴 밤	無患子	시가/하이쿠	
6	6		海州句會/題、夜長〈2〉〔3〕 해주 구회/주제, 긴 밤	淸#	시가/하이쿠	
6	7~8		水戶黃門記〈152〉 미토코몬기	劍花道人	고단	
8	1~3		宿命〈29〉 숙명	三島霜川	소설	

1920년 10월 19일(화) 6903호

지면	단수	기획	기사제목 〈회수〉〔곡수〕	필자/저자(역자)	분류	비고
1	4	朝鮮歌壇	(제목없음)〔7〕	岩本吐史	시가/단카	
1	4	朝鮮歌壇	(제목없음)〔1〕	不案	시가/단카	
1	5~6		史外史傳 女正雪/謎の美女〈98〉 사외사전 온나 쇼세쓰/수수께끼의 미녀	伊藤銀月	소설/일본	

지면	단수	기획	기사제목 〈회수〉〔곡수〕	필자/저자(역자)	분류	비고
6	8		すみれ會句集/紀念句會#卽吟#評/十八公宗匠撰/題、豊の秋、#落點〔1〕 스미레카이 구집/기념구회#즉음#평/주하치코 종장 찬/주제, 풍요로운 가을, #낙점	竹城	시가/하이쿠	
6	8		すみれ會句集/紀念句會#卽吟#評/十八公宗匠撰/題、豊の秋、#落點〔2〕 스미레카이 구집/기념구회#즉음#평/주하치코 종장 찬/주제, 풍요로운 가을, #낙점	米波	시가/하이쿠	
6	8		すみれ會句集/紀念句會#卽吟#評/十八公宗匠撰/題、豊の秋、#落點〔1〕 스미레카이 구집/기념구회#즉음#평/주하치코 종장 찬/주제, 풍요로운 가을, #낙점	梅香	시가/하이쿠	
6	8		すみれ會句集/紀念句會#卽吟#評/十八公宗匠撰/題、豊の秋、#落點〔1〕 스미레카이 구집/기념구회#즉음#평/주하치코 종장 찬/주제, 풍요로운 가을, #낙점	錄山	시가/하이쿠	
6	8		すみれ會句集/紀念句會#卽吟#評/十八公宗匠撰/題、豊の秋、#落點〔1〕 스미레카이 구집/기념구회#즉음#평/주하치코 종장 찬/주제, 풍요로운 가을, #낙점	里將	시가/하이쿠	
6	8		すみれ會句集/紀念句會#卽吟#評/十八公宗匠撰/題、豊の秋、#落點〔1〕 스미레카이 구집/기념구회#즉음#평/주하치코 종장 찬/주제, 풍요로운 가을, #낙점	龍子	시가/하이쿠	
6	8		すみれ會句集/紀念句會#卽吟#評/十八公宗匠撰/題、豊の秋、#落點/位〔1〕 스미레카이 구집/기념구회#즉음#평/주하치코 종장 찬/주제, 풍요로운 가을, #낙점/인위	久錄	시가/하이쿠	
6	8		すみれ會句集/紀念句會#卽吟#評/十八公宗匠撰/題、豊の秋、#落點/位〔1〕 스미레카이 구집/기념구회#즉음#평/주하치코 종장 찬/주제, 풍요로운 가을, #낙점/지위	蟲川	시가/하이쿠	
6	8		すみれ會句集/紀念句會#卽吟#評/十八公宗匠撰/題、豊の秋、#落點/位〔1〕 스미레카이 구집/기념구회#즉음#평/주하치코 종장 찬/주제, 풍요로운 가을, #낙점/천위	久錄	시가/하이쿠	
6	8		すみれ會句集/紀念句會#卽吟#評/十八公宗匠撰/題、豊の秋、#落點/加〔1〕 스미레카이 구집/기념구회#즉음#평/주하치코 종장 찬/주제, 풍요로운 가을, #낙점/추가	撰者	시가/하이쿠	
6	8		すみれ會句集/紀念句會#卽吟#評/舟耕宗匠撰/題、豊の秋、#落點〔1〕 스미레카이 구집/기념구회#즉음#평/슈코 종장 찬/주제, 풍요로운 가을, #낙점	芳邨	시가/하이쿠	
6	8		すみれ會句集/紀念句會#卽吟#評/舟耕宗匠撰/題、豊の秋、#落點〔1〕 스미레카이 구집/기념구회#즉음#평/슈코 종장 찬/주제, 풍요로운 가을, #낙점	花紅	시가/하이쿠	
6	8		すみれ會句集/紀念句會#卽吟#評/舟耕宗匠撰/題、豊の秋、#落點〔1〕 스미레카이 구집/기념구회#즉음#평/슈코 종장 찬/주제, 풍요로운 가을, #낙점	久錄	시가/하이쿠	
6	8		すみれ會句集/紀念句會#卽吟#評/舟耕宗匠撰/題、豊の秋、#落點〔1〕 스미레카이 구집/기념구회#즉음#평/슈코 종장 찬/주제, 풍요로운 가을, #낙점	竹城	시가/하이쿠	
6	8		すみれ會句集/紀念句會#卽吟#評/舟耕宗匠撰/題、豊の秋、#落點〔1〕 스미레카이 구집/기념구회#즉음#평/슈코 종장 찬/주제, 풍요로운 가을, #낙점	錄山	시가/하이쿠	
6	8		すみれ會句集/紀念句會#卽吟#評/舟耕宗匠撰/題、豊の秋、#落點/人〔1〕 스미레카이 구집/기념구회#즉음#평/슈코 종장 찬/주제, 풍요로운 가을, #낙점/인위	#村	시가/하이쿠	
6	8		すみれ會句集/紀念句會#卽吟#評/舟耕宗匠撰/題、豊の秋、#落點/地〔1〕 스미레카이 구집/기념구회#즉음#평/슈코 종장 찬/주제, 풍요로운 가을, #낙점/지위	飛骨	시가/하이쿠	
6	8		すみれ會句集/紀念句會#卽吟#評/舟耕宗匠撰/題、豊の秋、#落點/天〔1〕 스미레카이 구집/기념구회#즉음#평/슈코 종장 찬/주제, 풍요로운 가을, #낙점/천위	十八公	시가/하이쿠	

지면	단수	기획	기사제목 〈회수〉〔곡수〕	필자/저자(역자)	분류	비고
6	8		すみれ會句集/紀念句會#即吟#評/舟耕宗匠撰/題、豊の秋、#落點/追〔1〕 스미레카이 구집/기념구회#즉음#평/슈코 종장 찬/주제, 풍요로운 가을, #낙점/추가	撰者	시가/하이쿠	
6	9~11		水戸黄門記 〈153〉 미토코몬기	劍花道人	고단	
8	1~3		宿命 〈30〉 숙명	三島霜川	소설	

1920년 10월 20일(수) 6904호

지면	단수	기획	기사제목 〈회수〉〔곡수〕	필자/저자(역자)	분류	비고
1	3~4	朝鮮歌壇	(제목없음) 〔5〕	川浪##	시가/단카	
1	3~4	朝鮮歌壇	(제목없음) 〔1〕	立城	시가/단카	
1	3~4	朝鮮歌壇	(제목없음) 〔1〕	ます江	시가/단카	
1	3~4	朝鮮歌壇	(제목없음) 〔1〕	不案	시가/단카	
1	4~5		史外史傳 女正雪/謎の美女 〈99〉 사외사전 온나 쇼세쓰/수수께끼의 미녀	伊藤銀月	소설/일본	
4	8~9	子供の新聞	「まど」にて 「창문」에서	三阪小學校 五年女 渡瀬よし子	수필/일상	
4	8~9	子供の新聞	歌 〔2〕 노래	三阪校 加藤麗子	시가/단카	
4	8~9	子供の新聞	歌 〔2〕 노래	三阪校 本田シズ子	시가/단카	
6	8		すみれ會句集/十八公宗匠撰/五客 〔1〕 스미레카이 구집/주하치코 종장 찬/오객	飛骨	시가/하이쿠	
6	8		すみれ會句集/十八公宗匠撰/五客 〔1〕 스미레카이 구집/주하치코 종장 찬/오객	梅香	시가/하이쿠	
6	8		すみれ會句集/十八公宗匠撰/五客 〔1〕 스미레카이 구집/주하치코 종장 찬/오객	泉#	시가/하이쿠	
6	8		すみれ會句集/十八公宗匠撰/五客 〔1〕 스미레카이 구집/주하치코 종장 찬/오객	句錄	시가/하이쿠	
6	8		すみれ會句集/十八公宗匠撰/五客 〔1〕 스미레카이 구집/주하치코 종장 찬/오객	覆城	시가/하이쿠	
6	8		すみれ會句集/十八公宗匠撰/人位 〔1〕 스미레카이 구집/주하치코 종장 찬/인위	綠山	시가/하이쿠	
6	8		すみれ會句集/十八公宗匠撰/地位 〔1〕 스미레카이 구집/주하치코 종장 찬/지위	松華	시가/하이쿠	
6	8		すみれ會句集/十八公宗匠撰/天位 〔1〕 스미레카이 구집/주하치코 종장 찬/천위	覆城	시가/하이쿠	
6	8		すみれ會句集/十八公宗匠撰/追加 〔1〕 스미레카이 구집/주하치코 종장 찬/추가	撰者	시가/하이쿠	
6	8		すみれ會句集/祭雲宗匠撰/五客 〔2〕 스미레카이 구집/사이운 종장 찬/오객	非筒	시가/하이쿠	
6	8		すみれ會句集/祭雲宗匠撰/五客 〔1〕 스미레카이 구집/사이운 종장 찬/오객	#山	시가/하이쿠	
6	8		すみれ會句集/祭雲宗匠撰/五客 〔1〕 스미레카이 구집/사이운 종장 찬/오객	錄山	시가/하이쿠	
6	8		すみれ會句集/祭雲宗匠撰/五客 〔1〕 스미레카이 구집/사이운 종장 찬/오객	#山	시가/하이쿠	

지면	단수	기획	기사제목 〈회수〉〔곡수〕	필자/저자(역자)	분류	비고
6	8		すみれ會句集/祭雲宗匠撰/人位〔1〕 스미레카이 구집/사이운 종장 찬/인위	皷村	시가/하이쿠	
6	8		すみれ會句集/祭雲宗匠撰/地位〔1〕 스미레카이 구집/사이운 종장 찬/지위	梅香	시가/하이쿠	
6	8		すみれ會句集/祭雲宗匠撰/天位〔1〕 스미레카이 구집/사이운 종장 찬/천위	溪舟	시가/하이쿠	
6	8		すみれ會句集/祭雲宗匠撰/追加〔1〕 스미레카이 구집/사이운 종장 찬/추가	撰者	시가/하이쿠	
6	8		すみれ會句集/一雅宗匠撰/五客〔1〕 스미레카이 구집/이치가 종장 찬/오객	梅香	시가/하이쿠	
6	8		すみれ會句集/一雅宗匠撰/五客〔1〕 스미레카이 구집/이치가 종장 찬/오객	#峯	시가/하이쿠	
6	8		すみれ會句集/一雅宗匠撰/五客〔1〕 스미레카이 구집/이치가 종장 찬/오객	旭出	시가/하이쿠	
6	8		すみれ會句集/一雅宗匠撰/五客〔1〕 스미레카이 구집/이치가 종장 찬/오객	飛骨	시가/하이쿠	
6	8		すみれ會句集/一雅宗匠撰/五客〔1〕 스미레카이 구집/이치가 종장 찬/오객	松華	시가/하이쿠	
6	8		すみれ會句集/一雅宗匠撰/人位〔1〕 스미레카이 구집/이치가 종장 찬/인위	可笑	시가/하이쿠	
6	8		すみれ會句集/一雅宗匠撰/地位〔1〕 스미레카이 구집/이치가 종장 찬/지위	紅子	시가/하이쿠	
6	8		すみれ會句集/一雅宗匠撰/天位〔1〕 스미레카이 구집/이치가 종장 찬/천위	北聲	시가/하이쿠	
6	8		すみれ會句集/一雅宗匠撰/追加〔2〕 스미레카이 구집/이치가 종장 찬/추가	撰者	시가/하이쿠	
6	9~11		水戶黃門記〈154〉 미토코몬기	劍花道人	고단	
8	1~3		宿命 숙명	三島霜川	소설	판독 불가

1920년 10월 21일(목) 6904호 — 호수 오류

지면	단수	기획	기사제목 〈회수〉〔곡수〕	필자/저자(역자)	분류	비고
1	3	朝鮮歌壇	(제목없음)〔2〕	ます江	시가/단카	판독 불가
1	3	朝鮮歌壇	(제목없음)〔2〕	細川##香	시가/단카	판독 불가
1	3	朝鮮歌壇	(제목없음)〔3〕	名島#夫	시가/단카	판독 불가
1	3	朝鮮歌壇	(제목없음)〔1〕	不案	시가/단카	판독 불가
1	4		投句歡迎 투구 환영		광고/모집 광고	
1	4~5		史外史傳 女正雪/謎の美女〈100〉 사외사전 온나 쇼세쓰/수수께끼의 미녀	伊藤銀月	소설/일본	
6	7		城津行〈1〉 성진행	北哲生	수필/기행	
6	8		朝鮮川柳秋季大會/互#/「#本#品店」一宇結/三点〔1〕 조선 센류 추계 대회/호#/「#본#품점」일우결/삼점	右大臣	시가/센류	
6	8		朝鮮川柳秋季大會/互#/「#本#品店」一宇結/三点〔1〕 조선 센류 추계 대회/호#/「#본#품점」일우결/삼점	閑##	시가/센류	
6	8		朝鮮川柳秋季大會/互#/「#本#品店」一宇結/三点〔1〕 조선 센류 추계 대회/호#/「#본#품점」일우결/삼점	紅短冊	시가/센류	

지면	단수	기획	기사제목 〈회수〉〔곡수〕	필자/저자(역자)	분류	비고
6	8		朝鮮川柳秋季大會/互#/「#本#品店」一宇結/三点〔1〕 조선 센류 추계 대회/호#/「#본#품점」일우결/삼점	千潼	시가/센류	
6	8		朝鮮川柳秋季大會/互#/「#本#品店」一宇結/三点〔1〕 조선 센류 추계 대회/호#/「#본#품점」일우결/삼점	冨士香	시가/센류	
6	8		朝鮮川柳秋季大會/互#/「#本#品店」一宇結/三点〔1〕 조선 센류 추계 대회/호#/「#본#품점」일우결/삼점	紅短冊	시가/센류	
6	8		朝鮮川柳秋季大會/互#/「#本#品店」一宇結/四点〔1〕 조선 센류 추계 대회/호#/「#본#품점」일우결/사점	松平坊	시가/센류	
6	8		朝鮮川柳秋季大會/互#/「#本#品店」一宇結/四点〔1〕 조선 센류 추계 대회/호#/「#본#품점」일우결/사점	逸風	시가/센류	
6	8		朝鮮川柳秋季大會/互#/「#本#品店」一宇結/五点〔1〕 조선 센류 추계 대회/호#/「#본#품점」일우결/오점	詩腕坊	시가/센류	
6	8		朝鮮川柳秋季大會/互#/「#本#品店」一宇結/五点〔1〕 조선 센류 추계 대회/호#/「#본#품점」일우결/오점	大納言	시가/센류	
6	8		朝鮮川柳秋季大會/互#/「#本#品店」一宇結/五点〔1〕 조선 센류 추계 대회/호#/「#본#품점」일우결/오점	三日坊	시가/센류	
6	8		朝鮮川柳秋季大會/互#/「#本#品店」一宇結/五点〔1〕 조선 센류 추계 대회/호#/「#본#품점」일우결/오점	大納言	시가/센류	
6	8		朝鮮川柳秋季大會/互/「鐵砲」/三点〔1〕 조선 센류 추계 대회/호/「총포」/삼점	夜叉王	시가/센류	
6	8		朝鮮川柳秋季大會/互/「鐵砲」/三点〔1〕 조선 센류 추계 대회/호/「총포」/삼점	##	시가/센류	
6	8		朝鮮川柳秋季大會/互/「鐵砲」/三点〔1〕 조선 센류 추계 대회/호/「총포」/삼점	鳥石	시가/센류	
6	8		朝鮮川柳秋季大會/互/「鐵砲」/三点〔1〕 조선 센류 추계 대회/호/「총포」/삼점	詩腕坊	시가/센류	
6	8		朝鮮川柳秋季大會/互/「鐵砲」/三点〔1〕 조선 센류 추계 대회/호/「총포」/삼점	大納言	시가/센류	
6	8		朝鮮川柳秋季大會/互/「鐵砲」/三点〔1〕 조선 센류 추계 대회/호/「총포」/삼점	遊里	시가/센류	
6	8		朝鮮川柳秋季大會/互/「鐵砲」/四点〔1〕 조선 센류 추계 대회/호/「총포」/사점	鳥石	시가/센류	
6	8		朝鮮川柳秋季大會/互/「鐵砲」/四点〔1〕 조선 센류 추계 대회/호/「총포」/사점	##	시가/센류	
6	8		朝鮮川柳秋季大會/互/「鐵砲」/四点〔1〕 조선 센류 추계 대회/호/「총포」/사점	詩腕坊	시가/센류	
6	8		朝鮮川柳秋季大會/互/「鐵砲」/五点〔1〕 조선 센류 추계 대회/호/「총포」/오점	##	시가/센류	판독 불가
6	8		朝鮮川柳秋季大會/互/「鐵砲」/五点〔1〕 조선 센류 추계 대회/호/「총포」/오점	##	시가/센류	판독 불가
6	9~11		水戸黃門記〈155〉 미토코몬기	劍花道人	고단	
8	1~3		宿命〈31〉 숙명	三島霜川	소설	

1920년 10월 22일(금) 6905호

지면	단수	기획	기사제목 〈회수〉〔곡수〕	필자/저자(역자)	분류	비고
1	3		投句歡迎 투구 환영		광고/모집 광고	
1	4~5		史外史傳 女正雪/謎の美女〈101〉 사외사전 온나 쇼세쓰/수수께끼의 미녀	伊藤銀月	소설/일본	판독 불가
4	8~9	子供の新 聞	子供の自由畫 어린의의 자유화	西大門#學校尋常 三年生 岩村正#	수필/기타	

지면	단수	기획	기사제목 〈회수〉〔곡수〕	필자/저자(역자)	분류	비고
6	5		城津行 〈12〉 성진행	北哲生	수필/기행	
6	7~8		水戸黃門記 〈156〉 미토코몬기	劍花道人	고단	
8	1~3		宿命 숙명	三島霜川	소설	회수 판독 불가

1920년 10월 23일(토) 6906호

지면	단수	기획	기사제목 〈회수〉〔곡수〕	필자/저자(역자)	분류	비고
1	4~5		史外史傳 女正雪/謎の美女 〈102〉 사외사전 온나 쇼세쓰/수수께끼의 미녀	伊藤銀月	소설/일본	판독 불가
4	8~9	子供の新 聞	孝子八木祿耶の事をこらん 효자 야기 로쿠로를 봐라		수필/기타	
6	7~9		水戸黃門記 〈157〉 미토코몬기	劍花道人	고단	
6	9	川柳	柳建寺土左衛門選/### 〔1〕 류켄지 도자에몬 선/###	## 黑ン坊	시가/센류	판독 불가
6	9	川柳	柳建寺土左衛門選/### 〔1〕 류켄지 도자에몬 선/###	## 天一坊	시가/센류	판독 불가
6	9	川柳	柳建寺土左衛門選/### 〔1〕 류켄지 도자에몬 선/###	## 瓦麗	시가/센류	판독 불가
6	9	川柳	柳建寺土左衛門選/### 〔1〕 류켄지 도자에몬 선/###	仁川 三日坊	시가/센류	판독 불가
6	9	川柳	柳建寺土左衛門選/### 〔1〕 류켄지 도자에몬 선/###	## 不##	시가/센류	판독 불가
6	9	川柳	柳建寺土左衛門選/### 〔1〕 류켄지 도자에몬 선/###	## 三#	시가/센류	판독 불가
6	9	川柳	柳建寺土左衛門選/### 〔1〕 류켄지 도자에몬 선/###	## 如是	시가/센류	판독 불가
6	9	川柳	柳建寺土左衛門選/### 〔1〕 류켄지 도자에몬 선/###	## #紅坊	시가/센류	판독 불가
6	9	川柳	柳建寺土左衛門選/### 〔1〕 류켄지 도자에몬 선/###	## ##	시가/센류	판독 불가
6	9	川柳	柳建寺土左衛門選/### 〔1〕 류켄지 도자에몬 선/###	## ##	시가/센류	판독 불가
6	9	川柳	柳建寺土左衛門選/### 〔1〕 류켄지 도자에몬 선/###	## ##	시가/센류	판독 불가
6	9	川柳	柳建寺土左衛門選/### 〔1〕 류켄지 도자에몬 선/###	## 骨三	시가/센류	판독 불가
6	9	川柳	柳建寺土左衛門選/### 〔1〕 류켄지 도자에몬 선/###	## ##	시가/센류	판독 불가
6	9	川柳	柳建寺土左衛門選/### 〔1〕 류켄지 도자에몬 선/###	仁川 冨士香	시가/센류	판독 불가
6	9	川柳	柳建寺土左衛門選/### 〔1〕 류켄지 도자에몬 선/###	## ##	시가/센류	판독 불가
6	9	川柳	柳建寺土左衛門選/### 〔1〕 류켄지 도자에몬 선/###	## ##	시가/센류	판독 불가
6	9	川柳	柳建寺土左衛門選/### 〔1〕 류켄지 도자에몬 선/###	## ##	시가/센류	판독 불가
8	1~3		宿命 숙명	三島霜川	소설	회수 판독 불가

지면	단수	기획	기사제목 〈회수〉〔곡수〕	필자/저자(역자)	분류	비고
1920년 10월 24일(일) 6907호						
1	2	朝鮮詩壇	(제목없음)		시가/한시	판독 불가
1	3~5		史外史傳 女正雪/謎の美女 〈103〉 사외사전 온나 쇼세쓰/수수께끼의 미녀	伊藤銀月	소설/일본	판독 불가
4	4~8		鈍き心の光 〈15〉 무딘 마음의 빛	雲霓巨人	수필/기타	
4	8~9	子供の新聞	學びのすすめ 배움의 권장		수필/일상	
6	6~7		水戸黄門記 〈158〉 미토코몬기	劍花道人	고단	
8	1~3		宿命 숙명	三島霜川	소설	회수 판독 불가
1920년 10월 25일(월) 6908호						
4	1~3		水戸黄門記기 	劍花道人	고단	회수 판독 불가
1920년 10월 26일(화) 6909호						
1	4~5		史外史傳 女正雪/謎の美女 〈104〉 사외사전 온나 쇼세쓰/수수께끼의 미녀	伊藤銀月	소설	
4	10~12		宿命 〈36〉 숙명	三島霜川	소설	
6	7~8		水戸黄門記〈160〉 미토코몬기	劍花道人編	고단	
6	9	川柳	虎疫〔33〕 호역	####	시가/센류	
1920년 10월 27일(수) 6910호						
1	4~5		史外史傳 女正雪/謎の美女 〈105〉 사외사전 온나 쇼세쓰/수수께끼의 미녀	伊藤銀月	소설	
4	8~9	子供の新聞	修學旅行の記 수학여행 기록	宮崎##子	수필/기행	
6	7~8		水戸黄門記〈161〉 미토코몬기	劍花道人編	고단	
8	1~3		宿命 〈37〉 숙명	三島霜川	소설	
1920년 10월 28일(목) 6911호						
1	3	朝鮮歌壇	(제목없음)〔2〕	昔島衣誌	시가/단카	
1	3	朝鮮歌壇	(제목없음)〔2〕	奥志信	시가/단카	
1	3	朝鮮歌壇	(제목없음)〔2〕	岩#白#	시가/단카	
1	3	朝鮮歌壇	(제목없음)〔2〕	合川#子	시가/단카	
1	3	朝鮮歌壇	(제목없음)〔2〕	不采	시가/단카	
1	4~5		史外史傳 女正雪/謎の美女 〈106〉 사외사전 온나 쇼세쓰/수수께끼의 미녀	伊藤銀月	소설	

지면	단수	기획	기사제목 〈회수〉〔곡수〕	필자/저자(역자)	분류	비고
4	8~9	子供の新聞	米の####について 얼음의 ########에 대해		수필/기타	
6	7~9		水戸黄門記〈162〉 미토코몬기	劍花道人編	고단	
6	9	川柳	虎疫/佳句〔1〕 호역/뛰어난 구	京城 正一坊	시가/센류	
6	9	川柳	虎疫/佳句〔1〕 호역/뛰어난 구	仁川 松平坊	시가/센류	
6	9	川柳	虎疫/佳句〔1〕 호역/뛰어난 구	大邱 不知坊	시가/센류	
6	9	川柳	虎疫/佳句〔1〕 호역/뛰어난 구	仁川 精進坊	시가/센류	
6	9	川柳	虎疫/佳句〔1〕 호역/뛰어난 구	永#浦 阿#坊	시가/센류	
6	9	川柳	虎疫/佳句〔1〕 호역/뛰어난 구	仁川 ##	시가/센류	
6	9	川柳	虎疫/佳句〔1〕 호역/뛰어난 구	#山 ##	시가/센류	
6	9	川柳	虎疫/佳句〔1〕 호역/뛰어난 구	## 凡#	시가/센류	
6	9	川柳	虎疫/佳句〔1〕 호역/뛰어난 구	## #軒	시가/센류	
6	9	川柳	虎疫/佳句〔1〕 호역/뛰어난 구	京城 黑ン坊	시가/센류	
6	9	川柳	虎疫/佳句〔1〕 호역/뛰어난 구	大田 夜叉王	시가/센류	
6	9	川柳	虎疫/佳句〔1〕 호역/뛰어난 구	京城 輝華	시가/센류	
6	9	川柳	虎疫/佳句〔3〕 호역/뛰어난 구	仁川 紅短冊	시가/센류	
6	9	川柳	虎疫/五#〔1〕 호역/오#	京城 ##	시가/센류	
6	9	川柳	虎疫/五#〔1〕 호역/오#	京城 黑ン坊	시가/센류	
6	9	川柳	虎疫/五#〔1〕 호역/오#	仁川 肥後守	시가/센류	
6	9	川柳	虎疫/五#〔1〕 호역/오#	大田 夜叉王	시가/센류	
6	9	川柳	虎疫/五#〔1〕 호역/오#	仁川 ##	시가/센류	
6	9	川柳	虎疫/五#〔1〕 호역/오#	## 三味	시가/센류	
6	9	川柳	虎疫/二才〔1〕 호역/이재	仁川 紅短冊	시가/센류	
6	9	川柳	虎疫/二才〔1〕 호역/이재	大田 夜叉王	시가/센류	
6	9	川柳	虎疫/#〔3〕 호역/#	##寺	시가/센류	
8	1~3		宿命〈38〉 숙명	三島霜川	소설	

1920년 10월 29일(금) 6912호

지면	단수	기획	기사제목 〈회수〉〔곡수〕	필자/저자(역자)	분류	비고
1	2~4		史外史傳 女正雪/謎の美女 〈107〉 사외사전 온나 쇼세쓰/수수께끼의 미녀	伊藤銀月	소설	
4	8~9	子供の新聞	願化院のおかあさんへ 雪子より 원화원의 어머니에게 유키코로부터		수필	
6	7~8		水戸黄門記〈163〉 미토코몬기	劍花道人編	고단	
8	1~3		宿命 〈39〉 숙명	三島霜川	소설	

1920년 10월 30일(토) 6913호

지면	단수	기획	기사제목 〈회수〉〔곡수〕	필자/저자(역자)	분류	비고
1	2	朝鮮詩壇	#### 〔1〕 ####	久野#如	시가/한시	
1	2	朝鮮詩壇	#### 〔5〕 ####	杉###	시가/한시	
1	2	朝鮮詩壇	#### 〔1〕 ####	####	시가/한시	
1	2	朝鮮歌壇	(제목없음) 〔5〕	####	시가/단카	
1	2	朝鮮歌壇	(제목없음) 〔2〕	####	시가/단카	
1	2	朝鮮歌壇	(제목없음) 〔1〕	####	시가/단카	
1	3~4		史外史傳 女正雪/謎の美女 〈108〉 사외사전 온나 쇼세쓰/수수께끼의 미녀	伊藤銀月	소설	
4	7~8	子供の新聞	三坂校の猩紅熱/寫眞會の總會 미사카 교의 성홍열/사진회 총회		수필	
6	6~8		水戸黄門記〈164〉 미토코몬기	劍花道人編	고단	
6	8	川柳	柳建寺土左衛門選/###川柳會句稿/題、虫、水〔2〕 류켄지 도자에몬 선/### 센류회 구고/주제, 벌레, 물	七茶	시가/센류	
6	8	川柳	柳建寺土左衛門選/###川柳會句稿/題、虫、水〔1〕 류켄지 도자에몬 선/### 센류회 구고/주제, 벌레, 물	風子	시가/센류	
6	8	川柳	柳建寺土左衛門選/###川柳會句稿/題、虫、水〔1〕 류켄지 도자에몬 선/### 센류회 구고/주제, 벌레, 물	凡辰	시가/센류	
6	8	川柳	柳建寺土左衛門選/###川柳會句稿/題、虫、水〔2〕 류켄지 도자에몬 선/### 센류회 구고/주제, 벌레, 물	三味	시가/센류	
6	8	川柳	柳建寺土左衛門選/###川柳會句稿/題、虫、水〔2〕 류켄지 도자에몬 선/### 센류회 구고/주제, 벌레, 물	蛭軒	시가/센류	
6	8	川柳	柳建寺土左衛門選/###川柳會句稿/題、虫、水〔3〕 류켄지 도자에몬 선/### 센류회 구고/주제, 벌레, 물	如是	시가/센류	
6	8	川柳	柳建寺土左衛門選/###川柳會句稿/題、虫、水〔1〕 류켄지 도자에몬 선/### 센류회 구고/주제, 벌레, 물	岸水	시가/센류	
6	8	川柳	柳建寺土左衛門選/###川柳會句稿/題、虫、水〔1〕 류켄지 도자에몬 선/### 센류회 구고/주제, 벌레, 물	凸坊	시가/센류	
6	8	川柳	柳建寺土左衛門選/###川柳會句稿/題、虫、水〔1〕 류켄지 도자에몬 선/### 센류회 구고/주제, 벌레, 물	##	시가/센류	
6	8	川柳	柳建寺土左衛門選/###川柳會句稿/題、虫、水〔1〕 류켄지 도자에몬 선/### 센류회 구고/주제, 벌레, 물	風子	시가/센류	
6	8	川柳	柳建寺土左衛門選/###川柳會句稿/題、虫、水〔1〕 류켄지 도자에몬 선/### 센류회 구고/주제, 벌레, 물	凡辰	시가/센류	
6	8	川柳	柳建寺土左衛門選/###川柳會句稿/題、虫、水〔1〕 류켄지 도자에몬 선/### 센류회 구고/주제, 벌레, 물	蛭軒	시가/센류	

지면	단수	기획	기사제목 〈회수〉〔곡수〕	필자/저자(역자)	분류	비고
6	8	川柳	柳建寺土左衛門選/###川柳會句稿/題、虫、水 〔1〕 류켄지 도자에몬 선/### 센류회 구고/주제, 벌레, 물	##	시가/센류	
6	8	川柳	柳建寺土左衛門選/###川柳會句稿/題、虫、水 〔1〕 류켄지 도자에몬 선/### 센류회 구고/주제, 벌레, 물	鯨水	시가/센류	
6	8	川柳	柳建寺土左衛門選/###川柳會句稿/題、虫、水 〔1〕 류켄지 도자에몬 선/### 센류회 구고/주제, 벌레, 물	七茶	시가/센류	
8	1~3		宿命 〈40〉 숙명	三島霜川	소설	

1920년 10월 31일(일) 6914호

지면	단수	기획	기사제목 〈회수〉〔곡수〕	필자/저자(역자)	분류	비고
1	6~7		史外史傳 女正雪/謎の美女 〈109〉 사외사전 온나 쇼세쓰/수수께끼의 미녀	伊藤銀月	소설	
8	1~3		水戸黃門記〈165〉 미토코몬기	劍花道人編	고단	

1920년 11월 02일(화) 6915호

지면	단수	기획	기사제목 〈회수〉〔곡수〕	필자/저자(역자)	분류	비고
4	1~3		宿命 〈41〉 숙명	三島霜川	소설	

1920년 11월 03일(수) 6916호

지면	단수	기획	기사제목 〈회수〉〔곡수〕	필자/저자(역자)	분류	비고
1	3	朝鮮詩壇	蓮申##中###吟社/#月#句 〔1〕 연신##중###음사/#월#구	大石松#	시가/한시	
1	3	朝鮮詩壇	蓮申##中###吟社/#月#句 〔1〕 연신##중###음사/#월#구	金##	시가/한시	
1	3	朝鮮詩壇	蓮申##中###吟社/#月#句 〔1〕 연신##중###음사/#월#구	#本惠雲	시가/한시	
1	3	朝鮮詩壇	蓮申##中###吟社/#月#句 〔1〕 연신##중###음사/#월#구	工藤#雪	시가/한시	
1	3	朝鮮詩壇	蓮申##中###吟社/#月#句 〔1〕 연신##중###음사/#월#구	小永井##	시가/한시	
1	3	朝鮮詩壇	蓮申##中###吟社/#月#句 〔1〕 연신##중###음사/#월#구	#石南#	시가/한시	
1	3	朝鮮詩壇	蓮申##中###吟社/#月#句 〔1〕 연신##중###음사/#월#구	河島五山	시가/한시	
1	3	朝鮮詩壇	蓮申##中###吟社/#月#句 〔1〕 연신##중###음사/#월#구	齋藤三寅	시가/한시	
1	3	朝鮮詩壇	蓮申##中###吟社/#月#句 〔1〕 연신##중###음사/#월#구	江源如水	시가/한시	
1	3	朝鮮詩壇	蓮申##中###吟社/#月#句 〔1〕 연신##중###음사/#월#구	久保田天南	시가/한시	
1	3	朝鮮詩壇	蓮申##中###吟社/#月#句 〔1〕 연신##중###음사/#월#구	成田魯石	시가/한시	
1	3	朝鮮詩壇	蓮申##中###吟社/#月#句 〔1〕 연신##중###음사/#월#구	川端不絕	시가/한시	
1	3	朝鮮詩壇	蓮申##中###吟社/#月#句 〔1〕 연신##중###음사/#월#구	忠###	시가/한시	
1	3	朝鮮詩壇	蓮申##中###吟社/#月#句 〔1〕 연신##중###음사/#월#구	安藤##	시가/한시	
1	3	朝鮮詩壇	蓮申##中###吟社/#月#句 〔1〕 연신##중###음사/#월#구	栗原##	시가/한시	
1	3	朝鮮詩壇	蓮申##中###吟社/#花 〔1〕 연신##중###음사/#화	松田學鶴	시가/한시	

지면	단수	기획	기사제목 〈회수〉〔곡수〕	필자/저자(역자)	분류	비고
1	3	朝鮮歌壇	(제목없음) 〔3〕	#島浪#	시가/단카	
1	3	朝鮮歌壇	(제목없음) 〔4〕	#亂女	시가/단카	
1	3	朝鮮歌壇	(제목없음) 〔1〕	不#	시가/단카	
1	4~5		史外史傳 女正雪/謎の美女 〈110〉 사외사전 온나 쇼세쓰/수수께끼의 미녀	伊藤銀月	소설	
6	6~8		水戶黃門記〈166〉 미토코몬기	劍花道人編	고단	
6	8	川柳	柳建寺土左衛門選/###川柳會句稿/題、##、## 〔1〕 류켄지 도자에몬 선/### 센류회 구고/주제, ##, ##	凸坊	시가/센류	
6	8	川柳	柳建寺土左衛門選/###川柳會句稿/題、##、## 〔3〕 류켄지 도자에몬 선/### 센류회 구고/주제, ##, ##	蛭軒	시가/센류	
6	8	川柳	柳建寺土左衛門選/###川柳會句稿/題、##、## 〔3〕 류켄지 도자에몬 선/### 센류회 구고/주제, ##, ##	七茶	시가/센류	
6	8	川柳	柳建寺土左衛門選/###川柳會句稿/題、##、## 〔3〕 류켄지 도자에몬 선/### 센류회 구고/주제, ##, ##	#堂	시가/센류	
6	8	川柳	柳建寺土左衛門選/###川柳會句稿/題、##、## 〔1〕 류켄지 도자에몬 선/### 센류회 구고/주제, ##, ##	風の子	시가/센류	
6	8	川柳	柳建寺土左衛門選/###川柳會句稿/題、##、## 〔1〕 류켄지 도자에몬 선/### 센류회 구고/주제, ##, ##	#由	시가/센류	
6	8	川柳	柳建寺土左衛門選/###川柳會句稿/題、##、## 〔2〕 류켄지 도자에몬 선/### 센류회 구고/주제, ##, ##	三味	시가/센류	
6	8	川柳	柳建寺土左衛門選/###川柳會句稿/題、##、## 〔2〕 류켄지 도자에몬 선/### 센류회 구고/주제, ##, ##	##	시가/센류	
6	8	川柳	柳建寺土左衛門選/###川柳會句稿/題、##、## 〔3〕 류켄지 도자에몬 선/### 센류회 구고/주제, ##, ##	岸水	시가/센류	
6	8	川柳	柳建寺土左衛門選/###川柳會句稿/題、##、## 〔1〕 류켄지 도자에몬 선/### 센류회 구고/주제, ##, ##	如是	시가/센류	
6	8	川柳	柳建寺土左衛門選/###川柳會句稿/題、##、## 〔1〕 류켄지 도자에몬 선/### 센류회 구고/주제, ##, ##	合子	시가/센류	
8	1~3		宿命 〈42〉 숙명	三島霜川	소설	

1920년 11월 04일(목) 6917호

지면	단수	기획	기사제목 〈회수〉〔곡수〕	필자/저자(역자)	분류	비고
1	4~5		史外史傳 女正雪/謎の美女 〈111〉 사외사전 온나 쇼세쓰/수수께끼의 미녀	伊藤銀月	소설	
4	8~9	子供の新聞	おまつり氣分 축제 기분	元町校##女 文子	수필/기타	
4	8~9	子供の新聞	いたずらな犬 장난치는 강아지	三年 江島文子	수필/기타	
6	6~8		水戶黃門記〈167〉 미토코몬기	劍花道人編	고단	
8	1~3		宿命 〈43〉 숙명	三島霜川	소설	

1920년 11월 05일(금) 6918호

지면	단수	기획	기사제목 〈회수〉〔곡수〕	필자/저자(역자)	분류	비고
1	4~5		史外史傳 女正雪/謎の美女 〈112〉 사외사전 온나 쇼세쓰/수수께끼의 미녀	伊藤銀月	소설	
6	6~7		水戶黃門記〈168〉 미토코몬기	劍花道人編	고단	

지면	단수	기획	기사제목 〈회수〉 〔곡수〕	필자/저자(역자)	분류	비고
6	8	川柳	柳建寺土左衛門選/町 〔1〕 류켄지 도자에몬 선/마을	仁川 精進坊	시가/센류	
6	8	川柳	柳建寺土左衛門選/町 〔1〕 류켄지 도자에몬 선/마을	大邱 不知坊	시가/센류	
6	8	川柳	柳建寺土左衛門選/町 〔1〕 류켄지 도자에몬 선/마을	仁川 #佛	시가/센류	
6	8	川柳	柳建寺土左衛門選/町 〔2〕 류켄지 도자에몬 선/마을	# 三日坊	시가/센류	
6	8	川柳	柳建寺土左衛門選/町 〔3〕 류켄지 도자에몬 선/마을	仁川 紅短冊	시가/센류	
6	8	川柳	柳建寺土左衛門選/町 〔3〕 류켄지 도자에몬 선/마을	仁川 肥後守	시가/센류	
6	8	川柳	柳建寺土左衛門選/町 〔5〕 류켄지 도자에몬 선/마을	仁川 精進坊	시가/센류	
6	8	川柳	柳建寺土左衛門選/町 〔5〕 류켄지 도자에몬 선/마을	大田 夜叉王	시가/센류	
6	8	川柳	柳建寺土左衛門選/町 〔1〕 류켄지 도자에몬 선/마을	京城 黒ン坊	시가/센류	
6	8	川柳	柳建寺土左衛門選/町 〔1〕 류켄지 도자에몬 선/마을	仁川 肥後守	시가/센류	
6	8	川柳	柳建寺土左衛門選/町 〔1〕 류켄지 도자에몬 선/마을	大田 夜叉王	시가/센류	
6	8	川柳	柳建寺土左衛門選/町 〔1〕 류켄지 도자에몬 선/마을	仁川 #佛	시가/센류	
6	8	川柳	柳建寺土左衛門選/町 〔1〕 류켄지 도자에몬 선/마을	仁川 精進坊	시가/센류	
6	8	川柳	柳建寺土左衛門選/町 〔1〕 류켄지 도자에몬 선/마을	龍山 三日坊	시가/센류	
6	8	川柳	柳建寺土左衛門選/町 〔1〕 류켄지 도자에몬 선/마을	仁川 精進坊	시가/센류	
6	8	川柳	柳建寺土左衛門選/町 〔1〕 류켄지 도자에몬 선/마을	大田 夜叉王	시가/센류	
8	1~3		宿命 〈44〉 숙명	三島霜川	소설	

1920년 11월 07일(일) 6920호

지면	단수	기획	기사제목 〈회수〉 〔곡수〕	필자/저자(역자)	분류	비고
1	2	朝鮮詩壇	##步 〔1〕 ##보	杉浦華南	시가/한시	
1	2	朝鮮詩壇	百濟 〔1〕 백제	久野#如	시가/한시	
1	2	朝鮮詩壇	山寺觀月 〔1〕 산사관월	松田##	시가/한시	
1	2	朝鮮歌壇	(제목없음) 〔4〕	####	시가/단카	
1	2	朝鮮歌壇	(제목없음) 〔3〕	不死鳥	시가/단카	
1	2	朝鮮歌壇	(제목없음) 〔1〕	不案	시가/단카	
1	3~4		史外史傳 女正雪/謎の美女 〈113〉 사외사전 온나 쇼세쓰/수수께끼의 미녀	伊藤銀月	소설	
4	8~9	子供の新聞	うちの下女の菊は大すきよ 우리집 하녀 기쿠는 정말 좋아	長谷川町 のよし子	수필/일상	

지면	단수	기획	기사제목 〈회수〉〔곡수〕	필자/저자(역자)	분류	비고
6	6~8		水戸黄門記〈170〉 미토코몬기	剣花道人編	고단	
8	1~3		宿命 〈46〉 숙명	三島霜川	소설	

<table>
<tr><td colspan="7">1920년 11월 08일(월) 6921호</td></tr>
</table>

지면	단수	기획	기사제목 〈회수〉〔곡수〕	필자/저자(역자)	분류	비고
4	1~3		水戸黄門記〈171〉 미토코몬기	剣花道人編	고단	

<table>
<tr><td colspan="7">1920년 11월 09일(화) 6922호</td></tr>
</table>

지면	단수	기획	기사제목 〈회수〉〔곡수〕	필자/저자(역자)	분류	비고
1	3	朝鮮詩壇	城頭秋望 〔1〕 성두추망	古城梅溪	시가/한시	
1	3	朝鮮詩壇	秋# ##僧〔1〕 추# ##승	児島九#	시가/한시	
1	3	朝鮮詩壇	中秋望月 〔1〕 중추망월	川端不絶	시가/한시	
1	3	朝鮮詩壇	中秋望月 〔1〕 중추망월	江源如水	시가/한시	
1	3	朝鮮詩壇	城#秋覺 〔1〕 성#추각	松田學鶴	시가/한시	
1	3	朝鮮歌壇	(제목없음) 〔7〕	青#みつほ	시가/단카	
1	3	朝鮮歌壇	(제목없음) 〔1〕	不案	시가/단카	
1	4~5		史外史傳 女正雪/謎の美女 〈115〉 사외사전 온나 쇼세쓰/수수께끼의 미녀	伊藤銀月	소설	
4	8~9	子供の新聞	演習見學の一節 연습견학의 일절	日之出校六年 芦#武男	수필/일상	
4	8~9	子供の新聞	學校醫は何をして？ 학교 의사는 무엇을 하고?	父兄の一人	수필/일상	
6	6~8		水戸黄門記〈172〉 미토코몬기	剣花道人編	고단	
6	8	川柳	柳建寺土左衛門選/自殺 〈1〉〔1〕 류켄지 도자에몬 선/자살	大邱 邱花坊	시가/센류	
6	8	川柳	柳建寺土左衛門選/自殺 〈1〉〔1〕 류켄지 도자에몬 선/자살	仁川 精進坊	시가/센류	
6	8	川柳	柳建寺土左衛門選/自殺 〈1〉〔1〕 류켄지 도자에몬 선/자살	島一院 提柳	시가/센류	
6	8	川柳	柳建寺土左衛門選/自殺 〈1〉〔1〕 류켄지 도자에몬 선/자살	仁川 吃朝臣	시가/센류	
6	8	川柳	柳建寺土左衛門選/自殺 〈1〉〔1〕 류켄지 도자에몬 선/자살	大邱 不知坊	시가/센류	
6	8	川柳	柳建寺土左衛門選/自殺 〈1〉〔1〕 류켄지 도자에몬 선/자살	仁川 #天郎	시가/센류	
6	8	川柳	柳建寺土左衛門選/自殺 〈1〉〔1〕 류켄지 도자에몬 선/자살	仁川 ##寺	시가/센류	
6	8	川柳	柳建寺土左衛門選/自殺 〈1〉〔1〕 류켄지 도자에몬 선/자살	仁川 富士香	시가/센류	
6	8	川柳	柳建寺土左衛門選/自殺 〈1〉〔2〕 류켄지 도자에몬 선/자살	馬山 骨三	시가/센류	
6	8	川柳	柳建寺土左衛門選/自殺 〈1〉〔2〕 류켄지 도자에몬 선/자살	京城 はつせ	시가/센류	

지면	단수	기획	기사제목 〈회수〉〔곡수〕	필자/저자(역자)	분류	비고
6	8	川柳	柳建寺土左衛門選/自殺 〈1〉〔2〕 류켄지 도자에몬 선/자살	永登浦 阿#坊	시가/센류	
6	8	川柳	柳建寺土左衛門選/自殺 〈1〉〔2〕 류켄지 도자에몬 선/자살	沙里院 蝶子	시가/센류	
6	8	川柳	柳建寺土左衛門選/自殺 〈1〉〔3〕 류켄지 도자에몬 선/자살	京城 輝華	시가/센류	
6	8	川柳	柳建寺土左衛門選/自殺 〈1〉〔3〕 류켄지 도자에몬 선/자살	仁川 馨柳	시가/센류	
8	1~3		宿命 〈47〉 숙명	三島霜川	소설	

1920년 11월 10일(수) 6923호

지면	단수	기획	기사제목 〈회수〉〔곡수〕	필자/저자(역자)	분류	비고
1	2~4		史外史傳 女正雪/謎の美女 〈116〉 사외사전 온나 쇼세쓰/수수께끼의 미녀	伊藤銀月	소설	
1	8~9	子供の新聞	私共は本と#に仕合せです 저희들은 책과 ## 행복합니다.	#山中學一年生 いながき	수필/일상	
6	4		五句/石森兄#兒の喜び 〔5〕 오구/이시모리 형#아의 기쁨	三好不孝郎	시가/센류	
6	5~7		水戶黃門記〈173〉 미토코몬기	劍花道人編	고단	
6	7	川柳	柳建寺土左衛門選/自殺 〈2〉〔3〕 류켄지 도자에몬 선/자살	仁川 精進坊	시가/센류	
6	7	川柳	柳建寺土左衛門選/自殺 〈2〉〔3〕 류켄지 도자에몬 선/자살	龍山 三日坊	시가/센류	
6	7	川柳	柳建寺土左衛門選/自殺 〈2〉〔3〕 류켄지 도자에몬 선/자살	仁川 紅短冊	시가/센류	
6	7	川柳	柳建寺土左衛門選/自殺 〈2〉〔4〕 류켄지 도자에몬 선/자살	京城 肚刺公	시가/센류	
6	7	川柳	柳建寺土左衛門選/自殺 〈2〉〔4〕 류켄지 도자에몬 선/자살	永登浦 ##子	시가/센류	
6	7	川柳	柳建寺土左衛門選/自殺 〈2〉〔4〕 류켄지 도자에몬 선/자살	仁川 肥後守	시가/센류	
6	7	川柳	柳建寺土左衛門選/自殺 〈2〉〔8〕 류켄지 도자에몬 선/자살	大田 夜叉王	시가/센류	
8	1~3		宿命 〈48〉 숙명	三島霜川	소설	

1920년 11월 11일(목) 6924호

지면	단수	기획	기사제목 〈회수〉〔곡수〕	필자/저자(역자)	분류	비고
1	3	朝鮮歌壇	(제목없음) 〔2〕	有馬古#	시가/단카	
1	3	朝鮮歌壇	(제목없음) 〔4〕	服部飛露	시가/단카	
1	3	朝鮮歌壇	(제목없음) 〔1〕	乃禾	시가/단카	
1	3	朝鮮歌壇	(제목없음) 〔1〕	不案	시가/단카	
1	4~5		史外史傳 女正雪/謎の美女 〈117〉 사외사전 온나 쇼세쓰/수수께끼의 미녀	伊藤銀月	소설	
4	7~8	子供の新聞	お祭氣分 축제 기분	東大門小學校生徒	수필/일상	
6	6~8		水戶黃門記〈174〉 미토코몬기	劍花道人編	고단	

지면	단수	기획	기사제목 〈회수〉〔곡수〕	필자/저자(역자)	분류	비고
6	8	川柳	柳建寺土左衛門選/自殺 〈3〉〔1〕 류켄지 도자에몬 선/자살	仁川 #天郎	시가/센류	
6	8	川柳	柳建寺土左衛門選/自殺 〈3〉〔1〕 류켄지 도자에몬 선/자살	仁川 佛聲	시가/센류	
6	8	川柳	柳建寺土左衛門選/自殺 〈3〉〔1〕 류켄지 도자에몬 선/자살	仁川 紅短冊	시가/센류	
6	8	川柳	柳建寺土左衛門選/自殺 〈3〉〔1〕 류켄지 도자에몬 선/자살	京城 肚刺公	시가/센류	
6	8	川柳	柳建寺土左衛門選/自殺 〈3〉〔2〕 류켄지 도자에몬 선/자살	京城 輝華	시가/센류	
6	8	川柳	柳建寺土左衛門選/自殺 〈3〉〔2〕 류켄지 도자에몬 선/자살	龍山 三日坊	시가/센류	
6	8	川柳	柳建寺土左衛門選/自殺 〈3〉〔2〕 류켄지 도자에몬 선/자살	仁川 肥後守	시가/센류	
6	8	川柳	柳建寺土左衛門選/自殺 〈3〉〔4〕 류켄지 도자에몬 선/자살	京城 はつせ	시가/센류	
6	8	川柳	柳建寺土左衛門選/自殺 〈3〉〔5〕 류켄지 도자에몬 선/자살	大田 夜叉王	시가/센류	
8	1~3		宿命 〈49〉 숙명	三島霜川	소설	

1920년 11월 12일(금) 6925호

지면	단수	기획	기사제목 〈회수〉〔곡수〕	필자/저자(역자)	분류	비고
1	3	朝鮮詩壇	偶感 〔1〕 우감	高橋直#	시가/한시	
1	3	朝鮮詩壇	蓮# 〔1〕 연#	大石松#	시가/한시	
1	3	朝鮮詩壇	秋日#山僧 〔1〕 추일#산승	川端不絶	시가/한시	
1	3	朝鮮詩壇	#懷友人 〔1〕 #회우인	一番瀨聖山	시가/한시	
1	4~5		史外史傳 女正雪/謎の美女 〈118〉 사외사전 온나 쇼세쓰/수수께끼의 미녀	伊藤銀月	소설	
4	8~9	子供の新聞	修學##記 수학##기	##	수필/일상	
6	6~8		水戶黃門記〈175〉 미토코몬기	劍花道人編	고단	
6	8	川柳	柳建寺土左衛門選/自殺 〈4〉〔7〕 류켄지 도자에몬 선/자살	永登浦 鶯團子	시가/센류	
8	1~3		宿命 〈50〉 숙명	三島霜川	소설	

1920년 11월 13일(토) 6926호

지면	단수	기획	기사제목 〈회수〉〔곡수〕	필자/저자(역자)	분류	비고
4	8~9	子供の新聞	旅行 여행	櫻井小學校 阿#幸男	수필/일상	
6	6~8		水戶黃門記〈176〉 미토코몬기	劍花道人編	고단	
6	8	川柳	柳建寺土左衛門選/自殺 〈5〉〔1〕 류켄지 도자에몬 선/자살	京城 肚刺公	시가/센류	
6	8	川柳	柳建寺土左衛門選/自殺 〈5〉〔1〕 류켄지 도자에몬 선/자살	仁川 肥後守	시가/센류	
6	8	川柳	柳建寺土左衛門選/自殺 〈5〉〔1〕 류켄지 도자에몬 선/자살	仁川 吃朝臣	시가/센류	

지면	단수	기획	기사제목 〈회수〉〔곡수〕	필자/저자(역자)	분류	비고
6	8	川柳	柳建寺土左衛門選/自殺 〈5〉〔1〕 류켄지 도자에몬 선/자살	仁川 聲佛	시가/센류	
6	8	川柳	柳建寺土左衛門選/自殺 〈5〉〔1〕 류켄지 도자에몬 선/자살	京城 黑ン坊	시가/센류	
6	8	川柳	柳建寺土左衛門選/自殺 〈5〉〔1〕 류켄지 도자에몬 선/자살	永登浦 鶯團子	시가/센류	
6	8	川柳	柳建寺土左衛門選/自殺 〈5〉〔1〕 류켄지 도자에몬 선/자살	京城 輝華	시가/센류	
6	8	川柳	柳建寺土左衛門選/自殺 〈5〉〔1〕 류켄지 도자에몬 선/자살	仁川 松平坊	시가/센류	
6	8	川柳	柳建寺土左衛門選/自殺 〈5〉〔1〕 류켄지 도자에몬 선/자살	大邱 不知坊	시가/센류	
6	8	川柳	柳建寺土左衛門選/自殺 〈5〉〔1〕 류켄지 도자에몬 선/자살	仁川 肥後守	시가/센류	

1920년 11월 14일(일) 6927호

지면	단수	기획	기사제목 〈회수〉〔곡수〕	필자/저자(역자)	분류	비고
1	3	朝鮮詩壇	#古#愛山#冠##二首〔1〕 #고#애산#관## 이수	一番瀨聖山	시가/한시	
1	3	朝鮮詩壇	城頭秋望〔1〕 성두추망	兒島九皐	시가/한시	
1	3	朝鮮詩壇	秋夜尚的〔1〕 추야상적	川端不絕	시가/한시	
1	4~5		史外史傳 女正雪/謎の美女 〈120〉 사외사전 온나 쇼세쓰/수수께끼의 미녀	伊藤銀月	소설	
4	7~8	子供の新聞	先生のお話はほんとう？ 선생님의 이야기는 진짜?	黃金町 AB生	수필/일상	
6	6~8		水戶黃門記〈177〉 미토코몬기	劍花道人編	고단	
6	8	川柳	柳建寺土左衛門選/自殺 〈6〉〔1〕 류켄지 도자에몬 선/자살	仁川 肥後守	시가/센류	
6	8	川柳	柳建寺土左衛門選/自殺 〈6〉〔1〕 류켄지 도자에몬 선/자살	永登浦 鶯團子	시가/센류	
6	8	川柳	柳建寺土左衛門選/自殺 〈6〉〔1〕 류켄지 도자에몬 선/자살	大田 夜叉王	시가/센류	
8	1~3		宿命〈52〉 숙명	三島霜川	소설	

1920년 11월 15일(월) 6928호

지면	단수	기획	기사제목 〈회수〉〔곡수〕	필자/저자(역자)	분류	비고
4	1~3		宿命〈53〉 숙명	三島霜川	소설	

1920년 11월 16일(화) 6929호

지면	단수	기획	기사제목 〈회수〉〔곡수〕	필자/저자(역자)	분류	비고
1	3	朝鮮歌壇	(제목없음)〔7〕	岩本吐史	시가/단카	
1	3	朝鮮歌壇	(제목없음)〔1〕	不案	시가/단카	
1	4~5		史外史傳 女正雪/謎の美女 〈121〉 사외사전 온나 쇼세쓰/수수께끼의 미녀	伊藤銀月	소설	
4	8~9	子供の新聞	停電 정전	南大門小學校五年 北井政太郎	수필/일상	
6	6~8		水戶黃門記〈178〉 미토코몬기	劍花道人編	고단	

지면	단수	기획	기사제목 〈회수〉〔곡수〕	필자/저자(역자)	분류	비고
8	1~3		宿命 〈54〉 숙명	三島霜川	소설	

1920년 11월 17일(수) 6930호

지면	단수	기획	기사제목 〈회수〉〔곡수〕	필자/저자(역자)	분류	비고
1	3	朝鮮詩壇	中秋望月 〔1〕 중추망월	河島五山	시가/한시	
1	3	朝鮮詩壇	月下## 〔1〕 월하##	川端不絶	시가/한시	
1	3	朝鮮詩壇	秋日 〔1〕 추일	山僧 志智敬愛	시가/한시	
1	3	朝鮮詩壇	海邊觀月作 〔1〕 해변관월작	松田學鶴	시가/한시	
1	3~4	朝鮮歌壇	(제목없음) 〔1〕	若島衣#	시가/단카	
1	3~4	朝鮮歌壇	(제목없음) 〔1〕	杉浦衰花生	시가/단카	
1	3~4	朝鮮歌壇	(제목없음) 〔1〕	林秀作	시가/단카	
1	4~5		史外史傳 女正雪/謎の美女 〈122〉 사외사전 온나 쇼세쓰/수수께끼의 미녀	伊藤銀月	소설	
3	6~7		哈爾濱より 〈1〉 하얼빈에서	金谷眞	수필/기행	
4	8~9	子供の新聞	秋 가을	新義州尋四 上野純英	수필/일상	
4	8~9	子供の新聞	俳句「秋晴」/新義州小學校五,六生 〔1〕 하이쿠「맑은 가을」/신의주 소학교 5, 6년생	尋五 山本英武	시가/하이쿠	
4	8~9	子供の新聞	俳句「秋晴」/新義州小學校五,六生 〔1〕 하이쿠「맑은 가을」/신의주 소학교 5, 6년생	尋五 菅井廷吉	시가/하이쿠	
4	8~9	子供の新聞	俳句「秋晴」/新義州小學校五,六生 〔1〕 하이쿠「맑은 가을」/신의주 소학교 5, 6년생	尋五 #町久#	시가/하이쿠	
4	8~9	子供の新聞	俳句「秋晴」/新義州小學校五,六生 〔1〕 하이쿠「맑은 가을」/신의주 소학교 5, 6년생	尋五 上原#直	시가/하이쿠	
4	8~9	子供の新聞	俳句「秋晴」/新義州小學校五,六生 〔1〕 하이쿠「맑은 가을」/신의주 소학교 5, 6년생	尋五 中本敬一	시가/하이쿠	
4	8~9	子供の新聞	俳句「秋晴」/新義州小學校五,六生 〔1〕 하이쿠「맑은 가을」/신의주 소학교 5, 6년생	尋六 松本シゲ子	시가/하이쿠	
4	8~9	子供の新聞	俳句「秋晴」/新義州小學校五,六生 〔1〕 하이쿠「맑은 가을」/신의주 소학교 5, 6년생	尋六 丸山#一郎	시가/하이쿠	
4	8~9	子供の新聞	俳句「秋晴」/新義州小學校五,六生 〔1〕 하이쿠「맑은 가을」/신의주 소학교 5, 6년생	尋六 小森卷市	시가/하이쿠	
4	8~9	子供の新聞	俳句「秋晴」/新義州小學校五,六生 〔1〕 하이쿠「맑은 가을」/신의주 소학교 5, 6년생	尋六 ##新一	시가/하이쿠	
4	8~9	子供の新聞	俳句「秋晴」/新義州小學校五,六生 〔1〕 하이쿠「맑은 가을」/신의주 소학교 5, 6년생	尋六 高澤#男	시가/하이쿠	
6	6~8		水戶黃門記 〈179〉 미토코몬기	劍花道人編	고단	
6	8	川柳	柳建寺土左衛門選/長煙管 〈1〉〔1〕 류켄지 도자에몬 선/담뱃대	馬山 骨三	시가/센류	
6	8	川柳	柳建寺土左衛門選/長煙管 〈1〉〔1〕 류켄지 도자에몬 선/담뱃대	大邱 邱花坊	시가/센류	
6	8	川柳	柳建寺土左衛門選/長煙管 〈1〉〔1〕 류켄지 도자에몬 선/담뱃대	龍山 #郎	시가/센류	

지면	단수	기획	기사제목 〈회수〉〔곡수〕	필자/저자(역자)	분류	비고
6	8	川柳	柳建寺土左衛門選/長煙管 〈1〉〔1〕 류켄지 도자에몬 선/담뱃대	## 流#	시가/센류	
6	8	川柳	柳建寺土左衛門選/長煙管 〈1〉〔1〕 류켄지 도자에몬 선/담뱃대	## #士番	시가/센류	
6	8	川柳	柳建寺土左衛門選/長煙管 〈1〉〔1〕 류켄지 도자에몬 선/담뱃대	京城 節男	시가/센류	
6	8	川柳	柳建寺土左衛門選/長煙管 〈1〉〔1〕 류켄지 도자에몬 선/담뱃대	仁川 右大臣	시가/센류	
6	8	川柳	柳建寺土左衛門選/長煙管 〈1〉〔1〕 류켄지 도자에몬 선/담뱃대	大邱 不知坊	시가/센류	
6	8	川柳	柳建寺土左衛門選/長煙管 〈1〉〔2〕 류켄지 도자에몬 선/담뱃대	京城 輝華	시가/센류	
6	8	川柳	柳建寺土左衛門選/長煙管 〈1〉〔2〕 류켄지 도자에몬 선/담뱃대	永登浦 鶯團子	시가/센류	
6	8	川柳	柳建寺土左衛門選/長煙管 〈1〉〔3〕 류켄지 도자에몬 선/담뱃대	## ###	시가/센류	
6	8	川柳	柳建寺土左衛門選/長煙管 〈1〉〔3〕 류켄지 도자에몬 선/담뱃대	龍山 三日坊	시가/센류	
6	8	川柳	柳建寺土左衛門選/長煙管 〈1〉〔3〕 류켄지 도자에몬 선/담뱃대	## ###	시가/센류	
6	8	川柳	柳建寺土左衛門選/長煙管 〈1〉〔3〕 류켄지 도자에몬 선/담뱃대	仁川 肥後守	시가/센류	
6	8	川柳	柳建寺土左衛門選/長煙管 〈1〉〔4〕 류켄지 도자에몬 선/담뱃대	仁川 紅短冊	시가/센류	
6	8	川柳	柳建寺土左衛門選/長煙管 〈1〉〔5〕 류켄지 도자에몬 선/담뱃대	沙里院 蝶子	시가/센류	
8	1~3		宿命 〈55〉 숙명	三島霜川	소설	

1920년 11월 18일(목) 6931호

지면	단수	기획	기사제목 〈회수〉〔곡수〕	필자/저자(역자)	분류	비고
1	3	朝鮮俳壇	渡邊水巴選/秋雜 〈1〉〔14〕 와타나베 스이하 선/가을-잡	星羽	시가/하이쿠	
1	4		投稿歡迎 투고 환영		광고/모집 광고	
1	4~5		史外史傳 女正雪/謎の美女 〈123〉 사외사전 온나 쇼세쓰/수수께끼의 미녀	伊藤銀月	소설	
3	7		哈爾濱より(續) 〈2〉 하얼빈에서(속)	金谷眞	수필	
4	8~9	子供の新聞	電氣の消えた晩 전기가 꺼진 밤	南大門小學校第六年 小西敬惠	수필	
6	6~8		水戶黃門記〈180〉 미토코몬기	劍花道人編	고단	
6	8	川柳	柳建寺土左衛門選/長煙管 〈2〉〔6〕 류켄지 도자에몬 선/담뱃대	## #風	시가/센류	
6	8	川柳	柳建寺土左衛門選/長煙管 〈2〉〔6〕 류켄지 도자에몬 선/담뱃대	大田 夜叉王	시가/센류	
6	8	川柳	柳建寺土左衛門選/長煙管 〈2〉〔6〕 류켄지 도자에몬 선/담뱃대	光州 #人	시가/센류	
8	1~3		宿命 〈56〉 숙명	三島霜川	소설	

1920년 11월 19일(금) 6932호

지면	단수	기획	기사제목 〈회수〉〔곡수〕	필자/저자(역자)	분류	비고
1	2	朝鮮詩壇	初秋偶感〔1〕 초추우감	久野#如	시가/센류	
1	2	朝鮮詩壇	###〔1〕 ###	安永春雨	시가/한시	
1	2	朝鮮詩壇	中秋觀月〔1〕 중추관월	河島五山	시가/한시	
1	2	朝鮮詩壇	#卽#〔1〕 #즉#	細川葩陵	시가/한시	
1	2	朝鮮歌壇	(제목없음)〔2〕	あい路生	시가/단카	
1	2	朝鮮歌壇	(제목없음)〔2〕	岡崎無名草	시가/단카	
1	2	朝鮮歌壇	(제목없음)〔1〕	北##	시가/단카	
1	2	朝鮮歌壇	(제목없음)〔1〕	水草	시가/단카	
1	2	朝鮮歌壇	(제목없음)〔1〕	不案	시가/단카	
1	2~4		史外史傳 女正雪/謎の美女〈124〉 사외사전 온나 쇼세쓰/수수께끼의 미녀	伊藤銀月	소설	
4	8~9	子供の新聞	米國の新大統領 미국의 새로운 대통령		수필/일상	
6	6~8		水戸黃門記〈181〉 미토코몬기	劍花道人編	고단	
8	1~3		宿命〈57〉 숙명	三島霜川	소설	

			1920년 11월 20일(토) 6933호			
1	3	朝鮮俳壇	渡邊水巴選/秋雜〈2〉〔2〕 와타나베 스이하 선/가을-잡	星羽	시가/하이쿠	
1	3~4		投稿歡迎 투고 환영		광고/모집	광고
1	4~5		史外史傳 女正雪/謎の美女〈125〉 사외사전 온나 쇼세쓰/수수께끼의 미녀	伊藤銀月	소설	
3	6~7		長春より 장춘에서	金谷眞	수필/기행	
4	8~9	子供の新聞	校舍の窓より 교사의 창에서	新義州小學校高等一年 金山ウメ	수필/일상	
8	1~3		宿命〈58〉 숙명	三島霜川	소설	

			1920년 11월 21일(일) 6934호			
1	3	朝鮮詩壇	城頭秋望〔1〕 성두추망	高橋直#	시가/한시	
1	3	朝鮮詩壇	城頭秋望〔1〕 성두추망	川端不絶	시가/한시	
1	3	朝鮮詩壇	#####〔1〕 #####	齋藤三寅	시가/한시	
1	3	朝鮮詩壇	中秋望月〔1〕 중추망월	大石松#	시가/한시	
1	4~5		史外史傳 女正雪/謎の美女〈126〉 사외사전 온나 쇼세쓰/수수께끼의 미녀	伊藤銀月	소설	

지면	단수	기획	기사제목 〈회수〉〔곡수〕	필자/저자(역자)	분류	비고
4	8~9	子供の新聞	小川先生 오가와 선생님	櫻井校五女 高木かほる	수필/일상	
8	1~3		宿命 〈59〉 숙명	三島霜川	소설	

1920년 11월 22일(월) 6935호

지면	단수	기획	기사제목 〈회수〉〔곡수〕	필자/저자(역자)	분류	비고
4	1~3		宿命 〈60〉 숙명	三島霜川	소설	

1920년 11월 23일(화) 6936호

지면	단수	기획	기사제목 〈회수〉〔곡수〕	필자/저자(역자)	분류	비고
1	4~5		史外史傳 女正雪/謎の美女 〈127〉 사외사전 온나 쇼세쓰/수수께끼의 미녀	伊藤銀月	소설	
4	8~9	子供の新聞	同じ母の子にでも賢愚の別はある 같은 어머니의 자식이라도 현우의 구별은 있다		수필/일상	
6	6~8		塙團右衛門 〈1〉 반 단에몬	双龍齋貞圓	고단	
6	8	川柳	柳建寺土左衛門選/長煙管/秀逸 〈3〉〔1〕 류켄지 도자에몬 선/담뱃대/수일	大邱 不知坊	시가/센류	
6	8	川柳	柳建寺土左衛門選/長煙管/秀逸 〈3〉〔1〕 류켄지 도자에몬 선/담뱃대/수일	京城 黑ン坊	시가/센류	
6	8	川柳	柳建寺土左衛門選/長煙管/秀逸 〈3〉〔1〕 류켄지 도자에몬 선/담뱃대/수일	仁川 肥後守	시가/센류	
6	8	川柳	柳建寺土左衛門選/長煙管/秀逸 〈3〉〔1〕 류켄지 도자에몬 선/담뱃대/수일	仁川 紅短冊	시가/센류	
6	8	川柳	柳建寺土左衛門選/長煙管/秀逸 〈3〉〔1〕 류켄지 도자에몬 선/담뱃대/수일	仁川 右大臣	시가/센류	
6	8	川柳	柳建寺土左衛門選/長煙管/秀逸 〈3〉〔2〕 류켄지 도자에몬 선/담뱃대/수일	永登浦 ##子	시가/센류	
6	8	川柳	柳建寺土左衛門選/長煙管/秀逸 〈3〉〔2〕 류켄지 도자에몬 선/담뱃대/수일	沙里院 蝶子	시가/센류	
6	8	川柳	柳建寺土左衛門選/長煙管/秀逸 〈3〉〔2〕 류켄지 도자에몬 선/담뱃대/수일	大田 夜叉王	시가/센류	
6	8	川柳	柳建寺土左衛門選/長煙管/秀逸 〈3〉〔2〕 류켄지 도자에몬 선/담뱃대/수일	光州 #人	시가/센류	
6	8	川柳	柳建寺土左衛門選/長煙管/秀逸 〈3〉〔2〕 류켄지 도자에몬 선/담뱃대/수일	京城 輝華	시가/센류	
8	1~3		宿命 〈61〉 숙명	三島霜川	소설	

1920년 11월 27일(토) 6939호

지면	단수	기획	기사제목 〈회수〉〔곡수〕	필자/저자(역자)	분류	비고
1	2	朝鮮詩壇	宿#寂 〔1〕 숙#적	富##堂	시가/한시	
1	2	朝鮮詩壇	#### 〔1〕 ####	久野#如	시가/한시	
1	2	朝鮮詩壇	#觀望月 〔1〕 #관망월	安永春雨	시가/한시	
1	2	朝鮮詩壇	秋日#山僧 〔1〕 추일#산승	####	시가/한시	
1	2	朝鮮歌壇	(제목없음) 〔1〕	千鳥	시가/단카	
1	2	朝鮮歌壇	(제목없음) 〔1〕	靑 #	시가/단카	

지면	단수	기획	기사제목 〈회수〉〔곡수〕	필자/저자(역자)	분류	비고
1	2	朝鮮歌壇	(제목없음) 〔1〕	白水#	시가/단카	
1	2	朝鮮歌壇	(제목없음) 〔1〕	永田生	시가/단카	
1	2	朝鮮歌壇	(제목없음) 〔1〕	###女	시가/단카	
1	2	朝鮮歌壇	(제목없음) 〔1〕	不案	시가/단카	
1	3	短文欄	いさか#の# #####	寒人	수필	
1	3	短文欄	#月の# #월의 #	仁川 田川富士香	수필	
1	3	短文欄	# #	斗星	수필	
1	3	朝鮮俳壇	渡邊水巴選/秋雜 〈4〉〔9〕 와타나베 스이하 선/가을-잡	#舟	시가/하이쿠	
1	3	朝鮮俳壇	渡邊水巴選/秋雜 〈4〉〔4〕 와타나베 스이하 선/가을-잡	落情	시가/하이쿠	
1	4~5		史外史傳 女正雪/謎の美女 〈130〉 사외사전 온나 쇼세쓰/수수께끼의 미녀	伊藤銀月	소설	
4	8~9	子供の新聞	この頃 요즘		수필/일상	
4	8~9	子供の新聞	子供衛生/川柳 〔10〕 아이들 위생/센류		시가/센류	
6	6~8		塙團右衛門 〈4〉 반 단에몬	双龍齋貞圓	고단	
6	8	川柳	柳建寺土左衛門選/紅葉 〈1〉〔1〕 류켄지 도자에몬 선/단풍	京城 大入	시가/센류	
6	8	川柳	柳建寺土左衛門選/紅葉 〈1〉〔1〕 류켄지 도자에몬 선/단풍	大邱 守勝坊	시가/센류	
6	8	川柳	柳建寺土左衛門選/紅葉 〈1〉〔1〕 류켄지 도자에몬 선/단풍	## 蛭#	시가/센류	
6	8	川柳	柳建寺土左衛門選/紅葉 〈1〉〔1〕 류켄지 도자에몬 선/단풍	仁川 漫流	시가/센류	
6	8	川柳	柳建寺土左衛門選/紅葉 〈1〉〔2〕 류켄지 도자에몬 선/단풍	京城 黑ン坊	시가/센류	
6	8	川柳	柳建寺土左衛門選/紅葉 〈1〉〔2〕 류켄지 도자에몬 선/단풍	仁川 肥後守	시가/센류	
6	8	川柳	柳建寺土左衛門選/紅葉 〈1〉〔2〕 류켄지 도자에몬 선/단풍	龍山 三日坊	시가/센류	
6	8	川柳	柳建寺土左衛門選/紅葉 〈1〉〔2〕 류켄지 도자에몬 선/단풍	海州 泰久坊	시가/센류	
6	8	川柳	柳建寺土左衛門選/紅葉 〈1〉〔3〕 류켄지 도자에몬 선/단풍	仁川 素山	시가/센류	
6	8	川柳	柳建寺土左衛門選/紅葉 〈1〉〔3〕 류켄지 도자에몬 선/단풍	仁川 紅短冊	시가/센류	
6	8	川柳	柳建寺土左衛門選/紅葉 〈1〉〔3〕 류켄지 도자에몬 선/단풍	仁川 詩腕坊	시가/센류	
6	8	川柳	柳建寺土左衛門選/紅葉 〈1〉〔3〕 류켄지 도자에몬 선/단풍	仁川 しげる	시가/센류	
6	8	川柳	柳建寺土左衛門選/紅葉 〈1〉〔4〕 류켄지 도자에몬 선/단풍	仁川 右大臣	시가/센류	

지면	단수	기획	기사제목 〈회수〉 〔곡수〕	필자/저자(역자)	분류	비고
8	1~3		宿命 〈64〉 숙명	三島霜川	소설	

1920년 11월 28일(일) 6940호

지면	단수	기획	기사제목 〈회수〉 〔곡수〕	필자/저자(역자)	분류	비고
1	3	朝鮮俳壇	渡邊水巴選/秋雜 〈5〉〔7〕 와타나베 스이하 선/가을-잡	月魄	시가/하이쿠	
1	3	朝鮮俳壇	渡邊水巴選/秋雜 〈5〉〔7〕 와타나베 스이하 선/가을-잡	#十亭	시가/하이쿠	
1	4~5		史外史傳 女正雪/謎の美女 〈131〉 사외사전 온나 쇼세쓰/수수께끼의 미녀	伊藤銀月	소설	
4	8~9	子供の新聞	童傜 〔1〕 동요	けんちゃんのお友達	시가/기타	
4	8~9	子供の新聞	およめにいつたねえさんの家 〔1〕 시집간 언니의 집	南大門小學校三學年 一瀨京子	수필/일상	
4	9		ビスケツトの歌 〔1〕 비스켓 노래	不案	시가/기타	
6	6~8		塙團右衛門 〈5〉 반 단에몬	双龍齋貞圓	고단	
6	8	川柳	柳建寺土左衛門選/紅葉 〈2〉〔1〕 류켄지 도자에몬 선/단풍	仁川 肥後守	시가/센류	
6	8	川柳	柳建寺土左衛門選/紅葉 〈2〉〔1〕 류켄지 도자에몬 선/단풍	京城 大入	시가/센류	
6	8	川柳	柳建寺土左衛門選/紅葉 〈2〉〔2〕 류켄지 도자에몬 선/단풍	龍山 三日坊	시가/센류	
6	8	川柳	柳建寺土左衛門選/紅葉 〈2〉〔3〕 류켄지 도자에몬 선/단풍	海州 泰久坊	시가/센류	
6	8	川柳	柳建寺土左衛門選/紅葉 〈2〉〔3〕 류켄지 도자에몬 선/단풍	仁川 詩腕坊	시가/센류	
6	8	川柳	柳建寺土左衛門選/紅葉 〈2〉〔3〕 류켄지 도자에몬 선/단풍	仁川 右大臣	시가/센류	
6	8	川柳	柳建寺土左衛門選/紅葉 〈2〉〔8〕 류켄지 도자에몬 선/단풍	仁川 紅短冊	시가/센류	
8	1~3		宿命 〈65〉 숙명	三島霜川	소설	

1920년 11월 29일(월) 6941호

지면	단수	기획	기사제목 〈회수〉 〔곡수〕	필자/저자(역자)	분류	비고
4	1~3		塙團右衛門 〈6〉 반 단에몬	双龍齋貞圓	고단	

1920년 11월 30일(화) 6942호

지면	단수	기획	기사제목 〈회수〉 〔곡수〕	필자/저자(역자)	분류	비고
1	2~3	朝鮮詩壇	蓮花 〔1〕 연꽃	兒島九皐	시가/한시	
1	2~3	朝鮮詩壇	問題 〔1〕 문제	齋藤三寅	시가/한시	
1	2~3	朝鮮詩壇	同# 〔1〕 동#	小永井##	시가/한시	
1	2~3	朝鮮詩壇	客中觀菊花 〔1〕 객중관국화	河島五山	시가/한시	
1	3	朝鮮歌壇	(제목없음) 〔7〕	岩本吐史	시가/단카	
1	3	朝鮮歌壇	(제목없음) 〔1〕	不案	시가/단카	

지면	단수	기획	기사제목 〈회수〉〔곡수〕	필자/저자(역자)	분류	비고
1	3	朝鮮俳壇	渡邊水巴選/秋雜 〈6〉〔6〕 와타나베 스이하 선/가을-잡	#童	시가/하이쿠	
1	3	朝鮮俳壇	渡邊水巴選/秋雜 〈6〉〔6〕 와타나베 스이하 선/가을-잡	晚汀	시가/하이쿠	
1	4~5		史外史傳 女正雪/謎の美女 〈132〉 사외사전 온나 쇼세쓰/수수께끼의 미녀	伊藤銀月	소설	
4	8~9	子供の新聞	入營する兄樣方に 입영가는 형님께	京城南大門小學校 三年生 石川政男	수필/일상	
4	8~9	子供の新聞	手先の運動は大腦の力 손 운동은 대뇌의 힘		수필/일상	
4	8~9	子供の新聞	私のゑ本 나의 그림책	久保利夫	수필/일상	
6	6~8		塙團右衛門 〈7〉 반 단에몬	双龍齋貞圓	고단	
6	8	川柳	柳建寺土左衛門選/紅葉 〈3〉〔1〕 류켄지 도자에몬 선/단풍	仁川 肥後守	시가/센류	
6	8	川柳	柳建寺土左衛門選/紅葉 〈3〉〔1〕 류켄지 도자에몬 선/단풍	仁川 松平坊	시가/센류	
6	8	川柳	柳建寺土左衛門選/紅葉 〈3〉〔1〕 류켄지 도자에몬 선/단풍	仁川 しげる	시가/센류	
6	8	川柳	柳建寺土左衛門選/紅葉 〈3〉〔1〕 류켄지 도자에몬 선/단풍	仁川 素山	시가/센류	
6	8	川柳	柳建寺土左衛門選/紅葉 〈3〉〔1〕 류켄지 도자에몬 선/단풍	仁川 詩腕坊	시가/센류	
6	8	川柳	柳建寺土左衛門選/紅葉/人 〈3〉〔1〕 류켄지 도자에몬 선/단풍/인	仁川 右大臣	시가/센류	
6	8	川柳	柳建寺土左衛門選/紅葉/地 〈3〉〔1〕 류켄지 도자에몬 선/단풍/지	京城 黑ン坊	시가/센류	
6	8	川柳	柳建寺土左衛門選/紅葉/天 〈3〉〔1〕 류켄지 도자에몬 선/단풍/천	大邱 不知坊	시가/센류	
8	1~3		宿命 〈66〉 숙명	三島霜川	소설	
1	3~4	朝鮮詩壇	##會###大邱 〔1〕 ##회###대구	小永井##	시가/한시	
1	3~4	朝鮮詩壇	##會###大邱 〔1〕 ##회###대구	杉浦華南	시가/한시	
1	3~4	朝鮮詩壇	月下聽蟲 〔1〕 월하청충	工藤#雪	시가/한시	
1	3~4	朝鮮詩壇	月下聽蟲 〔1〕 월하청충	齋藤三寅	시가/한시	
1	4~5		史外史傳 女正雪/謎の美女 〈133〉 사외사전 온나 쇼세쓰/수수께끼의 미녀	伊藤銀月	소설	
4	7~8	子供の新聞	兵營を見に行つたこと 병영을 보러 갔을 때	南大門小學校三年 生 五味芳枝	수필/일상	
4	7~8	子供の新聞	昨日の遠足 어제의 소풍	南大門小學校三年 生 成田#郎	수필/일상	
6	6~8		塙團右衛門 〈8〉 반 단에몬	双龍齋貞圓	고단	
6	8	川柳	柳建寺土左衛門選/脚絆 〈1〉〔1〕 류켄지 도자에몬 선/각반	大邱 朝#坊	시가/센류	
6	8	川柳	柳建寺土左衛門選/脚絆 〈1〉〔1〕 류켄지 도자에몬 선/각반	京城 #一坊	시가/센류	

지면	단수	기획	기사제목 〈회수〉〔곡수〕	필자/저자(역자)	분류	비고
6	8	川柳	柳建寺土左衛門選/脚絆 〈1〉[1] 류켄지 도자에몬 선/각반	大邱 不知坊	시가/센류	
6	8	川柳	柳建寺土左衛門選/脚絆 〈1〉[2] 류켄지 도자에몬 선/각반	仁義洞 #花	시가/센류	
6	8	川柳	柳建寺土左衛門選/脚絆 〈1〉[3] 류켄지 도자에몬 선/각반	平壤 六#	시가/센류	
6	8	川柳	柳建寺土左衛門選/脚絆 〈1〉[3] 류켄지 도자에몬 선/각반	仁川 肥後守	시가/센류	
6	8	川柳	柳建寺土左衛門選/脚絆 〈1〉[3] 류켄지 도자에몬 선/각반	仁川 高士香	시가/센류	
6	8	川柳	柳建寺土左衛門選/脚絆 〈1〉[3] 류켄지 도자에몬 선/각반	大田 夜叉王	시가/센류	
6	8	川柳	柳建寺土左衛門選/脚絆 〈1〉[6] 류켄지 도자에몬 선/각반	仁川 紅短冊	시가/센류	
6	8	川柳	柳建寺土左衛門選/脚絆 〈1〉[6] 류켄지 도자에몬 선/각반	大邱 茶舟	시가/센류	
8	1~3		宿命 〈67〉 숙명	三島霜川	소설	

1920년 12월 02일(목) 6943호

지면	단수	기획	기사제목 〈회수〉〔곡수〕	필자/저자(역자)	분류	비고
1	3	朝鮮歌壇	(제목없음)〔4〕	本間素月	시가/단카	
1	3	朝鮮歌壇	(제목없음)〔3〕	久我思秋	시가/단카	
1	3	朝鮮歌壇	(제목없음)〔1〕	不案	시가/단카	
1	3	朝鮮俳壇	渡邊水巴選/秋雜 〈7〉[3] 와타나베 스이하 선/가을-잡	裸骨	시가/하이쿠	
1	3	朝鮮俳壇	渡邊水巴選/秋雜 〈7〉[3] 와타나베 스이하 선/가을-잡	れつ女	시가/하이쿠	
1	3	朝鮮俳壇	渡邊水巴選/秋雜 〈7〉[2] 와타나베 스이하 선/가을-잡	山#人	시가/하이쿠	
1	3	朝鮮俳壇	渡邊水巴選/秋雜 〈7〉[2] 와타나베 스이하 선/가을-잡	香 #	시가/하이쿠	
1	3	朝鮮俳壇	渡邊水巴選/秋雜 〈7〉[1] 와타나베 스이하 선/가을-잡	笠溜子	시가/하이쿠	
1	4~5		史外史傳 女正雪/謎の美女 〈134〉 사외사전 온나 쇼세쓰/수수께끼의 미녀	伊藤銀月	소설	
4	7~8	子供の新聞	兎 토끼	日出小學校第四 名島光雄	시가/기타	
4	7~8	子供の新聞	日の丸の旗 히노마루 깃발	日出小學校第四 宮出昭由	시가/신체시	
4	7~8	子供の新聞	時計 시계	日出小學校第四 佐藤#信	시가/신체시	
4	7~8	子供の新聞	目かくし鬼 까막잡기	日出小學校第四 曾我徹子	시가/신체시	
6	5~7		塙團右衛門 〈9〉 반 단에몬	双龍齋貞圓	고단	
8	1~3		宿命 〈68〉 숙명	三島霜川	소설	

1920년 12월 03일(금) 6944호

지면	단수	기획	기사제목 〈회수〉〔곡수〕	필자/저자(역자)	분류	비고
1	3	朝鮮詩壇	##香菊花 〔1〕 ##향국화	宮#雲堂	시가/한시	
1	3	朝鮮詩壇	城頭秋望 〔1〕 성두추망	安永春雨	시가/한시	
1	3	朝鮮詩壇	海邊觀月作 〔1〕 해변관월작	成田魯石	시가/한시	
1	3~4	朝鮮歌壇	(제목없음) 〔2〕	遠見#果	시가/단카	
1	3~4	朝鮮歌壇	(제목없음) 〔3〕	海州臺天	시가/단카	
1	3~4	朝鮮歌壇	(제목없음) 〔1〕	五#沒	시가/단카	
1	3~4	朝鮮歌壇	(제목없음) 〔1〕	不案	시가/단카	
1	4~5		史外史傳 女正雪/謎の美女 〈135〉 사외사전 온나 쇼세쓰/수수께끼의 미녀	伊藤銀月	소설	
3	7		#川句會抄/時雨 〔4〕 #센쿠카이 초/가을 지나가는 비	伽藍堂	시가/하이쿠	
3	7		#川句會抄/時雨 〔2〕 #센쿠카이 초/가을 지나가는 비	想仙	시가/하이쿠	
3	7		#川句會抄/時雨 〔1〕 #센쿠카이 초/가을 지나가는 비	杜月	시가/하이쿠	
3	7		#川句會抄/時雨 〔1〕 #센쿠카이 초/가을 지나가는 비	農夫	시가/하이쿠	
3	7		#川句會抄/時雨 〔1〕 #센쿠카이 초/가을 지나가는 비	#靜	시가/하이쿠	
3	7		#川句會抄/時雨 〔1〕 #센쿠카이 초/가을 지나가는 비	ゝ禾	시가/하이쿠	
3	7		#川句會抄/牡蠣 〔3〕 #센쿠카이 초/굴	想仙	시가/하이쿠	
3	7		#川句會抄/牡蠣 〔3〕 #센쿠카이 초/굴	伽藍堂	시가/하이쿠	
3	7		#川句會抄/牡蠣 〔1〕 #센쿠카이 초/굴	杜月	시가/하이쿠	
3	7		#川句會抄/牡蠣 〔1〕 #센쿠카이 초/굴	農夫	시가/하이쿠	
3	7		#川句會抄/牡蠣 〔2〕 ##센쿠카이 초/굴	ゝ禾	시가/하이쿠	
4	7~8	子供のし んぶん	ゑらくなる子供 훌륭한 아이	西大門小學校 池田	수필/일상	
5	3~8		李朝末世の歷史と共に半島の女政治家として戀物語の主として未だ 褪 せぬ妖艶の姿 이조말기 역사와 함께 반도의 여자 정치가로서 사랑이야기의 주인공으로 아직까지 퇴색되지 않은 요염한 모습		수필/기타	
6	6~8		塙團右衛門 〈10〉 반 단에몬	双龍齋貞圓	고단	
6	8	川柳	柳建寺土左衛門選/脚絆/佳句 〔1〕 류켄지 도자에몬 선/각반/뛰어난 구	京城 愛花	시가/센류	
6	8	川柳	柳建寺土左衛門選/脚絆/佳句 〔4〕 류켄지 도자에몬 선/각반/뛰어난 구	大田 夜叉王	시가/센류	
6	8	川柳	柳建寺土左衛門選/脚絆/佳句 〔5〕 류켄지 도자에몬 선/각반/뛰어난 구	仁川 紅短冊	시가/센류	

지면	단수	기획	기사제목 〈회수〉〔곡수〕	필자/저자(역자)	분류	비고
6	8	川柳	柳建寺土左衛門選/脚絆/五客 [1] 류켄지 도자에몬 선/각반/오객	大邱 茶舟	시가/센류	
6	8	川柳	柳建寺土左衛門選/脚絆/五客 [1] 류켄지 도자에몬 선/각반/오객	仁川 紅短冊	시가/센류	
6	8	川柳	柳建寺土左衛門選/脚絆/五客 [2] 류켄지 도자에몬 선/각반/오객	大田 夜叉王	시가/센류	
6	8	川柳	柳建寺土左衛門選/脚絆/五客 [1] 류켄지 도자에몬 선/각반/오객	仁川 紅短冊	시가/센류	
6	8	川柳	柳建寺土左衛門選/脚絆/三才 [1] 류켄지 도자에몬 선/각반/삼재	仁川 肥後守	시가/센류	
6	8	川柳	柳建寺土左衛門選/脚絆/三才 [1] 류켄지 도자에몬 선/각반/삼재	仁川 紅短冊	시가/센류	
6	8	川柳	柳建寺土左衛門選/脚絆/三才 [1] 류켄지 도자에몬 선/각반/삼재	大田 夜叉王	시가/센류	
8	1~3		宿命 〈69〉 숙명	三島霜川	소설	

1920년 12월 04일(토) 6945호

지면	단수	기획	기사제목 〈회수〉〔곡수〕	필자/저자(역자)	분류	비고
1	2	朝鮮詩壇	城頭秋望 [1] 성두추망	河島五山	시가/한시	
1	2	朝鮮詩壇	時事偶感 [1] 시사우감	久野鐵如	시가/한시	
1	2	朝鮮詩壇	偶成 [1] 우성	寺尾公天	시가/한시	
1	2	朝鮮詩壇	秋日出遊 [1] 추일출유	古城梅溪	시가/한시	
1	2	朝鮮歌壇	(제목없음) [2]	さつき	시가/단카	
1	2	朝鮮歌壇	(제목없음) [1]	杉浦##	시가/단카	
1	2	朝鮮歌壇	(제목없음) [2]	早苗女	시가/단카	
1	2	朝鮮歌壇	(제목없음) [2]	杜の人	시가/단카	
1	2	朝鮮歌壇	(제목없음) [1]	不案	시가/단카	
1	2~3	朝鮮俳壇	渡邊水巴選/秋雜 〈8〉 [1] 와타나베 스이하 선/가을-잡	#川	시가/하이쿠	
1	2~3	朝鮮俳壇	渡邊水巴選/秋雜 〈8〉 [1] 와타나베 스이하 선/가을-잡	千歲	시가/하이쿠	
1	2~3	朝鮮俳壇	渡邊水巴選/秋雜 〈8〉 [1] 와타나베 스이하 선/가을-잡	宇外	시가/하이쿠	
1	2~3	朝鮮俳壇	渡邊水巴選/秋雜 〈8〉 [1] 와타나베 스이하 선/가을-잡	筑州	시가/하이쿠	
1	2~3	朝鮮俳壇	渡邊水巴選/秋雜/秀逸 〈8〉 [6] 와타나베 스이하 선/가을-잡/수일	綠童	시가/하이쿠	
1	3		投稿歡迎 투고 환영		광고/모집 광고	
1	4~5		史外史傳 女正雪/謎の美女 〈136〉 사외사전 온나 쇼세쓰/수수께끼의 미녀	伊藤銀月	소설	
4	8~9	短文欄	石森胡蝶選/鼠を殺した日 이시모리 고초 선/쥐를 죽인 날	斗星	수필/일상	

지면	단수	기획	기사제목 〈회수〉〔곡수〕	필자/저자(역자)	분류	비고
4	8~9	短文欄	石森胡蝶選/ある夜の感情 이시모리 고초 선/어느 날 밤의 감정	夢人	수필/일상	
4	8~9	子供のし んぶん	だんぐ寒くなりました 점점 추워졌습니다	西大門小學校第二 芦邊秀子	수필/일상	
6	6~8		塙團右衛門 〈11〉 반 단에몬	双龍齋貞圓	고단	
8	1~3		宿命 〈70〉 숙명	三島霜川	소설	

1920년 12월 05일(일) 6946호

지면	단수	기획	기사제목 〈회수〉〔곡수〕	필자/저자(역자)	분류	비고
1	2	朝鮮詩壇	次#分###韻送東歸 〔1〕 차#분###운송동귀	古城梅溪	시가/한시	
1	2	朝鮮詩壇	時感 原五 〔1〕 시감 원오	細川萜陵	시가/한시	
1	2	朝鮮詩壇	送###陰赴大邱 〔1〕 송###음부대구	齋藤三寅	시가/한시	
1	2	朝鮮詩壇	#社觀月 〔1〕 #사관월	成田魯石	시가/한시	
1	3	朝鮮俳壇	渡邊水巴選/秋雜/秀逸 〈9〉〔5〕 와타나베 스이하 선/가을-잡/수일	#舟	시가/하이쿠	
1	3	朝鮮俳壇	渡邊水巴選/秋雜/秀逸 〈9〉〔4〕 와타나베 스이하 선/가을-잡/수일	十亭	시가/하이쿠	
1	3	朝鮮俳壇	渡邊水巴選/秋雜/秀逸 〈9〉〔4〕 와타나베 스이하 선/가을-잡/수일	駛水	시가/하이쿠	
1	3		投稿歡迎 투고 환영		광고/모집 광고	
1	4~5		史外史傳 女正雪/謎の美女 〈137〉 사외사전 온나 쇼세쓰/수수께끼의 미녀	伊藤銀月	소설	
4	8~9	子供のし んぶん	うそつき坊主 거짓말쟁이 꼬마	西大門小學校第三 年生 福田保朝	수필/일상	
4	8~9	子供のし んぶん	謎 수수께끼		수필/일상	
6	6~8		塙團右衛門 〈12〉 반 단에몬	双龍齋貞圓	고단	
6	8	川柳	柳建寺土左衛門選/盜棒 〈1〉〔2〕 류켄지 도자에몬 선/도둑	仁川 大金玉	시가/센류	
6	8	川柳	柳建寺土左衛門選/盜棒 〈1〉〔2〕 류켄지 도자에몬 선/도둑	#川 骨三	시가/센류	
6	8	川柳	柳建寺土左衛門選/盜棒 〈1〉〔2〕 류켄지 도자에몬 선/도둑	仁川 しげ子	시가/센류	
6	8	川柳	柳建寺土左衛門選/盜棒 〈1〉〔2〕 류켄지 도자에몬 선/도둑	仁川 紅短冊	시가/센류	
6	8	川柳	柳建寺土左衛門選/盜棒 〈1〉〔2〕 류켄지 도자에몬 선/도둑	仁川 磐梯	시가/센류	
6	8	川柳	柳建寺土左衛門選/盜棒 〈1〉〔2〕 류켄지 도자에몬 선/도둑	## 蛭軒	시가/센류	
6	8	川柳	柳建寺土左衛門選/盜棒 〈1〉〔2〕 류켄지 도자에몬 선/도둑	仁川 松平坊	시가/센류	
6	8	川柳	柳建寺土左衛門選/盜棒 〈1〉〔3〕 류켄지 도자에몬 선/도둑	京城 南禪寺	시가/센류	
6	8	川柳	柳建寺土左衛門選/盜棒 〈1〉〔3〕 류켄지 도자에몬 선/도둑	龍山 三日坊	시가/센류	

지면	단수	기획	기사제목 〈회수〉〔곡수〕	필자/저자(역자)	분류	비고
6	8	川柳	柳建寺土左衛門選/盜棒 〈1〉〔4〕 류켄지 도자에몬 선/도둑	龍山 杜詩鶯	시가/센류	
6	8	川柳	柳建寺土左衛門選/盜棒 〈1〉〔5〕 류켄지 도자에몬 선/도둑	仁川 右大臣	시가/센류	
6	8	川柳	##川柳會句稿/柳建寺選/夜、月〔1〕 ##센류회 구고/류켄지 선/ 밤, 월	蛭軒	시가/센류	
6	8	川柳	##川柳會句稿/柳建寺選/夜、月〔1〕 ##센류회 구고/류켄지 선/ 밤, 월	支保	시가/센류	
6	8	川柳	##川柳會句稿/柳建寺選/夜、月〔1〕 ##센류회 구고/류켄지 선/ 밤, 월	三味	시가/센류	
6	8	川柳	##川柳會句稿/柳建寺選/夜、月〔2〕 ##센류회 구고/류켄지 선/ 밤, 월	七茶	시가/센류	
6	8	川柳	##川柳會句稿/柳建寺選/夜、月〔1〕 ##센류회 구고/류켄지 선/ 밤, 월	凸坊	시가/센류	
6	8	川柳	##川柳會句稿/柳建寺選/夜、月〔1〕 ##센류회 구고/류켄지 선/ 밤, 월	凡農	시가/센류	
6	8	川柳	##川柳會句稿/柳建寺選/夜、月/三才/人〔1〕 ##센류회 구고/류켄지 선/ 밤, 월/삼재/인	風子	시가/센류	
6	8	川柳	##川柳會句稿/柳建寺選/夜、月/三才/地〔1〕 ##센류회 구고/류켄지 선/ 밤, 월/삼재/지	七茶	시가/센류	
6	8	川柳	##川柳會句稿/柳建寺選/夜、月/三才/天〔1〕 ##센류회 구고/류켄지 선/ 밤, 월/삼재/천	蛭軒	시가/센류	
8	1~3		宿命 〈71〉 숙명	三島霜川	소설	

1920년 12월 06일(월) 6947호

지면	단수	기획	기사제목 〈회수〉〔곡수〕	필자/저자(역자)	분류	비고
4	1~3		塙團右衛門 〈13〉 반 단에몬	双龍齋貞圓	고단	

1920년 12월 07일(화) 6948호

지면	단수	기획	기사제목 〈회수〉〔곡수〕	필자/저자(역자)	분류	비고
1	4~5		史外史傳 女正雪/謎の美女 〈138〉 사외사전 온나 쇼세쓰/수수께끼의 미녀	伊藤銀月	소설	
4	6~7		新年文藝募集 신년 문예 모집		광고/모집	광고
4	8~9	子供のしんぶん	入營の旗を見て 입영 깃발을 보고	東大門小學校五年生 #澤春江	수필/일상	
4	10~12		宿命 〈72〉 숙명	三島霜川	소설	
6	6~8		塙團右衛門 〈14〉 반 단에몬	双龍齋貞圓	고단	
6	8	川柳	柳建寺土左衛門選/盜棒 〈2〉〔1〕 류켄지 도자에몬 선/도둑	京城 ###	시가/센류	
6	8	川柳	柳建寺土左衛門選/盜棒 〈2〉〔1〕 류켄지 도자에몬 선/도둑	京城 黑ン坊	시가/센류	
6	8	川柳	柳建寺土左衛門選/盜棒 〈2〉〔1〕 류켄지 도자에몬 선/도둑	仁川 肥後守	시가/센류	
6	8	川柳	柳建寺土左衛門選/盜棒 〈2〉〔1〕 류켄지 도자에몬 선/도둑	仁川 素山	시가/센류	
6	8	川柳	柳建寺土左衛門選/盜棒 〈2〉〔1〕 류켄지 도자에몬 선/도둑	京城 大入	시가/센류	
6	8	川柳	柳建寺土左衛門選/盜棒 〈2〉〔1〕 류켄지 도자에몬 선/도둑	### 闇人	시가/센류	

지면	단수	기획	기사제목 〈회수〉 〔곡수〕	필자/저자(역자)	분류	비고
6	8	川柳	柳建寺土左衛門選/盜棒 〈2〉 [1] 류켄지 도자에몬 선/도둑	平壤 ##坊	시가/센류	
6	8	川柳	柳建寺土左衛門選/盜棒 〈2〉 [1] 류켄지 도자에몬 선/도둑	京城 ##生	시가/센류	
6	8	川柳	柳建寺土左衛門選/盜棒 〈2〉 [1] 류켄지 도자에몬 선/도둑	大邱 不知坊	시가/센류	
6	8	川柳	柳建寺土左衛門選/盜棒 〈2〉 [1] 류켄지 도자에몬 선/도둑	平壤 庵莊	시가/센류	
6	8	川柳	柳建寺土左衛門選/盜棒 〈2〉 [1] 류켄지 도자에몬 선/도둑	京城 鬼笑坊	시가/센류	
6	8	川柳	柳建寺土左衛門選/盜棒 〈2〉 [1] 류켄지 도자에몬 선/도둑	仁川 狂愚子	시가/센류	
6	8	川柳	柳建寺土左衛門選/盜棒 〈2〉 [1] 류켄지 도자에몬 선/도둑	京城 #花坊	시가/센류	
6	8	川柳	柳建寺土左衛門選/盜棒 〈2〉 [1] 류켄지 도자에몬 선/도둑	京城 銀柳	시가/센류	
6	8	川柳	柳建寺土左衛門選/盜棒 〈2〉 [1] 류켄지 도자에몬 선/도둑	仁川 老翁	시가/센류	
6	8	川柳	柳建寺土左衛門選/盜棒 〈2〉 [1] 류켄지 도자에몬 선/도둑	沙里院 景岩寺	시가/센류	
6	8	川柳	柳建寺土左衛門選/盜棒 〈2〉 [1] 류켄지 도자에몬 선/도둑	京城 竹城	시가/센류	
6	8	川柳	柳建寺土左衛門選/盜棒 〈2〉 [1] 류켄지 도자에몬 선/도둑	仁川 漫流	시가/센류	
6	8	川柳	柳建寺土左衛門選/盜棒 〈2〉 [1] 류켄지 도자에몬 선/도둑	仁川 柏亭	시가/센류	
6	8	川柳	柳建寺土左衛門選/盜棒 〈2〉 [1] 류켄지 도자에몬 선/도둑	開城 雄山	시가/센류	
6	8	川柳	柳建寺土左衛門選/盜棒 〈2〉 [1] 류켄지 도자에몬 선/도둑	京城 #炬	시가/센류	
6	8	川柳	柳建寺土左衛門選/盜棒 〈2〉 [1] 류켄지 도자에몬 선/도둑	京城 李甲#	시가/센류	
6	8	川柳	柳建寺土左衛門選/盜棒 〈2〉 [1] 류켄지 도자에몬 선/도둑	仁川 藤	시가/센류	
6	8	川柳	柳建寺土左衛門選/盜棒 〈2〉 [1] 류켄지 도자에몬 선/도둑	鳥致院 よし子	시가/센류	

1920년 12월 08일(수) 6949호

지면	단수	기획	기사제목 〈회수〉 〔곡수〕	필자/저자(역자)	분류	비고
1	3	朝鮮詩壇	追##遊 [1] 추##유	古城#渓	시가/한시	
1	3	朝鮮詩壇	蓮寺觀月 [1] 연사관월	阿部矢山	시가/한시	
1	3	朝鮮詩壇	蓮寺觀月 [1] 연사관월	栗原茄陽	시가/한시	
1	3	朝鮮詩壇	蓮寺觀月 [1] 연사관월	河島五山	시가/한시	
1	3	朝鮮詩壇	蓮寺觀月 [1] 연사관월	江源如水	시가/한시	
1	4~5		史外史傳 女正雪/謎の美女 〈139〉 사외사전 온나 쇼세쓰/수수께끼의 미녀	伊藤銀月	소설	
4	8~9	子供のし んぶん	私の學校 나의 학교	パラオ島日本小學校 四年生 コマメレー	수필/일상	

지면	단수	기획	기사제목 〈회수〉〔곡수〕	필자/저자(역자)	분류	비고
4	8~9	子供のしんぶん	私タチノ「シユウチヨウ」 우리의 추장	「トラツク島」ニドワー(十四歳)	수필/일상	
4	10~12		塙團右衛門 〈15〉 반 단에몬	双龍齋貞圓	고단	
7	11~12		三味線の話 샤미센 이야기	中村#次郎	수필/기타	
8	1~3		宿命 〈73〉 숙명	三島霜川	소설	

1920년 12월 10일(금) 6951호

지면	단수	기획	기사제목 〈회수〉〔곡수〕	필자/저자(역자)	분류	비고
1	3	朝鮮俳壇	渡邊水巴選/秋雜/秀逸 〈10〉〔3〕 와타나베 스이하 선/가을-잡/수일	星羽	시가/하이쿠	
1	3	朝鮮俳壇	渡邊水巴選/秋雜/秀逸 〈10〉〔1〕 와타나베 스이하 선/가을-잡/수일	木刀	시가/하이쿠	
1	3	朝鮮俳壇	渡邊水巴選/秋雜/秀逸 〈10〉〔1〕 와타나베 스이하 선/가을-잡/수일	#人	시가/하이쿠	
1	3	朝鮮俳壇	渡邊水巴選/秋雜/秀逸 〈10〉〔1〕 와타나베 스이하 선/가을-잡/수일	月魄	시가/하이쿠	
1	3	朝鮮俳壇	渡邊水巴選/秋雜/秀逸 〈10〉〔1〕 와타나베 스이하 선/가을-잡/수일	れつ女	시가/하이쿠	
1	3	朝鮮俳壇	渡邊水巴選/秋雜/秀逸 〈10〉〔1〕 와타나베 스이하 선/가을-잡/수일	##	시가/하이쿠	
1	3		投稿歡迎 투고 환영		광고/모집 광고	
1	4~5		史外史傳 女正雪/謎の美女 〈141〉 사외사전 온나 쇼세쓰/수수께끼의 미녀	伊藤銀月	소설	
4	6~7		鴨綠江節 압록강 노래		시가/기타	
4	7~8	短文欄	石森胡蝶選/時雨の# 이시모리 고초 선/시우의 #	秋本素秋	수필/일상	
4	8~9		新年文藝募集 신년 문예 모집		광고/모집 광고	
4	8~9	子供のしんぶん	病の先生に 병에 걸린 선생님께	新義州尋常六學年 野村滿	수필/일상	
6	5~7		塙團右衛門 〈17〉 반 단에몬	双龍齋貞圓	고단	
6	7	川柳	柳建寺土左衛門選/盗棒/佳吟 〈3〉〔1〕 류켄지 도자에몬 선/도둑/뛰어난 구	龍山 林詩鶯	시가/센류	
6	7	川柳	柳建寺土左衛門選/盗棒/佳吟 〈3〉〔1〕 류켄지 도자에몬 선/도둑/뛰어난 구	京城 黑ン坊	시가/센류	
6	7	川柳	柳建寺土左衛門選/盗棒/佳吟 〈3〉〔1〕 류켄지 도자에몬 선/도둑/뛰어난 구	仁川 泰山	시가/센류	
6	7	川柳	柳建寺土左衛門選/盗棒/佳吟 〈3〉〔1〕 류켄지 도자에몬 선/도둑/뛰어난 구	京城 大入	시가/센류	
6	7	川柳	柳建寺土左衛門選/盗棒/佳吟 〈3〉〔1〕 류켄지 도자에몬 선/도둑/뛰어난 구	仁川 磐梯	시가/센류	
6	7	川柳	柳建寺土左衛門選/盗棒/佳吟 〈3〉〔1〕 류켄지 도자에몬 선/도둑/뛰어난 구	## 蛭軒	시가/센류	
6	7	川柳	柳建寺土左衛門選/盗棒/佳吟 〈3〉〔2〕 류켄지 도자에몬 선/도둑/뛰어난 구	仁川 庚佛	시가/센류	
6	7	川柳	柳建寺土左衛門選/盗棒/佳吟 〈3〉〔2〕 류켄지 도자에몬 선/도둑/뛰어난 구	仁川 肥後守	시가/센류	

지면	단수	기획	기사제목 〈회수〉〔곡수〕	필자/저자(역자)	분류	비고
6	7	川柳	柳建寺土左衛門選/盜棒/佳吟 〈3〉〔2〕 류켄지 도자에몬 선/도둑/뛰어난 구	西潮津 岡六	시가/센류	
6	7	川柳	柳建寺土左衛門選/盜棒/佳吟 〈3〉〔2〕 류켄지 도자에몬 선/도둑/뛰어난 구	仁川 紅短冊	시가/센류	
6	7	川柳	柳建寺土左衛門選/盜棒/佳吟 〈3〉〔2〕 류켄지 도자에몬 선/도둑/뛰어난 구	仁川 松平坊	시가/센류	
6	7	川柳	柳建寺土左衛門選/盜棒/佳吟 〈3〉〔2〕 류켄지 도자에몬 선/도둑/뛰어난 구	京城 南禪寺	시가/센류	
6	7	川柳	柳建寺土左衛門選/盜棒/佳吟 〈3〉〔2〕 류켄지 도자에몬 선/도둑/뛰어난 구	龍山 三日坊	시가/센류	
8	1~3		宿命 〈75〉 숙명	三島霜川	소설	

1920년 12월 11일(토) 6952호

지면	단수	기획	기사제목 〈회수〉〔곡수〕	필자/저자(역자)	분류	비고
1	2	朝鮮詩壇	蓮花 〔1〕 연화	小水井桃陰	시가/한시	
1	2	朝鮮詩壇	北風 〔1〕 북풍	兒島九#	시가/한시	
1	2	朝鮮詩壇	夢中有作 〔1〕 몽중유작	宮澤雲堂	시가/한시	
1	2	朝鮮俳壇	月(1) 〔7〕 달(1)	三#	시가/하이쿠	
1	2	朝鮮俳壇	月(1) 〔7〕 달(1)	貫一	시가/하이쿠	
1	2	朝鮮俳壇	月(1) 〔6〕 달(1)	草兄	시가/하이쿠	
1	2		投稿歡迎 투고 환영		광고/모집 광고	
1	4~5		史外史傳 女正雪/謎の美女 〈142〉 사외사전 온나 쇼세쓰/수수께끼의 미녀	伊藤銀月	소설	
4	7~9		チョイと通て眺めて縮めた黃海道 잠깐 지나가다 바라보고 움츠러든 황해도	小野生	수필.시가/ 기행.단카	
6	6~8		塙團右衛門 〈18〉 반 단에몬	双龍齋貞圓	고단	
8	1~3		宿命 〈76〉 숙명	三島霜川	소설	

1920년 12월 12일(일) 6953호

지면	단수	기획	기사제목 〈회수〉〔곡수〕	필자/저자(역자)	분류	비고
1	3	朝鮮詩壇	和柳先生壁間#韻 〔1〕 화류선생벽간#운	齋藤三寅	시가/한시	
1	3	朝鮮詩壇	秋#遊逍#山山在楊州郡東豆川 〔1〕 추#유소#산산재양주군동두천	小水井桃陰	시가/한시	
1	4		投稿歡迎 투고 환영		광고/모집 광고	
1	4~5		史外史傳 女正雪/謎の美女 〈143〉 사외사전 온나 쇼세쓰/수수께끼의 미녀	伊藤銀月	소설	
4	2~6		チョイと通て眺めて縮めた黃海道 잠깐 지나가다 바라보고 움츠러든 황해도	小野生	수필.시가/ 기행.단카	
4	8~9	子供のし んぶん	朴淵瀑布遠足の記 박연폭포 소풍 기록	開城公立小學校高等 科一學年 三好高#雄	수필/일상	
6	6~8		塙團右衛門 〈19〉 반 단에몬	双龍齋貞圓	고단	

지면	단수	기획	기사제목 〈회수〉〔곡수〕	필자/저자(역자)	분류	비고
6	8	川柳	柳建寺土左衛門選/盜棒/佳吟 〈4〉〔3〕 류켄지 도자에몬 선/도둑/뛰어난 구	仁川 右大臣	시가/센류	
6	8	川柳	柳建寺土左衛門選/盜棒/佳吟 〈4〉〔5〕 류켄지 도자에몬 선/도둑/뛰어난 구	仁川 詩腕坊	시가/센류	
6	8	川柳	柳建寺土左衛門選/盜棒/佳吟 〈4〉〔6〕 류켄지 도자에몬 선/도둑/뛰어난 구	龍山 鳥石	시가/센류	
6	8	川柳	柳建寺土左衛門選/盜棒/佳吟 〈4〉〔9〕 류켄지 도자에몬 선/도둑/뛰어난 구	大田 夜叉王	시가/센류	
8	1~3		宿命 〈77〉 숙명	三島霜川	소설	

1920년 12월 13일(월) 6954호

지면	단수	기획	기사제목 〈회수〉〔곡수〕	필자/저자(역자)	분류	비고
4	1~3		塙團右衛門 〈20〉 반 단에몬	双龍齋貞圓	고단	

1920년 12월 14일(화) 6955호

지면	단수	기획	기사제목 〈회수〉〔곡수〕	필자/저자(역자)	분류	비고
1	3	朝鮮俳壇	月(2)/渡邊水巴選〔5〕 달(2)/와타나베 스이하 선	十亭	시가/하이쿠	
1	3	朝鮮俳壇	月(2)/渡邊水巴選〔4〕 달(2)/와타나베 스이하 선	晚汀	시가/하이쿠	
1	3	朝鮮俳壇	月(2)/渡邊水巴選〔4〕 달(2)/와타나베 스이하 선	裸骨	시가/하이쿠	
1	3	朝鮮俳壇	月(2)/渡邊水巴選〔3〕 달(2)/와타나베 스이하 선	浦南	시가/하이쿠	
1	3	朝鮮俳壇	月(2)/渡邊水巴選〔3〕 달(2)/와타나베 스이하 선	駛水	시가/하이쿠	
1	3~4		投稿歡迎 투고 환영		광고/모집 광고	
1	4~5		史外史傳 女正雪/謎の美女 〈144〉 사외사전 온나 쇼세쓰/수수께끼의 미녀	伊藤銀月	소설	
4	4~8		チョイと通て眺めて縮めた黃海道 잠깐 지나가다 바라보고 움츠러든 황해도	小野生	수필.시가/ 기행.단카	
6	6~8		塙團右衛門 〈21〉 반 단에몬	双龍齋貞圓	고단	
6	8	川柳	柳建寺土左衛門選/盜棒/十客 〈5〉〔1〕 류켄지 도자에몬 선/도둑/십객	岡山 三日坊	시가/센류	
6	8	川柳	柳建寺土左衛門選/盜棒/十客 〈5〉〔1〕 류켄지 도자에몬 선/도둑/십객	仁川 右大臣	시가/센류	
6	8	川柳	柳建寺土左衛門選/盜棒/十客 〈5〉〔1〕 류켄지 도자에몬 선/도둑/십객	大田 夜叉王	시가/센류	
6	8	川柳	柳建寺土左衛門選/盜棒/十客 〈5〉〔1〕 류켄지 도자에몬 선/도둑/십객	京城 黑ン坊	시가/센류	
6	8	川柳	柳建寺土左衛門選/盜棒/十客 〈5〉〔1〕 류켄지 도자에몬 선/도둑/십객	京城 沈潤子	시가/센류	
6	8	川柳	柳建寺土左衛門選/盜棒/十客 〈5〉〔1〕 류켄지 도자에몬 선/도둑/십객	## 凡農	시가/센류	
6	8	川柳	柳建寺土左衛門選/盜棒/十客 〈5〉〔1〕 류켄지 도자에몬 선/도둑/십객	仁川 庾佛	시가/센류	
6	8	川柳	柳建寺土左衛門選/盜棒/十客 〈5〉〔1〕 류켄지 도자에몬 선/도둑/십객	京城 南禮寺	시가/센류	
6	8	川柳	柳建寺土左衛門選/盜棒/十客 〈5〉〔1〕 류켄지 도자에몬 선/도둑/십객	龍山 鳥石	시가/센류	

지면	단수	기획	기사제목 〈회수〉〔곡수〕	필자/저재(역자)	분류	비고
6	8	川柳	柳建寺土左衛門選/盜棒/十客 〈5〉〔1〕 류켄지 도자에몬 선/도둑/십객	仁川 庚佛	시가/센류	
6	8	川柳	柳建寺土左衛門選/盜棒/三才 〈5〉〔1〕 류켄지 도자에몬 선/도둑/삼재	仁川 詩腕坊	시가/센류	
6	8	川柳	柳建寺土左衛門選/盜棒/三才 〈5〉〔1〕 류켄지 도자에몬 선/도둑/삼재	大田 夜叉王	시가/센류	
6	8	川柳	柳建寺土左衛門選/盜棒/三才 〈5〉〔1〕 류켄지 도자에몬 선/도둑/삼재	仁川 庚佛	시가/센류	
8	1~3		宿命 〈78〉 숙명	三島霜川	소설	

1920년 12월 15일(수) 6956호

지면	단수	기획	기사제목 〈회수〉〔곡수〕	필자/저재(역자)	분류	비고
1	3	朝鮮詩壇	悼亡次和田天民先生韻原六#三 〔1〕 도망차화전천민선생운원육#삼	成田魯石	시가/한시	
1	3	朝鮮詩壇	悼亡次和田天民先生韻原六#三 〔1〕 도망차화전천민선생운원육#삼	江源如水	시가/한시	
1	3~4	朝鮮俳壇	月(2)/渡邊水巴選 〔3〕 달(2)/와타나베 스이하 선	錄童	시가/하이쿠	
1	3~4	朝鮮俳壇	月(2)/渡邊水巴選 〔3〕 달(2)/와타나베 스이하 선	末刀	시가/하이쿠	
1	3~4	朝鮮俳壇	月(2)/渡邊水巴選 〔3〕 달(2)/와타나베 스이하 선	千歲	시가/하이쿠	
1	3~4	朝鮮俳壇	月(2)/渡邊水巴選 〔3〕 달(2)/와타나베 스이하 선	#窓	시가/하이쿠	
1	3~4	朝鮮俳壇	月(2)/渡邊水巴選 〔3〕 달(2)/와타나베 스이하 선	弓山	시가/하이쿠	
1	4~5		史外史傳 女正雪/謎の美女 〈145〉 사외사전 온나 쇼세쓰/수수께끼의 미녀	伊藤銀月	소설	
4	8~9	子供のしんぶん	謎の解答者 수수께끼 해답자		수필/기타	
4	8~9	子供のしんぶん	擊劍の試合 격검 시합	元町小學校五學年 熊勢莊太郎	수필/일상	
4	8~9	子供のしんぶん	たこ 연	鐘路小學校第四 宇 山雄三	시가/기타	
4	8~9	子供のしんぶん	霜の朝 서리 내린 아침	鐘路小學校高一 田 中秋子	수필/일상	
6	6~8		塙團右衛門 〈22〉 반 단에몬	双龍齋貞圓	고단	
6	8		朝鮮川柳句會/宿題、人/二點 〈1〉〔1〕 조선 센류 구회/숙제, 인/이점	邱#	시가/센류	
6	8		朝鮮川柳句會/宿題、人/二點 〔1〕 조선 센류 구회/숙제, 인/이점	紅短	시가/센류	
6	8		朝鮮川柳句會/宿題、人/二點 〔3〕 조선 센류 구회/숙제, 인/이점	鳥石	시가/센류	
6	8		朝鮮川柳句會/宿題、人/二點 〔1〕 조선 센류 구회/숙제, 인/이점	京城 黑ン坊	시가/센류	
6	8		朝鮮川柳句會/宿題、人/二點 〔1〕 조선 센류 구회/숙제, 인/이점	銀色	시가/센류	
6	8		朝鮮川柳句會/宿題、人/二點 〔1〕 조선 센류 구회/숙제, 인/이점	信州坊	시가/센류	
6	8		朝鮮川柳句會/宿題、人/二點 〔1〕 조선 센류 구회/숙제, 인/이점	右大臣	시가/센류	

지면	단수	기획	기사제목 〈회수〉〔곡수〕	필자/저자(역자)	분류	비고
6	8		朝鮮川柳句會/宿題、人/三點〔1〕 조선 센류 구회/숙제, 인/삼점	三日坊	시가/센류	
6	8		朝鮮川柳句會/宿題、人/三點〔1〕 조선 센류 구회/숙제, 인/삼점	大納言	시가/센류	
6	8		朝鮮川柳句會/宿題、人/三點〔1〕 조선 센류 구회/숙제, 인/삼점	紅短冊	시가/센류	
6	8		朝鮮川柳句會/宿題、人/四點〔1〕 조선 센류 구회/숙제, 인/사점	弓八郎	시가/센류	
6	8		朝鮮川柳句會/宿題、人/四點〔1〕 조선 센류 구회/숙제, 인/사점	黑ン坊	시가/센류	
6	8		朝鮮川柳句會/宿題、人/五點〔1〕 조선 센류 구회/숙제, 인/오점	右大臣	시가/센류	
8	1~3		宿命〈79〉 숙명	三島霜川	소설	

1920년 12월 17일(금) 6958호

지면	단수	기획	기사제목 〈회수〉〔곡수〕	필자/저자(역자)	분류	비고
1	3	朝鮮詩壇	夢後有作〔1〕 몽후유작	河島五山	시가/한시	
1	3	朝鮮詩壇	冬夜###〔1〕 동야####	川端不絶	시가/한시	
1	3	朝鮮詩壇	客中觀菊花〔1〕 객중관국화	岩城梅溪	시가/한시	
1	3~4	朝鮮歌壇	(제목없음)〔4〕	青田みづほ	시가/단카	
1	3~4	朝鮮歌壇	(제목없음)〔4〕	岡本ひろし	시가/단카	
1	3~4	朝鮮歌壇	(제목없음)〔2〕	不案	시가/단카	
1	4~5		史外史傳 女正雪/謎の美女〈147〉 사외사전 온나 쇼세쓰/수수께끼의 미녀	伊藤銀月	소설	
4	8~9	子供のし んぶん	蛇を見そこなった話 뱀을 볼 기회를 놓힌 이야기	東大門小學校五學 年 永島豊子	수필/일상	
6	6~8		塙團右衛門〈24〉 반 단에몬	双龍齋貞圓	고단	
8	1~3		宿命〈81〉 숙명	三島霜川	소설	

1920년 12월 19일(일) 6960호

지면	단수	기획	기사제목 〈회수〉〔곡수〕	필자/저자(역자)	분류	비고
1	3	朝鮮歌壇	(제목없음)〔3〕	岡本ひろし	시가/단카	
1	3	朝鮮歌壇	(제목없음)〔2〕	五條淡	시가/단카	
1	3	朝鮮歌壇	(제목없음)〔1〕	不案	시가/단카	
1	3	朝鮮俳壇	渡邊水巴選/秋雜〈1〉〔10〕 와타나베 스이하 선/가을-잡	#子	시가/하이쿠	
1	3	朝鮮俳壇	渡邊水巴選/秋雜〈1〉〔10〕 와타나베 스이하 선/가을-잡	研雨	시가/하이쿠	
1	3	朝鮮俳壇	渡邊水巴選/秋雜〈1〉〔3〕 와타나베 스이하 선/가을-잡	浦南	시가/하이쿠	
1	4~5		史外史傳 女正雪/謎の美女〈149〉 사외사전 온나 쇼세쓰/수수께끼의 미녀	伊藤銀月	소설	

지면	단수	기획	기사제목 〈회수〉〔곡수〕	필자/저자(역자)	분류	비고
3	6		倭城台より 왜성대에서	大夢生	수필/일상	
4	1~7	魔女物語	蟒お新の半生 〈1〉 우라바미 오신의 반생		수필/기타	
4	8~9	子供のし んぶん	病人の弟 아픈 동생	日出小學校四年生 今野賢平	수필/일상	
6	6~8		塙團右衛門 〈26〉 반 단에몬	双龍齋貞圓	고단	
6	8	川柳	柳建寺土左衛門選/二階借 〔4〕 류켄지 도자에몬 선/니카이가리	仁川 肥後守	시가/센류	
6	8	川柳	柳建寺土左衛門選/二階借 〔5〕 류켄지 도자에몬 선/니카이가리	仁川右大臣	시가/센류	
6	8	川柳	柳建寺土左衛門選/二階借 〔5〕 류켄지 도자에몬 선/니카이가리	仁川 悟浪人	시가/센류	
6	8	川柳	柳建寺土左衛門選/二階借 〔7〕 류켄지 도자에몬 선/니카이가리	京城 黑ン坊	시가/센류	
6	8	川柳	柳建寺土左衛門選/二階借 〔7〕 류켄지 도자에몬 선/니카이가리	大田 夜叉王	시가/센류	
8	1~3		宿命 〈83〉 숙명	三島霜川	소설	

1920년 12월 20일(월) 6961호

지면	단수	기획	기사제목 〈회수〉〔곡수〕	필자/저자(역자)	분류	비고
2	4~9	魔女物語	蟒お信の半生 〈2〉 우라바미 오신의 반생		수필/기타	
4	1~3		塙團右衛門 〈27〉 반 단에몬	双龍齋貞圓	고단	

1920년 12월 21일(화) 6962호

지면	단수	기획	기사제목 〈회수〉〔곡수〕	필자/저자(역자)	분류	비고
1	3	朝鮮詩壇	次##國分檢事長退官東歸之韻 〔1〕 차##국분검사장퇴관동귀지운	見失木#爾	시가/한시	
1	3~4	朝鮮歌壇	(제목없음) 〔7〕	####	시가/단카	
1	4	朝鮮歌壇	(제목없음) 〔1〕	不案	시가/단카	
1	4~5		史外史傳 女正雪/謎の美女 〈150〉 사외사전 온나 쇼세쓰/수수께끼의 미녀	伊藤銀月	소설	
3	6		大阪より 오사카에서	灰生	수필/일상	
4	3~7	魔女物語	蟒お信の半生 〈3〉 우라바미 오신의 반생		수필/기타	
4	7	短文欄	☆支那人の街の夕 중국인 거리의 저녁	夢人	수필/일상	
4	7~8	短文欄	☆其生活 그 생활	仁川 田川富士香	수필/일상	
4	8	短文欄	今日の出來事 오늘의 사건	惠露子	수필/일상	
4	8~9	子供のし んぶん	冬はなぜ寒いのでしょう 겨울은 어째서 추운 건가요	蓬萊町二 西山あき 子	수필/일상	
4	9	子供のし んぶん	裏の彰サン 우라노 효 상	元町小學校五學年 熊勢莊太郎	수필/일상	
6	6~8		塙團右衛門 〈28〉 반 단에몬	双龍齋貞圓	고단	

지면	단수	기획	기사제목 〈회수〉〔곡수〕	필자/저자(역자)	분류	비고
8	1~3		宿命 〈84〉 숙명	三島霜川	소설	

1920년 12월 22일(수) 6963호

지면	단수	기획	기사제목 〈회수〉〔곡수〕	필자/저자(역자)	분류	비고
1	3	朝鮮歌壇	(제목없음) 〔2〕	田中きみ	시가/단카	
1	3	朝鮮歌壇	(제목없음) 〔4〕	夢野艸	시가/단카	
1	3	朝鮮歌壇	(제목없음) 〔1〕	素人	시가/단카	
1	3	朝鮮歌壇	(제목없음) 〔1〕	不案	시가/단카	
1	3	朝鮮俳壇	渡邊水巴選/秋雜 〈2〉〔9〕 와타나베 스이하 선/가을-잡	薛#	시가/하이쿠	
1	3~4	朝鮮俳壇	渡邊水巴選/秋雜 〈2〉〔8〕 와타나베 스이하 선/가을-잡	未刀	시가/하이쿠	
1	4	朝鮮俳壇	渡邊水巴選/秋雜 〈2〉〔8〕 와타나베 스이하 선/가을-잡	十亭	시가/하이쿠	
1	4~5		史外史傳 女正雪/謎の美女 〈151〉 사외사전 온나 쇼세쓰/수수께끼의 미녀	伊藤銀月	소설	
4	4~5		聖誕祭が近づいた 성탄제가 가까워졌다		수필/일상	
4	4~8	魔女物語	蜻お信の半生 〈4〉 우라바미 오신의 반생		수필/기타	
4	7	川柳	柳建寺土左衛門選/二階借/佳吟 〔1〕 류켄지 도자에몬 선/니카이가리/뛰어난 구	京城 正一坊	시가/센류	
4	7	川柳	柳建寺土左衛門選/二階借/佳吟 〔1〕 류켄지 도자에몬 선/니카이가리/뛰어난 구	大邱 不知坊	시가/센류	
4	7	川柳	柳建寺土左衛門選/二階借/佳吟 〔1〕 류켄지 도자에몬 선/니카이가리/뛰어난 구	平壤 戀笑坊	시가/센류	
4	7	川柳	柳建寺土左衛門選/二階借/佳吟 〔1〕 류켄지 도자에몬 선/니카이가리/뛰어난 구	水源 行人	시가/센류	
4	7	川柳	柳建寺土左衛門選/二階借/佳吟 〔1〕 류켄지 도자에몬 선/니카이가리/뛰어난 구	京城 大要	시가/센류	
4	7	川柳	柳建寺土左衛門選/二階借/佳吟 〔1〕 류켄지 도자에몬 선/니카이가리/뛰어난 구	仁川 松平坊	시가/센류	
4	7	川柳	柳建寺土左衛門選/二階借/佳吟 〔1〕 류켄지 도자에몬 선/니카이가리/뛰어난 구	仁川 磐梯	시가/센류	
4	7	川柳	柳建寺土左衛門選/二階借/佳吟 〔1〕 류켄지 도자에몬 선/니카이가리/뛰어난 구	龍山 三日坊	시가/센류	
4	7	川柳	柳建寺土左衛門選/二階借/佳吟 〔1〕 류켄지 도자에몬 선/니카이가리/뛰어난 구	仁川右大臣	시가/센류	
4	7	川柳	柳建寺土左衛門選/二階借/佳吟 〔2〕 류켄지 도자에몬 선/니카이가리/뛰어난 구	京城 黑ン坊	시가/센류	
4	7	川柳	柳建寺土左衛門選/二階借/佳吟 〔3〕 류켄지 도자에몬 선/니카이가리/뛰어난 구	仁川 肥後守	시가/센류	
4	7	川柳	柳建寺土左衛門選/二階借/佳吟 〔4〕 류켄지 도자에몬 선/니카이가리/뛰어난 구	大田 夜叉王	시가/센류	
4	7	川柳	柳建寺土左衛門選/二階借/佳吟 〔5〕 류켄지 도자에몬 선/니카이가리/뛰어난 구	龍山 鳥石	시가/센류	
4	7	川柳	柳建寺土左衛門選/二階借/佳吟 〔5〕 류켄지 도자에몬 선/니카이가리/뛰어난 구	仁川 峯佛	시가/센류	

지면	단수	기획	기사제목 〈회수〉 〔곡수〕	필자/저자(역자)	분류	비고
4	7	川柳	柳建寺土左衛門選/二階借/佳吟 〔5〕 류켄지 도자에몬 선/니카이가리/뛰어난 구	仁川 詩腕坊	시가/센류	
4	7~8	子供のし んぶん	日本の人口 일본의 인구	天外生	수필/기타	
8	1~3		塙團右衛門 〈29〉 반 단에몬	双龍齋貞圓	고단	

1920년 12월 23일(목) 6964호

지면	단수	기획	기사제목 〈회수〉 〔곡수〕	필자/저자(역자)	분류	비고
1	3	朝鮮歌壇	(제목없음) 〔7〕	空然師	시가/단카	
1	3	朝鮮歌壇	(제목없음) 〔1〕	不案	시가/단카	
1	3	朝鮮俳壇	渡邊水巴選/秋雜 〈3〉 〔7〕 와타나베 스이하 선/가을-잡	葉舟	시가/하이쿠	
1	3	朝鮮俳壇	渡邊水巴選/秋雜 〈3〉 〔6〕 와타나베 스이하 선/가을-잡	綠童	시가/하이쿠	
1	3	朝鮮俳壇	渡邊水巴選/秋雜 〈3〉 〔6〕 와타나베 스이하 선/가을-잡	橙黃子	시가/하이쿠	
1	3	朝鮮俳壇	渡邊水巴選/秋雜 〈3〉 〔5〕 와타나베 스이하 선/가을-잡	森象	시가/하이쿠	
1	4~5		史外史傳 女正雪/謎の美女 〈152〉 사외사전 온나 쇼세쓰/수수께끼의 미녀	伊藤銀月	소설	
4	3~7	魔女物語	蟒お信の半生 〈5〉 우라바미 오신의 반생		수필/기타	
4	8~9	子供のし んぶん	淺岡のおぢさんがぼんさんになつた子 아사오카의 할아버지가 스님이 되었다	はし本	수필/일상	
6	6~8		塙團右衛門 〈30〉 반 단에몬	双龍齋貞圓	고단	
8	1~3		宿命 〈85〉 숙명	三島霜川	소설	

1920년 12월 24일(금) 6965호

지면	단수	기획	기사제목 〈회수〉 〔곡수〕	필자/저자(역자)	분류	비고
1	2	朝鮮詩壇	忘#吟社例會##桃席上 漫吟閑高和 〔1〕 망#음사예회##도석상 만음한고화	安東#雲	시가/한시	
1	2	朝鮮詩壇	次韻 〔1〕 차운	齋藤三寅	시가/한시	
1	2	朝鮮詩壇	次韻 〔1〕 차운	志智敬愛	시가/한시	
1	2~3	朝鮮詩壇	次韻 〔1〕 차운	江原如水	시가/한시	
1	3	朝鮮詩壇	次韻 〔1〕 차운	小永井桃陰	시가/한시	
1	3	朝鮮歌壇	(제목없음) 〔4〕	志津男	시가/단카	
1	3	朝鮮歌壇	(제목없음) 〔1〕	羊好	시가/단카	
1	3	朝鮮歌壇	(제목없음) 〔1〕	松永苯枕	시가/단카	
1	3	朝鮮歌壇	(제목없음) 〔1〕	不案	시가/단카	
1	3	朝鮮俳壇	渡邊水巴選/秋雜 〈4〉 〔6〕 와타나베 스이하 선/가을-잡	星羽	시가/하이쿠	

지면	단수	기획	기사제목 〈회수〉〔곡수〕	필자/저자(역자)	분류	비고
1	3	朝鮮俳壇	渡邊水巴選/秋雜 〈4〉〔4〕 와타나베 스이하 선/가을-잡	草兒	시가/하이쿠	
1	3	朝鮮俳壇	渡邊水巴選/秋雜 〈4〉〔4〕 와타나베 스이하 선/가을-잡	月魄	시가/하이쿠	
1	3	朝鮮俳壇	渡邊水巴選/秋雜 〈4〉〔4〕 와타나베 스이하 선/가을-잡	晩汀	시가/하이쿠	
1	3	朝鮮俳壇	渡邊水巴選/秋雜 〈4〉〔3〕 와타나베 스이하 선/가을-잡	駛水	시가/하이쿠	
1	4~5		史外史傳 女正雪/謎の美女 〈153〉 사외사전 온나 쇼세쓰/수수께끼의 미녀	伊藤銀月	소설	
4	3~7	魔女物語	蟒お信の半生 〈6〉 우라바미 오신의 반생		수필/기타	
4	6~7	短文欄	石森胡蝶選/#浪の子 이시모리 고초 선/#랑의 자식	中村百性	수필/일상	
4	6~/	短文欄	石森胡蝶選/潤落の前 이시모리 고초 선/윤락의 전	斗星	수필/일상	
4	6~7	短文欄	石森胡蝶選/口論の後 이시모리 고초 선/언쟁 뒤	仁川 田川富士香	수필/일상	
4	8~9	子供のし んぶん	新聞の見かたについて 신문 보는 법에 대하여	國井泉	수필/일상	
6	6~8		塙團右衞門 〈31〉 반 단에몬	双龍齋貞圓	고단	
8	1~3		宿命 〈86〉 숙명	三島霜川	소설	

1920년 12월 25일(토) 6966호

지면	단수	기획	기사제목 〈회수〉〔곡수〕	필자/저자(역자)	분류	비고
1	3	朝鮮詩壇	客圓山太##師〔1〕 객원산태##사	寺尾公天	시가/한시	
1	3	朝鮮詩壇	(제목없음)〔1〕	久野慶如	시가/한시	
1	3	朝鮮詩壇	遊寺觀月〔1〕 유사관월	古城梅溪	시가/한시	
1	3	朝鮮詩壇	秋日寄山#〔1〕 추일기산#	河島五山	시가/한시	
1	3	朝鮮歌壇	(제목없음)〔5〕	二見美夜吉	시가/단카	
1	3	朝鮮歌壇	(제목없음)〔2〕	稻葉紫鳥	시가/단카	
1	3	朝鮮歌壇	(제목없음)〔1〕	不案	시가/단카	
1	3	朝鮮俳壇	渡邊水巴選/秋雜 〈5〉〔3〕 와타나베 스이하 선/가을-잡	四樂	시가/하이쿠	
1	3	朝鮮俳壇	渡邊水巴選/秋雜 〈5〉〔3〕 와타나베 스이하 선/가을-잡	卽人	시가/하이쿠	
1	3	朝鮮俳壇	渡邊水巴選/秋雜 〈5〉〔3〕 와타나베 스이하 선/가을-잡	千歲	시가/하이쿠	
1	3	朝鮮俳壇	渡邊水巴選/秋雜 〈5〉〔2〕 와타나베 스이하 선/가을-잡	輝華	시가/하이쿠	
1	3	朝鮮俳壇	渡邊水巴選/秋雜 〈5〉〔2〕 와타나베 스이하 선/가을-잡	山路人	시가/하이쿠	
1	3~4	朝鮮俳壇	渡邊水巴選/秋雜 〈5〉〔2〕 와타나베 스이하 선/가을-잡	一周	시가/하이쿠	

지면	단수	기획	기사제목 〈회수〉〔곡수〕	필자/저자(역자)	분류	비고
1	4	朝鮮俳壇	渡邊水巴選/秋雜 〈5〉〔2〕 와타나베 스이하 선/가을-잡	靜閑	시가/하이쿠	
1	4	朝鮮俳壇	渡邊水巴選/秋雜 〈5〉〔2〕 와타나베 스이하 선/가을-잡	三茶	시가/하이쿠	
1	4~5		史外史傳 女正雪/謎の美女 〈154〉 사외사전 온나 쇼세쓰/수수께끼의 미녀	伊藤銀月	소설	
3	4~5		歲末の東京 연말의 도쿄	在東京 黃村生	수필/일상	
4	2~6	魔女物語	蟒お信の半生 〈7〉 우라바미 오신의 반생		수필/기타	
4	8~9	子供のし んぶん	注意すべき玩具食物學用品について 주의해야 할 완구, 음식, 학용품에 대해서		수필/기타	
4	8~9	子供のし んぶん	はねつき歌 하나쓰키 노래	日出小學校四年生 大橋愛子	시가/기타	
6	6~8		塙團右衛門 〈32〉 반 단에몬	双龍齋貞圓	고단	
8	1~3		宿命 〈87〉 숙명	三島霜川	소설	

1920년 12월 26일(일) 6967호

지면	단수	기획	기사제목 〈회수〉〔곡수〕	필자/저자(역자)	분류	비고
1	3	朝鮮俳壇	渡邊水巴選/秋雜 〈6〉〔2〕 와타나베 스이하 선/가을-잡	裸官	시가/하이쿠	
1	3	朝鮮俳壇	渡邊水巴選/秋雜 〈6〉〔3〕 와타나베 스이하 선/가을-잡	春#	시가/하이쿠	
1	3	朝鮮俳壇	渡邊水巴選/秋雜 〈6〉〔2〕 와타나베 스이하 선/가을-잡	蝸牛洞	시가/하이쿠	
1	3	朝鮮俳壇	渡邊水巴選/秋雜 〈6〉〔1〕 와타나베 스이하 선/가을-잡	洋丹	시가/하이쿠	
1	3	朝鮮俳壇	渡邊水巴選/秋雜 〈6〉〔1〕 와타나베 스이하 선/가을-잡	兆圭	시가/하이쿠	
1	3	朝鮮俳壇	渡邊水巴選/秋雜 〈6〉〔1〕 와타나베 스이하 선/가을-잡	夢中	시가/하이쿠	
1	3	朝鮮俳壇	渡邊水巴選/秋雜 〈6〉〔1〕 와타나베 스이하 선/가을-잡	扇子	시가/하이쿠	
1	3	朝鮮俳壇	渡邊水巴選/秋雜/秀逸 〈6〉〔3〕 와타나베 스이하 선/가을-잡/수일	未##刀	시가/하이쿠	
1	3~4	朝鮮俳壇	木##所見(三句)〔4〕 목##소견(삼구)	木##	시가/하이쿠	
1	4~5		史外史傳 女正雪/謎の美女 〈155〉 사외사전 온나 쇼세쓰/수수께끼의 미녀	伊藤銀月	소설	
4	1~6	魔女物語	蟒お信の半生 〈8〉 우라바미 오신의 반생		수필/기타	
4	7	短文欄	☆石森胡蝶選/餅搗く朝 이시모리 고초 선/떡을 치는 아침	伊集院生	수필/일상	
4	8	短文欄	☆石森胡蝶選/未連者 이시모리 고초 선/미련이 있는 자	仁川 田川富士香	수필/일상	
4	8	短文欄	☆石森胡蝶選/雪の解けさ 이시모리 고초 선/눈이 녹는 모습	胡葉生	수필/일상	
4	8	短文欄	石森胡蝶選/雪晴の日 이시모리 고초 선/눈 내린 맑은 날	松永素秋	수필/일상	
4	8~9	子供のし んぶん	教育いろはかるた 교육 이로하 가루타		수필/기타	

지면	단수	기획	기사제목 〈회수〉〔곡수〕	필자/저자(역자)	분류	비고
5	9		哀れなる流轉の旅(上) 가련한 유전 여행(상)		수필/기타	
6	5		歲末の東京 연말의 도쿄	在東京 黃村生	수필/일상	
6	6~8		塙團右衛門 〈33〉 반 단에몬	双龍齋貞圓	고단	
8	1~3		宿命 〈88〉 숙명	三島霜川	소설	

1920년 12월 28일(화) 6969호

지면	단수	기획	기사제목 〈회수〉〔곡수〕	필자/저자(역자)	분류	비고
1	3	朝鮮詩壇	冬夜##友 〔1〕 동야##우	河島五山	시가/한시	
1	3	朝鮮詩壇	忘#吟社####句 〔1〕 망#음사####구	江原如水	시가/한시	
1	3	朝鮮詩壇	忘#吟社####句 〔1〕 망#음사####구	工藤#雪	시가/한시	
1	3	朝鮮詩壇	忘#吟社####句 〔1〕 망#음사####구	西田百陰	시가/한시	
1	3	朝鮮詩壇	忘#吟社####句 〔1〕 망#음사####구	志智敬愛	시가/한시	
1	3	朝鮮詩壇	忘#吟社####句 〔1〕 망#음사####구	河島五山	시가/한시	
1	3	朝鮮詩壇	忘#吟社####句 〔1〕 망#음사####구	久保田#南	시가/한시	
1	3	朝鮮詩壇	忘#吟社####句 〔1〕 망#음사####구	齋藤三寅	시가/한시	
1	3	朝鮮詩壇	忘#吟社####句 〔1〕 망#음사####구	成田魯石	시가/한시	
1	3	朝鮮詩壇	忘#吟社####句 〔1〕 망#음사####구	安東#雲	시가/한시	
1	3	朝鮮詩壇	忘#吟社####句 〔1〕 망#음사####구	大石南山	시가/한시	
1	3	朝鮮詩壇	忘#吟社####句 〔1〕 망#음사####구	川端不絶	시가/한시	
1	3	朝鮮詩壇	忘#吟社####句 〔1〕 망#음사####구	#原華眠	시가/한시	
1	3	朝鮮詩壇	忘#吟社####句 〔1〕 망#음사####구	細川葩陵	시가/한시	
1	3	朝鮮詩壇	忘#吟社####句 〔1〕 망#음사####구	松田學鶴	시가/한시	
1	3	朝鮮俳壇	渡邊水巴選/秋雜/秀逸 〈7〉〔6〕 와타나베 스이하 선/가을-잡/수일	蝸牛洞	시가/하이쿠	
1	3	朝鮮俳壇	渡邊水巴選/秋雜/秀逸 〈7〉〔4〕 와타나베 스이하 선/가을-잡/수일	龍子	시가/하이쿠	
1	3	朝鮮俳壇	渡邊水巴選/秋雜/秀逸 〈7〉〔4〕 와타나베 스이하 선/가을-잡/수일	橙黃子	시가/하이쿠	
1	3	朝鮮俳壇	渡邊水巴選/秋雜/秀逸 〈7〉〔3〕 와타나베 스이하 선/가을-잡/수일	浦南	시가/하이쿠	
1	3~4	朝鮮俳壇	渡邊水巴選/秋雜/秀逸 〈7〉〔3〕 와타나베 스이하 선/가을-잡/수일	十亭	시가/하이쿠	
1	4	朝鮮俳壇	渡邊水巴選/秋雜/秀逸 〈7〉〔2〕 와타나베 스이하 선/가을-잡/수일	駛水	시가/하이쿠	

지면	단수	기획	기사제목 〈회수〉〔곡수〕	필자/저자(역자)	분류	비고
1	4~5		史外史傳 女正雪/謎の美女 〈156〉 사외사전 온나 쇼세쓰/수수께끼의 미녀	伊藤銀月	소설	
4	7~8	子供のしんぶん	敎育かるた 교육 가루타	京城三阪小學校長 朝野菊太郎先生# 員京城三阪小學校 田邊正#先生著	수필/기타	
6	6~8		塙團右衛門 〈35〉 반 단에몬	双龍齋貞圓	고단	
8	1~3		宿命 〈90〉 숙명	三島霜川	소설	

1920년 12월 29일(수) 6970호

지면	단수	기획	기사제목 〈회수〉〔곡수〕	필자/저자(역자)	분류	비고
1	3	朝鮮詩壇	## 〔1〕 ##	杉浦華南	시가/한시	
1	3	朝鮮詩壇	## 〔1〕 ##	江原如水	시가/한시	
1	3	朝鮮詩壇	## 〔1〕 ##	安東#雲	시가/한시	
1	3	朝鮮詩壇	#秋出遊 〔1〕 #추출유	志智敬愛	시가/한시	
1	3~4	朝鮮詩壇	#黃海 〔1〕 #황해	高橋直#	시가/한시	
1	4~5		史外史傳 女正雪/謎の美女 〈157〉 사외사전 온나 쇼세쓰/수수께끼의 미녀	伊藤銀月	소설	
4	8	子供のしんぶん	雪けしき 눈 풍경	南大門小學校 ##	수필/일상	
4	8~9	子供のしんぶん	歲暮 연말	櫻井小學校の建兒	수필/일상	
6	4	川柳	柳建寺土左衛門選/二階借/十客 〔1〕 류켄지 도자에몬 선/니카이가리/십객	仁川 肥後守	시가/센류	
6	4	川柳	柳建寺土左衛門選/二階借/十客 〔1〕 류켄지 도자에몬 선/니카이가리/십객	京城 大要	시가/센류	
6	4	川柳	柳建寺土左衛門選/二階借/十客 〔1〕 류켄지 도자에몬 선/니카이가리/십객	仁川 しげる	시가/센류	
6	4	川柳	柳建寺土左衛門選/二階借/十客 〔1〕 류켄지 도자에몬 선/니카이가리/십객	大田 夜叉王	시가/센류	
6	4	川柳	柳建寺土左衛門選/二階借/十客 〔1〕 류켄지 도자에몬 선/니카이가리/십객	龍山 鳥石	시가/센류	
6	4	川柳	柳建寺土左衛門選/二階借/十客 〔1〕 류켄지 도자에몬 선/니카이가리/십객	龍山 ##坊	시가/센류	
6	4	川柳	柳建寺土左衛門選/二階借/十客 〔1〕 류켄지 도자에몬 선/니카이가리/십객	仁川 #佛	시가/센류	
6	4	川柳	柳建寺土左衛門選/二階借/十客 〔1〕 류켄지 도자에몬 선/니카이가리/십객	大田 夜叉王	시가/센류	
6	4	川柳	柳建寺土左衛門選/二階借/十客 〔1〕 류켄지 도자에몬 선/니카이가리/십객	仁川 しげる	시가/센류	
6	5	川柳	柳建寺土左衛門選/二階借/十客 〔1〕 류켄지 도자에몬 선/니카이가리/십객	仁川 一茶	시가/센류	
6	5	川柳	柳建寺土左衛門選/二階借/十客 〔1〕 류켄지 도자에몬 선/니카이가리/십객	仁川 #佛	시가/센류	
6	5	川柳	柳建寺土左衛門選/二階借/十客 〔1〕 류켄지 도자에몬 선/니카이가리/십객	龍山 鳥石	시가/센류	

지면	단수	기획	기사제목 〈회수〉〔곡수〕	필자/저자(역자)	분류	비고
6	6~7		塙團右衛門 〈36〉 반 단에몬	双龍齋貞圓	고단	
8	1~3		宿命 〈91〉 숙명	三島霜川	소설	

1920년 12월 30일(목) 6971호

지면	단수	기획	기사제목 〈회수〉〔곡수〕	필자/저자(역자)	분류	비고
1	3	朝鮮詩壇	## 〔1〕 ##	##	시가/한시	
1	3	朝鮮詩壇	## 〔1〕 ##	##	시가/한시	
1	3	朝鮮詩壇	## 〔1〕 ##	##	시가/한시	
1	3	朝鮮詩壇	## 〔1〕 ##	##	시가/한시	
1	3	朝鮮俳壇	渡邊水巴選/秋雜/秀逸 〈8〉〔2〕 와타나베 스이하 선/가을-잡/수일	##	시가/하이쿠	
1	3	朝鮮俳壇	渡邊水巴選/秋雜/秀逸 〈8〉〔2〕 와타나베 스이하 선/가을-잡/수일	##	시가/하이쿠	
1	3	朝鮮俳壇	渡邊水巴選/秋雜/秀逸 〈8〉〔2〕 와타나베 스이하 선/가을-잡/수일	##	시가/하이쿠	
1	4	朝鮮俳壇	渡邊水巴選/秋雜/秀逸 〈8〉〔1〕 와타나베 스이하 선/가을-잡/수일	##	시가/하이쿠	
1	4	朝鮮俳壇	渡邊水巴選/秋雜/秀逸 〈8〉〔1〕 와타나베 스이하 선/가을-잡/수일	一#	시가/하이쿠	
1	4	朝鮮俳壇	渡邊水巴選/秋雜/秀逸 〈8〉〔1〕 와타나베 스이하 선/가을-잡/수일	##	시가/하이쿠	
1	4	朝鮮俳壇	渡邊水巴選/秋雜/秀逸 〈8〉〔1〕 와타나베 스이하 선/가을-잡/수일	##	시가/하이쿠	
1	4	朝鮮俳壇	渡邊水巴選/秋雜/秀逸 〈8〉〔1〕 와타나베 스이하 선/가을-잡/수일	##	시가/하이쿠	
1	4	朝鮮俳壇	渡邊水巴選/秋雜/秀逸 〈8〉〔1〕 와타나베 스이하 선/가을-잡/수일	##	시가/하이쿠	
1	4	朝鮮俳壇	渡邊水巴選/秋雜/秀逸 〈8〉〔1〕 와타나베 스이하 선/가을-잡/수일	月#	시가/하이쿠	
1	4	朝鮮俳壇	渡邊水巴選/秋雜/秀逸 〈8〉〔1〕 와타나베 스이하 선/가을-잡/수일	雪舟	시가/하이쿠	
1	4~5		史外史傳 女正雪/謎の美女 〈158〉 사외사전 온나 쇼세쓰/수수께끼의 미녀	伊藤銀月	소설	
4	7	短文欄	石森胡蝶選/年末の夜 이시모리 고초 선/연말 저녁	仁川 田川富士香	수필/일상	
4	7~8	短文欄	石森胡蝶選/#費 이시모리 고초 선/#비	仁川 不死鳥	수필/일상	
4	8~9	短文欄	石森胡蝶選/雪の# 이시모리 고초 선/눈의 #	伊集院生	수필/일상	
4	8~9	子供のし んぶん	新年繪葉書 신년 그림엽서	#中學校五年生 佐 伯順一	수필/일상	
4	9		終刊に臨んで皆様へ 폐간에 임하여 여러분들께	미상	수필/기타	
6	5	川柳	柳建寺土左衛門選/迷惑 〔1〕 류켄지 도자에몬 선/귀찮음	龍山 逸風	시가/센류	
6	5	川柳	柳建寺土左衛門選/迷惑 〔1〕 류켄지 도자에몬 선/귀찮음	仁川 碧梯	시가/센류	

지면	단수	기획	기사제목 〈회수〉〔곡수〕	필자/저자(역자)	분류	비고
6	5	川柳	柳建寺土左衛門選/迷惑〔1〕 류켄지 도자에몬 선/귀찮음	平壤 冗句坊	시가/센류	
6	5	川柳	柳建寺土左衛門選/迷惑〔1〕 류켄지 도자에몬 선/귀찮음	光州 耕人	시가/센류	
6	5	川柳	柳建寺土左衛門選/迷惑〔1〕 류켄지 도자에몬 선/귀찮음	大邱 不知坊	시가/센류	
6	5	川柳	柳建寺土左衛門選/迷惑〔1〕 류켄지 도자에몬 선/귀찮음	## #山	시가/센류	
6	5	川柳	柳建寺土左衛門選/迷惑〔1〕 류켄지 도자에몬 선/귀찮음	大邱 寸勝坊	시가/센류	
6	5	川柳	柳建寺土左衛門選/迷惑〔1〕 류켄지 도자에몬 선/귀찮음	仁川 狂愚子	시가/센류	
6	5~6	川柳	柳建寺土左衛門選/迷惑〔1〕 류켄지 도자에몬 선/귀찮음	沙里院 蝶子	시가/센류	
6	6	川柳	柳建寺土左衛門選/迷惑〔1〕 류켄지 도자에몬 선/귀찮음	大邱 邱花坊	시가/센류	
6	6	川柳	柳建寺土左衛門選/迷惑〔1〕 류켄지 도자에몬 선/귀찮음	京城 流#	시가/센류	
6	6	川柳	柳建寺土左衛門選/迷惑〔1〕 류켄지 도자에몬 선/귀찮음	仁川 骨三	시가/센류	
6	6	川柳	柳建寺土左衛門選/迷惑〔1〕 류켄지 도자에몬 선/귀찮음	仁川 松平坊	시가/센류	
6	6	川柳	柳建寺土左衛門選/迷惑〔2〕 류켄지 도자에몬 선/귀찮음	仁川 紅短冊	시가/센류	
6	6	川柳	柳建寺土左衛門選/迷惑〔2〕 류켄지 도자에몬 선/귀찮음	## 凡農	시가/센류	
6	6	川柳	柳建寺土左衛門選/迷惑〔2〕 류켄지 도자에몬 선/귀찮음	京城 春浦	시가/센류	
6	6	川柳	柳建寺土左衛門選/迷惑〔2〕 류켄지 도자에몬 선/귀찮음	鳥致院 ##	시가/센류	
6	6	川柳	柳建寺土左衛門選/迷惑〔2〕 류켄지 도자에몬 선/귀찮음	仁川 しげる	시가/센류	
6	6	川柳	柳建寺土左衛門選/迷惑〔3〕 류켄지 도자에몬 선/귀찮음	京城 黑ン坊	시가/센류	
6	6	川柳	柳建寺土左衛門選/迷惑〔3〕 류켄지 도자에몬 선/귀찮음	## ##	시가/센류	
6	6	川柳	柳建寺土左衛門選/迷惑〔5〕 류켄지 도자에몬 선/귀찮음	## ##	시가/센류	
8	1~3		宿命 〈91〉 숙명	三島霜川	소설	회수 오류

조선일일신문

지면	단수	기획	기사제목 〈회수〉〔곡수〕	필자/저자(역자)	분류	비고
1905년 08월 09일 (수) 582호						
1	5~6		★後妻 〈18〉 후처	常君	소설	

연구책임자　유재진　고려대학교 일어일문학과 교수

공동원구원　김효순　고려대학교 글로벌일본연구원 교수

　　　　　　이승신　배제대학교 인문과학연구소 학술교수

　　　　　　이현희　고려대학교 BK21플러스 중일어문학사업단 연구교수

　　　　　　이윤지　고려대학교 글로벌일본연구원 연구교수

　　　　　　김보현　고려대학교 글로벌일본연구원 연구교수

　　　　　　김인아　고려대학교 글로벌일본연구원 연구교수

연구보조원　소리마치 마스미　고려대학교 중일어문학과 박사과정

일본학 총서 37
일제강점 초기 한반도 간행 일본어 민간신문의 문예물 연구 2

일제강점 초기 일본어 민간신문 문예물 목록집 2 〈인천 편〉

2020년 5월 22일 초판 1쇄 펴냄

집필진 고려대학교 글로벌일본연구원
　　　　일제강점 초기 한반도 간행 일본어 민간신문의 문예물 연구 사업팀
발행인 김흥국
발행처 보고사

책임편집 황효은
표지디자인 손정자

등록 1990년 12월 13일 제6-0429호
주소 경기도 파주시 회동길 337-15 보고사
전화 031-955-9797(대표), 02-922-5120~1(편집), 02-922-2246(영업)
팩스 02-922-6990
메일 kanapub3@naver.com / bogosabooks@naver.com
http://www.bogosabooks.co.kr

ISBN 979-11-6587-003-4 94800
　　　979-11-6587-001-0 (세트)

정가 60,000원

이 저서는 2016년 대한민국 교육부와 한국연구재단의 지원을 받아 수행된 연구임.
(NRF-2016S1A5A2A03926907)